郑公盾 著

郑维 整理

中国科学文艺史话

知识产权出版社

全国百佳图书出版单位

图书在版编目（CIP）数据

中国科学文艺史话／郑公盾著，郑维整理．—北京：知识产权出版社，2014.8

ISBN 978 – 7 – 5130 – 2922 – 3

Ⅰ.①中… Ⅱ.①郑…②郑… Ⅲ.①科学文艺 – 文学史 – 中国 Ⅳ.①I209

中国版本图书馆 CIP 数据核字（2014）第 192447 号

责任编辑：罗　慧　　　　　　　　责任校对：韩秀天

封面设计：Sun 工作室　　　　　　责任出版：刘译文

中国科学文艺史话

Zhongguo Kexue Wenyi Shihua

郑公盾　著　　郑　维　整理

出版发行：知识产权出版社有限责任公司	网　　址：http://www.ipph.cn
社　　址：北京市海淀区马甸南村 1 号	邮　　编：100088
责编电话：010 – 82000860 转 8345	责编邮箱：luohui@cnipr.com
发行电话：010 – 82000860 转 8101/8102	发行传真：010 – 82000893/82005070/82000270
印　　刷：北京市凯鑫彩色印刷有限公司	经　　销：各大网上书店、新华书店及相关专业书店
开　　本：787mm×1092mm　1/16	印　　张：41
版　　次：2014 年 9 月第一版	印　　次：2014 年 9 月第一次印刷
字　　数：919 千字	定　　价：150.00 元

ISBN 978 – 7 – 5130 – 2922 – 3

郑公盾先生

1979 年 11 月随中国科技代表团访问加拿大（右三是郑公盾先生）

1980 年郑公盾先生与学者胡愈之合影

1984 年 6 月与其他科普作家在都江堰合影（右四是郑公盾先生）

1980 年郑公盾先生与科普作家高士其合影

1983 年 4 月郑公盾先生与桥梁专家茅以升合影

序

我与公盾先生的交往想来已经是 30 年前的事情了，当时我在北京师范大学任校长，公盾先生任科普出版社总编辑。由于我们都从事科普方面的研究，所以经常开会见面，那时他已出版《科普述林》和《茅以升——中国桥梁专家》等书。我还曾经聘请他来北师大中文系、历史系讲中外科学文艺史课程，他的课受到学生们的欢迎。后来，因为忙碌于种种事务，我们的接触少了些，但没有想到他在 1990 年刚查出肿瘤，第二年就去世了。时间过去太久，他的音容笑貌，在经历世事沉浮之后，渐渐地模糊起来，然而，他的名字却一直印在我的心上，未曾忘记过。公盾先生对学术、对科普、对知识的热情并未在时间的淘洗里失去光彩，这厚厚一大本《中国科学文艺史话》便是证据。

也正是这本书，使我对公盾先生有了更深刻的认识。他经历的风雨，我有所了解，但我不曾了解的是，他竟然在"文革"之后，仍满怀对科学与文艺的热爱，于担任出版社总编辑这一任重事繁的工作之余，稽古钩沉，条分缕析，写作这本巨著，力求展现中国科学文艺的发展之旅。然而令人遗憾的是，至他抱病去世之时，《中外科学文艺史话》（现改为《中国科学文艺史话》）仍未能全部写完，所以我们看到的这本书，有些篇章并不十分完整，或长或短。如果造物者多给公盾先生一些时间，或许我们会看到一本更加完整、系统的科学文艺史著作。

本书的写作，对于网络高度发展之下使用电脑写作的人们来说，可能有些想象不到的难度，细说来，至少有三苦。其一，文献查找之苦。公盾先生博闻广涉，对文学、历史、地理、天文、物理、数学等方面的书籍与知识多有了解；书中文献的征引丰富，如《诗经》《楚辞》《山海经》等，且作者添加了许多字词的注释，这些古典文献的核对本身就需要苦工夫、笨工夫。在公盾生活的时代，电脑是稀有之物，全凭自己的手抄，倘有讹误，则只能一遍遍校对相关纸质文献，其苦可想而知。其二，科学史话的构思之苦。在中国的历史上，科学技术没有受到足够的重视，因为传统上认为"有机械者必有机事，有机事者必有机心"（《庄子·天地》语），即技是不足的，须进于道。但无论如何，中国人民的创造力是不可磨灭的，他们总会以各种方式展示其创造成果：或散见在文学性的作品中，或在历史文物中，或在历法的修订中，或在实物的使用中，等等。写作中国科学文艺史，需要有整体的架构，哪些文献能称之为科学文艺作品，本身就需要衡量的标准，且标准的拿捏实属不易。公盾先生对上古材料至现当代的作品进行区分，并涉及国外的科幻小说与科普作品，以时间为序，进行整理，使读者了解中国的科学文艺作品与相关科学家，这需要费不少脑力。其三，长时间写作之苦。十年磨一剑，本是苦事。公盾先生将此书的写作视为毕生心血之果，所收文稿始自 20 世纪 80 年代，至其去世。10 余年的写作，坚持不懈，加之当年入狱对其身心的创伤，其间之苦，读者应能有所体会。

然而，此书的意义恰是上述三苦所造就。第一，文献征引之丰富造就内容之翔实。书稿里满是实实在在的文字，每一篇科学文艺作品的分析都有实实在在的内容，没有虚言，评价也朴实无华，作为一本史话，其史实的精神值得赞扬。第二，构思之苦造就了体例的宏大与完整。本书分为九卷，每卷之下以作品或作者为线索，系以时间顺序，洋洋近百万言，却能让读者十分清晰地看到中国科学文艺发展之路，作者的整理之功不可湮没。第三，长时写作之苦造就作者对于科学文艺事业发展的新思考与新认识。在本书里，我能读到作者对发展中国科学技术的诚挚希望，对繁荣中国科学文艺事业的热切希望，并将两者之间相互促进的关系予以强调，作者的眼光是明亮的。且作者对外国科学文艺兼容并收，不囿于闭门造车的态度，在当时可说是一种高瞻远瞩。星转斗移，时过境迁，他的这些文字今天仍能闪烁出科学与文艺的光彩，公盾先生下的工夫可谓深矣。

至于本书的具体内容，读者可打开本书，仔细阅读，不必赘言。唯希望读者在字里行间，能体会到作者的一番苦心，做些真正有益于今天之中国科学文艺的事业。

王梓坤

2014 年 7 月

目　　录

第三卷 秦汉至隋代的科学文艺

第四卷 唐代的科学文艺

第七卷　近现代的科学文艺

第八卷 当代的科学文艺（上）

第一卷

绪　论

第一章　绪　　论

一、重视科学文艺——进一步繁荣和发展科学文艺

中国科普作协科学文艺委员会从 1979 年成立以来，将近五年了。在这期间，科学文艺的各个领域，包括科学散文、科学诗、科学童话、科学相声、科学游记以及科学幻想小说等方面的作品，都发展得很快，并取得了很大的成绩。如果说，从新中国成立到1966 以前，科学文艺作品破土而出了，而在"文化大革命"期间，科学文艺作品完全被扼杀了，留下的只是一片空白。大家不会忘记，在"四人帮"横行时期，苏联著名科学文艺作家伊林的作品，被当做"修正主义的货色"；法国著名科幻小说家儒勒·凡尔纳的科幻小说《气球上的五星期》，被康生之流百般挑剔，并通令中国青年出版社和全国各家出版社，不要再出版有关凡尔纳的科幻小说。中国科学文艺作者更无法写作，写了也无处发表，即使勉强登在报刊，则动辄得咎。可以说，在"文化大革命"期间，既没有科学，也谈不上文艺，更没有科学文艺的任何作品，科学和民主都成了空话。

粉碎"四人帮"以后，特别是党的十一届三中全会以来，从根本上改变了这种状况。随着中国要实现"四个现代化"的宏伟目标的提出，科普创作也大大繁荣起来。中国科普作协科学文艺研究会，就是为了适应这样的时代而产生的。科学文艺尽管有这样或那样的缺点和错误，但是不论在数量和质量上，都有可观的成绩。比如，中国出版了前所未有的《科学童话选》（科普出版社）、《中国科学诗选》（福建科技出版社）、中国科幻小说选本《科学神话》（一至四卷）、《中国现代科学小品文选》和《中国科学小品选》，这不是成绩么？此外，科普刊物如雨后春笋，特别是科学文艺刊物，也出了好几种，如四川的《科学文艺》、北京的《科幻海洋》、天津的《智慧树》等，甚至连医学、环保、天文、地质等专科，也有采取科学文艺的形式来从事创作的。

粉碎"四人帮"后，有不少中央级的报纸，如《人民日报》《光明日报》《文汇报》以及各省市的报纸、科技报、科技刊物，都纷纷利用科学文艺这种形式写出短小精悍的科学小品、科学诗、科学故事、科学相声、科学童话、科幻小说，这个数字也不能小看。如果把各地的报纸加起来，估计有上万篇。

过去写科学文艺的东西，是少数人，现在很多地方涌现出一批又一批科学文艺作者。江苏人民出版社即将出版的《现代科学小品集》中，就有一位 17 岁的小作者。我

们的时代，是科学的春天到来了的时代；科学的春天，也必然养育有科学头脑的青少年。青少年作者的作品包括科学诗、科学小品文、科幻小说等科学文艺的各个品种，这个喜人的现象，说明从事科学文艺作品创作的大有人在。更让人高兴的是，现在不仅有科学家、科技工作者参加科学文艺创作活动，而且徐迟、艾青、草明、孟伟哉等文学家，都十分热心从事科学文艺创作。大家知道，欧洲从列夫·托尔斯泰到高尔基，都曾参加并大力支持科学文艺的写作，中国的鲁迅、郭沫若、茅盾、艾思奇等，也曾积极参加和支持过科学文艺的创作活动。老作家参加科学文艺创作，将使科学文艺增添一支生力军。

在科学文艺创作行列中，比较活跃的品种之一是科幻小说。据不完全统计，1976年只有 1 篇，1977 年有 2 篇，1978 年有 32 篇，1979 年有 80 篇，1980 年有 120 篇，1981 年约有 300 篇以上，1982 年仅《科学童话》第三集上的记载就有 280 篇左右；去年虽然数量减少些，但至少在 150 篇左右。据出版管理局的统计，1978～1982 年，出版的科幻小说书目有 120 余种，在报刊上发表的科幻小说在 650～700 篇。一般来说，1979 年上半年以前的科幻作品写得比较严谨，以后就出现了若干倾向猎奇、怪异的东西。它们以科学幻想为名，描写的却是非科学的东西。神灵鬼魂，尽入说部；强盗窃贼，咸赋"科学"。什么凶杀、色情、残酷、荒诞，也披上"科幻"外衣，如耸人听闻的"故宫幻影""东陵失窃"；名目繁多，以广招徕：什么"录像磁带"可以录存几百年前的活动画面，复制儿子弑父，以及机器人离婚等。还有所谓"惊险科幻小说"，编成连环画，印数动辄十万甚至百万，颇使一些出版社生财有道。

不可否认的，几年来科学文艺作品赢得了非常广泛的读者，这主要表现在目前各省市出版的科普刊物的发行量往往超过了当地出版的文艺刊物的发行量。而在众多的科普刊物中，科学文艺占有重要的比例。但是，科学文艺作品中的缺点和错误还是有的，我们必须克服缺点，改正错误，才能使科学文艺进一步繁荣和发展。这里，我们试作一些具体的分析。首先，是精神污染问题。应当指出，中央对于精神污染问题的提法是非常慎重的。所谓精神污染，是根本违背了党的四项基本原则，肆意散布资产阶级或其他剥削阶级的腐朽没落的思想，任意散布对社会主义、共产主义事业，对中国共产党领导的不信任情绪。散布这种思想和情绪的，就是精神污染，否则就不属于精神污染的范围，不要硬扯到精神污染里面去；一定要把界线分清，不要扩大化。关于这方面，我们一定要认真检查。我们科普作者都十分爱惜科学文艺作品，它是我们的宁馨儿，怎么能舍得让它受污染呢？只是由于过去我们思想水平低，由于我们身上还不同程度地残存着封建资产阶级等剥削阶级世界观的影响，因此不仅没有看出思想污染问题，还写了有精神污染的东西。我想绝不会有一位作家有意去写污染的作品，来毒害别人的心灵。我们要全面评价一位作者，不单看他的一篇作品，还要看他许多作品的根本倾向。

我以为，科学文艺作品尤其是在科幻小说中，在科学上的错误往往比较严重，但是，不要把科学上的错误与今天我们党所提出来的精神污染问题等同看待。比如科幻小说有的不科学，甚至是反科学的，不要把这些作品中的问题当做污染问题。我们奉劝这些作者认真地学习科学，写自己所熟悉的科学部门，不懂装懂是写什么也写不好的。当然，宣扬"神灵科学"之类的伪科学，也会发生这样那样的对科学的污染作用，但必须用科学方法，用摆事实讲道理的方法来纠正它的错误。华莱士曾提倡过科学的进化论学说，但当他陷入"神灵科学"的错误之后，科学也就把他抛弃了。应当鼓励科学文艺工作者和作家努力学习、掌握世界现代科学技术新成就，不要把当代人创造的新成果当做异端邪说；在自然科学与社会科学之间不断出现许多新的边缘学科，应当认真了解、研究和学习，真正做到取其精华，去其糟粕，不要不加分析地加以全盘否定；科学文艺工作者要解放思想，实事求是，畅所欲言，展开争论，不能把同领导同志意见不同之处，就说成"同党不保持一致"；对自然科学领域中的学术思想，要能够自由讨论，对于科学幻想领域中也要允许人们大胆幻想；科学实验也有不少是不成功的，不能认为科学文艺特别是科学幻想领域中，达不到成功的，便扣上反科学与伪科学的帽子。

对于科学文艺中的缺点和错误，要不要批评？当然要批评。批评的目的是为了繁荣创作。既然是这样，批评就要讲究方式方法。这就是要采取我们党一贯倡导的"分清是非，团结同志"的方法。有的需要个别谈谈心，有的需要在会上展开讨论，统一认识，统一思想，有的也可以在报刊上争鸣……不管采用哪一种方式，都应该采取科学分析的态度，实事求是，与人为善。不但晓之以理，还要动之以情。即使犯了严重精神污染错误的同志，只要下定决心清除掉污染和错误，就能丢掉包袱，轻装前进！

我想，为进一步繁荣科学文艺，科学文艺工作者首先要做到切实对我国"四化"建设、对提高全民族科学文化水平起推动作用。为此，便要深入生活，深入科学。还要有广阔的胸怀、科学的态度，坚持不懈地去寻求科学知识，尤其是新兴科学知识。

要加强团结，不要因为一些非原则问题闹隔阂；要努力创作，不要以"创作丰富以自娱"，极力避免粗制滥造，提高作品的质量。

目前，科学文艺委员会应当重视扩大编创队伍，让浩浩荡荡的科学文艺大军，写出更多更有分量的作品，为"四化"服务。其次，要扩大同国外科学文艺界的学术交流，包括科幻小说在内，不要害怕外国科学界对我们的"污染"，因为我们具有马克思列宁主义、毛泽东思想，我们有批判的能力。我们建议邀请一些外国著名科学文艺作家来我国讲学、访问。同时，中国科学文艺研究创作委员会可组成代表团、考察组去国外"取经"。再次，积极、努力培养新生力量，这是老一辈的科学文艺作家应尽的责任。要把培养第二梯队，特别是第三梯队的工作，提到议事日程上来。再者，建议今后要召开几个科学文艺方面的专业学术讨论会，如科学诗讨论会。高士其同志提出书面建议。他认为从近年来的情况看，"科学诗创作之高潮行将到来"，将有"一大批后起之秀正崛起于科学诗坛"；他"建议召开一个全国性的科学诗创作讨论会"，"建议创办一份全国性的科学诗刊"。这些建议很好。此外还要召开科学散文、科幻小说等方面的座谈会及有关活动。最后，以"二〇〇〇年的中国"为背景，搞一次大型科普征文活动，内容可以分得细一点，如二〇〇〇年的工业、农业、建筑、医学、广播电视等。欢迎科学家、文学家、科普作家、在校学生踊跃参加，希望各报社、广播电台、电视台给予支持。让我们为进一步繁荣和发展科学文艺作出应有的贡献吧！

二、科学需要文学

科学文艺以其科学内容和特有的艺术影响力，为众多的人所喜爱。

科学文艺与一般的科学著作不同，它通过艺术形式使科学的内容更加生动，让读者高高兴兴地进入科学世界。在近代的中国，提倡科学文艺的不是别人，而是中国现代文学的代表鲁迅。他认为，一本正经地叙述科学的书，普通人很难接受，因而在讲述一种科学原理时，不过分认真，不板着面孔，而是用幽默的语言，自然渗进读者心中，使他不加思索地在不留神当中吸收了知识，这就是科学文艺的任务。

一方面，科学文艺是科学又是文学，总之，可以说是科学和文学密切结合的东西。那么科学文艺是《伊索寓言》中所描写的蝙蝠一类的东西吗？蝙蝠既有鸟的特征，也有兽的特征，然而绝不是怪物（妖怪），它是一种哺乳类翼手目的脊椎动物。同样，科学文艺的创作活动不是暧昧的东西，而是为了普及科学知识、科学内容而存在的。因而科学文艺如果不能表现科学主题，描写的不是科学的而是伪科学或反科学的，那将不能称为科学文艺。

另一方面，只要被称为科学文艺，就必须具备一般文艺作品的特征。由于科学被通过一系列艺术形象表现出来，读者在不知不觉中受到科学教育，受到它的感染。因而优秀的科学文艺作品，绝不是科学内容的简单"拷贝"，也不是硬写出来的"故事"。优秀的科学文艺作品不仅能使很多人在玩味感动的同时自然地理解其中的科学内容，而且还具有能吸引科学家的深刻内容。

这里想讲讲关于科学和文学之间存在的关系和问题。

（1）在中国悠久的历史中，尽管产生了大量具有高度科学性的文艺作品，但至今没受到重视。我想今后不仅应评价这些文学作品的艺术方面，而且有必要评价它们的科学意义。

如果问一下司马迁是什么样的人物，大概多数人会回答说是汉代写过《史记》的文学家、历史学家。然而他的官职（太史令）与天文历法有密切关系。他的《史记》中，不但记载了当时各地的经济生产、人文历史，而且谈了各地的典章制度、天文历法。太初元年（公元前104年），他和唐都一块改历法，创定太初历。他详细研究过天体运动的规律，认为日食、月食等天体变化并不神秘，人们能够根据数学推算来把握。司马迁在《河渠书》中，详细讲述了我国的治水和河川整顿。他记载了西门豹引漳水灌溉农田使河内一带丰收、郑国修建三百余里道路使关中变为沃野的事迹。不仅如此，他还曾亲自去过黄河治水工程现场。《河渠书》是关于中国古代农田水利建设方面具有高度价值的文献。司马迁的《史记》中还记载着有关中国古代的医学技术，谈到了神农、岐伯的传记、《扁鹊仓公列传》及民间各种疾病。因此，大概可以说，《史记》在被看做文学巨著之外，还是科学家们爱读的优秀的科学文艺作品。

（2）科学家为了向群众传播科学的精神和内容，单有科学知识和能力还不够，重要的是拥有用自己的话把它传达给大众的文学方面的能力，也就是要通过文学的手段把科学知识让一般的人愉快地接受过去。例如，法国法布尔的《昆虫记》、英国的法拉第写的《蜡烛的故事》，以及伽莫夫和他写的《太阳的诞生》《1、2、3、……无穷大》等，这样的科学家为数很多。他们不仅正确地表达了科学思想内容，而且通过生动的艺术、人物描写，讲述了科学理论，鼓舞了人们，留下了深刻印象。

在今天科学惊人发展的时代，科学领域分得很细，用耶鲁大学科学史教授 D. 蒲赖斯的话说，我们的时代与中世纪不同，从"小科学"时代进入了"大科学"时代。它的特征是科学研究人员的数量显著增加，一改 19 世纪产业革命时的少数人、小范围、单干的研究形式；大量研究工作者就一个研究课题进行研究，按国际性单位的大型规划进行，和经济竞争一道，也引起了科学发明的过热竞争。因而，对科学家的发明创造来说，优越的环境、充足的资金等成了必要。我们为了谋求周围人们的支持、帮助，通过科学文艺把自己的思想、想法通俗易懂地加以传播，就很必要了！

（3）科学的发明、发现需要文学的支持。科学上需要出主意。想象即理想，换句话说，理想是科学之母。想象力是作家、科学家的生命，没有好奇心的科学家和诗人是不可想象的。爱因斯坦说："想象力之所以比知识更重要，是因为知识是有限的，知识进步的源泉是想象力。确切地说，想象力是科学的基本要素。"看看世界科学史，科学家的创造发现依赖于他们无限的想象力。科学发明从文学方面接受了什么？看看科学文艺的历史吧！

19 世纪产业革命之后，法国儒勒·凡尔纳写的《气球上的五星期》在遭到编辑十五次拒绝出版之后，终于得到了社会上的承认。从那以后的几十年间，他出版了《地心游记》《从地球到月球》《恶魔的发明》《八十天环游地球》等约百部作品，一时间被给予"科学幻想之父"的爱称。19～20 世纪，科学幻想、科学文艺领域中活跃的作家和他们的作品中作为想象而存在的飞机、火箭、通信用的电视电话、电话、海底电缆等，已经实际使用了，甚至用潜水艇进行海底旅行和用人造卫星进行宇宙旅行也可能了。他们的小说在多大程度上成为发明动力的，无法用数字来表示。但作品引起了科学家对发明和选择发明、想象道路的好奇心给予了巨大影响的事实，大概都会承认吧！

文学一方面反映该时代的科学，而且暗示科学的发展方向、实现可能性，刺激人们的好奇心，引导未来的时代。另一方面，科学从作为社会发展的需要和社会生活及其表现方式而存在的文学吸收营养，加上自己的创造，完成向社会输送新鲜血液的任务。

这样，科学家必须是不脱离社会且理解社会的一个社会人，只有这样，科学家才能回答社会的要求。所以，科学家必须具有广阔的视野和基础，理解大众。

如果科学家局限于科学视野，文学家局限于文学视野，经济学家局限于经济学视野，那就都不可能在任何领域取得有成果的发展。学习不同领域的设想和方法，互相吸收营养，才能使各自更加丰满地成长起来。

三、让科学文艺健康地成长

科学文艺的任务，就是使科学和文艺更紧密地结合起来，通过自己独特的艺术形式来宣传和普及科学，为人民、为我国现代化的宏伟事业服务。

科学文艺形式多种多样，诸如科学小说、科学幻想小说、科学小品文、科学游记、科学杂记、科学文艺传记、科学故事、科学童话、科学寓言、科学诗歌、科学相声、科学戏剧、科学电影、科学美术等，都是科学文艺的各种艺术形式。科学文艺的内容相当广泛，不论是数学、物理、化学、天文、地理、生物、卫生、工业、农业、医药，还是许多新兴科学技术，都是可以通过科学文艺的各种独特的艺术形式来表现的。

1981 年，全国科普刊物发展到 110 余种，科学文艺的各个领域都发展很快，其中尤以科幻小说最为繁荣；全年发表的科幻作品约 300 篇左右，由中央一级和地方出版社出版的科幻小说约 40 部，大约相当于过去五年科幻出版物的总和。从总的方面看，创作水平有所提高，有些作品颇受读者欢迎，有的还得了奖。科幻小说的作者由原来的十余人扩大到百余人，这些成绩不容抹煞。翻译外国的科幻名著很不少，开阔了读者的眼界，对我国科幻作者也有一定的借鉴作用。海洋出版社创办了《科幻海洋》季刊，其中发表了一些颇有分量的科幻小说、评论、创作谈。哈尔滨的《科学时代》，专门出版了副刊《科幻小说报》，发行量达 30 万份。四川的《科学文艺》、天津的《智慧树》等都是刊登科学文艺作品的刊物，其中分别发表了一些有一定质量的优秀作品。1981 年出版的科普书籍约有 2 000 种，其中有不少是优秀科学文艺作品读物。科学诗歌作者队伍不断扩大，不仅老作家高士其写出《让科学技术为祖国贡献才华》等新的科学诗篇，老诗人艾青也写了科学诗《电》《光的赞歌》等，孟天雄继科学诗《火》之后又写了《咏瓷篇》；同时，科普美术方面也得到了进一步的发展。科学文艺园地里出现新的百花齐放的局面，这是令人高兴的事情。

但是随着科学文艺的发展，在它的创作领域中也出现了不少问题。就拿科学幻想小说来说，近年来出现了若干倾向猎奇、怪异的东西。它们以科学幻想为名，描写的却是非科学的东西：神灵鬼魂，尽入说部；强盗窃贼，均赋"科学"。什么暴力、凶杀、色情、残酷、荒诞，无不披上"科幻"的外衣！如某些报刊宣扬了"怪影"和"幻影"，耸人听闻地宣扬故宫出现"幻影"；甚至以"科幻电影"名目出现，以广招徕。什么"录像磁带"录存几百年前的活动画面、复制娃娃弑父以及和机器人离婚等，机器人不仅有逻辑思维，还有形象思维，甚至有丰富的感情，与活人毫无区别。还有所谓"惊险科幻小说"，虽格局不高，而"票房价值"却很高；尤其改编成连环画，其印数动辄十万甚至上百万，颇使一些出版社以此作为生财之道。诚然，青少年也要有探险精神，可以看点这方面的书，如《鲁宾逊漂流记》《汤姆历险记》至今仍不失为佳作，但那种俊男美女互相挑逗、砍头削手，毕竟是不足为训的。这种插着"科幻"的旗号，既无科学也不是文艺的赝品，却在冒充科幻小说，这只能说明有的人对科幻作品的创作态度不严肃。

尽管科幻小说有这样或那样的欠缺或错误，但如全盘否定科学幻想这个独特的科学文艺，认为幻想与科学"是没有联系的"，"幻想不是科学，科学不是幻想。幻想也并不产生科学，科学的发展也不借助于幻想"，这也是不对的。列宁说得好，连数学的发展都要靠幻想，更不要说其他方面的科学了。法国著名科幻作家儒勒·凡尔纳有过《月界旅行》的科学幻想，英国乔治·威尔斯也有过《首先登上月球的人们》的科学幻想，这些都大大促进了人类登月理想和愿望的实现，并非只是幻想而已。

"一切幻想都是唯心主义"，不对！不能这样笼统地下断语，也不能因为有不好的科幻作品存在，连历史上有过影响的、能为科学发展开辟道路的科幻作品也全都加以否定。不能认为所有幻想都是唯心主义的，幻想并不都是"心造的幻影"，真正的科学幻想是唯物主义的，而不是唯心主义。正因为这样，科学幻想能够促进科学发展。我们绝不能因噎废食，不能全盘否定确实有助于科技发展的真科幻。

"神鬼"侵入了报刊，侵入了科学文艺创作的领域，这是近年来灵学抬头的某些思潮影响下的产物。例如连环画《诺亚方舟》、《通灵的人》、上帝显灵、神灵作案，某省科普美展上的《通灵奇女》竟能测出失踪女儿的去向，《故宫壁影》画出夜里能见到故宫墙上清代舞女翩翩起舞的丽影，《神秘患者》画出病人鬼魂与医生道别的形象，《礁石呼救》中写了在礁石水洼历年遇难人的魂灵在呼救。有的刊物上甚至宣扬"鬼魂科学"，让死人可以随着活人拔草挑担，搬运收割；自诩"科幻电影"的《潜影》，更是荒诞无稽。显然，这些都是非科学甚至是反科学的，是与科学文艺这个称谓不沾边的。

现代化需要科学文艺。科学文艺是普及科学知识、宣扬探索精神的重要手段。我们应当同科学文艺中出现的不良倾向作斗争，让科学文艺健康地成长、发展！

四、高等院校文学系需要设立科学文艺课程

我国目前正处在向"四化"大进军的时期。"四个现代化"，关键是科学技术现代化。没有现代化的科学技术，就不可能有国民经济高速度发展，这说明科学技术十分重要。在各个方面，做好科普工作，是实现我国现代化不可缺少的重要环节，也是大专院校中文专业师生义不容辞的重要责任。在当前，摆在文学工作者面前的重要任务之一，就是尽可能地在学好文学课程的同时，学习一些科学技术，学习和创作科学文艺。这是我们这个时代不可忽视的事情。

党中央总书记胡耀邦同志在1984年10月16日批转中国文联接待英籍华人女作家韩素音的《情况简报》上，肯定韩素音所讲的：文学需要科学，认为文学家只管文学、科学是别人的事是不对的。胡耀邦同志希望我们要努力进一步推广科学文艺的创作实践，把科学文艺摆在一定的位置上。这个指示，我们应加以认真贯彻执行。具体说来，就是在高等院校的中文专业要争取开设科学文艺课程。

1980年秋，我在北京师范学院中文系开课讲授科学文艺这门课程。同年11月28日下午，科普专家、全国科协顾问高士其同志特地到该校参加我的讲课活动，并请他的秘书——现已故世的高仰之同志登台朗诵高老为这次活动写的一篇讲话。讲话中说道：

"在社会主义现代化建设中，人们越来越认识到提高全民族的科学文化水平、大力普及科学知识的重要性。正如埃及的金字塔没有雄厚坚实的基础，就不可能历经千年而巍然屹立一样，没有科学文化水平的迅速提高作为基础，要想使科学技术一日千里地向前发展，就将成为一句空话"，"一个人的一生，在校学习的时间毕竟有限，青年时期是学习的黄金时代。我们老一代知识分子深切地感到，许多基础知识虽然是在中学、大学期间学来的，但离开学校进入社会之后，知识，尤其是科学知识的主要来源之一，就是广泛阅读科普作品，吸收科学及其他方面的知识"。

高士其同志进一步讲道："为什么要提倡开设科学文艺这门课程呢？因为在浩如烟海的科普作品中，科学文艺最易读，也最为广大群众欢迎。因此，人民希望更多地读到优秀的科学文艺作品，得以开阔眼界、丰富知识、增长才干、陶冶性情。对于正处在长身体、长知识时期的青少年，更迫切需要出版适合于他们的科学文化作品"，"科学文艺由于有科学内容作为骨骼、文学技巧作为肌肤，因此它是科学与文学有机的结合的产儿，体态丰满，形象生动，有血有肉，栩栩如生。读者阅读这样的作品，不仅将获得科学的涵养，而且也获得艺术的享受"。

当谈到我们开设"科学文艺"课程时，高老语重心长地说道："我祝贺师院开设'科学文艺'课程，这是繁荣我国科普创作、探讨科普创作规律、系统总结我国科学文艺发展道路、开展我国科学文艺学术研究的一项重要性工作。你们这一富有创见、卓有远见的课程的设立，不仅在我国教育界、科普界会产生深远影响，并将在我国科普创作史上占有重要的一页"，"科学文艺登上大学的讲台，是时代前进的必然结果。我为此而高兴。我建议北京师院领导和其他有关大专院校能把'科学文艺'作为一门重要甚至是必修的课程加以保证，并制订一个长远计划，长期开设下去，系统地讲授。不仅文学系和文科学生要听，理工科的学生也可以听，这对于扩大学生的知识领域，是很有必要的。你们在科学的春天里撒下的这颗种子，我相信在大家的努力下，包括我这个被疾病折磨了半个多世纪，行动、语言都受到很大限制的科普老兵，都愿意来共同浇灌培育，使其破土而出，生根发芽，绿树成荫，结出累累硕果，香飘祖国的万里山河！"

但由于种种原因，北京师范学院文学系"科学文艺"这门课程只开了一年，第二学年就停止下来。以后，我虽然在北师大、江西师大、福建师大等校短期讲授科学文艺课程，但个人力量毕竟有限。因此，今天值此全国高等院校文艺理论研究会第四届年会和全国文艺理论讲习班在桂林举行之际，请允许我再次向大会呼吁：在全国大专院校中文专业设置科学文艺这门课程，这不仅是我们时代的需要，也是适合当前大专院校文学系师生的客观需要。

我国是古代科学技术发达最早的国家之一，很早就发明了指南针、印刷术和火药，它们不仅对我国经济文化的发展起了促进的作用，也对世界文明产生了深远的影响。马克思、恩格斯把中国古代的科学文明在西方的传播，看做是引起资产阶级革命和发展的必要条件，认为中国火药传入欧洲，"使整个作战方法发生了变革"；中国印刷术促进了欧洲的文艺复兴，也就是马克思所谓科学复兴的时代。

科学文艺在中国文学史上没有间断过，只是过去在对中国文学史的研究中，没有很好地从这方面来对它进行总结。从西周到春秋编成的、我国第一部诗歌总集305首，叫《诗经》，其中就有不少科学诗篇。据不完全统计，《诗经》中提到的植物有150多种，其中草本植物100多种，木本植物50多种；动物200多种，其中鸟类39种，兽类67种，昆虫21种，鱼类20种，器用名300多种。孔子教导学生说，学《诗》可以多识鸟兽草木之名。《诗经》的《大雅·生民》歌颂了周民族始祖后稷在农业生产上的丰功伟绩，《大雅·公刘》阐述了周远祖公刘率众迁徙、创建新国家的史实，就是《颂》中也有若干描写农事、畜牧的诗篇。竺可桢同志曾谈到，《诗经》中"相彼雨雪，先集维霰"就是说，冬天下雪以前，必先飞雪珠；又如"朝隮于西，崇朝其雨"，意思是早上太阳东升时，如看见西方有虹，不久就要下雨了。这就是科学诗篇。《楚辞》表现出浓厚的地方色彩，"书楚语，作楚声，纪楚地，名楚物"，而且连形式上也有自己独特的风格。这是西汉末年刘向辑录屈原、宋玉等人作品而成的。屈原的作品很有首创精神，其中不仅有爱国主义和同情人民困苦的思想，也富有自然科学思想。如《天问篇》提出了170多个问题，其中包括天体和其他自然现象等方面，是有着很丰富科学内容的诗歌；他写的《橘颂》，不仅借物咏志，充满着感情色彩，同时也具体描写了橘子树及花草的特征。《墨经》中涉及物理学、光学和反对鬼神说：《经上》"力，形之所以奋也"，这里是给"力"下定义，"奋"就是运动变化，"形"指物体，那就是说力是物体运动变化的原因，这和物理学上的定义一致；《经下》"负而不挠，说在胜"，论物体重心之理，说有一物在此，施以负荷而不致倾斜者，因得其重心，故能胜；《经下》"衡而必正，说在得"，这是论杠杆原理，称衡就是中国式的秤，当秤达到平衡状态"正"之后，就得到称的重量了。《墨经》中关于光学的论述有8条，其中有5条论述光、物、影三者之间的复杂关系，有3条论述平面镜、凹面镜中物与象的关系。墨子在光学方面的论述，使人觉得条理清楚，记载完整；寥寥数百字，确乎可称二千年前的物理学探索。庄子（公元前369～前286年），其作品《逍遥游》中大胆提出遨游宇宙的幻想；《养生主》篇中用生动的文字描绘厨师如何得心应手地把牛肢解的"庖丁解牛"，既有一定的文学价值，又说明了一定的科学道理。他阐述了宇宙探索的无极论，说"无极之外，复无极也"，上下四方是无穷无尽的。他在《齐物论》中认为"天下莫大于秋毫之末，而泰山为小；莫寿于殇子，而彭祖为夭"，说明长、短、大、小、夭、寿的相对性。在他看来，万物的生长就如快马奔驰一样，没有一个动作不在变化，没有一个时间不在移动，这是一种朴素的自然辩证法思想。他宣扬"一尺之棰，日取其半，万世不竭"的见解，用今天的话来说，就是万物都可以一分为二，这个思想是很宝贵的古代辩证法思想。

西汉时代的历史学家、文学家司马迁（约公元前145～约公元前87年），字子长，从《史记》看，他实际上又是个古代科技史家、天文学家。其父司马谈为太史令，死后由38岁的司马迁继任。众所周知，太史令主要是天文官。司马迁著《史记》，全书52.1万余字，其中占相当比重的是古代天文、气象等科技方面的生动记录。他所写的

《扁鹊仓公列传》，记载了古代医学史，包括医案在内。另有唐柳宗元、刘禹锡等人，写了不少科学小品文和论文。柳宗元的《黔之驴》《永某氏之鼠》《捕蛇者说》《牛赋》《天对》《罴说》，就是闪烁着科学思想内容的文章；刘禹锡的《天论》《鉴药》《何卜赋》《华山歌》，同样是富有科学趣味的名作。宋代的苏东坡在《水调歌头》词中所写的"不知天上宫阙，今夕是何年？我欲乘风归去，又恐琼楼玉宇，高处不胜寒"，苏东坡大约看到山顶积雪终年不化，距离地面越远，所受地面辐射量愈小，所以温度越低。苏东坡这样描写，不但有艺术深意，也是科学的。陆放翁写的《鸟啼》一诗："野人无历日，鸟啼知四时。二月闻子规，春耕不可迟。三月闻黄鹂，幼妇悯蚕饥。四月鸣布谷，家家蚕上簇。五月鸣雅舅，苗稚忧草茂……"诗人以生动的诗篇，道出没有日历可查时，我国古代的农民是怎样通过鸟叫的声音来对客观气候进行科学的认识，这是与物候学紧密相关的。

又如我们读古典小说名著《水浒传》，不但可以看到我国农民起义和农民战争的状况，同时可以看到宋代的医药学、造船业、建筑业、应用的各种兵器，同时从其中也可以学习到唯物主义辩证法。著名中国科技史家李约瑟先生认为，中国古典小说如吴承恩的《西游记》、许仲琳《封神演义》中也闪耀着一些科学幻想的东西。又如曹雪芹的《红楼梦》不仅细致地描写了贾宝玉、林黛玉爱情悲剧的主要情节，揭露封建地主阶级的荒淫腐败，歌颂了青年中有叛逆性格的人物和奴隶的反抗行为，同时可以看到作者对于我国医学、手工艺以及园林建筑的别出心裁的描写。

明末徐霞客（1586~1641年）一生自费旅行，走过名山大川，游历江苏、浙江、福建、广东、广西、河北、山东、山西、河南、安徽、江西、湖南、湖北、云南、四川等17个省份及自治区。三十几年间，他研究了祖国的地貌水文，发现了长江的上游，纠正了1000年来把岷江当成长江上游的错误观点；他对我国石灰岩进行了考察，描述了石灰岩的各种特征，研究了岩洞学、火山的现象和地热资源；对我国生物学（包括动植物）作了探索，对气象学也作出了贡献，对我国明代农业、手工业、矿产、交通运输进行了初步的调查。他的游记是"文字、大文字、奇文字"，是一部有着丰富内容的科学文艺作品。现在在美国，就有《徐霞客游记》的研究会。他的作品受中外科学文艺界的热烈赞扬，并有人产生了浓厚的兴趣，因此是千古不朽的佳作。

清末民初，特别是五四运动前后，我国科学文艺有了较大发展。1903年鲁迅即以章回小说体裁，编译了法国儒勒·凡尔纳的《月界旅行》。他在该书《辨言》中大力提倡中国要发展科学小说。他指出："盖胪陈科学常人厌之，阅不终篇，辄欲睡去，强人所难，势必然矣。惟假小说之能力，披优孟之衣冠，则虽哲理谭玄，亦能浸淫脑筋，不生厌倦。彼纤儿俗子，《山海经》、《三国志》诸书，未尝梦见，亦能津津然识长股、奇肱之域，道周郎、诸葛之名者，实《镜花缘》及《三国演义》之赐也。故掇取学理，去庄而谐，使读者触目会心，不劳思索，则必能于不知不觉间，获一斑之知识，破遗传之迷信，改良思想，辅助文明，势力之伟，有如此者！我国说部，若言情谈故刺时志怪者，架栋汗牛，而独于科学小说，乃如麟角。智识荒隘，此实一端，故苟欲弥今日译界之缺点，导中国人群以进行，必自科学小说始。"这是 80 年以前鲁迅提倡翻译与创作科学文艺的至理名言，今天看来也仍然有说服力量。接着鲁迅又翻译了儒勒·凡尔纳的《地底旅行》。在五四运动以后，鲁迅写了一系列科学小品文、科学杂文，如《电的利弊》《拿破仑与隋那》《男人进化》《蜜蜂与蜜》《进化和退化》等著名科学小品文、科学杂文，涉及的问题十分宽广。郭沫若在新中国成立前后写了一些科学诗歌。以上都是科学文艺创作在中国文坛上的一些表现。

"四个现代化"特别需要科学文艺的不断向前发展。大家知道，科学技术是一种在历史上起推动作用的革命力量，因为科学技术是生产力，或者可以很快地转化为生产力，它以突飞猛进的速度改变了整个自然界面貌。可以大幅度地变革和改造自然界的时代已经开始了！马克思生前看到当时在伦敦瑞琴街上展出的电力机车的模型，认为它的效果是不可估量的。马克思、恩格斯把科学技术比做是"革命家"，它会冲破旧时代的阻力和障碍，热情欢迎新时代的到来。马克思、恩格斯认为 19 世纪以前的自然科学技术的发展，只是手工业时代的科学技术。19 世纪在自然科学的领域中，开始有了科学技术的三大发现，那就是：细胞的发现、能量守恒定律的发现、达尔文进化论的表现。到了 20 世纪，尤其是 20 世纪四五十年代以来，科学技术不断突飞猛进，一日千里，科学技术知识不断更新。首先，原子能的应用，开拓了 20 世纪科学的新领域；对原子、核子和基本粒子物理结构进行了大量研究，大大推动了原子能技术的发展。在美国研制成功的原子能反应堆和成功地从原子能中获得电力，开始了原子能工业的新发展。其次，电子计算机即电脑的制成和运用，大大改变了科学技术发展的新面貌；人类运用电子计算机，控制宇宙飞行器的飞行。由于集成电路的集成度不断提高，也使电子计算机不断向前增长，运算速度越来越快，造型规模越来越小，微型电子计算机在科技领域使用越来越广，可以用它来制定国家预算，运用于空间的技术和制造机器人代替人力，等等。再次，空间技术不断发展，人造卫星上了天，美国阿波罗 11 号成功地登上了月球，宇航活动屡见不鲜。再者，遥感技术、激光技术、遗传工程技术、海底工程技术，这一切标志着信息时代到来了。这是世界科技发展的新趋势。信息革命产生大量系统化的信息、科学技术和知识、情报信息。信息以电脑为核心，电脑用于军事和太空探险，用于管理，用于教育和医疗，用于交通指挥、资源、资料的调查。信息的普及将使社会结构发生许多新的变化。所有这些现象，除了用最大力量普及科学技术知识以外，也要靠发展科学文艺来增强这个普及工作。而作为当前科技不断向前发展时代的新公民，每一个人都要努力学习新兴科学技术；作为文艺工作者，也不应例外。一切文艺工作者，特别是在大专院校读文学系的，更应首当其冲，学会运用科学文艺这个武器，作为普及新兴科学技术的手段。

我们的时代，是科学技术大发展的时代，新兴科学技术将成为我们生活中重要的内容。如果我们大学文学系的成员，满脑子堆砌着古典的诗词歌赋，堆砌着三坟、五典、八索、九丘，熟知骈文骊体、四六八股，而对于新兴科学技术一窍不通，怎么会对我们时代发生作用呢？应当看到，在全世界范围内的文学艺术已经起了根本性的变化，那就是科学文艺新军的崛起，比如，美国和英国，现在文艺界最负盛名的是美国的阿西莫夫和英国的约瑟·克拉克。阿西莫夫是美籍俄人，本身是化学博士和生物化学专家，已经出版了200多种书，他的科学文艺作品曾获三次"雨果奖"和"星云奖"，他的著名科幻小说有"基地三部曲"（包括《基地》［1951年］、《基地与帝国》［1952年］和《第二基地》［1953年］），《机器人故事集》（包括《我是机器人》《机器人残余》和《二百岁的人》等）。克拉克是英国的科学文艺大师，他的名作《2001：太空探险》《城市与星星》《与拉玛约会》也获得过"雨果奖"等奖励。现在美国有300多所大学开设科学文艺（特别是科幻小说）的课程。科学文艺在英美已成为极其重要的文学品种，这一点我们千万不能忽视，而要奋起直追，在中国大学文学系中设置科学文艺这个课程。我们不否认，在中国出现的科学文艺（特别是科幻小说）作品中有过这样那样的欠缺，有令人不够满意的地方，这是因为科学文艺在中国还是个新生事物，欠缺是不足为奇的。但是，从总的方面看来，科学文艺在中国出现，是循着健康的方向发展的，我们决不能因噎废食，因倒脏水连小孩都倒掉了。我们必须更进一步扩大科学文艺在中国的影响和作用，首先必须在大学中建立和设置科学文艺这门课程，用心栽植、培植，使科学文艺在大学文学系这个所在地里成为有声有色的一个专业并茁壮成长。我们大学文学系也必然会出现像阿西莫夫、克拉克、法布尔、伊林这样的科学文艺家与专门家。

与此同时，在文学理论研究中，当代科技理论如控制论、系统论、信息论对文艺理论和美学直接或间接发生影响，也是值得人们重视和探索的。若干古典文学名著由电脑吸收之后所进行的特别探索研究，也是应当直接引起科学文艺工作者的注意并学会应用的。如在电脑中输入《红楼梦》全文之后，它可以毫不犹疑地告诉你，林黛玉葬花时的年龄是15岁。可以看出，科技为文艺长篇作品进行科学研究开辟了特殊的途径。

负责高等院校行政领导的同志、负责文学系领导的同志，请你们更好地关心科学文艺在文学系中的成长、壮大。从事文艺理论研究工作的同志，请你稍微关心和看到下面这些事实，那就是科学文艺的星星之火，正在开始燃成熊熊的烈焰。请你们在自己的文学系里把它燃烧起来吧！千百万个青年学生和少儿，都期待着你们用科学文艺来培育他们茁壮成长。

科学文艺一定会闯进文学系的，这个富有生命力的新生事物会使大专院校文学系变成为新型的文学系的。让我们都行动起来，促使大学文学系里欢迎科学文艺这一员新兵吧！

（1985年3月24日于桂林军区招待所）

五、进一步发展科学文艺更好地为社会主义现代化事业服务
——在中国科普创作协会科学文艺、少儿科普研究委员会
一九八〇年年会上的发言

这次大家相聚一堂开科学文艺研究委员会年会，目的是交换意见、研究有关科学文艺的问题，使科学文艺工作能够更好地为实现社会主义现代化事业服务。我是个门外

汉，谈点个人看法，在鲁班门前弄斧，是为了请教大家，希望得到批评和指正。

（一）我国古代有丰富的科学文艺作品

大家知道，我国是古代科学发达最早的国家之一，很早就发明了指南针、造纸、印刷术和火药。这些发明不仅促进了我国古代经济文化的发展，也对世界文明产生了深远的影响。马克思、恩格斯把中国古代科学发明在西方的传播，看做资本主义经济发展的重要条件，是资本主义社会的"助产婆"；说中国火药传入欧洲"使整个作战方法发生了变革"，中国印刷术促进了欧洲的文艺复兴。我国古代科学之昌盛，还充分表现在下面一些事实上，如早在战国时期墨翟、尸佼和庄周即已明确提出时间、空间概念，东汉张衡创造了浑天仪（天文观测仪器）与地动仪（地震仪），汉魏时代出现了《孙子算经》，南北朝时期祖冲之推算出非常精确的"圆周率"。此外，自远古以来我国留下的医书不下万卷；传说中医在公元 2 世纪时就已经能运用全身和局部麻醉进行外科手术，针灸医术更是传统医学的一大发明。在工艺技术方面，约在四五千年前，我国已经开始使用铜；在汉代或更早的时期已能够用生铁炼钢，在战国时期已开始用煤做燃料。我国历史上建成了为数甚多的伟大工程，诸如万里长城、大运河、都江堰、郑国渠、赵州桥等；我国造船、航海等交通运输业，在两三千年里便有很大的发展。以上荦荦大者充分显示了我们祖先在科技方面有过的绚烂业绩。正是由于我国古代科学技术繁荣昌盛，在相当发达的经济基础上，我国在很遥远的古代就产生了反映科学技术的文艺，尤其是科学小品文、科学诗歌。过去人们一谈起科学文艺来，往往言必称希腊罗马，似乎这也是从外国传来的。这是对中国历史缺乏了解而产生的偏见。《山海经》《淮南子》《拾遗记》等文献中记载的"大禹治水"的神话，寄托了我国古代人民征服自然并与其作顽强斗争的精神和愿望，其中的幻想有一定的科学根据；《庄子·逍遥游》和《庄子·天下》两篇中，大胆提出了环宇飞行的幻想；《养生主》篇中的"庖丁解牛"的故事，用生动的文字描绘了熟练的厨师如何得心应手地把牛肢解，这是科学寓言，既说明了一定的社会道理，又包含着一定的科学道理。屈原《楚辞·天问篇》，提出了 170 多个问题，包括天体构造、地上的布置及其他自然现象方面的问题，郭沫若赞扬他"问得那样参差历落，圆转活脱，一点也不呆滞，一点也不重复，这真表示了屈原的大本领"，这是我国古代以科学为题材的诗歌。《荀子·天论》表达了作者对自然界的运动变化是不以人们意志为转移的和"制天命而用之"的人定胜天的朴素的唯物主义思想，是很好的科学散文。司马迁《史记》中的《扁鹊仓公列传》、陈寿《三国志》中的《华佗传》、《南史》中的《祖冲之传》、欧阳修的《预浩父女》、沈括的《梵天寺木塔》《河工高超》《毕昇发明活字版》等文章，都是古代优秀科学家和发明家科学文艺传记的代表作。郦道元《水经注》中的《巫山·巫峡》等文章，以及明徐宏祖的《徐霞客游记》，记录了作者不避风雨、不畏虎狼、不计程里，探索自然奥秘，勘查祖国名山大川和各地风土、地貌、水源特征，不愧是我国古代地理科学文艺的珍品。李约瑟先生认为，中国古典长篇小说吴承恩的《西游记》、许仲琳的《封神演义》中，也同样闪耀着一些"对科学作战技术的幻想性的预测"的东西。我国古典著名小说《红楼梦》，不但生动地刻画了林黛玉、贾宝玉、凤姐、晴雯等富有性格的典型人物形象、个性化的人物语言，深刻表现了我国封建社会处于崩溃时期的典型环境，而且也在一定程度上反映了当时的科学技术诸如医学、手工艺以及园林建筑代表作——大观园设计和成就。此外，在民间传说、民间文学中也有一些属于科学文艺的作品，例如为人民所广泛传颂的关于鲁班的传说。由此可见，科学文艺对我们来说并不是完全陌生的。但是由于我国封建社会长期停滞，到了近古时期，科学却大大落后了，因此，科学文艺也相应地受到制约，不能健康地成长发展起来。现在，随着现代化事业的逐步深入，越来越需要科学技术，科学文艺也必将在新的基础上更加发展起来。这样，我们除了借鉴外国的经验外，还应该发掘和继承已往科学文艺遗产，研究我国科学文艺的特点（包括古代的和"五四"以来的，我们在这方面的工作做得还很不够），大胆地进行创作实践，以期在我们这个时代，创造出更多更好具有中国风格和特色的丰富多彩的科学文艺作品来！

（二）科学文艺的属性

科学文艺的主要属性是什么？它的社会功能又是什么？1978年11月科学普及出版社重新恢复工作不久，曾召开了一次有关科学文艺的座谈会。在座谈会上，有科学文艺究竟姓"科"还是姓"文"之争。以后报刊上陆续涌现了一些争论文章，有的说科学文艺应以科学为主，是姓"科"的；有的说既然叫做文艺，就是文艺的一个品种，应当姓"文"。众说纷纭，莫衷一是。我们认为科学文艺是个"混血儿"，它既姓"科"，又姓"文"，二者缺一，便不再是科学文艺。

所谓科学文艺，就是以特定科学项目或科学史、科学思想、科学方法、科学活动、科学幻想等为内容、为题材、为表现对象的文学艺术作品；科学是它的内容，文艺是它的形式。各种科学都可以通过科学文艺这种独特的形式来表现。在自然科学领域中，不论是数、理、化、天、地、生、农、工、医，不论是现代基本粒子、生物遗传、核聚变、太空知识、宇宙航行……都可以作为科学文艺创作的题材。不论是诗歌、散文、小品文、小说、戏剧、曲艺、电影、电视剧、广播剧等，甚至美术、雕塑以及音乐，都可以作为科学内容的表现形式。用文艺的形式来表现自然科学的道路是非常宽广的。

许多为广大读者所喜爱的优秀科学文艺作品说明：科学文艺必须首先要有正确的科学性。法布尔的科学文艺名著《昆虫记》，是他数十年深入生活，对昆虫加以认真观察研究的结果；伊林的科学文艺著作，如《五年计划的故事》《几点钟》《不夜天》《人怎样变成巨人》等，之所以能够风行天下，最主要原因之一，就是作者对于自己所要写的每一本书，都通过认真的研究和观察，甚至通过一系列的科学实验，而后精心用文艺的笔法、生动的艺术语言写出来的。

科学文艺的读者对象很广泛，但主要是青少年儿童。青少年儿童接受力强，在他幼小的心灵上所受到的教育，往往对一生都起了重要的作用。因此，我们应当对新一代的人负责，决不能向他们灌输不科学或反科学的东西，那样就会使他们终生受害。科学是一门老老实实的学问，容不得半点虚假；真实是一切艺术的生命，也是科学的生命。倘若给人以假象，就没有什么生命力。

但是，科学文艺主要的任务或者社会功能，不仅在于传播或普及某一学科的具体的科学知识。科学文艺的目的，主要使人们在文艺欣赏中潜移默化地得到科学的营养，尤其在我国人民向"四化"进军的历史时期，更需要在生活中充满着这种气氛。优秀的科学文艺作品给读者的益处往往是多方面的。它唤起读者对科学的热爱，启发人们思考问题、研究问题、探求科学真理的好奇心，帮助人们树立科学的宇宙观、世界观，掌握和形成正确的科学的思想方法，等等。一部文学性的科学家传记，如《居里夫人传》《法布尔传》，曾激起多少青少年去学习和探索科学的奥秘，去攀登科学的高峰啊！

科学文艺既要遵循科学规律，也要遵循文学艺术创作的规律。科学小说、电影、诗歌等作为文艺，是通过一系列艺术形象，特别是通过塑造人物形象，来表现特定的科学内容。我们一提起儒勒·凡尔纳的科技小说，便会情不自禁地想起《气球上五星期》中勇敢、冷静、沉着的费尔久逊博士，想起《地心游记》中探险家黎登洛克教授和他的侄儿阿克赛，想起《格兰特船长的儿女》中的小探险队和格兰特船长的英雄儿女，想起《八十天环游地球》中的旅行家福克先生和《蓓根的五亿法郎》中的沙拉赛恩。我国的优秀科学文艺著作，同样也是通过作家笔下塑造的人物形象深入人心的。就是一些科学诗也不应该有例外，如高士其的《我的原子也要爆炸》，强烈地表现出了科学家和诗人本身同时代、同劳动人民息息相关的思想感情。至于他的名作《我们的土壤妈妈》《时间伯伯》，以及《哥白尼》《居里夫人》《悼念伊林》等诗篇中，人物形象也是很高大的。

科学文艺是与现实生活密切相关的。马克思主义经典作家向来充分肯定现实主义的优秀文学作品，并对现实主义的创作方法有过许多精辟的论述。马克思、恩格斯生前对莎士比亚、巴尔扎克、狄更斯等人的现实主义作品十分推崇，因为在这些著作中可以看出历史时代的变替、人民生活的汹涌波涛；列宁对托尔斯泰等人的作品也作了充分的肯定，指出托尔斯泰表现了俄国资产阶级革命前夕千百万农民的思想情绪，是俄国革命所处历史时代的各种矛盾状况的镜子。我们的科学文艺也应当在不偏就浪漫主义创作方法的同时，大力提倡现实主义的创作方法。科学可以转化为直接的生产力，是推动人类社会进步不可缺少的动力。科学的原理都是来自实践，并由实践考验的；从来的文学艺术都是来自生活，并由生活检验的。如果科学和社会实践脱离，还算什么科学？如果文艺与人民生活隔绝，又怎能称做文艺？因此科学文艺作家必须深入人民生活，深入人民进行社会主义现代化建设的洪流中去，深入亿万人民为实现"四个现代化"而奋斗的洪流中去，写出人民的科学创造，写出人民的思想感情，写出人民的血和肉来，使我们的科学文艺作品，既成为唤醒人民学习科学技术、进行科学行动的号角，又成为人民运用现代科学技术建设社会主义现代化所进行的科学活动的、一面时代的历史镜子。唯如此，我们的科学文艺作品才能受到人民的欢迎；唯如此，我们的科学文艺才能经受得住时间的考验。

（三）科学文艺需要幻想

人类自古以来就有着种种幻想，幻想可以促进人类的创造力。不论中国或欧美的古典文学作品中都包含着有科学幻想的东西。但是，专门以科学幻想文艺出现于世的，却是 100 多年以来的事情。

欧洲 18 世纪工业革命之后，带来新型的科幻文学作品。一般认为英国著名诗人雪莱的夫人玛丽·雪莱于 1818 年出版的《弗兰肯斯丹》是第一部科幻小说。到了 19 世纪中叶，工业革命本身要求科学更进一步解放。从那时起，便出现了法国著名科幻小说家儒勒·凡尔纳的作品；不久，连美国著名作家马克·吐温等人也写起科幻小说来了；接着，在英国出现了 H. G. 威尔斯等著名科幻小说家及其作品，科学幻想作品在科学文艺史上逐渐占据了一定的地位。在《美国科学的历史文献》一文中分析美国科学技术何以发达的三个原因时，把受科学幻想作品影响作为第一个原因。优秀的科幻作品不仅描写了人类改造自然的斗争，也表现了人类对未来的憧憬和向往，以及人们对科学技术发展的崇高理想和愿望，这样也就相应地促进了科技领域的创新。但也有一些科幻作品，表现了逃避现实、世界末日等虚妄、幻灭、恐怖或色情的东西，反映了一些消极的思想情绪。

优秀的科学幻想作品，总是以当代的科学成就作为基础或依据、作为自己创作的出发点，从而展开大胆的想象和幻想的翅膀，其目的是为了促进当代社会生产力的进一步发展。尤其是凡尔纳和威尔斯，由于他们具备了极为坚实而丰富的科学知识，又有着非常雄厚而广泛的生活基础，所以他们的科学幻想小说写得亲切、自然、真实可信，令人有身临其境的感觉，取得了举世公认的突出成就。他们对促进科技发展起了自己的应有作用，同时还给广大读者以美感享受，历久不渝。

历史上著名的科学家和文学家，总是大力支持和提倡科学幻想作品的。为马克思、恩格斯极力推崇的伟大科学家开普勒，不仅支持科幻作品创作，还亲自写了关于到月亮旅行的科学幻想故事；哲学家兼科学家伏尔泰，曾经写过描述天外来客的故事；科学家赫胥黎等人也极力支持科幻小说家，无线电发明家马可尼曾经热烈赞扬了儒勒·凡尔纳科幻小说中的预见性和鼓舞人们去实现幻想。可以看出，许多著名的科学家对科幻小说不是采取排斥，而总是采取积极支持的态度；至于文学艺术家支持和提倡科学幻想作品，更是不胜枚举的。法国著名作家大仲马、小仲马积极支持儒勒·凡尔纳从事科幻小说创作；俄国著名作家高尔基、法国著名作家罗曼·罗兰以及中国的鲁迅等人，都曾经热情地支持和提倡科学幻想作品。鲁迅一开始走上文坛，就付出很大的精力，运用中国人民所喜闻乐见的章回小说的形式去翻译和改编儒勒·凡尔纳的著名科幻小说《月界旅行》和《地底旅行》。

打倒"四人帮"以后，中国出现了较多的科学文艺尤其是科幻作品，取得了很大的成绩，这是值得人们额手称庆的事情。当前，科幻文艺创作中争论的问题也较多。这不是什么坏事，而是好事。马克思说："在不同的所有制形式上，在生存的社会条件上，耸立着由各种不同情感、幻想、思想方式和世界观构成的整个上层建筑。"❶ 英国著名

❶《马克思恩格斯选集（第1卷）》，人民出版社 1972 年版，第 629 页。

作家笛福的《鲁滨逊飘流记》，这部作品表现了"资产阶级社会的前奏，这个社会从十六世纪以来已经作好了准备，在十八世纪已经向成熟阶段作了巨大的迈进"中的"审美幻想"；❶ 而到了 19 世纪中叶科学革命更加深入和进一步发展以后，科学文艺界才出现了像法国儒勒·凡尔纳的富有科学预见性的科幻作品，它们反映了新兴资产阶级迅速发展科学的强烈愿望和要求。众所周知，凡尔纳作品中有过电话、飞机、潜水艇，还有可载 4 000 名乘客的汽船、能远渡重洋的气球、水陆两用的汽车，预言将在美国佛罗里达州进行宇航活动，攀登月球等。走在时间前面的凡尔纳的科学幻想，如今几乎大部分都成为现实了！这是因为这些幻想是基于坚实的科学研究基础上，而不是随心造的幻影；即使像炮弹那样将人发射到月球、地心旅行这些今天看来完全不可能实现的，也引起人们去思考和浮想，相应地促进了科学的发展，预示了科学灿烂的前景。这些事实说明：我们应当重视优秀的科幻作品，应该热情地指引和积极地鼓励科学文艺家去从事科幻创作！如果因当前科幻创作中出现的某些缺点，而把它们看做是科学界"污染"的来源，对它全盘否定，这是因噎废食，是欠考虑的。

当然，来自科学家的评论我们不能不认真听取，努力吸收其中合理的有益的东西。特别是在我国科技水平还比较低的状况下，在科幻作品中出现了这样那样的缺点或错误，是毫不奇怪的。我国科幻作品中的问题往往表现在两个方面：一是由于见闻闭塞，把国外已经实现了的科学技术，竟当做是科学幻想性的东西；二是把没有什么科学依据的东西作为科学幻想故事来加深艺术的熏染，而后一方面的问题似乎更突出一些。科学幻想的起点应当是当前的科学实际生活，脱离这个起点或落后于这个起点，都是容易出毛病的。大家知道，近年来讲科学幻想的，常常喜欢引用列宁在俄共第十一次代表大会《关于俄共（布）中央政治报告的结论》中讲的一段话：

> （幻想）这种才能是极其可贵的。有人认为，只有诗人才需要幻想，这是没有理由的，这是愚蠢的偏见！甚至在数学上也是需要幻想的，甚至没有它就不可能发明微积分。幻想是极其可贵的品质。❷

这里值得人们注意的是，我们在体会列宁这句赞扬幻想的话时，还应当看到列宁在这里是针对当时俄共主持国家计委工作的拉林而说的。列宁不是肯定拉林富于幻想，而是讥讽和批判拉林的幻想过了头。列宁在上述引文之后说道："可是拉林同志的（幻想）过多了一点（鼓掌，笑声）"；接着列宁在后面又说道："问题在于拉林的幻想飞出十万八千里，结果把问题弄糊涂了。"❸

这里全部引用了列宁有关幻想的前言后语，无非为了引起我们认真思考。当然，列

---

❶ 《马克思恩格斯论艺术（第 2 卷）》，人民文学出版社版，第 191 页。

❷ 《列宁全集（第 33 卷）》，第 318 页。

❸ 《列宁全集（第 33 卷）》，第 318 页。

宁在这里是针对国家计划问题讲的，至于科学幻想作家只要想象合理，飞翔得远一点也是可以的。

伟大的科学家爱因斯坦在肯定科学幻想的时候，曾经指出这是一种特殊的自由。他说这种特殊的自由是完全不同于作家作小说的自由，这倒有点像一个人猜一个设计得很巧妙的字谜的那种自由。他固然可以猜想无论什么字谜底，但是只有一个字才真正完全解决了这个字谜。❶ 爱因斯坦这里讲的是科学研究中的推测、假说，至于科幻文学创作，当然可以有较多的"特殊自由"。

但是，不论是展望未来或回顾过去，其目的都是为了现在。因此，我们要设想科学未来发展的前景，就必须首先了解科学技术发展的现状。未来是现在的发展，只有对现在科学发展的情况进行充分的研究，才能找到那种最可靠、最能预见科学前景的坚实的依据，从而作出对未来的准确或比较准确的、符合科学发展基本规律的设想。著名科幻作品大师儒勒·凡尔纳等人，往往为了研究一个科学前景问题，就亲自批阅许多文献资料，并对它们作了摘录。据说，凡尔纳留下的笔记摘录材料就有 25 000 本之多。他为了写《月界旅行》就曾经研究过 500 多册图书和资料，同时还访问过许多对月球作过研究的天文学家，这种写作精神是值得我们学习的。当然，我们不能限制科幻作家在自己笔下可作的多种遐想，但这些遐想要有一定的科学依据，才具有科学逻辑和艺术说服力，才能启发和激励人们把它实现。马克思、恩格斯生前曾经热烈地赞扬了科学家达尔文的进化论学说，并对赫胥黎的《天演论》等科普读物予以很高的评价，但马克思、恩格斯对于那些信口雌黄的科学"幻想家"，如福格特之流说什么"马是从跳蚤进化来"的呓语，❷ 则予以强烈的讥讽和批评，因为这种"幻想"是离科学十万八千里的奇谈怪论。

我们这样说，绝不是说科幻小说的幻想都要成为现实。科学幻想中的科学的客观可能性，不等于科学的客观真实性。科学允许假说，要发现某方面的科学真理，往往要有许多假说。科学都允许假说，科幻作品更应允许作种种幻想。科学幻想只是对过去和未来的探测，而不是作科学结论。人类对客观世界的认识还处于幼年的阶段，要允许假说或幻想中有错误。人类对客观世界的认识是无限延续的，个人的片面性或谬误总是难免的。恩格斯说得好："拥有无条件的真理的那种认识就在一系列相对的谬误中实现的……只有通过人类生活的无限延续才能完全实现"，❸ 又说：科学对于"人们就像处在蜂群之中那样处在种种假说之中"。❹ 科学如此，何况是科幻文艺创作呢？

再说，即使某些科幻作品中存在一些错误的东西，也要对具体作品进行具体的分析，

❶ 《爱因斯坦文集（第 1 卷）》，商务印书馆 1976 年版，第 846 页、第 210~217 页。
❷ 《马克思恩格斯全集》第 14 卷中收集有马克思专门评论福格特的《福格特先生》，指出福格特的种种招摇撞骗行为。
❸ 《马克思恩格斯选集（第 3 卷）》，第 126~127 页。
❹ 《马克思恩格斯选集（第 3 卷）》，第 126~127 页。

而不能采取一棍子打死的办法。我们要看到：说作品的错误是不是完全错了，错在哪里；是某些科学知识性方面错了呢，还是科学思想方法或其他方面错了？在科学性基本错了的作品中，还要查看是否其中还存在某些合理的东西。大家都知道，马克思、恩格斯虽然严正地批判了傅立叶、欧文等人的空想社会主义，但予以了这些思想家一定的历史位置。作为马克思主义三个组成部分之一的科学社会主义，是在批判空想社会主义基础上建立起来的。马克思、恩格斯对傅立叶的妇女解放思想，对欧文关于童工制度的评论，都给予相当崇高的评价和充分的肯定。科幻文艺作品在我国文坛还是新生事物，需要大家来大力扶持，因此我们对它进行评论的时候，应当采取特别审慎的态度。

（四）建设一支壮大的科学文艺家队伍

我们需要建立一支精干的科学文艺队伍。我们的队伍还很小，不强大。因此，我们要认真地从各方面去开发科学文艺的创作力量，既需要科学文艺的老兵，也需要吸收新兵，以不断补充我们的队伍；科学文艺的事业，既需要科学家和一般科技工作者加入我们的队伍，也需要文学艺术家和文艺爱好者来加入我们的队伍。只有这样，我们的队伍才能逐渐壮大起来。

我们高兴地看到，打倒"四人帮"之后，有不少科学家、科普作家重新拿起笔杆子，并且热心关怀和从事科学文艺创作实践；我们也高兴地看到，一些文艺界老作家关心并从事科学文艺创作活动。这是科学文艺队伍不断成长壮大的喜人现象。团结就是力量。科学文艺队伍需要磐石般的团结，无论什么问题都可以摆在桌面上来讨论。"一花独放不是春，万紫千红春满园。"在开展科学文艺工作中，应当坚决贯彻党的"百花齐放，百家争鸣"的方针；要不拘一格，不限制题材和艺术表现形式，不要设置什么禁区；应当提倡充分自由讨论，在共同努力为实现"四化"的前提下，开展"鸣放"，不是一时一事，而要持之以恒；不是"可有可无""可放可收"，而是永久性的方针，因为这个方针是正确地反映了科学观和科学的文艺观规律的发展要求，实际上就是党的辩证唯物主义的思想路线。只有坚持"双百"方针，我国科学文化事业（包括科学文艺）才会得到蓬勃的发展。

为了不断提高科学文艺的科学思想水平和艺术创作水平，我们应当大力提倡和发展对科学文艺的评论。中肯和客观的评论，将会促进科学文艺创作的繁荣。我们要看到，写篇优秀的科学文艺作品很不容易，写好一篇有一定分量的科学文艺评论文章，也是很难的。它不但需要认真阅读作品，对作品进行具体分析，还需要有丰富的科学知识和文艺知识的积累，需要马克思列宁主义理论素养，这样，才有可能把问题谈到点子上，正确肯定特定作品的优点，阐明作品的欠缺或错误，从而使科学文艺家感到是对自己创作的精心爱护和关怀。当然，如果要求评论家的每一句话都符合作家和读者的心意，那是很难做到的。在这里我们希望科学文艺作家也能做到宽怀大度，虚心听取来自各方面的批评。厨师做了菜，裁缝制了衣裳，都允许顾客品尝或评论，何况作为对人民进行科学思想教育和艺术欣赏的科学文艺作品呢？不但应当让科学文艺作家展开想象的翅膀，对各种各样的科学文艺作品进行写作尝试，也应当允许科普、科学文艺评论家提出自己的看法。议论纷纷本身是好事，但争论不要妨碍团结，同时要求做到有利于工作、有利于促进我国现代化的建设事业。

我们大家都要来爱护包括科幻作品在内的科学文艺这朵花，但爱护不等于一味捧场、满口称赞，只说好，不说差。"良药苦口利于病，忠言逆耳利于行"，符合实际的中肯批评，未必逊于一味地赞扬。杰出的俄罗斯评论家别林斯基在他生前运用评论的手段，扶持和培育了自己同时代若干著名作家，名作家屠格涅夫就是其中的一个。屠格涅夫受过别林斯基多次严厉的批评，不仅没有耿耿于怀，而且晚年对这位已故的评论家怀着非常感激和崇敬的心情，以至于在临终的遗言中交代：要将自己的遗体葬在他的墓畔！请看这位作家与评论家之间的感情是多么深厚啊！"文人相轻，自古皆然"，这是封建时代落后思想意识形态的写照。我们今天生活在社会主义时代，不应当再持这种心态。科学文艺界同样需要批评。批评和自我批评是推动我们工作的动力，可以促使我们思考问题，活跃我们的思想，促进科学文艺创作。只有通过正当的批评促进成长，才是对科学文艺的真诚爱护，而不要因此存在什么隔阂。胸怀开阔一点，态度客观一点，我们是无产者，应当比启蒙时代的伏尔泰等作家更能兼收并蓄，而不要受不得一点批评。

为了繁荣科学文艺创作、写好科学文艺，科学文艺作家、评论家都要发奋认真学习科学。不但要具有科学的基础理论知识，同时还要具备和掌握一两门现代科学技术知识。现代科学发展得很快，科学文艺家要力争成为向科学进军中的先锋战士。当然，一个人的精力是有限的，很难做到能精通各门科学、技术，我们也不应提这样过分的要求，但就一门作略为深入的研究，再触类旁通还是可能的。不这样我们就很难写好科学文艺作品，同时还要认真学习和探索如何更好地运用文艺形式来表现科学题材和内容，而且某个特定的内容应该运用哪一种文艺形式更为适合、贴切，这都是可以推敲的。

掌握丰富的科学知识和深湛的创作技巧，是科学文艺家所必须做到的。

恩格斯在《反杜林论》中说过："我们不仅生活在自然界中，而且生活在人类社会中，人类社会同自然界一样，也有自己的发展历史和自己的科学。"❶ 自然科学同社会科学、文学是不可以分割和孤立的。也正因此，科学文艺家要在深入人民生活中间，才能写出富有人民生活气息、为人民所喜闻乐见的科学文艺；科学文艺的批评家也要深入人民生活，加深对科学和人民生活的认识，才能正确评价科学文艺的作用。

由于社会主义现代化事业的发展，中国越来越需要科学文艺。中国由于受封建统治了数千年，封建主义思想迷信神权、迷信君权、迷信个人。封建专制和小农经济所产生的愚昧落后、形而上学的思想方法，都给现代化建设事业带来了极大的阻力。封建专制的清规戒律，制止和扼杀了人民的幻想，更谈不上科学幻想。只有大力倡导科学与民主，才能排除这些阻力。科学文艺将不仅给我们以独特的科学艺术，同时也将在反对封建主义思想，在普及现代科学思想、促进科学幻想中，起着重要的作用。它将成为提高全民族文化水平所不可缺少的东西。

---

❶ 恩格斯：《反杜林论》，第 21 页。

党中央号召我们：要力争在 20 世纪末攀登思想理论、科学技术和文学艺术的高峰。如何在新形势下搞好科学文艺、提倡写科幻作品，这对我们说来是个新的课题。我们需要高质量的科学文艺。质量是科学文艺作品的生命，而科学技术是科学文艺的血液，文学艺术是科学文艺的肢躯，二者是不可缺一的。为了争取生产高质量的科学文艺作品，有出息的科学文艺家要到最丰富的人民生活中去；同时，要向牛顿学习"站在巨人的肩膀上"，善于批判地吸取和接受过去科学界、文艺界"巨人"的丰富遗产和成果，并把它们加以消化，从中取得丰富营养，使我们的科学文艺作品超越前人，胜过前人，写出我们时代纪念碑式的科学文艺作品来。

我们要善于幻想，勇于探索，敢于创新，精益求精，只有这样我们的工作才能迅速向前进，科学文艺工作才有可能臻于完善；我们要进一步解放思想，勤奋学习，努力创作，让我们共同来培育、浇灌科学文艺之花，使它开得更加绚丽吧！

（1980 年 7 月 24 日深夜于哈尔滨友谊宫）

六、周总理关怀科学文艺和科学普及工作

《知识就是力量》又将重新与读者见面了。人们面对周总理为本刊的亲笔题字，感到分外的亲切。"知识就是力量"这个真理，经过疾风暴雨之后，已为更多的人所理解，将显示出越来越强大的力量。

（一）知识就是力量

1956 年，正当我国生产资料所有制的社会主义改造已经基本完成、党的工作的着重点即将转到社会主义经济建设上来的时候，周总理就高瞻远瞩地指出："科学是关系到我国的国防、经济和文化各方面的，具有决定性的因素。"就在这时，共青团中央委员会、劳动部和中华全国科学技术普及协会共同决定：为青年工人和广大青少年合办一个科学普及期刊，定名"知识即力量"。"知识即力量"，是英国著名的唯物主义哲学家和科学家弗朗西斯·培根的一句名言。

紧张的筹备工作开始了。谁来为这个刊物题写刊名呢？编辑部的同志们想到了敬爱的周总理，一封问候、汇报和恳请的信送去了。没有料到，第二天便收到了总理的亲笔题字，题写了一条"知识即力量"，这是按照编辑部原拟用的译名写的，又写了一条"知识就是力量"六个字，还附了一封短信，是总理身边的工作人员写的；信中传达了总理的意见，说总理认为把这句话译成"知识就是力量"更为确切、有力，但是总理让我们自己选定，所以两种译法都写了。周总理对工作是何等的认真，为群众考虑得是何等的周到，对编辑同志是多么尊重啊！

"知识就是力量"，通俗易懂，铿锵有力，语意更鲜明。总理的这个改动，使刊物的名称更加大众化、通俗化。

在周总理的关怀下，《知识就是力量》这个科学普及刊物诞生了。在成千上万读者的爱护下，发行量飞快增加。"知识就是力量"这句至理名言，也随同周总理的亲笔手迹而在全国广为流传。许多青少年就是在这个口号的鼓舞下，努力学习科学技术，成为

祖国各条战线上的尖兵和骨干。

可是，万恶的林彪、"四人帮"却大批特批"知识就是力量"这句话，说"知识越多越反动"。很显然，他们之所以要诋毁"知识就是力量"这句话，不仅是为了对广大知识分子实行封建法西斯专政，也是为了反对人民敬爱的周总理。在那"万花纷谢一时稀"的艰难日子里，人们是多少想念我们的好总理啊！

（二）发展科学研究，普及科学技术

还在解放战争的炮声没有完全停歇下来的时候，周总理就已经开始构思我国科学发展的蓝图了。1949 年，周总理在一次讲话中提出：自然科学工作者要加强团结，组织起来，成立统一的领导机构，召开代表大会。他号召："科学界要努力发展科学研究，普及科学技术，为粉碎帝国主义的封锁，建设美好幸福的新中国作出贡献。"在周总理的直接关怀下，中华全国第一次自然科学工作者代表会议于 1950 年 8 月在北京召开。周总理亲自出席会议，作了题为"建设与团结"的报告。大会根据周总理"发展科学研究，普及科学技术"的讲话精神，成立了两个全国性的科学技术团体，一个是中华全国自然科学专门学会联合会（简称"科联"），另一个是中华全国科学技术普及协会（简称"科普"）。1958 年这两个组织合并为"中华人民共和国科学技术协会"（简称"中国科协"）。1953 年 4 月，党中央发布了《关于加强科学普及协会工作领导的指示》，指出："科学知识的宣传，不但对于人民群众唯物主义世界观的形成和迷信保守思想的破除有着重要作用，而且在今后国家大规模建设时期，劳动人民学习科学技术的要求将日益增长，群众性的科学普及工作必将有重大发展，因此，科普的工作是有意义的，应当引起重视。"由于党中央和毛主席、周总理的重视，我国的科学普及工作进入了新的发展阶段。

周总理不但深刻地阐明了科学普及工作的重要意义，而且还亲手制定了科学工作包括科学普及工作的工作原则。那是在 1962 年 1 月 29 日，周总理亲临上海科学会堂，向科学界的同志们作报告，提出了"五要五不要"的工作原则，即要实事求是，不要主观主义；要因地制宜，不要千篇一律；要做事及时，不要拖拖拉拉；要重点地抓，不要分散力量；要慎重考虑，不要草率从事。在这次报告中，周总理还要求大家充分发扬敢想敢干、积极钻研、不怕失败、迎头赶超的革命精神，贯彻执行"百花齐放，百家争鸣"的方针。

周总理经常关心科协的工作，多次参加科协和各个学会的活动，对科协工作中的问题总是给予具体的指导和积极的支持。据不完全统计，仅从 1963～1966 年"文化大革命"开始前的 3 年内，周总理对科协的指示和批示就达 11 次之多。周总理就像一个不倦的园丁，在辛勤地培育着科普园地中的花木，使它们迅速茁壮成长。

林彪、"四人帮"一伙肆意破坏我国科学普及事业，撤销科学普及出版社，封禁期刊和书籍，拆散工作人员，还妄图取消"科协"。敬爱的周总理挺身而出，保护科学家、科研机构、科技成果。1967 年 1 月 25 日在首都科技界大会上，周总理严正指出：17 年来科技界的成绩是主要的。周总理严厉地责问否定 17 年科技界成绩的家伙："你们是从哪里来的?!"1972 年 10 月 17 日晚，周总理在会见外宾之前，针对"四人帮"妄图取消科学技术协会的阴谋，在同周培源同志的谈话中特别强调指出："科协不是取消单位，还要开展工作。"周总理的这些意见，给了林彪、"四人帮"一伙以有力的回击。

1974 年，周总理亲自提名高士其同志为第四届人大代表，说："高士其同志代表科普。"

1975 年 1 月 17 日，第四届人大即将结束的时候，高士其同志和天津市的代表们一道，聚集在人民大会堂的台湾厅里，等候周总理的接见。周总理进来时，高士其同志因身体残疾不能站立，坐在转椅上用深情的目光凝视着总理。总理走到他的身边，弯下身来，紧紧地握住他的手，亲切地询问他的生活和工作情况。高士其同志让秘书写了个意见递给了总理。其内容是："科学普及工作，现在无人过问。工农兵群众迫切要求科学知识的武装，请您对科学普及工作给予关心、支持！"

敬爱的周总理看后随即举起了这个条子，响亮地向周围的同志说："高士其同志的意见很好！很好！"接见结束时，总理再次走到高士其身边同他亲切握手。事隔一天，总理在 19 日上午 9 时就给这个条子作了亲笔批示。可是，这个批示转到科学院后，竟被"四人帮"在科学院的爪牙扣压了！

（三）群专结合

"在党的一元化领导下，以预防为主，群专结合，土洋结合，依靠广大群众，做好预测预防工作。"这是周总理亲手为我国地震科学研究工作制定的正确方针。而其中的"群专结合，土洋结合"，以及周总理多次讲过的"普及与提高相结合""理论研究与科学实验相结合"，是指导我国科研工作的重要原则。

1953 年，我国第一个五年计划开始了。正当这个时候，原子能科学技术有了迅猛的发展。就在这一年的冬天，周总理亲自邀集中国科学院副院长吴有训、原子能研究所所长钱三强和当时的科学技术普及协会负责人等座谈，指示要搞原子能科学技术知识讲座。他提出要由科学院从在京的物理学家中组织讲师团并由科普协会做具体的组织工作。在周总理的关怀和安排下，原子能科学技术讲师团很快建立起来了。由于得知这是周总理亲自布置的任务，广大科学工作者都纷纷报名参加。著名物理学家吴有训、周培源、钱三强、赵忠尧、王淦昌、何泽慧，甚至多年不搞物理工作的丁西林等同志都参加了。钱三强同志带头作了第一讲，其他同志纷纷登上讲台，从各个方面、各个角度讲解了原子能技术的基本原理及发展情况。整个讲座内容充实，形式活泼，声势浩大，获得了各方面的一致好评，很快在全国形成了一个普及原子能科学技术知识的热潮。

科学家为广大群众和青少年举办讲座，普及科学技术知识，成为一种专家与群众相结合的好办法，多年来一直延续下来。很多科学家还亲自深入基层，把科学知识送到工农业生产第一线去。华罗庚同志率领数学小分队到工矿企业"送货上门"，普及"统筹法"和"优选法"，受到了毛主席和周总理的称赞，广大群众热烈欢迎，取得了丰硕成果。

　　林彪、"四人帮"一伙极力对抗周总理提出的"群专结合"的方针。华罗庚同志的科普工作也受到严重的冲击。他给周总理写信汇报了自己的困难处境，周总理立即作了四点批示：（1）责成有关部门迅速追回散失的稿件和资料；（2）华罗庚同志不去外地，关系转到人大常委会；（3）要保护华罗庚同志的安全；（4）让华罗庚同志搞他自己所喜欢搞的科研和科普。周总理还亲自安排了一次科学讲座，请华罗庚同志向中央各部委有关负责同志讲解"统筹法"。为了让华罗庚同志能够沿着"群专结合"的道路走下去，周总理又亲自安排华罗庚同志到上海搞"优选法"的试点，请他从上海开始，把"优选法"普及到全国。

（四）希望寄托在你们身上

　　周总理对青年科技人员寄托着无限的希望。

　　1971 年 1 月 13 日下午，周总理在国务院小礼堂接见来自各地的十几名农村业余医务工作积极分子。他请大家坐在自己的身旁，并且亲自给这些青年倒茶。周总理笑着对大家说："我给你们倒茶是应该的"，"你们都是贫下中农的后代，是八九点钟的太阳，希望寄托在你们身上。"周总理非常关心这些青年的成长，详细询问了他们的年龄、文化程度和家乡的情况。晚间，周总理热情地请大家一道进餐，一边给大家盛汤、夹菜，一边亲切地给大家讲抗日战争时期的故事，讲我军优良的官兵关系，热切地期望这些年轻人茁壮地成长。临别时，周总理还叮嘱大家：你们是代表，还有许多同志没有来，请你们回去，向他们问个好；你们一定要把他们带起来共同进步！这些年轻的科学普及工作者，听着周总理语重心长的嘱托，心情激动，热泪盈眶。

　　为了解决我国广大农村缺医少药的落后局面，为了在农村广泛地普及医学科学知识，周总理要求北京医务部门向黑龙江、甘肃、陕西、西藏等边远省区派医疗队。周总理多次接见派往边疆的医疗队队员，每次都强调医疗队到农村后，要大力培养当地的医务工作积极分子和不脱产的医生，建立和巩固发展农村合作医疗事业，要扫除过去遗留下来的陈规陋习，搞好医学知识的普及和宣传教育。周总理甚至连帮助当地社员改造好炉灶、水井、浴室、厕所、畜圈都嘱咐到了，指出要大力开展农村的爱国卫生运动。周总理甚至连山西妇女生小孩存活率低、生育时只能坐不能躺、只能喝小米稀汤的旧风俗旧习惯都了如指掌，叮嘱医务人员要劝说老大娘、劝说儿媳妇，向她们普及科学卫生知识。在周总理的亲切关怀下，医疗队的同志们"有病送医药，无病送温暖"。一代年轻的农村医务人员在周总理的关怀下，在与"四人帮"斗争的风浪中，顽强地成长。

　　敬爱的周总理对科学普及工作的关怀，鼓舞着广大科学普及工作者，决心为实现四个现代化贡献自己的力量。

（本节原载《知识就是力量》丛刊 1979 年第 1 期）

第二卷

先秦时代的科学文艺

第二章　古代神话中的科技和科学幻想

　　本章要点：科学和文学是同时起跑的；女娲是敢于同大自然作斗争的女英雄；敢于把支撑天地的柱子和将绳索折断的共工；敢于同大洪水作搏斗的鲧和禹；开天辟地的盘古；勇于射落九个太阳的后羿；为民造福的神农氏及其他。

　　在古典文学艺术中，神话占很重要的位置。我国古代《山海经》《诗经》《书经》《左传》《国语》《淮南子》等古籍中，可以清理出许多古代神话传说故事。我国古代诗人屈原著作如《楚辞·天问》等诗篇中就蕴含若干有关神话故事的记载。我国新文学奠基者鲁迅，在其名作《中国小说史略》中，开篇就讲"中国的神话与传说"；他的《中国小说的历史变迁》全书只有六讲，第一讲就是"从神话到神仙传"；鲁迅的名作《故事新编》中的《补天》，取材于神话"女娲补天"，《理水》取材于"大禹治水"的神话；《奔月》取材于嫦娥奔月的神话，等等。郭沫若早年名作《女神》中，也吸收了古代神话传说；闻一多写过《神话与诗》，茅盾早年也曾写过《神话杂论》《中国神话ABC》（后改题为《中国神话研究初探》）；连毛泽东同志的《渔家傲》等诗篇，也曾引用了共工怒触不周山的神话。这些事实说明：古往今来著名文人学者都很重视神话和对神话的研究。

　　苏联著名科学文艺家伊林曾指出："科学和文学是同时起跑的。"他说："你谈谈希腊荷马创作的叙事长诗《伊里亚特》和《奥德赛》，就会从中得知荷马时代全部的科学情况。根据《奥德赛》可以制出气象图，并测出足以驱散希腊船只的大风暴。"❶ 又说："如果我们探索科学和文学的发展道路，就会看到这对姐妹老早就并排走着。"❷ 这个看法是很正确的。不论是古中国、古希腊、古罗马、古埃及的神话，它们都是在生产力还很落后情况下的产物。马克思在《政治经济学批判导言》中，将古代神话，看做是"人类童年时代，在它发展得最完美的地方"，而且把它们看做为人类社会文化发展史上的一个"永不复反的阶段而显示出永恒魅力"的作品，❸ 这不仅仅因为神话往往是非

---

❶　伊林：《文学与科学》，科学技术出版社 1960 年出版。

❷　伊林：《文学与科学》，科学技术出版社 1960 年出版。

❸　《马克思恩格斯选集》（第二卷），第 114 页。

常优美的文艺创作之一，同时也由于它们通过一系列生动的艺术形象的描写，表现出了那个时代的生产力——原始社会科学技术的萌芽状况，反映了古代人们对世界起源、人类由来、自然现象（包括风雨雷电的成因等）、社会生活（包括人类如何创造生产资料、生活资料问题）的原始理解——通过超自然的形象和幻想形式来表现的故事和传说。

伟大的作家高尔基曾把近代日新月异的科学技术，称做"科学神话"。同样，在古代神话中间也闪耀着人类原始萌芽状况的科技和对于未来科技幻想的东西。

试以《淮南子·览冥训》中所记载的《女娲补天》这个神话为例。原文写道：

> 往古之时，四极废，九州裂，天不兼覆，地不周载；火爁焱而不灭，水浩洋而不息；猛兽食颛（音专）民，鸷（音至）鸟攫老弱。于是女娲炼五色石以补苍天，断鳌（音敖）足以立四极，杀黑龙以济冀州，积芦灰以止淫水。苍天补，四极正；淫水涸，冀州平；狡虫死，颛民生。

在《列子·汤问篇》《楚辞·天问篇》《山海经》《风俗演义》上都有类似的记载，《太平御览·风俗通》上还说到"女娲抟土作人"。这说明在我国古代神话中，女娲是人类的创造者，又是个敢于同大自然作斗争的一位女英雄。《楚辞·天问篇》王逸注释上说她是："人头蛇身"，"一日七十化"，就是说她每日都在化育着万物。我国古代都认为，天是由四根柱子支撑着的。天下分为九州，而柱子经久折断了，天因崩塌而不能覆盖，地面陷裂而不能承载，何况大火在燃烧，无际汪洋弥漫大地？在这种情况下，神话中的女娲为了拯救生民，用炼成的五色石来补天，斩断大海龟的四支脚作为柱子，以支撑着天的四周；补了行将崩塌的天，除灭了猛兽凶禽，使古代人民又能过着安居乐业的生活。

由此可见，神话中女娲的伟大功绩，就是编造和繁殖人类、补天、立极、扫除灾害。她是为民造福的女神。她是"民知有母，不知有父"的母系社会时代女英雄形象的化身。在这里，从侧面反映了我国从远古时代就能够用炼五色石——彩陶，和人类改造大自然的丰功伟绩，寄托了古代人民征服和支配大自然的顽强斗争的精神。

再看《淮南子》《国语》《史记》中都曾有记载的《共工头触不周山》的神话。其中记载了共工这个神话英雄，他敢于把支撑天地的柱子和绳索折断。《淮南子·天文训》中这样写道：

> 昔者共工与颛顼（音专须）争为帝，怒而触不周之山，天柱折，地维绝，天倾西北，故日辰移焉；地不满东南，故水潦尘埃取焉。

看吧！在这里英雄大力士共工，比起希腊神话中在特洛伊战争击毙特洛伊主将赫克托尔的大力士阿喀琉斯，比起罗马神话中神勇无敌、驱妖牛、除海怪的最伟大的大力士赫拉克勒斯毫不逊色！他为了同传说中的部族首领黄帝的孙子颛顼争夺制约大地的权利，敢于用头颅触神话中的不周山，竟把支撑着"圆天方地"的柱及其系着地角的大绳索弄断了！这个共工神话中的英雄业绩，反映了人民中敢于以自己的头颅顶撞不周山的英雄改天换地、改造大自然而发出的无比巨大的力量！马克思说得好：任何神话都是由想象或借助想象以征服自然力、支配自然力，把自然力加以形象化。❶ 共工就是这样的神人。

马克思早年写的博士论文《德谟克里特的自然哲学和伊壁鸠鲁的自然科学的差别》中，称希腊神话中把火从天帝那儿偷给人类，使人类得到温暖和生存的，造福于人类的伟大的神——普罗米修斯是哲学日历中最高的圣者和殉道者。❷ 说这位神话中的人物有"为了人类能够和自己过去诀别"的精神，因为他盗取天火送给人类，还把各种技术知识教给人类，使人类有了文化，因此被宙斯（上帝）用锁链钉在高加索山顶的峭岩上，每天被一只大鹰啄食他的肝肺，被折磨了3万年之久；直到后来希腊的英雄赫拉克勒斯射死大鹰，他才被解救回到奥林帕斯山的众神中去。类似这种为人类谋幸福而牺牲的精神，在我国古代神话中也有。比如鲧和大禹父子为人类治洪水灾害的神话故事，也是相当感人的。《山海经·海内经》上记载：世人遭到大洪水的灾难，鲧从天帝那边窃取云土——息壤来治理和掩盖人间的洪水，从而触犯了天帝之怒被杀害了。原文写道：

　　鲧窃帝之息壤（按：息壤即长息——无限的土壤）以堙（塞）洪水，不待帝命；帝令祝融（神话中的火神）杀鲧于羽郊。

鲧被杀死了吗？不！他虽死但尸体却不腐烂，而且在腹中孕育了自己的"接班人"——禹。人们用吴刀把他的肚皮剖开，终生、成年累月为人民治理洪水的大禹诞生了——"鲧腹生禹"。《诗经·商颂》中说："洪水茫茫，禹敷下土敷。"他不但用自己的全部力量去降伏了洪水，还杀了巨人、征三苗，为人民做了许多有益的事情。

《山海经》《淮南子》《拾遗记》《庄子》《楚辞·天问篇》等古籍文献，都记载了有关"大禹治水"的神话故事。这里试看《庄子·天下篇》一段话：

　　昔禹之堙洪水，决江河，而通四夷九州也，名山三百，支川三千，小者无数。禹自操橐耜（音妥四）而九杂天下之川，腓（音肥）无胈（音拔），胫无毛，沐甚雨，栉（音至）疾风，置万国。……

这里实际上是记载了我国古代因黄河泛滥而引起的大洪水。禹是这场与大洪水搏斗神话中的英雄，他运用原始的工具，同人民在一起，同特大的洪水进行大搏斗；他没有

❶　《马克思恩格斯选集（第二卷）》，第113页。
❷　马克思的博士论文，人民出版社1973年版，第3页。

31

在洪水面前却步不前，终于制服了洪水。世界各国家几乎都有洪水的神话，基督教《圣经》中写的是希伯来人因洪水泛滥都快要死光了，只有诺亚一家躲进方舟，一直等到放出鸽子，知道洪水已经退去时，才从方舟出来。而像鲧、禹这样亲自参加治水，世代治水，鞠躬尽瘁，死而后已，"三过家门而不入"，专心致志地为战胜大自然，为人类造福的感人的神话故事，却是很少有的！难怪在古籍《礼记》上说鲧禹父子"皆有功于民者也"。

又如关于盘古开天辟地的神话传说，已经十分悠久了。说他生于天地混沌之中，所有日月、星辰、草木，都是他死后由他的身体各部分变化而成。这个神话最先见于三国时吴人徐整著的《三五历纪》，其中写道："昔盘古之死也，头为四岳，目为日月，脂膏为江海，毛发为草木……"《五运历年纪》上也说盘古"垂死化身，气成风云，声为雷霆；左眼为日，右眼为月，四肢五体为四极五岳；血液为江河，筋脉为地理，肌肉为田土，发髭为星辰，皮毛为草木，齿骨为金石，精髓为珠玉，汗流为雨泽；身之诸虫，因风所感，化为黎甿。"这个"盘古"，也就是《后汉书·南蛮传》中的槃瓠，即所谓"日长一丈"的巨人，这同北欧神话中所说的天地万物都是由冰巨人的尸体某部分造成的很相似，实际上都是赞扬人类的巨大力量。

在《淮南子·本经训》的"羿射九日"中写着在尧时，由于天上有十个太阳，天气过于炎热了，庄稼禾苗都被烧死；神话中的英雄人物羿为人民除害，他用箭把九个太阳都射落了，让天上只留下一个太阳，同时还杀死了许多恶禽、猛兽，使人民得以生存。同样，这个神话传说也是反映了古代人民幻想怎样同天体和其他大自然恶劣的环境作不懈的斗争、为民谋福利的英雄事迹。神人能把九个太阳用弓箭射落，改善了大自然过分炎热的气候，使原始草木庄稼能在适当的温度中茁壮生长，这个神话恰表现了史前人类对科技的一种幻想。

高尔基说过：在原始人的观念中，神并非一种抽象的概念、一种幻想的东西，而是一种用劳动工具武装着的十分现实的人物，是某种手艺的能手和发明者、人们的教师和同事。在我国神话中开天辟地的盘古、炼石补天的女娲，她制作了笙簧，另有伏羲从事渔猎、结网；黄帝造琴瑟、制作衣裳，他和他的臣僚制造工业、舟、车、冠冕、律吕、甲子、算数、音乐等；人身牛首的炎帝神农氏，发明农耕和尝百草，制造草药；蚩尤造兵器……

"古代著名的人物乃是制造神的材料"，我国古代从盘古、女娲、共工、鲧、大禹直到姜尚等人物，正是这样的神话人物。他们又都是为人民造福的神人。女娲为人民治平洪水、杀死猛兽，使人民得以安居；伏羲氏从事渔猎，教民结网；后羿射掉天上的九日、改造气候，使生物适于生长，射杀猛兽长蛇，为民除害……所以这些富有原始社会科技思想的神人，又是体现了以自己崭新的科技力量，去积极地为人民谋福利的幻想和理想中的神人！

鲁迅在1925年给傅筑夫等人关于搜集古代神话的信中写道："关于中国神话，现在诚不可无一部书。"那么，怎样搜集我国古代神话呢？他认为应当留心注意到"天地开辟，万物由来（自其发生之大原，以至现状之细故，如乌鸦何故色黑，猴臀何以色红），苟有可稽，皆当搜集。"❶ 这说明神话的作用之一是追本穷源，是古代人类回答大自然的为什么。

　　人类需要幻想，幻想是科学技术之母。我国古代神话中间充满着幻想性的东西，这从某一方面来说，是科技萌芽的东西，不容忽视。这也是为什么在原始社会的野蛮时期就有了神话。马克思在《摩尔根〈古代社会〉一书摘要》中讲道："在野蛮时期的低能阶段，人类的高级兽性开始发展起来。……想象，这一作用于人类发展如此之大的功能，开始于此时产生神话、传奇和传说等来记载的文学，而业已给予人类以强有力的影响。"不论是盘古神话、女娲神话、大禹神话，还是其他种种神话，都是说明古代神人如何与自然力作斗争，终于战胜了自然力，它们从侧面反映了人类征服大自然的幻想和愿望。从某一方面看来，这种幻想也是有一定的科技思想根据的，因为人类一开始从实践中逐渐意识到自己有着无穷的力量。因此我们在学习中国古代神话的时候，不要忘了神话中间不但有原始社会萌芽中科学技术的记载，同时也不能忽视其中还有着促进人类生产力向前发展的关于科技方面的幻想。

（1980 年 11 月 10 日夜）

---

❶ 《鲁迅书信集》，人民文学出版社 1976 年版，第 67 页。

第三章 《山海经》中的幻想与自然科学

本章要点:《山海经》神话的科技幻想;《山海经》里的怪异动物;《山海经》里的奇异植物;《山海经》中的地理;《山海经》中的神祇。

我国古代名著《山海经》十八篇,其中包括古代神话、历史传说、动物、植物、地理、中外交通等方面的记载。古往今来有不少人对这部古典作品作过探索研究,如晋郭璞曾为《山海经》作注、清毕沅写《山海经校正》、郝懿行的《山海经笺疏》等。东晋诗人陶渊明的《读山海经》诗中写道:"泛览周王传,流观山海图。俯仰终宇宙,不乐复何如";"夸父诞宏志,乃与日竞走。俱至虞渊下,胜若无胜负";"精卫衔微木,将以填沧海。刑天舞干戚,猛志固长在。"不难看到,这位一生贫困、不为五斗米折腰、好读书的大诗人陶渊明,是怎样"欣然忘食"地去研究《山海经》里的神话传说。我国近代新文学奠基人鲁迅从小也非常喜爱《山海经》。尤其是其中画的人面的兽、九头的蛇、三脚的鸟、生着翅膀的人、没有头而以两乳当眼睛的怪物,深深地吸引了儿童时代的鲁迅的心。鲁迅在《阿长与山海经》这篇著名散文中写他的保姆长妈妈送给他《山海经》时,用感激的心情写道:"这四本书,乃是我最初得的,最好心爱的宝书。"❶诚然,《山海经》里不少问题至今没有弄得很清楚,但无疑在《山海经》里是既有着幻想,也有着原始科技方面的东西。

一、《山海经》神话的科技幻想

《山海经》里的"北山经""大荒北经""海内经"中,都蕴含着很丰富的原始神话传说。

《山海经》里"精卫填海"的神话:

发鸠之山,其上多柘木。有鸟焉,其状如乌,文首,白喙,赤足,名曰精卫,其鸣自詨。是炎帝之少女,名曰女娃。女娃游于东海,溺而不返,故为精卫。常衔西山之木石,以堙于东海。

---

❶ 《鲁迅全集》(二十卷本,第二卷),第358页。

这是多么富有想象力的神话。精卫不过是只小鸟,但志气却很大,决心衔西山的木石,去填平浩瀚的大海,不达目的誓不罢休。它反映了远古人类同大自然斗争的坚强意志。

《山海经·海外北经》里"夸父逐日"的神话:

> 夸父与日逐走,入日。渴,欲得饮。饮于河渭,河渭不足。北饮大泽,未至,道渴而死。弃其杖,化为邓林。

你看,神话中的巨人夸父,勇敢地去追赶太阳,死了以后还要化做蔽日的森林,为人类造福!它歌颂了为改造大自然而勇于献身的精神。

《山海经·海内经》大禹治水的神话:

> 洪水滔天,鲧窃帝之息壤,以堙洪水。不待帝命。帝命祝融杀鲧于羽郊。鲧复生禹,帝乃命禹卒布土,以定九州。

在洪水滔天的时候,大禹的父亲鲧为了治水,像希腊神话中普罗米修斯向天帝偷火给人类而受罚一样,偷窃了天帝的"息壤"来埋没洪水。鲧也因此而"犯罪",被天帝命祝融砍了他的头,但是鲧肚子里还是生出禹来,继续为人民治理洪水。这表现了我们祖先世世代代同大自然作斗争的顽强精神。

《山海经·海外西经》里关于刑天的神话:

> 刑天与帝争神,帝断其首,葬之常羊之山,乃以乳为目,以脐为口,操干戚以舞。

你看,这个反抗之神——刑天,为了同天帝争夺神座,被天帝砍了头;他仍不甘休,以两乳做眼睛,以肚脐做嘴巴,左手拿盾,右手拿大板斧,继续同天帝作斗争。这种不屈不挠死不甘休的斗争精神,是极可称赞的!

以上四则神话故事,反映了我国古代人民雄伟的"宏志"和"猛志"!是产生科学技术最根本的精神因素。这些神话故事,充满了幻想,是产生科学技术不可缺少的伟大思想源泉。

二、《山海经》里的怪异动物

《山海经》里所写怪异动物极多。东汉刘歆在《上〈山海经〉表》上写道:"孝武帝时,尝有献异鸟者,食之百物所不肯食。东方朔见之,言其鸟名,又言其所当食。如朔言。问朔何以知之,即《山海经》所出也。"这说明《山海经》是古代的一部动物志。

《山海经》上记载了许多奇禽异鸟，如状似鸡、三首六目六足三翼的鸱鸺（chángfū）、如鸠般的灌灌、如鸥的鹗、三足人面白首的瞿如、如鸡般五彩的凤凰、如枭般人面四目有耳的颙鸟、如翠赤喙的鸥鸟、能言的鹦鹉、如鹊般赤黑两首四足的鹝（dié）鸟、如雄鸡般人面的凫徯鸟、蛮蛮鸟、鹰、鹗鸟、如鸳鸯般的钦原鸟、如鹤般的毕方鸟、三青鸟、白雉鸟、号鸟、五彩赤文的鹕鵌（qítú）、毛如雌雉的白鹨鸟、如鸟乌文首白喙的精卫鸟、形似鸳鸯的鸀鹏鸟、如鸡白首鼠足虎爪的鸩鹤、如枭三目有耳的狄（dì）鸟、青黄色人面的鸶（cì）鸟以及鸾鸟、凤鸟、青鸟、孟鸟、黄鸟、五彩鸟、皇鸟、比翼鸟、翠鸟、为西母取食的三青鸟等，将近150种之多。其中除了有些是"神鸟"之外，有相当部分是古代鸟类，很需要鸟类专家为之鉴定。

《山海经》中记载有许多奇异罕见的兽类，如在"南山经"有招摇山白耳的狌狌，堂庭与发爽山的白猿，枏阳山如马般白首、赤尾的鹿蜀，基山形状如羊、九尾四耳、目在背的猼訑，柜山音如狗吠的狸力，长右山四个耳朵的长右兽，尧光山人面般的猾裹兽，浮玉山如吠犬、性食人的彘，祷过山上的犀、兕、象等。

"西山经"里记载钱来山如羊、马尾的羬羊，鹿台等山的㸲（zuó）牛，符禺山形如羊的葱聋，竹山如豚般白毛的豪彘，羭次山的长臂器，女床山的犀、熊、罴，天帝山如狗般的溪边（或称谷遗），翠山的旄牛、麝、虎，鹿台山的白豪，小次山白首赤足的朱厌，西皇山的麋麂（sì），崇吾山上的举父，昆仑丘上如羊般长着四角能食人的土蝼，西王母居处的形如犬、豹文、角如牛般的狡、章莪，形如赤豹有着五尾一角、音如击石的狰，阴山形如豹般白首的天狗，孟山的白狼、白虎，洛水上鼠身、鳖首、音如吠犬的蛮蛮，中曲山上形如马般白身黑尾一角有着虎牙爪、音如鼓般能食虎豹的驳，邽山形如牛般能食人的穷奇，崦嵫山马身鸟翼、人面蛇尾的孰湖等。

"北山经"里记载有如马般、文臂牛尾的滑的水马，虢山的橐驼，丹熏山兔首麋身的耳鼠，少咸山如牛般赤身人面马足、音如婴儿的窫窳，狱法山如犬般人面的山狶（huī），北岳山如牛般有四角、人目彘耳、音如鸣雁的诸怀，堤山的马，如豹般的狃（niù），敦头山牛尾白身一角的䮷（bó）马，钩吾山羊身人面、目在腋下、虎齿人爪、音如婴儿般能食人的狍鸮（xiāo），北嚣山如虎般白身犬首马尾的独狢（yù），归山形如羊般有四角马尾的驒（huī），马成山形如白犬般黑头、见人则飞的天马、天池山形如兔般鼠首、以背飞翔的飞鼠，阳山形如牛般赤尾的领胡，泰戏山形如羊般独角一目、目在耳后的䝙，伦山的罴等。

"东山经"记载称枸状山如犬般的六足的从从，空桑山如牛虎文的軨軨，余峨山状如兔般鸟喙鸱目蛇尾的犰狳（qiúyú），耿山如狐般有鱼翼的朱獳，岐山之虎，孟子山的麋、鹿，踇（mǔ）隅山如牛般马尾的精，北号山如狼般长首鼠目能食人的猲狙，剡山如彘般人面、黄身赤尾、音如婴儿的合窳，太山形如牛般白首一目蛇尾的蜚，等等。

"中山经"上记载的霍山如狸般白尾的胐胐，辉诸山的麋，伊水上如人般虎身、音如婴儿能食人的马腹，敖岸山形如白鹿、四角的夫诸，厘山上形如牛般苍身、音如婴儿能食人的犀渠，牡山的羬羊、㸲牛，桃林的马，荆山的豹、虎，美山的兕、牛、豕、鹿，琴鼓山的白犀，岷山的犀、象、夒牛，蛇山如狐般白尾长耳的虮狼，鬲山的熊、罴、蝚蝚，攻离山赤目赤喙白身的婴勺，依轱山如犬般有虎爪有甲的猲，即谷山的黑豹，历石山如狸般白首虎爪的梁渠，暴山的鹭，等等。

"海外南经"上记载有狄山、汤山上的熊罴、文虎、蜼、豹等，"海外北经"上记载的务隅之山的熊、罴、文虎、视肉、如马的䮾騄、如白马般锯牙的驳、如虎般的罗罗（又叫青兽）。

"海内南经"记载有东湘水南面有如牛般有着苍黑一角的兕、如豕般人面的狌狌、如牛般黑黑的犀牛、龙首能食人的窫窳、如马般四节有毛的旄马等。

"海内西经"记载的身大类虎、九首人面的开明兽以及蛟、蜼、豹等。

"海内北经"记载在昆仑有状如人般虎文的蟜（jiǎo），人身兽首的环狗，人面兽身青色的阘非，林氏国大若虎般、五彩尾长于身、能日行千里的驺吾（又叫珍兽），等等。

"大荒东经"记载有九尾狐、三青马、三骓、视肉、夒等兽类。

"大荒南经"上记载有左右有首的跊（chù）踢，三青兽相并的双双，以及熊、罴、象、虎、豹、狼、视肉，盖犹山的青马、三骓（赤马）等。

"大荒西经"里记载的兽类有视肉、三骓、屏蓬，以及金门山的天犬（又叫赤犬）等。

"大荒北经"记载卫于山上的虎、豹、熊、罴、视肉和肃慎氏之国有四翼的蜚蛭、兽首蛇身的琴虫等。

"海内经"记载着神民之丘上有龙首食人的窫窳、人面的猩猩（又叫青兽）、如兔般的䶂狗，以及幽都山的玄豹、玄虎、玄狐等。

总之，在《山海经》里，人们看到怪诞的兽类竟达210多种。它们有哪些今日继续存在，今天名字都叫什么，也是值得我们继续研究的。

《山海经》还记载了各种各样的鱼，如"南海经"中产在柢山如牛般有蛇尾有翼的鲑鱼，产在英水中有着人面、音如鸳鸯般的赤鱬鱼，丹水的人鱼，观水里像鲤鱼有着鸟翼的白首赤喙、味酸甘的文鳐鱼，桃水里如蛇般的鲳鱼，宛水里有着鱼身蛇首六足的冉遗鱼，渭水里如鳝鱼般的鳋鱼；"北山经"，滑山赤背的清鱼，彭水里像鸡一样有着赤毛三尾六足四首、能发出鹊音的鯈鱼，谯水里一首十身能发出吠犬声的何罗鱼，决决水里有四足、音如婴儿般的人鱼；"东山经"，深洋里好像鲤仙人的有六足、鸟尾的鮯鮯鱼，泚水里像鲋鱼般有着一首十身的茈鱼；"中山经"，芬水的飞鱼以及文鱼、鲛鱼等；"海外西经"中，有龙鱼、鳖鱼；"海内北经"中，有陵鱼、大鲠，"大荒西经"，蛇化的鱼妇鱼等。《山海经》记载了共计约有50余种鱼类。

《山海经》记载有旋龟、龙龟、三足龟、三足鳖、良龟等十余种龟类。

《山海经》还记载了各种古代的蛇类，如太华山的肥遗蛇，泰眉山的白蛇，騩山的积蛇，成山毛如彘豪、音如鼓柝的长蛇，渔山的怪蛇，浴水的赤首、自身能发出音如牛般的大蛇，阳水里人面豹身鸟翼能发出音如叱呼的化蛇，紫桑山的白蛇、飞蛇，开明曾南的蝮蛇等30余种蛇类。

诚然，《山海经》里记载了各种怪异动物，但在这里龙蛇却是神圣不可侵犯的。例如，"海外南经"写"南方祝融（按：古代神话中的火神）兽身人面，乘两龙"；"海外西经"上写着："巫咸国，在女丑北，左手操青蛇，右手操赤蛇"；"海外东经"写"雨师妾在其北，其为人黑，两手各操一蛇，左耳有青蛇，右耳有赤蛇"；"海外东经"写道："东方勾芒鸟身，人面，乘两龙"。像这样的例子还可以举出很多。不难看到，龙、蛇是古代民族图腾崇拜的神物。龙蛇飞舞，象征着国泰民安。闻一多先生在《说龙》里作了深刻的论证。他说《山海经》最初流传下来的是图像，后来才记成文字，而文字是根据图像而逐渐增加的。但是现存的图本恐怕已不是旧图了，而是后人加以再创作的罢了。

《山海经》不但写了许多怪异的动物，也写了许多奇怪的人物。《中国科学技术史》作者李约瑟先生在该书第五卷《地学》一书上，归纳出《山海经》提到的怪人就有如下26种：（1）飞头；（2）刑天（无头人）；（3）狗首人身；（4）讙头（有翼人，在汉墓浮雕上常常可以见到的有翼妖精）；（5）贯胸人；（6）氐人（人鱼）或独脚人（在汉墓浮雕上也常见）；（7）交胫人；（8）长股人；（9）长臂人；（10）大人；（11）无肠人；（12）聂耳；（13）与鹤交战的矮人；（14）用脚来遮太阳的怪人；（15）有尾人；（16）英根（人马）；（17）一臂人；（18）一目人；（19）胸人（眼睛或整个脸面长在胸上的人）；（20）三首人；（21）三身人；（22）蚰（kūn）龙（人首虫身）；（23）有翅无影的人；（24）疆良（虎首人面人）；（25）人首狮身；（26）叉舌或叉肢人（见该书第一分册第21页）。

这些奇形怪状的人，主要是出现在"海外""海内""大荒经"里的各"国"。这应是描写古代的各个氏族部落的状况，记载了他们的形状和种系。据不完全的统计，《山海经》里所讲到的"国"（氏族），有95个。例如，结匈国，主要形状是结匈或者就是鸡胸，胸部前骨头凸出一块；羽民国，长头，身生羽毛；不死民，皮肤黑色，长寿不死；三苗国，腋下长着翅膀，但只是点缀观瞻，不能飞行；周绕国，冠带短小，食嘉谷；三首国，一身三首；三身国，一首三身，系帝俊娥皇的后代，黍食；讙头国（或叫讙朱国，是神话中尧子丹朱的后代），人脸鸟嘴，能在海边捕鱼，身上长着翅膀；丈夫国，衣冠带剑；载（音至）国，黄色人，能操弓射蛇，食谷；轩辕国，人面蛇身，尾交首上；白民国，白身、披发、状如狐，背上生角；长臂国，手臂特长，能在水中捕鱼，两手各捕一鱼；一目国，只有一个眼睛，目居在面部之中，食黍；聂耳国，人们常用两手捏着耳朵；大人国，特大，传说为追赶太阳的巨人夸父的后代，能削造船只，黍食；君子国，衣冠带剑，好让不争，黍食；黑齿国，牙齿乌黑，食黍；卵民国，民能生卵；西周国，姬姓，食谷；北齐国，姜姓；犬戎国，人面兽身……以上可见古代传说里当时各个氏族部落（国）的一些概貌。这里除西周、北齐以外，许多"国"还需要作进一步考证其所指。我国古典小说家李汝珍的《镜花缘》，曾经部分沿用了这些材料，来展开小说创作中若干情节的描写。

《山海经》还有神、人、兽都有羽翼的记载。羽翼的形态大致可分为三类：一是普通鸟羽，二是长带状的羽翼，三是尖狭长状的羽翼。有飞神、飞人与飞兽，这说明在史前时代，我们的先民早就幻想着神、人、兽都能羽化腾空了！尤其是对于龙，那是动物中的佼佼者，人们都幻想自己能化为飞龙！后来在封建社会时代竟把帝王幻想为龙的化身：帝王的脸孔叫"龙颜"，身体叫"龙体"，坐的位子叫"龙位"，穿的衣服叫"龙袍"。这其实是史前人类幻想的延续，只不过是这些"幻想"为帝王们所独占罢了！

三、《山海经》记载的奇异植物

在我国古籍中记载植物最多的，除《诗经》以外，要算《山海经》了！但是，如果说在《诗经》里许多植物只是记下了名称，而在《山海经》里除了名称之外，往往还对其生长状态，甚至有关用途，也作了简略的记载，其中有些还画成图画。有人认为倘若把《山海经》里所写的各种植物详细地汇集起来，就要成为一部古代植物志，这话并不过分夸张，《山海经》对于研究我国古代植物学史或药用植物史，都有一定的用处。

据不完全统计，《山海经》里写的植物有 260 种之多，其中"山经"记载的各种植物占全书的 80%，而"海经"则占 20% 左右。"五藏山经"载植物 203 种，其中"南山经" 13 种，"西山经" 58 种，"北山经" 26 种，"东山经" 7 种，"中山经" 99 种。"中山经"记载的植物最多，占一定分量的是实物，很少是神话植物。"海经"记载的植物共有 51 种，"海外北经" 3 种，"海外东经" 5 种，"海外南经" 4 种，"海外西经" 13 种，"大荒东经" 4 种，"大荒南经" 9 种，"大荒西经""大荒北经"各 4 种，"海内经" 3 种。在"海经"所记载的植物则有不少是神话植物。

《山海经》记载了各种花草，其中有些是古代的药草。如招摇山丛生的青青华，传说是食之不饥的祝余（又叫桂荣）；小华山生于石上的草荔，蟠冢山叶如姜般、本如枯梗、食之不能生子的骨客草，天帝山绿葵般的杜衡，卑涂山叶如葵可以毒鼠的无条草。此外，如苦辛、牛伤、嘉荣、少辛、芍药、木禾、菊等共有 90 种之多，其中有些草，还详细记载了它们的产地、性质和形状。如小华山的草荔，食之则心痛；少陉山的茑草，形状如葵，赤冬、白花，食之不愚。《山海经》还记载了稻、黍、稷、菽（大豆）、赤菽（小豆）等，说明史前人类已经懂得利用它们做粮食，只是未见有关麦的记载。

《山海经》记载的树木，也是品目繁多的，计有桂、迷谷、栋木、梓柟、荆、杞、松、棕、乔木、竹箭、盼木、丹木桑、榛、柏、桃、李、枳、棘、竹、枸、漆、桢木、柄木、美枣、槐、楮、萧、柦、柘、椐、扶木、杨桃、文玉树、圣木、白柳、苦木、不死树等，200 余种。其中如瑂珥树、三株树、珥琪树，虽各为树，实质上是珊瑚，不是植物；而像麻、竹、松、柏、李、杏、梨、枣、杨、柳等是某种植物的总称，今天看来是属于一个"种"的植物，而不是指那种异体植物。

从《山海经》还可以看到，当时的人们对寄生植物已经有所认识了。如《中山经》上写道："衡山多寓木"，所谓"寓木"，就是一种木寄生在另一种木上的。

《山海经》记载了许多种木类，这是很重要的。这就说明为什么人们当时已经能够制造弓箭、农具、车辆、房屋、桥梁了，因为这些东西都是用木头作为原料制造出来的。许多果树的出现，也说明当时人类已经大量吃果品了。

《山海经·海内西经》上记载的珠树、文玉树、珂琪树，都是生长着珍珠和美玉的树；其中的"不死树"，树上的花果可以制不死之药。"大荒南经"讲到，有种植物名叫"甘木"，郭璞注中说"甘木"即不死树，这都是近于神话的植物了。

四、《山海经》中的地理

现代有些科技工作者把《山海经》看做是古代地理著作，这是有一定道理的。《山海经》里记载了许多山脉和河流，因此在两汉时代也曾把这部书当做治理河道的书。《后汉书·王景传》记载：汉明帝曾经把《山海经》及《河渠书》《禹贡图》作为礼品送给王景，作为治理河流的指南。这也说明在东汉时代，人们并没有把《山海经》当做"语怪"的书，而是把它当做描述山川河渠的书来看待。也正因为这样，在王充《论衡》、张华的《博物志》、郦道元的《水经注》中，都很推崇这部书。《隋书·经籍志》把《山海经》纳入地理类，晋人把记载河流的《水经》附录在《海内东经》的后头，也是因此。

当然，作为古代的地理书，《山海经》在司马迁这样非常求实的历史家看来，未免"闳诞迂夸，多奇怪俶傥之言"。这因为在上古时代，人们足迹所到的范围还很小，人们的地理知识还非常有限，特别是由于舟车还不发达，很少人作过远途旅游，因此对于山川水土的分布，还不能达到像近代的以至今天这样的认识，所以我们不能对他们作过分的责难。但是，据清代钱塘吴忠恩的考证，《山海经》里讲的山川地理，都有一定根据。如"西山经"上讲的"华山之首的钱来之山"，就是现在的陕西洛南县一带；松果之山，是现在河南闵乡县一带。"西山经"叙述的是起于华山之首，水流倾注于渭水；其中所述大华山，应是今陕西华阴市，小华山应是现在华州的南少华山。整个"西山经"讲的是我国西北角的陕西、甘肃一带，"西山经"以下则又似乎是讲中国的西南部了。"北山经"讲的是新疆喀喇沙尔厅和蒙古，以及今天已被俄国占领了的地方。至于"北山海"，可能讲的是山西陵川县南北太行山一带地方；"东山经"，讲山东及泰山、河南汤阳、山西上党地区；"海内西经"，可能讲的是西藏、甘肃等地区。

我国的地理学家王庸在《中国地理学史》（商务印书馆版）上说："《山海经》一书，所述多离奇怪诞，不会实情……降及今世，一面因古研究之进精，一面由西来民俗学与考古学观念之指示，《山海经》之地位不断增高"；"考《山海经》之内容，约有三种，主要划分：其一为记山川、道路、民族等含有地理性质者。此其所述，虽未必真确无讹，而大多可于后世之地理求其连带关系。其二即所记各地物产，以及各地药物之巫医作用。其中不乏其实记载，以与后世事实相质证。……其三即为各种祭祀巫医等原始风俗，与前项医物颇多关系者。是则研究吾国民俗学者之重要材料，且有一部分故事传说颇与古史有关者。"；"《山海注》中有图，朱子已注意及之。而《山海注》图之源于九鼎，明代杨慎言之甚明"；"而绘图之形式以山川、部落等实际事物为主体"，"至于此类图绘之中，其此山与彼水，此族与彼族之距离远近，并不能以正确之比例表示于图。"（见该书第 1～16 页）侯仁之主编的《中国古代地理学史》（科学出版社），也在一定程度上肯定了《山海经》。

《山海经》在地理学上的地位，李约瑟《中国科学技术史·地学》上曾讲道：施古德曾把《山海经》"看作是最古老的旅行指南，所以曾力图对书上的许多记载作出博物学上的考证"，"这些考证今天看来仍然是很有意义的"。❶ 所有这些，说明《山海经》一书具有一定的科学价值。

当然，作为古代地理著作的《山海经》，其中所记载的地理，多半还只限于地表现象；同时，由于时代的推移，《山海经》上所说的地名，未必就是现在的地名，如昆仑山，可能在新疆、甘肃，赤水应在蒙古。《山海经·海内西经》上尽情地描写了"帝之下都"的"昆仑之岳"以及山中的奇物，也是值得人们去探索研究和进一步诠释的。

五、《山海经》中的神祇

《山海经》中有许多关于神或神人的记载，神的形态大致是按照人加以复杂化和再创造的。如"大荒东经"上记载："有夏州之国，有盖余之国，有神人，八首人面、虎身、十尾，名曰天吴"，如此等等。《山海经》中的神多数是居住在名山里，形象都是以人为基础，又有怪异、恐怖的特点。比如像人面的神，就有人面龙身、人面马身、人面羊身、人面豕身、人面虎身、人面蛇身、人面兽身、人面鸟身，以及人面豹皮、小腰白齿、人面羊角虎爪、人面犬耳兽身、人面豹尾虎齿、人面二首、人面三首；其次是人身羊角、人身三足的，龙首人身、龙首鸟身、龙首马身的；此外，还有鸟首龙身、鸟首虫身的。这些神祇，都是要按时用牛、羊、鸡、豕或瑜、玉献祭的。这说明在原始社会里，人类由于受到大自然的制约，还没有摆脱神权的支配。但这些神充其量只不过是人和禽兽威严、恐怖的化身而已！

六、结束语

《山海经》究竟是谁写的呢？至今还是个疑问。传说中有禹和伯益，说他们为了治水，游历过九州土地，见过许多奇人、奇事、奇物，因此写作了这么一部《山海经》。这种说法，看来未必可靠。各篇著作亦无定论，全书可能不出于一时一人之手。现代一些学者认为，《山海经》中十四篇是战国时作品，"海内篇"等四篇为西汉初年的作品，而《山海经图》可能是战国以前的作品。

《山海经》蕴含有许多我国古代神话传说、历史、地理、动物、植物、药物、矿物等世界较早的文献资料，既有萌芽中的科学，也有马克思所说的人类社会童年的文艺——神话传说。《山海经》既有原始科学萌芽的东西，也有着史前的文艺。其中有不少材料对于今天考古学、人类学、地学、生动物的研究，是很有用处的，有一定的科学历史价值，也有一定的文学艺术价值，是值得我们进一步去探索研究的。

（1980 年 12 月末于北师院）

---

❶　李约瑟：《中国科学技术史》，科学出版社 1990 版，第 20 页。

第四章 《诗经》中的农业科学浅探

本章要点：《诗经》中写出草木 150 多种，动物 200 多种，鱼类 39 种，飞鸟类 67 种，昆虫 21 种及其他；《诗经》反映了我国西周至春秋的农业生产状况及其发展；《诗经》中反映了我国的井田制度；《诗经》中描写的当时主要农具；《诗经》中描写的当时农作物及选种播种；《诗经》中描写的当时农田水利；从《诗经》看当时的畜牧业；从《诗经》看当时的日食、月食和地震。

　　《诗经》是中国古代流传下来的第一部诗歌创作，或称"诗三百篇"（实有 305 篇），其中包括自西周初年（公元前 11 世纪）到春秋（公元前 7 世纪）时代 500 年间的诗歌创作。《诗经》按照作品的性质和乐调的不同，分为"风"、"雅"（有大雅、小雅）、"颂"三类，主要产生于今陕西、山西、河南、山东等省境内。相传古代有采诗制度，有专人到民间收集民间诗歌。据《史记》记载，此书曾经过孔子删定，但这并非定论，至今还有争议。但在《论语·为政》上写道："诗三百，一言以蔽之，曰思无邪。"《诗经》的"风"揭露了当时政治上的黑暗和混乱，反映了劳动人民生活的困苦；"雅""颂"部分以维护当时统治阶级的创作为主，有祭祖诗，宣扬统治者是受命于天的思想，其中有些诗篇也记载了当时的生产力状况。《诗经》最精粹之作是"风"，包括周南、召南、邶、鄘、卫、王、郑、齐、魏、唐、秦、陈、桧、曹、豳，共 160 篇。"雅"共 105 篇，其中"大雅"31 篇，多半是西周王室贵族的作品，歌颂了后稷以至武王、宣王等人，美化了周朝的统治，保存了周初和宣王中兴的史料，并反映了周厉王和幽王时期的政治混乱和危机；"小雅"74 篇，产生于西周后期和东周初期，中间也掺杂有反映人民生活痛苦的篇章。《诗经》中的"颂"共 40 篇，包括"周颂""鲁颂""商颂"，其中主要歌颂了当时贵族的统治，鼓吹"天命"与"神权"。鲁迅在《汉文学史纲要》中指出：实《楚茨》《信南山》《甫田》《大田》《无羊》等，都是农事诗和畜牧诗；《大雅·生民》《大雅·公刘》虽是史诗，也记载了当时的农牧业生产情况；《大雅·生民》，歌颂了周民族始祖后稷在农业生产上的丰功伟绩；《大雅·公刘》，追述了周代远祖公刘率众迁徙、缔造新国家的史实。就是"颂"中，也有若干描写农事、畜牧的诗篇。如"周颂"中的《臣工》《噫嘻》《丰年》《良耜》，对西周的农业情况，写得很具体、生动，反映了当时农业生产方式；《鲁颂·驷》，反映了鲁僖公时代牧马业的发达。

《诗经》不仅深刻反映了我国西周至春秋时期的农业生产状况，同时还用具体材料说明它比商代农业生产有了发展，不论在生产工具和农作物品种上都有很大的进步。它描述了当时的耕地、播种、中耕、锄草、灌溉、施肥等方面的操作技术，这一切较之商代有了很大跃进，出现了园圃。特别是到了春秋时期，那正是奴隶制向封建社会转化的时期，由于冶铁业的发明，牛耕使农业生产技术得到进一步的改善，水利灌溉设施的出现使生产力得到进一步提高。在畜牧业方面，一些家禽、家畜的饲养和放牧都取得较高的成就，出现了相马的技术等。

西周的井田制制度，是我国奴隶主残酷剥削奴隶的土地制度。这在《小雅·北山》等诗篇作了详尽的记载："溥❶天之下，莫非王土。率❷土之滨❸，莫非王臣。"就是说，普天之下，没有不是王的土地；沿着土地的边际，没有不是王的臣民呢！

从这里可以看到西周的井田制度是奴隶主统治的经济基础。当时全国的土地属于奴隶主所有，井田是各级奴隶主强迫奴隶劳动的计算单位。《谷梁传·宣公十五年》曰："古者三百步为里，名为井田。"一井的面积方一里，一百井方十里，容纳 900 个奴隶劳动。

在《周颂·噫嘻》中写道："噫嘻❹成王，既昭假尔❺，率时农夫，播厥百谷。骏❻发❼尔私，终三十里，亦服❽尔耕，十千维耦❾。"就是说，成王既已在上帝之前，大声祷告，为你们祈求丰年，你要领导农夫们，播殖百谷，速速耕作你的私田，完成三十里之数，并且要万人组织成为两人耦耕，同心齐力，以从事你们的耕作。

在《小雅·大田》中写道："有渰❿凄凄⓫，兴雨祁祁⓬，雨我公田，遂及我私。"就是说，黑黑的云儿笼罩着，大雨降落了，先落到我们的公田上，同时也落到我们的私田。从以上可以看出西周井田制的一些大致面貌：这里的公田是属于奴隶主所有的，一丁点"私田"是奴隶得到的"牙慧"。

---

❶ 溥：音普，遍也。

❷ 率：循也。

❸ 滨：边涯。

❹ 噫嘻：祈祷声。

❺ 既昭假尔：以精诚祈神，精诚上达叫奏假，精神显达叫昭假。古时春耕开始时先祭神以求丰年。尔，农官也。

❻ 骏：速也。

❼ 发：耕也。

❽ 服：从事也。

❾ 耦：两人并耕为耦。

❿ 渰：音淹，云彩发动的样子。

⓫ 凄凄：丰盛貌。

⓬ 祁祁：多多也。

再看《诗经》所描写的当时主要使用的生产工具，梠、镈❶、艾❷、铚❸等都是锄草和收割时使用的主要农具。

《周颂·良耜》中写道："畟畟❹良耜，俶载南亩。播厥百谷，实函斯活。或来瞻❺女，载筐及筥。其馕伊黍，其笠伊纠❻。其镈斯赵❼，以薅❽荼❾蓼❿。荼蓼朽止，黍稷茂止。获之挃挃⓫，积之栗栗⓬。其崇⓭如墉⓮，其比⓯如栉⓰。以开百室，百室盈止，妇子宁止。杀时⓱犉⓲牡⓳，有捄⓴其角，以似㉑以续，续古之人。"就是说，农民们拿着锋利的农具，开始在南亩耕作，把各种谷物在地下播种，在地下受了水土之气的湿润，使其慢慢地生出谷苗来。往田中送饭的女子来了，携着满筐满筥的食物，多半是黍子做的。农民们吃了饭后，就又戴起笠帽，持着快利的锄儿来除草，把草都清除了，消灭了，黍稷自然都长得很茂盛了。到了成熟的时候，便收割了；收割的声音，沙沙地响。割了之后就把它堆积起来，堆得一层一层的，高得像城墙一样；一堆一堆密密地排着，好像是栉子一样的。把谷物在场上都打好了，晒干了，于是就开了百间的房子来贮藏；百间的房子，都装得满满的。这时，家人们、妇女儿童都踏实了，就把那黑唇的雄黄牛宰了，拿来祭祀先代农神，祈祷他们赐福。

《豳风·七月》展现了我国西周春秋时代的农作物品种和生产情况："九月筑场圃，十月纳禾稼。黍稷重穋㉒，禾麻菽麦。"就是说，九月的时候修筑场圃，十月的时候纳进禾稼；黍啊，稷啊，麻啊，豆啊，稻啊，秫啊，有先种而后熟的，有后种而先熟的，

---

❶ 镈：音博，锄类的农具。

❷ 艾：割草工具。

❸ 铚：音至，短镰也。

❹ 畟，音测，指农具锋利，能深入土中。

❺ 瞻：给以饭也。

❻ 纠：三股绳也。

❼ 赵：即铫，刺也。

❽ 薅：音蒿，拨田草也。

❾ 荼：音涂，陆地之草也。

❿ 蓼：音聊，水边之草。

⓫ 挃：音至，割禾之声。

⓬ 栗栗：众多也。

⓭ 崇：高也。

⓮ 墉：城墙。

⓯ 比：密接。

⓰ 栉：音杰，梳头的梳子。

⓱ 时：是也。

⓲ 犉：音淳，唇黑体黄之牛。

⓳ 牡：雄者。

⓴ 捄：音求，弯曲状。

㉑ 似、续：皆为祭祀。

㉒ 穋：音路，后种先熟的。

这个时候，统统都收割了。

从《诗经》可以看到当时种植的谷类有：黍，稷，粟，禾，谷（泛指各种粮食作物），粱、糜、芑（粟的三种品种），米、麦、牟（大麦），稌（稻的别名）等；豆类就有荏菽、菽（均指大豆），藿（大豆的叶子）；麻类有麻（大麻），苴（大麻的种子），纻（苎麻），等等。以上可见，当时我国农作物中优良品种的培育和分类已有很悠久的历史了。

从《诗经》可以看到当时我国的耕作方法从原始的燎荒制（火耕），逐步过渡到"休闲制"，即一块土地种了一年后，休闲一年地力之后再种；耕作方法是从大规模的集体劳动，转变为按两人编成一组的"耦耕"法。

《诗经·小雅·采芑》❶ 上写道："薄言采芑，于彼新田❷，于此菑田❸。"就是说，采芑去呀，有的往新田采芑，有的往菑田去采芑。在《周颂·臣工》❹ 上写道："嗟嗟保介❺，维莫之春❻，亦又何求，如何新畬❼。"就是说，唉，唉！你们各位农事的助手们，现在是暮春三月之时，你们何所求呢？新田的耕治如何呢？

从上述《诗经·周颂·噫嘻》可以看到当时"耦耕"的情景。如《载芟》里写道："载芟❽载柞❾，其耕泽泽❿，千耦其耘。"就是说，农民们先把地上的草木斩除，然后再把土弄松散，对对成千的在田中耕作。当时还有一种用火烧一些树木用以祭神的方法。《诗经·大雅·旱麓》中写道："瑟⓫彼柞⓬棫⓭，民所燎矣。岂弟君子，神所劳矣。"就是说，那白净的柞棫，是人们所燔燎以祀神灵的，那岂弟的君子，当然是神灵所照顾的呀。

西周前期，人们在改造大自然，特别是在耕地的活动中，从开始对农田土地的规划直到注意到日照和水利的条件，以及对土地的播种和整治方法，都有所主张。《诗经》描写了一幅幅田畴纵横交错的景象，从侧面反映了当时土地规划和平整工作已经达到一

---

❶ 芑，音起，苦菜。

❷ 新田：新垦二岁之田。

❸ 菑田：新垦一岁之田。

❹ 臣工：指农官。

❺ 保介：农官的副手。

❻ 莫春：暮春。

❼ 畬：音余，三岁田。

❽ 芟：音山，除草。

❾ 柞，音作，木也。

❿ 泽泽：使土质松散。

⓫ 瑟：洁净。

⓬ 柞：音昨，栎木。

⓭ 棫：音域，白桵。

定的水平。例如《诗经·大雅·公刘》这样写道："笃❶公刘，既溥❷既长，既景❸乃
冈❹。相其阴阳，观其流泉。其军三单❺，度❻其隰原，彻田为粮。"就是说：笃行实干
的公刘，他开垦的土地，既广且长。他根据日影以测定东西南北的方向，他登上高冈远
眺；视其阴阳向背寒暖之所宜，观其流泉水源之所利，以此为营建与农作的参考。他的
军队有三支。他又丈量田地低湿与高原地带，规定田赋的征收，以作为军政各费之需。
《诗经·小雅·大田》中这样写道："大田多稼，既种❼既戒。❽既备乃事，以我覃❾耜。
俶❿载南亩，播厥百谷。"就是说，田地既然广大，所需用的庄稼品种自然要多，所以
事前要把种子多作准备，要把农具整理好；各种应准备的事都齐全了，于是就背起我的
犁儿，到南亩去耕作，把各种各样的谷物都播下种子。

　　再看《诗经·小雅·楚茨》上这样写道："楚楚⓫者茨⓬，言抽⓭其棘⓮，自昔何
为？我艺黍稷。我黍与与⓯，我稷翼翼⓰。"就是说，把那些茂盛的蒺藜都铲除干净。古
人为什么要这样做呢？为的是要种植黍稷。黍稷种植之后，使其长得蕃盛，得到好的收
成。又如《诗经·小雅·信南山》⓱上写道："疆场⓲翼翼⓳，黍稷或或⓴。曾孙之穑㉑，
以为酒食。畀㉒我尸宾，寿考万年。"就是说，田野要做到非常整饬，使黍稷成长得非
常茂盛，曾孙们把黍稷收割之后，作为酒食，以祭祀祖先，赐我以万年寿考。

---

❶ 笃：笃行实干。
❷ 溥：广也。
❸ 景：同影子，根据日影以测定东西南北的方向。
❹ 乃冈：乃登上高冈以远望。
❺ 单：独立单位。
❻ 度：量也，丈量。
❼ 种：种子。
❽ 戒：戒饬农具。
❾ 覃：音焰，利也。
❿ 俶：音处，开始。
⓫ 楚楚：茂盛貌。
⓬ 茨：蒺藜。
⓭ 抽：除去。
⓮ 棘：刺也。
⓯ 与与：蕃盛貌。
⓰ 翼翼：蕃盛貌。
⓱ 南山：终南山。
⓲ 场，音亦，畔也。
⓳ 翼翼：整饬貌。
⓴ 或或，音域，茂盛。
㉑ 穑：音色，收割。
㉒ 畀：音卑，赐也。

  《诗经·大雅·绵》上写道："乃慰❶乃止，乃左乃右，❷乃疆乃理，乃宣❸乃亩。❹自西徂东，周爰执事。"就是说，于是定居、停息，分配其或左或右的住居；区划大的地界，细分小的垄亩；开垦新地，划分耕地。于是乎自由徂东，周民才得以各执其事了。从以上这些诗篇可以看出，当时土地特别是田间，是很有规划的，土地是经过细心整治的。

  《诗经》说明当时的农民已经认识到如何选种、播种及其与作物生长之间的密切关系。他们已经认识到要得到好收成，种子要选颗粒饱满的、成活率高的，要求播下的种子生长得茂盛齐全，同时也注意到农作物的季节性。当时，田间的条播法已经开始出现了。《诗经·大雅·生民》这样写道："诞后稷之穑，有相之道❺。茀❻丰草，种之黄茂❼，实方实苞，实种实褎❽，实发实秀，实坚实好，实颖❾实栗……"这是说，后稷到了青年时代，对于农业很有专长；他能够视土地之宜，以优良的方法，从事耕稼。他把那些杂草除去之后，播种五谷，于是乎生苗了，长苞了，结胚了；慢慢地胚仁长大了，谷茎长高了，穗儿出来了，谷实长硬了；长得又胖又好，谷实很重，把穗儿也压得垂下来了，谷实连一个秕的也没有……

  《诗经·大雅·生民》篇上写道："荏菽旆旆❿，禾役⓫穟穟⓬，麻麦幪幪⓭，瓜瓞唪唪⓮。"这是说，大豆长得很是高扬，禾苗的行列很是美好。他又种些麻麦，麻麦长得很茂盛；他又种些瓜果，瓜果结得非常多。

  从以上引文可见，当时农业生产已经注意到选择良种，以提高生产质量。与此同时，农民已经注意到农作物的除草和中耕，以使农作物更好地生长。《诗经·周颂·良耜》上这样的描写："其镈伊黍，其笠伊纠，其镈斯赵，以薅荼蓼。荼蓼朽止，黍稷茂止。"这就是说，农民在吃了饭之后，就又戴起笠帽，持着快利的锄儿来锄草；把草都清除了、消灭了，黍稷悠然都长得很茂盛了。

---

❶ 慰：安居。

❷ 乃左乃右：分配居住之地。

❸ 宣：开垦。

❹ 乃亩：做成耕地。

❺ 相，视也；道，方法也。有相之道：视土地之宜而稼穑。

❻ 茀：音拂，除草。又，今在"茀"后有一"厥"字。——编者注

❼ 黄茂：五谷。

❽ 褎：音右，胚仁之渐长。

❾ 颖：谷穗下垂貌。

❿ 旆旆：高扬貌。

⓫ 役：行列。

⓬ 穟：音遂，美好的样子。

⓭ 幪幪：茂盛貌。

⓮ 唪唪：音棒，结的果实很多。

再看《诗经·小雅·甫田》篇中关于除草中耕的描写："今适南亩，或耘或耔❶，黍稷薿薿❷。"这是说，而今我到南部的田地去一看，有人正在锄草，有人在下种，黍稷长得多么茂盛啊！

从《诗经》还可以看到，西周时期出现了小型的农田水利工程，人们已经能够掌握引水灌溉的技术。他们能够运用腐烂的杂草作为绿肥来肥田，甚至知道用火来诱杀害虫。在水利灌溉和治虫方面都有所创造，有所发明，这些对于农业生产都起了一定的作用。在《诗经·小雅·白华》中这样写道："滮❸池北流，浸彼稻田。啸歌伤怀，念彼硕人❹。"这是说，滮水向北而流，灌溉了那些稻田；稻田还有滮水的浸润，而我呢，沾不到一点的浸润。想起了男人，使我不由得悲歌伤怀！这里虽然掺杂了些男女伤情，但可以看出当时水利的发达状况。在《诗经·大雅·泂酌》上写道："泂❺酌彼行潦❻，挹彼注兹，可以濯溉❼。"这就是说，远远地去酌取那行潦之水，以注入此间的容器内，可以作为洗涤之用。

从《诗经》中还可以看到，到了周代田圃经营已经形成，而且分门别类地种植农作物。《诗经》里有着"中田有庐，疆场有瓜"和"九月筑场圃"的记载。从《诗经》也可以看到园圃种植的品种有蔬菜、瓜果和经济林木，如瓜、葵、桃、枣以及榛、栗、桐等。《诗经·郑风·将仲子》篇写道："将❽仲子兮！无踰我里，无折我杞……将仲子兮！无踰我墙，无折我树桑……将仲子兮！无踰我园，无折我树檀。"就是说，仲子啊，不要越过我的村居，不要折毁我的杞树……仲子啊，不要越过我的垣墙，不要折毁我的桑树……仲子啊，不要踰越我的宅园，不要折毁我的檀树。这里可以看到当时已有杞、桑、檀等各种树木的种植了。《诗经·魏风·园有桃》篇写着，园有桃，能够结出果实；园里种有枣树，也能够结出果实，供人食用。在《诗经·鄘❾风·定之方中》中描写了今河南新乡一带人民栽植可以制造琴瑟的树木。在《诗经·豳❿风·七月》上写着当时六月可以吃野李和葡萄，七月吃葵和大豆，八月可以打枣，九月拾麻，十月收稻，并将收成的谷物纳进仓库，然后赶快盖房子，准备明年播种。

由上可见当时农田经营多半是谷类、豆类、麻类，而在园圃中的经营则多半是蔬菜、瓜果、树木。

---

❶ 耔：音子，以土壅于谷物之根部，可以耐风旱。
❷ 薿薿，音疑，茂盛貌。
❸ 滮：音抛，滮水在鄠西，北流。
❹ 硕人：丈夫也。
❺ 泂：音迥，远也。
❻ 行潦：流动之水。
❼ 溉：洗涤也。
❽ 将：发语词，有请求之意。
❾ 鄘：在今河南新乡县附近。
❿ 豳，国名，今陕西省郴县。

当时铁制的农业器械已经开始使用，这为大规模的垦荒创造了条件，对发展社会生产力也起了重大的作用。同时，人们使用牛耕，也促进了农业生产的发展，正如马克思所说："畜力的使用是人类最古老的发明之一。"恩格斯说得好："铁已在为人类服务，它是在历史上起过革命作用的各种原料中最后的最重要的一种原料。"与此同时，在《诗经》中也可以看到周代的蚕桑业和丝织业比商代大有进步，不仅遍及南北各地，在数量上也有显著的增加；纺织业也有了明显的发展，产量和品种都大大增加了。《诗经·豳风·七月》上记载：人们在每年蚕月（三月）修剪桑条，使其茂盛地发展；八月的时候，可以纺织成布，染成黑黄的颜色，或用鲜艳的红绸制成穿着的衣裳。

西周、春秋时期的畜牧业也大大发展了，家禽、家畜开始饲养，人们也知道了管理的方法。《诗经》中的"执豕如牢""乘马在厩"等，可见家畜已能精心豢养，而鱼的饲养也出现了。《诗经·大雅·公刘》上写道：笃行实干的公刘，不但是农业生产的领导人，也是畜牧业的能手；他善于养猪，杀以为肴，来招待大家，博得人们对他的敬爱，大家尊崇他为部落的族长。《诗经·王风·君子于役》上写着，当时妇女养鸡雏，养牛羊；《诗经·小雅·鸳鸯》上写着，人们在厩中养着四匹马，用草和粟来喂养；《诗经·小雅·白驹》，写当时的人还养着皎洁的白驹，用刍草一束饲养它；《诗经·周南·汉广》，写一些喂马的女人的生活；《诗经·小雅·鱼藻》上写着当时人们怎样养鱼，他们知道鱼生活在水草边，长得体长肥美。

《诗经》反映了当时人们不仅认识家畜的饲养、繁殖，而且认识到大家畜的特性。他们善于选择一定地点，让马、牛、羊在水草繁盛地方放牧；牛、羊因性顺可在近处放养，马性桀骜，在距离人民居住区较远地方放养。《诗经·小雅·无羊》上写一个放羊的，能够放养 300 头的羊群、90 头黄体黑唇的牛群。如果按牛羊的毛色来统计，《诗经》就有 30 种之多。

此外，《诗经》里还有若干有关天文学的记载，如《小雅·十月之交》中有日食、月食的记载。据历法推算，周幽王六年（公元前 776 年）日食。同时，诗中也措绘了周幽王二年（公元前 780 年）的地震现象：地震时天摇地撼，百川像开水一样翻腾起来，山冢忽然崩塌，原来的高岸变为深谷，原来的深谷变为丘陵，一场大灾变到临了！当时还不能理解这是一种常有的自然现象，而认为这是日月和天地预告吉凶的征兆，所以才失其常度，这是时代的局限性；而《诗经》竟能十分正确、科学地记载了这些现象，也是难能可贵的。在《诗经·鄘风·蝃蝀》❶ 中讲的"早晨虹见于西方，则必然终朝大雨"，这也是符合科学的。

《诗经》是一部巨型的历史画卷，反映了我国古代数百年间的社会生活和生产状况。它具有很丰富的艺术传统，在这方面已有许多文章涉及，本文就不在这里多作分析了。

（1983 年 9 月中旬）

---

❶ 蝃蝀，音帝东。

第五章 从屈原的《天问》《橘颂》 看古典文学中的科学思想性

本章要点：屈原的生平及其代表作《楚辞》；《天问》译注；《橘颂》的原文及译文；古典文学中的科学思想性。

一、屈原的生平及其代表作《楚辞》

中国古代在北方黄河流域繁荣起来的、体现周文化的《诗经》以及比其稍晚、在南方长江流域楚国兴起的《楚辞》，是中国古代文化的精华。楚辞文学的代表是屈原。楚辞就是楚国民间自古以来至战国时代的歌、祭祀各种神祇的歌，是十分高雅的艺术作品，屈原对之进行了艺术创造，使之成为表现作者崇高思想境界的作品。

屈原的名字在我国很久以前就被人们所熟悉，正如谁都知道农历五月初五端午节吃粽子是中国的古老习俗一样。吃粽子的原因据说和屈原有关。屈原投身汨罗江是五月初五，楚国人为了纪念他，每到这一天，就把米装入竹筒扔到江中。传说屈原在那天显灵，但江米大都被水中的鱼虾吃掉，后来改用棕叶包裹，系上五彩线，鱼虾不敢靠近，才解决了问题。这一习俗在平安时代传到了日本。

在中国历史上，周朝前后持续 700 余年，其中战国时代，约 150 年，最后秦始皇统一中国。屈原生活的年代正好是战国时代的公元前 340 年，卒年不确切。一说是公元前 278 年，在秦始皇统一中国前不久。屈原死时是五月初五，本来是祭祀水神的日子，因而就把这一天定为屈原投江的日子了。

战国时代群雄并起，西面、现陕西省一带秦国逐渐强大起来，直接威胁其他六国。六国中齐、楚较为强大，楚国位于今湖北、湖南交界处、长江中游，都城是湖北江陵。随着秦势力的强大，本来就很好战的秦国，仗着其武力经常对其他六国发起挑衅。在这种形势下，产生两种相互对立的观点。一是六国互相联合、共同抗秦，抵御它吞并各国的野心；一是与秦修好，保存自己的实力。秦国意识到六国中的楚、齐如果通力合作，则很难对付，因此想方设法在两国间制造矛盾，采取虚虚实实的外交政策。著名的外交家苏秦、张仪在此期间非常活跃，进行政治交易。苏秦主张联合南北六国共同讨秦，得到赞许并付诸实施，但后来失宠，六国同盟瓦解，各国被各个击破。

屈原是楚国的王族，仕于楚怀王之时，任三闾大夫，职责是掌管王族昭、屈、景三姓的事务。屈原看出强大的秦国无论嘴上说得怎样好，最终是要吞并六国。他认为楚国要生存下去只有同齐结盟，六国齐心协力才能防止秦国的强暴。当时楚怀王执政，屈原深得怀王宠信。在主张与齐结盟的过程中，无论是在国内的阶级斗争，还是在外交策略上，屈原都展示了其出众的才华。

但同在朝廷任职的一些士大夫们，非常嫉妒屈原的才能。有时楚怀王命屈原起草法令，草稿刚写完还没定下来，就被士大夫见到拿走。因为屈原不附和他们，这些人向楚王进谗言"王命屈原做法，人皆知，然每完成一项法，屈原则居功自傲"等。楚王听后很生气，从此开始冷淡他。秦国起用商鞅实行以新兴地主阶级为主要力量的政治改革，取得了富国强兵的成果。楚国曾用吴起实行改革，由于旧势力的反对而失败。这时的楚国，处在秦的威胁下，无论怎样也应实行改革，但对具有改革主张的屈原都容纳不下，实在是楚王的不明智。

这时秦国为阻挠、破坏齐楚联盟，派著名谋士张仪使楚，提出如果楚不与齐结盟，秦可以把商於六百里土地让给楚，同时，还贿赂和收买了楚国的官僚、后妃们。因此怀王答应了秦国的条件，断绝了同齐国的结盟，同时派人到秦国要求履行付给楚国六百里土地的诺言。然而张仪这时却矢口否认此事，楚国使臣愤愤而归；怀王大怒，发兵伐秦。然秦已作好迎接准备，在丹阳大破楚军，夺取了汉中的大片土地。由于楚国的毁约行为，其他诸侯国没有人去救助危机中的楚国。

此时怀王才意识到自己的过失，又派屈原出使齐国并重修结盟。秦对此十分恐惧，翌年以归还汉中部分土地为条件，提出与楚议和。但楚王仍记前仇，提出不要土地，要求引渡张仪由楚国随意处置。张仪听说自己去了即可换取汉中的大片土地，极力请求舍身赴楚。在楚国的士大夫们大多受过张仪的贿赂，所以极力为张仪说话。楚王听信了他们的主张，放了张仪。这时从齐归来的屈原责备楚王没杀张仪，楚王也醒悟过来，追悔莫及；待命人去追时，张仪已经无影无踪了。

几年之后，秦为了让楚国丢掉过去的芥蒂，想与楚王室联姻，要求来见楚王。屈原听说这件事后劝谏楚王说：秦国狠似虎狼，背信弃义，应该停止与秦交往。但王子子兰等人不愿拒绝秦的好意，因而极力劝说楚王赴秦。然而一过国境，楚王即被秦拘留，并迫使他割让土地。楚王逃往赵国，赵国惧秦，不收，只得返秦，在秦郁闷而死。

怀王死后，长子顷襄王继位。其弟子兰为令尹（宰相）。楚人都责怪子兰的过失，说其害了其父，屈原也很愤慨。于是子兰就与其他大臣一道向顷襄王进谗言。王怒而把屈原放逐，并令其永远不许返回京城。

离开京城后的数年间，屈原在长江到洞庭湖一带辗转，最后来到长沙附近的汨罗。因对社会现实彻底绝望，其投江自尽。

人们对屈原投江的地点没有异议，对他投江的时间有不同说法，但没有最终确定。有一种说法是公元前 278 年。这一年秦国将领白起攻入楚国首都，大片国土包括洞庭湖附近都被秦军占领，楚国当时虽然往东迁都，但终于还是被秦吞并。学者因而得出屈原听到国都陷落而自杀的结论（如郭沫若等）。

屈原的代表作是《楚辞》。目前流传下来的《楚辞》中，《离骚》是比较出名的。这是屈原遭到流放、经受着无人理解的孤独、自己坚持的道路行不通的情况下，对国家的前途和命运彻底绝望，陷入无法解脱的哀怨之中。作品表现了他的这种苦闷心情。有人说这是屈原死前不久写的，也有人说是他的早期作品，各家说法不统一。其他如《天问》《九章》《九歌》《橘颂》等相传也是屈原所作，但有人对此持怀疑态度，认为这些作品流传在楚国，因而和屈原联系在一起，就把作者当成屈原了。

《诗经》如果说是代表了黄河流域的周文化，或北方文学，那么《楚辞》则代表了长江、洞庭湖一带为中心的古代南方文学。如果说《诗经》描绘了在严峻的华北土地上产生的古代文化生活、提示了社会生活的规律、古典色彩浓重的话，《楚辞》则是在南方神话传说丰富的土地上产生的，抛弃了污浊的，不合理的现实，灵魂遨游于天际的，古代浪漫主义的精华。但是屈原一方面想从污浊的现实生活中超脱，追求理想世界的神话王国，另一方面又陷入对祖国无法忘掉的深深眷恋，两种思想矛盾在其作品中也有表现。在他的作品中，读者可以体会到，在绚丽多彩的描写中，有一种无可挽救的绝望感和孤独感。

屈原以后，宋玉、景差等人追寻其足迹，也写了很多楚辞体作品，但到宋玉时，屈原的那种深刻的苦恼、绝望的悲哀已经不见了。在楚王宫廷内，作楚辞体只不过是耍耍文字游戏，这种文学倾向对后来的汉赋有很大的影响。屈原作品中像香草、灵兽之类寄托情怀之物，到汉赋文学时则变成一种装饰文字充斥于文章之中。同时，受屈原浪漫主义色彩影响，以抒情为主的作品在汉代发展起来了。

到了汉朝，南方文学进入宫廷。据传汉武帝命淮南王刘安作《离骚传》，淮南王受命之后，终日沉浸其中，即使是用餐时也在思考如何去写（《汉书》）。可以看出，汉代宫廷是非常喜欢屈原的《离骚》的。

司马迁写《史记》时，非常同情这位怀才不遇的伟大的爱国主义者，为他作传。这是屈原的唯一传记，但文章中司马迁过分强调自身的悲愤与同情，使屈原的一些事情留下了疑问。司马迁借用淮南王刘安的话赞誉《离骚》，说其"出于污秽之中，可与日月争辉"。

汉宣帝时曾把擅长阅读《楚辞》的九江被公召到宫中，命其诵读。汉成帝时，刘向把屈原、宋玉、贾谊、淮南王、东方朔、严忌、王褒的作品收集在一起，加上自己的作品编成十六卷本。后汉的王逸又在其中加入自己的《九思》，编成《楚辞章句》十七卷，这就是《楚辞》现存的最早注释。

二、从屈原的《天问》《橘颂》看古典文学中的科学思想性

如果说，在文学艺术上《诗经》是属于北方文化系统，而《楚辞》则是属于南方文化系统。楚文化与齐鲁、三晋文化有殊异。孟子、韩非子都很轻视南楚，甚至把他们看做是"南蛮鴃舌之人"，是蛮夷。但在当时的南方，尤其是楚国，却有着自己相当高的文化遗存，《楚辞》就是个见证。它从文学、修辞学方面看，要比《诗经》讲究，思

想也较为活泼，感情也比较丰富。到了汉代，尤其是受到汉高祖的提倡，《楚辞》文化大放光彩，可以看到汉赋实质是推演于《楚辞》传统。《楚辞》保持原始民族风俗，它的语言也比较接近民间的语言传统。在古代，楚调是民间最喜欢唱的一种音乐调子，唱起来有点"凄楚"的情感。众所周知，楚国的祖先就是《左传》中所提出的"举趾高"的莫敖。他是个天文学家，也懂得许多历史，屈原本人虽是文人，但也是个管天文的，知道许多历史知识，尤其是楚国的历史知识。历史文化遗产不容割断，屈原是古中国历史文化的继承者，尤其是楚文化的承袭人、奠基者和开创者。楚调所用的基本乐器有笙、笛、竽、琴、瑟、琵琶，而不同于周朝庙堂祭祀所用的钟、镛、鼗、磬。首先编《楚辞》的是西汉末年目录学家刘向（约前77～前6年），其中最主要的作家是屈原（约公元前340～前278年）和晚于屈原的宋玉。屈原一生写了许多优秀诗篇，都收集在《楚辞》里。他的诗歌反映了爱国主义的思想，严厉斥责了奴隶主的残暴无知，以致搞得个国破家亡。他的代表作《离骚》《天问》等都是用所谓"骚"体写的。据传他的全部作品共有25篇，但也可能有少数伪作。屈原的作品从汉代以来就有许多注本，刘向、扬雄等曾专门注过《天问》，可惜现在已经亡佚。宋代的洪兴祖、朱熹，明代的王夫之，清代的戴震等人都曾为屈原的作品作过注释，当代郭沫若、闻一多、游国恩、高亨、何其芳、马茂元、金开诚等也曾从事过这一工作。《楚辞》全书23.4万字。鲁迅也认为《楚辞》对后代的影响，"乃甚至在三百篇以上"，这是事实。鲁迅评屈原的作品，曾说："其文甚长，其思甚幻，其言甚丽，其旨甚明"，又说："逸响伟辞，卓绝一世，后人惊其文采，相率仿效。"可见屈原作品在中国古典文学中占有相当崇高的地位。

屈原的《离骚》《远游》等篇章主要讲的是个人对国家、民族的感情问题，《天问》是屈原对宇宙问题、天体问题的看法。简言之，《天问》就是对"天"的质问，全篇由170多个问题组成，包括自然现象、神话传说、历史人物等方面，表现出对旧的传统观念的怀疑和深刻的探索精神、对保存下来许多神话资料的怀疑。如果说，在《离骚》里他对天国作了嘲讽，在《招魂》里对天国的险恶作了描绘，而在《天问》里是对古代神话性自然观和社会观作了怀疑和否定，表现出了古典天体学说的怀疑精神。

（原刊登于1985年5月3日《北京科技报》）

三、《天问》译注

曰遂古❶之初，谁传道之？上下❷未形，何由考之？冥❸昭瞀闇❹，谁能极❺之？冯❻

---

❶ 遂古：远古也。

❷ 上下：指天地。

❸ 冥（音明）：指黑夜。

❹ 瞀闇（音蒙暗）：模糊不清。

❺ 极：穷究也。

❻ 冯（音平）：大气浮动。

翼惟像，何以识之？明明闇闇❶，惟时何为？阴阳三合，何本何化❷？

　　圜则九重，孰营度之❸？惟兹何功，孰初作之❹？斡维焉系，天极焉加❺？八柱何当，东南何亏❻？九天之际，安放安属❼？隅隈多有，谁知其数❽？

　　天何所沓？十二焉分❾？日月安属？列星安陈❿？出自汤谷，次于蒙汜⓫。自明及晦，所行几里⓬？夜光何德，死则又育⓭？厥利维何，而顾菟在腹⓮？

　　女歧⓯无合⓰，夫焉取九子？伯强⓱何处？惠气安在？何阖⓲而晦？何开而明？角宿⓳未旦，曜灵⓴安藏？

　　不任汩㉑鸿，师㉒何以尚之？佥㉓曰"何忧"，何不课㉔而行之？鸱㉕龟曳衔，鲧何听焉？顺欲㉖成功，帝何刑焉？永遏㉗在羽山㉘，夫何三年不施？伯禹愎鲧，夫何以变

---

❶ 明：指白天。闇闇：指黑夜。

❷ 三合：指阴、阳、天三者的结合。本：根源。化：教育。

❸ 圜（húan 音环）：通"圆"，指天体。营度（duó）：经营度量。

❹ 兹（zī 姿）：此，这。功：功绩。初作：创造。

❺ 斡（guǎn 管）：枢纽引申为转轴。维：绳子。系：结。

❻ 八柱：古代传说有八座大山做支天柱。何当：在什么地方相当。

❼ 九天：指天的中央和八方。属（zhǔ 主）：连接。

❽ 隅（yú 于）：角落。隈（wēi 威）：深曲隐蔽之处。多有：有很多。知：知道。其：它的。

❾ 沓（tà 踏）：会合。古代传说天是盖在地上的，因而有会合之处。

❿ 列星：众星。陈：摆，排列。

⓫ 汤谷：就是《尚书·尧典》中的汤谷，古代神话传说中太阳升起的地方。次：住宿。

⓬ 及：到。晦（huì 会）：昏暗不明，指天黑。

⓭ 德：本领。育：生。

⓮ 利：通"黎"，指月中黑影。顾菟：菟即兔。古代神话中说月中有兔。

⓯ 女歧：星名。

⓰ 合：匹配。

⓱ 伯强：指天上的箕星。

⓲ 阖（hé 合）：关闭。

⓳ 角宿（xiù 秀）：指启明星。

⓴ 曜灵（yào 耀灵）：太阳。

㉑ 汩（gǔ 古）：治理。

㉒ 师：众人。

㉓ 佥（jiǎn 捡）：都。

㉔ 课：试验。

㉕ 鸱（chī 吃）：猫头鹰。

㉖ 顺欲：顺着人们的愿望。

㉗ 永：长期。遏：禁闭。

㉘ 羽山：神话中的山名。

化？纂就❶前绪，遂成考❷功。何续初继业❸，而厥谋不同？洪泉❹极深，何以填之？地方九则，何以坟之❺？河海应龙❻？何尽何历？鲧何所营❼，禹何所成？康回❽冯怒，坠何故以东南倾❾？

九州安错？川谷何洿❿？东流不溢，孰知其故？东西南北，其修孰多？南北顺堕，其衍几何⓫？昆仑县圃⓬，其尻⓭安在？增城⓮九重，其高几里？四方之门，⓯其谁从焉？西北辟启⓰，何气通焉？

日安不到？烛龙⓱何照？羲和⓲之未扬，若华⓳何光？何所冬暖？何所夏寒？

焉有石林？何兽能言？焉有虬龙⓴、负熊以游㉑？雄虺㉒九首，鯈（音书）忽焉在？何所不死㉓？长人何守？靡萍㉔九衢㉕，枲（音徒）华安居？灵蛇吞象，厥大何如？黑水、玄趾，三危㉖安在？延年不死，寿何所止？鲮鱼㉗何所？鬿（音祈）堆焉处？羿焉彃㉘日？乌焉解羽？

---

❶ 纂（zǔan 缵）就：继承。

❷ 考：父亲，指鲧。

❸ 业：事业，指治理洪水的事业。

❹ 洪泉：作洪啸讲，指洪水。

❺ 九则：九等。坟：过分。

❻ 应龙：古神话中所讲的有翅膀的龙。

❼ 营：经营。

❽ 康回：当作"庸回"，即共工氏。

❾ 倾：倾斜，向下陷。

❿ 洿（wū 乌）：深，指积水。

⓫ 修：长。堕：圆长叫堕。衍：多余。

⓬ 县圃：古神话传说中昆仑山顶和天相通之处。

⓭ 尻（kāo）：古"居"，指居处，位置。

⓮ 增城：指昆仑山上有增城九重。

⓯ 四方之门：古代传说四方各有大门，起调节寒暑作用。

⓰ 辟启：打开。

⓱ 烛龙：神龙名。

⓲ 羲和：指给太阳赶车的神。

⓳ 若华：指若木的花能照耀大地。

⓴ 虬（qiú）龙：一种有犄角的神龙。

㉑ 负：背负。游：遨游。

㉒ 雄虺（huǐ 悔）：凶恶的毒蛇。

㉓ 不死：指人的长生不死。

㉔ 靡萍（音平）：一种奇异的萍草。

㉕ 九衢：指分成九个叉。

㉖ 三危：山名。玄趾：山名。

㉗ 鲮鱼：一种怪鱼。

㉘ 彃（音毕）：与射同意。

禹之力献功，降省下土四方❶。焉得彼嵞山女，而通之于台桑❷？闵妃匹合❸，厥身是继。胡为嗜不同味❹，而快朝饱❺？

启代益作后❻，卒然离蠥❼。何启惟忧，而能拘是达？皆归射鞠❽，而无害厥躬。何后益作革，而禹播降？

启棘❾宾商，《九辨》、《九歌》。何勤❿子屠母，而死分竟地？

帝降夷羿⓫，革孽夏民。胡射夫河伯，而妻彼雒嫔⓬？冯珧利决⓭，封豨⓮是射。何献蒸肉之膏⓯，而后帝不若？浞娶纯狐⓰，眩妻⓱爰谋。何羿之躲革⓲，而交吞揆⓳之？

阻穷西征⓴，岩何越焉？化为黄熊㉑，巫何活焉？咸播秬黍，莆雚（音贯）是营㉒。何由并投，而鲧疾修盈㉓？

白蜺婴茀（音拂）㉔，胡为此堂？安得夫良药，不能固臧？天式从横㉕，阳离爰死。大鸟何鸣㉖，夫焉丧厥体？

---

❶ 省：察。下土四方：指天下。

❷ 嵞（tú）：同涂。嵞山，古国名。台桑，地名。

❸ 闵：忧。妃：配偶。匹合，结婚。

❹ 嗜不同味：所好与一般人不同。

❺ 快：痛快。

❻ 启：禹的儿子。益：禹的大臣。后：国君。

❼ 卒然：终于。离蠥（niè 孽）：遭扰。

❽ 射：当作躬，躬鞠。

❾ 棘：梦。

❿ 勤子：贤子，指启。

⓫ 帝：天帝。夷羿：舜时诸侯，擅长射箭。

⓬ 躲：古射字。雒：同洛。洛嫔：洛氏的女儿。

⓭ 冯（píng 平）：恃，依靠。珧：用贝壳装饰两头的弓。

⓮ 封豨（xī 希）：大野猪。

⓯ 蒸肉：祭祀之肉。膏，肉之肥美者。

⓰ 浞（zhuó 诎）：寒浞，羿的臣。纯狐：指纯狐氏的女儿。

⓱ 眩妻：即玄妻，纯狐氏女儿的名字。

⓲ 躲革：传说后羿能射穿七层皮革。

⓳ 吞揆（kuǐ 音傀）：吞灭。

⓴ 阻穷：形容道路艰险。

㉑ 黄熊：指鲧死后化作黄熊的事。

㉒ 秬（jù 巨）：黑黍。莆：同蒲，水生植物。

㉓ 并投：投弃。疾：恶。修盈：指玄罪之多。

㉔ 蜺（ní 音倪）：同霓，虹的一种，色较淡。婴：缠绕。

㉕ 臧：好。天式：自然的法则。从横：指阴阳消长之道。

㉖ 大鸟：指王子侨尸体所变的鸟。

萍号起雨❶，何以兴之？撰体协鹿，何以膺之❷？鳌戴山抃❸，何以安之？释舟陵行❹，何之迁之？

惟浇在户，何求于嫂❺？何少康逐犬，而颠陨厥首❻？女歧缝裳，而馆同爰止❼！何颠易厥首，而亲以逢殆❽？

汤❾谋易旅❿，何以厚之？覆舟斟寻，何道取之？

桀伐蒙山⓫，何所得焉？妹嬉何肆，汤何殛焉⓬？舜闵在家，父何以鳏⓭？尧不姚告⓮，二女何亲⓯？

厥萌在初，何所亿焉⓰？璜台十成，谁所极焉⓱？登立为帝，孰道尚之⓲？女娲有体⓳，孰制匠之⓴？

舜服厥弟㉑，终然为害。何肆犬体，而厥身不危败㉒？吴获迄古，南岳是止㉓。孰期去斯，得两男子㉔？

缘鹄饰玉㉕，后帝是飨（音食）㉖。何承谋夏桀㉗，终以灭丧？帝乃降观，下逢伊

---

❶ 萍（píng 平）：雨师，雨神。
❷ 撰：柔顺。协：合，柔。鹿：即飞廉，风神。
❸ 鳌：海中大龟。抃：拍手，这里指四肢划动。
❹ 释：舍去。陵行：在陆地行走。
❺ 浇：寒浞的儿子。嫂：浇的嫂子，即歧。
❻ 少康：夏朝国君相的儿子。厥首：指浇的头。
❼ 女歧：浇的嫂子。止：止宿。
❽ 殆：危。
❾ 汤：应是康的错字。旅：众。
❿ 斟寻：古国名。
⓫ 蒙山：古国名。
⓬ 肆：放荡。殛（jí 音极）：诛罚。
⓭ 闵：伤痛，忧愁。父：应是夫的错字。
⓮ 姚：舜姓，这里指舜父瞽叟。不姚告：不告诉舜的父亲。
⓯ 二女：指尧的两个女儿娥皇、女英。
⓰ 亿：预料，测度。
⓱ 璜：玉石。十成：十重。极：至。
⓲ 道：导引。尚：尊崇，这里指的是女娲。
⓳ 体：指女娲怪异的形体。
⓴ 制匠：制作。
㉑ 服：顺从。
㉒ 肆：放肆，任意。犬体：狗的心术。厥身：象身，舜的弟名象。
㉓ 吴：古代南方的诸侯国。迄古：终古。南岳：即会稽山。
㉔ 期：期望。斯：指吴地。两男子：指太伯、仲雍。
㉕ 缘：因，借助。鹄（hú 音胡）：天鹅，这里指鹄肉做的羹。
㉖ 后帝：指商汤。飨：食。
㉗ 承：承受。

挚❶。何条放致罚❷，而黎服大说？

简狄在台❸，喾何宜？玄鸟致贻，女何喜❹？

该秉季德❺，厥父是臧。胡终弊于有扈❻，牧夫牛羊。干协时舞❼，何以怀之？平胁曼肤❽，何以肥之？有扈牧竖❾，云何而逢？击床先出❿，其命何从？恒秉季德，焉得夫朴牛⓫？何往营班禄⓬，不但还来？昏微遵迹，有狄不宁⓭。何繁鸟萃棘，负子肆情⓮？

眩弟并淫⓯，危害厥兄。何变化以作诈，后嗣而逢长⓰？

成汤东巡，有莘爰极⓱。何乞彼小臣⓲，而吉妃是得？水滨之木，得彼小子⓳。夫何恶之，媵有莘之妇⓴？

汤出重泉，夫何罪尤㉑？不胜心伐帝，夫谁使挑之？

会晁争盟㉒，何践吾期？苍鸟群飞㉓，孰使萃之？列击纣躬，叔旦不嘉㉔。何亲揆发足㉕，周之命以咨嗟？授殷天下，其位安施？反成乃亡，其罪伊何？

争遣伐器㉖，何以行之？并驱击翼，何以将之？

---

❶ 帝：指商汤。降观：下来观察民情。伊挚：伊尹名。

❷ 条：鸣条，地名。

❸ 简狄：有娀氏女，帝喾（kù 音库）妃。台：坛。喾：古代帝王，号高辛氏。

❹ 玄鸟：燕子。女：指简狄。喜：一作嘉，嘉的本义生子。何嘉：为什么生子。

❺ 该：即亥，既人的祖先，契的云世孙。秉：承。

❻ 弊：败，指被杀害。有扈：当为有鸟之误。

❼ 干：大。协：合。时：是。干协时舞：大合舞。

❽ 平胁：丰满的胸部。曼肤：细腻的皮肤。

❾ 牧竖：牧人。竖是蔑称，犹言小子，指王亥。

❿ 击床：指有易之君绵臣派人袭击王亥于床第之间。

⓫ 恒：亥弟，季子。朴牛：大牛。

⓬ 营：经营。班禄：君主所颁布的爵禄。

⓭ 昏微：即上甲微，亥的儿子。有狄：即有易。

⓮ 繁鸟：射鸟。萃：集。棘：荆棘。娸：即妇。

⓯ 眩弟：昏乱的弟弟。并：相同。

⓰ 逢：云旺。

⓱ 成汤：即商汤。有莘（shēn 申）：古国名。极，至。

⓲ 小臣：指伊尹。

⓳ 木：桑树，小子：伊尹。

⓴ 媵（yìng 映）：陪嫁。

㉑ 重泉：地名，桀囚禁汤的地方。罪尤：罪过。

㉒ 晁：即朝。会朝：朝会的例装。争盟：盟誓。

㉓ 苍鸟：鹰，比喻武王的将帅勇猛象鹰。

㉔ 列：通裂。躬：身体。叔旦：即周公。嘉：称赞。

㉕ 揆：掌握。发足：启行。

㉖ 伐器：攻伐之器，即武器。行之：动员他们。

昭后成游，南土爰底❶。厥利惟何，逢彼白雉❷？穆王巧梅❸，夫何周流？环理天下❹，夫何索求？妖夫曳炫，何号于市❺？周幽谁诛？焉得夫褒姒？

天命反侧，何罚何佑❻？齐桓九会，卒然身杀。

彼王纣之躬，孰使乱惑❼？何恶辅弼，谗谄是服❽？比干何逆，而抑沉之❾？雷开何顺❿，而赐封之？何圣人之一德，卒其异方⓫：梅伯受醢⓬，箕子详狂⓭？

稷维元子⓮，帝何竺之⓯？投之于冰上，鸟何燠之⓰？何冯弓挟矢，殊能将之⓱？既惊帝切激⓲，何逢长之？

伯昌号衰⓳，秉鞭作牧⓴。何令彻㉑彼岐社㉒，命有殷国？

迁藏就岐㉓，何能依？殷有惑妇㉔，何所讥？受赐兹醢，西伯上告㉕。何亲就上帝罚㉖，殷之命以不救？

师望在肆㉗，昌何识？鼓刀扬声，后何喜㉘？

---

❶ 昭后：即周昭王。成游：即出游。南土：指楚地。底：列。

❷ 雉：野鸡。

❸ 梅：王夫之认为是牧的错字，牧即策，马鞭。

❹ 环理：周游。

❺ 曳：牵引。炫（xuàn旋）：炫耀，这里指沿街叫卖。

❻ 反侧：反复无常。

❼ 王纣：纣王。乱惑：昏乱迷惑。

❽ 服：用。

❾ 比干：纣的忠臣。抑：压制。沉：淹没。

❿ 雷开：纣的奸臣。

⓫ 圣人：指梅伯、箕子。一德：品德相同。方：方法和途径。

⓬ 梅伯：纣的诸侯。醢（hǎi海）：剁成肉酱。

⓭ 箕子：纣臣。详狂：即佯狂，装疯。

⓮ 稷：后稷，名弃。维：是。

⓯ 帝：指帝喾。

⓰ 燠（yù郁）：温暖。

⓱ 冯：挟。将：率领。

⓲ 切激：激烈。

⓳ 伯昌：周文王，号衰，发号施令于殷朝衰落之期。

⓴ 秉鞭：执政。

㉑ 彻：彻法，相传是周朝的一种赋税法。

㉒ 岐：今陕西岐山县。社：为土，声泣。

㉓ 藏：宝藏，财宝。就：往。

㉔ 惑妇：指纣王的爱妃妲己。

㉕ 受：纣的字。兹：当读如挈。上告：上诉天帝。

㉖ 亲就：躬受。

㉗ 师望：指吕望，指太师这个官。肆：店铺。

㉘ 鼓刀：动刀砧肉。后：指文王。

武发杀殷❶，何所悒？载尸集战❷，何所急？

伯林雉经❸，维其何故？何感天抑坠❹，夫谁畏惧？皇天集命，惟何戒之❺？受礼天下，又使至代之❻？初汤臣挚，后兹承辅❼。何卒官汤，尊食宗绪❽？

勋阖、梦生❾，少离散亡。何壮武历，能流厥严❿？彭铿斟雉，帝何飨⓫？受寿永多，夫何长？

中央共牧，后何怒⓬？蜂蛾微命❸，力何固？

惊女采薇⓮，鹿何祐？北至回水⓯，萃何喜？兄有噬犬⓰，弟何欲？易之以百两，卒无禄⓱？

薄暮雷电，归何忧？厥严不奉，帝何求⓲？伏匿穴处，爰何云⓳？荆勋作师⓴，夫何长？悟过改更，我又何言？

吴光争国㉑，久余是胜。何环穿自闾社丘陵，爰出子文㉒？

吾告堵敖以不长㉓。何试上自予㉔，忠名弥彰？

---

❶ 武发：周武王，名发。殷：指殷纣王。

❷ 尸：写有死者禄位名字的木头牌位。集战：会战。

❸ 伯林：指晋太子申生被谗自杀之事。林：薪火。雉经：上吊自杀。

❹ 抑：寒。

❺ 集命：指皇天降赐天命，让某人统治天下。戒：警惕。

❻ 受：纣名。礼：同理。至：借为周。

❼ 臣挚：指做汤的媵臣。承：进。辅：辅佐。

❽ 官汤：做汤的相。尊食：庙食。宗绪：指汤的祠庙。

❾ 勋：功勋。阖（hé 合）：春秋时吴王阖闾。梦：阖闾的祖父。

❿ 壮：大。历：奋发。严、庄：都是威严的意思。

⓫ 彭铿：即彭祖，名铿。斟雉：用野鸡做羹。帝：指尧。飨：享。

⓬ 中央：指周朝统一天下的政权。共：共伯和。

❸ 蛾：古蚁字。微命：微小的生命。

⓮ 惊女：女惊之倒文，惊通警戒。采薇：指伯夷、叔齐不食周粟，在首阳山采薇的事。

⓯ 回水：河水的弯曲处，即河曲。

⓰ 兄：指春秋时秦国君主秦景公。弟：指秦景公的弟弟铖。噬犬：猛犬。

⓱ 两：同辆，车数。禄：爵禄。

⓲ 严：威严。奉：尊奉，保持。帝：指玉帝。

⓳ 何云：说什么。

⓴ 荆：楚国。勋：动的错字。作师：起兵。

㉑ 吴光：吴公子光，即吴王阖闾。争国：指吴与楚相攻伐的事。

㉒ 环穿：环绕穿过。闾：古代二十五家为一闾，也叫社。

㉓ 堵敖：即楚文王之子熊艰。

㉔ 试：当读做弑。上：指堵敖。予：疑为干的错字。自干：自干君位。

四、《橘颂》原文及译文

后皇嘉树，橘徕服兮。受命不迁，生南国兮。
深固难徙，更壹志兮。绿叶素荣，纷其可喜兮。
曾枝剡棘，圆果抟兮。青黄杂糅，文章烂兮。
精色内白，类任道兮。纷缊宜脩，姱而不丑兮。
嗟尔幼志，有以异兮。独立不迁，岂不可喜兮？
深固难徙，廓其无求兮。苏世独立，横而不流兮。
闭心自慎，终不失过兮。秉德无私，参天地兮。
愿岁并谢，与长友兮。淑离不淫，梗其有理兮。
年岁虽少，可师长兮。行比伯夷，置以为像兮。

译文：
大自然给我们一种美好的树木，
它一生下来就习惯于楚国的气候和土壤，
它享受自然的制约也不宜移植，
它生长在南国，独立不移，
多么忠心矢志啊！
绿的叶子，白的花，尖锐的刺，
啊，它呈现缤纷而又可喜的颜色。

啊！橘子，你多么可爱！
橘刺尖尖，果实丰圆，
外表由青而黄，色彩斑斓美丽，
内部洁白芬芳无可比拟。
植根深固，不怕雾霏，
赋性坚贞，类似仁人志士，
茂盛而美好，馥郁芳香，
美丽而不显得丑陋。

啊，年轻人，你幼年的志向，
与众不同，却和这橘子相仿。
你像橘子般独立自主，
多么令人喜爱，
我喜欢你心胸开阔，无所要求，

清醒地独立于世，

独立独行，不随波逐流，

坚贞自守，不为外力所动摇。

您参配天地，秉德无私。

希望自己年岁不逝，

像美好的橘子不淫不惑，

枝梗始终正直。

虽然橘子年纪小，堪作人之师表，

你像周朝有清高节操的伯夷，

一直可以作为人们的模范。

五、再谈古典文学中的科学思想性

由于屈原生活的时代天文学还不很发达，所以他在《楚辞·九歌》中把太一星当做天之尊神，把云中君当做云神，把湘君当做湘水之神，把命星当做主宰人的寿命之星。《东君》是祭日神之歌，《河伯》是祭河神之歌，《山鬼》是祭山神之歌。虽然这些诗词有不少神鬼思想，什么风神是飞康、日神是羲和、月神是嫦娥，等等，但屈原在《天问》中对这些传说都提出了疑问。据姜亮夫先生考证，屈原的地理学知识远较《山海经》为窄，《山海经》涉及的地方西到黑海，东到太平洋，南到印尼，北到西伯利亚。屈原所谈的地方，北不及贝加尔湖，南到广州，东到日本，西到西藏以南。《天问》中也有"大九州"和"小九州"的痕迹，认为天的横剖面有九层。由于楚是夏的后代，所以《天问》中言夏最详，记夏代的史诗在二十多件，记殷十二三件，记周仅七八件。屈原敢于肯定令尹子文这个私生子，因为他对楚国做过些好事。可见他的观点很新，不拘旧说。司马迁为屈原作传时也十分重视《天问》。"太史公曰：余读《离骚》、《天问》、《招魂》、《哀郢》，悲其志；适长沙，观屈原所自沉渊，未尝不流涕，想见其为人……"可以看出司马迁也器重《天问》这篇作品。我以为郭沫若认为《天问》本质上是"对于神的存在是怀疑的"，《天问》一篇差不多整个是对于"怪力乱神"的疑问，这个看法是很正确的。《天问》至少是反映了屈原思想的矛盾，因为一方面固然也呼天喊地，另一方面却不相信神鬼迷信的思想；他一方面固然也描写天堂地狱，但也像诗人歌德借此贬责社会生活中丑恶的事物一样，并不片面歌颂古代天堂地狱的思想，这是因为他属于唯物主义的范畴、有一定的科学思想因素。屈原在《天问》里对于开天辟地、黑夜白昼等方面，都提出一系列疑问。他认为在原始时代地球上只有浮动无形的大气，他追问世界的本源是什么，接着对古代神话传说提出一系列怀疑。例如，后羿如何射日，上帝何以也喜怒无常，女娲的形容体态是谁给设计的。在他看来，所谓"天命"也不足以戒人，因为天对人间的惩罚和奖赏就没有什么标准；他怀疑某姓因受"天命"而有天下，为什么后来又使异姓来取代。他认识到天象运行是自然界的规律，是不能以人的意志为转移的。这些思想在两千多年以前出现，是相当难能可贵的。

再说屈原的《橘颂》。这篇作品主要是来歌颂当时生长在湖南一带的特产——橘子。他深情地描写当时生长在湘江的橘树：枝叶纷披，绿叶白花；身上有尖锐的刺，圆圆的果实，由青而黄的美丽颜色；内容洁白，芬芳无以比拟；植根深固，不怕风吹雨打，赋性坚贞……显然屈原在这里是以物自况。远在两千多年前他能运用诗歌来颂扬自然界的生长果实，而且对它们惟妙惟肖地刻画，又是作者完整人格和个性的缩影；它不凝滞于所歌颂的事物本身，也没有脱离所歌颂的事物，这是不可多得的。

我们从《天问》和《橘颂》可以看到两千多年前的作品中竟敢对天发问，提出种种怀疑，而且带有科学性，这是古典作品中所少有的。过去对这些古典文学作品光是从文学方面来研究的，是片面和不够的。今天我们应适当地从科学方面进行探索研究，以丰富我们对古典科学文化遗产的认识。

（本部分刊登于 1985 年 5 月 10 日《北京科技报》）

第六章 《庄子》中的自然科学思想[*]

本章要点：应该正确评价《庄子》；庄子的时代；《庄子》中的科学思想俯拾；宇宙探源的无极论；尊重客观的自然规律；原始的相对论思想；朴素的自然辩证法思想；倡导用科学方法去寻求知识；科学的生死观、苦乐观与养生之道；无神论的进步思想；《庄子》中的科学寓言及其他。

一、应该正确评价《庄子》

"文化大革命"前夕，在"左"的思想指导下，有不少从事《庄子》研究的人把《庄子》说得一无是处。甚至有人认为《庄子》是一部"反面教材"，❶全面扼杀历代学者在《庄子》校勘、训诂和朴学上的研究成绩，牵强附会地肢解《庄子》，给《庄子》扣上了四顶帽子："虚无主义、阿Q精神、滑头主义、悲观主义"；❷胡说什么《庄子》的脑袋是"花冈岩"式的，❸是"一套滑头主义的处世哲学"，❹是"悲观绝望的哀鸣"，❺是"极端利己主义"；❻说《逍遥游》追求的是"阿Q式……的绝对自由"，❼《齐物论》是"否定知识的认识论"，❽《人间世》宣扬的是"滑头主义"，❾《应帝王》宣扬的是"非人类的浑沌世界"。❿总之，在这些人看来，《庄子》是一堆一

---

* 原题：批判地认真学习我国古典学术著作中的科学遗产——浅论《庄子》中的自然科学思想

❶ 关锋：《庄子内篇译解和批判·前言》，中华书局1961年版，第1页。

❷ 关锋：《庄子内篇译解和批判·绪论》，中华书局1961年版，第5页。

❸ 同上书，第5页。

❹ 同上书，第5页。

❺ 关锋：《庄子内篇译解和批判》，中华书局1961年版，第6页。

❻ 同上书，第6页。

❼ 同上书，第7页。

❽ 同上书，第7页。

❾ 同上书，第7页。

❿ 同上书，第8页。

无可取的古代文化糟粕，"他的哲学原则、结论，无一不是错误的"，❶ 其中有着很多毒素，应当"彻底扫除庄子思想这堆垃圾"。❷

《庄子》是不是糟得很呢？我以为，至少不能一棍子把它打死，在《庄子》一书中有许多值得肯定和可取的东西。

二、庄子的时代

庄子（公元前369～公元前286年）生活在我国有历史记载的最混乱的战国时代。他生于周烈王七年，当时各国之间战乱频繁，民不聊生。庄子两岁时，周朝分裂为西周和东周两个小国；周显王虽名为天子，却只能止居于洛阳，依东周以存身。庄子童年时，韩、赵、魏、宋等国互相争战。周显王五年，秦献公伐魏，败魏、赵之师于石门，周天子反庆贺秦胜；接着秦又败韩于西山，与魏战于少梁，虏魏将公孙痤，魏徙都于大梁。庄子8岁时，值秦孝公元年，秦王下求贤令，卫公孙鞅入秦充任左庶长（当时吴起由魏入楚，在楚变法），继李悝之后在秦变法图强。周显王十五年，齐、卫、宋联合伐魏，败魏师。过两年，秦封公孙鞅为大良造。韩昭候时，以申不害为相，开始变法。庄子19岁那年，秦自雍徙都咸阳，并普遍设立县制，废井田制，开阡陌，更赋税之法。庄子26岁时，齐田忌、田婴、孙膑大败魏师于马陵，魏相庞涓被杀。庄子29岁时，秦封公孙鞅于商，号商君，变法图强。庄子31岁时，秦孝公卒，惠文王立，杀公孙鞅，灭其家，尸佼逃蜀。庄子33岁时，孟轲抵魏。

庄子35岁那年，其好友惠施相魏，庄子曾游大梁与惠施论学。就在这时，楚灭越，杀越王无疆。翌年，苏秦为六国丞相，倡合纵以对付暴秦。但过一年合纵就解约了，六国之间又互相争夺。庄子41岁那一年，秦置相国，张仪为相，采取连横政策。但到了庄子47岁那年，秦又把张仪罢职，张仪出相魏，逐惠施。后秦又复张仪相位职。庄子50岁时孟轲游梁。惠王死后孟轲去魏适齐。齐宣王时，稷下先生讲学之风颇盛，《史记·田齐世家》说当时有76人充当齐宣王的稷下先生，一时间造成百家争鸣局面。在庄子51岁年，楚、魏、赵、韩、燕又开始合纵攻秦，连年丧师败绩。庄子56岁那年，张仪去秦相楚。翌年，秦破楚师于丹阳，取汉中地六百里，置汉中郡。是年，荀况生（卒于公元前230年）。庄子59岁时，其友人惠施去魏适楚。翌年，秦以樗里疾为左丞相，以甘茂为右丞相，时张仪死于魏。庄子62岁时，秦攻破宜阳，在武遂筑城；赵武灵王改取中山之地，北至代，西至黄河。

庄子70岁那年，楚怀王被哄骗入秦，被扣，楚立顷襄王，齐孟尝君入秦。翌年，秦攻楚，大破楚师，取十六城。当时，公孙龙已著名于世。庄子72岁时，楚怀王卒于秦，楚秦绝交。庄子76岁那年，韩、魏攻秦，被秦白起所败，秦复夺取五城。庄子78岁那一年，秦司马错攻楚取邓，攻韩取宛。庄子79岁时，秦伐魏，魏献河东地四百与

---

❶ 《庄子哲学讨论集·庄子哲学批判》，中华书局1962年版，第60页。

❷ 《庄子哲学讨论集·庄子哲学批判》，中华书局1962年版。

秦，东周君朝秦。庄子80岁时，秦将白起、司马错伐魏，至轵，取六十一城。庄子83岁时，秦攻魏取安邑、河内；楚灭宋，庄子卒。

由上可见，庄子的一生是在战乱的生活中间度过的。他对于攻城略地、国无宁日的生活是十分厌恶的，他的思想正是这个时代的产物。

三、《庄子》中的科学思想俯拾

《庄子》中有着颇为丰富的科学思想。如《逍遥游》一文中写道："且夫水之积也不厚，则其负大舟也无力。覆杯水于坳堂之上，则芥草为舟，杯则胶焉……"庄子当然不曾学习阿基米德浮力定理或研究过液体的表面张力，但很显然这两句话是很符合科学原理的。又如同篇中写道："风之积也不厚，则其负大翼也无力。"就是说，风的强度如果不是足够大，那么承负大翅膀就没有力量。"鹏徙于南冥也，水击三千里，抟扶摇而上者九万里。去以六月息者也。"就是说，当鹏迁往南海的时候，水花激起达三千里，翼拍旋风而且直上九万里高空。它是乘着六月的大风飞去的。在这里，大鹏不是一下子飞上天空，而首先是击水三千里，同近代一架飞机从平地起飞一样，首先要沿着跑道滑行，到了一定时候，才能飞向高空。很显然，这样的描写，是很符合空气动力学原理的。又如《齐物论》中写"夫大块噫气，其名为风"，这个风的形成概念，是与现代科学的解释相一致的。

《齐物论》中写"山林之畏佳，大木百围之窍穴，似鼻似口，似圈似臼，似洼者，似污者，激者，謞者，叱者，吸者，叫者，嚎者，突者，咬者，前者唱于，而随者唱喁。泠风则小和，飘风则大和，厉风济则众窍虚，而独不见之调调、之刁刁乎？"就是说，你不是听过长风鸣鸣的声音吗？大山顶上的树木，粗的圆周有几十丈，上面全是洞穴，有的像人的嘴、耳朵、鼻孔，有的像柱子上的横木承着梁上的方孔，有的像圆圈当中的洞，有的像春米的石臼，有的像深池，有的像浅穴；一经风吹，发出声音来，有的像水浪冲击声，有的像箭离弓弦声，有的像怒吼一般粗响，有的像呼吸一般尖细，有的轻扬像高叫声，有的嚎叫像低哭声，有的杳远迂回，有的清脆像鸟鸣。声音有的重，有的轻，不和谐。起小风，发出的声音也小；起大风，发出的声音也大。可是大风一息，一切的声音都没有了。你不曾见过大风过后，只有树枝在飘动吗？从这里人们可以看到，庄子对于声音的形成，声音的响度、频率、音调，作了十分仔细的观察，其结论都没有违背现代声学理论。

又如在《秋水》篇中写道："计四海之在天地之间也，不似礨空之在大泽乎？计中国之在海内，不似稊米之在大仓乎？号物之数，谓之万人处一焉。"就是说，再计算四海在天地当中，不像蚂蚁洞在火山泽里面吗？计算中国在四海当中，不像稊米在大米仓里面吗？假使称物类的数目有一万种，人类不过居其中的一份。在古代能有这样比较科学的地理观，显得特别难能可贵。

以上，仅是关于《庄子》中科学思想的个别例证。在《庄子》中，还有大量类似的论述。

四、宇宙探源的无极论

《庄子·天下》篇认为，最高的学问是"通本"。所谓"道术"，是庄子对宇宙人生作全面性、整体性把握的学问；庄子所谓"天人""神人""至人""圣人"，就是能对宇宙人生的变化及其根源意义作全面性、整体性认识的人。

现代科学的宇宙观表明：宇宙是无穷的。庄子在《逍遥游》中写道："若夫乘天地之至，而御六气之辩，以游无穷者，彼者恶乎待哉！"这就是说，若能顺着自然的规律，而把握六气的变化，而游于宇宙无穷的境域，他还有什么期待的呢?! 这种对宇宙的看法，显然与现代科学的宇宙观相一致。

《逍遥游》中还写道："汤问棘❶曰：'上下四方有极乎？'棘曰：'无极之外，复无极也。'"这就是说，汤问他同时代的一个名棘的人道："上下四方有极限吗？"棘回答："无极之外又是无极。"在这干脆利落的回答中，庄子的宇宙观就表明得更清楚了。众所周知，古代关于宇宙构造的观念，多半偏重地球。对于其他天体尤其是宇宙的大小，一直到欧洲出现了哥白尼（1473～1543 年）、伽利略（1564～1642 年）、开普勒（1571～1630 年）等人之后，特别是有了望远镜以后，人们才越来越清楚地了解到宇宙是极大的，并越来越深刻地认识到宇宙是没有什么极限的。仅太阳与地球之间的距离，就有 9 300 万里。据近代天文学家估计，仅银河系至少有 400 亿颗星星，假设用整个地球为模型，也只能安放其中的 4 颗星星。光凭这一点来看，《庄子》所说的宇宙是"无极之外，复无极也"的断语，也是很有科学意味的。庄子在《则阳》篇中也断言：四方上下是无穷无尽的。可见这是庄子的宇宙观。当然，庄子不是专门研究天文学的，更不可能对近代天文学作过探索。由于时代的局限，使他不可能对于无极的宇宙进行十分具体的分析，但他在那个时代就能够打破地球的局限，而推想到宇宙是"无极之外，复无极也"、上下四方是无穷无尽的，这不能不算是很有科学见解的观点，值得我们加以推崇和肯定。

五、尊重客观的自然规律

庄子极力主张凡事要顺应自然，也就是提倡大自然规律的科学态度，是不应加以歪曲和责难的。例如庄子在《大宗师》里提出"天人合一""死生如一"的生命观，认为人要认识到生死是自然而不可免的事，正如昼夜变化一样，这是自然的规律，是不以人们的意志为转移的。关于庄子所讲的道，向来有种种不同的解释，我以为，从某种意义上说，庄子把道看做宇宙大自然的规律，他要人们遵守这些不可抗拒的规律。一个人懂得了大自然的规律，便不会为死生之情所束缚，能安于各种各样的变化；生无系感，死不惧怕，一切都能安之若素，这样思想精神上才能得到彻底的解放，思想心灵上才能开蔽无碍。中国人对结婚和老人去世有"红白喜事"的说法，老年人去世也是一种喜事，

---

❶ 棘（音吉）：汤时贤人，详见《列子·汤问篇》。

这是庄子思想在民间传播的一种反映。正因为这样，庄子把睡觉不做梦、醒来时不忧愁、饮食不求真美、忘怀得失、一喜一怒也像四时运行一样的人叫做"真人"；他们心胸开阔而不浮华，内心充实，德行宽厚，精神宽阔，神态巍峨，把天和人看做是合一的，不管人们喜好或不喜好。他所讲的天就是自然的规律，认为人生是不可避免的，就像黑夜和白天一样；许多事情是人力所不能干预的，是物理的实情。他认为"泉涸，鱼相与处于陆，相呴以湿，相濡以沫，不如相忘于江湖……"因为前者是人为的，而相忘于江湖则是符合大自然的规律的。庄子《天下》篇里写道："古之所谓道术者，果恶乎在？曰无乎不在。"就是说，古时所谓的道术，到底在哪里？答说：无所不在。很显然这里所谓"道术"，就有指自然万物规律的意思。

庄子《德充符》整篇论述了能体现宇宙人生根源性与整体性的人，他们的生命自然流露出精神力量吸引着别人。有的人体态虽然较为完善，但思想灵魂——心智却是残缺的。他大胆批判孔子往往蔽于形而不知德，因为叔山无趾遭刑而孔子歧视他。他赞扬断了脚的申徒嘉。庄子认为能和自然同体的人才是伟大的人，换句话说，无论在顺逆的处境之中，凡事能够适应自然的人，才能成为大人物。

庄子在《应帝王》中要求帝王不要违反大自然的规律，而应该去适应大自然的变化，这样才能够做好帝王。他要求帝王多少给人民以民主、自由，治理天下要依照规律行事。他再三提出统治者——帝王不要独断专行，不要用智巧来盘算人民，而应采纳广大人民的意见，且以广大人民利益为前提。烦扰的政举，往往会置民于死地。庄子目击战国时代的混乱情况，用高度的艺术手法论证了"有为"之政往往给人民带来种种祸害，"无为"反而容易治理政事，这是他利用辩证观点来指导统治阶级思想行动的一种表现。把庄子的这种进步的科学的思想看做是一无可取的东西，甚至是没落农奴思想的反映，未必可取和合适。

庄子在《骈拇》等一系列篇目中，都主张人的行为应当循规律、顺人情。在他看来，滥用聪明、矫饰仁义的行为，并不是符合自然的正道；他批判了那些时行的、虚伪的道德思想，认为那不过是骈拇枝指式的邪门歪道。在他看来，最好的人性不是仁义，而是让人类的本性符合自然规律地发展。同样，在《马蹄》中，他指出提倡仁义礼乐的人，充其量不过是败坏人性的罪人。要深明树木的性质、精于治木器，才能制造好木器，因此统治天下，要懂得人民的本性。庄子在《胠箧》篇中说，圣智礼法，本用以防盗制贼，但反为盗贼所窃，用为护身的名器，张其恣肆之欲以危害民众，所以不如绝圣智礼法，以免为大盗之所乘。的确，在阶级社会里，礼法是被强者所独占的，用以装修门面、维护既得利益。所以在庄子看来，"圣人生而大盗起"，"圣人不死，大盗不止"。庄子十分愤恨当时的政客打着仁义的"虚幌子"，去图自己的私利祸害人民，战国时期的情况恰恰如此。

《庄子·在宥》篇的主题是反对对人民凡事加以干涉，道出他热爱自然而反对乱加人为约束的本意。"在宥"就是要求自在宽容的意思。在《天地》篇中，庄子强调人君应当做到符合自然规律行事；庄子在《天道》篇中，认为自然界中万物自动自为，自然规律的运行是不停顿的，所以万物得以生成，所以要明于自然规律。他通过尧、舜之间的对话，指出一切的人都要顺天地法则。庄子的《天运》篇指出，宇宙万物都在自然地运转，日月星辰在运转，风吹、云飘、雨降等现象也都是天的运转的现象，因此人也要按自然运转。庄子在《刻意》篇中提倡人们要刻削意志，使行为高尚，应顺自然规律，这样才能没有天灾、没有物累，没有人的是非，没有鬼的责备。生存好像浮着，死去如同休息，有光彩也不炫耀；精神不杂乱，灵魂不疲劳，举动都顺着自然，做一个纯朴的"真人"。庄子的《山林》篇，写人世多患，提出免患之道。

庄子在《庚桑楚》篇中，用庚桑楚同他弟子的对话，再次强调遵循自然规律的重要性。"春气变而百草生，正得秋而万宝成"，这是自然规律运行的结果。庄子在《徐无鬼》篇中，用十五段短文猛烈批判了假仁义的丑恶行径。总而言之，庄子要人"以自然待人事，不以人事干预自然"。

六、原始的相对论思想

有不少《庄子》研究者简单地用相对主义把《庄子》中所讲的、原始的相对论思想加以抹煞，这种做法，未必值得推崇。大家知道，相对论是现代物理学的理论基础之一。这是关于物质运动与时间、空间关系的理论，是 20 世纪前期爱因斯坦（1879～1955 年）在总结实验事实的基础上建立和发展起来的。在这以前，人们根据经典时空观解释光的传播等问题时，发现了一系列尖锐的矛盾。相对论针对这些问题，建立了物理学中新的时空观，并概括了高速物体的运动规律，对以后物理学的发展具有重大意义。相对论分为两部分：甲，狭义相对论，这是 1905 年爱因斯坦建立的。其基本原理是：（1）相对性原理，即任何彼此相对作匀速直线运动的惯性参照系，对于描写运动的一切规律都等价。（2）光速不变原理，即在彼此相对均匀作匀速直线运动的任何惯性参照系中，真空光速都相同。由此得出时间和空间各量从一个惯性参照系变换到另一惯性参照系时，应满足洛伦兹变换，而不是满足伽利略变换，并由此导出许多重要结论。例如，两件事发生的先后或是否"同时"，在不同的参考系看来是不同的（但因果律仍成立）；量度物体长度时，将测到运动物体在其运动方向上的长度要比静止时缩短；与此相似，量度时间进程时，将看到运动的时钟要比静止时的时钟进行得慢；物体质量 M 随速度 V 的增加而变大，任何物体的速度不能超过光速。在一般情况下，相对论效应极其微小，因此经典力学可以认为相对力学在低速度情况下的近似。乙，广义相对论，于 1916 年由爱因斯坦建立的。基本原理是：（1）广义相对性原理，即自然定律在任何参考系中都可以表示为相同数字形式。（2）等价原理，即在一个小体积范围内的万有引力和某一加速系中的惯性力相互等效。按照上述原理，万有引力的产生是由于物质的存在和一定的分布状况使时间、空间性质变得不均匀所致；并由此建立了引力场理论，狭义相对论则是广义相对论在引力场很弱时的特殊情况。从广义相对论可以导出一些重要结论，如水星近日点的运动规律、光线在引力场中发生弯曲、较强的引力场中时钟较慢等。总之，爱因斯坦相对论揭示了空间—时间的辩证关系，加深了人们对物质和运动的认识，具有重要的历史意义，反映了自然科学唯物主义的倾向。

庄子生活在两千多年以前，当然不可能提出像爱因斯坦相对论这样高水平的科学理论，但他提出"天下莫大于秋毫之末，而泰山为小；莫寿于殇子，而彭祖为夭"。在庄子看来，大小、长短都是相对、比较而言的，不是绝对的，每一个东西都比它小的东西大，也都比它大的东西小，所以每一个东西都是大的，也都是小的。诚然，在这里庄子有意忽略相对事物之中的绝对性，即在特定事物中间大和小的区分的绝对性，但他显然不是对一些事物现象进行区别，而是在于开阔人们的思想视野以突破现象中的时空界限。在他看来，只有突破这种时空界限，人们的思想境界才能开阔，才能在一种局限性之中解放出来。在庄子看来，大仁是没有偏爱的，大廉是不逊让的，大勇是不伤害的。他认为一切都是相对的。如人吃肉类，麋鹿吃草，蜈蚣喜欢吃小蛇，猫头鹰和乌鸦爱吃老鼠，这四种动物到底谁的口味才合标准呢？王嫱和西施尽管在人看来是最美的，但是鱼见了她们就会潜入水底，鸟见了就会飞上高空，麋鹿见了她们就要迅速逃跑。所以庄子认为，仁义的论点、是非的途径就是这样错综复杂，难以加以分辨。

庄子说过："龟长于蛇。"这个命题和《齐物论》"天下莫大于秋毫之末，而泰山为小；莫寿于殇子，而彭祖为夭"本质上是一个意思，说明长短大小的相对性而无绝对性。从流俗的观点看，当然秋毫之末为小，而泰山为大，殇子为夭，而彭祖为寿，但从科学观点来看泰山大吗？当然大之中有更大，所以泰山只能说小；同样，彭祖也只能说是夭。说秋毫之末为小吗？然小之中有更小，所以秋毫之末，也可以说是大，殇子也可以说是寿。在庄子看来，无论物也好，人也好，只不过是这自然整体中的"方生方死，方死方生"的一分子，并无所谓大小、寿夭之分。"龟长于蛇"这个命题是根据这意思而起。从流俗的看法，自是蛇长龟短，但从自然规律来看，说蛇长吗？然长之中有更长，所以蛇只能说短；说龟短吗，然短之中有更短，所以龟也可以说是长。

庄子说过："矩不方，规不可以为圆。"绝对的方是方的共相，绝对的圆是圆的共相，事实上的个体的方物或圆物都不是绝对的方、圆。就个体的矩与规说，也不是绝对的方或圆。所以若与方及圆的共相比，也可以说"矩不方，规不可以为圆"。所以从某种意义上来说，这是富有科学见地的看法。

庄子在《庚桑楚》上写道："有实而无乎处，宇也；有长而无本者，宙也。"就是说，有实在没有处所的，便是宇，换句话说，上下四方叫做宇，这就是空间概念；有成长而没有始终的，便是宙，或古往今来谓之宙，所以宙者就是时间。这里虽然没有十分科学地说明时间与空间是物质存在的形式，但他明确指出空间（宇）与时间（宙）的客观存在形式，也就是对空间与时间作了科学的了解。

七、朴素的自然辩证法思想

《庄子》一书有富有朴素的唯物辩证法的观点。在庄子看来，万物的生长，犹如快马奔驰一般，没有一个动作不在变化，没有一个时间不在移动……万物原本会自然变化的。（《秋水》）庄子在《山木》篇中写道："合则离，成则毁，廉则挫，尊则议，有为则亏，贤则谋，不肖则欺。"廉者，利也。这就是说，在庄子看来，有聚合就有分离，有成功就有毁损；有锐利就会遭到挫折，有崇高就会受到倾覆，有为就会受到亏损；贤能就会被谋算，不肖就会受到欺辱。庄子的《则阳》篇上写道："安危相易，祸福相生，缓急相摩，聚散以成。"这就是说，安危互相更易，祸福互相产生，缓急互相交替，聚散因以相成，说明万物都不可避免地向着它的对立面进行转化。

庄子的《外物》篇讲的是外在事物的影响。在他看来，没有事物会永远蓬蓬勃勃，没有不生长的，没有不变化衰萎的，没有不死去的；已经变化再生，又变化而死。

庄子运用唯物主义辩证法的观点来区别各种各样的人物。在《徐无鬼》篇中他指出："知士无思虑之变则不乐，辩士无谈说之序则不乐，察士无凌谇之事则不乐，皆囿于物者也。招世之士兴朝，中民之士荣官，筋力之士矜难，勇敢之士奋患，兵革之士乐战，枯槁之士宿名，法律之士广治，礼教之士敬容，仁义之士贵际。农夫无草莱之事则不比，商贾无市井之事则不比。庶人有旦暮之业则劝，百工有器械之巧则壮。"这就是说，智谋之士没有思虑的变换就不会快乐，口辩之士没有议论的程序就不会快乐……招摇于世的人立足朝廷，中等的人以爵禄为荣，筋力强壮的人以克服阻难以自矜，勇敢的武士奋发除患，战斗英雄乐于征战，山林隐士留意声名，讲求法律的人推广法治，重视礼教的人整饬仪容，崇尚仁义的人贵在交际。农夫没有耕种的事就心不安。商贾没有贸易的事就不快乐……百工有器械的技能就气壮。庄子对于他生活时代各种各色人物的特性和喜好，概括得多么精辟，显然这是利用唯物辩证法的思想来辨识人物的。

在庄子看来，凡事都有辩证关系。在《则阳》篇他用传说中古时作历法的容成氏的话写道："除日无岁，除内无外。"说明没有日子就没有年岁，没有内就没有外。在同一章中他又说道：时序有终始，世事有变化。祸福流变，有所乖逆却也有所适宜；各自追求不同的方面，有所确当却也有所差失；各种树木，都有它适用；天地是形体中最大的，阴阳是气体中最大的，道则是总括一切。这里所说的道就是大自然的规律。庄子认为万物都是自然地生长出来的，并非外部力量的作为。庄子在同一篇中还提出，有名有实，是物的范围。显然这些见解都是符合唯物辩证法思想的。

庄子以动的观点来看待世上万物。在他看来，把船藏在山谷里面，把山藏在深泽之中，看来似乎很牢固了，但是不知不觉中大力的造化已在默默地迁移。就是说，把小的东西藏在大的地方看来很适宜的，但仍不免于亡失。他认为，就是人的形体也是千变万化，而未曾有穷尽。在庄子看来，大自然一方面有所送，另一方面有所迎；无不一方面有所毁，一方面有所成，世界上的万物就是这样"撄宁"起来的。用今天的话来说，就是从此得到了矛盾的统一。

在庄子看来，凡事都要加以区别，比如勇敢。在水里行走不躲避蛟龙，这是渔夫的勇敢；在陆上行走不躲避野牛和老虎，这是猎人的勇敢；光亮的刀子横在面前，把死亡看得和生存一样，这是烈士的勇敢；遇着大难并不畏惧，这是圣人的勇敢(《秋水》)。

庄子在《秋水》篇里通过河伯与海神对话，描述了海的辽阔与天地的无穷，拓展了人们思想的广度；描述了时空的无穷性与事物变化的不定性，指出对一切事物进行正确判断的不易性，以及宇宙之间有许多事物"言之所不能论，意之所不能察致"，大小贵贱的无常性；再次阐明所谓"道"就是认识自然规律，从而明了事物变化的真象，认为天就是自然。在庄子看来，万物的量是没有穷尽的，时序是没有止期的，得失是没有一定的，没有始终不变的。明白了大自然的规律性，认识了死生是人所行走的平坦道路，所以活着不特别喜悦，死亡也不以为祸害。

庄子通过河伯之口问道：最精细的东西没有形体，最广大的东西没有外围，是真的吗？他通过北海之神回答道：从小的观点去看大的部位是看不到全面的，从大的观点看小的部位是看不分明的。"精"是微小中最微小的，"垺"是广大中最广大的，这都是具有辩证法思想的。

庄子认为，凡事彼此之间都有一定的关系。他劝我们不要囿于成见，要用空明的心境，即无先入为主的成见去观照事物本来的状况。庄子在《齐物论》上认为彼此之间相互关系：彼方是出于此方对待而来的，此方也因为彼方对待而成，彼和此是相对而生的；事物之间又是在互相转化的，刚说可就转向不可，刚说不可就转向可了；彼有它的是非，此也有它的是非，是的变化没有穷尽；非的变化也没有穷尽。所以庄子认为，不必执着于自己的观点去判断别人。在庄子看来，道路是人走出来的，事物的名称是人叫出来的。

八、倡导用科学方法寻求自然知识和社会知识

有的文章认为庄子的一生都在提倡蒙昧主义，这无疑是严重歪曲了《庄子》的原义。凡读过《庄子》的人都会感到，作者生前在当时知识界中神驰电掣，绝不是什么下笔万言、言之无物的作家。庄子鼓励人们去努力寻求知识，但首先要有掌握知识的科学方法，真能学习到学问的真谛。他在《养生主》中写道："吾生也有涯，而知也无涯，以有涯随无涯，殆已；已而为知者，殆而已矣。"这就是说，生命是有限度的，而知识是没有限度的，以有限度的生命去追求没有限度的知识，就会弄得疲困了；明知如此还是去汲汲追求知识，就会弄得疲惫不堪。但这绝不是让我们不要寻求知识。他要我们善于运用学习知识的方法，要我们能够顺着自然的理路习为常法，就会把知识运用自如。

庄子的"斥鷃笑鹏""庖丁解牛""匠石运斤""螳臂当车""东施效颦"等绘声绘色的寓言故事含义深邃并富有科学教育思想意义。如"庖丁解牛"说：庖丁为什么能够顺畅地肢解牛的肢体，这是因为他干得熟练了，所以能够顺着牛身上自然的纹理，劈开筋肉的间隙，寻向骨节的空隙，顺着牛的自然结构去用力，即连经络相连的地方也一点没有妨碍；尽管他的刀已经用了十九年，还像在磨刀石上新磨的一样锋利。庄子尊重自然规律。老聃死了，秦失去吊唁他，尽管这是很悲痛的事，但秦失只"三号而出"；因为他认为死是自然的规律，所以不必过分悲伤。这些都是有科学思想的。把《庄子》看做是个蒙昧主义的提倡者，这是对《庄子》的歪曲。

庄子很讨厌沾沾自喜的、只学一家之言就自鸣得意、自以为饱学，而不知道并无所

得的人。他也讨厌苟安自得的人，把他们喻做猪身上的跳蚤，选择猪毛疏长的地方，自以为是广宫大苑；在蹄边胯下、乳腹股脚之间，自以为安全便利的处所，不知道屠夫有一天举臂放草持火把，自己和猪一同被烧焦了。他也很厌恶那种劳形自苦的如同舜的人：舜从荒地里被选拔出来，年龄大了，反应衰退，却不得退休（《徐无鬼》）。

九、科学的生死观、苦乐观与养生之道

庄子写道："吹呴（嘘）呼吸，吐故纳新，熊经鸟申，为寿而已矣。此道引之士，养形之人，彭祖寿考者之所好也。"（《刻意》）就是说，吹嘘呼吸，吞吐空气，像老熊吊颈、飞鸟展翅，为了延长寿命而已，这是引导养形的人、彭祖高寿者所喜好的。庄子在这里谈及了保健养生的问题，很富有科学深意。

庄子的《至乐》篇讨论了人生快乐和生死问题。他的生死观从如下事实可以充分揭示出来：庄子妻子死了，惠施去吊丧，庄子正蹲坐着，敲着盆子在唱歌。惠子说"你不哭也罢了，这样做岂不太过分吗？"他回答："刚刚死的时候是很悲伤的，但是后来想到她原来是没有生命的，没有形体的，没有气息的，后来有了气，有了形，有了生命，现在又转化为死，这样生来死往的变化也像春夏秋冬四季运行一样；人家安息在天地之间，而我还在啼啼哭哭做什么呢？"他认为哭泣是不通达生命的道理，所以才不哭。庄子通过滑介叔的口，认为身体乃是外在物质元素假合而成；外在元素假合而产生生命乃是暂时的凑集，死生好像昼夜运转一样。庄子反对厚葬，要以天地为棺椁，以日月为连璧、星辰为珠玑、万物为赍送（《至乐》）。庄子这种生死观和他如何对待死人、葬礼等问题，都是很科学的。

庄子在《徐无鬼》中，还介绍了他所处时代运用的一些药物方面的问题。如他认为药草实堇，即乌头可治风湿；开紫白色花的桔梗的茎可以入药，鸡雍（音同）即猪苓。这些在当时都是起主治作用的药物，而且"君臣佐使"的用药方针在中医已经开始运用。这是对古代医药学的科学记载。又如在《天运》篇中指出："形劳而不休则弊，精用而不已则劳。"可见他不完全讲玄而又玄的形而上学，而涉及卫生之道了。

在庄子看来，"平易恬淡，则忧患不能入，邪气不能袭，则其德全而其神不亏"（《刻意》），又说："人之生，气之聚也，聚则为生，散则为死。"（《知北游》）这说明庄子对于保健卫生和生死问题都从科学的见地出发，完全摆脱了上帝、神鬼和命运的摆布，这与当时谶纬神鬼盛行的时代大相径庭，是很可贵的。

庄子蔑视人生在世的一切荣华富贵、要职显爵。在他看来，一个人应当突破功名、利禄、权势、尊位的束缚，人们的精神和思想境界应当从这些局限性之中解放出来。司马迁在《史记》记载了楚威王敦聘庄子的史实，现译成白话文如下："楚威王听说庄周有才干，派了两名使者，带着贵重的礼物，聘他做楚国的宰相，庄子嘲笑地对楚国的使者说：'千两黄金是很重的聘礼，宰相也是尊贵的职位。你们没有看见过祭祀天地时供神的肥牛吗？好不容易养了好几年，把它养肥之后，宰杀了，给它盖上绣花的单子，抬到太庙里去。试替这个被宰的肥牛着想：这时候它即使想当一个又瘦又小的猪崽，办得

到吗？你们赶快走开，不要玷污了我。我愿意终身不做官，只图个精神愉快'。"

《庄子》里还记载了宋国有个叫曹商的，替宋王出使秦国。当他去时获得车辆数乘，秦王喜欢他，增加车辆百乘；回到宋国，见了庄子时说："住在穷里陋巷，窘困地织草鞋度日，面黄肌瘦的样子，这是我所不及你的；一旦见到万乘君主而随从车马百辆之多，这是我的长处。"庄子说："秦王有病召请医生，能够使毒疮溃散的可获得一乘车，舐痔疮的可获得五乘车，所医治的愈卑下，可得车辆愈多，你难道是替他医治痔疮的吗？为什么得到这么多车辆呢？去你的吧！"

以上事实说明有一定科学思想的庄子，并不羡慕什么世上的荣华富贵。

十、无神鬼的进步思想

有人认为庄子是道家，宣扬的是神道思想，这些看法是不符合真实的。庄子《逍遥游》中引用了肩吾连叔的话，说在遥远的姑射山上住了一位神人，肌肤有如冰雪一般洁白，容态有如处女般的柔美，可以不吃五谷，吸清风，饮露水，乘着云气，驾御飞龙，遨游于四海之外……一片神奇幻想，庄子借连叔之口答道："吾以是而不信也。"就是说，他认为这是一派诳言，不信以为真。这说明庄子不信神鬼。庄子是个彻底的无神论者。他更不把巫师方士制作的隐语或预言作为吉凶的符验或征兆。

庄子是讲道的。在他看来，"夫道，有情有信，无为无形，可传而不可受，可得而不可见；自本自根，未有天地，自古以固存。神鬼神帝，生天生地；在太极之先而不为高，在六极之下而不为深，先天地生而不为久，长于上古而不为老"（《大宗师》）。就是说，道是真实而有信验的，没有作为也没有形迹的，可以心传而不可以口授，可以心得而不可以目见；它自为本自为根，没有天地以前，从古以来就已存在。它产生了鬼神和上帝，产生了天和地；它在太极之上却不算高，在六合之下却不算深，先天地存在却不算久，长于上古却不算老。也就是说，道在时间和空间都是无限的实体，是一切具体事物的根源，也是唯一的、最后的根源；道比上帝、鬼神更悠久，也更根本，它是物质的实体，不是感觉的直接对象，而是一切万物存在的基础，所以它无为无形。庄子说："通天下，一气耳。"这种气，用今天的话来说，就是基本粒子。在庄子看来，天地原本是常在的，日月原本是光明的，星辰原本是罗列的，禽兽原本是成群的，树木原本是成长的（《天道》）。"天其运乎？地其处乎？日月其争于所乎？孰主张是？孰维纲是？孰居无事推而行是？意者其有机缄而不得已邪？意者其运转而不能自止邪？"（《天运》）就是说，天在运转吗？地在定处吗？日月往复照临吗？有谁主宰着？有谁维持着？有谁安居无事而推动着？或者有机关发动而出于不得已，或者它自行运转而不能停止？他的答案是自然界的一切现象都是自动进行或停止，不是谁主使的。

十一、《庄子》中的科学性寓言及其他

《庄子》在全书中写了不少带科学性的寓言。如《齐物论》第六节中有三个寓言，《养生主》中用"庖丁解牛"的寓言，以喻社会复杂如牛的筋骨盘结，所以处理世事当

因其自然，顺着自然的纹理；《天地》等篇中都同样有丰富的寓言文字，《秋水》中用河伯与北海若的对话寓言构成；《达生》篇用十一个寓言组成，《山水》篇用九个寓言故事组成，《知北游》中用十一个寓言组成；《盗跖》篇利用孔子访盗跖的寓言猛烈攻击为封建统治阶级维护社会秩序的道德的虚伪性，《让王》中用十五个寓言深刻阐明生命为贵、名位为轻的思想。只有科学的思想才能使人脑筋通彻。庄子对"通彻"二字作了富有科学性的阐释。在他看来，眼睛通彻是明，耳朵通彻是聪，鼻子通彻是颤，口舌通彻是甘，心灵通彻是智，智慧通彻是德（《外物》）。

《庄子》里有不少语言富有明确的科学概念。如在《山木》中他提出："读书人有理想却不能施行，这是疲困；衣服破旧、鞋子破烂，这是贫穷，而不是疲困。"在他看来，"狗非犬"——"犬子生而长毛未成者狗"。《礼记》所记载："狗、犬同名。若分而言之，则大者为犬，小者为狗"；《尔雅》说，狗是"犬未成豪"。所以严格说来，大犬为犬，狗非犬，不可混同。

《庄子》中不但阐明了若干科学问题，也歌颂了古代劳动人民的技术，例如在《徐无鬼》中热情歌颂了具有精湛技艺的石匠，能挥动斧头呼呼作响劈削楚国人鼻尖上如蝇般的白灰的高度艺力。这就是著名的"匠石运斤"的寓言。

庄子在《天下》篇中写道："一尺之棰，日取其半，万世不竭"，就是说，物质可以无限分割。"棰"，杠子也。今天取其一半，明天取其一半的一半，后天再取其一半的一半的一半，如是日取其半，总有一半留下，所以万世不竭。用今天的话来说，就是万物都是可以"一分为二"的。这种思想能在我国古代就有，十分可贵。一尺之棰原来是一个有限的物体，但它是由无限小的单位组成的，因此可以无限分割。用今天的科学思想来讲，一尺之棰，经过再三"一分为二"之后便不成为棰了，它将成为分子，成为原子，成为基本粒子，成为夸克。《庄子》中记载的这些话，是他友人惠施的思想。但《天下》篇能保存这个很可贵很富有科学思想性的见解，使其流传万代，从这里也可以见到《庄子》的价值。若把它通通作为垃圾扫掉，这才真正是对我国古代优秀文化遗产的"虚无主义"、"悲观主义"，是以不知冒充知的"滑头主义"，是没有真知灼见而自鸣为"现代化"学者的"阿Q"。难道事实不正是这样的吗？

《庄子》中还反映了若干带原始、朴素科学幻想色彩的寓言。如在《逍遥游》写的北海中的鲲鱼，巨大到竟有几千里，后来又从鱼类演化成为鸟类；在水击三千里之后，乘着六月的大风，展翅扶摇而上九万里高空。看到野马般的游气、飞扬的游尘以及活动的生物被风吹而飘动，到高空苍苍茫茫的天色。哟！那是实际的本色吗？它的高度远是没有穷极的吗？庄子又幻想着这个巨大的大鹏是由鲲鱼演化而来的，即幻想鱼类能演化为鸟类，这与现代达尔文的科学进化论思想不但没有抵触，而且基本符合。诚然，在庄子的时代不可能产生达尔文进化论的思想，但作为带有科学性的幻想家，庄子是当之无愧的。

庄子在对诸子百家的论述中，能够以公允的态度全面论人。比如他对于孔子，一方面在《盗跖》篇等文章中严格、尖锐地抨击了儒家的礼教规范，借盗跖之口猛烈斥责孔子是"巧伪人",在《列御寇》篇指出孔丘叫人脱离朴实而学虚伪;而另一方面在《让王》篇又热烈赞扬孔子被围于陈蔡之间,七天没有生火煮饭,喝着不加米粒的藜菜羹汤,面色疲惫还在室中弹琴唱歌。他颂扬孔子面临危险而不失德,喻之以大寒来到,霜雪降落,我才知道松柏的茂盛。陈蔡的困厄是一种生活上的考验。他鼓励人们穷困也快乐,通达也快乐。这种不全盘否定,不一棍子打死孔子的精神是符合科学态度的。

庄子对生物学也很有研究。如在《天运》中他指出有种生物,身怀雌雄两性,所以自身可生育。庄子通过《秋水》说"井里的鱼,不可以和它谈大海的事,这是因为受了地域的局限;夏天的蚊子,不可以和它谈冰冻的事,这是因为受了时间的固蔽。"他认为猫头鹰在夜里能捉跳蚤,明察秋毫,但是大白天瞪着眼睛看不见丘山,这是性能的不同(《秋水篇》)。"卵有毛"——卵含有成为羽毛动物的可能性,从生物学的观点来说,每一种动物的成长,乃是由潜能到现实的过程。

十二、结束语

当然,我们说庄子思想中有科学的成分,并不就认为庄子是古代唯物主义思想的代表,也像欧洲的科学家、哲学家康德、黑格尔、培根等人一样。庄子思想中既有符合科学倾向的东西,但也包含有"彼一时是,此一时非"的主观唯心主义的东西。正如鲁迅所指出,倘按照庄子思想办事,可以作为某些人在"危急之际的护身符","以他的'无是非'轻了一切有是非"。❶ 这样难免要陷于错误,取消了正确的认识作用。

同时,他的辩证法思想,也是有着很大的局限性的,最终未能超出循环论的圈子。在庄子《寓言》篇说道:"万物皆种也,以不同形相禅,始卒若环,莫得其伦,是谓天均。"就是说,万物各有种类,以不同形状相传接,始终如循环,没有端倪,这就是自然均平的道理。这种循环论导致庄子在思想上陷进了主观唯心主义的窠臼,这是庄子学说的严重缺憾。

但是,我们决不能因噎废食、因瑕掩瑜,《庄子》从整个看来,还不失为我国古典科学文艺的优秀珍品。鲁迅在《汉文学史纲要》上写道,《庄子》"其文汪洋捭阖,仪态万方,晚周诸子之作莫能先也"。那富有创造性的寓言、辛辣的讽刺笔调、生动逼真的描绘、灵活多样的局式、丰富的词汇,在古代散文史上能与其相比拟的实属凤毛麟角。后代的嵇康、阮籍、陶渊明、李白、苏轼、曹雪芹等人的思想和创作,都颇受庄子的影响。在战国诸子中,庄子给后世的影响是最深远的。我们决不能把我国优秀的可贵的遗产,当做糟粕或垃圾而扫进垃圾堆。

---

❶ 鲁迅:《且介亭杂文二集·文人相轻》。

第七章 《韩非子》与科学文艺

本章要点：韩非子的生平简介；韩非子的思想；《韩非子》科学文艺五则（矛盾、曾子杀彘、守株待兔、南郭先生、画鬼最易画犬难）。

一、韩非子的生平简介

韩非，汉族，战国末期韩国（今河南新郑）人，生于周赧王三十五年，卒于秦王政十四年（约前281～前233年），为韩国公子（国君之子）。他是中国古代著名的哲学家、思想家，政论家和散文家，法家思想的集大成者，后世称"韩子"或"韩非子"。

韩非子口吃（结巴），虽然不善言谈，但是善于著述。韩非与李斯都是荀子的学生。韩非子博学多能，才学超人，思维敏捷，李斯自以为不如。韩非子写起文章来气势逼人，堪称当时的"大手笔"。凡是读过他的文章的人，几乎没有不佩服他的才学的。

韩非师从荀卿，但思想的观念却与荀卿大不相同。他没有承袭儒家的思想，却"喜刑名法术之学"（申不害主张君主当执术无刑，因循以督责臣下，其责深刻，所以申不害的理论被称为"术"。商鞅的理论被称为"法"。这两种理论被统称为"刑名"，所以称为"刑名法术之学"），"归本于黄老"（指韩非的理论与黄老之法相似，都不尚繁华，清简无为，君臣自正），继承并发展了法家思想，成为战国末年法家之集大成者。

韩国在战国七雄中是最弱小的国家。韩非身为韩国公子，目睹韩国日趋衰弱，曾多次向韩王上书进谏，希望韩王安励精图治、变法图强，但韩王置若罔闻，始终都未采纳，这使他非常悲愤和失望。他从"观往者得失之变"中探索变弱为强的道路，写了《孤愤》《五蠹》《内外储说》《说林》《说难》等十余万言的著作，全面、系统地阐述了他的法治思想，抒发了忧愤、孤直而不容于时的愤懑。

后来这些著作流传到秦国，秦王嬴政读了《孤愤》《五蠹》之后，大加赞赏，发出"嗟乎！寡人得见此人与之游，死不恨矣"的感叹，可谓推崇备至，仰慕已极。秦王政不知这两篇文章是谁所写，于是便问李斯，李斯告诉他是韩非的著作。秦始皇为了见到韩非，便马上下令攻打韩国。韩王安原本不重用韩非，但此时形势紧迫，于是便派韩非出使秦国。秦王政见到韩非，非常高兴，然而却未被信任和重用。韩非曾上书劝秦始皇先伐赵缓伐韩，由此遭到李斯和姚贾的谗害。他们诋毁他说："韩非，韩之诸公子也。今王欲并诸侯，非终为韩不为秦，此人之情也。今王不用，久留而归之，此自遗患也，不如以过法诛之。"秦王政认可了他们的说法，下令将韩非入狱审讯。李斯派人给韩非送去毒药，让他自杀。韩非想向秦始皇自陈心迹，却又不能进见。秦王嬴政在韩非入狱之后后悔了，便下令赦免韩非，然而为时已晚（见《史记·老子韩非列传》）。

二、韩非子的思想

韩非的著作收集在《韩非子》一书中。现存《韩非子》五十五篇，大体上可以说是韩非学派的著作汇编；除少数篇章外，大多数是韩非的著作，反映了韩非的思想。

韩非的朴素辩证法思想比较突出。他首先提出了矛盾学说，用矛和盾的寓言故事，说明"不可陷之盾与无不陷之矛不可同世而立"的道理。值得一提的是，《韩非子》书中记载了大量脍炙人口的寓言故事，最著名的有"自相矛盾""守株待兔""讳疾忌医""滥竽充数""老马识途"，等等。这些生动的寓言故事，蕴含着深隽的哲理，凭着它们思想性和艺术性的完美结合，给人们以智慧的启迪，具有较高的文学价值。韩非的文章说理精密，文锋犀利，议论透辟；推证事理，切中要害。比如《亡征》一篇，分析国家可亡之道达47条之多，实属罕见。《难言》《说难》二篇，无微不至地揣摩所说者的心理，以及如何趋避、投合，周密细致，无以复加。

韩非用人口增长速度快于生活资料增长速度的人口理论来说明"当今争于力气"，认为人口是按几何级数增加的，即五子二十五孙论（"今人有五子不为多，子又有五子，大父未死而有二十五孙。是以人民众而货财寡，事力劳而供养薄，故民争，虽倍赏累罚而不免于乱"——《韩非子·五蠹》）。

（一）历史进化的观点

韩非在《五蠹》篇中较系统地论述了社会历史的进化。他说："上古之世，人民少而禽兽众，人民不胜禽兽虫蛇；有圣人作，构木为巢以避群害，而民悦之，使王天下，号曰有巢氏。民食果蓏蚌蛤，腥臊恶臭而伤害腹胃，民多疾病；有圣人作，钻燧取火以化腥臊，而民悦之，使王天下，号之曰燧人氏。中古之世，天下大水，而鲧、禹决渎。近古之世，桀、纣暴乱，而汤、武征伐。今有构木钻燧于夏后氏之世者，必为鲧、禹笑矣；有决渎于殷周之世者，必为汤、武笑矣。然则今有美尧、舜、禹、汤、武之道于当今之世者，必为新圣笑矣。是以圣人不期修古，不法常可，论世之事，因为之备。"

可见，韩非把社会历史看做是分阶段、不断向前进化的。历史不会倒退，复古是不可能的。每个历史阶段都有不同的具体情况和问题，历史上所谓"圣人"都是根据当时的条件提出解决问题的措施；到了今天还有人称颂尧、舜、鲧、禹、汤、武的老一套治理国家的办法，就一定会被当今的"新圣"所笑。他从历史的进化中得出的结论是，"圣人"不向往久远的古代，不效法成规旧例，而是要研究当时的社会情况，来制订相适应的措施。他嘲讽那些"欲以先王之政治当世之民"的复古主义者，就像"守株待兔"的人那样思想僵化、愚蠢可笑。韩非把历史分为上古之世、中古之世、近古之世三个时期，这虽不科学，但摆脱了宗教迷信观念，用富有传说价值的资料来论述社会历史的进化，并批判复古的思想，这无疑是进步的。

社会历史为什么不断进化呢？韩非认为应当从人们经济生活条件的变化中去找寻它的原因。经济生活条件的变化，影响政治及道德风尚的变化。他在《五蠹》篇里说：

> 古者丈夫不耕，草木之实足食也；妇人不织，禽兽之皮足衣也。不事力而养足，人民少而财有余，故民不争。是以厚赏不行，重罚不用，而民自治。今人有五子不为多，子又有五子，大父未死而有二十五孙，是以人民众而财货寡，事力劳而供养薄，故民争，虽倍赏累罚而不免于乱。

这是说，古今社会变化、治乱，是由于人口的增长比财物增长的速度快。古代人口少，财物有多余，人和人之间没有争夺，不用厚赏重罚，自然相安无事。现今人口多了，财物缺少，虽然尽力劳动，还是不够吃用，就是厚赏重罚，还是免不了社会的争乱。韩非能从经济生活条件的变化来解释社会治乱的根源，在古代思想中是可贵的。他以前的思想家一般都在研究怎样增加人口，而他却提出从人口与财物对比关系来分析社会治乱的新见解。但他把治乱的原因简单地归结为人口多少、财货多少是不正确的。他所说的古代，人口固然是少而物质财富却未必充裕；他的时代，人口虽较古代多而物质财富却未少。他的阶级局限和时代的局限性，使他不可能认识到社会治乱的根本原因是由于不合理的生产资料所有制与阶级剥削制度所造成。

韩非又说，尧当天子，住的是茅草房，吃的是粗粮野菜汤，穿的是简陋的衣服，生活跟现在一个看门的人差不多；禹当天子，亲自带头劳动，腿上的汗毛都被磨光，劳苦的程度不亚于现在的奴隶；这样说来，古时候把天子位让给别人，是解除劳苦，今天的县令，就是死了，他的子孙还不失富贵，当然就没有人会辞官位了。"是以古之易（轻视）财，非仁也，财多也；今之争夺，非鄙也，财寡也。轻辞天子，非高也，势薄也；重争士（仕）橐（讬，指依附权势），非下也，权重也。"他认为古今的这些不同，不是道德问题，而是由于物质利益和权势的轻重所造成的。

韩非从社会历史进化的观点出发，从各个方面据史论证"事因于世，而备适于事""世异则事异""事异则备变""古今异俗，新故异备"观点的正确，得出法治是历史进化到一定阶段的必然产物。他批判"仁义道德"，反对复古主义，主张向前看，这种思想体现了新兴地主阶级敢于变革、创新的进取精神。他注意到从经济生活条件中去找寻历史变化、进化的根源，也具有一定的合理性。

（二）社会矛盾的观点

战国时期的社会矛盾尖锐复杂，这促使韩非探索社会中不同地位的人与人之间的关系，并提出了他的看法。

"矛盾"一词，是韩非最早提出来的。他是用矛盾观点分析批判孔、墨显学的矛盾而说明法家思想的正确。他在《难一》篇中说，尧为天子的时候，"历山之农者侵畔""河滨之渔者争坻""东夷之陶者器苦窳"，舜亲身到这些地方去耕田、打鱼、烧陶而改变了这些坏风气，孔子为此而赞叹说"圣人之德化乎"，但孔子又说尧是"圣人"。韩非认为：

> 贤舜则去尧之明察，圣尧则去舜之德化，不可两得也。楚人有鬻盾与矛者，誉
> 之曰："吾盾之坚，物莫能陷也。"又誉其矛曰："吾矛之利，于物无不陷也。"或
> 曰："以子之矛，陷子之盾，何如？"其人弗能应也。夫不可陷之盾，与无不陷之
> 矛，不可同世而立。今尧舜之不可两誉，矛盾之说也。

这是从尧舜两誉之矛盾，揭露儒家美化先王之不可信。

在《显学》篇里，韩非从分析儒家、墨家内部的矛盾观点和儒墨两家间的矛盾观点，来否定儒家墨家学说和他们所颂扬的先王之道。他说，孔丘、墨翟之后，儒家分为八派，墨家分为三派，他们的取舍相反，但都说自己是孔墨的真传。孔子、墨子都称赞尧舜，但他们的取舍各不相同，也都说自己得了尧舜的真传。孔墨都不能复生，尧舜已经死了三千年，要判断他们谁得到真传，是不能确定的。他认为盲目相信"先王""尧舜"的事，不是愚蠢就是欺骗："无参验而必之者，愚也；弗能必而据之者，诬也。故明据先王，必定尧舜者，非愚则诬也。"韩非又说，孔墨对丧葬的主张是矛盾的："夫是墨子之俭，将非孔子之侈也；是孔子之孝，将非墨子之戾也。"

韩非认为，君臣的关系是利害矛盾。君主用官爵来换取人臣的死力，臣下为达到富贵的目的，必然用死力来换取君主的官爵。他在《外储说右下》引用田鲔的话说："主卖官爵，臣卖智力。"又在《难一》篇说："臣尽死力以与君市，君垂爵禄以与臣市。君臣之际，非父子之亲也，计数之所出也。"君主计算臣所出力量的大小，臣也计算君主所出爵禄的高低，君臣之间犹如买卖的关系。这种君臣关系，正是当时不凭借世袭而取得官位的反映。旧的君臣关系是以宗族的血缘为纽带，旧贵族是凭借世袭得到官爵，儒墨各家的"仁义之说"客观上起着维护旧制度的作用。因此，他认为"君不仁，臣不忠，则不可以霸王矣。"《六反》他又认为，由于"霸王"是国君的大利，所以国君任官使能，赏罚无私；"富贵"是人臣的大利，所以尽力致死是为了取得爵禄而致富贵。君臣各为其利，并不是君仁臣忠而是利害关系。英明君主治理国家的办法是"设利害之道以示天下"，即用庆赏和刑罚来晓示全国，同时，要使臣下有"正直之道可以得利"，否则臣下就要"行私以干上"。

韩非认为，在君臣的利害矛盾中，君主是矛盾的主要方面。《外储说右上》："人主者，利害之轺毂也，射者众。"君主的好恶关系到臣下的利害，所以臣下用种种手段来试探君主的意向，"一国以万目视人主"。《扬权》篇说："臣之所不弑其君者，党与不具也。"因此，韩非把处理好君臣、后妾、嫡孽等统治集团内部的矛盾，认为是关系到政权安危的大事。《备内》篇专讲防备后妃、嫡子被奸臣利用来劫君弑主事。他说臣下窥觇君主的思想动态，没有停止的时刻，君主的懈怠傲慢是奸臣劫君弑主的好时机。"为人主而大信其子，则奸臣得乘于子以成其私，故李兑傅赵王而饿主父。为人主而大信其妻，则奸臣得乘于妻以成其私，故优施傅丽姬杀申生而立奚齐。"君主如果不能看

透臣下的远奸和隐微，而只看表面现象以定赏罚，肯定会失败。

韩非认为，君主与"有威之门"为争夺民众，他们间的矛盾是尖锐、激烈的。《诡使》篇说："悉租税，专民力，所以备难、充仓府也，而士卒之逃事伏匿，附托有威之门以避徭赋，而上不得者万数。"《备内》篇说："徭役多则民苦，民苦则权势起、权势起则复除重，复除重则富贵人；起势以藉人臣，非天下长利也。故曰：徭役少则民安，民安则下无重权，下无重权则权势灭，权势灭则德在上矣。"

韩非认为，君臣矛盾是当时社会矛盾中最重要的矛盾。《备内》篇说："《桃左（梼杌）春秋》曰：'人主之疾死者不能处半。'"这就是说，君主大多数是在君臣矛盾斗争中不得好死的。又说："上古之传言，《春秋》所记，犯法为逆以成大奸者，未尝不从尊贵之臣也。然而法令之所以备，刑罚之所以诛，常于卑贱。"这是指责法令对于尊贵之臣往往有利，而助长了君臣间的矛盾。

战国时期的国君，都是世袭的旧贵族出身。他们与"重人"有矛盾的一面，在政治上争夺权势，在经济剥削上争夺民众。而"重人"又是国君信任、依靠的力量。在剧烈的七国争雄、兼并过程中，国君也有变法图强的要求。魏文侯任用李悝、楚悼王支持吴起、秦孝公信用商鞅，就是最好的例证。在此同时，诸子争鸣，又提出各种与法家不同的政治见解。再加上旧势力和社会传习的影响、束缚，使国君陷于徘徊、犹豫，倾向保守。由于种种原因，国君的思想行动有新旧矛盾，社会传统习俗与法治也有矛盾。《诡使》《六反》《五蠹》等篇，都对这些错综复杂的矛盾有所揭露。《诡使》篇说：

> 夫立名号，所以为尊也，今有贱名轻实者，世谓之"高"。设爵位，所以为贱贵基也，而简（傲）上不求见者，世谓之"贤"。威利，所以行令也，而无利轻威者，世谓之"重"。法令，所以为治也，而不从法令为私善者，世谓之"忠"。官爵，所以劝民也，而好名义不进仕者，世谓之"烈士"。刑罚，所以擅威也，而轻法不避刑戮死亡之罪者，世谓之"勇夫"。

这里的矛盾，韩非叫做"常贵其所以乱，而贱其所以治"，"下之所欲，常与上之所以为治相诡"。这就是上之所以为治者在于名号、爵位、威利、法令、官爵、刑罚等，而下之所贵者，则在于虚伪的高、贤、重、忠、烈士、勇夫，这种相反相诡的矛盾十分显明。

《六反》篇指出六种颠倒的认识和行动，也揭露了国君思想行动和社会现象上的多种矛盾。

> 畏死远难，降北之民也，而世尊之曰"贵生之士"；学道立方，离法之民也，而世尊之曰"文学之士"；游居厚养，牟食之民也，而世尊之曰"有能之士"；语曲牟知，伪诈之民也，而世尊之曰"辩智之士"；行剑攻杀，暴憿（憾）之民也，

而世尊之曰"碌勇之士"（指任侠之流）；活贼匿奸，当死之民也，而世尊之曰"任誉之士"。此六民者，世之所誉也。赴险殉诚，死节之民，而世少之曰"失计之民"也；寡闻从令，全法之民也，而世少之曰"朴陋之民"也；力作而食，生利之民也，而世少之曰"寡能之民"也；嘉厚纯粹，整谷之民也，而世少之曰"愚戆之民"也；重命畏事，尊上之民也，而世少之曰"怯慑之民"也；挫贼遏奸，明上之民也，而世少之曰"谄谗之民"也。此六者，世之所毁也。

在这里，韩非指出，社会上有六种"奸伪无益"的人，可是这六种人却受到世人和君主的尊重、称誉，而六种对"耕战有益"的人，反被世人和君主轻视、诋毁。这样，美名和奖赏就落到坏人身上，而毁谤和祸害却落到好人身上。

《五蠹》篇指出：

儒以文乱法，侠以武犯禁，而人主兼礼之，此所以乱也。夫离法者罪，而诸先生以文学取；犯禁者诛，而群侠以私剑养。故法之所非，君之所取；吏之所诛，上之所养也。法、趣（取）、上（君）、下（吏），四相反也，而无所定，虽有十黄帝，不能治也。

韩非认为，君主对各家不同的政治见解"不相容"而矛盾的事；"兼礼"并重，是造成政治混乱的根源，就是有十个"黄帝"那样的"圣人"，也不可能把国家治理好。

《外储说右上》《孤愤》《和氏》等篇，具体说明了"法术之士"与"重人"为争夺君主的信用，发生激烈矛盾斗争的原因及其情况。韩非在《孤愤》篇说："重人也者，无令而擅为，亏法以利私，耗国以便家，力能得其君，此所为（谓）重人也。"又说，"当涂者"即当权的"重人"，很少不被君主信任、宠爱，而有故旧关系；他们摸透了君主的心意，以君主的好恶为好恶。这是他们取得贵重官爵的惯技。他们有权势，国外有诸侯的声援，国内"朋党又众，而一国为之讼"。"法术之士"与君主没有"信爱之亲，习故之泽"，又没有权势地位，孤独而无党羽，且"将以法术之言矫人主阿辟之心"。他们的远见明察，能够看透重人的阴情；他们的刚直，能够矫正重人的奸行。而国君却认识不到法术对治国的迫切需要。这就是"智法之士（法术之士）与当涂之人不可两存之仇"形成的原因。《孤愤》篇还阐述了"法术之士"与"重人"的矛盾斗争，有五不胜的形势："以疏远与近爱信争，其数不胜也；以新旅与习故争，其数不胜也；以反主意与同好恶争，其数不胜也；以轻贱与贵重争，其数不胜也；以一口与一国争，其数不胜也。""法术之士"与"重人"的斗争，具有必不胜的条件。他们要想见君主，陈述法治的政见，大臣就像猛狗一样迎而龁之，君主的左右又像社鼠而间主之情。这样，"法术之士"怎能见到君主，"法术之士"又怎能不危险呢？不是被官吏诛杀，就必被"重人"派遣的侠客以剑刺死。

在这里，韩非清楚地说明"法术之士"与"重人"的矛盾斗争"势不两存"，即旧贵族势力在退出历史舞台之前与新兴封建势力有难以调和的斗争。这是法家对历史的总结。

韩非特别强调国君和人民的关系是利害对立的矛盾。《六反》篇说：

> 君上之于民也，有难则用其死，安平则尽其力。亲以厚爱关（纳）子亡安利而不听，君以无爱利求民之死力而令行。明主知之，故不养恩爱之心，而增威严之势。

因此，韩非认为，使人民心悦诚服地供统治者役使、剥削是做不到的。《显学》篇说：

> 夫圣人之治国，不恃人之为吾善也，而用其不得为非也。恃人之为吾善也，境内不什数；用人不得为非，一国可使齐。为治者用众而舍寡，故不务德而务法。……不恃赏罚而恃自善之民，明主弗贵也。……故有术之君，不随（追求）适然（偶然）之善，而行必然之道。

为此，他主张国君对人民必须实行强制，用威势压制人民比用仁义羁縻人民更为有效。他抛弃仁义，主张用刑罚镇压人民。

韩非认为，君臣、父子、夫妻、兄弟、君民、田主与庸客、各政治集团间、新旧政治势力间、各学派间、各学派内部的思想由于人们利害的不同，都存在矛盾。《六反》篇说："父母之于子也，产男则相贺，产女则杀之。此俱出父母之怀衽，然男子受贺、女子杀之者，虑其后便，计之长利也。故父母之于子也，犹用计算之心以相待亡，而况无父子之泽乎！"《备内》篇说，医生给人看病不怕脏，做车的人愿意人富贵，做棺材的人愿意人有死亡，这都不是他们仁慈不仁慈、而是他们的切身利益所决定的。王良爱马、越王勾践爱人是为"战与驰"。后妃夫人、太子结党与而欲君主之死，不是因为他们憎恶君主，而是"君不死则势不重"，君主死了对他们有利。

韩非从物质利益的不同解释社会矛盾产生的观点，有合理的因素，但利害为什么能对人们起作用，他却认为是重在性情的"自为心"。"自为心"是人类共同的本性，《六反》所谓人各以"计算之心以相待"，即各以"自为"自私的本性而相互交易。

韩非常常用父母与子女的利害矛盾的例子来说明人人都是"自为"自利的本性。他说父母为了"虑其后便，计其长利"，所以"产男则相贺，产女则杀之"。这种"产女则杀之"的特殊现象，他却用来代替了一般。

他对阶级间剥削与被剥削的关系，如田主与庸客的关系，也是用"自为"自私的观点来解释。他还认为社会上所以有贫富，仅仅是由于个人善不善于"自为"，"侈而惰者贫，而力而俭者富"。他看不到贫富分化的更重要原因是阶级剥削。

韩非的这种观点，是荀子"性恶论"的引申，是为强调君主专制提供理论的依据。

三、附：《韩非子》科学文艺五则

1. 矛盾

原文：楚人有鬻盾与矛者，誉之曰："吾盾之坚，物莫能陷也。"又誉其矛曰："吾矛之利，于物无不陷也。"或曰："以子之矛，陷子之盾，何如？"其人弗能应也。夫不可陷之盾与无不陷之矛，不可同世而立。

译文：

矛和盾是古时候两种武器，矛是用来刺人的，盾是用来挡矛的，功用恰恰相反。楚国有一个兼卖矛和盾的商人。一天，他带着这两样货色到街上叫卖，先举起盾牌向人吹嘘说："我这盾牌呀，再坚固没有了，无论怎样锋利的矛枪也刺不穿它。"停一会儿，又举起他的矛枪向人夸耀说："我这矛枪呀，再锋利没有了，无论怎样坚固的盾牌，它都刺得穿。"旁边的人听了，不禁发笑，就问他说："照这样说，就用你的矛枪来刺你的盾牌。结果会怎样呢？"这个商人窘得答不出话来了。

2. 曾子杀彘

原文：曾子之妻之市，其子随之而泣。其母曰："女还，顾反为女杀彘。"妻适市来，曾子欲捕彘杀之。妻止之曰："特与婴儿戏耳。"曾子曰："婴儿非与戏也。婴儿非有知也，待父母而学者也，听父母之教。今子欺之，是教子欺也。母欺子，子而不信其母，非所以成教也。"遂烹彘也。

译文：

曾子的夫人到集市上去，他的儿子哭着闹着要跟着去。他的母亲对他说："你先回家待着，待会儿我回来杀猪给你吃。"她刚从集市上回来，曾子就想要捉小猪去杀。她就劝止说："只不过是跟孩子开玩笑罢了。"曾子说："妻子，可不能跟他开玩笑啊！小孩子没有思考和判断能力，要向父母亲学习，听从父母亲给予的正确的教导。现在你欺骗他，这是教孩子骗人啊！母亲欺骗儿子，儿子就不再相信自己的母亲了，这不是现实教育的方法。"于是曾子就杀猪煮肉给孩子吃。

寓意：曾子为了不失信于小孩，竟真的把猪杀了煮给孩子吃，目的在于用诚实守信的人生态度去教育后代、影响后代。韩非此则寓言的原意，应该是宣扬他的重法守信的法制思想，要统治者制定严酷的法律，然后有法可依，有法必依，执法必严。

3. 守株待兔

原文：宋人有耕田者，田中有株，兔走触株，折颈而死。因释其耒而守株，冀复得兔。兔不可复得，而身为宋国笑。

译文：

宋国有个农民，他的田地中有一截树桩。一天，一只跑得飞快的野兔撞在了树桩上，扭断脖子死了。于是，那个农民便放下他的犁耙，守在树桩子旁边，希望能再得到只兔子。野兔没有再获得，而他自己也成了宋国人的笑柄。

启示：偶然性不等于必然性。奔走的兔子撞死在树桩上，这是偶然的一次，而那个宋国人以为总会有兔子撞死在树桩上，因此农活也不干了，整日想捡野兔子。这种想法很愚蠢，因而会被世人嗤笑。

4. 南郭先生

原文：齐宣王使人吹竽，必三百人。南郭处士请为王吹竽，宣王悦之，廪食以数百人。宣王死，湣王立，好一一听之，处士逃。

译文：

战国时期，齐国的国王非常喜欢听吹竽合奏，好吃懒做的南郭先生想办法混进了乐队，他不懂装懂、摇头晃脑，装出一副行家的样子。不久老国王死后，新国王喜欢听吹竽独奏，南郭先生这下心虚了，害怕会露馅就连夜逃出了皇宫。

寓意：像南郭先生这样不学无术、靠蒙骗混饭吃的人，骗得了一时，骗不了一世；假的就是假的，最终逃不过实践的检验而被揭穿伪装。我们想要成功，唯一的办法就是勤奋学习；只有练就一身过硬的真本领，才能经受得住一切考验。

5. 画鬼最易画犬难

原文：客有为齐王画者，齐王问曰："画，孰最难者？"曰："犬马最难。""孰易者？"曰："鬼魅最易。夫犬马，人所知也，旦暮罄于前，不可类之，故难；鬼魅，无形者，不罄于前，故易之也。"

译文：

有人为齐王作画，齐王问他："画什么最难？"他说："狗、马最难画。"齐王又问："画什么最容易？"他说："画鬼怪最容易。狗、马是人们所熟悉的，早晚都出现在你面前，不可仅仅画得相似而已，所以难画；鬼怪是无形的，不会出现在人们面前，所以容易画。"

寓意：胡编乱造，胡写乱画，这是最简单的事；但要真正认识客观事物，并恰如其分地表现它，就不是一件容易事了。

第三卷

秦汉至隋代的科学文艺

第八章　司马迁与科学文艺

本章要点：司马迁和他的科学思想；司马迁的天文观；《史记》中关于治理河渠的记载；《史记》中有关我国医学技术的记载。

司马迁不仅是伟大的史学家、文学家，而且是具有朴素唯物主义思想的杰出的思想家和科学家，在古代只有希腊的亚里士多德能和他相比。他反对封建迷信，重视技术人才，自已也进行了大量的科学研究，具有丰富的科技知识。因此，他所著的《史记》堪称我国古代的百科全书。其中对当时天文历法、农田水利、医药卫生等科学技术的发展都有许多记载，值得我们认真研究。

一、司马迁和他的科学思想

司马迁（公元前135~前90年）从诞生到现在已有2 100多年了。他也是我国古代杰出的科技史家，对我国古代天文学和水利方面，都作过深刻的研究，并亲自参加过这方面工作。

司马迁生长在陕西韩城县。其祖先在当地居住了约455年，做过司理天地的官职；在周宣王时，以司马为姓，典掌"周史"，兼管天文历算，这是他们世代相传的专门职业。他父亲司马谈曾从我国古代天文学家唐都那儿学习天文，从道家黄子学《道论》；他于公元前140年被任命为管理历史资料及天文星历的太史令，也就是天文官，兼皇帝身边的文书。司马迁与他的好友任安书中自言："仆之先人，文史星历，近乎卜祝之间，固主上所戏弄，倡优蓄之，流俗所轻也。"刘知几在《史通·史官》上写道："寻自古太史之职，虽以著述为宗，而兼掌历象、日、月、阴阳、管数"。由此可见，太史令与天文官关系密切。

司马迁年轻的时候，边读边参加耕牧劳动，二十岁左右就在祖国各地漫游，走过黄河、长江中下游各地，考察了祖国的山川、文物、古迹。父亲死后三年，汉武帝任命他为太史令。他年轻时代曾跟随汉武帝到全国各地巡狩，并被派到西康、云南一带做安抚西南少数民族的工作。他遍游全国各地时，看到了祖国各地特产非常丰富，如"山西饶材、竹、谷、纑、旄、玉石"，"山东多鱼、盐、漆、丝、声色"，"江南出楠、梓、姜、桂、金锡、连（未炼之铅）、丹砂、犀、玳瑁、珠玑、齿、革"，"龙门、碣石北多马、

89

牛、羊、㫋、裘、筋、角"……他认识到"农不出则乏其食，工不出则乏其事，商不出则三宝绝，虞不出则财匮少，财匮少而山泽不辟矣"；"此四者，民所衣食之原也，原大则饶，原小则财鲜；上则富国，下则富家。"可以说，他年青时代见识就极为丰富。加之汉武帝把当时搜罗到的各种书籍收藏在皇家图书馆里，由他来掌管，他得以浏览。后来由于为李陵投降匈奴事件辩护，他被投进牢狱里面，受到最残酷的腐刑。因为他才华出众，后又被汉武帝提为中书令。他在被侮辱、被损害的精神十分痛苦的生活中，经过十四年光阴，写成了一部不朽的名著——《史记》。

《史记》主要是一部历史书，它记录了我国从黄帝开始直到汉武帝为止两千多年中间发展的历史；全书共一百三十篇，有五十二万六千余字。作者创造性地把全部著作分为本纪、表、书、世家、列传五个部分。他在世家中比较详细地记载了我国古代科学技术界人物，如著名的医生及其他科技人物。《史记》里还广泛介绍了典章制度、天文历算。

司马迁是我国古代具有朴素唯物主义思想的伟大思想家，他懂得天文历法，参加过汉武帝时修改历法的工作。汉代是阴阳五行一类神怪思想风靡一时的时代，阴阳五行甚至成为御用理论。司马迁敢于同当时的封建迷信思想展开面对面的斗争，他说："星气之书，多杂禨祥，不经。"他作历书在于使"律历更相治，间不容翲忽"，从而十分重视算术的作用。他著《天官书》就是为了反对那些迷信荒诞的东西。在《太史公自序》上写道："夫阴阳四时八位十二度二十四节，各有教令，顺之者昌，逆之者不死则亡，未必然也。故曰使人拘而多畏。夫春生夏长秋收冬藏，此天道之大经也，弗顺则无以为天下纲纪，故曰四时大顺，不可失也。"司马迁反对当时"天人感应"的世界观，斥责驺衍"营于巫祝，信禨祥"的迷信思想。他认为："故言九州山川，《尚书》近之矣；至《禹本纪》（按：今已佚）、《山海经》所有怪物，余不敢言之也。"他以实事求是的精神，怀疑古代的神话传说，连汉代的若干历史传说，也不完全置信。他说："学者多称五帝，尚矣；然《尚书》独载尧以来，而百家言黄帝，其文不雅驯，荐绅先生难言之。"

司马迁表示，自己不相信什么"天道"，他在《伯夷列传》中对"天道"作了猛烈的讥讽。在他看来，古人杀人横行的却很长寿，坏人干尽了坏事，却一辈子享福。他说："余甚惑焉！所谓天道，是邪非邪？"可见司马迁是怎样无情地鞭挞了当时占统治地位的神学观点。他介绍他父亲司马谈的遗训说："形神离则死，死者不可复生，离者不可复反。"这些言论，表现了科学家司马迁完全摆脱封建迷信的思想。他在《货殖列传》上持鲜明的历史唯物主义观点，认为："待农而食之，虞（矿）而出之，工而成之，商而通之，此宁有政教发征期会哉？人各任其能，竭其力，以得所欲。故物，贱之征贵，贵之征贱，各劝其业，乐其事，若水之趋下，日夜无休时，不召而自来。不求而民出之，岂非道之所符，而自然之验耶！"这充分说明，他是把物质生产的历史观，当做不以人的意志为转移的自然史去看待的。在他看来，一切自然现象，都有一定的规律可循。这是一种朴素的唯物主义历史观点。

司马迁相当重视富有技术的人。在他的著作中，竟然把一位生产白圭的匠人同古代"圣人"伊尹、吕尚等并列起来，说："吾（白圭）治生产，犹伊尹、吕尚之谋……商鞅行法是也。"这说明他对技术何等重视。司马迁说："本富为上，末富次之，奸富最下。"这里所指的"本富"，就是指劳动致富，"末富"就是指"经商致富"，"奸富"就是用权势巧取豪夺而致富的。很显然，这种观点同封建主义认为贫富贵贱皆有天命的错误思想，是完全不相容的。汉武帝时，张汤曾制定了各种法令，司马迁却揭发了张汤在世时已经在"骚乱"，张汤死后"而民不思"。至于汉武帝呢，司马迁认为他是个"内多欲，而外施仁义"的统治者。在《平准书》和《酷吏列传》中，他无情地揭发了封建统治阶级的财政大臣们，什九都是凶残无比的贪官酷吏。在司马迁看来，当时所谓"法律"，其实都是封建反动统治阶级残暴镇压劳动人民的一种工具。他质问法律家杜周，为什么执法的人专门祖护皇亲国戚，执法的人能这样做吗？杜周回答说："三尺（法律）安出哉？前主所是，著为律；后主所是，疏为令。当时为是，何古之法乎？"司马迁撕破了法律的外衣，揭露出封建社会中所谓法律的本质，充其量只不过是反动统治压迫劳动人民的一种工具而已，"上下相为匿，以文辞避法焉"。他无情地揭露了"窃钩者诛，窃国者侯，侯之门仁义存"。他对统治阶级的道德作了这样无情的揭露，而对于"振人不赡，先从贫贱始"的人则予以热烈的赞扬。从上述情况可以看出司马迁的善恶是非的科学思想观点。

二、司马迁的天文观

如上所述，司马迁是天文官世家出身的。他的祖先，从颛顼时代起，干的就是太史令，他父亲司马谈也是太史令。

司马迁四十二岁时，上大夫壶遂等人订律历，对颛顼历进行改造，这是我国律历界的一次革命，是汉代学术界的一项伟大工作，对后世影响至深且巨。约在公元前 104年，司马迁参加了此次大规模制订"太初历"的工作。他同当时我国首屈一指的天文学家唐都、落下闳、邓平、司马可、宜君、壶遂等二十余人共同修订了西汉初所沿用的颛顼历，避免了"朔晦月见，弦望满亏"的误差。他的阴阳五行学说充分表现在《史记》的《律书》和《天官书》里。司马迁对律历极有研究，始终参与其事。王国维写道："太初改历之议发于公，而始终总其事者亦公也。"当时司马迁为太史令，星历是他的专职。在修订太初历的同时，他开始著《太史公书》，也就是后来的《史记》。

《历书》和《天官书》两篇，是关于天文学的著作。在汉武帝太初元年（公元前104年）以前，使用的是颛顼历，与实际天象有较大的误差，如关于日食的记载就不很准确。改革后的太初历规定，一回归年等于 365.2502 日，一朔望月等于 29.53086 日。这是我国历史上第一部比较完备的历法，也是我国历法史上的第一次大改革。他们选用邓平的八十一分律历，第一次把全年二十四节气订入历法；以没有中气的月份定为闰月，推算出 135 个月有 23 次日食的周期。这在《天官书》写得很清楚。可惜太初历的原文已经失传，刘歆修订过的三统历虽然对太初历有所沿袭，但不尽相同。司马迁在太初历的历法改革中作出了自己应有的贡献。

在天文学方面，司马迁说明天体运动是有规律可寻的。他密切注视天象和星座的位置，认为天象不是神秘莫测的，而是可以由人推算出来的自然现象。他在《天官书》里记载了当时的星球运行和星座的位置，介绍了中国第一部记载星象的著作《甘石星经》。他在《史记》中相当精确地记载了几百个星体、星座及其出现的时间和季节。诚然，它同现代天文学相比有很大距离，并且残存占星术的思想，但已经相当近乎科学的看法。

从《史记·天官书》可以看出当时天文学知识的全貌。关于天文，它主要讲了恒星、行星、分野、日月占候、奇异天象、云气、候岁、天象记录和占验等，其中恒星星座占了很大篇幅。它把天空分为五大区域，列有 91 个星组，包括 200 多颗恒星，9 颗彗星，1 次陨石坠落的记载，还有关于五大行星运动状况的叙述。书中记载了各种异常的天象，其中包括彗星、流星和极光等，搜集了汉代和汉代以前我国有关天文知识的重要资料。这在近人朱文鑫《史记天官书恒星考》中已作了比较详尽的考订。它绝不是抄录古代《甘石星经》，而是批判地总结了我国古代各派星占家的著作而写成的，不论是恒星和行星的记载都是如此。从某一方面看，司马迁在当时已经初步掌握了行星的规律。当然，由于时代的制约，司马迁在《史记·天官书》上无论在数据或其他方面都难免有欠缺或错误之处，但司马迁第一次把金、木、水、火、土作为五星名字，是难能可贵的，因为这五星基本上与本色是互相符合的；同时，他观察到行星行动近太阳时则愈明亮，也是符合客观事实的。

《史记·天官书》也是我国描述天体异象的最早天文著作之一。作者对恒星的颜色和亮度的描写，对彗星等星体的描述，有可供今天参考的地方。司马迁所述的各类星体在当时也是很有创见性的。其中提到日蚀、月蚀周期、运气、候岁等方面问题和一些天象纪录，如谈到"春秋二百四十二年之间，日蚀三十六，彗星三见。宋襄公时星陨如雨""秦始皇之时，十五年彗星四见，久者八十日，长或竟天"，也是值得人们去探索的。司马迁由于生活在两千年以前，既接受了当时天文学最高水平的陶冶，也受占星术的影响。由于时代和环境的制约，他把"北斗七星"看做"齐七政"，把天上星斗比附地上的人事；认为南极老人星见则地下治安，不见则兵起，这些都是受占星术的影响。他又把牵牛星视为牺牲、织女星看做天女孙，这多少都受到古代民间传说的影响。诚然，在《史记》中还在某种程度上存在"天人感应"的思想，但不难看出司马迁也曾相当坚决地反对宗教迷信思想。他在《蒙恬传》中，反对认为秦始皇灭亡是由于"修驰道"而"绝地脉"的说法；在《感士不遇赋》中，他指出天道的渺茫和无知，他实质上不相信什么天道。

三、《史记》中关于治理河渠的记载

司马迁《史记》中对于我国古代治理洪水、开辟河流湖泊的工作，也曾作了详细的记载。在《史记·河渠书》中，他热烈歌颂"禹抑洪水十三年，过家不入门""陆行载车，水行载舟，泥行蹈毳，山行即桥"的业绩；司马迁指出，西门豹引漳水灌溉邺城，使河内一带富裕起来；郑国开凿水道三百余里，使关中成为沃野，无凶年，秦国得以富强，尤其是自汉代以来由于修整河渠水利得到的许多好处。他十分关心全国水利建设的情况，认识到水利事业的利害关系，曾亲自参加了治理黄河水利工程。他的《史记·河渠书》十分强调水利建设，强调它既能扩大农田灌溉的面积，又能促进农作物生产，防止水旱灾害，避免农作物减产。司马迁在亲自考察和实践过程中，深刻体会到水利是农业的命脉。他在《史记·河渠书》中说："余南登庐山，观禹疏九江，遂至于会稽太湟，上姑苏，望五湖；东窥洛纳、大邳、迎河，行淮、泗、济、漯、洛渠，西瞻蜀之岷山及离碓，北自龙门，至于朔方。曰：'甚哉，水之为利害也！'余从负薪塞宣房，悲瓠子之诗而作《河渠书》。"广大读者可以从这里吸取治理黄河的经验教训。这也是我国古代有关农田水利的有价值的文献著作。

四、《史记》中有关我国古代医学技术的记载

司马迁还在《史记》中着重记载了我国古代医学技术。《史记·三皇本纪》中记载（神农氏）"以赭鞭鞭草木，始尝百草，始有医药"。《史记·司马相如传》记载了古代名医岐伯的事迹，《集解》中注道："岐伯，黄帝臣""黄帝太医，属使主方药"。岐伯又作歧伯，传说为古之名医，今称岐黄为医家之祖，岐就是岐伯，黄是黄帝。《史记·扁鹊仓公列传》中记载名医俞跗的事迹说："臣闻上古之时，医有俞跗，治病不以汤液醴洒，镵石桥引，按抗毒熨，一拔见病之应，因五脏之输，乃割皮解肌，诀脉结筋，搦髓脑，揲荒爪幕，湔浣肠胃，漱涤五藏，练精易形。"（按：汤液即煎剂，醴洒为酒剂，镵石是锋利的石针，抗即按摩疗法；毒熨是药熨，用药物熏蒸病人的身体；割皮即用石割开人的皮肤，解肌是割开肌肉，诀脉是通导血液的阻塞，结筋是连接断绝的筋络。至于搦髓脑、揲荒扑幕，都近似推拿的各种手法；湔浣是洗涤，漱涤是冲洗，练精是修养精气，易形是变换体形。）由上可见，《史记》记载了我国古代的医学先进技术，并且说明它是先有技术，后有理论。

《史记·扁鹊仓公列传》记载："秦太医令李醯自知伎不如扁鹊，使人刺杀之。"《史记·匈奴列传》中记载："有诏捕太医令随。"《史记·扁鹊仓公列传》还记载："济北王遣太医高期、王禹学。"《史记·刺客列传》中记载荆轲刺秦王的紧急之际，"侍医夏无且以其所奉药囊提荆轲也"。《扁鹊仓公列传》中记载"（唐安）除为齐王侍医"，"齐王侍医遂病"，可见当时跟随统治者身边的医生叫做"侍医"。我国春秋时代医事制度中有太医令、太医、侍医。他们医事职务虽有所不同，但都是为统治者服务的不同职别的医师。

司马迁在《史记》中详细地介绍了古代最著名的医生扁鹊的事迹："扁鹊者，勃海郡郑人也，姓秦氏，名越人。少时为人舍长，舍客长桑君过，扁鹊独奇之，常谨遇之，长桑君亦知扁鹊非常人也。出入十余年，乃呼扁鹊私坐，间与语曰：'我有禁方，年老，欲传与公，公毋泄。'扁鹊曰：'敬诺。'乃出怀中药予扁鹊：'饮是以上池之水，三十日当知

93

物矣.'乃悉取其禁方书尽予扁鹊。忽然不见，殆非人也。扁鹊以其言饮药三十日，视见垣一方人，以此视病，尽见五脏症结，特以诊脉为名耳。为医或在齐，或在赵。在赵者名扁鹊。"司马迁在这里记载了扁鹊的简要生平，但他的生卒之年则未道及，仅知他是勃郡郑（今河北任丘）人，为民间医生，从长桑君学得医术，后来在陕西、山西、河北一带行医，运用中国传统的诊断方法；他精通内科、妇产科、小儿科、五官科，善于运用汤药、针灸、砭石、蒸熨、按摩等医疗技术治病救人。司马迁记载，扁鹊在医学上提出六不治，即"骄恣不论于理，一不治也；轻身重财，二不治也；衣食不能适，三不治也；阴阳并藏气不定，四不治也；形羸不能服药，五不治也；信巫不信医，六不治也"。这说明他坚决反对巫术神鬼，并对医学、心理学、生理学都有一定见解。《史记》还记述了扁鹊救治虢太子的病例。虢太子"暴蹶而死"，扁鹊入，砥针砺石，取三阳五输，由他的弟子"子同药，子明灸阳，子游按摩，子仪反神，子越扶形，于是世子复生"。这说明他的唯物主义思想。《史记》记载，扁鹊弟子有子阳、子豹、子同、子明、子游、子仪、子越、子术、子容；扁鹊因材施教，传授他们多种多样的医疗技术。

《史记·扁鹊仓公列传》又记述了当时的名医淳于意，即"太仓公"。他当过齐太仓长，临菑人，姓淳于，名意，少而喜医方术。他是古代名医阳庆的弟子，从阳庆处学医三年，"知人生死，决嫌疑，定可治，及药论，甚精。受之三年，为人治病，决死生多验。不以家为家，或不为人治病，病家多怨之者"。司马迁详细记载了关于淳于意的"诊籍"（按即"医案"或"病历"）凡二十五例，其中六例是妇科，二例是小儿科，以消化系统病最多，如气鬲（小儿消化不良）、痹（肝肿大）、疝（二便闭结）、风瘅客脬（二便难）、回风（急性腹泻）等。最令人佩服的是，在二十五个病例中，有十例是不治而死亡的病例，这说明司马迁的实事求是精神，不是专门报喜不报忧的。仓公弟子宋邑、高期、王禹、冯信、杜信、唐安等人，由淳于意传授他们以"五诊、上下经脉、奇咳"等疗法。

《史记》还记载了当时民间的各种疾病，如《赵世家》中记载惠王二十二年（公元前142年）十月"大疫"、《孝景本纪》记载了"衡山国河东云中郡民疫"、《天官书》记载"东南民有疾疫"、等等。

司马迁还在同书中记载了淳于意的老师名叫阳庆，见面时他已经七十几岁了。他对淳于意说："尽去而方书，非是也。庆有古先道遗传黄帝、扁鹊之脉书，五色诊病，知人生死，决嫌疑，定可治，及药论书，甚精。我家给富，心爱公，欲尽以我禁方书悉教公。"淳于意说："幸甚，非意之所敢望也。"阳庆教授其脉书，学了一年，很有成效；学三年，大验，而且医术精良；后来又拜公孙光为师，公孙光又传授给他一些古方、秘方。司马迁把扁鹊、仓公两位古代名医合写一篇传记，这是我国最早的医人传记，也是我国最早的一篇医学史的记录文字。按照淳于意的"诊籍"，这一原始记录是值得后人学习的。太史公在《史记·自序》里写道："为方者宗，守数精明，后世修序弗能易也，而仓公可谓近之矣，作扁鹊仓公列传第四十五。"

《史记·万石张叔列传》中曾记载："郎中令周文者，名仁，其先故任城人也。以医见。景帝为太子时，拜为舍人；积功稍迁，孝文帝时至太中大夫。景帝初即位，拜仁为郎中令。"这又是一例。

五、结束语

司马迁的《史记》是我国古代的"百科全书"，它涉及的科技领域当然不限于天文历法、水利、河渠、医药卫生，还涉及古代农事、工商业等方面。如《史记·平准书》叙述汉武帝时一百多年财政、经济的发展过程，说明商品货币关系的发展、经济政策的得失和变动，并对汉武帝的经济政策有所批评。同书上还记载了汉代"太仓之粟，陈陈相因，充溢露积于外，至腐败不可食。众庶街巷有马，阡陌之间成群，而乘字牝者摈而不得聚会"。在《史记·货殖列传》中记载了汉代大力养马，以适应军事需要。书中写道："故曰陆地牧马二百蹄，牛蹄角千，千足羊，泽中千足……此其人皆千户侯等。"同书还记载了中国汉代养鱼业的繁荣："水居千石鱼陂……此其人皆与千户侯等……鲐鮆千斤，鲰千石，鲍千钧……此亦千乘之家"；同书还介绍了当时园圃技术的新成就："山居千章之材，安邑千树枣，燕秦千树栗，蜀汉江陵千树橘……渭川千亩竹，及各国万家之城，带郭千亩亩钟之田，若千亩厄茜，千畦姜韭，此其人皆与千户侯等。"《史记·大宛传》写着"宛左右以蒲陶为酒……汉使取其实来，于是天子始种苜蓿、蒲陶"。

司马迁生前多次参加汉武帝的巡幸，亲眼看到封禅求仙给人民带来的各种祸害。他在《封禅书》中无情揭露了统治阶级"封禅"中的各种鬼把戏。汉武帝竟拜方士栾大为"五利将军"，迷信神仙，把女儿送给方士求换不死之药的丑恶行为，他斥责这是可笑的迷信举动。

作为一个管文史星卜的天文官，司马迁是汉武帝时代最有学问的人。他几乎读遍了前人所有的典籍，又是头脑清醒最有眼力的学者。司马迁少年时代就学习古代的文字，青年时期又从当时名流董仲舒、孔安国等学习经书的解说，加之他父亲司马谈家教有方。司马谈死了之后，司马迁继任太史令，这是掌握天象、历算的小官，并掌握宫廷的图书，有机会利用"石室、金匮之书"；那都是政府掌握的珍品，使他的思想、眼界格外开阔。我国先秦时代的《世本》，如今已经失传，但在司马迁的《史记》上曾经简略地介绍了其中有关科技内容的材料；这是我国最早记载科技材料的书籍之一，例如其中谈到"伏羲作琴""神农作瑟""黄帝作冕""仓颉作书""隶首作数""胡曹作衣""奚仲作本""昆吾作陶""巫彭作医""仪狄造酒"。这些记载在司马迁著作中各有阐述，也说明司马迁是我国古代一位权威的科技史家。

《史记》曾在全世界广泛流传。苏联汉学家阿列克塞耶夫编司马迁选集，曾将《史记》许多篇译成俄文；法国汉学家沙畹把《史记》一部分译成法文，英、德汉学家翻译过《史记》的许多篇；日本学者泷川龟太郎编纂了《史记会注考证》，水泽利忠著《史记会注考证校补》。外国学者都如此致力科技研究，说明我国古代历史家、科技史家司马迁的作品富有崇高的价值，这更加提高了中华民族的自信心。由此也说明司马迁的作品不仅历史、文学界应当加以研究，科学技术界也应当认真地探索。

第九章　张衡与科学文艺

本章要点：张衡简介；张衡的天文学研究；张衡的科学研究和卓越发明；张衡的文艺创作；《后汉书·张衡传》节译。

张衡（78～139年），字平子，平阳西鄂（今河南南阳县北五十里的石桥镇）人，是我国东汉章帝至顺帝时期的著名科学技术家和文学艺术家。平阳经济和文化先进，山川秀丽，风景优美。他的祖父曾经担任蜀郡太守等职，但为官清廉，没有留下什么财产；父亲张堪去世比较早，张衡从小过着较为清贫的生活。他从少年时就克勤克俭、勤奋好学，同别人一起研究学问，取别人之所长，补自己之所短。他也像一般人一样读过《诗经》《书经》《礼记》等儒家经典，十分喜爱文学，熟读了屈原、宋玉、司马相如等人的著作，并且能理解、背诵，因此到了青年时代，就能写得一手好文章。当时南阳一带已经能够运用水力和鼓风炉冶炼金属，张衡的兴趣很广，在读书的同时，还关心先进的科学技术事业。为了增长自己的知识和阅历，他17岁就开始离家远游，访师求学。他并不是为寻找功名而远游。他先到了汉朝的故都长安，并在长安周围，今西安、华阳、蓝田等地逗留，在三辅地区（西安以西，凤翔、宝鸡）待了一年左右，这是当时比较富庶繁华的地区，也是学术文化的中心。接着他又到了秦代的首都咸阳，访问了旧都，了解以往时代游侠、五侯的旧事。张衡二三十岁之间，写了近万言的《二京赋》（《西京赋》和《东京赋》的合称），它既能反映汉朝隆盛的气势，又抒发了作者的深厚感情。他利用文章讽谏朝廷，叫统治者赶紧警惕起来，重视整顿政治。他在《东京赋》中以安处先生为正面人物，提出自己的政治见解和积极建议；在《西京赋》里借塑造的凭虚公子形象，写出皇帝所过的豪华宴会和狩猎情况，写出他们怎样纵情享乐、铺张浪费。在《南都赋》里，他热情歌颂南阳一带的农田水利、自然地理形势，仔细介绍汉水、沧浪水、汤谷、淯水、淮水、湍水等河流与其水利灌溉的功效，热情颂扬了南阳一带兴建水利的巨大成就。张衡在青年时期登上终南山，鸟瞰京兆地区壮丽的山河；登骊山，游历了温泉。他到各地考察，记载各地的风俗习惯和社会现象，他的《温泉赋》也是在青年时代远游秦地山川时写下来的。在这里，他歌颂了"汤谷"的优美和祖国的壮丽河川，这篇赋一直流传至今。与此同时，他在这时还写了《同声歌》《扇赋》《七辩》等，从中可以看到他写作客观事物的真实，文章很优美。当时虽然有"举孝廉"当官的途径，南阳郡守曾想推荐他，却被他拒绝了。

他离开三辅回到洛阳时，乘船顺黄河而下，他对黄河有着特殊的感情。他攀登了太华山（按，即现在的华山），眼看一望无际的秦岭，一派富饶的关中平原；他到过陕县（今三门峡市），游览了渑池、函谷关等名胜古迹。公元95年，他到了当时相当繁荣的洛阳，在那里他"观太学，遂通五经，贯六艺"，他拜访了当时太学中的经学大师。张衡其所以不进太学，因为当时的经学已经成为僵死的教条，而且大部分的经学家都相信谶纬神怪。他和当时青年经学家和音乐家马融很要好，同时也结识了文学家、数学家崔瑗，他给张衡后来的成就起过巨大的影响。

他在洛阳的五六年中间，十分认真地研究科学技术，同时也致力于文学艺术的写作活动。但由于他的家底薄，不能专心在洛阳学习，以致不久他就跟颇有学问的南阳郡太守鲍德当主簿去了，这时他才23岁。主簿主要是帮太守起草一些文件，处理一些杂务，一般还清闲。他的《二京赋》大约就写于此时，经过精益求精的修改，"精思博会，十年乃成"（《后汉书·张衡传》），可见他的创作态度十分严肃。在这些著名的篇章里，记载了当时王公贵族的豪华生活，他们不惜毁坏器物，以供自己的欢乐；张衡指出"水可以载舟，也可以覆舟"，这是对东汉豪门贵族生活的一种谴责，也是对后来历史发展的预见。

张衡从事文艺创作的同时，还能尽可能地抽些时间去学习和研究自然科学技术，并抓住机会对自己故乡的水利资源的情况作调查工作，使南阳历年获得丰收，当时附近的乡村连年灾荒。他曾在一段时间里，努力于"水力鼓风炉"的研究工作，后来就开始试制"地动仪"，此仪是用高温冶炼工艺制成的。

他在鲍德处当了九年主簿，后因鲍德升任大司农，他没有跟着去，而带着几车旧书辞别当地父老，回到家乡去钻研学问。他曾详细地研究了扬雄的《太玄经》。这是一部包括数学和天文学及宇宙现象的哲学著作，它使原来主张盖天说的张衡根本改变了自己的观点而相信"浑天说"，张衡还为《太玄经》作了注释。他研究学问，总是十分严肃认真，并且富有恒心。正如他的友人崔瑗所形容，他做学问像大江里的江水一样，日夜奔流，片刻不停，这也是张衡后来取得极大成就的原因。

到了东汉安帝永初五年（111年），由于皇帝亲自征召，张衡只好再到京师洛阳开始在尚书台衙门当郎中（起草文书的官）。虽然官职不高，但这里文献资料较多，在这儿不到四年，张衡在学问上突飞猛进。到了汉安帝元初元年（114年），他被提升为尚书侍郎，后来调任太史令，负责天文学方面的领导工作，这倒是完全符合他的心思。

关于宇宙的构造，张衡生活的时代主要有盖天说、宣夜说和浑天说三个学派。盖天说认为"天圆地方"，天像个活动的盖子，日月星辰附在盖子上，不停地动着；地像棋盘，地球的自转，被说成是天盖的转动。宣夜说认为日月星辰都是自然浮生于虚空之中，并不附着于天体，这种学说早已失传。浑天说起源于西汉，认为天像蛋壳，地像蛋黄；地居在天内，日月星辰都在蛋壳上不停地转动。他们把地比做蛋黄般的球体，这种地圆思想在两千多年前出现，十分可贵，浑天仪正是在这种思想指导之下制造出来的。

张衡写过两部有关天文学的书，一部叫做《灵宪》，另一部叫《浑天仪图注》。他的浑天说，主张地是圆的，宇宙是无穷无尽的。他对太阳的看法存在矛盾：一方面，他认为太阳是围绕地球不断旋转，而另一方面他寻找出太阳运行的规律，实际上是认为地球围绕太阳旋转，但说得比较隐讳。指出太阳的赤道、黄道和北极的地位，指出为什么夏季日长夜短，冬季却日短夜长，这些见解在当时看来是非常有见地、有眼力的。他在《灵宪》上指出："同是向日禀光，月光生于日之所照。"这分明是说月亮本来无光，月光是受太阳光禀照而发光，月亮是围绕着地球而不停地旋转；当月亮走在地球和太阳中间时，向地球的一面，感受不到太阳光，以致产生月蚀，见不到月亮了。这样解释是符合现代科学原理的。在《灵宪》一书里张衡也谈到恒星，他认为常明的星有124颗，可名的有320颗，在中原地区看得见的有2 500颗，说明他的观察力相当精确。在1 800多年以前，张衡能够作出这样精确的统计，是十分难能可贵的。

张衡把自己的全部心血花在天文学上。深更半夜人们都熟睡了的时候，他还独自观察天上的星星，记下各个星斗的方位，他所记录的星星数字，已经接近现代肉眼所见到的成果了。为了掌握正确的数据，他很多日子中夜不寐，终于取得了巨大的科研成果。例如，他每天守在"晷"的旁边，观察日影的推移，不论炎热的夏天、寒冷的冬季，都坚持不懈，从而能够完整地解释日照时间长短的原因。同时，由于他也是个古代数学家，已经认识到圆周率是3.14～3.16。

张衡还是个古代机械专家，他专门制造了一个用水力推动的"活动日历"；他的竹艺也相当高超，他用竹来做"浑天仪"模型，以表示地球和其他星球的运行轨道及方位。在东汉安帝元初四年（117年），他四十岁的时候，终于制成了"浑天仪"的木质模型，后来又把它用铜改铸成。浑天仪能按照时刻自己转动。他把浑天仪和一组滴漏壶联系着，漏壶里盛着水，是我们祖先测定时刻的仪器，利用壶中滴出的水以测定时刻记号，由壶里的水的深浅知道现在是什么时刻，并用壶里水以推动浑天仪的运转。他利用浑天仪来向人讲解"浑天说"。当时有人建议重新恢复"太初历"，张衡出面反对，搬出精密的"浑天仪"，❶有力地反对了倒退行为。

到了公元121年3月，张衡被提升为公车司马令，负责禁卫、奏章、进贡物品及人员征召等方面的琐事，以致占去了他的许多科研工作时间。当时由于匈奴入侵河西地区，而皇帝、王公贵族仍尽情享乐，重用奸臣，不听忠言。到汉顺帝时，张衡被降职，召任原先的太史令，并受到一些人的讥讽，但他却决心献身于科学事业，尽力去从事地动仪这个仪器的制造工作。就在这个时候，中国连年发生地震，灾区人民流离失所，生命财产受到巨大的损失，农业生产也遭到破坏，张衡亲眼目睹其事，心里十分难受。公元133年2月洛阳又发生地震，张衡同他的好友共同向皇帝上书，要求关心民瘼，拯救

❶　张衡原制的浑天仪原放在东汉的灵台上，保存到魏晋，后来被移到长安；到刘裕率军打长安时，这个仪器已经残缺，后来就不知下落了。现在紫金山天文台上的浑天仪是钦天监皇甫仲仿照元郭守敬的浑天仪造成的。

灾民。张衡从此集中精力，希图能制造一个能精确测定地震的仪器。他苦心地向木匠学习木工，制成木模，从而铸成铜制测定地震仪器。这时他已经五十五岁（132 年），虽然遭到一些人的坚决反对，甚至造谣说他要欺君，但张衡冒天下之大不韪，不怕杀身之祸，回到故乡南阳去学习冶炼，制造出像酒樽般的仪器：周身有八条龙头，发生地震的方向，龙嘴里就会吐出一个铜球，落在下边蟾蜍的嘴里，从而发出响声，根据响声可以定出地震的方位和震级。不少人来参观他制造出来的"地动仪"，佩服他那高超的铸造技术和工艺上的成就，但对它能够测定地震，却抱着怀疑的态度。当张衡根据自己积累下来的经验，认为某地的若干变化、现象是地震前兆时，就守护在地动仪旁，日夜不离左右。可是在那些日子里，当地并没有发生地震，于是有许多流言蜚语，传到皇帝耳边，说张衡花了皇家许多钱财，结果造出来的并不是什么地震仪，而充其量不过是一种玩意儿罢了。张衡并不因此灰心丧志，他再三琢磨这地动仪。一天忽然龙嘴里吐出铜球来，蟾蜍的嘴里发出声响，张衡把发生地震的消息报告给皇帝，皇帝也不以为然。眼看"欺君"的罪名要落到他的头上，他的亲戚好友都替他担忧，但只有张衡相信自己的仪器，相信科学预测。正是在这个时候，从陇西郡（今甘肃临洮县）飞马来京报告，当地发生了地震，地震的方位、震级完全与张衡所报告的相符合。由于陇西离洛阳有一千多里远，即使飞马传递也要好几天，张衡地动仪测定的精确，竟轰动了洛阳，不少幸灾乐祸以及为张衡担忧的人，都改变了原来的看法和忧虑。科学技术真正取得胜利了。由于封建统治阶级不重视科学，张衡的地动仪已经失传了。近代根据《后汉书》中的《张衡列传》的记载，运用现代科学知识原理，制造出地动仪的模型，在北京的历史博物馆陈列。大家知道，欧洲的地震科学仪器直到 18 世纪才诞生，比起张衡发明"地动仪"来，竟相距 1 000 多年！

此外，张衡还发明了"候风仪"，作为观测气候之用。这种仪器，可惜现在也已失传，只能根据《观象占》所说："凡候风必于高平远畅之地，立五尺竿，于竿首作盘，上作三足乌，两足连上外立，一足系下内转；风来翅转，回首向之，鸟口衔花，花施则占之。"可见张衡的候风铜鸟和西洋屋顶上的候风鸟是相类似的。而西洋的候风鸟直到 12 世纪才发明了出来，比张衡的候风鸟的记载足足迟了 1 000 年左右。

此外，张衡还是东汉时代的六大画家之一。他除了在蒲山、丰山作人物、山水画外，还留下若干科学画。唐张彦远的《历代名画记》记载张衡作有《地形图》，《旧唐书·经籍志》天文类记载张衡撰《灵宪图》一卷、《浑天仪》一卷、《黄帝飞鸟历》一卷，《太平御览》记载有张衡著《玄图》《灵宪》《浑天仪》图，可惜现在都难找到了。

张衡晚年当了三年的河间相，在整顿吏治上做了些工作。但是由于朝廷黑暗，使他日夜忧思，在《怨篇》中以四言体古诗写道：

猗猗秋兰，植被中阿。有馥其芳，有黄其葩。虽曰幽深，厥美弥嘉。之子云远，我劳如何！

在这里，芳兰是他的理想，但也只有孤芳自赏的思想而已！他不久又被调到京城当尚书，无所作为地虚度一年就病倒了，从此一病不起。他62岁那年，就在洛阳与世长辞了。

1955年张衡故乡南阳重修了他的坟墓和"平子读书台"。前科学院院长郭沫若在他的墓碑上题道："如此全面发展之人物，在全世界史中亦所罕见。万祀千龄，令人景仰。"这是代表我国人民对我国古代有名的科学技术家、文学艺术家、画家充满盛誉的高度评价，这个评价是十分恰当的。

附：

张衡传记的白话节译文（根据范晔《后汉书·张衡传》改写）

张衡，字平子，是南阳郡西鄂县（今河南省召县东南）人。他在少年时代就善于写文章。他在游历三辅（按：指京兆、冯翊、扶风三郡，这些地区都在今陕西省西安市附近）一带时，得以进了京城，在太学学府中学习，于是精通了五经（按：即《易》《书》《诗》《礼》《春秋》），贯通了六艺（按：指礼、乐、射、御、书、数），但没有骄横、自高自大的情绪。他过着从容安静的生活，不喜欢同一些庸俗之人相交往。到了汉和帝永元年间（89～105年），被选为孝廉（按：即孝敬父母、品德廉洁之人），他没有去应征召，未就职。当时天下承平已久，自王侯至以下的官吏，没有不是奢侈得很厉害的。张衡就模仿班固写的《两都赋》，写了《二京赋》，利用它来对当时的统治者讽喻和劝诫。经过他精心地构思、细致地安排布局，经过十年的时间才写成。当时大将军邓骘对他的才学特别称赞，好几次邀请他，他都没有去。

张衡为人懂得机械的巧妙，尤其善于思考问题，精心钻研天文、阴阳、历算。汉安帝（刘祜）常听人家这样对他说，特地派了公车去请他，任命他当郎中官（按：即天子近侍之人），接着又补他做太史令。他就开始研究阴阳变化与宇宙现象，精妙透彻地研究、测量了测天仪器的原理，创造了浑天仪；他所著的《灵宪》《算罔论》，说理非常详细而明白。汉顺帝（刘保）初年又恢复他做太史令官（按张衡曾转任其他官职，但传中没有叙述）。他所担任的官职连续多年没有升迁，自从离开了太史令的职务，不过五年又恢复原职。

到了阳嘉元年（132年）他开始创造候风地动仪，利用精铜来铸成；仪器的径有八尺，上面是突起的盖子，形状像个酒尊，雕刻着篆文、山龟、鸟兽等图形作为装饰。仪器中间放着一根大的铜柱，铜柱连着八根横杆伸向八个方向，并设置了拨动的机构；外面有八条龙，龙头都衔着铜丸，下面有蛤蟆张着口预备承接落下的铜丸。那些发动的枢纽制造得很巧妙，全都隐藏在铜尊里面；合上盖子，周密得没有空隙。假如有地震，尊上的龙就震动起来，机器发生作用，龙嘴里就吐出铜丸，而在下面蹲着的蛤蟆就接住它。振动的声音激荡传开，在旁边观察的人就会因声音而知道。虽然有一条龙因振动面发出声音，但另外七条龙的头却不摆动；沿着动的方向去寻找，就可以知道地震发生的地方。拿实际发生的事情来检验它，彼此符合，灵验如神。自有史籍记载以来，还没有这样巧妙的东西。曾经有一条龙的机关发动了，而人们还没有察觉到地震，京师的学者都说这仪器并不灵验。过了几天，驿站上传来文书，果然在陇西发生地震了，于是大家都信服了它的巧妙。从此之后，朝廷就命令史官记载地震所发生的方向。

当时朝廷的政治逐渐败坏，皇帝的大权落到了下面宦官的手里，张衡因此上表章陈述对政事的意见。后来他被提升为侍中，皇帝经常召他进宫，让他在身边对国家政事提出意见。皇帝曾经问他天下人最痛恨的人是谁，宦官们都害怕他揭发自己，都用眼睛盯着他，张衡因此没有用实话对答就走出去了。宦官们还是怕张衡终会成为他们的祸患，于是共同诽谤他。张衡也时常考虑自身安全的问题，认为世间的祸福常常互相转化，情况幽深微妙，很难看得明白，就作了《思玄赋》，来表达和寄托自己的一些思想感情。

永和初年，张衡离开京城，去做河间王的相。当时河间王骄横奢侈，不遵守朝廷的典章制度，那里又有很多豪门大族，共同干着无法无天的事情。张衡一到任，就树立威信，整饬法令制度。他暗中打听到了违法的奸党们的姓名，一下把他们逮捕起来，结果上自官吏下至百姓都严谨守法，当时的人也都称赞政治走上了轨道。他治理政事三年后，上书请求退休，但朝廷又召回他担任尚书的职务。他活到六十二岁，在永和四年时逝世了。他的著作有《周官训诂》，崔瑗认为这书和其他儒家学者的著作比较，没有什么不同的见解。他又想继承孔子把《易经》中的《彖辞》《象辞》的残缺部分补充起来，但终究没能如愿完成。他所著的诗、赋、铭、七言、《灵宪》、《应间》、《七辩》、《巡诰》、《悬图》等，共有三十二篇。

译者按：以上节选自范晔《后汉书·张衡传》。范晔（399～446年），字蔚宗，南朝宋代顺阳山阴（今浙江绍兴）人。他根据前人数十种历史著作写成《后汉书》，全书包括十纪、十志、八十列传，共一百篇。这段主要记述了张衡在自然科学上的伟大成就，表现了他的科学才能，同时也记述了他的政治态度和表现，反映了当时政治黑暗；重点记述他的科学成就，特别是候风地动仪，对这一部复杂的机器，从构造到作用，描写得很清楚明白，使人依稀可见；对张衡的科学才能、学术成就、政治表现和性格特点，都作了适当的记述，使人对张衡其人也获得很全面的了解。

第十章 郦道元与科学文艺

本章要点：郦道元及其代表作《水经注》；郦道元的进步科学思想；郦道元的自然观；郦道元的行政思想；关于郦道元的传略。

北魏著名地理学家郦道元，字善长（472～527 年），以他的名著《水经注》闻名于世。对他的思想进行研究，将有助于全面而系统地评价郦道元和他的著作。近年来已有专题论文探讨郦道元的思想，❶ 本书想作进一步的讨论，谈及四个方面的内容。

一、《水经注》是古典科学文化

郦道元所处的时代是南北政权对峙、国家处于暂时分裂割据的时期。在这个时代背景下，不少人常常受时局的影响，尊本地政权为正宗，眼光被局限在本地。郦道元当时在北魏政权中做官，深得北魏王朝的信任，他对北魏王室也很忠诚。但是在郦道元的心目中，祖国不限于北魏，而是包括南北朝在内的完整而统一的中国。基于这种思想认识，他在撰写《水经注》时，就以水道为纲来描写祖国的锦绣山川。凡是中国内的河流，绝大多数他都写到了，并不以北魏统治地区为限。在《水经注》中，没有一个字提到当时的政权分界线。书中记载了许多古战场，但对当时南北朝的战场则尽量不提。此外，在《水经注》中还记载了不少在保卫祖国边疆中有杰出贡献的英雄人物。比如汉代的耿恭，为保卫祖国边疆安全曾多次立功。有一次，他被匈奴围困，坚守孤城，等待援军。粮食没有了，就"煮铠弩，食其筋革"，"与士卒同生死，咸无二心"。❷ 等援军到时，耿恭手下只有二十六人了，而且"衣履穿决，形容枯槁"，其余的人都为保卫祖国壮烈牺牲。

对南粤王赵佗采取维护祖国统一，取消分裂割据，使岭南回归祖国的行动，郦道元给予充分的肯定，称赞他"因岗作台，北面朝汉"，"生有奉制称藩之节"。❸ 对于搞分裂割据的公孙述、桓玄等人，郦道元常常在文字中予以嘲讽。

对少数民族中维护祖国统一的行动，郦道元倍加赞许，比如"青衣县，故青衣羌国也"。《竹书纪年》梁惠成王十年，"瑕阳人自秦道岷山青衣水来归"，"青衣王子心慕汉

---

❶ 谭家健："郦道元思想初探"，载《辽宁大学学报》1983 年第 2 期。

❷ 《水经注》卷 2《河水注》。

❸ 《水经注》卷 37《浪水注》。

102

制，上求内附，顺帝阳嘉二年，改曰汉嘉。嘉得此良臣也"。❶ 像九隆国王那样，主动罢兵休战，结束与汉朝的军事冲突，"乞求内附，长保举徼"的行动，郦道元深表赞赏。❷ 这说明，郦道元很关心祖国的安危与统一，有很可贵的爱国思想和炽热的爱国热情，是一个颇有远见的爱国科学家。

北魏孝文帝时，执行民族融合政策，要求鲜卑族积极学习汉族文化，改变鲜卑旧姓为汉姓等措施。这些政策和改革措施，无疑对郦道元的民族思想有很大的影响。在他的心目中，中华民族诚然是以汉民族为主体，同时又包括其他少数民族。每当他叙述各地开发历史时，除了讲汉族的贡献外，也肯定了其他少数民族所作的贡献。例如，巴郡的賨民，渝水上下"皆賨民所居。汉祖入关，从定三秦，其人勇健，好歌舞，高祖爱习之，今巴渝舞是也"，❸ 肯定了賨民对祖国文化艺术所作的贡献。

在《水经注》中，郦道元记载了一些各民族之间互相帮助的生动事例，对那些为加强民族团结，促进各民族互相学习的历史人物给以热情的赞扬。比如，九真太守任延在当地传播汉族的农业生产技术和文化科学知识，使当地的文化科学技术水平有了显著的提高，达到"法与华同"的程度，成了生产很发达的地区。显然，这个地区的转变和进步与任延的促进分不开。

二、郦道元的进步科学思想

郦道元的朴素唯物论思想，表现在他能摆脱当时十分盛行的佛、道思想的浸染。在《水经注》中，竟然完全没有轮回转世、因果报应、佛法无边之类的宗教宣传，书中多次对成仙得道、白日飞升、长生不死这类说法进行辩驳与否定。比如，老子是道教的开山祖，传说他得道成仙，长生不死，但在槐里县却流传着有老子陵的说法。既然已成仙，怎么又有埋葬尸体的坟陵呢？郦道元根据《庄子·养生主》关于"老子死，秦失吊之，三号而出"的记载，认为老子的确是死了，不死是没有道理的，因为"人禀五行之精气，阴阳有终变，亦无不化之理。以是推之，或复如（庄子之）传"。❹ 这就是说，人是自然界的产物，自然界是有发生、发展直到老死的变化；人也跟自然界一样，会有这种变化，决不会超脱自然界而有不起变化的道理。这是郦道元用朴素唯物论破除神仙论的一段精彩论述，闪耀着唯物主义思想光辉。

郦道元对古代尸体的看法也具有唯物主义的观点，体现了他的无神论思想。他说："夫物无不化之理，魄无不迁之道。而此尸无神识，事同木偶之状，喻其推移，未若正形之速迁矣"。❺ 在这里，郦道元不仅再一次指出"物无不化之理"，而且指出"魄

❶ 《水经注》卷36《青衣水注》。
❷ 《水经注》卷36《温水注》。
❸ 《水经注》卷29《潜水注》。
❹ 《水经注》卷19《渭水注下》。
❺ 《水经注》卷15《洛水注》。

（精神）无不迁之道"；人死之后，精神与尸体分开，尸体已失去知觉，跟木偶一样，不过有的尸体没有平常尸体腐烂得那么快而已。

有的书上说，淮南王刘安跟八公学神仙术，结果"白日升天，余药在器，鸡犬舐之者俱得上升。其所升之处，践石皆陷，人马迹存焉，故山即以八公为目"，说得神乎其神。有一次郦道元路过寿春（今安徽寿县），特意到八公山上考察，结果，在八公山上不仅看不到什么"人马之迹"，而且连传闻也没有。他看到的只是后人为刘安修的庙和像，"像皆坐床帐，如平生。被服纤丽，咸羽扇裙帔，巾壶枕物如一常居"，❶ 跟平常人一样，没有什么区别。《八公记》中也没有记载鸡犬升空的事。《汉书·淮南王传》则明明写着刘安因谋反伏诛，所谓刘安得道只不过是葛洪《神仙传》的说法而已。

有的书上说，费长房随其师王壶公同入壶中而成仙，成仙后驱使鬼神。郦道元不相信，认为费长房并非长生不死，而是"终同物化"，❷ 死了。

在唐述山，有一个积书岩，岩堂内常有鸿衣羽裳的人来往，老百姓以为是神鬼。郦道元根据自己的调查，指出：那不是鬼神，是人，是一些修炼道术的"练精饵食之夫"。❸

对于那些流传甚广的迷信传说，郦道元不轻信。比如，淝水之战前，晋将谢玄曾祈祷八公山，以后两军对阵，苻坚望见八公山上草木"咸为人状"。结果苻坚败阵，人们以为那是八公显灵帮助了谢玄的结果。道元不这么看，他认为"非八公之灵有助，盖苻氏将亡之惑也"，❹ 不是八公的神灵相助，而是苻氏思想上已经迷乱不清，因而打了败仗。郦道元这个唯物论的解释，把神灵相助的迷信传说给破除了。

郦道元反对厚葬，主张薄葬，也是他朴素唯物论思想的表现。当他看了汉代弘农太守张伯雅的豪华墓地后，很动感情地说："但物谢时沦，凋毁殆尽。夫富而非义，比之浮云，况复此乎？王孙士安，斯为达矣。"❺ 他借孔子说的"不义而富且贵，于我如浮云"的话来批评张伯雅不应该厚葬，而应该像汉代杨王孙、晋人皇甫谧那样，裸葬薄殓，才是通达之士。这就清楚地表明，郦道元是主张俭葬的。更可笑的是，有的达官贵人既要厚葬，又怕别人盗墓，于是演出了"此地无银三百两"的骗局。例如，湍水之西，有魏征西将军司马张詹墓，他生前自拟碑文说："白楸之棺，易朽之衣，铜铁不入，丹器不藏。嗟矣后人，幸勿我伤。"这个骗局竟然在一段时期内生效，两百多年中，别的古墓莫不毁坏被盗，唯有它幸存。然而骗局也是不能长久的，元嘉六年，此墓被饥民发掘，墓内"金银铜锡之器，朱漆雕刻之饰烂然。有二朱漆棺，棺前垂竹帘，隐以金钉"，和墓碑上说的完全两样。对此，郦道元以辛辣的文笔讽刺说："虚设白楸之言，空负黄金之实。虽意锢南山，宁同寿乎？"❻

---

❶ 《水经注》卷32《肥水注》。
❷ 《水经注》卷21《汝水注》。
❸ 《水经注》卷2《河水注》。
❹ 《水经注》卷32《肥水注》。
❺ 《水经注》卷22《洧水注》。
❻ 《水经注》卷29《湍水注》。

有些事他觉得可疑不可信，但又没有更充足的理由否定，常常采取录以备考的态度。比如在今湖南桂阳贞女山上，有一块石头直立如人形，高七尺，状如女子，传说有几个妇女在此地取螺，"遇风雨昼晦，忽化为石"。对这种传说，郦道元明确表示"斯诚巨异，难以闻信"。但他又联想到"启生石中，挚呱空桑"的传说，因而认为"物之变化，宁以理求乎？"❶ 用一般的道理已经解释不通了，当时的科学水平回答不了为何石头变得像人的疑问。

对"貉渡汶则死"这件事，郦道元也找不到答案，因而说："天地之性，倚伏难寻，固不可以情理穷也。"❷

还有一件事发生在晋中朝，某县有一名使者去洛办事，办事完毕要返回时，忽然有人托使者捎信，说，我家在观峡前，石间悬藤的地方就是，你用手扣藤，就会有人来取信。使者照此去寻找，果然有两人出来取信，并把使者接入水府，而衣服不沾水，不湿。这种事，郦道元自然不相信，认为太不近情，但他又没有更充分的理由否定，因此只好说："然造化之中，无所不有，穆满（周穆王）西游，与河宗论宝。以此推断，亦为类矣。"❸

生长在一千四五百年前的郦道元，不可能是彻底的唯物主义者和无神论者。在他的思想中，虽然有不少朴素唯物论的思想，但同时也有一些唯心论思想和迷信思想。比如，他对"石鼓鸣，则有兵"这样的迷信说法信以为真，❹ 对虞翻说的"居江北世有禄位，居江南则不昌"，也认为"有证"可信。❺

三、郦道元的自然观

郦道元自然观的第一个表现是他承认自然界和人类社会都是变化发展的，不是静止不变的。他对许多变化了的地理现象能作出符合实际的解释。比如关于地理名称与实际情况有矛盾的问题，他认为是两个原因造成的。一是自然环境的变迁，或是"流杂间居，裂濒互移，致令川渠异容，津途改状，故物望疑焉"，❻ 或是"邑郭沦移，川渠状改，故名旧传，遗称在今也"，❼ 或是"今古世悬，川域改状"，❽ 或是"世去不停，莫识所在"。❾ 上述情况说明，人类的活动，灌溉渠道的变化，川渠、津途的改观，造成了地理名称与实际地望不符。二是社会的变迁："自昔匈奴侵汉，新秦之土，率为狄场，

---

❶ 《水经注》卷39《洭水注》。
❷ 《水经注》卷24《汶水注》。
❸ 《水经注》卷38《溱水注》。
❹ 《水经注》卷17《渭水注上》。
❺ 《水经注》卷29《河水注下》。
❻ 《水经注》卷21《汝水注》。
❼ 《水经注》卷29《白水注》。
❽ 《水经注》卷5《河水注》。
❾ 《水经注》卷15《伊水注》。

故城旧壁，尽从胡目。地理沦移，不可复识"，❶ "地理参差，土无常域，随其强弱，自相吞并。疆里流移，宁可一也？兵车所指，迳纤难知"。❷

郦道元自然观的第二个表现，是肯定复杂的地理环境的变迁是可以认识的。他认为，不管地理环境条件如何变化，人们总是可以找到辨认这种变化的规律。他说："虽千古茫昧，理世玄远，遗文逸句，容或可寻；沿途隐显，方土可验。"❸ 这就明确说明，人们可以找到许多办法来认识变化了的地理环境。

郦道元自然观的第三个表现是肯定人类能够改造自然，变不利为有利，即人定胜天的伟大思想。他记载了前人兴修水利工程、改造盐碱地、改造河流航道等许多动人的历史事实。比如李冰修都江堰之后，"蜀人旱则借以为溉，雨则不遏其流"❹，溉田万顷，使成都平原成为天府之国。西门豹治邺，"引漳以溉，邺民赖其用"；其后史起为邺令，"又堰漳水以灌邺田，咸成沃壤，百姓歌之"。❺ 汉大司农郑当时开漕渠，"且田且漕"，既灌溉，又通航，非常方便。❻ 建安三年钜鹿太守张导，因"漳津泛滥，土不稼穑，导披按地图"，"原其逆顺，揆其表里，修防排通，以正水路。功绩有成，民用嘉赖"。❼ 曹魏征北将军刘靖，"导高梁河，造戾陵遏，开车箱渠"，所灌万有余顷，"施加于当时，敷被于后世"。❽ 建安九年，魏武王"于水口下大枋木以成堰，遏淇水东入白沟，以通漕运"。❾ 虞诩为郡漕，"开漕船道，水运通利，岁省万计"。❿ 对西晋司马孚有关人类改造大自然的论述，郦道元非常赞同。在《沁水注》中详细记载了司马孚写的表，其中说到兴修水利可以达到"云雨由人"⓫ 的目的。"云雨由人"，充分体现了人类改造自然的能力。郦道元自己也不止一次地说过，兴修水利可以"智通在我"⓬，"引之则长津委注，遏之则微川辍流。水德含和，变通在我"⓭，充分认识到人类在改造自然中的主导作用。

四、郦道元的行政思想

郦道元从太和中袭爵任尚书客郎中起，一直到被害，前后在北魏当了40多年的官，

---

❶ 《水经注》卷2《河水注》。
❷ 《水经注》卷22《渠水注》。
❸ 《水经注》卷5《河水注》。
❹ 《水经注》卷33《江水注》。
❺ 《水经注》卷10《浊漳水注》。
❻ 《水经注》卷19《渭水注》。
❼ 《水经注》卷10《浊漳水注》。
❽ 《水经注》卷14《鲍邱水注》。
❾ 《水经注》卷9《淇水注》。
❿ 《水经注》卷20《漾水注》。
⓫ 《水经注》卷9《沁水注》。
⓬ 《水经注》卷3《河水注》。
⓭ 《水经注》卷12《巨马河涞水注》。

深受北魏统治者的信任。历史学家对他的评价是："执法清刻"，"为政严酷，吏人畏之，奸盗逃于他境。后试守鲁阳郡，道元表立黉序，崇劝学教"；"山蛮伏其威名，不敢为寇。延昌中，为东荆州刺史，威猛为政，如在冀州"。❶ 由此看来，郦道元行政以法治为主，辅以教育。考查一下他的行政思想，的确也是如此。在《河水注》中，他曾引用黄义仲《十三州记》里的话说："'县，弦也，弦以贞直。'言下体之居，邻（临）民之位，不轻其誓；施绳用法，不曲如弦。"郦道元借黄义仲的话表达了自己的行政思想。在政治动荡、社会不安定的时代，法治是必要的。法治并不与镇压等同，法治本身就包含有教育的内容。郦道元不仅自己积极办教育，而且表彰那些注重教育的历史人物。比如汉代的卓茂，"温仁宽雅，恭而有礼"，"举善而教，口无恶言，教化大行，道不拾遗，蝗不入境"；❷ 渔阳太守张堪，"于县开稻田，教民种殖，百姓得以殷富"。❸

在郦道元的行政思想中还包含他对人民群众的态度以及是非观念。他对人民群众的态度是比较好的，能关心民众疾苦，同情人民的冤痛，并且表扬那些取信于民的官吏。比如，当他看到各地滩险阻碍航运时，他常常说"行旅苦之""行者常苦之"。❹ 当他得知阴陵县多虎灾时，也说"百姓苦之"。❺ 可见在他眼里还是有较强的民众观念的，体贴民生疾苦，这是可贵的。郦道元还特别表扬了郭伋对民众守信约的行动。有一次郭伋与小孩相约定于某天回城，后来他回城时提前一天到了城边，他想到跟小孩们订的信约，便决定停止回城，住在城郭，一直等到约定的时刻到了才回城去。❻ 这个故事郦道元特意把它记载下来，其用意就是告诉那些当官的人，对老百姓要守信，不能失信于民。

对历史上那些迫害无辜百姓的人的无比愤慨，既表现了郦道元的是非观念，也表现了他的民众观念。比如秦始皇修长城时，过度征用民力，致使民劳怨苦、死者无数，民歌曰："生男慎勿举，生女哺用脯；不见长城下，尸骸相支柱"。对此，郦道元发出了"其冤痛如此"的慨叹。❼ 项羽西入秦，坑杀投降士卒二十万于新安县，对这种暴行，道元骂道："国灭身亡宜矣"。❽ 汉末，袁绍要去攻打曹操的许都，田丰劝他别去，因为曹操善战，要从长计议，不能操之过急，更不能决成败于一役。袁绍不听，结果正如田丰之言，大败而归。军败之后，袁绍怕受人取笑，把田丰杀了。对此，郦道元说："无辜见戮，袁氏覆灭之宜矣"，意思是说，袁绍你乱杀无辜，活该覆灭。由此可见，郦道元的行政思想在当时是比较进步的，比起那些只知道鱼肉百姓的贪官污吏来，郦道元应

---

❶ 《北史·郦范传附郦道元传》。

❷ 《水经注》卷 22《洺水注》。

❸ 《水经注》卷 14《沽河注》。

❹ 《水经注》卷 28《沔水注》及卷 34《江水注》。

❺ 《水经注》卷 30《淮水注》。

❻ 《水经注》卷 3《河水注》。

❼ 《水经注》卷 3《河水注》。

❽ 《水经注》卷 16《穀水注》。

该列入正派官吏一类，而不应该将他列入酷吏类，与贪官污吏并提。

（1983 年 10 月 16 日完稿）

五、附：关于郦道元的传略

郦道元，字善长，魏孝文帝延兴二年壬子（472 年）生于涿州郦亭（今河北省涿州市道元村），郦范的长子，在我国郦姓宗族里面排列第九十八世。少年时期，因父亲郦范担任青州刺史，跟随父母居住青州（今山东省青州市）。父亲去世后，郦道元继承爵位，被封为永宁伯，担任太傅掾。太和十七年（493 年）秋季，北魏王朝迁都洛阳，郦道元担任尚书郎；十八年（494 年），跟随魏孝文帝出巡北方，因执法清正，被提拔为治书侍御史。

魏宣武帝景明二年（501 年），郦道元担任冀州镇（今河北省冀州市）东府长史，采取严厉手段，打击邪恶势力。为政严酷，奸匪盗贼闻风丧胆，纷纷逃往他乡，冀州境内大治。正始元年（504 年），郦道元调任颍川（今河南省许昌市）太守。永平元年（508 年），又调任鲁阳（今河南省鲁山县）太守，上表请求在当地建立学府，教化乡民。蛮人服其威名，不敢为寇。延昌二年（513 年），升任辅国将军、东荆州刺史，威猛为政，如在冀州。其后，蛮人向朝廷诉讼郦道元为官严厉，朝廷召郦道元返回洛阳。

魏孝明帝正光四年（523 年），郦道元担任河南尹，治理京城洛阳。其后，奉诏前往北方各镇，整编相关的官吏，筹备军粮，作好防守边关的必要准备。孝昌元年（525 年），徐州刺史元法僧背叛北魏，投降南梁。郦道元奉诏率军征讨，全军在涡阳（今安徽省涡阳县）奋勇拼杀，多有斩获。返回京城后，升任御史中尉。

皇亲元微诬陷叔父元渊，郦道元力陈事实真相，元渊得以昭雪，元微因此嫉恨郦道元。皇族元悦之亲信丘念仗势操纵州官选用大权，郦道元密访其行踪，将其捕获入狱。元悦请皇太后胡仙真说情，郦道元坚决依法处死丘念，并以此弹劾元悦。元悦对郦道元从此怀恨在心。

孝昌三年丁未十月（527 年 11 月），南齐皇族、北魏雍州刺史萧宝夤在长安（今陕西省西安市）发动叛乱。元微、元悦使出借刀杀人之计，竭力怂恿胡太后任命郦道元为关右大使，去监视萧宝夤。萧宝夤得知情况，立即发兵包围郦道元。贼兵攻入阴盘驿亭，郦道元怒目骂贼，被叛贼杀害，终年 56 岁；其弟郦道峻、郦道博，长子郦伯友、次子郦仲友，都被叛贼杀害。萧宝夤下令收殓郦道元，殡于长安城东。武泰元年（528 年）春，魏军收复长安，郦道元还葬洛阳，被朝廷追封为吏部尚书、冀州刺史，三子郦孝友承袭爵位。

郦道元生五子：郦伯友、郦仲友、郦孝友、郦继方、郦绍方。目前全国各地的郦姓族人，都是郦道元的四子郦继方一支延续的后代。

郦绍至郦道元的世系传承：95 世绍（濮阳太守）→ 96 世嵩（天水太守）→ 97 世范（北魏重臣）→ 98 世道元（北魏忠臣、地理学家）→ 99 世继方。

第四卷

唐代的科学文艺

第十一章　王勃《滕王阁序》中的建筑艺术

本章要点：滕王阁的文化意义；滕王阁的建筑特色。

滕王阁与岳阳楼、黄鹤楼并称"江南三大名楼"，它位于南昌市中。

"时来风送滕王阁"，滕王阁因"初唐四杰"之首的王勃一篇文字——《秋日登洪府滕王阁饯别序》（以下简称《滕王阁序》）而名贯古今，誉满天下。王勃的《滕王阁序》脍炙人口，传诵千秋。文以阁名，阁以文传，历千载沧桑而盛誉不衰。自王勃的"千古一序"之后，王绪曾为滕王阁作《滕王阁赋》，王仲舒又作《滕王阁记》，改而传有"三王记滕阁"的佳话。后大文学家韩愈又作《新修滕王阁记》。由此王勃、韩愈等人开创了"诗文传阁"的先河，使之后来的文人学士登阁题诗作赋相沿成习。

滕王阁在古代被人们看做是吉祥风水建筑，有古谣云："藤断葫芦剪，塔圮豫章残。""藤"谐"滕"音，指滕王阁；"葫芦"，乃藏宝之物；"塔"，指绳金塔；"圮"，倒塌之意；"豫章"，亦即南昌。这首古谣的意思是，如果滕王阁和绳金塔倒塌，豫章城中的人才与宝藏都将流失，城市亦将败落，不复繁荣昌盛。在我国古代习俗中，人口聚居之地需要风水建筑，一般为当地最高标志性建筑，聚集天地之灵气，吸收日月之精华，俗称"文笔峰"。滕王阁坐落于赣水之滨，被古人誉为"水笔"，有古人亦云："求财万寿宫，求福滕王阁。"可见滕王阁在世人心目中占据的神圣地位，历朝历代无不倍受重视和保护。

同时，滕王阁也是古代储藏经史典籍的地方，从某种意义上来说，它是古代的图书馆，而封建士大夫们迎送和宴请宾客也大多喜欢在此。贵为天子的明代开国皇帝朱元璋在鄱阳湖之战大败陈友谅后，曾设宴阁上，命诸大臣、文人赋诗填词，观看灯火。

滕王阁主体建筑净高57.5米，建筑面积13 000平方米。其下部为象征古城墙的12米高台座，分为两级。台座以上的主阁取"明三暗七"格式，即从外面看是三层带回廊建筑，而内部却有七层，就是三个明层，三个暗层，加屋顶中的设备层。新阁的瓦件全部采用宜兴产碧色琉璃瓦，因唐宋多用此色。正脊鸱吻为仿宋特制，高达3.5米。勾头、滴水均特制瓦当，勾头为"滕阁秋风"四字，而滴水为"孤鹜"图案。台座之下，有南北相通的两个瓢形人工湖，北湖之上建有九曲风雨桥。楼阁云影，倒映池中，盎然成趣。

今天的滕王阁为宋式建筑。唐宋一脉相承，宋代建筑是唐代建筑的继承和发展。宋代的楼阁建筑窈窕多姿，建筑艺术造型达到极高成就。1942年，建筑大师梁思成先生偕同其弟子莫宗江根据"天籁阁"旧藏宋宫廷画《滕王阁》绘制了八幅《重建滕王阁计划草图》。在第 29 次重建之时,建筑师们以此作为依据,并参照宋代李明仲的《营造法式》,设计了这座仿宋式的雄伟楼阁。1983 年 10 月 1 日举行了奠基大典,1985 年 10 月 22 日重阳节正式开工。在庆祝中华人民共和国成立四十周年之际,第 29 次重建的滕王阁于 1989 年 10 月 8 日重阳节胜利落成。

滕王阁经过修复之后,颇有王勃笔下描写的气势。这个阁建于赣江与原抚江交汇处,气势雄伟,被称为"江西第一楼",正如王勃所说"襟三江而带五湖,控蛮荆而引瓯越",处于江南重镇。站在阁上,视野开阔,"披绣闼,俯雕甍,山原旷其盈视,川泽盱其骇瞩",此阁的华美与高远,故而注目千里,颇能见"落霞与孤鹜齐飞,秋水共长天一色"的风景。

滕王阁有一个主阁,两边为亭,成山字形。阁前有韩愈所撰《新修滕王阁记》,阁内楼梯盘旋而上,各厅各有布置,各具特色。从空中俯瞰此阁,颇有大鹏展翅之感。

虽然王勃笔下的滕王阁并不是客观描述、解说此阁的具体结构,但此序由于文彩绚烂、气势曲折迂回,被人称道,滕王阁因此而得以名传千古,故此序之意义,更在于将古代文物的文化意义得以传递。

第十二章　关于张遂与科学的故事

本章要点：张遂的生平；张遂与《大衍历》。

张遂，即僧一行（673～727 年），唐朝魏州昌乐（今河北省魏县南）人。

张遂自幼天资聪颖、刻苦好学，博览群书。青年时代，他到长安拜师求学，研究天文和数学，很有成就，成为著名的学者。

武则天当皇帝后，其侄子武三思身居显位。为沽名钓誉，武三思到处拉拢文人名士以抬高自己，几次欲与张遂结交，但张遂不愿与之为伍，愤然离京，东去嵩山当了和尚，取名为一行，故称一行和尚。

公元 712 年，唐玄宗即位，得知一行和尚精通天文和数学，就把他召到京都长安，让他做了朝廷的天文学顾问。张遂在长安生活了 10 年，使他有机会从事天文学的观测和历法改革。

开元年间（713～742 年），唐玄宗下令让张遂主持修订历法。在修订历法的实践中，为了测量日、月、星辰在其轨道上的位置和掌握其运动规律，他与梁令瓒共同制造了观测天象的"浑天铜仪"和"黄道游仪"。浑天铜仪是在汉代张衡的"浑天仪"的基础上制造的，上面画着星宿，仪器用水力运转，每昼夜运转一周，与天象相符；还装了两个木人，一个每刻敲鼓，一个每辰敲钟，其精密程度超过了张衡的"浑天仪"。"黄道游仪"的用处，是观测天象时可以直接测量出日、月、星辰在轨道的坐标位置。张遂使用这两个仪器，有效地进行了对天文学的研究。

在张遂以前，天文学家包括像张衡这样的伟大天文学家都认为恒星是不运动的。但是，张遂却用"浑天铜仪""黄道游仪"等仪器，重新测定了 150 多颗恒星的位置，多次测定了二十八宿距天体北极的度数，从而发现恒星在运动。根据这个事实，张遂推断出天体上的恒星肯定也是移动的，于是推翻了前人的恒星不运动的结论，成了发现恒星运动的第一个中国人。英国天文学家哈雷（1656～1742 年）也提出了恒星移动的观点，但比张遂的发现晚 1 000 多年。

张遂是重视实践的科学家，他使用的科学方法，对他取得的成就有决定作用。张遂和南宫说等人一起，用标杆测量日影，推算出太阳位置与节气的关系。张遂设计制造了"复矩图"的天文学仪器，用于测量全国各地北极的高度。他用实地测量计算得出的数据，推翻了"王畿千里，影差一寸"的不准确结论。

张遂修订的《大衍历》是一部具有创新精神的历法，它继承了中国古代天文学的优点和长处，对不足之处和缺点作了修正。因此，它取得了巨大成就，最突出的表现在它比较正确地掌握了太阳在黄道上运动的速度与变化规律。自汉代以来，历代天文学家都认为太阳在黄道上运行的速度是均匀不变的，张遂采用了不等间距二次内插法推算出每两个节气之间黄经差相同，而时间距却不同。这种算法基本符合天文实际，在天文学上是一个巨大的进步。不仅如此，张遂的《大衍历》应用内插法中三次差来计算月行去支黄道的度数，还提出了月行黄道一周并不返回原处、要比原处退回一度多的科学结论。《大衍历》对中国天文学的影响是很大的，直到明末的历法家们都采用这种计算方法，并取得了好的效果。

公元724～725年，一行组织了全国13个点的天文大地测量工作，这次测量以天文学家南宫说等人在河南的工作最为重要。一行从南宫说等人测量的数据中，得出了北极高度相差一度，南北距离就相差351里80步（合现代131.3千米）的结论，这个数据就是地球子午线一度的弧长。这与现在计算北纬34°5地方子午线一度弧长110.6千米，仅差20.7千米。唐朝测出子午线的长度，在当时的世界上还是第一次。一行从725年开始编订历法，至逝世前完成草稿，即《大衍历》，728年颁行。《大衍历》结构严谨，演算合乎逻辑，在日食的计算上，首次考虑到全国不同地点的见食情况。《大衍历》比以往的历法更为精密，为后世历法所师。733年，此历传入日本。

张遂在天文学上的成就，不仅在国内闻名，而且在世界上都有很大影响。他修订的《大衍历》是当时世界上比较先进的历法。日本曾派留学生吉备真备来中国学习天文学，回国时带走了《大衍历经》一卷、《大衍历主成》十二卷。于是《大衍历》便在日本广泛流传起来，其影响甚大。此外，张遂的天文学观点，有的比世界著名天文学家早一千多年。称张遂是中国古代伟大的天文学家，是丝毫也不过分的。

第十三章　柳宗元与科学文艺

本章要点：关于柳宗元生平际遇；柳宗元《天对》中的天文学思想；《天对》的白话试译文（选译）。

一、关于柳宗元生平际遇

柳宗元（773～819年），字子厚，山西运城人，世称"柳河东""河东先生"，因官终柳州刺史，又称"柳柳州""柳愚溪"。

他是唐代著名的文学家、哲学家、散文家和思想家，与韩愈共同倡导唐代古文运动，并称为"韩柳"；与刘禹锡并称"刘柳"，与王维、孟浩然、韦应物并称"王孟韦柳"；与唐代的韩愈、宋代的欧阳修、苏洵、苏轼、苏辙、王安石和曾巩，并称为"唐宋八大家"（柳宗元为唐宋八大家之二）。唐代宗大历八年（773年），他出生于京都长安（今陕西省西安市），少有才名，早有大志。早年为考进士，文以辞采华丽为工。贞元九年（793年）中进士，十四年登博学宏词科，授集贤殿正字。一度为蓝田尉，后入朝为官，积极参与王叔文集团政治革新，迁礼部员外郎。永贞元年（805年）九月，革新失败，他被贬邵州刺史，十一月加贬永州司马（任所在今湖南省永州市零陵区）。在此期间，他写下了著名的《永州八记》（《始得西山宴游记》《钴鉧潭记》《钴鉧潭西小丘记》《小石潭记》《袁家渴记》《石渠记》《石涧记》《小石城山记》）。宪宗元和十年（815年）春，回京师，不久再次被贬为柳州刺史，政绩卓著。元和十四年十一月初八（819年11月28日）卒于柳州任所。柳宗元交往甚繁，刘禹锡、白居易等都是他的好友。

柳宗元出生的时候，"安史之乱"刚刚平定20年。虽然已有20年的短暂和平，但这时的唐王朝早已走过了它的太平盛世，逐渐衰朽。唐王朝的各种社会矛盾急剧发展，中唐以后的各种社会弊端如藩镇割据、宦官专权、朋党相争等正在形成。

柳宗元的家庭是一个具有浓厚的文化气氛的家庭。他四岁那年，父亲去了南方，母亲卢氏带领他住在京西庄园里。卢氏信佛，聪明贤淑，很有见识，并有一定的文化素养，她教年幼的柳宗元背诵古赋十四首。正是母亲的启蒙教育，使柳宗元对知识产生了强烈的兴趣。卢氏勤俭持家，训育子女，在早年避乱到南方时，宁肯自己挨饿，也要供养亲族。后来柳宗元得罪贬官，母亲以垂暮之年跟随儿子到南荒，没有丝毫怨言。她是

115

一位典型的贤妻良母，在她身上体现了很多中国古代妇女的美德。母亲的良好品格，从小熏陶了柳宗元。

贞元元年（785年），柳镇到江西做官。在这以后一段时间，柳宗元随父亲宦游，到过南至长沙、北至九江的广大地区。这段经历使柳宗元直接接触到社会，增长了见识。从这以后，他开始参与社交，结纳友朋，并作为一个有才华的少年受到人们的重视（注：刘禹锡《河东先生集序》："子厚始以童子有奇名于贞元初。"见《柳宗元集》附录）。不久，他回到了长安。

柳宗元的幼年在长安度过，对朝廷的腐败无能、社会的危机与动荡有所闻见和感受。他九岁那年，即唐德宗建中二年（781年），爆发了继安史之乱后又一次大规模的割据战争——建中之乱。诱发战争的直接原因是成德镇李宝臣病死，其子李惟岳谋继袭，得到河北其他两镇和山南东道节度使梁崇义的支持，企图确立藩镇世袭传子制度。新继位的唐德宗不同意，四镇就联合起兵反抗朝廷。建中四年（783年），柳宗元为避战乱来到父亲的任所夏口（今湖北省武汉市武昌区）。但由于夏口是一个军事要冲，这时又成为李希烈叛军与官军激烈争夺的目标，年仅12岁的柳宗元在这时也亲历了藩镇割据的战火。

除了母亲外，父亲柳镇的品格、学识和文章对柳宗元有更直接的影响。柳镇深明经术，"得《诗》之群，《书》之政，《易》之直、方、大，《春秋》之惩劝，以植于内而文于外，垂声当时。"可知他信奉的是传统的儒学，但他并不是一个迂腐刻板、不达世务的儒生。他长期任职于府、县，对现实社会情况有所了解，并养成了积极用世的态度和刚直不阿的品德。他还能诗善文，曾与当时有名的诗人李益唱和，李益对他很推崇。父亲和母亲给予柳宗元儒学和佛学的双重影响，这为他后来"统合儒佛"思想的形成奠定了基础。

贞元九年（793年）春，20岁的柳宗元考中进士，同时中进士的还有他的好友刘禹锡。贞元十二年（796年），柳宗元任秘书省校书郎，算是步入官场；这一年，与杨凭之女在长安结婚。两年后，他中博学宏词科，调为集贤殿书院正字，得以博览群书，开阔眼界，同时也开始接触朝臣官僚，了解官场情况，并关心、参与政治。到集贤殿书院的第一年，他便写了《国子司业阳城遗爱碣》，颂扬了在朝政大事上勇于坚持己见的谏议大夫阳城；第二年，写了《辩侵伐论》，表明坚持统一、反对分裂的强烈愿望。

贞元十七年（801年），柳宗元调为蓝田尉，两年后又调回长安任监察御史里行，时年31岁，与韩愈同官；官阶虽低，但职权并不下于御史，从此与官场上层人物交游更广泛，对政治的黑暗腐败有了更深入的了解，逐渐萌发了要求改革的愿望，成为王叔文革新派的重要人物。

王叔文、王伾的永贞革新，虽只有半年时间便宣告失败，但却是一次震动全国的进步运动。革新所实行的措施，打击了当时专横跋扈的宦官和藩镇割据势力，利国利民，顺应了历史的发展。柳宗元与好友刘禹锡是这场革新的核心人物，被称为"二王刘柳"。年轻的柳宗元在政治舞台上同宦官、豪族、旧官僚进行了尖锐的斗争，他的革新精神与斗争精神是非常可贵的。

由于顺宗下台、宪宗上台，革新失败，"二王刘柳"和其他革新派人士都随即被贬。宪宗八月即位，柳宗元九月便被贬为邵州（今湖南邵阳市）刺史，行未半路，又被加贬为永州（今湖南永州市）司马。这次同时被贬为司马的，还有七人，所以史称这一事件为"二王八司马事件"。

永州地区地处湖南和广东、广西交界的地方，当时甚为荒僻，是个人烟稀少、令人可怕的地方。和柳宗元同去永州的，有他67岁的老母亲、堂弟柳宗直、表弟卢遵。他们到永州后，连住的地方都没有，后来在一位僧人的帮助下，在龙兴寺寄宿。由于生活艰苦，到永州未及半载，他的老母卢氏便离开了人世。

柳宗元被贬后，政敌们仍不肯放过他。造谣诽谤，人身攻击，把他丑化成"怪民"，而且好几年后，也还骂声不绝。由此可见保守派恨他的程度。在永州，残酷的政治迫害、艰苦的生活环境，使柳宗元悲愤、忧郁、痛苦，加之几次无情的火灾，严重损害了他的健康，竟至到了"行则膝颤，坐则髀痹"的程度。贬谪生涯所经受的种种迫害和磨难，并未能动摇柳宗元的政治理想，他在信中明确表示："虽万受摈弃，不更乎其内。"

永州之贬，一贬就是十年，这是柳宗元人生一大转折。在京城时，他直接从事革新活动，到永州后，他的斗争则转到了思想文化领域。永州十年，是他继续坚持斗争的十年，广泛研究古往今来关于哲学、政治、历史、文学等方面的一些重大问题，撰文著书；《封建论》《非〈国语〉》《天对》《六逆论》等著名作品，大多是在永州完成的。

柳宗元一生留下诗文作品600余篇，其文的成就大于诗。其诗多抒写抑郁悲愤、思乡怀友之情，幽峭峻郁，自成一路。最为世人称道者，是他那些清深意远、疏淡峻洁的山水闲适之作。骈文有近百篇，散文论说性强，笔锋犀利，讽刺辛辣。游记写景状物，多所寄托。哲学著作有《天说》《天对》《封建论》等。柳宗元的作品由唐代刘禹锡保存下来，并编成集，有《柳河东集》《柳宗元集》（中华书局1979年版）。

二、试谈柳宗元《天对》中的天文学思想

自从我国战国时代伟大的诗人屈原（约公元前340~约前278年）在流放期间所写的长诗《天问》中对宇宙、自然、神话传说和历史传统观念所发出的大胆质问产生以来，全面加以回答的只有中唐时期革新家柳宗元所写的《天对》。

《天对》是柳宗元被贬永州时所作，它继承了屈原的唯物主义思想和反传统观念的战斗精神，是他所走过的、充满黑暗而坎坷的道路中写的一篇结合天文、地理、历史、神话、哲学领域上的充满雄浑而别具风格的文献文字。柳宗元应用"元气"一元论的观点，去回答和批判了神灵创世说的观点。如果说屈原在《天问》里就日月星辰、风雨、山川等大自然现象提出"无营而成，沓阳而九"的原始天体演化的萌芽思想，而《天对》在回答这些问题时指出宇宙"无中无旁"、广大无边，日月星辰，运动不息这更为先进的思想来回答宇宙起源问题。在柳宗元看来，宇宙上的空间是无限的，时间是

客观存在的，天绝不是什么"神灵"而是自然，是物质。宇宙在不断运动之中发生变化，开始产生天地万物。在《天对》和《天说》之中，柳宗元从元气一元论出发，对自然的天进行说明，否定了古代鼓吹的老天爷创世的宗教迷信。柳宗元认为把人事同天附会起来的说法是愚蠢和错误的。天绝不是造物者营建而成，天体是自然而然形成的，天体广大无垠无边无际，没有什么"边沿"，没有中心，没有角隅；而且认为，向太阳就光明，否则就黑暗，天亮不是天门开，黑夜不是太阳藏，白天黑夜形成是由于太阳运行在自己的轨道上。这都是符合科学道理的。

章太炎十分称赞柳宗元等的"直拨天神为无""排天之论"（《答铁铮》），指出"拨乱反正"（变乱为治）"不在天命"，"而在人力"（《驳康有为论革命书》）。大家知道，五四运动以后胡适等人极力贬低《天对》"文理不通，见解卑陋"，而鲁迅在《摩罗诗力说》中则高度评价了《天对》的反潮流精神，肯定其在我国思想史、文学史上的崇高地位。这说明近代思想家都十分称赞柳宗元的天文学科学思想。

三、《天对》的白话试译文（选译）

（一）

宇宙的起源很渺茫，
荒诞人编造无稽的流传。
广漠的太空乱而幽暗，
哪里有什么可谈。
寰宇赖有"元气"在，
不停地运动万物起变化！

（二）

阴、阳、天三者混为一体，
全赖"元气"来把阴阳统一。
"元气"迁缓起运动，
炎热、寒冷始分化，
冷热交错起变化，
天地万物产生和存在。

（三）

天不是谁营建而成，
乃因阳气积聚达九重。
它像车轮似的运转灵，
从而得个"圆"美名。
天体自然而然地形成，
怎能说造物者的建造、发明？

（四）

皓天哪需绳索绑，

才能固定在自己位置上？

天体广大无垠、无边际，

更没有什么"边沿"。

倘能把天放在上面，

大约称号怎承当！

天呀，时刻运转不息，

哪里有什么"上栋下宇"，

天由宏大气体而构成，

哪里需要八根柱子支撑？

（五）

哪有什么"青""黄""赤""黑"九块天，

天没有"中心"也无边。

那只是欺骗与诳言！

把天分为"幽天"和"阴天"。

天无边、无际、无角隅，

咱们怎能受欺骗？

（六）

研究天文历法者用竹器筹算，

摆得横七竖八地把日影观看、盘算。

为了推导和研究昼夜变化规律，

划定十二个时辰在世上流传。

这不是我所划分，

怎能告诉你它的来源？

太阳和月亮都依托于天，

像棋子般的星都挂在上边。

（七）

太阳像车轮般往南方旋转，把白昼带给人间。

天极像轮轴般地固定在北边。

太阳哪里会起落，

是大地跟太阳的方位不断地偏移，

大地跟着太阳运行，从这边向那边移动。

怎能从汤谷升起而入蒙水之畔？

向着太阳地方就光明，

太阳照不到的地方就黑暗。

119

测量太阳的行程和工具早已用尽,

它的行程不能以里数计算。

(八)

太阳的光焰举世无双,

月亮靠近它时就变得暗淡无光。

远离它时就显得又亮又圆,

哪有什么月亮的复生和死!

月亮中有许多阴影,

看来像兔子一样。

其实那并不是什么兔子,

只是它形状和神态同兔子相仿。

(九)

强烈的阳气下降,

强盛的阴气上升。

势均力敌的二气互相协调,

这便是孕育万物的母胎。

阴阳二气失去协调,

"伯强"就会兴风作怪。

阴阳二气和顺适当,

惠气就会来临。

阴阳二气时进时退,

哪有什么固定的场所为它安排?

(十)

天亮不是天门开,

黑夜不是太阳藏,

有白天和黑夜的形成,

因为太阳运行在自己的轨道上,

把苍龙七宿当做天东宫是寓言,

以其角、亢、星宿作为天门、天庭,

那纯是妄言和欺人。

〈下略〉

(节选于《柳宗元集》,中华书局 1979 年版)

第十四章　刘禹锡与科学文艺

本章要点：刘禹锡与永贞革新；刘禹锡作品中的天文思想；刘禹锡在医学上的成就；刘禹锡作品中的《陋室铭》。

> 熟悉天文也知医，二十三年笑愚痴。
> 古来志士多沉没，几个书人看花知。
> 巴山楚水空闻过，沉舟侧畔聊吟诗。
> 万木春前白焕发，老骥悲风不从时。
>
> ——题记

中唐时期著名作家刘禹锡（772～842年）留下丰富的文学遗产。刘禹锡生活的时代，是唐代"安史之乱"之后、黄巢起义之前的封建社会矛盾日趋尖锐、激烈的时期。当时，唐代盛世已日渐没落。唐代宗李豫宝应元年（762年），在浙东、秦岑南、广东和江西鄱阳湖一带不断发生农民起义。刘禹锡参加了唐顺宗李诵元年（805年）的"永贞革新"，经历了一百四十六天的"二王八司马事件"（按：二王即王叔文、王伾；八司马即刘禹锡、柳宗元、韦执谊、韩泰、韩华、陈之柬、凌准、程异，后者后来都被贬官为"司马"）。革新派抑制了藩镇，惩办贪污，任用贤能，裁减冗员，整顿税收，消减盐价，放还宫女，禁止宫市等。也像历史上大部分的革新志士所发动的革新斗争结果如吴起出走、商鞅车裂、王安石被贬、谭嗣同被杀一样，永贞革新事件遭到了封建反动营垒的残酷镇压，"二王"中一被赐死、一被贬、病死，刘禹锡等八人则被贬为远州充任没有实权的司马官。刘禹锡首先被贬到连州（今广东连州市），后到荆南（湖北江陵县），又改为朗州；十年之后好不容易奉诏回长安，因写《戏赠看花诸君子》，"语涉讽刺"，又被贬为夔州（今四川奉节）、和州（今安徽和县）刺史；直到唐敬宗李湛宝历二年（826年）才回到洛阳，"远谪年犹少，放归鬓已衰"。由于他回家时又写了《再游玄都观绝句》，"执政闻之诗序，滋不悦"，又把他贬为集贤殿学士——整理宫廷的图书，但接着又被遣任苏州、汝州（河南临汝）、同州刺史，最后做了太子宾客。刘禹锡一生基本上都在下层工作，"托讽禽鸟，寄辞草树"。他生前对自然科学中动物、植物、天文、地理、医药各方面学问都作过比较够深刻的研究，以致能够写出富有科学思想性的文艺作品。

刘禹锡在《天论》中认为，世上论天的有两种观点，一种认为"天"是有意志的人格神，另一种认为天是物质的自然界。前者把天看做有意志，能明察一切，在暗中决定人的命运；而另一种则认为天昏暗无知，并没有什么意志。刘禹锡的观点是后一种。他不相信人的命运由天决定，不相信为人行善天就赐福，人有罪天就降祸。刘禹锡推崇他好友柳宗元的《天说》思想，他写《天论》为的是补充柳宗元的论述。他认为"天与人交相胜"，天之能，人固然不能；人之能，天也有所不能。在他看来，天的规律在于生殖万物，使万物在一定时候健壮、一定时候衰老；人的规律在于实行法制，其作用在分辨是非。福兮可以善取，祸兮可以恶召，与天没有什么相干。他认为人道明就不会产生天命论，人道昧就必然产生天命论。

由于刘禹锡懂得天文，所以在他的《天论》中能论及推算年、月、日和节气方法的历和观察天体运行图形的象。刘禹锡阐明了我国古代三种关于天的历象的学说，其中宣夜说认为天体是元气构成的，日、月、星辰飘浮在空中，动和静都依靠元气；浑天说认为天和地都是圆的，天在外，像蛋壳，地在内，像蛋黄——这种看法具有比较模糊的地圆观念，西汉末年扬雄首先提出这个看法；盖天说认为"天似盖笠"，它力图说明太阳运行的轨道，反映了人们认识宇宙的一个阶段。刘禹锡综合论述了我国古体关于天体的不同学说，在《天论》中公开宣扬了他不相信天帝造人的创世说，认为人类不过是一种最高级的"倮虫"；在他看来，尧舜之书，首曰稽古，不曰稽天；幽厉之诗，首曰上帝，不言人事。以上可见，刘禹锡关于宇宙观的阐述比较透彻。在这方面，他同好友柳宗元称得上是站在唯物主义思想上并肩战斗，他的进步思想借其文学论著加以阐述。

刘禹锡由于年少多病，十七岁开始学习医学。他对我国古代医学作过比较深刻的研究。他读过《药对》，学习切脉，懂得扎针、火烙、灌药，后来又读过《小品方》《本草方》等医学文献。据李时珍《本草纲目》引据古今医家"书目"资料记载，刘禹锡曾于四十二岁编写了《传信方》药书两卷，可惜今天已经失传，仅能从古方书中辑得少些内容。李时珍《本草纲目·兽部》记载，医书上有羊乳能治被蜘蛛所咬而发病的单方，就是从刘禹锡《传信方》得来的。刘禹锡在《答道州薛侍郎论方书》一文中，说他自己学医"尔来垂三十年，其术足以自上，或行乎门内，疾辄良已，家之婴儿，未尝诣医门求治者"。刘禹锡的《鉴药》一文，从治痛中得到教训，到了病时"食精良弗知其旨"。他颂扬好的医师能"用毒以攻疹"（用毒性的药去治病）、"用和以安神"（用平和的药以安神），"易则两踬"（如果这两种药用颠倒了，两方面都会出问题）。他认为这个道理是很明白的，如果因循守旧，用老一套去对待变化了的事物，不明白制药与宣泄的道理，就会为人们治病养身方面带来害处。

刘禹锡在贬谪朗州时期，还写了《华佗论》，肯定了我国医学史上名医华佗的功绩。他在连州任刺史时，与柳宗元通信中除了讨论文学外，也讨论医学问题。《政和证类本草》中记载了柳宗元救三死方，就是治霍乱盐汤方、治疮方和治脚气方。

刘禹锡的《机汲记》记载用机器相牵、吸引的事实：江水竟能顺应吸水器物的变化，木桩稳固地立在水中，绳索虽然软但可以拉直，金属虽然硬但可以改变它的形状。

刘禹锡还写下一些带有自然科学思想倾向的诗篇，也是值得人们称道的。例如《秋词二首》之一，诗中写道：

自古逢秋悲寂寥，我言秋日胜春朝。
晴空一鹤排云上，便引诗情到云霄。

刘禹锡在这里提出，自古以来，人都悲叹秋天的萧瑟凄冷，但我却说秋日要更胜一筹；一只白鹤冲向万里晴空、破云而出，激起了我的诗情飞向明朗的蓝天。这样的诗，别开生面。作者指出秋高气爽的自然特点，写出了新的意境。刘禹锡的《华山歌》里，歌颂"洪炉作高山，元气鼓其橐"，指出地下的、洪炉般的热能在熔铸着高山，大气鼓动风橐的作用，顷刻间，神奇的功绩出现，挺拔高峻的大山屹立于天地之间。这种看法是很符合自然科学和地质学原理的。

刘禹锡晚年同白居易的唱和诗《酬乐天扬州初逢席上见赠》吟唱道；

巴山楚水凄凉地，二十三年弃置身。
怀旧空吟闻笛赋，到乡翻似烂柯人。
沉舟侧畔千帆过，病树前头万木春。
今日听君歌一曲，暂凭杯酒长精神。

诗人刘禹锡被贬谪到巴山楚水二十三个年头，但他并没有颓丧，没有被曲折、艰苦、坎坷所压倒。他看到沉舟侧畔千帆飞驶而过，在病树前面看到万木生机勃发；迎着春光，怀着无比乐观的精神仍然前进，再前进！这是相信科学的精神在鼓舞他。

唐会昌二年（842），刘禹锡七十一岁，身病垂危，自作《路词》道："天与所长，不使施兮，人或加讪，心无疵兮！"这是刘禹锡一生的自我评价。他在这年七月离开了人世。刘禹锡的一生，是坎坷的一生，但由于他坚信科学思想，致使他并不颓唐或消沉。他流传至今的诗歌有八百余首。他还是个书法家，一方面由于他勤学苦练，另一方面是出于柳宗元的勉励，柳的《叠后》中写道："事业无成耻艺成，南宫起草旧连名。劝君火急添功用，趁取当时二妙声。"他还是个很有成就的音乐家，白居易《忆梦得》题下注："梦得能唱《竹枝》，听者愁绝。"他还是个弈棋的好手，《苕溪隐丛话后集》卷说他"虎穴得子，人皆惊"。

第五卷

宋元明时代的科学文艺

第十五章　沈括与科学文艺

本章要点：《梦溪笔谈》中的科学文艺：沈括的生平简介，《梦溪笔谈》在自然科学和科学文艺上的重大成就；沈括科学小品文选译五则：陨石，化石，地震，喻皓的《木经》，高超的三扫龙门法。

梦溪园里莫凭栏，依稀寒夜听险滩。

老来琴书销远志，聚精会神写《笔谈》。

一、《梦溪笔谈》中的科学文艺

（一）沈括的生平简介

我国北宋时代著名政治家、科学家沈括（1031～1095年），字存中，生于浙江杭州，父母有很高的文化修养，所以沈括从幼年时代起就受到良好的文化熏陶。他生长的北宋时代，无论阶级矛盾、民族矛盾，都空前激烈。反动封建统治阶级为了挽救他们垂死的命运，"不抑兼并"，"不立田制"，"恩逮于百官者，惟恐其不足；财取于万民者，不留其余"。❶ 我国东北部的契丹、西北部的党项（夏）屡次进犯，抢掠财物，造成"国帑虚竭，民间十室九空"。沈括的父亲沈周曾先后在泉州、开封、江宁（今南京）、苏州等地做官，他幼年就随父到处游历，对各地风土人情有所了解，积累了许多有关农田水利以及医药方面的知识。23岁时，沈括就担任了江苏沭阳县主簿的职务。主簿是帮助县令草拟文书和管些行政事务的小官吏。他自况道：做官最微贱的，莫过于主簿……包括兽蹄马迹所到的地方，都有主簿的事情……连风雨霜雪晦明寒暖，也全不顾。❷ 他当时常抽空到地方和农村了解些情况，深入民间认真考察自然资源，认识到必须重视农田水利建设。当时沭阳县也像全国许多地方一样，农民生活非常贫困，民不聊生，逃荒现象到处可见，这在青年沈括的心中感受很深刻。为了解决当地农民实际困难，沈括指挥和协助沭阳县的农民开辟灌溉渠道，修筑堤堰，并把两岸7 000多顷土地改造成为上等良田，从而大大改变了沭阳县的贫困面貌。不久，沈括被调到安徽宁国县

---

❶ 《续资治通鉴长编》卷二十七。

❷ 《长兴集》卷十九《答崔肇书》。

当县令。他一到职就深入民间，勘察的地理形势，提出修治圩田的建议，引起了当地豪绅地主的激烈反对。但他知难而进，运用丰富的治理农田水利的实际知识，驳斥了他们的种种谬论，修圩的建议终于取得胜利。他立即联络了附近的 8 个县，动员了 14 000 多民工，在 80 天里，把规模宏大的万春圩建设成功，并在 1 720 顷的圩田上，种植了粮、菇、麻等作物；圩田防旱防涝，连年取得了丰收，受到当地农民的热烈赞扬。他把整治圩田的经验写成《万春圩图记》，向其他地区推广。

沈括 33 岁（1063 年）中进士，第二年任扬州司理参军；不久，就写了《扬州九曲池新亭记》，既有文采，又是富有科学性的纪事文献。宋治平三年（1066 年）调京师，编校昭文馆书籍，并奉命参与研究天文仪器浑天仪，继而得补昭文馆校勘。他抓紧这个时期钻研天文和数学，获得了这方面知识，提出一些新见解。接着，又奉命考订郊礼沿革。38 岁（熙宁元年，1088 年）时，母亲去世，扶灵柩归葬钱塘。熙宁四年（1070年），参加王安石变法，担任司天监，主管观测天上星位。当时，司天监这个衙门多半是不学无术的官僚，滥竽充数，沈括推荐平民卫朴入司天监，修造《奉元历》，并让一些有志青年参加技术训练，使司天监为之气象一新。沈括甚至把修订历法这项工作交由卫朴主持，自己专心致力于创造精确的观象仪器。在沈括的大力支持下，卫朴终于把新历制订成功，于熙宁八年（1075 年）在全国颁行。沈括经过精心改革，把观测天文的仪器制造成了崭新的浑仪，这种仪器后来一直沿用。沈括精心观测天象，为了测定极星位置，连续数月于午夜和下半夜观测，画出 200 多张图。他还发现地磁偏角，指出指南针不是指正南，而略微偏东，这比西方哥伦布的发现早四百多年。

在北宋末年王安石变法期间，沈括是王安石为相时期的一员干将。他奉命视察两浙农田水利、差役和新法执行情况，兴修常州、润州水利；任河北西路察访使，改革陕西盐钞法；到许多州任知州，考察鄜延境内石油、试制油烟墨成功，考察延州出土植物化石，从而推断古气候的变迁；后来，又发现能点灯的石油，并用以代替松烟制墨，大量节约了木材；他研究了石油的储藏，并对石油价值做了极高的评价。

他 51 岁时（元丰四年，1081 年），率兵攻取西夏，以少胜多，凯旋而归。朝廷因他立了战功，升他为龙图阁直学士。在这期间，他又研究乐曲，作《凯歌》数十曲，并研究行军用粮问题。1082 年，西夏以 30 万大军围永乐，又以 8 万大军袭绥德，当时徐禧不听沈括指挥以致败绩，永乐城沦陷。这年 10 月，沈括被罢官。1083 年他在随州法云禅院居住，56 岁在润州筑梦溪园，57 岁编成《天下州县图》。当时住梦溪园的著作《梦溪笔谈》《良方》和《忘怀录》，记录了自己科学研究的成果。1095 年，他 65岁，与世长辞，归葬钱塘。

（二）《梦溪笔谈》在自然科学和科学文艺上的重大成就

沈括精通农业、水利、工程技术、地理、地质、天文、历法、数学、物理、化学、气象、生物、医药卫生等门类，同时也是个政治家和军事家，是中国历史和世界历史上杰出的科学技术人才。他有关自然科学的著作，都记载在《梦溪笔谈》里。《梦溪笔谈》共三十卷，其中包括《补笔谈》三卷，《续笔谈》一卷；全书共写了 600 多条目，分为故事、辨证乐律、象数、人事、宦政、权智、艺文、书画、技术、器用、神奇、异事、谬误、杂志、药议等十七目，它反映了作者生活时代的社会面目，概括了我国自然科学上的成就；全书几乎用 1/3 的篇幅涉及我国天文、历法、气象、数学、地质、地理、制图、物理、化学、生物、医药、建筑、冶金以及历史、文学、音乐、艺术等方面，内容十分广博。自宋代以来，历代都有刊本：明崇祯四年（1631 年）有嘉定马元调刊本，清代也有各种刊本，1934 年商务印书馆有影印涵芬楼藏明覆宋本。这是一部我国北宋时代留下的富有代表性的科学技术著作，它总结了我国古代科学技术方面取得的成就。下面试就其中关于自然科学技术的方面作些简要的介绍。

第一，关于农田水利方面。他在《梦溪笔谈》中写的"高超巧合龙门""汴渠的水准测量""复闸""苏昆长堤""钱塘江石堤""展海子为稻田""淤田法""抢险修堤""粘虫和它的天敌""蔬菜的病害""建茶""茶芽"等条目，都是关于这方面的。如上述，沈括在担任沭阳主簿期间，就开始注意治理沭水水利工程，筑石渠九堰，开辟良田 7 000 多顷。1072 年，沈括主持整顿汴渠工程；他到浙江视察，又从事水利兴修工作。在治理汴河时，他用分层筑堰的水准测量方法，计算出从开封到四州河段共八百四十里一百二十步的坡，高度十九丈四尺八寸六分，相当精确。他只用 350 字记载了"汴渠的水准测量"（卷廿五、杂志二）。在沈括的主持下，怎样促进这条宋渠发展为重要交通命脉、如何因地制宜地利用测量旧沟梯水面高度差然后叠加"分层筑堰法"等问题，都取得相当精确的数据，在科学上取得重大的成就，比俄国 1896 年测量地形早数百年。"高超巧合龙门"（卷十一、官政一），全文只用 260 余字，记述北宋庆历年间水工怎样以秫秸、芦苇来合龙门的三节压埽法；"复闸"，只用了 200 余字记载在淮南漕渠废堰造闸航运技术上的革新；"苏昆长堤"（卷十三，权智），用 100 多字记载了从苏州到昆山 60 里间建造长堤的事迹；"钱塘江石堤"（卷十一、官政一），用 200 余字记载了在钱塘江围造石堤的事迹；此外，如"粘虫和它的天敌"以数十字写了以虫治虫的事例，"蔬菜的病害"以数十字写了蔬菜中芜菁、白菜、芥菜之类出现的病情，"建茶"以数十字写了福建、云南一带乔木茶树。

第二，关于武器装备方面。众所周知，在王安石变法期间，沈括被任命为军器监，这是负责管军事和研究城防、阵法、兵器、战略战术的机构。《梦溪笔谈》中的"造弓"，写他的大哥沈披自制弓箭，开弓容易而弹力大，多次使用后力量不会减弱，天冷天热不受影响；射箭时弦声清脆、坚实，开弓时弓体正，不偏扭，实际上是用材料力学观点对弓箭制造法进行总结。"弩机"，写弩上勾弦发射弩箭的机构；"蟠钢剑""舒屈剑"，一种可弯曲、藏在盒子中的宝剑；"战栅"，写古代宋代守卫城防的一种临时性工事。

第三，关于工程技术方面。如在"梵天寺木塔""喻皓的《木经》""毕昇活字印刷术"等篇章中，沈括记载了发明踏犁代替耕牛的广西农民武元成、编写《木经》的著名匠师喻皓、发明活字印刷术的"布衣"毕昇。沈括记载了他们的发明创造，对他们作了极高的评价。"锻钢的方法"，对在磁州看到的百炼锻钢法加以记述；"古镜"

中，为了弄清古镜情况而遍访镜匠；"船坞"中，写古代的船库、藏船的厂房。我国宋初（976～997年）便在张平建成船坞，而在西方1495年英王亨利七世才在朴次茅斯建造了欧洲的第一个"干船坞"，比我国晚500多年，比沈括记载的晚400年。

第四，关于天文历法方面，沈括写了"十二气历""奉元历修正闰朔""卫朴""天文仪器的改造""刻漏和太阳的视运动""极星位置的测定""天文中的辰字""步岁之法""斗建和岁差""落下闳历法""太阳过宫""二十八宿分度""二十八宿的度数""日月的形状""日食和月食""食法和日平度""黄道、赤道、月道""行星的视运动""陨石""整顿司天监"，等等。他在晚年冲破传统的束缚，以二十四节气定月，彻底改革旧历，大胆制订"十二气历"，他的历论深得人心。比沈括晚900余年，20世纪30年代英国气象局局长肖纳伯提出了沈括在历法上的伟大功绩。他在《梦溪笔谈》中反复强调了岁差的重要性，并用这一概念分析了许多天文现象，对促进历法精密度作出了贡献。他继承前人成果，对日月食的推算大体符合现代科学原理和计算结果。他在上述短文中对天文仪器作了扼要的记载，测量也比前人更精密；沈括提倡的"十二气历"，说明他更加重视农耕，敢于创新，他坚信"异时必有用予之说者"。他极力揭露当时天文机关的腐败，罢免了6个"隶名食禄"的历官，而推荐平民专家卫朴，再三称道他的天才和对天文的熟稔、在文学上的杰出贡献。

第五，关于数学方面，他以"笔记""轵（音卫）术和缀术""隙积术和会圆术""运粮之法""增减法""棋局总数""钧石""斛斗""四人围棋战术""三分损益法""十二律本数""十二律算法"等短文，来揭示自己对数学的见解。他说："求星辰之行，步气朔消长，谓之'缀术'。"在沈括看来，数学是从丈量土地和天文观测的实践中产生和发展起来的，并不是什么由神创造的。他说"大凡物有定形，形有真数"，形和数与客观物质之间存在固有的联系。他首创的"隙积术"，奠定了高阶等差级数求和问题的基础；他的"会圆术"，是我国数学史上求弧长的近似公式，能应用于黄道积度和时差的计算。他在这方面的成就，在世界数学史上占一席地位。他还十分注意把数学应用在生产和军事上，运用组合法计算出棋局的总数。

第六，在物理学方面，他在《梦溪笔谈》中写了"磁针""磁偏角""红光验尸""阳燧""透光镜""凹凸镜""虹""海市蜃楼""暴雷""潮汐""圆钟和扁钟""应声""共振和谐振""中声和正声""乐器定音的标准""虚能纳声"等短文，从中可以看到沈括的研究涉及力学、声学、光学、磁学等方面，而且都有自己的创见。例如在力学方面，他研究了潮汐现象，提出了"每至月正临子，午则潮生"的看法，可知他已经认识至潮汐主要是由于月球引起的；在声学方面，他研究了古代乐律，用纸人在谐振弦上跳动的生动实验，阐明了共振和谐振现象及其规律；在光学方面，他对针孔和凹镜的成像，作了几何光学的解释，形象地阐明了凹镜倒立的道理；他比较科学地解释了虹的成因，认为它是"雨中日影"，化学发光和生物发光的现象。在地磁学的研究方面，他记载了用天然磁石器磨针锋使针磁化的方法，总结了指南针的四种装置方法。由于他精心研究的结果，使他最早发现了地磁子午线和地理子午线不一致；他指出指南针"常微偏东，不全南也"，这是世界上关于地磁偏角的最早记录。沈括在科学研究工作中间，相当重视实际精神，这是他在物理学上取得成就的一个显著的原因。沈括对古代铜镜作过研究。他很早就注意到阳燧（古代照日取火的铜镜）照出物影都是倒的，这因为其中的焦点叫做"碍"。

第七，化学方面，在《梦溪笔谈》中写了"石油""苦泉""乌背石""陵州盐井""解州盐池""盐南风""冷光""息石""炼丹""雌黄改字"等短文中，反映了石油开发、制盐和炼铜的技术。他总结了历史上我国劳动人民利用石油的经验——石油这个名字就是由他命名的，他预言"此物后必大行于世"，这是千真万确的。他细致入微地研究了若干矿物结晶，特别是从龟背石等方面的研究中阐释了矿物晶体的比较、鉴别，这种鉴别方法，至今仍有用处。沈括记述了四川一带盐井的结构和我国人民在井盐开采过程中与大自然作斗争的情况：为了保护盐池不受侵害，他们怎样同水患进行斗争。他指出冷光是自然现象。沈括根据朱砂是良药，因火力而起了变化，从良药变成毒药，而认为"大毒"与"大善"是可以互相转化的，这是很有朴素辩证法的思想。

第八，在地学方面，《梦溪笔谈》写了"地震""海陆变迁""延州化石""雁荡山""'蛇蜃'化石""木质地形图""天下州县图""流砂""避风术""滴翠珠""鳗井""陆龙卷风"等短文，说明海陆变化、流水侵蚀地形的原理，在世界上最早提出"所谓大陆者，皆浊泥所湮耳"的科学结论。他专心致志地绘制山川道路图和收集人情风俗资料，著《使契丹图钞》一书，制成木质模型图。他还花费12年的心血，编成《天下州县图》（宋代全图），为当时最大地图，一幅蓝图高一丈二尺，宽一丈。在书中，他记载陕北延州一带见到类似竹笋的化石，而这类植物是当地所未见的，他指出这里当初"地卑气湿而宜竹"。他在浙江雁荡山见到诸峰"峭拔险怪，上耸千尺，入穷崖巨谷，不类他山"，认为这种现象是由于"谷中大水冲激，沙土尽去，惟巨石岿然挺立耳"。他对古代水土流失现象作了记载，在科学史是较早的。他在太行山地层中发现螺蚌、卵石带，推断这是过去的海滨。他断定华北平原是黄河、滹沱河、漳河携带上游泥沙淤积而成。沈括在900多年以前作出的这种推断与近代的科学原理是相符合的。

第九，在生物学方面，沈括写了"调教山鹊""鳄鱼""海蛮师""南海车渠""河豚""跳鼠""两头蛇""白雁极霜""海蛤""鸬鹚捕鱼""蛇虺""流水和指水""芸香驱虫""驳一木五香""天竹黄""胡麻""芦和荻""蒲芦非蜾蠃""不袭古法"等短文，这是书中较多的部分。他在出使契丹途中，发现北方的跳鼠、长江三峡能捕鱼的鸬鹚等。他对于生物学的研究比较注意实用。他亲眼见过长如船的鳄鱼，能登陆捕食鸟兽；海蛮师是一种鱼身面如虎的动物，车渠是贝类，壳长可超过一米；河豚是有毒之鱼，因此吃了往往丧命；跳鼠形似兔，沈括出使契丹曾捉了几只带回；在安徽宁国县，曾抓到双头蛇。

第十，关于医药方面，沈括在其所著《良方》中，记载良方的有效经验。他说：

"予所谓良方者，必目睹其验，始著于篇，闻不预也。"❶ 他在《梦溪笔谈》中所写的"消化和呼吸"，批判了人有三喉的错误观点，提出"人但有咽有喉二者而已"；他批判金石皆能"摄入肝肺"的错误论点，认为金石之精也可以"洞达肌骨"的观点是不可取的。在"采草药"中他认为"古法采草药多用二月、八月，此殊未当"，而要区别对待，要审察气候和地势、因时制宜；他的"医之为术"中指出医贵心得，不能光靠书本上的知识行事。他指出，即使像《神农本草》这样的典籍，其中错误也不少。在"桑叫子"中，说明我国古代人民早有试图创造某种器械代替发音器官的设想；"汤、散、丸的功用"中指出"无毒者宜汤，小毒者宜散，大毒者须用丸"，"欲速者用汤，稍缓用散，甚缓用丸"，这是后世中医临床的基本法则；"君臣佐使"，这是以往中医临床用药的指导思想，沈括科学地认为不能机械地运动，要灵活地使用，有时当"佐使"的药，也可以跃升为"君"——主药；在"麋茸和鹿茸""几种怪病""泻肝救脾""天蛇""同一药物的不同部位性理相反"等篇章中都是对用药方法作了指导，并谈了个人对于服药的经验；"芎劳和苦参"中指出，长期服用川芎容易导致猝死，用苦参擦牙能伤肾，使人腰部沉重；"钩吻和野葛"，都是会中毒的药。此外，如"枳实和枳壳""甘草和黄药""赤箭和天麻""枸杞""金樱子""摩娑石""一壮""山豆根"等，都是对药性作了订正或科学的论述；"有常有变"中，讲我国医学家有五运六气之说，用以推断气候变化和人体疾病关系，沈括反对"胶于定法"的做法。沈括在医学上的成就出自实践，批判了"病来于天"的谬论，指出"方书仍多伪杂"，所以不能把它奉为金科玉律，对临床用药要具体地分析；采集草药也不能拘于月令，因为气候不同各地药物成熟的时期也会有所不同。

书中大量记载了许多有关药物的名称和疗效，这是同沈括能听取群众的调查、记载分不开的。无论对于医师、市民、劳动群众、士大夫、山林隐士，他总是"莫不询究""无不求访"，至于民间验方，也要经过临床试验，"必目睹其验，始著于篇"。

（三）尾语

《梦溪笔谈》中有关自然科学、医学及其他方面的论述，都是运用科学散文的形式加以概括描述的。作者分门别类，一件事一件事地写，要言不烦，最短的只有十多字。如"山豆根"写道："山豆根，味极苦，本草言味甘者，大误也"。百余字，至多不过数百字，真是言简意赅。这里行文用字异常节约，没有什么累赘，尽量做到简明、通俗，有的地方还加上插图。

《梦溪笔谈》在我国文化史上，在国际文坛上，都是具有相当影响的。

沈括在自己的著作中着重指出，劳动人民是科学技术的主人。他在《长兴集》卷十九《上欧阳参政书》上指出："技巧器械，大小尺寸，黑黄苍赤，岂能尽出于圣人！百工群有司、市井田野之人，莫不预焉。"正是从这一思想出发，我们在《梦溪笔谈》里可以看到巧合龙门的高超、木工喻皓、创制活字版的毕昇、平民天文学家卫朴。

---

❶ 《良方·序》。

沈括富有自然辩证法观点。如他在"中药药剂"这一条目中，用寥寥几百字说明中药的不同类型可以发挥不同的治疗作用，一切应以疗效为出发点，针对具体情况，灵活掌握用药的关键，表现了十分严谨的科学态度。《梦溪笔谈》中的"皆非前定""物理有常变"等科学散文，就是充满着唯物辩证法精神的作品。

沈括《梦溪笔谈》文字十分概括，言之有物。比如他在谈到天地总是有自己的法则时谈道："天地之变，寒暑风雨，水旱螟蝗，率皆有法。"寥寥数语，把世上事物皆有法则的看法，写得十分明了。又如他在科学实践中认识到，"大凡物理，有常有变"。所谓"有常"就是遵循自然规律，"有变"是由于具体条件不同而引起的，所以就是"天变"也不足为怪，也就是王安石所谓"天变不足畏"的正确思想。

沈括是王安石变法的一个主将。在《梦溪笔谈》中，他用"新法可行，百姓悦从"八个字把当时人民对"变法"的看法作了淋漓尽致的描述。又如他在"朝廷新政，规画巨细，括莫不预"这句话中，毫不隐讳地把自己置身于进行变法的行列中。

沈括从科学的见地出发，再三告诫人们不要"胶于成法"，要根据具体情况进行具体分析。他在《长兴集》里指出，学知识必须做到"愿学之""审问之，慎思之，笃行之"。这都说明他富有唯物主义思想。正是从这个思想出发，他坚决反对当时社会流行的迷信思想，明确提出"事非前定""非前知"的观点。他用唯物辩证法的思想证明，不能"胶于定法"，要根据具体情况进行具体分析，所以各种植物药物，有的取根，有的取叶，有的取芽，有的取花，有的取实；在不同的地区，也应有所不同。

沈括离开我们已有八九百年。在中国中世纪封建统治的黑暗时代，能有这样对自然科学进行多方面研究的科学家出现，是十分难能可贵的。今天，沈括的《梦溪笔谈》已译成多种外国文字，这是中国人民的骄傲。沈括"不枝梧"的行文用字、散文式的科学论著，也是值得我们进一步探索和学习的。

二、沈括重要科学小品文选译五篇

（一）陨石

治平元年，常州日禺时，天有大声如雷，乃一大星，几如月，见于东南。少时而又震一声，流着西南。又一震而坠在宜兴县民许氏园中，远近皆大，火光赫然照天，许氏藩篱皆为所焚。是时火息，视地中有一窍如杯大，极深。下视之，星在其中，荧荧然；良久渐暗，尚热不可近。又久之，发其窍，深三尺余，乃得一圆石，犹热，其大如拳，一头微锐，色如铁，重亦如之。州守郑仲得之，送润州金山寺，至今匣藏，游人到则发视。王无咎为之传甚详。

译文：

治平元年，在常州，有一天太阳落山的时候，天空一声震响，像打雷一样，于是一颗跟月亮差不多大的星星出现在东南方。顷刻间又是一声轰隆，巨星移到了西南方。接着又是一声雷霆，巨星掉落在宜兴县一个姓许的老百姓的园子里，远处近处都可以见到，火光熊熊，照亮了天空，许家园中的篱笆全被烧毁了。稍时火熄，看地上有一个洞，像杯子那么大，很深。往洞底看，巨星躺在洞中，微光闪烁；很久很久，才渐渐暗了下来，还是灼热、人不可接近。又过了很久，挖开那洞，有三尺多深，从洞中找到了一颗圆石，还是热的，像拳头那么大，一头稍微尖些，颜色像铁，重量也跟铁差不多。常州太守郑仲得到以后，把它送到了润州金山寺，至今仍然用匣子藏着，游览的人来了，便打开匣子让人们观赏。王无咎给这事作的记述十分详尽。

（二）化石

> 治平中，泽州人家穿井，土中见一物，蜿蜒如龙蛇，人畏之不敢触。久之，见其不动，试摸之，乃石也。村民无知，遂碎之。时程伯纯为晋城令，求得一段。鳞甲皆如生物，盖蛇蜃所化，如石蟹之类。

译文：

治平年间，泽州有一个人家打井，在土层里看到一件东西，弯弯曲曲象龙蛇一样，害怕得不敢动它。过了很久，见它不动，就试着摸了一下，才知道是石头的。村里人不懂，把它打碎了。当时程伯纯是晋城县令，他要去了一段，它的鳞甲看起来跟活着的一样。这大概是由蛇、蜃化成的，就像石蟹那样。

（三）地震

> 登州巨嵎山，下临大海。其山有时震动，山之大石皆颓入海中。如此已五十余年，土人皆以为常，莫知何谓。

译文：

登州的巨嵎山，下面临着大海。这座山时常有震动，山上大石都震落到海里。五十多年来一直如此，当地人已习以为常，谁也不知道是什么缘故。

（四）喻皓的《木经》

> 营舍之法，谓之《木经》，或云喻皓所撰。凡屋有三分，自梁以上为上分，地以上为中分，阶为下分。凡梁长几何，则配极几何，以为榱等。如梁长八尺，配极三尺五寸，则厅法堂也，此谓之上分。楹若干尺，则配堂基若干尺，以为榱等。若楹一丈一尺，则阶基四尺五寸之类，以至承拱、榱桷，皆有定法，谓之中分。阶级有峻、平、慢三等，宫中则以御辇为法：凡自下而登，前竿垂尽臂，后竿展尽臂，为峻道（荷辇十二人，前二人曰前竿，次二人曰前绠，又次二人曰前胁，后二人曰后胁，又后曰后绠，末后曰后竿；辇前队长一人曰传唱，后一人曰报赛）。前竿平肘，后竿平肩，为慢道；前竿垂手，后竿平肩，为平道。此之为下分。其书三卷。近岁土木之工益为严善，旧《木经》多不用，未有人重为之，亦良工之一业也。

译文：

《木经》是一部介绍建筑房屋规范的书。书中把房屋分为三分：梁以上为上分，从梁到地面是中分，地阶是下分。梁有多长，规定相应的屋顶高是多少，以及椽子多长。例如，梁长八尺，相应的梁到屋脊的高是三尺五寸，这是厅堂的规格，就是上分。楹柱有多高，规定相应的堂基是多少，以及椽子的长短等。例如，楹柱高十一尺，相应的阶基是四尺五寸高。直到斗拱、椽子等，都有一定的尺寸。这就是中分。台阶的级有陡、平、慢三等，皇宫中以抬的辇车为标准：抬着辇从下登上台阶，陡道是第一排抬辇的二人把手臂完全垂下来，最后一排二人把手臂向上举直；慢道是第一排二人用肘抬，最后一排二人用肩抬；平道是第一排二人把手臂垂下来，最后一排二人用肩抬。这就是下分。这部书有三卷。近年来土木工程技术更为严密、完善，旧的《木经》大多不用了，但还没有人写部新书，这也是优秀工匠的一项任务。

（五）高超三埽龙门法

庆历中，河决北都商胡，久之未塞，三司度支副使郭申锡亲住董作。凡塞河决，垂合，中间一埽，谓之"合龙门"，功全在此。是时屡塞不合。时合龙门埽长六十步。有水工高超者献议，以谓埽身太长，人力不能压，埽不至水底，故河流不断，而绳缆多绝。今当以六十步为三节，每节埽长二十步，中间以索连属之；先下第一节，待其至底，方压第二、第三。旧工争之，以为不可，云："二十步埽，不能断漏，徒用三节，所费当倍，而决不塞。"超谓之曰："第一节水信未断，然势必杀半。压第二节，止用半力，水纵未断，不过小漏耳。第三节乃平地施工，足以尽人力。处置三节既定，则上两节自为浊泥所淤，不烦人功。"申锡主前议，不听超说。是时贾魏公帅北门，独以超之言为然，阴遣数千人于下流收漉流埽。既定，而埽果流，而河决愈甚，申锡坐谪。卒用超计，商胡方定。

译文：

宋朝庆历年间（1048年），黄河在商胡决口，很久没有堵住，三司度支副使郭申锡亲自去监督施工。经常堵塞决口快要合口的时候，中间下一个埽，叫做"合龙门"，堵塞的关键全在这上面。当时多次堵塞不成功，那时合龙门用的埽长六十步（合三百尺）。工人高超建议说："埽太长了，人力压不到水底，所以水流没有断，而绳缆都断了。应该把埽分成三节，每节二十步，两节之间用缆索连起来。先下第一节，等到水底之后，再压第二节，最后压第三节。"一些墨守成规的人争论说这不行，他们说："二十步长的埽堵不了漏，白白用了三节，费用会加倍，也堵不了决口。"高超回答说："第一埽固然没有堵住水，但水势必然减半。到压第二埽时，只要用一半的力，即便水流还没有断，不过是小漏罢了。到压第三埽的时候，是平地施工，可以充分使用人力。等到第三节都处置好了之后，前两节自然被浊泥淤塞，不用多费人力。"郭申锡坚持旧办法，不采纳高超的建议。当时贾魏公在北门主管治水，认为高超说的有道理，便暗地派遣几千人到下流收集冲下去的埽。用旧办法堵口，埽果然被冲走了，河决口更厉害，郭申锡因此贬了官。后来还是采用了高超的建议，才把商胡决口堵住。

（1983 年 9 月于北京史家堡）

第十六章　王安石与科学文艺

本章要点：王安石的生平；王安石诗歌中的社会变革思想；王安石对农耕的重视；王安石的科学文艺思想。

十一世纪改革家，列宁赞语倾心夸。

敢反潮流"三不足"，赤胆忠心为中华。

起衰振废尔为先，理财整策治在前。

变法若能贯始终，中原何致没腥膻?!

一、王安石的生平

王安石（1021~1086 年），字介甫，号半山，今江西临川县人，北宋时代杰出的改革家，我国有名的文学艺术家。他出身于小官僚地主家庭，青年时期熟读诸子百家之书，熟悉天文、地理、医药卫生；熟悉《难经》《素问》《本草》以及诸小说，无所不涉猎，以至农夫女工，无所不问（《答曾子固书》）。在 20 岁以前，他跟随在南北各地当州县小官的父亲，广泛接触了当时社会的中下层，对人民生活中的痛苦有所了解。宋庆历二年（1042 年），他考中进士，当时 22 岁，开始登上政治舞台。从庆历七年至皇祐元年（1047~1049 年），他历任浙江勤县（今浙江宁波）知县、舒州通判、群牧判官等职务，政绩显著。他社会经历逐渐丰富，比较广泛地考察和认识了北宋社会中的各项问题。大家知道，王安石所处的北宋社会中期，是一个阶级矛盾与民族矛盾都十分复杂、尖锐的时期。那时封建大地主、大官僚、大商人疯狂地兼并土地，掠夺了占全国耕地面积约 2/3 以上的土地，阶级斗争日趋尖锐化。公元 1043 年先后发生了王伦为首的农民起义，京西有以张海、郭貌山为首的农民起义，可以说，暴乱频发。而在外患，北方契丹贵族建立的辽和西北部党项贵族建立的西夏朝，都不断侵扰北宋边境，掠夺人民，闾里为墟，使北宋王朝政治、经济情况日趋严重恶化。当时封建统治阶级提倡尊孔读经，提倡佛道，对辽夏少数民族采取妥协的态度。封建统治阶级有庞大腐败的军队，全国用来养兵的费用，竟达全部赋税收入的 78% 左右。庞大腐败的官僚机构，仅 1047 年单是皇籍授官的就达 1 000 多人，侈靡腐朽的皇室，日益加深了财政危机。在这种情况下，1057年，王安石在忍无可忍的情况下，愤然而起，向宋仁宗上长达万言的奏议，提出改革的主张，指出天下材力困穷、民俗衰坏，在于不知法度。他在文中坚决主张理财、征诛，夫虑之以谋，实行均输、青苗法。宋朝发布了青苗法，即较市价出粜，较市价贵籴，并借钱给农民，收成后加息十分之二还钱或还粮，每年随夏秋两次随两税还纳。他主张"因天下之力，以生天下之材"，提倡农田水利，鼓励各地开垦废田，建立堤防，修贴圩埠，以利农业生产；用青苗法与农田利害条约，互相为用，同时提倡改良农具，以利于农业生产的发展。特别是关于青苗法，他同司马光展开针锋相对的辩论。王安石在驳辩中最后说："臣论此事已十数万言，陛下尚不能无疑，天下还有何事可为?"因而称病不出理朝政，并奏请罢职。因顽固派的诬陷两度罢相，但神宗一度积极支持王安石的看法，从而使王安石取得第一回合斗争中的胜利。

1070年王安石以实任的宰相职务掌握政府大权，更加积极地推行农田水利、青苗、均输、保甲、免役、市易、保马、方田均税等新法，相继荐用曾布、章惇、吕嘉问、沈括等新人。自1070～1074年，陆续推行了一系列新法。由于免役法可以使民出钱雇役，政府增加一批收入；市易法可依照市场情况，向商人收购或出售大量货物；定方田均税条约，这些新条款的实行，在于剥夺大地主、大商人利益，以满足宋王朝的"国用"；在兵制上又进行改革，减兵并营，置将练兵；又实行保甲法，使地主安居，不要担心农民的反抗；此外，又进行科举的改革，整顿学校。在王安石变法期间，四方争修水利，仅1070年的后三年间，两浙共修水利达1980余处，溉田361000多公顷；仅两浙京畿各路兴田1500多处，在发展农业生产方面取得了显著的成绩。

熙宁七年（1074年）夏，王安石被守旧派司马光等迫逼罢相。熙宁八年，他再度担任宰相时，仍坚持实行新法，反动顽固派当然不能容忍，百般诋毁攻击。至熙宁九年（1076年）十月，在顽固派的彻底诋毁下，新法不得不彻底失败。这位旧中国"十一世纪时的改革家"（《列宁全集》第十卷《修改工人政党的土地纲领》注）怀着忧愤的情绪退居金陵，封荆国公，又叫王荆公，不久就去世了。

二、王安石诗歌中的社会变革思想

王安石是北宋时代的政论家、文学家。他写的论文、散文，富有科学性，逻辑严谨，说理深造，峭拔雄健，语言简练，如《答司马谏议书》《游褒禅山记》。他的诗，富有形象，长于说理，内容充分地表现了现实，并且富于战斗性。例如，他的名作《元日》（正月初一日），充分表现了他的变法革新思想，像爆竹一声除旧岁那样，在一定程度上起了打破死水一潭的局面，使积贫积弱的北宋社会，出现了一些新的景象。原诗为下：

爆竹声中一岁除，
春风送暖入屠苏。
千门万户曈曈日，
总把新桃换旧符。

在他看来，农历正月初一日是一年方尽的时候，春风把暖气吹入了屠苏酒；初升的太阳照着的千门万户，由黑暗进入光明的阳光普照。

按照古代的习俗，元旦那天总是要把用桃木板写上的新的"神荼""郁垒"两个神的名字悬挂在门旁，以为能够除恶镇邪，把旧符换成了新符。王安石利用这首诗，认为除旧布新是历史的必然性，所以变法终归是广大人民造福的思想和意志，是历史的必然规律。

王安石看定北宋王朝所奉行的"祖宗旧法"是造成旧官僚群丧师辱国、专门逼使人民生活沦于极度痛苦的真正原因，因此他在《评定试卷二首》中认定"汉家故事真当改，新咏知君胜弱翁"。就是说"祖宗旧业"必须改正。可以看出他的新咏比魏相进步得多了。

王安石因变法而引起保守派的百般诽谤，他们借咒骂商鞅变法之名，肆意向他攻击。王安石借《商鞅》一诗，给予了坚决的回击。他写道：

> 自古驱民在信诚，
> 一言为重百金轻。
> 今人未可非商鞅，
> 商鞅能令政必行。

王安石敢于称赞商鞅，他认为："今人未可非商鞅，商鞅能令政必行。"他认为对商鞅不可以非议！因为商鞅变法的政令得到推行。他在这里再次对顽固派的漫骂和攻击作了正面的回答和斗争。这种精神多么令人可敬、可爱！

王安石在《答曾子固书》中，提倡治学者要突破"百家诸子之书"，要对《难经》《素问》《本草》诸书无所不读；他把"据经泥古"的儒生斥为"庸人"，提倡泛览，除诸子百家的著述之外，还主张"农夫女工，无所不问"。这种注重社会实际、深入人民生活的精神，也是前所未见的革新和创造精神！

三、王安石对农耕的重视

王安石再三强调要发展农耕，他认为发展农业生产，才是扩大社会生产力、富裕国家财政的前提。正因为这样，王安石留下《和农具诗十五首》，还写了《田庐》《飏扇》《耧种》《樵斧》《耒耜》《钱镈》《耰耡》《褦襶》《台笠》《耕牛》《水车》《田漏》《耘鼓》《牧笛》《牛衣》。总之，他几乎把能够提高生产力的各农具皆入诗，这在我国农具生产史上也是别开生面的歌唱。且以《耕牛》一诗看诗人如何为耕牛而歌唱：

> 朝耕草茫茫，暮耕水潇潇。
> 朝耕及露下，暮耕连月出。
> 身无一毛利，主有千箱实。
> 睆彼天上星，空名岂余匹。

王安石在这里不但歌颂了"身无一毛利，主有千箱实"的耕牛，还要人们学习耕牛专门为他人谋利，宣扬了专门为人的高贵精神。

四、王安石的科学文艺思想

王安石认为："所谓文者，务为有补于世而已矣。"（《上人书》）他批判了当时颓靡的文风，把文学活动作为当世实行变法服务的途径之一。

王安石提出"天变不足畏，祖宗不足法，人言不足恤"，这实际上宣扬了朴素唯物主义战斗思想的天道观，同我国传统提倡的"畏命、畏大人、畏圣人之言"互相对立，正是值得人们推崇的。他的诗文具有自己的独特风恪，一扫西昆体的残余及其影响，对宋代诗词起了一定的影响。他的《桂枝香·金陵怀古》，有口皆碑。他写的《游褒禅山记》，其笔触不仅着力于水光山色的描写，而且着力于浓厚的社会感情的描写，富有深刻寓意，含意隽永，韵味无穷，能给人以艺术享受，还能给人以思考和教益；他用凝练的文字，表达深邃的寓意。

王安石名作《伤仲永》，寥寥千余字，十分概括地写出了仲永少年时代何等聪明有为，但由于没有得到应有的社会培养，因此，他即使是年青少壮之时何等聪明一世，而终不免长大成为无所作为的平凡的庸才。"卒之为众人，则其受于人者不至也"，这是十分科学的概括说明，天才是主要靠后天的培养得来的。这种思想是相当可贵的历史唯物论思想的一种反映。

王安石是善于在民间选拔人才的一个好宰相，如当时钱塘（今杭州）的沈括（1031～1095年）就是其中的一个。沈括博学多艺，"于天文、方志、律历、音乐、医药、卜算无所不通"，正如英国科学史家李约瑟先生所形容的，沈括是"中国科学史的里程碑"，"中国科学史中最卓越的人物"（见《中国科学史》第一卷）。他最早发现地磁偏角和海陆变迁，能根据化石分析世界气候变迁。日本数学家三上义久说："日本数学家没有一个比得上沈括的。"王安石在变法活动中十分重视沈括这样的人物，并作为骨干加以重用。这也说明王安石变法是针对时弊提出了一系列有科学论据的实际思想，因而是十分可贵的。也正因为这样，沈括十分拥戴王安石。

王安石的可贵之处在于，他坚定地相信科学思想，即"所见已定，绝不迁回"。他敢于同司马光等人"辩论辄数百言，众不能诎"。他是一个富有科学思想的理论家、文学家，一生写下《临川集》《周官新义》，又编《唐百家诗选》。他尤善诗，工书画，每有新意。如他所写的《明妃曲》：

> 明妃出嫁与胡儿，毡车百辆皆胡姬。
> 含情欲语独无处，传与琵琶心自知。
> 黄金捍拨春风手，弹着飞鸿劝胡酒。
> 汉宫侍女暗垂泪，沙上行人却回首。
> 汉恩自浅胡自深，人生乐在相知心。

　　可怜青冢已芜没，尚有哀弦留至今。

　　大家看，王安石对王昭君出嫁胡人发表了新意，它不像一般人所说的王昭君是欢天喜地嫁给胡人去和番，而是和着一把眼泪从琵琶声中唱出悲怨来的。

　　过去有些文人，把王安石叫做"拗相公"，这实际上是对王安石的一种诬蔑。王安石在守旧派对他的诬蔑中度过自己光辉的一生。古典小说《警世通言》所写的《拗相公饮恨半山堂》，正是一部这样的作品。但是，谎言与诬蔑完全不能使一个有真正见解、有理想的政治家改变自己原来从善如流的正直、执着的面貌。"拗相公"这三个字却也表现了王安石能坚持真理、相信科学的思想。他的变法进步思想及对科学真理的坚定性是值得千载称颂的。

　　王安石旧时被列为"唐宋八大家"之一。他的诗歌遒劲清新，风格高峻，带有一定科学思想性。他所著《字说》《钟山目录》等多半今已失传，这是我国文坛的极大损失。现有的《临川集》、《临川集拾遗》、《三经新义》中的《周官新义》残卷、《老子注》若干条，是王安石留下的很可贵的文学遗产，因为它包含有一定的科学内容，所以今天一定要认真地对它加以学习和研究。

第十七章 《王桢农书》与科学文艺

本章要点:《王桢农书》的内容及其科普图画。

元代农学家王桢,生卒年不祥,大约在元成宗元贞元年(1295年)任旌德县尹,凡六年,元成宗大德四年(1300年)在江西永丰县任县尹。他写的《王桢农书》是当时最重要的科学和科普著作。他任县尹时期,一直过着十分俭朴的生活,创办学校兼施医药,救济贫病穷苦之人,其行为被广大人民所称赞。同时,他鼓励农民从事生产活动,对兴修水利颇有研究。在他看来,地方官应当熟悉农业生产知识,细心观察。他的《王桢农书》大约写成于元皇庆二年(1313年),原书37卷,现存36卷。作者在书中指出,远在战国时代,我国的农业生产就已精耕细作;从战国时代到元朝,又经历了1 700多年,生产又有了很大提高,农业上有了很大的发展。

在统一中国的过程中,封建统治者逐渐看到,农业生产的发展有利于封建剥削。元世祖忽必烈在此过程之中,开始采取一些有利于农业生产的措施,设置放农官,并写了农书总结农业生产的经验。王桢是元朝鼓励下的一个农学家,也是对雕印技术有所创建的发明家。王桢时代已经采用了300多个木活字,他首印的书是他主编的《旌德县志》,全书印100部,一个月时间就印成。

《王桢农书》共有36卷,分为3个部分: (1)卷一至卷六,是《农桑通诀》;(2)卷七至卷二十六,是《农器图谱》;(3)卷二十七至卷三十六,是《百谷谱》。全书约有13.6万字。《农桑通诀》中指出许多问题,并阐明了问题与问题之间的相互关系。如《授时篇》,主要叙述了历法的制定和应用,对农业与历法的关系作了重要的阐述,并且告诫大家农业要重视季节性;又如《地利篇》,把各地气候与自然条件的特点加以阐明,因此要加以重视。书中《垦耕篇》《耙耢篇》《播种篇》《锄治篇》《粪壤篇》《灌溉篇》《收获篇》,专论作物的栽培过程中的各项问题。在《农器图谱》20卷中,绘了280多幅精美的图画,构成科普美术,如人字耙、方耙等,占全书的4/5;其中还有一些比较复杂的机械插图,比起唐代陆龟蒙的《耒耜经》更为精致。例如,一些农具图如图17-1所示。

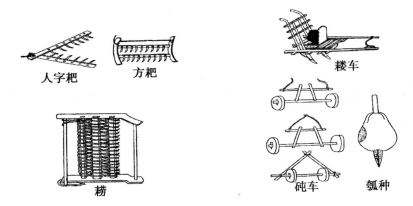

人字耙　　方耙　　耧车

耢　　砘车　　瓠种

图 17 - 1　《农器图谱》中展示的部分农具

　　总之，作者所写的《农桑通诀》，概述了农业生产的发展历史，记载了垦耕、播种、施肥、灌溉、收获、植树、饲养家禽和栽桑、养蚕等具体方法；《百谷谱》，分别介绍了各种谷物、蔬菜、瓜果、竹木、麻棉等作物的来源、性能和栽培方法；《农器图谱》，主要介绍了农业生产工具、农业器械以及绘制成的图，并附有简要文字说明。说明特定农业器械，介绍农业器械的构造、来源、演变和用法，这是全书最富有特色、最富有价值的部分。实际上，这些图画是我国古代科普图画的先驱，值得农业界和美术界人士广泛重视。《王桢农书》文字简洁生动，不愧是优秀的科学论文。

第十八章　李时珍与科学文艺

本章要点：李时珍的生平；医学经验的积累；对《本草》的修订；《本草纲目》的科学成就。

医史才名熟不黯，老少盛传李时珍。

治病救人心肠热，栉风沐雨走山林。

《本草纲目》传中外，总结医学冠古今。

为求名药不怕苦，虫沙猿鹤也堪怜。

李时珍，字东璧，号濒湖，明正德十三年（1518 年）生于湖北蕲州东门外瓦硝坝。父名言闻，字子郁，号月池，是湖北蕲州县名医，中过秀才，参加过乡试，著有《四诊发明》《痘疹证治》《人参传》《蕲艾传》等书。其祖父是个铃医，背着药箱，摇着串铃，成年累月地奔走在街巷、农村，给贫苦人民看病，有丰富的治疗经验。李时珍出世后不久，祖父就去世了。李时珍受过很好的家庭教育，世世代代都孝敬父母，友爱兄弟。他在少年时代就考上了秀才。他 20 岁时生过一场大病，是从咳嗽、感冒引起，拖了很久，变成骨蒸病，皮肤发热，每天吐痰很多，可能是肺病。他自己用柴胡、麦门冬、荆沥等清热、解毒、化痰的药来治，后来他父亲再用黄芩就治好了。

李时珍三次参加乡试，由于实行八股文考试的科举制度，他没有考取。这时，他下定决心学习我国传统医学。他经常足不出户，阅读面十分广泛；他从小就在父辈的耳濡目染中学习中医，到了二十三四岁就开始行医了。当时朱元璋的第八世孙朱厚焜特别喜爱他小老婆生的儿子，妄图废正妻所生的嫡子世袭权。其嫡子生了病，李时珍进"附子和气汤"。查《本草纲目》只有附子汤，没有"附子和气汤"，临床上也没有此处方，李时珍这里用的是谐音，"附子和气汤"即父子和气汤，其中寓有讽谏之意，朱厚焜很感动而醒悟过来。在湖北武昌世袭的楚王朱英㷿（朱元璋第八世孙）听见这件事，就推荐他担任王府祭礼，并主管王府的保健医疗机构的事情。因他救活暴病的世子，又被推荐到朝廷，授命他担任太医院主管。但他只一年便托病回家，周游各地，向四方搜罗，以全部精力来从事《本草纲目》一书的创作活动。

李时珍从实际出发，治好许多当时看来是稀奇古怪的疾病。如小孩爱吃生米，许多医生不可理解，经他仔细观察，用百部、使君子、鹤虱、槟榔等药，很快治好此病。李时珍当时能正确了解到寄生虫病的治疗方法，他还用香薷、麻黄、苍术等药治好妇女"风水病"，用蓖麻油和羊脂、麝香、鲛鲤甲等药治好偏风身痛、偏头痛等病。他在蕲州一带研究草药，成为名医。以后，他常到外地行医，并以很大精力反对方士们宣扬的神仙方术及其炼成的"仙丹"不死药，揭穿他们是骗人的鬼把戏。他揭穿了所谓吃"灵芝"可以当神仙的荒唐无稽之谈，说明了服水银、丹砂会中毒，但可以作为外用药物治皮肤病，此点也被写进《本草纲目》中了。

李时珍到了76岁时，留下"遗表"，他的次子、时任黄州府儒学增广生员李建元将此表献给天子。表中大略说道：做臣子的、少年时代体弱多病，长大了也愚笨，思维迟钝、不聪明，只是喜好读书，决心发奋、努力从事《本草纲目》的编写和研究；在纂述过程中，研究了各家的学说，费尽心力加以整理、订正。他细想到《本草纲目》一书，关系颇为重大，原书谬误之处很多，因而加以订正，历时30年功夫才完成。他指出古代有神农氏发明布种百谷的传说，尝过各种草药，区分气味良好或有毒的药物，另有黄帝的老师岐伯解剖经络的起点和终点，这以后才有《神农本草》三卷问世。

药物学家陶弘景，字通明，著有《神农本草经集注》，其中新增药物365种，大都是魏晋以来名医所用的药物，所以这些新增加的部分又名《名医别录》。唐高宗李治又命李勣重修，李勣本姓徐，因有功于唐，封英国公，赐姓李，因避李世民之讳，改名李勣。他奉唐高宗之命主持修《本草》，世称《英公本草》。唐代药物学家长史苏恭又名苏敬，曾与长孙无忌等人主持撰写《新秀本草》，共收药物850种，其中新增药物114种。北宋开国皇帝宋太祖赵匡胤又命医官刘翰等人，对唐代《本草》进行审修，书名叫《开宝重定本草》，简称《开宝本草》，共收药983种，这是经过刘翰校勘过的。仁宗赵桢时期（1023～1063年），再下诏命令医官掌禹锡、林亿等人，对《开宝本草》进行审订和补注。此书完成之后诏定为《嘉祐补注神农本草》，简称《嘉祐本草》，共收药1092种，新增药约100种。接着又有唐慎微，字审元，北宋著名医药学家，他在《嘉佑本草》和宋代苏颂《本草图经》的基础上，新增药物及药方，修成《经史证类备急本草》，简称《证类本草》，共收药物1746种（根据《明史》记载为1 558种），自是指为全书。

李时珍对旧医药书详细考订，发现其中有不少错误。有的草药药名应当分析而互相混同者，如葳蕤、萎蕤，即玉竹、女萎等药名，系毛茛料多年生草本植物，是一种解毒止痢的消肿药，而《证类本草》却把葳蕤和女萎错误地看成同一药物而合并为一条加以记载。李时珍认为有的药物应当加以合并，如南星、虎掌，这是同一种植物的不同名称。它的根圆而白，形如天上的老人星，故名天南星；它的叶子像老虎的爪子，故又名虎掌。它是一种祛风、止咳、化痰药，而《开宝本草》却把南星和虎掌误为两种药物。又如生姜、薯芋，前者是一种温中散寒药，后者是一种补气药，两者均可作蔬菜用，《政和本草》将这两种植物列在草部，《本草纲目》改入菜部；槟榔、龙眼是果部，列入木部是不对的。"八谷生民之天"，"八谷"指黍、稷、果、禾、麻、菽、麦等；其中菽、麻非谷类，但米饭很重要，民以食为天。黑豆、赤菽是黑大豆和赤小豆，是豆类中两个不同品种，而《神农本草经》把二者放在同一条，是不确切的。三菘就是白菜，即牛肚菘、紫菘、白菘，三种菘菜的实质与名称也不对。硝石、芒硝，有混注之处：硝石即火硝，主要成分是硝酸钾；芒硝又叫盐硝，主要成分为含水硫酸钠。诸家本草未弄清硝石与芒硝的区别，而乱加注释，是不恰当的。兰花为兰草，卷丹为百花，把卷丹看成百合不对，须知卷丹与百合系同一种属，而品种不同；外形颇为相似，但不易辨别，不辨别是错误的。北宋药物学家寇宗奭，著有《本草衍义》，书中有多处错误，他把兰花与兰草、卷丹与百合都混同起来。又如，有的人把黄精看做钩吻。黄精是百合科植物，无毒，是一种益精润肺的补药；钩吻系蔓生野葛，有大毒。两者外形有相似之处，但毕竟是两种不同的药物。旋花即山姜，把旋花与山姜混同起来不对。旋花即鼓子花，是一种多年生藤蔓植物，山姜即苍术，是一种多年生草本植物，不能混为一谈。《陶氏别录》就是梁代陶弘景的《名医别录》，也有差误。酸浆、苦胆都是桂金灯的别名，因其籽酸而苗苦，而得上述两个名称。北宋医官掌禹锡，他所主持编修的《嘉祐本草》既在草部收入了酸浆，又在菜部列入苦胆，所以李时珍说他不够审慎。天花粉和栝楼实是同一种植物的根和果实、是同一种植物两个不同部分。北宋苏颂的《本草图经》把天花粉和栝楼实绘成了两种图形，未必恰当。五倍子，楠虫窝也；楠虫即五倍子的蚜虫，它寄生于盐肤木上面，构成一种形似果实的虫子窝。《嘉祐本草》误认为它是果实，便将它收入木实部，也是不妥当的。大癫草，又叫四字草或四叶草，其叶四片相合，中折十字纹；形似荷叶而很小，有的本草书上却误认为是浮萍。像这一类的谬误，真是不胜枚举。

李时珍在新编的《本草纲目》上大胆地删改和编写，复者删、缺者补。如磨刀水、潦水、桑柴火、艾火、锁阳、山柰、土茯苓、番木鳖（马钱子，能消肿止痛）、金柑（金桔）、樟脑、蝎虎、狗蝇（双翅昆虫）、白蜡（白蜡树上所分泌的白色蜡质，止血镇痛药）、水蛇、狗宝（狗胃结石有平眸、熄风的药效），今方所用，而古方所无；三七、地罗（锦地罗，治山岚、瘴毒及疮毒）、九仙子（蔓生植物，治咽痛）、蜘蛛香（草本植物，其根入药，能辟瘟疫）、猪腰子（形似猪腰子植物，能治疮毒及箭伤）、勾金皮（植物，能治扁桃腺炎、牙齿及无名肿毒）之类，方物土苴（泥土耳芥，细小之物）不见载于稗官野史之中。旧药有1 518种，今增加374种；分16部、52卷，正名为纲，附释为目，次以集解，辩疑正误；详其出产、气味、主治，上自《三坟》《五典》等古代文献，下至稗官野史上的记载，凡是有关医药的，无不加以采纳。此书虽然名义上是医学著作，实际上概括了物类的规律和通理。

李时珍的《本草纲目》经过三次较大改动，花了整整27年时间，参考的书籍有800余本，直到他61岁时基本完成。他的二儿子李建元帮助他绘制了1 117幅药物插图，形象、正确地表现各种重要药物的复杂形态，便于人们认识和学习。全书有190万字，52卷中分到水、火、土、金、石、草、菜、谷、果、木、服器、虫、鳞、介、禽、兽、人等17部，每部分若干类，每类下列出该类所属药物。每种药物都分别标明产地、形态、采集方法，说明该药物的性味和功用，在"正误"栏中纠正"本草"书的错误；"附方"部分共载药方 11 096 个，许多药方很有实际价值。它总结了 16 世纪以前我国医药学的丰富经验，对祖国和世界医学和自然科学的发展作出了创造性的杰出贡献。在明代以前"本草"药书中一般以上、中、下三品作为分类法，李时珍则废止了这种分类法，而用植物、动物、矿物等不同种类为依据加以分类。例如，在植物分类之中的"草"类下，又分为 10 类，其中有芳草、毒草、蔓草、苔草、山草、湿草、水草、石草等类，使其更加符合科学，这是中药分类学上的一次大飞跃。《本草纲目》比起西方植物分类学的创始人林奈（1707～1778 年）在 1773 年才出版的《自然系统》中所提出的植物分类法要早 200 年左右，而且在内容方面也丰富得多；《本草纲目》中把动物分成虫、鳞、介、禽、兽、人等部，基本上是按照动物由低等向高等进化顺序加以排列，如把猿、猴等列入寓类，并指出它们是类似人类的高级动物，这同欧洲 19 世纪达尔文的进化论有类似之处。

李时珍的儿子李建元在《进本草纲目疏》中说：他父亲这部著作"虽命医书，实该（包括）物理"。因为李时珍实质上是把药物进行了化学分析。他指出在用水蒸药时，"天水"比"地水"好。在还没有应用蒸馏水的时代，李时珍就能断定用雨、露、雪、霜、冰、雹等"天水"来煎药的好处，这说明他在这方面颇具有科学的创造性。

《本草纲目》中增加了 300 多种新药物，并在实践中证明它们具有良好的效果。这也是该书的突出成就。

李时珍还十分重视外国传来的新药。他在《本草纲目》中加上"夷果"一门和其他"藩药"，这说明他对外国传来的医药并不排斥，而是采取十分欢迎的态度"拿来"。这也是难能可贵的。

《本草纲目》十分重视关于生物化学的研究，认为许多生物药都是经过生物变化才研制成功的。李时珍花了很多时间去研究豆腐、乳腐、豆豉、鱼鲊的制造及变化过程，提供了有关化学研究的资料，这也是值得注意的。

《本草纲目》批判地总结了历代本草学上的宝贵遗产。他的批判部分已由明清顾景星（1621～1687 年）所写的《李时珍传》中的前半部分进行阐述。

李时珍的《本草纲目》不仅在科学上达到很高的成就，就是在文学上也取得很高的成就。张慧剑著的《李时珍》一文认为，从《本草纲目》这部巨著中可以看出，李时珍既是个医学家，又是个文学家，他"书中解释禽鱼花果许多部分，摘下来就是一篇一篇美丽的散文"（《新观察》1954 年第 15 期）。他在《濒湖脉学》中说浮脉体状时写诗道：

浮脉惟从肉上行，如循榆荚似毛轻。
三秋得令知无恙，久病逢之却可惊。

他在《本草纲目》卷三《樱桃篇》中讲到樱桃食多而得热病时，引邵尧夫诗"爽口物多终作疾"，并引王维诗"饮食不须愁内热，大官还有蔗浆塞"，认为寒物同食犹可解其热。

明于承祖辑有《明仕杜诗》，其中载李时珍题《吴明卿自河南大参归里》律诗。诗中写道：

> 青锁名藩三十年，虫沙猿鹤总堪怜。
> 久孤兰杜山中待，谁遣文章海内传。
> 白雪诗歌千古调，清溪日醉五湖船。
> 鲈鱼味美秋风起，好约同游访洞天。

明刘雪湖《梅谱》卷下载李时珍绝句《题雪湖画梅》云：

> 雪湖点缀自神通，题品吟坛动巨公。
> 欲写花笺寄姚浙，画梅诗句冠江东。

从以上可以看出李时珍在文学、诗歌方面的成就。这里试举他所写的《本草纲目》第十三条《黄芩汤》为例，可见他的文字之简洁扼要之风。文中写道：

> 余年二十时，因感冒咳嗽既久，且犯戒，遂病骨蒸发热；肤如火燎，每日吐痰碗许。暑日烦渴，寝食既废，六脉浮洪。遍服柴胡、麦门冬、荆沥诸药，月余益剧，皆以为必死矣。先君偶思李杲治肺热如火燎，烦躁引饮而昼盛者，气分热也，宜一味黄芩汤，以泻肺经气分之火。遂按方用片芩一两，水二钟，煎一钟顿服。

李时珍在动物学史、植物学史、矿物学史都有一定的声望，在文学、史学上的成就也很高。《本草纲目》1606 年传入日本，后陆续被译成日本文、拉丁文、德文、法文、俄文等，在全世界很风行。他的另一部著作《濒湖脉学》，亦受各国重视。

（1985 年 4 月于北京史家堡）

第十九章　宋应星与科学文艺

　　本章要点：宋应星和他的《天工开物》；《天工开物·火药料》；《天工开物·火井》；《天工开物·纸》。

　　《天工开物》为统筹，敲膏吸髓哪曾休。

　　忍看绿林遍地起，官逼民反报冤仇。

　　　　　　　　——和宋应星《怜愚诗》之六步原韵

一、宋应星和他的《天工开物》

　　明代科技史家宋应星（1586～1665年），字长庚，江西奉新县人，出身于破落官僚地主家庭，是我国资本主义萌芽时期（约自明万历至清乾隆时期）杰出的科技史家。他于明崇祯七年（1634年）开始撰写《天工开物》。这是我国和世界科技史上的一部杰出的科学著作。它详细地记录了我国古代直到300多年前农业和手工业的生产技术状况，于崇祯十年（1637年）开始刊刻问世。宋应星对一切新鲜事物非常注意，治学十分勤恳，主张用"试验"和"试见"来对待各种问题；对于任何事物都想"闻见闻见"，进行实际研究，对于没有见过或未经过"试验"的，则采取保留或谨慎的态度。他的《天工开物》几乎完全出于独创和务实精神。例如，在《乃粒》中记述了他对植物的生长过程所作的细致观察，重视选择优良品种。作为科学家的宋应星在世界上第一次提出了物种发展、变异的思想。如果说在欧洲最早是由德国的卡·弗·沃尔弗在1759年对物种不变论进行了批判，那么宋应星则比他还要早100多年就提出了物种变异的观点。

　　宋应星的《天工开物》分上、中、下三部分，全书共十八卷，对我国农业、手工业生产、组织经验，作了详尽的描述。他把自然界看做是"天工"，是人类赖以生存的条件，同时大胆地指出，具有无穷智慧的人类是能够创造和开发各种物质资料的，他们是"开物"者。他既肯定世界物质性，又肯定人在改造大自然中的作用，人可以成为"神农"，可以在各方面取得极大的成就。在他看来，劳动人民很聪明，绝不能"诟詈"农夫和工人而盲目赞扬那些不学无术的人。

　　该书第一篇，《乃粒》，指出"神农氏""若存若亡"，其实"神农"到现在还存

148

在，那就是劳动人民。他说明人只有靠五谷才能生存，因此在农字前面加上个"神"是合理的。

他指出稻的品种繁多，有生产粳米的秈稻，有产糯米、用于酿酒的稻，有带黏性、晚熟的粳稻。他区别了各种水稻的形状和浸种时间，记载了各种水稻的培育法：早熟品种的水稻 70 天就能收获，最晚的要 200 多天才能收获。他还详细记载了稻田的施肥、土壤改良和田间管理等问题，总结了稻田可能遭到的各种灾害。他认为既要防止狂风把谷粒吹落，也要防止阴雨使谷粒霉烂。他告诫农业生产者要十分重视农田水利问题，要重视东汉灵帝（168～189 年）时由毕岚发明的水踏车，也要重视由伊尹发明和开始应用的桔槔（揭高），重视向深井提水的辘轳，重视栽种其他谷种，如麦、黍、稷、粱、粟、麻、菽（各种豆类如豌豆、小豆、扁豆、豇豆、虎斑豆、刀豆、大豆等）的种植方法。

第二篇，《乃服》，这是指"乃服衣裳"。其中记载了人类制作衣服的各种原料，如丝、棉、麻、皮、毛等。作者从帝王贵族华丽的服饰一直到平民的衣着，都作了详细论述。他对江浙一带养蚕的技术，诸如选择蚕种，保护蚕种应注意的事项，蚕的品种、类别、孵化、上蔟及整个生育期间的饲养方法，饲养过程中间应注意和防止的问题，蚕的食物（桑柘之叶）的处理，蚕进食方面的禁忌，蚕的各种疾病和治疗，蚕的结茧、取茧、择茧，怎样制造丝棉，怎样缫丝，即煮茧抽出生丝的方法，卷纬和摇纺的方法，牵经的工具，织锦的样稿，煮练的方法，怎样制造皇帝穿的龙袍以及用木棉制贫民衣着的方法，古代织机的构造，棉花种植的方法，麻类夏服的制造与麻的培植，苎麻如何漂白，如何把兽皮制成轻裘用以御寒，如何用粗毛毡成衣裳，如何育羊取毛等问题，也都作了详尽的记述。

第三篇，《彰施》，即关于染色问题。早在 3 000 年前，我国劳动人民就知道从某些植物中间可以提取天然染料，知道如何种植靛蓝和红花。书中介绍了如何借助明矾和青矾金属盐作为染料剂，从而使各种色素具有鲜明的颜色，这在今天看来纯属工艺问题。书中还详尽地记载了木红色、紫色、赭黄色、鹅黄色、金黄色、茶褐色、豆绿色、天青色、蛋青色、玄色、月牙色、象牙色、藕褐色等染料都是经过哪些过程才制造出来的。

第四篇，《粹精》，即关于谷物收获和加工的过程。其中介绍了杵臼、砻、水碓、磨芽等的构造、规格、工效及其制造和使用的方法，尤其是某些工具及其原理。例如其中"攻稻"一节，介绍了稻谷的加工；风车及南方的风扇车，水碓即水利带动的碓，碾是一种能把加工物轧碎或压平的石制工具。

第五篇，《作咸》，即如何制造食盐。作者认为制造食盐可以发展商品经济，有利于"通商惠民"。书中对于海盐、井盐的制造作了详尽的介绍，如怎样利用天然气煮盐。书中还指出，水的咸味是人类体力的源泉，大自然中到处可以采到盐，制盐方法繁多；山西省有白色透明的崖盐，亦可供食用。

第六篇，《甘嗜》，记述了培植甘蔗的技术、甘蔗的各种品种、制糖技术的原理，以及人工养蜂酿蜜的方法等。

第七篇，《陶埏》（音山），即陶器工匠如何把黏土烧成器皿。书中记载了明代宣德官窑如何烧成青花瓷精品的方法，指出当时王公贵族强拉民夫"舟运三千里"，把黏土运送京师，为官老爷们烧窑，迫得一些技工甚至蹈火入窑自杀。书中还介绍了当时造瓦、砖、罍瓮以及制造白瓷、青瓷和一些裂纹瓷的方法。

第八篇，《冶铸》，讲述了当时社会上常用的钟、锅、铜钱的铸造方法。其中有的是用实体模型铸造，有的无模型造；有的是以小引大，铸出大型产品。我国在史前时期铸造业就已相当发达，《左传》里记载禹造鼎和春秋时郜国造大鼎。书中详尽介绍了铸造万斤大钟以及如何铸造仙佛铜像的方法，当时拼模工艺精确度很高，还能制造洋炮和炮身只有一尺左右的短铳。

第九篇，《舟车》，主要讲我国古代交通运输。在公元 3 世纪，我国已有七桅船，比欧洲早 1 200 年；15 世纪郑和七次率领船队经过南洋群岛抵达非洲东岸，船队包括 62 艘大船，艘长 44 丈，宽 18 丈，共载 27 800 人。这次远航的壮举，比哥伦布发现美洲要早一世纪。作者用具体翔实的数据、式样，栩栩如生地描述了当时舟车的情况，特别是对漕船写得非常详尽。作者对于舟车工匠得不到社会应有的尊重感到异常不平，他针对《礼记·王制》所说的"奇技奇器疑众，杀"加以驳斥，认为只有"来往贸迁"才能构成世界。作者热情赞扬了那些凭借车船翻山渡海、沟通国内外贸易的人，赞扬那些长年在大海中航行、历万顷波涛的人；他歌颂历史上记载的车辆创始者奚仲，把他们称为"神人"。他盛赞我国古代各种各样的海船，如海鳅、江编、山棱、小艇、漕舫，记述了漕运船的大小、形状及造船所用的木料。作者特别赞扬福建、广东制造的海船，说这种海船的两旁种着树，用以挡住海浪的冲击；海船在船头船尾都装有罗盘以指示方向，腰舵形状同尾舵不同。作者还细致地介绍了从战国以来，在平地上行走的各种车辆以及与匈奴作战用的战车，指出元明时代运载重物的有四轮或二轮的骡车；承载量重的四轮大马车，有的用牵引骡马 10 匹或 12 匹，少的也有 8 匹。

第十篇，《锤锻》，其中记载了铁器、铜器、制造绣花针以至万钧铁锚的冶金工艺。制造时要用各种优良工具，所以钳锤、斤斧、锄、镈、锉刀、锥锯、刨、凿、锚、针的制造是必不可少的。

第十一篇，《燔石》，指烧制矿石。其中记载了石灰、煤炭、矾、硫黄和砒霜等物的制成法。中国是最早用煤的国家之一，到了明代，工业和民间用煤都很普遍。作者对煤的开采、分类及用途作了详尽的记述。他热情赞扬了一些矿工善于判断地下是否有煤，并对那些故弄玄虚的炼丹术士予以激烈批判。作者总结了石灰的广泛用途，谈到福建一带的人还烧蛎灰。作者特别强调要充分认识和考察事物。他分析了各种品种的煤炭，指出要区别南北不同的煤炭产地。书中对明矾石、明矾、青矾、红矾、黄矾、胆矾的性质一一作了区别和分析，指出硫黄的生产同烧矾石的关系。砒石即砷矿石，又叫信石，红、白砒石烧成砒霜，可以用来拌种、除田鼠害、制造火药和炼钢等。

第十二篇，《膏液》，指脂肪和植物油脂的生产和制造方法。其中介绍的压榨法、水代法等基本原理，至今仍在运用。油不仅可作食用，还可作运输车轴所需的润滑油；

胡麻籽、樟树籽、金樱籽、棉花籽、桐籽、柏籽、松菜籽等都可制油。

第十三篇，《杀青》，介绍了我国制造竹纸和皮纸棉袋的方法。我国西汉时已有麻纸，东汉时有用树皮和破布造的纸。汉蔡伦是造纸工艺中起过推动作用的一个重要的人，而造纸是我国古代人发明的。书中介绍了我国古代造纸的各种原料，以及制造竹纸、皮纸的方法。

第十四篇，《五金》，详尽介绍了明代对金、银、铜、铁、锡、汞、铅、锌等各种金属矿开采情况。早在春秋战国时期，我国已开始炼钢并炼出利剑、快刀。书中记载了当时炼金银之法、钢器和倭铅的生产炼制、铁的生产过程以及我国古代的炼钢法。书中指出，当时广西贺县产锡最多，有山锡、水锡两种，炼制时用烘炉；每炉入锡数百斤，堆叠木炭燃烧，要掺入少量的铅才能加速锡的熔化。

第十五篇，《佳兵》，就是如何制造出好兵器。作者批判了过分夸大兵器作用的错误观点，详细介绍了弓和箭的制造法，如怎样用柘蚕丝作弓弦、弓应怎样保管；分析了宋营兵器弩的特色，说它不适用冲锋陷阵——弩弦是用苎麻为骨，再缠上鹅翎，涂上黄蜡。作者还介绍了护身的盾牌及火药料，阐明在火攻中有毒火、神火、法火、烂火、喷火之分，西洋火器中有将军炮、佛朗机（葡萄牙人制的炮）、三眼铳、百子连珠炮以及一般的鸟铳等；至于万人敌，则是古代的一种炸药包的称谓。

第十六篇，《丹青》，指墨和其他染料的制法。书中介绍了墨和红朱的生产。历代文化之所以能流传，是由于文字记载，文房四宝（笔、墨、纸、砚）十分重要。墨是由松烟灰和胶结合成的。

第十七篇，《曲糵》，指酿酒用的酒母和丹曲（红曲）。我国从远古时代起就懂得用霉菌等微生物酵制酒，从制酒母开始掌握制曲技术；欧洲用淀粉发酵制造酒精，是由中国传去的。作者对酒的二重性作了深刻的阐明，一方面自古以来酒就能用作药物之用、能治病，而另一方面酗酒过度害人不浅。书中对酒曲、面曲、神曲、丹曲（红曲）的制作方法作了详尽的叙述，对研究我国发酵工业史以及现代发酵工业都具有重要的参考价值。

第十八篇，《珠玉》。作者在"贵五谷而贱金玉"思想指导下，把"珠玉"放在全书的后面；指出广西合浦、新疆和田的珍珠与玉石称雄，阐明珍珠生于蚌腹、宝石出自矿井。

明崇祯十年（1637年）《天工开物》出版了初刻本，1976年广东人民出版社出版了该书的新注释本。初刻本和新版本都附有原书珍贵的木刻插图123幅，画面生动，图文并茂。此书曾译成日、法、英等国文字。全书从《乃粒》开始，说明作者十分重视农业。正如徐光启的科学著作一样，宋应星的《天工开物》中也相当重视商品经济和手工业的发展，重视经济作物如棉花、甘蔗、油料、染料作物的种植，重视冶金和金属加工业以及陶瓷等工艺品的生产，并特别重视交通运输业的发展，这说明他并没有重农抑商。他在《天工开物》之外，还写了《论气》《思怜诗》《野议》和《谈天》等篇章，说明他对物理学等自然科学领域也有过探索。

宋应星生前生活很贫困，正如他在《天工开物·序》中所形容："伤哉贫也！欲购奇考证，而乏洛下之资；欲招致同人，商略赝真，而缺陈思之馆。"就是说，他在写这部重要科学史著作时，既没有钱来买点奇书来作为参考印证，也没有钱来邀约对这方面有研究的人来共同商讨研究，鉴别真伪。他带着愤懑之情写道，"此书于功名进取，毫不相关也"（同上引），因为明代科举制度中考的是八股文。但是他对于后代研究我国科技史的人说来，却是非常有价值的。从这部书可以看到我国 17 世纪经济发展状况，如手工艺品的成就、明末工场手工业分工的状况、国内市场贸易状况、中外交通关系以及农民、手工业工人怎样受尽剥削、压迫，以致引发全国性的农民起义。宋应星生前还著有《思怜诗》，包括《思美诗》十首、《怜愚诗》四十二首，其中充满愤世嫉俗、忧国忧民的思想感情。当然，作为我国 17 世纪的科学家，宋应星思想还不可避免地存在一定的局限性：他的自然观没有完全摆脱唯心主义的范围，书中也带有一定的迷信色彩，如说珍珠有龙神守护；在生产技术的论述中也有不够正确的地方，如说江南麦花夜发、江北则昼发等；他一方面承认官逼民反，另一方面在晚年又曾参加镇压李肃十为首的农民起义。因此，在充分肯定《天工开物》这部科学名著的时候，也要用批判的眼光来阅读。

《天工开物》是我国手工业时代农业和工业技术方面优秀的科学和科普作品，对我国手工业时代的工业成就作了很好的总结。这部书就是放在全世界浩如烟海的科学、科普著作之林中，也有自己应有的位置。今天，我国正向"四化"大进军，我们一定要认真总结和学习我国科技遗产，《天工开物》是其中不可忽视的一部优秀作品。

二、宋应星的《天工开物》选译

（一）火药料

凡火药以硝石、硫黄为主，草木灰为辅。硝性至阴，硫性至阳，阴阳两神物相遇于无隙可容之中。其出也，人物膺之，魂散惊而魄齑粉。凡硝性主直，直击者硝九而硫一；硫性主横，爆击者硝七而硫三。其佐使之灰，则青杨、枯杉、桦根、箬叶、蜀葵、毛竹根、茄秸之类，烧使存性，而其中箬叶为最燥也。

凡火攻有毒火、神火、法火、烂火、喷火。毒火，以砒、硇砂为君，金汁、银锈、人粪和制；神火，以朱砂、雄黄、雌黄为君；烂火，以硼砂、磁末、牙皂、秦椒配合；飞火，以朱砂、石黄、轻粉、草乌、巴豆配合；劫营火，则用桐油、松香。此其大略。其狼粪烟，昼黑夜红，迎风直上，与江豚灰能逆风而炽，皆须试见而后详之。

译文：

火药以硝石、硫黄为主要成分，草木灰是辅助剂。硝石阴性最强，硫黄阳性最强，阴阳两种物质在没有一点孔隙的地方相碰激，爆炸起来，不论是人是物，都要魂飞魄散，粉身碎骨。硝石的纵向爆炸力大，所以用于射击的火药成分是九分硝加一分硫；硫黄的横向爆炸力大，因而用于爆破的火药成分是七分硝拌三分硫。作为辅助剂的炭粉，可以用青杨、枯杉、桦树根、箬竹叶、蜀葵杆、毛竹根、茄秆等，烧制成炭灰最为燥烈。

打仗采用的火攻，有毒火、神火、法火、烂火、喷火。毒火，以白砒、硇砂为主，再用金汁、银锈、人粪混和配制；神火，以朱砂、雄黄、雌黄为主；烂火，用硼砂、瓷屑、牙皂、花椒等物配合；飞火，加上朱砂、石黄、轻粉、草乌、巴豆等物拌制；劫营火，拌上桐油、松香。这些只是粗略的陈述。至于用狼粪烧的浓烟，白天黑晚上红，能迎风直上，加入江豚灰还能逆风燃烧，这些传闻都要先经过试验或亲眼见到才能作出详细的说明。

（二）火井

西川有火井，事甚奇。其井居然冷水，绝无火气。但以长竹剖开去节，合缝漆布，一头插入井底，其上曲接；以口紧对釜脐，注卤水釜中，只见火意烘烘，水即滚沸。启竹而视之，绝无半点焦炎意。未见火形而用火神，此世间大奇事也！

译文：

四川西部有一种火井，其事情非常奇特。那井里居然是一潭冷水，一点热气也没有。但是用长竹竿剖开，铲除竹节，用漆布把竹管的缝隙包密合，下头插入井底，上头接上曲管；将管口紧贴着锅底，在锅中灌上盐水，便只见火气烘烘，盐水随即翻滚沸腾。打开竹管检查，完全没有半点烧焦的样子。不见火光，却能使用火力，这是世上极为奇怪的事情。

（三）纸

物象精华，乾坤微妙，古传今而华达夷，使后起含生，目授而心识之，承载者以何物哉？君与民通，师将弟命，凭借呫呫口语，其与几何？持寸符，握半卷，终事诠旨，风行而冰释焉。覆载之间之藉有楮先生也，圣顽咸嘉赖之矣。

译文：

事物的精华，宇宙的奥妙，从古代到现代，从中原到边疆，使后来人能够一目了然，那是用什么东西记载的呢？君王与百姓沟通意见，老师给学生传授课业，如果只是单凭口头说话，那能解决多少问题呢？但是要有一份文书或半册课本，对有关的意图和辞义阐释清楚，就不但能命令传遍天下，学生的疑难也可以像冰雪般融化消释了。自从世界上有了纸以后，不论聪明与愚蠢的人都靠它受益不浅。

（1982 年 11 月 1 日于山东大学）

第二十章 徐光启与科学文艺

本章要点：改进旧式纺纱机与天文仪器，研究历法；四十七岁开始写《农政全书》并在天津建营田，改变运粮局面，到西北等地考察实际情况，整理"泰西水法"；晚年兼管军务。

杰出的科学家竺可桢写道："徐氏接触西洋科学虽从数学、天文入手，但其毕生用力最勤、搜集最广者却在农业水利方面，其影响于明以后的学术发展亦以农业方面最为广泛。……徐光启为近代科学先驱，他也是可以当之而无愧的。"《中国科学先驱徐光启》❶ 是一部写得很精粹的"科学家的故事。"

徐光启（1562～1633年），字子先，号玄扈，生于上海市西南角法华汇，因徐光启诞生在这地方，故称徐家汇。他父亲徐思诚原来经商，因被窃，小本经营破产，故领全家务农，种水稻、棉花、蔬菜；祖母和母亲在家纺纱织布，送他上学校念书。他从小就谨记"珍惜时光，努力学习"，每天躲在书房读书写字。他业余则帮着把棉花顶芯摘掉了——当时棉花已长两尺高，如果再往上长就不结棉桃，这是他从老农民那边学来的——使棉花得到大丰收。

徐光启在考童生时买了《陈旉农书》《农桑辑要》《王祯农书》等一批农书。其中，《氾胜之书》是我国现存最早的农书，《四民月令》是东汉崔寔于158～166年写成的一本农家月令书，《齐民要术》是由北魏贾思勰写的一部大农书，《陈旉农书》是谈南方农业的农书，《农桑辑要》是元孟祺等人写的记述农作物栽培和家畜、家禽、鱼蚕、蜂饲养的书。徐光启在客店把它们通读完毕。放榜时他考取了秀才，从此成为县学生，并到县学教书。他十分关心农民生活，青年时代访问了织布的祖师黄道婆之祠；她的塑像身躯粗壮，前额皱纹道道，头扎花布棉花巾，形象朴实、慈祥、坚毅，使人感觉亲切。黄道婆，南宋末年人，白天种田，晚上织布。她流落在海南岛南端崖州黎族区住了30多年，创造出一套杠、弹、纺织生产工具，并成为棉纺织生产能手；后来回到阔别多年的乌泥泾来，使织布效率大大提高。后来，她的事迹在徐光启所著的《农政全书》上有了生动的记载。徐光启在龙华镇还攀登了龙华塔。接着，他到安徽当涂县参加了乡

---

❶ 林铎：《中国科学先驱徐光启》，云南人民出版社1982年版。

试、考举人，落选以后到赵凤宇那里当家庭教师。他坐长江船南下，船过九江经鄱阳湖，抵赣州登岸；翻越大庾岭，到广州韶州（今韶关）。他去见意大利人郭居静神父，看到他们家陈列着东西两半球的《万国全图》。徐光启在这里第一次听到科学家伽利略发明天文望远镜，知道欧洲有位叫欧几里得的人著数学书籍《几何原本》。这次访问对徐光启科学活动有很大影响。

1588 年 8 月，他赶到北京参加举人考试。当时的主考官焦竑主张振兴科学，注重实学，重视培养真才实学的人才，徐光启被他看上了，并取了第一名。

徐光启在上海还遇见董其昌，得知著名科学家、意大利人利玛窦神父（1552～1610 年）住在南京。他当即连夜整理行李前往南京天主教堂，找到主教利玛窦。利玛窦生于意大利中部马契拉塔城，父为药商，对天文学、医学颇有深造。他远涉印度来到中国传教，学会华语，身穿中国服，广交中国朋友，并成为卓越的汉学家。他沿长江来到南京。徐光启见到他时，他已在中国有 19 个年头。徐光启很快就拜利玛窦为师，并加入了天主教，接受宗教洗礼。他后来移居北京，住在宣武门一带，建立宣武门天主教堂。徐光启在北京中进士后，常同利玛窦促膝谈心，由利玛窦传授他数学知识。他认定数学是发展科学技术的基础，于是向利玛窦提出翻译《几何原本》。

他煞费苦心地译成"几何"两字。用几何称呼中国的形学，不但与西洋音相近，而且意切。"妙哉、妙哉！"利玛窦口若悬河、滔滔不绝地赞叹着这两字译得好！徐光启几乎天天赶译，直到春末才译完一至六卷。他把原稿的文字词句连续修饰三遍。这六卷书第一卷为三角形，第二卷线，第三卷图，第四卷内接与外接形，第五卷关于比例的理论，第六卷比例应用。卷首写："泰西利玛窦口译，吴淞徐光启笔授。"这六卷书出版后影响很大，给徐光启以莫大鼓舞。接着，他又和熊三拔（意大利人）合译《测量法义》《测量异同》《勾股义》和《泰西水法》等西洋科学著作。从"几何"到"平行线""三角形""对角""直角""钝角"等词汇，至今沿用徐光启的译语。

徐光启把菲律宾的甘薯从福建长乐移植到上海县城西门外，虽然几经挫折，但终于获得成功；在上海、松江、嘉定一带，农民竞相栽种。他总结"甘薯十三胜"：（1）一亩可以收获数十石；（2）色白味甜；（3）营养价值高；（4）繁殖快，今年一发藤，明年可种数百亩；（5）枝叶趴在地上，每年生根，风雨不损害；（6）可以代替粮食，当主食吃，能救灾荒；（7）可以当果实，作祭品或宴会用；（8）可以酿酒；（9）晒干或风干后可以吃、用；（10）生熟都可以吃；（11）用地少而得利多；（12）春夏下种，秋冬收获，杂草无法从中生，不用耕锄；（13）根扎很深，即使叶苗被虫吃光，也能生长。徐光启写成通俗科普读物《甘薯疏》，用以广泛赠送亲友。有人认为北方不宜种甘薯，他通过一系列事实证明日常吃的菠菜、莴苣、姜、藕都可以移植我国北方，也可以移种番茄、马铃薯、南瓜、辣椒、东南亚传来的棉花、国外传来的葡萄。徐光启进京时还写了一篇《除蝗疏》呈崇祯皇帝，建议由他发动农民在冬季掘蝗卵，再由朝庭迁调粮食换蝗卵，以根除飞蝗祸患。

《农政全书》是徐光启晚年写的一部伟大著作。当时，他一面在天津一带从事农事实验，一面在休养中从事写作。在他看来，农业是"众民农食的来源，国家富强之根本"。他在《农政全书》中把从前写的有关著作全收在内，编成了大型农书。该书比贾思勰的《齐民要术》大7倍，比《王祯农书》大6倍，侧重于讲农政，提出保证农业生产措施、用地制度、开垦荒地、兴修水利、除灭蝗虫、救济灾荒……他特地请来老农阿旺来天津，向他请教。徐光启总结了"种棉十四字诀"，供人参考。他在家6年进行各种调查研究，从事《农政全书》写作，到熹宗天启七年（1627年）才告一段落。全书约70万字，共有60卷，分为十二大门类，那就是：

> 一，农本：写历代农业生产状况及有关农业政策的汇编；
>
> 二，田制：包括农田制度及其他农作制度；
>
> 三，农事：包括耕作、农业营治、开垦、授时和占候；
>
> 四，水利：包括水利工程、农田水利和泰西水法；
>
> 五，农器：包括各种农业生产和农产品加工器具图例和说明；
>
> 六，树艺：包括各种谷物、蔬菜、瓜果的栽培；
>
> 七，蚕桑：包括养蚕、栽桑和织纴；
>
> 八，蚕桑广类：包括种棉、麻、葛、竹木和其他纺织纤维；
>
> 九，种植：叙述经济作物和药用植物的栽培；
>
> 十，牧养：包括家禽、家畜的饲养和养鱼、养蜜蜂；
>
> 十一，制造：以酿造为主，并包括建造房屋和家用工艺等；
>
> 十二，荒政：包括备荒、救荒、本草和野草谱等。

《农政全书》是我国农业生产的总汇，是一部农业百科全书，其中大量辑录了当时的文献。他和汉朝的氾胜之、北魏的贾思勰和元朝的王祯，并称为我国农业史上的"四大农学家"。

《农政全书》是用科学文艺体裁写的。单是拿《荒政》这章来说，就引用了《谷梁传》、《荀子》、《管子》、陆贽、范缜、苏轼、程颐、吕祖谦、王祯、焦竑、辛弃疾等人的有关言论。又如，草部、叶可食的野生姜、刺蓟菜、大蓟、山苋菜、欸冬花、篇蓄、大蓝、石竹子、红花菜、萱草花、车轮菜、白水荭苗、黄耆、葳灵仙、马兜铃、旋复花、防风、郁臭苗、泽漆、酸浆草、蛇床子、茴香、夏枯草、柴胡、漏卢、龙胆草、鼠菊、前胡、地木耳、川芎等数百种野菜，叙述文字十分简洁、形象，并附有很精美的绘画。《农政全书》记载有159种栽培植物，这是我国数千年来衣食住行的来源，包括今日农、园、林植物的大部分。作者在整订学名上，作出了很大贡献；对各种农作物栽培的历史，作了极为详尽的考据；关于栽培方法，广征群籍，摘取其中的精华，如对南海之"楮"的介绍。徐光启十分重视多种农业植物与土壤的关系，重视农业政策、开垦荒地、兴修水利、灭除蝗虫、赈济灾荒，推广新农具、新作物，推广良种；重视古代农业知识，重视各种谷物、蔬菜、果树、桑、棉、麻，介绍荒年可食的野菜等作物的栽培方法。全书由他三个孙子协助抄写，还找老农前来实地核对。他善于总结农业经验。例如，他认为种棉不熟的四个原因：秕——种不实、密——苗不孤、瘠——粪不多、芜——锄不勤。

为了保卫祖国，他晚年关心军事学，但由于当时朝政腐败透顶，他不得已于天启元年（1612 年）离开军队到天津种实验田。他在练兵实践中留下《徐氏庖言》《兵事或问》《选练条格》等几部军事著作。后金兵攻破沈阳、辽阳后，年已老迈的徐光启又被召回朝廷。可惜他的筹划都不能付诸实现，后又获准"冠带闲住"。但在后金兵紧急攻城时，他再度出任军事，订立"守城条议"，击退后金进攻。同时，把架在城墙上的大炮连同火镜同时发射，把后金兵杀得血肉横飞，一时不敢再犯北京城，撤出山海关外去了。就在风烛残年之时，他奏疏改历，后来决定编纂《崇祯历书》。

附：我国明末杰出的科学家、科普工作的先驱——徐光启

我国明末杰出的自然科学家、科学普及工作的先驱徐光启（1562～1633 年），字子先，号玄扈、文定，上海县人。他去世到如今已 350 周年了。徐光启作为生活在中国资本主义萌芽时期的一位科学启蒙人物，他的生活和思想不可避免地要带着他所生活于其中的时代的烙印。他一方面接受了欧洲"科学复兴"（马克思用语，即"文艺复兴"）以来先进的科学思想，另一方面又同外国传教士利玛窦等所宣传的天主教有过千丝万缕的思想联系，是个虔诚的天主教徒；一方面他非常关心民瘼，特别是由于他出身穷苦，处处为劳动人民生计着想，而另一方面他的晚年毕竟还是个士大夫和政府官僚，同劳动人民之间存在一定的距离。有些西方人士准备在 1983 年从天主教徒这一方面来纪念徐光启，这是很错误的，因为徐光启充其量不过是个普通的天主教徒。他一生所致力的不是宗教事业，也没有把全部理想寄托于死后上天堂之类的幻想，他一生中占主要地位的是传播和普及西方"科学复兴"之后蓬勃发展起来的各种基础和应用科学。我以为，把徐光启当做我国明末科学技术史上成绩辉煌的科学家与科普活动家，是不过分的。

西方传教士利玛窦于 1582 年年末来到中国，到今年恰好 400 年。利玛窦对于西方数理、天文、水利、测绘等方面很精通，他于 1601 年（明万历三十八年年末）进京朝拜神宗皇帝朱翊钧。徐光启于 1600 年在南京就认识利玛窦了。他在 1603 年在南京罗如望处受洗加入天主教，开始撰写《量算河工及测验地势法》；他赴京中进士后，又随利玛窦学习天文、数学、测量、水利等科学知识。经过再三考虑，他决定最先翻译和介绍欧洲数学著作，即欧几里得的《几何原本》；由利玛窦口述，他来记录整理。几何学对徐光启说来，是一门崭新的学问，要想把它准确地翻译成中文，不是很容易的事情。古代埃及由于兴建尼罗河水利工程，通过不断测地工作的实践，逐渐发展出几何学。公元前 300 年左右，古希腊数学家欧几里得把前人生

产实践中长期积累的几何学知识加以整理，总结为演绎体系，写成《几何原本》。我国沿用至今的"几何"这个名词，就是徐光启通过音译和意译结合译出的。

徐光启从44岁起就下决心改革旧工具、改进旧式纺纱机，后来又与熊三拔试制天文仪器多种。在结识利玛窦等外国传教士之后，还同他们合作翻译有关测量、水利方面的著作。有关地圆学说和经纬度观念，也都是徐光启译书在中国传播之后开始普及的。徐光启对于欧洲历法作了非常深刻的研究。1629年（明崇祯二年）5月5日发生一次日食，钦天监的预报很不准确，但徐光启用西法细心推算，结果同实际非常接近。此后朝廷成立了西法历局，由徐光启主持历法的修订工作。他在研究中国古代历法的基础上，吸收了西洋历法的长处，引进了欧洲的时钟和望远镜，并设法仿造。他对天象进行了极其精密的观测，绘制成《全天球恒星图》。他在普及推广从欧洲到中国的几何学、测绘学、水利学、天文学、历法学等方面，是极富有功绩的。

徐光启少时随其父在家务农，种棉花；47岁（1608年）时，因父亲去世，在家守丧。他当时虽已身为翰林，但仍自福建引来甘薯种植"实验田"。他在农业科学普及方面作出了很大贡献。他于晚年写成的《农政全书》，是一部十分优秀的农业著作，完全比得上贾思勰的《齐民要求》和王桢的《农书》，甚至超过他们的水平。这是一部"中国古代的农业百科全书"，书中介绍的种植作物共有159种之多，其中主要有旋花科的甘薯、十字花科的芜菁、棉葵科的木棉、木樨科的女贞树、大戟科的乌白树、禾本科的竹树以及甘蔗等。他把具有耐寒、耐瘠、耐风雨、抗病虫害的粮食引到上海县一带，后来又移植到北方。比如甘薯，现在是我国南北方常见的农作物，但在300多年以前，却是刚刚从菲律宾一带传进，只在福建、广东一带种植，徐光启是把甘薯从南方移植到上海、苏北以至北方的第一人。他高兴地看到原来适于生长在南国的甘薯，也可以在上海一带安家落户，而且"生且藩，略无异彼土"（徐光启：《甘薯疏·序》）。他主张把浚河掘起的泥土拿来种甘薯，并主张在棉花地间种甘薯，这样可以抗拒秋收前的台风灾害。在棉花种植上，他承袭了《农桑辑要》和《东鲁王氏农书》的正确意见，指出要坚持反秕，即要优良的种子；反密，即要反对播种得太密；反瘠，即反对施肥不足；反芜，即反对锄地不勤。

徐光启对大自然作过相当精密的探索。他认为为了国泰民安，应提倡栽培经济作物，以收"利用厚生"之效。他主张种植冬青树（女贞树），以寄生白蜡虫；种乌白树，以用作造纸原料和从中取得白油，用来点灯；他还提倡种竹，认为在北方也可以种竹。

徐光启在京做官期间，曾经四次告休；在天津"营田事"，亲尝草木之味，勤于访问，同时编著《农政全书》。他对于前人经验不盲从，即使对于像贾思勰的《齐民要求》、王桢的《农书》，同样也是用严格的科学批判、分析的态度加以实验和考证。尽管有人讥笑他"迂"，说他"固执"，当了大官还要干起"泥腿子"的事情，但笑骂由人，他仍然坚持通过科学实验来检验农业科学真理。

我国的北方在很长一个时期内都是政治中心，不重视农业的发展，所以历年总要南粮北调；秦代以来开挖的运河，其主要目的之一，就是把南方的粮食经由运河运往北方，漕运船只多至数万艘，漕运军兵达十几万名。针对上述历史状况，徐光启在《农政全书》中大声疾呼，必须根本改变这种局面，必须发展北方的农业生产，决不能把粮赋的重担全部压在南方地区人民的头上。为了根本改变南粮北运的局面，他主张在京津一带和西北秦川平原大力发展农垦事业，提出要像古代管仲、商鞅、晁错、曹操、王安石那样，在北方奖励农垦，重视兴修水利；他指出特别是在北方水道较少、"水者，生谷之借也"的条件下，要密切注意寻找水源，甚至要在高原地区打井。他曾亲入现场，到西北考察水利工作，写了《西北水利》等与生产实际相关的文章。这在当时看来，是极有意义的事情。

我国土地十分辽阔，每年总是有些地区受灾害。针对上述情况，徐光启提出要有抗御灾害的充分准备，要把农业生产搞好，要随时准备抗灾救荒。他在《农政全书》中特地写了《荒政》一章，共18篇，约25万字，几乎占全书1/3的篇幅。他总结了我国古代思想家、经济学家如荀子、管子、晁错等人的各种备荒救荒主张，阐明国家政治领导要有备无患，主张"人定胜天"。

徐光启写《农政全书》时已63岁了，经过4年不懈的努力，才写成初稿。全书共分60卷，50多万字，计有农本、田制、农事、水利、农器、树艺、蚕桑、蚕桑广类、种植、牧羊、制造、荒政等十二章。他总结了我国历代的农业文献并适当补充当时农业方面的文献资料，批判地吸收了他亲手整理和翻译过的《泰西水法》等资料，使其"洋为中用"；他详尽地记载了当时各地农民的生产斗争经验，不耻下问，拜老农为师，记述他们的成就；同时，也记载和阐发了应当如何同各种灾害（如蝗虫）进行斗争。他坚决反对用迷信的眼光看待灾害，并用具体事实说明蝗虫是怎样繁殖、生长起来的。他认为消除蝗灾首先要消灭虫卵，这是很有见地的。他是中国对蝗虫生态作过专门研究的第一位昆虫学家，也是我国历史上记述蝗虫生活史的第一个人。他认为不但要灭蝗，而且蝗虫可以吃，或者晒干了吃，并提倡人们组织起来捉蝗换粮。

值得注意的是，尽管徐光启十分重视农业，但他并不主张重农"抑商"或"轻商"。他以相当深远的眼光看到"抑商"就会阻碍经济的发展，就会阻挡历史前进的脚步。这反映出中国资本主义萌芽时期我国新兴资产阶级的要求，是与我国历代统治者的重农轻商的政策唱反调的。这正说明徐光启颇有眼力，他所提出的主张也符合时代的新要求。

徐光启曾在相当长的一段时间居家著书，但到崇祯皇帝即位以后他又回到北京。在这期间，他同我国著名数学家李之藻以及意大利人龙华民、瑞士人邓玉函等一起翻译欧洲天文学和测算方法的书籍。他所制的"万国经纬地球仪"是中国最早的地球仪，他还挑选一些能写会算的青年学生参加修历工作并学习天文知识。

徐光启从少年时代（12岁）起就好读兵书，对兵法和兵器曾有深入的研究。清兵入关之前，他把传教士意大利人罗雅各、德国人汤若望从河南、陕西请到北京来协助制造火器；他还请汤若望讲解西洋火器的制造和使用方法，并派人记录，编成《火攻挈要》一书，作为制造和使用火器的指南。在他担任监察御史管理练兵事务时期（1619年），亲自操练士兵抗敌御侮。可惜他的志愿无法实现，不久又被免官，调回礼部任左侍郎（1629年），继续于历局做天文历法方面的工作。在他倡议下，我国开始制造天文仪器望远镜等十种，并在龙华民、邓玉函、罗雅各、汤若望等人的协助之下，编成了《历数总目》（由于受到天主教保守思想的影响，《历书》没有采用哥白尼的"日心说"，仍然采用日绕地球旧说。这是天主教徒徐光启的保守和带有局限性的一面）。他把几何、三角应用在天文学的计算之中，开始使用天文仪器；同时，精心培育青年的一代如朱光灿等人，循循善诱地教导学生利用望远镜看太阳而不至于使眼睛受伤，并精确地观测了日食。

他在1630年任礼部尚书，1632年兼东阁大学士入内阁办事，相当于宰相的职务；虽然几次辞职，都未曾得到许可。他在垂暮之年，仍然对自然科学尤其是天文学饶有兴趣，后来因登观象台观测跌伤而一病不起，卧于床榻。

徐光启72岁时去世，其子骥赴京奔丧，扶柩南旋，埋葬在上海徐家汇南丹公园内。此后10年光景，明朝也灭亡了！

1639年由陈子龙整理，把徐光启的《农政全书》刻印出版。其他著作也陆续出版问世。

徐光启不愧是我国自然科学及科学普及工作的先驱。他一生"考古证今，广咨博讯"（徐骥文语），在农业、水利、数学、天文、练兵、制炮等方面都做过出色成绩，把科学传授、播撒到民间去；他虚心接受西欧自然科学文化遗产，使其在我国生根发芽；他循循善诱，培育了许多青年从事科学工作。在他的一生中，梦寐以求地努力使中国科学技术能赶上先进国家。他一生的著译主要有《几何原本》6卷（按：原书15卷，徐光启生前仅译出6卷；入清后，数学家、天文学家李善兰续译后9卷，于1865年合刻成书）、《测量法义》1卷、《勾股义》1卷、《测量异同》1卷、《泰西水法》6卷、《崇祯历书》137卷（由他主编，集体写作）、《治历缘起》12卷、《学历小辩》1卷、《西洋新法历书》若干种（包括《割圆勾股八线表》《五纬诸表》《古今交食考》《恒星出没表》等）、《历引》1卷、《浑天仪说》5卷、《筹算》1卷、《历法西传》1卷、《徐氏庖言》1卷、《徐文定公奏疏》3册（藏北京图书馆）、《农政全书》60卷（1979年上海古籍出版社校注本）、《甘薯疏》1卷、《芜菁疏》1卷、《农遗杂疏》5卷、《徐文定公集》6卷、《徐光启集》12卷（1963年中华书局版）。此外，还有8本研究《诗经》的书。他的著作中涉及自然科学的面很广，除天文、气象、测量、农业、水利外，还有军事工程学、会计学、建筑学、机械力学、大地测量学、医学、计时学等，可见他的科学知识十分丰富，不愧是我国资本主义萌芽时期自然科学界的先驱。

　　作为一个虔诚的天主教教徒，尽管他在自然科学思想上难免受到一定的局限，但从总的方面看，徐光启的一生，仍然是中国自然科学启蒙时代的光辉的一生。他生前生活俭朴，不务虚名，兢兢业业地从事科学实践。他那种为了"富国足民"而终身致力于学习、钻研自然科学和普及自然科学的精神，在今天仍然是值得学习和借鉴的。

（1982 年 9 月 12 日于山东大学）

第六卷

清代的科学文艺

第二十一章 施耐庵《水浒传》里的自然科学

本章要点：从《水浒传》看宋代医药学；从《水浒传》看宋代造船业；从《水浒传》看宋代建筑物；《水浒传》中的人才学；《水浒传》中的兵器；《水浒传》中的植物与动物。

一、从《水浒传》看宋代医药学

《水浒传》是小说，不是医书，但由于《水浒传》是一部反映宋元时代各方面社会面貌的作品，因此从中也可以窥见宋元时代的一些医药学面貌。

大家知道，宋代医学很发达。熙宁元年（1076 年）官府设太医局，即医学校，主要分九科：大方脉科（内科）、风科（专治"风"邪所致的疾病）、疮科、折疡科、金镞兼书禁科（以上是外科）、小儿科、口齿兼咽喉科、产科、眼科等。后来又在京城设立了太医局，专门卖药，制造、出售丸、散、膏、丹和药酒；各省州县也有相类机构，按户口比例，每县都有几个职业医生，可以教授门徒。《圣济总录》是当时的医学代表作，那时运气之说流行，《圣济总录》开卷就讲运气。宋代的医学状况在"百科全书"式的《水浒传》这部小说中，也有所反映。

《水浒传》写当时民间常有伤风（风寒）、胸疼、疟疾等流行疾病。武松在柴进家养病，患的就是疟疾。《水浒传》写着：正当武松挡不住那寒冷，把一锨火在那里向；宋江仰着脸，只顾踏将去，正跐着火锨柄上，把那火锨里炭火，都掀在武松脸上；他吃了一惊，惊出一身汗来，自此疟疾却好了（第二十二回）。可见疟疾是当时民间的常见病，连武松这样的好汉也无能为力。

当时外科有不少病是受刑杖的疮痛、被刀砍的刀伤、疔疮、疥癞、痈、疽等。汤隆因为全身有麻点，因叫"金钱豹子"。

宋江在进攻大名府时，忽然背上痈发，病得非常沉重，退军返梁山泊。他的病状是背上热疼，像蝎子蜇一般红肿起来，吴用一看就知道这是痈、疽之病，用解毒的绿豆粉让他吃。但靠食物只能治标，他们决定派张顺到建康府请名医安道全来治。这个"肘后良方有百篇，金针玉刃得师传"的、祖传内科外科尽皆医的、远近驰名的名医安道全，经过许多周折，终于被请来。当时宋江已经神思昏迷，水米不进，眼看着待死了。安道全问赶来迎接他的戴宗，宋江的病情如何。他问："皮肉血色如何？"戴宗回答："肌肤憔悴，日夜叫唤，疼痛不止，性命早晚难保。"安道全道："若是皮肉身体，得知疼痛，便可医治。"安道全到梁山时，宋江口内只有一丝气息了。安道全诊了脉息，就断定"脉体无事，身躯虽见沉重，大体无妨"。安道全的治法，就是先把艾焙引出毒气，然后用药。外使敷贴之饵，内用长托之剂，只在五日之间，渐渐皮肤就变红白，肉体滋润，饮食渐进。不过十日，虽疮口未完，然饮食复旧，不久就痊愈了。真是药到病除，可见宋代名医名不虚传。征方腊后，安道全在太医院里做了金紫医官。

从歌颂安道全的诗句"肘后良方有百篇，金针玉刃得师传"可以看到，安道全不仅外科医术高明，而且针灸也很高明。如众所周知，宋王惟一于天圣四年（1021年）设计了铸造针灸铜铸人体模型，刻画穴经，题"铜人腧穴针灸图经"（见图21-1），这是世界最早的医学生理模型。宋政和六年（1116年），寇宗奭著有《本草衍义》20卷，载药物440种，详细阐明药性。《水浒传》中所描写的以安道全为代表的北宋医术是完全可信的。

图21-1　宋代铜人腧穴灸图经像

宋江在浔阳江头，因见鱼鲜，贪爱爽口，多吃了鲜鱼；至夜四更，肚里绞肠刮肚地疼；天明时，一连泻了二十来遭，昏晕倒了，睡在房中……张顺见了，要请医人调治，宋江也懂得些医道，叫他买一副止泻的"六和汤"来吃，便好了。这"六和汤"主治夏季饮食不调，内伤生冷，外感暑气，胸膈满闷，头眩目昏，全身酸懒，恶寒发热，口微渴，小便黄赤或霍乱吐泻等。"六和汤"是宋代"局方"，由中药藿香、厚朴、砂仁、杏仁、半夏、木瓜、赤茯苓、人参、扁豆、白术、甘草、生姜、大枣等组成；其功用能健脾祛湿，是兼能发表的良方，留传至今。

《水浒传》里还有个兽医叫皇甫端，幽州人，善能相马。禽兽有病，"下药用针，无不痊可"，后来做了"御马监大使"。他碧眼黄须，可能是西域少数民族人。

《水浒传》写着当时许多城市有生药铺，有贩卖四川嘉陵产的水银商人（第三十四回），有弄枪棒出卖金疮膏药的，也有煮粥、烧汤、看觑、优待调养、保护病人的。

《水浒传》还写了一些当时已经相当流行的毒药，如潘金莲同西门庆串通用砒霜毒杀武大郎。砒霜即三氧化二砷（As_2O_3），白色固体，有剧毒，从含砷矿石焙烧而成。此外，还有一种毒药叫鸩毒。鸩，传说是产于广东的一种毒鸟，雄的叫运日，雌的叫阴谐；喜食蛇，羽毛紫绿色，放在酒中能毒死人。鸩酒是一种毒酒，宋江和李逵就是吃了这个药酒后死亡的。

《水浒传》里还写了一种毒剂——水银，即汞。这是化学元素之一，符号 Hg，原子序数为80，是易流动、呈银白色液态金属，常称"水银"，蒸气有剧毒。汞中毒有腹疼尿血等现象。《水浒传》写着卢俊义因服皇帝"赐"的汞酒得中风病，落水而死。

《水浒传》第十六回"杨志押送金银担，吴用智取生辰纲"里写道："不卖了！不卖了！这酒里有蒙汗药在里头！"什么是蒙汗药呢？这是一种内服麻醉药，相传吃了能使人失去知觉，但并不致死，过段时间又醒过来。我国古代如麻沸散等就是麻醉药的一种，其配方今已失传。

二、从《水浒传》看宋代造船业

我国有很长的海岸线，造船业历史悠久。远在1 700多年以前，我国海船已能应用纵帆，可以利用从后面吹来的风，也可以利用侧面风。在宋代，已能在船尾装舵，使船走得更快。5世纪以前，我国海员已能借助观测天象制订船的航向。尤其是宋代磁罗钿经（指南针）的发明，对于我国航海事业起了更大的作用。

《水浒传》中也反映了当时历史条件下我国造船业的技术。在《水浒传》里出现有各种各样的船只，船类就有官船、哨船、龟船、渡船、快船以及大海鳅船、小海鳅船等战船。在梁山泊农民起义军中有打渔舟，有载四五人、除摇橹外还有一人立在船头的小船，有桦木制的桦楫，有使用竹篙的船，有用篾索牵的船，有在江河上行的小舟，有张布篷行走很快的快舻，有在江浙地方使用的"飞天浮"。

沈括在《梦溪笔谈》中记载：有"龙船长二十余丈，欲修治……凿大澳"（按：即停船的地方）。《宋会要辑稿》上记载，宋代已出现了一种江海两用船：海船头尾通长八丈三尺，阔二丈并淮尺计八百料，使桨四十二支，江海淮河无往不可，载甲军二百人，往来极轻便。这些在《后水浒传》中都有描写。

《水浒传》写着：蓼儿洼内，前后摆数千只战舰艨艟（第十四回）；混江龙充任了四寨水军头领，朱贵专在水亭施号箭，孟康专门担任监造大小战船。在梁山泊附近"有无数断头港陌，经常有战船来往，船只在深港停藏"。

《水浒传》中观察何涛因晁盖、吴用等劫取生辰纲而带官军前来围剿石碣村，是一场写得很出色的水战。石碣村湖荡紧靠梁山泊，茫茫荡荡，芦苇水港；当时何涛率领的官军，是靠舟船人马去捕人的。晁盖、吴用等沉着应战，首先安排了船只，把一应物件装在船里；阮小二用的是两只棹船，把娘和老小都装在船里，阮小五、阮小七驾小船迎敌。官军来捕捉的船何止百十只，有撑的、有摇的，但在吴用的策划下，被晁盖和阮氏三雄打得落花流水；大量官军被搠死在芦苇荡里，连观察何涛也被活捉了去。

梁山泊建设得越来越雄伟，其周围有港汊数千条。东连海岛，有七十二段港汊，藏千百只战舰艨艟，能逢山开路，遇水叠桥。其中战将如张顺能蹲得三十里水面，诨名"浪里白跳"，尤其是在水战中取得了"三败高太尉"的好成绩，这是一个奇迹。

《水浒传》写着：高太尉讨伐梁山泊时，采纳叶春的建议，制造大海鳅及小海鳅战船。大海鳅，船两边置二十四部水车，船内可容数百人；每车十二个人踏动，外用竹笆遮护，可避箭火；船面竖立弩机，另造划车，摆布放于上。小海鳅，船两边只用十二部水车，船中可以容纳百十人，构造与大海鳅同。高太尉引领的三百余只大船，上载水军一万余名，每船旗剑并立，齐向梁山泊出发。但梁山泊迎战有方，官军乘驾船只，迤逦前投梁山泊深处来，只见茫茫荡荡，尽是芦苇荡，密密遮定港汊。这里官船樯篙不断，相连十余里水面。正行之间，山坡上一声炮响，四面八方小船齐出，那官船上乱作一团。在首战中官船尽被刘唐等放火烧了，接着张顺凿漏了海船，终于使高俅三次大败而归，梁山泊获得了水战的全部胜利，用小船只战胜了能乘坐数百人以至成千人的大海鳅船。

据历史记载，宋代海外交通逐渐频繁，我国已远航至阿拉伯各国以及非洲东部，甚至远达地中海。《水浒传》写着，在征方腊回京之后，李俊等不愿为官，与童威、童猛兄弟在榆下柳制造大船；他们由太仓港出发，前往国外。这虽然是艺术臆构，却是从生活中概括出来的现实主义的描写。这也说明在宋代已经能制造出飘游远洋大海的船只了。

三、从《水浒传》看宋代建筑物

我国自古以来，有许多建筑物，伟大的长城、巍峨的天安门、许多著名的寺院道观，至今还是为人们所瞻仰的名胜之地。但也有不少古代建筑物因遭到战争或各种天灾人祸的破坏，随着时代的推移而被销毁了！我国古典长篇小说《水浒传》描写了北宋时代的都会东京（今开封）、南京（宋应天府，府治在今河南商丘县）、北京（大名府，府治在今河北省大名县），以及当时一些中小城市的建筑物，这些仍然值得我们视为研究我国古代建筑历史的参考资料。

例如，作者通过鲁智深的眼，首先看到当时东京已经是千门万户、朱翠交辉，三市六街，济济衣冠聚集；古式古风的凤阁龙楼，商旅交通，城里楚馆秦楼，街市热闹；市面喧哗，是聚富贵荣华之地。殿帅府高俅的官衙，入门是大厅，转过屏风是后堂，然后又有三香门，围绕着绿色栏杆的空地；前边是题为"白虎节堂"的大堂，这是商议军机大事之处。

柴进、燕青入京时从万寿门走进。在东华门畔，茶楼酒肆栉比。那儿有建筑宏伟的天汉桥，汴河上边架有木桥等古代桥梁建筑。

在开封府至今犹存的佛教圣地相国寺，建筑宏伟，山门高耸，梵宇清幽，金刚佛猛；五间大殿都是龙鳞瓦砌碧成行，四壁僧房都有龟背磨砖花嵌缝，钟楼矗立，经阁巍峨。这里有连接青云的高耸幡竿、高高的宝塔，观音殿接连着祖师堂。这就是《水浒传》里写的花和尚鲁智深和十万禁军教头林冲相结识的地方。

再说书中描写的五台山文殊院的建筑：佛殿接青云，钟楼和月窟相连，经阁共峰峦对立；殿上的香积厨通一泓泉水，宝殿上供养金佛；宝塔高插丹霄，法堂内鸣钟击鼓，当时有五六百僧众。

宋代道教非常发达，连宋徽宗赵佶皇帝也身兼道士。《水浒传》开书就写当时信州（今江西上饶县）龙虎山上清宫这个道观：青松屈曲，翠柏阴森，道众鸣钟击鼓；幢幡宝盖，殿上供着太乙真君，下有玉女金童，簇拥着紫微大帝。左廊下，有九天殿、紫微殿、北极殿，右廊下有太乙殿、三官殿、驱邪殿，一遭都是捣椒红泥墙；正面两扇朱红槅子，门上使着胳膊大锁锁着，檐前一面朱红漆金字牌额："伏魔之殿"。

《水浒传》里还描写了北宋末年中小城市建筑物的面貌。孟州（今河南孟州市南）城有围墙，城壁两侧有通城道路；外侧有壕堑，城门各处夜里用铁锁关闭。有些城市还有观望台的高阁，也有鼓楼；鼓楼上有更鼓，夜八时为初更，一直报到午前四时为止，这是向市民报时之用。一般城市的官府衙门又叫班门，门扉上刻画着神荼、郁垒二神将的像。孟州城外的快活林，从山东、河北等地来的客商云集，有成百家的大客店、数十家赌场、兑坊，连揭阳岭也有商业市场。再看代州雁门县："入得城，市井热闹，人烟辏集，车马骈驰，一百二十行经商买卖行货都有。"从《水浒传》中可以看到，当时城市商店林立，设有生药铺、肉铺、油酱铺、彩帛铺、丝房、线铺、酒店、酒楼、饭馆子、糟醃铺、银铺、冷酒店、车家、打铁铺、客店、篦头铺、纸铺、道士坊、绒线铺、棺材店、绸缎店等。

《水浒传》写道：当时城市里已经有很多楼房，有些楼房绕以栏杆，有的窗槛还有栏杆，入口处往往挂着布帘或芦布帘。如大名府的翠云楼，是三层楼房，其中约有成百间房子，梁柱上有美丽的雕刻；江州的浔阳楼，朱红门标，雕刻的檐上挂着巨大的匾额，楼上有朱漆的栏杆；靠江的琵琶亭酒馆，是唐朝白乐天诗中的古迹。

再看书中对阎婆惜房子的描写："……原来是一间六椽楼屋，前半间安一副春台桌凳，后半间铺着卧房。贴里安一张三面棱花的床，两边都是栏杆，上挂着一顶红罗幔帐，侧首放着个衣架，搭着手巾，这边放着洗手盆。一张金漆桌子上，放一个锡灯台，这厢两个机子。正面壁上，挂一幅仕女。对床排着四把交椅。"可以看到这个中上人家，不论房屋结构和内部陈设都是相当讲究的。

园林建筑是我国古建筑的一个重要方面。建造在园林内供游憩用的建筑物，包括亭台楼阁、厅堂楼榭等。《水浒传》从侧面反映了在当时东京（开封）东北角的"艮岳"，这是皇帝的别庄，其中有奇峰、怪石、亭榭、池馆。这些怪石，是从南方太湖运来的；宋徽宗的"万岁山"，就是派了10个制使，远从太湖运来花石纲建造起来的。

《水浒传》还描写了当时牢狱的建筑。比如沧州（今河北省沧州市东南）专门关押犯人的牢城：门高墙壮，地阔池深，来往的尽是咬针嚼铁汉。作者有意形容在牢城住居的人"无非降龙伏虎人"，牢城中间还有个"天王堂"。

再看《水浒传》怎样描写梁山泊呢？大家知道，梁山泊一地，自宋以来，不仅是农民起义的根据地，也是民族战争的争夺地区。梁山泊这块农民起义根据地首先是从林冲眼里看到的：地形险要，山排巨浪，水接遥天，有无限断头港陌，可以阻挡官军；深港停藏着战船，四壁下窝盘着草木，半里屯有一座金亭子，再转上来有一座大关。关前摆着刀枪剑戟，四边都是檑木炮石，又过了两座关隘，方才到寨门口；四面高山，三关雄壮，团团围定，中间一片平地，可方三五百丈；靠着山门是正门，两边是耳房，中间是聚义厅，中间是交椅……当然，这样的梁山泊，未必就是山东的梁山，而是通过作者艺术加工塑造出来的。在山东《寿张县志》上，并没有碗子城、石碣村、蓼儿洼，但这些地方都曾经是我国其他省份农民起义的据点。

据《水浒传》里记载，当时的建筑材料，多用木材，还用瓦、砖头等。寺院的屋顶能用琉璃瓦，有的还用龙形的装饰瓦（见图21-2）。

图21-2　今日的相国寺新貌

四、《水浒传》中的人才学

人才学是一门新兴的科学。人才问题，是各项建设事业中具有战略意义的问题。我国"四化"事业需要千百万人才，所以我们特别需要对人才学进行认真的研究。下面试以《水浒传》这本家喻户晓的长篇古典小说为例，对"人才学"作些分析研究。

（一）领导人才要有眼光和气度

民谚说："宰相肚子能撑船。"一个好领导，不仅要有远大眼光，还要有一定的气度，能听取各方面的意见，特别是对自己的批评意见和不同的意见。胸襟褊狭、气量窄小的人，是不配充当领导的。王伦是原来梁山泊的头领，但他忌才，只能用宋迈、杜迁、朱贵这样武艺平常的人。这样，梁山泊农民起义军怎么能兴盛起来呢？当做过八十万禁军教头的林冲上山之时，王伦想到林冲武艺超群，就惶惶不安了起来，因而用尽一切办法来抵制他入伙，如打发林冲另投别寨并坚持要他送"投名状"等。不久，晁盖、吴用、公孙胜、刘唐及三阮兄弟等在智取生辰纲后来此要求入伙，王伦更加忌才，用种种设辞不愿收留他们。这时林冲经过深邃而周密的思考，挺身而出，当面斥责王伦："量你是个落第腐儒，胸中又无文学，怎能做得山寨之主？""这梁山是你的？你这嫉贤妒能的贼，不杀了你何用？你也无大量之才，也做不得山寨之主！"这样便把王伦杀了。接着林冲说明要害，推让"仗义疏财，智勇足备，方今天下，人闻其名"的晁盖坐了第一把交椅，吴用坐第二位，公孙胜坐第三位。林冲再三谦让后才坐第四位，刘唐、阮氏兄弟、杜迁、宋万、朱贵等依次坐了第五至十一位，使得当时已有七八百人的梁山泊农民起义军事业得以蒸蒸日上。从这一点上可以说明，林冲很有眼力，很有人才学的朴素思想。这么大的调整，正是使梁山泊农民起义军逐渐壮大的第一步。

（二）人用其才，人尽其才

"人用其才"，这是人才学中的一个重要问题。梁山泊为什么在短期内就出现了兴旺的局面呢？这不仅因为晁盖、宋江、吴用等人戮力同心，招贤纳才，以致天下归心，四方传扬，同时也由于他们善于运筹帷幄，权衡轻重；派哪些人去执行什么样的任务，都是经过周密细致考虑，真正做到了"众头领各守其位"，人尽其才。

例如三打祝家庄时，原先两次失败了，第三次由于派精明强干的石秀先去探庄，弄清了情况，熟悉了盘陀路，拆散李家庄、扈家庄和祝家庄的联盟，并且调动了梁山泊上各方面的人才，将各路伏兵藏在祝家庄里，才取得了这次大战役的全面胜利。后来历次大战役的胜利也是这样，如派刘唐放火烧官军战船，派张顺凿海鳅船，让能飞檐走壁的时迁去偷盗徐宁的雁翎金甲，从而引他上山大制军火以适应当时作战的需要，等等。

梁山泊农民起义军的事实说明，正是由于梁山泊头领做到"人用其才，人尽其才"，周密地考虑了每个人的职责以及每一仗、每一项任务应当交给哪个人去完成最合适，充分发挥了每一个人的特长，才得以保证每次战役的胜利，使起义队伍不断成长、壮大。

（三）广开门路，招揽人才

《水浒传》中，描写了梁山泊的头领，为使起义军壮大，还通过多种渠道招揽人才。

例如，梁山泊起义队伍在人员不断增加的情况下，十分需要一个技术高明的医师，特别是要替痈疽病危的宋江治病；他们就派张顺到南京，计赚精通医道的安道全上山。为什么要派张顺去呢？因为他熟悉当地情况，又与安道全有旧谊。果然安道全来了，宋江的病被治愈。当梁山泊需要个能写诸家字体和刻金石的人时，就派戴宗计赚萧让和金大坚上山，填补了梁山泊的"短缺"，如此等等。

《水浒传》中还可以看到很多选拔人才的例子。一种是由别人举荐，送上山来。例如，林冲上梁山是由柴进举荐，善能相马的皇甫端上梁山是由张清举荐，等等。另一种是因向往梁山泊，"毛遂自荐"。像晁盖、吴用、公孙胜、三阮兄弟、刘唐、白胜等就是这样上梁山的。还有一种是敌人营垒中逸出来的武官、将才——原来是为敌人派来围剿梁山泊，但被梁山泊好汉擒拿之后，由于他们有一定的才能，经过说服，不但不予以杀害，反而用其所长。梁山泊所招纳的政府官吏和军官，就有宋江、林冲、秦明、关胜、呼延灼、朱仝、雷横、彭玘、凌振等人。据不完全统计，总在 20 人以上，约占梁山泊头领中的 20%。东平府兵马都监董平大开城门让梁山泊军进入，呼延灼对慕容知府倒戈后上梁山，都是很有意义的。唐太宗时为唐朝作出不少贡献的丞相魏徵，正是属于这类人物。历史证明，在这些人中间，只要审慎使用，是可以建立功勋的。

（四）任人唯贤，量才使用

"任人唯贤，量才使用"，这是人才学的重要内容。众所周知，梁山泊首领的"排座次"，并不是一成不变，而是随时在变迁、更换着的。只要吸收到某些特别优秀的、有才能的人上山时，座次往往又重新作一番调整。

"金无足赤，人无全人"，即使对于一些有缺点有错误的人，只要他有本领，梁山泊的头领也能加以重用。比如打虎将李忠在金老父女受镇关西逼害时，表现得并不太好，鲁智深说他"是个不爽利的"，表现得太小气；小霸王周通很好色，"醉入销金帐"时被鲁智深痛打了一番。但是他们最后还是被吸收进梁山，在反击官军围剿中间，贡献了自己的力量。

此外，从某方面看，梁山泊的头领似乎也很懂得点"人才心理学"。特定的人才总是有他的自尊心、自信心、荣誉感和好胜心的。人才各有所长，但有的人能用其所长，有的人却不能用其所长。这也是为什么人们感慨着"千里马常有，伯乐不常有"的原因。从《水浒传》可以看到，在一百零八条好汉中有各种各样的人才，而由于安排得当，他们的才能和作用就充分发挥出来。初期由晁盖、宋江任正副头领，后来由宋江、卢俊义做了正副头领；吴用、公孙胜任机密军师（相当于今天的参谋长），朱武任军务头领（相当于今天的参谋次长）；柴进、李应任掌管钱粮头领，关胜等任马军五虎将；花荣等任大骠骑先锋使，黄信等任小彪将兼远探出哨头领；鲁智深等任步军头领，樊瑞等任步兵将校；李俊等任四寨水军头领，戴宗任总探声息头领；孙新等任四店声息邀接来宾、负责探查，乐和任军中走报机要。还有专管行刑的蔡福、蔡庆，专管三军内探的王英、扈二娘，专管文书的萧让，专管定功赏罚的裴宣，专管钱粮支出纳入的"精通书算"的蒋敬，专管监造诸事（类似兵工厂）的头领共有 16 人之多，专管大小战船的孟康，专管兵符印信的金大坚，专造旌旗袍袄的侯健，专攻兽医马匹的皇甫端，专治诸病的内外科医士安道全，专管打造军器、铁器的汤隆，专造大小号炮的凌振，专门起造、修缮房屋的李云，专管屠宰牲牛马猪羊牲口的曹正，专管排设宴会的宋清，专门监造供应酒宴的朱富，专管城垣建筑的陶宗旺，专捧帅旗的郁保四，等等。

由上可以看出，梁山泊的领导者善于运用各种人才，并且使他们都是有职有权，"八仙过海，各显神通"，名位相符，位不虚设；也不论参加梁山泊的年限资历，量才使用。所以像智取无为军、三打祝家庄、攻取高唐州、闹西岳华山、攻曾头市、夺大名府、两赢童贯、三败高太尉……这些胜利的取得，与大胆、合理地使用人才是分不开的。

（五）结束语

据不完全统计，在梁山一百零八条好汉中，除了九尾龟陶宗旺是庄家田户出身以外，手工艺出身者有 6 人，商贩出身的有 13 人，武官出身的 21 人（占 20% 左右），衙役、胥吏出身的 13 人（约占 12%），仆役出身的有燕青、杜兴等人。

宋代是释、道盛行的时代，所以梁山泊也吸收了两个释家弟子——鲁智深、武松，两个道家弟子——公孙胜、樊瑞。这也说明梁山泊的人才具有广泛的群众性、代表性。

梁山泊不仅招纳当时汉人，也吸收了少数民族的有用人才到梁山泊队伍来。例如，以盗马为生，面如锅底、鼻孔朝天、卷发赤须、彪形八尺的段景住，以及碧眼重瞳、黄发的兽医皇甫端，大约都是当时的"色目人"或其他少数民族吧。

当然，从人才学的角度来看，梁山泊并不是没有问题。其中最重要的是在领导人的人选上。宋江在刚上梁山时尚不失是个立了战功之人，这一点连一再攻击宋江的金圣叹也不否认。他在攻城略地中"晓喻百姓，害民州官已自杀戮，汝等良民，各安生理"，这些是好的；但是由于他的脑子里还充斥着封建正统"招安"报效朝廷的错误思想，终于导致梁山泊起义军走向招安投降的道路，给农民起义军带来了无可挽回的重大损失，是令人感到十分沉痛的。这也是选拔革命领袖的人才学中的一个十分重大的教训！

实现"四化"需要认真研究人才学。《水浒传》写的梁山泊农民起义军的兴旺到衰亡，在这方面是可以给我们一些启发和借鉴的。

五、《水浒传》中的兵器

古兵器是我国古代科技的重要组成部分。《水浒传》在这方面作了比较充分的反映。晁盖主持梁山泊山寨之后，就开始"修理寨栅，打造军器——枪、刀、弓、箭、衣甲、头盔——准备迎敌官军"（第二十回）。

《水浒传》第二回"王教头私走延安府，九纹龙大闹史家村"就提到当时使用的十八般武艺是：

> 矛锤弓弩铳，鞭锏剑链挝。
> 斧钺并戈戟，牌棒与枪叉。

矛：这是我国古代的主要兵器之一，直刺，安以木质的长柄。商、周时用青铜制成，汉时用铁矛。梁山泊英雄林冲用的就是丈八蛇矛，方腊手下吕师囊也"惯使一条丈八蛇矛"。

锤：这是我国古代一种敲打用的武器名称，尾部木柄，头部用钢锻造制成。宋公明两打祝家庄时，祝家庄教师栾廷玉带了铁锤，上马出战；梁山好汉汤隆用的兵器也是铁瓜锤，梁山好汉樊瑞"马上惯使一个流星锤"。

弓：这是射箭或打弹的器具，种类很多，如皮靶弓、窝弓、陈州角弓、泥金画鹊的细弓、铁胎弓、宝雕弓等。梁山好汉孙立射得硬弓，花荣和方腊手下的庞万春都是用弓的神箭手。

弩：这是在弓的基础上创造出来的，用以放箭放矢，机件多半用青铜制成。《水浒传》提到川弩、劲弩、踏弩，也有弩箭如雨的实战描写。如第六十二回"放冷箭燕青救主"中燕青射死董超、薛霸用的就是这种武器。

铳：一种旧式火器，呈三角形或圆形，并安着一根1尺多长的木把，大多有3个或6个火药洞和引孔，称为"三眼铳"或"六眼铳"。

鞭：这是古兵器之一。梁山好汉孙立腕上悬一条虎眼竹节钢鞭，而呼延灼打仗时则用两条水磨八棱钢鞭。

锏：这是古代的一种兵器，像鞭，四棱，长而无刃，上端略小，下端有柄。书中写辽国大将兀颜光打仗时"不时掣出腰间铁锏，使的铮铮有声"。

剑：我国古代一种随身佩带的兵器，两面有刃，中间有脊、短柄。我国用剑历史悠久，春秋战国时期已有不少有实践经验的专门家。一把好剑凝聚着工匠的心血，往往表面涂了氧化物，要求有较高的热处理工艺。宋剑在我国冶金业上有地位，当时已有很高的成就。《水浒传》上写了松文古定剑、太阿宝剑、丧门剑、玄元混天剑、锟铻铁古剑、七星宝剑、龙泉剑、镔铁剑、雌雄宝剑、双剑等（见图21-3）。

图21-3 宋代的宝剑

链：古代兵器。《水浒传》第十四回吴用"一个人掣两条铜链"，制止了雷横和刘唐的打斗；书中也有用铁链的，如梁山好汉邓飞、欧鹏都使铁链。

挝：这种兵器在《水浒传》第一百零七回中也有叙述，淮西王庆部下的将领袁朗"手搭两个磨炼钢挝，左手的重十五斤，右手的重十六斤"。

斧：古代兵器，有长柄开山斧、偃月斧、宣花斧、金蘸斧等。梁山好汉索超就使用这种兵器，"黑旋风"李逵使的则是双板斧。

钺：形状像大斧的兵器，刃多弧形或新月形，身薄而宽，肩部有穿，横绑在柄上，用于砍杀。《水浒传》第一百零九回摆列九宫八卦阵时，提到这种武器。"两行钺斧鞭挝中间"，这里是仪仗用器。

戈与戟：宽刃匕首形，单面刃，用以横击、钩杀，是古代青铜制的主要兵器。戈也可以说是平头戟，而商代就已经出现戈、矛合在一体的戟。长杆头上附有月牙状的利刃，能横击，又可直刺。《水浒传》中曾头市的教师史文恭、"两败高俅"中云中节度使韩存保用的就是方天画戟。《水浒传》第三十五回吕方、郭盛两个比武时用的也都是戟；二人戟上，一枝有金钱豹子尾，一枝有金钱五色幡。

牌： 这是我国古代用以防身的兵器之一，也叫盾。书中提到有傍牌、虎头牌，提到较多的是李逵的副手项充、李衮用的团牌（也叫蛮牌）。

棒： 棍子。《水浒传》里有短棒、哨棒、铁棒、水火棍、杀威棒。石秀全仗一杆棒，秦明使一狼牙棒。

枪： 这是我国古代常见的兵器之一，长杆上装有金属尖头。宋代长兵器以枪为主，有双勾枪、单勾枪、拐枪、芦叶枪、柳叶枪、苦竹枪、鸦角枪、绿沉枪、点钢枪、黑杆枪、花枪、犁花点钢枪、银丝铁杆枪、浑铁枪，此外还有短的标枪、双枪。徐宁使用的兵器是钩镰枪。

叉： 这是一头分歧便于扎取物品的器具，使用做武器有三股叉、五股叉、飞叉、托叉、党叉。梁山好汉、猎户出身的解珍、解宝使用的武器是浑铁点钢叉。

《水浒传》一书常提到的武器还有刀——朴刀、腰刀俯拾即是，此外还有飞刀、衮刀、板刀、戒刀、解衣刀、解腕刀、雁翎刀、泼风刀、蓼叶刀、镔铁刀以及像扈三娘用的日月双刀等。书中着重描写了杨志卖的宝刀，说它的特点是："第一件，砍铜剁铁，刀口不卷；第二件，吹毛得过；第三件，杀人刀上没血。"此外，还有关胜用的青龙偃月刀（关王刀），杨春使的大杆刀，史进、彭玘用的三尖两刃（四窍八环）刀等。

《水浒传》里的"没羽箭"张清，用石子作武器，百发百中。

"锦绳套索"，是一丈青扈三娘得心应手的本领。第五十五回写道："彭玘要逞功劳，纵马赶来，一丈青便把双刀挂在马鞍桥上，袍底下取出红棉套索，上有二十四个金钩。等彭玘来得近，扭过身躯，把套索往空一撒，看得亲切，彭玘措手不及，早拖下马来。"

我国古代炼丹家发明了火药。7 世纪唐朝医学家孙思邈最先在他的著作中记录下用硝石、硫黄、木炭配制成"火药"的方法。北宋政府为了抵抗辽、西夏和金的进攻，建立了制造火药的工场。王安石执政时专设了火药局，出现了世界最早的载运武器——火箭。值得人们注意的是，从《水浒传》可以看到有关这方面的记载。书中说明当时已经有炮了，炮石曾经被用做梁山泊和二龙山防备之用。秦明同花荣酣战后，"只见这边山上，火炮、火箭，一齐烧将下来"。当时的火炮是把火药制成球状，把引线点燃后，用抛石机抛掷出去；"火箭"则是把火药球缚于箭镞之下，将引线点燃后用弓射出。九、十世纪之交，我国已经发明火药，并被使用在军事上了。13 世纪，蒙古军继续西征中亚地区，火药、火器的制造方法亦随之而传入伊斯兰地区，进而传入欧洲。马克思认为，中国的火药炸掉了欧洲骑士的堡垒。中国的火箭，早在公元 12 世纪末就已经发明，它利用火药的喷射使箭前进。《水浒传》是古代小说创作中少见的描写利用火炮、火箭作为战争工具的作品。这个描写是很宝贵的，它给我们留下可贵的科学技术和武器的资料（见图 21－4）。

《水浒传》还写了梁山泊军已经能用风火炮和轰天炮等火炮。梁山泊好汉凌振，又

图 21 - 4 宋代的炮

叫轰天雷，就是位造火炮的炮手，其炮能打到十四五里远近，使"天崩地陷，山倒石裂"。他用烟火、药料制造了三种火炮，第一是风火炮，第二是金轮炮，第三是子母炮（在"一个母炮周围安置了四十九个子炮"）。此外，书中还写了"雷车""火车"（当然不是今天意义的火车），车上堆着干柴，加添硫黄，冲击敌人。当时东京（开封）还有贩卖火药的铺子。

《水浒传》还写了当时作战的人要穿戴甲胄，这是古时战争用的护身、护头部的防护类武器。铠甲和头盔多半是用铜铁制造的。李应戴的是凤翅盔，复有雉毛；单廷珪戴的是浑铁造的四方铁帽，顶上有一颗黑缨；魏定国戴的是朱红缀嵌点金束发盔，顶上撒一把赤缨。有时要戴只露出两眼的盔。此外，还有铁甲与熟皮马甲，如史进身披朱红甲、前后有铁掩心，陈达披衮金坐铁甲，李应穿黄金锁子甲，孙立披乌油戗金甲，呼延灼披的是乌油对嵌铠甲，单廷珪披的是重叠熊皮甲，等等。

作战时不但人要戎装，马也要战装，有的红缨面具，饰以铜铃雉尾；连环马只露出四蹄，全身披马甲。官军呼延灼征讨梁山泊时就选了"铁甲三千副，熟皮马甲五千副，铜铁头盔三千顶，长枪二千根，衮刀一千把，弓箭不计其数，火炮、铁炮五千余架"。书中有诗形容："鞍上人披铁铠，坐下马带铜铃。旌旗红展一天霞，刀剑白铺千里雪。弓弯鹊画，飞鱼袋半露龙梢；笼插雕翎，狮子壶紧拴豹尾。人顶深盔垂护项，微露双睛；马披重甲带朱缨，单悬四足。开路人兵，齐担大斧；合后军将，尽拈长枪……"（第五十五回）

此外，《水浒传》中还多处提到了技击中的拳法。传播于我国北方各省的少林拳，就是拳术的一种。武松就是精于拳法的，他在快活林醉打蒋门神时，有一段极其精彩的描写：

说时迟，那时快，武松先把两个拳头去蒋门神脸上虚影一影，忽地转身便走。蒋门神大怒，抢将来；被武松一飞脚踢起，踢中蒋门神小腹上，双手按了，便蹲下去。武松一踅，踅将过来，那只右脚早踢起，直飞在蒋门神额角上，踢着正中，望后便倒。武松追入一步，踏住胸脯，提起这醋钵儿大小拳头，望蒋门神脸上便打……先飞起左脚，踢中了，便转过身来，再飞起右脚。这一扑，有名唤做"玉环步，鸳鸯脚"。这是武松平生的真才实学，非同小可！打得蒋门神在地上叫饶……（第二十九回）

这说明在拳击的时候，手脚就是武器了。武松、李逵等都是拳击的能手。

六、《水浒传》中的植物和动物

《水浒传》是部长篇小说，不是自然科学作品，但由于它对当时社会作了波澜壮阔的描写，所以其中也有不少关于动物、植物方面的记载，如五台山"岩前花木舞春风，洞口藤萝披宿更"。野猪林里烟笼雾一般的猛恶林子，那大约都是苍松古柏吧。宋代我国种植的菊花品种很多，崇宁三年（1104 年）有刘蒙撰的《菊谱》，其中有名菊花 35 种。范成大也著有《范村菊谱》。《水浒传》第七十一回写节日近，在忠义堂上遍插菊花，开"菊花会"；宋江吟诗中，可见"头上尽数添白发，鬓边不可无黄菊"。书中还写了槐、桧、柟、白杨，说当时寺院多种槐树，老桧乔松到处有；翠屏山上的白杨，东林上的江叶大树、杏花、木瓜、葛藤，竹几乎到处可见。至于经常吃的果品，则有桃、杏、梅、李、枇杷、山枣、柿子、栗子、橘子、胡桃、梨、葡萄等。

《水浒传》里记载当时已经可以用高粱、黍、粟和稻米等植物酿成白酒、醪酒、黄汤酒、透瓶香酒、甘酒、玉壶春酒、蓝桥风月美酒以及鲁智深在五台山下喝的黄米酒等，都是耐人寻味的美酒。

茶树开花遍青山。茶是一种常绿灌木，叶长椭圆状，有兴奋大脑和心脏的作用，我国自古以来就用茶为饮料。《水浒传》里记载宋时我国大小城市都有茶馆、茶座、茶坊，有的喝姜茶，即在茶里沏上姜，一般叫素茶，还有混入梅肉的杨梅茶；赵员外带鲁智深到五台山文殊院，寺内智真长老请他喝的茶是玉蕊金芽绝品茶，喝罢可以清沁入肌肤。

《水浒传》记载了不少鸟类，诸如鸳鸯、乌鸦、燕、雀、鸿鹄、黄鸟、鹧、带铃鹁鸽等；书中还写了白蛇、毒蛇等蛇类，虫类有蜘蛛、蝗虫、蚂蚁等。

《水浒传》里记载的猛兽有狮子、豹、狍狲（一种同狮、豹一样凶猛的兽），其中常见的是虎。高太尉到沧州龙虎山上请客时，遇见了吊睛白额锦毛虎：金黄色的毛，爪露银钩，眼睛像闪电，尾巴像个鞭子，口似血盆，牙齿像古代兵器——戟，摇头摆尾，发出霹雳的声音。武松在景阳冈打的虎也是吊睛白额虎，他在打虎时显出他的拳术非常高强，勇气过人：当虎向他扑来时，只一闪，闪在虎的背后，用拳头打五七十拳，那虎的眼里、口里、鼻子里、耳朵里都迸出鲜血来，动弹不得。李逵的母亲在沂风岭被老虎吃掉，他"手执钢刀探虎穴"，杀了四只虎，也是吊睛白额虎。登州山下连解珍、解宝也用箭也杀了虎……可见在宋代，山野间不少虎豹横行，时常伤害人类。

《水浒传》的动物出现较多的是由人豢养的驴、马。第一回就写当时人乘驴，驮着料袋袱；至于写马的地方则更多，而且作了具体而微的刻画，因为马不仅是宋代主要交通工具之一，同时是作战必备不可缺少的动物！正因为如此，宋代非常重视养马。杨志、梁中书骑过的那匹火块赤千里嘶风马，骏分火焰，尾摆朝霞。像火似的神驹，像亭似的赤兔，都是良驹。梁山好汉段景旺，曾在枪竿岑北边盗来一匹名马叫"照夜玉狮子马"，雪练也似价白，浑身无一根杂毛，头主尾长一丈蹄，主背高八尺，一日能行千里。索超坐的那匹"胜似伍相梨花马，赛过秦王白玉驹"的雪白马，是一匹不寻常的好马，两耳如同玉简，双睛凸似金铃，好像南山白额马似的，负得重，走得远。这样的良马在《水浒传》中还有。战士知良马，他们往往就是伯乐。梁山泊头领中，就有马军大骠骑先锋使，还有十多人专门任马军统头的，还有专攻兽医马匹的人，也可以看到他们何等重视战马！

（原刊于《水浒传论文集》，1983 年 6 月于宁夏人民出版社出版）

第二十二章　徐霞客与科学文艺

　　本章要点：徐霞客的生平；徐霞客游历过的地方；《徐霞客游记》的科学性；关于徐霞客研究的几个问题。

　　一说起科学文艺，人们就会想到法布尔的《昆虫记》《科学的故事》、伊林的《十万个为什么》《不夜天》《几点钟》《人怎样变成巨人》、儒勒·凡尔纳的《气球上的五星期》《地心游记》《从地球到月球》等代表作，似乎在旧中国并没有什么科学文艺，这个看法很偏颇，是不符合实际的。其实中国自古以来就有相当丰富的科学文艺作品。《徐霞客游记》就是一部名实相符的具有很高水平的科学文艺作品。下面试对徐霞客及其代表作《徐霞客游记》作些简要的分析。

一、徐霞客生活的时代

　　徐霞客生活在明末万历十四年至崇祯十四年（1586～1641年），这是政治上极端腐败黑暗、人民生活极度困苦的时代。明朝皇帝为了加强君主专制，信任宦官，到明中期以后的几位皇帝，几乎都不过问政事，形成宦官把持政权的局面。明武宗朱厚照时宦官刘瑾专权，势力强大。明熹宗朱由校时宦官魏忠贤专权，内外官僚奔走他的门下，向魏自称儿孙，为之建造生祠；他们任意捕人，残杀知识分子，尤其是江南一带反对魏阉的东林党人中如杨涟、左光斗、周顺昌等都被杀害了。徐霞客亲历其事，他的友人高攀龙被迫投水身死，缪昌期（西溪）死于狱中，郑鄤被诬磔于市，项煜（字水心）被杀于宁波，方拱乾被流放到宁古塔，林钎、黄克、姜逢元、曾楚卿等都因得罪魏忠贤而罢官，他的生平知友黄道周也于崇祯十二年（1639年）因忤旨下狱。正因为这样，徐霞客从青年时代起，就绝意仕进，把终生的全部精力放在祖国名山大川的旅游上。

　　但是，徐霞客旅游祖国名山大川并不是为了逃避现实，而是为了从事科学探索。原来徐霞客所处的时代，正是明朝农业、手工业有了一定的发展，商品经济进一步发达的中国资本主义开始萌芽的时期。当时全国有30多个城镇，尤其是东南沿海商品经济比较繁荣。南京、北京人口众多、店铺林立，在江西景德镇开始有陶瓷制造工场，在苏州、镇江一带有颇具规模的纺织业、冶铁业。早在明初明成祖朱棣派郑和（1375～1435年）下"西洋"（现在的南洋群岛和印度洋一带）时，我国造船技术已达到很高的水平，并能使用罗盘针、掌握远洋航行的技术。郑和七次远航的船队，都是从徐霞客家乡附近江苏太仓浏河出发，这对后来徐霞客的远游和在地理、地质上的探索，是有一定影响。大约与徐霞客同时代的、我国著名药物学家李时珍（1518～1593 年），也是具有科学的革新和实践的精神。徐霞客同时代的徐光启（1562～1633 年），多年从事天文、历法、数学和农业科学的研究，搜集农业生产经验和新的技术成果，著成 60 卷本的《农政全书》，对农田、水利、农具、土壤等作了全面的研究。徐霞客同时代的宋应星（1586～1665 年）著《天工开物》，详细记录了当时工农业、手工业方面的生产技术，还写了《野议》《谈天》等著作。在数学和天文学方面，有顾应祥著的《授时历法》《勾股算术》各二卷，《测图海镜释术》十二卷；周术学著《天文图学》一卷，《历法通议》一卷，《历法算学》十五卷。而在地质、地理上取得重要成就的代表人物就是徐霞客。

二、徐霞客的家世

徐霞客出身于官僚地主家庭，原名宏祖，字振之，号霞客，江苏江阴人。他的先世是河南新郑人，北宋沦亡时随宋高宗赵构南迁杭州，元初迁江阴，不仕。他的曾祖徐治（1497～1564 年）、祖父徐衍芳都做过明朝的官吏，擅长诗文，后者还著有《紫石遗稿》。父徐有勉（1545～1604 年）也有些文名，但因当时政治黑暗，故终身隐迹乡里。徐霞客童年时代就受到良好的教育，8 岁私塾，聪明过人，出口成诵，执笔成章；15 岁好读奇书，博览古今图书史籍，尤好史地志、《山海经》图，平时喜好搜辑古人逸事。他在《游嵩山日记》中写道："余髫年蓄五岳志，而元岳出五岳上，慕尤切。"18 岁时，其父遇盗受伤，他侍疾在侧；19 岁时，父去世。他大约在万历三十五年（1607 年）22 岁时与许氏结婚。徐霞客的长兄徐宏祚（1566～1642 年）比他大 20 岁，所以父死后，他就"事兄如父"（陈函辉所作《墓志》）。徐霞客是父母最钟爱的幼子，在大家庭分居之后，母亲就随他生活在一起。徐霞客的原配妻子许氏，生长子许屺，卒于顺治二年（1645 年）七月十五江阴被屠之日；继娶罗氏，生子徐岘；妾周氏，育遗腹子于李氏，号李寄（1628～1700 年）。李寄终身不仕不娶，著有《天香阁随笔》（《粤雅堂丛书》），他又是徐霞客遗著的整理者。

徐霞客的母亲王孺人，是位深明大义的妇女，对徐霞客"问奇于名山大川"的志趣极力支持。徐霞客在青年时代就开始远游，这同他的母亲对他的教养分不开。母亲教导他要"志在四方，男子事也"，又说"岂令儿以藩中雉、辕下驹坐困为？"她曾亲手为徐霞客置办旅游冠，以壮其游。徐霞客每次游罢回来，即向其母讲述路上见闻，特别是如何攀登悬崖峭壁的惊险事迹，母亲听了非常惬意，总是说："好呀，好呀！真是我的好儿子。"为了鼓励儿子继续远游，她 73 岁时还拄着拐杖走在前头，同徐霞客一起游了荆溪的张公、善卷两个洞穴。这样的妇女在数百年以前受封建礼教紧紧束缚的情况下，是十分难得的。

徐霞客生前有不少生死与共的好友，其中绝大部分都比他年纪大，如陈继儒（眉公）、缪昌期（西溪）、王思任（季重）、文震孟（湛持）、陈仁锡（明卿）、张大复、董其昌（恩白）、曹学佺（能始）、李流芳（茂宰）、钱谦益（牧斋）等，但他平生最要好的朋友是福建漳浦黄道周（石斋）。徐霞客为了保持自己的清白，坚决不与魏阉党人为友。如在云南腾越时，一个叫何可及的乡绅，知道徐霞客是名士、生活很困难，想要给他资助并宴请他，却被徐霞客拒绝了！

三、徐霞客游历过的地方

徐霞客 22 岁开始离家远游，三十几年间，游程数万里。他在明万历三十五年（1607 年）游历了太湖流域，缺游记；万历三十七年（1609 年）远游齐鲁、燕冀，登泰山，入京师，缺游记；万历四十一年（1613 年）到浙江，游天台、雁荡山，缺游记；万历四十四年（1616 年），游白岳及安徽黄山、福建武夷、九曲；万历四十五年（1617 年）游宜兴善卷、张公二洞，缺游记；万历四十六年（1618 年）游江西庐山，再游黄山；泰昌元年（1620 年），游福建仙游九鲤湖；天启三年（1623 年），游中岳嵩山及太和山；崇祯元年（1628 年）游福建及罗浮山，缺游记；崇祯二年（1629 年），游京师至盘山，缺游记；崇祯三年（1630 年），再游福建；崇祯五年（1632 年），再游天台山并到福建漳州一带；崇祯十年、十一年（1637 年、1638 年），游湖广、广西；崇祯十一年（1638 年），游广西、贵州、云南；崇祯十二年（1639 年），游云南；崇祯十三年（1640 年），由云南归。他的足迹走过黄河流域和长江两岸，遍览祖国的名山大川和许多名胜古迹。

在江苏，他到过金陵、苏州、无锡，游历了太湖等地。

在浙江，他游历了杭州府、绍兴府、嘉兴府、湖州府、太平府、严州府、金华府、衢州府、处州府、广德府等地；沿曹娥江走宁波，到过天台山，登一万八千丈之巅的华顶，登天姥山、梁隍山，四明山、雁荡山，登四十九盘岭，游历各地名胜古迹。

在山东，他攀泰山、峄山，到过孔林、孟庙、济南等地。

在江西，他到过抚州府、建昌府，观看了"飞流直下三千尺，疑是银河落九天"的庐山瀑布；登庐山最高处汉阳峰，又登临麻姑山、中华山、华盖山、武功山、南岭山等赣南大山和南岭支脉。

徐霞客 5 次到福建。第一次是 31 岁时游武夷九曲，由崇安县舟行入九曲溪，登天游峰、赤石等地；第二次是 35 岁，游仙游九鲤湖；第三次是 43 岁时到闽北浦城县、建宁（今建瓯）、延平（今南平）、沙县、顺昌、将乐等县，游玉溪洞；第四次是 45 岁时，再度游闽，至沙县、永安、宁洋、漳州等地；第五次是 48 岁时，重游漳州等地。他几乎游遍了闽海疆和八闽偏僻的地方，也攀登了福建的名山大川。他到过福州、长乐、兴化、仙游和当时海外交通聚散地泉州府、漳州府，甚至也到过边远的德化、永春、大田、朱子诞生地龙溪等地，游闽北武夷山等名山古迹。

他在河南，游嵩山，到偃师及杜甫的家乡巩县；经荥阳、开封来郑州，游香炉山等地。

徐霞客游历了湖广地区，登武功山、龙头山、茶陵州及柳宗元贬谪的永州府，登春陵山、青陵山、白帝山、九嶷山、紫云山、云阳山、高云山、太和山、龙门山等地。

在陕西，他攀登了华山，经黑龙潭，到天池、西岳庙等地。

他登临山西的五台山，到恒山龙峡口、大云寺、山门、会石台、望仙亭、悬空寺、虎风口、飞石窟等地。

在广西，他遍游了桂林府、阳朔，走柳州到宾江、南宁府等地。

徐霞客还到过边远的贵州，到人烟稀少的苗族等少数民族聚居之处，到贵州府、都匀府、独山州等地。

徐霞客晚年花了 3 年多时间，在我国西南边陲云南省进行考察。他到过云南府昆明，考察滇池、明湖、抚仙湖；到曲靖府、赵州卫、武定府、大理府、蒙化府、丽江府、鹤庆府、腾越府、鸡山等少数民族地区，并赴顺宁、云州、蒙化，考察了澜沧江、大盈江、龙川江、潞江，曾想入缅甸未果。

徐霞客是否到过四川，这是我国文化学术界有争议的一个问题。他没有留下到四川的游记，这并不意味没有到过。首先，徐霞客 35 岁游福建仙游九鲤湖的游记中就声称"浙闽之游旧矣，余志在蜀之峨嵋，粤之桂林……"可见他从少壮起就立志入蜀。他平生最好朋友漳浦黄道周在《七言古一首赠徐霞客》一诗的后记中讲他"自五岳之外，若匡庐、罗浮、峨嵋……足迹殆遍，真古今第一奇人也！"徐霞客友人钱谦益写的《徐霞客传》中记载：徐霞客曾于明崇祯九年（1636 年）离衡后，"再登峨嵋，北抵岷山，极于松潘"，同时，他在"峨嵋山下，托估客附所得奇树虬根以归，并附以《溯江纪源》一篇寓余"。以上两条材料，都写得非常具体、翔实，我以为徐霞客入蜀说是十分可信的。

徐霞客的一生都在云游和考察祖国大地山河，足迹走过江苏、浙江、山东、河北、山西、陕西、河南、安徽、江西、福建、广东、湖南、湖北、广西、贵州、云南、四川等 17 个省份以及北京、天津、上海等地。可以说，他从 22 岁青壮年时代起，直到 56 岁逝世之前为止，约有 30 多年时间都在祖国各地进行旅游考察。

四、《徐霞客游记》是富有创造性的科学文艺作品的典范

《徐霞客游记》（以下简称《游记》）是一部富有创造性的、世界少有的科学文艺作品。它具有相当严格的科学性，这里试就下面几点来作初步分析。

第一，《游记》研究了祖国的地貌水文。徐霞客指出金沙江是长江的上游，纠正了1 000 多年来按照《禹贡》说法把岷江作为长江上游的错误观点。他发现福建黎岭是建溪的发源地，马山岭是沙溪与宁洋溪的水岭；由于黎岭距海较远，从而科学地断定宁洋溪流急于建溪。徐霞客通过实地考察，纠正了古籍中记载的、贵州盘县西部明月所和大烧铺二水是南盘江和北盘江的上源的说法，正确指明南盘江的主源应为云南益北部炎方驿的交水，北盘江的主源是火烧铺以北的可渡河。他的《盘江考》是很有科学价值的著作。他考察并发现了云南社江、澜沧江、潞江为三江，分道入海；指出新牛街的碧溪

江即漾濞江下流，下入澜沧。这都是符合实际、符合科学的。

第二，《游记》对我国石灰岩进行了考察，正确描述了石灰岩的各种特征，并将观察的现象作了分类、总结、整理。他在西南地区，用3年时间对石灰岩地貌进行深入详尽的地质考察，这是前无古人的。大家知道，石灰岩在我国分布很广，其中广西、贵州、云南三省最著。石灰岩本身易于被地表水和地下水溶解，从而使岩体外表和内部形成孤峰突起；岩洞罗布，石林丛生，钟乳石、石笋、石柱争奇夺胜。徐霞客指出，在我国西南各省石灰岩分布面积广，而且性质也并不都一样，形式、颜色也各异。他最早分析了地质学上的岩溶地貌，并道出广西、贵州、湖南之西南、云南之东南，山多纯质石灰岩，皆成锥形，支水多潜流。徐霞客对石灰岩进行比较系统的科学研究的成绩，是超过前人的。他在这方面的贡献极其重大，比起欧洲1774年爱士培尔、1858年罗曼对石灰岩进行的考察，要早二三百年，而且对钟乳石、石灰岩地貌成因的解析，也与今天的结论基本符合。

第三，他对"岩洞学"即对我国岩洞所进行的科学研究，也是前无古人的。徐霞客一生共考察过101个岩洞，其中有半数在桂林。他曾两次深入桂林七星岩洞，以目测步量弄清洞中结构。此外，他对江苏的罗汉洞、浙江的碧霄洞、陶源洞、鱼龙洞、冰壶洞、湖南茶陵麻叶洞、水帘洞、九真洞、福建将乐的玉溪洞、云南的清华洞、油鱼洞、石房洞等也曾作过观测。就是在全世界的范围内，他也是对岩洞考察留下最早的科学文献的人。为了对岩洞进行科学探索，他有一次在广西龙洞竟坠入深潭，几乎淹死；他在湖南茶陵考察传说洞中有妖魔鬼怪的麻叶洞时从容不迫，视"神怪"若无物，博得了乡人的称赞。经过他的考察，正确地阐明了岩洞的成因。他考察的桂林七星岩洞的50个洞口，据现代地理工作者的科学勘测证明，是符合科学的。

第四，《游记》中记载了火山现象与地热资源。徐霞客在云南腾冲附近发现了火山遗址。他到打鹰山附近进行考察，在那里看到了丰富的地热资源。徐霞客关于地热的考察资料，极具科学价值和现实意义。众所周知，地热，即地球内部自然存在的热能。据推算，地热蒸汽热能相当于地球上储煤所能发出的热能的17 000多万倍。据历史记载，我国早在东周时期，就已初步开发地下热水作为能源。东汉天文科学家张衡曾写了《温泉赋》，北魏地理学家郦道元的《水经注》、明李时珍的《本草纲目》中，都有关于温泉的论述。但是徐霞客在考察云南腾冲西北打鹰山所作的观察是更富有科学价值的。徐霞客还观察到梁河、永昌（今保山）、浪穹、永平、安宁、曲溪、滇池、洱海附近，到处都有地热资源，计全省有480处之多，仅腾冲就有温泉50多个。他发现我国云贵高原地下热能分布很广，温度高，显示类型多，这是极其杰出的发现。他观察得那么认真、细致，并作了仔细的描绘，说明当时人们已把地热利用于生活，为生产服务，为医疗服务。他的这些发现在中国科学史上是不可磨灭的。

《游记》中描写了云南腾冲附近打鹰山的火山遗址，"山顶之石，色赤赫而质轻浮，状如蜂房，为浮沫结成者；虽大至合抱，而两指可携，然其质仍坚"。显然，徐霞客所描写的打鹰山喷发出来的红色的浮石形状的内容，是十分科学的。

第五，《游记》对我国生物学（包括动物学、植物学）方面，也作了非常认真的科学探索和记载。他指出："广西府鹦鹉最多，皆三乡县所出，然止翠毛丹喙，无五色之异。"（《滇游日记二》）他在云南腾冲的悬崖上看到过藤本植物，让人拿来扶梯"钩藤而截取之"；他在大理时见到一种不认识的植物，"乃析其枝，图其叶而后行"，即不但采集了标本，还对这些野生植物作了素描存册。他的《游记》中写着：大理"泉上大树，当四月初，即发花如蛱蝶，须翅栩然，与生蝶无异；又有真蝶千万，连须钩足，自树巅倒悬而下，及于泉面，缤纷络绎，五色焕然"。从南宁到新宁道上看到，石山皆出巴豆树、苏木两种，巴豆色丹映……苏木随处俱生，荚如扁豆子。明万历四十一年（1613年），他在天台上见到玉树、琪花，"岭角山花盛开，顶上反不吐色，盖为高寒所勒耳"。他对于这些植物生态作了恰如其分的科学解释。万历四十三年（1615年），直到阴历二月才开梅花，他解释道，是因为"山寒稽迟，至是始芳"。明崇祯十二年（1639年）阴历正月，他在云南丽江见到"杏花始残，桃犹初放"，也认为这是物候的原因。徐霞客以科学的见地指出，在西南石灰岩地区不易生长植物，因此山多秃。此外，他对鄂北太和山的榔梅，嵩山的金莲花，五台山的天花菜，衡阳的宝珠茶，粤西客县的大竹，后山上的巴豆树、苏木，武乡的何首乌，粤西的木棉树，贵州白云山上的菌类，云南的山茶、杜鹃花，鸡足山上像孩子模样的孩儿参、海棠子，大理的高三四丈的龙女树、覆盆子，怪异的飞松、鱼学兰等都有记述。徐霞客对这些大自然生物生态的记述，并不是随笔为之，而是有一定科学根据的，因而这些材料是十分珍贵的。

第六，《游记》在气象学方面也作出了贡献。此外，书中还记载了大量有关明代农业、手工业、矿产、交通运输和我国苗、瑶、彝、摩些（纳西）、壮、白等少数民族的生活、经济、历史、地理、风俗习惯以及村落城镇盛衰兴替的情况。这些都是富有科学、历史价值和学术价值的。

徐霞客的一生，正如他的友人陈函辉在《徐霞客墓志铭》中所形容"不喜谶纬术数家言"，不迷信，不信神鬼，他立志要打破"昔人至星官舆地"的"承袭附会"。他的这种科学精神，也是值得今天加以特别重视和认真继承、学习的。

当然，作为科学文艺，不但要以科学为主要思想内容，同时还要有十分优美的文学艺术形式和生动形象的描写。《游记》正是同时具备了这样的两个方面。明代文化思想家黄道周（1585~1646年）说徐霞客的文章是"奇文"，文章"沉郁激壮"。明末清初的文学家钱谦益（1582~1664年）在《嘱毛子晋刻〈游记〉书》《嘱徐仲昭刻〈游记〉书》中写道："《游记》乃千古奇书"，"此世间真文字，大文字，奇文字"，"天壤间亦不可无此书也"。可以看出古代文学家、思想家对《游记》作了十分高的评价。

如果说在写山川景物中，《水经注》和《洛阳伽蓝记》曾有部分或片段写得相当精彩，而《游记》则是数十万言、洋洋乎大观，通篇写得相当精美。例如在《楚游日记》中写探视麻叶洞的情况，是那么详尽、细致：徐霞客从容不迫地同仆人手拿火炬进洞数转至洞底，考察洞中"两崖石质石色，光莹欲滴"，"纹若镂雕，形若飞舞"。他描写洞里的情景是"石幻异形，肤理顿换，片窍俱灵"，他叙述入洞后的动作说："乃先以炬入，后蛇伏以进，背磨腰贴，以身后耸。"记述是十分形象化的。

徐霞客对山光风物的观察非常详尽、精确，如崇祯十年（1637 年）写由南宁赴新宁时道：

> 由南宁来，过右江口，岸山始露石，至杨美江，石始奇。过萧村，入新宁境，江石始有纯石山；抵新宁北郭，江右始有对峙之岫。舟行峰石中，如梭度纬，应接不暇。且江抵新宁，不特石山最胜，而石岸尤奇；盖江流击山，山削成壁。流回沙转，云根迸出，或错立波心，或飞嵌水面，皆洞壑层开，肤痕谷皱。江既善折，岸石与山铺之恐后，益使江山两擅其奇。

《游记》中的行文用字，十分简练，断语则符合科学。如"江流击山，山削成壁"，"山受啮，半剖为削崖"，寥寥数语对流水侵蚀山崖作了极逼真的生动的写照。他把石灰岩的洼地按其大小不同，小的叫"眢（音渊）井"，大的叫"盘洼"，积水的叫"天池"。

他科学地分析了广西阳朔地区"飞流下捣，不见下流所溢……盖地穴潜通也"。

徐霞客善于以自己的艺术彩笔，生动地、形象地描绘大自然地理、地质的面貌。例如，他对"山水甲天下"的桂林写道："诸峰分峙叠出，离立献奇……倒插水中，直如青莲出水，各欲独上"。他在阳朔以赞叹之笔写道："又攒出碧莲玉笋世界矣！"

他用简洁流畅、生动形象的文字，不但反映了科学的真相，同时也做到了传真、传神，把大自然美好的面貌栩栩如生地呈现在人们的眼前。例如他写金华冰壶洞道："洞门仰如张吻，攀隙倚空入其咽喉，忽闻水声轰轰……洞之中央，一瀑从空中下坠，冰花玉屑，从黑暗处跃成洁彩；水坠石中，复不知从何流去。"（《浙游日记》）他写安徽黄山："其松犹有曲挺纵横者，柏虽大干如臂，无不平贴石上如苔藓然。山高风巨，雾气去来无定，下盼诸峰，时出为碧峤，时没为云海。"（《游黄山日记》）他写庐山三叠泉道："又里许，为大绿水潭，水势至此将堕，大信之，怒亦益甚。潭前峭壁乱耸，回亘壁立，下瞰无底，但闻轰雷倒峡之声，心怖目眩，泉不知从何坠去也。"（《游庐山日记》）写云南省腾冲火山底下的温泉水道："从下沸腾，作滚涌之状"，"沸泡大如弹丸。百枚齐跃而有声"，"喷若发机，声如虎吼，其高数尺坠洞下流，犹若探汤"，"水辄旁射，揽人于数尺之外，飞沫犹烁人面也。"真是信手拈来，涉笔成趣，但又是符合科学的、恰如其分的描写。此外，他写的湘江遇盗、桂林风波、静闻之死、三里城度岁、金沙江探源、修《鸡足山志》等场面，也是相当生动，富有文采的。所有这些，充分说明了《游记》是一部既有科学说服力，又是带有文采的不朽的优秀科学文艺佳作。

（五）结束语

由以上简略分析可见，徐霞客是我国科学文艺史上十分难得的伟大人物。他既是杰出的科学家，又是杰出的文学家。《游记》不是简单地谈科学，也不是一般文艺作品，而是科学和文艺紧密结合的产物。

徐霞客作为一个科学旅行家、探险家，也是杰出而伟大的。诚然，汉代的张骞（公元前176～前114年）也曾三次出使，到达中亚、西亚、西南亚和印度等地，并对我国四川西南部、云南、贵州一带的情况进行过了解；晋高僧法显（334～420年）以65岁高龄前往印度、斯里兰卡、苏门答腊、爪哇等30多个国家和地区，在外13年，后由海道回国，写了9 000余字的《佛国记》；唐玄奘和尚（596～664年）长途跋涉17年，走了五万多里路前往印度，带回佛像、佛骨和657部佛经，他的《大唐西域记》，是研究古印度、巴基斯坦不可缺少的珍贵文献；明初郑和（1371～1434年）先后七次"下西洋"，花费了28年时间，访问了亚非37个国家和地区，对国际经济和文化交流产生了深远的影响，对中国的航海事业作了十分出色的贡献。这些人物及其旅游业绩，都是值得我们推崇的。但不可否认，上述这些人物，都是秉承当时皇帝旨意，受到政府在政治上、经济上全力支持之下的行动，并且都有人结伴或保护而取得成功，只有徐霞客的旅游考察不是奉旨行事，而是自觉自愿地放弃富有家庭生活，仆仆风尘地走遍祖国各地。他足迹踏遍十余省，前后经历了30余年，虽然历尽风雨、遭劫掠、仅有的几个同伴或中途死亡或卷物逃逸，但他仍以百折不挠的坚强意志坚持下来，真是"不畏巉岩不畏死"，"寻山如访友，远游如致身"（黄道周语）。如他在湘江遇盗时，行囊被洗劫一空，又借贷乏门，别人劝他赶快回去，他却坚定回答说，"我决不变更自己的志趣"，又说，"我带了一柄小锸来，何处不可以埋我的孤骨"，真是意志如钢。他曾绝粮于云南南香，后又绝粮于永昌，"手无一文，乃以褶、袜、裙三事，悬于寓外，冀售其一，以为行资"，"卖了绸裙"以买食充饥；在行游中遇见野兽巨蟒，也不畏缩后退，不被吓倒。就在这种种窘迫的境况下，他仍然坚持科学旅游和科学探索，为"探尖锋之胜"而斗争。55岁时他因病足，留在云南修《鸡足山志》，后来即返家。徐霞客在长途旅游生活中间，得到了广大劳动人民——老农、樵夫、牧民、猎户、渔民的支持，经常投宿在劳动人民家中；他的《游记》中的科学记载，许多都是出自劳动人民之口而加以提炼出来的。他经常把自己从野外采集到的标本带回来加以仔细琢磨，甚至在临死以前还在细心观看陈列在自己床头的各种岩石标本。

《徐霞客游记》因路途颠沛，在徐霞客生前即损失甚多。钱谦益写道："游记乃千古奇书，惜其残缺，仅存数本。"比如原来每册都有一万七八千字，现在只余五六千字，只有原书的1/3，《盘江考》一文就是这样。这是我国文坛和我国科学文艺作品中的极大损失！

关于徐霞客的死，过去的一些文章只讲到他因病足从云南回乡后不久即去世，很少人讲到他从云南赶回，是为了他的平生挚友黄道周被诬下狱。他返家后即命其子赴京到狱中致意，黄道周《狱中答霞客书》倾陈积愫。徐霞客对他的好友黄道周的冤狱"据床浩叹，不食而卒"（钱谦益《徐霞客传》）。由此可见，一向身体健壮、"一步能空天下山"的、我国伟大的科学文艺家徐霞客，并不完全是因病而死亡，而是深刻惦念其好友黄道周、悲愤其不平际遇而绝食致死，这是十分可悲痛的事情。黄道周出狱后知霞客已故世，也悲痛欲绝，"十州五岳齐挥泪，屐齿无因共数峰"（黄道周《挽徐霞客》）。

徐霞客之死，从某方面看来，是时代的悲剧。

徐霞客生活的时代，是欧洲文艺复兴的时代，是欧洲科学创始人弗朗西斯·培根（1561～1626年）、开普勒（1571～1630年）、伽利略（1549～1642年）生活的时代，也是欧洲一些资本主义国家开始开拓殖民地、组织东印度公司，开始向中国侵略的时代。当时意大利传教士利玛窦已经来华，不久继而来华的传教士卫匡明曾根据《徐霞客游记》记载的成果作舆图，清康熙时代来华的传教士雷孝恩也同样根据此书制作图籍。徐霞客生前好友中如黄道周等人多闽人，他们中间有不少人同西方传教士密切过往；当时西方传教士艾儒略等曾在闽浙一带讲学，因此很可能徐霞客也曾受到当时西方文艺复兴思想的影响。《徐霞客游记》在民间流传了很久之后，才被刊刻问世，肯定其中有若干细节曾被砍削，而且原有的手稿遗失甚多，但愿将来发现所有真迹。

1986年是徐霞客诞生400周年，我国科学文化界正准备写徐霞客评传，拍徐霞客故事片和电视片。徐霞客的一生是不平凡的一生，《徐霞客游记》不论在科学上或文艺上都是极富有价值的非凡之作。关于文艺方面的评价，自明末以来的许多文章中已作了论列，给予极为崇高的评价。关于科学上的成就，这里仅引世界著名科技史家李约瑟博士的话作结束。李约瑟在《中国科学技术史》上对徐霞客这样写道："《徐霞客游记》读来并不象是十七世纪学者的东西，倒象是一位二十世纪野外勘测家所写的考察记录。"可以看到，李约瑟博士对《徐霞客游记》中的科学性作了多么崇高的评价。徐霞客把科学同文艺紧紧地结合在一起，写出如此优秀的作品，将永远成为我国科学文艺尤其是科学游记创作的典范。现代化需要科学技术，需要科学文艺来作为普及科学的一种手段。我们一定要认真学习我国古典优秀科学文艺、科学游记遗产，从中取得教益，来进一步发展我国科学文艺事业。

（1982年4月26日于北戴河旅次初稿；
1983年8月10日重改）

第二十三章　吴承恩《西游记》中的
神话和科学幻想

本章要点：《西游记》中的孙悟空形象；其他妖魔鬼怪；神话思维中的现实基础。

我国古典神话小说《西游记》，根据英国科技史家李约瑟先生的研究，其中有不少带有科学幻想的东西。比如说孙悟空法力高强，一个筋斗云能翻十万八千里远，这是一种神话幻想，但也包含有科学幻想的东西。事实上，孙悟空最早向菩提祖师学翻筋斗云时，攥紧了拳，将身一抖跳将起来，一翻腾就可以走十万八千里路，当然这个"筋斗云"到达某一地区，总需要时间，并非一翻就到。人类对于腾云驾雾的希望还是十分深刻的，这在今天已非难事。

《西游记》里写一个人既能飞天又会钻地，这实际上都是幻想又可能成为科学幻想。现代科技上山下海、钻隧道也是常见之事。

《西游记》第四十五回孙悟空对一群司雷电之神发号施令："但看我这棍子，往上一指，就要刮风。"那风婆、巽二郎满口答应道："就放风！""棍子第二指，就要布云！"那推云童子、布雾郎君道："就布云！就布云！""棍子第三指，就要雷鸣电灼。"那雷公、电母道："奉承！奉承！""棍子第四指，就要下雨。"那龙王道："遵命，遵命！"书中充分写出孙悟空在自然面前雄伟气魄和强大威力。这些浪漫主义的艺术想法，非常生动地反映了古代人民驾驭自然的热烈的愿望和人定胜天的乐观精神。这是古代人民借助想象来征服自然力、支配自然力的表现，而事实上这种情况在现代已经能做到了，如人工降雨等已由科学幻想成为可以实现的事情，不再是纯粹的幻想了。

孙悟空从龙王那边得到的"如意金箍棒"，有一万三千五百斤重，叫"小！小！小！"就小成个绣花针似的，可以藏在耳朵里；拿出来后，叫"大！大！大！"就又在成斗大粗。从书上看，这当然只是唯心主义的幻想，但从大变小却是今天的物质生活中间能够办到的。如电子计算机从一间大房子那么大小，到今天已经演化到微型电子计算机，如同火柴盒子般，其速度甚至比大型迅速许多。又如通常烧饭用的压缩煤气，是经过高度压缩形成的，一罐压缩煤气如果用一般的容器盛装，那要占了非常大的空间。现在气体、液体都可以经过压缩，但固体东西压缩则不易，将来是否可以，看来科学发展很有这个可能性，有朝一日能够实现。孙悟空的"金箍棒"是他的"斩马刀"，是他的力的标志与象征，使他"杀尽天下不平人，扫尽天下不平事"。在幻想世界中，他利用这武器，为匡时济世大打出手，这个幻想是十分深入人心的。

《西游记》里所写的孙悟空反抗天庭的斗争，使天上倾其全部力量来围剿他，终于寡不敌众，从而失败；为二郎神所擒拿之后，天神们用刀砍斧剁、雷打火烧，都不能损伤他的一根毫毛。太上老君把他放入八卦炉里以文、武火锻炼，炼了七七四十九天，以为他早已化为灰烬，谁知机智的孙悟空却躲在风眼里，又未损伤他的一根毫毛，并炼就了一双火眼金睛；待老君开炉取丹时，即纵身一跳，逃掉了！《西游记》由于描写了幻想与现实的关系、写来符合一定的规律，看来使读者觉得可信。他把玉帝称之为"老官儿"，见面时只唱了个"喏"；偷盗，原是不道德的行为，但在《西游记》里，孙悟空偷吃仙桃、偷喝御酒、偷吃仙丹，却被人看做是蔑视天庭的反叛行为，因而受到广大读者的同情；他甚至喊出"皇帝轮流做，明年到我家"的战斗口号，敢于向天庭挑战，博得了广大读者的喜欢。

观音菩萨教唐僧念"紧箍咒"以制服孙悟空这点办法，看来也是带有幻想的成分，但这实际上成为一个无能者制服一个强者的一种办法，是用习惯势力束缚强者的常用一种"典故"。

《西游记》里写了许多妖魔鬼怪。譬如"三打白骨精"里的白骨精，她善于用"解尸法"化身走了，把假尸留在地下；她狡猾善变，愚弄群众，但孙悟空用"火眼金睛"一眼就看出她是妖魔所变，因此他敢于应战，敢于同她作斗争。《西游记》里所写的无论是妖魔世界、神佛世界、西方世界还是人间世界，都是混乱不堪、卑鄙黑暗：乌鸡国一个全真道士抢了王位，车迟国三个道士当了国师、国内特务横行，比丘国的道士要国王用 1 000 多个小孩心肝做药引。《西游记》里不仅尽情暴露了当时在世上的各种黑暗，同时也暴露了道佛世界中的黑暗，从而显出了正是这个幻想的石猴成为世界公理与正义的化身；他是根植于现实泥土中的理想英雄人物，他寄托了我国黑暗时代人民的爱与憎，代表了我国古代人民的美好理想。从某一方面看来，孙悟空是个活生生的英雄人物，可惜他不是真人，而是石猴子变的。作者吴承恩在孙悟空身上体现了"笼天地于形内，挫万物于笔端"（钟嵘《诗品》）情节奇特的构思，其生活细节是根植于现实生活的土壤之中。他能经常突破时空，变幻无穷，上天、入地、钻水府，翻洋过海，到仙山蓬莱；颠倒阴阳，超越生死，捉弄虎力、鹿力、羊力三仙喝尿，用尘土混合马尿为国王治病，做尽恶作剧而令人笃信为真。

《西游记》中不仅神话人物栩栩如生，如唐僧、孙行者、猪八戒、沙和尚、龙马、牛魔王、铁扇公主、红孩儿、白骨精……各有各的性格，各有各的形象，同时也塑造了恰如其分的典型环境，如胜神洲花果山的水帘洞、"鹅毛飘不起，芦花定沉底"的流沙河、"滚滚一地黑，滔滔千里灰"的黑河、"茫然三军似海，一望更无边"的通天河、烈烈熊熊火焰山、布满荆棘的荆棘岭、污秽填塞的稀柿衕等。《西游记》八十二回所写的白毛鼠精所住的环境和陷空山无底洞，蜘蛛精住处盘丝洞的景物和陈设，一切依据老鼠、蜘蛛的特点，景物、环境全为所写的人物作衬托；不论流沙河、火云洞、解阳山，都有独特的环境，它们既是虚幻的，也是有着现实为依据的。在吴承恩笔下真是"人有禽言，兽有兽语"，虽幻想而似真实，所以格外感人。这是浪漫主义与现实主义的结合，使作品写得引人入胜。

吴承恩笔下的妖魔鬼怪，有熊罴怪、貂鼠精、白骨精、狐狸精、龙精、鹿精、虎精、羊精、金鱼精、青牛精、犀牛精、蜘蛛精、蜈蚣精、蝎子精、老鼠精、象精、狮精、松树精、十人松精、柏树精、孤直公精、桧树精、凌空子精、竹精、云叟、枫树精、赤身鬼、杏仙等，都根据原来动物形象、习性，而用非凡的想象力，用新奇的文笔把它们表现了出来，十分奇妙；夸张得很有道理，令人觉得合情合理。

《西游记》的作者、艺术家吴承恩是彻底的无神论者，他从哲学意义上根本否定了神，肯定了人。大家知道，孙悟空生活在"十洲之祖脉，三岛之来龙"的花果山洞天福地的水帘洞，过着"山中无甲子，寒尽不知年"的生活，居住在"不伏麒麟管，不服凤凰辖"的地区，这是作者幻想的乐土。他可以打进、打出，来去无阻，把三界都打服，几乎把玉皇赶下宝座，可他在降妖"取经"路上，也是经历了一番挫折，不是一帆风顺的。例如孙悟空三借芭蕉扇：当他从铁扇公主口里跳了出来时，把扇接过就跑，但他接到的是把假扇，用它扇火，越扇火焰越高，连自己的毛也烧去一大撮；二借芭蕉扇，利用铁扇公主和牛魔王的矛盾，骗到真扇，但是他不大知如何把它缩小，以致把那大扇一步一摇往回走，而且很快又被牛魔王变为猪八戒骗了去；这样使孙悟空在生活中间得到了锻炼，最后终于取得了很彻底的胜利，用芭蕉扇把火焰山的大火扇灭了，他是经历了种种挫折而取得胜利的。

唐僧处处不忘善心，鼓吹"微生不损"，几次历险，几遭损命，实际上是作者对佛教的一种嘲弄，证明《西游记》不是"劝善书"。作者对诸佛是一种相当激烈的嘲弄，他把如来佛祖看做是妖怪的外甥，作恶多端的妖魔与众佛、仙、道、士都有着这样那样的社会关系的。雷音寺是佛教圣地，但即使神圣如来佛，也同样作弊，对唐僧等敲诈勒索，连唐僧也不得不惊呼"这个极乐世界，也有凶魔的欺害"呢。《西游记》对权奸佞臣刻得入木三分，这与现实社会中的种种官场丑相颇是相近；吴承恩笔中所蕴含的讽刺意味曲折而尖锐，借说神仙佛道世界讥嘲现实，虽为文学作品，实也可作为一部社会学著作阅读。

第二十四章　李善兰和中国近代自然科学

本章要点：李善兰的数学译著；李善兰的"科学救国"。

1982 年是中国近代科学家李善兰逝世一百周年。李善兰（1811～1882 年）是中国近代自然科学运动中的先驱，是不可多得的一个优秀成员。他认为中国人要反对和抛弃西洋传教士所宣扬的神学，但要吸取他们所传播的西洋自然科学的精华。

李善兰，字壬叔，号秋纫，浙江海宁人。他在青年时期就相当精通数学与动力学，曾任同文馆的数学总教习，著有《则古昔斋算学》13 种共 24 卷、《考数相法》1 卷。他对锥体求积术、三角函数与对数的幂级数展开式、高阶等差求和等都很有研究，其中等差级数求和、锥体求积术都有初步的微积分思想，这在微积分未有中文译本之前是有启蒙意义的。

李善兰于 1852 年到上海，继承了徐光启的未竟之业，与伟烈亚力（1815～1887 年）合译欧几里得《几何原本》后 9 卷；加上徐光启已译的部分，全部出书。此外，他还译有《代数学》13 卷、《代微积拾级》18 卷、《圆锥曲线说》3 卷，分别阐明抛物线、椭圆线与双曲线；1864 年著《方圆阐幽》，阐明了几何和微积分原理，这在我国数学史上是个很大的飞跃，开始了高等数学阶段。李善兰在数学译作中，创造了许多古代所未见的数学名词术语，至今普及应用，对于数学的普及起了一定的影响和作用。

如果说在徐光启的时代输入和宣扬了关于自然科学、天文学的原理，但由于基督教思想的制约，他始终对于地动学说不敢正视，而李善兰对于哥白尼的地动学说则作了鲜明、大胆的介绍，使中国人民对于西方自哥白尼至伽利略的天体理论有了初步了解。尤其是他在物理学方面，介绍了牛顿的经典力学，打破了传教士们对中国有关西方自然科学精髓之处的封锁。李善兰是全面传播和介绍西方自然科学的一位有功的科技人物。

李善兰是我国启蒙时代优秀的自然科学家，但是，作为中国启蒙时代的知识分子，他在思想认识方面还是有他的局限性的。他的治国药方没有超出"科学救国"论的范围。在他看来，欧美各国其所以能够欺侮中国，主要在于"制器精也""算数明也"。❶他是最早主张"科学救国"的论者之一。他在当时和伟烈亚力所译的《谈天》一书的

---

❶ 见《重学·序》。

序言中，既不讲"天道渊微"，也不宣扬上帝造物，甚至或直接或间接地驳斥了宗教神学的虚妄，驳斥了当时阮元等所宣扬的唯心主义神学论的观点，正确宣传了自哥白尼至开普勒、牛顿关于天体的学说，这是难能可贵的。这说明他所宣传的是天体学说中的唯物主义学说，同利玛窦、汤若望至阮元所宣扬的唯心主义、带有宗教色彩的自然科学学说是有着原则上的不同的。李善兰用科学"求故论"批判了阮元的不可知论，指出哥白尼、开普勒、伽利略、牛顿学说的科学发现——天体运动学说"如山不可移"。但他的科学理论还缺乏大胆明确，这是他思想上严重局限的结果。他在当时竟能提出"天地间有色者不能无形，有形者不能无体，盖色由形者，形由体呈"，❶ 说明李善兰是把物质看做第一性、精神看做第二性的，这在当时也是很不容易的。

（1985 年 3 月）

---

❶ 见《方圆阐幽》。

第二十五章　曹雪芹的《红楼梦》与科学文艺

本章要点:《红楼梦》中塑造的园林建筑—大观园;《红楼梦》中的茶。

《红楼梦》里大观园,典型环境树乾坤。
宝黛依人如晤对,园林幽雅似迎暄。
省亲别墅人间少,御山抢景造化源。
怡红院外碧桃盛,潇湘馆边修竹萱。

一、红楼梦中塑造的园林建筑——大观园

我国清代伟大的小说家曹雪芹以他的名著《红楼梦》盛传后世,博得了全世界的光辉荣誉。但是曹雪芹的艺术成就决不仅限于《红楼梦》中的五六百个人物思想、行动、心理等方面的塑造和刻画上,他对我国园林建筑也作过极其精湛的研究和描写。在《红楼梦》中塑造的大观园的艺术形象,就是一个证明。大家知道,关于大观园的建筑图,无论过去和现代,都有人精心地研究和绘制。中国历史博物馆保存的《清人画大观园图》横披,纵 1.37 米,横 3.62 米,全图以衡芜院、凹晶馆、蓼风轩、牡丹亭四处建筑为重点,其中一曲池水自衡芜院流向牡丹亭;在主要建筑后面,出现层层的亭台,中间用丛竹高松为点缀,表现出宏伟、幽雅的园林景致(《文物》1963 年第 6 期)。清嘉庆二十二年红楼刊本,《痴人说梦》中刻大观园示意图,一一标出书中所写著名建筑物的位置;光绪广百宋斋铅印本《增评补图石头记》上绘有《大观园总图》,亭台楼阁如在低空拍照似的,栉比琳琅,为上海市图书馆存;清光绪同文书局石印的《金石录》上,也印有大观园图并附有图说。新中国成立以后,清华大学编写的《建筑史文集》中也刊登了《红楼梦大观园的园林艺术》,并附有《红楼梦大观园鸟瞰示意图》。但是,应当指出,尽管建筑学家或艺术家所绘制的各种各样的大观园图谱并不能全部或十分准确地描绘出曹雪芹笔下精心创作出来的大观园风貌,但不可否认的,它们或多或少可以看到大观园之作为。从某一方面来看,《红楼梦》中的大观园是总结了我国清代王公贵族园林、宫苑和江南苏州、杭州一带园林建筑的特色的。

从《红楼梦》全书看,大观园是皇帝贵妃元春的行宫,又是书中人物贾宝玉、林

193

黛玉、薛宝钗、凤姐、史湘云、晴雯等人活动的重要场所。书中反映的封建制度的吃人、叛逆者的反抗、奴隶们的斗争，大量事件都是在这里发生。全书通过大观园刻画了产生典型人物的典型环境，它为书中所描写的典型人物起了不可分割的重要作用。

根据《红楼梦》反映，大观园位于荣国府、宁国府的后头，"从东边一带借着东府里的花园起，转至北边，一共丈量准了三里半大"（见《红楼梦》第 16 回，以下只写回目）；建园时将两府花园拆墙连通，大门位置面对夹道，出了园门，经过夹道，可以与外街相通。大观园正门，书中写道："只见正门五间，上面筒瓦鳅脊；那门栏窗槅皆是细雕新鲜花样，并无朱粉涂饰；一色水磨群墙，下面白石台矶，凿成西番草花样，左右一望皆雪白粉墙，下面虎皮石随势砌去。"（第十七回）这正门五间是荣国府内部，正如元春省亲时所描写："那銮舆抬入大门往东一所院落门前，彩嫔等引着元春下舆。……元春入室更衣复出，上舆进园。只见园中香烟缭绕，花彩缤纷，处处灯光相映，时时细乐声喧：说不尽太平景象，富贵风流。"（第十八回）

大观园内有"清流一带，势若龙游，两边石栏上，皆系水晶玻璃各色风灯，点的如银光雪浪；上面柳杏诸树，虽无花叶，却用各色绸绫纸绢及通草为花，粘于枝上，每一株悬灯万盏，更兼池中荷花凫鹭诸灯，亦皆系螺蚌羽毛做就的；上下争辉，水天焕彩，真是玻璃世界，珠宝乾坤。船上又有各种盆景，珠帘绣幕，桂楫兰桡，自不必说了"（第十八回），这里才是贾元春的"省亲别墅"。

《红楼梦》不仅以艺术的笔触描写了大观园美好环境，同时也以诗歌的笔墨来细致刻画大观园的诗情画意。元春把整个园取名为"大观园"，并写了一个对联："天地自宏慈，赤子苍生同盛戴；古今垂旷典，九洲万国被恩荣。"正是贾妃元春把林黛玉住处取名为潇湘馆，把贾宝玉住处称怡红院，把薛宝钗住处称蘅芜院，把李纨住处称稻香村，把正楼叫大观楼……《红楼梦》通过元春写的一首绝句，歌颂大观园这个宏伟工程的建成：

> 御山抱水建来精，多少工夫筑始成。
> 天上人间诸景备，芳园应锡大观名。

在贾妃咏唱大观园的带动下，园内姐妹和贾宝玉各写诗称赞大观园的美好景色。在迎春眼里："谁信世间有此境，游来宁不畅神思？"探春写诗："看水明山抱复回，风流文采胜蓬莱。"惜春赞叹："园修日月光辉里，景夺文章造化功。"李纨歌颂："精妙一时言不尽，果然万物有光辉。"薛宝钗把大观园看做"高柳喜迁莺出谷，修篁时待凤来仪！"林黛玉把它看做"借得山川秀，添来气象新"的名园。贾宝玉目中竹树"竿竿古欲满，个个绿生凉""一畦春韭熟，十里稻花香"的所在，既是景色佳胜，又有乡村风味的地方。大观园在众人的一系列诗歌里，更加增添了诗情画意。

大观园的东北角有薛姨妈、薛宝钗、香菱等人住着。经常出入的，是蘅芜院偏向大观园的东部的门，大观园的正门平时不常开，尤二姐入大观园时正是走东门。《红楼梦》里写道："如今不去大门，只奔后门而来，下了车，赶散众人，凤姐便带尤氏进入

了大观园的后门，来到李纨处。"（第六十八回）

大观园的西南角，还有个聚锦门，这是林黛玉、史湘云生病时请大夫进园的地方。《红楼梦》第五十六回上写道："有吴大娘和单大娘他两个在西南角上聚锦门等着。"大观园里不论大门与偏门都是向府内开的。

大观园中的每一个重要人物住所，都有各自特色。比如贾宝玉住在大观园怡红院，怡红院外绕着碧桃花，一层竹篱花障编就的月洞门，见粉墙环护，绿柳低垂；入门两边都是游廊，院中有几块山石，一边种芭蕉，一边是西府海棠，有两只仙鹤在松树下剔翎；上面小小五间抱厅，上面悬着一个匾额，题曰"怡红快绿"，后院满架蔷薇（第七回及第二十六回）。

与此同时，林黛玉住在潇湘馆。书中写道："……一带粉垣，里面数楹修舍，有千百竿翠竹遮映……入门便是曲折游廊，阶下石子漫成甬路，上面小小两三间房舍，一明两暗……后院有六株梨花兼着芭蕉，又有两间小小退步。后院墙下忽开一隙，清泉一派，开沟仅尺许，灌入墙内，绕阶缘屋至前院，盘旋竹下而出。"（第十七回）显然潇湘馆充满诗情画意，同它的主人身份关系重大，同书中女主人公的思想感情紧密相联，这是葬花、焚稿、孤芳自赏的诗人；这是产生这个人物的典型环境，从而更加衬托出这位孤女的性格、思想与感情。

此外，《红楼梦》以独特的笔法，还塑造了薛宝钗的蘅芜院、贾迎春的缀锦楼、贾探春的秋爽斋、史湘云幼年与花袭人同住的芍药茵和蔷薇院、贾迎春住的紫菱洲、贾惜春住的暖香坞、李纨的稻香村、妙玉住的栊翠庵……可以看出，作者不仅对书中人物有生动刻画，对环境也一一作了精心的描述。读了《红楼梦》以后，不仅书中的人物描写深刻人心，书中的环境描写也同样使人难以忘怀。

大观园中的几个重要的风景点，也同小说中重要描写的人物息息相关。书中人物迁入大观园之后，首先引人注目的事儿是"西厢记妙词通戏语，牡丹亭艳曲警芳心"。作者有意安置贾宝玉坐在沁芳桥底下一块石上读《西厢记》，而在这附近又是林黛玉葬花的地方；又如，林红玉与贾芸的爱情故事发生之处的蜂腰桥，薛宝钗偷听红玉、坠儿说悄悄话处的滴翠亭，鸳鸯抗婚处的枫树下，从潇湘馆去衡芜苑途中的柳堤。此处，蓼汀花溆、沁芳桥、翠烟桥、藕香榭等，这些地方所产生的人物事件，都是令人难以忘怀的。这也说明作者所塑造的大观园在读者的心目中有十分重要的作用。

那么大观园真实的地址究竟在哪里呢？这是颇费周章的问题。关于大观园的具体地址所在，也是该书问世后红学专家所纷纷聚讼的一个大问题。《随园诗话》的作者袁枚认为，它是在南京的隋园，胡适的《红楼梦考证》相信此说；俞平伯先生认为，大观园是北京的什刹海。我以为北京北角恭王府内后花园是大观园的实际所在地，因为恭王府侧毗连宁荣二府与小说相吻合。1962年4月29日上海《文汇报》上吴柳同志的《京华何处大观园》就是作如是说。我认为这些考证未必有什么不好，但是应当看到著名作家笔下描写的景物，未必就等于某处的实物。大观园中的人物显然是在北方而非南方，大观园中的景物则未必是南方或北方的真实园林，而是综合南北之风物、景象，这完全是可以的，因为作者是走南闯北的人物，作者完全可以在作品中塑造出既有南方特点又有北方气派的园林景色的风物。大家知道，曹雪芹生活的那段时间（1715～1763年，清康熙五十四年至乾隆二十八年）正是清朝处于繁荣昌盛的历史时期。清朝自18世纪起，苑囿建筑空前发展。当时，除了在北京扩建西苑外，还有北京西郊风景优美的圆明园、长春园、万春园、静明园、静宜园、清漪园等，京城以外还建有最大行宫承德避暑山庄。当时在建筑上开始注意把全国分成若干景区，每区有不同的内容、景物和富有诗意的题名，这已是常见之事。这种处理手法当时还受到了江南名胜和一些私家园林的影响。曹雪芹塑造大观园这个无比优美的园林艺术形象，对大观园景物的描写，可以说是综合了南北园林的美。其实，我国自明代始，燕京园林就既充分吸取江南园林风物，又承袭北方苑囿特点。曹雪芹通过自己独特的构思，在书中描绘了大观园的一些独特景色。如稻香村的格局，书中第十七回里写道："转过山怀中，隐隐露出一带黄泥墙，墙上皆用稻茎掩护。有几百枝杏花，如喷火蒸霞一般。里面数楹茅屋，外面却是桑、榆、槿、柘，各色树稚新条，随其曲折，编就两溜青篱。篱外山坡之下，有一土井，旁有桔槔辘轳之属。下面分畦列亩，佳蔬菜花，一望无际。"作者把京郊农村风物引入大观园这个高雅园林设计之中，这是别具生面的创造性描写。又如大观园中妙玉所住的栊翠庵，也是别出心裁的创造。大家知道清代皇家园林中如西海子（今北海公园）就有西天佛寺、宏红寺、万佛楼，静如园有妙高寺，静宜园有香山寺，就是类似的例子。《红楼梦》第十七回通过贾政眼中写大观园的工程："只见正门五间，上面筒瓦泥鳅脊。"筒瓦是圆筒状的屋瓦，泥鳅脊是圆背的屋脊，这种建筑制度在当时必须具有一定等级地位的贵族才能用的。"那门栏窗隔，俱是细雕时新花样，并无朱粉深饰，一色水磨群墙。下面白石台阶，凿成西番莲花样。左右一望，雪白粉墙，下面虎皮石砌成纹理，不落富丽俗套……"这可见当时建筑的大观园，已具有西洋建筑的风尚。清朝乾隆皇帝十分喜好白石雕刻的西洋建筑，大观园已受时代的影响。又如石是近代园林造景的一个重要内容，大观园总结了叠石造山的艺术手法和土石结合的园林风格与手法，使后与山、地、花、木组成景致。小说中也常用花木在园林之中造景，可以看出作者喜于利用花木结合大观园的人物造景。这也说明《红楼梦》作者曹雪芹不但精于文学作品中的人物描写，对于当时建筑物的各式花样也非常精通。

曹雪芹生活的时代，已是欧洲资本主义势力进入中国的时代。利玛窦（1552～1610年）到北京进见万历皇帝时，带的礼物是天主圣像、圣母像、大小自鸣钟二具、铁弦琴等。刘姥姥在凤姐房中，看到西洋挂钟（第六回），在宝玉房中见油画女像（第四十一回），宝玉怀中掏出桃大金表（第四十五回），从以上可以看出大观园的陈设物中间，已经有了当时外国进口的商品。

大观园内还有不少大小不一的桥梁，如沁芳亭桥、朱栏折带板桥、蜂腰桥，它们给人引渡之外，还是富有诗意的。这些是别出心裁的风景桥，其中沁芳桥是"石桥三港，兽面衔吐，桥上有亭"；在怡红院与潇湘馆之间有翠烟桥，在山坡高处栏着帷幕。从《红楼梦》的大观园可以看出园林建筑具有总体规划和具体布局，其中体现了人改造大自然和再现美的大自然的努力。大观园"衔山抱水",难怪刘姥姥赞扬它"竟比画儿还强十倍";刘姥姥是从沁芳亭上欣赏大观园、观赏全园景致的,通过乡下人的观赏别开生面,令人处处感到新鲜。

曹雪芹笔下刻画出来的大观园,是十分精美的园林大观。作者通过含蓄的笔法,尽情刻画出了园林的内蕴美;在不断对比中显出大观园的特色,使人感到虽只有二三里之遥的私家园林,却处处有自己的风物景象,带给人气象万千、别有天地而非人间的观感。作者笔下的大观园,不是一进园就使人一览无余,而是通过羊肠小道使佳景逐渐呈现在观众的眼前,而且在看了一个风景之后,又呈现另一个不次于前者的风景点;而每一个风景点,又往往与书中所写的具体、特定的人物有着血缘般的相互关系。也正因为这样,书中所刻画的人物,真正呈现了典型环境中的典型性恪,显得格外鲜明。

大观园艺术结构的影响是相当巨大的。颐和园内有知春亭,也如大观园里的沁春亭,颐和园也有藕香榭建筑,可见大观园的艺术创作对现实生活中的园林建筑所起的实际作用。阿英所编的《红楼梦版画集》中,大多数都以大观园作为图版的背景,说明大观园这个艺术图构深入人心。科学普及出版社于1981年创刊的《科学大观园》,以"大观园"作为科普刊物之名。不难看出,"大观园"这个词儿实际上已大大超出文学创作的范围,它对于建筑艺术以及科学、文化都有巨大的影响。

二、《红楼梦》中的茶

茶是一种常绿灌木,叶呈长椭圆,或倒蛋圆形,边缘有锯齿;秋末开花,花一至三朵生于叶腋处,白色有柄。果实扁球形,有种子三至五粒;种子棕褐色,呈球形,产于我国中部和南部地区,适于湿润气候和微酸性土壤,耐阴性强。用种子、扦插或压枝条繁殖。叶含咖啡碱、茶碱、儿茶素、挥发油等,有兴奋神经、帮助消化的作用。茶与咖啡、可可并列为世界上三大无酒精的饮料。茶类中的儿茶素,可供药用,有收敛、止血、镇痛作用,还能用于鞋皮和染色工业。山茶作用亦类同,冬春开花,花为大红色;园艺上品种多种,有单瓣、重瓣,是著名观赏植物;木质坚固,可制农具等用品,亦有止血作用。

《红楼梦》第五回写黛玉初到贾府时,见过贾母,丫环用小茶盘捧上的茶;只片刻工夫,林黛玉就喝了四遍茶。贾宝玉每日清晨喝的是枫露茶。他听丫环说茶被李奶奶喝掉了,很是反感,把茜雪送来的茶顺手往地下一挥,杯子豁琅一声,打个粉碎了,显出贵族少爷的任性和骄贵。无论喝什么茶,或是不同时间喝,但是茶是书中人物不可或缺的饮品;其主要的饮茶原因,无非一为茶文化的熏陶,二为饮茶与养生密切相关。

贾母带刘姥姥、宝玉、黛玉、宝钗到栊翠庵时,道姑妙玉捧出一个海棠花式雕漆填金"云龙献寿"的小茶盘,里面放一个成窑五彩小盖钟,捧与贾母;茶叶是"老君眉",沏茶的水是旧年的雨水。贾母吃了半盏,遂送给刘姥姥吃了。宝玉、宝钗和黛玉到耳房,妙玉又泡了一壶茶;宝钗和黛玉用的是古玩奇珍,宝玉用的是九曲十杯,一百二十节蟠虬整雕竹根大盏,沏茶的水都是五年前收的梅花上的雪水。在这里不仅写了不同的茶,也写了不同的茶具。用不同的茶具能喝出茶的不同滋味,既有主观的心理作用，亦有一些科学的道理。且用不同的水沏茶，也能达到不同的茶饮效果，这在古代的茶学著作中已有说明。

总之，《红楼梦》一书中在生动优美的文字中，处处渗透出清代中期科学技术水平的发展，既有西洋科技物品的进入，又有中国传统科学艺术的呈现。

（1984 年 5 月北京史家堡）

第二十六章 蒲松龄《聊斋志异》中关于地震(及其他的科学文艺)的记载

本章要点：蒲松龄和他的《聊斋志异》；《聊斋志异》关于地震的记载。

蒲松龄（1640～1715年），字留仙，一字剑臣，别号柳泉居士，因著《聊斋志异》而世称聊斋先生，自称异史氏，现山东省淄博市淄川区洪山镇蒲家庄人，汉族。他出生于一个逐渐败落的中小地主兼商人家庭。19岁应童子试，接连考取县、府、道三个第一，名震一时，补博士弟子员。自此以后屡试不第，直至71岁时才补为贡生。为生活所迫，他应同邑人宝应县知县孙蕙之请，为其做幕宾数年，另主要在本县西铺村毕际友家当塾师；舌耕笔耘，近42年，直至61岁时方撤帐归家。1715年正月病逝，享年76岁。他创作出著名的文言文短篇小说集《聊斋志异》。

《聊斋志异》是一部具有独特思想内涵和艺术风貌的文言短篇小说集。多数小说是通过幻想的形式谈狐说鬼，但内容却深深地扎根于现实生活的土壤之中，曲折地反映了蒲松龄所生活的时代的社会矛盾和人民的思想愿望，熔铸进了作家对生活的独特的感受和认识。蒲松龄在《聊斋志异》中说："集腋为裘，妄续幽冥之录；浮白载笔，仅成孤愤之书。寄托如此，亦足悲矣！"在这部小说集中，作者是寄托了他从现实生活中产生的深沉和孤愤。因此，我们不能只是看《聊斋志异》奇异有趣的故事，当做一本消愁解闷的书来读，而应该深入地去体会作者寄寓其中的爱和恨、悲愤和喜悦，以及产生这些思想感情的现实生活和深刻的历史内容。

《聊斋志异》中除了记载花妖狐媚、怪异灵鬼之类的事迹外，还记录了一些清代发生的自然现象。如书中有关地震的记载：

> 康熙七年六月十七日戌刻，地大震。余适客稷下，方与表兄李笃之对烛饮，忽闻有声如雷，自东南来，向西北去。众骇异，不解其故。俄而几案摆簸，酒杯倾覆；屋梁椽柱，错折有声。相顾失色。久之，方知地震，各疾趋出。见楼阁房舍，仆而复起；墙倾屋塌之声，与儿啼女号，喧如鼎沸。人眩晕不能立，坐地上，随地转侧。河水倾泼丈余，鸭鸣犬吠满城中。逾一时许，始稍定。视街上，则男女裸聚，竞相告语，并忘其未衣也。后闻某处井倾仄不可汲，某家楼台南北易向；栖霞

山裂，沂水陷穴，广数亩。此真非常之奇变也。有邑人妇，夜起溲溺，回则狼衔其子，妇急与狼争。狼一缓颊，妇夺儿出，携抱中。狼蹲不去。妇大号，邻人奔集，狼乃去。妇惊定作喜，指天画地，述狼衔儿状，己夺儿状。良久，忽悟一身未着寸缕，乃奔。此与地震时男妇两忘者，同一情状也。人之惶急无谋，一何可笑！

此段的译文为：康熙七年六月十七日戌时，地面突然剧烈震动。我那时正到稷下做客，正和我的表兄李笃之点着蜡烛喝酒，忽然听见像打雷一样的声音，从东南方传来，传向西北方去。大家都很惊诧而且觉得怪异，不知道原因。当时茶几、桌子等家具都颠簸摇晃，酒杯也翻了，屋子的梁柱都折断了。我们互相看着大惊失色。过了好一阵，才知道发生地震了，各自很快跑到外面。看见楼房屋舍一会低下去，一会又起来；围墙倾倒、房屋垮塌的声音和小孩子、女人哀号的声音像沸水一般喧闹。人头昏眩晕不能站立，只能坐在地上，随着地面转动翻腾。河水翻起一丈多的浪，打到外面来，整座城都是鸡和狗的叫声。过了一个多时辰，才稍稍安定一些。看街上，男人和女人裸着身体聚在一起互相谈论（这件事情），忘记了自己并没有穿衣服。后来又听说有个地方的井塌了，不能打水，还有一家的房子的西方和北方居然换了位置；栖霞山裂开了，沂水河塌陷出一个大的洞穴，有好几亩宽。这真的是不一般的奇异的变化。

有乡里人的老婆晚上起来上厕所，回去的时候发现狼把她的孩子叼走了，这个女人急忙上前与狼争夺。狼稍稍一松嘴，妇人就把小孩夺出来了，抱在怀中，但是狼蹲在那里不肯离去。妇人大声地叫喊，邻居们都跑过来，狼才离去。妇人安定下受惊的心情感到很幸运，指天画地，叙述狼把他孩子叼走时的情况和自己争夺孩子的情况。过了好一阵子，忽然发现自己身上什么都没有穿，于是跑走了。这应该和地震时男人和女人都忘记了（自己没有穿衣服）是一样的情状。人在惊惶时候的束手无策，是多么的可笑啊！

中国对地震的记载历史相当悠久。《春秋》中曾多次记录，但语焉不详。《聊斋志异》中所述地震的情况十分详细，将物、人、景等在地震时的变化罗列出来。虽然蒲松龄限于时代和科学技术的发展而无法解释这一"异象"，但他对大自然变化的关注是值得肯定的。

第二十七章　刘鹗的《老残游记》与科学文艺

本章要点：《老残游记》的创作；治理黄河的主张；刘鹗的医学思想。

《老残游记》署名"洪都百炼生"，真名为刘鹗，字铁云，对殷墟发掘的甲骨文字颇精通。据罗振玉写的《刘铁云传》记载，他年青时代精通数学，尤长于治河，"放旷不守绳墨，而不废读书"。曾以岐黄之术（按指中医学）游上海而门可罗雀，后来学做生意。光绪戊子（1888 年），黄河在郑州决口，刘鹗慨然前往自告奋勇，投效于吴恒轩中丞，阐其说。刘鹗短衣单身匹马，伙同徒役杂作；同僚所谓惮不能为之事，悉自任之，声誉大起。"河决既塞，中丞欲表其功绩，刘鹗让其兄渭清观察而自请归读书。"当时正值绘制三省黄河图，刘鹗又奉命为提举官，画成河图。据罗振玉的《刘铁云小传》，当时"柄臣某乃以私售仓粟罪君，致流新疆死矣"。刘鹗是最早认识甲骨文的一位学者，也是研究甲骨文的开路先锋。

刘鹗在《游记》自叙中，自述自己写这部书是一种哭泣，是一种"不以哭泣为哭泣者其力、甚劲，其引弥远"的哭泣。他说："吾人生今之时，有身世之感情，有家国之感情，有社会之感情，有宗教之感情。其感情愈深者，其哭泣愈痛；此洪都百炼生所以有《老残游记》之作也。棋局已残，吾人将老，欲不哭泣也得乎？"这说明《老残游记》是一部忧国忧民的小说，该书从根本上否定假通学宋儒理学也是很有科学见地的，它特别指出那些士大夫"以理杀人"的可怖与可恨。诚如胡适先生所肯定的，《老残游记》最擅长的是描写技术。无论写人写景，作者都不用套语滥调，总想熔铸新词，作实地的描写，在这一点上，这部书可算是前无古人了。书中写王小玉唱书等段落，不仅有音韵感，也给人以音乐感，写得新鲜而饶有情趣。

另外，胡适先生也推崇他治理黄河的主张。在《老残游记》中他所写关于黄河与河工的许多地方，是他从实地经验中间取得的；罗振玉幕府中辩论治河的各种方法，可以与《老残游记》相参证，书中张曜其人实即《老残游记》中的庄宫保。《游记》中的老残驳斥贾让"不与河争地"的主张说："贾让只是文章做得好，他也没有办法过河工。"刘鹗这样说，是由于他在治理黄河期间，的确曾与河工及"徒役杂作"相处，所以他有资格作如是说，刘鹗也不愧是个治理黄河的专家。刘鹗通过《老残游记》第一回写了黄瑞和浑身溃烂的寓言，其中黄瑞和即是黄河，每年总要溃几个窟窿；今年治好这个，明年别处又溃几个窟窿，"老残略施小技，说也奇怪，这年虽然小有溃烂，却是一个窟窿没有出过"。他说：别的病用神农、黄帝传下来的方法治，此病只有大禹传下来的方法治，后来唐朝有个王景得了这个方法以后就没有人知道此法了。

刘鹗的科学思想又表现在懂中医而且是医术相当高明的医师。他曾摇个串铃，替人治病，为奔走江湖近 20 年的串门郎中。在《老残游记》第三回里就曾讲述老残为江苏抚院内文案高绍殷小妾治喉蛾一事时，写老残切脉后说道："两手脉沉数而弦，是火被寒逼住，不得出来，所以越来越重。"接着看喉咙，颜色淡红，两边肿得已将合缝了。老残对高公道："这病不甚重，原起只是一点火气，被医家用苦寒药一逼，火不得发，加之平常肝气易动，抑郁而成。目下只需吃两剂辛凉发散药就好了。"他于是从囊内取出一个药瓶、一支喉枪，在患处吹了一些药，同时开了一张"加味甘桔汤"的药方。三四天后，病势渐退，如同常人。《老残游记》中描写老残治病的文笔虽不多，但从刘鹗对症状和治疗的叙述可以看到，老残的医学功力很深，而且富有治疗的经验。

胡适先生概括刘鹗的一生四件大事，一是做修建黄河河工；二是甲骨文字的流传；三是开山西的矿；四是贱卖大仓的米，赈济北京难民。后面两事，遭到许多诽谤，而且被充军新疆。关于开矿，他实质上只同意利用外资开矿，30 年后矿权全归我所有。今天看来，他是个很有识见的人，把他以"汉奸"论罪是"莫须有"的。至于他赈救难民，更是何罪之有？刘鹗被充军新疆纯属冤案。老残是善于"剖心自明于人"的作家。《老残游记》里写他在山东蓬莱阁上与其挚友德慧生及文章伯伯在眺望天风海水，忽然看见一只帆船"在那洪波巨浪之中，好不危险"。胡适先生认为他看到的风帆便是中国，这个看法很有见地。由此可见，刘鹗实际上是个很有爱国主义思想的清末文人：在黄河泛滥时，他同河工杂役一块做苦役；当帝国主义向中国提出开矿要求时，他主张在一定时间内收回国有；当贫民闹饥荒时，他用救济粮赈济他们于疾苦，甚至为此而受贬往新疆的刑役。说实话，今天应为刘鹗平反雪冤，只有这样做才是为一个很有科学天分、文学天才的文艺家恢复名誉。

《老残游记》中对中国济南以及山东省市各地的风光描写得非常佳丽，同时写治理黄河、写为人治疗疾病都具有独到之处。像在这样的古典文学中，科学与文学互相渗透而出色的作品是相当难得的。

（一九八六年十二月二十日于东京品川巳西大井）

第七卷

近现代的科学文艺

第二十八章　马君武与科学文艺

本章要点：毕生致力科学与科学文艺的马君武；回忆马君武校长；读马君武的科学诗《地球》；读马君武的科学诗《壁他利亚》；马君武与商务印书馆；马君武与中华书局；"一代宗师"及其他。

四十年前为我师，科学科普皆入诗。
飘零三岛留德国，普度四方报国时。
追随孙文闹革命，名传遐迩谁不知。
荒村拜墓高风在，死者无言生者悲。

一、毕生致力于科学和科学文艺的马君武

马君武是我国民主革命时期的自然科学家、科普作家、诗人，生于清光绪七年（1881 年）6 月，名和，号君武，祖籍湖北省蒲圻县。祖父马丽文在清政府当官，后谪居广西恩府（今广西武鸣县）。祖父去世后，次子光吴扶灵到桂林，无力返回湖北，留居桂林。君武早年丧父，母诸淑贞以织布为生。君武少年入蒙馆，读经书和唐诗，爱好生物，捉蟋蟀，搜集植物标本，稍长，始知致力读书，熟读袁了凡的《纲鉴易知录》，通读《史记》《汉书》等史籍，在唐景崧处学习数学、英语，1900 年，同母亲迁往广州，并在丕崇书院学法语。1901 年，入法国人办的震旦学院读书，再次提高了法语水平。同年 12 月，到日本横滨，并在日本西京帝国大学学应用化学，博览欧洲社会政治经济名著，经常为《新民丛刊》撰写译文。当时，他以输入西欧文明为己任，此后数十年从未间断过输入外国科学文化。这里且不说他在社会科学方面介绍了弥勒约翰的学说、唯心主义哲学家黑格尔的学说、卢梭的《民约论》《甘必大传》，激烈反对君权神授论，提倡天赋人权，尤其是他译的卢梭的《民约论》，是直接从法文翻译的，译文准确，文字清新，以至于 1918～1930 年发行了 6 版。他把黑格尔的辩证法精神介绍过来，对推翻清政府，提倡民族思想是有一定贡献的。

1907 年，他到欧洲德国留学，入柏林工艺大学读冶金专业，1911 年取得博士学位，是我国留德学生中取得博士学位的第一人。1913 年，他第二次到德国留学，进柏林农科大学，专攻农业科学，并在化学工场任工程师。1916 年他以个人的力量，夜以继日

地编辑了一部《德华字典》。他为什么要编撰《德华字典》呢？主要原因是当时德国自然科学最为发达，社会科学从费尔巴哈、黑格尔到后来的马克思、恩格斯都诞生于德国，为了促使国人向西方文化学习，他认为首先要向德国科学文化学习。就是说，他编撰《德华字典》，为的是便于国人向德国科学文化学习、向祖国输入西方的科学文化。

（一）做孙中山先生助手时从事科学科普工作

1903 年，马君武由日本友人宫崎民藏介绍认识了孙中山先生，从此之后一直追随孙中山从事民主革命运动。在此以前，他也曾追随过康有为、梁启超，但自从认识孙中山以后，他科学地断定："康梁者，过去之人物也；孙公者，则未来之人物也。"从此他一面在日本学习化学，攻读自然科学，一面倾心于孙中山所领导的革命运动。1911 年辛亥革命成功时，孙中山误以为袁世凯可以胜任总统任务，自己则专心致力于建设铁路工作，在上海成立铁路总公司，马君武任秘书，参加铁路建设。1918 年孙中山从事《建国方略》的写作时，马君武是他的得力助手。1921 年 5 月，孙中山任非常时期大总统时，又任命马君武为总统府秘书长。在孙中山看来，马君武是个不贪财也不惜死、能文也懂得理工的难得人才。1921 年 8 月，马君武一度担任广西省（今为广西壮族自治区，后文亦同）省长，上任时励精图治，提出禁烟、禁赌、整顿金融发展实业，兴办教育，修筑公路，建筑了由南宁至邕宁县四塘一段公路，但不久就被迫离职了。1922 年，马君武从广西来到上海，全家在上海宝山杨行镇住下，盖了 5 间平房，亲自种植 25 亩土地，种水稻、棉花、蔬菜、经营果园，培育水蜜桃，当时他全家都参加耕作。他因在德国时学过农，认为学农业的人要亲自到田间去，对桃李亲自剪枝，还养殖了 20 多箱蜜蜂，取蜜分箱都十分考究科学方法，利用科学方法；他在农业实践中尽量避免病虫害，用自己的务农活动，影响周围的农民群众。后来他兴办广西大学农学院时也正是这样做的。在此期间他还把全部业余时间，致力于科研和科普的写作活动。

（二）对达尔文进化论的竭诚介绍和撰写普及著作

马君武是我国最早向中国科学文化学术界介绍为马克思、恩格斯所敬重的、19 世纪伟大的唯物主义生物学家查理·达尔文及其伟大著作的人之一。马克思、恩格斯曾把达尔文进化论学说看做 19 世纪自然科学三大发展之一。大家知道，1859 年达尔文最初出版《物种起源》（或译为《物种原始》）一书，继之又发表了《动物和植物之家养下的变异》《人类起源及性的选择》等书。在中国，马君武最早把《物种原始》一书译成中文。在马君武看来，科学家必须有大胆的精神，他认为只有认真介绍达尔文的进化论，才能彻底摧毁骗人的神造论，这在当时是十分大胆的创举。马君武译的达尔文的进化论在 20 世纪初于日本横滨出版的《新民丛刊》上陆续刊出，1918 年将该书译完，定名为《达尔文物种原始》，由中华书局出版；1930 年又将达尔文的《人类原始及择类》译出，收入"万有文库"，在商务印书馆出版，从那时起直到 1936 年发行了 12 版之多；在此期间，他还用通俗笔调写了一部科普书籍《达尔文》，介绍达尔文的生平及其学术上的伟大成就。他把达尔文看做"科学界最良好之模范人物"。

大家知道，德国杰出的生物学家、达尔文主义者、自然科学唯物主义的代表、无神论者海克尔（1834～1919年），是极其著名的科普作家。马君武富有贡献地把这位达尔文的门徒海克尔的著作《一元哲学》（又称《宇宙之谜》）和《自然创造史》在1936年左右翻译出版。可以说，马君武是我国最早热心于达尔文及其门徒著作翻译和传播的人。他的翻译精确，堪与严复相媲美，文章流畅完美，前无古人，胜于来者。因为他不仅精通中文，也熟悉日、英、德、法文字，他的每一本译书，不论是科学著作或科普作品，都是经过焚膏继晷加以精心译出的。也正因此，他的译书一成，就风行全国。

（三）　基础科学的科普著作的撰著

马君武十分重视自然科学中的基础科学，如数、理、化、天、地、生物、医学、工程以及一般自然科学原理。在这方面，他不遗余力地进行了广泛的提倡和写作。远在1901年，他就编撰和出版了《代数学》一书。在留学德国期间，他又翻译和编写了《平面几何学》《微分方程式》《矿物学》《动物学》《植物学》等重要科普著作。同时由于他的文字通畅、通俗易懂，插图极其精美，文笔深入浅出，引人入胜，因而博得了当时许多中学生和广大读者的喜好。他的这些科学通俗读物，是当时最为流行的。尽管当时还没有"科普著作"这个词儿，而实际上它们是货真价实的科普作品，每书出版后总是一版再版，在我国民间流传十分广泛。马君武作为我国科普作品的先驱，是当之无愧的。

（四）　对菲里·波维代表作《国计民生政策》的翻译与介绍

马君武的著作与翻译，总是符合当时我国人民生活中的需要。例如他在广州无烟火药厂担任总工程师期间所翻译的维也纳大学菲里·波维（Phili Ponich）教授所著《国计民生政策》全书，花费了他的四年零两个月工夫。他把这一名著译成中文，全书五册，每册都写了序言作详尽的介绍。它们是：一，《农业政策》；二，《工业政策》；三，《外国通商及交通政策》；四，《内地商业政策》；五，《收入及恤贫政策》。马君武在该书序言中猛烈抨击了帝国主义列强对中国经济侵略的种种罪行，他指出在帝国主义和封建恶势力的盘剥压迫之下，中国谈不上有现代化的交通运输，谈不上有什么自由通商和贸易，他批评清政府及北洋军阀把持下的卖国政府，连海关大权都拱手奉送外国人之手，弄得"吾国一事不得过问"（见马君武译《商业政策》序）。

当然，菲里·波维的《国计民生政策》全书主要是宣扬西欧资本主义制度下的国计民生政策，但在辛亥革命后不久翻译这样的书，还是有一定的现实意义和科学价值的。

马君武除了上述著作之外，还著有《中国历代生计政策的批评》《失业人及贫民救济政策》等重要论文，肯定了王安石变法，相当正确地评述了中国必须变法维新的道理。他在《失业人及贫民救济政策》中指出，只有"积极政策以图生产事业的发达，以提高人民的生活，中国社会才能走上正轨，才能有正确的积极意义"。当然，他在这里提倡建立的是资本主义社会，但在民主革命的当时看来，还是具有一定的科学价值的。

（五）晚年从事教育事业不忘科研科普工作

马君武 1924 年任教于上海大夏大学，大力创办图书馆与实验室，大力提倡自然科学教育。大夏大学为了纪念他的劳绩，特别是他在中国化学史上的贡献，把化学馆改名为"君武化学馆"。1925 年 4 月到北京任北京工业大学校长，特别是孙中山先生逝世之后，他更绝意仕进，专心从事教育工作。他在北京工业大学创建了机械、电机、纺织和化学等系，对学生演讲"一个苦学生的自述""翻译之难"等亲身经历的重大问题，使广大学生深受激励。1926 年，他一度南下回到大夏大学，经常鼓励学生从事自然科学研究，亲自辅导，并在经济上资助许多贫苦学生。1930 年 5 月，他就任中国公学校长职务，亲自讲授《世界文化发展史》，对理工科相当重视，购置了许多物理、化学仪器，向广大学生着重普及自然科学基础科学知识。在他主持下，聘请了郑振铎、傅东华、陈望道、洪琛、何炳松等及科技界名流为教授，不断提高教学质量。这之后不久，马君武就回到广西建立广西大学，时值"九·一八"事变发生的年代，马君武以确立三项教育目标来建设广西大学。一是传授科学知识，以启迪青年学生的思想；二是传授各种操作技术，使青年学生学会专业本领；三是培养学生成为具有战斗性格的人。他号召"西大学生一致团结起来，拿书本，拿锄头，拿枪炮去救国。"他多次强调，要具有科学知识和懂得新的生产方法，才可以提高工农业生产，才可以富国强兵。他强调学生要学会工作技能，要学习金工或木工，或造林或畜牧或种植，才能成为有出息的人。由于白崇禧等地方军阀的排挤，马君武曾一度离开广西大学，直到 1939 年，由教育部任命，他再任广西大学校长，重返广西大学。在此期间，同样重视自然科学实验，解决重要师资问题，聘请许多著名教授。他经常亲自辅导学生复习自然科学基础功课，并邀请学习特优的学生向全校作讲演。比如在全国农会工作的华恕同志，就是很受马君武校长重视的一位学生，马君武同他和另外几位学生合拍的照片，至今保存完好。

马君武不仅是个教育家，又是个名副其实的科学家，他在精通科学理论的同时，也非常精通生产实践技术。在德国时，他曾任波恩化学工场工程师，1918 年，在广州兼任兵工厂无烟火药总工程师；在他担任广西大学校长时，曾兼任梧州两广硫酸厂厂长，自制硫酸；他曾设法利用空气制氮，从而制造肥料；在他支持之下，成立广西大学植物研究所，研究所设在白鹤山顶上。现在的广西植物研究所，是同马君武的开创之功分不开的。

全国抗日战争开始后，广西大学设在桂林郊区良丰西林公园里面，当时中国科学院院长竺可桢、副院长李四光有把中国科学院迁往广西桂林雁山的建议，马君武写信表示热烈欢迎。当科学院迁到良丰西林公园对角，开始从事科学研究时，他为科学院建起楼房，待如上宾。他亲自邀约著名科学家李四光到广西大学讲演，时间大约是 1940 年春天。当时李四光讲地质问题。马君武在李四光讲话后，起身向李四光先生表示敬意和感谢，接着说了一席有关科学文化无国界、到处传播流传的话。在他看来，中国的"四大发明"经过阿拉伯商人之手传播到西方后，推动了西方的科学与文艺的复兴。他说："世界科学文化总是向西方传播，从中国向西方传到欧洲，又从欧洲加以发扬光大之后，又向西方传播到日本，最后又从日本发扬光大之后，再向西传到中国来。"他带着高兴的神情向我们说道："你看，连马克思主义不是也先传到日本，然后又向西传，传到中国来吗？我看，世界科学文化总是由东向西前进着的。"马君武校长说的话已经 40 来年，但在我心中像生了根一样，仍然在我的耳边回响。

由于当时正是抗日战争时期，马君武校长教导我们，不能仅仅焕发抗日精神，还要进一步发展科学。他指出作战不只是组织、纪律、训练，还需要各种新式武器，飞机大炮等已成为民族生存的要素，我们还要"力学救国"。1940 年 6 月 10 日，广西大学同学为马君武庆祝六十大寿时，他对我们作了一次长篇讲话，他用自己一生的经历勉励在学青年要"堂堂正正地做人，清清白白地做事"。这是我最后听到的马君武校长的讲话，也是我永远不会忘记的讲话。

我国著名科学家、科普作家、著名教育家马君武因积劳成疾，患胃穿孔，不幸于 1940 年 8 月 1 日因医治无效在桂林良丰西林公园的教育岗位上逝世。当时，周恩来同志送来的挽词是："一代宗师"，朱德、彭德怀同志送的挽词是"教泽在人"，李任仁议长送的挽联是："译著峙两雄，若论昌科学、植民权，收功应比又陵为伟；国家攫多难，方赖造英才、匡正义，惜寿不及相伯之高"。诗人柳亚子也写悼亡诗纪念："三十五年前投赠诗，伤心垂俭泪涟面。论才黄叶终同调，人海红桑换旧枝。晚岁喜能年少重，高名留遗大家知。朱颜碧血牺牲泪，碑碣端应有怒词。"这些悼词，是科学家、科普作家和著名教育家马君武一生的写照，也是当之无愧的。马君武校长在文学、史学方面也有很高的成就，他的诗创作造诣也极高，由于非本文所论列，这里就不赘述了。

（1984 年 3 月 7 日写于地震招待所）

二、悼马君武校长——1940 年 8 月《救亡日报·文化岗位》特稿

1940 年 8 月 1 日下午的黄昏，多年积劳成疾，年仅 60 岁的马君武校长静静地躺下了，躺在他故乡西林公园的家里。

3 年前，他听到祖国北方传来的号角，看着被压迫的中华民族伸直脊梁，他兴奋了，他又鼓起勇气，不以年迈而甘居林下，乃又踏进高等学府，肩负起广西大学校长职务，让赤子之心，怀抱抚哺着年轻的一群。对于事业，对于祖国的前途，他正怀着无限憧憬，何期竟以五天的胃疾，拉着他抛下了许多未完的事业、未竟的心愿呢！

一年前，他从遥远的海滨，负笈居于这个山崖异乡的学府。因朝夕相处，我们瞻仰着老人丰采，朝夕拾取他谆谆泽惠的箴音。他那一副瘦削的颜容，带着皱纹的微笑，说话时声音细小，满口诙谐。每次讲演，跟着他的话语是笑声和掌声，诙谐的话语蕴含着无限珍贵的教训和勉励。

60 年风霜的磨炼，他老了，他的心却带着拜伦一样的火热呢。正当敌军进攻之下，南宁失守的前夜，有钱的纷纷退走，没有的远去堪察加。某大学学生罢课，要求学校再次迁移。在"山雨欲来风满楼"的环境之中，广西大学不免有人提出学校迁移。当时，马君武校长用了两次校会的时间发表讲话，使我们感动极了，我们深深牢记，今天还响

亮于我们的心里。

他看不惯那一些逃命不惶的，把自己的生命看得比一切都重要的。他气愤地说："中国人把自己看得太重了，只知有自己，不知有他人，更不知有国家，有民族，这是要不得的。敌人临近了，有些人慌张起来，说要搬到瑶山去。我主张无论如何不要迁到瑶山去。瑶山的疟疾和传染病很多。人生必有死。人是一堆复杂的有机化合物，大概是会还原的，像水、蛋白质、脂肪、氢、氮、碳的。你决不能死后保存你的尸体。而平平常常的死了，给几位血亲流几滴眼泪，何不做个与民族、国家的命运联系在一起的人，死后使更多的人为你下泪呢？"

"过去许多人，尤其是知识分子的青年，常常把自己的责任，推诿到没有知识的人身上，这是极错误的观念。我们不能说打仗不是大学生的本分，而是老百姓的事情，如果这样，我们就不用谈抗战了。新式的武器，需要有科学知识的人才能用，因而现代的战争如果仅仅交给无知识的人们，而有科学知识的人都跑到安全的后方去，那国家的复兴也谈不到了。我们希望取得最后的胜利，可胜利不是坐等会来临的，要靠前线将士的浴血奋战。"

接着他又说："我不能说人家的死是轻如鸿毛，我们的死重于泰山。试问国土界摆在什么地方？能撤到南印度么?！做泰山的要经得起风吹雨打。我们也要坐而言，起而行，不应说天天都是空口念什么'勇为爱国之本'，而临战就想躲，学着老鼠一样钻洞，那有什么用呢？"

"假如柳州失掉，贵州也不安全，难道再搬到昆明，退到缅甸、暹罗去吗？"

最后他用非常坚决肯定的态度说："因此，存着搬迁的心理是没有勇气的。我们大学生要知道对国家要负的责任是什么，不要因为战事吃紧，便想学老鼠，这个洞不安全，钻到那一个洞去。"

"所以我今天要郑重声明，本校的宗旨是要照旧坚持下去，看战争发展到什么地步，学校不会轻易搬迁的。敌人进攻到这里，就只有和他拼命……"

校长的声音从高亢到和缓，以至轻微，全场笼罩着严肃无声的氛围，正如白居易所形容"此时无声胜有声"。台下千百颗心交汇在一起，我们发誓要实践马君武校长他那像金玉般的话语，其中的一字一句，都嵌入了我们的心。特别是最近以来桂南的战局日趋紧张，不少人嚷着要搬家。

敬爱的马君武校长是旧中国民主革命的先辈，他紧紧跟随孙中山先生为国事奔走数十年，做过总理府的秘书长、实业部部长、广西省省长等职务，然后退到教育战线来，是中国公学创办人之一，先后三次回广西来创办广西大学，最后他出任国立广西大学校长。他为广西大学鞠躬尽瘁，而不想高官显爵，独善其身。他的同辈和后辈，或升迁或沉沦，只有马校长却怀着永恒的崇高理想，把自己的后半生去从事青年的教育工作，同成千上万的年轻人同呼吸共命运。

马君武校长十分热爱青年，特别受家庭比较贫苦的青年的爱戴。他经常说："在青年身上多花点钱算什么？国民党的官僚动不动就抓到几百万、成千万，据为己有。我们即使在办学上为青年身上多花几千元也不为过。"他十分尊重学生的意见，凡是学生的提案只要是合理的无不应允。家境清寒的青年，凡是要求在课余找点工作做的，他总是想尽一切办法，满足学生的要求。他把全校学生看做家中的子弟一样，在马校长的引领之下，大家感受到了思想上、生活上的温暖。1940年，在教育部的压力之下，学校解雇了几位比较著名的教授。我们几个负责学生会工作的干事，曾在马君武校长家向他提出，要求上面能收回成命，并同马校长当面展开辩论。我们指出："马校长，蔡元培先生当时能够容纳鲁迅等左派教授，难道你就比不上蔡元培校长？"马校长微微笑了笑，说："广西大学过去容纳过李达、邓初民、施复亮等人，今天局面的确连过去都不如了，但是你们一定要看到明天来的是什么人，是党棍呢，还是有真才实学的人。"接着他叫我们安心，只要他在一天，总会把教育办好的。他对我们暗示，明年将物色一些我们认为真有学问的教师替我们授课。他说的话到下学期就兑现了，聘请了董维键老师，董维键老师的确是个优秀的人才。马君武校长说话是算数的。

马君武校长经常同我们谈起他幼年家中生活清苦的往事，他连点灯的钱都没有，只好在马路路灯底下读书，就这样度过中学、大学，直到留学。

马校长用非常刻苦的精神学习，加上他天资聪慧，许多学问他都有所知晓。他精通多种外文，对日、德、英、法等国文字，他都很好地加以掌握。他的学问所涉及的面十分宽广，他不仅懂化学，对生物地质、工程、数学、物理也很精通。另在政治、经济、企业管理、法律等方面，都有自己的著作。他对中国文学和欧洲文学也有自己的作品。他还是南社的著名诗人，是书法家，为南社刊物题过名。有时还弹钢琴和拉小提琴。

一个月以前，正是马君武校长的六十诞辰，他出席了同学们邀请的庆祝会。一口气讲演三个小时，勉励同学们努力学习，会后举行了便宴和球赛。所有这些往事都记在我们心里，而我们慈祥而有着大才气的好校长却被八月的罡风卷去了，他躺下了，在西林公园他的家里长眠了。

我个人十分感谢马君武校长。记得他在接待学生会代表之后，特意把我留了下来，提醒我要注意，说我的言论已受到某些人的注意，他们竟要学校予以除名，免除祸乱。他说："只要有我在，我一定保护你这样的学生。最近我身体不大好，一旦有什么情况，你自己要加强警惕性，防止万一被国民党顽固派逮捕。"我点点头，感谢马校长以实相告。我紧紧握住他的手，其实，他也在握我的手。他还轻声细语对我说道："听说你写了不少文章，这一点说明你很用功。"他又说："据我了解，学校里有一部分人对你很有意见。有人说你思想左倾，这大概是实情。"我听了以后，默不作声。"你写的个别文章，像生活书店出版的《国民公论》上的两篇东西我看过，写得有些道理，说明你很有见解。我赞成你在读书期间学着写点东西……"马君武校长的一席话十分中肯，刻骨铭心。我再三向他道谢。

现在，抗日战争已进入新的阶段，时代的风雨更紧了！让我们节哀，鸣鼓，送老校长大行。我们不要悲伤，不要沮丧，这是我们的老校长不愿意看到的。我们一定要继承老校长的事业，完成他的遗愿，继续奋斗到底。

（一九四零年八月五日、六日于《救亡日报·文化岗位》特写的"追忆"）

三、读马君武的科学诗《地球》

我国杰出的科学家、教育家、文学爱好者马君武早年留学日本，与章太炎等在东京发起"支那亡国二百四十年纪念"，宣传革命，后来在柏林大学学工，得工科博士学位。他是中国在德国第一个得博士学位的人，后来又是达尔文进化论的译者。他在1930年写了科学诗《地球》，是我国近代科学诗的早年作者之一。现录《地球》全文如下：

> 地球九万里，着身不盈尺。
>
> 忽忽生远心，渺渺未有极。
>
> 世界一微粒，微谷一纤尘。
>
> 纤尘千万亿，一一争生存。
>
> 存在春前花，亡者秋后草。
>
> 春秋想代谢，上帝亦渐老。
>
> 上帝亦渐老，吾德可奈何！
>
> 行登昆仑巅，一哭复一歌。

马君武是一位在自然科学上有相当全面研究的科学技术家。他对天文学、地质学、工业机械、农业科学、数学、生物学（动物、植物）等学科，都作过比较深刻的研究。他写这首科学诗时，虽然还没有译出达尔文的《物种原始》、写出《达尔文传》，但从这首短诗可以看到，达尔文进化论的思想已在他的脑子里生了根。他通过《地球》这首科学诗，阐明了地球在宇宙中的地位和地球上一切生物竞争不息的情况。

地球是太阳系九大行星（注：2006年国际天文联合协会改为八大行星）之一，它直径约12 500千米，以圆周率3.1416乘之，得4万千米，即8万华里。这是说，地球自转每天约要走9万里的路。比起无比壮丽的宇宙，地球显得很渺小。在南北两半球人们用肉眼看到的恒星有6 000颗左右，从大望远镜里可以找到20亿颗恒星，不少恒星是宇宙间的庞然大物。银河里的一些星座有的比太阳大550倍，有的大230倍。据天文学家估计，银河系至少有400亿颗星星。所以整个地球对比起庞大宇宙的大星星来看，只不过是"世界一微粒"，而一个人则不过是"微谷一纤尘"而已。地球上亿万"纤尘"，在上面"一一争生存"，即为生存而斗争。人世上正是经历着万物"争生存"的局面，那就是："存在春前花，亡者秋后草"。存在世上的如同春前花开一样，终归要凋谢；死的如同"秋后草"似地萎谢了！但从生物进化的过程看，秋草死未尽，春风吹又生，它总是由于生死交替，不间断地向前发展着。在马君武眼里就是人所供奉的"上帝"也不例外。"上帝亦渐老"，可知马君武不相信有长生不老的上帝。诗人马君武希望去攀登横贯新疆与西藏之间东延入青海境的高山——昆仑山的峰顶，"行登昆仑巅，一哭复一歌，"一方面沉痛地哭着看世变如斯，另一方面又不颓丧，怀着乐观精神，高歌猛进。

（1985 年 5 月 24 日《北京科技报》）

四、读马君武的科学诗《壁他利亚》

20 世纪初，以现代科学诗出现于世者，科学家，文学家马君武是首创人之一。1904 年，他在日本京都帝国大学攻读工艺化学时，写了一首科学诗《壁他利亚》（"壁他利亚"即石油，又称汽油）。

原诗全文如下：

> 雌雄牝牡万千族，都似壁他利亚生。
> 簇簇石层知地寿，荒荒物竟值天行。
> 且流不古敏行泪，遂起怜他一片心。
> 昨夜舟人赍信至，为言赤道有流冰。

作者认为一切生物都有雄雌两性，雌性叫牝，雄性叫牡。这些生物都像石油一样，经过化合分解的作用而生成。原油是由古生物遗体沉入湖底或海底，和外界空气隔绝之后，在地层的高温高压下，经过石油菌、硫黄菌的分解作用而成。生物也是由无机化合物而逐渐发展为原始的有机物质和它们的聚合物，并随着自然条件的演变，这些物质进行复杂的相互作用，最后才产生出具有新陈代谢的特征，能生长、繁殖、遗传、变异的原始有生物质，所以它们都是由其他物质生成。由于古生物是在不断地演化，所以从簇簇地层之中，我们可以了解产生的地质年代，也就是所谓可以"知地寿"。从尚未开化的年代，按着"值天行"的演化规律，而不断地看到了自然界的变化。

很显然，科学家、诗人马君武的《壁他利亚》这首诗是寓有深意的。当时正是处于反对清朝专制时代，1904 年前后，蔡元培、章炳麟、秋瑾等创立光复会，鼓吹革命，不久章炳麟被关于上海租界之捕房，邹容死于狱中，黄兴、宋教仁走日本，马福益被杀，柳州起义军失败。马君武通过《壁他利亚》来形容按照物竞天择的规律，到处都有地下火蕴藏着。当时革命志士敏感地流着在民族压迫下同情革命党人的热泪，对被捕的革命党人表示怜惜之意。赤道地区虽常年炎热，但在当地高山上的温度却经常在零摄氏度以下，形成了常年性的冰川，所以诗人说"为言赤道有流冰"，以示大自然现象的怪异。这也说明了当时革命气候突变，要人随时警惕。所以这首诗不仅真实地歌唱了大自然，也反映了当时在满清官府高压下革命党人的处境。

（刊 1985 年 7 月 12 日《科学时报》）

五、马君武与中华书局

前中华书局总编辑费迻先生于马君武校长逝世不久，即著《海舶相逢》一文，纪念马君武校长，现将全文如后：

民国二年七月（一九一三年），我巡视中华书局北方各分局，因二次革命，津浦铁路中断，乃趁太古公司的盛京轮，由海道返沪。上船时见室内另一榻上，有一人躺着。其时天已傍晚，光线甚弱，我又是近视眼，也未十分注意。我将行李安置好之后，躺在我的榻上。那人忽坐起，轻轻地说："是伯鸿吗？"我听见声音，便跳起来到："是君武吧！"两人遂各离榻，握手言欢。同了四天的船。我曾对君武说："你是文学家，工业家，我国应该做的事多得很，我主张本位救国。你的脾气不宜作政治生活，何不去做本行的事业呢？"君武道："我也知道我不宜于政治生活。很想往德国去深造。但为经济所限，不能成行。贵局现出有八种杂志，如能让我每月译作四万字，给我二百元。以百元送我家中，百元汇至德国。三年为期。你看行不行呢？"我一口应允，到沪即定契约。彼此履行契约，彼按月寄稿来，我按月汇款送款。此四日中，除两人谈话时间外，君武阅读奥国 Phili Ponich 氏的工业政策和农业政策，并将名次随阅随译，用铅笔写在书上。后来此书也由中华书局出版。

后来君武卸任广西省省长到沪。详告我政界种种情形，慨然说："政治生活，真不是我所能过的，悔不听你的话。此次种种损失，种种危险，我都不在意。可惜我数千册心爱的书籍，和许多未刊行的诗文译稿，完全丢了，实在令我心痛。以后我再不从事政治生活了！"

自从 1923 年以后马君武校长给中华书局发表了一些重要书籍和文稿，其中最主要的稿如下：

（一）《一元哲学》（又称《宇宙之谜》）上下两册，上海中华书局（1924 年 5 月版）。本书出版后，达尔文学论大普及，计有德、英、法、日等数 10 个国家先后有译本出版，中国自 20 世纪 20 年代出版以来，多次再版，甚至新中国成立后出修订版。

（二）《商业政策》（上下册），维也纳大学教授菲利·波维原著，1927～1928年版。

（三）《交通政策》，原著者及译者同上，上海中华书局 1929 年版，1931 年 7 月版。

（四）《农业政策》，原著者、译者同上，上海中华书局 1924 年版。

（五）《收入及恤贫政策》，原著者、译者同上，上海中华书局 1925 年版。

（六）《工业政策》，原著者、译者同上，上海中华书局 1931 年版。

第二十九章　鲁迅与科学文艺

本章要点：鲁迅是"五四"新文化运动以来民主与科学运动中的主将；鲁迅——中国科普创作的前驱；鲁迅《科学史教篇》的白话译文；科学是什么力量也压不倒的；鲁迅《说镭》的白话译文；中国人民是中国大地的主人——读鲁迅的《中国地质略论》；加速"四化"建设开发我国矿产志；鲁迅的《人之历史》的白话译文；达尔文《进化论》在中国的传播——读鲁迅的《人之开史》；人体生理学的优秀科普读物——读鲁迅的《人生象斅》记；鲁迅的《月界旅行·辨言》的白话译文；创作我国人民喜闻乐见的科学文艺——读鲁迅的《月界旅行·辨言》；科幻文学史上永不凋谢的鲜花——读鲁迅翻译的儒勒·凡尔纳的两部科学幻想小说；认真严肃、一丝不苟的科学精神的礼赞——读鲁迅的《藤野先生》；倡导科学和科学文艺的典范——浅论鲁迅的科学小品文；学习鲁迅科学的生死观；从《狂人日记》看精神分裂症；鲁迅关于自然科学技术的言论摘要；从《鲁迅日记》的"书帐"看他购藏的自然科学书；鲁迅购藏的外文版自然科学图书书目；鲁迅与自然科学简略年表。

一、鲁迅是"五四"新文化运动以来民主与科学运动中的主将

百年来，中国人民经历了和中外反动派最残酷的斗争。特别是近 60 年以来，在中国共产党的领导下，中国人民战胜了种种困难，高举着人民革命的旗帜，为摧毁由帝国主义、封建主义、官僚资本主义所结成的铁棺材似的黑暗统治而斗争。中国人民在反动派的迫害、污蔑、监禁、残杀中，英勇地前进，终于打倒了敌人，得到了胜利。鲁迅在中国人民民主主义革命的胜利中，是一个优秀而鲜明的文化旗手。

"鲁迅的方向，就是中华民族新文化的方向。"

鲁迅的作品从第一篇现代白话小说《狂人日记》起，就无情地揭露了野蛮和残暴的旧中国、旧制度、旧礼教怎样迫害着人们，怎样绞杀人性，怎样摧残自由的思想，残害着青年人和孩子们。在他的笔下，像阿 Q、祥林嫂、孔乙己、华小栓、闰土、爱姑……没有一个过着明朗愉快地生活。鲁迅运用进步的民主主义思想，无情地揭露了帝国主义、封建主义与官僚资本主义结合统治下旧中国真实的面目；他剥下地主、绅士、

官僚及其走卒、帮凶以及帮闲文士这些自鸣为"正人君子"的压迫者和剥削者们的假面具，指出了他们假仁假义的欺骗与血腥吃人的本性，揭露了他们的贪婪无耻、丑恶、污秽的行为。他不但揭露了这些人类渣滓的劣根性，勾画出他们的卑鄙嘴脸，同时也深刻地告诉我们：这是半封建半殖民地社会的产物。

鲁迅的小说，是当时黑暗社会实际生活的声音，告诉我们生活为什么痛苦的真理；鲁迅的崇高而深厚的感情和高度的智慧所凝结出来像诗一样美丽的散文（如《野草》《朝花夕拾》等），控诉了旧社会，激荡着一股生活的力量；鲁迅的杂文，是匕首，是投枪，对旧社会和顽固的统治阶级的种种暴行燃烧着火似的抗议。这个抗议，号召着千百万中国人民，为摧毁这个吃人的旧中国顽固堡垒，为追求新中国而顽强不息地斗争。

在鲁迅的笔下，刻画出了比一切历史著作更真实的旧中国在蜕变过程中的社会面貌。

作为从民主主义者到共产主义者的鲁迅，在他全部的作品中，放进了对反动统治阶级压迫者与剥削者的全部憎恶；放进了对被损害、被侮辱的被压迫者们的全部的爱；他怀着这么深沉而博大的爱，用烈火般的感情拥抱和热爱人民。为了人民，他无所畏惧地"唱着所是，颂着所爱。又象热烈地主张着所是一样，热烈地攻击着所非，象热烈地拥抱所爱一样，更热烈地拥抱着所憎。恰如赫尔库来斯的紧抱了巨人安太乌斯一样，因为要折断他的肋骨"。他的文章代表中国人民从内心深处倾发出来的喜、怒、爱、憎的声音。他的"横眉冷对千夫指，俯首甘为孺子牛"式的最崇高的爱与憎，感染了千百万读者，感染了年青的一代，许多人在他的火焰似的言语的号召下，敢于面对执杀人武器的强盗坚持战斗。

就是在最黑暗的统治日子中，鲁迅也没有悲观、消沉、失望过；他坚持用他的笔进行坚韧的斗争，他相信和肯定人民的力量，通过作品燃烧起人民的赤血之心，教导年青的一代怎样反抗；他鞭策我们，惊醒我们，安慰我们，教我们怎样希望；他告诉我们："惟新兴的无产者才有将来……"他肯定地说："我确切的相信无产阶级社会一定要出现。"因此他教导我们如何为了新的明天而坚决不懈地斗争。

在布满刽子手的魑魅统治下的旧中国，鲁迅号召我们前进。他告诉我们对敌人要韧性作战，对于旧社会和旧势力的斗争必须坚决，坚持不断，而且注重实力。他指挥我们向新的胜利前进！

鲁迅的一言一语，是旧中国旷野上革命者呐喊的声音！

鲁迅不但是坚定的民主主义者、共产主义者，高举着民主的大旗领导文化学术界向前进，同时还是个笃信科学的科学家、思想家。他从少年时代起就十分喜爱科学，笃信科学。他在南京路矿学堂读书时，就学习了格致（物理、化学）、博物（生物）、数学等课程；留学日本时又在仙台医学专门学校学过医学，尽管后来他弃医从文，但他始终热爱科学。他始终坚信，科学能教人明白道理、思路清楚、不会鬼混。他说，即使同梅毒一样，现在发明了六百零六，肉体上的病，已可医治，我希望也有一种七百零七的药，可以医治思想上的病。这药原来也已发明，就是"科学"一味。他团结科学家，同杨铨（杏佛）等人生活在一起，战斗在一起！当杨铨被反动派杀害时，他毫不畏缩地前往吊唁，而且不带住处钥匙，准备牺牲。他坚信科学有自身的规律，谁也阻挡不了。他在著名科学家居里及居里夫人试验镭成功、诺贝尔奖奖金尚未发给他们之前，就写了《说镭》向中国人民广为宣传；他在达尔文学说通俗的传播者海克尔（1834～1919年）受到德国和其他顽固派围攻之际，写了《人之历史》，向中国人民宣扬海克尔关于种系发生学一元论研究的解释性文章，大力宣扬和肯定了达尔文（1809～1882年）及其学说的热心传播者海克尔的正确性。他的名作《科教史教篇》，向我国人民宣扬了科学力量是无比巨大的，是什么力量也压不倒的，向科学技术工作者指出，工作不但要有理智，还需要有激情，要有锲而不舍的坚持精神；向全国人民指出，不能对科学家漠然置之，不能见物不见人，只见科技成果，而不关心科学技术工作者的生活和研究工作的条件。同时，他指出科学家的任务，在于使国家富强、国民财富不断增长，使人民生活不断提高。正是鲁迅，第一个起来大力提倡科学文艺，亲自编译儒勒·凡尔纳的科学小说；后来又热心提倡并亲自写了《拿破仑与隋那》《蜜蜂与蜜》等一系列著名的文章，特别是他在晚年把自然科学知识渗透在所写的杂文中去。鲁迅在他学习了马克思主义之后，更是把自然科学、社会科学融会在一起，使他能够势如破竹般地对敌斗争。他的文章，几乎是篇篇锦绣，大煞敌人的威风，大长革命人民的志气！

鲁迅把科学真理传播给我们，使我们在旧社会黑暗统治下也能望到高远之处；使我们在黑暗之中窥见了曙光，在我们前面显现的是充满欢乐与爱的新中国和新世界。

鲁迅是青年的导师和良友。他生前无微不至地爱护青年，提拔和培养优秀的青年作家；他像善良而殷勤的保姆般地竭其一生之力，用科学与民主的思想，哺育了年青的一代。

鲁迅的一生，为了人民与人民的科学文化事业而鞠躬尽瘁。他的文学事业，是和中国的人民革命事业以及人民的科学事业紧紧地联系在一起的。

鲁迅的一生，他的才华、理智、热情，他的作品中散发出来的光明，是为烛照中国人民而秉有的。

鲁迅是中国知识分子中的光和盐！

鲁迅是中国劳动人民最优秀的儿女！

鲁迅是中国近代文艺史上最杰出的无产阶级斗士和作家，又是一个博大深湛的学者。他不但倡导科学，写出一流的文艺创作，而且对文学史、艺术、历史、自然科学、考古学、人类学、金石学……都有着极深厚的造诣和极精辟的见地。他精通经典古籍，却不泥古守旧；他虽博识西学，并不盲目崇拜西洋文明。

他是中国文学和科学文艺的光荣代表人物，又是世界文学的著名代表人物。

今年是鲁迅诞生一百周年。全国在党的领导之下，向社会主义现代化进行新的长征，我们要循着鲁迅开辟出来的科学与民主道路向前迈进：把文艺这个武器服务于工农兵，与群众相结合，加速完成社会主义现代化的各项任务，让阿Q、祥林嫂、孔乙己、华老栓、闰土们都彻底翻过身来；把文艺武器为生产建设，为社会主义现代化宏伟事业服务。这个任务的中心是科技现代化。我们一定要认真学习科学技术，普及科学技术，提倡科学文艺，为建立现代化的新中国而奋斗！

二、鲁迅——中国科普创作的前驱

鲁迅 18 岁考入江南水师学堂，开始接触西方资本主义国家的自然科学和社会学说，也就是所谓"新学"；次年 2 月，因不满水师学堂的腐败，改入江南陆师，学习格致（物理学、化学）、地学、金石学（矿物学）、德文等课程，课余阅读了严复译的赫胥黎的《天演论》等书，开始接受进化论思想和资产阶级民主主义思想。1902 年，22 岁的鲁迅，由矿务铁路学堂毕业，4 月即赴日本留学，入东京弘文书院江南班学日语，课余"赴会馆，跑书店，往集会，听讲演"，积极参加孙中山、章太炎为首的革命活动，立下"我以我血荐轩辕"的救国宏愿。1904 年，入日本仙台医学专门学校，学习了解剖学、骨学、血管学和神经学，想以医学拯救祖国，但在一次影片中看到一个据说替俄国当侦探的中国人，正要被日本人砍头示众，而围观的中国人却"显出麻木的神情"，于是觉得"医学并非一件紧要事，凡是愚弱的国民，即使体格如何健全，如何茁壮，也只能做毫无意义的示众的材料和看客……""第一要着，是在改变他们的精神，而善于改变精神的是，我那时以为当然要推文艺，于是想提倡文艺运动了"。❶ 1906 年春，他辍学回东京，弃医从文。1909 年 8 月，鲁迅从日本回国。在"五四"运动前夕的 1918 年，他第一次以"鲁迅"的笔名在《新青年》杂志上发表了第一篇白话小说《狂人日记》，接着"便一发而不可收拾"地写了《我之节烈观》《随感录》《孔乙己》《药》《明天》《头发的故事》《阿 Q 正传》，并创造了杂文这个匕首、投枪式的武器。由于鲁迅早年学的是自然科学，对自然科学也有深厚的兴趣，因此在鲁迅的文化遗产中也留下一系列有关自然科学、科学普及方面的文章和科学小品文。

（一）三篇著名的科学、科普论著

鲁迅留下的三篇科学、科普论著：《说镭》❷《人之历史》❸《科学史教篇》❹，是用文言文写的，都是他在日本留学期间写的。

在《说镭》（按，即《说鉕》，鉕，现定名为镭）这篇文章中介绍了德国物理学家伦琴（1845～1923 年）于 1895 年发现的 X 射钱、法国物理学家贝克勒耳（1852～1908 年）于 1896 年发现了铀射线、德国物理学家施米特（1845～1921 年）于 1898 年发现了锕系放射性元素钍；法国化学家德比尔纳（1874～1949 年）发现锕；新西兰物理学家卢瑟福（1871～1937 年）于 1899 年发现放射性射线中的两种成分，命名为 α 射线和 β 射线，也发现放射性元素钍；着重介绍了法国著名物理学家居里（1859～1906 年）

---

❶ 见《呐喊·自序》。
❷ 见《集外集》。
❸ 见《坟》。
❹ 见《坟》。

和原籍波兰的法国女物理学家、化学家居里夫人（1867～1934年）先后发现钋和镭。这里特别值得向读者提出的，就是鲁迅在居里夫妇因发现镭而获得诺贝尔奖奖金的半年前，就以独具的慧眼看到他们发现镭在科学史上的重大意义。《说镭》这篇文章是在1903年10月的《浙江潮》第八期发表的，而诺贝尔奖奖金是在这年年底才发给居里夫妇的。鲁迅所具的科学见识是很难能可贵的。

鲁迅在1907年为《河南》杂志写的《人间的历史》（按：后收入《坟》时改题为《人之历史》），不仅对英国伟大博物学家、进化论的缔造者达尔文及其名著《物种起源》《人类原始及类择》等著作作了介绍，也介绍了英国生物学家、达尔文学说的保护者赫胥黎（1825～1895年）如何同宗教进行坚决的斗争；介绍了动物和植物分类学的创始人瑞典生物学家林奈（1707～1778年）；介绍了最早提出进化学说的拉马克（1744～1829年）；介绍了法国动物学和古生物学家、比较解剖学的创立者居维叶（1769～1832年）；介绍了提出"形态蜕变论"和"植物变态学"的德国著名诗人兼生物学家歌德（1749～1832年）；介绍了自然选择学说建立者之一的英国生物学家华莱士（1823～1913年）；特别值得我们注意的是，鲁迅着重介绍了达尔文学说拥护者和传播者、关于种系发生学的一元论研究的解释者、德国著名生物学家海克尔。那时，海克尔的科普名著《宇宙之谜》刚问世不久，正受到保守派的百般辱骂和围攻，而鲁迅同列宁却不谋而合地在东西两方，对海克尔的著作分别予以热烈的赞扬。鲁迅向广大读者热情地介绍了这部从动物形态和胚胎学、地质学的研究成果方面来证实进化论学说，并敢于同宗教进行斗争的著作，给《宇宙之谜》以非常高的评价。鲁迅特别赞扬海克尔为了维护科学真理，不怕被人讥讽，不怕人们说他把人类祖先和猿猴祖先归于同类为不光彩。尽管那时有不少人把海克尔的著作看做是德国的耻辱，但鲁迅却认真严肃地把它传播，并公开宣布它是符合科学真理，也是对达尔文学说的发展。鲁迅特别赞扬海克尔把欧洲教会统治势力和扼杀科学看做是"世界上的大欺骗"，而极力赞美达尔文关于"凡是生物，都是从远古以来连绵不断地延续发展而来的"的科学论断。他认为达尔文学说，是承袭和总结了历史上拉马克等人研究的伟大成果，是归纳而成的独具体系的权威学说，是"空前未有的"，把"人类演变进化的事实，弄得一清二楚"的科学真理，并认为"凡个体的发生，实际就是种系发展的再现"。❶鲁迅充分肯定海克尔的《宇宙之谜》《人类起源》富有创造性，是在生物学上的种系发生学的一个独创。鲁迅的文章直接介绍了海克尔绘制的谱系图，从而说明脊椎动物从何而来。所以，鲁迅的《人之历史》不仅是介绍达尔文学说和海克尔种系发生学的科学论著，也是一篇优秀的科普著作，它在中国科普创作史上，是不能被忽视的。

再拿鲁迅发表在1908年《河南》月刊第五号上的《科学史教篇》一文来说吧。这是一篇阐明科学的历史教训的名文。他从古希腊的毕达哥拉斯（约前571～前497年）的数理学、亚里士多德（前384～前322年）的解剖学和气象学、德谟克利特（前

❶ 见本书《人之历史》的白话译文。

460～前370年）的原子论、阿基米德（前287～前212年）的流体力学、欧几里得（前330～前275年）的几何学、希罗（约公元前一二世纪之间）的机械学，说明远在公元前二三千年科学之花已经怒放，但是由于中世纪教会对人们思想的统制和束缚，使人类科学的发展遭到了极大的灾难，可以说是被扼杀得不能发展。直到17世纪，人类才看到科学重新破晓的晨星，哥白尼（1473～1543年）、开普勒（1571～1630年）、伽利略（1564～1642年）重新带来了科学史上的黎明。在鲁迅的眼里，他们不仅是科学史上有数的科学家，也是勇敢的战士。正是他们，给科学界带来蓬蓬勃勃的新气象，创立了科学的新方法——归纳法和演绎法。鲁迅批判了科学史上见物不见人的现象——只重视科学界的发明发现，而不注意科学技术家其人其事。鲁迅提出从科学史看，科学技术的发展，不是一帆风顺，而是经过不断的斗争才取得成果的。鲁迅鼓舞人们去从事科学工作，因为科学的力量是巨大的，它是能移山倒海，缩短世间的距离，成为人民造福的工具；同时又告诫我们，不能只要科学，而把别的东西弃置，人类的需要是多方面的，我们既需要牛顿、波义耳、康德、达尔文，也需要莎士比亚、贝多芬、拉菲尔、卡莱尔。

以上三篇科学和科普论著，涉及物理、化学、生物学、人类学、地质学以及科学史上许多根本性的问题。

（二）两部有关地质学和中国矿产的科普名著

鲁迅在日本留学期间，还写了《中国地质略论》，并同友人顾琅合写了《中国矿产志》。这两部有关地质学和矿产志的科普著作，写作时间在1903～1905年间。这两部作品不仅反映了革命民主主义者鲁迅的爱国思想，还详尽地描述了中国地质和矿产的面貌。他以通俗浅显的文言文，向中国人民介绍了中国的地质结构概貌以及中国到底有些什么矿藏，尤其是指出了中国煤矿的丰富，以致使帝国主义"血眼欲裂，直睊炭田"，而旧中国虽"挟无量巨资，不知所用"，招致帝国主义在中国争夺和占领，使"最可爱的中国"受到他们的"挞楚鱼肉"，听之任之，而我们因封建迷信，生怕破坏了"风水"，反而不敢开采。大家知道，中国是在唐虞之世就开始采矿的国家，但数千年来却进步得很慢，甚至对中国到底有多少矿产，自己心中也无数，反而要问外国人。鲁迅引用了各方面材料，编成了《中国矿产志》一书，是为了使中国人民对中国有多少家底有所了解，使人们知道，在中国大地上不但有金、银、铜、铁、锡、铅、朱砂、锑等金属矿物，还有煤、盐、玛瑙、石棉、水晶、硝石、汽油、金刚砂等非金属矿物，而且有些矿物的储量，在世界上是名列前茅的（如铜、铁、锡、铅、煤等）。此外，鲁迅还对地质科学，尤其是地层构造的不同时期的不同地质面貌，怎样分为原始代、古生代（其中又分为寒武利亚纪、志留利亚纪、泥盆纪、石炭纪、二叠纪）、中生代（分三叠纪、侏罗纪、白垩纪）、新生代（第三纪、第四纪）、对大地的形成、人类的进化，作了简明扼要的介绍。鲁迅指出：我们可以让外国人来中国对我国进行研究，但中国人民才是中国大地的主人，不容帝国主义分子以"研究"为借口，作为掠夺和觊觎中国的途径。鲁迅这两部著作，贯穿着爱国主义思想，揭穿了帝国主义强盗当时妄图侵略和瓜分中国大地宝藏的狼子野心，它们在传授科学知识的同时，还起了反帝的重要作用。

（三）编译儒勒·凡尔纳两部科学小说

鲁迅到日本的第二年（1903 年），即着手从日文转译法国著名科幻作家儒勒·凡尔纳的作品《月界旅行》，并为中译本写了个"辨言"，指出科学小说由于采取文艺形式来宣传科学，所以能够使人在读得津津有味之中受到科学的熏陶，这种形式是十分有用的。这本书在东京进化社印行。接着又编译了《地底旅行》，由南京启新书局印行。两书都改编成为中国人民所喜闻乐见的章回小说体裁，并且冠以"科学小说"之名，这是开中国早期科学小说之先河。大约 1904 年，鲁迅又翻译了《北极探险记》，其中叙事用文言文，对话用白话文，然而书稿在联系出版过程中邮寄失落了，这是很可惜的事情。

（四）关于《人生象斅——生理学》

1909 年，鲁迅从日本留学归国，由许寿裳介绍到杭州两级师范学堂，教人体生理学、化学和协助日本教师铃木瑾寿教博物学，主要任翻译。他极其认真地编写教学讲义，可惜化学讲义稿今已佚失；但人体生理学的讲稿——《人生象斅——生理学》保存至今，洋洋 10 万余字。他是那么认真负责地把人体的结构、人体各器官的组织、人体的化学成分，即人体中所包含的基本化学元素和各类无机化合物、有机化合物都作了介绍，然后又分门别类地对人体骨骼、肌肉、皮肤、消化、循环、淋巴、呼吸、泌尿、感觉、神经和生殖等器官和组织的形态、构造和生理机能，及各部分的摄卫和卫生工作，都作了简明透彻的介绍，并对人体中的新陈代谢、个人卫生与公共卫生的重要作用和意义作了简明扼要的介绍。与其说这是一部师范学校的生理学讲义，毋宁说这是一部很优秀的图文并茂的科普读物更为恰当。它不但讲述了有关人体构造和保健卫生的常识，而且根据当时世界科学水平对生理卫生学作了精辟的概括、归纳与总结，因此它对当时生理卫生的科学普及是具有现实意义的。

（五）鲁迅的科学小品文

在鲁迅的科学小品文中，不但贯穿着民主的精神，也贯穿着科学的精神。

众所周知，在五四运动前后，鲁迅把自己的主要力量转到文艺创作方面，但他从来没有忘记利用文艺这个工具来宣传科学。可以说，从鲁迅早期著作《呐喊》《彷徨》《热风》，直到晚年所写的《且介亭杂文》《且介亭杂文二集》《且介亭杂文末编》，都贯穿着要求民主、要求科学的精神。特别是在 20 世纪 20 年代后期，出于同《创造社》论战的需要，发奋学习了马克思列宁主义。鲁迅不但掌握了自然科学的解剖刀，也掌握了社会科学的解剖刀，他的文章切中时弊，没有片面性，真正做到如匕首、如投枪。鲁迅写的科学小品文，几乎是篇篇锦绣。如本书提到的《拿破仑与隋那》《蜜蜂与蜜》《随感录三十三》《〈进化与退化〉小引》《偶感》《忽然想到》《人话》《几条"顺"的翻译》《随感录三十八》《新秋杂识》《电的利弊》《从孩子的照相谈起》《男人的进化》《这叫做愈出愈奇》《中国语文的新生》《"硬译"与"文字的阶级性"》《水性》《经验》《知了世界》《今年春天的两种感想》《门外文谈》《写在"坟"后面》《咬文嚼字》《读书杂谈》《运命》《我们现在怎样做父亲》《看图识字》《狗、猫、鼠》，以及散见在《鲁迅书信集》中的文章如《致颜黎民》中批评一些青年"往往厌恶数学、理化、史地、生物学，以为这些都无足轻重，后来变成连常识也没有，研究文学固然不明白，自己做起文章来也胡涂，所以我希望你们不要放开科学，一味钻在文学里……"都是讲道理、发人深思的。

鲁迅的科学小品文，涉及的面非常广泛，但归纳起来大致有下面几个部分：有的是写科学技术的重要作用；有的是阐明社会制度对科学技术的影响；有的是阐明科学技术有自己的客观规律（如地动学说、血液循环学说等），不以人们的意志为转移；有的讲科学技术是劳动人民所创造的；有的是提倡科学文艺的；有的是阐明普及科学的重要作用的。鲁迅相信科学技术的威力，不但"举工业之械具资材，植物之滋殖繁养，动物之畜牧改良，无不蒙科学之泽"❶，同时还相信科学能改造人的思想，"能教道理明白，能教人思路清楚，不许鬼混"❷，可以医人们思想上的病。

（六）尾语

以上不过是荦荦大者，如果把鲁迅许多文章分而析之，不难看到其中都具有雄厚的科学逻辑力量，这里就不一一列举了。

鲁迅生前倡议办科普刊物，他说："我觉得至少还该有一种通俗的科学杂志，要浅显而且有趣的。可惜中国现在的科学家不大做文章，有做的，也过于高深，于是就很枯燥。现在要 Brehm 的讲动物生活，Fabre 的讲昆虫故事似的有趣，并且插许多图画的……至于作文者，我以为只要科学家肯放低手眼，再看看文艺书，就够了。"❸

鲁迅对我们作了十分具体的建议，全党全国人民向社会主义现代化进军的今天，前驱的榜样值得我们借鉴，鲁迅的建议至今仍然有现实意义。社会主义现代化特别需要科学技术，需要有更多更好的科普书刊出世，让我们认真地向鲁迅学习，让我们科学界、科普界拿起笔来，从事科学与科普创作吧！

三、科学是什么力量也压不倒的——解读《科学史教篇》

鲁迅不仅在社会科学领域辛勤地耕耘，也十分重视我国自然科学的发展和科学的普及。他 1908 年 6 月在《河南》月刊第五号上，以"令飞"为笔名用文言文写的《科学史教篇》一文，是一篇从外国科学发展盛衰的历史教训，来阐明必须重视科学、普及科学的优秀著作。

一门门新学科展现在人们的眼前：荷兰物理学家斯台文（1548～1620 年）的机械学、英国物理学家吉尔伯特（1540～1603 年）的磁学、英国生理学家哈维（1578～1657 年）的生理学，以及法国、意大利等国家的解剖学，等等；与此同时许多国家的科学协会纷纷成立，意大利科学院并成为欧洲科学的研究中心……于是，科学的火焰又

---

❶ 见《坟·科学史教篇》。
❷ 见《热风·随感录三十三》。
❸ 见《华盖集·通讯》。

在欧洲点燃起来，到处闪射出耀眼的光芒。

鲁迅尽情歌颂了那些从中世纪黑暗氛围中冲出来的科学界先驱斗士们，他们以追求科学真理为目的，把自己全部精力用在探索大自然的奥秘和基本规律上面。像英国著名物理学家、经典力学的创始人牛顿（1642～1727年），敢于突破前人的规范，提出三大定律，创立天体运行理论，建立微积分学；法国数学家、物理学家和哲学家笛卡儿（1596～1652年），反对中世纪教条，否认教会权威，创立了解析几何，把运动和辨证法观点引入数学科学；一些科学巨人如英国天文学家赫歇尔（1792～1871年）和法国天文学家拉普拉斯（1749～1829年）对天文学，英国物理学家扬格（1773～1829年）等人对与光学，丹麦物理学家奥斯特（1777～1851年）对于力学，法国生物学家拉马克（1744～1829年）对于生物学，瑞士植物学家迭康陀尔（1778～1841年）对于植物学，德国地质学家魏尔纳（1750～1817年）对于矿物学，英国地质学家赫顿（1726～1797年）对于地质学，英国物理学家、机械工程师瓦特（1736～1819年）对于机械学……无不全力以赴地为探索科学奉献出自己毕生的精力。人们从欧洲科学发展史中看到，欧洲18世纪中叶以后，英、法、德、意各国自然科学界在新思潮的激励之下，人才辈出，化学、生物学、物理学、地质学等方面有了飞跃的进步，并导致了工业机械设备，如蒸汽机、采矿技术的发明，植物良种的繁殖与培育，畜牧的改良，等等。总之，科学在人类生活的许多领域中间起了极大的作用。科学造福于人类社会的时期来到了！如果说，科学的若干原理最初只是起到点燃星火、解放人类思想的作用，而这时科学已经成为生产力中不可分割的部分了！

鲁迅认为，只要科学繁荣昌盛的形势到来，杰出的科学人才也将不断涌现，英国的唯物主义哲学家弗兰西斯·培根（1561～1626年）、法国的数理学家笛卡儿，就是这样的代表人物。鲁迅热烈赞扬了培根的名著《新工具》，认为培根的著作矫正了当时科学界任意假设和夸大的坏风尚，并提出了实事求是的归纳法才是科学家治学的捷径。可惜培根只留下《新工具》的第一部，只讲了科学的归纳法，还没有来得及讲科学的演绎法就死去了。鲁迅也热烈赞扬了笛卡儿的科学演绎法，认为几何学能用最简单的概念和推理，去领会、理解许多复杂的定理；鲁迅阐明了培根的归纳法和笛卡儿的演绎法是科学工作者不可偏废的科学方法。鲁迅认为，伟大的杰出的科学家，不论是伽利略、哈维，还是波义耳、牛顿等人，都是既善于运用归纳法，也善于运用演绎法的，因此，他们能够在科学研究中取得十分出色的成就。

鲁迅激烈地谴责了那些满口赞扬科学进步，而骨子里对于科学家却十分淡漠，甚至蔑视的人。鲁迅认为那种口头赞扬科学家，实际上漠视他们的作风，是"因果倒置，莫过于此"的恶劣现象。

怎样才能在科学上取得成就呢？鲁迅认为科学要求人们全神贯注、一丝不苟、群策群力、身体力行；否则，精神松懈，疲疲塌塌，就会陷入倒退保守。所以，绝不能让各种保守的"杆菌"去侵犯科学领域！

鲁迅认为，衡量历史上科学成长发展的状况，应当从各个时代的特殊情况出发，作出恰如其分的评价，而不应当以今天的标准去衡量古人，作出违反科学实际的结论。比如，不能嘲笑古代神话是迷信，甚至不能斥责古代产生的宗教是浅陋，因为那都是当时社会生产落后的历史产物。这种看法是符合历史唯物主义的。鲁迅还详尽地介绍了欧洲自然科学的源流，说科学是逐渐积累的，科学兴盛不是一朝一夕所能造成的，要不断吸收，才会有今日的成就，科学总是互相影响、互为作用的。如欧洲文艺复兴后基督教国家是接受了阿拉伯国家的科学而促进自身科学的成长的。所以他后来主张要把外国优秀的东西"拿来"，这是非常有创造性的见解。

鲁迅认为，科学必须通过教育来传播，所以必须使科学教育迅速发展起来。鲁迅热情地赞扬了 13 世纪被反动派关过 20 多年牢狱的英国自然科学家、哲学家罗吉尔·培根（1214～1294 年），罗吉尔·培根为了提倡观察、实验和研究自然、传播科学真理而奋不顾身，并正确指出科学不发达和妨碍科学成长的阻力在于：模仿古代、故作聪明、拘于旧习、惑于常规。鲁迅批判了那种认为搞科学不需要热情的错误思想，指出科学事业需要科学家"锲而不舍"的满腔热情，否则就不可能取得任何成就。鲁迅指出，在科学工作中今人总是胜过前人，而不能说什么"一切新的言论都不过是重述古已有之的东西"，所以科学工作者不能死抱住旧的东西不放，或"死抱住国粹"！倘若科学工作者不肯接受新鲜食物，接受新的科学思想，那么，他不但会落后，甚至是有罪过的。在七十几年以前，我国科学还非常落后的时际，鲁迅就有这样进步的见解，这是十分难能可贵的。

鲁迅还进一步提醒人们：科学的发展绝不是一帆风顺的，科学总是在同反科学的相互斗争之中成长的，是在同神学或变相神学的相互斗争之中成长壮大起来的。例如，天文学同占星术的斗争、化学同炼金术的斗争就是如此。因此鲁迅鼓励科学工作者，要运用科学态度处理和解决各种问题，坚定地相信科学必胜！

鲁迅认为科学不但能使大自然发生变革，也将引起社会的改革。鲁迅在这里把自然科学和社会科学辩证地统一起来了，实质上就是把自然科学看做是社会的生产力和促进社会革命的一股不可缺少的动力。但是，鲁迅认为，任何新科学的成就，都不是从天而降、唾手可得的，它是需要人们用极大精力去攻克的堡垒，用鲁迅的话来说，自然科学的发展，是由于人们"勤劬艰苦"的劳动成果。这也正是他再三赞扬那些为科学作过不懈斗争的科学斗士——为科学真理而献身的科学家们的原因。

《科学史教篇》是鲁迅青年时代对科学问题的宣言书。正如他的好友许寿裳所形容，鲁迅从青年时期起，"信仰是在科学"，因而"始终是积极的"。鲁迅始终相信科学具有伟大的作用，正如他在这篇文章中所描写的那样：科学如屹立的山峰，一定会使人类蒸蒸日上，是什么力量也压不倒的，它像大波浪、小波浪，起伏万状，进进退退。但久而久之，总是要达到岸边的；科学的神圣的光辉，终将照耀全世界，它可以遏制颓势而激励人心，它将会产生出比名将拿破仑还要高强的科学界人物。鲁迅坚信科学的伟大作用，他指出科学能使自然界服从人们的意志，任凭人们操纵指挥，用器械来约束和利用；它能使交通变得更加方便，高山大河也不能阻挡；它也能使人类的饥饿和疾病状况大大改变……这些观点在今天看来，已是毋庸置疑的了。

　　鲁迅指出：一个科学工作者必须不慕名利，经常保持谦虚、有理想、有灵感；如果没有这些精神，而能够做出一番事业留给后代的，从来没有听说过。就是其他事业，也都是如此。这对于我们今天的科学技术工作者来说，也是极富有现实教育意义的。

　　鲁迅在这篇文章中总结了科学的历史教训之后，坚定地相信：科学潮流，滚滚向前，它会浩浩荡荡地奔向前，没有止境。会冲击着旧中国向前进！今天，全党全国的工作重点已转移到向四个现代化进军方面来，鲁迅的科学预言开始逐步实现了！我们要从鲁迅的这篇名文中吸取教益，使我国科学技术迅速发展起来！

　　（1980 年 2 月 20 日夜于友谊宾馆，原载福建《科学与文化》1980 年第 2 期）

　　注：本文均改用外国科学家的新译名，如毕达哥拉斯，鲁迅原译作毕撒哥拉；德谟克利特原译为迪穆克黎多；阿基米德原译为亚革密提士；等等。原文中的若干书名，引用时也作了改译，如《理想国》，鲁迅原作中译为《邦国篇》；《新工具》原作中译为《格致新机》，等等。

四、鲁迅《科学史教篇》的白话译文

科学历史的教训

　　看当今的世界，有几人能不感到诧异呢？自然界的力量，已经如同人役使自己的马匹那样，听从人类的命令来指挥和操纵，被器械控制和利用；交通贸易，比从前便利多了，纵有高山大河，也不能阻挡；饥荒瘟疫的灾害减少了；教育的功效，表现在各个方面；这同百年前的社会比起来，那时的改革可不像现在这样剧烈。什么是它的先驱，什么是伴随而来的？从表面看虽然不容易弄清楚，但实际上多半是由于科学进步的缘故。所谓科学，就是用科学知识深刻细致地探索自然现象，时间久了就会取得成效，从而影响社会改革。这股潮流又继续蔓延，激荡至远东，再不断地扩展开去，波及中国。而且这股洪流的势头，仍然浩浩荡荡，没有止境。看它所发生的力量如此强大，就可推测到它所蕴蓄的力量多么雄厚，从而使人们知道科学如此兴盛、大发展，决不是一朝一夕可以告成的。穷究它真正的源头，就得追溯到古代的希腊，但后来约 1000 年之久，发展却中止了；直到 17 世纪中叶，才又冲决而成大川，其势更如汪洋，影响更加扩大，一直到了今天，发展没有间断过。由于科学的发展，伴随而来的是实际利益，是人民生活的幸福，这些都多方面地得到了增进。但是，如果我们细心观察一下历史上科学发展的过程，便会从中发现人类艰辛勤劳的事迹，这样就可以使人们从中取得教训。

　　古代希腊、罗马科学的兴盛，并不比文学艺术逊色。当时最著名的著作，有毕达哥拉斯（Pythagras）的生理音阶❶；亚里士多德（Aristotle）❷ 的解剖学、气象学两门科学，柏拉图（Plato）关于《谛妙斯篇》和《理想国》❸，德谟克里特（Democritus）❹ 的原子论，至于流体力学，则是由阿基米德（Archimedes）❺ 奠基的，几何学是由欧几里德（Euclid）❻ 创立的。机械学则由于希伦（Heron）❼ 完成的，此外其他学者更不胜枚举。当时亚历山大大学，特别被誉为学者荟萃之地，藏书达10万余卷，即同现代大学相比，也没有什么逊色。而它们的学术思想博大深湛，其光辉直到今天还在闪耀着。因为当时那些有才智的学者，实际上不仅是上述几种科学的发端，还运用思维推理，探究那精深微妙之处，以至试图达到彻底理解形成宇宙的基本元素。泰勒斯（Thales）❽ 认为这种元素是水，安纳西门（Anaximenes）❾ 认为是空气，赫拉克里特（Herakleitos）❿ 认为是火。这些学说的

---

❶　毕达哥拉斯（公元前 582～500 年）——古希腊哲学家数学家，公元前 7 世纪到 4 世纪，希腊数学很发达，这同毕达哥拉斯的倡导有关系。他认为数是万物的本质。他对数学、天文学有很大的贡献；在西方首次提出勾股定律，以及奇数、偶数的区别；他也很精通音乐，用数学研究乐律，认为音乐的音阶，是由音波的长短而确定，并把这种现象称做"数理音阶"。

❷　亚里士多德（公元前 384～322 年）——古希腊大学问家，对动物学、植物学、物理学、解剖学以及哲学等都作过深湛的研究。他又是形式逻辑学"三段论法"的创始者。恩格斯说他是"古代的黑格尔，"是当时具有百科全书头脑的人，对于科学（尤其是自然科学）的发展，起了很重要的作用。例如，他所著的《动态志》一书共九卷，涉及动物器官，人类及人体结构，像猿、猴、鸟、蛇、昆虫等生活状况，禽兽等动物的精神状态和心理，都讲得很详尽，该书已由商务印书馆出版了中译本。

❸　柏拉图的《谛迈斯篇》和《理想国》——这两篇文章都收集在《柏拉图对话集》中，主要阐明他的哲学思想和政治观点以及道德观念。

❹　德谟克里特——古希腊哲学家、自然科学家，当时最伟大的唯物论者。列宁说他是"古代唯物论最鲜明的代表人物"。他主张一切物质都是原子构成的，认为原子是物质中的不可分裂的最小部分，而且经常在运动之中。

❺　阿基米德（公元前 287～212 年）——古希腊数学家、物理学家，对力学，尤其是流体力学有过深刻的研究。

❻　欧几里得（约公元前 330～275 年）是古希腊著名数学家。著有《几何原本》十三卷，是世界最早公理化的数学著作，总结了前人的生产经验和研究成果，用演绎方法阐述了平面几何学，奠定了几何学的基础。

❼　希伦（约公元前 120 年左右）——古希腊数学家，机械学家。械具学即机械学。

❽　泰勒斯（公元前 624～647 年）——古希腊哲学家，知识渊博，生前反对宗教，认为水是事物根源，运动是物质的永远属性。他对于数学天文学（预言公元前 585 年 5 月 28 日为日蚀日）、物理学、气象学等学科，都有一定的造诣。其著作已失传，有些散见在亚里士多德等人的著作中间。

❾　安纳西门（公元前 588～524 年）——原译亚那克希美纳，古希腊唯物主义哲学家。他认为万物的本源是气，受热则成火，受冷则成土，气的不断稀散和凝聚，自然界就不断发生了变化。

❿　赫拉克里特（公元前 535～475 年）——古希腊唯物主义哲学家，辩证法奠基者。他认为万物的起源是火。火永在燃烧又永在熄灭着，火变成水和土时，火就熄灭了，水和土变成火时，火就在燃烧着。

不妥当，那是不用说的了。华惠尔（W. Whewell）❶就曾分析过产生这种情况的原因说，探索大自然必须依靠抽象概念进行分析，而希腊学者却没有这些东西，即使有一点，也极为微弱。因为要确定这种概念的含义，没有逻辑学的帮助，是不能奏效的。（中略）当时那些学者们，竟想以今天我们用滥了的文字去揭开这宇宙之谜，而离开了根本事实！然而他们这种精神，即毅然起来探索古人所不知道的事物，去研究和探索自然发展的客观规律，而不愿停止于肤浅和表面现象的理解，这同近代相比，简直没有什么优劣高低之分。因为世上评述某一个时代历史的人，所给的褒贬往往很不一致，评论当时的社会文化现象，常常套用今天的标准，一看到两者有差距，便产生不满。假如能够设想自己是个古代人，按照古人的思想，而不是按照现在的思想，平心静气地加以研究，给予评价，那么这种评论才谈得上合理。稍有思考能力的人，都应这样做的吧。倘若根据这样的观点立论，那么希腊学术的兴盛发达，就只能大加表扬，而不应加以指责了，至于其他方面，当然也是这样。世界上有些人嘲笑古代神话是迷信，贬斥古代宗教很浅陋，那都是些自鸣为聪明的糊涂家伙，其实这些人非常可怜而应予以劝导的。凡要评论古代社会文化，评论它们的高低优劣，必须拿与其相当时代的另一个民族较量他们当时所能做到的，而加以比较，这样才能作出接近正确的结论。倘若只是宣称近代学说的结论统统来自古人，一切新的学说都是从前人承袭而来的，这种观点的实质，同蔑视古代文化并没有什么两样。一般说来，单就思想才能这点来说，古胜于今的事，虽然并非没有先例。然而，搞科研却需要进行假设和实验，必须随着时代的进步而有所提高，有些事情古人不知道，后人用不着替他们惭愧，而且也用不着替他们隐讳。从前英国人要在印度铺设地下水道，印度人很厌恶并加以拒绝，有人说，地下水道本来是印度古代贤人创造的，年久技术失传了，白种人只不过是窃取了这种技术而加以改革罢了，这样一来，地下水道才能够在印度广泛推广。有着古老传统的国家，往往有抱着忠于往昔不放的人，不惜自欺到了这种地步。中国那些死死抱住"国粹"的人们，发表如上述谬论的也非常之多。好像现在的学术文艺，都是我国几千年前早已有了的，我不知道这样说的人的用意是什么，他们就像印度好说假话的人一样，是姑且弄点权术以冒充新学呢，还是真心崇拜往古，认为往古什么都好而不可逾越？虽然这样，但对社会上的新学抱着格格不入和不肯接受的情况，也是很不对头的。

古希腊没落，古罗马衰微下去之后，阿拉伯人随着兴起了，他们向基督教和犹太人学习，翻译和注释的事业大兴；卖弄新奇，妄诞迷信泛滥，于是，科学的观念淡薄了，因而也就停步不前了。总的说来，古希腊、古罗马的科学在于探索、研究前所未知的事物，而阿拉伯的科学，则是模仿前人已有的，因此，他们就以注疏代

---

❶　华惠尔（1794～1866年）——英国唯心主义哲学家，自然科学家，著有《归纳科学史》等书。

替实验，用评头品足代替融会贯通，博览群书的风气盛行起来，而新发现的事物却很少见，宇宙现象在当时又变成神秘而不可预测的了。他们既然如此怀念往古，因而所研究的也多是虚妄荒诞的东西，科学精神不见了，幻术反而兴盛，天文学被占星术所取代，从而得不到发展，连那种所谓炼金术和通鬼神的神幻货色，也都开始出现了。但他们也有不可小看的地方，那就是：当时学者实在不是懒散，而是无所作为，精神松懈，因而走向保守；只是因方法错误而不可能做出成绩来，至于他们所作的努力，其实也很令人惊叹。例如，那时伊斯兰教刚成立，政务、学术相互推动，同时发展，建都在哥尔多华❶和巴格达❷的两个帝王，东西对峙，他们竞相倡导古希腊、古罗马科学在他们国家传播，又很爱好阅读亚里士多德和柏拉图的著作。他们到处办学校，专门从事修辞、数学、哲学、化学和医学的研究；化学上又有酒精、硝酸、硫酸的发明；数学上有代数、三角的进步发展；此外还实测了经纬线量地面的长度，利用摆来计算时间；而星体运行表的制作，也从当时开始。那时学术的盛况，几乎成为世界科学的中心。而基督教信徒，又多出入于西班牙的学校，吸取阿拉伯的科学，传入自己国家，使基督教国家的学术为之一振，直到11世纪，才逐渐衰微下来。赫胥黎作《19世纪后叶科学进步志》一书，评论这事说："中世纪学校，都以天文、几何、算术、音乐作为高等教育的四个分科，学习者如果不熟悉其中的一门，便不能称为受过相当的教育。现在反而看不到这一点，真使我们感到羞愧。"这话从表面看，与中国维新派人士大声疾呼兴办学校的人似乎不同，只不过他所指的，理论科学占了三种，不同于那种仅仅重视外国的应用科学和工业技术的人，他们只不过是用这种说教来粉饰自己的言论而已。

当时的阿拉伯虽然是这样，而基督教各国对于科学却没有什么进展。不但没有发展，还进一步排斥它、扼杀它，说什么人生最可宝贵的，莫过于道德上的义务与宗教上的希望，若致力于科学，那就是误用了人们的能力。有个叫拉克坦谛（Lactantius）的人，是基督教会的卓越学者，他就曾经说过："探索万物的起源，问大地究竟在运动还是静止，讨论月亮表面隆起和洼陷的形态，研究星辰的空间和隶属，考察天体的成分，焦心苦虑于诸如此类问题的，就象絮絮不休地陈述没有到过的国都，真是愚蠢到了极点。"聪明的人尚且持这样的看法，一般平庸之辈更可想而知了。科学的光辉也暗淡无光了。造成这种趋势并不是没有原因的。正如丁铎尔（J. Tyndall）❸所说，由于那时罗马和别的国家的城市里，道德无不败坏，基督教恰好在这时候兴起，向平民宣传基督教的福音，如果教规不是很严，就不可能矫正

---

❶ 哥尔多华（Cordoha）—公元8世纪阿拉伯人侵入西班牙建立西萨拉森帝国时建立的一个都城，为当时欧洲文化中心之一。

❷ 巴格达（Boghdad）—公元7世纪阿拉伯人建立的东萨拉森帝国首都，是当时东方的科学文化中心之一，现在是伊拉克的首都。

❸ 丁铎尔（1820~1893年）——英国物理学家。

风俗，教徒们因传教而被害的虽然很多，而最后终于取得了胜利。只因人心受宗教束缚太久，这痕迹也就难以消除，于是那些被奉为精神食粮的《圣经》，有待于科学的判决。情况是这样，进步还会有什么期望呢？以后教会和各国政府之间的冲突，对科学研究的妨碍也是很大的。这样看来，可以知道人类教育的每种科目，都是在合适的道路上前进的，注重了这方面就忽视了那方面，那方面兴盛了这方面就会衰微，交相替代，没有终了，如古希腊、古罗马的科学，号称极盛，等到阿拉伯学者起来，则变为一切向古代学习。各个基督教国家建立了极其严格的教规，作为德育准则，而科学知识却几乎要断绝了。世上事物反复，时代变迁，科学事业终于又振兴起来，并且蒸蒸日上，直到今天，世上没有笔直前进的道路，常走螺旋形的曲折的道路；好比流水，大小波澜，奔腾起伏，经历了无数前进和后退，到达大海一样。这话的确很对啊。而且，不仅知识与道德的关系是如此，就是科学与美学艺术也一样。欧洲在中世纪，绘画美术各有准则，等到科学前进了，再加上其他原因，美术便中途衰落了，等到重新遵循绘画的各项准则，则是近世的事情了。对于这种消长的情况，用不着评论它究竟有利还是害。中世纪的宗教裁判所的暴力，压制了科学事业的发展，这种事情或许会令人震惊吧，而社会精神，也受到冲刷，经过熏陶也孕育了许多奇异的鲜花。2000 年来，这种花朵的色彩开得一天比一天鲜艳。有的化为马丁·路德（Martin Luther）❶，或者化为克伦威尔（O. Cron-well）❷，或者化为弥尔敦（John Milton）❸，有的化为华盛顿（G. Washington）❹，有的化为卡莱尔（T. Carlyle）❺，当后代瞻仰追念他们的业绩时，谁能说他们不伟大呢？把这些成果用来抵偿宗教阻遏科学发展的损失，还是绰绰有余的。其实宗教、科学、美术、文学，都是人类发展所需要的，要确定哪一项更重要，现在还不能做到。不过，如果迷惑于那显眼的实例，效法那些最肤浅的方法和技术，那历史事实所验证了的，必然要违反人们的心愿，而获得恶果，这是可以断言的。为什么呢？因为这样做的民族，能够得以长存的，无论在科学文明史或政治发展史上，都没有过先例啊。

　　到此为止所说的，都是限于阴暗的一面，如果撇开这些，要在那个时代寻找杰出人物的话，也有一些可以介绍的。比如，12 世纪有马格纳斯（A. Magnus）❻，13

---

❶　马丁·路德（1483～1546 年）——德国宗教改革家，1519 年公布宗教改革纲领 75 条，曾受到恩格斯的赞扬。

❷　克伦威尔（1599～1658 年）——英国资产阶级革命家，1649 年曾判处英王查理一世死刑，并宣布英国为共和国。

❸　弥尔敦（1608～1674 年）——英国著名诗人，又译为弥尔顿，著有《失乐园》等著名诗篇。

❹　华盛顿（1732～1799 年）——美国第一任总统。

❺　卡莱尔（1795～1881 年）——英国评论家、哲学家，著有《英雄与英雄崇拜》等书。

❻　马格纳斯（1193～1280 年），原文译摩格那思，德国神学家和自然科学家。

世纪有罗吉尔·培根（Roger Bacon❶，后者生于 1214 年，中国常听说的那个弗兰西斯·培根生于 16 世纪，和这里所说的并非一人），他曾著书论述科学中衰的原因，提出恢复的办法，其中有很多名言，很值得引述出来；然而他为世人所知，离现在才不过 100 多年。书中列举了科学中衰的原因有四个：一是摹仿古人；二是故作聪明；三是拘泥于旧习俗；四是惑于常规。近代威惠尔也论述过这个问题，根据当时现象，也归纳出四个原因，和培根所说大不相同，他认为一是思想不明确；二是方法烦琐；三是不善于假设；四是过于热情的性格；并且援引很多例子加以论证。后来丁铎尔出来，表示不赞同他所阐述的第四个原因，说热情妨碍治学，仅仅是指那些脑力衰退的人说的，如果神经健全，反而可以促进科学研究。科学工作者年纪大了，所发现的不多，这并非由于科学工作者智力已经衰退，正是由于热情渐渐衰退的缘故。因此有人说，搞科学知识方面的工作与道德力量无关，这个说法是不对的，假使真的脱离道德力量的制约，而只凭理智去搞科学，那么这种人的所作所为，也就非常有限的了。科学上能够取得发现的原因，道德力也是其中的一个因素。现在更进一步探究科学发现的更深刻的原因，还有比上述诸点更重要的。因为科学的发现，常常受到一种超科学的力量的影响，换句话说，也可以说是受到非科学的理想所激发，古今著名的科学家都是这样的。兰克（L. V. Ra-ke）❷ 说得好：是什么帮助人们，使他们获得最正确的知识呢？那不仅是实际存在的东西，不仅是可以感觉到的东西，而是理想罢了。这确实如此。英国的赫胥黎说道，科学的发现来源于科学工作者的激情，和人的能力没有多大关系。有这个激情，即使是中等才能的人，也能成就大事业；如果没有激情，虽是天才也将是一事无成。这话说得很深刻而具有说服力。菲勒那尔（A. Fres）❸ 以致力数学的研究著名，曾经写信给朋友说：名誉之心，久已没有了，我现在做的，不是为了追求荣誉，仅仅由于我乐于接受这种工作罢了。他把名誉地位看得这样淡漠。当然，科学发明创造的荣誉是很大的，但华莱士（A. R. Wallace）❹ 却认为他的成就不如达尔文，本生（R. W. Bunsen）❺ 也把自己的一生辛勤劳动成果归功于基尔霍夫（G. R. Kirchhoff）❻，他们都是这样的谦逊！所以科学工作者必须恬淡，忘怀得失，经常保持谦逊，而成为富于理想、富有激情的人。如果没有这一切，而想创造业绩

---

❶ 罗吉尔·培根（1214～1294 年）——英国哲学家、自然科学家、思想界的革新家，反对经院哲学，主张通过实验来研究自然科学，曾被教会先后监禁共达 20 余年之久。

❷ 兰克（1795～1886 年）——德国十九世纪历史学家。原文译阑喀。

❸ 菲勒那尔（1788～1827 年）——法国数学家、物理学家、光学家，曾用实验的方法证实光的波动性。原文译茀勒那尔。

❹ 华莱士（1823～1913 年）——英国著名生物学家、自然选择学说的创立者，于 1858 年提出生物进化的自然选择学说。

❺ 本生（1811～1899 年）——德国化学家。

❻ 基尔霍夫（1824～1887 年）——德国物理学家，1859 年制成分光仪。原文译吉息霍甫。

留给后人，这是向所未有的。就是其他事业，也都是这样。如果有人要说，你写了这么一些老生常谈，恐怕是虚妄而不切合实际的吧？那我要说，这正是增进近代获得科学实际好处的根本原因呢。我们在这里论述这个根本，正是为了要得到她的丰硕成果。

在上述黑暗时期中，虽有希望复兴古代科学文化的一两个伟人出现，但终不能如愿以偿，科学文化上破晓的黎明曙光，实际上是在 15～16 世纪才出现。只是由于过去（欧洲）文化衰落太长了，思想界过于荒凉，虽然希望能循着古人的足迹向前，也不可能一蹴而就，因此，直到 17 世纪中叶，人们才确实开始听到那报晓之声。回顾在这以前，首先出现的是哥白尼（N. Coppernicus）❶，他创立了太阳系的学说；随着出现的是开普勒（J. Kepler）❷ 发现行星运行的法则；此外有伽利略（Galileo Galilei）❸，他对于天文学和力学两种学问都有很多发明，并善于引导别人从事这些方面的科学研究；后来又有思迭文（S. Stevin）❹ 的机械学，吉尔伯特（W. Gilbert）❺ 的磁学、哈维（W. Har-vey）❻ 的生理学相继出现。在法兰西、意大利等国的学校中，解剖学大为盛行；同时科学协会也开始建立了起来，而意大利科学院成为当时科学研究人才的汇集之所。那时科学事业的兴盛发展，真是令人惊叹。事物的发展趋势既是这样，自然就会有杰出人物产生出来。因此在英国出现了法兰西斯·培根（F. Bacon）❼，在法国也出现了笛卡儿（R. Descartes）❽。

培根写书，历叙自古以来科学进步的状况，以及达到主要目标的途径，这书叫做《新工具》。虽然后来的结果，不如作者所预期的那样，但公正地评论他的事迹，决不能说他的成就不伟大，只是他在书中所主张的，全是循序归纳的方法，而不再谈实验，后人因而觉得很惊讶。回顾培根的时代，学风和现在很不一样，往往得到一点两点琐碎的事实，就认为是创建了重大法则的前奏，培根想矫正这种习

❶　哥白尼（1473～1543 年）——波兰著名天文学家、日心说的奠基者，生前受尽教会的迫害。
❷　开普勒（1571～1630 年）——德国天文学家，发现行星运动的规律。
❸　伽利略（1564～1642 年）——意大利科学家、物理学家、力学原理的创始人，哥白尼日心说的拥护者，是利用望远镜观察天体取得大量成果的第一人，一生受教皇迫害，多年被管制。代表作有《关于两种世界体系对话》《两种新科学的对话》等。原文译格里累阿。
❹　思迭文（1548～1620 年）——荷兰物理学家。
❺　吉尔伯特（1540～1603 年）——英国物理学家。
❻　哈维（1578～1657 年）——英国医生，解剖学家。由于发现了血液循环而把生理学（包括人体生理学和动物生理学）确立为科学。
❼　弗兰西斯·培根（1567～1626 年）——英国唯物主义哲学家、自然科学家，归纳逻辑学的创始者，自然科学的倡导者。
❽　笛卡儿（1596～1650 年）——法国著名哲学家、数学家和物理学家，解析几何创始人，他的主要著作有《方法论》《形而上学的思辨》《哲学原理》等书。他提倡理性，提倡科学；主张用演绎法来研究科学；反对经院哲学，认为可以怀疑一切；他把整个宇宙看做是按照力学规律永不停息地转动着的机器，主张物质不灭。

气，不得不贬斥前人那种假设夸大的积习，因而偏于归纳法。他之所以不重视演绎法，这是不得已的事情。况且他对这个问题并没有专门谈过，我们观察他的思想方法，也并没有偏废；他认为弄清自然现象有两个方法：开始由经验而进入谈原理，然后再由原理而进入谈新经验。他说得好：事物的完成，是靠手呢，还是靠心思？他认为不能光靠一个方面来完成。必须有工具和其他方面的帮助，条件才算具备了。其实，事业的完成既靠手功，也依靠思想。看他这些话，则可知《新工具》第二部分中，必定会讲到演绎法的，然而这第二部分没有能够写出来。因此，培根的学术思想方法不全面。他所阐述宣扬的，仅仅涉及系统的归纳法就停止了。他这样系统的归纳法并不是人们都能做到的，他的成就也就不可能超越人们实践的范围；就根据实践来探讨新的理论，进而研究宇宙的根本法则，学者们都感到困难。况且培根不喜欢假设的方法，而在今日，凡对科学有重大贡献，并使科学达到繁盛的地步，恐怕多是从假设做起的吧。培根学说虽偏于一个方面，把它看做一种矫正社会风气的权宜之计，是不应对他过分责难的。

在培根之后大约30年，有笛卡儿生长在法国。他以数学闻名于世，近代哲学的基础也应该说是依靠他来建立的。他以大无畏的精神提倡怀疑的思潮，相信真理的客观存在，故而专心致志探索意识的基础，到数学中寻找自己的方法论。他的言论中有这样的说法，认为研究几何学的，能够用最简明的原理，来合理论证最繁难的定理，因而领悟到凡是人们所能认识的一切事物，也都应该用这办法来解决。如果不把谬误当做真理，而遵循着应当遵循的法则，那么将没有什么事情不能成功，没有什么事物不可理解了。因此他的哲学用的完全是演绎法，推广应用起来，便用来驾驭科学，所谓由原因到结果，而不是从结果导出原因，这是他在《哲学原理》一书中所阐述的，而这也是笛卡儿研究科学方法论的基础、思想方法的关键。至于他的方法，评论家也认为并不全面，如果对它信奉不疑，那弊病亦无异于偏信培根的归纳法，只是对于过于重视经验的人，它可以起一点纠正的作用而已。若能正确对待这两种方法，那么偏重培根的归纳法固然不对，偏重笛卡儿的演绎法也不能说是对的。只有把两者结合起来，真理才能显示出来，而科学能有今天这样的成就，正是把两者结合起来运用的缘故。如伽利略，如哈维，如波义耳（R. Boyle）❶，如牛顿（I. Newton）❷，都是倾向归纳法而不像培根那样，笃信演绎法而不像笛卡儿那样，卓然独立，不偏倚哪一方而从事自己的科学事业。培根活着的时候，他对于国民财富的增长和科学实践带来的后果，怀着极为强烈的期望，过了100年之后，

---

❶ 波义耳（1627～1691年）——英国物理学家和化学家，对气体与压力的关系作了深刻的研究，创立了波义耳定律。

❷ 牛顿（1642～1727年）——英国物理学家、天文学家和数学家，经典力学的创始人。他在伽利略等人研究的基础上，建立了成为经典力学基础的牛顿运动定律；在开普勒等人研究的基础上，发现了万有引力定律；他对光学也富有研究，1704年写成《光学》一书；1671年创制反射望远镜，初步考察了行星运动规律，解析潮汐现象；在数学上建立了微积分学的基础。

科学更加发达，但事实却不如他所预期的那样。牛顿发现万有引力是非常卓绝的，笛卡儿对数学的研究也极为精深，而世人从他们的成就所得到的，只不过是思想的财富而已；国家的安定、人民的幸福却没有根本的变化。巴斯噶（B. Pascal）❶ 和托利切利（E. Torricelli）❷ 在测量大气压力方面的创造，以及马尔比基（M. Malighi）❸ 等的精辟研究，成绩很大，但工业生产却依然如故，交通运输也没有改良，采矿业也没有什么进展，只是机械学有点结果，但也不过出现一些极为粗糙的时钟罢了。到 18 世纪中叶，英、法、德、意各国科学界的人才辈出，地质学、化学、生物学的进步，呈现一片繁荣景象，如果要问这些进步给社会带来了哪些福利，那却是很不容易回答的。需经过长期酝酿之后，实际效益才明显起来，到了 19 世纪的末叶，其成效则突然大为显著，不论是工业方面的机械设备也好，植物方面的培养繁殖也好，动物方面的畜牧品种改良也好，都一一蒙受了科学的恩惠。所谓 19 世纪的物质文明，实际上就孕育在那个时候了。这潮流浩浩荡荡，人们的精神也振作了起来，社会风气为之焕然一新。但是那些从事科学研究的杰出人物却不把这些事情放在心上。如上所述，他们只是把探求真理作为自己的唯一目的，极力扩展自己头脑的思想波澜，以扫除学术界的一切荒芜和污秽的现象，因而拿出他整个身心和全部精力，日复一日地探索大自然的规律。当时有名的科学家，没有一个不是这样的。像赫歇尔（J. Herschel）❹ 和拉普拉斯（S. delaplace）❺ 对于天文学，杨格（Th. young）❻ 和菲涅尔（A. Fresnel）❼ 对于光学，奥斯特（H. C. Oersted）❽ 对于力学，拉马克（JdeLama-rck）❾ 对于生物学，迭·亢陀耳（A. de Candolle）❿ 对于植物学，魏尔纳（A. G. Werner）⓫ 对于矿物学，赫顿（J. Hutton）⓬ 对于地质学，瓦特（J. Watt）⓭ 对于机械学，就是其中最著名的事

---

❶　巴斯噶（1623～1662 年）——法国数学家和物理学家、哲学家、散文家，对几何、代数都有一定贡献。创制加法器，提出大气压力因高度不同而发生变化现象；写过著名散文《思想录》《致外省人》。

❷　托里切利（1608～1647 年）——意大利物理学家、数学家，曾发明水银气压计。

❸　马尔比基（1628～1694 年）——意大利解剖学家，曾用显微镜发现毛细管。

❹　赫歇尔（1792～1871 年）——英国天文学家，物理学家和数学家，著有《天体力学》等书。

❺　拉普拉斯（1749～1827 年）——法国天文学家、数学家。

❻　杨格（1773～1829 年）——英国物理学家，研究光的波动理论。

❼　菲涅尔（1788～1827 年）——法国物理学家、光学家。

❽　奥斯特（1777～1851 年）——丹麦物理学家、化学家，发现电流可使磁针偏转。

❾　拉马克（1744～1829 年）——法国生物学家，较早提出生物进化论的学说。

❿　迭·亢陀耳（1778～1841 年）——瑞士植物学家。

⓫　魏尔纳（1750～1817 年）——德国地质学家。

⓬　赫顿（1726～1797 年）——英国地质学家。

⓭　瓦特（1736～1819 年）——英国物理学家和机械工程师。1774 年完成了蒸汽机的发明，促进了英国和欧洲的工业革命。

例。他们的目的，哪里是追求实利呢？然而，矿井里用的防火安全灯制造出来了，蒸汽机制造出来了，采矿术也发达起来了，而社会上一般人的耳朵和眼睛却只震惊于这一些新东西的出现，每天都在赞扬当前的成果，而对于科学家反漠然置之。把因果颠倒，没有比这更厉害的了，想用这个方法求得社会的进步，这和在马的络头带上击鞭有什么两样，怎么会得到人们所期望的结果呢？但若说只有科学能够振兴生产事业，而生产事业对科学并没有什么益处，人们都羡慕科学事业的荣誉，那又是不尽然的了。社会生活越来越复杂，就有了分工的必要，每个人不得不各有各的专业，相互支援，从而取得了两者的同时并进。因此，生产事业的发展受益于科学研究的固然多，而科学的发展从生产事业中得到帮助也不少。现在我们设想自己置身于原始人中间，不用说显微镜、天平，就是酒精和玻璃仪器也得不到，那么，科学家将会是怎么个状况呢？他们充其量只能运用自己的思维罢了。孤立地运用思维，这是雅典和亚历山大时代科学由盛而衰的原因。许多事情都是利害相关、休戚与共的，这倒也是确实的呵。

由此可见，震惊于外国的强大，感到栗栗自危，每天都把振兴生产事业、操练新军当做口头禅的人，表面上好像顿然觉醒了，实质上他们仅仅迷惑于眼前事物的表面现象，并没有抓住问题的实质。欧洲人到东方来，最引人注目的，固然没有超过前面说的振兴实业和加强军备这两件事。但这也还不是问题的根本所在，而只是它的花、叶罢了。追溯它的根源，极其深远，如只学一点零碎知识，有什么用处呢？这里，我也并不是说人们一定要以科学为头等大事，必须等到科学研究有了成果，才开始振兵兴业。我却相信社会的进步必有它的次序，事物的发展也有它的根源。我担心全国只去追求那些枝枝叶叶的东西，而没有一两个有识之士敢于出来探求它的根本，这样，那善于探本溯源的国家必将日益发展，而那舍本逐末的仍不免很快覆灭。现在的世界，是和古代情况不同的，不管尊重实利也好，学习技术也好，要是能够做到不被大潮巨波所冲决，敢于挡着潮流屹然独立，像古代那些杰出人物能够在今天为将来播种下良好的种子，把幸福的根源移到自己的祖国来，那样的人今天也不能不求助于社会，而且他们也应当被社会所重视。丁铎尔不是曾经这样说过：只着眼于事物外表，或者只凭对于政治事件的一些感受，而误解各种事物真相的人，往往说国家的安危只是决定于政治思想，但是最公平的历史事实马上可以证明这种说法是不对的。试看法国能够有今天，难道还有什么别的原因吗？只不过是科学方面的成就，超过别的国家罢了。1792 年事变❶发生时，几乎是整个欧洲闹闹嚷嚷地拿起武器攻打法国，联军在外边进攻，国内又发生了内讧，武库已经空虚，士卒多已战死，既不能用疲惫的士兵去抵挡精锐的敌军，又没有粮食供应守卫的将士，束手无策的军人抚着长剑凝望着太空，政治家流着眼泪悲叹着行将到来的危局。人人束手，个个含恨，只得听候天命的

---

❶ 1792 年事变——1789 年法国资产阶级革命开始之后，法国封建贵族、僧侣、地主等勾结普奥等国军队于 1792 年向法国革命大围剿。

摆布了。那时出来振作国人的是谁？出来震慑他的敌人的又是谁呢？我要说，那就是科学。那时的科学家，没有谁不尽心竭力，贡献自己的聪明才智，他们看到士兵数额不足，便用科学发明来补充；看到武器不足，也用科学发明来补充。当防守的时候，都知道只要有科学家在，士兵们就有战争最后必胜的信念。也许有人会说，因为丁铎尔自己是搞科学的，所以他夸大了科学的作用而这样说的，但我们只要引证一下阿罗戈（D. Arago）❶的著作来作证，便能明白丁铎尔所讲的并不错。他的书上说：当时国民大会征召士兵九十万人，以抵御从四面八方打来的敌人，要是没有这么多兵就不够用。但是不能征集足额，于是人人大为惊恐。加上军火库早就空虚，战备不足，眼前那种危急的情况，已是人力不能挽救的了。那时所急需的，首先是弹药，而原料硝石以往全都是从印度运来的，这时已断绝来路。其次是枪炮，而法国产铜不多，必须依靠俄国、英国和印度的供给，到现在来源也断绝了。再者是钢铁，平时也都是从外国进口，而且冶炼技术，无人知晓。最后没有办法了，于是召集全国的科学家来开会讨论，认为这时最重要、最难得的是火药。连政府与会的官员都认为没有办法，因此人们不禁叹道："硝石在哪里？"叹声未绝，科学家蒙日（G. Monge）❷立即站起身来说："有的！我们到适当的地方去找，如在马厩土仓中，就有数不尽的硝石存在，那将是你所梦想不到的。"他的天赋高，又有知识，加上诚挚的爱国心，他环顾满屋子里的人说："我能搜集那些泥土来制造火药哩！"不出三天，火药果然就制成功了。于是就把这个极为简便的方法在全国推广开去，使老弱妇孺都能够制造，不多久，整个法国就像一座大兵工厂似的了。此外，还有化学家，能用化学方法分解时钟上的铜，用来制造武器，而炼铁的新方法也产生在这时候，所要铸造的刀剑枪械，一律都用国产钢铁。而制造皮革的技术也很成功，做军靴的皮革也就不再缺乏了。当时使人们感到奇异的作为飞行器的气球和在空气中传递的电报，都有所改进，推广到战争上来了。摩洛（V. moreair）❸将军曾乘着气球去侦察敌阵，了解到真实情况，因而取得了很大的胜利。丁铎尔曾评论道：法国在当时产生了两种东西，即科学与爱国。在这次战争中，贡献力量最大的是蒙日（Monge）和加尔诺（Carnot）❹，参与其事而贡献了力量的，是孚勒克洛（F. Fourcroy）❺、穆勒惠（G. de Morueau）❻和巴列克黎（L. Bethollet）❼等人。伟大事业的成功，这就是关键。所以说，科学是照耀世界的神圣之光，可以阻遏险恶的处境而振奋人心。处在生活安定的时代，科学闪耀着人类智

---

❶　阿罗戈（1786～1853年）——法国天文学家和物理学家。
❷　蒙日（1749～1818年）——法国数学家，对几何学有很大贡献，著有《分析在几何中的应用》（1805年）。原文译孟耆。
❸　摩洛（1763～1813年）——法国将军。
❹　加尔诺（175～182年）——法国政治家、军事家。
❺　孚勒克洛（1755～1809年）——法国化学家。
❻　穆勒惠（1737～1816年）——法国化学家。
❼　巴列克黎（1748～1822年）—法国化学家，发明制硝的人。

慧的光辉；处在动乱的时代，则由于它的演化力量，可以产生出像加尔诺这样的人来整顿时局，可以产生出比名将拿破仑（Napoleon）❶ 还要强有力的人物。我们现在看了前面所举事例，那注重根本的重要性便一目了然了。那些枝枝叶叶的东西虽然也能够灿烂一时，但因为根基不牢固，顷刻之间就将萎谢，无论做什么事，在开始时就积蓄力量，这样才可以长久。还有不可忽视的事项，就是应当防止社会风气偏于一方，一天天走向一个极端，结果就会渐渐失去根本精神，而破灭也会随之而来。假使全世界仅仅知道推崇科学知识，则人类的生活最后必然变得死气沉沉、枯燥无味，这样久了，则人的美感会逐渐淡薄，敏锐的思想也要丧失了，而所谓科学也要同归于尽的。因此，人们所应当希望应当要求的，不仅要有牛顿，也希望有莎士比亚（Shake-speare）❷ 这样的诗人；不仅有波义耳，也希望有画家如拉斐尔（Raphaelo）❸；既要有哲学家康德（Kant）❹，也必须有音乐家如贝多芬（Beethoven）；既要有生物学家达尔文，也一定要有著作家卡莱尔。所有这些人，都是使人性接近于全面发展，不使它有所偏颇，因而造就了今天的世界文明。啊，人类文化的历史事实所留下的启示，就是这些吧！

译者按：译文均采用外国科学家的新译名，如毕达哥拉斯，鲁迅原译毕撒哥拉；德谟克利特原译迪穆克黎多；阿基米德原译为亚勒密提士；欧几里德原译为消克立；希罗原译为希伦；开普勒原译为开布勒；伽俐略原译为格里累阿；吉尔伯特原译为吉勒衰德；拉马克原译为兰麻克；牛顿原译为奈端；弗兰西斯·培根原译为法朗希思·培庚，等等。

原文中的若干书名，引用时也作了改译。如《理想国》，鲁迅原作中译为《邦国篇》；《新工具》原作中译为《格致新机》，等等。

五、鲁迅《说镭》的白话译文

说　镭

　　过去的学者说："除太阳以外，宇宙之间几乎没有什么发光的东西了。"数百年以来，人们都附和这种说法，谁也没有怀疑过这种说法。想不到突然有一种不可思议的元素，本身会发出光和热，辉煌地出现在世界上，放射出新世界的曙光，打

---

❶ 拿破仑（1769～1821 年）——法国著名军事家。
❷ 莎士比亚（1564～1616 年）——文艺复兴时期最著名的英国戏剧家和诗人。
❸ 拉斐尔（1483～1520 年）——文艺复兴时期意大利著名画家、雕刻家和建筑师。
❹ 贝多芬（1770～1827 年）——德国著名作曲家。

破旧日学者的迷梦。如能量守恒定律❶、原子说❷、物质不灭定律❸，等等，都蒙受了极为酷烈的冲击，飘扬倾斜，不可终日。从此引起思想界的大革命思潮，变得越发气势磅礴，以致难以预料将来的发展！这个新元素❹靠什么才得以发现的呢？那就不能不说："这是 X 射线❺（旧译透物电光）所带来的。"

　　X 射线是在 1895 年时由德国人伦琴❻（Wilhelm Konrad Rontgen，1845～1923年）发现的。它的性质很奇异，如（一）能穿透不透明的物体；（二）让照相底板感光；（三）使气体具有导电性等。这大大引起学者的注目，认为 X 射线以外，应当还有 Y 射线、Z 射线等。随着许多人的深入探索，希望能发现新元素。经过许多人开动脑筋的结果，必然有所收获。第二年法国人贝克勒尔❼（Antoine Henri Becquerel，1852～1908年）又有一大发现。

　　有人讲，贝克勒尔用厚黑纸两层包着照相机底版，在太阳光下晒了一两天，没有什么感光反应，于是又在底片上放置磷光体铀盐❽，想再进行试验，恰好碰上阴天，只好把实验材料塞进抽屉。几天后一查看，虽没有日照，但照相机底板却已感光了。贝克勒尔十分诧异，细心推想其中原因，认识到这不是借助于磷光❾，而是由于铀盐❿本身具有一种像 X 射线的辐射线缘故，因此他起名叫做铀射线，把产生

---

❶　能量守恒定律——这是自然科学中关于物质运动最重要的普遍定律之一。物质的任何一种运动（如机械、热、光、电、磁、化学等），在一定条件下，都能够以直接或间接的方式，转化为其他的任何运动形式。在转化前后作为物质运动度量的能量，保持不变，只能从一种形式转化为另一种形式。恩格斯认为这是 19 世纪自然科学的三大发现之一。

❷　原子说——关于物质结构的一种朴素唯物主义学说，认为万物皆由大量不可分割的微小物质粒子组成，这种粒子被称为原子。这在古代只是推测，17 世纪作为假说，19 世纪后期作为自然科学的一种理论。由于现代化学、物理学的发展，以及电子和放射性元素的发现，证明原子是由电子、质子、中子等更微小的基本粒子组成，而且就是基本粒子也仍然是可分的。

❸　物质不灭定律——物质虽然处在不断变化和发展之中，但它在时间上是永恒的，在空间上是无限的，即使在不断运动和变化中改变了自己的形式，但不能够被消灭。

❹　元素——化学元素。同一元素的原子具有相同的核电荷数。例如，碳、硫、铁，都是元素，不论它们是以单质或化合物形式存在，它们的核电荷数分别为 6、8、16、26 而不变，相同元素的原子组成单质，不同元素的原子相互化合而成化合物。现已确知的元素有 107 种，其中包含人工制得的放射性元素。

❺　X 射线——爱克斯射线、伦琴射线，简称为 X 射线，通称爱克斯光，是一种波长很短的电磁辐射，由德国物理学家伦琴在 1895 年首先发现，应用很广，医学上用于医疗和透视，但超过一定剂量时对人体有害，故工作时应用能吸收 X 射线的铅板或铅玻璃保护人体。

❻　伦琴（1845～1923年）——德国物理学家，1895 年发现 X 射线。伦琴，鲁迅原文中译为林达根。

❼　贝克勒尔（1852～1908年）——法国物理学家，于 1896 年发现铀射线，又称贝克勒尔射线。贝克勒尔，鲁迅原译为勃克雷。

❽　磷光体铀盐——发光磷中的铀与酸根合成的盐类。

❾　磷光——磷（p）在空气中氧化时在暗处可以看到它发的光，称为磷光。

❿　铀盐——铀的盐类。

这种射线的物体叫做放射体。（这种物体所放射的射线，按照习惯用发现者的名字命名，叫做贝克勒尔射线，就像 X 射线也叫做伦琴射线一样。）然而铀用不着借助机械和电力的帮助，就自能够放射，所以和 X 射线比较，后者的发现已经有很大进步了。

此后研究的风气更发达了，学者头脑当中存在种种 Y 射线、Z 射线的影子。到 1893 年，德国科学家施米特（E. Schmidt，1845 ~ 1921 年）❶ 在钍❷的化合物中，也发现了伦琴射线。

同时，法国巴黎工艺化学学校的教授居里夫人（Marie Curie，1867 ~ 1934 年）❸ 在讲课的时候，做空气传导装置，偶然在沥青铀矿（奥地利出产的复杂矿物）里，发现了类似 X 射线的放射线，闪闪地发出强烈的光芒。她立即告诉了她的丈夫居里（Pierre Curie，1859 ~ 1906 年）❹。经研究之后，了解到其中含有铋 ❺ 的化合物，放射性比铀盐强 4000 倍。由于居里夫人生于波兰的缘故，就把它命名为钋 ❻。这个发现公之于世之后，学术界的人士都非常感谢她，法国科学院给予 4000 法郎作为奖励金。居里夫妇越发勤奋了，昼夜不辍地从事研究，在沥青铀矿中又得到了一种叫做镭的新元素，符号为 Ra（按：旧译 Germanium 叫钼。但它的译音和意思更符合 Radium，所以取了这个字，而 Germanium 可以另立新的译名）。

1899 年，法国化学家德比尔纳（Andre Louis Debierne，1874 ~ 1949 年）❼，也在沥青铀矿中发现了另外一种放射性的物体，名叫锕 ❽，但它的放射性赶不上镭。

钋和铋、锕和钍、镭与钡，都有着相类似的性能，而它们的纯品，都不能得到。只有镭，经过居里夫人苦心经营，才得到比较纯粹的一丁点儿，经测定分子量和光谱后，已被确认为一种化学新元素，别的几种还搞不清楚，或者仅仅了解到保

---

❶ 施米特（1845 ~ 1921 年）——德国物理学家，鲁迅原译为休密德。1898 年发现放射性元素钍。

❷ 钍—化学元素，属于锕系元素之一，符号 Th，原子序数 90，具有放射性，呈银白色，在空气中渐变为灰色。

❸ 居里夫人（1867 ~ 1934 年）——鲁迅原译为古篱夫人，法国物理学家，原籍波兰，1891 年前往法国巴黎大学学习，1895 年同比埃尔·居里结婚，先后发现钋和镭两种天然放射性元素。1906 年居里逝世后，继续研究放射性元素，取得很大成就。她著有《放射性通论》《放射性物质的研究》，对原子核科学的发展，起了不少推动作用。

❹ 居里（1859 ~ 1906 年）——鲁迅原译为古篱，法国著名物学家，与其夫人共同研究放射性现象，发现钋和镭两种天然放射性元素。

❺ 铋——化学元素，符号为 Bi，原子序数 83，纯铋柔软，不纯时性脆。

❻ 钋——化学元素，锕系元素之一，符号为 Po，原子序数 84，具放射性，在铀矿及锡矿有微量存在。

❼ 德比尔纳（1874 ~ 1949 年）——鲁迅原译为独比伦，法国化学家，锕的发现者。

❽ 锕——化学元素，符号 Ae，原子序数 89，具有放射性，1899 年发现它存在于沥青铀矿及其他含铀矿物中。

存它们的方法。镭盐类的水溶液，加入氨水，或二硫化氢，或二硫化铵，不发生沉淀；硫酸镭或碳酸镭，在水中不溶解，二氯化镭则易在水中溶解，而不溶解于浓盐酸和酒精中。利用这一特性，可以从制铀的沥青铀矿的残渣中分解出镭。然而镭和钡❶的性质特别类似，所以常有钡掺杂在当中。除去钡的办法，必须先让它成为盐类化合物，溶解在水中，再加上酒精，就有沉淀物，可是在溶液中仍不免有少量的钡。这样反复进行，可以得到比较纯粹的镭盐。至于纯粹的镭，直到现在还没有得到。而且镭的数量极少，制铀残渣5000吨，所得镭盐还没有一千克，3年时间内所得纯与不纯的镭盐总共不过500克而已。有人讲全世界的全部镭大概全在这旦了。它就珍贵到这种程度，所以它的价值也非常昂贵，就是含大量钡的镭，每一兝也非35法郎买不到。至于被誉为世界第一的皮埃尔·居里的最纯的镭，也不过像微尘土那样大，积两万法郎来购买，还买不到呢！它的放射性比起铀盐来要大数百万倍。

这个最纯品，就是氯化镭（$RaCl_2$）。去年居里夫人把氯分解了出来，使它成为氯化银，计算它的重量，然后计算出镭的原子量❷为225。

多马尔赛（Eugene Anatole Demarcay，1852～1903年），曾使用分光镜测出镭的特定光谱，没有发现其他光谱，这也说明镭是一种新元素。镭射线虽然大致与X射线相同，但它还有能使玻璃及陶器呈现褐色或棕色，使二氯化银还原、岩盐带色和白纸变色，一昼夜之间竟把黄磷变为红磷，以及使种子丧失发芽能力的种种性能。又如用一种塑料造的器皿盛着镭盐（放射性强于铀射线5000倍），拿在手上两时，皮肤就会被烧伤，居里受伤的痕迹还明显存在没消呢。居里曾经说："倘若有人走进放置纯镭一毫克的房间里，就会双目失明，甚至死亡。"而加拿大的卢瑟福（Ernest Rutherford，1871～1973年）❸则说，纯镭一克，可以把一磅重的东西升高一英尺。甚至有人说用一克镭来打英国所有的军舰，可将他们打飞上英国第一高山辩那维的峰顶上去呢，这是英国物理学家威廉·克鲁克斯的说法。综观上述各种说法，虽然让人觉得有些近乎夸大，而镭的放射力之强大，从这里也可以想见的。最奇怪的是，它的放射力，丝毫不借助于外物，而自发于微小的本体当中，这与太阳并没有什么区别。

镭射线也像X射线那样，具有穿透金属的力量。此外，像纸张、木材、皮、肉等，一概都不能阻挡。然而放射之后，常被穿透的物质所吸收，而使放射减弱。假设从镭射线通过0.0025毫米的铂箔，它的强度只有开始的49%，再穿过一次又减

❶ 钡——金属元素，银白色，容易氧化。
❷ 原子量——元素原子的相对重量。原子质量极微小，过去以氧的平均同位素量定为16.0000作为标准，计算所得的平均相对重量，现在以质量数为12的碳的原子量定为12.0000作为标准来计算。
❸ 卢瑟福（1871～1937年）——鲁迅原译为卢索夫。新西兰物理学家，1899年发现放射性辐射中的两种成分，命名为α射线和β射线，接着又发现放射性元素钍。

为36%，二次以后，强度的下降率就不像最初那样明显了。由此可见镭射线决不那么单纯，是容易被别的物体所吸收的东西，它有强大的穿透能力，穿透物体也像过滤一样。各种放射线，可以分为好几种，能够使照片底版感光的，就是穿透线。其中还有容易被眼睛的组织所感觉到的，虽然闭着眼不看，仍旧能看到它在哪里。

镭的奇异性能，不仅表现在这些方面。有个名叫拔尔敦的，曾在黑屋子里，打开包着的镭，忽然发出闪闪的青白色光来，屋里顿时明亮了，连包的纸也有微光，很久不灭。这是副放射线，对照相底版的感光作用也与主放射线相同。镭本身具有能够发光和把光传送给接近的物体这两种性能，就像太阳把光传给它的行星一样。它的能量来源，竟然无法测知。

有人说到贝克勒尔把比较纯的镭贮存在试管里，藏在衣服下面，六小时后，身上忽然出现烧伤的痕迹，不久，这种迹象又在他的头部和手臂中间时隐时现，说不清具体的位置。后来居里就设法测试它的热度，办法是用热电偶，它的一边接合点放置纯铜盐，另一边接合点放上铜盐1/6的锡盐计算所产生的电流强度。知道放置铜盐处的温度，高一度半又用膨胀测热器，测定0.08克的纯镭盐所产生的热量，每小时产生14卡路里❶；即一克镭盐所产生的热量，每小时在100卡路里以上。它所释放出的光和热，既不是由于燃烧，也不是由于化学反应，不知这么多的能量是从什么地方来的。如果说那是从镭本身发出来的吧，那么过去所讲的能量的定律，不得不被打破了；如果说由于外界能量而产生的吧，那么镭必然会有利用外界能量的特性，而这种外界能量的性能，又不是为我们所已经了解的。

镭射线也有给予空气以导电性能的作用。假设有钢板和锌板各一块，用铜丝相连，两板中间的空气当镭射线通过时，那么铜丝当即产生电流，这同两板分射浸入稀释硫酸液中没有什么两样。因为镭射线可以让气体原子变为离子（聚集在两极间电解质的总称），分成带有阴阳电两部分，因此气体的作用，也和液体电解质相同。镭射线里容易被别的物体吸收，这个性能是最为明显的。

从克鲁克斯管（Crookestube）❷ 阴极产生的阴极射线（Cathode ray）❸、伦琴射线及镭射线，如果受到强大磁场的作用，那射线的方向必然偏转。假如磁场作用方向垂直于镭射线的方向，那么镭束线就克服磁场作用向着相反的左边偏转，因为镭射线不是一种单一的射线，所以分出受磁场影响和不受磁场影响的种种射线，射出的方向各不相同，这同太阳光通过三棱镜分成七种颜色的情况相似，镭射线中穿透能力强，这个特点尤为明显。而且由于对于磁场的作用，所以镭射线的大部分，是含有带阴电而速度快的微粒的。

---

❶ 卡路里——热量单位，一克水的温度升高1℃所需要的热量。

❷ 克鲁克斯管——由英国物理学家克鲁克斯发明的一种高度真空管，因而以他的名字命名。

❸ 阴极射线——在真空管上装着两个电极，增加电压后从阴极向阳极高度运动的电子叫阴极射线。

在受磁场影响而偏转的镭射线中，既然含有带阴电的微粒，那么用它照射某一物体时，这一物体也应当得到阴电。居里夫妇曾经用过封蜡绝缘的导体作实验，当用镭线照射时，导体果然得到阴电；又用同样方法绝缘的铜盐，因为带阴电的微粒释去，而带阳电。这种绝缘导体的带电量，通过一平方毫米截面的电流，每秒有 4×19^{-12} 安培。镭射线里带阴电的微粒，在强电场中，它的方向必然偏转，即在一毫米有一万伏的强电场中，大致偏转 4 厘米，它已为贝勒克尔的实验所证明了。

从镭所发射出微粒的速度，每秒是 1.6×10^{10} 厘米，约莫相当于光速的一半，因为微粒的释散，所以镭在一小时内所散失的热能为 414×10^{-6} 卡路里，与前面记述的它放出的热量比较，它的质量极少，从镭的表面一平方毫米所放射的微粒，其质量也极少，算来释去一克微粒，大约要 10 亿万年。照这个标准，镭的微粒的大小，应当是氢原子的 1/3000，其名叫电子。

电子学说认为："所有物质当中，都含有原子，而原子当中，又含有电子，电子对于原子说来，就像原子对于物质那样。这类电子受到周围电场和磁场的作用，围绕原子核旋转，没有停止的时候，所有各种物体，没有不是这样的，就是我们人类，也是这样构成的。然而旋转速度的快慢，则随着物体不同而有异，镭的电子是特快的，由于它运动加速，有一部分飞散到物体外面，自己发出光和热，成为射线。"然而这个学说，必须建立在电子本身具有构成物质的功能上，才能讲得顺理成章。不然的话，即使折中地讲飞散的量极其微小，或者说电子的飞散漫长的年月用不着计算，但对解释物质不灭定律，仍然是没有什么帮助的。再说创立原子学说的人，难道不是认为原子小得没法再小，是把物质分割到极点得出来的吗？电子学说的兴起，人们知道旋转的微粒，实际小于原子的 1/1000，不得不解除原子是宇宙间最小物质单位的好名声，而把美名给予电子，而原子学说就消亡下去了。

从 X 射线研究到发现镭射线，由镭射线的研究，又产生电子学说，于是关于物质的观念，忽然起了大震动，发出了巨大的变化。推动人们的思想吐故纳新，衰败的果实掉落了下来，新生的花儿正含苞欲放。虽然说居里夫人的功绩伟大，但终究要对 19 世纪末叶的 X 射线发现者伦琴脱帽致谢。

六、关于地质学、矿产学——读鲁迅的《中国地质略论》

鲁迅青年时代所写的《中国地质略论》一文，原发表于 1903 年 8 月 20 日出版的《浙江潮》第 8 期上，署名"索子"。这是一篇洋溢着爱国热情的科学论文。

中国古代文化很发达，开发矿藏的历史很早，但地质学作为一门科学在中国却很落后，需要作一番研究。所谓地质学，用鲁迅的话来说，就是研究"地球之进化史"❶，研究"岩石的成因，地壳之进化"。鲁迅把中国地质年代，按照当时地质学的历史分期，划分为：（1）原始代（或太古代，即无生物时代）；（2）古生代，认为这是开始有

---

❶ 文中引文均见鲁迅著《中国地质略论》一文，刊《集外集拾遗》。

生物的年代，其中分为寒武利亚纪、志留利亚纪、泥盆纪、石炭纪、二叠纪。他认为从这不同地质时期中，可以看到生物和人类的进化过程。生物从藻类到三叶虫、珊瑚虫、鱼类、两栖动物、爬虫类，逐渐进化和向前发展。（3）中生代的三叠纪、侏罗纪、白垩纪，那时松柏、羊齿类植物越来越发展，动物中的爬虫类也更为发达，那时有袋类的动物成为哺乳类动物的先声。（4）新生代的第三纪、第四纪，开始有象、貘、张角兽、恐鸟；到了洪积世时期，原始人类也开始诞生了。

在鲁迅看来，在地球未形成以前，在地质发育的过程中间，也像太古代的地球一样，那时"洪水澎湃，烈火郁盘"。最早还谈不上有现代的生物，只是"洪流激浪而已"，但后来由于火力的冲击，地壳逐渐形成了，"昆仑山脉，忽然隆出；蒙古之一部分，及今之山东，亦离水成陆，崛起海中，其他则唯巨浸无际，怒浪拂天已耳"。鲁迅把山东、蒙古一带看做是中国地壳发展史上较早形成的部分，这是很有科学见地的看法。

鲁迅对地质科学的考察中，认为在中国北部的地面首先逐渐形成，然后秦岭南部也随之现出大陆，接着四川省赤盆砂地也逐渐出现了，当"喜马拉雅山崭然显头角"之时，"南部中国始全为陆地。厥后南京与汉江之北，生分走北东之两断层，陷落而成中原，即为历代枭雄逐鹿地，以造成我中国旧史之骨子者也"。他的这个科学论断是值得我们思考的。

鲁迅还肯定地质年代处于"新生代"的中国中，甘肃和蒙古等地原来是内海，到这个时候已经逐渐干涸了，形成大沙漠；暴风使土砂埃尘随风飞动，积成了黄河流域的黄土地带；而在长江北部，原来也是沙漠，但由于"风之吹拂，雨之浸润"，使其成为肥沃的土地。

曾在路矿学堂专门学过矿业的鲁迅经过考察认为，中国是世界上盛产煤炭的国家。大家知道，据近人研究，煤是由古代植物演变来的。距今2亿~3亿年的石炭二叠纪时期，地球上的气候潮湿多雨而温暖，我国的华北、华东和西南等地区生长着蕨类和裸子植物，以后随地壳变迁，这些植物大量死亡，堆积在多水的广阔沼泽地带，植物残骸长期在各种细菌（主要是厌氧细菌）的生物化学作用下，不断发生缓慢而复杂的分解化合作用，碳的含量逐渐增加，形成最初的褐煤。之后由于地温不断增高，在岩层不断增厚的压力作用下，又进一步改变了分子结构的物理化学性质，而成为烟煤，最后又经高压作用而成为无烟煤。

我国古籍《山海经》中把煤叫做"石涅"；西汉时我国已用煤冶铁，河南巩县还能见到西汉（公元前206~公元25年）使用煤饼炼铁的遗迹；魏晋称煤为石墨或"石炭"；晋《水经注》上有"石墨可书，又燃之难尽，亦谓至石炭"；在抚顺煤矿中曾发现唐代挖煤器皿，太行山东麓、山东淄博等煤田至今尚有唐代采煤的遗迹；宋代民间已经普遍用煤，宋史记载："汴京数百万家，尽仰石炭，无一家燃薪者"。马可·波罗（Marco Polo，1254~1324年）记载："中国全境有一种黑石，采自山中，如同脉络，燃烧与薪无异，其火候较薪为优……致使全境不燃他物。"以上事实说明，中国用煤若干世纪之后外国才开始用煤。

　　李时珍《本草纲目》中写道："石炭即乌金石，上古以书字，谓至石墨，今俗呼为煤炭，煤墨音相近也。"宋应星在《天工开物》上分煤为明煤、碎煤和末煤三类，指出明煤产北，碎煤产南。

　　煤不仅是重要能源，还是冶金工业和化学工业极其重要的原料。通过炼焦可以得到焦炭、煤焦油和焦炉气。焦炭主要用于冶金，也可以与水蒸气和氮制成氨，用于制造化肥；焦炭还可与石灰制成有机化学工业的原料——电石，以制取塑料、合成纤维、合成橡胶、电影胶片、有机玻璃、炸药、农药以及用于焊接和切割金属。利用炼焦的副产品——煤焦油分解出的轻油、酚油等作原料，可以制成药剂、农药、炸药、香料、染料、塑料、油漆、合成纤维、合成材料等数百种；炼焦的另一种副产品煤气即是冶金和民用燃料，同时也是重要的化工原料；此外，从煤中还可以提取锗、钒、镍、铀等元素；利用氧化碳、泥炭和褐煤，还可以制造腐殖酸类肥料。这说明煤浑身是宝，不愧被称为工业品的粮食，国民经济的先行尖兵。我国煤系丰富，储量多，分布广、煤种齐全，据近人研究，大致有褐煤、长焰煤、不粘煤、气煤、肥煤、焦煤、瘦煤、贫煤、无烟煤等十类。

　　鲁迅的文章肯定中国是世界盛产煤炭的国家之一。他认为没有煤就开不动机器，也将使铁舰不灵；鲁迅根据当时日本调查团的报告，指出在我国东北的辽东、辽西的本溪、锦州等7个地区有丰富的煤田；直隶（今河北）开平、京西（门头沟附近）6处，山西省的大同等6处，四川省的雅州府、河南省的南召县、江西的萍乡、乐平等6处，福建省的邵武、建宁、安徽省的宣城、山东省的沂州、莱芜等7处，甘肃的兰州府5处。就是说，在当时鲁迅估计，全国至少有43个地区产煤，而采煤量当在1200万亿吨左右，倘若年采1200万吨，中国的煤也可以保持开采"一万年之久而未有尽之"。

　　鲁迅指出，正因为中国蕴藏着如此丰富的能源，因此，帝国主义列强妄图瓜分和宰割中国的煤田，"血眼欲裂，直睨炭田"；而我们自己呢，却"挟无量巨资，不知所用"。也正因为这样，当时山西的煤矿被英国夺取了，山东的煤矿被德国夺取了！目睹这样现状，使青年鲁迅感到痛心疾首！他感慨着原来是煤矿主人的中国，反而成了为外国洋人的"采炭之奴"。他沉痛地指出，这实质上是"弃宝藏的浪子"，有着宝藏而弃置不用，这到底是谁的罪过呢?!

　　鲁迅在这篇文章里，在阐明了中国地质概貌、中国地形发育的状况，以及中国矿藏（主要是煤矿）的分布后，指出帝国主义列强由于取得了我国的矿权，取得了煤矿这个矿藏后，他们就有了潜力，从而胡说任何地方都不属于我国所有。特别是同我国毗邻的帝俄，竟把我国的金州、复州、海龙、盖平这些矿产盛地尽都侵占了去，而那些帝国主义在华的走狗们，还要"引盗入室，助之折楹挠栋，以速大厦之倾"。当鲁迅看到帝国主义的侵略势力侵入他的故乡浙江省之后，他认为如此一来，反抗帝国主义掠夺的斗争，"流血碧地之惨象"，必定要在南方重演。

　　鲁迅在这篇文章中指出，"最可爱之中国"，"实世界之天府，文明之鼻祖"，"凡诸科学，发达已昔"，但是从1840年中英鸦片战争以后，中国沦为半殖民地半封建的国家，成为帝国主义列强"挞楚鱼肉"的对象。鲁迅在《中国地质略论》中义正词严地指出：中国是中国人的中国，可以容许外国人来研究中国，而不能让他们来作侵略的探险；可以容许他们赞叹，而不能让他们来觊觎。他列举了许多不怀好意的、以研究中国地质为借口，而实质上是为侵略作准备的探险，是要觊觎中国。例如1871年德人利忒何芬（Richthofen）由香港进入广东、湖南、湖北、四川、陕西、山西、河北、河南，直到上海、宁波、安徽、江苏、山东等地，作了历时三年的探察，旅行线达二万里以上，写了三册《报告书》，把中国看做是煤储藏量最多的国家，尤其在山西省境内。鲁迅指出，这就是为什么帝国主义总想侵略我国的领土，为什么中国的胶州很早就沦于帝国主义之手的原因。

鲁迅指出，1880年匈牙利的三位地理"学者"，由上海沿着长江流域深入我国湖北（汉口、襄阳），经过陕西的西安、甘肃的兰州，直到云南大理等地，从缅甸出境，作了历时三年的"考察"，特别是对于德人利忒何芬没有认真看过的地方，作了仔细的"考察"，也著了三册书。

接着在1884年，俄国人阿布伐夫又在北京、保定、正定、太原、宁夏、兰州、凉州、甘肃、蒙古等地进行勘察；随后又有由法国里昂组织的探险队，到中国南部广西、云南、四川的雅州和松潘等地进行"勘察"；继而又有日本人士如神保、铃木等在辽东西，田山崎在热河，平林、井上、佐藤在中国南部等地进行了"调查"。

鲁迅认为，这些外国人士那么热心来勘察中国矿产的分布，都是不怀好意的，其目的是为了要瓜分和觊觎中国。鲁迅不禁大声疾呼：中国人民是中国矿藏的主人，要团结起来，振兴实业，只要我们众志成城，狡猾的帝国主义列强怎么敢于欺负我们呢？何况实业振兴了之后，就可以用现代的机器来防御，近代的文明也就逐渐地改变着人们的思想，否则我们要受尽帝国主义列强的欺凌，还怎么能谈得上讲地质方面的事情呢？今天，鲁迅这些进步思想还是值得我们学习的。

七、加速"四化"建设、开发我国矿产志 *

1903～1905年，鲁迅同他在南京江南矿路学堂和日本弘文学院时的同学顾琅❶，合纂了《中国矿产志》❷，于1906年5月由上海普及书局出版。全书分为两个部分：（1）导言，记载中国当时所知的地质情况；（2）本言，记载当时所知的矿产。这两者是辩证地统一在一起的，因为"不知地质，无以知矿产"；侈谈矿产，倘不知地质结构情况，也容易流于臆测或空谈。但是在当时只有德人聂诃芬（Richthofen——鲁迅在《中国地质略论》一文中译为利忒何芬）经过在中国的勘察，著有关于中国矿产方面的

　＊　引文均见鲁迅等编纂的《中国矿产志》一书。

　❶　顾琅，号顺臣，在南京时叫芮体乾，到日本后改名顾琅，学地质学，原南京路矿学堂学生，鲁迅的同学。

　❷　据鲁迅的老同学沈瓞民在《回忆鲁迅早年在弘文学院的片段》一文中的记载，《中国矿产志》确是鲁迅与顾琅两人合作的，书中只有一部分是顾琅所写，再由鲁迅重抄，加以润色。见《鲁迅回忆录（第一辑）》，上海文艺出版社1978年版。

书。鲁迅和顾琅参考若干外国人有关中国矿产调查的著作，并取材我国省志、县志等古籍，编纂了这部《中国矿产志》，来阐明我国矿产的客观实际状况。作者坚信"中国学术方将日蒸，旦暮必有兴者"（见该书"例言"），如果有更好的著作产生，这部书被淘汰了也是件好事。为了便于读者阅读，他们在卷首按地史系统记载的地质年代，如原始代、太古代、中古代、近古代，以及各代所分的不同的纪，介绍了地质学年代，并阐明"矿产所在，皆揭其地，其较大者，略为说明"，因为是"钩稽群籍为之"，因此把它叫做"篡辑"。

"导言"分四章：第一章矿产与矿业；第二章地质及矿产之调查者；第三章中国地质之构造，讲解了关于中国的地相和地质上的发育史；第四章地层分布情况。中国有着广阔的版图，因此有富裕的矿藏，这是理所当然的事情，如直隶（今河北省）、山东、山西、河南、陕西、甘肃有金、银、铜、铅、锡、铁、煤、油、硝石，特别是黄河流域蕴藏的煤矿；浙江、江苏、江西、安徽、湖南、湖北、贵州、四川除五金以外，还有铅、锑、硫黄、煤油和煤；福建、广东、广西、云南有银、铜、锌、锡、铅、铁、含银的铅、硫和煤矿；云南境内富有宝石。但是过去由于"地气""风水"的封建迷信，以致妨碍了中国矿业的开采。作者慨叹着旧中国古籍上虽记载"帝轩辕氏，始采铜于首山"，"唐虞之世，爰铸金、银、铅、铁"，而到了近代我国矿业的开采却仍然没有什么进展，真是像国际人士所说的"支那多矿产，支那无矿业"。特别是1840年鸦片战争后，中国沦为半殖民地半封建的国家之后，帝国主义列强不断入侵，"主人荏苒，暴客乃张，今日让与，明日特许"，中国的矿产权有许多落在帝国主义者的手里，任凭他们予取予求，任意掠夺瓜分。如果不制止这个情况，有朝一日终归形成"中国有矿业，中国无矿产矣"。中国需要有自己的矿业。但是中国到底有多少自己的矿藏呢？"徒茫然而"，还要去询问外国人，请他们来告诉我们，自己有多少财产还要询问外人，来转告我国人，这不也太可悲哀了吗？！

作者在"导言"中列举了外国人在中国"调查""勘察"矿藏的情况：1871年德人聂诃芬的《报告书》发表之后，中国是"世界第一煤国之名，乃大噪于全球"。这个德国人在他的书中写道："支那大陆广蕴煤炭，而山西尤多"；眼尖的帝国主义冒险家说："矿业盛衰，首视运输。"他认为如果能取得胶州湾，就"足制山西矿业之死命，故分割支那，以先得胶州为第一着"。果然，在19世纪90年代，帝国主义德国强占了中国的胶州湾，把山东列为他们管辖的势力范围。

接着匈牙利的楷显尼（B. Széchenyi）同地质学家洛奇（V. von Loczy）等人，也相率来中国"勘察"。他们调查了我国江苏、江西、湖北、陕西、甘肃、青海西宁、四川、西藏、云南，花费三年时间，著了三卷《纪行》，特别是对于聂诃芬"探检未详之地，尤加意焉"。

1884年，帝俄探险家阿布法夫（V. A. Obrucheff）也来到中国直隶、山西、甘肃、东北地区、蒙古等地"勘察"，花费了六年的时光，结果写了《北清中央亚细亚及图山成》一书。

1887 年，由法国里昂商会 10 人组成的探险队，在中国广西、云南、四川、河南等地，也作了非常周详的"调查"；接着日本的神保、铃木和巨智部等人也到中国的辽东、辽西，田山崎到中国的热河，平林、佐藤等到中国南部，都是以"调查"中国地质矿山为名，写了《概况报告》一册。

从以上情况不难看到，帝国主义分子之所以"热心"于对中国的矿藏进行"勘察""调查"，说穿了就是因为对这些丰富的矿藏垂涎三尺，妄图侵夺为己有，对中国施行殖民政策。

鲁迅和顾琅为了使中国人民彻底认识自己的丰富资源，因而写《中国矿产志》。他们在中国地质构造中，把帕米尔看做是亚欧两大陆间的"高台"，说这是"世界之梁"（The Roof of the World）；指出东方有三大山脉：喜马拉雅山系，天山系，昆仑山系，而在昆仑与喜马拉雅山间有西藏高原，这是"大陆中的大陆"。作者把昆仑山系，看做是"中国大陆之骨骼""中国大陆地盘之干系"；认为秦岭北面的黄河，南面的长江，地相悬殊，如"北之渭水地，与南之汉江域，较两者之为殊异，盖尤著也"。

接着作者介绍了地质上的发育史：第一周期是原始代，认为原始代岩石见于亚细亚东部者在朝鲜、中国东北地区及山东、福建诸省，名片麻岩，"古者喷涌出地，凝为一大陆"；第二周期为太古代前半，这一时期"中国之陆地山岳成"，"南满州、山东、山西、陕西、直隶及河南诸地，终为水国"；第三周期为太古代后半期至近古代，由于地盘变动，海隆成陆，小山脉勃兴，秦岭山系中绝于湖北，渤海湾及辽东半岛之平野，即其低地带之一部也，这是"中原历代枭雄所角逐竞争"之地。就在这一长时间的地质历史时期中间，在中国逐渐形成了冠绝世界的煤田，"成江西、陕西之煤层台地，东抵山东，西经甘肃……"在矿路学堂专门学过矿业的鲁迅，始终认为中国是煤矿宝藏丰富的国家。

在"本言"篇中，主要阐述中国各地区的矿产。书中主要按照当时我国的行政区划分为十八省来阐述的，对各个省所辖地区到底有什么金属矿包括金、银、铜、铁、锡、铅、朱砂（又名丹砂）、锑等，有些什么非金属矿包括煤、海盐、石盐、玛瑙、石棉、绿矾、水晶、硝石、明矾、砷矿、石膏、琥珀、硫黄、石油、玉石、石墨、碱砂、白砂（玻璃原料）、金刚砂等，就当时已知的材料，加以排比，列举具体产地。例如仅光绪十八年（公元 1892 年）双山子金矿就可以日获二三十两；说开平煤矿（在唐山与滦县间）明代即发现了煤质优良，其质量远远优胜于东洋的一切煤矿，当时已日采2400 吨左右；说山西省自潞安府至泽州、阳城县的铁矿，早在 2500 余年以前就已采掘，至唐朝而弥盛，铁质优良，不逊于瑞典产的铁，但开采方法仍然比较落后。书中记述了分布于山西的煤矿，矿区广袤，约 13 500 平方千米，煤层厚 25 ~ 50 英尺，煤质甚佳，无烟，煤质不逊英国所产；山东沂州、博山、章丘、潍县等地多煤田，量虽不及山西多，但质却较佳；湖北大冶铁矿、磁铁矿含铁量 50% ~ 60%，褐铁矿含铁量占 45%；四川则多沙金，尤其在雅州府打箭炉一带，年产 20 000 余两，川北管辖下额中霸场，可年产万余两，建昌及嘉定府可年产 5 000 余两，合计 37 000 余两。书中还记载，江西渝水以上，煤层出地，历历可辨，最著名为宜春、萍乡；湖南据《明史》记载，明宪宗成化年间（公元 1465～1487 年）开过湖广金场，得金 53 两后复闭；贵州贵阳府开州以丹砂炼水银；浙江省金华产煤光泽少烟，煤井深 300～800 尺，每 40 尺辄作一磴，凤林亦产煤；福建省产银者有浦城、闽清、连江、福安、福清等 13 县，产铁者有侯官、福清、长乐等 26 县，产盐者有长乐、连江、同安等 12 县；广东始兴县小溪中产石墨，等等。作者还在书后附有"中国各省矿产一览表"，并作出明细的统计。

从以上的简要介绍可以看出，鲁迅当时对我国矿产状况作了深入细致的研究和统计。矿产是指地壳中可被国民经济利用的矿物资源，是地球组成的一个部分。矿产产品中的矿物，由元素组成。它是社会生产发展的重要物质基础，矿产中含有金属非金属，都能直接或间接地用于生产。矿产是在长期的地质年代里（成百万年、千万年甚至几亿、十几亿年）形成的，而不是一朝一夕可成。矿产随着地球的演化而演化，不同地质年代往往产生不同的矿产，金和铁是地球上最早的矿产之一。矿产的分布往往是不均衡的，特定矿产一省有，而另一省无的情况是常见的。

我国是个矿产资源相当丰富的国家，但是由于时代的限制，鲁迅青年时期所知道的矿产（金属与非金属的）还寥寥可数，而到目前为止，我国已探明储量的矿种达 132 种左右。在 50 余种金属矿产中，如钨、锑、锌、稀土、锂的储量均占世界首位，锑的储量占世界总储量的 44%，铜、铁、锡、铅、钼、汞、锰、镍等也在世界名列前茅。我国非金属矿产共有 70 多种，其中硫铁矿、硼矿均居世界之首位。但我们在采矿方面却存在许多薄弱环节。我们还需要像鲁迅这样汇编成新矿产志。远在明朝，我国就把找黄金当做一项重点工作，人们在某些地区一天可以出金数十两，这种增加人民财富的法门，是要承袭的。在矿石方面如何重视综合利用也是个重要问题，如何深谋远虑、统筹安排，指定款综合采矿办法，注意综合利用，都是很重要的。

鲁迅在《革命时代的文学》（见《而已集》）中写道："我首先正经学习的是开矿，叫我讲掘煤，也许比讲文学要好一些。"这说明鲁迅对矿业的确是作过一番研究的，因此他和别人合编纂《中国矿产志》是"有会而作"，而不是什么无的放矢，为著书而著书。

《中国矿产志》是一部优秀的科普著作。首先，它的主题十分切合当时中国所需要。鲁迅年青时代就感到需要有这种使国人都知道自己有什么家底的书。今天，中国更为急切需要弄清自己的物质资源，开发矿产，以适应"四化"需要的书。其次，作者写作态度是严肃认真的。鲁迅在《〈中国矿产志〉广告》中写道：他们为了编写这一小册子，"特搜集东西秘本数十余种，又旁参以各省通志所载，撮精删芜，汇为是编"；又说这部书"搜辑宏富，记载精确……实吾国矿学界空前之作"。这并不是什么夸大其词，鲁迅的这种认真写书的态度，值得今天的科普作者学习。再次，该书一方面表现了科学的求实精神，旁征博引；而另一方面又充满着爱国主义的热情，严厉斥责帝国主义分子妄图侵夺我国的宝藏。最后，这部书文字流畅，行文朴素，扎扎实实，言简意赅。

榜样是重要和可贵的，这对于科普著者也不例外。鲁迅的《中国矿产志》，是我国

20 世纪初出现的一本优秀的科普著作，它给我们指出，对于科普创作一定要认真严肃，否则就不可能写出优秀的富有生命力的作品。

八、鲁迅的《人之历史》的白话译文——德国海克尔关于种系发生学一元论研究解释

　　生物进化学说在希腊学者泰勒斯（Thales）时❶，初放光彩，到了达尔文（C. Darwin）❷ 才基本完备。德国的海克尔（E. Haeckel）❸ 同赫胥黎（T. H. Huxley）❹ 一样，也是近代达尔文进化论学说的鼓吹者，但他不因袭旧说，而有许多发展，并制作了生物进化谱系图，上溯动物和植物进化过程，弄清楚它们发展演化的由来，其中有不足之处，就用古生物化石来作补充，分门别类记述，写成了这部巨著。上自单细胞生物，近至人类，形成了一个系统，论证确凿清楚。即使后代学者继续前进而没有止境，但到 19 世纪末叶，要说研究进化论有成绩的人，成就最大的恐怕就是海克尔了。中国近来谈起进化论，几乎成为口头语，赶时髦的人用它来装潢门面，而守旧的人则认为把人的祖先和猿猴归于一类很不光彩，往往竭尽全力而加以阻挠。德国哲学家保尔逊（Fr. Paulsen）❺ 也说过，有这么多人读海克尔的著作，这是我们德国的耻辱啊！德国作为学术研究中心，作为哲学家的保尔逊，是个追求科学的人，尚且说出这种话，那么中国那些抱残守缺的人们，听到这样新的言论就赶快跑开，这也就不足为奇了。即便如此，人类进化学说，实在没有冒犯作为灵长类的人类地位啊！从低级到高级，天天都在进化而没有终了，这正可以看出人类的能力，超过一般动物，至于进化从哪儿开始，有什么可羞耻的呢？海克尔著作很多，总是阐明这个道理，而且创立了种系发生学（Phylogenie）❻ 来和个体发展学

---

　　❶　泰勒斯——原译为德黎（前 624 ~ 前 547 年），古希腊哲学家，以水为万物唯一根源，认为生物不是神创造的。

　　❷　达尔文（1809 ~ 1887 年）——英国博物学家，进化论的奠基人，曾以博物学家身份乘海军勘探船作历时五年的环球旅行，对动植物方面进行大量观察和采集，形成生物进化的概念，1859 年出版《物种起源》一书，提出以自然选择为基础的进化学说，说明物种是可变的和生物对环境的适应性，接着又发表《人类原始及类择》等书，充实了进化论的内容。恩格斯认为达尔文的进化论是 19 世纪自然科学三大发现之一。

　　❸　海克尔——原译为黑格尔（1834 ~ 1919 年），德国生物学家，达尔文学说的拥护者和传播者，他根据动物形态和胚胎学方面的研究成果，进一步证实了进化论，并同宗教进行了坚决斗争。他的名著《宇宙之谜》一书受到列宁的赞赏。他还著有《人类发展史》《生命的奇迹》等书。他曾使科学的唯物论世界观在群众中进行普及。

　　❹　赫胥黎（1825 ~ 1895 年）——英国生物学家，达尔文学说的拥护者，同宗教进行坚决斗争。他是最早提出人类起源问题的学者之一，著有《人类在自然界的位置》《动物分类学导论》《进化论与伦理学及其他论文》等，严复于 1895 年曾把它的后一书前两章译成为《天演论》，在我国思想界起过一定的影响。

　　❺　保尔逊——原译为保罗生（1846 ~ 1908 年），德国哲学家。

　　❻　种系发生学——原译为种族发生学（Phylogenie）。

（Ontogenie）相并列，探索人类的由来和演化的踪迹，使许多疑团得到回答，揭开了大自然的秘密，成为近来研究生物学的最高峰。现在就打算以本文来介绍种系发生学的道理，先讲这个理论的开始，直到近代为止，而以海克尔的学说和主张作为终结。

所谓人类种系发生学，是讲人类的发生和它的系统的学问，它所研究的是关于动物种系从什么开始，如何演变的情况，它是近 40 年来生物学最新的分支。古时候的哲学家学派门生，没有不把人看做是属于灵长类的，而是居一切生物之上，因此，即使有人怀疑生物的起源，也徘徊在神话的歧途上，解释常常神秘而不可思议。例如中国古代传说认为盘古开天辟地，或者说女娲死了，留下的骸骨化为天地。果真如此的话，那么天地还未形成，人类就诞生了，当时昼夜不分明，人类又怎么活动呢？屈原在《天问》中说：有个大乌龟背上负载着仙山舞动，山怎么会安稳呢？他把心中的疑问表现在自己的诗篇里。西方国家关于上帝创造论，以摩西（按：约在公元前 14 世纪前半期）为最古老。《圣经·旧约·创世记》的开头就讲到上帝用七天功夫创造天地万物，抟泥土做成男人，又抽出男人的肋骨做成女人。13 世纪时，宗教势力统治力量超过了欧洲范围，科学的光彩被隐埋了，迷信很盛行，罗马教皇又竭尽全力堵塞学者之口，把天下弄得懵懵懂懂，海克尔把它叫做世界史上大欺骗的时代，这不是虚言。后来宗教发生改革，对基督教的迷信逐渐破除，哥白尼（Coppernicus）❶ 首先站出来，阐明地球实际上是围绕太阳转，永远在动着而不停息，这样，地球是宇宙中心的学说就破产了。接着研究人类学的学者，也渐渐出现，如比利时解剖学家维塞利亚斯（A. Vesalius）、欧司达丘司（Eustachi，1510～1574 年）❷ 等，没有不是运用他们的解剖学知识，引导学术走上光明道路的。至于动物系统的学问，则由林奈（K. v. Linne）❸ 的出现，才得以兴盛。

林奈是瑞典著名学者，他不同意各国研究生物的人们都用各地方言来命名，弄得繁琐杂乱而又不易整理，便写了《自然界的分类》❹（1735 年）一书，把动、植物都用拉丁文命名，创立双重命名法，即每一种动植物都标有属名和种名。例如猫、虎、狮三种动物有基本共同点，都叫做猫属；它们又各有某些不同点，便称猫为猫属家畜种；虎叫猫属虎种；狮叫猫属狮种。又搜集和猫属相似的动物叫猫科；科的上面为"目"，再上为"纲"，"纲"进为"门"，门进为"界"。"界"是动物，植物的分界，而且林奈在他的书中还把各种动植物的特点一一记述，让人一目

---

❶　哥白尼——原译歌白尼，（1473～1543 年），波兰天文学家。在其名著《天体运行》（1543年）一书中，提出太阳中心说，推翻了地球中心说，为当时教会所迫害。

❷　欧司达丘司——原译为欧斯泰儿（1510 年左右～1574 年），意大利著名解剖学家。

❸　林奈——原译为林那（1707～1778 年），瑞典生物学家，动物和植物系统分类学的创始人，1735 年写《自然界的分类》，1753 年出版《植物种志》，曾认为生物的种是永恒不变的。

❹　《自然界的分类》——原译为《天物系统论》。

了然，只是生物种类繁多，一下子不能考察得尽，因此，每发现一个新品种，一定要给起个新名字。于是社会上想靠发现新品种博得美名的人们，都竞相搜集，所得新品种很多，林奈的声誉也大大增高。什么叫物种，如何区分它们的内容、范围等问题，也曾引起学者们的注意，但林奈对这个问题，实质上仍旧承袭了摩西的神话传说，即《创世纪》中的说法，认为现在所有生物都是开天辟地时就存在的了，所以《自然界的分类》一书也说，从诺亚方舟避免了洪水之难，在船上的生物演变至今，就是物种，所有动植物种类，都没有什么增减和变化，以至和上帝当初创造时没有什么不同。这是因为林奈仅仅了解现今存在的生物，对于远古无数万年以前，曾经生活在地球上的、今天已经灭绝了的生物，他却不知道。因此关于物种起源的研究，当然不会涉及。和林奈同时代的博物学家，也笃守旧的说法，无所发挥，即使有人觉察，认为生物种类经过长久的岁月，不会没有微小的变化，但一般人听了都很难接受，致使这种看法得不到传播。直到 19 世纪初，才开始确认生物进化的事实，用理论来阐明这个道理的，是法国生物学家拉马克（J. D. Lamarck）❶，而居维叶（N. G. Cuvier）❷ 实际上比拉马克还要早些。

居维叶，法国人，勤奋学习，见识广博，对于古生物学有伟大的功绩，他特别致力于动物比较解剖学和动物化石的研究，著有《论四足脊椎动物的化石骨骼》❸一书，是今天古生物学的开端。所谓化石，就是保留在岩石中远古生物的遗骸，经历了许多年代变迁而留到今天的痕迹，它的形状清楚，可以识别，由此可以知道古代世界动物植物的状态，从它们可以知道古代生物和现代生物的不同，这实在是大自然本身发展的历史，由它本身在人间写下了进化的业绩。其实古希腊学者对这方面似乎不是没有了解的，但以后牵强附会的说法却大为风行，有人认为化石的形成只不过是大自然游戏的产物，或者认为这是天地之间的精气进入人体形成胚胎，落入石中的，便成为石蛤石螺这类东西。到拉马克考证了贝壳之类的化石、居维叶考证了鱼类和兽类的化石，才知道化石确是古代生物遗留下来的外壳的形状，那些生物现在已经不存在了。于是林奈所谓生物自从上帝创造以来无增减变化的说法，就

---

❶ 拉马克——原译为兰麻克（1749～1829 年），法国生物学家，最先提出生物进化学说，认为生物因环境影响而进化，经常使用的器官逐步发达，否则将退化，他的重要著作有《法国植物志》《无脊椎动物的系统》等书。

❷ 居维叶——原译为寇伟（1769～1832 年），法国动物学和古生物学家，比较解剖学的创立者；他根据早年对软体动物和鱼类进行系统的解剖研究成果，提出器官的相互联系和主次隶属的规律；认为地球历史上曾发生过多次巨大的灾变。每一次灾变，旧的生物被毁灭，新的又被创造出来的"激变论"，提出唯心主义的多次论，及对拉马克的进化学说。恩格斯在《自然辩证法》一书中指出，居维叶"以一系列重复的创造行动代替了单一的上帝的创造行动，使神迹成为自然界的根本杠杆"，他"关于地球经历多次革命在理论上在词句上是革命的，而在实质上是反动的"。恩格斯：《自然辩证法》，人民出版社 1971 年版，第 13 页。

❸《论四足脊椎动物的化石骨骼》——原译为《化石骨骼论》，居维叶作于 1812 年，对许多化石作了详细的描述和解释。

显得不恰当了。但是居维叶其人却仍旧承袭生物种类永远不变的观念，待生物种类永远不变的说法行将破产时，他就另立一套《激变论》来进行新的解释。他说，今天存在的动物种类，都是当初上帝一手制造的。但是动物、植物遇到开天辟地却不只一次，每次之前，地球必有大的变动，江河变为陆地，海底隆升为高山，于是旧的种类覆灭，新的种类产生。所以今天我们所看到的化石，也全是由上帝创造的，只是创造的时间不同，于是形状也不一样，它们之间并没有种属关系。高山的顶上，可以发现鱼贝的化石，证明这山曾经是海底，从化石的形状看，多数表现为垂死挣扎的痛苦模样，由此可以看出当时变动的剧烈。自从开天辟地直到如今，地球表面的大变动，至少也有十五六次，每次变动发生，旧的种类统统灭亡，逐渐成为化石，留给后代。这个说法全凭揣测，没有可信的证据，但在当时却起了相当巨大的影响，在学术界崇拜信奉这种说法的人比比皆是，只有圣·希雷尔（St. Hilaire）❶ 同他针锋相对，他们在巴黎科学院进行了一次论战，居维叶学问渊博，始终牢固地据守自己论点的堡垒，而圣·希雷尔的动物进化学说，也没有充分的说服力量。于是 1830 年 7 月 30 日的那个讨论会，圣·希雷尔终于失败了，居维叶的"激变论"在当时很盛行。

虽然这样，物种不变的说法，终究不能使学者们感到满意，18 世纪后期，已有很多人想用自然演化来解释这个疑问，于是歌德（W. Goethe）❷ 提出"形态蜕变论"。歌德是德国的大诗人，又精通哲理，虽然他只凭理想来立论，不完全根据事实，但他见识广博，具有丰富的想象力，所以能清楚地知道生物之间相互有联系，并有一个共同的来源。1790 年他写成《植物形态论》❸ 一书，认为各种植物都来自一个原植物。即使植物的器官，也是从原始器官发展而来，这种原始器官，就是叶子。其次，他又把动物骨骼加以比较，他造诣很深，认为动物的骨骼，也都有一个统一的来源，就是人类，也和其他种类动物没什么两样，而外形的不同，只是由于形状转变的结果，形状转变的原因，有两种起构成作用的巨大力量：在动物体内的叫做向心力，在动物体外的叫做离心力。向心力使动物繁衍归于不变，离心力使动物的发展趋于变化。归于不变相当于我们今天所说的遗传，趋于变化相当于我们今天所说的适应。歌德所研究的，是从自然哲学角度深入生物器官的构造及其变化形成的原因，即便把他看做是拉马克和达尔文的先驱，也没有什么不

---

❶ 圣·希雷尔——原译圣契黎（1772～1844 年），法国动物学家，进化论的拥护者，曾同居维叶进行六星期的论战。

❷ 歌德——原译瞿提（1749～1832 年），德国生物学家提出"形态蜕变论"，认为有机体都有内在联系，它们之间有共同的起源；1790 年《植物变态学》一书出版，认为所有植物的不同器官都来源于最原始妁器官——叶子。他也是德国最著名的诗人之一。

❸ 《植物形态论》——原译为《植物变态学》。

可以的。可惜的是，他的进化观念，和德国的康德（I. Kant）❶及奥肯（L. Oken）❷等哲学家的观点大致相同，不能用强大的力量动摇所谓物种永恒不变的学说的基础，动摇物种不变学说是从拉马克开始。

拉马克（J. D. Lamarck），是法国的大科学家。1802年，他所著《对有生命天然物体的观察》❸一书中，已经谈到生物种类并非永恒不变和生物形态会变化的道理。他对于《动物学哲学》❹一书倾注了许多精力。在这本书中，他首先阐明生物的种类，都是人为地加以区分的。他说，凡地球上面的东西，不论生物和非生物，都没有什么差别，宇宙间所有的东西，都可归结为一个统一体，所以支配非生物的原因，同样是支配生物的原因，而我们研究非生物的方法，同样是研究生物的途径。现在人们常说的生命，不过是力学的现象而已。动物、植物同人类一样，都能用自然规律加以解释。即便物种也是这样，绝不会是《圣经》上所说的那样，是由上帝创造的，更何况是像居维叶所说的，物种是经过上帝十几次的反复创造出来的呢？凡是生物，都是从远古以来连绵不断地延续发展而来的，开始时没有什么器官，结构极其简单，随着地球的变化，逐渐发展到高级，像今天所见到的这样，至于最低级生物，所以会逐渐发展成为高级生物的原因，他归结为两条规律，一条是，假定有某种动物，在它的幼龄还未到壮年时，使用某一器官特别多，那么这一器官就必定越来越发达，所发挥的作用就越大。至于新获得的能力的大小强弱，那就以使用它的时间长短而有所差别。打个浅显的比方，例如打铁匠的臂腕，挑担人的腿，开始时并不比平常人特殊，等到干这个行当时间久了，腕力和腿力也就增强了，如果不是这样的话，那么这些器官也就逐渐变得小而弱了，能力也会消失。比如盲肠，鸟类用它来消化食物，而对于人，由于没有用处，就一天天萎缩了；耳筋呢，兽类用以动耳朵，而对于人却失掉它的作用，只是留下些微迹而已，这都是由于适应环境的缘故。第二条是凡动物一生之中由外界环境的影响所得或所失的性质，必定依照生殖的生理作用，而传授给子孙。器官大小强弱，也是这样能够遗传，必定同他父母的性质相等，这就叫做遗传。拉马克的适应之说，直到今天学者还是信奉它为准则，只是对他的遗传学说却争论得很激烈，没有找到使人心折信服的结论。但他所说的，则仍然是进化的重要法则，就是认为由于机械的作用，才使动物进化成为高等动物。试翻读一下《动物哲学》一书，完全是以一元论的眼光，去探索生物系统的关系，他所凭借的就是进化论。所以说进化论的形成，正是由于

---

❶ 康德（1724～1804年）——德国唯心主义哲学家、自然科学家。写过《一般自然史与天体论》（1755年），也是进化论先驱者之一，对封建的世界观进行批判，著有《实践理性批判》等书。
❷ 奥肯——原译倭堪（1779～1851年），德国自然科学家和哲学家。
❸ 《对有生命天然物体的观察》——原译为《生体论》，拉马克1802年作，该书阐明了他对物种变异的见解。
❹ 《动物学哲学》——原译《动物哲学》，是拉马克关于生物进化学说的一部重要著作（1809年），书中论述了环境对生物体型及结构直接影响，论证生物进化的客观事实。

破除神造论而始有的，拉马克也同圣·希雷尔一样，极力驳斥居维叶，只是人们不很了解他罢了。因为那时生物学研究正在兴起，比较解剖学❶和生理学也很盛行，加上细胞学说❷刚刚开始形成，更向个体发生学推进了一步，人们的精力集中在这一方面，就没有人专心致意于去研究物种的由来了。而一般人士，又很守旧，对于新思想无动于衷，所以拉马克的理论提出之后，并没什么反响。在居维叶主办的《动物学年报》中，也没对他提一笔。他的学说的孤立无所响应，就可想而知了。直到 1858 年，达尔文和华莱士（A. R. wattace.）❸ 两人的《自然选择论》发表，再过一年，达尔文写成《物种起源》❹，轰动了全世界。这是生物学界的光明，人们的疑窦被这个学说一扫而光了。

达尔文研究生物学的方法，和拉马克有所不同，他主要用归纳法，集生物学知识之大成。他在 22 岁时，就乘帝国军舰"贝格尔"号环行世界一周，考察了各种生物，从而觉悟和认识到物种的由来。他又逐渐搜集许多事实资料，融会贯通，树立了生物进化的重大原理，而且通晓生物形态变化的原因，是自然淘汰的结果，而淘汰的原理在于生存竞争，于是创立了"自然选择"❺ 的理论，又叫做"达尔文学说"。这确实是空前所未有的，这个学说的要旨，首先是人工选择。假如有人为某种目的立下一定的标准，选择与这样标准接近的物种进行培养，既获得下一代，又从中选择接近标准的进行培育，时间久了，符合这一标准的，就得以代代相传。古代的牧羊人和园丁，已经知道这种方法，赫胥黎曾经说到美洲的牧羊人，生怕羊乱蹦乱跳，越出圈外跑掉，因此只留下短腿的，而逐渐淘汰了长腿的，时间久了短腿羊就留存了下来，长腿的竟然绝了种。这是用人工培养人们所需要的品种的办法，然而这仅仅是人类对于动植物的培养而已，大自然的能力也能够选择生物，它和人工选择动植物没有多大差别，所不同的，人工选择出于人的意愿，而大自然的选择是出于生物之间的生存竞争，在不知不觉之间进行罢了。因为生物都是按照几何级数增加的，假如这里有一对动物，一胎能产 4 子，4 子又繁殖，应当得 8 孙，传到第五代得 64，传到第十代将是 1028，这样递增下去，繁殖是很迅速的。但是总有

---

❶　比较解剖学——脊椎动物的比较解剖学，是动物学的一个分支。

❷　细胞学说——研究细胞生命现象的科学，由德国植物学家施莱登（Matthlas Jacob Schleiden，1804～1881 年）和德国动物学家施旺（Theodo Schwann 1810～1882 年）于 1839 年创立的学说，认为一切动植物都是由细胞发育而来，每个细胞都具有自己的生命，细胞组成的有机体也具有自己的生命。恩格斯认为细胞学说是 19 世纪科学三大伟大发现之一。

❸　华莱士——原译为华累斯（1823～1913 年），英国生物学家，自然选择学说建立者之一，1858 年提出生物进化的自然选择学说。

❹　《物种起源》——《物种由来》，是达尔文宣传生物进化论的一部最重要的著作，1859 年出版，以自然选择为主，从变异、遗传、人工选择、生存竞争和适应来论述物种起源和生物进化。

❺　自然选择——达尔文认为生物界适者生存，不适者淘汰，生物的进化主要通过自然选择，有利于生存变异的逐代加强，否则逐渐被淘汰。

较强的动物，消灭掉这动物中的弱者，不让它发展下去。因此强的种类日益昌盛，弱的种类日益减少；时间长了，适宜环境的种类留存下来，自然选择的作用就在其中发生了，这样使生物更加适应于生活环境。达尔文对这个问题的论述，所用的证据非常丰富而坚实。要追究进化论的历史，应当从泰勒斯开始，而后来被神造论所局限和束缚；到拉马克才被推进了一步；到了达尔文才大功告成；到了海克尔出现之后，又总结前人研究的成果，建立生物种系发生学，于是人类演变进化的事实，就弄得一清二楚，毫无疑问了。

在海克尔之前，凡是讲到生物发生问题，都是指的个体，到了海克尔树立物种系发生学，把它和个体发生学对立起来，他写的《生物发生定律》❶一书，讲这两个学说有着极为密切的相互关系，种系的进化也是遵循遗传和适应两种规律而来。书中尤其侧重生物形态蜕变的理论，按照生物发生学根本规律，凡个体发生，实际就是种系发展的再现，只不过时间短、变化快而已，这当中起决定作用的，也是由于遗传与适应的生理作用而已。海克尔运用这个规律研究个体发生，了解禽兽鱼虫虽然种类繁多，不可计数，但追溯它们的根源，却都出于一处；他又运用这个规律研究种系的发生，了解到一切生物，其实都起源于极简单的原始器官，靠进化变得复杂起来。至于人类呢，人类女性的卵子，也和其他脊椎动物的卵子一样，都是极简单的细胞；男性的精子，也没有什么两样。两性交配，成为受精卵，又叫根干细胞。这个细胞出现，便是人的个体存在的开始。如果拿动物界的情况对照，那就相当于阿弥巴❷一类，构造非常简单，只有蠕动和求食的能力而已。后来开始分裂，按几何级数增加，成为细胞群，好像实球藻❸，也就是原生动物，呈桑葚状❹，中间是空心，逐渐凹陷下去，于是成为消化腔，现在在淡水沟渠里的水螅，就是这样。再进一步发展，就由心房伸出四对血管，向左右弯曲，形状像鱼鳃；胎儿发育到这个阶段，像是动物界的鱼类。以后的发育，都和人类以外的高级动物没有多大差别，即使有了脑髓、耳、目和四肢，与别的脊椎动物的胎儿作比较，仍然是不易辨别的。所有这些研究，都能用眼睛看到，每天观察胚胎的发育就能知道它的变化。但是，种系发生学就不能这样研究，它所考察的对象，往往距今有几千万年，这个演化过程，眼睛看不见，即使可直接观察，也局限于很小的领域，可以依此说明种系发生的仅仅是间接推理与判断思考两种方法，以及把许多学科所汇集起来的经验材料拿来作比较研究罢了。所以海克尔说，种系发生学，研究起来困难很多，绝不是个体发生学所能相比的。

---

❶ 《生物发生定律》——原译为《生物发生学上之根本律》，海克尔认为，生物在个体发展过程中，重叠其祖先的主要发育阶段，是生物进化的重要证据之一。

❷ 阿弥巴——单细胞动物变形虫。

❸ 实球藻——原译文班陀黎那（Pandorina），即原生动物，最原始的动物，由单细胞构成，也叫单细胞动物。

❹ 桑葚状——形成桑葚胚，即胚胎形状像桑葚。

过去谈到种系发生学这个问题的，有达尔文的《人类起源和性的选择》❶ 和赫胥黎的《人类在自然界的位置》。海克尔所著的《人类起源》，则从古生物学、个体发生学和形态学来论证人类的系统，知道动物的进化和人类胎儿的发育相同。凡是脊椎动物最初都是鱼类，这在地质学的古生代❷的志留纪❸可以看到，后来发展为泥盆纪❹的肺鱼，石炭纪❺的两栖类，二叠纪❻的爬虫类，以及中生代❼的哺乳动物，到新生代❽第三纪，就出现半猿，其次产生真猿。猿类中有一分支是狭鼻猿族，由这支产生犬猿，其后又产生了人猿 ❾，人猿进化为猿人❿，从不能讲话发展到会说话，这才叫做人。这些已由比较解剖个体发生学和脊椎动物证明了。至于个体发生的次序也是这样。所以说种系发生就是个体发生的反复再现。然而，只限于脊椎动物而已。如果再上溯到无脊椎动物，并探索它们进化的系统，这个工作比前者更加艰巨了。因为无脊椎动物，没有骨骼保存下来，所以在化石中找不到，只能根据生物学的原则，知道人类最初也是原生动物，和怀孕时的受精卵相同，之后的各个发展阶段，都有和它相当的动物。就这样，海克尔沿着生物进化的遗迹来识别它，中间有不足之处，就用化石和假想生物来补充，制成从单细胞生物到人类的系统图，图中所记载的，就是从原核细胞种原生动物逐渐进化到人类的历史，在生物学上也就是种系的发生。海克尔的谱系图如图 29－1 所示。

近 30 年来，古生物学的发现，也有很多有力的证据，最著名的是爪哇猿人化石。⓫ 这种猿人化石的发现，人类的种系发生系统就完成了。而在过去，从狭鼻猿类到人之间的过渡是个空白，等到猿人化石出土，从猿到人的证据更为真实，它的作用不亚于比较解剖学和个体发生学。因此，要讲人类的来源，可以说来自最低级的东西，叫做原生动物。原生动物出自原核细胞。原核细胞来自泼罗比翁（Pro-

---

❶ 《人类起源和性的选择》（或译为《人类原始及类择》）——原译为《原人论》，是达尔文的重要代表作之一，1871 年出版，论证了人类是从类人猿进化来的，我国最早由马君武译成中文本。

❷ 古生代——地质年代的第三个代，约开始于 57000 万年以前，结束于 2300 万年前。

❸ 志留纪——原译僦罗纪，古生代的早期。

❹ 泥盆纪——原译迭逢纪，古生代的晚期。

❺ 石炭纪——原译石墨纪，古生代的晚期。

❻ 二叠纪——古生代的晚期。

❼ 中生代——地质年代的第四个代，约开始于 23000 万年前，结束于 6700 万年前。

❽ 新生代——地质年代的第五个代，从 6700 万年前至今，哺乳类动物兴起和昌盛时期。

❾ 人猿——或称类人猿，包括大猩猩、黑猩猩和长臂猿等，体质特征与人类相近。

❿ 猿人——最早阶段的人类，生存于约五六十万年以前，基本体质形态尚接近猿类，头盖骨低平，颅腔小，骨壁厚，眉嵴粗大，颊部后缩，能制造简单工具，能用火，"北京人""爪哇直立猿人"就是代表。

⓫ 爪哇猿人化石——世界最早发现的猿人化石，荷兰人类学家杜布瓦（1858～1940 年）于 1891 年在印度尼西亚中部发现的化石，头盖骨一具，臼齿二枚，左侧股骨一根；颅骨低平，额骨倾斜，眉嵴呈屋檐状。脑容量 400 毫升，臼齿大，骨干直。

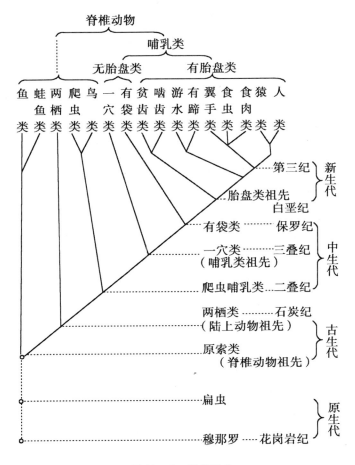

图 29 – 1　脊椎动物

bion），即原生物。倘若再追究原生物的由来，则以德国植物学家耐格里❶（Naege-li）的学说比较合理，他的学说就是认为有机物来自无机物，这是物质不灭定律和能量守恒定律作用的结果；整个物质世界，都在这因果关系支配之下，宇宙间的现象也遵循这个规律。非生物终究转化为生物，所以追到根本上，还是来自非生物。最近法国的学者，运用物质与能量的转化，能使无机物转化为植物，然而用化学方法把它杀死，从而改变它导电传热的性能。所以生物与非生物，正在日益接近，最终不能截然分开，非生物转化为生物，已成为不可改变的真理，19 世纪末期学术的进步，达到了这种地步，足以使人震惊，至于非生物的起源，那就得由宇宙发生学来论述了。

---

❶　耐格里——原译那格黎（1817 ~ 1891 年），德国植物学家。

九、达尔文《进化论》在中国的传播——读鲁迅的《人之历史》

远在 1907 年，我国近代启蒙运动的思想家、文学家鲁迅，以深入浅出的语言文字来介绍达尔文的进化论，他所写的《人类的历史——德国海克尔关于种系发生学一元论的研究的解释》❶，就是这方面科学论著和科学普及的代表作。

大家知道，恩斯特·海克尔（E. Haeckel）是德国著名的生物学家。自然科学、哲学唯物主义代表，坚定的无神论者，又是笃信达尔文进化论的人。海克尔青年时代学习医学，后来又专心研究生物学。当 1859 年达尔文震撼全欧洲的名著《物种起源》问世后，海克尔不仅接受，并且极力为之宣传。当时他在德国耶拿大学从事教学和科学研究，通过一系列科学实践，特别是通过从化石看到的古生物学的演进，从比较解剖学和胚胎学看到的材料，来进一步证明达尔文的进化论学说是颠扑不破的真理。他在 19 世纪 70 年代写了《人类起源学》，系统地解析了生物发生发展的问题。他把个体与发生学联系了起来，说明人体在胚胎形成过程中，要重演物种发展和进化的过程，给达尔文学说以十分有力的证明和支持。海克尔为了捍卫达尔文学说，曾同宗教神学进行了顽强不懈的斗争。他的代表作《自然创造史》，特别是在 1859 年出版的力作《宇宙之谜》，大力宣传达尔文的进化论科学学说，并对这个学说作了有力的补充。正是由于这部书的基本内容是对种系发生学作了一元论的解释，写得通俗易懂，说理透彻，逻辑性强，因此一开始就受到广大读者热烈喜好和接受，以致引起了教会的顽固保守派的激烈反对，列宁在《唯物主义和经验批判主义》一书中曾经这样写道："海克尔的《宇宙之谜》这本书在一切文明国家中掀起了一场大风波……这本书立即被译成了各种文字，发行了几十万册，并出版了定价特别低廉的版本。这就很清楚地说明：这本书已经'深入民间'，海克尔一下子赢得了广大的读者。这本通俗的小册子成了阶级斗争的武器。世界各国的哲学教授和神学教授们千方百计地诽谤和诋毁海克尔。著名的英国物理学家洛治为了保卫上帝，立刻起来反对海克尔。……攻击海克尔的神学家真是不可胜数。御用的哲学教授们用尽一切恶毒的字眼来辱骂海克尔。"❷

但是，真理是谁也封锁不了的，宣扬真理的书，不可能被禁锢。1899～1905 年，不到 10 年间，海克尔的《宇宙之谜》就有 18 种不同文字的译本，1906～1918 年，即不及 20 年间，就有 24 种文字的译本。这是风靡一时，最畅销最受广大读者欢迎的科学普及书籍之一。它受到了广大的人民群众、真诚的科学工作者、生物研究者的衷心爱戴和拥护，它把他们从牢牢束缚人心的宗教的牢笼中解放了出来；但另一方面，它也受到了经院神学家和带着封建资产阶级偏见的人们的疯狂反对。他们给海克尔写匿名信威胁，把他叫做狗、渎神者、猴子，等等。德国上议院于 1906 年提出：海克尔宣传达尔文的进化论是"危险行为。"接着德国贵族院议员莱因克要求以联邦的名义禁止《宇宙

---

❶ 原题为《人之历史——德国黑格尔氏种族发生学之一元研究诠释》。

❷ 列宁：《唯物主义和经验批判主义》，人民出版社 1960 年 4 月第 4 版，第 350 页。

之谜》发行，其至有人向海克尔的办公室投石头，还有人声称要谋杀海克尔。为什么他们竟如此强烈地反对海克尔，必欲置之于死地而后快呢？这正如列宁所分析的，"海克尔这本书的每一页对于整个教授哲学和神学的'神圣'教义来说，都是一记耳光"。❶ "这位自然科学家无疑地表达了 19 世纪末和 20 世纪初绝大多数自然科学家的虽没有定型然而是最坚定的意见、心情和倾向"。❷ 列宁引用《马克思传》的作者梅林的话说道："谁要想亲自体会自然科学的唯物主义在解决社会问题上的无能为力，谁要想深刻地懂得自然科学的唯物主义必须在扩展为历史唯物主义后才能成为人类伟大解放斗争中真正战无不胜的武器，那就请他读一读海克尔的这本书吧！"❸

鲁迅当时不会看到列宁对海克尔宣扬达尔文进化论如此崇高评价的文字，但是，他从革命民主主义立场出发，从朴素的唯物论出发，敢于冒天下之大不韪，挺身而出，亲自写了《人类的历史——德国海克尔关于种系发生学一元论研究的解释》，从遥远的中国大力支持达尔文的进化论学说，传播了海克尔的一元论种系发生学的理论。在鲁迅看来，海克尔不仅是达尔文进化论的宣传鼓吹者，而且对达尔文学说作了创造性的说明。因为海克尔在自己的杰作中细致地刻画了古生物进化的谱系，弄清了它们的演化由来："上自单细胞生物，近至人类，形成了一个系统，论证确凿清楚"（引文译自鲁迅的《人之历史》，下同）。同列宁一样，鲁迅对海克尔及其著作给以极其崇高的评价。他把海克尔看做是研究达尔文进化论学说的学者中具有最大成就的一人。鲁迅和列宁对海克尔和达尔文的评价不谋而合，"英雄所见略同"，特别耐人寻味。

鲁迅针对德国哲学家保尔逊（F. Pallsan）之流把海克尔宣扬达尔文进化论看做是"人类的耻辱"的反动说教加以痛斥，认为海克尔如此大胆而有力地宣扬达尔文的进化论，是人类的光荣，正说明"人类的能力，超过了一般动物"，丝毫也没有什么可耻或不光彩的地方。鲁迅特别认为海克尔提出种系发生学和个体发展学的辩证关系，探索了人类由来和演化的踪迹，阐明了世界上生物种类尽管相当繁多，但有着共同的起源，所有生物都是从有机物发展而来，以至发展进化成人；他把人的受精卵看做像单细胞动物阿弥巴一样，后来单细胞分裂为多细胞，变成像腔肠动物的水螅那样，继而变成相当于鱼类的样子，然后出现了脊椎动物的样子，接而成人。这说明了在人体形成过程中再现了人类进化的过程。鲁迅认为，这种解释消除了人们原来存在的许多疑团，揭开了大自然的秘密，是对自然科学的伟大贡献，为科学建立了丰功伟绩。

鲁迅在《人类的历史》一文中，用简明概括的文字介绍了海克尔的种系发生学的基本观点，指出它是研究动物的种系从什么地方开始，如何进行科学的演化，和为什么说它符合科学观点，而我国神话传说中的女娲造人和西方《圣经》里传说的上帝造人，则都是不科学的邪说。因为后者认为人类是世上一开始就有的，其至在地球上还没有万

---

❶ 列宁：《唯物主义和经验批判主义》，人民出版社 1960 年第 4 版，第 352 页。
❷ 列宁：《唯物主义和经验批判主义》，人民出版社 1960 年第 4 版，第 352 页。
❸ 列宁：《唯物主义和经验批判主义》，人民出版社 1960 年第 4 版，第 357 页。

物以前就有了的，这是颠倒是非的主观臆断。由于科学的发展，地层化石的不断发现，人们才渐渐知道，事实并不是这样。诚然，18 世纪的瑞典生物学家林奈（K. von Linné）开始把各科生物按种、目、纲、门、界来分类，但是他仍然局限于现代的生物，对于远古的生物则仍然是茫然无知。鲁迅在这篇文章中充分肯定法国生物学家拉马克（C. Lamarck）最先提出进化论学说，阐明生物是由进化而来的。鲁迅把拉马克看做是达尔文进化论学说的先驱，特别是他通过古代遗留下来的化石，看到了古生物的遗存，打破了生物永远不变的各种旧说，并且证明了地球至少经过了十五六次大变动，每次变动，旧的灭亡，新的产生，生物不断进化。他提出环境的直接影响，器官因多用则发达，无用则废弃及遗传因素等方面的观点进行科学论述，他的代表作有《法国植物志》《无脊椎动物的系统》以及著名的《动物哲学》等。但是，正如恩格斯所说的，拉马克时代的科学远没有掌握充分材料，以便能够对物种起源问题作出预言式的答案。但从拉马克那时起，从搜集或解剖的植物和动物领域积累了大量的材料，此外，还出现了在这方面具有决定性的重要意义的两门新的科学：对植物和动物的胚胎发育研究的胚胎学，对地球表面各地层内所保存的有机体遗骸的研究的古生物学。动植物比较解剖学，于是发现有机体的胚胎，向成熟的有机体逐步发育，同植物和动物在地球历史上相继出现的次序之间有特殊的吻合。正因为这种吻合，给进化论提供了最可靠根据，这样就逐渐为达尔文进化论学说的诞生作了客观的准备。

鲁迅在《人类的历史》一文中，充分肯定了达尔文功绩之前，首先肯定了拉马克的伟大贡献。同时鲁迅也深刻阐明了中古代的哺乳动物，发展到近古代第三纪才出现了半猿、真猿、狭鼻猿，后来开始有了人猿、猿人直到人类的出现。当爪哇猿人化石出现时，鲁迅怀着兴奋的心情写道："这种猿人化石的发现，人类的种系发生系统就完成了。而在过去，从狭鼻猿类到人之间的过度是个空白，等到猿人化石出土，从猿到人的证据更为真实，它的作用不亚于比较解剖学和个体发生学。"可惜当时我国周口店北京人头盖骨化石还没有出土，否则鲁迅写这篇有关人类学的文献时必然会提它一笔，并为之热烈赞扬的。

众所周知，达尔文的进化论学说，曾被无产阶级革命导师恩格斯誉为 19 世纪自然科学三大发现之一，因为它从根本上推翻了"人是神的最初的杰作"的非科学的错误论断，并科学地论证了动物与人类之间的密切不可分开的关系，论证了现在的低等动物乃是人类的祖先。生物是逐渐进化的，逐渐从低等动物发展成为高等动物，而人类是最后一个环节，是十分必要的，因为它符合客观历史的真实。

鲁迅生动地以文艺的笔调，描述了青年时代的达尔文怎样乘"贝格尔"号环游世界一周，考察了地球上的各种生物，从而认识了物种的由来。在鲁迅看来。达尔文是优秀的地质学家和生物学家，伟大的科学进化论的缔造者。达尔文总结了劳动人民驯养家畜和培植作物品种的丰富经验和前人研究的成果，在这个基础上经过深入的科学探索研究，于 1859 年出版了震动当时文化学术界的《物种起源》，全面系统地提出以自然选择为基础的进化学说，指出各种生物都是自然界长期发展进化而来。这不仅说明了物种是可变的，对生物的适应性也作了正确的解释，从根本上摧毁了神造论和物种不变论。接着达尔文又发表了《动物和植物在家养下的变异》《人类原始及其类择》等书，指出人类可以把变种的动物选择出来，经过"人为淘汰"，同时又经过自然发展中的"自然淘汰"使"适者生存"，为了适应环境，发生了"生存竞争"的现象。

鲁迅在这篇文章中充分肯定了海克尔的不朽功绩，就在于把达尔文的进化论学说普及到人民群众中间去，指出不同的生物物种都是自然界长期发展进化而来的，它揭示了生物从低级发展到高级的自然趋势，揭示了有机界的千差万别的自然演化史的根本原因。

鲁迅热烈赞扬达尔文创建进化论的功绩。认为它像哥白尼的地动学说一样，震撼寰宇，把神权从宝座上彻底摧毁了！鲁迅分明知道达尔文及其竭诚的拥护者海克尔，生前都受到顽固保守派的激烈责难，所以在这篇《人类的历史》中，他对达尔文学说和对海克尔保卫达尔文学说表示衷心拥护和支持。鲁迅的这篇文章，从某一方面看来，也是科普创作的佳作和典范，它不但以简明的优美的文字对达尔文—海克尔所阐述的进化论作了精辟的简介，表示了他对进化论和种系发生学这门学问的卓识和崇高造诣；同时他在四面八方"围攻"海克尔的"邪说"之际，敢于出来为海克尔辩论，并介绍给中国读者，这也说明他具有何等科学的卓见和坚强英勇的气魄。

十、人体生理学的优秀科普读物——读鲁迅的《人生象敩*》札记

1909年7月暑假，鲁迅由日本留学回国，经许寿裳推荐到浙江两级师范学堂任教。这个学校，位于杭州青春街贡院前。"贡院"，是前清时代考试举人的地方。学校建筑是仿照日本东京高等师范建造的，相当宽敞。新中国成立初期为杭州高级中学校，现为杭州第一中学所在地。1949年5月3日，杭州解放后，我奉浙江省军管会文教部之命前往接管杭州高中，当时该校有些老教师如余一征、孙用、董秋芳、徐钦文，或是鲁迅的友人或做过鲁迅的学生。他们当中有人告诉我、杭高的前身就是鲁迅教过书的两级师范学堂，鲁迅当时的住宿处在那里，还告诉我那时鲁迅教生理学和化学，并协助一位日本教师铃木瑾寿口译博物课，并且时常带学生到野外搜集植物标本。鲁迅给许寿裳先生的信中还说到"仆荒落殆尽，手不触书，唯搜采植物，不殊曩日"。这个搜采植物标本就是指带学生到附近北高峰、葛岭、孤山等地去采集。当时鲁迅29岁，是他走上社会工作的开始。由许寿裳设计封面的《人生象敩——生理学》就是当时鲁迅所写的讲义。

---

* 敩：音学，或音効，同学的本字意义相同。本章未加注的引文均见唐弢编的《鲁迅全集补遗续编·人生象敩》一文。

本章介绍《人生象敩》时，在个别地方根据新材料作了些补充，倘有不当之处，由笔者负责。

《生理实验术要略》主要分为十四部分：一，骨之有机成分；二，横纹肌之纹；三，食素检出术；四，唾之糖化作用；五，胃之蛋白消化作用；六，脺液（按：即胰液）之糖化作用；七，脺液之脂肪分解作用；八，血之固体及液体成分；九，系素；十，血轮（按：即血球）；十一，血之循环；十二，呼出之气内含碳酸；十三，生物失空气则死；十四，脑及脊髓之作用。

记得我去接管杭州高中时，图书馆似乎还藏有这个讲义稿。《人生象斅——生理学》写得非常认真，可以看到作者是花过一定工夫写出的一部未定书稿。它参考当时世界已出的若干同类书籍，总结了人体生理学这门科学在当时的科学成就。

大家知道，人体生理学是医学科学的基础理论科学，也是人民大众所必须知道的关于保护人体健康的大众科学基本知识。健全之精神寓于健全的体魄。鲁迅在《人生象斅——生理学》一书中为了遣词用字，采用的是晓畅明白的文言文，全书十万四千余字，对人体外部及脏腑、骨骼等全身结构，人体各种器官和组织的构成，基本构造单位的各种细胞及一系列物理和化学过程的表现，都写得很详尽。《人生象斅——生理学》这部书的任务就是阐明人体及其各个组成部分所表现的各种生命现象或生理功能。全书分"绪论""总论""本论"和"结论"四大部分，并附以"生理实验要略"。"绪论"阐明了人体结构和功能十分复杂，人体的重要作用为运动、消化、循环、输泻（按：现在人体生理学书上叫排泄）、感觉（按：现在一般称神经）等部分产生的机理、条件，以及机体内外环境变化对这些生理功能的影响。作者以朴素的自然辩证法和唯物主义思想说明人体器官不是孤立，而是互相联系和相互作用的，即这个特定器官与另一个特定器官之间又互相成了系统。例如牙、舌、胃、肠等属于消化器官，组成了消化系统；另外一些器官，如鼻、支气管、肺等形成呼吸系统，此外还有神经系统、生殖系统等，而各个系统之间又互相联系、互相制约和互相影响。

细胞是人体的基本单位。每个人体都有数不清的细胞，如每立方毫米的血，大约就有400多万个细胞。一个体重100斤的人，估计细胞总数有100万亿以上。众所周知，恩格斯曾把细胞的发现，作为19世纪三大科学发现之一。细胞这个词儿是从日本文移植到中国语来的。鲁迅在《人生象斅——生理学》上把它译成"幺"（音yāo，即幼小之意）。鲁迅阐明人体尽管有血、有肉、有皮、有骨，还有腑脏器官，但归根结底是由许多"幺"（即细胞）组成的。细胞由有生命的蛋白质构成。鲁迅还阐明了细胞有细胞核，没有核就称不上是细胞。细胞蛋白质的合成受细胞核的指挥，它能够产生具有一定分子结构的核酸，通过各种各样的蛋白质，以进行多种多样的生命活动。一个人从小到大，细胞数目不断增多，人体也随之不断发育和成长。细胞在人体里不是孤立的，而是按照一定规律，密切互相结合、互相联系，从而构成各种人体器官，而各个器官又具有自己特定的生理功能的系统，担负着各种不同职责，有的管运动，有的管消化，有的管呼吸，有的管排泄，有的管循环，它们之间既有分工，又有合作。细胞还不断经过新陈代谢，不断死亡又不断新生，这样使人不断成长直至死亡。

《人生象斅——生理学》的第二部分是"总论"。作者概括地说明人体的构造和人体的成分。从人体的外部看，主要有头部、躯干、上肢、下肢四个部分。头的上半为头盖，其中函有脑；下半有诸腔，容视、听、嗅、味四官；人体的躯干最主要是脊柱，藏有脊髓，上面为颈（声官、气管、神经）；次而为胸（有呼吸、循环二官——肺、心）；下为腹、骨盆、消化、排泄、生殖诸器官；肢则基本分为骨与肌肉，又分为两个部分：上肢与下肢。

从化学成分看，人体主要包含氧、碳、氮、氢、硫、磷、氯、氟、钾、钠、镁、钙、锰和铁等。此外，在人体之中约 64% 为水，肺和肠中有碳酸，胃液中有盐酸，皮肤中含盐类，牙齿中含钙，骨骼中含钙、钠、钾、锰、碳酸盐和磷酸盐；此外，在人体杂质中，还含有蛋白质等，骨骼中除了钙外，还有骨胶，血中含有葡萄糖，乳中含有乳糖，肌肉与皮下脂肪，等等。

第三部分是"本论"，这是全书最重要的组成部分。分骨、皮、血、呼吸、泌尿、五官、神经、器官组织等部分，分别作了阐述。

第一节即运动系统中的骨骼。书中指出"人体之骨，数可二百"（按：据近人研究应为 206 块），"或可动，或不可动"。从性质看"坚而有弹力"，当其新时，作黄白色，血充足时则呈黄赤色。人体骨骼占人体总重量的 60% ～70%，在人体中起着支架、杠杆的作用。肌肉总是附在骨或软骨上，在神经系统的支配之下，产生着各种运动。人体骨骼的结构，极为科学，甚至最巧妙的工程师也很难作出这样精巧的设计。骨有各种形状，一是如上下肢那样的管状长骨；二是如颅骨及前后头骨那样的广骨，三是如脊椎骨、腕骨、趾骨那样的短骨；四是不正骨，如颞骨、颧骨、蝶骨等。骨的成分是由有机物与无机物组成，其比例大致是 1：2，前者赋予韧性及弹力，后者使其具有坚硬的性质。比例失调就容易产生毛病。为什么老人容易产生骨折，而小孩就不易发生这现象呢？这就是因为前者的骨头无机物较多，后者骨头含有机物多的缘故。骨的有机物加热之后，易于变成胶质，骨的无机物加热之后仍是骨，以致脆弱易折。至于软骨，就是没有什么垩质的骨，富有弹力和韧性（如气管、咽喉骨等），这是永久性的软骨；至于儿童骨软，长大后骨硬了，这是变迁性软骨。人体每根骨头大致可以分为三个部分，骨的表面有一层纤维膜——骨膜，中间一层是骨质；骨质的中央有腔，叫骨髓腔。人的骨髓约占体重 5%，这是产生和制造血液的地方。骨骼活动靠关节，其周围有一层薄膜包着，像个囊，叫关节囊，其中有润滑的液体，起着润滑关节的作用，两根骨在相接之处离开正常位置时，骨就脱臼了。

作者在骨的区分里，把全部人体骨骼分为三个部分：一是头骨，首先是颅骨，包括贝壳状的后头骨，相接的蝶骨，多孔的筛骨，有着泪囊窝的前头骨，藏着听管的颞颥骨，椭圆形的颅顶骨；其次是面骨，包括上颚骨，口盖骨，泪骨，鼻骨，下甲介骨，锄骨，颧骨，下颚骨，舌骨。第二群是躯骨，首先是脊椎，包括颈脊 7 枚，胸椎 12 枚，腰椎 5 枚，共 24 枚；人的脊椎骨能前屈、后伸，左右弯旋；脊柱包括腰椎，由 24 块椎骨，1 块骶骨和 1 块尾骨组成。脊椎间有神经的通道，让肢体向大脑传递信息，否则人体就瘫痪了。左右各有 12 枚的肋骨，和形略带长方、隆前平后的胸骨。胸椎、胸骨、肋骨、肋突骨四者相结合，成为胸廓，中间形成的腔子叫做胸腔，心肺等重要人体器官都藏在胸腔里头。女子胸廓，大致小于男子。

第三群是肢骨。其中，上肢骨有二类，首先是肩胛骨。其次，上肢骨又分作三个部分，一是上膊骨；二是下膊骨；三是手骨，其中包括：腕骨、掌骨、指骨；腕骨有八枚，掌骨、指骨各五。下肢骨包括骨盆带和固有下肢骨。

骨的形状各不相同，用途也不一样。颅骨职在护脑，呈扁平状，骨质坚。骨有连接的作用，一是不动的连接，另一是可动的连接，后者又可分为螺旋接、回旋节、丛命接等。为了保护身体健康，人们就必须重视对骨的摄卫。烟酒是害骨的，适当运动对骨是有益的。最常见的骨病是脱臼、骨折或因冷和潮湿而患关节炎或痛风等疾病。

第二节关于肌肉。肌肉约占人体重量的一半。附丽于骨的是自主肌，内脏如肠胃就不能自主了。肌肉的成分主要有蛋白质、脂肪、葡萄糖、碳水化合物和少量的氮；每块肌肉都由腹肌和肌腱组成，每块肌肉有不同的部位和功能，形状也多种多样，大小长短不同。人死后肌肉性质迅速变化。人体中的头肌、躯肌、肢肌构造颇不相同，因此人体可以做出各种姿势和各种动作。头面部有表情肌，由于这种肌肉的收缩运动，能使面部做出喜、怒、哀、乐各种表情；另一种是管关节活动的，如咀嚼肌，吃东西时的嘴巴开合；胸部肌肉能引起关节活动，四肢肌中有伸肌群和屈肌群，每个肌群都包括多块肌肉。肌肉又是运动系统的动力，它能支配神经、支配血液供应。肌肉和骨之间有相互作用和关系。作者生动地说明了从生理学看，什么是立、坐、步、趋、跃，为什么人体需要运动和锻炼。他中肯地指出："运动之影响于诸官者，为酸化作用盛，呼吸遂急而浅。血中之碳酸量多，心跃遂强而速，倘其过剧，则其急发之疾为心悸，缓发之疾为郁血及心之肥大扩张等。此其他则皮之官能亦复亢进，故流汗发湿，悉增其度，肌肉充血，消化大行。"作者以寥寥数语把运动的重要作用，及如果过度的话可能带来的某些不良结果说的很透彻。

接着专门谈皮。一，肤（表皮）；二，革（真皮）；三，皮下结构组织，这是关于皮的构造。至于皮的附属品就是指甲（爪）、毛发和腺。作者对若干细节都认真细致地作了分析。如人的毛发何以不同呢？他认为这是由于"色素多寡，亦足以别毛发之色，至老而斑白，则黑色素不生"的缘故，同时也由于"皮质髓质，均含气泡"；为什么各人种的发型有所不同、有卷直的悬殊呢？这因为黄种人发型正圆形故直；白人是椭圆、故有波浪；非洲黑人扁圆，故为羊毳；巴布安人是曲圆形的，故如梦丝。

人们往往认为人只是用鼻子和肺呼吸的，作者指出人体的皮肤还兼有呼吸功能，在这点上它与肺略同，只不过是强度比肺差，在一天里排出的碳酸气，仅等于肺所排出的 $1/220$，但是从皮肤放散的水量却很可观。体质健康的人，一昼夜散失的水，约莫等于一个人体重的 $1/67$。

中国有不少人患皮肤病，如疥癣、先天性的湿疹及皮炎等。他指出由于摩擦抓搔、衣服药品的过敏性反应，以及同患皮肤病病人相接触，都容易得皮肤病。他要人们认真地预防，保持皮肤的清洁卫生。作者认为在终日劳累之后，最好要沐浴，使"血中之郁积物悉去，机力辄随之复"，洗澡时水温"以摄氏 33°为适宜"，而且应当在劳作之后。如果腹饥，最好不要洗澡，因为"腹虚则养分缺"，洗热水澡容易发晕。他还进一步提出，人体的皮肤也要认真地锻炼，这样才能使人体具有抵抗力。锻炼的办法，一是洗冷水浴，其次是游泳。

作者在本书中还详尽地阐明了消化系统的状况。他通过一幅颇有独创性的插图，把口腔、咽、舌下腺、颚下腺、食道、糜管、胃、小肠、大肠、胆、肝等人体隶属消化系统的器官画在一块，然后作周详的讲解。单是牙齿构造，就讲解了成人32个牙齿如何骈列，什么叫做齿冠、齿根、齿髓，儿童的乳齿同成人的牙齿有何区别等。接着又解释了咽喉、食道和胃、肠（小肠、大肠）、肝、胆的构造和形状、功能，它们之间的相互关系，怎样构成了消化系统，以及它们如何吸收营养，胃怎样最善于吸收糖，小肠怎样吸收食物和水分，大肠怎样吸收水以及一般人每日需要多少蛋白质、脂肪、碳水化合物、无机盐、水等。作者要人们善自珍摄消化系统；"食品温冷，不得越度，过热则伤消化道之粘膜，过冷则阻胃之官能，而齿之磁质，亦受其损"。

如果随便吃野菜，则容易中毒。作者甚至于连人们日常食用器具也教人注意，认为最好用陶瓷，少用杂有铜铅的食具，因为铜容易生铜绿，含铅则易生醋酸铅，这都是容易使人中毒的；他劝人不要随便生食，否则体内容易产生各种寄生虫。而据当时所知道的，人体寄生虫约有一百数十种，大部分来自不熟的肉类和不沸的水。他特别指出：水中往往带有霍乱之类的细菌，特别是夏季，由于温度高，水里不但有细菌，而且繁殖得快，肠、胃和肝里的寄生虫多半是从不干净食物而孳生的，对人体危害极大。作者还画出几张生长在人体内绦虫的头、蛔虫的卵和体形，十二指肠虫的头像和全图，肝的二口虫、蛲虫、旋毛虫的囊虫等，特别使人看到生长在肚内的各种虫类狰狞、可恶的样儿，叫人严加防范。

再看血液循环系统。书中首先讲的是占人体重1/13的血。血细胞有三种：红血球、白血球和血小板等。作者阐明了为什么红血球呈红色。在红白的对比中，红血球比白血球多得多，其比例是500∶1，在正常成人血液里男性每立方毫米血流中大约有400万～500万个，女性约有350万～450万个，所以血是红色的，其作用是把氧气输送到身体各处。人体每天都有大量的红血球死亡，又有大量的新生，以维持身体的平衡；白血球具有细胞核，能把侵入人体的细菌包围起来吞食掉，当身体有疾病发烧或伤口化脓时，白血球急剧增加，起来战斗，保卫身体；血小板是比红血球更小的血细胞，作用是帮助血液凝固和止血，血小板太少了，就会受伤后出血不止。讲到血液循环，作者特别强调心脏的作用。作者绘制了"心前视图"以表示心脏的结构，指出血液怎样在体内循环，阐明了动脉与静脉的区别及其作用；他把循环系统的机理，心的运动，心搏与心音，心的自动中枢，脉搏，血液循环的速率、原因和作用，一一都写得详尽透彻。由于冠状循环的血管短而细，血流快而急，因此容易发生冠心病，如什么冠状动脉痉挛呀，冠状动脉硬化呀，心肌梗塞呀，等等，说明了冠状动脉硬化病人为什么常常发生心绞痛等症状。总之，心脏是血液循环的中心，关系甚大，因此应当加意保护，因为心脏病易于影响全身的健康。

关于呼吸系统，主要讲了口鼻二腔、喉、气管与肺、左右肺构造，而且介绍甚详。作者简明解释了什么叫做呼吸："空气入肺曰吸……更出于外曰呼"，"二事成就，谓之一息"。"倘止不行，死亡随至"。至于呼吸量的差数，因人的身长、躯体容积、体重、年龄、性别、职业、体位（如直立及空腹时则量多，劳作及衰瘦则量少）而异；此外还有四个内在因素：一是胸廓大小；二是呼吸肌力之强弱；三是肌肉动作的抵抗力；四是肺之扩张力。可以看出，作者对于问题作了十分入微的观察，他甚至分析到一个人由于体位（卧、坐、立）、年龄之不同，呼吸次数也各不相同。此外，呼吸还有各种变态的情况：如"咳嗽在先行深吸，闭其声门，乃俄作强剧呼息，逐气或他物出于外……嚏为先作反复短吸气，次顿生强呼，突过鼻腔，挟粘液等与之俱出；鼾为当睡眠时，软口盖弛而向下，空气经此，颤而成声；哭为先隘其声门，次作短深吸气，继之长吁，为是相继；笑为紧张其声带，时相离合，短促呼气，过之上出，若继若联；欠者，张其口，作深长吸息也"。看，作者在这里概括得何等生动而周详，这是其他生理卫生学书中很少看到的。

由于呼吸系统的重要性，因此，一个人要有健康的体魄，不仅需要营养，还需要清新的空气，特别对于青少年，如果"空气匮乏，则将积渐成疾"，因此作者劝导人们"宜时出户外，或得暇辄消遥卉木繁列之地，运动身体"。在他看来要使呼吸器官保持健康，首先要有圆满的胸廓；其次要有壮健的呼吸机；再者要有清新的空气。所以适当的运动和体操是很必要的。

关于泌尿系统，作者专门讲了肾及膀胱、输尿管、尿道的功能，泌尿系统的生理现象和如何摄护泌尿系统，指出了肾与皮肤的关系。

在关于五官系统的叙述中，作者讲了鼻、舌、耳、眼等器官的作用，说明了一个人为什么能够区别声音方向及距离；眼睛的外膜、中膜、内膜，眼睛的屈光如摄影箧作用，为什么有光觉、色觉和幻觉，如何保护眼睛。

神经系统是人体的一个主要部分，人体有动物神经和植物神经；有末梢神经和中枢神经。作者细致地讲解了脑脊髓神经中枢部的构造，讲了大脑和小脑及脊髓的构造，绘制了"大脑外面""大脑内面""脑之前额""脑之末视""延髓前面""脊髓横断""十二对脑神经（嗅觉神经、视觉神经、动眼神经、颜面神经、听神经、舌咽神经等）之所以出"等图，来分析脑为什么是人类思维的中心。他仔细地描述了脑脊髓神经中枢部之生理的精神作用，具有记忆的能力，指出"同事物之显见于方来，如是作用，名之回志"；"若联前后所忆，用应外界事物之变，则名曰才（智）"，这都是颇有真知灼见的解析；此外认为脑脊髓神经还有反射作用、自动作用（如呼吸，自生至死无休止）、传导作用。作者认为要摄卫神经系统，首先要有健全的身体，因此要首重营养，即是消化呼吸等系统，也应当加以珍摄，血脉顺遂，空气清新，神经系统也就自然趋于健全，否则"躯体既衰，精神安托？"所以人体健康是根本，神经是否健全、振奋是派生的。如果操劳过度，"终易常度，是成神经衰弱，或为神经过敏，遇事易激（动），或则易忘，一切精神官能，无不减退"。作者在这里特别指出睡眠的重要作用，他认为睡眠时间"当视职业种类，长短及劳逸而定"，大致"成人约七、八时间，小儿约十至十六时间"，而在睡眠时，人体新陈代谢缓于醒时。作者甚至连人们对寝室的选择也讲到了。他认为寝室"宜广……宜安……宜静……空气宜燥"，不要放置善于挥发的，如酒、石油之类的东西，如果房子少窗户，则不宜多住人。

在关于器官组织的形态中，谈到了生理机能和生理卫生。他讲到乳汁成分时，根据区匡氏的分析，说明在人乳中水占 87.41%，蛋白质占 2.29%，脂肪占 3.78%，乳糖占 6.21%，矿物质占 0.31%。

在结论部分主要讲了三个问题：一是关于人的体温，一般以 36.5℃～37.5℃ 为常温，人体能自动调节，通常午后四时最高，夜半最低；进食后体温高，饥饿时温度渐低，倘若体温下降到 20℃ 就要死亡；从年龄看，赤子高，老人低；作者还认为人体的体温同身体调节体温机能有关；二是代谢，他认为人体中的新陈代谢也很重要；三是个人卫生和公共卫生问题，都要给予重视；对于后一个问题更要注意到预防传染病，特别是预防霍乱、赤痢、鼠疫、麻疹、水痘等，要进行检疫和消毒，安置病人于指定的医院。

此书书后还附有《生理实验要略》，讲了 14 个人体生理学的有关重要问题。例如对于骨的有机和无机成分，讲了"切兽骨作细节，煮之，则胶质出于水中，所余者为无机成分"，"用磷盐酸，浸骨片其中，历数日，则无机成分溶解，所余者为有机成分"；此外，还讲了唾之糖化作用、胃液的卵白消化作用、血液的循环作用、脑及脊髓的作用，等等。这 14 个问题，实质上是对全书的重要补充。《生理实验要略》后来曾发表在 1914 年的《教育周报》上，可见鲁迅当时自己也很重视这部未定稿的科普书籍，可惜后来他由于其他工作忙，再也没抽出时间去整理它了！

当然，由于科学的不断发展，书中有些问题的论述，今天看来稍觉陈旧。例如在循环系统中讲到"输血术"时，陈述失之简略，没有说明人体失血过多时，不是他人之血都可以用来补充，事前还要查一下双方血型，否则不仅无利，反而容易招致死亡；又如书中没有细谈生殖系统等。我在负责杭高领导工作时，曾听到人们说过鲁迅在杭州两级师范教生理学在讲生殖系统之前，曾同学生"约法三章"：听课时要严肃，不苟嬉笑，认真听讲。他在黑板上画出男女生殖器官构造，并详加介绍，严肃地讲了性的知识。大约基于某种原因，或者怕引起副作用的缘故吧，在编辑这部讲义稿时对这一方面未曾详加论列，失之过简。

以上是鲁迅《人生象斅——生理学》的简单介绍。这虽是作者的讲义稿，但十分富有科学和科普价值。

第一，这是我国近代人体生理卫生学著作中较早出现的这类书之一，较诸当时编纂的同类人体生理学的书，是出类拔萃的。

第二，书中批判地吸收了当时欧美和日本有关生理卫生学著作上的成就，从 17 世纪受教会迫害的血液循环论者哈维到 19 世纪德国著名生理学家卢德微（Ludwig，1816～1895 年鲁迅原译为路特惠克）对胃的研究，到 18 世纪法国生理学家麦更第（Maogendie，1783～1855 年，鲁迅原译为摩侃提）、19 世纪伯尔纳（Ciaude Bernard，1813～1878 年）对消化腺研究的新发现，以及生理学家库恩（鲁迅译为区纳）在肌纤维中发现特有的肌球蛋白（酶），1892 年科学家毕罗察罗发现的血小板等，都在《人生象斅——生理学》中加以介绍，这都是难能可贵的。从这里可以使人看到，该书充满了时代的脉搏，同时也显示了作者在这方面颇具独到见解和有所择取的先进精神。

第三，正如本书作者所揭示，关于人体生理学的研究，"首在观察"，同时，还要用科学"实验以实之"，以及通过解剖学（鲁迅在日本仙台学医时学过解剖学，解剖过人体）、化学来解释人体及其化学成分。这种见解是当时我国的人体生理学著作中所未有的。

第四，鲁迅在《人生象斅——生理学》中，常常尽量联系实际。例如讲皮肤病时，谈到皮肤的卫生，如何预防各种皮肤病等；讲呼吸运动时，教人注意新鲜空气；讲泌尿系统时，谈到肾与皮肤的关系，酒精入体为什么会造成慢性肾炎等，说："肾既受疾，输泻（排泄）作用必为之不正常，体内废品，谢出无自，则成水肿。"又说："肾疾之因，主在感冒、纵酒及身体濡湿等"，"尿闭之疾，大抵缘尿道之闭塞"，等等。像这类关心人民身体健康的论述，书中几乎随手可拾。这是该书的又一个特色。

第五，从遣字行文看，写得通俗易懂，不愧是一部人体生理学的入门科普图书。该书编写的时间在 20 世纪初，鲁迅把细胞（Cellular）译为"幺"（幼小之意），纤维（Fibre）译为彳（音灭，即一丝之意），这是因为人体生理学在当时还处于幼年时代的缘故。全书插图 50 余幅。大家知道，鲁迅精于美术，但正如鲁迅在日本学医时藤野先生所教导，他画这些图不是为了好看，而是画得既准确，又精美。其中如"头肌"两图、"颈肌"图、"背肌"图、"胸肌"图、"心前视"图、"喉之构造"图、"听官导声"图、"网膜构造想象"图、"大脑内外面"图、"十二对脑神经之所从出"图等，别有风格，又是科普图画，使人一看就容易明白，令人感到是图文并茂，图是为更好地讲解，补文字之不足而服务的。这里没有什么花哨，不是为插图而插图附加上去的。以上几点，说明鲁迅这部《人生象斅——生理学》是我国科普图书中的先驱，它在人体生理学科学普及史上的功绩是不可淹没的。

今天我们纪念鲁迅诞生一百周年，不但是文艺界，我们科学文化学术界和科普界的同志也要很好地来纪念和学习鲁迅，像鲁迅那样，不计较个人利害得失，奋不顾身地为在中国实现"四化"而普及科学，认真写出优秀的科普作品，而奉献出自己的全部力量！

十一、鲁迅的《月界旅行·辨言》* 的白话译文

在古代，人类的智慧还没有开化的时候，大自然操纵着一切权力，连绵的群山和漫长的水域，都成为交通的障碍。后来人类想出挖空树木并把它削尖以制成船只，开始有了交通，继而运用木桨风帆，一天天更进步了起来。可是，（当人们）遥望着无际的汪洋大海，水天连接在一起，还是令人心惊体颤，感到无可奈何。接着，使用钢铁和蒸汽来制作交通工具，火车、船舰像风驰电掣似地迅速跑动，人类驾驭大自然的力量一天天大起来了，大自然的威力就小了，今天的世界，好像五洲

---

* 《月界旅行》，法国著名科幻小说家儒勒·凡尔纳作，今译《从地球到月球》。

处在一室似的，互相交流着文明。但是大自然不是仁厚的，它总是以制约人类为乐事，山山水水的险恶，虽然失去了它的控制力量，可是还有地心吸力和大气层阻力，束缚住人类，使人们难以越雷池寸步，难于同各星球上的人类互相交际。（在这方面人们）像沉沦在黑地狱里面似的，耳朵闭塞，眼睛矇眬，对大自然敬畏而自欺，每日对天歌功颂德，这固然是它所喜欢的，而对人类说来却是很可羞耻呢。而所谓人类，是希望进步的生物，所以尽管人类已经取得了若干成就，但并不以此感到满足；他们发出了更大的希望，他们多么希望能摆脱地心引力，战胜大气层的阻力，独自神游（太空），不受阻碍啊。如培伦❶，实际上就是个以尚武的精神写下了这个（攀登月球）进步愿望的作家。凡事以理想为因，实践为果，既然播下了种子，也就会有秋天的收获。以后移民到星球，到月球去旅行，（到那时）虽是贩夫稚子，也自然而然地把它看做习以为常的事情，并不感到什么诧异了。根据道理来推断，这是必然的。这样说来，地球的大同是可期待的，但星球的战祸又将兴起了。啊！琼孙❷的"福地"，弥尔顿❸的"乐园"，找遍了尘球，竟然成为幻想；默默无闻的黄种人呀，将是你们兴起的时候了。

培伦名叫查理士，是美国著名的学者，学术修养深湛，又富有想象力。他默默地猜想世界将来的进步，独自抒发出这种奇特的思想，用小说写了出来。在他的作品里，以科学知识和人物细节的描写为经纬。其中包含着离合悲欢，谈故事，涉险境，故事情节错综复杂，其间掺杂着讥讽评弹的议论，写得那么中肯而切中要害。在19世纪时讲月亮的人之中，他实在是讲得最好不过的了。因为他所讲的这些，完全符合科学原理，不是那些仅仅讲些山川和动植物，却善于诡辩的人所可比拟的。此书在谈论中间或不免稍微露出些遁词，那是因为人类的智慧毕竟有限，而大自然却非常之奥秘，是无可如何的事情。大家知道，一般小说家的习惯，多半是借助女性的魅力，来增加读者的美感享受，而这本书，仅是借着三位英雄，自成一组，其中并没有个女人厕身其间，而把书中的情节写得光怪陆离，使读者不感到枯燥，尤其超脱了一般作品的俗套。

平铺直叙地讲科学，这种书常人很不爱看，往往阅不终篇，就打起瞌睡来了，强人所难，势必造成这样的结果。但是倘若假借小说的力量，加上戏剧性的特点，

---

❶ 培伦·查理士，此处原文有误。按《月界旅行》不是美国培伦·查理士所作，而是法国著名科幻小说家儒勒·凡尔纳作。鲁迅晚年已经知道。他在1934年7月17日写给杨霁云信中谈到，该书的作者是"Jules Verne（儒勒·凡尔纳），他是法国的科学小说家"；同年5月6夜给杨的信中又说："《月界旅行》，也是我所编译，以三十元出售，改了别人的名字了"；"还有《地底旅行》（按：现译《地心游记》），也为我所译，虽说译，其实乃是改作，笔名是索子或索士。"

❷ 琼孙，即萨米尔·琼孙（Samuer Johnson，1709～1784年），英国作家，他的代表作品《莱斯拉斯》中的主人公，幻想在世界上寻求"福地"，终不得见。

❸ 鲁迅原译为弥尔，现通译为弥尔顿（John milton，1608～1674年），英国著名诗人，著有长诗《失乐园》《得乐园》等。

即使分析道理，谈点深奥的东西，也能够影响人们的思想，不会使人发生厌倦。那些劳苦大众，对于《山海经》❶《三国志》❷ 这些书，虽然连梦里也没有见过，却能津津有味地说起什么长股国、齐肱国，说得出周瑜、诸葛亮的名字，这实际上是《镜花缘》❸《三国演义》所赐予他们的知识。所以，讲述一种科学原理，只要不板着一本正经的脸孔，而用诙谐的语言来写，使读者触目会心，不费脑筋，那么必然会在不知不觉之中，得到一般的知识，破除掉传统的迷信，改良思想，补助文明，科学小说就有这样伟大的力量呵！我国说部，像言情、谈故、刺时、志怪等小说，多得好比汗牛充栋，而唯独关于科学的小说，却少得如凤毛麟角。这实际上是知识界荒芜的原因。所以假如要弥补今天翻译界的缺点，引导中国人民前进，就必须从科学小说开始。

《月界旅行》原书是日本井上勤翻译的，一共二十八章，体例像杂记。现在（转译时）截长补短，写了十四回。开始时，想用通俗的白话来翻译，以减少读者阅读中的困难，但是全用白话来译，又嫌噜嗦，为了节省篇幅起见，就参用文言文来翻译。其中措词无味，不适合于我国读者口味的地方，做了少量的删节和更易。文体庞杂是难免的。原书名叫《在九十七小时二十分间从地球到月球》，现在也把它简略地叫做《月界旅行》。

（癸卯（1903 年）新秋译者记于日本古江户的旅舍）

十二、创作我国人民喜闻乐见的科学文艺——读鲁迅的《月界旅行·辨言》

在中国，自古以来，虽然有过不少类似科学文艺的作品，但第一次提出"科学小说"这个词儿的是鲁迅。鲁迅把儒勒·凡尔纳的科幻小说《月界旅行》《地底旅行》，都冠以"科学小说"的称号，这也可以看出鲁迅对这些作品作了多少崇高的评价！

马克思、恩格斯说过：科学就是生产力。鲁迅在《月界旅行·辨言》中一开始就谈到，原始人类是受到大自然各种制约的。大自然有着种种大权，连绵的群山，翻腾着浪花的滚滚流水，都阻碍着人们向前进。但是由于原始人类用启蒙的科学思想，削木制船，后来又开始能够利用铁器、蒸汽，制造出了各种车辆，从手推车直到火车，从独木舟直到大小汽船，以及近代飞机的发明，使高山低头，河水让路。这样科学逐渐发达，大自然就越来越被人类所征服，自然不仅不发生阻碍，甚至逐渐为人类所利用了，使得偌大的世界，好像越来越缩小了距离，以至于像是"五洲同室"一样。其所以能够取

---

❶ 《山海经》，我国著名古籍，内容包括地理、生物和古代神话等，为鲁迅童年所爱读的一部书。

❷ 《三国志》，陈寿作，是一部历史古籍，与群众中流传的罗贯中所作的长篇小说《三国演义》不同，但在这里，原作者可能是指《三国演义》。

❸ 《镜花缘》，我国清代李汝珍作的长篇小说，其中叙述唐敖、林之洋、多九公游历海外的故事，书中还申张了女权的思想。长股国、齐肱国在《山海经》和《镜花缘》中均有提到。

得如此重大的进步，这是由于人类是充满着科学幻想，经常希望取得进步的生物。尽管人类一步步征服了自然力，达到了改造自然的愿望，但是作为"万物之灵"的人类，并不满足于现有的境界，当一种愿望的目的达到了，又发出了更大的希望。比如人类受到地心引力和大气层阻力的制约，人们便幻想着要摆脱地心引力，战胜空气阻力，直上宇宙空间，到月球和其他星球去航行。这种思想，不是今天才有的。我们古代人民早就有"逍遥游"的思想，就有"嫦娥奔月""唐明皇游月宫"的幻想。总之，他们首先要想到距离地球最近的月球去。鲁迅说得好，"凡事以理想为因，实行为果"，至于怎样实行呢？那就要靠科学家的力量，应用科学的原理，通过精密的设计，经过千百次实验，失败了再实验的百折不挠的精神。比如关于登月的理想，终于在 1969 年，美国阿波罗 11 号登月之后算是成功了！鲁迅在活着的时候，就期待着我们民族有朝一日也能在宇航事业上大显身手，建设我们自己的人间乐园。

鲁迅在这篇文章中，热烈地赞扬儒勒·凡尔纳富有科学幻想与理想，用"经以科学，纬以人情"的手法，通过一系列悲欢离合的故事和各种人物在典型环境的活动，写出富有魅力的科学幻想小说；在鲁迅看来，凡尔纳的科学幻想是十分合情合理的，是有一定的科学根据的，因此特地把他所写的科幻小说冠以"科学小说"的崇高称号。鲁迅特别赞扬在凡尔纳的小说中间，并没有借住女性的力量，更没有借什么洋才子佳人的"魔力"，去蛊惑人心，吸引读者。就拿《月界旅行》这部书来说吧，它仅仅借三位登月的英雄人物，就把人们深深地吸引住了。自然科学读物本来就容易写得枯燥乏味，但是由于凡尔纳写得有血有肉，塑造出典型环境中的典型人物，既生动有趣，又给人以克服困难的勇气和毅力，因而读起来令人兴味盎然，不会打瞌睡。他是因为假借小说的能力，"披优孟之衣冠"，通过这些人物的具体行动和形象，来介绍某种科学知识，所以能够引人入胜，深入人心。读起他的小说，竟然使人们也像读《镜花缘》《三国演义》那样，津津有味，有如进入长股国、奇肱国；栩栩如生地看到周瑜、诸葛亮、刘备、曹操之间的明争暗斗，因而在不知不觉之间获得一斑的科学知识；而有了这些知识，就有力量去破除迷信，改良思想，补助文明。这是多么伟大的力量啊！

科学知识能够给人以伟大的同自然作斗争的力量。鲁迅特别指出，在我国的小说的领域中间，过去曾有过言情小说、专门讲掌故的小说、专门写怪异的小说、但最缺少甚至是空白的是科学小说，这也是为什么我国在科学上落后，在这方面知识界显得贫乏荒芜的原因。因此他特别向我们呼吁，必须十分注意和重视科学小说（包括科幻小说）的创作。

最近以来，在全国科协科普创作协会的号召和领导之下，我国科学小说或科幻小说的创作，不论在数量还是质量方面看，都大有进步，开始逐渐繁荣了起来，但是在前进的道路上不是一帆风顺、毫无阻挡的。有些人对于科普工作是热心的，但对于科学小说或科幻小说以至整个科学文艺，却总是嫌它不够严肃；有的只看见这株嫩芽的一些弱点，就指手画脚，横加指责；还有的抱着我这文艺之门何等"神圣"，容不得"异类"闯入，在我国进入建设社会主义现代化强国时期，仍然固守着文艺与科学各不相干的堡垒；我们以为，新的事物总要在批评中成长的，因此希望有更多的人对具体作品进行具体分析。

我们有 1000 多年的小说史，而我们的科学小说（包括科幻小说），还是十分年青和幼稚的，正是由于年青和幼稚，更需要有更多人去栽培和支持。否认或扼杀科学小说，那是对人民的事业不利的，也是违背鲁迅的教导的！

十三、科幻文学史上永不凋谢的鲜花——读鲁迅翻译的儒勒·凡尔纳的两部科学幻想小说

鲁迅 22 岁（1902 年），在日本江户留学期间，根据日本井上勤的译本，转译了法国著名科学幻想小说家儒勒·凡尔纳的名作《月界旅行》，由日本东京进化社出版，署中国教育普及社印；接着曾为旅日留学生办的《浙江潮》编译了凡尔纳的《地底旅行》。此后，鲁迅于 1904 年还译过《北极探险记》《物理新论》等书，可惜后面这几篇译文至今没有找到。鲁迅之所以注目于儒勒·凡尔纳，则如他自己所说："我因为想学科学，所以喜欢科学小说。"（见《致杨霁云信》）

鲁迅在青年时代，就致力于介绍外国的科学文化，并特意从日文转译了儒勒·凡尔纳的科学幻想小说，这并不是偶然的。鲁迅在青少年时代就非常热爱花卉、虫鱼，热爱大自然，他进过南京水师学堂，学过采矿，后在日本学医，博览达尔文、赫胥黎等人的科学名著；从他早年写的《科学史教篇》《人之历史》等文章中，可以看出鲁迅在青年时期对自然科学有很高的造诣。因此热爱科学、迷恋文艺的鲁迅在还非常年轻时见到凡尔纳的科学幻想小说便为之神往，并被它们的科学和艺术魅力所吸引住了。

大家知道，儒勒·凡尔纳的科学幻想小说，都是通过文艺形式来宣扬科学道理的。比如，《月界旅行》主要是描写美国马里兰州枪炮会社社员，在社长巴比堪的领导下，研制成一座巨炮，将三位旅行者发射到月球上旅行考察的故事。其中不但有幻想，还有科学根据。鲁迅一开始就十分赞赏这样一种通过文艺形式来普及科学知识的途径，认为"经以科学，纬以人情"，既能增聪益明，又能陶冶情性，对提高人们的文化、科学水平，是格外有效的。在鲁迅看来，自然科学知识对于人类来说，如同空气与阳光一样，是不可欠缺的东西。只有知识，尤其是科学知识，才能开天辟地，改造大自然，造福于人类。而随着社会历史的不断发展，人类对大自然的认识也不断发展。鲁迅在《月界旅行·辨言》一文中，以简明生动的艺术语言，深刻地阐明了人类对自然界的认识和改造的过程。他说道："在昔人智未辟，天然擅权，积山长波，皆足为阻，递有刳木刻木之智，乃贻交通，而桨而飐，日益衍进。"他指出，正是由于人类科学知识的不断成长，才使人们得以"驱铁使汽"，能够使"车舰风驰"，具有驾驭大自然的能力，"人治日张，天行自逊"，从而能够做到"五洲同室，交贻文明，以成今日之世界"。鲁迅认为"人类者，有希望之生物也！"其所以有希望，是因为"人为万物之灵"，是最能思考、最善于发展的优秀生物。也正因为这样，"故其一部分，略得光明，犹不知餍"。他相信人类终有一天能够冲破地球的吸引力，战胜空气的制约，"发大希望，思斥吸力，胜

空气，冷然神行，无有阻碍"，能够"与诸星球人类相交际"。正是出于这种科学预测，鲁迅充分肯定了凡尔纳作品中所作的科学想象，认为这是一种人类的"尚武精神"，而"写此希望之进化"的精神是十分可贵的。这种科学想象是"理想为因，实行为果，""旅行月界……据理以推，有固然也！"看！早在70多年之前，鲁迅曾对于人类到月球去旅行作了多么充分的肯定！

鲁迅认为，从普及的角度看，科学著作的推广固然重要，但它毕竟不像文学作品，往往比较枯燥乏味，不是一下子就能引人入胜。鲁迅在《月界旅行》的"辨言"中说得好："盖胪陈科学，常人厌之，阅不终篇，辄欲睡去，强人所难，势必然矣"，然则"假小说之能力，被优孟之衣冠，则虽析谭玄，亦能浸淫脑筋，不生厌倦"。儒勒·凡尔纳的科学幻想小说，正是这样的理想读物，因而也就赢得了鲁迅的高度赏识。

科学的灵魂是实事求是，但科学也是需要幻想的。幻想是科学能够飞翔的翅膀，它常常能够变成一种动力，促使科学不断发展。然而，科学幻想绝不是可以任凭主观臆测的不切实际的胡思乱想，否则充其量也只能写出一些似是而非的东西，并把读者引向非科学的或反科学的境地。鲁迅以深邃的科学眼光和见地，细致地阅读了凡尔纳的这两部作品。在他看来，凡尔纳在《月界旅行》《地底旅行》这两部著作中，通过生动的艺术形式而表现的内容是有一定的科学根据的。它们并不完全是艺术的幻想和虚构，而主要是通过有科学根据的想象力，正确地阐明了科学的必经之路。事实也完全证明了这一点，随着20世纪以来自然科学的发展，凡尔纳的许多科学幻想后来基本上都成了事实。例如，美国阿波罗11号之飞上月球，就把人类飞到月球上去的幻想变成了活生生的现实！这不但说明了杰出的科学幻想小说家凡尔纳对科学的预见性，也雄辩地说明当时初露头角的青年鲁迅对未来科学发展的预见性。正因为如此，鲁迅才怀着极大的热情编译了这两部作品，并把它们冠之以"科学小说的称号"。

由于是从日文转译的缘故，鲁迅曾误把《月界旅行》说成为美国查理士·培伦所作；把《地底旅行》说成为英国威男所作，这是由于当时学术出版界的闭塞。鲁迅晚年给杨霁云同志信中作了改正，他说："威男的原名……大约……是 JuleVerne，他是位法国的科学家。"（见1931年7月19日的信）鲁迅充分肯定了该书的作者是个"学术既覃，理想复富"的杰出作家，能"默揣世界将来之进步，独抒奇想，托之说部，经以科学，纬以人情，离合悲欢，谈故涉险，均错其中，间杂讥弹，亦复谭言微中……比事属词，必洽学理，非徒撼山川动植，侈为诡辩者比"，这些评语说明青年时代的鲁迅对该书的科学内容，和对作品的艺术成就，都是颇具慧眼的。

鲁迅在《辨言》中还讲到，过去一般小说总是"借女性之魔力，以增读者之美感"，但在《月界旅行》中"独借三雄""无一女子厕足其间"，而使读者"不感寂寞"，甚至"尤为超俗"。这些评价也是独具灼见的。为什么这两部不是谈情说爱的小说能够紧紧地扣住人们的心弦呢？这是因为它不但有科学的内容，而且有引人入胜的艺术魅力，其中人物故事写得既生动又曲折；而且它们能在"不知不觉之间"，使人们"获得一斑智识，破遗传之迷信，改良思想，辅助文明"，在潜移默化之中起到科学教育的作用。鲁迅在这里高度评价了凡尔纳"科学小说"所起的重要作用，并对科学文艺的价值作了恰如其分的阐明。

正是基于这样的思想认识，鲁迅热情地提倡科学文艺。在他看来，在中国文艺创作中间，特别是说部，讲少女之爱的言情小说、写掌故的小说、写讽刺时事的小说、写怪异的小说等，多得汗牛充栋，而唯独以科学为题材的文艺作品，尤其是科学小说或科幻作品，如凤毛麟角，非常少见。科学是以传授知识为任务的，科学文艺少了，这就意味着"智识荒隘"。所以鲁迅不惜工夫亲自动手，以翻译"科学文艺"为己任，把《月界旅行》《地底旅行》这样富有科学思想性与知识性的优秀作品，译成中文，以飨我国广大读者。

这里还要指出，鲁迅对凡尔纳的《月界旅行》和《地底旅行》的翻译，并不完全是直译，而是作了相当重要的改编和艺术加工的。比如他为了适应当时广大中国读者喜闻乐见的艺术形式，特地把原书改成为那时在我国风行的章回回目，便可看出他是经过一番刻意加工的。如《月界旅行》第一回的回目是，"悲太平会员怀旧，破寥寂社长贻书"；最后一回是"纵诡辩汽扇驱云，报佳音弹丸达月"；《地底旅行》第一回的回目是"奇书照眼九地路通，流光逼人尺波电谢"；第七回是"大声出水浮屿拟龙，怪火搏人荒天掣电"……从这些对仗工整的回目中，不难看出改编翻译者的艺术匠心。

凡尔纳《月界旅行》的原日译本凡28章，例若杂记。鲁迅在改编时把这部科学小说裁长补短，得14回，把其中"措辞无味，不适于我国人者""删易少许"；把原书书名《自地球至月球九十七小时二十分之间》改为《月界旅行》；鲁迅特别引用我国章回小说的特点，在书中所描写的情节高潮之处或每回末尾加上一首旧体诗，或用工整的对仗来作概括式的诗情画意的描写。例如，在《月界旅行》第一回中，他引用了陶渊明的"精卫御微木，将以填沧海，刑天舞干戚，猛志固常在"一诗；来形容书中美国枪炮会社社长以及许多复员军人虽因战争病残，却怀着雄心壮志，将簇新大炮向月球一试；此外如"壮士不甘空岁月，秋鸿何事下庭除"；"莫问广寒在何许，据坛雄辩已惊神""人天决战，人定胜天，人鉴不远，天将何言"；"啾啾蟋蟀，宁知春秋！惟人哲士，乃道遥游"；"心血为炉熔黑铁，雄风和雨绳青林"；"硝荼影中灭大业，暗云堆里泣雄魂！""侠士热心炉宇宙，明君折第礼英雄"……这些诗句当然不是凡尔纳原有的，而是鲁迅用自己的艺术彩笔，对凡尔纳笔下所描写的不畏风险、为人类探索大自然奥秘的英雄人物唱出的赞歌。这些诗词，大大增添了原书的艺术光彩。

鲁迅在编择《月界旅行》《地底旅行》时，还常常借书中人物的豪言壮语，倾注自己的感情和感喟。如他借抱着雄心壮志要到月界探险的战士赉思敦之口说道："凡人类者，苟手足自由，运动无滞，则应为世界谋利益，为己身谋利益，肉体可灭，精神不懈，乃成一人类之资格……"在《地底旅行》中，借主人公亚离士危坐筏首，俯听波声时拍手唱的高歌，昂扬地抒发了科学探险家的精神："进兮，进兮，伟丈夫！日居月居诰迁徂！曷弗大啸上征途，努力不为天所奴！沥血奋斗红模糊，迅雷震首我心惊慄乎？迷阳棘足，我行却曲乎？战天而败神不痛，意气须学撒旦蠹！吁嗟呼！尔曹胡为彷徨而踟蹰！呜呼！"（第六回）在这里鲁迅以豪放的诗笔，对书中英雄人物作了热烈的礼赞和概括的描写。

从以上可见，鲁迅在编译凡尔纳的两部名著过程中，曾经倾注了巨大的精力和心血，这是值得那些"一笔译成"的"翻译家"们引为借鉴和学习的。

鲁迅晚年给杨霁云的信中写道："《月界旅行》也是我所编译，以三十元出售，改了别人的名字了。又说，《地底旅行》，也为我所译，虽说译，其实乃是改作，笔名是索子，或索士，但也许没有完。"鲁迅1902年到日本留学，就着手《月界旅行》的编译，接着又编译了《地底旅行》，在旅日留学生办的《浙江潮》上刊出，后来在上海普及书局发行。这充分说明鲁迅早年就相当重视科学普及的工作了。凡尔纳的科学幻想小说是不朽的；凡尔纳科学幻想小说经过鲁迅之笔加工润色，更是锦上添花，成为科学文艺史上永不凋谢的鲜花。

（1980年5月）

十四、科学家传记和有关论述——认真严肃、一丝不苟的科学精神的礼赞——读鲁迅的《藤野先生》*

鲁迅的《藤野先生》于1926年12月刊于《莽原》半月刊第23期上，后来收进《朝花夕拾》一书中。藤野先生原名藤野严九郎（公元1874~1945年），日本福井县人，爱知县立医学专门学校毕业，1901年起在日本仙台医学专门学校任教。鲁迅进日本东北区宫城县仙台医学专门学校学医时，藤野先生是他的解剖学老师。鲁迅描写他的模样："其时进来的是一个黑瘦的先生，八字须，戴着眼镜，挟着一叠大大小小的书。一将书放在讲台上，便用了缓慢而很有顿挫的声调，向学生介绍自己道：——

"我就是叫做藤野严九郎……"

接着鲁迅形容当时在座的学生"后面有几个人笑起来了。"为什么笑呢？因为他很"土"气，不像大教授的风度。"他接着便讲述解剖学在日本发达的历史，那些大大小小的书，便是从最初到现今关于这一门学问的著作。起初有几本是线装的；还有翻刻中国译本的，他们的翻译和研究新的医学，并不比中国早"。鲁迅在这里有意写了伏笔，说明译医书并不比中国早的日本，但在解剖学方面却是后来居上了的。

接着鲁迅便通过那些对藤野先生发笑之口，详细地介绍了原来这位一心扑在工作上的老师，穿衣服很随便，有时竟会忘记带领结，冬天一件旧外套，显得寒碜气，有一回上火车去，竟使管车的疑心他是扒手，叫车里的客人小心些，鲁迅说明他们这些传说大概是真的，因为他就亲眼见他有一次上课没有带领结。鲁迅这样描写藤野先生，丝毫没有带轻视或耻笑的意思，因为一个专心致志于做学问、从事科学研究的人，未必都很讲究衣着服饰。这也是在生活和行为上有所不为，才能有所为的表现。科学史上像居里夫人、牛顿、爱因斯坦等大科学家都是对个人生活和衣着不甚讲究的。

---

* 见鲁迅：《朝花夕拾·藤野先生》。文中未加注处均见《藤野先生》一文。

　　最使鲁迅感动的是，在当时有不少日本人还不很瞧得起中国人的时候，藤野先生却毫无歧视的意思。不但这样，他主动地遣助手来找周树人这个学生。鲁迅去时，见他坐在人骨和许多单独的头骨中间，正研究着头骨，可以看出藤野先生是十分勤奋，而后来有篇论文在校刊上发表出来，也是个证明。他问鲁迅："我的讲义，你能抄下来么？"虽然答复是"可以抄一点"，但他还是要鲁迅"拿来我看！"他收下鲁迅抄的全部讲义，没有想到第二三天后便交还了，并且此后每星期要送他看一回。鲁迅打开一看，竟吃了一惊，原来讲义从头到尾，都用红笔改过了，"不但增加了许多脱漏的地方，连文法的错误，也都一一订正"。鲁迅正是这样在藤野先生的教导下，认真学习了骨学、血管学和神经学。

　　严师出高徒。鲁迅笔下的藤野先生不但对中国学生一视同仁，关怀备至，一个字一个字地审阅和修改他的笔记本，而且对他画的下臂的血管"移了一点位置"也及时严格地指出。藤野先生对鲁迅说："自然，这样一移，的确比较的好看些，然而解剖图不是美术，实物是那么样的，我们没法改换它。现在我给你改好了，以后你要全照着黑板上那样的画。"有一次，藤野先生又叫鲁迅去，对他说："我因为听说中国人是很敬重鬼的，所以很担心，怕你不肯解剖尸体。现在总算放心了，没有这回事。"藤野先生无微不至的关怀，使青年鲁迅由衷地感谢。

　　当鲁迅同藤野先生告别，说他将不学医，并且远离仙台时，先生"脸色仿佛有些悲哀，似乎想说话，但竟没有说"；后来当鲁迅到藤野先生家里告别时，先生交给他一张照相，后面写着两个字："惜别"。鲁迅刻画出一个真诚的科学家，一个热心的教师的纯朴而崇高的人物形象。

　　鲁迅后来回忆这段经历时写道："但不知怎地，我总还时时记起他，在我所认为我师的之中，他是最使我感激，给我鼓励的一个。有时我常常想：他的对于我的热心的希望，不倦的教诲，小而言之，是为中国，就是希望中国有新的医学；大而言之，是为学术，就是希望新的医学传到中国去。他的性格，在我的眼里和心里是伟大的，虽然他的姓名并不为许多人所知道。"

　　至今在鲁迅的北京故居他的"老虎尾巴"住房东墙上，仍然挂着这位鲁迅在日本学医时老师藤野先生的照相。鲁迅在这篇名文中说：当他"夜间疲倦，正想偷懒时，仰面在灯光中瞥见他黑瘦的面貌，似乎正要说出抑扬顿挫的话来，便使我忽又良心发现，而且增加勇气了，于是点上一支烟，再继续写些为'正人君子'之流所深恶痛疾的文字"。

　　由这篇短文可以看到，鲁迅对藤野先生的感情多么深厚！他的大手笔寥寥 3000 余字就勾画出了科学家藤野先生的外貌和朴素作风，循循善诱、认真教学和对科学的一丝不苟的认真态度，以及没有民族偏见的高贵的科学家的高尚品质。藤野先生生前，有人问起他同鲁迅交往的事，他说到幼年曾学过汉字，有一种尊重中国人的心情："对于道德的先进国家表示敬意，并不是对周君的个别人的特别加以照顾。"我以为，这些话都是科学家藤野先生的由衷之言。而鲁迅所说的每当夜间疲倦时，仰面一看藤野先生的照片，便增添了拿起笔来的勇气，以藤野先生所传授的科学态度，同落后腐朽的旧中国恶势力作斗争，写出有益于中国民主与科学发展的文字，也是极其真实的。鲁迅的《藤野先生》是对认真严肃、一丝不苟的科学精神的礼赞，鲁迅的一生就是这样做的。

十五、倡导科学和科学文艺的典范作品——浅论鲁迅的科学小品文

我国伟大的文艺家、思想家鲁迅，不但是中国新文化革命的先驱，也是科学文艺的倡导人。鲁迅在 20 世纪初，就编译了法国著名科幻小说家儒勒·凡尔纳的《月界旅行》《地底旅行》，深受我国广大读者欢迎。他在《月界旅行·辨言》中热情地提倡科学文艺。他认为"盖胪陈科学，常人厌之，阅不终篇，辄欲睡去"❶，倘若能利用文艺这个形式，使科学内容能通过文学语言来表现，就能赢得读者的喜好。它既能使人们的头脑受到科学熏陶和教育，又能使人"于不知不觉之间，获一斑之智识，破遗传之迷信，改良思想，补助文明"❷。正是在这种思想的指导下，鲁迅在其一生中写了一系列富有战斗性的科学小品文，如《看图识字》《电的利弊》《这叫做愈出愈奇》《知识过剩》《诗和豫言》《新秋杂识》《男人的进化》《禁用和自造》《偶感》《太平歌诀》《拿破仑与隋那》《同意和解释》《蜜蜂与蜜》《喝茶》《〈进化和退化〉小引》等，都是出色的科学小品文。它们是以散文形式写科普文艺作品，把科学和文艺糅合在一起，短小精悍，生动活泼。它们既对读者普及了一定的科学知识，又有浓厚的文艺色调，使人获得美感享受。

鲁迅的科学小品文涉及的问题十分宽广。第一，它阐明了科学的重要性。马克思认为科学就是生产力，鲁迅虽然还不能作这样高度概括，但他早已看到科学对于生产的重要意义和作用。他指出"举工业之械具资材，植物之滋殖繁养，动物之畜牧改良，无不蒙科学之泽"❸；与此同时，鲁迅还认为科学是一种能治人思想上毛病的良药。生活在黑暗时代的中国的鲁迅，以自然、人文、文艺家的身份，一针见血地指出："现在有一班好讲鬼话的人，最恨科学，因为科学能教道理明白，能教人思路清楚，不许鬼混，所以自然而然的成了讲鬼话的人的对头。于是讲鬼话的人，便须想一个方法排除他"。鲁迅指出那些人用尽心机妄图排斥科学："其中最巧妙的是捣乱。先把科学东扯西拉，羼进鬼话，弄得是非不明，连科学也带了妖气"❹。如当时某些官员胡扯什么"卫生哲学"，说什么"人之根本在脐"，脐下腹部的"丹田"最重要，等等，鲁迅在科学小品文中不遗余力地同这些伪科学作斗争，强烈申斥并揭穿了那些硬把迷信说成是科学的勾当。他指出那些把《三千大千世界图说》，把儒家、道士、和尚、耶教的糟粕，揉成一团，又密密地插入鬼话，胡说什么"能看见天上地下的情形"，有什么"天眼通"，"本

---

❶ 《月界旅行·辨言》。
❷ 《月界旅行·辨言》。
❸ 《坟·科学史教篇》。
❹ 《热风·随感录三十三》。

领在科学家之上"，完完全全是披着科学外衣的鬼话。他们虽然也讲了天体学，其实还比不上六朝方士的《十洲记》高明；他们虽然也讲什么地狱，充其量只不过是抄袭了《玉历钞传》之类的宣扬封建迷信的东西。在鲁迅看来，既然要宣传科学，就要真正讲的是科学。倘若用科学之名，宣传的是非科学、假科学或伪科学，是应当受到严格批判的。

鲁迅的科学小品文强烈地斥责了那些胡说什么"科学害了人"的谬论。他们胡扯什么要用"道德"来代替科学，而且把鬼当做道德的根本。鲁迅指出当时有个叫俞复的，在《灵学杂志》上扬言"鬼神之说不张，国家之命遂促"，他尖锐指出"这种谬论毒害人心，祸患无穷"。

鲁迅要我们提倡"不是皮毛的真正科学"，不能把科学当做时髦的东西，而要切切实实地对自然科学的各个部门作深刻的研究，认真地去学习科学。比如医学，不能满足于古代的《内经》《洗冤录》，或者就以它们作为内科和外科学的依据，因为其中还有不少非科学的东西。鲁迅沉痛地指出，中国人民"牙痛了二千年"，决不能只靠细辛之类的中药来"麻痹片刻"，更不能用"理想之谈"的"离骨散"之类医物来拔牙，而要认真学习科学的拔牙和镶补牙齿的方法，并且不要忽视"去腐杀菌"。❶

有人认为鲁迅全盘否定中医，这是不符合客观事实的。不错，鲁迅没有一味颂扬我国古代医学，例如对于我国古代医学经典著作《内经》，他一方面肯定了《内经》的作者"对于人的肌肉，他的确是看过"，又指出"但似乎单是剥了皮略略一观，没有细考校"，还有很不科学的地方，如其中说的"凡有肌肉都发源于手指和足趾"之类，"乱成一片"；"宋的《洗冤录》说人骨，竟至于谓男女骨数不同"，其中有"不少胡说"和不符合科学的东西，因而称不上是"医家的宝典"，或"检验的南针"。❷ 这些论述是符合科学的。鲁迅反对的是那些冒充中医"名医"的人，他们开方时故作玄虚，要什么"经霜三年的甘蔗"，"原配的蟋蟀"，"要原配，即本在一窝中者"，用破鼓皮制成的骗人的"败鼓皮丸"❸ 之类，因为他们充其量只是骗人的江湖医；事实上，鲁迅晚年用"乐雯"笔名翻译了日本刈米达夫作的《药用植物》，在1930年出版的《自然界》杂志上连载，后来又收在1936年商务印书馆出版的《药用植物及其他》一书中，就是他重视中外草药的见证。

在鲁迅看来，提倡科学思想，按照科学态度办事是十分需要的。他说"现在发明了六百零六"是专门医治人们"肉体上的病"的，而他多么"希望也有一种七百零七的药，可以医治思想上的病"啊！在他看来，这种药原来也已发明，就是"科学一味"。❹而鲁迅的科学小品文正是起了这样的作用。他毫不含糊的透过现象指出事物本质，还事

---

❶ 《华盖集·忽然想到（一）》。
❷ 《华盖集·忽然想到（一）》。
❸ 《朝花夕拾·父亲的病》。
❹ 《热风·随感录三十八》。

物以本来的面目，并对各种非科学、伪科学进行了批判。

第二，鲁迅的科学小品文还深刻阐明了一定社会制度对科学的影响。科学本身是没有阶级性的。但是特定性质的社会制度对科学却起了一定的影响。一方面讲科学，另一方面却放爆竹"救月亮""放焰口""施饿鬼"❶。这是半殖民地半封建社会中的科学界的缩影。鲁迅沉痛地指出，在旧中国，科学不是用于发展生产力，而是被歪曲地利用了；在反动统治下，甚至也"看不见资本主义各国至所谓'文化'"；说"我单知道他们和他们的奴才们，在中国正在用力学和化学的方法，还有电气机械，以拷问革命者，并且用飞机和炸弹以屠杀革命群众。"❷ 马克思、恩格斯曾经赞扬中国的四大发明是欧洲资本主义社会的产婆。中国的印刷术传至欧洲，促使欧洲文艺复兴，但是在旧中国却不能发扬光大；鲁迅指出中国火药传至欧洲以后，"外国用火药制造子弹御敌，中国却用它做爆竹敬神"：❸ 中国的指南针传到欧洲后，"外国用罗盘针航海，中国却用它看风水"；❹ "外国用鸦片治病，中国却拿来当饭吃"。❺ 这说明旧社会压煞了科学发明的成果，不用科学发明来发展生产力，而用于玩乐迷信。电的供应和电气化是实现国家现代化不可缺少的条件，电发明之后，给全人类带来了莫大的好处。可是在旧中国，正如鲁迅科学小品文所形容："福人用电气疗病，美容，而被压迫者却以此受苦，丧命也。"❻ 他们利用现代科学文明为非作歹，祸害革命者，用了电刑的种种手法，使"现在之所谓文明人所造的刑具"❼ 比封建时代残酷得多。也正因为在旧中国科学被如此歪曲和利用，因此，鲁迅认为社会不变革，思想不改变，科学也会成为无用的东西。他甚有感慨地写道："每一新制度，新学术，新名词，传入中国，便如落在黑色染缸，立刻乌黑一团，化为济私助焰之具，科学，亦不过其一而已。"❽ "此弊不去，中国是无药可救的。"❾ 而去弊之道，只有革命，舍此别无他径，这是鲁迅得出的科学结论。

鲁迅指出，科学必须为改善人民生活和促进社会向前发展，决不能帮倒忙。如果"马将桌边，电灯替代了蜡烛，法会坛上，镁光照出了喇嘛，无线电播音所日日传播的，不往往是《狸猫换太子》，《玉堂春》，《谢谢毛毛雨》吗？"❿ 那么，像这样把科学新发明新创造为反动、落后的勾当服务，怎么谈得上是科学呢？

鲁迅严正地指出，坚决与科学为敌的那伙顽固派对待科学的态度是"他们活动，我

❶ 《准风月谈·新秋杂识（二）》。
❷ 《且介亭杂文·答国际文学社问》。
❸ 《伪自由书·电的利弊》。
❹ 《伪自由书·电的利弊》。
❺ 《伪自由书·电的利弊》。
❻ 《伪自由书·电的利弊》。
❼ 《伪自由书·电的利弊》。
❽ 《花边文学·偶感》。
❾ 《花边文学·偶感》。
❿ 《花边文学·偶感》。

偏静坐；他们讲科学，我偏扶乩；他们穿短衣，我偏着长衫；他们重卫生，我偏吃苍蝇；他们壮健，我偏生病"。❶ 只要这些与科学相敌对的人掌了权，就要阻挡科学的进步与发展。为什么尽管世界上先进国家科学文化不断发展，而在旧中国却传播不开呢？为什么科学在中国却成为加紧压迫和奴役劳苦人民的工具呢？必须探索其根本原因。鲁迅认为自然科学不是孤立的，决不能无视社会政治状况片面强调和提倡自然科学。鲁迅以美国著名女作家、中国人民的友人史沫特莱所写的《中国乡村生活断片》一文中描绘的北京南苑的人民怎样因为没有收成，没有粮食，没有工作，而去砍树枝，剥树皮，终于被警察抓住监禁起来为例，沉痛地指出："自然科学所论的事实之后，更进一步地来加以解决的，则有社会科学在。"❷ 就是说，如果不变革中国的现实，政权不掌握在人民手里，那么，不论你是怎样提倡植树造林，提倡科学，而饥寒交迫的人民为了生存，总是要把造的林砍伐一光的。

鲁迅坚决反对用"科学"之名，干反科学的事。他严厉批判了当时资产阶级文人一方面故作姿态地鼓吹"科学"文明进化的婚姻恋爱观，而另一方面实行的却是变相的卖淫制度；他们空口说"科学"，实质上是在"制造自己威权的宗教上，哲学上，科学上，世界潮流上的根据，使得奴隶和牛马恍然大悟这世界的公律，而抛弃一切翻案的梦想"。❸ 鲁迅无情地剥下了中外反动派利用"科学"为口头禅以从事反动说教的反动本质。

鲁迅强烈地谴责了在抗日战争前夜，东三省沦亡之日，在上海，还到处卖着像《推背图》这样宣扬封建迷信的东西，还出现"碟仙"之类的事情，特别是当时"留德科学家"白同之流胡说什么这是"合于'科学'"的。鲁迅指出："青年出国去学科学者有之，博士学了科学回国者有之。不料中国究竟自有其文明，与日本是两样的，科学不但并不足以补中国文化之不足，却更加证明了中国文化之高深"。❹

第三，鲁迅的科学小品文鼓励人们去认真研究"自然大法"（用今天的话来说，就是自然法或自然规律）。他认为不能让"未尝加意"的状况继续下去。科学有自身的规律，是不可以违反的。科学规律是客观存在的，是不以人们的意志为转移的。鲁迅严正指出："凡事实，靠发少爷脾气还是改不过来的。格里莱阿（按：现译作伽利略）说地球在回旋，教徒要烧死他，他怕死，将主张取消了。但地球仍然在回旋。"❺ 鲁迅热情地歌颂和肯定了那些能坚持科学真理和为科学真理而献身的科学家。他认为伽利略"倡地动说，达尔文说进化论，动摇了宗教，道德的基础，被攻击原是毫不足怪的；但哈飞（按：现译为哈维，英国医学家）发现了血液在人身中环流，这和一切社会制度有什么

---

❶ 《且介亭杂文·从孩子的照相说起》。
❷ 《二心集·〈进化和退化〉小引》。
❸ 《准风月谈·同意和解释》。
❹ 《花边文学·偶感》。
❺ 《伪自由书·止哭文学·这叫做愈出愈奇》。

关系呢，却也被攻击了一世。然而结果怎样？结果是：血液在人身中环流"❶，"地体终于在运动，生物确也在进化！"❷

鲁迅要人们认真地去掌握科学规律，按照科学规律办事。比如对火和水，不但要看到火能给人温暖、熟食，水能给人饮料、洗涤等方面的作用，还要"知道火能烧死人，水也能淹死人，但水的模样柔和，好象容易亲近，因而也容易上当"；"知道水虽能淹死人，却也能浮起人，现在就设法操纵它，专来利用它浮起人的这一面"，"学得操纵法，此法一熟，'识水性'的事就完全了"。❸他告诫大家要真正按照科学规律办事，否则就要吃苦头。鲁迅的这些见解，对我们今天还是有教益的。

第四，鲁迅的科学小品文深刻阐明了科学是劳动人民所创造的。人类要生存，就靠生产力，它便产生科学。火的发明，旧石器、新石器、青铜器、铁器的发明，标志着人类科学文化的不断发展。我们不否认科学家在人类社会中促进生产力向前发展所起的重要作用，但是科学家是人民群众中对社会生产力有着特殊贡献的人，对于整个社会历史的前进来说，科学是由劳动人民所创造的。鲁迅说得好："一切文物，都是历来的无名氏所逐渐的造成。建筑，烹饪，渔猎，耕种，无不如此；医药也如此。"又说，过去人们都以为"药物是由一个神农皇帝独自尝出来的，他曾经一天遇到过七十二毒，但都有解法，没有毒死。这种传说，现在不能主宰人心了"。各种药物的创造者实际上是人民群众。"大约古人一有病，最初只好这样尝一点，那样尝一点，吃了毒的就死，吃了不相干的就无效，有的竟吃到了对症的就好起来，于是知道这是对于某一种病痛的药。这样地累积下去，乃有草创的纪录，后来渐成为庞大的书，如《本草纲目》就是"。❹在他看来"中国的学者们，多以为各种智识，一定出于圣贤，或者至少是学者之口；连火和草药的发明应用，也和民众无缘，全由古圣王一手包办"❺，这种看法是错误的，因为"许多历史的教训，都是用极大的牺牲换来的。譬如吃东西罢，某种是毒物不能吃，我们好象全惯了，很平常了。不过，这一定是以前有多少人吃死了，才知道的。所以我想，第一次吃螃蟹的人是很可佩服的，不是勇士谁敢去吃它呢？螃蟹有人吃，蜘蛛一定也有人吃过，不过不好吃，所以后人不吃了"。❻这说明一切生活中的科学，都是从人民大众的实践之中得来的。

鲁迅认为劳动人民最重视实践，最勤于学习。华佗、祖冲之、李时珍等科学家之所以能作出贡献，是因为他们亲自参加了变革现实的实践。离开了劳动人民的实践，也就谈不上科学上的发明创造。劳动人民最聪明，"他们是要知识，要新的知识，要学习，能摄取的。当然，如果满口新语法，新名词，他们是什么也不懂；但逐渐的检必要的灌

❶ 《且介亭杂文·中国语文的新生》。
❷ 《二心集·"硬译"与"文学的阶级性"》。
❸ 《花边文学·水性》。
❹ 《南腔北调集·经验》。
❺ 《花边文学·知了世界》。
❻ 《集外集拾遗·今春的两种感想》。

输进去，他们却会接受；那消化的力量，也许还赛过成见更多的读书人"。鲁迅断言他们"其实并不如读书人所推想的那么愚蠢"❶，"世界却正由愚人造成，聪明人决不能支持世界"❷，又说"中国人的聪明是决不在白种人之下的"❸。所有这些，说明鲁迅把人民群众看做是科学发明创造的主人。正因为科学是人民缔造的，因此，鲁迅热情地赞扬了为人民造福的科学家。他在《说铂》中礼赞了居里夫人因发现镭，给人民带来了幸福；在《拿破仑与隋那》中，以热情的笔触介绍了使人们"脱离了天花的危症的"接种牛痘的发明者隋那（按：现在通译为真纳）。

第五，鲁迅的科学小品文大力宣传了科学普及工作的重要性。鲁迅在给颜黎民的两封信中，热心教导青少年儿童"不要专门看文学"，而"往往厌恶数学，理化，史地，生物学，以为这些都无足轻重，后来变成连常识也没有，研究文学固然不明白，自己做起文章来也胡涂"。他说："所以我希望你们不要放开科学，一味钻在文学里"❹，应该看看那些写得生动有趣而又通俗易懂的科学文艺书籍。但是当时中国科学文艺却非常之少，鲁迅说道："可惜中国现在的科学家不大做文章，有做的，也过于高深，于是就很枯燥。"❺他要科学家写科普作品，说："至于作文者，我以为只要科学家肯放低手眼，再看看文艺书，就够了。"❻鲁迅特别强调学习文学艺术的人，要学习些科学，读些科普书籍，这样对自己很有好处。他说："学文学的，偏看看科学书，看看别个在那里研究的，究竟是怎么一回事。这样子，对于别人，别事，可以有更深的了解。"❼

鲁迅再三强调科普工作的重要意义和作用。在他看来，只有用"科学来替换了这迷信，那么，定命论的思想，也就和中国人离开了"❽，他以为，"假如真有这一日"科学普及了，那么"和尚，道士，巫师，星相家，风水先生……的宝座，就都让给了科学家，我们也不必整年的见神见鬼了"❾；如果真正做到"医学发达了，也不必尝秽，割股"❿。这些话很深刻地阐明了科普工作的作用。

鲁迅的科学小品文还着重说明了对青少年儿童普及科学知识的重要意义。因为孩子们总是好奇的，有着旺盛的求知欲，他说："孩子是可以敬服的，他常常想到星月以上的境界，想到地面下的情形，想到花卉的用处，想到昆虫的言语；他想飞上天空，他想潜入蚁穴……所以给儿童看的图书就必须十分慎重，做起来也十分烦难。即如《看图识

❶ 《且介亭杂文·门外文谈》。
❷ 《坟·写在"坟"后面》。
❸ 《华盖集·咬文嚼字》。
❹ 《鲁迅书信集·致颜黎民》。
❺ 《华盖集·通讯》。
❻ 《华盖集·通讯》。
❼ 《而已集·读书杂谈》。
❽ 《且介亭杂文·运命》。
❾ 《且介亭杂文·运命》。
❿ 《坟·我们现在怎样做父亲》。

字》这两本小书，就天文，地理，人事，物情，无所不有。其实是，倘不是对于上至宇宙之大，下至苍蝇之微，都有些切实的知识的画家，决难胜任的。"❶ 这里鲁迅不但讲了科普工作的重要性，而且深刻阐明了科普作家要写好科普读物就要认真学习科学技术，否则就不能给读者写出优秀的真正具有科学性的科普作品。

正是这样，鲁迅极力鼓励他周围的朋友、学生和亲属，认真研究科学，写科普著作。我国著名科普作家、鲁迅的弟弟周建人等人，就是在鲁迅的鼓励下写出若干科普著作和从事翻译科普作品的。鲁迅年轻时编译儒勒·凡尔纳的两部科幻小说，直到晚年还想翻译法布尔的《昆虫记》，为的是向外国"拿来"优秀的科普作品，送给广大青少年和人民群众。

鲁迅还很关心群众性的科普事业。鲁迅在年青时代就对生物学有过很深的研究，对当时的养蜂业也很关怀。他在当时出版的《涛声》上写了小品文《蜜蜂和蜜》，深入浅出地阐明了蜂和蜜的各种情况，如蜂多花少及花的多少同蜜蜂相互关系问题，以及中国因"近来以养蜂为生财之道"，以致形成卖蜂的人比卖蜜的还多的问题，又怎样由于种植业落后以致形成蜂多花少。鲁迅在这篇不到 1000 字的科学小品文中，不但很出色的描绘了养蜂与酿蜜问题，同时也从侧面反映了当时的群众性科普工作和社会问题。

鲁迅认为，为了使人们思想科学化，就要普及科学，从而使人们能够做到"具体地切实地运用科学所求得的公式，去解释每天的新的事实，新的现象"❷，而不是"只抄一通公式，往一切事实上乱凑"。❸

鲁迅科学小品文的遣词用字非常讲究，善于对科学问题作简要的概括，如讲到科学史上发现与发明的区别时写道："查出前人未知的事物叫发现，创出了前人未知的器具和方法叫发明"，寥寥数语，就把概念讲得何等明白。

很显然，鲁迅的这些科学小品文写得准确、鲜明、生动、形象，具有自己的独特风格和艺术特色。他善于把科学同社会和人类的命运联系起来，既普及了科学知识，也深刻揭露了在反动官府统治下怎样"增加剥树皮，掘草根的人民"。

鲁迅所以能够写一系列优秀的科学小品文，是因为他对自然科学、社会科学和文学有很高的造诣。鲁迅从少年时代就十分喜爱大自然，阅读有关自然科学的书籍。他从小就对于各种生物感到极大的兴趣：7 岁时就倾心于"猫是老虎的先生"等故事；10 岁时，在他叔祖玉田家里看过陆玑的《毛诗草木鸟兽虫鱼注释》《花镜》中的图，且被它们所吸引住了；后来又向往《山海经》上画着人面的兽、九头的蛇、三脚的鸟、生着翅膀的人、没有头而以两乳当做眼睛的怪物……11 岁时到外婆家同乡下孩子一同去放牛、钓虾，到海堤上看潮，在海滩上抓小螃蟹；13 岁看了日人同元凤绘的《毛诗品物图考》。他又亲自种了许多花，在花盆里插上竹签标名，仔细观察其生长的状况，以至

❶ 《且介亭杂文·看图识字》。
❷ 《伪自由书·透底·回信》。
❸ 《伪自由书·透底·回信》。

在《花镜》这本书上写下自己的批注。《花镜》上写道："山踯躅，俗名映山红……以羊粪为肥，若欲移植家园，须以本山土壤始活。"鲁迅根据自己的实践和观察在书上作了批注："花性燥，不宜多浇，即不以本山土栽亦活。"他18岁在南京水师学校读书时就攻读了赫胥黎著、严复译的《天演论》等科普名著；在东京弘文书院学习时，为了写作科学论文《说鈤》《科学史教篇》《人之历史》等，对科学史作了深入的探索。特别是后来由于斗争的需要，认真学习了马克思列宁主义的社会科学，使他如虎添翼，能够运用自如地以自然科学、社会科学的"解剖刀"来分析有关问题，写出了击中时弊的优秀的杂文和为广大人民所喜好的科学小品文！

今年是"左联"成立五十周年。鲁迅在"左翼"作家联盟讲话的时候，就曾严正指出："我们应当造出大群的新战士"，"因为现在人手实在太少了"，"做文章的总是这几个人，所以内容就不能不单薄"。这些话，对于今天科学文艺界来说，也同样是适用的。鲁迅认为我们必须跨过那站着的前人，比前人更加高大。我国现在正在向实现社会主义现代化大进军。我们一定要认真学习鲁迅在科学文艺上取得的业绩，向鲁迅的科学小品文认真学习，写出更多富有我们时代气息和作用的科学小品文。

十六、学习鲁迅科学的生死观

我们经常讲人生观，我以为人生观最主要就是生死观，即如何对待生，如何对待死。在这方面研究一下伟大的思想家、文学家和自然科学爱好者鲁迅的生死观，对我们是很有益处的。

鲁迅的一生坚持了无产阶级科学的生死观。"横眉冷对千夫指，俯首甘为孺子牛"，这就是鲁迅一生生活的概括和写照。他从来不苟活，不醉生梦死地生活着。他的生活是为了斗争。他自称活着不是为了他的情人，而是为了他的敌人。他从来很蔑视反动派的威胁和恐吓，他勇敢地加入"中国人权保障大同盟"，同蔡元培、宋庆龄等人战斗在一起。当盟员杨铨（杨杏佛）被反动派杀害时，他毅然前往吊唁，身上连家中的钥匙都不带，实际是作牺牲的准备；在他病重时，许多人劝他出国修养，他没有去，说中国需要我，现在还不能离开；正是他，高举"左联"的旗帜。当"左联"5个青年被国民党反动派杀害之后，他悲愤地写出了"忍看朋辈成新鬼，怒向刀丛觅小诗"和"梦里依稀慈母泪，城头变幻大王旗"这样千古不朽的诗句；写了《为了忘却的纪念》《中国无产阶级革命文学和前驱的血》《黑暗中国的文艺界的现状》《柔石小传》等一系列战斗性强烈的名文。在他看来，"先烈的'死'，是后人的'生'的唯一灵药"。❶但是他劝导青年为了中国的新生，要学会韧性的战斗，既要勇敢，又不要轻易"赤膊上阵"。他说："为中国计，觉悟的青年应该不肯轻死了罢。"❷但鲁迅自己却从来不为死所吓倒，无论在白色恐怖的时候，在杨杏佛被杀害的时候，在"左联"五烈士被杀害的时候，

❶ 《华盖集续编·死地》。
❷ 同上书。

在外国医生宣布他肺病严重活不太久的时候，他都处之泰然，没有悲哀或颓废，他发愤地、争分夺秒地工作着，甚至连喝茶、抽烟的工夫都挤出来工作，因为他认定自己的工作是对人类有益的。是为中国最大多数人谋最大利益的。

鲁迅对生活历来采取积极的态度，他要人们为社会和人民大众脚踏实地工作；他认为对于人民大众来说，一要生存，二要发展，三要温饱。他说："生命不怕死，在死的面前笑着跳着，跨过了灭亡的人们向前进！"❶

鲁迅把死当做人生的必经之路，他从来不为死而震惊。他视死如归。他在《死》这篇著名的短文中指出："不得因为丧事，收受任何人的一文钱"；"赶快收敛，埋掉拉倒"；"不要做任何关于纪念的事情"；"忘记我，管自己生活——倘不，那就真是胡涂虫"。❷ 对于自己的孩子呢，他认为"孩子长大，倘无才能，可寻点小事情过活，万不可去做空头文学家或美术家"❸ 临末的两条是他生活经验的总结，那就是："别人应许你的事物，不可当真；损着别人的牙眼，却反对报复，主张宽容的人，万勿和他接近。"此外，他认为决不宽恕敌人，"让他们怨恨去，我也一个都不宽恕"。❹ 为什么呢？因为他相信自己的一生凭科学办事。

鲁迅沉痛地指出："文人的遭殃，不在生前的被攻击和被冷落，一瞑之后，言行两亡，于是无聊之徒，谬托知己，是非蜂起，既以自衒，又以卖钱，连死尸也成了他们的沽名获利之具，这倒是值得悲哀的。"❺

鲁迅认为，在他死了以后，"千万不要给我开追悼会或者出什么纪念册。因为这不过是活人的讲演或挽联的斗法场，为了造语惊人，对仗工稳起见，有些文豪们是简直不恤于胡说八道的。结果至多也不过印成一本书，即使有谁看了，于我死人，于读者活人，都无益处，就是对于作者，其实也并无益处，挽联做得好，也不过挽联做得好而已"。❻

在鲁迅看来，真正的战士因战斗而死了，就应埋在活人的心中，"倘不埋在活人的心中，那就真真死掉了"。❼

鲁迅这样清醒地对待生与死的生死观是完全科学的，是值得我们认真学习的。

十七、从《狂人日记》看精神分裂症*

鲁迅在五四运动前夜 1918 年 5 月写的《狂人日记》，是一篇反对封建制度，反对封

---

❶ 《热风·生命的路》。
❷ 《且介亭杂文末编·死》。
❸ 同上书。
❹ 《且介亭杂文末编·死》。
❺ 《且介亭杂文·忆韦素园君》。
❻ 《且介亭杂文·病后杂谈》。
❼ 《华盖集续编·空谈》。
* 文中的引文均见《呐喊·狂人日记》。

建旧礼教，并对封建制度、封建旧礼教发出强烈抗议的作品，它有力地配合了以反对封建主义文化为主要任务的五四新文化革命运动。数十年来，许多人从这个角度作了深刻的分析，这是完全正确的。但如果从自然科学、医学的角度来进行分析也很有意义。我以为鲁迅倘没有早年专门学习过医学，对神经分裂症病人作过深刻的研究，是不可能写出像《狂人日记》这样既有高度思想艺术性，又有高度科学真实性的文章的。

大家知道，"狂人"患的是一种精神分裂症，这是精神病中比较常见的一种，临床表现往往言行怪异，病程迁延，逐渐深展。我国隋代医学家巢元方在《诸病源候论》中说，患这种疾病的人，"或癫狂昏乱，或喜怒悲笑，或大怖惧……""如有对忤，独言笑，或时悲泣"。俄国精神病专家巴普洛夫也曾讲到：患精神分裂症的人大脑运动区有超反常现象，多幻觉妄想，植物神经系统机能明显失调，疏远，情绪忧郁，对有些事敏感、多疑，谈话时概念不清晰，主题不很鲜明，以致令人费解……"

众所周知，《狂人日记》的主题思想当然不是为写"狂人"而写"狂人"，正如鲁迅所说的，这个短篇小说是"意在暴露家族制度和礼教的弊害"（见《中国新文学大系·小说二集导言》），也就是暴露封建社会的礼教对人们的迫害，以致使人神经错乱，成了"迫害狂"的人。作品一开始便写了狂人的内心独白。"疯子爱说心头话"，正因为他成了"狂人"，因此他敢于毫无顾忌地说真话，敢于揭露"以前三十年，全是发昏"，即过去过的是糊涂的日子，而今被迫害到"狂"，倒觉醒过来了！正是因为他"狂"，他的言论行动，心理活动都具有狂人的病态的特点，他发现周围都是吃人的人，到处都在演着吃人的把戏，发现几千年的历史是一部吃人的历史。这是一般人不敢讲的，终于在他的嘴上讲出来了。

据近人研究，神经分裂症按临床分类，大致上有如下几种类型：一是单纯型的，表现孤僻、懒散、不与人往来、不关心个人卫生、不修边幅、对生活没有什么重大要求；二是青春型的，多在青春期发病，病情发作时喜怒无常；三是紧张型，有时呈紧张性木僵，有时紧张性兴奋；四是妄想型，主要表现是敏感、多疑、怀疑别人在背后暗算他，这种多疑渐次发展而形成各种关系妄想，总觉得周围发生的一切现象都与自己有关。妄想型病人常把旁人的聊天认为是议论他；别人的咳嗽认为是侮辱他或在传递什么暗号；别人的吐痰，是在蔑视他；甚至把报纸上刊登的某些消息或文章，认为是在影射他。这在精神病或神经分裂症上叫妄想狂（Paranoia），鲁迅所写的"狂人"正是属于后面这一类型的人物。他在街上走，觉得路上的人交头接耳，都是在议论他，想谋害他，赵家的狗看他两眼，他就害怕；一个人对他笑了笑，他"从头冷到脚跟，晓得他们的布置，都已妥当了"；他一看到了鱼的眼白而硬，张着嘴，同那伙想吃人的人一样；医生给他看病时，劝他多静养几天，他便想到养肥了好吃；当他看到那些满口仁义道德的人就想到，他们"不但唇边还抹着人油，而且心里满装着吃人的意思"。正是由于特别神经质，他尖锐地一眼看透了那些卫道之士"又想吃人，又是鬼鬼祟祟，想法子遮掩，不敢直捷下手，"即使是自己的大哥也不例外。他尽管想劝说大哥不要再吃人，但那是可怜无补费精神的，他们却倒打一耙认为他是"疯子"。

　　妄想式精神分裂症的病人，是善于狂想的。鲁迅笔下的"狂人"也是这样。你看，他多么会联想，他清醒地想到人吃人已经"有了四千年的履历"，他们已经"结成一伙，互相勉励，互相牵掣，死也不肯跨过一步"的状况，他回想到"妹子的死，"以及"割股疗亲"的故事，联想到"一片吃得，整个自然吃得"。在这朦胧的思想状态中，鲁迅写出了"狂人"的心理状况。这种思想状态的确是妄想型精神分裂症病人所特有的，而这正好一针见血地揭露了中国社会封建社会的本质：古往今来都在吃人。

　　当然，从整个作品说来，也可以说"狂人"不狂。因为处在当时社会情况下，"狂人"倒表现出很清醒。这是由于鲁迅以令人惊叹的笔触，在刻画狂人的"狂"态时巧妙地加进了自己对中国封建社会的剖析，揭露了它的吃人本质。正是由于"狂"才使"狂人"看到他的亲爱的大哥，"其实是青面獠牙的吃人者，"他的"话中全是毒，笑中全是刀，"他可以用种种恶名加在"狂人"身上，然后把"狂人""挖心肝用油煎炒了吃"，"杀了不好的人，还当食肉寝皮，"他们既可以"没有杀人的罪名，又偿了心愿，"他们就是这样在"人肉宴席"上大吃大喝了几千年。

　　鲁迅这篇作品，不但具有深刻的反封建意义，同时也以高超的富有医学实际经验的笔触，活画出了狂人的思想和心理状态。从整篇来看，狂人的心理活动完全符合一个精神病患者的心理活动，然而又具有强烈的反封建精神。

　　再说"狂人"把医生要他静静养几天的嘱咐，也看做是"吃人的暗号"，心里很害怕，显示出了"语颇错误无论次"。这样的描写，既表现了"狂人"的心理状态，又极其深刻地通过"狂人"的思想，揭示了中国千百万"狂人"身上所显出的"迫害狂"的实际内容。而这种"迫害狂"就是因被迫害引起的精神错乱症，症状就是终日疑心别人要迫害他，因而发疯。

　　鲁迅通过"狂人"写到世界上有专门吃死肉的"海乙那"（Hyena）。啊！那是专门吃死人尸体的非洲食肉类土狼，它牙齿硬，能咬碎骨头。在"狂人"的眼里，在社会的周围，这些东西多得是！他们露出"白厉厉的牙齿""凶狠的眼光""铁青的脸色"。旧社会的封建枷锁，因袭传统的道德习惯，已成为重担压在一个个原来是健康的人的身上。鲁迅在这里既写出了"妄想式"的精神分裂症患者"狂人"的病态，但又比现实中的"狂人"更艺术、更集中，因而具有高度的社会思想内容和意义。当然，他在这里绝不是想塑造出一个"狂人"来供医学研究，而是在揭露封建制度病入膏肓！看，"狂人"在"狂"中逐渐"觉醒"了，他看到了封建社会的字里行间都写着"吃人"二字，而觉悟到自己不能再像"兔子的怯弱"，任人宰割，要有"义勇和正气"来反抗吃人的家伙；要"挣扎出来"，警告吃人者"将来容不得吃人的人"；"没有吃过人的孩子或者还有？"作者最后呼吁要"救救孩子！"这同鲁迅后来写的《灯下漫笔》号召人们起来"扫荡这些吃人者，掀掉这筵席，毁坏这厨房"相呼应。由此可见，《狂人日记》的作者不是为写狂人而写狂人，而是通过这个狂人寄寓自己的思想见解，因为世界上绝没有如此清醒和强烈反封建吃人的狂人！

　　正是由于他的医学知识和实际观察，鲁迅所创造的"狂人"这个人物形象是富有深刻的典型人物意义的。由于中国数千年来封建社会的流毒极深，《狂人日记》里的时代虽已过去，但封建残余势力还是存在的，有待我们和人民大众一道去扫除。我们纪念鲁迅诞生一百周年，重温《狂人日记》这篇不朽的作品，不但能从中学习自然科学、文学的描写，同时可以进一步认识到铲除各种封建残余势力的必要，使我们在无比光明的社会主义社会里，彻底消灭那种"人吃人"的东西！

十八、鲁迅关于自然科学技术的言论摘要

（一）科学技术的作用

现在有一班好讲鬼话的人，最恨科学，因为科学能教道理明白，能教人思路清楚，不许鬼混，所以自然而然的成了讲鬼话的人的对头。

（《热风·随感录三十三》）

举工业之械具资材，植物之滋殖繁养，动物之畜牧改良，无不蒙科学之泽。

（《坟·科学史教篇》）

今试置身于野人之中，显镜衡机不俟言，即醇酒玻璃，亦不可致，则科学者将何如，仅得运其思理而已。思理孤运，此雅典暨亚历山得府科学之所以中衰也。

（《坟·科学史教篇》）

达尔文善于研究，却不善于骂人，所以被绅士们嘲笑了小半世。给他来斗争的是自称为"达尔文的咬狗"的赫胥黎，他以渊博的学识，警辟的文章，东冲西突，攻陷了自以为亚当和夏娃的子孙们的最后的堡垒。

（《南腔北调集·"论语一年"》）

此间科学会开会，南京代表云："不宜说科学万能！"此语甚奇。不知科学本非万能乎？抑万能与否未定乎？抑确系万能而却不宜说乎？这是中国科学家。

（《鲁迅书信集·32 致周作人》）

福人用电气疗病，美容，而被压迫者却以此受苦，丧命也。

（《伪自由书·电的利弊》）

外国用火药制造子弹御敌，中国却用它做爆竹敬神；外国用罗盘针航海，中国却用它看风水；外国用鸦片医病，中国却拿来当饭吃。

（《伪自由书·电的利弊》）

我在中国，看不见资本主义各国之所谓"文化"；我单知道他们和他们的奴才们，在中国正在用力学和化学的方法，还有电气机械，以拷问革命者，并且用飞机和炸弹以屠杀革命群众。

（《且介亭杂文·答国际文学社问》）

接着这自然科学所论的事实之后，更进一步地来加以解决的，则有社会科学在。

（《二心集·〈进化和退化〉小引》）

我们几百代的祖先里面，昏乱的人，定然不少：有讲道学的儒生，也有讲阴阳五行的道士，有静坐炼丹的仙人，也有打脸打把子的戏子。所以我们现在虽想好好做

"人"，难保血管里的昏乱分子不来作怪……但我总希望这昏乱思想遗传的祸害，不至于有梅毒那样猛烈，竟至百无一免。即使同梅毒一样，现在发明了六百零六，肉体上的病，既可医治，我希望也有一种七百零七的药，可以医治思想上的病。这药原来也已发明，就是"科学"一味。只希望那班精神上掉了鼻子的朋友，不要又打着"祖传老病"的旗号来反对吃药，中国的昏乱病，便也总有全愈的一天。

（《热风·随感录三十八》）

现在的强弱之分固然在有无枪炮，但尤其是在拿枪炮的人。假使这国民是卑怯的，即纵有枪炮，也只能杀戮无枪炮者，倘敌手也有，胜败便在不可知之数了。这时候才见真强弱。

（《华盖集·补白》）

杀人者在毁坏世界，救人者在修补它，而炮灰资格的诸公，却总在恭维杀人者。

（《且介亭杂文·拿破仑与隋那》）

原人对于动物的威权，是产生于弓箭等类的发明的，至于理论，那不过是随后想出来的解释。这种解释的作用，在于制造自己威权的宗教上，哲学上，科学上，世界潮流上的根据，使得奴隶和牛马恍然大悟这世界的公律，而抛弃一切翻案的梦想。

（《准风月谈·同意和解释》）

《新潮》每本里面有一二篇纯粹科学文，也是好的。但我的意见，以为不要太多；而且最好是无论如何总要对于中国的老病刺它几针，譬如说天文忽然骂阴历，讲生理终于打医生之类。现在的老先生听人说"地球椭圆"，"元素七十七种"，是不反对的了。《新潮》里装满了这些文章，他们或者还暗地里高兴。（他们有许多很鼓吹少年专讲科学，不要议论，《新潮》三期通信内有史志元先生的信，似乎也上了他们的当。）现在偏要发议论，而且讲科学，讲科学而仍发议论，庶几乎他们依然不得安稳，他们也可告无罪于天下了。

（1919 年 4 月 16 日致傅斯年信）

不待十年，将见此膴膴中原，已非复吾曹之故国，握炭田之旧主，乃为采炭之奴……

中国者，中国人之中国。可容外族之研究，不容外族之探险；可容外族之赞叹，不容外族之觊觎者也。

（《集外集拾遗·中国地质略论》）

中国迩日，进化之语，几成常言，喜新者凭以丽其辞，而笃故者则病侪人类于猕猴，辄沮遏以全力。

（《坟·人之历史》）

他们活动，我偏静坐；他们讲科学，我偏扶乩；他们穿短衣，我偏着长衫；他们重卫生，我偏吃苍蝇；他们壮健，我偏生病……

（《且介亭杂文·从孩子的照相谈起》）

汉朝以后，言论的机关，都被"业儒"的垄断了。宋元以来，尤其利害。我们几乎看不见一部非业儒的书，听不到一句非士人的话。除了和尚道士，奉旨可以说话的以外，其余"异端"的声音，决不能出他卧房一步。

（《坟·我之节烈观》）

如落在黑色染缸，立刻乌黑一团，化为济私助焰之具，科学，亦不过其一而已。

（《花边文学·偶感》）

医术和虐刑，是都要生理学和解剖学智识的。中国却怪得很，固有的医书上的人身五脏图，真是草率错误到见不得人，但虐刑的方法，则往往好象古人早懂得了现代的科学。例如罢，谁都知道从周到汉，有一种施于男子的"宫刑"，也叫"腐刑"，次于"大辟"一等。对于女性就叫"幽闭"……那办法的凶器，妥当，而又合乎解剖学，真使我不得不吃惊。但妇科的医书呢？几乎都不明白女性下半身的解剖学的构造，他们只将肚子看作一个大口袋，里面装着莫名其妙的东西。

（《且介亭杂文·病后杂谈》）

麻将桌边，电灯替代了蜡烛，法会坛上，镁光照出了喇嘛，无线电播音所日日传播的，不往往是《狸猫换太子》，《玉堂春》，《谢谢毛毛雨》吗？

（《花边文学·偶感》）

自己一面点电灯，坐火车，吃西餐，一面却骂科学，讲国粹，确是所谓"士大夫"的坏处。

（《鲁迅书信集·1143 致阮善先》）

每遇外国东西，便觉得仿佛彼来俘我一样，推拒，惶恐，退缩，逃避，抖成一团，又必想一篇道理来掩饰，而国粹遂成为屠王和屠奴的宝贝。

（《坟·看镜有感》）

做《内经》的不知道究竟是谁。对于人的肌肉，他确是看过，但似乎是剥了皮略略一观，没有细考校，所以乱成一片，说是凡有肌肉都发源于手指和足趾。宋的《洗冤录》说人骨，竟至于谓男女骨数不同；老仵作之谈，也有不少胡说。

（《华盖集·忽然想到·（一）》）

拼命尊孔的政府和官僚先就动摇起来，用官帑大翻起洋鬼子的书籍来了。属于科学上的古典之作的，则有侯失勒的《谈天》，雷侠儿的《地学浅释》，代那的《金石识别》……

（《且介亭杂文二集·在现代中国的孔夫子》）

甲午战败，他们自以为觉悟了，于是要"维新"，便是三四十岁的中年人，也看《学算笔谈》，看《化学鉴原》；还要学英文，学日文，硬着舌头，怪声怪气的朗诵着，对人毫无愧色……

（《准风月谈·重三感旧》）

"科学救国"已经叫了近十年，谁都知道这是很对的，并非"跳舞救国""拜佛救国"之比。青年出国去学科学者有之，博士学了科学回国者有之。不料中国究竟自有其文明，与日本是两样的，科学不但并不足以补中国文化之不足，却更加证明了中国文化之高深。风水，是合于地理学的，门阀，是合于优生学的，炼丹，是合于化学的，放风

289

筝，是合于卫生学的。"灵乩"的合于"科学"，亦不过其一而已。

（《花边文学·偶感》）

我们"皇汉"人实在有些怪脾气的：外国人论及我们缺点的不欲闻，说好处就相信，讲科学者不大提，有几个说神见鬼的便绍介。

（《三闲集·"皇汉医学"》）

所以这样的树木保护法，结果是增加剥树皮，掘草根的人民，反而促进沙漠的出现。但这书以自然科学为范围，所以没有顾及了。接着这自然科学所述的事实之后，更进一步地来加以解决的，则有社会科学在。

（《二心集·〈进化和退化〉小引》）

（二）科学有自身的规律

格理莱（按：现译伽利略，意大利物理学家和天文学家）倡地动说，达尔文说进化论，摇动了宗教，道德的基础，被攻击原是毫不足怪的；但哈飞（现译哈维，英国医学家）发见了血液在人身中环流，这和一切社会制度有什么关系呢，却也被攻击了一世。然而结果怎样？结果是：血液在人身中环流！

（《且介亭杂文·中国语文的新生》）

所谓世界不直进，常曲折如螺旋，大波小波，起伏万状，进退久之而达水裔，盖诚言哉。且此又不独知识与道德为然也，即科学与美艺之关系亦然。

（《坟·科学史教篇》）

"本无其物"的东西，是无从自觉，无从激发的，会自觉，能激发，足见那是原有的东西。原有的东西，就遮掩不久，即入格理莱阿（按：即伽利略）说地体运动，达尔文说生物进化，当初何尝不或者几被宗教家烧死，或者大受保守者攻击呢，然而现在人们对于两说，并不为奇者，就因为地体终于在运动，生物确也在进化的缘故。

（《二心集·"硬译"与"文学的阶级性"》）

一，是知道火能烧死人，水液能淹死人，但水的模样柔和，好象容易亲近，因而也容易上当；二，知道水虽能淹死人，却也能浮起人，现在就设法操纵它，专来利用它浮起人的这一面；三，便是学得操纵法，此法一熟，"识水性"的事就完全了。

（《花边文学·水性》）

（三）科学由劳动人民所创造

大约古人一有病，最初只好这样尝一点，那样尝一点，吃了毒的就死，吃了不相干的就无效，有的竟吃到了对症的就好起来，于是知道这是对于某一种病痛的药。这样地积累下去，乃有草创的记录，后来渐成为庞大的书，如《本草纲目》就是。

（《南腔北调集·经验》）

一切文物，都是历来的无名氏所逐渐的造成。建筑，烹饪，渔猎，耕种，无不如此；医药也如此。

（《南腔北调集·经验》）

以为药物是由一个神农皇帝独自尝出来的，他曾经一天遇到过七十二毒，但都有解法，没有毒死。这种传说，现在不能主宰人心了。

（《南腔北调集·经验》）

衰老的国度大概就免不了这类现象。这正如人体一样，年事老了，废料愈积愈多，组织间又沉积下矿质，使组织变硬，易就于灭亡。

（《华盖集·十四年的"读经"》）

Le Bon 先生说，死人之力比生人大，诚然也有一理的，然而人类究竟进化着。又据章士钊总长说，则美国的什么地方已在禁讲进化论了，这实在是吓死我也，然而禁只管禁，进却总要进的。

（《华盖集·这个与那个》）

大叫科学，斥人不懂科学，不就是科学……若满身挂着什么并不懂得的科学，空壳的人类同情……走向新时代的脚，却绊得跨不开了。

（《集外集拾遗·新的世故》）

正如未有汽船，便只好先坐独木小舟；倘使因为豫料将来当有汽船，便不造独木小舟，或不坐独木小舟，那便连汽船也不会发明，人类也不能渡水了。

（《集外集·渡河与引路》）

中国人的聪明是决不在白种人之下的。

（《华盖集·咬文嚼字》）

世界却正由愚人造成，聪明人决不能支持世界。

（《坟·写在〈坟〉后面》）

大众并不如读书人所想象的愚蠢。

（《且介亭杂文·门外文谈》）

中国的学者们，多以为各种知识，一定出于圣贤，或者至少是学者之口，连火和草药的发明应用，也和民众无缘，全由古圣王一手包办。

（《花边文学·知了世界》）

文字成就，所当锦历岁时，且由众手，全群共喻，乃得流行，谁为作者，殊难确指，归功一圣，亦凭臆之说也。

（《汉文学史纲要》）

许多历史的教训，都是用极大的牺牲换来的。譬如吃东西罢，某种是毒物不能吃，我们好象全惯了，很平常了。不过，这一定是以前有多少人吃死了，才知道的。所以我想，第一次吃螃蟹的人是很可佩服的、不是勇士谁敢去吃它呢？螃蟹有人吃，蜘蛛一定也有人吃过，不过不好吃，所以后人不吃了。

（《集外集拾遗·今春的两种感想》）

他们是要知识，要新的知识，要学习，能摄取的。当然，如果满口新语法，新名词，他们是什么也不懂；但逐渐的检必要的灌输进去，他们却会接受；那消化的力量，也许还赛过成见更多的读书人。

（《且介亭杂文·门外文谈》）

291

（四）普及科学的重要和提倡科学文艺

科学来替换了这迷信，那么，定命论的思想，也就和中国人离开了。假定真有一日，则和尚，道士，巫师，星相家，风水先生……的宝座，就都让给了科学家，我们也不必整年的见神见鬼了。

（《且介亭杂文·运命》）

医学发达了，也不必尝秽，割股。

（《坟·我们现在怎样做父亲》）

德国的细胞病理学家维尔晓（Virchow），是医学界的泰斗，举国皆知的名人，在医学史上的位置，是极为重要的，然而他不相信进化论……因为他学问很深，名甚大，于是自视甚高，以为他所不解的，此后也无人能解，又不深研进化论，便一口归功于上帝了。

（《且介亭杂文二集·名人和名言》）

譬如原质或杂质的化学底性质，有化合力，物理学底性质有硬度，要显示这力和度数，是须用两种物质来表现的，倘说要不用物质而显示化合力和硬度的单单"本身"，无此妙法；但一用物质，这现象即又因物质而不同。

（《二心集·"硬译"与"文学的阶级性"》）

学文学的，偏看看科学书，看看别个在那里研究的，究竟是怎么一回事。这样子，对于别人，别事，可以有更深的了解。

（《而已集·读书杂谈》）

这也未免太说了"人话"。……螳螂界中也尚无五伦之说，它在交尾中吃掉雄的，只是肚子饿了，在吃东西，何尝知道这东西就是自己的家主公。但经用"人话"一写……（螳螂也变成）谋死亲夫的毒妇了。实则都是冤枉的。

（《伪自由书·"人话"》）

孩子是可以敬服的，他常常想到星月以上的境界，想到地面下的情形，想到花卉的用处，想到昆虫的言语；他想飞上天空，他想潜入蚁穴……所以给儿童看的图书就必须十分慎重，做起来也十分烦难。即如《看图识字》这两本小说，就天文，地理，人事，物情，无所不有。其实是，倘不是对于上至宇宙之大，下至苍蝇之微，都有些切实的知识的画家，决难胜任的。

（《且介亭杂文·〈看图识字〉》）

盖胪陈（平铺直叙）科学，常人厌之，阅不终篇，辄欲睡去，强人所难，势必然矣。唯假小说之能力，被优孟之衣冠，则虽析理谭玄，亦能浸淫脑筋，不生厌倦。

（《月界旅行·辨言》）

专看文学书，也不好的。先前的文学青年，往往厌恶数学、理化，史地，生物学，以为这些都无足重轻，后来变成连常识也没有，研究文学固然不明白，自己做起文章来也糊涂，所以我希望你们不要放开科学，一味钻在文学里。譬如说罢，古人看见月缺花残，黯然泪下，是可恕的，他那时自然科学还不发达，当然不明白这是自然现象。但如果现在的人还要下泪，那他就是糊涂虫。

（《鲁迅书信集·致颜黎民》）

游行欧土，偏学制女子束腰道具之术以归，则再拜贞虫（指束腰的女子）而谓之文明，且昌言不纤腰者为野蛮矣。

（《集外集拾遗·破恶声论》）

我们要运用脑髓，放出眼光，自己来拿！

（《且介亭杂文·拿来主义》）

我觉得至少还该有一种通俗的科学杂志，要浅显而且有趣的。可惜中国现在的科学家不大做文章，有做的，也过于高深，于是就很枯燥。现在要 Brehm 的讲动物生活，Fabre 的讲昆虫故事似的有趣，并且插许多图画的；但这非有一个大书店担任即不能印。至于作文者，我以为只要科学家肯放低手眼，再看看文艺书，就够了。

（《华盖集·通讯》）

我们生息于自然中，而于此等自然大法的研究，大抵未尝加意。……沙漠之逐渐南徙，营养之已难支持，都是中国人极重要，极切身的问题，倘不解决，所得的将是一个灭亡的结局。

（《二心集·〈进化和退化〉小引》）

他（按：指法布尔）的大著作《昆虫记》十卷，读起来也还是一部很有趣，也很有益的书。

（《且介亭杂文二集·名人和名言》）

诗歌不能凭仗了哲学和智力来认识……最显著的例是洛克，他观作诗，就和踢球相同。在科学方面发扬了伟大的天才的巴士凯尔，于诗美也一点不懂，曾以几何学者的口吻断结说："诗者，非有少许稳定者也。"凡是科学底的人们，这样的很不少……

（《集外集拾遗·诗歌之敌》）

故先掇学者所发表关于中国地质之说，著为短篇，报告吾族。虽空谭几溢于本论，然读此则吾中国大陆里面之情状，似亦略得其概矣。

（《集外集拾遗·中国地质略论》）

至于"温度""结晶""纵剖面""横剖面"等，也是科学上的名词，中学的物理学矿物学植物学教科书里就有，和用于国文上的意义并无不同。

（《花边文学·奇怪（二）》）

前几年的出版物，是有"养生之益"的零食，或曰"入门"，或曰"ABC"，或曰"概论"，总之是薄薄的一本，只要化钱数角，费时半点钟，便能明白一种科学，或全盘文学，或一种外国文。

（《花边文学·零食》）

中国倘不设法扩张蜜蜂的用途，及同时开辟果园农场之类，而一味出卖蜂种以图目前之利，养蜂事业是不久就要到了绝路的。

（《南腔北调集·蜜蜂与蜜》）

十九、从《鲁迅日记》的"书帐"看他购藏的自然科学书

　　鲁迅写的日记，1912～1936 年他逝世前两天为止，从不间断。可惜其中 1922 年的日记，在日寇占领上海，许广平同志遭难时被抄遗失。他留下来得 24 年日记，每年后面都附有"书帐"。翻阅鲁迅逐年的"书帐"，可以看出他大量购买文学、艺术、碑帖、史乘等方面图书的同时，还购买了相当数量的自然科学图书，包括化学、天文、地理，特别是生物和医学等方面的书。可以看出，仅书帐中可数的有关于自然科学和医学方面图书（包括一些成套的书如《生物学讲座》《昆虫记》等）计 400 余种。而且越到晚年买的数量越多。所购自然科学书目中，门类和范围也很广泛。他从古代的《山海经》《诗经草木疏新校正》《水经注》《梦溪笔谈》等我国古典科学著作，直到《星座神话》，中国和世界的地理、沙漠等；从生物学讲座，到具体的介绍鸟、虫、鱼的书；从西医书直到中国古代医学书如《巢氏病源候论》《铜人针灸图经》，到《汉药写真集成》《食疗本草》等；从中国古代兵器，到中国古代建筑和住宅；从安阳考古，到史前的人类，即有关人类学的研究，古代文化的传播，文字的发明与发现，男女性格的分别；从细胞学、生理学、卫生学到人体解剖学；从当代工业的发展到玩具工业；从近代园艺学到烟草的种植等，他都有涉足。看一看鲁迅阅读的这些自然科学或与科学有关系的边缘科学书目，可以知道他的学识多么渊博，真是个百科全书式的伟大的作家。正是由于他既富有自然科学修养，又在社会科学和文学理论与创作上都有极高的造诣，使得鲁迅能够写出那样有分量的作品。要知道，写在"书帐"的不过是鲁迅藏书的很少的部分，实际上他的"藏书"没有都写在帐上，尤其 1922 年的日记已佚藏，未有"书帐"可查，总的数字当然要比现存"书帐"数目多了。下面就是鲁迅在这些年间自然科学藏书的"书帐"，供读者参考之用。

```
1912 年   金冬心《花果册》一册   1.40
          马扶曦《花鸟草虫册》一册   0.96
          马江香《花卉草虫册》一册   0.72
          《景德镇陶录》四册   1.00
          《梦溪笔谈》四册   2.00
1913 年   《水经注汇校》十六册   1.00
          成都刻本《梦溪笔谈》四册   3.00
1916 年   《山海经》二册   2.00
1921 年   《毛诗草木疏新校正本》一本   0.80
          《竹谱译录》二册   1.60
1923 年   《巢氏诸病源候论》十册   2.00
          《铜人针灸图经》二册   1.40
1924 年   《昆虫记》第二卷一本   2.40
```

《北东亚细亚》 2.60

《昆虫记》第一卷一本 2.30

《文艺复兴论》一本 1.20

1926 年 《支那南北记》一本 3.00

《男女的性格》一本 2.10

《山海经》二本 0.50

1927 年 《巢氏病源候论》八本 2.40

《六醴斋医书》二十二本 3.50

《昆虫记》第四本一本 3.30

《岛之农民》一本 2.20

《世界之始》一本 1.60

《动物诗集》一本 2.20

《昆虫记》第三卷一本 3.30

《御制耕织图》二本 1.00

《貘的舌》一本 1.20

《说郛》四十本 14.00

《医生的记录》一本 1.50

1928 年 *The mind and Face of Bol* 一本 11.00

《进化学说》一本 1.00

Springtide of life 一本 6.50

《社会进化的铁则》上下集 1.40

《人生遗传学》一本 4.40

《最新生理学》一本 8.20

《生理学粹》一本 4.40

1929 年 《草花模样》二本 8.80

DESERT 一本 1.50

《世界性欲学辞典》一本 3.20

《动物学实习法》一本 1.00

《支那的建筑》一本 6.20

《造型艺术社会学》 1.30

《蠹鱼之自传》一本 2.50

1930 年 《自然科学史》一本 0.80

《昆虫记》（十）一本 0.60

《生物学讲座（第一函）》六本 3.20

《生物学讲座（第二函）》七本 3.30

《昆虫记（五）》一本 2.50

《生物学讲座（第三辑）》六本　3.40

《生物学讲座（第四辑）》七本　3.40

《汉药写真集成（一）》一本　2.00

《食疗本草的考察》一本　2.00

《人类协同史》一本　3.20

《生物学讲座（五）》六本　3.80

《沙上的足迹》一本　3.60

《自然科学辩证法（下）》一本　3.00

《生物学讲座（六辑）》七本一函　4.00

《支那古明器泥象图说》二本　36.00

《生物学讲座（七）》六本　4.00

《生物学讲座（八）》七本　4.00

《生物学讲座（九）》一函八本　4.00

《机械的艺术革命》一本　3.00

《天产钠化合物的研究（其一）》一本　3.00

《汉药写真集成（第二辑）》一本　2.60

《中国文字之原始及其构造》二本　1.60

《生物学讲座（十）》六本　4.00

《机械的艺术的交流》一本　5.00

《生物学讲座（十一回）》一函八本　4.00

《昆虫记（七）》一本　2.00

《昆虫记（八）》一本　2.00

《生物学讲座（十二）》一函六本　4.00

1931 年　《昆虫记（六）》一本　2.50

《昆虫记（六至八）》布面本三本　10.00

《生物学讲座（十三）》一函七本　6.00

《生物学讲座（十四）》一函七本　4.80

《生物学讲座（十五）》一函八本　4.80

《生物学讲座（十六）》一函八本　6.00

《生物学讲座（十七）》一函九本　4.80

《虫类画谱》一本　3.40

《生物学讲座（十八）》一函十本　5.00

《昆虫记（十）》一本　2.50

《昆虫记》布装本（九及十）二本　7.00

《科学的诗人》一本　3.50

《园艺植物图谱（二、三）》二本　10.00

1932 年　《园艺植物图谱（一）》一本　4.00

《世界地理风俗大系》（别册二及三）二本　10.00

《安阳发掘报告（一及二）》二本　3.00

《商周金文拾遗》一本　1.00

《九洲释名》一本　1.00

《矢彝考释质疑》一本　0.80

《龟甲兽骨文字》二本　2.50

《原色贝类图》一本　2.40

《世界地理风俗大系》六本　31.00

《世界地理风俗大系（二十一）》一本　5.00

《世界地理风俗大系（别卷）》一本　5.00

《世界地理风俗大系（别卷）》一本　5.00

《地理风俗大系》十五本　53.00

《支那住宅志》一本　6.00

《生物学讲座补编（一）》二本　1.00

《生物学讲座补编（二）》二本　1.00

《园艺植物图谱（四）》一本　3.60

《植物的惊异》一本　2.00

《续动物的惊异》一本　2.00

《昆虫的惊异》一本　2.00

《显微镜下的惊异》一本　2.00

《动物的惊异》一本　2.00

（以上几本均是《科学画报》丛书）

《安阳发掘报告（三）》一本　1.50

《动物图鉴》一本　2.00

1933 年　支那古器图考（兵器篇）一函　9.50

《星座神话》一本　2.20

《生物学讲座增补》三本　2.00

《虫的社会生活》一本　2.00

《有史以前的人类》一本　3.20

《临床医学与辩证法的唯物论》一本　0.80

《东西交涉史的研究（南洋编）》一本　7.00

《东西交涉史的研究（西域编）》一本　8.00

《鸟类原色大图说（一）》一本　8.80

《异常性欲的分析》一本　2.10

1934 年　《科学随想》一本　1.40

《细胞学概论》一本　0.80

《人体解剖学》一本　0.80

《生理学（上）》一本　0.80

（以上三书为日本《岩波文库丛书》）

《殷墟出土白色土器的研究》一本　8.00

《园艺植物图谱（五）》一本　3.00

《鸟类原色大图说（二）》一本　8.00

《饮膳正要》三本（注：鲁迅订的《四部丛刊续编》之一种）

《生物学讲座补正》八本　4.00

《人形图篇》一本　2.50

《梦溪笔谈四本》（预约）

《鸟类原色大图说（三）》一本　8.00

《玩具工业篇》一本　2.50

《生物学讲座补遗》八本　4.00

《牧野植物学全集（一）》一本　6.50

《园艺植物图谱（六）》一本　2.80

《英文动物学教本》三本　42.00

《安阳发掘报告（四）》一本　1.50

《烟草》一本　2.50

1935 年　《饮膳正要》三本　1.00

《医学烟草考》一本　1.80

《牧野氏植物随笔集》一本（系牧野植物学全集之一）　5.00

《人体寄生虫通说》一本　0.80

《桥田氏生理学（下）》一本　0.80

《比较解剖学》一本　0.80

《东亚植物》一本　0.80

《植物集说（上）》一本　5.00

1936 年　《植物分类研究（上）》一本　4.00

《牧野氏植物分类研究（下）》一本　4.20

《景印大典本水经注》八本　16.20

《牧野氏植物集说（下）》一本　4.20

《纸鱼供养》一本　3.30

鲁迅购藏的外文版自然科学图书书目

《自然科学史》

冈邦雄著，昭和五年（1930 年），东京春秋社精装，《春秋文库》32

《科学随想》

西村真琴著，昭和八年（1933 年），东京中央公论社，精装

《显微镜下的惊异》

钟摩照久编，昭和六年（1931 年），东京科学画报社，平装，《科学画报丛书》5

《自然科学史》

风特·西格蒙德著，莱比锡，德文版，无附图

《青年常用自然历史》

F. 马丁著，斯图加特，1890 年德文第 2 版，全书 634 页，附图 821 幅

《有机化学》（前后编）

丹波敬三等编，明治三十八年至三十九年（1905～1906 年），东京丸善书店，二册，精装，前编十五版，后编十四版

《开业的显微镜工作者》

H. 布吕歇尔著，莱比锡教材学院出版社 1911 年，德文版，全书说明显微镜的制作和使用方法，是一本有关显微镜的实用参考书。有 120 道习题，42 幅插图

《无机化学问答教科书》

A. F. 霍勒曼著，莱比锡法伊特出版社 1910 年，德文，第八次修订版，全书 456 页

《无机化学》

阿尔贝托·诺伊布格著，莱比锡德文版，全书 91 页，18 幅插图

《显微镜的历史和应用》

W. 舍费尔著，内容通俗易懂，莱比锡 1902 年德文版，全书 114 页 66 幅插图

《有机化学》

瓦尔特·菲韦格著，莱比锡德文版，全书 79 页，19 幅插图

《显微镜临床实习》

F. 维甘德著，波恩自然科学出版社 1912 年德文版，全书 160 页

《（春夏秋冬）星座神话》

野尻抱影著，昭和八年（1933 年），东京研究社，精装

《矿物界之现象》（前后篇）

安东伊三次郎著，明治四十二年（1909 年），东京光风馆书店，二册，精装，前篇改订八版，后篇改订七版

《矿物学》

R. 布劳恩斯著，莱比锡 GJ 戈申出版社 1905 年　第三次修订德文版，全书 134 页，插图 132 幅

《地球的古代》

弗里茨·弗雷希著，莱比锡 BG 托依布纳出版社 1911 年第二次修订德文版

《化石学教科书》（对古代动物植物重要形状的概述）

希普兰特·哈斯，莱比锡JJ韦贝尔出版社1902年增订德文版　全书237页，有插图234幅和一张图表

《矿物学和岩石学基本知识》

威廉·帕布斯特著，莱比锡德文版，全书插图40幅

《矿物学》

A.施莱尔著，德文版，全书71页，插图73幅，30张彩色图表

《地质学基本知识》

保罗·西佩尔特著，莱比锡希尔格出版社德文版，96页，附插图40幅

《进化新论》

石川千代松著，明治三十六年（1903年），东京敬业社，精装

《进化学说》

德拉鸠、哥尔德斯密斯合著，小泉丹译，昭和三年（1928年），东京丛文阁，普及版，平装毛边，《扶拉玛里翁社自然科学丛书》

《达尔文主义和马克思主义——达尔文逝世五十周年纪念论文集》

法列斯卡伦·自、德全白合编，松本滋译，昭和九年（1934年），东京橘书店，精装

《比较解剖学》

西成甫著，昭和十年（1935年），东京岩波书店，精装《岩波全书》59

《生源假设》（关于生命物质演变过程中的临界实验研究）

马克斯·弗沃恩著，耶拿G菲舍尔出版社1903年德文版，全书114页

《自然界物质循环和人们家常中的细菌》

恩斯特·古特蔡特著，莱比锡托伊布纳出版社1909年德文版，全书38页，插图13幅

《自然的创造史》（进化学通俗科学报告）

恩斯特·海因里希·黑克尔著，柏林G赖默尔出版社1902年第10次修订版，德文，卷首有作者肖像和30幅图表以及多幅木刻画、系谱和系统图表

《19世纪生物学的发展》（亚琛1900年9月17日在德国研究自然科学会议上的报告）

耶拿G菲舍尔出版社德文版

《进化论和达尔文学说》

里夏德·黑塞著，莱比锡BG托伊布纳出版社1904德文第二版，全书127页，附图37幅

《生命的本质》

埃米尔·柯尼希著，莱比锡H希尔格出版社德文版，全书96页，附插图26幅

《由高等教育委员会会员K·兰佩特教授、博士叙述生物界的发展和联系》

K·兰佩特著，莱比锡BG托伊布纳出版社1909年德文版，全书137页，附图52幅

《细菌及其在实际生命中的作用》

H. 米亥著，莱比锡奎尔、迈尔出版社1907年德文版，全书141页

《生命的现象，现代生物学的基本问题》

H. 米亥著，莱比锡BG托伊布纳出版社1857年德文版，全书124页，附图40幅

《细菌》

库特·泰兴特著，莱比锡H希尔格出版社德文版，全书87页，插图20幅

《散步时对植物观察的生物笔记》

E. 登纳特著，戈德斯贝格自然科学出版社1909年德文版，全书186页

《东亚植物》

中井猛之进著，昭和十年（1935年），东京岩波书店，精装，《岩波全书》52

《烟草》

England，Paul著，宇贺田为吉译，昭和九年（1934年），东京隆章阁，精装

《植物的惊异》

仲摩照久编，昭和七年（1932年），东京新光社，平装，《科学画报丛书》第12篇

《（原色）园艺植物图谱》

石井勇义著，昭和五年至九年（1930～1934年），东京诚文堂，六册精装

《牧野植物学全集》

牧野富太郎著，昭和九年至十年（1934～1935年），东京诚文堂七册，精装

《植物学》（不了解人造系统或天然系统鉴别德国常见植物的指南）

L. 布泽曼，斯图加特自然之友协会1908年德文版，全书157页，附11幅彩色，6幅黑色图表，367幅文中插图

《显花植物》

恩斯特·吉尔著，莱比锡奎尔、迈尔出版社1909德文版，全书172页

《带有文字说明的植物地理学图集》

莫里茨·克罗费尔德著，莱比锡和维也纳文献目录研究所1899年德文版，全书192页，附有216幅木刻画和铜版蚀刻

《普通植物学》

W. 米古拉著，莱比锡H希尔格出版社德文版，全书88页，附有插图26幅

《采集植物标本指南》

罗伯特·米斯巴赫著，斯图加特施特雷克尔、施罗德出版社1910年德文版，全书87页，图表23张，插图43幅

《隐花植物》（海藻、菌、地衣，苔藓和羊齿植物）

M. 莫比乌斯著，莱比锡奎尔、迈尔出版社1908年德文版，全书164页

《不包括裸子植物在内的显花植物组织》

R. 皮尔格著，莱比锡GJ戈申出版社1908年德文版，全书140页，附图31张

《在美国宾夕法尼亚发现的苔藓植物目录》

托马斯·康拉德·波尔特著，波士顿1904年英文版，全书66页

《植物界》

F. 赖内克著，莱比锡GJ戈申出版社1900年德文版，全书140页，附插图50幅

《植物界观察指南》

费利克斯·罗森著，莱比锡奎尔、迈尔出版社1909年德文版，全书155页

《食肉植物》

阿道夫·瓦格纳著，莱比锡BG托伊布纳出版社1911年德文版，全书128页，附插图82幅

《通俗动物新论》

箕作佳吉著，明治三十六年（1903年），东京敬业社，四版，精装

《动物的惊异》（前篇）

仲摩照久编，昭和七年（1932年），东京新光社，平装，《科学画报丛书》第7篇

《（续）动物的惊异》

仲摩照久编，昭和七年（1932年），东京新光社，平装，《科学画报丛书》第10篇

《鸟类原色大图说》

黑田长礼著，昭和八年至九年（1933～1934年），东京修教社书院三册，精装

《动物观察指南》

佛里德里希·达尔著，莱比锡奎尔、迈尔出版社1910年德文版，全书156页

《特种动物学》

卡尔·埃克施泰因著，莱比锡H希尔格出版社德文版，全书96页，附插图31幅

《动物界的寄生及其对构成种类的作用》

路德维希·冯·格拉夫著，莱比锡奎尔、迈尔出版社1907年德文版，全书132页

《动物界的发展》

康拉德·京特著，莱比锡H希尔格出版社德文版，全书88页，附插图18幅

《普通动物学》

威廉·哈克著，莱比锡H希尔格出版社德文版，全书76页，附插图24幅

《动物学》（动物学介绍）

库尔特·亨宁斯著，莱比锡 BG 托伊布纳出版社 1907 年德文版，全书 137 页，插图 34 幅

《哺乳动物动物学的图集》

威廉·马沙尔著，莱比锡和维也纳文献目录研究所 1897 年德文版，全书 198 页，附木刻画 258 幅

《鸟类动物学图集》

威廉·马沙尔著，莱比锡和维也纳文献目录研究所 1898 年德文版，全书 184 页，附木刻画 238 幅

《动物和植物生活的图片》

O. 雷文特洛著，莱比锡 D 雷克拉姆出版社译自丹麦文的德文版，全书 116 页，附图 78 幅

《动物学》

弗朗茨·瓦格纳著，莱比锡 GJ 戈申出版社 1897 年德文版，全书 199 页，附插图 78 幅

《（原色）贝类图》

山川默著，昭和七年（1932 年），东京三省堂改订，十版，精装

《昆虫记》

爱林·法布尔著，大杉荣等译，大正十三年至昭和六年（1924~1931 年），东京丛文阁十册，精装

《昆虫记》

爱林·法布尔著，大杉荣、椎名其二合译，昭和三年至六年（1928~1931 年），东京丛文阁普及版，八册，平装，缺 3、4 卷

《昆虫记》

爱林·法布尔著，林达夫、山田吉彦合译，昭和六年（1931 年），东京岩波书店，十二册，平装毛边，《岩波文库》

《昆虫的惊异》

仲摩照久编，昭和六年（1931 年），东京新光社，平装，《科学画报丛书》第四编

《虫的社会生活》

松村松年著，昭和八年（1933 年），东京东京堂，精装

《松江之鲈鱼考》

木村重著，平装，《鲟鲤堂随笔》第 12，书面有钢笔题："鲁迅先生"，下署以 Kuruque，上海自然科学研究所

《人体解剖学》

西成甫著，昭和八年（1933 年），东京岩波书店，精装，《岩波全书》17

《（石川）大生理学》（上卷）

石川日出鹤丸著，明治四十二年（1909 年），东京富山房，精装

《生理学》（上、下）

桥田邦彦著，昭和八年至九年（1933～1934 年），东京岩波书店二册，精装，上册《岩波全书》18，下册《岩波全书》36

《生理学讲书》

Steiner. J. 著，马岛永德译，明治三十七年至四十二年（1904～1909 年），东京丸善书店修订八版至九版，四册，精装

《（增订）解剖生理及卫生》

富岛满治著，明治四十一年（1908 年），东京南江堂书店，四版，精装

《卫生学粹》

山田董著，明治三十九年（1906 年），东京丸善株式会社，精装

《中国中世纪医学史》

廖温仁著，昭和七年（1932 年），京都卡尼亚书店，精装，限定五百部版

《人生遗传学》

神谷辰三郎著，昭和三年（1928 年）东京养贤堂，精装

《细菌的猎人——发现细菌的历史》

波尔·德·库留著，和田日出吉译，昭和九年（1934 年），东京昭和书房，平装

《条件（随笔集）》

林髞著，昭和十年（1935 年），东京三省堂，精装

《医学烟草考》

宇贺田为吉著，昭和九年（1934 年），东京隆章阁，精装

《细胞学概论》

山羽仪兵著，昭和八年（1933 年），东京岩波书店，精装，《岩波全书》12

《人体寄生虫通说》

小泉丹著，昭和十年（1935 年），东京岩波书店，精装，《岩波全书》57

《德语和日语医学字典》

U. 伊申古罗和 J. 组楚基博士修订，东京 1900 年日文版，682 页

《人类解剖学》

卡尔·冯·巴尔代勒本著，莱比锡 BG 托伊布纳出版社 1908 年德文版

《人眼及其辅助器官》

H. 伦洛夫著，德文版，有解剖图和说明文字

《性的解剖学》

特拉贝尔著，柏林 H 贝尔米勒尔出版社德文版，全书 80 页，有男女模型插图

《人体的构造》

格奥尔格·策登著，莱比锡 H 希尔格出版社德文版，附插图 41 幅

《人体的静力学和力学》（静止和运动的物体、人体解剖学第五部分）

卡尔·冯·巴尔代勒本著，莱比锡 BG 托伊布纳出版社 1909 年德文版，全书 101 页，文中有 26 幅插图

《生理学基本知识》

洛塔尔·布里格尔·瓦塞尔福格尔著，埃斯林根和慕尼黑 JF 施莱贝尔出版社，德文版，全书 176 页

《味觉生理学或先验精究》（饮食滋味的讨论）

安特尔曼·布里拉特·萨维林著，罗伯特·哈布斯写的前言和说明，莱比锡德文版，全书 508 页

《人体组织及其健康保护》

阿图尔门策尔著，莱比锡奎尔、迈尔出版社 1909 年德文版，全书 159 页

《人类的神经系统及发病》

保罗·尤利乌斯·默比乌斯著，莱比锡 P 雷克拉姆出版社德文版，全书 90 页，附以 7 张木刻画

《人体的构造和活动》

海因里希·萨克斯著，莱比锡 BG 托伊布纳出版社 1907 年德文修订本，全书 158 页，插图 37 幅

《供医学学生阅读用的人类生理学浅说》

F. 申克著，斯图加特 F 恩克出版社 1904 年德文第三版，全书 209 页，插图 46 幅

《脑相学问答教科书》

克斯塔夫·舍韦著，莱比锡 JJ 韦贝尔出版社 1896 年德文第 8 版，全书 110 页，插图 18 幅

《人类生理学（自然卫生学基础）》

F. 朔尔茨著，载 16 篇报告，莱比锡 JJ 韦贝尔出版社 1888 年德文版，全书 259 页，58 幅插图

《人体工作的器官（人类生理学）》

格奥尔格·策登著，莱比锡 H 希尔格出版社德文版，全书 84 页，插图 14 幅

《近代医学（医学的性质和范围）》

埃德蒙德·比尔纳基原著，由 S. 埃贝尔医生批准翻译，莱比锡 BG 托伊布纳出版社 1901 年德文版，全书 129 页

《支气管的保护以防呼吸器官得病》

P. 菲尔姆·范迈尔著，英文版，全书 24 页

《自然医疗法，饮食卫生的自然治疗法》

赖因霍尔德·格尔林著，莱比锡 H 希尔格出版社德文版，全书 94 页，附 41 幅插图

《简明卫生学》

尤利亚·马库塞著，莱比锡 H 希尔格出版社德文版，全书 93 页，插图 14 幅

《建筑在生理基础上得自然卫生学》

F. 朔尔茨著，载 16 篇报告，莱比锡 JJ 韦贝尔出版社 1884 德文版，全书 307 页，有 7 幅插图

《医生的自由》

维肯梯·费勒泽夫著，斯图加特 R. 芦茨出版社 1902 年德文版，全书 286 页

《中国的建筑》

伊藤清造著，昭和四年（1929 年），东京大阪屋书号书店，精装

《中国住宅志》

南满洲铁道株式会社经济调查会贵岛克已编，昭和七年（1932 年），东京南满铁道株式会社，精装

二十、鲁迅与自然科学简略年表

1881 年（光绪七年），1 岁，9 月 25 日（旧历八月初三日）生于浙江绍兴城内东昌坊口一个没落的士大夫家庭，原名樟寿，后到南京读书时改名树人，字豫才。后来笔名之一叫鲁迅。

1882 年（光绪八年），2 岁，进化论创始者达尔文逝世（1809～1882 年）；中法发生战争。

1887 年（光绪十三年），7 岁，进私塾，从远房叔祖玉田读书，学《鉴略》。

1891 年（光绪十七年），11 岁，7～11 岁均在玉田私塾读书。业余对大自然和生物饶有兴趣。

1892 年（光绪十八年），12 岁，进三味书屋从镜吾先生读书。儿童时代他爱读的书有《山海经》《毛诗草木鸟兽虫鱼疏》《花镜》《释草小记》《释虫小记》《南方草木状》《群芳谱》等，表明他从小即热爱大自然和动植物。

1893 年（光绪十九年），13 岁，祖父介孚因科场案陷狱，8 年后始出狱；其父伯宜患病，家道中落，常出入于当铺和药店，并曾在外婆家寄食，常与农民孩子接触，同他们产生了深厚的感情。

1894 年（光绪二十年），14 岁，中日甲午战争发生，中国战败，次年订立《马关条约》；孙中山在美国建反清革命组织兴中会。

1896 年（光绪二十二年），16 岁，父伯宜病故。

1897 年（光绪二十三年），17 岁，仍在三味书屋读书；商务印书馆在上海创办。

1898 年（光绪二十四年），18 岁，前往南京考入江南水师学堂，开始初步接触资本主义国家的自然科学。"戊戌变法"发生和失败，谭嗣同等"六君子"被清官府杀害；康有为、梁启超亡命出国。严复译的《天演论》木刻本印行；鲁迅因受《花镜》等书的影响，写了《蒔花杂志》等短文。

1899 年（光绪二十五年），19 岁，因水师学堂腐败，改入江南陆师学堂附设的矿务铁路学堂，学习了物理、化学、生物、地学、矿物学、数学、德文等课，从而大开眼界；并抄了四册数学课本，一册《地学浅说》；课余读了严复译赫胥黎的《天演论》，初步接受达尔文进化论思想的影响。此外，业余采集了多种矿石标本，如铁矿石、铜矿石、石英石、三叶虫化石以及一些植物标本；当时，国内义和团起义。

1900 年（光绪二十六年），20 岁，仍在南京路矿学堂读书；英、俄、美、德、法、日、意、奥八国联军侵略中国，进犯北京，慈禧太后及光绪皇帝出走西安。

1901 年（光绪二十七年），21 岁，写《惜花四律》等旧体诗；清官府与帝国主义国家订丧权辱国的《亲丑条约》。

1902 年（光绪二十八年），22 岁，1 月初曾参加南京路矿学堂下青龙山煤矿矿洞实习，这是现在象矿山区的故井，为南京一带最老的一个煤矿，太平天国时此地就有小煤窑，后逐步扩大，成为"江南第一矿"。不久，即从路矿学堂毕业；4 月由江南督练公所派赴日本留学，入东京弘文书院江南班学日语，课余参加爱国集会并读了许多新书籍；《大公报》在天津创刊；严复译《法意》《穆勒名学》；秋瑾、章炳麟等创立反清革命团体光复会。

1903 年（光绪二十九年），23 岁，仍在日本弘文书院学日语，因参加排满革命爱国运动，剪掉了辫子；为《浙江潮》第 8 期写科学论文《说镭》，当时科学家居里夫妇发现镭将近一年，鲁迅在居里夫妇获得诺贝尔奖奖金之前数月，即写成《说镭》一文，说明钋（镭）的发现在科学史上的伟大意义。文中并涉及若干能发光的化学元素，与此同时，他还为《浙江潮》写了《中国地质略论》，阐明中国地质概貌，斥责和揭露了帝国主义探险家对中国地质探险中的狼子野心，发表在 10 月 10 日出版的《浙江潮》第 8 期上，署名索子，后收入《集外集拾遗》。也在这一年，他开始与南京路矿学堂及东京弘文学院同学顾琅合编《中国矿产志》，顾写了部分文稿，全文由鲁迅加工写成，旁征博引，以阐明中国矿产的分布情况，说明中国地大物博，唤起国人要自己来发掘财富，不许帝国主义分子染指。这一年他还以章回小说体裁，编译法国著名科学幻想小说家儒勒·凡尔纳的《月界旅行》，由东京进化社印行，鲁迅把它称做"科学小说"，他在《月界旅行·辨言》中大力提倡中国要发展科学小说。这一年严复译的《社会通鉴》出版。章炳麟、邹容被捕，邹容死于狱中。黄兴、宋教仁等组织反清革命团体华兴会。

1904 年（光绪三十年），24 岁，8 月在东京弘文书院结业，即转入日本仙台医学专门学校学医，希望学成归国后，可以救治像他父亲一类病人，并"促进国人对于维新的信仰"（见《呐喊·自序》）；继《月界旅行》后，又以章回小说体裁编译法国科幻小说家儒勒·凡尔纳的《地底旅行》（按：现译为《地心游记》）；又译《北极探险记》，文言译，对话为白话文，邮寄中遗失；商务印书馆创办了《东方杂志》；日俄在中国领土发生战争，清政府竟然宣布"中立"。

1905 年（光绪三十一年），25 岁，仍在仙台医学专科学校学医，学了骨学、血管学、神经学等课程，解剖过二十几具尸体，成绩出众。同教解剖学课得藤野先生友好，从藤野身上学习了他的认真严肃、一丝不苟的科学工作态度；译《物理新论》中的《世界进化论》和《原素周期则》，稿佚；孙中山至日本联合兴中会、华兴会、光复会，组成中国同盟会，创办了《民报》。

1906 年（光绪三十二年），26 岁，在课堂放映的影片中看到一个充当俄国侦探的中国人被杀，当时旁边的一些中国人反而鼓掌，使鲁迅深刻感到"医学并非一件紧要事"，"改变人们的精神"才是第一要紧的事情，从而决定弃医从文，遂从仙台医专退学回东京，专门从事文艺运动；《中国矿产志》及《地底旅行》先后于本年出版，并将《中国矿产志》于本年 5 月 11 日登了广告一则，阐明中国人要知道自己的矿产在什么地方，否则就如盲人骑瞎马，指出本书特意收集了日本和西方各国的著作数十种，去粗取精，汇编而成，资料丰富，记载精确，附录中国矿产全图，互为补充，是矿学界的好作品。此书在 1906 年初版时，书内还登了《中国矿产全图》的广告。指出书中登的这幅图，是日本地质矿产调查的秘本；说日本人制这幅图，除了派人亲自勘探调查之外，还采用了德国地理学家李希霍芬的记载，以及美国人潘匹联所制的《清国主要矿产颁布》一书的内容，所以日本这幅珍藏不布的图有一定参考价值；说周树人和顾琅因偶然在教师理学博士神保那儿看到这幅图，特借来绘制，放大十二倍，并翻拍制版，献给祖国。

是年，朱执信著《德意志社会革命家小传》，介绍了马克思、恩格斯，摘要刊登《共产党宣言》，刊于《民报》第二号。

1907 年（光绪三十三年），27 岁，努力学习德文，间亦学点俄文；2 月 27 日《中国矿产志》一书发行第三版，并在封底刊登"征求资料广告"，说明因为书的编者在国外留学，身在异国，不可能亲自到祖国各地去广泛调查，其中难免有遗漏或不详之处，希望读者能把所知道的某省矿产在什么地方，写信告诉作者，倘赞成这种倡议，不但对著书者有用，也是我国的大幸；凡已经开采的矿产，请详细写明用多少资金，有多少矿工，日产量多少，销路怎样，运输情况，可以作为今后开采矿山的参考，并在该书作补充之用。同年，为《河南》杂志写《人间之历史》（后收入《坟》时改题《人之历史》），介绍因宣传达尔文学说而遭到攻击的海克尔的《宇宙之谜》等书，对海克尔的宣传和普及达尔文学说及其历史功绩作了应有的评价，并对"种族发生学"作了一元论的科学解释，在中国宣传达尔文学说中起了应有的作用；为总结欧洲科学发展史的经验和教训，写了不朽名作《科学史教篇》，深刻阐明科学是与反科学——宗教作长期斗争，循着螺旋形道路而成长的，它是什么力量也压不住的；指出科学具有伟大的力量，能改造客观世界并促使生产力不断取得发展，使人民逐渐走上富裕的道路；阐明科学工作者不但要有理智，也需要激情，才能锲而不舍地从事科学工作；说明对科学技术工作者要加以重视，不应片面地只重视科学成果而不见人的活动，所以对科学家不能漠然视之，否则就是因果倒置；此外还阐明了讲科学不能片面地把科学技术看做至高无上，只讲科学，不讲文学，我们既要牛顿等科学技术家，也要莎士比亚、贝多芬等文学艺术家。这一年孙中山领导潮州黄岗起义失败，徐锡麟刺安徽巡抚恩铭谋起义，事败被挖心；秋瑾在绍兴起义被捕，临刑吟诗"秋风秋雨愁煞人"，从容就义。他（她）们给青年的鲁迅以十分深刻的影响。

1908 年（光绪三十四年），28 岁，科学论文《科学史教篇》在《河南》杂志 3 月号上刊出；光绪皇帝死，溥仪嗣位。

1909 年（宣统元年），29 岁，本年 8 月回国，任杭州两级师范学堂生理学、化学教员，并兼日本教师铃木瑾寿生物课的翻译，课余常带学生到葛岭、北高峰、黄龙洞等地，采集植物标本；精心刻意地写了人体生理学讲义稿——《人生象斅》及《化学讲义》，前者详尽地介绍了人体生理学的各方面知识，是当时一部对广大青少年宣传人体生理学的优秀科普读物；后者佚。

1910 年（宣统二年），30 岁，8 月回绍兴府任中学堂学监兼生理学教员，辑录了有关会稽百代历史、地理逸书，后来编集为《会稽郡故书杂集》；抄录《南方草木状》等书。

1911 年（宣统三年），31 岁，为友人张协和代译日本化学课本，稿佚；10 月 10 日武昌起义，建立政权，"辛亥革命"初步成功；杭州光复后，鲁迅率学生"武装演说队"上街宣传；绍兴光复后任山会初级师范学校校长。

1912 年（民国元年），32 岁，应临时政府教育部长蔡元培的邀请，到南京任教育部部员，后随迁至北京，8 月任教育部佥事。

1918 年（民国七年），38 岁，本年 4 月在《新青年》杂志上第一次用鲁迅这个笔名发表短篇小说《狂人日记》，作品非常深刻地揭露了封建旧礼教的吃人本质，激烈地抨击封建的社会制度和道德文化，对推动"五四"运动的到来起了很大的作用，同时，从他所写的"狂人"可以看到鲁迅对医学有很高造诣。同年，在《新青年》杂志上发表杂文《随感录三十三》，指出只有"科学能教道理明白，能教人思路清楚，不许鬼混"，"所以自然的成了讲鬼话的人的对头"；《随感录三十八》中又说："现在发明六百零六，肉体上的病，既可医治；我希望也有七百零七的药，可以医治思想上的病。这药原来也已发明，就是科学一味。"他在当时这样提倡科学，反对封建迷信，是起了急先锋的作用的！

1919 年（民国八年），39 岁，发生了五四新文化运动，也是新民主主义革命运动的开始。鲁迅在《随感录五十六：来了》和《随感录五十九》中热烈歌颂了俄国十月社会主义革命，为"新世纪的曙光"，要人们"抬起头来"迎接它；又连接写了《药》《明天》《一件小事》等短篇小说，前两篇揭示了小市民思想的麻木、非科学，而后一篇则热烈歌颂了劳动人民的纯朴与善良；在《我们怎样做父亲》一文中，鞭挞了父权主义的思想，指出要解放子女，解放孩子，"自己背着因袭的重担，肩住了黑暗的闸门，放他们到宽阔光明的地方去"，"幸福的度日，合理的做人"；这时他用进化论思想武装自己的科学头脑，认为生命其所以要继续，是为了要进化，要使子女比自己更强，更健康，更聪明高尚，更幸福，超越了自己，超越了过去……这样便应尽力教育，完全解放。

1920 年（民国九年），40 岁，作短篇小说《风波》《头发的故事》，翻译俄国作家阿尔志跋馁夫中篇小说《工人绥惠略夫》等作品，指出"人是生物，生命便是第一义，改革者为了许多不幸者们将一生最宝贵的去做牺牲，'为了共同事业跑到死里去'"，是为了世界的进步。

1921 年（民国十年），41 岁，创作《故乡》《阿 Q 正传》，表现了对旧社会被压迫被剥削农民的悲惨处境的同情，尤其是后者，批判了封建统治阶级不准革命，揭示了旧中国人民中普遍存在的"精神胜利法"的要不得。这一年中国共产党诞生了，在党的领导之下，中国革命开始阔步前进。

1922 年（民国十一年），42 岁，译《爱罗先珂童话集》及童话剧《桃色的云》，这些书后来都由上海商务印书馆出版，其中有不少奇怪的动物、植物充当角色，说明鲁迅在这方面的科学根底很深，所以才能译出这样的书；写短篇《白光》《兔和猫》《鸭的喜剧》，及《呐喊》自序等文，后者指出自己从生活实践中渐渐悟得有些"中医不过是一种有意或无意的骗子……又知道了日本维新是大半发端于西方医学的实事"。

1923 年（民国十二年），43 岁，在《中国小说史略》序言中，科学地驳斥了陈源之流诬蔑鲁迅是抄袭盐谷温的书；名著《呐喊》问世，全书充满着反对封建主义，要求民主，要求科学的精神，自己明确地表示了要"听将令"，接受无产阶级思想领导，为新民主主义革命服务的科学与民主的精神。

1924 年（民国十三年），44 岁，写《未有天才之前》，批判了"整理国故"的反动的反科学的口号，指出这是妄图诱使青年埋头窗下死读书的险恶用心，号召青年要觉醒起来，甘做培植花木的"泥土"，进行艰苦卓绝的努力，向前猛进！

1925 年（民国十四年），45 岁，写杂文《灯下漫笔》等文，猛烈攻击封建道德和封建社会制度；在给友人的信中指出目前"可看的书报实在太缺乏了，我觉得至少应该有一种通俗的科学杂志，要浅显而且有趣的。可惜中国现在的科学家不大做文章，有做的，也过于高深，于是就很枯燥。现在要 Brehm 的讲动物生活，Fabre 的昆虫故事似的有趣，并且插许多图画的"（见《华盖集·通讯》）。这实质上是提倡编辑科普刊物，进行科学宣传。

1926 年（民国十五年），46 岁，在《写在〈坟〉后面》一文中说："我的确时时解剖别人，然而更多的是更无情地解剖我自己。"表现了彻底的唯物主义者和无产阶级战士的崇高的自我批评的精神，这也是大无畏的科学精神。当时北京女师大发生"三·一八"惨案，鲁迅坚决支持学生向封建军阀进行斗争，但由于学生被屠杀的结果，他提出"'请愿'的事，从此可以停止了"，要以别的方法去战斗。由于他在北方不能立足，8 月应厦门大学之聘，9 月 4 日到达厦门中文系当教授，写了《铸剑》等有名的历史小说，表现至死不屈的战斗精神。这年 2 月创造社成立，出版了《创造月刊》。

1927 年（民国十六年），47 岁，1 月 16 日离开厦门，18 日到达广州，任中山大学文科系主任，后兼教务主任，同学生中的地下党人相接触，互相促进了进步思想；在当时所编散文诗《野草》题词中预言：革命的烈火，将烧毁黑暗的旧世界。由于广东政局急转直下，广州也面临黑暗局面，这年 9 月鲁迅离开广州去上海，定居横滨路景云里

23 号，与许广平结婚，"十年携手共艰危！"在上海他参加中国救济会，同自然科学家杨杏佛（杨铨）相认识。

1928 年（民国十七年），48 岁，同"创造社""太阳社"进行论战。当时创造社创办的《文化批判》上连续发表了批判鲁迅的文章，尤其是四月号出了"批判鲁迅特辑"。在这期间，鲁迅埋头读了大量马克思主义的书，读了《共产党宣言》《社会主义从空想到科学》《苏联的文艺政策》等书。他在 7 月 22 日给韦素园的信中写道："以史底唯物论批评文艺的书""直接爽快"，"有许多昧暧难解的问题，都可说明。"同时，他在其他文章中说到与创造社论战，逼着自己去攻读马克思主义的书，从而纠正了自己"只相信进化论的偏颇"。当时创造社的人曾辱骂鲁迅是"封建余孽"，是"猩猩"，鲁迅科学地答辩说："封建余孽就是猩猩，却是任何'唯物史观'上都没有说明。"（见《"硬译"与文学的阶级性·二心集》）科学的说理，把对方驳得无还手之力，这说明真理是属于科学这一边的。

1929 年（民国十八年），49 岁，这一年，主持《科学的艺术论丛书》的编辑工作，译完普列哈诺夫的《艺术论》，对原始人类文化起源作了极其精辟的科学的分析；10 月 22 夜致江绍原的信中写道："《国人对于西洋医学方药之反应》我以为于启发方面及观察中国社会状态及心理方面，是都有益处的。"

1930 年（民国十九年），50 岁，中国"左翼"作家联盟在上海成立，鲁迅无条件地加入了这个组织，成为"左联"的台柱。他在"左联"成立的讲话中提到：我们要扩大战线，我们要批评家，那不仅对文学、社会科学有意义，对自然科学也有意义；9 月为一位戚友题诗："杀人有将，救人为医，杀了大半，救其孑遗。小补之哉，呜呼噫嘻！"这是用科学诗，以揭露国民党罪恶滔天，杀人如麻；10 月译日本刘米达夫的《药用植物》，发表于 11 月的《自然界月刊》，后由商务印书馆出书。书中阐明有不少日本药物同中国的传统药物有关，其中有若干是从中国传去的。全书对 160 多种主要草药作了概括的介绍，是一本优秀的医药科普读物，也说明鲁迅绝不是不相信草药的。

1931 年（民国二十年），51 岁，1 月，柔石等几位青年作家被捕，不久被杀害，鲁迅悲愤之余，连续写了《柔石小传》《中国无产阶级革命文学和前驱的血》《黑暗中国的文艺界的现状》《中国文艺界之一瞥》，表现了大无畏精神。

1932 年（民国二十一年），52 岁，根据宋庆龄同志的《追忆鲁迅先生》，这年夏，自然科学家杨杏佛任中央研究院秘书长时，邀请鲁迅加入中国民权保障同盟，他慨然允诺；这年秋季，鲁迅、蔡元培和宋庆龄都被选为该同盟执行委员。正如宋庆龄所形容，当时白色恐怖很厉害，鲁迅住在上海虹口区，处境困难，因为那里有很多国民党的特务和警察监视他。但是鲁迅并没有被吓倒。这年他编了《三闲集》，苏联短篇小说集《竖琴》《一天的工作》；作《自嘲》，其中名句"横眉冷对千夫指，俯首甘为孺子牛"成为革命者的座右铭；同"第三种人"作斗争，剥下他们的面皮；写《我们不再受骗了》《中俄文学之交》《"连环图画"辩护》。在这些文章中，他通过社会科学与自然科学辩证的观点，把论点说得清清楚楚，使论敌无可置辩，每篇文章都显示出了科学的思想说服力的伟大力量。

1933 年（民国二十二年），53 岁，6 月，自然科学家、中国民权同盟杨杏佛被暗杀后，6 月 20 日鲁迅不顾反动派的恫吓，毅然到万国殡仪馆吊唁杨铨，离家时锁了房门，但不带钥匙，表现了大无畏的精神；21 日作旧体诗《悼杨铨》："岂有豪情似旧时，花开花落两由之。何期泪洒江南雨，又为斯民哭健儿。"把被杀害的自然科学家杨铨，看做是中华的"健儿"。2 月 16 日在《申报》《自由谈》上发表《电的利弊》，指出反动派利用现代科学上的成就，制造了种种杀人凶器，比封建时代过无不及，现代科学到了反动派手里，不仅不能给人民带来幸福，相反，倒成为屠杀人民的工具，阔人用电治病、美容，而被压迫者却以此受害，丧命。还写了《蜜蜂与蜜》，说明他对劳动人民科学养蜂的关心，指出市场上卖蜂超过卖蜜是不正常的现象。9 月 1 夜给曹聚仁信上写道："我觉得中国一般人，求知的欲望很小，观科学书出版之少可知。"当鲁迅收到一本黎烈文赠送他的一册旧医学书时，他很高兴，于 12 月 24 日回信道："顷奉到惠书并《医学的胜利》一本，谢谢。这类书籍，其实是中国正是需要的，虽是古典旧作品，也还要。我们要保存清故宫，不过不将它当做皇宫，却是作为历史上的古迹看，然而现在的出版界和读者，却不足以语此。"

1934 年（民国二十三年），54 岁，积极支持陈望道创办《太白》杂志。他为该杂志写了许多富有批评和斗争性的科学小品文。《太白》共出 24 期，鲁迅为《太白》杂志写了 22 篇短文。鲁迅的著名文章如《中国人失掉自信力了吗?》、《蜜蜂与蜜》（1933年写）等科学小品文，多半是给《太白》写的。4 月 9 夜致魏猛克的信中说自己学过两年解剖学，画过许多死尸的图，因此略知身体四肢的比例（见《鲁迅研究资料（第二集）》，文物出版社 1977 年版）。4 月 12 夜给姚克的信中写道："青年向来有一恶习，即厌恶科学，使作文家不能作文，使作美术家，留长头发，放大领结，事情便算了结。"5月 15 日给杨霁云的信中写道："我因为向学科学，所以喜欢科学小说，但青年时自作聪明，不肯直译，回想起来，直是悔之已晚。那时又译过一部《北极探险记》，叙事用文言文，对话用白话，托蒋观云先生介绍于商务印书馆，不料不但不收，编辑者还将我大骂一通，说是译法荒谬。后来寄来寄去，终于没有人要，而且稿子也不见了。这一部书，好象至今没有人捡去出版过。"6 月 3 夜给杨霁云的信中写道："中国的文坛上，人渣本来多。近十年中，有些青年，不乐科学，便学文学；不会作文，便学美术，而又不肯练画，则留长头发，放大领结完事，真是乌烟瘴气。假使中国全是这类人，实在怕不免于糟。"6 月 7 日为《中华日报》副刊《动向》写《拿来主义》，以辩证唯物主义与历史唯物主义的观点，科学地概括了对历史科学文化遗产的观点：对于国外的科学历史文化"运动脑髓，放出眼光，自己来拿"。7 月 17 日给杨霁云的信中写道："威男的原名，因手头无书可查，已记不清楚，大约也许是 Jules Verne，他是法国的科学小说家，报上作英，系错误。梁任公的《新小说》中，有《海底旅行》，作者题焦士威奴（?），也是他。但我的译本，似未完，而且几乎是改作，不足存的。"

1935 年（民国二十四年），55 岁，在 1935 年 7 月《太白》半月刊第九期上发表

《名人与名言》，针对一些人借"学者""名流"之名，招摇撞骗，欺骗和蒙蔽群众作了批评，指出这些人有的不但不是名家，甚至有害或荒谬的。例如德国细胞病理学家维尔晓（Virchow，1820～1902 年）在生物学上他采取活力的机械观，反对达尔文的进化论；德国生物学家海克尔（E. Haeckel，1834～1919 年），是著名的达尔文进化论的普及者，著有《宇宙之谜》《自然创造史》《人类发展史》等，名气很大，但自视甚高，他把自己所不能解析的竟也归功于上帝；就是著名昆虫学家法布尔（Fabre，1823～1915 年）的《法布尔科学故事》《昆虫记》中也有类似的倾向，不相信达尔文的进化论，又常用创造论来代替进化学说，嗤笑解剖学家，或者用人类道德于昆虫界。鲁迅指出观察的基础是解剖学，分昆虫为益虫和害虫是正确的，但如凭人类的道德和法律定昆虫为善虫或坏虫，却是多余的了，因此他认为严正的学者对于法布尔的微词，实也并非无故，但总的说来，法布尔《昆虫记》10 卷还是有趣又有益的书。他指出名人的话未必都是名言，许多名言倒出于田夫野老之口。

　　1936 年（民国二十五年），56 岁，在 2 月 15 日致阮善先的信中说："现在是在开倒车的时候"，"自己一面点电灯，坐火车，吃西餐，一面却骂科学，讲国粹，确是所谓'士大夫'的坏处"。4 月 2 夜在给颜黎民的信中写道："但我的意思，是以为你们不要专门看文学，关于科学的书（自然是写得有趣而容易懂的）以及游记一类，也应该看看的"；4 月 15 夜又写道："专看文学书，也不好的。先前的文学青年，往往厌恶数学，理化，史地，生物学，以为这些都无足重轻，后来变成连常识也没有，研究文学固然不明白，自己做起文章来也胡涂，所以我希望你们不要放开科学，一味钻在文学里。譬如说罢，古人看见月缺花残，黯然泪下，是可恕的，他那时自然科学还不发达，当然不明白这是自然现象。但如果现在的人还要下泪，那他就是胡涂虫。"他特地向颜黎民介绍开明书店当时出的几种通俗科学书，要他"看看世界的旅行记"，说"借此就知道各处的人情风俗和物产"，说自己喜欢"看关于非洲和南北极之类的片子，因为想自己将来未必到非洲或南北极去，只好在影片上得到一点见识了"。6 月 19 日在给邵文熔的信中写道：关于胃病"大应小心，时加医治，因胃若不佳，遇病易致衰弱"，同时讲到自己"此次突成重症，即因旧生胃病，体力易竭之故也"。

（1986 年 9 月）

第三十章　郭沫若与科学文艺

本章要点：郭沫若的科学文艺创作；科学要与光赛跑——论郭沫若的科学诗；郭沫若的科学小品文：科学也需要创造，需要幻想。

郭沫若，笔名麦克昂、易坎，四川乐山人。1923 年毕业于日本九州帝国大学医科。1914 年留学日本，回国后与成仿吾、郁达夫、张资平等人组织创造社，历任《创造季刊》《创造周报》《创造日》《洪水》杂志主编，上海大夏大学讲师，学艺大学文科主任，广东中山大学文学院院长，北伐军总司令部政治部副主任。1927 年参加南昌起义，后流亡日本研究中国古代社会和甲骨文字、青铜铭文，"七七事变"后返国，从事抗日救亡运动，任国民政府军事委员会政治部第三厅厅长。1948 年进入解放区，历任政务院副总理兼文教委员会主任，中国科学院院长，中国科技大学校长，中国人民保卫世界和平委员会主席，中国文联第一、二、三届主席，中共第九至十一届代表大会代表及中央委员，全国政协副主席，全国人大常委会副委员长。1918 年开始发表作品，1952 年加入中国作家协会。著有诗集《女神》《长春集》《星空》《潮汐集》《骆驼集》《东风集》《百花齐放》《新华颂》《迎春曲》，历史剧剧本《屈原》《虎符》《棠棣之花》《孔雀胆》《南冠草》《卓文君》《王昭君》《蔡文姬》《武则天》《聂莹》，回忆录《洪波曲》，评论集《雄鸡集》，专著《中国古代社会研究》《甲骨文研究》《卜辞研究》《殷商青铜器金文研究》《十批判书》《奴隶制时代》《文史论集》《郭沫若文集》（38 卷）等。

一、郭沫若的科学文艺创作

郭沫若同志与世长辞，于今已经一年多了。大家知道，郭沫若同志早年在日本留学学过医，他对自然科学、社会科学和文学方面的学识都非常渊博。英文 DOCTOR，既指医生又指博士，应该说郭沫若同志是个名实相符的"DOCTOR"。

郭沫若同志毕生探求科学真理，作为中国科学院院长，他很关心科学普及工作，为提高我国全民族的科学文化水平作出了杰出的贡献。新中国成立后不久，他在科普协会主编的刊物《科学大众》上，曾著文号召大家都来学习科学，争取"能够掌握进步的科学和技术"，他说："这是人人有责任的，每一位工人，每一位农民，每一位青年学生、工作干部……都要相应地钻研在自己业务范围内的科学和技术，来改进自己的业务，乃至改进自己。"他主张："为了使得大家易于学会，我们的科学和技术的专家们有责任把自己的专长尽可能地大众化，使科学技术的知识尽可能地普及。"在他看来，"不仅要使科学——大众化，大众——科学化，还要把专门的科学家普及成大众的科学家，把大众的科学提高成专门的科学。这也就是毛泽东同志所说的'我们要在普及基础上提高，在提高指导下普及'。要这样，科学与大众才能真正地打成一片。科学才能够深深地扎根在大众的生活里，又才能发出很强壮的枝干，结出很丰富的果实。"郭沫若同志在这里用辩证唯物主义观点，阐明了科学技术提高和普及两者之间的不可分割的关系。

郭沫若同志这样说，也是这样身体力行的。众所周知，早在40多年以前，他就曾亲自翻译过英国杰出科学家又是科普作家 H. G. 威尔斯的长篇巨作《生命的科学》一书。这部科学名著，以唯物主义观点，用深入浅出的笔调，通过生理学、细胞学、解剖学、生物学、化学等方面知识，阐述人类生命的科学。郭沫若同志以生花妙笔把它译了出来，用"石沱"这个笔名，在商务印书馆出版。

他在六十年前写的《地球，我的母亲!》《太阳礼赞》《立在地球边上放号》《笔立山头展望》《日出》《黄河与扬子江对话》等，是我国较早出现的既有科学内容又充满着文学艺术形象的战斗诗篇。新中国成立后，他更常常运用诗歌这个为广大人民所喜爱的工具，宣传科学、普及科学。例如他在写了许多歌颂我国生产建设诗篇的同时，还用酣畅的笔触，以"百花齐放"为题，写了 101 首关于各种花卉的诗歌，给广大读者以科学知识和艺术美感享受，不愧是科普诗歌的范品。

"北京人"头盖骨在 1929 年被发现，这是人类学史上的大事。新中国成立后，人民政府在周口店建立了"北京猿人展览馆"。郭沫若同志在《中国猿人第一个头盖骨发现二十五周年纪念会上的报告》中，深入浅出地阐明了这个发现的重要历史意义；阐明了"劳动创造人"的唯物主义世界观。他还亲自写报告，建议政府修建从北京到周口店的公路，以便群众参观"北京猿人"的故乡，普及人类学的知识。在周口店龙骨山的"猿人洞"上，他留下了苍劲的笔迹。

凡是科学普及工作者或科研团体有所要求，郭沫若同志总是慨然允诺。1957 年 9 月，北京天文馆落成，郭沫若同志在题词中写道："太阳、宇宙发展的新形态，新中国发展的新形势热火冲天，能量无穷，光芒万丈。"寥寥数语，表达了老一代科学家的喜悦心情。当他看到科学研究成绩展览会，便欣然命笔题诗鼓励大家："集中歼灭阵营雄，基础尖端两进攻。全力全心期共勉，戒骄戒躁益无慵。"他为青少年读物《科学家谈 21 世纪》一书题词，鼓励孩子们"无论做任何事业都必须有科学的精神和革命的热情相结合"，"要根据事实，根据实践，求得客观事物的发展规律"，"学会作周密的观察、仔细的分析……大胆的推想、扼要的综合"。他鼓励青少年们要"敢想、敢说、敢做"，争取将来做个"革命的科学家或科学的革命家"。可以看出，他对青少年的爱科学、学科学、用科学给予何等殷切的希望。

郭沫若先生不愧是科学家中关心与致力于科普工作的好榜样。我们一定要向他学习，努力搞好科学普及工作，为提高全民族的科学文化水平奉献出全部力量。

（原载上海《文汇报》1979 年 8 月 30 日）

二、科学要与光赛跑——论郭沫若的科学诗

60 年前的"五四"爱国运动，高举了民主与科学的两面大旗。60 年来的历史证明：没有民主（包括政治民主、经济民主和文化民主），就谈不上科学的发展；而没有科学，我们的民族就不可能从长期封建制度所造成的愚昧状态中挣脱出来，社会就不可能迅速进步。"五四"运动中提出的民主与科学这两个口号，至今也没有过时，可以断言；不发展科学技术，不发扬人民民主，实现现代化是不可能的。

郭沫若同志是五四运动中出现的为民主和科学而战的杰出战士。如果说，鲁迅是五四新文化运动的旗手，那么郭沫若，正如周恩来同志所指出的，就是当时的一员骁勇的闯将。

郭沫若同志是一位杰出的无产阶级文化战士、社会活动家、历史学家、作家和诗人，也是我国科学工作中的一位卓越的组织者和领导者，是为广大科学工作者所热爱的名副其实的科学院院长。他早年学医，对多门科学作过很深的探索。五四运动以来，他不断以雄浑的诗篇，为民主讴歌，为科学呼号。在他的诗作中，有相当一部分都与科学技术有关，在为实现祖国"四个现代化"的今天，是很值得我们珍视和学习的。

五四运动时期，郭沫若在《地球，我的母亲》《太阳礼赞》《立在地球边上放号》《金字塔》《电火光中》等诗篇中，对哺育人类发展的地球、对赐予人类以光和热的太阳、对 20 世纪给人类以光明和能量的电、对大自然的变幻多姿和人类对大自然的改造，都作了极其热情的歌颂和礼赞。他相信自然界在向前发展，是"不断的毁坏，不断的改造，不断的努力"地向前发展着（《立在地球上放号》）。

郭沫若在早期诗创作中，就热情地歌颂了科学的发展，称它为近代文明之母。例如，当诗人看到深深的海湾停泊着一艘装置蒸汽机的汽船，船上的烟筒宛如开着朵朵黑色的牡丹时，便在《笔立山头展望》一诗中禁不住开怀喊道："哦，哦，二十世纪的名花，近代文明的严母呀！"科学技术的进步是多么有力地赋予一个新的时代以青春的光彩啊！

郭沫若早期写的《晨安》，是专门写给"自然学园"里的学友们的；《日出》歌唱了 20 世纪的阿波罗，但这个阿波罗已经改乘摩托车了！诗人幻想着要担当阿波罗的助手，给人类带来科学与民主的光明世界，把一切乌云驱除干净。还有《黄河与扬子江对话》这首热情澎湃的诗篇，也是一篇很好的科学对话，既具有生气勃勃的艺术形象性，又有准确、科学的思想性。

一个再生的中国的出现，需要生产关系的变革，也需要生产力，包括科学技术的发展。

当抗日战争爆发前夕，郭沫若在《诗歌与国防》中以深沉感慨的笔触写道：

> 这民族已有四千年的文明的历史，
> 他能创造文明不亚于希腊与埃及，
> 只可惜最后的封建阶级不能扬弃。

　　诗人多么希望曾经创造了古代文明的中华民族，能够扬弃自己的糟粕，抛却因袭的重担，用民主和科学来武装自己，从而大踏步前进，跻入世界人类先进之列啊！

　　当抗战的烽火燃起，郭沫若从海外归来执笔从戎时，他在《只有靠着实验》这首诗里严肃地宣告：

> 我是科学家，不会预言，
> …………
> 我想得到的结论，只有靠着实验。

　　多么精湛而科学的诗句啊！是的，实践是检验真理的唯一标准。没有老老实实、实事求是的科学态度，没有艰苦的科学实验的精神和方法，不论自然科学，还是社会科学，都是谈不上真知的。那种要把个人的主观意志强加给社会，强加给自然，强加给科学技术领域的人，那种迷信诗人的"灵感""天才"的预言的人，是一定要失败的。

　　新中国的成立标志着社会主义革命和社会主义建设的开始，而建设则需要科学技术，没有科学技术，就不能把旧中国改造成为新中国。因此，向科学进军，是摆在全国人民面前的一项战斗任务。郭沫若同志曾用他的诗歌为科学的发展鸣锣开道，用诗歌作为鼓舞人们向科学进军的战鼓和号角。

　　诗人曾以《学科学》为题，高声呐喊道：

> 学科学，学科学，
> 科学人人都该学，
> 科学处处都需要，
> 科学门门都不可少。

　　我们的祖先在人类科技发展史上有过光辉的篇章，只是近代落后了。他号召新中国的主人要向科学进军，夺取科学的堡垒。他以《愿六亿人民都成先进》为题赋诗道：

> 科学技术在中国的发展本来很早，
> 三大发明的指南针、火药、活字印刷，
> 哪一样不是我们的先人所创造？
> 两千年前就筑就了万里长城，
> 一千多年前就筑就了赵州安济桥，

> 贯穿南北的大运河是条重要粮道。
> 光辉的业绩在历史上可真是不少，
> 但由于封建制度和殖民主义的夹攻，
> 使我们的科学技术落后了。

为了不辜负我们祖先的光辉业绩，诗人多么希望我国科学技术能够得到迅速发展！他要我们迈起大步向前进——

> 我们要有新的技术提高人类的文明，
> 要夺取科学的堡垒。

郭沫若在这个时期写的《中国工人》《人生最光荣》《先进生产者颂》等许多诗歌中，都热情号召工人、农民、战士、学生、干部为建设社会主义祖国努力学习科学。

向科学进军当然需要艰苦奋斗，郭沫若激励人们要以"探险"的精神同时要有决胜的信心，去攀登科学的高峰：

> 科学并不远，
> 只等我们去探险。
> 只要一步一步不停留，
> 科学就在眼前面。
>
> 科学并不难，
> 也不高得象泰山。
> 随时观察随时学，
> 科学就在大路边。

他告诫科学工作者，要细心寻求规律，掌握规律，运用科学来改造社会，改造自然：

> 万万事物在发展，
> 要把规律来发现，
> 发展规律掌握了，
> 就能改造社会和自然。

任何事物的产生与发展都有其客观规律，这规律可以探寻和掌握，但决不能捏造和强制。郭沫若的诗启示我们一定要尊重事物的发展规律，按规律办事，这是十分重要的。

郭沫若看到，没有科学技术就谈不上建设社会主义的新中国。因此——

> 要把社会主义来建成，
> 今天特别需要它。

要让一切先进的科学技术都来为我们社会主义祖国出力：

> 原子能，
> 半导体，
> 炼钢炉，
> 拖拉机，
> 都要为建设来服务，
> 为和平打下万年基。

在十年浩劫前，郭沫若写下了许多首颂扬我国生产建设和科学技术发展的诗歌。他以一个无产阶级忠诚战士的满腔革命热情，看到鞍钢生产蒸蒸日上，"迎地星云开宇宙，出钢炉锭滚珊瑚"（《访鞍钢》）；看到长春"汽车建厂第一早"（《长春早》）；看到武汉"连锁二桥通万里，高炉一号是千秋"（《访武钢》）；看到西安"阿房遗地成场厂，鲁圣前规见表仪"（《在西安参观工厂》）；看到湛江堵海工程"十三华里大堤长，毅力拦腰斩海王"（《颂湛江》）；看到海南岛"盐田日晒成银岭，椰实人蹬落碧天"；看到浙江新安江水电站"电量夺天日，泽成绝旱涝"（《题新安江水电站》）；看到整个大西南"建设飞腾进，该换旧时容，四处翻江倒海，火热斗争中……成渝竣，宝成继，滇黔通，堑山堙谷，铁轨连穿万叠峰"（《西南建设》）；看到首都"五载工程五月定""雄师百万挽狂澜"的十三陵水库落成；看到"十年建国增徽识"地建立了"坦坦荡荡何汪洋"的人民大广场；"人民意气革玄黄""继承遗产存精粹"，十个月建成的人民大会堂和历史博物馆；还有"屹立崔嵬民族宫""八一旌旗垂宇宙，万千肝胆换山河"的军事博物馆；"日纳群伦三十万"的北京火车站……总之，每逢我国生产建设方面取得一定成就，郭沫若总是怀着沸腾般的心情，尽情地为之歌颂。

为促进我国科学技术事业的发展，郭沫若同志就像长征中的宣传队员，不断地为科技战士们鼓舞士气。

他在《考察须弥》一诗中，赞扬了我国喜马拉雅山区域的科学考察队所取得的丰硕成果：

纵炎阳身拉线，

透穿金石；

巉岩剑锷，

刺破苍穹，

空前成绩峥嵘。

…………

1963 年上海外科医生陈中伟大夫创造了断手再植这一世界医学上的伟大创举，诗人以富有艺术独创性的崇高评语："扁鹊摸心存幻想，华佗刮骨输光彩"，肯定了这一空前成就。

1966 年 10 月，我国导弹核武器试验成功，他写诗赞扬道：

导弹飞行顺利，

豪气吐长虹，

…………

打破核讹诈，

垄断愈成空。

…………

决不先行使用，

宣布要从容。

1967 年 6 月，我国第一颗氢弹爆炸时，他又写诗颂扬道：

震撼寰区宇，

氢弹飞上天。

创造人间奇迹，

速度信空前。

——《第一颗氢弹爆炸》

郭沫若在《科学家谈二十一世纪》一书"题辞"中说道：无论做任何事业，都必须有科学的精神和革命的热情相结合。科学的精神就是实事求是，要根据事实，根据实践，求得客观事物的发展规律；掌握了这些规律之后，从而改造客观事物，促进自然和社会的发展。他教导我们要学会作周密的观察、仔细的分析，也要学会大胆的推想、扼要的综合，而要这样做，就要刻苦学习，就要敢想、敢说、敢做。他的一些描写建设的诗，正是在这个思想指导之下写成的。这里拿他写的《武汉长江大桥》这首科学诗篇为例。他写道：

长江大桥是八年建设的里程碑,
历史上的建设几曾有这样雄伟?
…………
长江大桥是双层的新式建筑,
下桥敷设铁轨,上桥可通汽车。
上桥的栏杆可供人凭眺,
处处有菱形雕板,刻着鳞毛花卉,
民族形式,民族气派,民族风味,
一切都朴素、大方、庄严、典雅、壮美,
正桥的两端共有桥头堡一对,
其高九重有梯道可让你健步如飞。
电梯的升降更瞬息上下紫微,
…………

看,诗人对于这座雄伟的大桥作了多么生动的描绘。他在当时曾预言:"它在长江上不只一条。"果然,不久之后,又建造了像南京长江大桥等那样更加雄伟的大桥。

郭沫若的科学诗,以瑰丽酣畅的笔墨,宣传了科学知识。如他在以"百花齐放"为题的 101 首关于花儿的诗歌中,十分仔细地研究了各种花的特性、色泽、香味、作用,作了恰如其分的生动的描写。那"碧玉琢成的叶子,银白色的水仙花";那号称"大地之子"能作为"治病救人"之用的地丁——蒲公英;那能够用来驱蝇、除蚊、肥田的打破碗碗花;那被波斯诗人奥默比做酒杯的郁金香花;那永远向着太阳的向日葵花;那飞雁来时,叶子就呈猩红色的雁来红花;那在地面铺上黄金似的,种子可以榨油的油菜籽花;那永葆清白的玉簪花;那雪白的倒踏马蹄破青天的马蹄莲;那大清早就吹奏起喇叭的牵牛花;等等,诗人生动具体而又准确传神地刻画出百卉争妍、繁花似锦的百花,并倾注了自己的激情,表达了自己的美学观点。

郭沫若同志在新中国成立以前写的一些名作,如在《凤凰涅槃》中写的凤凰以香木自焚,以及那些岩鹰、孔雀、鸱枭、家鸽、鹦鹉、白鹤等凡鸟对这幕悲剧的嘲笑,不仅真实地描写了飞禽的形象,又通过它们表现了对当时丑恶社会现实生活的嘲弄;他的历史剧《屈原》中的《雷电颂》,不仅奔放着革命的思想感情,给阴暗的旧社会掣出猛烈轰击的雷电,而且对大自然的暴风雨也作了异常逼真的描写,它既是政治抒情诗,也是自然科学诗。

科技文工大有人,洪炉炼罢换金身。
精神生产将逾昔,创造终当日日新。

——《雄师下挽狂澜》

作为科学家和诗人的郭沫若先生，多么希望我国科技战线上能够出现"日日新"的蓬勃发展的新局面啊！至于怎样才能使我国科学技术事业取得突飞猛进的发展？郭沫若在他的诗篇中以满怀热情要求我们：

> 集中歼灭阵营雄，基础尖端两进攻。
> 全力全心期共勉，戒骄戒躁益无慵。
> 不徒赶上还超过，既要深专更透红。
> 思想武装忘自我，遵循明教学雷锋。
>
> ——《看科学研究成绩展览》

这就是说，我们学习科学技术，必须集中力量，既要学好基础理论，又要攻尖端；既要重视普及，又要重视提高；同时还要全心全意、戒骄戒躁，忘我地学习和运用科学，摆脱一切名缰利锁。

郭沫若同志激励我们：我国科学技术不仅要向先进国家学习，还要迅速地全力以赴地超过。诗人写道：

> 赶超任务作先行，藐视困难善斗争。
> 勿用忧天天不坠，还需填海海能平。
> …………
> 在三个五年计划之后，
> 骑着火箭去访问火星。
>
> ——《有生命的宝贝》

> 精密仪器夸火箭，
> 科技要和光赛跑。
>
> ——《长春好》

诗人多么希望我国科学技术事业能像骑火箭似地，像光速一样地迅猛追赶并超过世界先进国家的水平啊！

30 年前，正值新中国诞生之日，郭沫若同志在《新华颂》中就曾写道：

> 现代化，气如虹，
> 国际歌声入九重。

诗人在这里有力地表现了中国劳动人民共同实现国家现代化的愿望。今天，党的十一届三中全会宣告了工作着重点的转移，郭沫若先生长期期待的一个现代化的新中国就要像凤凰一样展翅飞腾起来了。

由以上简要分析可见，郭沫若的科学诗是何等的朝气勃勃、坚强有力、豪迈奔放、丰富多姿！他是我国无产阶级革命的伟大诗人，也是我国实现四个现代化前夜的热情歌手。

《科学的春天》是郭沫若同志最后留下的一篇散文诗。作为科学家和诗人，郭沫若先生在这篇不朽的著作里，以巨大的思想力量、独创的艺术风格，表达了老一辈科学家的衷心期望。他指出，科学要求实际，要付出艰巨劳动，要富于创造和善于幻想，并且对老中青三代提出了殷切的希望。

日出江花红胜火，春来江水绿如蓝。这是革命的春天，这是人民的春天，这是科学的春天，让我们张开双臂，热烈地拥抱这个春天吧！

"五四"时代新文化运动中的闯将郭沫若同志，旷息临终之际留给我们的遗言，将永远激荡在我们的心中！安息吧，敬爱的郭沫若！我们一定要遵循您的遗言和教导向前进！我们一定要张开双臂，热烈地拥抱这科学的春天，让"五四"以来中国人民梦寐以求的民主和科学双星拱照，照耀着新中国向现代化的道路前进！

（原载人民日报社版《战地》1979年第4期）

第三十一章　羊枣与科学文艺

本章要点：国际悲歌歌一曲，科普遗篇传风骚——赞羊枣的科学小品文，羊枣科学小品文选编，数学和科工；昨天和明天；遗传。

一、国际悲歌歌一曲

1945 年 4 月，我在福建南平教书时，一天忽然收到一位友人从抗战期间福建省临时省会所在地永安的来信，说羊枣（杨潮）先生叫我去永安，去做什么呢？信中没有说。我连忙写信问她，要我去做什么，不几天收到封电报，拆开一看，只有两个字："速来"。

我同羊枣先生原不相识，但他这个名字和文章，却早在《太白》《新认识》等刊物上见到过。当时在永安出版的《国际时事研究》等报刊上，也曾陆续看到他那立论正确、文笔流畅、分析深刻的国际时事评论。出于对他敬仰的心情，我急忙找了个代课人，毅然前往。我乘坐长途汽车，风尘仆仆地从南平攀山越岭，黄昏时分才到达永安城，有人已在车站等候我。

"你要我到永安来做什么呀？"我问友人。

她说："这是羊枣先生的意思。"她笑了，停一下又反问我说："你留在南平大概也很无聊吧？难道你不想真正做点工作？"她直率地说道。

我点点头。

她替我安置了住处，翌日上午即陪我去见羊枣先生。

当时羊枣夫妇住在永安后山一座新盖的木房里，福州人叫"柴排厝"。房子周围是苍松翠柏，风景幽美，也很恬静。我们走进屋子时，先生正同夫人沈强为他们养的十几只小雏鸡"洗澡"，用棉花蘸着酒精一一擦拭它们的翅膀。"先生，你瞧！××来了！"她向羊枣介绍道，"他就是。"她像孩子向家长说话似的，用很随便的语气半开玩笑地说道。

羊枣先生连忙放下手上的小鸡，同我紧紧握手。这时我才看清楚，在我的面前站着的是个很斯文的约莫四十开外的中年人。他戴着深度近视的眼镜，有一双明亮的眼睛，中等身材，穿着一身普通老百姓的衣裤。他慢条斯理地对我说："你来了，很好！"好像本来就认识似的。他当时在省社会科学院研究所工作，又是美国新闻处东南分处英译中部的负责人之一。他说话很斯文、朴素、诚挚。他同我直率地说："原想让你到科学研究所帮助我搞国际问题研究，但经过再三考虑还是把你安置到美国新闻处东南分处工作为好，因为你懂英文。"我们交谈中间，杨夫人沈强已经给我们每人煮好了一小碗的面食。吃完点心，我们就告辞了，说好下午再见。

当天下午，赵家新陪我前往羊枣家。先生同我和家新一同到美国新闻处（下文简称美新处），见美新处英译中部日常负责人之一——彭世桢。彭世桢当时大约也有30多岁了，微高身材，带着点疲惫的神情，说话有广西人的腔调。羊枣先生事先告诉我，彭原来在桂林国新社胡愈之先生手下工作过的。他们俩商量过后，在一本英文期刊上圈了一篇文章，叫我试译。那是一篇题为"欧洲浩劫"的长文章，揭露希特勒法西斯怎样在第二次世界大战期间，使欧洲古典文化，包括各种艺术遗产和文物古迹，受到了浩劫，资料很丰富，有一定内容。我们分别以后，我立刻动手翻译，第二天译完后送给羊枣先生。我完全没有想到，先生竟对我的译文作了非常认真仔细的修订。他要我细心看看他修订过的地方。对他的认真态度我心里暗暗感激，但我对他说："先生，我不想待在外国新闻机关工作……"

"为什么呢？"不等我说完，羊枣就问道，一面抽着爱伦堡式烟斗。

"我虽然也曾翻译过一些短篇小说、诗歌，但对国际问题很陌生，"我停顿了一下，又说："我不想待在这个外国机关工作！"

他好像看透了我的心思似的，耐心地对我说道："别小看这个工作，这个岗位很重要，可以给中国人民做许多有益的事。"最后又强调了一句："你留下吧！"话讲得委婉、恳切。他接着对我说："现在在重庆、昆明等地的分处，都有思想进步的人在这工作。"他见我还在迟疑，又进一步鼓励我："你的英语还可以，至于国际时事新闻不精通，可以学嘛！"停顿一下，又对我说："英语好的不难找，但思想进步的还不多。"他生怕我还不明白，又说："我们需要自己的人！学好外语，留下吧，我愿意在这方面帮助你！"他说得那样恳切、诚挚。在那四周一片黑暗、冷酷，到处充满着诈骗迫害的环境里，我一同羊枣先生见面，就本能地觉得他是自己的亲人，是自己的同志和老师，听了他的一席话，我感到浑身暖乎乎的，我感到自己不能辜负老一辈进步文化工作者对我的期望，终于答应说："好吧，先生，我决定留在这儿，愿你们多多指点我！"

从那时起，我同先生比较接近。我亲眼看到先生时常利用每日电讯材料，迅速写成一篇篇评论文字。他写得那么快，凌晨到傍晚，往往能写出万把字很有分量的长篇国际评论文章，尤其是军事评论文章。我惊奇地看到他纯熟地运用马克思列宁主义观点剖析问题，像庖丁解牛那样对特定国际问题进行认真分析研究。他的每一篇文章在当时都像一颗照明弹，给人们拨开迷雾。他的学识渊博，不仅在国际问题，就是在自然科学、文学艺术方面的造诣也很深。然而他却从不在人前炫耀自己的学问，这是很可贵的品质，我感到十分钦佩。

有一次，我在永安延水河畔的桥上遇见羊枣先生，他穿着一件夏天穿的绸布白色长袍，口上叼着烟斗。我们寒暄过后，直到他从当时省府所在地吉山刚刚回来，那时他正担任永安《民主报》编辑。他说："你以后给《民主报》写点东西吧。"我告诉他，在董秋芳编的副刊上，我写过些东西。羊枣先生说："可以参加写点社论或其他论文。"话虽不长，但可以看到他对像我这样二十岁刚出头的小青年的成长何等关心。我点头说："只要先生出题目叫我写，我一定学着写写看。"但后来终于没有写。

当时永安周末，在美新处有舞会，先生及夫人沈强，都是舞艺很高超的，许多人来看他们跳的多种舞，说明他不仅仅是文章高手，静如处子，动若蛟龙。给人们很深的印象。

大约这年5月，有一天下午，先生交给我一包东西，简单地说："由你设法分发了吧，小心点。"

我回到住处，打开包一看，呀！多么令人高兴啊！原来是《新华日报》！约莫有50份，其中刊登着1945年4月24日毛泽东主席在中国共产党第七届全国代表大会上的报告《论联合政府》和朱德总司令的报告《论解放区战场》。当时，我的住处收留着一位从沙县福建省立高中来的青年学生孙庸樵（后改名肖迪，参加了新四军部队），我们在一起把这两篇闪耀着党的光辉的文献通读之后，紧紧地握手，欢欣鼓舞之情难以形容。这是羊枣先生托人从重庆靠美国专机带到永安山城来的。我们急忙连夜行动起来，由我口述名单地址，孙庸樵抄写，连夜把手边的《新华日报》通通发出；在永安的一些进步文化人，我们知道住处的，就连夜走到他们门口，从门缝塞进去，有的由邮局寄去。福建地下党人收到这份重要文件时如获至宝，把它翻印传播。可谁曾想到，这是羊枣先生想方设法送来的呢?！

在羊枣的影响下，当时永安沉寂的文化学术界竟掀起了永不消逝的涟漪。《民主报》编得很有生气，《国际时事研究》如寒梅绽放，观点鲜明，帮助东南一带的读者用先进的观点去分析国际时事问题；东南出版社出版了一系列比较进步的书籍，如郭沫若的《先秦学说述林》（按：后来在上海出版时改名为《十批判书》）等书，使得这座偏僻的山城燃起了星星火苗！这使反动派慌了手脚，他们一方面以"省府参议"之类头衔加在羊枣头上，装做很尊重文化人的样子，而暗中却磨刀霍霍，伏下杀机。就在这年6月，羊枣先生被骗到吉山伪省府去"谈话"，他在会客室里等了许久，看到四面有人看守，他意识到情况不好。但他仍然镇定自若，不穿外衣，从会客室里走了出来，装作到厕所解手，在哨兵不留意的时候，从窗口跳出，连忙跑到一个山沟里隐蔽起来，直到黑夜才乘坐当地美国另外一个机关的小吉普车，返回美新处来。他的手脚都划伤，衣服也剐破了。他对彭世祯和我们几人说明底细之后，我们才知道其中端详。不久，他夫人沈强也来了。原来他们家被监视，一些穿军服的家伙要她交出羊枣来。她知道凶多吉少，总是要对先生下毒手了。她装作坐马桶，也从窗户跳出，逃到美新处来，因为美新处是外国机关，因此蒋军不敢擅自进去抓人。当晚我们几个人聚集在羊枣先生临时住的房间里商讨对策。有人主张三十六计走为上计，只要设法离开永安，就会脱险。有人认为现在外面被包围了，出去不得，不如再等等看。羊枣从美国友人那边借来一支手枪，插在裤腰上说："他们不敢进来抓人的。"他停了一下，又沉着地说："要抓，我同他们拼!"

大约过了三四天，伪省府派人给先生送来一封信。这是当时伪省府主席刘建绪署名的亲笔信，大意是，请先生即刻亲自到吉山省府商谈，安全定有保障，谈完话就回来，等等。当时我们几人展开很激烈的讨论。"绝不能去，去了就不可能回来的。"一个说。"大约还不至于有问题，因为这是刘建绪亲笔信。"另一个说。"怎么能相信国民党反动派头儿说的话呢？'皖南事变'的教训还不够沉痛吗？"争论没有结果。但羊枣却认为刘建绪既然亲笔写了这么一封信，说明他谈话后就回来，遂决定前往。而当时美新处英译中部负责人之一，美国人乐博答应陪同先生同去。这里附带说一下，当时美新处东南分处有四位美国人，一位是兰德，是总负责人；另一位是管行政事务的高乐白；还有个管电讯的，名字已记不清了；而英译中部除了羊枣、彭世祯之外，还有这位美国人乐博。乐博当时的确很关心先生的安全，他主动表示愿意陪同他前往吉山。他们同我们握手告别，乘吉普车往吉山。我心中空着急，因为我从来不相信反动派的鬼话，但我也知道我太年轻，是无法说服他不去的。果然不出我们所料，听说先生去了之后，立刻就被隔离起来，接着不久即被绑架送到江西铅山，美国人乐博在接待室里嚷着要人，要求他们交出先生来。他为此绝食了三天三夜，知道自己受了骗，痛斥刘建绪等人背信弃义，最后奉美国新闻处头儿兰德之命，才从吉山回来。由于他激烈继续抗议，并斥责福建伪省府主席刘建绪非法对待羊枣的法西斯暴行，即被美新处解雇。这里附带说一下，当时美国人乐博在中国失业了，以致后来当上一名美国商船的勤杂人员，拖地板，才得以回到美国。乐博始终把自己的同情放在受迫害的羊枣这一面，遭受了困厄。乐博是中美人民友好的象征，可惜至今下落不明，生死未卜。

先生被反动派押送铅山狱中后，美新处英译中部在我们发动下，曾发起罢工，表示抗议，我们多次向美新处要羊枣，均被支吾敷衍，后来干脆把头儿兰德调走了，换了个叫牛顿的人（我们把他叫"尿桶"）来代替兰德职务。不久，第二次世界大战结束，美新处东南分处被撤销了，部分人员迁往广州，沈强、彭世祯等坐吉普车仓卒离开了永安。新中国成立后，我们在北京一同到统战部去看望杨夫人沈强同志。可惜现在他们都已作古了！这是后话。至于羊枣先生，我青年时代的一位敬爱的老师和战友，从那时一别，也就再没有见面了！

　　　　燕水惜别风潇潇，铁窗严刑不折腰。
　　　　铜牢怎夺烈士志，幽冥永隔路迢遥！

这里的"燕水"是指永安的燕溪水。开始时我听说他被囚送到上饶、铅山，不久，我们也都被解雇了。抗战胜利后，听说先生被送往杭州监狱。1946年1月，他在临终前，曾口授给夫人沈强以遗嘱，由别人代写道："我真不想死，因为有好多工作需要我做！……"他多希望以自己所学贡献给人民，贡献给党啊！但由于反动派的戕害，他含恨而殁了！1946年1月11日，这位一代名记者、国际问题专家、文艺评论家、科普作家羊枣同志与世长辞了，死时仅 46 岁。听说他死前，舌头僵硬，不能说话，死后身体尤其口腔呈紫色，显然他是受毒害而致死的。

1946 年 5 月 19 日，上海各界人士，在郭沫若同志的主持下，为羊枣同志开了一次规模盛大的追悼会。在追悼会上，著名民主人士马叙伦等人讲了话；陆定一同志代表中国共产党人送了一副挽联，上联是："新闻巨子，国际专家，落落长才惊海宇"，下联是："缧绁蒙冤，囹圄殒命，重重惨痛绝人寰"；郭沫若的挽联："天下事澄清党锢无端戕孟博，江南有余瘴招魂何处哭灵均"；中国共产党在重庆办的机关报——《新华日报》的挽联写道："壮志在新闻事业秉春秋豪气甚，忌时遭厄运身殁囹圄杰节香"。❶ 同年 7 月，他的遗体安葬于上海虹桥公墓，由柳亚子先生题墓碑："杨潮之墓"。

羊枣后期在永安时写的一系列国际问题评论，由金仲华编辑，题名为"欧洲纵横谈"，由世界知识社于 1946 年 6 月在上海印行。此书主要内容包括：《方兴未艾的欧洲战争》《欧洲现实政治与英国》《理想主义者与现实主义》《从莫斯科看欧洲》《歧路上的法兰西》《德意志的悲剧》《黎明的欧洲》《欧洲的现实问题》《解决欧洲问题的关键》等篇章。他热情地歌颂了全世界人民反对法西斯强盗的斗争，热烈颂扬南斯拉夫"是自己解放自己的"，铁托元帅是"世界上第一位革命战士"❷；他说戴高乐是"当代第一位纵横家"，赢得了战争的胜利，拯救了法兰西！

羊枣同志 1900 年生于湖北沔阳县❸，14 岁考入北京清华留美预备班，因参加"五四"学生运动被开除，不久以"杨九"为名字考入唐山工业专门学校机械科，后转学上海交通大学机械系，1923 年毕业后，任职于上海京沪、沪杭甬铁路管理局。他不但是个优秀的工程技术人员，还是个业余文艺爱好者，曾同黎锦晖等创办明月歌舞团，并在闸北经营百星电影院，从事业余电影活动。"九一八"事变后，中华民族处于生死存亡之际，他在六妹共产党员杨刚同志（按：全国解放后，曾任周总理秘书、中宣部国际处处长、人民日报社副总编辑等职务，于 1957 年去世）的影响下，走上革命的道路。1933 年年初，他加入中国"左翼"作家联盟，他的住所经常作为"左联"领导人开秘密会议的地点，就在这年下半年，他由周扬同志介绍，加入了中国共产党，并参加"左联"关于马克思主义理论的研究工作。"左联"创办的刊物《文艺新地》上曾刊登他翻译的（E. Trosthank）著的《马克思论文艺》一文，全面介绍了马克思、恩格斯对文学艺术，尤其是对西欧著名作家莎士比亚、巴尔扎克、海涅等人的基本分析。这是"左联"时期一篇相当重要而又有一定分量的文章。与此同时，他还在陈望道主编的《太白》及《申报》副刊《自由谈》、《中华日报》副刊《动向》上写过一系列杂文和科学小品文，并以"杨丹荪"为笔名翻译了《今日之苏联国》（引擎出版社印行）。他同鲁迅曾有过从，鲁迅在 1934 年 9 月 21 日的日记上写道："午得耳耶信，附杨潮信""下午

---

❶ 此挽联上下文字数不一致，作者原稿如此。——整理者注
❷ 《欧洲纵横谈》，第 83 页。
❸ 以下传记资料引自杨潮汉编的《杨潮生平事略》。

复"，同年 11 月 22 日日记上写道："下午得杨潮信并译稿。"1935 年秋，他同夏征农等到广西桂林师专任教，"一二·九"学生运动后，他在桂林《月牙》杂志撰写《现阶段学生的检讨》《民族抗日统一战线》等重要文章。这年 6 月，广西师专停课后，回上海任苏联塔斯社上海分社翻译工作，从那时起，他开始撰写有关军事评论和国际政治方面论文。抗战爆发后，他同艾思奇、钱俊瑞等同志共同主编《新认识》半月刊、《文化粮食》半月刊，加入由胡愈之发起的"文化界救亡协会"，主编《抗战国际知识汇编》《抗战文库》等丛书，写了《中国抗战与苏联》《苏联的国防》等文章以及《国防科学读本》等书。上海沦陷后，他仍坚持在"孤岛"参加斗争。1939 年因被汉奸特务追踪，离沪前往香港，在金仲华主编的《星岛日报》当记者，用"羊枣"为笔名写了一系列文章。1941 年 4 月被迫离开《星岛日报》，在党所主办的《华商报》上撰稿；这年秋天，同萨空了、俞颂华等在香港编《光明报》。1942 年香港沦陷后到达桂林，撰编了《太平洋的暴风雨》（国光出版社印行）；1942 年 4 月任衡阳《大纲报》主笔，1943 年因拒绝登载反共宣传的东西而受到解雇。此后便于 1944 年来到福建永安工作。

羊枣爱憎分明，他强烈反对"明明反动，而革命的招牌挂得特别高！"❶ 坚决反对"挂羊头卖狗肉的角色门"❷，利用伪科学，冒充科学家，他痛斥利用迷信，"连'扶乩'预言之类的东西都挂起科学家的招牌来"❸。在他看来，"中国的科学家太少了"❹，他慨叹着自己是"一个学了十几年工程而到底不能不靠卖文过日子的人！"❺

正当 30 年代文艺界提出两个口号论争时，他认为论争"无论在任何场合，是绝不能避免的"❻，他指出：理论或口号都要靠"实践"来证明是不是能与"现实配合"，而绝不能"由某些人来发号施令"。❼ 他反对文艺界"层出不穷的'叔嫂斗法，妇姑勃谿'（鲁迅语）"。这些见解无疑是很正确的。至于他在国际问题方面的评论文字，不论是《论太平洋大战》以及《欧洲纵横谈》，还是散见在香港《星岛日报》、《华商报》、《世界知识》，湖南《大纲报》，福建《民主报》等报刊上的文字，都是充分利用当时最新材料，运用马克思主义观点、严密的逻辑推理和生动而流畅的文字写成的，历久不衰！

"俯首甘为孺子牛"，这是革命者最宝贵的革命品质之一。羊枣同志就是这样的一个人，他像个暖水瓶，表面冷，里面热，尤其对于年轻人，他总是不遗余力地帮助。那些口头上写进步文章，而架子十足的文学家、翻译家，真是不能望羊枣之项背。

1956 年 1 月，羊枣同志的六妹杨刚同志任《人民日报》副总编辑时，曾在家里邀

❶ "科学的国防与国防的科学"，载《新认识》杂志创刊号。
❷ "献给全国的科学家"，载《新知识》第 2 期。
❸ "献给全国的科学家"，载《新知识》第 2 期。
❹ "献给全国的科学家"，载《新知识》第 2 期。
❺ "消除我们的耻辱"，载《新知识》第 4 期。
❻ "文坛的论事"，载《新知识》创刊号。
❼ "文坛的论事"，载《新知识》创刊号。

集一些羊枣在永安工作期间的生前友好,尤其在福建永安同他曾经患难与共的战友,一同聚会纪念羊枣。参加的有彭世祯夫妇、俞励挺、他的大姐和外甥李龙牧等。我带了羊枣先生送我的一部斯大林著的《列宁主义问题》(莫师古译)送给杨刚同志;而留下了他送我的另一部翻译小说——美国著名作家斯坦培克的《愤怒的葡萄》。但这本羊枣先生的遗物,在十年动乱期间竟也被抄失了!现在羊枣先生留给我的,只是难以忘却的纪念。

1946年,我同福州底线党负责人李铁、曾焕乾同志密切过从时,我们也曾谈到羊枣先生,他们告诉我羊枣是我们共产党内敬爱的老同志。可惜李铁、曾焕乾同志现在也都已为党英勇牺牲了!后来周扬同志说他是羊枣入党的介绍人,证明李铁、曾焕乾所讲的是事实。

羊枣同志离开我们不觉已34年了!而今,新中国在党的"十二大"鼓舞下,正向宏伟的"四化"大进军,如果他还活着,将会多么高兴啊!"国际悲歌歌一曲",今天我为敬爱的羊枣同志唱挽歌!啊!中国共产党人,中国人民的优秀儿子羊枣同志,你生得伟大,死得光荣!你没有死,你将永远地活在我们的心坎里,指引我们向前迈进!

二、科普遗篇传风骚——赞羊枣的科学小品文

> 月落乌啼忆羊枣,掩卷有怀人间豪。
> 取义先驱文似剑,成仁战士笔如刀。
> 秋黯园林哀司马,春沉燕水❶哭萧曹。
> 空怀故人觅旧作,科普遗篇传风骚。

在我的面前摆着羊枣同志20世纪30年代在《中华日报》副刊《动向》和陈望道主编的《太白》半月刊等报刊上写的几篇科学小品文。我满怀激情地把它们一口气读完,不禁心潮起伏,感慨万千。羊枣是个多么富有科学才华的人啊!可惜这位我国科学文化学术界的勇敢先驱战士,被反动派的屠刀杀害,到1980年1月11日,已经整整34周年了!大家都知道羊枣是个著名的国际问题专家,但知道这位毕业于上海交通大学机械系、曾经长期从事铁路工程工作的羊枣,同时也是30年代一个十分出色的科普作家的人,似乎就不多了。

羊枣是多才多艺的。他不但对文学、戏剧、电影、音乐、舞蹈、社会科学,特别是国际问题很精通,他对数学、物理学、生物学、遗传学等自然科学也曾精心地作过一番研究。正因为这样,他用"潮水"等笔名写的若干科普文章,有着非常坚实的科学基础,历久不衰。

羊枣青年时代很精通数学。众所周知,数学是各门科学的基础,普及数学十分重

---

❶ "燕水"指福建永安县(抗战期间临时省会)的燕溪水。

要，没有数学也就谈不上各种科学的发展。羊枣在 30 年代写的《数学和科工》❶ 一文中指出：数学是宇宙间一切事物关系内容观永在的抽象真理，一切物质的生产关系离不开数学。数学的历史发展，就是包括工业在内的科学世界历史的发展。羊枣在他的小品文中，深入浅出地阐明了数学对人们的不同用处。他说：对于小学毕业就要谋生的人来说，加减乘除大致够用了；做普通技术工作或在浩繁的商业中求生活的，懂得小代数中的函数方程和图解也差不多了；但是要从事简单的设计和测量，就要学会运用三角、大代数、解析几何；当工程师的，就要懂微积分；想研究高深科学技术，如电学、光学、天文学等学问的，就得懂得数论。他以生动的文字，深刻地说明了数学的发展处处与现实生活相联系，因为它是从现存的事实出发，通过人类的思维活动，把形象演绎为理论，再把理论应用到实践，这就是数学和一切科学辩证发展的过程。他的这些见解非但没有过时，现今对我们仍然极有教益。

在《物理学上的大革命》❷ 一文中，羊枣用极其浅显而生动的文字介绍了当时新兴的科学知识，如对当时始露端倪的所谓"死光"（按：现在叫做激光）、刚出现不久的量子力学和相对论的发展，他都作了热情的宣传，并深刻阐述了它们在科学领域中出现的重大意义。他在当时条件下分析先进工业国家秘密研究的"死光"，可能是把强烈的光线用反射镜聚成一点，使其热度高到能焚烧一切普通物质；或者是一种新的短波光，它的放射力极强，能冲击摧毁一切物质。他预见这种光不只能杀人，也能为人类造福，能用于治疗疾病等。他预言这种光也许竟能解放原子中"微量的力"（Energy in Quanta），而这种"原子力"（Atomic Energy）的力量，将是十分伟大的，大得出乎人的意想。他还预言可能有一天我们能够利用原子能时，"也许竟不必再做有史以来这种可怜的微弱的体力劳动了"，等等。这些文字写在 40 几年以前，今天看来都是极富远见的论断，因为目前在科技先进的国家中，对激光和原子能的利用，确实已经大大促进了生产力。

远在 30 年代，羊枣就热情地歌颂了"相对论"和"微量说"（按：现在叫做"量子力学"），说它们是现代科学世界最伟大的发展，现在的科学革命几乎全是建筑在它们之上的。他以优秀科普作家所特有的科学见地指出：古典物理学以为自然是简单的，他们可用的方法是定理的决定论，而现代科学家的知识更广了，他们能够用唯物辩证法来认识世界，知道即使是定理往往也是相对正确的。他说明自然科学总是随着社会的进步而发展，因此真理往往是相对性的。他正确指出：自然科学同社会科学的联系是唯物辩证法的联系；而自然科学的发展，特别需要文化知识和生产知识。

羊枣写的《昨天和明天》❸ 一文，借助世界著名科学家爱因斯坦相对论的时空观点，论证了时间与整个物质宇宙的存在发展是不可分离的。只有物质宇宙的不断发展，才有时间；时间不能独立于发展着的宇宙之外而存在，它不能与宇宙的发展过程劈开，

❶ 见 1934 年 9 月 24 日《中华日报》副刊《动向》。
❷ 见 1934 年 10 月 22 日《中华日报》副刊《动向》。
❸ 见 1935 年《太白》半月刊，第 2 卷，第 6 期。

而一件事物的发展过程也不能越出时间之外。他仔细论证和阐明了爱因斯坦所说的"空间和时间的记录是物理的客观真实存在，而不是什么幻想"。昨天，是作为我的生命过程中的一个阶段而存在，因为那一阶段已过去，它不再存在了；明天，则是我们生命过程的未来阶段，有着一定时间的限制。他以富有文学魅力的笔调科学地分析了什么叫做时间。这不但给人以正确的时间观念，也教育人们认识到：时乎时乎不再来，应当珍惜宝贵的一去不复返的时间！

羊枣写的《遗传》❶一文，阐明了遗传是由于人体细胞中含有的极微妙的化学单位——遗传因子（按：现在叫做"基因"）的作用。他指出：我们每个人体中的每一细胞都藏有两付这种因子；一付从我们父亲得来，另一付从母亲得来。每一付内包含的因子有几百个，或甚至几千个，每一付所含遗传成份又各有不同，有的较高，有的较低，有的不但质不同，连量也不同。他颇有远见地指出："过去和目前的情形之下，人类底遗传定数等于赌博"，但由于科学的不断发展，人类未必永远"让他的遗传和赌博一样任命运支配"。今天"遗传工程"的出现，正说明了他的科学预见发出了令人惊叹的智慧光芒。

《磨前先选玉》❷，这是羊枣写的富有辩证法思想的一篇书刊介绍，其中有许多地方涉及优生学方面的科学问题。它首先说明人类及生物先天的素质即内因是决定的条件，正像不能把顽石变成玉一样，这是有一定的科学根据的。接着他又指出，对于人类来说，遗传的素质并不是什么一成不变的因素，社会环境能改变个人的某些方面。同时，他还大胆预言；由于科学的不断发展，用科学的方法是有可能把顽石改成玉的。这说明他的科普创作充满着历史唯物主义和辩证唯物主义的思想，这是十分难能可贵的。

从羊枣的这些科学小品文中可以看出，他的科普作品涉及的科学领域很广，他在科学上有很深的造诣；同时也说明，他不只是一般的科普作家，而是以马克思主义科学思想为指导的科普作家。这些作品在当时中国科学文化还相当落后，还谈不上科学普及事业的时候出现，是很难得的。它们是我国科普园地晨曦中的珍品。

羊枣在《数学与科工》一文的结尾中满怀激情地谈道：要让整个的大众都能了解，都能运用科学技术，要把科学技术交给人民大众，才能使科学技术为人民大众谋福利。当然，这在黑暗的30年代是根本做不到的，但在今天我国向"四个现代化"的进军中，是一定可以做到的。

羊枣在1933年参加了中国"左翼"作家联盟，同时加入了中国共产党。他当时一面做艰险的"左联"工作，一面从事文艺和科普写作。到了抗日战争前夕，由于斗争的需要，他把自己的全部精力转到对国际问题的研究方面来，写了一系列极有影响的国际问题评论文章。他在福建永安时主编的《国际时事研究》周刊，曾风靡一时，成为当时我国东南地区最受读者喜爱的刊物之一。由于他从事一系列进步文化活动，特别是

---

❶ 见 1934 年《太白》半月刊，第 1 卷，第 9 期。

❷ 见 1934 年《太白》半月刊，第 1 卷，第 10 期。

由于他热情关怀和帮助比他年轻的青年，指引他们奔向革命征途，因此国民党反动派把他看做眼中钉，1945 年 7 月被捕入狱。在狱中他表现坚贞不屈，于 1946 年 1 月 11 日被害致死，时年仅 46 岁。这位知识渊博、多才多艺而又勤奋不息的作家、军事评论家、国际政论家，给我们留下了丰富的遗产。他的科学小品文今天已发现的虽不算多，但每一篇都是写得扎扎实实的。它们不但充满科学哲理，而且闪耀着科学预言的光芒，并经受住了时间的考验。

敬爱的羊枣同志，作为受过你哺育影响的后来人，你永远活在我们心中。你没有死！你的科普遗篇传风骚。它们也像你的坚贞不屈的革命品质一样，是永垂不朽，永远值得我们学习的！

（原载《中国科技史料》1980 年第 2 期）

三、羊枣科学小品文选

1. 数学和科工

数学（Mathematic）是宇宙间一切事物关系内客观的，永在的抽象真理。一切物质的生产关系离不了数学。数学底历史的发展，就是科学世界、工业世界底历史的发展。马克思发现和演绎完成他的作为整个唯物辩证法的社会科学底基础的极繁复的劳动工银律，就大量应用到数学。所以我们可以说，数学是人类社会进化最主要的工具之一。

数学的发展正是一个辩证法的发展。人们从自然关系和社会关系中发展了简单的数理，而去研讨它的来因和去路，而所知的数理进一步地应用到生活，而发现已知的还不够，而再研讨，而又进步，而再应用；这样，数学不断地发展着。相应地，作为现代文明基础的科学和工业也日渐向完成迈进。

理论从实践出发，理论又推动实践。只注重实践而不研究更高的理论，这实践要退化成经验主义，停顿或甚至反动。关于数学，归纳离不开演绎，而演绎底结果就是归纳，只想归纳而放弃演绎，数学会停顿在某一阶段上。

初级算术（Arithmetic）使小学生知道一点数学底基本四则运算知识，开他学代数的路，从代数他渐习于不光在数字上打圈子，才能明白讲形体角度的几何；知道了几何中定线、定面、定形的原理，才能运算三角函数；于是，他才能进入大代数，解析几何，微积分，再进而微分方程，数论（Theory of Number）。

在每一阶段，数学各有它自己的效用，小学毕业就得谋生的，初级算术已够他生活中所要遇的加减乘除；借普通技术或在较繁的商业中求生活的，得懂小代数里的函数方程和图解（Graphic Representation）；要会简单的设计和测量，至少要能运用三角、大代数、解析几何，而普通几何只是了解这些的基础；当工程师的，已经不得不懂微积分；至于想研究高深的电学、光学、理化中原子核电子的量和质、天文学、相对论，或专攻数论，以期把它推进到更高的发展阶段来作社会更高进化的援助力，则微分方程、数论以及更高深的数学范畴底学习和研究，就一定要占他们生活的大部或全部了。

数学是无止境的，正和宇宙间万事万物内含的真理是无穷尽的，而人类进化也是无止境的一样。没有演绎哪来归纳，更哪来进展？！

一个政府要学校中的数学课程着重实用，这是被环境决定的一种策略，是为不可免的要半途废学谋生的学生在打算，一句话，就是让知识发展到某一阶段的人可以获得这一阶段的知识的实惠。这本是现代教育制度底实惠原则底表现；也就是这一分等分第社会在这一方面的反映。怎么说是什么"一次归纳精神的算学向着演绎精神的算学的革命"？我不懂。

正量和负量、正数和负数本是客观地存在的，数学上并没有说过后者不存在。据我所知道的（我应该知道一点，因为运气好出生在地主豪绅之家，学过些较深的数学以及它的实用），数学中无所谓"人造数"（Artificial Number），只有"想象数"（Imaginary Number），而这"想象数"并不是"负数"，而是别的不能算出实数值的数，和负数的平方根（Square Foots）。这东西客观上是决不存在的，然在某实际的演算过程中，却不能不运用，所以客观抽象上它是存在的。数学里也没有笼统地说它客观上不存在。

负数在初级算术中不能引入，正是因为客观的局限。小学生不能理解负数，正和他不能理解欠债的真意义一样。

开方是除法的一支，但决不就是简单的除法。开平方、开立方似乎与普通除法相类似。然求三次以上的根，除了指数全是二和三之外，因为太繁复，算术中我们就知道的除法不能运算。其中的定理和法则，不但要知道微积分，并且要学过"数论"才能全知道（没学"数论"，所以我也不大知道）。它的独立，是因它是高等数学中高次方程底基本知识（大代数中求五次以上方程底解，用的是经验法则 Empirical Imperica method）。至于在初级算术中它另列一门，自然不过是为了数学的实用便利。

数学的发展，处处是与现实生活相联系的，它的逻辑就是事物的逻辑！一句话，它和一切科学一样，就是现实。前面说过的再说一遍吧：从现存的事实出发，由于人的动力通过形象演绎到进一步的理论，轮替着再把理论应用到实践，这就是数学和一切科学辩证地发展的过程。怎么说是"把现实的整块分割了，把发展的过程隐瞒了"？什么是"事实逻辑的算学"？什么是"形式逻辑的算学"？我又不懂。

是的，中小学里的数学有许多偏于理论不切实用的地方，但那是教育制度底过错，编者底过错，教育底过错，数学本身怎么能负责？

施密士教授新预备的"算学教程革命"，我不知道是怎么一回事，但我想决不是人们新幻想的简单朴质的东西。而且我们要注意"教程"这字样，"教程"底革命似乎扯不上数学本身的革命吧！

正一样，科工是人类生产关系、社会进化的工具。这工具在某一社会形态内被某些少数人霸占，不用它为大家谋利益，而拿它"帮助全世界大众失业"，"帮助世界大战"，这是科工本身底罪呢，还是现存的把持科工的人底罪？

请不要骂科工，科工是自然界内的经过人底发展和运用的客观地存在的真理。这真理和一切物质的生产工具一样，它自己是不能活动的，使它活动的是人，糟蹋它的是人，善用它的也是人。科工是无意识的，有意识的是运用科工的人。

请看吧：六分之一世界里的人已在运用科工替大众谋利益了。这利益怎么谋？就是把科工给大众，教大众都能了解它、运用它。而且不是叫大众分等分第地各自停顿在某一阶段的了解和运用内，其最后目的乃是让整个的大众都能了解，都能运用最高的科工！

教法两样，用法两样，科工的本质却还是一样。是从事实而演绎，从演绎而归纳，从归纳再演绎的辩证地不断发展的真理。而且在那种环境中，它的发展前途才是无止境的。事实如此，不看诡辩。

不从研究中求理论的深造，不在实践上找事实的凭证，专凭玄想，专要术语，不但永远不能进展一步，而且不可免地会使人倒车开进时代的陷坑！

（一九三四，九，廿一）

注：文中"劳动工银律"现称"剩余价值规律"。原文载于 1934 年 9 月 24 日《中华日报》文艺副刊《动向》，聂绀弩主编。

2. 昨天和明天

昨天在哪里？明天在哪里？昨天过去之后，是否还存在什么地方？明天未出现前，是否已在什么地方存在？这问题很值得深入讨论一下。

要讨论这问题，我们必先理解时间底本质究竟是什么？

牛顿式物理认为空间和时间是有绝对的独立存在的，它们构成一个容器，盛载着物质宇宙。爱因斯坦底相对论，表明这种空间时间绝对独立存在的概念是不正确的。他说："不是某一事件发生的空间中一点，和时间中一瞬，它们有物理的现实性，而是那事件本身。"我们底空间时间概念是相对的，它只在与某一特定的"参证体"（reference body）相关上有意义。

他这几句话是常被误解的，常被歪曲为空间时间是没有客观存在，而只凭我们各人底主观见觉和意识的东西。关于这一点我们应该特别注意释明一下，因为是获得正确认识底基础。为使问题比较简单起见，我们将暂时丢开空间，虽然空间与时间是密切相联系的。

时间是与整个物质宇宙底存在发展（运动）不能分离的，有物质宇宙底发展，才有时间。时间没有独立于发展着的宇宙之外的存在，别方面，物质宇宙，在发展中，有时间作为其一规定性，其存在之一形式。时间既不能与宇宙底发展过程劈分，那过程也不能越出时间之外。总之，时间是物质宇宙发展过程中之一内在关

335

系。关于这发展着的宇宙作为一整个，它底发展底过去阶段与过去时间相应，它底将来的发展含蓄未来时间。

一件孤立的物理事件底发展（物质底质态底变化）形成整个物质宇宙底发展过程之一原素（一部分），所以，这一发展着的事件底时间，作为其存在之一形式，是与发展着的宇宙作为一整个的时间相应的。因此，不但说每一物理事件有其自己的绝对时间，与整个发展着的宇宙无关，是错误的；如果说任一事件可以发生于时间之外，或其发生的时间是无定的，完全与各个不同的观察者相对，则更加荒谬。

但是我们人，因其感觉的和理解的能力有限，在见觉着一件孤立事件，从而去构成其发生的时间概念时，没有方法能在其与物质宇宙底发展过程作为一整个的时间之关连上理解它底时间，而只能构成一个它与某一参证体相对的时间概念，这种参证体，大都是与我们自己的生命过程（我们底物质发展过程）密切相关连的，或用我们底生命过程作为基础而作成的。我们说某件事件发生在某年某月某日某时某分某秒，我们底意思是说这件事件发生在与我们自己的生命过程中某一瞬刻，或与我们底祖先底生命过程中某一瞬刻相应的某一时间，这时间仍旧是想象作为与我们自己的时间相应的，而不是与发展着的宇宙作为一整个的时间相应的。但这并不是说我们底时间概念与发展着的宇宙底时间无关，或说那事件底发生时间仅仅是我们自己的主观见觉或想象底幻象。那事件之发生以及我们见觉它的过程正是物质宇宙底整个发展过程之一原素（无论如何细微不足道），而那事件发生的时间以及我们想象中的时间也正与整个宇宙底发展过程中内赋作为其存在形式之一的时间之某一瞬刻相应。

从而，显明地虽然说我们底时间（和空间）概念是与某一参证体相对的是正确的，但如果说：（1）我们底时间概念是与我们底见觉或意识相对的，（2）时间是与我们底概念相对的，则是绝对的错误。正相反，关于我们底时间概念不是与我们底见觉或意识相对的而是与我们底生命过程相对的，而我们底生命过程是独立于我们的见觉和意识之外的，关于（2），一事件底时间不是与我们底概念相对的，而是那事件内赋的一存在形式，而那事件是构成整个发展着的宇宙的一原素，其时间是与宇宙发展底整个时间中某一瞬刻相应的。"不是某一事件发生的……时间中一瞬……有物理的现实性，而是那事件本身"，这是对的。但这不是说时间没有物理的现实性，而是说我们底时间概念底现实性是相对的，不是说事件底时间没有物理的现实性，而是说它底时间底现实性是从属于并包含在那事件本身底物理的现实性之内的。爱因斯坦曾着重地说："空间和时间的记录有一份物理的真实的，而不仅仅一份幻想的意义。"

如果我们认识物质宇宙以及其多样表现独立于我们关于它的见觉和概念之外的客观存在和发展，如果我们不把客观物质宇宙和在它底发展过程中作为其存在之一形式的时间之客观性质，与我们关于它们的主观概念——那必然是零碎的，独立的，相对的——混淆起来，则我们便能认识时间底本质，而作成较正确的时间概念。

　　普通的错误正是把我们关于时间的主观概念与时间作为一个发展着物理过程（物理事件）底内在关系之一（存在形式之一）的客观本质混淆不分。因而，论及昨天和明天底性质时，人们会说一个人底昨天在他经历过以后还存在某处，而他底明天他还未达到前便已在某处存在。前半段关于昨天的是误认人底主观见觉（以及从向来的概念）为实地的客观存在，而后半段则简直不通了。这样说，似乎是不了解一个人底昨天是那人底生命过程之一过去阶段底时间规定性，那一阶段既已过去，它底时间自也过去，虽也许对于某些别的人见觉到它似乎还存在；而这人底明天是他在发展过程将来一阶段底相应时间，事实上他既尚没发展到那一阶段，当然表明与那阶段相应的时间决不能已在任何地方存在。举个例：住在距我们一光日（光走一天的距离）的流星上一个见觉着的人（真有没有不去管他），在他底见觉上会看见我们昨天发生过的事情的像是在今天发生，但这里的意义只是那人在今天看见我们昨天的一发展阶段，即一个过去的发展阶段，而那人底见觉时间虽是今天，那有物理现实性的实地事件本身以及作为其存在之一形式的时间规定却实是昨天而已过去了。换句话说，即我们底昨天随着我们已经过的发展阶段也已过去而不存在，虽对于那流星上的见觉着的人它似乎还见觉地存在。

　　这与我们在新闻影片中看见过去某时发生的事件是相类的。我们在看见新闻影片中的事件时，决不会说那件事件是现在发生的，发生那事件的时间在我们看那影片时还存在。我们会说我们所看见的是借一种媒介物——胶片——传达来的过去事件底影像，而那些事件传达给距离一光日的流星上的人时，正是在做与那胶片相类的任务。在新闻影片里，摄取影片的时间大都是有记录的，但即使没有记录，那影片本身，与任何物质一样，总有时间作为其存在和发展过程之一形式，而从它底年龄——他底生命过程从摄影时起到我们见着时止的一段——我们仍可以推计到摄影底时间（虽然我们所推计到的仍是与我们底参证体相对的）。光也是如此，它也有时间作为其发展过程——通过空间奔驰——之一内在关系。而如果那流星上见觉着的人懂得是那实地发生的事件而不是他见觉它的时间有物理的现实性，并懂得光底性质，他一定会知道他今天所见的我们底事实在已在昨天发生，而说我们底昨天和他底昨天一样实已过去，并不存在。自然，这里我们是在假定他计算时间的方法与我们的一样。

　　别方面，虽然我们今天所发生的事他要明天才能见觉到，他决不会说我们今天在发生着的实地事件要到他的明天才会发生，而只会说他在明天才会见觉，他会说实地的事件是在发生，但他还不能见到。他会说我们底今天是在存在着，但他决不会因而便说因他明天会见觉某些今天已在存在着的事物，所以明天便已存在某地方。这里的要点是：我们底今天决不就是他底明天。

　　至于我们底明天，即作为我们底将来发展阶段之存在形式之一的时间，因为我们还未达到它，是绝对不会已存在的，无论物理的或见觉的，对于我们自己或对于任何距离多少光日或光年的人。

见觉底时间不一定即是事件发生的时间，这是显明的。见觉是见觉者底发展过程中一原素（物质运动之一部分），所以见觉底时间是属于作为见觉者底存在形式之一的时间的，而决不可与那作为他所见觉的客观事物底存在形式之一的时间相混。相对论说我们底时间概念是相对的，但从不曾说过：我们见觉的时间即是事件发生的时间，更不曾说过时间是完全与我们的概念的相对。事实是，时间是物质宇宙发展过程底内在关系之一，物质宇宙发展过程有时间作为其一规定性，作为其一存在形式。

昨天，作为我们生命过程之一阶段底存在形式之一，因那一阶段已过去，决不会仍存在任何地方；明天，因为是我们生命过程之一未来阶段底时间规定性，决不会已在任何地方存在。

（原载《太白》半月刊第二卷第六期）

3. 遗传

遗传究竟是什么？

有人说：生命是上帝创造的，遗传是天赋的。

宗教家的话，似乎总过于渺茫，不能叫眼见为真的人相信，于是他们提出异议，主张男性为尊的说：生命是男性的原体在女性的土壤中成长的，遗传由父亲而来。尊女者立刻反驳：胎儿在母亲肚子里吃母亲的血长大，怎说女性与遗传无关？据我看，孩子底才能、体格、性情，即使不是完全被母亲底气质、健康，尤其母亲的血底成份所决定，至少大部分要受影响。

一位折中论者跑出来说：你们的争论都含有偏见，既然男女交合产生孩子，自然孩子地遗传受到两方面的影响都有。于是他继续发挥他的幻想：这件事是要从头说起的。孩子由男女配合而生，当然在配合的时候，父母心中底思想要影响到在那一刻受精的胎儿底脑力和性情，父母若想着恶念头，将来的孩子便会乖戾；同时，当时父母眼睛所见的映象会反映到孩子底形体，比如他们那时心中深映了一副美人画，将来孩子生出来一定很美。所以，孩子底遗传，是男女配合那一瞬刻被父母底思想和映象决定的。自然，母亲在怀胎的十月中的思想行动以及食物也大有关系，所以古训说为母的要守胎教。总之，孩子的遗传是可以由父母底意志支配的。

究竟那一位的话对呢？表面看起来似乎折中论总该是最合理的吧？

要解答这一问题，并不是一件很容易的事。我们首先得认清它属于人类知识园地中那一部门。宗教家底话把它归入了神学，当然不对；别的人用浅薄的常识就现象底外表作臆测，其错误其实与神秘的创造说相差也不过是从席上滚到地面。

遗传是属于自然科学中生物学内的遗传渐化学（Genetics）底研究范围的。因此，我们假使要正确地解答这问题，非请教不用神话和幻想，而以理论和实验探讨事物底本源的生物学家不可。

生物学家说：遗传底因素是客观地一贯地存在人体内的。新的生命不是任何外力创造的，而是成人体中分裂开来的细微的活的实质——精虫和卵珠。同样，遗传也不是天赋的，或幻想和映象造成的，而是成人体内每个细胞中含有的极微渺的（Submicroscopic）化学单位——遗传因子（Genes）。

我们每一个人体中每一细胞都藏两付这种因子，一付从我们父亲得来，一付从母亲得来。每一付内包含因子有几百个，或甚至于几千个，每一付所含遗传成份又各有不同，有的较高，有的较低，有时不但质不同，连量也不同。这都是由于在发生时或长成时遭遇突然的化学变化或生理变态（Mutations）。

我们通常多以为人和其他高等动物一样，只有两种，一种男性的，一种女性的，但实在并不然。如彭内脱教授（Prof. Punnett）所说：人有四种。两种是独立地生存在世界上的——就是大人；两种则寄居在大人体内，可算小人，也就是精卫和卵珠。自然，如刚才所说，小人是从大人体内组织分裂开来形成的。

到了精虫和卵珠在男人和女人体内形成的时候，那许多双付父性合母性遗传因子便混合起来成为许多混合的单付。各单付所含的遗传成份是全不相同的，因为混合时的客观条件简直不能有两次完全相同。每一个生殖细胞（每个精虫或卵珠）得到一付，因而精虫或卵珠中所含父和母底遗传成份比例决没有两个完全相同。

但在精虫和卵珠两样，不是每个独得一付，而是每两个同得一付混合因子。所以说精虫没有两个完全相同是不全对的，应该说没有两对。卵珠之所以独得一付，因为通常在人类每次只一粒卵珠成熟。

许多人必以为这也不过一部份人底幻象。他们会问，谁看见过遗传因子的？谁看见过遗传因子怎样混合起来，怎样分配给精虫和卵珠的？如果生物学家坚认他的话不错，那么请他拿点遗传因子给我们看看，请他把生殖细胞底化生和秉赋遗传的过程实验给我们见识见识。这种眼见为真的浅薄观念恰正好表现说话的人完全没有科学常识，完全不懂科学底工作方法。我们且先反问一句：现代科学世界公认电子是物质结构底基本质，但有谁见过电子的？肉眼不用说，连现代所有放大力最强的显微镜都不行；而且不但已有的不行，在最近的将来我们还连制造出能见电子的显微镜的希望都没有。显微镜之放大力量是有一个最高的限度的：我们用显微镜去放大力量是有一个最高的限度的：我们用显微镜去放大物体来观察，必须用光照明那物体，如果那物体底径比照明它的光底"波长"短，显微镜就不能放大它，而电子底径却比任何人目能见的光底波长小得多。电子之被发现和公认是通过整个物质与辐射（radition）的相互作用底实验过程的人类对于自然法则更进一步认识的结果。关于自然科学中任何微渺形象（Microscopic phenomena）的研究，科学家所用的是统计方法（Statiscal method），从整个现象底发生和作用去观察和实验它内含的成因和法则。遗传因子底发现也是这种研究方法的结果。这里我们没篇幅也无必要来说明它怎样被发现的历史和方法，我们只能相信生物学家的话不是毫无根据的。如果我们坚持眼见为真，则一切微渺事物的科学研究，都要被否定，而科学也就再没有向前进展的可能。

话扯得太远了，现在让我们还是回到遗传问题上去。刚才我们说到每个卵珠形成时获得一付混合遗传因子，每对精虫共得一付，但没有两对完全相同。这即是说，在无量数不同的可能的遗传混合中，卵珠取得了一种，而在她的对方则有几百万对精虫，每对所含混合遗传成份又各不相同。由此我们可以看出人底遗传是怎样全碰机会的一件事。

但直到这里还只是初步工作，小人们是形成了，他们获得了他们的遗传，可是小人还得变成大人呢，而且几百万不同遗传的小人（精虫）中只有一个能成大人。事件底发展越发有味，它里面的机会成份也更加重。

生命制造的最后一幕展开了，到了小人们结婚开始产生大人的时候。由于两个大人，一男一女底被恋爱引诱或欲念驱迫在一起，在几百万精虫中，有一个碰巧钻入了卵珠，他们各人所含的一付混合遗传因子再融汇起成了一双付——就是新大人底遗传定数。同时，卵珠一经一个精虫钻入之后，里面立起化学作用，不准其余的精虫再进来，他们便只有死。小人们底结婚是绝对的，和大人们两样，永远不会离婚。

几千万可能的配合中，只有一个成功。这一次养出来的孩子也许是一个聪明强健的男儿，但只要当时的条件变换些微，也许就不是这个聪明的，强健的，而是另一个瘦弱的，蠢笨的；也许不是一个壮大的男儿而是一位美丽的小姐。这全得看在那一瞬间那一双精虫瞎眼地第一个凑巧碰到了卵珠，在那里留着的时间充分长，不被人体中的液流冲扫开去，使他有工夫用他的尖鼻子钻破他的伴侣底透明的皮跑进里面。精虫底获得某一份特定遗传是碰机会的，精虫那一个能钻入卵珠又是碰机会。机会之中，又有机会。所以有人说，于过去和目前的情形之下，人类底遗传定数等于赌博。

是不是人类将永远让他的遗传和赌博一样任命运支配呢？是不是遗传在受精那一瞬刻决定之后就全无变动呢？是不是某一种血统的人（黄人、白人或黑人，或任一种民族）历代的遗传永远一样，不起变化呢？这些都是比单纯地遗传更重要的问题，但在这里我们暂时不谈到此。目前我们的目的只是传达生物学家关于新生命底发生和遗传底获得的过程的说明，辟除一般神秘的创造论和无根据的意义支配遗传的幻想，因而建立起一点基本的科学的认识，使我们能更进一步去讨论上述的诸问题，即遗传与环境的问题。

（原载《太白》第一卷第九期）

第八卷

当代的科学文艺（上）

第三十二章　竺可桢与科学文艺

本章要点：科学家竺可桢和科学文艺；竺可桢的物候学与科学文艺；竺可桢著作中的科学与文学。

> 水滴石穿百年事，山峻峰高万里征。
> 满门桃李四美具，一树梨花二难并。
> 实事学风扬四海，求是精神贯一生。
> 博学慎思多半志，千古英名竺可桢。

一、科学家竺可桢与科学文艺

已故中国科学院副院长竺可桢（1890～1974 年），不仅是一位著名的科学家，也是一个热心从事科普创作的作家。他在气象学、气候学、地理学、物候学、自然科学史等科研和科普工作方面，都取得了卓越的成就，影响很大。他对中国近代气象学和地理学的建立和发展作出了一定贡献，在研究中国气候特点、形成、区划以及变迁方面，在研究物候学和自然科学史方面著有论文多篇。他极其热心地参加科普学工作，在其生前用中文和英文写的作品 300 多篇中，一部分是学术专著，还有相当数量的科普作品。

1. 探索中国科学史的遗产，激发中华民族的自尊心

远从 20 世纪 20 年代起，竺可桢同志就开始认真研究我国的自然科学史，对我国古代科学遗产进行了大量的发掘。新中国成立以后，他兼任中国科学史委员会的负责人，主持制订中国科学史的研究规划，发动搜集有关地震史资料，亲自撰写了多篇有关中国天文史、地理史、气象学史、物候学史以及历算等方面的文章。如他通过《尚书·尧典》谈到的二十八宿这个名称的起源年代和地点，论证二十八宿起源于中国；他阐明东汉和帝元兴元年（公元 105 年）蔡伦发明以破布造纸，不但对中国文化有极大影响，也对世界人类的进步有密切关系，公元 2 世纪中国纸传至新疆，8 世纪传至阿拉伯，10 世纪至埃及，12 世纪传入西班牙与法国，接着传入英国等地；中国用活字版印刷比欧洲早 400 多年；他考证中国北宋朱彧著《萍州可谈》中，第一次记载关于罗盘针的使用，12 世纪由阿拉伯传入欧洲，从而使哥伦布能够发现新大陆；中国制造的火药 14 世纪传入欧洲，不但用于战争，也用于开矿筑路。所有这些都对世界文化作出极大贡献。他用

一系列无可反驳的事实，给"中国人不如外国人聪明"的谬论以迎头痛击。

又如，一般人都知道："阳历"是以地球绕太阳转的周期为依据定的历法；"阴历"则是以月亮绕地球的周期为依据定的历法，但有很多人误以为中国的"农历"就是阴历，而"阳历"则是从外国传来的。竺可桢在《阳历与阴历》这篇通俗易懂的短文中指出：《尚书·尧典》中说的"期三百有六旬有六日以闰月定四时成岁"，以366天为一年，用的就是阳历；而"以闰月定四时成岁"则是阳阴历并用。单从中国古代农历阴阳并用，就可以说明中国古代历法相当精确和先进。正如《孟子·离娄章》所说："天之高也，星辰之远也，苟求其故，千岁之日至可坐而致也。"这表明战国时代测定阳历年的长短，已极有把握了；他考证西汉末年，就把天算作为六艺之一，到了唐朝，太学改国子监，历算成为太学四门功课之一。在当时的世界历法中，中国历法当是遥遥领先的了。

竺可桢更进一步认为，那种言必称希腊、罗马的观点是错误的。他指出我国古代天文学同巴比伦、希腊的不同之处在于：一是注意实用，紧密配合实际的需要；二是由于中国历史悠久，在天文学上有记录，有发展，有创造，是世界天文史上少有的。

再以日食来说吧。竺可桢从历史文献论证了关于日食的记载，是史不绝书的。他指出殷墟的甲骨文上有日食的记载，《诗经·小雅》上也有日食的记载，《春秋》中则记载了242年中我国发生过36次日食，其中32次已证明是可靠的，而最早是在公元前720年2月22日（鲁隐公三年二月朔）的日食，比西方最早的可靠日食记录要早135年。再拿关于太阳上的黑子来说吧，竺可桢指出：我国从汉成帝河平元年（公元前28年）起就有记载，而在欧洲，直到伽利略用望远镜观察太阳时才发现。

竺可桢还论证了战国时代楚国人的《甘石星经》上，记载123颗行星，是世界最早的恒星表。它比起西方托勒密（约公元90~168）的恒星表，要早二百多年。

作为气象学家的竺可桢，曾经细心考证了在我国殷墟甲骨文中，就有许多有关气象的记载；他从史籍中证明，我国在明永乐年间就曾命令全国各县报告雨量多少，那时就有雨量器了，而在欧洲直到17世纪才有雨量器！

由上可见，竺可桢十分重视我国古代科学文化的成就。在他看来，我国古代劳动人民不论在数学、天文、地学、水利、建筑、化学、生物、医学等各方面，都有辉煌的成就，这是极为宝贵的科学文化遗产。他指出："我国伟大先民的卓越成就是值得科学工作者广泛宣传的。"所有这些工作，都是极有现实意义的，他有关中国科技史研究的丰硕成果，不但鞭策我们去努力从事科学技术的研究工作，也大大激发了我国民族的自信心。

2. 科学家的任务是揭开大自然的奥秘

深刻阐明科学家的任务，揭开大自然的奥秘，这是竺可桢科普文章的重要内容。

"要开发自然，必须了解自然"。竺可桢是个气象学家，他认为气象学是人类生产斗争中最迫切需要的一种基本知识。只有掌握了寒暑阴晴的规律，衣食住行才不至于发生问题，为了掌握气象的客观情况和规律，他数十年如一日地在自己的日记中，不间断地记载每天气象情况。为了开发中原地区，他细致而认真地从历史上考察了中原地区开发的情况，揭示了 4 000 年以来黄河灾害的情况和致灾原因；并提出了如何治理长江流域的灾害，如何建设内蒙古伊古昭盟鄂尔多斯草原，东北小兴安岭森林地带，广东琼、雷地区，以及开发云南西双版纳傣族地区的方案。

竺可桢在 1973 年 6 月 19 日《人民日报》发表的《中国五千年来气候变迁的初步研究》，是一篇有很高学术价值和现实意义的科学学术论著，也是一篇出色的科普文章。他广征博引，论述了各个历史时期的资料，严密地论证了我国数千年来气候的变迁，如周初温暖的气候如何变化，在汉时天气怎样趋于寒冷，隋唐时怎样变得暖和，1 000 年来中国东海岸的福州荔枝，怎样两次全部死亡，以及我国在 5 000 年中的最初 2 000 年，平均温度比现在怎样高 2℃，等等，这是作者经过极其认真研究的成果。这篇文章不仅受到敬爱的周总理生前的好评、广大读者的赞扬，也引起了国际科坛的密切注意，很快被译成了好几种外国文字。

竺可桢还极其细致地揭开了沙漠里奇怪现象的奥秘，指出沙漠里并没有什么魔鬼，更没有什么"魔鬼的海"，而是由于光线折光和反射的影响，使人发生的错觉。他在《说飓风》里说明飓风何以可怕，"风暴剧烈的名为飓，更剧烈的名为台"，"飓常骤发，台则有渐"，并从科学上深刻阐明它们的成因及如何预告，从而可以避免受灾。他在《说云》一文中，从云的成因，怎样由"无数至微冰滴集合而成的云"，说到云之类别、高度和厚薄，云和雨的关系，一直讲到云的美丽。他以陆机的《白云赋》，对云倍加称赞，说："地球上纯粹美丽也者，唯云雾而已。"他还引用了陶弘景给齐高帝写的一首诗："山中何所有，岭上多白云。只可自怡悦，不堪持赠君"，激发了白云苍狗的诗情。

此外，在《气象浅说》中，竺可桢深入浅出地分析了大气的温度、水气的变化、雨雪和雷电、天气的颜色和天气预报。在《中秋月》中科学地分析了"月到中秋分外明"的说法是不符合事实的，指出满月最亮在阴历十一月十五日左右，历代人们所以特别热爱中秋月，因为这是秋收时节的月儿。他在 1916 年的《科学》杂志上写的《钱塘江怒潮》，严密地阐明了怒潮的成因和潮水的来龙去脉，读后令人不仅学到如何用科学观点去观潮，同时还得到美感享受。

3. 激励人们学习技术，向大自然进军

竺可桢科普文章还激励人们，特别是青少年努力学习自然科学，用科学技术来武装自己的头脑，向大自然进军，以建设我们可爱的社会主义新中国。

竺可桢善于运用浅显明了的语言和实例，说明科学和一个国家文明的关系。在他看来，科学对人类物质文明的贡献主要表现在延长寿命、便利交通、增加财富三个方面。例如，医学的发达对于降低人的死亡率大有关系；现代交通运输事业的飞速发展，不单可以缩短了人与人之间的距离，而且也缩短了星球与星球之间的距离，使人类幻想了几千年之久的"白日飞升"得以实现。

在竺可桢看来，科学绝不是欧美所特有的，而是属于全世界的。我们只要用脑力，费时间去研究它，科学会进步的。而且"科学永远对抗着迷信及一切蒙昧无知的思想"；他热烈赞扬面积不及浙江省的意大利，在 16～17 世纪，竟产生了 28 位著名科学家，如建筑工程师伦纳多、物理学家伽利略、布鲁诺、格里梅迪、托列拆里等人；在他看来"科学是最富于国际性的，过去航海、航空等困难任务统由各国科学家……的合作而解决"。他鼓励人们要"变沙漠为绿洲"，认为"沙漠是人类最顽强的敌人"。他在《吹起号角来向沙漠进军》《变沙漠为绿洲》《改造沙漠必须算好水账》《晋西北地区水土保持工作视察报告》等文中，谈到了有关水土保持与农业生产相结合和水土保持措施的方针问题；他在《新疆是个好地方》《从治理黄河问题看学习辩证唯物主义对自然科学的研究的重要性》《论我国气候的几个特点及其与粮食作物生产的关系》等文中，都不仅是作一般的号召，而是脚踏实地地具体谈到应当如何切切实实地学习科学技术，向大自然进军，要求人们在战略上大胆勇敢，在战术上细致踏实，善于运用科学这一武器，具体解决各种实际问题。

众所周知，在竺可桢所致力研究的许多学科中，物候学是他用力较多，成就也较大的一门科学。物候学是研究生物的生活、活动现象与季节变化的科学，如比较分析不同地区植物冬芽萌动、抽叶、开花、结实、落叶的时期，动物冬眠、复苏、交配、繁育、换毛、换羽、迁徙的日程及其与气候节令的关系。他从美国回来以后，1921～1925 年，1928～1931 年，1950～1973 年，每天观察、记录物候和天气，将两者联系起来，并特别强调物候知识在农业中的应用。他先后写过许多有关物候的科普文章。1963 年由科普出版社出版的他同他的学生宛敏渭同志合写的作为《知识丛书》之一的《物候学》，以通俗易懂的语言、引人入胜的笔法，概述古代和外国物候知识的发展、物候学研究的内容和方法，着重叙述了物候与农业的关系以及物候知识在农业中的应用，形象地把春风送暖、冰雪融化、草木萌芽、花朵绽放、燕子归来、布谷声唤、草木结实、金风送爽、黄叶飘落、北雁南飞、草木萧索、冰雪封冻等景象，称之为"大自然的语言"。对于这种"语言"，诗人和农民的感受各有不同，因此领会也就各异。几千年来，农民们注意到草木枯荣、候鸟来去等自然现象与气候之间的关系，并据以安排自己的农事活动。经过日积月累和研究，终于形成一门与农业生产关系十分密切的学科。在他担任中国科学院副院长期间，倡导建立了物候观察网，在我国若干地区开始了有一定规模的有关物候学的研究工作。他不满足于已问世的《物候学》一书的写作，在他的敦促下，于 1973 年，又同宛敏渭同志一块修订、增补了亲自从实践中总结出来的《一年中生物物候推移的原动力》一章，提出从生理、遗传等方面因素来探索研究物候，指出环境污染对于特定物候的影响作用，并在文字上把原作修改得更通俗易懂，使这部著作锦上添花，成为科普著作的典范。他的这种"烈士暮年，壮心不已"的精神，这种对自己著作逐字逐句推敲的勤奋精神，令人钦佩。很显然，物候学这门学科在中国起源虽然很早，但是只有在竺可桢同志的组织、推动与实践下，才建成了一支物候学队伍，填补了长期以来的空白点，并在农业生产的发展上起了促进的作用。

4. 破除封建迷信，实现民主以加速科学的发展

科学家竺可桢不是个"两耳不闻窗外事"的旧知识分子，而是积极宣传科学与民

主的先驱。新中国成立以前，他就十分关心中国人民的命运，特别是在他担任浙江大学校长期间，由于他关心民瘼，在当时学校地下党和"左派"学生的影响下，他越来越关心当时蒋管区风起云涌的学生运动，同情被国民党杀害的于子三，坚决抵制反动派诬陷于子三同志是"自杀"，公开申明于子三之死是"千古奇冤"。他积极保护"左派"学生，把浙江大学办得生机勃勃，成为党在蒋管区的一个红色阵地，这是众所周知的事情了。新中国成立前后，他写的许多文章中指出：要破除封建迷信，实现民主，才能使科学得到发展。他认为愚昧和迷信是人类科学文化不发达的根本原因。他尽情歌颂了那些为科学与民主而斗争的科学家们。他对波兰科学家哥白尼为了传播科学的地动学说同封建教会的斗争备加赞扬。在他看来，哥白尼是站在科学革命队伍前面的伟大科学家，敢于坚持真理，反对以地球为宇宙中心的《圣经》里的歪曲说教，哥白尼"好象一幡飘扬的旗帜，许多科学家都朝着旗帜指示的方向走了上来"；在他看来，哥白尼"不仅解放了天文学，把这门科学带进了正确的道路，而且开辟了各种科学发展的新方向"，"启发了大家怎样去批判旧的学说，怎样去认识世界"；他热烈颂扬因敢于坚持科学真理而受到教会残酷迫害、终被宗教裁判所处以死刑，烧死在罗马的意大利唯物主义哲学家和自然科学家布鲁诺，他为了维护哥白尼的"日心说"，宣布宇宙是无限的，太阳系只是无限宇宙中的一个天体系统。竺可桢把布鲁诺比做是被"焚死于十字架上"的英雄。

在竺可桢看来，一个真诚的科学家要敢于说真话。他歌颂中世纪的科学家如哥白尼、布鲁诺、伽利略等，都"不因教会淫威而畏缩"；他认为科学家要有自我牺牲的精神，他说："开普勒的一生，本来很有机会发财致富的，但是他一生潦倒，一直穷到死，死在偏僻的地方，而他一生却发现了行星运动的三条定律。"他认为一个真正的科学家要有"只问是非，不计利害"的精神。这种精神是民主与科学精神的辩证结合，是值得我们认真学习和发扬光大的。

竺可桢热情赞扬了把科学技术用来造福人类的科学家。他热情赞扬发明气压表的意大利著名自然科学家、气象学家托利拆里（1608～1647年），他为德国气象学家韦格纳（1880～1930年）写传记，指出这位科学家"一生勤于调查研究，与自然作斗争"，4次深入格陵兰冰天雪地，终于以身殉职，表现了"临危不惧，视死如归"的英雄气概；他赞扬探险家哥伦布于1492年发现新大陆；赞扬葡萄牙人达·伽马自海路绕道好望角至印度；赞扬航海家麦哲伦1519～1522年环行全球，使大西洋、印度洋、太平洋之间的航运大大发展起来。

在竺可桢看来，欧洲之所以能够在300多年以来开始实现工业革命，逐渐走上现代化的道路，是由于扫荡了封建专制，采取了民主措施的结果，从而才能从封建落后的农业国变成经济相对繁荣的工业国；而由于资本主义经济发展的需要，也促进了科学技术的迅速发展。"五四"以来，中国提出了"民主与科学"的口号，但没有实现。所以尽管不少科学家提倡"科学救国"，振兴实业以摆脱落后与贫穷，终归是不能实现的幻想，因为在旧中国政治腐败的官僚统治下，是不可能使科学发展的。

竺可桢从"科学救国"论，到深刻认识没有民主的社会制度就谈不上科学的发展，经过漫长摸索的道路。新中国的诞生给科学事业的发展带来了光明和希望，使他焕发了青春与活力。是他在新中国成立初期倡议在"共同纲领"上加上"努力发展自然科学，以服务于工业、农业和国防的建设，奖励科学的发现和发明，普及科学知识"这一条；是他积极担负起全国科学技术协会副主席工作，号召科学家从事通俗的科学演讲和写科普读物。在林彪、"四人帮"期间，他于1968年2月9日，冒大不韪坚决抵制所谓"解放以来十七、八年是黑线统治"的反动论调，指出新中国成立以来，科学技术进步之速，前所未有，而且大批培养了科技人才；他坚持新技术研究所要保留，不应砍掉。他痛切感到当时的窒息环境，把他压抑得透不过气来，感到不民主就不可能发展科学。就这样，这位年迈的科学家含恨而死了！

5. 向竺可桢同志学习

竺可桢是一生对科学的贡献很大，不论在气象学和气候学方面，对台风、季风、中国气候与气候区划、农业气候、气候变化、物候学方面的研究，还是对于地理学和自然资源综合考察，提出合理利用自然资源和对自然生态保护、制止环境污染；以及对我国天文、地理、气象、历史的研究，对我国古典文化遗产认真钻研，对我国古代科学家（如沈括、徐霞客、徐光启等人）及其著作的充分肯定等方面，都做了大量的工作。他始终认真观察、实践，严于律己，宽以待人，从一个爱国的民主主义者转变为一个坚强的共产主义战士，找到了自己的最后归宿。他博览群书，特别是对祖国科学文化遗产及哲学、文学等各方面，都非常精通。他善于从浩如瀚海的文献资料中，发掘有用的科学资料。他所写的科普作品，不仅运用中外科学家著作，还运用了中外文学家作品，以现代科学思想，进行分析比较，创造性地提出新的见解。因此，他所写的科普作品，能够做到深入浅出、古为今用，向读者宣传爱国主义思想，激励人们奋发图强。

竺可桢同志是科学家中热心从事科普工作的典范人物。他认为"国家大规模经济建设开始以来，群众性的科学普及工作成为文教战线上重要部分之一"；认为"为了要使科学大众化，每个科学工作者有义务从事通俗的科学演讲和著作"；认为"做好科普宣传工作是每一个科技工作者份内的事，科学工作者获得成就时，就有责任向人民作报告，而不应藏诸名山，更不应把科普宣传看作是落后的事情"。这都是至理名言，是值得每一位科学家和一切科学工作者认真学习的。

"实事求是"，是竺可桢一生的座右铭。他任浙江大学校长时，把这四个字作为"校训"。他在治学中也是如此。例如，他既充分肯定中国古代天文学的伟大成就，说中国古代天文学的成就决不次于希腊、罗马，但他也反对任意吹捧或拔高中国古代科学成就。例如他在《中国古代在天文学上的伟大贡献》中指出："《星辰考源》的作者荷兰人薛莱格误解了中国的经典，把中国天文学史推到一万六千年前，以为西方天文知识多源于中国，这也未免过于夸张。"而科学所需要的是实事求是的精神。

竺可桢的科普文章有许多值得我们学习的。他的科普作品，也像他治学态度一样，立论严谨，论证周详，不但有观点，也富有材料；他的科普著作遣词用字，非常质朴而准确，通俗易懂，又引人入胜。如在《钱塘江怒潮》一文中，讲到钱塘江"因幅圆狭窄，故水面逾高，潮行愈急，浪涛直立，白沫飞腾，其声如雷霆瀑布，足令闻者失色，斯诚世之奇观也"。他既讲了科学道理，又很富有文采。他的《向沙漠进军》一文，由于不仅有深刻的现实意义，有高度科学性，也富有高度艺术性，因而被选为中学语文教材。这些，都是值得我们来认真学习的。

竺可桢同志离开我们不觉已经 7 年多了！如今，《竺可桢科普创作选集》已由科学普及出版社编辑出版，这是科学家从事科普创作的一座丰碑，是我国科学界伟人走过的漫长道路的一个脚印，也是我国科学技术界和科普工作者可资借鉴的一面镜子，所以它有特殊的意义和重大价值。作为一个曾经受到他春风雨化的门人，我对他始终怀着感激的心情。在写这篇带纪念性的评介文章时，他的音容笑貌不断浮现在我的脑际。他激励我们认真学习科学技术，要求我们严肃对待每一件事物以及他多次阐述的要"实事求是"的话语，至今我仍记忆如新。啊！敬爱的竺可桢校长，你永远活在我们的心中，并激励我们向科学、向科学文艺进军！

（1980 年 12 月下旬于北京紫竹院公园初稿，1981 年 4 月修改）

二、竺可桢的物候学与科学文艺

已故中国科学院副院长竺可桢同志（1890 ~ 1974 年），是世界知名的科学家，又是一位热心于科学文艺著作的作家。他学识很广，从气象学、地理学到自然科学史等领域，都有很深的造诣。他又是我国物候学研究的奠基者。1963 年由科普出版社出版的《物候学》（与宛敏渭合写）一书，倾注了竺可桢同志毕生从事物候学研究的心血。这是一部有科学价值的科普著作，出版后受到了广泛重视。经过修订后的《物候学》于1973 年由科学出版社再版，1980 年 10 月又再次增订出版。

物候学也叫做生物气候学，研究生物的生命活动现象与季节变化关系。它指导人们正确认识动物蛰眠、复苏、始鸣、交配、繁育、换毛、改羽、迁徙的日程与气候节令的关系；比较和分析不同地区植物的冬芽萌动、抽叶、开花、结实、落叶的日程。它研究在特定区域何时始霜、始雪、结冻、解冻等物候现象。这对于广大人民从事劳动生产有密切关系。在我国古代文献资料中，虽然没有"物候学"这门科学名称，但有关这方面知识的记载很多。不论是《诗经》《书经》《吕氏春秋》，还是汉唐以来的诗词歌赋以及民间文学（尤其是民谚）中间，都有有关物候的记载。杨炯的《登秘书省阁诗序》上写道："平看日月，唐之物候可知。"杜审言的《和晋陵陆丞早春游望》一诗中写着："独有宦游人，偏惊物候新"，可见注意"物候"自古就开始了！但是我国把物候作为一门科学来研究的，当推竺可桢。

《物候学》在 20 世纪 60 年代初期由科普出版社初版时分为六章：一，什么是物候学；二，中国古代的物候知识，其中着重讲述我国古代医书中的物候和唐宋大诗人诗中讲的物候；三，世界各国物候学的发展，主要包括古代世界的物候知识和近代世界物候学的发展；四，物候学的定律，阐明了物候的南北、东西、高下、古今差异的规律；

五，预告农时的方法，包括以农谚、积温、自然历等报告农时的方法；六，我国发展物候学的展望，阐述了我国近代物候工作所取得的成果，目前应当开展的物候工作和我国发展物候学的前途等。此外，书后还有几个附录，如中国温带、亚热带地区物候观测种类名单，物候观测的记录项目，平年各日顺序累积天数表等。

这是竺可桢同志晚年的科普力作。这位杰出的科学家，随着实践的加深，仍尽心竭力对这部书加以修改。1973年该书修订本出版时他增加了《一年中生物物候推移的原动力》一章，其中阐明了生物物候的内在因素和外在因素，昼夜长短对于物候的影响，热带中的物候，植物开花的内在因素，以及候鸟何以能辨识千里迢迢的归程等。为什么要增加这一部分阐述呢？因为在这期间竺可桢认真地学习了马克思主义自然辩证法，认为不能光从物候外因谈生物动向，也要从内因来说明。他认真地研究了什么是促进生物变化的内因。就在补充的这一部分中，他概括地指出：以上五个部分讲到降霜、下雪、果树开花结果、候鸟的春来秋往，是由于气温寒暑的制约，这都是从外因来说明，但是"春江水暖鸭先知"（苏轼《春江暖景》），说明生物的变化除了物候外因之外，内因也是至关重要的。例如，热带无四季之别，少昼夜长短之分，但是在那里动植物的生长依然有自己的规律，植物仍然返青、开花、结果和落叶，有规律有节奏地循环不息。作者补充阐明了植物开花的内在因素。"似曾相识燕归来"，候鸟何以能辨识千里迢迢的归程？因为候鸟祖先自第四纪冰川时代起，已经每年春来秋往，南北奔波，这是亿万年来特定生物细胞中形成的"信息编码"，使它们具有先天性的感觉机能，历久不变。作者补充的这些段落，是锦上添花。据宛敏渭同志记载，竺可桢同志这篇修订稿曾于1965年送交科普出版社，拟在改订版时作补充，但由于文化大浩劫而被搁置了下来，直到1973年才由科学出版社出版。

最后，作者又在原书的基础上，补充了"物候与四季划分"。竺可桢同志博览群书，通过元代王祯《农书》（1313年）等我国古籍文献，雄辩地证明我国古人对四季划分的重视，同时还以亲身观察体验并作出记录的北京自然物候为例，详尽地证明了在每一季节期间，以及每一季节的分期（如初春、仲春、季春；初夏、仲夏、季夏；初秋、仲秋、季秋；初冬、隆冬等）动植物之间的变化和成长及其不同表现。他充分利用《日本科学新闻》、西德《图片报》及上海《文汇报》资料说明：物候学与防止环境污染及"三废"利用的关系。他把物候学不但用于生产，同时也用于生活，用于防止环境污染，拯救蓝天，这是极有科学价值的。这也说明，为了使科学造福于人民，为了对千百万读者负责，他对于这样一部科普书籍的写作是那么认真，那么深思熟虑，尽一切可能把它改好。

我们从竺可桢和宛敏渭合著的《物候学》里可以看出，物候学这门学问同生物学和农艺学、气候学都具有桴鼓相应的密切关系。竺可桢把物候学看做是一门丰富的科学。他形象地把春风送暖、布谷声唤、北雁南飞、冰雪封冻等现象，比做是"自然的语言"，是"活的仪器"。在他看来，物候学的作用是多方面的，不仅仅限于选择播种日期和预报农时，还能用它作为合理配置作物的先决条件；物候资料既能帮助人们进行引种驯化，也可以帮助人们与病虫害作斗争，同时对绿化城市、乡村都有用处；物候观察资料对于养蜂、放牧、捕鱼、狩猎以及其他生物界和生态平衡都有一定的关系。

中国物候学的奠基者竺可桢虽然离开了我们，但他的科学精神仍然活在我们中间。《物候学》一书留下了竺可桢同志的典型风范：实事求是、踏踏实实地做学问，哪怕是一部科普著作，既有科学，又有文艺，也一丝不苟，倾注进自己的心血！

（刊 1981 年《百科知识》第 4 期）

三、竺可桢著作中的科学与文学

从古典文学著作中学习和欣赏文艺，这是很常见的了，但利用古典文学材料，讲科学技术却很少见。我国已故世的著名科学家竺可桢写的有关气象学、物候学及自然科学史等方面科普文章，经常引用我国古典文学作品，借以讲解现代科学技术问题，这是别开生面的。

竺可桢是一位著名的气象学家。气象学是地球物理学的一门分科，主要研究大气的多种物理性质，包括气象学、大气物候学、气候学等。它要求人们深刻了解冷、热、干、湿、风、云、雨、雪、霜、雾、雷、电、光等各方面的物理现象。竺可桢善于从我国古典文学著作中，论证我国从古代起就十分重视气象学方面的知识，或者用古典文学作品中的一些文字来说明气象学中的问题。

众所周知，《诗经》是我国最早的一部诗歌总集，其中收集了从西周到春秋时期的诗歌 305 首。竺可桢在他的科普文章《气象浅说》中，当讲到雨、雪时，引用了《诗经》里的"相彼雨雪，先集惟霰"这句话，说明在冬天下雪以前，必先飞雪珠。他说有人以为霰是雪片下降中途溶解而凝成的，其实霰是雨点所结成，因其中有空气，所以作白色。雹和霰相似，但雹比霰大，把一粒雹子切开，可以看到雹的内部分为好几层，最内部是一粒白色的冰，形状同霰一样，当潮湿的空气上升的时候，其中水汽就结为雨点，但若向上升，到了零度以后，雨点就变成了小小的冰粒，重量一大就下降。

竺可桢紧接着还引用了《诗经》里的"蝃蝀在东，崇朝其雨"，原意是东方天际如若见虹，立刻就要下雨，而实际上当我们见到虹的时候，天空中已经在下雨了，因为虹是由太阳光照射到雨点上，由雨点反射到我们的眼睛而成的。

竺可桢认为有些古人由于并不十分了解科学原理，因此对大自然的某些现象往往发生错误的看法。如唐代著名诗人白居易的《浣云》一诗中写"白云本无心"；陶渊明的名作《归去来辞》中也曾写道"云无心而出岫"，竺可桢指出：这种把云看做是"无心"，是不符合科学事实的。因为空中的水汽到了饱和点而成云时，就必定凝结在一颗心核上，它犹如城市污染中的煤灰、海水中结成的盐粒、花间纷飞的花粉一样，白云不但有心，而且每一片白云，都有自己的千千万万颗云心。

竺可桢还进一步纠正了我们向来都认为云是轻浮的看法：如孟郊诗中有"浮云游子意"之句，杜甫诗中有"天上浮云如白衣"之句；而实际上，云并不像气球那样是轻飘飘的东西，云比空气重，它不是浮在空中，而是从空中不断地下降，只不过降得很慢罢了，它每小时只下降50公尺左右，空中只要略有上升的气流，就能把云顶住，使其不能很快地下降到地面来！这也是大旱时节天上有云无雨的原因。当时天上不见得毫无云彩，只是云点太小了，以至云不能下降成雨。但尽管如此，从科学的观点看来，把云简单地称为"浮云"，不是很确切的，因为云的本性不是浮，而是降，当云霾四布时，不是就能很快地致雨了吗？

竺可桢认为，我国古代诗人对于距离地面越远越冷、越向高处温度越低的想法，是很符合科学道理的。苏东坡（1036～1101）在《水调歌头》一词中写道："不知天上宫阙，今夕是何年？我欲乘风归去，又恐琼楼玉宇，高处不胜寒。"他说：苏东坡之所以这样揣测，大约是由于看到山顶积雪终年不消有关吧！这样的论断，是符合客观的科学事实的。因为空气温度不是直接受到太阳的影响，而是直接受到地面辐射的影响；离地面愈远，所受地面辐射量愈少，所以温度也愈低。

竺可桢指出：我国远从两汉以来，就十分注意气象知识，并且积累了极其丰富的关于气象的经验。他对于东汉时代杰出的唯物主义者王充（27～约97年）在《论衡·明雩篇》中举例说明的"不能以行感天，天亦不随行而应人"的观点，以及在《雷虚》《龙虚》两篇中，把雷的起因解释为"雷者太阳之激气也。何以明之，正月阳动，故正月始雷；五月阳盛，故五月雷迅；秋冬阳衰，故秋冬雷潜，"都给予了很高的评价。竺可桢认为这说明王充是个很彻底的唯物主义者，他认为王充的学说"和西洋十五世纪哥白尼的推翻太阳环绕地球学说一样。"

竺可桢对于民间流传的"朝霞不出门，暮霞行千里"等谣谚，以及苏东坡诗中写的"三时已断黄梅雨，万里初来舶舶风""今日江头天色恶，炮车云起风暴作"等，都看做是好诗句，因为这些诗既具有形象艺术性，又有科学的思想内容。

作为科学家的竺可桢在应用我国历史文艺遗产时，总是采取分析的态度：既不一味歌颂，全盘肯定；也不一味贬斥，全盘否定。他一方面对司马迁的《史记·天官》等古籍文献中，关于二十八宿起源于中国作了充分的肯定；同时又在《中国的世界第一》一文中指出：《史记·天官》上，把气象和天文混为一谈是不妥当的。他虽然并不崇尚儒家，但却认为宋朝朱熹很留心气象学，并曾科学地说明了云雨生成的道理。如《朱子语录》中就曾说道："象蒸而为雨，如饭甑盖之，其气蒸郁而淋漓，气蒸而为雾，如饭甑不盖，其气散而不收。"竺可桢认为："这是以很浅近的比喻，一经说破，便益浅近易知。正如地球绕日，现在妇孺皆知。"可以看到，竺可桢多么实事求是，按照科学原则论人，不带主观成见，更不以人废言。

物候学是竺可桢毕生专攻的又一门学问。自古以来我国劳动人民都非常重视自然季节现象同农业畜牧业生产的关系。竺可桢在有关著作中指出：我国《礼记·月令》篇上，就曾对物候学作了记载；他认为元人金复祥（1232～1303年）根据我国中原周秦时代的物候作出的古代要比元朝热的判断是很正确的；清刘献廷（1648～1695年）在《广阳杂记》中，根据南北花开季节来比较各个历史时代的气候的温凉，尽管他的记录材料今已佚传，但在地理学家全祖望为刘献廷所作的传记中所保存的有关于刘献廷对果树开花结果于不同季节的记载，是符合科学的。

竺可桢一方面肯定古代文人很讲究科学，另一方面也批判了一些违反科学的古典文艺。例如他认为唐诗里的"二月黄莺上林"，是错误的，因为长安二月绝无黄莺，这样写诗是缺乏一般自然常识的。他在《中秋月》一文中，论证了"月到中秋分外明"，实际上也是古往今来文人的主观臆断，是不符合客观事实的，因为月亮最明应是在冬至前后，即阴历十一月十五左右。古人之所以作如是说，是因为当时是收获季节，而月亮也比较明朗的缘故。因此他指出不能轻信诗人的歌唱，而要相信客观事实。

竺可桢引用了《诗经》里的《豳风》中的"四月秀葽，五月鸣蜩"（"四月里草开了花，五月里蝉振翼发声"）；和"八月剥枣，十月获稻"（八月里枣子熟了可以打下来，十月里稻子黄了可以收割），认为这些记载都是可信的。他坚信《左传》里写的"玄鸟氏司分也"（玄鸟——燕子，以春分来，秋分去）也是十分准确的。他认为这些作为当时劳动人民关于物候学的标志，是符合客观实际的。

竺可桢还指出宋代吕祖谦（1137～1181年）在《东莱吕太史文集》卷十五中对气候实测的记载：如有关腊梅、桃、李、梅、杏、紫荆、海棠、兰、竹、豆蓼、芙蓉、莲、菊、蜀葵、萱草等24种植物开花结果的物候，以及春莺初到、秋虫初鸣的时间等，是15世纪以前世界上所没有过的实测物候的记录。他充分肯定了宋朱熹在该书的"跋"上所写的："观伯恭（吕祖谦号）病中固不以一日懈，至于气候之寒温，草木之荣悴，亦必记焉。"与此同时，竺可桢还赞扬了程大昌的《演繁露》一书中所记载的："二十四番花信风"，把梅花、瑞香、迎春花、菜花、桃花、海棠、牡丹、山茶、兰花、樱桃、杏花、棠梨、梨花、麦花、荼蘼、水仙、望春、木兰等24种花的按时开放，一一作了详细的记载，认为这是古代科学文艺的杰作。

竺可桢从科学见地出发，很赏识白居易的《古原诗》："离离原上草，一岁一枯荣，野火烧不尽，春风吹又生"，指出这四句五言古诗，包含了物候学上的两个重要规律：一是芳草的荣枯，有一年一变的循环；二是循环随气候为转移，春风一到，芳草就苏醒了！竺可桢的科普文章，还引用了李白的"春风又绿瀛洲草，紫楼江城觉春好"和王安石《泊船瓜州》中的"春风又绿江南岸，明月何时照我还"的诗句，指出：这两位诗人都用"绿"字作动词，以象征春天的到来。他说直到如今，花木抽青，还是春天的重要标志，它们既表现了艺术美，又有物候学的特点。

竺可桢很赏识陆放翁在76岁时写的《初冬》一词："领流光，绝爱初冬下瓦霜。枫叶欲残看愈好，梅花未动意先香"，他认为这证明陆放翁是相当留心物候的。他并举陆放翁的《鸟啼》一诗中"野人无历日，鸟啼知四时：二月闻子规，春耕不可迟；三月闻黄鹂，幼妇悯蚕饥；四月鸣布谷，家家蚕上簇；五月鸣雅舅，苗稚厌草茂……"的诗句，说明诗人用多么生动的语言，道出没有日历可查的农民是怎样通过鸟叫的声音，来对客观气候进行认识！

由上可见，竺可桢对我国许多古代作家、诗人和他们有关反映大自然的文学作品，曾进行了很深刻的再认识和科学分析，这是很可宝贵的。我国古典文艺浩如烟海，优秀的作品也较多，我以为，文艺工作者不仅要从文学的见地出发加以品评，还要学习从科学的见地出发，加以重新评价。这样不仅能学好文学，也能从中学习了科学知识。

"四化"的关键是科技现代化。古典文学可以古为今用，也可以作为今天学习自然科学的一个教材。竺可桢在这方面做了许多有益的工作，这是个很好的开端，是值得我们学习的！

（1980 年 11 月下旬于京郊，刊于《科学 24 小时》1981 年第 3 期）

第三十三章　戴文赛与科学文艺

本章要点：戴文赛的生平及著作；披星戴月为科普——简介《戴文赛科普选集》。

一、科学家、科学文艺作家戴文赛及其著作

著名科学家、科普作家戴文赛，1911 年 12 月 19 日生于福建省漳州天宝镇的一个信仰基督教的家庭。父亲做过小学教师、木匠和牧师。少年戴文赛聪颖好学，17 岁（1928 年）考取福州郊区魁歧私立协和大学数理系，毕业后留校当助教。1937 年到北平燕京大学物理系继续当助教和研究生，同年考取中英庚款留学生，前往英国剑桥大学攻读天文学，由于学习优秀，得该校天文学奖金。1940 年以《特殊恒星光谱的分光度研究》一组论文获得博士学位。1941 年回国后在中央研究院天文研究所南京紫金山天文台（当时内迁云南昆明）任研究员。1945 年任燕京大学数学系教授。新中国成立后，历任北京大学数学系教授、南京大学天文系教授、系主任、国家科学技术委员会天文学组副组长、中国天文学会副理事长、江苏省政协委员、人民代表大会代表等职务，1952年加入民主同盟，1978 年加入中国共产党，不幸于 1979 年 4 月 30 日因患癌病逝于南京。

作为一位科学家和科普作家，戴文赛同志生前曾撰写过大量科学研究与科学普及著作。远从 20 世纪 30 年代起，他在当时出版的《科学世界》上，开始了他的写作活动。新中国成立以后，他更加勤奋地致力于教学、科研与科普著作。

戴文赛同志在科学研究方面，主要从事特殊恒星的分光度研究、恒星统计、如天体演化等三方面的研究，尤其在晚年他全力研究天体演化，主要研究太阳系的起源和星系的结构和演化这两个大问题，发表了一系列论文。他批判地吸取了康德和拉普拉斯星云说的基本论点而加以发展。这一新太阳系起源学说的基本论点认为原始星云是从星际云瓦解出来的，一开始就有自转，并靠自吸引而收缩，星云中心部分形成太阳，外部因自转而转化为星云盘，在盘中由星子集聚而形成行星和卫星。他认为原始星云是含有气体和尘埃的气体尘埃云。这一成果在 1978 年第一次全国科学大会上获奖。

在星系演化方面，他对星系形态（哈勃）分类、演化的意义也发表过一系列论文。

其中《星系的质量和角动量分析》一文得出星系角动量 J 与质量 M 的关系为 $J \propto M1°66$ 等一些有关星系演化的重要结论。这一点曾引起国外天文界的注意和重视。

他的关于天体演化的著作和论文主要有：

    (1)《天体的演化》科学出版社 1977 年出版。

    (2)《太阳系演化学》（上册）上海科技出版社 1979 年出版。

    (3)《提丢斯——波得定则的说明》，1975 年出版。

    (4)《太阳系角动量分布的说明》，1977 年出版。

    (5)《木星、土星、天王星及其规则卫星的形成》，1977 年出版。

    (6)《论小行星的起源》，1979 年出版。

    (7)《星系质量和角动量的分析》，1978 年出版。

    (8)《从冥王星卫星的发现得出的一些演化结论》，1979 年出版。

    (9)《太阳系起源各种学说的评价》，1977 年出版。

    (10)《太阳系起源的研究进展》，1973 年出版。

    (11)《天体演化的研究进展》，1973 年出版。

    (12)《天体演化研究的意义和方法》，1978 年出版。

    (13)《太阳系的角动量分布》，1960 年出版。

    (14)《不稳定星研究在天体演化学上的意义》，1955 年出版。

    (15)《论太阳系的起源》，1980 年出版。

    (16)《恒星天文学》，科学出版社 1965 年出版。

    (17)《星系的结构和演化》，1977 年出版。

此外，他还写了多种科学报告和科普著作，如《天文知识》《太阳与太阳系》《新星》等 100 多种。1968 年，经国务院领导批准重建中国科学普及出版社时，为了约请他编写一本《戴文赛科普选集》，1978 年 6 月初我曾同杨建、肖迪同志一同到南京他家里去看望他。我同他说道：

"三十年代，我在《科学世界》等科学刊物上，就时常拜读您的科普文章了，当时该刊有个栏目是您和李延绥等人主编的。"

"是的，当时我们还是年轻人呢！"戴文赛同志笑笑说。

"您当时好像专攻数理，搞天文学大约还是以后的事情吧？"

"是的，那是到英国留学以后的事情。"戴文赛同志回答道。

"这些年来，看到您写了不少既是科学又是科普的通俗易懂的文章，中国很需要这样的科普文章。"

戴文赛同志点点头。

"我们很希望你编一部《戴文赛科普选集》。如果你身体不行，就由你自己选，别人帮助你做点加工修订，你看行吗？"

戴文赛同志答应了我们的请求，并问道："你们大约要多少字数？"

我问："您写的科普文字约莫有多少？"

"将近 100 来万字吧。"戴文赛回答道。

"你看是否选 30 万字左右？"我说，"你写的科普文章门类很广，除了天文学以外，我还曾是您写的数学、物理、自然辩证法等方面科普文章的读者。您可否在重点选择天文科普文章的同时，也选些数学、物理、自然辩证法等方面的文章？"

戴文赛同志立刻表示同意我的意见。

"你们还有什么要求吗？"戴文赛同志进一步问道。

我想了一想，对他说道："我有三点要求：一是文章由您亲自选出后，可由您的学生杨建同志协助您作些补充和加工，但望最后您能亲自审阅定稿；二是希望在卷首写篇序言；三是如果有精力，望您能再写一篇从事科普写作的经验谈。"

戴文赛同志完全答应我提出的三点要求。这时他夫人刘圣美同志来叫他吃饭，他很高兴地约请我们一同进餐。我们考虑到他谈了一个多小时的话，未免有些劳累，也就告辞了。

现在出版的《戴文赛科普选集》，就是从他多年以来在报刊上发表的有关文章和已经集成的几本集子的作品中编选出来的。《选集》中天文方面的文章约占一半，此外，还有航天飞行方面的 3 篇，数理方面的 7 篇，自然辩证法方面的 7 篇，全部共 39 篇。在入选的天文及航天方面的文章中，他指明天文学是古老而富有生命力的基础科学，指出天文知识是可以自学的，他着重谈到太阳、月亮、日月食和观测日月食的道理，阐明了在遥远银河系里的牛郎织女和有关银河系的知识、现代航天飞行、人造卫星的科学意义，以及人造卫星与天文研究的关系；在数理方面他选了谈数、谈素数、十进制、圆周率、纵横图、原子能研究的基本知识等有关文章；他还通过马克思主义自然辩证法原理，阐明了天体演化研究的意义和方法，他所选收的有关宇宙的物质过程、物质系统的层次、微观、宏观，航天飞行的哲学意义等篇章，无不有助于广大读者对天文学数理知识的学习。作者在编辑过程中非常严肃认真，由于科学数据随着研究的深入而不断更新，作者在编辑本书时，也相应地作了若干变动。如原作中水星自转周期为 88 天，现在根据新的技术观测数据改成 58.5 天，过去向读者介绍过的天文学自学书目，也根据近年来新编的优秀天文书目而加以增补，可见他对广大读者是何等认真负责。

《从事科学普及工作的一些感受和体会》，是戴文赛关于科普工作的一篇重要文章。发表在 1979 年 8 月出版的《科普创作》试刊号第一期上。从文章中可以看到，作者自 1941 年起，就参加科普报告会活动，新中国成立后不久，他继续被邀请参加科普工作，作科普报告、广播讲话、写文章，协助科教电影剧本编审等工作，向人们普及科学知识。他认为科普工作不能只限于城市，还要推广到城镇和农村。这种见解是非常深刻和富有远见的，因为中国农村人口占全国人口的 80%。如果脱离了广大的农村，则根本谈不上普及。作者在这篇短文中，总结了自己在对不同的群众进行科普报告的成功与失败的经验，指出天文科普报告有助于广大群众破除迷信，正确理解天文现象。作者还谈到 1953 年他被多次请到大学哲学系、地方哲学会、党校、干部读书班作宇宙知识或天体演化知识的科普报告，为了作好报告，他还认真地学习了马克思主义原著。这篇总结性的文章是于 1978 年 10 月 6 日写成的。当时戴文赛同志已有重病在身，他应我之约，不到 4 个月时间就完成了，这种奋不顾身地为科普事业工作的精神，是令人钦佩的。

戴文赛同志逝世到如今不觉已经 3 年多了，今天，在党的"十二大"精神的鼓舞下，科普工作也有了更大的发展。科普界和科学界将永远记得戴文赛同志，因为他是个勤劳的科学家，也是从事科普工作的优秀的典范人物。

二、披星戴月为科普——简介《戴文赛科普选集》

由科学普及出版社和江苏科学技术出版社联合编辑出版的《戴文赛科普创作选集》已经出版。这是一部优秀的科普读物，特别是天文爱好者将从中取得教益。

大家知道，天文学是研究天体运动、结构和演化规律的科学，它在数、理、化、天、地、生六大基础科学中是发源最早的一门学科。它不断地把人类对宇宙的认识，扩展到更广阔、更深远的领域，对人们建立进步的宇宙观和认识论有着重大的影响。《选集》用丰富的历史资料说明中国是最早对天文学进行过认真研究的国家之一，不论对太阳的黑子、日食、月食、行星和恒星，都有着丰富的记载，并且进行了各种形式和相当深刻的探索。

《选集》的作者，用形象的笔法、生动的语言，讲太阳，讲月亮，讲星星。书中告诉我们：太阳大约有 130 万个地球那么大；它离我们有 1.5 亿千米，一个人不停地走，要走 3 000 年，坐火车要走 300 年，坐飞机要走 30 年才能到达。太阳发的能量，相当于一台 5 000 万亿马力的发动机。太阳发出的光和热，只有二十二亿分之一达到地球。每秒钟照在地球上的太阳光，差不多相当于 500 万吨上等煤发出的能量。人们倘若能够充分利用太阳能，将是一件多么美好的事啊！

《选集》作者以满腔的热情，歌颂了历史上科学家为真理而斗争和不怕牺牲的精神。波兰天文学家哥白尼，一生同封建教会作斗争，在他临终的时候出版了不朽的著作《天体运动论》，向宗教神权挑战。意大利天文学家、唯物主义思想家布鲁诺，因支持"日心说"竟被宗教裁判所活活烧死，临刑时，仍不屈服，从容就义。意大利物理学家、天文学家伽利略，因坚持地动说，受到宗教裁判所判刑，他在狱中仍然著书坚持日心说，宣称："地球还是在转动着啊！"

实践是检验真理的唯一标准。从 1543 年《天体运行论》出版算起，足足经过 303 年的功夫，通过一系列天文学探索实践，直到 1846 年海王星的发现，终于证实了哥白尼的日心说的正确。至于对海王星的探索，更足以说明实践在检验科学真理上的巨大威力。1846 年，法国天文学家勒威耶（1811～1877 年）和英国天文学家亚当斯（1819～1892 年），根据天体力学理论同时计算出海王星的位置，然后由德国天文学家伽勒（1812～1910 年）用望远镜发现了它，最后证明有海王星的存在，并计算出它有 17 个地球那么重。这说明只有通过不断的实践和探索，才能正确认识宇宙。

《选集》作者热情教导青少年一代要努力掌握科学知识，尽一切力量攻克科学堡垒。他通过一系列科普文章，阐明各门科学之间的相互关系，并指出人类必然一代比一代更有才智，必然不断地突破对宇宙的认识。

《选集》的 40 几篇文章，是科学家戴文赛热心科普事业的见证。《选集》是戴文赛同志于 1978 年 6 月 4 日应本文作者之约，抱着重病编选出来的。作者当时身患重病，癌已扩散，体弱无力，但仍然慨然答应写一篇关于他自己如何从事科普写作经验的文章（按：已刊登于《科普创作》试刊号）；并答应为此书亲自写一篇前言。这三件事，他于生前都一一做到了。记得我访问他的那一天，他刚出院，当天下午就应有关方面的邀请，作科普学术报告，题目是："天体演化研究的意义、方法和主要成就"。我诧异地问他："你患这样重的病还能讲吗？""能！"他斩钉截铁地回答，接着又说："讲稿我已经写出来了，先念一段后，由别人替我念完！"我听了非常感动。是什么力量鼓舞他这样做而置生死于度外的呢？答案只有一个，这就是为科学而献身的精神。戴文赛同志早年留学英国，得博士学位。他多年从事天体物理的研究工作，在恒星光谱、星系结构、太阳系起源和演化等方面，都取得重要成果。自 1941 年回国后，在从事科研的同时，也努力从事天文学、数学的科普工作。他一向主张要把科学知识普及给人民。凡是请他作科普报告或撰写科普文章的，他总是欣然允诺。他多年来写了许多科普文章，《选集》所搜集的只是其中的一部分，这是经过作者生前认真挑选的。据他爱人刘圣梅同志告诉我，戴文赛同志生前经常为青年学生、工人看稿改稿，认真回答全国各地工厂、学校、农村、部队来信中提出的有关天文学及其他方面科学的问题。直到他逝世的那一年，他仍然不断收到这类的来信。这说明戴文赛同志同广大人民群众之间的广泛联系及其深远的影响。

戴文赛同志不幸于 1979 年 4 月 30 日逝世，于今已有一周年了！他生前抱着重病，把《选集》编好，交给科普出版社。由于我们工作上抓得不紧，以至作者生前未能亲眼看到《选集》问世。这是一件十分遗憾的事情。我深深地感到负疚！戴文赛同志披星戴月为科普，他多么希望我国能早日实现"四个现代化"啊！他曾充满信心地说："当人类迈进 21 世纪时，我们祖国将实现科学技术的现代化！"我们相信，这个殷切的愿望，只要我们协力同心干，真正做到安定团结，各项工作迎头赶上去，是一定会实现的！啊！永别了，戴文赛同志，你安息吧！

（原载《现代化》1980 年第 7 期）

第三十四章　自学成材的科学文艺作家顾均正和《少儿科普著译》

本章要点：顾均正及其生平；顾均正的科普创作。

1902 年，农历十月十八日，顾均正同志诞生在浙江省嘉兴县城外东口镇的一个"寒士"的家庭里。父亲顾来侨在家乡教私塾，母亲梅英操家务。弟妹三人，他是老大，小时名振寰，均正是他后来的笔名。6 岁时，进王慕周私塾念书。辛亥革命那一年，顾均正入启明小学，一开始就上三年级，10 岁初小毕业，12 岁高小毕业，13 岁进嘉兴城里读省立第二中学，学制 4 年。"五四"运动那一年，他从二中毕业，受到新思潮的影响，向往民主与科学，加以家里人口渐多，生活日趋困难，父亲负债累累，因此决心走上自立的道路，在工作中学习，把自己培养成为一个有知识的人。

1920 年，顾均正 18 岁，由朋友介绍到浙江省嘉善市俞汇小学教书。他边教书边自学，从不浪费时间，他的英语学习进步很快，这一年中就翻译了童话《小人鱼姑娘》《小单眼和小双眼》《火柴匣》等短篇少儿读物。21 岁那年，他先参加上海商务印书馆的会计考试，但当时做会计要先交 200 元保证金，借钱谈何容易，只好放弃这个机会。接着他又通过考试，考进了商务印书馆理论翻译部，从事翻译工作，从此开始了新的生活。

22 岁这一年（1924 年），顾均正在商务印书馆参加《小说月报》和《妇女周报》编辑工作。编辑之余开始学习翻译安徒生的作品，并编写《安徒生传》，后由开明书店出版（1929 年），这是我国第一本介绍安徒生的传记。接着他又译了印度作家泰戈尔的名著《我的回忆》（载《时事新报》副刊《学灯》）。1925 年 9 月，他调任《学生》杂志任编辑，业余为《小说月报》撰写《世界童话名著介绍》。

1926 年，顾均正 24 岁时同周华女士结婚。结婚这一年，译了《风先生和雨太太》（1927 年由开明书店出版）、《水莲花》、《玫瑰与指环》等少儿作品。由于他非常勤奋，外文水平不断提高，因此他的译作不仅受到青少年的欢迎。而且还受陈望道同志之邀，到陈望道先生主办的上海大学讲授外国童话，直到 1927 年该校停办时为止。

1927 年 8 月，开明书局发行所成立，顾均正是其中成员之一。9 月，由章锡琛推荐，主编《新女性》。这年秋，面对白色恐怖，顾均正慷慨地在经济和政治上支援了党的地下工作者。1928～1929 年，他的译作《三公主》《安徒生传》《夜莺》，先后在开明书店出版；《新女性》停刊后，他参加了《中学生》杂志的编辑工作。这时，他又翻译了英国著名小说家斯蒂文生（1850～1894 年）的代表作《宝岛》，编译了《白猫》《小松树》《公平的裁判》等译著。

1931 年，他翻译了法国著名科普作家法布尔名著《化学奇谈》，在《中学生》杂志上连载。这是他翻译的第一部科普名著。该书通过两个少年跟他们的保罗叔叔学习化学的故事，用浅显明白的对话和简单生动的实验，系统地介绍了化学基本知识。由于译笔流畅，引人入胜，使小读者仿佛置身于保罗叔叔身旁，一边听他亲切讲解，一边忙碌地做实验，一点也不觉得枯燥。顾均正特地挑选法布尔的这部书来翻译，主要是在提倡科学实验。后来他还编辑了一部《少年化学实验手册》，并设计了一套仪器和试剂，包括试管、试管夹、酒精灯和各种酸、碱、盐等，装在一个匣子里。学生买了一匣仪器和试剂，就可以做 100 多个实验，这说明顾均正是坚决主张通过科学实验来学习自然科学的。

"一·二八"事变发生后，顾均正暂时回到浙江嘉兴。这年出版了他的译作《水莲花》和《化学奇谈》。1933 年起与贾祖璋合编了《开明自然课本》。

1934 年陈望道同志在上海主编《太白》杂志，经常刊登科学小品文。在该刊创刊号上顾均正写了《昨天在哪里》，此后陆续写了许多科学小品文。

1939 年《科学趣味》杂志创刊，由开明书店出版，顾均正主持了这个刊物的编辑部工作，连续出了 6 卷，到 1941 年停刊。这是中国较早的科普刊物。这一年，他的《和平的梦》一书，由上海文化生活出版社出版，这是我国较早的一部科幻小说。同年，还由开明书店出版了他的《科学之惊异》《电子姑娘》两部科学小品集，前者提出了"水是有皮的"和"血是有毒的"等新奇问题；后者别出心裁地通过活泼的电子姑娘和质子哥儿这对"佳偶"，形象地把物理问题写得通俗易懂。这一年，根据英文译本，他还译了德国柏吉尔科学童话《乌拉坡拉故事集》。这是一本把科学技术知识用童话形式写出来的书，讲的都是科技方面的基础知识，文字生动活泼，对青少年富有教育意义（该书于 1979 年由中国青年出版社再版）。

顾均正从 40 岁起（1942 年），到新中国成立为止，辛勤地编写了《物理手册》《原子弹浅释》《学习篇：物理、化学》；翻译了《任何人之科学》《大学化学导论》《霍氏高等代数》，以及外国民间故事《三难题》《飞行箱》等书。

鲁迅逝世后，夫人许广平和儿子海婴迁往上海霞花坊 64 号，同顾均正对门；抗战期间，日本侵略者对许广平同志迫害，要到她家进行搜查，这时，顾均正毅然把海婴藏到自己家中；当听到周作人要出卖鲁迅留在北平的藏书时，他及时告诉了许广平，极力帮助抢救下这批书。

1949 年新中国成立前夕，顾均正在上海全力掩护了党的地下工作者，并为党保管经费。当地下党人对他表示感谢时，他说："这是我们应尽的责任！"过了不久，上海解放了。顾均正是多么高兴啊！此后他即来北京，编辑了科普连环画《飞行的科学》，筹备开明书店迁京，并与中国青年出版社合并事宜，1952 年 11 月合并完成。不久他被选为北京市人大代表。这年，他写了科学相声《一对好伴侣》以及《支援在职青年向科学进军》《自然科学文章的通俗化问题》《耳闻不如目见》等一系列文章。他的思想水平也迅速地得到提高。

20 世纪 60 年代初期，为了写科普作品，他深入工厂、农村，同工人农民在一起，写了一系列著名科普文章，编成集子《不怕逆风》。这是他生前写的一本物理科学小品集。作者通过对话形式，深入浅出地阐明了运动的相对性；通过古代一种简易检验车轮是否匀称的方法，阐明了浮力的原理；通过曹冲称大象和铁牛搬家的故事，讲述了古代如何利用浮力；从矿上用的一种土法自动卸车装置和杂技表演来讲述重心的原理；从逆风的舟和装烟筒的窍门来讲力的合成等，是一部相当优秀的科学文艺著作。

顾均正在"十年动乱"期间，被遣送到河南黄湖"五七干校"烧锅炉、养猪，他精心饲养的猪群又肥又壮。1976 年 10 月，"四人帮"倒台，使他无比高兴。1978 年 5～6 月，科普创作协会筹备会在上海召开，他虽因病未能前往，却写了《谈科普创作的体会》《引人入胜》作为大会书面发言，后被选为科普作协理事长。

1979 年夏，在科普创作协会召开的一次会议上，我见到顾均正同志时，向他建议能否编一本《顾均正科普著作选集》，其中也可选入一些译作，他慨然允诺了。但遗憾的是，在该书付印出版之前，他竟于 1980 年 12 月 16 日因骨癌在京病故。

顾均正的科普著作善于联系生活和生产实际，使读者通过这些活生生的具体事例，很快地理解科学知识。他的科普著作主要以青少年为主要对象，每篇文章都尽可能地照顾到青少年读者的接受能力。他善于用生动活泼的文学语言和形象的比喻，深入浅出地提出许多新颖有趣的问题，从而使作品具有强烈的吸引力和感染力，令人爱不忍释。他的科普著作严格地忠于科学，是名实相符的科学文艺作品，其中既注意文采和形象性，又具有严格、丰富的科学思想内容。他的若干著述，都经受了时代的考验，这同作品严格的科学性是分不开的。他往往善于通过自己的作品给读者提供打开知识宝库的钥匙，使读者能举一反三，提高科学思维能力，起到鼓励青少年爱科学、学科学、用科学的作用。顾均正的科普作品中占一定分量的是关于我国古代科学成就方面的材料。例如，他从 20 世纪 30 年代起，就比较全面地整理了我国古代有关指南针、火药、灌溉等方面的科技遗产。他在《水车》一文中，自豪地介绍了我国各种灌溉工具的悠久历史后，又痛心地指出，我国农村长期没能用上水泵而一直在沿用水车，"完全是一个社会问题"，这是很有见地的。

顾均正同志的科普创作严肃认真。为了撰写有关物理学方面的科普文章，往往要浏览许多科技刊物，搜集许多科技新资料。正是因为他在写作之前就掌握了很充分的第一手材料，因此才能够做到得心应手，运用自如，写出富有坚实内容的作品。例如，为了写《不怕逆风》这本书，他于 1960 年 6 月到上海参观了 20 来个工厂和 3 个职工业余学校，并在那里举行了几次小型座谈会。其中许多文章的题材都是从参观中间得来的。又如，为了创作《煤气储量指示针》《又好又省》等作品，他也曾写信给有关单位进行认真调查研究。可以说，他的每一篇科普创作都倾注了自己的心血。

顾均正同志在很长时间内主要职务是编辑，而不是专业作家。只利用业余时间从事科普创作，自然会遇到不少的困难，因为他不能像专业科学工作者那样经常与某项科研工作或某些自然现象相接触，从而既有理性知识，也有感性知识，可以驾轻就熟地抓住本身所从事的专业性问题来写作。然而尽管这样，由于他对基础科学很熟悉，加以平日学习十分勤奋，并不断认真地在生活中间随时观察同科学有关的问题，因此他依然能够笔酣墨畅地写出许多优秀的科普作品。这是极为难能可贵的。

顾均正同志为人正直厚道，谦虚谨慎，平易近人。他把自己的一生献给人民的编辑出版事业，数十年如一日；他致力普及科学工作，勤奋不懈，兢兢业业，这都是值得我们学习的。啊！敬爱的顾均正同志，您将永远地活在我们心中，活在广大读者的心中！

（1981 年 8 月 4 日夜）

第三十五章　怀念尊师吴定良
——纪念人类学家吴定良老师逝世十周年

　　本章要点：吴定良先生的教学与研究；吴定良先生的生平；吴定良先生的科普创作。

　　由于参加编辑《北京人图册》，偶然听到阔别30多年我的老师、人类学家吴定良教授受林彪、"四人帮"的残酷迫害已去世十多年，这使我久久不能平静，一幕幕往事顿时展现在我的眼前……

　　新中国成立以前我进浙江大学人类学研究所当研究生时，第一天就去访问系主任吴定良教授。人类学系在一座新建的平房内。进门的大厅上摆着一具用玻璃框罩住的人体遗骸，一张大桌子上陈列着几十颗人的头盖骨。人们告诉我东边小房就是他的办公室。一进门，见一个穿灰色衬衫像蒙古人模样微胖的中年人，手上正拿着一本外文书在看。

　　我问："吴定良先生在吗？"

　　他放下书本，抬起头来，向我打量一下回答道："我就是。"稍微停顿一下问："你找我吗？你是……"

　　我报了自己的姓名，并说："我接到了考取人类学系研究生的通知，来报到……"

　　吴定良教授喜形于色地站起来，含笑同我很热情地握握手，说："你来了，欢迎！"他搬了一把椅子让我坐下。由于他很亲切，我也不感到什么拘束了。我问他："这次共收了几个研究生？"不等我说完，他就接口说："只你一个！"他的口音可听出他应是江苏人。他重复说："就是一个！"讲得很郑重。这时我才仔细打量他：理的分头，眨着单眼皮细小眼睛，身材较胖，不像外国留洋博士的架势，倒像个乡下人或小商人，我好奇地问："高年级还有几个研究生呀？"

　　"没有！"他回答人类学系是这学期新创办的。他还向我解释："人类学在中国还是一门比较新的学科……要接触死人的骸骨，还要做科学测绘。"他接着问我："怕同死人骨头接触吗？"我回答："怕就不来了。"他听了很高兴。

　　此后两年间，随先生学人类学，听他讲授"体质人类学"和"文化人类学"课程。在我的印象里，先生不是个"口若悬河"的人，甚至可以说，他是个讷于言辞的人。著名哲学家黑格尔在柏林大学讲课时说话也期期艾艾，但听课的人却很多，当时听吴先生讲课的并不只我一人，也有一般大学生在内。他从不摆什么教授架子，平易近人，就是对系里的勤杂人员，也总是和颜悦色。当时，人类学系有个公务员小刘，原来是在办公室搞清洁卫生，打开水的，但在先生"培训"下，努力"采集标本"，经常背着网兜到荒山野墓拣死人的头盖骨或全副骨骼，每有收获，先生便兴高采烈地亲手用石灰水洗刷遗骸，替他们消了毒，小心地保存起来。人类学系办公室大厅里陈列的那几十个人类头骨和人体全身骨骼标本，就是这样由先生逐一制成的。有一回，小刘从野外回来，神色慌张，先生忙问："出了什么事？"小刘说："今天可真危险哪！"他气喘吁吁、心有余悸地回答道："我一打开那口破棺材，冷不提防，跳出了一条大长虫！有一丈多长！"他用手比画一下，"好粗大的蛇呀，可把我吓坏了！"停一下又接着说："我别干这活儿了吧？"

先生一面安慰他，一面顺手收下那副头盖骨，风趣地说："蛇窖夺宝，得来不易！"他伸出大拇指赞扬道："好样的，很勇敢，死人不怕，还怕蛇吗？！"他停顿一下，又说："采集标本工作，总是要冒点风险的。你给人类学采集了这么多标本，不简单嘛，可千万不要因为遇了个长虫就泄气！"

有回小刘对先生说："我天天去翻死人棺材，取头盖骨，这样做很不好吧？"先生不假思索地回答："这是为了科学工作的需要，有什么不好呢？一个人死了，如果他的头骨还能供人作研究使用，不是很好吗！？他们献头颅，也是为科学作贡献呢！"

吴先生常常抱着人体颅骨到课堂，边讲边细心地对人体头盖骨的各个部分作分析，并将他们同猩猩、猿猴作详尽的比较分析，还在黑板上写出数据。有时，他让我们认真地用图画纸把它们描绘下来，他像个美术教员似地教大家画画，要求大家画得准确。他说这是学习人类学的基本功，他还教我们如何检查人体的血型，讲人类为什么有不同的肤色和各色的头发，教我们如何从体质上区别人和猿猴。

当时他家住在西子湖畔岳坟旁边的陶社，他的家庭陈设很简朴，满架陈列着中文和外文书籍，其中较多的是人类学、考古学、统计学、教育学、社会学之类的书。买书是他的嗜好，或者是他唯一的"娱乐"吧。有几回，我在旧书店遇见他，他总是会心地笑着问我："你也是个爱买书的人吗？"有一回先生听说绍兴城里有种少数民族叫"坠民"，叫我下点功夫去作调查研究。我应允了，后来写了篇调查报告送去，并且引用了古籍上和鲁迅文章中有关"坠民"的记载，对"坠民"生活作了些分析。他看了后非常高兴，不住地点头，说像这样调查研究中国少数民族很重要。他还同我们一块收集了台湾高山族的标本，后来在校内开了个小型的展览会，接待了成千上万个校内外观众。所有这些都深深地埋藏在我的记忆里，永远不会忘却。

新中国成立以后，组织上派我去接管一个规模较大的中学。有一天下午，传达室的高老头来到我房间说，门口有人找我。我让他把客人带上楼来。没有想到来访者竟是吴定良先生。他穿一套灰色中山装，坐下来就说："我是来请你回校去讲课的。"他停顿一下接着说："你应当去大学讲课。"我向他推辞，说我担任这个学校的领导工作，忙得不可开交，心有余而力不足。他坚持说："去吧，别犹豫，一个星期只两三个钟头的课。"不知他在什么地方打听到，我在中学教师暑期学习班讲过"劳动创造世界"和"从猿到人"这些课，说："你不是正在讲课吗？"不久，他便送来了"聘书"（按：这是当时请教师的手续）。我虽然再次恳辞，他执意不肯。我知道先生十分恳切，心里觉得很不安，一个晚上，趁着夜色，我到先生家，再次向他表示歉意，还他"聘书"。先生知道我去不了，只好无可奈何地报以苦笑，临别时，他握着我的手说："我知道你现在工作忙，学习兴趣的门类也很宽，但愿你不要把学过的人类学忘了！……"

我离开先生的家时，天上无云，星月在天。我踽步在西子湖边，走过平湖秋月和里西湖，秋天的夜晚特别凉爽。我边走边思忖着先生那一番语重心长的话语，深深感到他老人家对我的关怀和温暖。这些话语寄托着老一辈科学家对我的希望，我心里充满了感激之情，也感到有几分难受。不久我就调离杭州，由于匆促成行，没有来得及向先生辞别！日月催人老，一转瞬间不觉30几年过去了！由于工作忙和疏懒，我同先生之间的音信完全隔绝了。我做的工作也同人类学越离越远了。只是在那长期与人世隔离的黑暗年月里，因为每日坐班房无所事事，才经常泛起对已往生活的缅怀和遐想，其中也曾想到同先生相处的日子。我是多么希望有朝一日能去看看他呀！我离开囹圄获得自由以后，立刻写信到中国科学院人类学研究所转吴定良教授，但石沉大海，未见回音。现在我才知道原来我的人类学老师——吴定良，竟被林彪、"四人帮"迫害致死了！中国失去了一位体质人类学创始人之一，优秀的考古学家、人类学家，我失去了一位良师益友！我内心感到很沉痛！

吴定良先生，字均一，江苏金坛县人，1893年生于一个著名中医的家庭。4岁丧母，生活靠姐姐照顾，曾在扬州读中学，毕业后考取南京高等师范学堂读教育心理系；1926年考取江苏官费生出国留学，在英国伦敦大学学习生物统计学。在著名人类学家卡尔·皮尔逊（1853~1936年）等的指导下，努力学习生物测量、人体测量、骸骨测量等课程，达8年之久。他获得过英国统计学和人类学博士，曾被批准选为国际统计学学会会员，代表中国人第一次出席参加在法国巴黎召开的国际人类学会议。他创制多种人体骨骼测量方法，尤其是对于测量面骨扁平度方面有过创造性的贡献。在国外期间，每年都有几篇学术论文发表，如曾与导师皮尔逊合写《手和眼的右旋和左旋》《人体内特有骨骼的形态测量学特点的进一步调查》等文章；与著名人类学家莫兰特合著《依据头盖骨尺寸对亚洲人种的初步分类》《对人的面部骨骼平面的生物统计学的研究》等。此外，还单独在英国皇家人类学杂志、生物测量杂志及体质人类学杂志，发表学术论文50余篇。他曾在瑞士人类学陈列馆进行人类遗骸的观察和研究，对埃及古代人和"北京人"作过探索；1934年回国后，开始应蔡元培校长之聘到北京大学任统计学教授，并在前中央研究院历史语言研究所任人类组主任。在少数民族地区，作了许多调查，写了《华南华北人的体质调查》《贵州大苗人的体质》等体质人类学论文。抗战胜利后先后担任浙江大学、暨南大学、复旦大学人类学教授。新中国成立前夕，有人要他去台湾，由于他目击国民党反动派的黑暗和腐败，同竺可桢校长一样坚决未去。新中国使他焕发了青春和活力，他的科研活动更积极了，写了《马桥人的研究》《中国人面骨扁平度研究》《近廿年来南京儿童体质发育的增进》《近廿年来丹阳县城市儿童体质发育的增进》《新生儿色斑的研究形态部分》《中国猿人眉间凸度的比较研究》《下颌颏孔的类型和演化》《骨骼定位器和描写的改进》等富有一定学术价值的研究论文；1965 年他曾受党的委托，用了很大工夫，从"万人坑"中取出伟大的共产主义者方志敏烈士遗骸进行科学鉴定，经过仔细观察研究，他科学地断定了方志敏烈士在国民党狱中，不但人身失去自由，还被砍下了头，因为颈部发现了刀砍痕迹，腿骨也留下伤痕，说明他曾被戴上了镣铐。后来他还曾带领学生下工厂、学校，进行体质测量；在三年困难期间，他带学生到北京周口店学习，专心研究"北京人"及其遗址……

　　吴定良先生努力从事科研活动的同时，也很关心科普工作。他曾多次在上海等地作过有关人类学的普及性报告。有一回他被请到上海科学会堂作通俗讲话，人都到齐了，讲话时间就要到点了，主持会议的同志着急地说："怎么，吴教授还不见来到呀！"话音刚落，先生从容地登上讲台，开始讲起话来："今天……我来想大家谈谈……"人们不禁诧异原来这位穿着洗得发了白的蓝布衣服的就是等候多时的吴定良先生，他是那么准时守约，是那么简朴。

　　吴定良教授由于为中国体质人类学奠基努力工作，积劳成疾，但他平日对自己的病却漠不关心，外单位凡有要求，无不努力以赴。1961 年，他的冠心病已经相当严重，经常右臂酸楚，但总是不肯休息，当时水产学院缺少统计学教师，请他去讲课，他毫不推诿地慨然允诺。家人对他说："你身体不好，不要为了一点钱去兼课了！"他说："我哪里为几个钟点费，是为了帮助他们解决困难呀！"1962 年，家人陪同他去上海华东医院检查身体，当时医生说他："已濒中风的边缘，一定要休息一段时间。"但他哪里肯休息，还是手不释卷。他的小姑娘们看不过去，把他一些要看的书藏起来。他平时很少起急，这时却发了雷霆说："哪有女儿管爸爸的道理？！我要去你们学校向老师反映呢！"接着又央告女儿说："我看，等过了校庆，讲了话以后再把它们藏起来吧。"孩子们被他说服了，把书拿了出来。谁知就在校庆演讲的时候，他突然中风，从此左下肢不能动弹，以致平时只能卧床休养或坐着手推车在走廊上看看院子中的花木，呼吸一些新鲜空气。他在病床上，还带研究生，讲解有关人类学和统计学的知识，以及如何把统计学运用到人体测量等问题，在这期间他继续写了些论著，交给他的助手整理。

　　1966 年，"文化大革命"开始，吴定良教授的助手董××被诬害丧命，先生闻讯在床泣不成声。但"四人帮"的"黑手"，并没有放过年迈身残的老教授——吴定良！一伙打砸抢分子在 1968 年年初来到他家中进行突然袭击——抄家，家中一切用品连同研究资料被抢掠一空，连清代的花瓶等古董也统统被砸得粉碎；过了两天又来抄书，吴定良教授在床上大声疾呼："不要拿我的书呀！"因为书，正如他的女儿所形容，是他的"命根子"。但他的疾呼管什么用呢？书架上的书籍一本本被抢走，这好像鞭子抽在他身上，割去他心头肉一样。接着，他的工资一下子就被削减了，只留一点维持生活的最低费用！他的病情更重了！一个患了心脏病的人，受到如此残酷的迫害，已经够不幸了。谁知到了 1969 年，全国性清查所谓"五·一六"分子时，他又未能幸免，再次被抄家，翻箱倒柜，打手们狞笑着取走了先生从 20 世纪 30 年代初期起用外文和中文写成装订成册的近百篇科学论文、未完成得科研项目和费尽心血收集来的资料，以及常用仪器计算机、打字机等！他像古希腊著名科学家阿基米德阻止罗马侵略军到他书房抄书时吭声说"放下图纸，不准动我的图纸"一样，在病榻上大声叫道："你们是要拿走我一生的心血呀！"他眼看无用，不禁痛心疾首，号啕大哭起来。当晚就发生气喘，心绞痛不止，服药无效。第二天，天色微明时，家人把他送往长海医院，但抢救无效，不幸死在医院急诊室。这是 1969 年 3 月 34 日发生的事情，到如今足足 10 年了。

最近为了编辑《北京人图册》，我手边正在翻阅一本《左脊椎动物与古人类——中国猿人第一个头盖骨发现 30 周年纪念专号》（科学出版社 1960 年版）一书，书中《中国猿人眉间凸度的比较研究》，是吴定良先生写的。我读着读着，先生的音容笑貌顿时显现在我的脑际，他的形象似乎高大起来了。我好像又听到将近 30 多年前先生对我最后说话的声音："但愿你不要把人类学忘了！"是的，先生，多年来我几乎把它忘了！我辜负了先生的谆谆教导和殷切希望！但我如今已经回到自然科学阵地，我一定要在自己的晚年很好地把人类学这门科学重新温习起来，并作出贡献。以告慰先生在天之灵！啊，先生，先生，后人正踏着你的脚印前进！新中国的人类学园地将伴随着科学的春天的到来，开出自己的鲜艳的花朵！

敬爱的吴定良老师，愿您安息吧！

（1980 年 5 月于北京郊区周口店猿人博物馆）

第三十六章　茅以升与科学文艺

本章要点：茅以升的"自白"；文德桥倒塌的启示；见到孙中山先生；与同窗李乐知的交情；与罗忠忱教授、贾柯贝教授的学习；博士论文的写作；教学工作；建筑塘江大桥；与好友罗英的友谊；建造人民大会堂；主编《中国古桥技术史》；《桥话》等；《没有不能造的桥》；《科研与科普十大关系》；《茅以升科普创作选集》；科学考察十国。

一、茅以升的"自白"

在《马克思恩格斯全集》第 31 ~ 32 卷中，记载有马克思的长女燕妮纪念册中留下的马克思、恩格斯的"自白"。其中问题是马克思女儿提出的，由马克思、恩格斯笔答。笔者没有把科技专家茅以升同马克思、恩格斯作什么类比的意思，但下面提出来的问题大致是仿效燕妮提的，根据中国现实情况而有所增减，要求茅老用最简明的语言回答。现将问题及答语写在下面。这里可以从侧面看到这位老科学家的思想风度之一斑。注文由笔者加的。是为前记。

（1）您喜爱人们的优点：公而忘私。

（2）您的特点：不想落在人后面，好胜，反面气量小一点。

（3）您对幸福的理解：我的幸福就是要使别人幸福、别人方便。

（4）您对不幸的理解：过了一世，无所作为。

（5）您能原谅的缺点：别人对我的误会，只要不是恶意的，我就可以原谅他。

（6）您厌恶的缺点：表里不一，伪君子，当面一套，背后一套。

（7）您最讨厌的事情：浪费别人的时间。比如，来人谈话，瞎聊天又不走，对他对我都无好处。

（8）您喜欢做的事情：别人做不成或很难做的事情，我愿帮人做或自己做。

（9）您喜爱的科学家：尊重的科学家不少，情况又不同。我难说喜欢哪一个，不能说特别喜欢。他们各有所长。

（10）您喜爱的古今中外的作品：

文学方面：《史记》《唐诗》。

科学方面：年轻时看的《天演论》，对我影响很大。

（11）您喜爱的英雄：

中国历史上的英雄人物唐太宗李世民，因为他听取别人的意见，纳谏如流。一般历史人物地位高了往往不采纳别人的意见，这很难得。

（12）您厌恶的历史人物：秦桧。

（13）您喜爱的花：我是不会养花的，只会看花。比较喜欢牡丹花❶，因为它品种多。

（14）您喜欢的颜色：从小就喜欢红色。

（15）您喜欢吃的菜：螃蟹。

（16）您喜欢的格言：为善最乐。

（17）您喜欢的座右铭：大禹说时间惜寸阴，我们应该惜分阴。

（18）您认为正确的治学态度：博闻强记，多思多问，勤于实践，勇于创新。

（19）您认为科普工作当务之急：要多多培养科普作家。

（20）您对于加速实现我国"四化"的看法：人才的流通。专门人才要能调来调去，哪里需要就到哪里，现在对人才的调动工作阻力很大，这就阻碍实现"四化"的速度，往往来的人不合适，合适的人不能来。科学家的分居，各种规章限制，一个人在某地工作一直几十年不能动，是不合适的。

二、文德桥倒塌的启示

> 倒塌文德桥，思绪如海潮。
> 愿作修桥人，苍龙伏海怒。

茅以升在读中学时，发生过文德桥倒塌的事情，这给他留下很深刻的印象。

原来在茅以升住家不远的地方，有条南京秦淮河。秦淮河早在六朝就已是旅游胜地，清代著名作家孔尚任的名作《桃花扇》里，曾把它作为典型环境来描写。这是南京名胜古迹之一，也是古代的繁华所在地之一。清末以来，秦淮河每年端午节都要划龙舟，看龙舟竞渡。端午节前一天，有几个小朋友来到他家，约他明儿一同到秦淮河去看龙舟竞渡。谁知这个晚上茅以升突然胃疼得厉害，想呕吐，几乎一夜没有睡好。妈妈给他喂了药，叫他好好卧床休息。第二天，小朋友来了，他母亲早就料到他们来准是找茅以升去看赛龙舟，必然影响他的休息，因此她一大早就在门口等候。小朋友们一来，她

---

❶ 牡丹：毛茛科，落叶小灌木，高 1～1.5 米。二回三出复叶，初夏开花，花期约半个月，花单生，大型多重瓣，大而美，品种繁多，如胡红、粉玉兰、葛巾紫、黄色色魁、绿冰罩、红石、二乔、玛瑙红、丛中笑、赵粉、姚黄、荷包等数以百计。还有野牡丹、臭牡丹。花发清香，花瓣肥厚，花蕊甚多，色彩缤纷，主要有白、红或紫色。原产于我国西北部，喜阳，较耐寒，久经栽培。是我国著名的观赏花木，其根皮"特丹皮"可供药用。荷包牡丹可做镇痛药剂。

就轻声告诉他们："以升胃疼，生病了，今天不能去看赛龙舟了，只好叫你们看完以后再把龙舟如何竞赛的情形告诉他。"这一天，秦淮河上的龙舟竞渡的确热闹，有百来条龙舟参加竞赛。龙船上坐着划船手，船头飘扬着各色彩旗，船上不少人敲锣打鼓，船尾有掌舵的舵手。按照规矩，在龙舟竞赛的进行中间，划船手齐心协力地划船，看哪条船首先到达目的地，就算是优胜者。划船时，不许掌舵的偷偷把舵漂上水面，舵的作用只能起方向盘的作用，不能起轻舟前进的作用，当天，观看龙舟竞渡的人山人海，挤得水泄不通，不论大人和孩子都穿得整整齐齐。人们都想找到一个能看得清楚的好地方，自然而然地都想挤在桥上，秦淮河上有几座桥梁，其中文德桥是一座比较古老的拱桥，年久失修，这天过文德桥的看客成千上万，就在龙舟从文德桥下划过时，一时间，数千人都拥向文德桥。这桥原已腐朽，忽听哗啦啦一声响，许多人摔到桥下去了。有些识水性的人连忙下水救人，赛龙舟的人也放弃了竞渡而参加救援。这次龙舟渡竟出了这么个重大事故，完全出乎意料的。这天中午，以升躺在床上，小伙伴很逼真地告诉他秦淮河龙舟竞渡的情形，并把文德桥被观众挤塌的见闻告诉了他。

以升最初是坐在床上全神贯注地听着，小朋友们走了以后，他又平身躺卧下来，一时间浮想联翩，他暗暗下定决心，如果我将来学造桥，一定要造出长久不会倒塌的桥。他后来决定学土木工程，特别是学习造桥，与文德桥的倒塌有着很密切的关系。

三、见到孙中山先生

会见孙中山，顿时开茅塞。
听君一席言，时雨润心间。

1912 年的秋天，孙中山先生来到唐山路矿学堂视察。消息传开，人人兴高采烈。

"孙中山先生就要来到咱学校了！"学生们把这一好消息迅速传开，路矿学堂沸腾了。

这天上午，唐山路矿学堂校园拾掇得特别干净，全校师生都在等待着孙中山先生的来临。孙中山的名字，同学们从小就听说了，在青年茅以升的心目中，孙中山的形象是十分伟大的。而今天能够亲眼见到孙中山先生，这怎么能不由衷地感到高兴呢？

孙中山在路矿学堂师生的掌声中，由校长赵仕北带进大礼堂的讲台上，他一开始就意味深长地论述了国民革命军需要两支大军，一支大军是武装起义的大军，其目的是为了打倒专制的清政府，建立起人民的国家；另一支是建设的大军，其目的是为了向西方学习先进的科学技术，彻底改变我国贫穷落后的面貌，这个重大的责任则落在在座诸君即广大青年学生的肩上。他说，你们要发奋地努力学习，把我们刚建成的国家，建设得更美好。我们要开办工厂、开发矿山，要建设铁路、公路，发展我国的交通运输业，实行大机器生产。他说，同学们在路矿学堂，一定要学习好筑路、开矿的本领，大家要趁自己年富力强的时候，学好本领，才能为国效劳。孙中山先生的一席话，像春风化雨似地，开启了青年茅以升和许多听讲学生的心窍。啊！孙中山先生的气魄多么宏伟，为人多么谦虚，他对中国历史和中国社会多么熟稔，他为建设新中国，耗费了多大的精力。而今，这位伟人就站在他的面前，他讲的句句在理。青年茅以升暗暗下定决心："一定要遵照孙中山先生的话去做。做一个勤学不倦的好学生，做一个有真才实学的人。"

这天，路矿学堂的师生同孙中山先生合影留念，恰巧茅以升就站在孙中山先生的身后，这使他格外高兴。是的，他立志要永远站在孙中山的身边，做一个在革命和建设中永不掉队的人。

四、同窗好友李乐知

秋风飘拂杨柳丝，唐院欣识李乐知。

相见苦短赋骊曲，临歧握手情依依。

李俨（1892～1963 年），原字禄骥，后改乐知，福州人，他和茅以升同时考进唐山路矿学堂，由于他们在数学都非常感兴趣，因此茅以升进学校不久，便同李乐知结成好友，平时来往甚密，在数学方面互相切磋琢磨。放假时，李乐知常到茅以升南京家中来。茅以升的祖父是数学爱好者，购置有不少数学的书，青年李乐知是这些书的忠实读者。茅以升青年时期，也醉心数学，常以演算习题为乐事，后来，他在美国学习桥梁工程时，主攻的虽是桥梁工程，而选择的第一副科就是高等数学。他很早就牢记了圆周率小数点以后的一百位数。可以说，他同李乐知称得上是志同道合的好朋友。李乐知在校学习成绩很好，勤勉好学，但后来由于家境窘迫，交纳不起学费，因此只上了一年学，就离开了唐山路矿学堂。

茅以升和李乐知相处时间虽只有一年，而彼此之间的友谊却很深厚。李乐知离开学校后，茅以升还经常买书供他自学，保持友好来往。他努力自学，提高很快，后来在陇海铁路线上工作了 40 年，从助理工程师、工程师、副总工程师，升任总工程师，这是他多年刻苦学习的结果。他曾为中国人民建造了由甘肃兰州东通陕西、河南到江苏连云港出海的铁路，与继续兴筑的兰新铁路成为西北新疆与中东部地区联系的东西大动脉。在筑路期间，他常住在帐篷里，晓行夜宿，渴饮饥餐，生活艰苦，为修建陇海铁路而耗去了自己的大半生。他从 1919 年起，就开始研究中国数学史，不管任何情况，从不间断。茅以升从美国回来以后，继续和李乐知及其一家保持友好关系。他们之间互相研究，互相帮助，互相关心。茅以升后来写的两篇有关中国和外国圆周率历史考证的文章，都曾得到李乐知的赞助。茅以升也常常是李乐知著作的忠实读者，他们相辅相长。

1955 年，李乐知离开铁路到北京担任中国科学院科学史研究所（当时叫"室"）所长。在此期间，他大量收集了数学史方面的书籍，并出版了《中国数学史》等书和一系列有关数学史的论文。他的许多著作，后来被译成俄、英等国文字在欧美出版，他自学成材的事迹鼓舞了很多人。

茅以升认为，所有工程技术人员都要学科学理论，而专门搞科学的人，也要通晓工程和技术，并把科学研究成果应用到工程技术上，这样才不至于为科学而科学。茅以升后来认为，他的友人、学部委员李俨正是这样一个典型人物。他在做了 40 多年工程技术工作以后，又投身自然科学史的研究工作，他从工程师而成为一位科学史家，因为他在工程实践中经常遇到理论问题，总要努力钻研。比如，为了弄清铁路的勘测、施工、轨道、桥梁、隧道、结构等问题，不能不涉及一系列学科和数学计算问题，就这样，李俨在工作实践中，逐渐把自己培养成为一位有很高修养的科学家。他边干边学，对数理化、天文、地理等科学知识逐渐熟悉起来，而对于数学史更是特别爱好，并成为我国研究中国数学史的先驱。他在 1919 年就写了《中国数学源流考》，后来又写了中算史论文百余篇，汇成《中算史论丛》四集，新中国成立后又增订成五集，并写了《中国算学史》《中国数学大纲》等书。1956 年，他曾代表我国出席第八届国际科学史大会。1959 年，出席全苏科学史大会，并在会上报告中国科学史的研究情况。

茅以升回忆他青年时代的好友李俨时深情地说道，研究中国数学史，需要从中国古书中找材料。李俨因家贫，不能在唐山继续入学，不得已去工作谋生活。但是，他是个有心人，从当实习生的时候起，就从生活费里节约出买书的钱，四五十年里收集的中国古算书，数量惊人，其中不少是国内外罕见的。1956 年曾在北京师范大学举行李俨先生所藏中国古算书展览，十分引人注目。1957 年中国科学院中国自然科学史研究室又编出他所藏古算书目录一份，供数学研究者参考。此外，他还收集若干有关日本、朝鲜、越南古算书，并陆续出版了《中国算学史》修订本（1955 年）、《中算家内插法研究》（1957 年）、《十三、四世纪中国民间数学》（1957 年）、《中国数学大纲》上下册（1958 年，其中上册为修订本，下册新著）、《计算尺发展史》（1962 年）。

1963 年 1 月 14 日，李俨同志不幸在北京逝世，享年 72 岁。遗言将所有遗书捐赠中国科学院。茅以升同志写道："一月初挚友李乐知君（名俨）不幸逝世，北京科学界开追悼会，我在会上致悼词。"茅以升至今仍缅怀这位从唐山开始认识的好友，说他一生好学不倦。茅以升始终认为李俨研究科学的精神，值得热爱科学的青年们学习。他本人当年就很钦佩李俨那种刻苦用功，对科学技术锲而不舍和争分夺秒的学习精神。他在路矿学堂时，就曾暗下决心，要学习李乐知，争取要赶上李乐知。

五、永远怀念罗忠忱教授

> 永远怀念罗忠忱，传导授业最认真。
> 春风化雨善诱导，严格教诲出群英。

茅以升在唐山路矿学院读书期间，对他影响最大的是罗忠忱教授。罗忠忱，福建闽侯人，早年毕业于美国康奈尔大学土木工程系，获土木工程师学位。回国后，一直在唐山工学院任教达 50 多年。他唐山工学院教基础理论课：材料力学、应用力学。茅以升说，罗老师是教学质量最好的一位，讲得一口流利的英语，对学生带有启发性，逻辑性也很强，大家都听得懂。这是因为他十分深刻地掌握了这门学问的缘故。罗忠忱教授授课用的是美国工程大学课本，口齿清晰，快慢适度，用词简练，全无虚话，能吸引学生注意力，但如听课时思想稍不集中，便跟不上。

罗忠忱教授讲课的另外一个特点，就是对学生要求十分严格，经常进行笔试，事先不通知，随时出题发纸考试，规定时间为20～30分钟不等，到时候必须交试卷，过时不交卷即以零分计。计算题的答案规定取三位有效数字，用计算尺计算只准第三位数有误差，否则也以零分计，理由是学生毕业后参加工作，搞工程设计，如果计算方法无误而数字有错，不能保证安全使用，因此在他看来学生在学习时就得养成认真、准确的习惯。在这方面，茅以升受到严格的熏陶。在唐山工学院的5年期间，他总是发奋努力学习的。当时茅以升的家庭并不富裕，穿戴比较破旧，有的同学瞧不起他。而他母亲又要求他用功读书，学好本领。所以他每天早晨六点起床，晚上十一点睡觉，中午不休息，节假日也很少休息。茅以升当时还十分重视体育锻炼，参加学校的足球队，他认为没有好身体就不能坚持学习。另外，茅以升从那时起学习就很有计划，在学习当中，发现每门学科之间有一条红线，重视课程之间的联系，使各门学科能互相沟通，学习起来效率就高，不是死抠一门，独成其是，而能发挥作用。

唐山工学院有两个特点：第一，上课不发教科书，学生要认真做笔记，所以听课必须认真，笔记要记得快，课后一定要看许多指定的参考书，再整理一遍课堂笔记，补充讲课内容，从而扩大知识面。茅以升在5年中，记有200多本笔记，这是他得到知识花费的心血，那不是轻易到手的。第二，唐山工学院规定不定期考试，由任课老师随时在课堂进行大小测验，作为成绩。平时茅以升能紧张而有计划、有条不紊地学习，不管考与不考，他都认真准备，因此，每次考试的成绩，总是全班优秀。

茅以升是罗忠忱教授的学生，又是他的同事和朋友。那是当茅以升从美国获博士学位回国之后，又回母校教书的时候了。他至今回忆起罗忠忱教授时还是非常怀念的，因为罗忠忱的一生，就是在唐山交大（原唐山工学院改名）教书，任教授、校长等职达50年之久，为唐山交大，为国家建设培养出了许多工程技术方面的人才，培养了许多方面的骨干，又输送出国深造返国参加建设的专家们，造就了一大批的人才。而罗忠忱教授却始终在这教学的平凡的岗位上，耗尽了一生的心血，不计较个人得失，这种高尚的情操，真是难能可贵。还有这样一件往事：当年罗忠忱教授的侄儿也在唐山交大读书，因为考试只得59分，而罗忠忱教授毫不留情地将他留了一级，为此事，当时全校同学们都用尊敬而钦佩的眼光看待他。

罗忠忱教授的认真和一丝不苟的教学态度，给茅以升以十分深刻的影响，他的日常生活作风，也成为后来茅以升担任教授及其他职务时良好的楷模。茅老诚挚地对笔者说："如果说对我有重大影响的好老师，不是别人，正是罗忠忱教授。"

新中国成立前的中央研究院选院士时，三个月以前就由各大学院校提名，罗忠忱教授是被提名的院士候选人之一。但由于他是位"述而不作"的人，虽然弟子遍天下，而且为后学者所不能忘记的一位好老师，育人之深感人肺腑，但没有被选上院士，最主要的原因，就是他没有写过什么作品，他把全部精力都放在讲学、授业、解惑上面。当他儿女问他："爸，你为什么不著书立说？"他回答："我把所有东西都给学生了，没什么可写的。"他退休后把所有的书都献给学校图书馆。这也说明，一个人只要有真才实学，人们也不会忘记他们对社会作出的贡献。

罗忠忱教授为人正直、大公无私。他女儿这样评价罗忠忱教授道："我父亲生平为人正直，与其说严格要求自己，不如说习惯成自然，话不多，生活有规律，爱整洁，生活简朴，爱环境卫生，爱公物和自己东西一样，孝敬祖母，他常说：'祖母三十多岁就守寡，多么不容易。'父亲最恨的是说谎、弄虚作假、拍马溜须、贪污浪费、卖国求荣、不负责任、不遵守时间的人。喜欢帮助困难的人，教我们不要小看人，不要瞧不起人，他常说人最要紧，不要因小失大，如惜物、惜钱而不惜人，并且认为要给孩子留遗产，那不是疼孩子，而是害孩子。我们结婚都没有给一个钱，要能自力更生；他反对打孩子，认为要说服教育，以身作则；他给保姆的工资比较高，决不给她们增加负担。他说要人工作得好，就得这样，中午给人休息的时间……"罗忠忱政治上比较倾向进步。正当国民党发起反共高潮时（大约在 1939～1941 年），国民党、"三青团"在校内活动猖獗，罗忠忱教授在全校大会上公开申斥"三青团"的活动，并提出"教授治校""反动党团退出学校"的进步口号。

新中国成立后，茅老每到唐山就去看望几位老教授。罗忠忱教授的儿子罗孝祚写信对笔者说道："茅老到唐山时就给先父带些小东西，有一次带去海绵鞋垫，先父脚上生鸡眼，当时海绵鞋垫北京刚有卖的，老人家非常高兴，念念不忘。"

罗忠忱教授去世以前，在全校师生中有很高的威望，他于 1972 年逝世于唐山铁道学院，终年 92 岁。他深受广大群众的爱戴，也受到学生们的敬爱与怀念。罗忠忱同志去世前几年正是"四人帮"猖獗横行时期。他死去 8 年之后，西南交大在峨眉为他补开追悼会，茅以升同志送了一副挽联："建侯师座千古：从学为严师，相知如契友，犹记隔海传书，为促归舟虚左待；无意求闻达，有功在树人，此日高山仰止，长怀遗范悼思深。受业茅以升敬挽。"可见茅以升与罗忠忱教授之间的深厚情谊。茅以升回忆起他年轻时代的老师罗忠忱，至今仍怀念不已。

六、康奈尔大学与贾柯贝教授

> 永怀恩师贾柯贝，科技何由分中外。
> 助我春风开茅塞，惠尔泽润霖沟浍。

茅以升在美国康奈尔大学土木工程系桥梁专业当研究生。这个大学位于美国纽约州东部绮色佳城，这是个大学城，文化气氛很浓。康奈尔大学是美国的一个著名学府，设备齐全，校园幽美，绿树成荫。同学们对于这位来自中国，还带有些稚气的学生表示很惊奇，因为他人虽小，却能说得一口很流利的英语。

茅以升到校后，就往注册处报到，该处主任说："唐山这个学校的名字从来未听见过，你要做研究生，必须先考试，及格后才能进研究院。"他想不到茅以升的考试成绩非常好。从此，"唐山"这个名字为康奈尔大学注册处所认可，以后凡唐山毕业生进研究院的，也不需要再行考试了。

茅以升到学校不久，就去拜访该校著名的桥梁工程系主任、美国著名科学家贾柯贝教授（H. S. JACOBY）。从那时起，茅以升就同这位异国老师结下极其亲密而深厚的情谊。

当时，同茅以升在一块学习的，还有罗英和郑华，后来他们三人都成为中国桥梁工程的先驱者。特别是罗英，他同茅以升不但都是中国出色的桥梁专家，而且后来还曾一同建筑钱塘江大桥。

茅以升在康奈尔大学读书期间，各方面功课都学得非常出色。贾柯贝教授对他很器重。贾柯贝教授是美国工程界的著名人物，他著的《结构学》是当时美国土木工程系通用的教科书。他常常将自己的著作赠送给茅以升，并对他进行仔细的讲解，真是做到循循善诱，授业解惑；他还经常邀请茅以升到家里做客，师生俩谈得非常融洽。有时，茅以升生怕贾柯贝老师疲倦和时间有限，再三告辞，贾柯贝教授总是对他说："密斯特茅，你再坐会再走吧，我同你谈话，感到很愉快呢！你告诉我许多关于中国的事情，使我开阔了眼界。再说，你对于桥梁结构方面也很有见地，我也想听听你的意见。"他们之间谈话后的分手，带有一种难舍难分之情。在茅以升的心里，贾柯贝教授是多么平易近人和诲人不倦呀！

只用了一年多一点的时间，茅以升由于勤苦学习，就把硕士学位的全部课程念完了。学校通知他，他已经取得了硕士学位，并安排举行毕业典礼的仪式。这一天，茅以升穿上硕士学位的礼服参加毕业典礼，由康奈尔大学校长颁发硕士学位文凭。

茅以升在康奈尔大学留学期间，由于他的学习成绩卓越，因而特别受到康奈尔大学土木工程系主任贾柯贝教授的器重。后来，贾柯贝教授特地将茅以升在美国加利基理工大学写的博士论文推荐给康奈尔大学，1921 年，学校特授予茅以升"菲梯士"金质奖章一枚，这个奖章是每年颁发给全校特别优秀的研究生的。

1923 年，当茅以升在南京东南大学任工科主任，贾柯贝教授因年迈退休，将他珍藏的美国土木工程师学会的全部会刊，连同放置期刊的精美书橱，通过茅以升，全部赠给茅以升正在任教的东南大学的图书馆。

七、加利基理工大学和博士论文 *

> 白日工地忙一天，黄昏夜校苦钻研。
> 攻关不怕熬筋骨，真知亟需砺石砥。

1917 年，茅以升到匹兹堡桥梁公司做实习生。在此期间，他边工作边在加利基理

---

* "加利基理工大学"当即原"卡内基理工学院"（Carnegie Institute of Technology），1967 年与梅隆工业研究所合并，成名"卡内基梅隆大学"（Carnegie Mellon University），位于美国宾夕法尼亚州匹兹堡。——编注

工大学夜读博士学位，选桥梁为主科，高等数学为第一副科，科学管理为第二副科。他白天做工，五点半起床，晚上上学。夜校的功课要每晚学到九点半，整天几乎没有什么空闲。他在极其紧张的状态下，一直坚持到 1918 年 12 月，读完了全部"学分"。接着，他开始撰写博士论文，由于时间十分紧迫，只好放弃桥梁公司的实习工作，专心致志于博士论文的写作。

1919 年，茅以升在美国加利基理工大学写的博士论文题目是："框架结构的次应力"，这是属于结构力学的问题，对于建筑和桥梁工程方面有重大的实际意义。这篇论文不但引起了加利基理工大学的广泛注意，这个学校破天荒地在美国和外国学生中间给予他第一个博士学位，同时，也引起了原来他取得桥梁系硕士学位的美国康奈尔大学的注意，给了他奖章。

茅以升的博士论文对次应力进行研究和分析，总结了当时存在的 6 种方法，比较了它们的优缺点，提出了自己新的计算方法，特别是过程的演绎推论、计算的科学排列、精确的方法和近似的方法，最后指出最佳的设计。

一个力学问题，可以归结为一个数学问题，这个问题解答的正确与否，第一步就要看它的方程正确与否，边界条件正确与否，换句话说，是否符合实际情况。第二步就是计算，计算的工作量一般是很大的。在问题的简化中，要了解问题的主要矛盾和次要矛盾，抓住关键，才能使问题的答案趋于正确，因此在计算中的科学排列是非常重要的。茅以升的博士论文正是把握了具体问题的关键，重视了这个问题。这样的计算方法，在 20 世纪初，电子计算机还没有发明和普遍应用以前，就能如此提纲挈领地把问题弄清楚，在当时的意义是很重大的，因为这涉及工作效率的问题。当然，在今天计算机时代，可能会好一点，但也不能否定人的主观因素，若是不抓住关键问题，也许永远不会有所突破和创造。

茅以升博士论文的意义，在于作为一个建筑工程师如何使人时刻关注最佳设计的问题。他的博士论文，论述了桁架的选择、跨度的设计、成本的节约等，如何在工程设计中真正做到精打细算，物尽其用。这里面，充分体现出一位优秀工程师如何让材料充分发挥出它们的"能力"，这种思想是非常宝贵的，这已经超出了一般力学中以"力"来作为尺度的习惯。

八、学生们喜爱的教师

春风桃李满公门，卅载教泽意犹长。
潺潺思绪如流水，谆谆好语话桥梁。

茅以升同志是学生们所尊敬和喜爱的好老师。他讲课条理清楚，形象生动，通俗易懂。这里试引现任太原工学院陈绎勤教授给笔者信中写的一段回忆，信中说：

"……茅老是我有生以来所遇到的最好的老师，不仅我个人，所有曾经受过他老人家讲课的同学，都有同感。他是我们同学最尊敬、最钦佩的老师。"

陈绎勤教授回忆1933年，茅以升给1934年毕业班50多个同学讲授《现代桥梁结构理论》《桥梁设计》和《砖石工学》时的情景写道：

他在课堂上讲课，深入浅出，循循善诱，耐心地详细地解答我们在学习中所遇到的困难问题，使我们感到非常亲切。同学们都认为，听他讲课是最大的享受。我们所用的教材，是当时国际上著名工科大学所用的教材。他把课讲活了，讲得非常简明扼要，从不讲废话；在课堂的黑板上，写的板书整齐有序，边讲边画图，使我们对桥梁结构的应用力学分析，了解得一清二楚。在每次课讲完之后，他都把下一次要讲的内容预先告诉大家，使同学们课前预习，然后在上课听讲时，就能对自己预习中遇到的难点得到解答。因此，我们对以上三门课学得特别扎实。这种教学方法实在好，当时我是土木系本科三年级学生，但四年级同学一听说茅以升老师来给我们班讲课，都争先恐后地自带凳子到我们教室来，坐在教室后边听课。本来这些课程在一年以前，由别的教授给他们讲过，但因为茅老师讲课特别好，所以他们又到我们班上来重复学习，并且对我们说：你们班有茅以升老师讲课，真是太幸运了！由于四年级同学也来听课，所以教室里总是挤得满满的，但课堂的秩序却特别好，只能听得见茅老师的讲课声和他用粉笔在黑板上写字的声音，同学们思想高度集中，唯恐漏掉老师所讲的某一句话，我们边听边作笔记，没有一个学生说话。

全国解放后，茅老应邀，来到太原做有关力学等方面的讲学，他以新的观点阐述了力学领域的实质内容，使听讲的人深受启发，得到很大教益。

最后，陈绎勤教授写道：

我是茅老的学生，将近七十岁了。我从事高等学校的教学工作也将近四十年了。如果我的教学方法，赢得了同学们较好地反映的话，很多是从当年茅老给我们讲课时学来的。"陈绎勤教授认为："茅老值得我们学习的地方很多很多。他老人家平易近人，没有架子，同学们都愿意接近他。茅老对国内科学界和工程界的新生力量，是非常关怀、非常爱护的，甚至对青年和少年也都在各种场合循循善诱。作为科学家的茅老，对于党和国家的贡献是多方面的，他之受到人民的爱戴是理所当然的。

以上，是近50年前受到茅以升同志春风化雨过的，现任太原工学院教授，中国声学学会理事、中国环境科学学会理事、中国大百科全书《环境物理》副主编陈绎勤先生，于1980年10月20日应笔者之约，写的关于回忆茅以升同志的教学生涯的一席话，使人们不难看到：茅以升的学生们至今对他仍然怀着多么炽热的敬爱和尊敬啊！

九、学生考先生

学生考先生，促使嫩芽萌。

启蒙新教法，敢与传统争。

茅以升的教学方法，主要是用学生考先生的方法，来促使全体学生都能对课文进行认真思考，这是一种启蒙教育的新方法。让学生对课程作认真深入钻研探讨之后，提出一系列疑难问题，请先生回答。这种新教学方法，使学生们的思想异常活跃，大家都开动脑筋，研究学习中的问题，甚至到图书馆翻阅各种有关材料；而先生则按学生提出问题的深浅，品评每一个学生学习的成绩。这是极富有创造性的，也是与传统考试方法有原则上的殊异的。当然，要求每一个教师都能这样做到，是个谈何容易的事情。但是一个好老师，是要做到经得起学生的千锤百炼的。只有经得起学生提出的各种问题的考试，并善于解答学生提出的各种问题，做到传导、授业、解惑，这才是个好老师。

一位曾经同茅以升共事过15年的老工程师李学海先生，在回忆茅以升初从国外回来在唐山工业专门学校（今交通大学唐山学院）教书的情景时，写道：

他为了上好每一节课，总是要了解学生对上一节课的内容是否真正懂得。每节课50分钟，前10分钟由老师提问题，请学生解答，根据回答的程度给分；后40分钟教新的内容。但是，后来他认为采用老师考学生的方法，无论答对或答错，都不能真正了解他们究竟懂得了多少，尤其是这种方法，并不能使学生精辟地理解老师所教的课文。于是，他就从根本上改变了教学方法，而采用学生考老师的方法，即由学生提问题，老师回答。根据学生提问题难易程度来打分，能提出富有意义的和比较深刻问题的多给分，反之就少给分；提出的问题使老师回答不出的就给满分。这样一来，大大鼓励了学生提问题的积极性，不仅提出的问题愈来愈深，而且愈来愈有意义，真正做到集思广益。提出一个好问题，能使全班都受益。对于很难的问题，老师回答时，大家全神贯注地听，教学效果也因此大大提高。后来，常常出现这种情况，同学们相互竞赛，争先难倒老师，于是难问题、怪问题接踵而来。对于特别疑难的问题，老师可以记下，日积月累，成为科学研究的课题，这是一种特殊形式的"挑战"。学生提问题，老师就不得不"应战"。一个难题从提出到解决，学生提高了，老师也跟着一起提高了，这就做到了"教学相长"。这种新型的教学方法，成效卓著。当然，这也不是个个教师都能做到的。因为，只有真才实学的教师，才经得起学生的考问。茅以升在几个大学教书时，都采用过这种教学方法，所以我认为他是个名不虚传的教育家。

著名的教育家陶行知看到茅以升实行学生考先生的教学法，深受学生欢迎的情况时，感慨地说道："这的确是个崭新的教学上的革命，是开创了我国教育的一个先例，值得我们推广。"

茅以升在教学中，还推行过开卷考试的办法。时常约一些学生到他家里谈谈学习心得体会，从学生的实际出发，启迪他们充分发挥自己的聪明才智，把书读活。那时专门课程，都无中文教科书，如用外国原版教科书，则学生买不起，茅以升就用影印的教材，作为"讲义"。

十、坚定地站在进步学生一边

敢同青年肩比肩，支援国难勇当先。
心有是非明事态，临危不怯意志坚。

茅以升由于多年办学，常和青年学生生活在一起。他惊奇地看到：凡是思想"左倾"的青年，总是学校的中坚和优秀人物，他从内心深处逐渐感到，必须支持"左派"学生，因为在他们身上寄托着中国人民的未来与希望。因此，他自己虽然多年来都是个民主主义者，而且不大过问政治，但是作为一个大学校长，他又不能不过问，从正义感出发，他总是自然而然地同进步青年学生团结在一起，并同他们并肩战斗。当进步的学生们遇到困难的时候，他总是挺身出来支援。1922 年 5 月，北洋军阀的直奉互相混战，学生们坚决反对。这年 4 月，交通大学被迫解散，改称唐山大学，军阀派来官僚政客的新校长。新任校长由于茅以升同志在学生中间威望高、影响大，所以特地同他面谈，要他留下来，但茅以升愤然离职。

茅以升从北京回到了少时的故乡南京。中国共产党于 1921 年成立之后，这年 5 月，唐山开滦煤矿发生大罢工，唐山高等院校纷纷响应，罢课游行。当时国民党命令将全体学生开除，学生代表南下请愿，他们情不自禁地去找前校长茅以升。茅以升见到他们时，异常高兴，同他们个个热烈握手。当他听到要把全体学生开除时，不禁义愤填膺，他问学生："你们现在打算怎么办？""向国民党政府请愿，要求收回这个成命。"茅以升听了之后，站起来说："我支持你们，坚决反抗到底。"就这样，他挺身而出。首先把学生的请愿书看了一遍，说："写得还不够有理、有力。""茅校长，您能帮助我们修改一下吧？""好的，应当加上支援工人罢工的理由，说明学生爱国责无旁贷，好吗？""好！"

这样，他决定，明天到上海看望正在上海《民国日报》工作的父亲，父亲同邵力子先生很要好，请他写封信给邵力子先生，协助解决。后来，得到邵力子的全力支持。在茅以升和他父亲的支援之下，促使上海各报纸连日登报为交大学生呼吁，交通部终于被迫收回成命。学生斗争得到了第一回合的胜利，其中就有茅以升的力量在内。

1925 年 5 月，上海发生了"五卅惨案"，学生纷纷响应，对"五卅惨案"提出抗议。反动当局妄图镇压学生运动，茅以升又一次挺身而出，支持学生的正义斗争，同学生们站在一起。

抗日战争胜利后，爆发了第三次国内战争。1947 年 5 月上海举行"反饥饿、反内战、反迫害"的示威游行，运动逐渐扩展到南京、北京、沈阳、杭州等国内数十个城市。5 月 20 日，南京和天津都发生了特务袭击示威游行的"5·20"血案，上海等地工人和学生掀起了多次罢工和罢课斗争。在国民党统治区形成了第二条战线，有力地配合着解放区军民反蒋的斗争。5 月初，浙江大学校长竺可桢因事回上海，他同茅以升是无话不谈的莫逆之交。他们相见之后，分外高兴。6 月初，上海交通大学学生运动勃发，国民党教育部想把交大解散，交大校友会推茅以升为代表，到南京交涉。教育部要他当交大校长，解决"学潮"，他没有答应。他先是组织"交大校务整理委员会"，担任了委员兼秘书职务，其他委员都是交大校友。教育部执意要开除 90 几名学生，经整委会努力，只让 12 名学生停学一学期。学潮暂时解决了。但是，学校仍然处于风雨飘摇之中，茅以升坚定地站在广大青年学生一边。这年 12 月，国民党政府执意要同进步学生为敌，再三阴谋镇压学生的正义斗争。茅以升坚决不执行反动派的命令，又一次愤然辞去校长职务。

十一、习而学的工程教育思想

> 习而时学之，实践始解疑。
> 此中含哲理，格物在致知。

茅以升不仅在我国科学技术、桥梁建筑方面作出了杰出的贡献，同时由于他从美国留学回国之后，做过唐山交通大学教授、副主任，南京东南大学教授、工科主任，南京河海工科大学教授、校长，天津北洋工学院教授、院长，抗战时期迁到贵州平越的交通大学、唐山工学院教授、院长，北京北方交通大学校长等职务，在教育战线上倾注了不少心血，从而在这一领域中也有许多创造性的见解。新中国成立前后，尤其是新中国成立以后，他在《人民日报》《光明日报》《文汇报》《新建设》等报刊上，连续写了一系列教育方面的文章，例如：《教育的解放》《新时代的科学教育》《习而学的工程教育》《工程教育的方针与方法》《实行先习而后学的教育制度》《习而学的工程教育制度》《工程教育中的学习问题》《业余教育中的教学计划和有关问题》《业余教育要能利用业余的优越性》《对业余教育的几点补充说明》《半工半读，孰先孰后》《边做科学与科学系统化的关系问题》《业余教育中的技术革新》《先掌握技术后学基础理论是错误的吗？》《建设一个为社会主义服务的教育制度》《半工半读中的专业学习问题》《学习继承可以违反"认识论"吗？》《多快好省出人才》等论著（见《茅以升文集》）。这些文章涉及新时代的科学教育、工程教育的方针与方法、业余教育、半工半读教育、基础理论教育、高等院校设置专业等问题。远在 1926 年 9 月，茅以升写的《工程教育之研究》中就指出：我国工校课程大都抄袭欧美，不适应中国现状，特别是现在工科学校课程，把纯粹科学置于专门学科之前，理论先于实践，每种课目内容，都是先谈理论，后来实验。他认为这种程序，实际上是背离教学原则的，因为人们的求知，是出自实践的需要。先讲科学理论，而不使其先知道应用的所在，不但会减少学习的兴趣，而且研究理论也不容易明彻了解。他认为，应当来一个教学改革，先授工程科目，而后再讲授理论科学，将现行的程序倒置过来才好。他的这个教育思想，在上述一系列文章中都一致地表达了出来。在 1949 年 6 月，他写的《教育的解放》一文中，说中国教育"既保留了封建的灵魂，又袭用了欧美的躯壳。"因此只能为教育而教育，不能与生产紧密结合。1950 年 4 月 29 日，他为《光明日报》写的题为"习而学的工程教育"的文章中，曾系统地阐明了这个观点。他认为一个四年毕业的学工学生，往往一年级必修课程大体相同；而在各年级课程中，基本性的较多，专门性的较少；第三、第四年级课程内，专门性的选课较多；四年中理论课程多于实习课程，基本上是理论先讲，实习后做，尤其是最基本的理论在最先讲，最专门的实习，在最后才开始做。在他看来，这些特点，说明过去工程教育是广而不精，培养出的学生充其量是"通才"，而实质上不能做到以实习来帮助理论，以理论来贯通实习，而是实习与生产脱节，这是由于受了过去"学以致用""知而后行"的影响。这样，势必形成理论与实际脱节，工程毕业生虽说能计算、能制图、能设计、能写论文，但多半是"纸上谈工"，不切实际，不是以实践（劳动）为基础的。他提出，为了适应我国环境的特殊需要，工程教育应当大力加以改革。比如为了建设桥梁的需要，就要设立桥梁工程系，收高中毕业生入校，第一年，先在造桥工地上实习半年，后在桥梁工厂实习半年，同时实习测量、地质、工程材料、石工等课程，晚间阅读课本；一年后，如认为搞桥梁不相宜可转系，相宜则可继续升学；第二学期，在校学习与桥梁直接有关的课程，如结构学、基础学、河工学、机械工程学、电机工程学，后半年在现场实习木桥、钢桥、钢筋混凝土的施工方法，学习运用器材，管理人工等技术，同时实习测量、地质、材料、铁路等课程，晚间阅书及制图。同样，二年级学习完毕时，可升学或就地任监工或技师；三年级在学校应读基本理论课程，如工程力学、材料力学、土壤力学、水力学、电机、机械、冶金等，后半年，则实习较为负责的施工、管理及设计等项目，同时实习测量、房屋建筑、铁路公路等课程，晚间看书及制图，同样三年级学毕时，可升学或就地任助理工务员；第四学年，在校学习基本科学，诸如微积分、物理、化学、机动学、高等数学、经济学，并在试验室做材料试验、水力试验、机械及电机试验，毕业后正式任桥梁公务员，按级并参照实际工作能力升为工程师。

　　茅以升认为，这样做不但养成学生的劳动习惯，端正劳动态度，并且能使他们先知其然，逐渐达到知其所以然。在加强用手的同时，也加强用脑，起到相互提高的作用，使理论与实际结合起来，经此训练毕业后可以成为专才。同时，校内宿舍可收两倍于过去的学生，还可以促进工人逐渐训练为工程师，还可以通过这一新法教育，使学生从感性知识到理性知识，然后再回到感性知识，循环发展，从学而习的工程发展，逐渐变为习而学的学习法。同年，他在 6 月 4 日《光明日报》上又发表了《工程教育的方针与方法》一文，指出我国高等工程教育的方针，应当训练专才，工程师的知识应当在实际工作中力求达到广博，但在学校里应当专业训练，先专后通，每个毕业生才能达到专才的程度。而要达到此目的，就必须精简课程，将不必要的课程淘汰，将学习时间从 4 年延长到 5 年，使学校与工厂紧密配合。一年级读完基本理论的学生，要到工厂里做"认识"的实习；二年级读完普通应用理论，要去工厂做"专业"的实习；三年级读完部分专业理论的，应到工厂去做"生产"实习；如果工厂的生产专业课要在四年级讲授，就成为先实习后理论了，他再一次强调要坚持理论与实际结合，做到一面学习理论，一面参加实习的理论和实际的"平行结合"。他认为，工程教育要达到基本理论与工具的配合，使理论扩大实践的范围，实践提高理论的目标。而要做到理论与实习配合，理论与技术配合，就不得不强调先习后学，先读专业理论，后读基本理论，将理论来贯穿实践，培养学生的应用能力，这也符合我国自古以来就提倡的"致知在格物"的原则。此外，他还认为，中国的工程教育，理论是一座塔，实际又是一座塔，塔与塔之间没有相通的路，所以应当来一次革命。过去铁路上的工程师不会教课，工程师初去铁路，对一切都陌生，也做不了事情。比如一部收音机坏了，有高等微积分知识的大学教授修不好，但一个无线电公司的学徒一修就好了，这都是一种不应有的畸形现象。它说明工程教育必须"先习后学""既习又学""边习边学"。茅以升认为，新中国是要新人去建设的，可见教育产生新人的任务，是何等重要！在这里，科技工作者尤其是工程教育工作者，要将自身造成工作母机，在人民群众中造成无数的"工作机"。

茅以升认为，业余教育也要充分发扬学生的实际经验——生产知识和技术经验，使他们从现有的基础出发，从感性认识提高到理性认识，即应是实践——理论——实践，而不是理论——实践——理论。他强调指出，世界上有一种科学，即生产系统化的专业科学，应当把它建立起来。1962 年 5 月，他又写了《建设一个为社会主义服务的教育制度》，并在次年 7 月人大常委会的一个小组会上作了发言，记录稿报呈敬爱的周恩来总理时，周总理指示人大常委把它印发 300 份，分发给有关部门进行研究。

十二、与钱塘江怒潮的搏斗开始了

> 钱江欲建桥，满腔尚武骁。
> 生平展抱负，面对浙江潮。
> 擒龙现本色，斩蛟显丰标。
> 众志驯江海，胸中有全桥。

1933 年 8 月，茅以升辞去北洋工学院教书职务，到浙江杭州走马上任。钱塘江桥工程委员会成立了，茅以升担任工程处处长，罗英任总工程师职务。茅以升日以继夜地写出了钱塘江建桥计划书，需银币 500 万元。这座桥长达 1453 米，正桥长 1072 米，两端为引桥，从江底石层到公路面，高达 71 米，相当于 18 层楼的高度。这是一条现代化的公路、铁路和行人的三用两层大桥，下层是单线铁路，上层是双线公路和人行道。正在开始动工的时候，茅以升父亲因积劳成疾病逝了！他回南京奔丧，安葬了父亲之后，抑制着悲痛，又回到杭州继续工作。

当时浙江省还聘请铁道部顾问、美国桥梁专家华德尔，另行设计了一个建桥方案。

两种方案不同之处就是：首先，茅以升等的方案建的是双层桥，下层走火车，上层走汽车和行人，华德尔的方案，建的是单层桥，既走火车，也走汽车；其次，在桥址问题上，茅以升等人认为桥址要设在六和塔附近，那里河面较窄，易于把桥建得稳固，后者则认为桥址应选择在杭州市城区之内，以便行人。两个建桥方案都送交铁道部审查处理，经过权衡得失后，大家都认为茅以升等人提出的方案，既好又省，很快就获得铁道部批准，而否定了美国专家华德尔的方案。浙江省建设厅厅长十分满意地对茅以升说道："你们的规划方案，大大超过华德尔博士的，很快就要得到批准了！"这充分说明中国人的智力和工程技术设计，绝不在外国人之下。

1934年，浙江省成立了"钱塘江桥工程处"，从那时起茅以升担任了这个工程处处长长达16年之久（包括抗战八年在内）。在那风雨如晦的16年间，他的命运同钱塘江桥息息相关。

为了建造这座在中国历史上空前未有的桥梁，他的第一步工作除了调查研究钱塘江历史的有关水土、地形资料之外，首要的任务之一，就是要建立起一个能够胜任称职的领导班子。在这方面，茅以升煞费苦心，并从四面八方物色和调动建桥人才。首先，要寻找个能承当他左右手的人。他很快就找到了他在美国康奈尔大学一块学习桥梁专业的同班同学罗英。罗英回国之后，一直在铁路工作，连续修建过几座桥，做过山海关桥梁厂的厂长，是个实际经验很丰富的桥梁工程师。按照当时习惯，茅以升任总工程师是理所当然的，但他为了尊重罗英，并能够取得同他更为密切的合作，决定让罗英任总工程师。

在钱塘江上建桥是一件十分艰巨的任务。钱塘江江面辽阔，江潮浩荡，流沙激越，要架设连系两岸的大桥谈何容易。当茅以升接受建筑钱塘江大桥任务的消息传开时，当时一些外国工程师都用轻蔑的态度在旁边吹冷风，说："那一定要失败的！""白费气力！""他们没有建这样大桥的经验和本领。""终归什么也搞不成。"有人找茅以升，叫他赶快打退堂鼓，不要逞能，否则就要贻笑大方。但这些风言冷语，动摇不了忠心于人民建设事业的工程师的心，茅以升要为建造这座大桥奉献出自己的聪明才智和一切。在茅以升等人的精密筹划下，决定把钱塘江大桥的位置设在已有千年历史名胜的六和塔畔。这里风景幽美，气势雄伟，唯一的缺点就是离市区稍微远些，但建筑了铁路和公路桥，交通也就方便了。"潮平两岸阔"，在大潮时，两岸宽1500公尺，平时为1200公尺，计划中把北岸推出200公尺，南岸推出300公尺，这样一来江面就缩小为1000公尺；设计中的大桥全长1453公尺，江中的正桥为1072公尺，南北两岸各设有"引桥"，前者为93公尺，后者为288公尺，这是铁路公路双用桥，上层是双线公路桥，两边有人行道；中间通过汽车和自行车；下层为单线铁路。大桥的正桥16孔，每孔跨度均为67公尺。桥梁用的是合金钢，既保证了强度，重量也较轻。此外南岸引桥有1孔钢拱桥，北岸引桥有3孔钢拱桥。桥墩型式多种多样，使"长桥卧波"，显出了雄壮美。

俗话说"钱塘江无底"，钱塘江当然还是有底的，但的确很深。江底的石层在水位以下50公尺，上面覆盖着厚达41公尺的流沙，江水深9公尺，可以没顶。计划中的钱塘桥，桥下通行船只的高度为 10 公尺，铁路桥梁高 10.7 公尺，再上面是公路桥。倘若从江底石层算起，到公路面为止，其中距离有 71 公尺。建筑这么一座规模雄伟的大桥，需要克服许许多多困难，首先遇到的是流沙问题。那些长年累月被钱塘江冲刷的流沙，细微而飘摇不定，木桩打下站不牢，而且越打越陷进去；而在底层的石块承载力弱，怎样才能够使水中建筑物的重量减轻到最大限度，使水下石层能够负载呢？这是当时施工中费尽苦心，急需去克服和战胜的大事情。

十三、水底降龙气冲天

> 敌机轰炸钱塘边，沉箱送往江底潜。
> 山中伏虎意犹酣，水底降龙气冲天。
> 生死安危哪得顾，祸福否泰何挂牵。
> 一心只愿长桥架，定教科技写新篇。

1935 年，打桩工程开始。钱塘江硬厚的流沙层，像一座十分顽固的堡垒非常难于攻克。木桩不容易打，汽锤打轻了，打不进去，重了又容易把木桩打断，结果开工第一天只打进一根木桩。每个桥墩下要打 160 根木桩，9 个桥墩要打 1440 根桩。像现在这样进度哪年哪月才能完成任务?! 茅以升为此相当烦恼，他偶尔看到一个孩子在浇花时，喷出的水流能在地上冲出沙窝，由此得到启发，能不能把江水提起，从高处猛冲下去，把江底冲成洞穴呢？他把这种想法告诉给大家，人们都很同意他的想法。马上从别处借来一台强力的抽水机，把江水抽到高处，再向江底直冲，等沙层被冲深以后，赶紧把木桩往洞口里送，并用汽锤猛打。由于采用"射水法"，一昼夜可以打进 30 根木桩，这样提高了效率，克服了打桩这一关。但是要征服钱塘江潮，真是不容易。正如茅母韩石渠老太太形象地形容的《西游记》里写唐僧到西天取经，要经历 81 难，茅以升等人要降服钱塘江潮水建造大桥，也要经历 81 难。作为杰出的桥梁工程师茅以升，在建桥期间，不仅善于团结各级工程业务员工，同时，他总是与广大建桥群众同甘苦。他不但发挥了自己的高度才智，也发挥了参加建桥的技术人员以及广大工人的智慧，从而一道道难关势如破竹般地被克服了。

钱塘江水深流急，怎样造好桥墩呢？茅以升等人运用了一种气压沉箱法来建筑桥墩。所谓"沉箱法"，就是用钢筋水泥制成非常沉重的箱子，长 18 米，宽 11 米，高 6 米，重 600 吨，要在岸上筑好，然后运到江里。要十分准确地放在已打进泥沙里头的木桩上面。尽管它们是庞然大物，但在激荡的钱塘江里受到了很大冲击，以致系在沉箱上的钢丝绳被冲断，使沉箱从水中浮起，像脱缰的野马似的在江中飘荡，冲到很远的地方。茅以升依靠集体的智慧，把 3 吨重的小锚改为 10 吨重的大锚，趁水涨时期把沉箱放下去，落潮时借潮水之力让它迅速就位，600 吨的沉箱都乖乖地就范了。其中由于携带氧气箱，人还可以下到水里去工作。用这种极其沉重的箱子来压住江底，使其不再飘动，不但工人在水下沉箱中工作，茅以升和罗英也常随沉箱到江底下去，以便于现场指挥。他之所以用这种方法，是因为钱塘江底有很厚的流沙，任何建筑物放在流沙上也都要移动，打桩发生困难就是因此。一般情况下，一块大石头放在江底，都会被水往下流冲走，而钱塘江底有流沙，就发生一种特殊的现象，由于石头上流方向的沙被水冲走了，石头反而往上流走了。所以打桩不行，板桩也站不住。沉箱，重达600吨，放在流沙上，水冲不动，箱中有一块板，把箱隔成上下两个房间，底下是工人进去挖土的工作间，用高压空气把水排走，隔板上的房间造桥墩，沉箱越下越深，桥墩越造越高，最后沉到江底的石层。这样就解决了钱塘江建造桥墩的难题。与此同时，他们在桥梁工地上加紧装配钢梁，争分夺秒，一刻也不停地把钢梁工程推向前进。众所周知，架设钢梁，一般是把钢梁架到靠岸的桥墩上移动，这样做速度较慢，茅以升同大家一道商量，开动思想机器，利用钱塘潮水汹涌的特点，制订出利用自然力的方法，在涨潮时，把钢梁装上船，并运到两个桥墩中间，随着潮水下降，船身也跟着下降，钢梁就轻而易举地搭在两个桥墩的上头了。如此一来，安装桥钢梁的任务就加快地完成了。

但是，在钱塘江桥将完工时，全国抗日烽火于1937年7月从北方燃起，日本帝国主义节节进攻，北方的国土日益沦丧，战火逐渐燃烧到了南方，上海"八·一三"抗日战争爆发，沪杭一带更受到了敌人的严重威胁。当时钱塘江桥建设因赶时间而昼夜施工，正热火朝天地进行着，这正是他唯一的愿望。他不但战斗在桥梁工地上，日夜从事桥梁的设计工作，同时，他还经常同建桥工人在一起，甚至通过沉箱下水去摸清水下情况，从而更好地修正自己的施工规划方案，更好地促进钱塘江桥的建筑能够早日竣工。

为了争取钱塘桥早日胜利建成，采用的木桩、沉箱和钢梁，不分上下，同时动工进行。用茅以升今天的话说，那就是："木桩打完运沉箱，沉箱下落时筑墩身，墩身完毕后架钢梁，这就是'上下并进，一气呵成'。"而且日夜不停地施工，甚至星期天和一切例行假期也不停工。各承包商都设有提前完工的奖金，以资鼓励。以茅以升为首的桥梁工程处为了监督工程不断进展，也日夜不停地同建桥工人在一起，没有星期天，没有假期。从茅以升、罗英到全体工程技术人员，无不任劳任怨地辛勤工作，以身作则。尤其是中日战火从北方蔓延到南方以后，江浙一带也处在战火的包围之中。有一次由于日机空袭，三架日机飞来投弹，因警报关系，关了电灯，这时任钱塘江大桥建设工程处处长的茅以升，恰好在钱塘江水下30多公尺的沉箱里，电灯突然全部熄灭了，他和许多建桥工人在水下非常沉着，当时还弄不清是什么原因，到后来电灯重新放亮，升到水面之后，才知道原来是日寇空袭。茅以升同志回忆当时情景说道："当时在水下的处境，真是永久难忘！对那个管电气闸门坚守岗位的工人，也是令人难以忘怀的。"

茅以升等人在每一个沉箱下到桩头，他都要细心看施工报告，要详细查对160根桩头的位置之后才放心，他甚至事无巨细，必自躬亲，如亲自下沉箱，边看边数了160根短桩头，根根俱在，才从心里解除疙瘩，他就是这样极其认真地完成建桥工作任务的。

1937年9月26日凌晨4时，人们终于看到火车像巨龙般驶过钱塘江大桥。大家无不额手称庆。看！"无底的"钱塘江，终于胜利建成了大桥！原来在"八·一三"上海抗战发生之日，江中还有一座正桥墩尚未完工，墩上还有两孔钢梁未装上，但在大敌当前，就在一个半月里面，竟把大桥建成，赢得了时间，这完全是全民抗战、万众一心的结果。当人们看到一列火车鸣笛驶过钱塘江时，从人山人海的群众中顿时爆发出一片欢呼声！

钱塘江桥总共施工两年半，用了 703 538 个工作日，一般每天有 770 人工作，最紧张时达 950 人。钱塘江桥是茅以升同这支劳动大军缔造出来的。正是他们废寝忘食、胼手胝足战胜了种种难以克服的困境，才完成这个我国造桥史上未有前例的伟大工程。

这是中国桥梁建筑史上一件划时代的大事！因为钱塘江大桥是用崭新的先进技术建成的；这座桥既是铁路桥，能通火车，又是公路桥，能行驶汽车，也是人行桥，能让行人和自行车在上面行走。

钱塘江大桥耸立在钱塘江上连接南北两岸，它让全世界的人都明白地看到，中国人是有聪明才智的！它——钱塘江大桥就是个见证。中国虽然有着极其丰富的桥梁建筑历史，但是，像这样的现代化桥梁工程，却是前所未有的。

1937 年 11 月 17 日这一天，是公路桥道通车的日子，人们远从肖山、诸暨、宁波、上海，特别是杭州城四面八方，涌到六和塔旁的钱塘江边，六和塔上都站满了人，他们来看这新建的宏伟无比的钱塘江大桥；看到茅以升、罗英和他们建桥的辛劳伙伴，乘坐 12 号小汽车驶来，在新建的公路桥上徐徐驶过。这是通过钱塘江的第一辆汽车，万人空巷，热烈庆祝。人们发自内心地使劲鼓掌，他们对于为民造福的以茅以升为首的科学家们，表示了衷心的谢意！当火车鸣着汽笛风驰电掣般地驶过大桥时，群众的心更加激动了，看！钱塘江南北似乎缩短了距离，真是"双脚可以跨过钱塘江了！"

十四、炸桥

> 长桥卧波走钱塘，难民千万渡江忙。
> 谁识桥上埋炸药，千古桥史话沧桑。

就在这时，日寇更进一步侵入中国境内，以至于战火逐渐蔓延到浙江了。1937 年 12 月 23 日，远远地已经发现敌人的隐约踪影。茅以升等在建桥之日就曾预料到将有这么一天，但他们并不因此而胆怯，或把造桥工程停顿下来，相反地，却极尽努力把大桥工程提早完成。这是对帝国主义强盗的示威，说明中国人民是不可侮，是富有聪明才智的：中国是世界古代文明最发达的国家之一，尽管百年来受尽了帝国主义的奴役压迫，但是现在睡狮开始醒过来了，能够建造世界第一流的桥梁。敌人无论怎样凶顽，也压不倒中国人。同时，人们也知道，抗战绝不是一朝一夕的事情，而是持久战。尽管暂时某个城市沦陷了（杭州也难免暂时沦于敌人之手），但终究要重新归还中国人民，最后胜利一定属于中国。

茅以升同他的伙伴们，早就预料到了这个发展趋势。因此，在建桥的同时，就在钱塘桥靠南岸的第二个桥墩里设置了可以放进炸药的长方形"空洞"，当时就将炸药放进空洞，又在钢梁要害处放进炸药，另用 100 多根引线接到放炸药的各个雷管。桥上公路部分早已完成，因防敌人轰炸，一直未开放，直到 11 月 17 日为撤退需要才使用。当时每天从早到晚，大桥上人来人往，挤得水泄不通，约莫有 10 万人在新建成的大桥上行走，但是有谁知道就在这桥底下，已经装有炸药等待炸毁它呢？

仅在 12 月 22 日这一天，从钱塘江撤走的机车就有 300 多辆，客货车有 2000 多辆和 10 余万逃难的难民。

前线的炮火声音已经听得见了，战事越来越逼近了！

在这以前，上级已经下达了必要时炸桥的命令。茅以升开始接到这命令时，心绪茫然若失，他想："难道花了这么多心血，动员了成千上万人的力量，夜以继日地不停息地工作，辛辛苦苦建造成的中国第一座现代化的桥梁，就这样毁于一旦吗？他开始想不通。后来虽然想通了，感情上还是扭转不过来，等到他们隐隐约约地听见远处的炮声，这天下午五点，敌人的骑兵已经依稀可见，夜幕降临大地了，黑暗像笼纱似地把钱塘江桥的沿岸蒙住时，部队下令禁止行人通行，断然将引接雷管的导火线点燃，轰的一声巨响，顿时烟雾弥漫，花费将近两年半之功建成的钱塘江大桥，随着"轰"的一声巨响，已建成的大桥被炸断了！茅以升站在钱塘江边，涔着一双泪眼，觉得这样做是对的，因为我们造的桥，绝不能留下给敌人利用，他又想到："今天我们从毫无实践经验中能建成这座桥，难道我们赶走敌人之后就不能再建吗？不！我们还要造更多更好的、最新式最现代化的桥梁。"他想到这里心头就平静些了。这时他听到钱塘怒潮狂吼，好像它们都在喊："要赶走日本鬼子。"他仔细一看，只见靠南岸的第二座桥墩上部已完全被炸毁，五孔桥梁全被炸断，有的落在"无底"江中，有的像残垣般还挂在那里，它们似乎在挣扎着，呼喊着："我们还要重建，赶走敌人之后，我们一定要重建！"正是：

> 三年之功废一旦，
> 破坏容易建设难。
> 国破愈觉山河美，
> 毁桥为的保江山。

把钱塘江桥炸毁，这对于桥梁建筑师茅以升来说，当然是十分沉痛的事情。但是，科学家茅以升是识大体的，知道在民族生死存亡斗争的关头，我们同日寇是寸土必争的，绝不能拱手把新建成的钱塘江桥让敌人白白来使用，炸桥是符合民族利益的，因此，尽管建桥费尽心血，毁桥却在所不惜！他从此时此刻，就开始立下重建钱塘江桥的宏愿。

对着被炸毁了的钱塘江桥，茅以升沉痛地凝望着钱塘江，向着滔滔的钱塘江怒潮宣誓："桥啊！桥啊！我们决不会只瞧着你被炸毁！只要抗战胜利的那一天到来，我们一定立刻把你修复！"他心情如此激动，颤抖而激昂的声音里带着万分悲愤。他亲手缔造的桥如今断了！在杭州原来有个神话传说中的断桥，如今竟然真的出了一个名实相符的"断桥"了！

当时，茅以升心情十分激动，写了如下三首《别钱塘》旧体诗：

钱塘江上大桥横，
众志成城万马奔。
突破难关八十一，
惊涛投险学唐僧。

天堑茫茫连沃焦，
秦皇何事不安桥。
安桥岂是干戈事，
同轨同文无浪潮。

斗地风云突变色，
炸桥挥泪断通途。
"五行缺火"❶ 真来火，
不复原桥不丈夫。

　　茅以升这三首旧体诗，写于 1937 年 12 月 25 日。不难看出，爱国工程师茅以升是含着悲愤的心情，和着从心腔溢出的热泪，写下这十二行八十四字旧体诗的。

　　1941 年 10 月 20 日，中国工程师学会在贵阳召开年会，庆祝学会成立三十周年，这是一次可资纪念的盛会。会上给茅以升发了学会"名誉奖章"，表彰他在建造钱塘江大桥的卓越成绩。

　　钱塘江大桥由我们自己炸毁了，但是作为大桥工程处负责人的茅以升，仍然有始有终地为大桥做好各种善后工作。在桥梁工程处迁到浙江兰溪之后，在茅以升的率领下，首先完成了大桥的竣工图，表示钱塘江建桥的建造过程中各项工程的实际状况。大桥的 9 个桥墩，每墩木桩 160 根，如何按照每桩测定方位，如实地作了记录；15 个桥墩的沉箱下降深度，也全部作了如实的记载。这表现了茅以升对待桥梁工程的有始有终、一丝不苟的工作精神。

　　在钱塘江桥的整个建桥过程中，茅以升还敦促有关人员，保存好各种图表、文卷、电影片、相片、刊物等有关资料。就拿有关钱塘江桥的影片来说，《钱塘江桥》是一部很完整的工程教育影片，长达 2 500 公尺，记录了钱塘江桥梁工程的每项重要的细节，都在现场拍摄，主要演员是建桥工人，主要内容是中国伟大工人阶级的创造性和奋不顾身的建桥劳动，而导演就是茅以升和一位工程师李文骥。

　　1945 年 9 月 2 日，抗日战争胜利。第二年，茅以升回到杭州，组织班子重修钱塘

---

❶　钱塘江桥四字，偏旁为金、土、水、木，故云"缺火"。

桥,但当时被炸的三个桥墩,修好的只有第五号桥墩。这次用的是"套箱计划",这在中国桥梁工程史上,也是第一次运用。

钱塘江桥真是多灾多难!1949年5月3日,杭州解放,蒋军在撤离杭州时,汤恩伯所属部队又炸了桥面的一部分。待到新中国成立以后,茅以升又一次带领原来组成的中国桥梁公司的修桥工程队,去修理钱塘江桥,这是他当年立下的心愿,是他心甘情愿的。这回是彻底翻修,也是历尽艰难的。钱塘江桥又重新通车了。

1975年,茅以升重游杭州。"又来湖畔看青莲,湖光山色两依然,豪情不减当年盛,风吹客意思华年",当时,"四人帮"正掀起所谓"批林批孔"的阴谋,连岳飞这个大兵法家也被当做"儒家"来批,岳庙被捣毁了!正是"悲歌慢唱《满江红》,钱江千里八大荒。春花秋月留楚舞,碧海沧波巧秦妆。薜萝山鬼啼残苑,铁马铜驼卧坟穹。《吁天辨诬》❶传今世,一轮浩魄照长空"。只是当他来到六和塔畔,展望钱塘江桥,见火车、汽车风驰电掣,速度不减当年,心中才得到一点安慰。他想起为建筑这桥花费了许多可贵的时光,一座桥历尽风霜浩劫,这是旧中国历史的一个缩影,心里感慨万千。正是:

> 十六年华钱塘桥,
> 铁龙飞驶几回潮。
> 历尽风霜今胜昔,
> 车轮滚滚路迢迢。

十五、钱塘江桥总工程师罗英

> 学桥造桥喜相亲,良友诤友颂罗英。
> 而今撒手九天去,肺腑凭谁说知音?!

我们在向读者讲述钱塘江大桥时,不能忘了同茅以升同志并肩缔造这座桥梁的总工程师罗英同志(1889~1964年)。他是茅以升的良友与诤友,也是个志同道合的革命同志。同茅以升一样,他也是我国著名铁路工程桥梁专家、工程技术界的前辈。

罗英,字怀伯。于1916年,茅以升来到美国康奈尔大学当研究生时,开始认识罗英。将近60年间,他们之间的友谊,亲密无间。据茅以升同志回忆,当时,在康奈尔大学桥梁系的研究生中只有三个中国人,没有别国留学生,也没有美国人选读这个专业。这三个人,就是茅以升、罗英和郑华。郑华是福建人,回国后曾负责修建南京、浦口间火车轮渡,后来弃工从商。罗英早年就是工程界的活动家。1916年,在美国成立中国工程学会时,他和茅以升都是发起人,他还担任过该学会书记。当时学会的任务是每年开一次学术年会,每月出版一期《工程学报》。这个刊物一直办了33年。茅以升、

---

❶ 《吁天辨诬》,系岳飞死后别人为他编成的一个集子。

罗英归国后，中国工程学会也迁回中国，同詹天佑等所发起的中华工程学会合并，成为中国工程师学会。茅以升和罗英都曾担任过中国工程师学会的领导职务。

罗英在美国读完硕士学位后，即回国从事铁路桥梁、公路工程工作。抗日战争期间，他在云南、湖北省公路局任职。茅以升在建筑钱塘江大桥时，请调他任总工程师，作为他最得力的助手。他在从事钱塘江桥的桥梁工程建筑活动中，凡属重大问题，无不共同协商，或负责向茅以升请示。他们之间可以展开争论，但从来没有隔阂或耿耿于怀。新中国成立后，罗英先后担任华东交通部总工程师、北京北方交通大学教授、冶金工业部黑色冶金设计院顾问工程师、武汉长江大桥技术顾问委员会委员等职，1959年，被特邀为全国政协委员。

有人认为钱塘江桥的总工程师是罗英，就不能把建桥的功劳主要归于茅以升，这个看法是错误的、片面的。正如茅以升最近一篇文章中所说的，"钱塘江桥是集体创作"。但在这个"集体创作"中间谁是主脑人物呢？无疑是茅以升同志。这里且听听罗英同志在《钱塘江桥工程大概》一文中所说的一段话吧。他写道：

> 大桥工程均分工合作，工作人员均属青年有为之士，日夜工作。……钢架工作由工程师杨飏春指导，混凝土工作由工程师李学海指挥，打桩工作由工程师卜可默监理。作者虽负工程上责任，但全部事项，概由本处处长茅以升博士指挥而总其成。至于包工方面，正桥钢料由道门朗公司供给，正桥桥墩由康益洋行承办，东亚工程公司包修北岸引桥及路面，新产营造厂承造南岸引桥，聚中外之材料人力，深期本桥得以早观厥成。（见《土木工程》1935 年 3 月，第 3 卷第 1 期）

新中国成立，为桥梁建筑和桥梁科学研究开辟了光辉的前景，从那个时候起，罗英就潜心于中国桥梁的科学著作。他花费了 10 年时间，专心致志地写了《中国石桥》一书。在写作中，他参考了我国许多古籍文献，如桥志、方志以及报章杂志上的材料，并在中国古今桥梁建筑科学理论上进行了钻研，他经常同茅以升互相切磋有关桥梁建筑和中国桥梁史的若干问题。在罗英看来，有经过历代文人题咏的"江枫渔火对愁眠"（唐张继诗）的枫桥固然名留千古，但还有许多没有经过古代文人吟唱的石桥，比起枫桥来更加宏伟。茅以升热烈赞扬罗英博访周咨，探索有关我国古代桥梁建筑的真相，稽考石桥的各种不同的结构，并应用力学的原理，分析它们结构的强弱；热烈赞扬罗英书中尽情歌颂了我国古代桥工巨匠，积累数千百年的建桥经验，使我们今天能够深刻了解中国古代桥梁在自然界的位置，及其结构的演变、力量强弱的调和和稳定，调整应力的平衡，使其达到既稳且定，以至于使那些古老的石桥能够行驶新型重车；热烈赞扬罗英所得出的"研究我国古代石桥，对发掘我国科学遗产、加速社会主义建设有重大意义"❶

---

❶　罗英：《中国石桥》，人民交通出版社 1959 年版，第 6~7 页。

的正确结论。罗英阐明了我国有不少桥梁"是世界桥梁工程的首创"，❶例如，"我国利用石墩被动压力来建筑最经济的石拱桥的方法，是我们先代桥工巨匠的重大发明"。❷

罗英的《中国石桥》分为六章：石桥概论、壮丽的石桥、三大名桥三大发明、石桥构造简述、古经验与新理论、新型石拱桥，书中搜集了我国300余座大中型石桥的资料和照片。作者特别对赵州桥、湘子桥、洛阳桥的结构特点、水文资料和历代修缮情况，作了详尽的调查和分析研究，阐明了石桥的各种砌筑方法。他应用现代科学理论验算了各种结构的古代石拱桥，对石桥的创作、演进，对各种各式的石桥，如联拱的卢沟桥、驼峰拱的玉带桥、敞肩拱的大石桥、穹窿拱的石桥，以及石桥构造中各部分的尺寸比例建筑状况、上下部位的构造、石拱桥工程理论的要略、古式石拱桥建筑中的主要关键和近代石拱桥建筑的历史过程、新技术的创造和新中国成立前后修建的几座石拱桥等，都作了十分精辟详尽的描述。茅以升同志认为："难怪这本书成为记载中国石桥的比较完备的第一本书了。"❸"该书编写石桥的尝试值得我们赞佩"，它"明确地指出了中国石桥能为祖国争光的关键所在，这就更是难能可贵了"。❹

罗英在为交通出版社写完长达15.4万字的《中国石桥》之日，给茅以升同志的信中写道：

> 唐臣兄：
>
> 久未通信，近来身体健康，工作顺利吧。我近来身体逐渐好转。人民交通出版社前请我写的《中国石桥》一书，即将全部脱稿，据该社云，本书拟争取最近出版，并送至外国展览，因此拟请你在百忙中抽点时间写篇序言，为恳。此致
> 近祺！
>
> 弟怀伯手启 4/2/58

信中除"近祺"及签名和年月是罗英亲笔写的而外，其他是他口授由别人代笔的，因为当时他已身负重病，所谓"逐渐好转"，意在安慰老友茅以升释念。

不久，茅老就给该书写了篇序，指出这本书是同他"共同负责修建杭州钱塘江桥的罗英同志编写的。他编写这本书花了十年时间，比他修这座桥的时间还要多六七年"。"桥梁是一国文化的特征之一，我国有几千年的历史记载，桥梁历史也应有几千年。以我幅员之广，编写一部桥梁史，该是一项如何浩繁的工作，然而罗英同志竟然独力开始了这一工作，这该值得我们桥梁工程界如何地庆幸"。❺

---

❶ 罗英：《中国石桥》，人民交通出版社1959年版，第6~7页。
❷ 罗英：《中国石桥》，人民交通出版社1959年版，第6~7页。
❸ 茅以升：《中国石桥·序》。
❹ 茅以升：《中国石桥·序》。
❺ 茅以升：《中国石桥·序》。

到了 20 世纪 60 年代初期，罗英还应中国科学社主编《中国科学史料丛书》的需要，编写了《中国桥梁史料》这部 40 万～50 万字的巨著。书中详尽地论述了中国桥梁的演变，分别剖析了古代桥梁和近代桥梁的不同结构；中国新式桥梁，特别是现代桥梁的进展，帝国主义列强在中国角逐时期的铁路桥梁建筑，现代铁路桥；现代城市桥梁、现代公路桥梁、中国古式名桥工程；中国四大河道（黄河、长江、松花江、钱塘江）上的大桥工程；中国建桥工程的经验，如人工起重、安装巨大石梁、石拱桥建筑等方面，都作了十分详细的描写，把中国的古式桥梁与新式桥梁，都提到相应的地位，并以专门章节重点介绍我国古式名桥工程设施，以 320 余幅插图，增加中国桥梁的光彩。茅以升同志为此赞赏不已，说这部书是"颂扬祖国文化，宣传桥梁成就"❶ 的好书，它"根据科学理论，解答了古桥中的不少技术问题"。❷ 茅以升把这部书看做是中国桥梁史的"先行官"，他认为作者罗英是中国桥梁史"筚路蓝缕"的开拓者，他为这部书所耗费的精力"不亚于修成一座大桥"。❸

《中国桥梁史料》完稿后，罗英再次请茅以升同志写了序。茅以升在 1959 年 9 月 9 日，为此书写的序文中指出："这是一本记载中国桥梁，内容十分丰富的资料书，包括古代桥梁、近代桥梁、各种材料和型式的桥梁，并且涉及有关桥梁的科学技术、历史地理、文化教育等各方面。作者是位富有实际经验的桥梁工程师，他在使用了工程材料几十年，修造了大小桥梁几十座之后，又用一支笔来写书，发扬祖国文化，宣传桥梁成就。我对这本书的内容和作者，表示衷心赞佩。"❹

在茅以升看来，这本书的作者"是下了很大功夫的"❺，并指出："关于现代桥梁，他提出了一些代表作，这当然是不很全面的，但也足见我国桥梁发展的速度"❻，而"在这些新桥中，他本人的贡献是很多的，特别是钱塘江桥和柳江桥。"❼

《中国桥梁史料》初稿出版之日，罗英给茅以升写了一封亲笔信，信中写道：

唐臣兄：

出版社今日送来《桥梁史料》伍拾本，特先检一本呈请指正。在第 252～383 页中将现在人家指责各点，已据实回答，俾大家得明真像，但是为此立言是否合适？

今晨检查老毛病复发，弟需住院数日，以便电疗，余俟出院后再奉告。此致

敬礼！

弟怀伯手启 25/7/61

❶　茅以升：《中国石桥·序》。
❷　茅以升：《中国石桥·序》。
❸　茅以升：《中国石桥·序》。
❹　茅以升：《中国桥梁史料·序》。
❺　茅以升：《中国桥梁史料·序》。
❻　茅以升：《中国桥梁史料·序》。
❼　茅以升：《中国桥梁史料·序》。

寥寥数语，洋溢着作者对茅以升诚挚的深情厚谊和互相切磋的科学精神（按：茅老至今还把这两封信贴在书首，作为对老友罗英的永恒怀念）。

罗英在收到《中国桥梁史料》的当天，在寄送给茅以升的那册书的扉页亲笔写道：

唐臣吾兄指正惠存

弟怀伯
一九六一年八月一日

这说明罗英始终把茅以升看做是自己最敬重的好友。每当茅以升谈起罗英勤奋的一生时，总是对罗英这两部著作作了十分崇高的评价，他说："这两部书是罗英留下的不朽丰碑。"并谦虚地说："我至今没有写出像罗英这样内容丰富的关于中国桥梁的长篇巨制，他多么勤勉啊！"

1964 年 7 月 1 日，罗英同志因积劳成疾，不幸病逝于上海，享年 75 岁。当时茅以升与赵祖康、刘良模、汪菊潜、程孝刚、卢于道等 16 人任治丧委员会委员，主祭人为赵祖康，陪祭人为茅以升、刘良模等 4 人。在由茅以升诵读的"公祭罗英先生的悼词"中指出："罗老先生毕生从事桥梁工程研究工作，专长土木建筑结构"，"解放后著有《中国石桥》《中国桥梁史料》等书"，说他在病中"仍从事编写《石拱桥研究》一书，把自己长期实践中的经验贡献给祖国的社会主义建设事业"。

为了纪念他的老战友罗英逝世，茅以升含着纵横泪水，于 1964 年 7 月 4 日写下一副挽联，以表达自己的悲怀。挽词如下：

学桥、造桥、写桥，绩效长存，一旦间沉疴突变，遗著伤心余半部；
良友、益友、诤友，语言犹在，五十年坠欢难拾，前尘回首痛重泉。

这副挽联写得很工整，寄托了茅以升与罗英之间的友谊是不寻常的，他们是志同道合的伙伴，是科技战线上的良友，其革命友谊，山高水长。正是：

岂只古人管鲍交，试看罗英茅以升。
幽冥焉能永相隔，长桥卧波留知音。

十六、解放旧上海的日日夜夜

解放上海哪计功，欢欣鼓舞万人同。
乐为祖国捐微力，愿效驰驱随工农。
岂借文章夺造化，但求贤俊驾长空。
罪恶渊薮今已矣，改造旧城树新风。

1946 年 7 月，在美帝国主义的支持下，蒋介石反动政府悍然发动了全面内战。在中国共产党的领导下，中国人民和中国人民解放军，以大无畏的英雄气概实行自卫，开始了伟大的人民解放战争。经过一年作战，从防御转入进攻，到战争的第三年，经过震撼中外的辽沈、平津、淮海三大战役，人民解放军奋勇前进。眼看南京、上海就要解放了。

1949 年 5 月 2 日，茅以升在上海铜仁路公寓的家中，忽见报上头条新闻说：上海新任市长陈良任茅以升为上海市秘书长，感到非常诧异，他和陈良素不相识，怎么会有这样的事呢？正在怀疑，忽然李佩娣来访了，她是陈良的夫人，1917～1919 年在美国与茅以升相识，回国后多年不见。这次是来为陈良做说客，说茅以升的秘书长的任命是她的推荐，为的是要应付上海的教育界，茅以升当时责怪她，为何事前不同他商量。她一再道歉，说了许多好话，见茅以升坚决不理，只好失望而去，不久陈良又亲自来访，说的还是那一套话，茅以升说他是个工程师，不懂得做秘书长，陈良还是败兴而返。茅以升知道他们不会罢休，于是急忙住进同济大学所属中美医院，谢绝任何人的来访。那时茅以升已参加一个进步组织"中国科学工作者协会"，在协会的一次会议上，地下党传来消息，要他前往就职，以便里应外合，茅以升说："我不擅长这样做，恐怕误事，但如有我能胜任的任务，我愿承担。"于是提出两条，问茅以升能否接受，一是国民党军败退时，不要破坏上海工厂，二是在龙华监狱关押的学生 300 人，要保证他们的安全。茅以升说："这两项任务都非常重要，我应勉力承担。"于是苦思如何对李佩娣做工作，要她去动员陈良。自此，李佩娣每来医院，茅以升就和她长时间谈话，后来果然把她说服了，并和茅以升研究，如何去影响陈良。结果陈良来医院对茅以升说，保证完成这两项任务，并拿出何应钦给他的回电让茅以升看，说同意不破坏工厂。但陈良说，这时管上海军务的汤恩伯，他未必听何应钦的话，还要想办法。茅以升正在思索时，忽然一天接李佩娣电话，说她与外国驻沪的各国领事商量结果，由各国领事团在瑞士领事馆开会，约请陈良和茅以升一同到会。茅以升要以秘书长资格，同陈良向各国领事馆保证，不破坏外国工厂，所以要他去，因外国人不相信陈良。她最后说："你至少今晚要做十分钟的秘书长，向各国领事保证"，因为陈良不能控制汤恩伯，但汤怕外国人，所以她和外国人商量开这个会，要茅以升一定去，茅以升只好答应了，于是向上海各国领事团，以秘书长资格发了言，后来领事团向上海市政府发来一个"照会"，说承市长和秘书长保证各国工厂不受破坏，表示满意，陈良拿这个照会给汤恩伯看，果然他表示听从何应钦的命令了。在这件事上李佩娣算立了一"功"。

5 月 24 日晚，解放军进入上海市区，茅以升翌晨出医院，急忙各处打电话，问清全市工厂皆无破坏，300 位被押学生亦完全释放，无一被害，茅以升才松了一口气，心想陈良总算履行了诺言。李佩娣于上海解放后去香港，是当时上海市副市长潘汉年因她有功特许的。

上海解放，茅以升感到非常兴奋，各处欢迎解放的集会，不论大小，每请必到，到必发言，同时上海报纸也约他写欢迎解放的文章，他的心情很愉快。那时上海科技界有

34 个科学技术的学会、协会、研究会等，共同组织了一个联合会，简称"上海科联"，中国工程师学会为主席，由茅以升代表执行。

在金神父路 118 号（前蒋介石驻地），5 月 15 日蒋介石曾约茅以升谈话，要茅以升就秘书长职。茅以升推说有胃病仍住医院，他说："这个……快去，快去!"就起身送客。这天蕙君怕蒋有毒计，叫女儿于燕随去，在附近李佩娣家等消息。上海解放之后，陈毅同志约请上海市"耆老"座谈，有张元济、颜惠庆、唐文治、吴有训、竺可桢、陶孟和、陈望道、茅以升。茅以升进门时，陈毅同志说："上海解放，你是有功的。"茅以升听了不胜感谢。6 月 30 日晚，华东局及上海市委员会举行庆祝"七一"大会，宋庆龄同志出席，茅以升代表科技界发言："中国共产党是建设新中国的总工程师。"8 月 3 日上海市各界代表会议，茅以升应邀出席，作为科技界代表。8 月 14 日上海市各界劳军总会、科技界总会举行军民联欢晚会，茅以升为主席。陈毅市长莅会讲话，到会时甚早，与茅以升谈了不少。8 月底，华东局统战部通知茅以升，说全国政协筹委会各单位商定，推茅以升为"自然科学者"单位代表，出席政协会议。9 月 2 日华东局统战部为欢送全国政协代表北上，举行送别会，茅以升出席，于 9 月 8 日北上。

十七、为建设人民大会堂出一把力

巍巍人民大会堂，天安门前永留芳。
双肩担起安全责，四壁辉煌百世昌。

为了庆祝我国建国十周年，1958 年，首都开始兴建北京火车站、军事博物馆、革命历史博物馆、美术馆、民族文化宫、人民大会堂等十大建筑，其中规模最宏伟的是人民大会堂。这是我国人民代表大会的会址，位于北京天安门广场西侧，从设计到建成，全部时间不及一年。人民大会堂外观大方、朴素，内部由万人大会场、5 000 人宴会厅和全国人民代表大会常务委员会办公楼等三大部分组成。建筑总面积为 17 180 平方米，建筑造型具有一定的民族风格，汇集了全国各地能工巧匠的智慧，建筑时间之快为我国建筑史上所罕见。当时北京市人民委员会于 1959 年 2 月邀请 37 位著名建筑师与 18 位结构工程专家出席复查设计工作。茅以升同志担任这次建筑结构组组长。他们写了报告给周总理，周总理审阅后一再询问大会堂的安全程度，最后指示：要茅以升组长签名保证，负责结构上的安全。茅以升再次核算，最后签名送上，他承担了大会堂安全的责任。现在经过 20 多年，证明人民大会堂是经得住时间考验的。

会堂建成了，叫做什么名称才好呢？

有人建议称为"人民宫"。

有人建议称为"共和宫"。

有人建议称为"首都会堂"。

茅以升建议叫做"人民大会堂"。

经过群众讨论和周恩来总理的评定，最后采用了茅以升的建议，叫做"人民大会堂"。

作为土木工程师的茅以升同志，在人民大会堂的建筑工作中，尽了职责，作出了应有的贡献。

1959年9月28～29日，在新落成的巍峨的富丽堂皇的人民大会堂里开庆祝建国十周年的会议，第一次启用能容纳万人的大会堂。在这个会议上，我国领导人和约50多个国家代表团作了发言。9月30日晚7时，在人民大会堂宴会厅举行了500席盛大的宴会，约有5 000余人参加我国空前的大宴会。作为大会堂建筑结构设计的参加者茅以升，也应邀出席了这次招待会。

十八、主编《中国古桥技术史》

悠悠千载话古桥，顿令桥史焕鸿光。
推陈出新多新意，丰功伟绩名流芳。

1964年第二届全国人民代表大会上，茅以升同志和著名建筑学家梁思成联名提出一项提案，建议由交通部、铁道部、建工部全力编一部《中国古桥技术史》。为什么重点要放在古桥？这是因为近代桥梁史好写，只要去看看就行了，而古代的桥梁难写，固然有些古桥至今还在，但有不少书中记载的古桥，现在已经没有了，而且有的记载并不一定可靠，还需要经过一番考察研究、实地采访才能科学地肯定，所以重点放在古桥上。从中可以看到中国古代劳动人民的勤劳和智慧，及留下来的文化遗产的可贵，值得我们去继承。但因十年动乱接踵而至，这事被搁置了下来。

1976年10月，"四人帮"被打倒，科技重新得到解放。1978年，自然科学史的研究机构也宣告恢复了。《中国古桥技术史》又被提到日程上来。自然科学史研究所，在交通部的支持下，成立了该书的编写小组。第一次编写工作会议于1978年10月6～16日在北京举行。全国科协副主席、中国土木工程学会理事长、铁道部科学研究院院长茅以升同志，及交通部副部长潘琪等同志主持了这个会。其中有来自全国各地的教授、工程师及科技写作人员，他们是茅以升、潘洪萱、郑振飞、杨高中、胡达和、夏树林、唐寰澄、张尚杰、韩伯材、瞿光、谢杰、汪嘉铨、陈从周、张驭寰、沈康身、许宏儒等。自古以来，中国的桥梁工作就在国际上受到普遍重视，日本、英国等国家还出现了介绍中国桥梁技术史的著作，而我们自己却尚未对数千年来的成就作出研究，在科学的春天到来之际，再不抓紧，是对不起祖先，对不起自己和后代，也对不起党中央对桥梁工作者的殷切希望。

那么，这部具有一定规模的书，应由谁来担任这本书的主编工作呢？

有人说："由茅以升同志主编最好莫过。"因为茅以升不仅精通桥梁建筑的各项技术，同时也对我国古代桥梁作过深入的研究，所以由茅以升主编这部书，是众望所归的最合适的人选。副主编唐寰澄，编写组有戴亮、黄京群、徐承矿、金恒敦、薛镕、钟用达、黄梦平；执笔人陈从周、唐寰澄、韩伯林、张驭寰、谢杰、沈康、杨高中、潘其萱、郑振飞、胡达和、瞿光义、夏树林、江嘉铨、张尚杰、许宏儒等人。此书的前言和第一章概论由茅以升写的，共分为三节，第一节桥梁字义释证，桥梁最早记载；第二节古代桥梁的几个发展阶段，分四个部分：一，西周、春秋时期，二，秦汉时期，三，唐、宋时期，四，元、明、清时期；第三节古代桥梁的卓越成就，分为六个方面：一，早期桥梁及其基础的概况，二，古桥型号式和建筑材料，三，桥梁艺术与桥梁文学，四，造桥技术与桥工程师，五，古代桥梁的社会性与人民性，六，从古桥现状看古桥成就。第二章至第六章由他人写，分述各种式样桥梁及桥梁施工技术，后记写桥梁专著、历代桥梁名家、中国古桥选录、桥名索引及参考书目。这是全书概貌。

茅以升同志写的"前言"约3 000字，文中指出：在中国古代浩瀚的书丛中，与桥有关的史、地、诗、文虽然很丰富，而与桥有关的科学技术的记载，则寥若晨星，十分缺乏。第一，他概略地介绍了国内外对我国古桥有关的书籍，并称赞罗英遗著《中国桥梁史料》是这"筚路蓝缕"的工作能成为一部桥梁史的"先行官"；指出李约瑟在他的巨著《中国科学技术史》第四卷第三节"土木工程及水利"中用3万字篇幅介绍我国石桥，引证资料翔实，极有见地，但对于中国古代桥梁史而言，尚非全璧；第二，说明了《中国古桥技术史》是一部技术史而非通史，侧重于科学技术，而有关政治与经济方面的联系不能求其完备；指出这是一部中国古代桥梁的技术史，下限至1881年铁路桥梁出现时为止，至于近代及现代桥梁（包括铁路与公路的桥梁）铁道部与交通部已编有《画册》，暂不涉及。第三，此书系集体创作，从技术专业讲，执笔者皆研究有素，但从内容取舍，考证详略及文章体裁等方面，则不免各有所好，为避免其中矛盾，由唐寰澄同志负责"统稿"，由主编人定稿，第四，此书经过多次实地考察，改正了若干古籍上的错误遗漏之处，并经执笔者亲往实地调查，以补足其缺略之处；第五，此书作者在各地考察中间拍摄了大量照片，现在编入书的约有450幅，图文对照，以补充文字之不足。最后作者阐明编写这样的书，可以发扬光大古桥遗产，提高我国造桥技术水平，同时还要引进国外先进学术设施。同时从中可以看出我国桥梁技术，过去曾在世界领先，足以发扬光大，使人们从中得到启发，从而发扬光大我国固有传统，为促进我国"四化"建设得一功。

十九、说《桥话》

> 科学文艺两相亲，话到桥梁笔有神。
> 《燕山夜话》相比拟，字斟句酌墨如金。

优秀的科学文艺作品，既要有科学性，又要有文学艺术性，要做到把这两者融合在一起。茅以升1963年2月在《人民日报》连载的《桥话》，就是这方面的代表作。

《桥话》全文分为四节：（1）最早的桥；（2）古桥今用；（3）桥的运动；（4）桥梁作用。作者扼要说明了什么是桥，什么不是桥。助人过河，从此岸到彼岸的，未必就是桥，船不是桥，直升机也不是桥。桥是固定的，但固定的坝不是桥，因为桥下还要能过水，要有桥孔，桥面要连续的，否则，就不成路。桥既能走人，又能行车，它既是桥，又是路；既是架在空中，下面又能过水行船。我国最早的桥是"浮桥"，是用船编成的，上面可以行车。

古桥还能今用，它不像万里长城那样，今天只有观赏的价值。特别是那些坚固的古桥，今天还能在繁忙的运输中起作用；在建桥技术方面，古桥在今天也有一定的借鉴作用。

《桥话》生动而深刻地说明了桥怎样在运动着和造桥梁的艺术。优秀的工程师要能造得"有桥恍同无桥"；桥面既要使人马车辆便于通行，水面船只也能畅行无阻。

《桥话》是以生动的文学语言来写的，发表后受到人们的欢迎。毛泽东同志一次见到茅以升时曾说道："想不到你不但是个科学家，也是个文学家呢！"他对《桥话》作了很高的评价。在"十年动乱"开始时，茅以升被揪斗的重要"罪名"之一，就是说他像邓拓同志写《燕山夜话》那样，写了《桥话》。今天，人们都十分怀念多才多艺的政治家、诗人、散文家、历史家邓拓同志，并为他所写的《燕山夜话》恢复名誉，并予以再版。把茅以升的《桥话》同《燕山夜话》等同看待，这也从侧面说明了《桥话》的难能可贵，它不但有科学价值，也有文学价值，不愧是一组科学文艺的代表作。亲爱的青少年朋友们，你要懂得什么叫做科学文艺吗？那就请读一读《桥话》。

二十、《没有不能造的桥》

没有不能造的桥，意气风发冲云霄。
人定胜天斯盛世，亿万人民尽舜尧。

茅以升同志获得 1980 年新长征优秀科普作品一等奖的《没有不能造的桥》，最初在《知识就是力量》上发表，曾赢得了广大读者的热烈喜爱。这篇文章不但表现了中国人民建造新桥梁的自信心，也表现了生活在新中国的年近 90 高龄的老科学家的"老骥伏枥，志在千里"的精神面貌。

这篇文章的好处，首先表现了人类征服大自然的伟大的创造力。路是人走出来的，有人走过的地方就有路。桥也是人类所创造出来的，有路有水的地方，往往也有桥。人不但需要桥，人也能造桥。只要有能修的路，就没有不能造的桥。茅以升在这篇像散文诗般的短文里，尽情地赞颂了人类改造大自然的聪明才智，并为他们能够创造出各式各样的桥梁唱了赞歌。

桥梁是要负担非常沉重的任务的，因为路上所有的行人和车辆及其运载的货物都要能安全而顺利地从桥上通过；优秀的桥梁坚固而耐久，使车辆行人走在桥上如同走在路上一样，不能因为过桥而使行车有所限制，从而减轻负荷或降低速度。桥同路的特性虽然有所不同，它们之间却要互相合作，共同为陆上的运输服务。与此同时桥也要同水上的运输合作，因为过河的桥，下面要行船，而水涨船高，这样，桥不但要造得高，而且路也要跟着高。桥在过河的地位上要服从路，但是，路在两岸的高度上，得迁就桥，桥和路合作得好，困难就解决了。

什么是优秀的桥呢？它要使"车在桥上走，如同在路上一样；船在桥下过，如同没有桥一样。有桥恍同无桥，这种桥就算是造得真好了！"是的，从某一方面看来，桥是"空中的路"。桥要飞架在宽阔两岸的江河或湖海之间，甚至要飞越过山谷，以桥代路。桥的构成，在两岸要有桥头、桥台，水中要有桥墩，在台与墩中间架起了桥身——桥梁。

至于造桥，古往今来有过不少桥，它既力求经济，又要保证安全。为了便于广大初学桥梁知识者的需要，作者把桥梁喻为板凳。板凳的腿，好比桥梁的墩，板凳的脚立在地上，好像墩是建筑在"基础"上。作者以宋代建成的福建洛阳桥、隋朝建成的赵州桥、清代建成的四川泸定桥为例，在这篇短文之中生动地说明了什么叫桥梁、拱桥和吊桥。同时把新中国成立前后的桥梁建筑作了对比，指出新中国成立前，滔滔长江竟没有一座桥；滚滚黄河也只有三座桥；新中国成立后带来了桥梁的春天，桥梁竟像雨后春笋般地纷纷建筑了起来。长江上先后有了武汉、南京等铁路、公路联合大桥，黄河上造了20几座桥。作者指出每一次桥梁建筑，总是在接受已往造桥经验的基础上有所创新，材料越来越节省，安全度越来越增加。桥梁技术中取得许多新成就，积累了许多有效的经验，使我们更有可能多快好省地从事桥梁建筑。比如以前跨度较大的桥梁一般都是采用钢结构，如今许多桥梁则可以用预应力混凝土来代替了。作者还在这篇短文中提出了桥梁建筑工业化问题。他建议设立工厂来建造桥梁，尽量做到设计标准化、材料工厂化、施工机械化，这是桥梁技术现代化的方向。

人类是能够征服大自然的。只要有人，只要用马克思主义和科学技术思想来武装我们的头脑，世界上就没有不能造的桥。茅以升这篇生动、流畅的散文诗般的短文，用中国在造桥实践中取得的技术成就，热情地鼓舞人们不要怕困难，必须充分发挥主观能动作用，通过自己的本行行业，来为我国现代化无比宏伟的事业敲响进军的鼓。老科学家茅以升就是这样通过没有不能造的桥，鼓舞造桥人们的士气，同时也是鼓舞我们向现代化科学技术进军的士气。这篇优秀科普文章，被评为新长征科普创作一等奖，是符合群众心意的。

二十一、《科研与科普十大关系》写得好

> 科研科普互相关，分析入微解疑难。
> 莫道科普非本职，四化应作另眼看。

1978年5月下旬至6月初，中国科协在上海召开了全国科普工作座谈会，茅以升是这次座谈会的主持人之一。他再三鼓励科学工作者应当致力于科普工作，认为这是自己的职责，责无旁贷。为了进一步从理论上阐明科研与科普的不可分割的作用和关系，他在会议期间，特意开了一个"夜车"，差不多到了天亮，才初步写成《科研与科普的十大关系》一文。其文精辟简短，意味深长，富有说服力。

茅以升运用马克思主义自然辩证法的观点，阐明了科研与科普都需要时间，都需要

丰富的科学知识，但不能把这两个工作彼此孤立起来。因为不论科研与科普，都同样需要积累知识，对我是科研，对人是科普；它们之间又有互相转化的关系，昨天是科研，今天是科普；科研需要科普补充，科普中有科研问题；科研为生产服务，需要通过科普促进生产需要，为科研开路。他以简洁的文字，指出了科研与科普互相促进、相辅相成的不可分割的关系。

再从普及与提高的相互关系看。茅以升指出，科研是提高科学知识，科普是传授科学知识。对科学来说，科研是为了提高，提高的结果就改进了科普，这就是在提高指导下的普及，而在普及中间会产生这样那样的问题需要提出来进行研究，这样就要求在普及基础上的提高。作者通过提高水位与放水灌溉的形象比喻，来谈提高与普及之间的相互关系。提高水位与放水灌溉之间虽然有矛盾，但如果继续不断增加水量，那么它们之间就两不妨碍。要解决科研与科普之间的矛盾，就要不断增加科研知识，加速科学知识的交流，不论在科研与科普方面都要扩大知识面。科学知识丰富了，就会增强科研与科普的力量，既有利于科研，也有利于科普工作的进行。

茅以升阐明了专精与广博的关系，指出专精需要广博的知识面，专精的结果将扩大各种知识面。他阐明了独创与交流的关系，科研需要独创，而科普则需要广泛交流，同时也需要有独创的知识，才能更好地交流，在交流的过程中给人以必须学到的东西。个人如此，在国际交流中间也这样。在他看来，不论在从事科研或科普工作都需要灌输与启发，而灌输不到一定程度就不能启发，启发到了一定的程度又需要灌输。他把科研比做根，把科普比做叶，根深则叶茂。他深刻地论证了攻尖与推广的辩证关系，因为攻尖需要科研，推广则需要科普。他以自己亲身的实践指明，不论是从事科研或科普工作，都要有攻关不畏难的精神。他甚至认为不能以为只有科研才需要攻关，科研的高峰固然比较容易望得见，而科普工作中的深渊则往往是莫测高深的。科研与科普中间是既有矛盾又是相互促进的，了解了它们之间的辩证关系，就能不但注意科研，同时也会重视科普。

茅以升在这篇短文中，从古代与现代这一对范畴提出问题，让读者正确认识到中国的现状是古代历史延续和不断发展而来的。大家知道，中国古代是世界科学文化的主要发祥地之一。我们决不能数典忘祖，言必称希腊、罗马，还应当看到古代中国是造纸、印刷术、指南针、火药的故乡。正是造纸和印刷术的发明，使人类文化科学迅速提高和普及。中国发明的指南针，把航海技术推进到一个新时代；中国发明了火药，传到欧洲以后，才如恩格斯所形容，"它使整个作战方法发生了变革"。杰出的英国哲学家、科学家弗兰西斯·培根说得好，中国古代的"四大发明""改变了世界上事物的全部面貌和状态，从而产生了无数的变化"。其实，中国古代在科学技术上的贡献，何止限于"四大发明"呢？不论青铜器的制造、炼铁、炼钢、开采煤矿、陶瓷的创造等，都是走在世界历史的前面的。茅以升在这篇短文中指出，中国"古代科学是怎样繁荣的，近代科学是怎样落后的，都应该研究"，这是很重要的。中国人民本有着深厚的科学传统，我们一定要在认真总结已往科学成就的基础上，开创与发展现代和未来的科学。

　　茅以升在这篇文章中还提出了关于现代化与现地化的问题。就是说，我国社会主义现代化必须因地制宜，从此时此地的中国实际情况出发，从全国不同的各个地区的实际情况出发，因为只有这样才能脚踏实地地收到实际的效果。这是十分重要的。

　　茅以升这篇短文批判了那种把科普创作或科普活动看做是"业余"和"非本职工作"等错误论点，认为这些奇谈怪论，实质上是割裂科研与科普、科学与生产的关系，这种做法不利于我国现代化的迅速发展。总之，茅以升发表的这篇短文是一篇有利于科普工作开展的好文章。它给科普工作者以鼓舞，敦促科研工作者在做好科研工作的同时，努力去从事科普工作。这是符合我国人民利益，也是我国向"四化"进军中特别需要的。

二十二、科普之花桥畔开

　　　　科普之花桥畔开，远风直送海涛来。

　　　　写尽人间桥万座，海阔天空听清籁。

　　《茅以升科普创作选集》（以下简称《选集》）由科学普及出版社出版。这是茅以升同志多年来辛勤致力科普活动的一个实录。

　　1. 漫话桥梁沧桑，普及建桥知识

　　《选集》共收入了44篇有关科普知识方面的文章，其中关于桥梁史和桥梁建筑的文章，占《选集》的一半。桥梁建筑是文化的表征。中国是江河交错的国家之一，又是世界上文化发达最早的国家之一。我国桥梁建筑史源远流长。《选集》中一系列有关桥梁的文章，在人们面前展现了我国桥梁建筑的历史面貌。作者对我国有史以来修建的各式各样桥梁如数家珍，并以娓娓动听的语言文字，向广大读者讲述了我国桥梁建筑在世界桥梁史中的地位及其民族艺术的特色。

　　作者不仅遍览了历史书籍，研究了地方志上有关古桥的记载，而且多次作了实地考察。

　　《选集》中的《桥话》《中国石拱桥》等文，是桥梁科普的杰作。《桥话》以深入浅出的笔调描绘了什么是桥；什么是悬桥；并从力学观点谈到古桥结构中的"整体性"，阐述了我国古代能工巧匠如何在丰富的实践中掌握"整体作用"的运动规律等。《中国石拱桥》是一篇优秀的科普说明文，其中科学概念的阐明和判断，犹如清澈可鉴的润泉，适于青年学生的学习和逻辑思维训练。作者由浅入深，从桥、拱桥、石拱桥，讲到中国石拱桥，以赵州桥为例，阐明了石拱桥的形式和特点，写得准确、鲜明、生动，如同层层剥笋，步步深入。

　　这是本书作者为《茅以升科普创作选集》第一集（科普出版社1982年版）写的序文的节要。

　　2. 热心关怀少年儿童爱科学、学科学、用科学

　　《选集》中还有一些谆谆诱导青少年爱科学、学科学、用科学的文章。他指出科学

并不神秘，任何自然的奥秘都是可以揭开的，鼓励孩子们再接再厉地向科学进军。他指出，攻克科学堡垒必须下定决心，贡献出自己一生的精力，坚持不懈地前进！他谆谆嘱咐孩子们，要做到占据一个据点，攻而克之，再及其余。要认识到科学是个统一体，其中充满着相互关系。例如，要研究生物，也要有物理、化学方面的知识；要解决物理问题，往往涉及地质和气象；我国经济建设中的某些技术问题，需要综合的科学理论去解决。他鼓励青少年要全面掌握自然科学的基础理论知识，培养钻研精神，努力上进。他提出科学教育要从小开始，不但在课堂，还要在课外、在日常生活中培养自己爱科学、学科学、用科学的精神。作者坚决反对以"科学"为名，给少年儿童灌输非科学的东西，因为幼年的误解，就会终生受累。作者通过《从不得到启发》等文章现身说法，讲到他童年时因看到南京秦淮河赛龙舟时文德桥塌了，便立志要在长大后建造万年牢的桥；说自己如何在少年时代受"走马灯"转动原理的启示，开始探索科学之门；他还以自己如何通过背诵古文以锻炼记忆力为例，提倡博闻强记，说记忆力的锻炼犹如磨刀，越磨越快，不磨不用则锈。

茅以升同志经常向少年儿童讲话。从 1978 年起，他应中国科协、北京市一些中小学、北京市少年宫等单位的邀请作科普报告。听众达 3 万人次以上。他就是如此热心地向青少年普及科学知识。因此孩子们对茅爷爷非常熟悉、热爱和尊敬。1981 年 7 月 7 日，北京育民小学有 10 名小学生到茅爷爷家做客。三年级学生樊晓晖从一本课外书中，看到茅爷爷在年轻时为了锻炼记忆力，下工夫背会了圆周率小数点后一百个数字，他也花了两星期背下来了。茅爷爷兴奋地说："60 几年来我没遇到敌手，现在遇到了，而且是个 9 岁的小学生。"此事在报纸上发表后，有不少小学生写信给茅爷爷，要同小樊比武。1982 年 4 月，茅以升又收到广西壮族自治区融安县长安镇第一幼儿园中只有 7 岁的王波的信，默写的圆周率小数点后面 250 个数字。4 月 11 日茅以升复信王波，建议小朋友不要死记硬背圆周率后的 100 多个数字，要培养多方面的兴趣，多思考问题。茅以升多么关心青少年儿童的健康成长呀！

3. 介绍科学先驱，激励后人成长

《选集》中的一些文章，还以充沛的热情向青少年和科学爱好者介绍了以往时代的科学家。例如，他在《纪念近代科学先驱者和伟大艺术家——达·芬奇》和《纪念詹天佑诞生一百周年》这两篇文章中，把意大利伟大科学家、艺术家达·芬奇，誉为"近代科学的先驱者"，达·芬奇对天文、地理、机械、生理、解剖、光学、力学、数学等各方面都很擅长。他关心改善意大利罗米里及其附近伦巴底平原灌溉系统的工程设计，强调公共卫生的重要性，详细研究了山脉结构、河流运动以及风雨雷电现象，发现自然界运动的规律和它们之间的相互关系，这对于后 500 年科学进步起了巨大的作用。茅以升对我国近代科学家、铁路工程师詹天佑，用自己的聪明才智亲自建造了自北京至张家口京张铁路和参加修建滦河大桥的工作，倍加礼赞。他认为詹天佑是中国第一任工程师，终生为铁路事业奋斗。为了选择铁路路线，在八达岭开凿隧道，同我国工程人员、工人、当地居民一起，实地勘测，敢于提出与外国工程师不同的设计，制订最佳方案，并辛勤撰写《京张铁路工程纪略》《华英工学定汇》等书，成为我国近代科学技术界的表率。他特别指出，这些著名的科学家都敢于与黑暗势力作顽强斗争。达·芬奇为文艺复兴建立了卓越功勋；詹天佑在清末，无视帝国主义的嘲笑和讥辱，奋发图强，踏实钻研，表现了中国人民富有自强不息的爱国主义精神和高度的智慧。

作者认为：科学家的神圣任务就是"孜孜不倦地为了征服自然与为了广大人民的利益进行各种创造性活动"；科学家要担当起"工作母机"的作用，"必须产生出无数的'工作机'"来普遍深入地为人民服务；"要使广大人民都用科学武装自己的头脑，以至于都成为科学家"。他认为，科学应为人民所有，并坚定地相信，人民不是无科学脑筋的，只要给他们以机会，就可以懂得科学。而且，只有人人都掌握了科学这个武器，国家才会富强起来。

4. 大力为科普工作呼吁，为献身科普工作树榜样

《选集》中有不少文章宣传了科普工作的重要性及其社会意义。作为长期致力于科普工作的科学家，他的这些文章更显得富有指导意义。

大家知道，新中国成立以来茅以升同志就积极投身于科普活动。早在1955年，就以全国科普协会负责人的身份，亲自到吉林省参加科普分会成立大会。他指出，我国的生产建设必须有社会性的大规模的科学普及工作与之相配合，才能满足人民的迫切要求。1957年12月，他又代表全国科学技术普及协会参加中国工会第八次全国代表大会，强调指出，要"进一步开展职工科学普及工作，以迎接新的生产高潮"。

他始终认为科学队伍要扩大，科学阵地要占领，要向科学高峰大进军，这样便要十分重视科普工作，因为科普工作除了由浅入深地介绍科学知识，让读者知其然外，还能启发人们知其"所以然"。他阐明"高度的技术是以普及的科学为基础的，因而科学技术的普及教育成为培养群众的高度技术不可缺少的手段"，所谓普及工作，主要是提高群众和科学工作者的业务技能，提高劳动生产率，加速社会主义建设，培养又红又专的社会主义知识分子。他认为，一个国家的科学水平不能只看少数科学家，而要提高全民族的科学技术水平，既包括科学家的研究成果和科学技术人员在生产建设上的工作表现，也包括一般职工在生产建设中的技术经验。因此，科学研究当然重要，但普及是提高的基础，提高要有群众基础，科学家人人都做普及工作，提高群众的科学水平，这样才能水涨船高，自己也随着提高起来。

作者认为科普工作要设立具有一定规模的"科学中心"，要设立科技博物馆、试验室，要充分利用广播、电视、展览，进行竞赛。他要求铁路职工在运输现场开展科学实验运动，开设"科普列车"，实行科普展览、报告录音、技术表演，并以车站为会场进行广泛宣传。他建议铁道各专业组织宣传队，顺铁路沿线作报告，增设铁路沿线广播站，播放科普节目，并出版铁路科普书刊，交流经验，使铁路工作不断向前迈进。

"科普之花桥畔开"，现在，《茅以升科普创作选集》第一册出版了！茅老不嫌浅陋，要我作序，仓促成篇，语焉不详，好在此书内容丰富，广大读者将从中得到启迪，学到科技知识，并汲取从事科研和科普工作的力量。

二十三、科学考察世界十国

茅以升于 1919 年 12 月离美，从加拿大温哥华乘轮船回国。此后 60 余年中，新中国成立以前，1937 年他曾到过越南河内数日，1941 年 8 月到过缅甸仰光，详情不赘述。新中国成立以后，因公到过捷克斯洛伐克、朝鲜、苏联、日本、意大利、瑞士、法国、葡萄牙、英国、瑞典、美国等 11 个国家，朝鲜之行主要为慰问志愿军，与科学考察关系不大，美国之行无详细文字记载，现再将其他国家出国之行略述于后。

1. 到布拉格参加世界科协第二届大会

忽尔来捷克，畅游布拉格。

横渡查理桥，建筑多出色。

万里茂密林，温泉引游客。

解放殊艰难，追念伏契克❶。

英雄传业绩，胡斯兴改革❷。

主称会面难，临别怆心恻。

哥德教堂锁烟霞，斜阳暮归白嘴鸦。

绞刑架下千秋血，易北河边四季花。

电缆穿流斯洛伐，飞轮竟逐奤特拉❸。

密丛塔树千山翠，绿裙回旋娇舞娃。

捷克斯洛伐克是在欧洲中部的内陆国家，面积居欧洲第四位；人口总数为欧洲第十一位。它同苏联、波兰、匈牙利、西德和东德相邻。中世纪捷克人在此建立国家，首都在布拉格，面积为 12.78 万平方千米，其中捷克人占 64%，斯洛伐克人占 30%，余为匈牙利人、波兰人和乌克兰人，通用捷克语和斯洛伐克语。这里的森林面积占全国 1/3，建有大型水电站，为全国经济中心，工业以机械制造、采煤、冶金、化学、纺织、啤酒酿造、陶器为主，农业有麦类，主要城市有布拉格、比尔森、布尔诺等。布拉格是个山城，又是经济和文化中心，公元 298 年建成，为国内和国际交通枢纽，全国最大的机械制造工业基地，设有国家科学院、布拉格大学（1348 年创办）、博物馆等，有许多中世纪民族建筑。

捷克蕴藏着丰富的金矿、银矿、油矿、铅矿、锌矿、锡矿、黄铁矿、汞矿和大量的磁铁、石墨、石磁土等矿藏，捷克又有矿泉国之称，全国已探明的温矿泉和冷矿泉有上千个，其中有 600 多个分布在斯洛伐克，所以捷克斯洛伐克又是整个欧洲的矿泉疗养城市，从马克思到歌德、果戈理、屠格涅夫、席勒、肖邦以及彼得大帝等欧洲许多名人，

---

❶ 伏契克（1903～1943 年）反法西斯统治中的英雄烈士。

❷ 扬·胡斯（1371～1415 年），捷克杰出的宗教改革家，1415 年 7 月 6 日被火刑烧死。

❸ 指捷克造汽车。

都慕名来到捷克旅游或疗养。这儿的温泉水不仅可供洗澡治病，而且可以作为治病的饮料，可治胃病、糖尿病、黄疸病以及其他慢性疾病。捷克是个富有革命传统的国家，15世纪的扬·胡斯在传教中竭力反对教会占地过多，揭露僧侣腐化堕落的生活，后被扣上异教徒罪名，于1415年7月6日在康斯坦萨受火刑活活烧死，事后即掀起胡斯革命运动，在国内引起十分巨大的影响。19世纪下半叶，捷克境内资本主义工业有了极大的发展，第一次世界大战后，捷克斯洛伐克共和国于1918年10月宣布成立，后来无产阶级经过多次斗争，直到1945年5月捷克民族才正式取得解放，但直到1948年2月无产阶级才正式取得政权。捷克是工业高度发达的国家，无论重工业，还是轻工业，如钢铁工业、机器制造工业、铁矿开采业都占相当重要地位；轻工业的纺织业、制鞋业、玻璃制造业、啤酒制造业都具有悠久的历史；农业建设也在社会主义改造中前进。人民生活也不断在提高改善之中，如在俄斯特拉开辟了美丽的工人新村，在斯洛伐克高特拉山中建造了雄伟的疗养院，在许多地区建了造型美观的幼儿园。劳动人民收入不断增加，物价则不断降低，教育、出版、科学业空前繁荣发展，他们出版了中国《鲁迅选集》《毛泽东选集》《可爱的中国》等名著，并演出过中国的《白毛女》《屈原》《雷雨》等歌剧和话剧；使中捷人民在不断的文化交流中，互相了解，增强了友谊。

以梁希为团长，茅以升为副团长，团员有张昌绍、曹日昌、谷超豪，途经苏联莫斯科，于1951年4月3日下午乘飞机安抵布拉格。从4月1日起，参观了捷克科学研究院，其中有基础科学和应用科学的学习。研究所工作分三类：（1）基本问题，对国家特别重要者；（2）较为次要的特殊问题；（3）对于某种工业有利害关系者，如铁矿苗、化铁矿炉等。建筑部门有6个研究所，交通部门有3个研究所。捷克在德国占领期间，大、中学几乎都关闭，战后才恢复了起来，还办了一所新式师范大学。捷克科协谈了它们的情况，并询问中国情况。捷克方面估计去法国开国际科协会不能顺利地得到入境签证，就在布拉格参加分会，于双方书报交流，捷方可协助；于购买科学仪器，可经捷克贸易部通过中国使馆参赞洽商。

中国代表团到布拉格郊区 Marianske′Laznx 消夏地及 Kar-Loy vary 温泉参观游览，首先参观了一家铁矿，又参观了中欧一家最大的洋灰厂。沿路森林多，有瞭望塔，真是避暑的好地方，现为本国及外国工人的休养之地。

布拉格城带圆形，在14世纪所建。教堂也是前国王葬地，有1000年历史，比较古老。

4月12日，中方因拿不到去巴黎的签证，决定在布拉格参加世界科协第二届大会布拉格分会，地点设在捷克国际俱乐部，参加者有中国代表团5人；捷克2人；波兰2人；保加利亚2人；英国1人；法国1人，罗马尼亚1人，并选出了会议执行主席。中国代表茅以升同志说明如下几个问题：首先报告在巴黎召开的大会已经闭幕，已取得一致协议；陈述英国、荷兰、丹麦等国代表在本国工作有困难；大会通过了会长约里奥·居里的报告；说明捷克愿出版大会会刊，中国代表表示回国后出中文版；并决定发表宣言草稿，经修改后由报纸发表。4月13日继续开会，增加与会者代表有东德派出的代

表 2 人，选出主席为保加利亚布拉腾诺夫同志。限每代表团发言不得超过 10 分钟，主席宣读了苏联科学院的贺电，东德报告了国内科学工作的情况，中国对美国阻挠中国科学家前往巴黎参加会议表示抗议，同时向捷克的东道主致谢。当天大会闭幕。会后开记者招待会，记者对中国科学家提出了一些问题，由中国代表团作了回答。翌日上午 10 时，应当地科学工作者邀请开会，中国代表受到了捷克科学家的特别欢迎，到了 11 点半由梁希用中文作了报告，并有专人译成捷语，当最后报告中提及毛泽东主席时，全体起立鼓掌三分钟，4 月 24 日中国代表团取道莫斯科回中国。茅以升同志于 28 日前往瑞士稍住数日，后经莫斯科乘火车于 6 月 3 日回到了北京。

2. 苏联游记

> 几度曾到苏联游，清歌丽午何赏休。
>
> 红场俯瞰列宁墓，勒城仰观大帝镏。
>
> 举国万镇嚣嚣闹，顿河千里静静流。
>
> 中苏人民永友好，列宁著作传九州。

苏联位于欧洲东部和亚洲北部，濒临北冰洋、波罗的海、黑海和太平洋，陆上近邻挪威、芬兰、波兰、捷克斯洛伐克、匈牙利、罗马尼亚、土耳其、伊朗、阿富汗、中国、蒙古和朝鲜，它由俄罗斯联邦、乌克兰等 15 个联盟共和国组成，总面积为 22402 平方千米，有 130 多个民族和部族组成的国家。全国以俄罗斯人最多（占 53.4%）；次乌克兰人（占 16.5%）；再次为乌兹别克人、白俄罗斯人、鞑靼人、哈萨克人，约 3/4 的人口及首都莫斯科均在欧洲，通用语为俄语。贝加尔湖一带为世界最深的湖泊，9 世纪末以基辅为中心，形成封建的国家；12 世纪末分裂，15 世纪末形成以莫斯科为中心的俄罗斯中央集权国家，1957 年伊凡九世改称"沙皇"，以后逐渐扩张到乌拉尔、西伯利亚、波罗的海和黑海沿岸、中亚等地区，从 19 世纪 50 年代开始，沙俄以武力强迫中国清朝签订了一系列不平等条约，割去 150 多万平方千米的中国领土，到 20 世纪初，俄国成为帝国主义列强之一。俄国在革命导师列宁和布尔什维克党领导下，于 1917 年取得十月革命的胜利，建立世界上第一个社会主义国家。它是人类地球上富有天然资源的一个大国，在十月革命以前每年能出口小麦 10 000 万余斗，占全欧出口小麦的总数的一半，亚麻占全欧第二位，并大量出产黑麦、大麦、甜菜、苎麻、烟草和葵花子；在矿产方面也是世界上最富有的国家，在黑海有很大的煤油场；在高加索有铁矿、煤矿、白金矿、银矿、锌矿、石盐矿和水银矿，又出产许多宝石、金刚石……湖海中有各种鱼类。

俄国彼得大帝是个有名的改革家，他建设了圣·彼得堡，十月革命后取名列宁格勒。在莫斯科高塔上可以俯瞰全城景色。在这里可以想见俄国革命党人在 1917 年所发生的革命，迫使俄皇退位，推翻了 1000 多年的老大帝国，布尔什维克夺取了政权，缔造了苏联政府。现在俄国最小单位是乡镇乡村，俄国的最高政治机关是俄罗斯苏维埃国会，全苏由 1 400 余个小苏维埃代表组成。这个国会每年开一次会，在莫斯科的克里姆林宫，那儿有个天主教堂，是 15 世纪所建的，当时俄国皇帝加冕典礼都在这里举行。莫斯科是苏联的首都，在俄罗斯平原中部，铁路网和公路网为各洲之最；也是全苏最大的城市和经济、文化交通中心，地处苏联欧洲部分中部，面积有 900 平方千米，有国际航空站，市内有地下铁道，有运河交通的伏尔加河，工业总产量为全国的首位，机械制造业占工业产量值的一半以上。纺织、化工、食品加工和印刷业很发达，红场克里姆林宫一带为市中心，红场上有列宁墓、莫斯科大学和其他许多高等院校、博物馆，附近还有若干卫星城市。

由于我国新中国成立初期，迅速建成中苏交通铁路，所以不论到东欧或西欧参加国际性会议，多半是取道苏联，例如 1951 年 3 月 31 日，原计划到巴黎参加国际科协第二届会议的中国代表团，就是从北京乘中苏民航班机由北京起飞，途经外蒙库伦、苏联伊尔库斯克、克拉罗雅斯克、奥姆斯克、喀山等地，4 月 1 日 11 点 14 分安抵莫斯科。下机时，中国驻苏大使馆代办及参赞戈宝权等来接往贵宾室，后被邀请住在莫斯科国际旅社住下。

4 月 2 日上午代表团按邀请同去游红场。红场是莫斯科市中心广场，西南紧接着克里姆林宫，周围还有波克罗斯基大教堂等著名建筑物。15 世纪 90 年代，红场开始形成，当时叫做"集市"，是一般商人进行交易的地方，17 世纪后半期，改称为"红场"，即美丽的广场，今天成了苏联人民举行盛大庆祝活动和阅兵的场所。红场一旁的克里姆林宫墙下，有黑色和红色大理石筑成的列宁墓。列宁墓的两边为观礼台，后面一排为枞树，沿着墓侧的石级而上就是检阅台，列宁陵墓是一座红色的花岗石建筑物，成品字形墓道。墓内用透明的蓝色小石砌成，正面墙上刻有石质的苏联国徽。克里姆林宫大门前有塔，塔上安着四面钟，钟上尖顶有五星红旗电灯。红场上游览的人络绎不绝，都来拜谒列宁墓，真是"至此虔诚心向往，千秋万代颂英名"。代表团后因得不到去巴黎的签证，就从莫斯科飞往捷克开了会，会毕又回到莫斯科及近郊内游览，后回国。

（1）第一次专访苏联。

茅以升第一次到苏联，是代表全国科学技术协会的访苏代表团。担任代表团团长的是茅以升，副团长陈翰伯，团员有吴觉农，卢于道等人。

1954 年 10 月 24 日乘中苏国际列车由北京到达莫斯科，途经满洲里、赤塔，过贝加尔湖等地方，直到 11 月 2 日下午三时半到达莫斯科火车站。苏联科协主席奥巴林来车站迎接，并献了花。第二天，首先参观了市容、莫斯科大学，并听取了苏联科学家的专题报告。莫斯科大学是 1755 年由著名的俄国启蒙作家罗蒙诺索夫创办的，后来又得到彼得大帝的女儿——伊丽莎白女皇的支持，从而逐渐建成的。4 日又应邀参观苏联农业展览馆，馆长解说很详细，晚上并请大家到大剧院欣赏芭蕾舞剧《天鹅湖》。

11 月 7 日，到克里姆林宫内大厅，入门即见到莫洛托夫夫妇等，并见到著名作家爱伦堡等人。8 日参观了列宁博物馆，这里展出列宁一生的革命历史事迹。接着参观苏联地下铁道，每个车站建筑得都像王宫一样富丽堂皇，有浮雕、画像，上下车站可坐电梯。

12 日全体前往列宁格勒（原名叫彼得格勒），一个海军大厦的广场上有彼得大帝的雕像跃马腾空，这里因著名的起义而改为十二月党人广场。

彼得大帝雕像的背后是能容纳万人的伊萨基耶夫大教堂，这也是列宁格勒宏伟的建筑物之一，先后曾修建 40 年，动用了几十万个农奴。教堂上下层的 112 根圆柱，全部由整块花岗石凿成，下层木圆柱每根高 17 米，重 1140 吨。

中国代表团在列宁格勒参观了列宁的工作室、卧室——其中摆有单人铁床两张，外室有沙发椅三张，洋油灯、电灯各一个，十分简朴。

列宁格勒位于涅瓦河畔，光是桥梁就有 500 余座，还有不少石拱桥、作装饰用的雕塑石桥，它使桥梁专家茅以升感到分外喜悦。代表团于 14 日夜，在列宁格勒大剧院看了法国著名作家小仲马的名作《茶花女遗事》，唱得好，音乐也好。院内帘幕是淡蓝色，代表团坐在二层当中的包厢席上，这是昔日沙皇观剧时的座位，可以看到主人的优厚盛意。第二天又去参观桥梁研究所、天文台、生物研究所——这是俄国著名条件反射学说创立者、脑神经专家、诺贝尔生理学及医学奖金获得者巴甫洛夫的研究所，今天名为贝可夫生理研究所，当场有中国留学生替他们翻译并查找资料，感到十分亲切。

代表团在回莫斯科的路途中，又参观了真理报印刷所、工艺博物馆、少年宫等地方。据茅老的回忆，工艺博物馆比 1951 年所见大不相同。如果说过去所见不过是一个普通的博物馆，而现在见到的则是苏联近代工业博览馆。茅以升对苏联工业大学印象很深，他们除了一般的讲课外，还有幻灯、电影、电灯、仪器可以当场表演，实验室有科学家或新式车床的发明人来学校值班，作解答。茅以升认为这是活的教育，展览室陈列品随着科学进步而更换，推陈出新，但数典不忘祖，可以看出每一部门仍有简单的发展史。

11 月 21 日代表团到苏联最大的煤矿区——顿巴斯去，此矿区总地质储量有 1 280 亿吨，19 世纪开始产煤，量居全俄国的首位。

代表团除了参观工矿企业机构之外，还参观了俄国著名短篇小说作家安东·契诃夫博物馆和契诃夫故居。故居内有房屋四间，前后为其父母所住，右边是书房，前方为厨房，内陈设契诃夫的照片、文凭成绩单等。花园内有契诃夫的半身铜像。参观完毕后又参观了海边的彼得大帝的纪念碑，海边风景优美，可惜当天风大，不能尽情观赏。

接着，代表团又到苏联乌克兰第聂伯河中游的基辅州，这儿是乌克兰最大轻工业中心，1037 年建有索菲亚大教堂。当地为温带大陆性气候。基辅参观完毕后又回莫斯科参观了铁道研究所及立体电影。在铁道展览馆中登楼墙上挂满铁路革新者的照片和事迹，见到蒸汽机内部模型、司机台：有安全制动间、不怕雾的灯、能在 10 分钟内自动停车器、有检查器、蒸汽凝结器、内燃机车、自动停车闸、制动气闸模型等。

茅以升细心地参观了苏联铁道研究所，由所长引导参观了试验室，看了信号灯、磨耗试验机、金属防腐试验、震动压力试验室。他还特别参观了环行铁路，这环形道系 1932 年建造，机车内轮是向圆心的轮。一共有 26 个试验车，因时间关系，茅以升只看了 2 个，这个环行铁路是按照列宁的指示创办的。茅以升在铁道研究所的参观访问时作了极仔细认真的笔记。

（2）第二次苏联之行。

1960 年 9 月 28 日茅以升以中苏友好协会赴苏代表团出国，任副团长，团长许光达，团员有杨述、张天民、王汶石、郭明秋，工作人员李晓光、王器等人。中午抵达莫斯科，到工会圆柱大厅庆祝我国国庆大会。30 日参观苏联农业展览会。10 月 2 日到明斯克，这是白俄罗斯的首府，为温带大陆性气候。代表团参观了明斯克汽车工厂，卫国战争博物馆和一个较大的集体农庄，还访问了明斯克大学，学生集会欢迎。当晚在明斯克工会大厦举行庆祝我国国庆 11 周年，节目十分精彩。

由明斯克又往里加，这是苏联拉脱维亚政治和经济文化中心，波罗的海里加湾南岸的大海港，距海约 15 千米，公元 1201 年建为要塞，18 世纪形成大型海港和铁路枢纽。这里有拉脱维亚科学院和多所大学，还有海滨疗养地。10 月 5 日到达里加，游览了市容，访问了大学和观看了剧院的精彩节目。大学内有规模较大的拉脱维亚植物园，与世界各地植物园有联系（其中包括同我国北京、上海、杭州、昆明等地植物园），大学于 1919 年建立。代表团于 10 月 9 日回莫斯科，11 日乘飞机东返，14 日回到北京。

3. 访日游记

一衣带水选胜游，千载扶桑传今朝。

满载万斗友谊去，樱花之国紧握手。

（1）第一次访问日本。

1955 年茅以升参加了中国科学院访日代表团。团长郭沫若，团员有茅以升、苏步青、翦伯赞、冯乃超、汪胡桢等 10 人。11 月 27 日代表团由北京乘飞机经过广州、香港，12 月 1 日下午 6 时到达日本东京机场，有日本的 40 几位友人来欢迎。日本国土有本州、四国、九州、北海道四个大岛和约 1000 个小岛组成，呈细长的弓形，海岸线总长将近 3 万千米，面积计 7 万余平方千米。访日代表团于 12 月 2 日参观了科学博物馆和东京市容，第二天参观东京帝国大学。

5 日，代表团分两组参观：人文组参观早稻田大学，理工组参观庆应大学。6 日，代表团全体访问国会，有议长欢迎接待。下午参观国会各部，见众议院议场，有议员 473 人。主席台后有一小台，丝绒幕，内有宝塔——系天皇座位；晚上观看日本剧《劝进帐》。7 日，参观了日本铁道研究所。8 日，与汪胡桢同往参观东京大学地震研究所。下午全体团员往早稻田大学大隈伯礼堂，参加中国友人大山郁夫的葬礼。

9 日，东京乘火车前往京都，车中见崇高的富士山似在云中。京都是日本的古都，有千年以上的历史，日本桓武天皇曾把国都迁到京都（781 年），当时叫平安都，明治天皇维新时，才把国都由京都迁回东京。代表团到京都后，参观了京都大学，该校系 1897 年建立，是日本第二所最早办的大学。11 日游览京都名胜，12 日参观京都博物馆，内珍藏有我国古代铜器甚多，还有战国时代的珍贵文物，十分精美。全部京都建设模仿 8 世纪中国唐代的长安和洛阳，所以京都简称为洛。

12 日，乘火车往大阪，这是日本第二个大城市，是与中国、朝鲜的交通要道。代表团参观了在此举办的中国展览会，参观者十分拥挤，下午参观河下隧道。即往冈山到广岛，参观了广岛大学及原子弹被害之处，代表团向受害者纪念碑致祭。

16 日前往福冈，经九州，参观九州大学，由校长介绍情况。到福冈后，桥梁专家茅以升参观了西海桥，由几位日本教授陪同。回来后即返东京。

12 月 24 日从下关乘苏联轮船到达上海而回到自己的家园。

（2）第二次访问日本。

茅以升第二次去日本访问是参加中国土木工程技术团，应日本土木技术交流协会邀请。团长是茅以升，副团长王保善，团员子刚、王禹、骆骐等 5 人。

1973 年 5 月 24 日，离开北京前往日本访问到达东京。29 日拜访"日本建设业团体联合会"，会长不在，由副会长接待。下午参观新辟市区"新宿"，并登上京王大楼第四十七层，能眺望东京市容。30 日，出东京市，上高速公路到横滨及川崎港参观，都由市长欢迎。31 日，由"日本土木技术交流协会"及"日本建设业团体联合会"联合举行欢迎大会，中国代表团全体参加。

6 月 1 日，全体乘轿车往海滨一小村参观游览——鹿岛，此为临海的工业地带。此港，造防波堤、护岸，海底泥沙用输送带引上岸来填地，工程浩大。风景非常美好。岛上有世界上最大的炼油厂（石油）。

3 日往箱根浏览，箱根山区，重峦叠嶂，蜿蜒而上，各山皆绿，苍翠欲滴，而多温泉。下午三时往"芦之湖"，此系死火山口，代表团上山看见死火山，多处冒气，且有 H_2S 臭味。箱根山是日本区别关东、关西的地带，东京为关东，大阪为关西。百年前箱根为重要关口，至今仍留有旧路遗迹。

4 日，乘新干线铁路到名古屋下车，又参观了铁钢码头、废铁码头。6 日，全匝出发到"四日市"，此系一老港口，以前每月初四日集市故名，下午观看集装箱码头，看装卸机械。8 日，全团乘新干线火车往大阪，由大阪市港湾局招待，介绍南港大街，看幻灯，听报告。

9 日，回京都，经过万国博览会，会场甚大。京都城市甚美，三面环山，房屋多两三层楼，有古城风度。又往神户，巡视港湾，再登"六甲山"，高 931 米，沿路道路修得很好，由市长原口陪同，参观了牧场，风景甚美。还建有高尔夫球场，设有温泉、浴室、卧室，清洁舒适。16 日，代表团往长崎，到苫小牧、北海道，到北海道开发局土木试验所参观，所长接待。

6 月 20 日全体人员参观世界最长海底隧道工程，先乘车，后步行，到水下 240 米。见已成之洞，与工人握手。隧道长 54 千米。22 日下午，又返东京，代表团参观了港湾研究所，铁道研究所。

6 月 28 日，代表团举行告别酒会，下午去松山芭蕾舞团观看节目。29 日是代表团访日的最后一天，去国立竞技场参观中日乒乓球决赛。

6月30日，代表团从东京羽田机场起飞，经香港、广州回北京。

4. 意大利访问记

> 欧洲南部意大利，文艺复兴之胜地。
> 但丁故里多巨人，多纳太罗达芬奇。
> 无私无畏布鲁诺，伽利略继哥白尼。
> 科学技术开道路，绘画雕刻辟新起。
> 欧洲名城赏奇迹，威尼斯城双脚赤。
> 满目琳琅畅情怀，文化故乡乐心牌。

1956年4月7日以侯德榜为团长，茅以升为副团长，王雪涛、李霁野、何家槐等为团员的中国文化代表团去意大利参观访问。

大家知道，意大利位于欧洲南部，西临古里亚海与第勒安海，东滨亚德里亚海，北接法国、瑞士、奥地利和南斯拉夫，南隔地中海，同北非突尼斯相望，领土由大陆部分、亚平宁半岛、西西里岛、撒丁岛和沿海诸小岛组成，面积30.1万平方千米，大约相当于我国浙江省大小，其中94%为意大利人，余为法兰西人、加泰隆人和费留亚人，绝大多数信奉天主教，意大利语为本国主要语言，首都罗马北边有阿尔卑斯山脉，边境多4 000米以上的高峰，意法边界上的勃朗峰，海拔4 807米，为欧洲第一高峰。阿尔卑斯山是意大利与北欧、中欧间的巨大屏障，其南是以波河为主的冲积平原，南部为欧洲著名的活火山，地震频繁，海岸线曲折，多良港，冬季比较温湿。全国水力资源比较丰富。10～11世纪，北部和中部形成许多城市共和国，是欧洲文艺复兴的发源地。1870年，意大利王国统一全境后，资本主义迅速发展。1946年废除君主制，成立共和国。20世纪以来，是欧洲旅游业最发达的国家之一，每年接待外国来观光的达3 000万人左右。现在中国文化代表团决定到意大利去，每一个参加成员都充满着快乐的心情。

7日早晨，7时乘飞机经莫斯科、布拉格、日内瓦、伯尔尼等城市，13日晚由伯尔尼乘火车前往罗马。14日上午10点25分，到达意大利首都——罗马。下车时，有研究中心的10余人来接，到旅馆休息后，又去广场、商场、餐馆、地下室参观游逛。下午参观了有3.5万人的罗马大学（其中5 000人经常到校听课，其余全靠自学）的物理实验室、化学楼，经Pincio广场，绿草如茵，风景幽雅，竖有英雄碑的白色牌楼。

中国文化代表团于15日参观了世界闻名的罗马ValicunStpetev大教堂，下午往罗马大戏院观看歌剧。第二天参观了梵蒂冈博物馆，该馆入门后即登楼，系螺旋形台阶，围绕而上，分上下两路。各陈列室皆辉煌夺目，一室连一室，四壁都是画，室中摆有椅子可以休息，还有些人带着画具来此摹拟古画。地板铺设却用的是大理石。正午时参观了议会大楼。

中国文化代表团在罗马停留了5天，19日乘火车到达意大利第二大城市伦巴第区首府——米兰。该城位于波河平原的西北部，阿尔卑斯山的南麓，始建于公元前 4 世纪，公元 395 年为西罗马帝国的都城。1158 年和 1162 年在同神圣罗马帝国发生的两次战争中，该城市几乎全被毁灭，1796 年被拿破仑占领，次年被建为米兰共和国都城。1881 年并入意大利王国。这是意大利最大的工商业和金融中心，有钢铁、汽车、电气器材，电子、机床、石油化工、纺织等工业，为全国铁路、公路的枢纽，有运河通波河支流。米兰的大教堂是欧洲最大的哥特式大理石建筑之一，始建于 1386 年，还有著名的斯卡拉大剧院和博物馆等。中国文化代表团在米兰参观了意大利最大最好的斯卡拉大剧院，院内有六层包厢，每层有 37 个包厢，每厢可坐 8～10 人，布置得金碧辉煌。代表团并观看了法国著名作家小仲马写的著名作品《茶花女》（用歌剧演出），又参观了画廊、米兰大学、博览会等。米兰大学建校已有 100 年的历史，学生 4 000 人，设 7 个系：土木、机械、电机、化学、建筑、航空等。又在一个礼拜堂内参观了达·芬奇的名画《最后晚餐》，此画展出不在正厅，而是在旁屋。教堂是大圆顶、长方形，是 15 世纪建造的。

离开米兰的最后一天的上午，茅以升与侯德榜同志单独前往参观米兰市科学技术博物馆，现在命名为达·芬奇博物馆，因馆内展览达·芬奇的遗物。在达·芬奇遗作展览室里，两旁布满了遗稿，墙上最高的为其画作的复制品，其下为其手稿照相，墙边橱内则是依其手稿所作的模型，两旁摆设共有 60 余件作品，其中包括科学知识各部门。

6 月 24 日晚 9 时，离开米兰乘车到达意大利东北部美丽的水乡城市——威尼斯，这是亚得里亚海威尼斯湾西北岸的重要港口，建于离陆地 4 千米的海边浅水滩上，有铁路、公路桥相连，由 115 个小岛组成，并以 177 条水道、400 座桥梁连成一体，以舟相通，有"水上都市"之称。公元 6 世纪开始兴建，10 世纪建立过城市共和国，中世纪时为地中海最繁荣的贸易中心之一，1866 年并入意大利王国，是意大利驰名的旅游中心，每年都有几十万人游客。中国文化代表团于 25 日上午 6 时来到威尼斯。它是由无数小岛组成的浅水滩，与大海相连，地势是各岛相连，中隔一条运河。火车到达威尼斯城以前，须经几十千米水面，在长堤上走，中间桥很多，气势壮观，美丽。那天正好是反法西斯起义纪念日，所以全市放假，午后还有赛船。

4 月 26 日，他们在威尼斯参观了马可·波罗故居。马可·波罗在我国元世祖忽必烈时期同他父亲、叔父来到中国，居住了 20 多年，后来"少小离家老大回"，最后又回到威尼斯去。茅以升等人特地去逛了马可·波罗故居，这里又叫"狂人院"，因为马可·波罗回威尼斯后，讲述中国的事迹，许多人都不信，认为他是信口开河的狂言，虽然《马可·波罗游记》使欧洲受到震动，但威尼斯许多人不信，故把马可·波罗叫做"狂人"，他的故居至今仍叫"狂人院"。马可·波罗临死前对来看望他的人说："我所讲的，都是真话，其实我还没有讲出我所见的一半呢！"代表团还在这旅馆附近参观本地最重要的名胜古迹，有广场大教堂、钟楼、高塔，两旁有豪华招牌的商店。今天在广场上还悬挂了意大利国旗，游人甚多，拥挤不堪。下午去海滨观看船赛，见一船上有乐队 50 多人，着红缨帽，据说此乐队是英国女王派来的答谢者。还有 5 只船在比赛。

26 日早晨 9 点，全体出发海岛参观，岛上有许多防波堤。上岸后先参观海军孤儿学校，年约 15 岁左右。校外有绿地广场、露天剧场，四周有石椅，杂以花树。

副团长茅以升同志曾与画家王雪涛同志同往威尼斯两年一次举办的画展办公室，赠送他们我国著名画家齐白石亲手画的名画 15 幅。展览室内图画琳琅满目，美不胜收。又参观了北宫，此城是早年王国政府所在地，后来改革成为共和政府，有议会，共日议事。议会大厅可容纳 360 人，墙上挂有世界上最大的一幅油画——威尼斯大公与土耳其的海战场面。

27 日乘汽船游小岛，入大运河。运河两岸是古老建筑，还有木拱桥、石拱桥。在岛上还参观了一个玻璃制品工厂。

29 日起，全团兵分两路参观，茅以升率东路访问，参观了一个古代露天剧场，至今仍为演出所用；古代浴室，浴池砌黑池砖，真是别具一格。

五一国际劳动节，意大利全国放假。接着代表团又参观了另外一些海岛，上汽艇，进山洞，乘汽车沿海滨游览，见到各种各样的悬崖峭壁，风景格外美丽，小岛真是避暑胜地。

5 月 11 日，又返回罗马，这次又参观了罗马斗兽场、铁路工地、隧道地洞、民用舰空港、工厂等地，接待人员十分热情。意大利之行到此结束，饱满眼福。直到 17 日他们尽兴而离开意大利。

5. 瑞士访问记

几番路过钟表国，时雨迷蒙看远山。
风光犹赞瑞士好，日暮幻苍赏秋岚。
国际胜地日内瓦，相见不易开心颜。
和平"袖珍共和国"，莫道城小同"手帕"。
（注：欧洲人把瑞士看做"手帕"大的"袖珍共和国"。）

瑞士在欧洲中部内陆，同法国、意大利、奥地利、西德接壤，全国面积仅 4.13 万平方千米，其中日耳曼族占 72%，余为法、德、意等国人，法、德、意语也都是正式语言，居民多数信基督教或天主教，首都伯尔尼。全境为山地和高原，西北有侏罗山脉，中部、南部、东南部有阿尔卑斯山脉，国内有 50 多个湖泊，如日内瓦湖、苏黎世湖，河流众多，莱茵河、波河等均发源于瑞士而流往国外。1648 年宣布独立，从 16 世纪起而执行中立政策，1815 年维也纳会议承认瑞士为永久中立国，此后在历次国际战争和两次世界大战中都保持中立，实行联邦制，叫做瑞士联邦，由 22 个自治州组成，工业在国民经济中占重要地位，资本主义高度集中，机器制造业极为发达。

国际名城日内瓦，在瑞士西南部，当地风景优美，气候宜人，被誉为"游览者的胜地"，建于公元前 1 世纪。1815 年加入瑞士联邦，1945 年城市范围扩大，为第一次世界大战后的国际联盟所在地，建有"万国宫"，也叫"国联大厦"，现名为联合国驻欧洲办事处，是许多国际组织驻地，如世界卫生组织、国际气象组织、国际红十字会等。

1956年5月18日，中国文化代表团由意大利到瑞士访问，团长侯德榜、副团长冀朝鼎、茅以升。18日到瑞士首都伯尔尼，它是瑞士第二大城市。代表团先总结了意大利的访问，准备进行瑞士访问的活动。

代表团于5月22日起从事参观活动，首先在伯尔尼看了艺术馆，主要看瑞士画家作品，由馆长陪同。又参观一幼儿园和伯尔尼市容，还参观"科学研究国家基金委员会"，由主席接见。此委员会任务是协助瑞士各大学发展科学研究。当时瑞士有7个大学、2个专科学院，其中5个是综合性的。基金会于1952年成立，委员有各大学代表，所发基金均交各科学家支配。他们还在瑞士听了音乐会。25日，参观了机械实验室，有各种发动机、水力试验室。由瑞士铁路局招待参观塔山山洞，瑞士铁路像这样的山洞很多，铁路有2 000英里，铁路工作人员3.9万人，每千米11人。瑞士联邦铁路局请中国代表团吃午饭，服务人员很热情。代表团在瑞士期间还参观了电气铁道，电汽机车能通达山中，车行甚速。又参观了一所小学，校内有健身房、歌咏室和一般教室。

瑞士全国有3 050个市镇，农业机械化程度日渐提高，农业人口不断减少，自1850年以来，瑞士的城市人口不断增加。自20世纪以来，农业劳动力逐渐减少，但农业生产指数却不断增加，农业中以畜牧业为主，占农业收入的3/4，国家很重视农业知识的普及，当农民的首先要进入技工学校，边学习，边到农庄劳动实习，毕业时获得联邦农业技工证书，有的还获得农业工程师头衔。为了普及农业知识，瑞士的18个州设有农业学校，请了许多顾问或兼职顾问。瑞士生产的牛奶不仅可以充分供应居民，而且还有剩余。

中国代表团参观了瑞士西部城市纳沙泰尔大学（Neucha-tel），先到生物学院，后到物理学院，该院种植有中国古代植物水杉，这是世界断种已久的植物，中国在四川省曾发现过，校内有各种植物标本分类库，还有各种动物标本。继到天文系看"石英镜"，这是钟表生产地，由大学授时工作。代表团在此城参观了12世纪建筑的哥特式古堡，即州政府所在地，古色盎然。

代表团游览了瑞士西部城市索洛图恩（Solo thurn），这也是个中世纪兴起的城市，有钟表、机器、电器设备，纺织、造纸等企业，博物馆内有侏罗山化石和世界图画，还参观了当地兵器库、一些钟表厂。

代表团又到瑞士西南部城市洛桑，此城在日内瓦湖北岸，侏罗山南部，公元4世纪开始建城。城内有印刷、精密仪器、纺织、乐器、陶瓷、食品、皮革等工业，葡萄酒酿造业甚盛。这是铁路枢纽，有航空站。1906年，辛普朗隧道开通后，洛桑成为巴黎至意大利米兰、日内瓦到伯尔尼的必经之地。有洛桑大学、洛桑工学院。许多著名学者如欧洲文学家伏尔泰、拜伦、卢梭、雨果、狄更斯，都先后在这里住过，故有国际文化城之称。市内有12世纪建造的哥特式天主教大教堂，被誉为瑞士最精美的建筑。市郊有建于14世纪的奇隆堡，内有武器库、钟楼、吊桥等名胜古迹。洛桑是著名的游览和疗养地，有许多的国际会议在此举行。中国代表团到洛桑时，被邀请到洛桑大学，并在大学小礼堂开欢迎会，由校长及教授 10 人欢迎，校长致辞，侯德榜答词。茅以升和侯德榜同到洛桑工学院参观。附近的古建筑中还有地下监狱，英国诗人拜伦为此作过诗。监狱为石室，阴森可畏，犯人被绞杀后投入湖中，一石柱上还刻有拜伦的名字。

代表团还参观了日内瓦。日内瓦是个纵横数十平方千米的小城市，但在法国作家大仲马的笔下，"日内瓦是个豪华的城市，那里，项链、钟表、车马……一切都是金子的"。法国作家安德烈·纪德写道："日内瓦到处都是那样干净，以致使你不敢在湖里扔一个烟蒂"。它是莱蒙湖上的珍珠。中国代表团到日内瓦时，领事沈平及领事馆人员来接。代表团参观了 1926 年建立的国际高等学院，参观院部图书馆，访问了红十字会国际委员会。这是 1859 年法意之战时成立的，1850 年改今名，1864 年订立了《日内瓦公约》；参观了日内瓦美术博物馆，在艺术历史博物馆看了油画、雕刻。代表团还参观了钟表展览，从 200 年前起，有为中国特制的钟、各种授时计，并赠每人书一本。代表团又参观了日内瓦大学的物理学院，见有美国制电子显微镜，能放大 20 万倍。最后代表团还畅游了莱蒙湖。

代表团参观了巴塞尔城，市跨莱茵河两岸，有 6 条桥梁相连，为中世纪时欧洲各地贸易的重要地带。瑞士对外贸易的 1/5 居此，以化学制药为重要工业。住宅区在右岸，有罗马和哥特式教堂，建于 11~16 世纪，有最古老的巴塞尔大学，建于 1459 年，还有图书馆、博物馆等。茅以升在莱茵河畔看了五孔拱圈的石桥，河的一面为瑞士，另一面是西德，河中心为界。巴塞尔在莱茵河上有 6 座桥。代表团还参观了巴塞尔动物园、博物馆。我国文化代表团访问瑞士至 1956 年 6 月 5 日结束，即返回北京。

此外，茅以升同志还有几次到过瑞士，这里就不一一叙述了。

6. 法国访问记

美丽之国法兰西，革命彻底天下知。
巴黎公社始创建，君王断头除暴历。

1965 年 6 月 11 日，以茅以升同志为副团长，冀朝鼎为团长的中国文化代表团自瑞士飞抵法国巴黎。从 6 月 12 日起，由法国教育部派人陪同代表团参观法国首都巴黎。巴黎是法国政治、经济、文化和交通的中心，世界最大的城市之一，位于巴黎盆地中央，跨塞纳河两岸，市区面积 105 平方千米，包括周围 7 个省在内的大巴黎，面积约 180 万平方千米。公元 508 年起为法兰西王国的首都。18 世纪末叶，以巴黎为中心，展开了法国资产阶级革命运动。1871 年 3 月 18 日，法国工人阶级在巴黎建立了世界上第一个无产阶级政权——巴黎公社。现在，巴黎是全国和国际的重要铁路、航空枢纽，巴黎是讷河港所在地。最大的工业中心，都在巴黎郊区，汽车、飞机、电子、金属冶炼与化学工业最重要，有机械、纺织等工业部门。右岸可以说是商业区，左岸集中了科学研究机关和巴黎大学（1253 年建立）等高等学校，有国立图书馆等几个全国最大的图书馆，有革命圣地公社社员墙，以及巴黎圣母院、国立美术博物馆罗浮宫、埃菲尔铁塔和凯旋门等名胜古迹。代表团首先参观的师范学校是师范大学的著名研究中心，属于法国教育部管辖，仅图书馆内就有藏书 50 万册，供各校老师参考，其中有关于师范学校资料，分赠各个教师作参考，每天能收到各地教师来信四五百封。它们还办有关师范教师的展览会、教育刊物，供教师讨论问题，对教师写的作品进行评论。另外，它们还通过录音影片、广播、电视，进行直接教育，有电影小组进行研究，每星期有四次广播电视，每次四小时，有普及科学技术节目。别有函授部门，有疾病儿童可在医院进行学习，或通过广播，用耳机听。

各校教材通过教育部集中，教师可以从中选择其中特别需要的，加以认真学习。

教育部还认真考虑和处理学生的就业问题，出版《前途》，内刊有各种统计资料，根据各地需要，发表各种消息和统计表报以及说明参加这项工作要不要经过考试，供学生及家长们作参考。

中国代表团还参观了教育博物馆，通过博物馆与许多国家学生往来，也可以与中国学生往来。博物馆里陈列各种用具、审查室和各种桌椅。教育博物馆成立于 1850 年，但研究中心是 1950 年才开办的，展览馆里还陈列有教育家历史小传，其国教育原则：第一，对 6～14 岁儿童和少年进行强迫性教育；第二，公共教育免费；第三，教育非宗教性；第四，教学行政集中起来。儿童 6～14 岁进小学；14～19 岁进中学；19～22 岁进大学。中学毕业后一般需要准备一年才进大学；大学第一、二年级课程一般，三、四年级课准备当教师。儿童教育以自由发展为原则。中国代表团还到一个高等师范学校参观，由校长接见，并致欢迎词。该校成立于 1814 年，拿破仑一世进行改革的时代，建筑至今已有 100 多年的历史，以培养中等学校教师、学院教师为目的，现有学生 250人，进行各门科学的物理、数学等的教授法。学生毕业之后，一般从事教育工作，但也有从政者。学生来校前须经过考试，录取按民主原则，不问政治、宗教或出身，均来自不同的阶层，学生大致分为文学，数理两类。文学院有极好的图书馆，藏书丰富；文学院的学生，每三四个人住一个房间，既是住房，又是从事研究的地方，它不同于一般学校，不以上课为主。中国代表团后来分两组参观，一组文学院，一组物理实验室。茅以升加入了后者，参观了电源室、固体物理室、原子物理室、化学室等，此实验室有极小发电设备。

中国代表团还游览了市区，参观有包厢六层的歌剧院，可容纳 3 000 人；经过珠宝街，瞻仰了拿破仑像，塑像下为铜柱，重 1 200 吨；并参观了 7 世纪建筑物司法部；参观了公园，内有 8 座雕像，代表 8 个城市；观看了阅兵场，从埃菲尔铁塔越过塞纳河，奔向爱丽舍田园大街尽头，是圆形的查理·戴高乐广场，又称为协和广场。在广场中心，矗立着威严壮丽的凯旋门，最早建立凯旋门的是罗马人，每当一个重大战役胜利后，都建凯旋门以示纪念。在巴黎，凯旋门不止一座，但一般人去参观的是戴高乐广场附近的一座，这也是所谓拿破仑的凯旋门，从当地起有大道 12 条，通向四面八方，再由一条环形大街把它们串通起来，这个布局使凯旋门的气势显得分外壮丽，拿破仑凯旋门是拿破仑一世于 1806 年 2 月开始修建的，直到查理十六世才建成，门高 49.9 米、宽

44.84 米、厚 21.96 米，其规模超过罗马的君士坦门，上面有大浮雕，其中造型最美、最著名的面向爱丽舍田园大街的一幅，那是雄壮威武的义勇军在 1792 年高唱《马赛曲》出征的场面，高楼盾牌上雕着历次著名战役的名称。雕刻显示出拿破仑的战功，门下是无名的英雄墓，石板上写着一行字，墓上有铜炉，燃着火炬，日夜不灭，并有士兵专门看守，每晚六时半奏乐，每逢国庆时，总统总是要到此表示悼念。

围绕着凯旋门，有 100 根矮石柱列一圆形，据说，这象征拿破仑回来一百日……

接着又参观了雄伟的埃菲尔铁塔，这是 1887 年埃菲尔工程师设计建造的，是为了庆祝法国革命 110 周年而建设的。铁塔位于塞纳河的左岸，他们穿过塞纳河左岸，穿过河畔用巴士底狱的砖头砌成的河畔林荫道旁，到了铁塔旁，近仰铁塔，从地下望见塔尖高达 300 米，塔有 3 层，分别在距地面 57 米、115 米和 276 米处有平台，塔上设有酒吧间和餐馆，可以在这儿休息和观赏，上下有电梯可乘，登上最高处，巴黎一览无遗。铁塔下面就埋葬着拿破仑，他的墓就在这里的地下室。地下室上面是圆形看台，棺材就放在中央，有椁六层，棺材的四周雕着拿破仑的盛功。

中国代表团在巴黎古城的中心，又参观了法国著名古代建筑巴黎圣母院，该院始建于 1163 年，主体部分于 1245 年完工，1364 年才全部建成，这是一个典型式的哥特式教堂建筑，大厅长 130 米、宽 48 米、高 35 米，整个建筑用石头砌成，所有屋顶、塔楼、扶臂等的尖端都用尖塔作装饰，内部极为简朴，拱顶柱，空间大，光线亮，在建筑史上被誉为"仿佛是由大石头组成的交响乐，"其中藏有 13~17 世纪的许多艺术珍品。院内石柱与矮石拼成，圣母院最有名的怪兽雕刻板装饰，在 18 世纪由于 600 年的风蚀，使原先的怪兽滴水装置从 200 米英尺的高处崩坍下来，因此把它们折断了，其中有些是在 19 世纪重修的。圣母院坐落在塞纳河中的斯德岛上，在旁观有一个圣易岛，巴黎最初就是这几个小岛组成的。圣母院几经战史破坏，所以原来的面目全非，底下有三个大门，中间有一个玫瑰形圆形窗，窗下是圣母院抱婴儿像，左门为圣母门雕刻，极为精美，格调之高雅，居三门之冠，窗上玻璃有新旧约中的故事画。

6 月 13 日 10 时 20 分，中国代表团全体成员访问著名物理学家约里奥·居里先生，向他致敬并慰问其夫人逝世，10 时 45 分辞去。

法国当时设立 17 个大学区，每区一个大学，其中巴黎大学最大、最老，13 世纪成立，访问时有学生 65 000 人，而全国大学生共有 17 万人，仅巴黎就有外国留学生 12 000 人。

当天下午 2 时，中国代表团到巴黎艺术珍品所在地——卢浮宫参观。卢浮宫座落在塞纳河右岸、巴黎市中心，至今已有 700 多年的历史。它约比罗马梵蒂冈大 3 倍。它当初是法国国王菲力浦·奥古斯特建造的一座防御城堡，到了 14 世纪，巴黎市区向塞纳河左岸发展，卢浮宫也就失去它的防御作用，1546 年被修成一座符合文艺复兴时斯新风格的王宫，后来又几度荒废，直到拿破仑时代才决心修复卢浮宫。这项工程直到拿破仑三世时才完成，并留下今天的面目。它建筑气势雄壮，结构严谨。自 16 世纪起，卢浮宫就珍藏着各种名贵的艺术品，定期展出油画和雕刻。直到 1793 年，卢浮宫画廊才对外开放。在这里，陈列着达·芬奇的名画《蒙娜丽莎》和在米罗出土的维纳斯断臂女神像，它们在卢浮宫占有特殊的位置，因为前者花费了达·芬奇4年光阴才把它画出来的。1911年曾一度被盗，后来失而复得，所以现在特别小心地把它保存。据传达·芬奇生前无论到哪里都把它带在身边，后来，终于留在法国。由于米罗出土的维纳斯雕像，可能是出自于公元前2世纪希腊艺术巨匠帕克拉西代尔之手，她均匀而美丽的躯干使多少艺术家为之倾倒。当然卢浮宫里的珍贵艺术品绝不仅这两件，拿破仑生前各种画像至今也是珍品，文艺复兴时期拉斐尔的名作《好园丁》，也收放在卢浮宫里，如今都成为无价之宝。还有路易十五和拿破仑一世的皇冠、镶金刚钻的宝剑。卢浮宫所藏的艺术珍品，总数约有40万件之多，这是法国的艺术宝藏。中国代表团在这里虽是"走马看花"，但毕竟得到了艺术享受和一饱眼福，是十分难得的。

6月14日，参观了国家博物馆，其中陈列拿破仑戴的黑色帽子，拿破仑头发一小绺，带金黄色（1816年）。还有拿破仑被关在圣·海伦拿岛上的石头，有当时他用的家具、拿破仑浴室中用过的铜盆、拿破仑的半身像，日期为1814年4月6日，拿破仑的书室中的桌子和床，床也是战场上的用品，拿破仑儿子用过的摇篮，有儿子小床，木制品。此外，还有法国其他帝王的遗物。

6月15日，他们再参观巴黎历史博物馆，并再次参观卢浮宫。在历史博物馆中，茅以升在自己的笔记上记载：看见路易十六时代桥的模型、巴士底狱的模型、小仲马亲笔的书简、18世纪的家具、作家雨果的画像、《巴黎公社宣言》、《人权宣言》等。

中国代表团于6月16日参观了凡尔赛宫，它在巴黎西南18千米地方，藏有法王路易十四画像等物件。室内有阿波罗太阳神神像，因为路易十四自命代表太阳。有王的宝座，有世界闻名的"镜厅"，第一次世界大战后，在此签订《巴黎和约》。厅长形，约有200公尺，宽约50公尺，一面为玻璃长窗，一面为长镜，从镜中可以看到玻璃窗外景，是路易十四时代所建的作为舞厅之用。厅内无家具，只有沿壁有矮凳。室内放有一桌子，绿呢面四边上雕有塑像，系1919年6月28日签订《巴黎和约》时各国代表团签字时用的；另有一圆桌，路易十四接见大臣时用的，还有两张凳子。

国王卧室中，无家具，室外有凉台。1789年10月16日资产阶级大革命时，巴黎市民涌入宫内，路易十六及其妻子和儿子在此凉台上宣布愿与群众一同进入巴黎，其后，国王及王后均被拉上断头台处死。王宫里还有卫队住室，1789年市民入宫时，卫队全被杀死。

6月17日，在巴黎阴雨中再次参观了高高的铁塔，乘电梯而上，电梯是1889年建造的，电梯四面皆窗，可望远景。从电梯眺望巴黎，全城在望，下望凯旋门，甚为清晰，但12条路却不甚清楚。

6月18日，参观人文博物馆、蜡人馆、图书馆、铁路、电力机车修理工厂，茅以升对后者特别作了若干记载。蜡人馆里陈列了许多名人蜡像，如拿破仑、路易十四以及全部耶稣故事等。

6月21日，代表团参观了巴黎国家图书馆、桥梁研究中心。图书馆藏书600万册，从 16 世纪起,仅藏中国图书就有 14 万册之多,在这里不但可以看到许多中文书籍,还有敦煌文物如隋开皇佛经手卷、抄本、道经、《谷梁春秋》、《金刚波罗蜜经》。该馆是路易十四时代建立,书的来源出自私人、教会或外来,资产阶级大革命时期,图书业更加发展起来。

6 月 22 日,他们还参观了铁路工程,翌日又参观巴黎铁路货运调车场。6 月 26 日,茅以升同志离开法国到葡萄牙参加国际桥梁会议去了,7 月 4 日又乘飞机返回巴黎。当时,巴黎人因天热,很多人在这时休假外出,据说仅 6 月 30 日乘火车休假外出者有 50 万人,乘小汽车休假外出者有 25 万人。茅以升到巴黎次日即乘高速火车到里昂。沿途是长钢轨铁路,疾驶时车不震动,火车靠左边行走,从巴黎至里昂 500 千米,共行 5 小时。5 日下午 1 点 58 分,到里昂。

里昂是法国东南部的大城市,在索恩河同罗纳河汇合处,位于地中海通往欧洲北部的走廊地带,曾经是欧洲丝织品的中心。当地有不少欧洲中世纪的建筑,经常在此举行国际博览会。茅以升到达里昂的晚上,参加音乐家郎毓秀举办的音乐会,甚成功。翌日前往参观里昂附近的水电工程,有工程师陪同解说。

7 月 7 日,前往马赛,这是法国第二大城市,在法国东南部,濒地中海。传说在公元前 6 世纪,由威尼斯人在这里建城,现在是法国最大的贸易港,进口以石油及液化天然气为主,约占总进口量的 2/3,参观世界闻名的"水下试验站""水轮机制造厂",茅以升同志作了详细的记载。下午参观马赛美术馆,其中有不少古代和近代的油画,有我国赵光极画的油画。美术馆旁边是图书馆,也是同一个大楼。后又参观司法大楼,这是个很著名的建筑物,于路易十四时完成,其中上诉刑庭的天花板雕刻相当精美。晚上又回到马赛。

7 月 8 日,茅以升与王雪涛等同志同逛马赛大街。据传《马赛进行曲》(1792 年改成为法国的国歌)的作者当时就住在这条大街上。他们在马赛又参观了炼油厂、运油港。大炼油厂每年可炼油 350 万吨。马赛飞机场是法国第二大机场,仅 1955 年运客约 65 万人。马赛港每年吞吐量达 1.2 亿吨,但码头工人只 50 名。当天中午,马赛商会在俱乐部接待中国代表团的客人。

7 月 10 日上午 10 点,他们到马赛大学参观,先由医学院院长来接待,这学院的房屋原系拿破仑三世皇后的寝宫。Gasts 教授是细胞学专家,曾到过中国。不久,将在这里开国际抗生素会议。上午 11 时 47 分应马赛市的市长之约参加招待会,桌上有五星中国红旗,市长致欢迎词,侯德榜答词。下午 6 时,到戛纳(CaNN-es),这是法国东南部临地中海的城市。海滨建有游泳场,为旅游胜地,但见"两旁大道树木荫,布蓬底下挤游人。远望海上似仙山,仙乡宝岛此间临"。浴场后面有个赌场。

7 月 11 日上午 12 点三刻,中国代表团访问了世界著名画家、进步人士毕加索,他 1881 年生于西班牙,是立体画派的创始者。进门是一个小花园,住的是两层楼,楼下满地画架、雕像,楼上设备极为简朴。他穿着蓝色的工作服,裤上有两个贴布的大口袋。他的鼻子和一只眼睛都是假的。他本人已 75 岁,夫人只有 30 余岁,有两个年龄只有两岁和五岁的小女儿。夫妇很好客，对中国代表团热情招待。他能写些中国字，并用杂色的色笔为每人画一张画。郎毓秀唱了一支歌，毕加索夫妇都很爱听。代表团起身告辞时，他陪同大家下楼，并亲送至门口，将院内桂花折下，分送各人，情意殷切，正是："临别折桂送友人，殷殷情谊感人心，立体画家毕加索，永志难忘相会情。"就在当晚 8 时以后，他们又乘火车回到巴黎。于 7 月 12 日，代表团举行记者招待会，由冀朝鼎同志讲了话。当天晚上 8 点 10 分，茅以升同志到巴黎的中国学生会讲演祖国铁路建设和武汉大桥的建设情况，很受欢迎。

7 月 13 日，离开巴黎，代表团在法国共 32 天后途经瑞士，在瑞士大使馆开法国一行的总结会议。7 月 19 日，从伯尔尼启程经莫斯科回国。

7. 葡萄牙国际桥梁第六次会议散记

玛瑙串珠遍地栽，葡萄国里紫云开，
琼浆馥郁朝霞色，玉髓玲珑夜光杯。
航险环球载史册，式微彼岸失金台，
昔日雄风今已矣，犹堪众手造福来。

葡萄牙位于欧洲西南部伊比利亚半岛的西部，东北邻西班牙，西南滨大西洋，总面积 91 943 平方公里。全国 99% 为葡萄牙人，余为西班牙人，通用葡萄牙语，多信奉天主教，地势北高南低，多山地，南部多丘陵，主要平原分布在沿海。1143 年成为独立王国，15 ~ 16 世纪在海外有许多殖民地。1581 ~ 1640 年受西班牙统治，1910 年成立葡萄牙共和国。产葡萄、油橄榄与无花果，橄榄油居世界前列，畜牧业以养羊为主，海洋渔业较为发达，旅游业也较为繁盛。其首都为里斯本，是葡萄牙的最大城和海港，葡萄牙的政治、经济、文化中心，城为公元前腓尼基人所建，1245 年成为葡萄牙首都，1755 年被大地震所破坏，重建后的新城呈格子状布局，工业以化工、机器制造、造船与食品为主，有铁路通向内地和西班牙。输出品以葡萄酒、沙丁鱼等为主，有大学、科学院和博物馆、地方教堂、钟楼、城堡等古迹，其西郊大西洋沿岸有著名的海滨浴场。

1956 年 6 月 26 日，茅以升在法国巴黎乘飞机到达葡萄牙首都里斯本，参加国际桥梁协会第五次会议。上午 9 时 43 分上飞机，10 时 5 分起飞，下午 1 时到达里斯本，张维、李国豪两同志来迎接，他们是昨日到这里的。

国际桥梁第六次会议的大会会场设在里斯本的高等工业学校里。下午 3 时 55 分到会场，会场呈长方形，可容纳六七万人，每人有耳机，可听各种译语广播。开幕时大会由葡萄牙总统主持。大会设有秘书处，管理大会问题；旅行处，管一切旅游事宜；邮电处，收发信件、电报、电话；银行，办理汇兑手续；汽车站，可以雇车。会员所用语言由悬挂身上姓名牌为标记，讲英语的用粉红色。会后已 5 时，游公园，小巧玲珑，山坡上遍种小树，有几个小池塘。流水、小桥颇有我国园林的风度。全体会员都来了，茅以升同志在这里会见了几位日本会员。游园时，大会以冷饮招待，晚 10 时半由葡萄牙外交部和公共建筑部在一个别墅招待各国客人。

里斯本大街是用石块铺成的，街道不宽敞，街两旁为人行道及咖啡座。据说工商业不很发达，失业人口多，路旁有小摊，亦见有赌场，夜9时30至11时半在剧院听交响乐，看芭蕾舞。

6月29日，到会场，参加关于预应力混凝土的讨论会。上午11时半出发参观里斯本的公共工程。大家都乘大汽车，沿途房屋甚好，有不少小花园，乘机参观了几座桥梁。下午2时30分在市郊镇上吃午饭。当地乡人来聚观，他们对中国人来到葡萄牙总是特别感兴趣，并相当欢迎。3时半到广场观看斗牛。这天晚上大会开闭幕式。

6月30日，全体会员自里斯本来到波尔图，这是葡萄牙第二大城市和重要海港，也是波尔图区的首府，位于葡萄牙西北部的杜罗河口北岸，西距大西洋只有5千米，城建于公元5世纪，城市以东为杜罗河峡谷。上面架桥，最主要的一座桥是进城的铁路桥。葡萄牙全国有3所大学，1所在里斯本，1所在波尔图，1所在科英布拉（北部城市）。当天12时零5分，他们乘车到科英布拉，适逢阴雨，此地远在1260年曾经做过葡萄牙的首都，大家在阴雨绵绵中下车，见到有不少妇女把提篮顶在头上走，这是当地的风习。代表们在雨中游公园，园中有些树木是400年以前从我国澳门移植到此地的。2时5分，到科英布拉大学参观，这是葡萄牙的一个最老的大学，在全世界也颇有些名气，原来是在里斯本创办的，1936年迁移到此地。大家先参观图书馆和文学院，参观了该校相当华美的礼堂。本校学生毕业典礼就在这里举行。其中还有国王用的宝座。两壁厢都用镜框镶着油画，丝绒座椅。代表们又参观了教室。大学广场颇辽阔，地势高，可以俯瞰全城。有些人在钟楼石阶上坐下，稍微休息，并等候其他参观者出来。广场内有一座葡萄牙王的石像。当天下午4时过后，又乘火车到波尔图，见一个高大的教堂，街上铺子都很雅致，货物放在地板上，上面开着电灯，为别处之所未见。翌日在波尔图参观，街上有不少小房子，那是警察的小亭子。街上两旁盖的房屋很漂亮，外墙分用各色瓷砖铺建，这在别处也很少见。11点上客车，沿河走，经过一座拱桥，下车细看，11点3刻到海边，可以望见海上的石山和灯塔，海边游泳的人很多，后又经过一小镇，见房屋很整齐。4时左右，在一家旅社住下休息，有三位西班牙人访茅以升同志，询问中国武汉大桥的情况，他们能利用英语畅谈。当晚9时，当地市长宴请客人，并讲了话，由会长答谢词。

7月2日，由波尔图回里斯本，次日又乘飞机到巴黎继续访法。

8. 访问英国记——记出席第四次国际土力学会议

> 访问英国颇称心，不落旌旗日西沉。
> 海运频繁船直达，交通发展月见阴。
> 屋宇曾经马恩住，故居还把莎翁寻。
> 泰晤士河觅佳胜，大西洋畔听涛声。

英国位于欧洲西部不列颠群岛上，全国由 5500 多个小岛组成，西临大西洋，东隔北海，南从多佛尔海峡和英吉利海峡，同欧洲大陆相望，面积为 24.4 平方千米，主要又分为英格兰、苏格兰和威尔士三个部分，其中英格兰面积最大，人口占 80%。以英语为国语，居民多信奉基督教。1640 年，资产阶级革命就开始，1688 年建立君主立宪制度，经过 18 世纪产业革命，资本主义迅速发展，到了 19 世纪末成为世界上最大的殖民帝国，侵占了比本国大 150 倍的殖民地，但到了第二次世界大战以后，殖民体系瓦解。全国现代化水平较高。首都伦敦，是地球上最大城市之一，也是全国政治、经济、文化和交通的中心，全国最大港口，比纽约大两倍，有 11 个华盛顿的规模，位于英格兰南部，泰晤士河下流两岸，海轮可以直达伦敦城，全城面积 1605 平方千米，18 世纪即成为世界最大港城，也是世界最大的海港之一，年吞吐量达 5000 万吨，有世界最大的航空站。

1957 年，茅以升与陈宗基二人一行的代表团出席第四次国际土力学会议，于 8 月 3 日离京经莫斯科、布拉格、巴黎，于 4 日中午抵达英国伦敦机场。他们 8 月 6 日观看舞剧，7 日参加留英中国学生会的夏令营会。11 日游览伦敦名胜，瞭望泰晤士河，参观伦敦市容。伦敦是个古老而美丽的城市，伦敦公共汽车都系两层，8 月 12 日土力学国际会议开幕。到会者有来自 41 个国家，论文 136 篇。茅以升为大会的执行委员会委员。13 日大会开始论文讨论会，共 9 次。讨论会每人发言不超过 10 分钟。8 月 16 日 12 时，轮到茅以升上台发言，介绍武汉长江大桥的基础工程，因发言只限 10 分钟，他就散发带来的印件，引起其他各国重视。17 日，参观了一所工业学校、一个美丽公园，路旁有一屋，门外石牌上书写："马克思曾住此。"下午 6 时，乘车瞻望英国最大最古老的礼拜堂，系公元 597 年所建，内有 12 世纪玻璃窗、13 世纪国王宝座。回来时，散步于古罗马大道。

8 月 18 日 2 点 45 分，上泰晤士堡河边的山坡上，见外景皆白色，远望甚美，此堡是英国王室所居，房间布置家具、壁画、地毯皆十分华丽，另一部分是教堂，系 1475 年开始建造，是英国有名的教堂，内有英王及王后墓。5 时上车到英王寝室参观，这是亨利八世旧居。宫室内极考究，有壁画、地毯，还有石狮像，有古式钟，1540 年造，系太阳围绕地球转。此宫极大，院内还有年龄达 150 年之久的葡萄树。6 点 40 分回伦敦，见宫外有鹿群嬉游，还有钓鱼的人。

8 月 20 日，国际土力学会议继续开会，决定 1961 年大会在巴黎举行。8 月 21 日大会闭幕，由会长、名誉会长讲话。22 日，参观了经过第二次世界大战时被炸的区域。经过泰晤士河下隧道，呈 S 形，很长，已建成 40 年。23 日，观看了西班牙芭蕾舞。24 日，到泰晤士河边乘游船游览，此桥系开关桥，每次开关需 3 分钟。伦敦有许多公园，据说大小公园占地 1.2 万余亩土地。

8 月 27 日，到英国最大图书馆参观，在馆内见到拿破仑、华盛顿、威尔逊等 14 个名人的亲手遗迹，还藏有英国 1215 年的公元一千年时的世界地图方形、历代耶稣《圣经》、中国最早活字版、汉代绢书等。8 月 28 日，陈宗基同志前往荷兰。8 月 30 日，参观剑桥大学，学生有 18 000 人。剑桥大学图书馆藏书有 300 万册，书架长 20 英里。全大学只有两个女生学院，余皆男生。全学院都是学生生活场所，并无教室，每学生可往见教授，每周 2 小时。

8 月 31 日，游大诗人和戏剧作家莎士比亚故居，此系 15 世纪建筑，门外大路两旁，皆古色古香。一时参观了莎士比亚展览馆，还有莎士比亚纪念塔，此系 1888 年建造，四周有雕像。河上有红砖砌的拱桥，有莎士比亚剧场，两层楼古屋。参观后，在来宾簿上签名，据说每年有 25 万来客。9 月 2 日，是离开伦敦的最后晚上，熊轫钰开车来接茅以升同志外出兜风。

9 月 3 日离开伦敦，经日内瓦时，因患胃病不能进食而延期几天静静休养，请医服药，直到 9 月 23 日离日内瓦经苏黎士、布拉格、莫斯科，于 26 日回到北京。

9. 记瑞典国际桥梁会议第六届大会

未有战争灾难磨，首都斯德哥尔摩。

幸有人民勤且奋，虽有国王政不苛。

1960 年 6 月 22 日～7 月 23 日，茅以升同志因参加国际桥梁会议，作为中国代表团团长，带团员桥梁专家汪菊潜、王达时到瑞典去。途经苏联、芬兰，于 6 月 24 日乘飞机安抵瑞典首都斯德哥尔摩。众所周知，瑞典王国位于北欧斯堪的纳维亚半岛东部，西界挪威，东北同芬兰接壤，西南隔卡特加特和厄勒海峡与丹麦海峡，同丹麦隔岸相望，南北长 1573 千米，地多瀑布，山地冰川约 200 余条，国内多湖泊，多森林，占全国总面积 50%，因受大西洋暖流影响，气候并不太冷。14 世纪以前的瑞典已是独立王国。1397 年起受丹麦控制，但在 1522 年又独立为瑞典王国。因在两次世界大战中都保持中立，国内工业比较发达，耕地仅占总面积 10%，种植大麦、小麦、马铃薯和甜菜等，沿海渔业较为发达。由于岛上水道纵横，桥梁甚多。斯德哥尔摩当时正在建筑地下电车道，尚未完工。茅以升等到达斯德哥尔摩后，畅游了市区，到名胜海滨浴场，参观了皇后岛，其中有 17 世纪建筑的壮丽皇宫、1764 年建筑的剧场、最著名的"中国宫"和市内 1755 年建筑的皇宫，宫内有 500 个房间，有的布置得非常华丽。

国际桥梁会场设在高工学校，茅以升于 6 月 27 日 9 时 30 分出席国际桥梁协会常设委员会，讨论会议进行事项并选举会议中的职员。当天下午 2 时在此举行开幕典礼，瑞典交通部部长致欢迎词，由本市市长招待全体到会人员。6 月 28 日起连日开讨论会，并参观了宫廷剧院，为 18 世纪时代的建筑物，演员服装也是 18 世纪的。斯德哥尔摩到 17 世纪才成为瑞典首都，近百年以来发展甚快，这是诺贝尔奖奖金决定给谁和发奖的地方。当时斯德哥尔摩正在从事两个计划，一是修地下道，二是在四郊建立卫星乡镇，每个乡镇都做到设施齐全，可以独立生活。

7 月 2 日，乘火车外出参观，在 Samldo 桥下来，这是钢筋混凝土拱桥，跨渡 264 米，高 40 米，拱形；后来又到电力厂参观；下午又到 Adalsiden 电站参观，厂房是从红山旁开挖出来的，工程不小，电厂很多是自动化的。在瑞典的小地方，生活水平都不低。7 月 3 日步行过"北极圈"。

7 月 4 日到瑞典北部城市基吕纳参观。该城位于北极圈以北，罗萨湖东岸，建于 1900年，铁矿石外运始于 1902 年。1948 年周围矿村并入城市，为世界大铁矿中心之一，以生产高品位铁矿石（含铁率超过 70%）而著名，有铁路通往波罗的海吕勒奥港和挪威的维克港。全体参观了铁矿大楼、铁矿，车开进山洞，洞内有铁路专运矿石，铁路有自动信号，工人休息所有浴室、餐室、日光室等。工人 60 岁退休，公司人介绍此矿矿史与规模。

接着到挪威不冻港纳尔维克城。这里是挪威北部与斯德哥尔摩之间电气铁路的终点站，1833 年起为瑞典矿石的主要输出港。渔业极为发达。这是个小城，但也很漂亮。茅以升等人坐小船游览，船在大陆、海岛之间前进，深绿色的水和山上的树林，相映成趣，风景十分美丽。他们途经一个很长的岛，离大陆很近，把海洋缩成狭谷，有点像长江三峡，极为壮观，船行半小时后，见一海岸，是高山，山上有冰雪，冰层有 100 米厚。船开到海湾尽头始回走，仍到原码头上岸。茅以升与汪菊潜、王达时，步行逛街。当时基吕纳人口只 13 000 人，据说山顶是胜地，上山有缆车，候一时才开车，一时一刻开至山顶，果然是奇观，波罗的海美景在望，能俯瞰全市，山上设有餐馆，就在此地就餐。

7 月 7 日，他们又回到面积 1 425 平方千米仅有数十万人口的现代化城市、建筑物排列整齐，有宽敞公园的瑞典首都斯德哥尔摩。三人住在大使馆当时董大使的住所，漫谈此行收获，觉得瑞典国家虽小，工业很发达，生活水平为当时欧洲最高，参观所得，很有裨益。

7 月 11 日，他们又乘飞机，取道苏联莫斯科，13 日上午 9 时 12 分回到北京。

二十四、茅以升和敬爱的周总理

浩荡东海滨，巍峨有泰山。
最先迎红日，鼓励肯登攀。
虚怀记功德，刻石祖龙传。
山高不厌土，葳蕤成大观。
风云常警惕，凝视海潮翻。
悠悠千载情，生死重泰山。

伟大周总理，生死重泰山。
先驱长永别，后继续登攀。
丰碑逾岱岳，何惧恶浪翻。
毕生无私献，英名大公传。
五洲挥泪雨，列国颂壮观。
千载孰忘情，总理蠡泰山。

悼念敬爱的周总理，使我们想起了泰山的形象。

泰山，巍然屹立在东方，它朝气蓬勃，以初升红日的光辉，召唤着鼓励着肯攀登的人们。

泰山，它文采斑斓，铭记着秦皇、汉武以来为统一中国，抵御外侮而建立的历史殊勋，它是中华民族的伟大见证。

泰山，它沉静中显示的崇高博大又谦逊的形象，曾引起许多诗人和哲学家的赞美，用来形容人类最完美的品质。

泰山，它葳蕤葱茏，饱含着无限活力，不倦地警惕着世上风云变幻，凝视着海潮的翻腾滚滚……

毛泽东同志引用过我们古人的名言：人死有重于泰山……

朱通、公盾1976年1月6日凌晨听广播后写的：《泰山》。伟大的无产阶级革命家、杰出的无产阶级战士周恩来同志为人民利益鞠躬尽瘁，他永远活在人民心里。我们用上面这首诗，以寄托自己的哀思。

敬爱的周总理生前对我国老一代的科学家、技术家十分尊重。科学家、桥梁专家茅以升是周总理深为关怀的一个，周总理生前多次接见过茅以升。茅以升说他曾多次听到周总理讲话和鼓舞，在茅以升的眼里，敬爱的周总理是那么平易近人、谦虚谨慎、和蔼可亲，他说："周总理高贵的品质是永远难忘的。"

茅以升第一次同敬爱的周总理见面，是在1949年9月13日。那是全国政协第一次会议开幕前夕。茅以升参加了总理举行的招待会。一进门，当茅以升自报姓名之后，周总理就同茅以升紧紧地握手，并说："你是科学家，非常欢迎。"周总理像久别的亲人一样，使茅以升的心感到热乎乎的。茅以升说道："我第一次见到周总理，就好像他是个我的久别的知己，感到无比亲切。"他还说："我第一次同周总理交谈，从上海解放，到旧社会统治下的教育、交通都说到了。"他停顿一下又接着无限感慨地说："敬爱的周总理，他的知识多么渊博，思想多么敏锐，判断多么精辟！"

茅以升说："我同周总理言谈之间，由于我是从旧社会来的知识分子，用语常常很陈旧，比如我说国立大学、国有铁路，总理用人民大学、人民铁路的字眼来纠正我的用词，使我立即受到了教育。"

茅以升认为敬爱的周总理对于一切愿意为社会主义服务的人，总是满腔热情地鼓励他们发挥自己所长，来为党为人民作出自己的贡献。茅以升参加了1951年的一次国务院会议，讨论当时铁道部提出的关于建筑武汉长江大桥的建桥方案。总理亲自主持会议，并邀请茅以升到席。总理对于大桥施工方案问得非常详细，后来他对茅以升说："你建筑过钱塘江大桥，富有建桥的经验，希望你对建筑这座大桥能多多出力。"茅以升听了以后十分感动。他下定决心，一定要尽力为建筑长江大桥努一把力，后来果然做到了。

茅以升同志又回忆到，1951年1月，中国科学院组织代表团去国外，参加"世界科协"第二届国际会议，他参加了。茅以升说："在我们临行，周总理对我们作了多么详细的指示啊！周总理不但看了代表团写的发言稿，而且亲自修改。代表团在整个活动中间，都得到周总理的关怀和指导。"

茅以升回忆到，在建国十周年的时候，北京兴建了十大建筑，其中人民大会堂的建筑任务最为艰巨，周总理为了集思广益，特别邀请了约 58 位科技工作者参加这一工作，组成结构与建筑两个小组。后由周总理提名要茅以升任结构组组长，一再指示一定要保证建筑安全符合质量标准，总理亲自说道："要茅以升亲笔签名保证。"周总理的谆谆嘱咐，使茅以升感到不能不用最大的力气去完成，因为他感到这不仅表现了敬爱的周总理对社会主义建设事业的无比关怀，也是对他的极大信任。茅以升说他当时对人民大会堂建筑各项工序的确是用了最大的努力来认真检查，极力做到不辜负党和敬爱的周总理的嘱托。

茅以升还亲切地谈起，在 1956 年 9 月 25 日成立"北京市留美学习家属联谊会"时，他被推选为会长，1957 年 5 月 10 日，联谊会在北京饭店举行晚会时，敬爱的周总理也参加了，并对 1 000 多与会的人讲了话，提出："不管回国先后，一视同仁，而且来去自由，爱国不分先后。"周总理的话至今仍然在茅以升的心中回响。

茅以升亲切地回忆到，1964 年有一天清晨在飞机场上遇见周总理，总理同他紧紧握手，谈起他最近接见一位外国专家，谈了有关科学理论的问题。当时茅以升在《光明日报》上写了一篇《专门科学与专业科学》的文章，向总理汇报了。总理频频点头，表示赞赏。1962 年春天，在广州由中国科学院和国家科委联合召开了制订科学规划的会议。茅以升记得清楚，当时周总理参加了，作了极其重要的报告，后来因有要事赶回北京，茅以升亲耳听到总理向陈毅同志交代将他讲话未尽之处，再向大会传达。茅以升深刻地感到周总理多么关心我国科学技术发展的规划和人民与祖国的命运啊！他真是为中国人民奉献了自己的一切。

茅以升怀着感激的心情回忆到，在十年大动乱期间，一些人曾对他进行斗争，让他戴纸糊的高帽子，写着"资产阶级反动学术权威"游行示众，硬说他是什么"反动政客"等，是敬爱的周总理极力保护他，使他度过了动乱的时期。

茅以升最后见到周总理是在 1975 年第四届人大会议开幕前夕，周总理亲切地对他说："你比我大一点吧，好像大一岁半。"茅以升回答道："总理的记忆力真是惊人哪！"总理向茅以升笑了笑。没有想到，这就是茅以升最后一次和总理见面。

茅以升深情地回忆到 1976 年 1 月 9 日，当电波传来敬爱的周总理积劳成疾病逝的消息时，年迈的茅以升禁不住老泪纵横，他深深地沉浸在敬爱的周总理与他过去的一幕幕往事里，他沉痛地思念着敬爱的周总理：

啊，周总理，您——
胸怀天下事，心装八亿人。
事事想群众，与民心贴心。
黄河泛滥您前往，

邢台地震您来临。
万山纪伟绩，四海传英名！

他向敬爱的总理遗体告别，沉痛地看着灵车队，缓缓开向八宝山，啊！

灵车队，万千群众紧相随，
八亿神州泪垂，总理何时回?！
掏尽红心为人类，
为人民鞠躬尽瘁，
永远谨记教诲，
青史不朽永垂！

茅以升沉痛地记得，在那日黄昏迎接总理灵车的细节：

日落西山夜已沉，
长安大道待魂归，
苍天屏息布愁云！
热血滞凝情无际，
悲情难抑泪盈襟，
灵车辗碎万人心。

他沉痛地听到敬爱的周总理生前嘱咐，要把骨灰撒在祖国的大地。茅以升想到总理这样的举动，是多么科学，而又表现出他多么热爱祖国的人民，热爱祖国的大地啊——

忠魂烈，
一草一木凝忠血，
凝忠血，
思人睹物，
肝胆欲裂。
江山忍能和离别，
灰撒大地情悲切。
痛呼总理，谷鸣河泻。
撒骨灰，
撒遍祖国锦绣山河！
撒在江海，
撒在大地，

> 沉痛心摧！
> 骨灰撒在人心里，
> 春风吹来育种子。
> 喜发革命芽！
> 苗壮成长，
> 扎根开花！

　　1975 年 4 月在全国第四届人大会议上，遵照党中央的指示，向全国人民发出了在 20 世纪内，全国实现农业、工业、国防和科学技术的现代化，使我国国民经济能够迅速走在世界的前列，把我国建设成为社会主义现代化强国。茅以升说："这是周总理的临终遗愿。这是他去世前发自内心的呼声，是誓言，是嘱咐！它代表了新中国十亿人民最衷心、最殷切的伟大愿望！"

　　当纪念周总理逝世五周年时，茅以升说道："我一定要奉献自己的有生之年，为祖国的科技事业努力，为早日实现中国现代化而奋斗。"

　　（注：文中引的茅以升的话均见《文汇报》1978 年 3 月 4 日茅以升写的《纪念周总理》、《人民日报》1979 年 1 月 9 日《周总理和科技工作者心连心》两文）

二十五、韩石渠妈妈

> 故园重过恸儿哀，恍似当年训诲时。
> 瞻仰慈颜恍宛在，遍观手泽有余悲。
> 陶欧懿范贤如母，勤俭家声足式宜。
> 事死有怀徒想象，此生何以报乌私。

　　绝大多数人在自己生活中间都要受母亲的抚爱和影响，甚至于一个人尽管年纪大了，但只要母亲健在，在她面前往往还是个孩子。我国历史上有不少对自己儿子的一生起过很大影响的贤母，如孟母、岳母、欧阳修的母亲、徐霞客的母亲等，都因教子有方，使儿子后来成为于国于民的有用之才。茅以升的母亲，也是这样一个贤良的、对他发生过影响的妇女。

　　茅以升的母亲原名叫韩石渠，从小就是个很不平凡的女子，她由于自学，读了不少书，聪敏贤惠，很有见地。她是茅以升父亲的贤内助，也是父亲做记者时撰文的第一位读者。她常能提出很精辟、中肯的意见，使文稿改得更加完美。她钟爱儿女，却从不一味放纵和溺爱，既严肃又宽和，处处要求儿女认真读书，对己严格，对人宽厚。她 14 岁时，因父亲（茅以升的外祖父）被诬系狱，她既忧且急，精心地写了一份为父亲辩诬的呈文，有理有力，情辞感人，外祖父案件终获冰释，得以重见天日。茅以升在辛亥革命时，就想辍学去工作，她坚决不同意，写信责备以升学习的意志不坚定。她要以升一定要坚持下去，不要三心二意。她要儿子读书不是为了做官，而是让他们更有知识，将来具备更强的工作能力。无论在任何困难的情况之下，她总是克勤克俭地甘愿自己过着苦日子，让孩子上学，甚至变卖首饰以保证他们继续学习。她对每一个孩子都一样关心和钟爱。茅以升少年时代，一个夜里，家里不幸遭火灾时，甚至在大火之中，她也宁愿牺牲自己，勇敢地冒着烈焰去救孩子，以致身体和颜面都受到毁伤。她教育孩子们养成简朴的生活习惯，做有益于人民的事情。当她发现孩子们有不良的倾向时，就细致而耐心地进行说服教育。她经常说："天生天化，"遇到小孩子得病，家人很细致而耐心地进行说服教育。她经常说："天生天化"。遇到小孩子得病，家人很着急时，她反而劝家人不要着急，发生的事情，总会演化的。她一生对任何事情，总是从容不迫，这是很难能可贵的性格。在抗日战争期间，茅以升一直在唐山工学院供职。那时唐院迁往贵州，母亲已经 70 多岁，也随着奔波。母亲喜爱看小说，茅以升曾搜购《三国演义》《水浒传》《西游记》《红楼梦》《聊斋志异》等古典小说供其阅读；有一次她向茅以升查问孙子于越译的《科学的故事》，她拿了去，一字不漏地认真阅读了，居然对科学也有了初步了解，并且感到津津有味。1944 年，她在贵州平越，时常怀念家乡，自撰长联送给长孙女于美，写道："一生辛苦，业就家成，蓦然霉雾尽灰尘，恨也枉然，怨也徒然，幸而落子孝孙贤；幼长名门，天生美质，专心好学已成名，愿你圆通，愿你珍重，将来希望耀祖光宗。"虽然这里有不少是封建旧思想，但也可见茅母对文化有一定修养，对茅以升兄弟的爱抚和哺育。茅以升回忆起自己亲爱的母亲时，曾这样写道："……我母幼年，惜无机会深造，倘学科学，当亦是杰出之才。"为了纪念母亲 70 岁寿辰，由茅以升兄弟捐了 2000 元，在唐山工学院设置了"石渠奖金"以作为奖学金之用，专门奖励给土木工程力学的优秀学员。

1945 年抗日战争取得最后胜利。茅以升已经 50 岁了。他年迈的老母亲，于 1946 年 1 月 5 日不幸在重庆去世，这给茅以升带来无比的悲痛！他的母亲不但具有中国妇女的特有美德，同时也个很见识的人。茅以升回忆他的母亲时，沉痛地写道："……她的言行德操，在我家垂为风范，勤俭持家，事亲和顺。审利害，察是非，英断决疑，教养子女，似严实宽，协助亲朋，既丰且勤。秉行素志，数十年如一日，一旦猝然长逝，音容仿佛，慈德难忘，我全家无不悲伤，愈久愈痛。"

寥寥数语，可以见到茅以升对慈母无比深刻的感情，并给予很高的评价。抗日战争胜利之后，她的灵柩归葬于江苏镇江。

（1985 年于元旦）

第三十七章　高士其与科学文艺

　　本章要点：我敬爱的高士其同志；高士其与科普园地的迎春花；为民主和科学而歌唱的诗人、科普作家—漫谈高士其的诗创作；附录。

　　　　病残战士志堪夸，辛勤园丁鬓婆娑。
　　　　翩翩天的进行曲，栩栩苑中科普花。
　　　　秋风吹送时间伯，春雨喜煞土壤妈。
　　　　科学诗篇霁云门，满门桃李映流霞。

　　高士其（1905～1988年），福建福州人，中共党员。1925年毕业于清华留美预备学校，1930年毕业于美国芝加哥大学医学研究院，1931年回国。历任中央医院检验科主任，桂林盟军服务处技术顾问、食品研究所所长，《自然科学》副主编，一级研究员。全国第一届至第五届人大代表，中国科协顾问、常委，中国科普创作家协会名誉会长，全国文联委员，中国作协理事，中国人民保护儿童全国委员会委员。1934年开始发表作品。1952年加入中国作家协会。著有科普作品《揭穿小人国的秘密》《细菌世界探险记》《生命的起源》《和传染病作斗争》《细菌和过滤性病毒》《太阳的工作》《青年们向科学进军》《自然科学通俗化问题》《时间伯伯》《细菌人》《抗战与防病》《细菌的大菜馆》《五年计划的科学故事》《土壤世界》《科学诗》《细菌知识》《杀菌的战术》《你们知道我是谁》及《高士其科普创作选集》《站在科学的阳光下》等。《我们的土壤妈妈》1954年获全国儿童文学奖一等奖。

一、敬爱的高士其同志——纪念高士其同志从事科普创作五十周年

　　我十分敬爱高士其同志，因为他多年来虽然身体残废，却意志坚定。他年轻时代，从事科学实验中，因不慎受甲型脑炎细菌感染，以致全身瘫痪，手脚不灵，语言不清。而他却带着病残肢躯，于1934年为陈望道主编的《太白》杂志创刊号，写下第一篇科学小品文。接着当李公朴、艾思奇同志主编《读书生活》杂志时，他又为这个刊物写了许多科学小品文。后来，由读书生活出版社出版了一部科学小品文集：《我们的抗敌英雄》。从那时起，半个世纪以来，他继续不断地写文章，直到今天，他不间断地创作

431

了50年。50年，在一个人的一生中不算短暂，尤其值得人们庆祝的是在这50年内，不管北洋军阀统治、国民党残酷镇压进步文化，而高士其同志总是不顾迫害，写，写，写啊！他从写科学小品文到写科学诗，不怕风吹浪打，始终岿然不动。他在生活中排除万难和痛苦，表现出多么勇敢和无畏啊！他有钢铁般的意志，不怕万里迢迢，前往延安，尽管是一步一拐蹒跚地走着，走着，摔倒了又重新站起来，历尽万水千山，终于到达革命圣地延安，回到了盼望已久的、亲爱的党的身边，并在延安入了党。他这种言行一致、身体力行地忠于革命事业的精神，真是难能可贵啊！

高士其同志是专攻细菌学的科学家、杰出的科普作家、中国科协的顾问。他经常关心中国科协和科普事业的繁荣发展，并提出许多建议。其中重要的建议之一，就是向党中央建议创办一个科普创作研究所，并得到了中央领导同志的批准。这是一个向新兴科技事业探索的所在地。这个研究所的创办，高老煞费了苦心，他担任该所名誉所长。

只要对科普事业有利的工作，他无不关心、支持。新中国成立以来他主编了多少套有益于人民的科普读物啊！比如四川少年儿童出版社、贵州人民出版社、云南人民出版社三家出版社出版的《科学家故事丛书》，就是由高士其同志积极支持，并为它们写序言的。1978年我参加重建科普出版社的工作，他是最积极的支持者之一。1980年我到广州建立科普出版社广州分社时，他在从化温泉疗养院疗养，我打个长途电话对他家人说我明天要去访问他。谁知那天一早他就在碧浪桥边的轮椅车上专门等待，虽然我们之间不能很好地对话，但他的行动使我感到激动。

在我担任科普出版社总编辑5年期间，他对科普出版社给予了大力支持，他整理出大批稿件来繁荣科普创作，支持我们，建议科学家写科普创作的丛书；他介绍一些优秀科普作品在本社出版。1981年，我在北京师范学院讲科学文艺课，邀请他来校，表示支持，他欣然允诺地如约到来了。当时他的讲话稿，由秘书高仰之同志宣读。在讲话中，他特别强调和庆祝科学文艺能登上大专院校的讲坛的好处。

由于服了某些新药后，高士其同志的手较好地恢复了写字的能力，他内心充满了喜悦。已到80高龄的高士其同志，又能亲自执笔写作，与人笔谈了。至今，他几乎从早写到晚，写他的回忆录等文章，有时半夜醒来，喊着要纸笔即兴创作。

山西原平县科普书店开张，托我邀请高老用毛笔题"科普书店"四个大字。那天，他正住在医院里，鼻孔里插上进食器，气温在36℃以上，满头黄豆般的汗珠直往下淌，我看了实在感动不已。我原建议暂时不写，等身体转健以后再写，但他却叫孩子做好一切准备，坐起来，拿起大毛笔很艰难地写了。他就是这样一丝不苟地、忠心耿耿地为繁荣与发展科普事业服务。

今年是《太白》杂志创刊50周年，也是高士其同志科普创作五十周年。50年来，高老的创作、诗歌（包括科学诗），何只千把万字！这次科学小品文竞赛结束后，有些同志为要出版《科技夜话》一书题了词，我以为，高老的题词，是几篇文字中写得最好的一篇，不仅文采好，内容也很新颖，既有哲理，又有诗意，使人觉得不愧是出于大手笔。临末请允许我用一首不高明的诗恭祝高老八十大寿和从事科普创作五十周年：

八十五十合有诗，

声光化电总相宜。

写尽人间科技貌，

我爱诗人高士其。

（1984 年 11 月 28 日）

二、高士其与科普园地的迎春花

科普战士高士其，白首红心逾古稀。

于山不老妖难撼，闽水长流路不迷。

欣见诗文化春雨，喜看桃李举战旗。

身残志坚迎红日，四化宏图观晨曦。

科学普及出版社将我国著名科普作家高士其同志在新中国成立前写的《菌儿自传》《细菌与人》等科学小品，汇集成书，题名《高士其科普创作选集》，这是一件令人高兴的事情。

1935 年，高士其同志在李公朴、艾思奇同志主编的《读书生活》上发表了他的第一篇科学小品《细菌的衣食住行》。40 多年来，他一直用全部的精力从事科学普及工作，写了许多优秀的科学小品。大家知道，高士其同志长期为疾病所困厄，远在 20 世纪 20 年代后期，他从清华大学留美预备班毕业后进入美国芝加哥大学攻读细菌学。1928 年，他在做试验时，不幸因甲型脑炎过滤性病毒由耳膜入侵，致使左耳失聪，声带破坏，项颈强直，四肢瘫痪。但正是这样一个严重病残的人，大半生之中在科普园地里辛勤耕耘，写出许多佳作，他这种保尔·柯察金式的创作精神是十分可贵的，而他的优秀科普作品有许多值得我们学习的地方。

1. 严格的科学性

高士其同志的科学小品，别具风格。最为突出的一点是，具有严格的科学性。高士其是细菌学专家，对细菌学有很高的造诣。他的有关细菌的科学小品，也是下过一番功夫的，其中对各种细菌的特性、作用及其对人类有益或有害的影响，都写得很严谨，他以通俗、生动的笔调刻画了各种细菌的不同形态和特性。他指出：肺痨病是由于一种略带弯曲的杆形细菌侵入人体肺部所发生的结果；鼠疫杆菌在显微镜下，现出无数鸭蛋形的小脸，两端有假芽苞；白喉细菌多是头小尾胖，小棒子似的身躯，身上呈现出蓝色小点或蓝色条纹或全身皆蓝，有的分枝，像西洋字的 L 和 V，又有些像小学生初学写字那样写得东歪西斜，很不整齐；虎烈拉即霍乱病菌是一种弯腰曲背的样儿，头上还有一根鞭毛，像清时代的辫子一般……他科学地分析了泪、汗、尿，认为它们"都是人身的外分泌物"，都是"从血液里逃出来的流民"，同是带点酸性的盐水，都含有一些"尿素"之类的有机化合物，如此等等。

正是基于严格的科学研究，高士其的作品才能够经常在某些方面表现出预见性。如早在 20 世纪 30 年代，他就曾在一些文章中讲到：帝国主义者"要请毒菌来助战了"，"帝国主义者一定要散布毒菌来消灭我们"，说："这真是对科学的侮辱，人类的大不幸。"他风趣而又辛辣地指出：这是由于帝国主义者"勾结了苍蝇、疟蚊、鼠蚤、臭虫作了恶菌的前驱……"高士其当时提出的"细菌战"问题，后来果真被他言中了！

高士其的科学小品，之所以科学性很强，是因为他不仅对细菌学作过深湛的研究，对生物学、生理学也相当精通，同时，他又广泛涉猎医学、药物学、病理学、免疫学、动物学、考古学、土壤学、昆虫学等学科。他的科学小品有坚实的科学基础，因而数十年来他所写的各种作品能够经受住时间的考验，在科学知识的普及上，始终能给读者以启发和教育。

2. 通俗的科普读物，又是战斗的革命杂文

高士其的作品具有很高的思想性。大家知道，60 年前，五四运动提出的反帝反封建和提倡科学与民主的迫切要求，就在一定程度上体现在高士其的早期科普创作实践之中。

高士其的科学小品，既是通俗的科普读物，又是战斗的革命杂文。他在讲解病菌如何传播，人们应如何与病菌作斗争时，往往笔锋一转，冷嘲热讽，直指当时侵略中国的帝国主义者和反动派，从而使人们认识到，同帝国主义和反动派作斗争，是和同细菌作斗争一样重要，甚至是更重要的。例如，在《细菌的毒素》一文中，他这样写道："拿我们的领土，做帝国主义的战场，是弱国的晦气。拿我们的身体，作毒菌的战场，是病人的晦气。这两个侵略者，一大一小，一样的残酷，一样的狠毒。"

看，这写得何等自然，比喻得何等恰当啊！

再看《肚痛的哲学》一文。作者曾经这样写道："现在中国国家的肚子大痛，有人还叫我们去忍耐，我们老百姓的肚子自然是痛惯了而没有人过问！而且这痛里还带着饿，那是叫我们自己起来杀开一条出路啊！顾不得那些不管事的不痛不痒的劝告了。……"

不难看出，作者在这里不仅是写了细菌学或一般病理学的道理，其锐利的笔锋更是直接指向了侵略我国的帝国主义和压迫人民的反动派。

又如，作者在《散花的仙子》一文中，还曾这样写道："但我所谈垃圾山上的飞仙，厨房里的游神，也就是指那二房的飞仙'苍蝇仙子'啊。"

"苍蝇龌龊的东西，任它修炼了几千万年，也进不了天宫，哪配称仙子?"

"在这极度混乱的时代，有多少好听的名词都成了相反意义的假托。明明是侵略，偏说亲善；明明是野蛮，偏说文明；明明是汉奸，偏做大官；明明是傀儡，偏号皇帝；如此等等，真是讲不清了。现在我也将样就样的把苍蝇化作仙子，也不算侮辱了一般本来就是虚幻的大仙吧?"

很明显，作者在这里不但生动地刻画了苍蝇的特性，同时也无情地讽刺和揭露了阶级社会中的"散花仙子——侵略者、掠夺者、汉奸、大官、傀儡皇帝，等等"。

又如在《人身三流——泪、汗、尿》一文中，在讲到泪时，叫人不要任意流泪，而希望"拿四万万大众的热泪，来掀波翻浪，洗净国耻"。在《说吃苦》一文中，讲到科学上的苦味时，他写道："这年头，是苦年头，苦上加苦，自家的苦，加上民族的苦。"作者还进一步阐明："要能除苦的羁縻，还是靠我们吃苦的大众，抱着不怕苦的精神团结起来，努力向前干。"

这类例子不胜枚举，它们充分说明：高士其同志的科学小品，不但普及科学知识，而且像锋利的匕首和投枪，刺中了当时帝国主义者与卖国投降的国民党反动派的要害。这种把科学知识和政治结合起来的写法，在高士其的科学小品中运用得十分巧妙而得体。对比之下，前几年"四人帮"窃踞文化大权时，有些科普作品不但科学性差，而且帮腔、帮调和帮味十足，常常凭空加上一些标语口号式的说教，读之味同嚼蜡，更谈不上普及科学知识了。

对劳动人民疾苦的关怀，这也是高士其创作思想的重要内容之一。他在科学小品中感叹着中国"一部二十五史几乎全是帝王将相的家谱，民间疾苦，何足轻重"。他在《大热天的科学观》一文中，慨叹着："我们民众所有的，恐怕只剩一把破蒲扇吧！"他在 20 世纪 30 年代《寄给肺痨病贫苦大众的一封信》中写道："现在中国人民，以骨瘦如柴，不能再瘦了，中国的版图也一天一天的瘦了……"他提倡科学要为人类造福。在《鼠疫来了》这篇短文的结尾时写道："人类的孩子们，还不起来！用你们的头脑，用你们的双手，用你们的科学，来消灭鼠疫，不可用科学自相残杀，为鼠菌鼠蚤所笑。"

高士其同志对世界上许多伟大的科学家，抒发了极其深厚的思想感情，他热情地赞颂为科学而献身的科学家们。他歌颂推翻了神学的宝座、树立自然科学真理旗帜的天文学家哥白尼；歌颂了细菌学家巴斯德、柯赫；歌颂了发现万有引力学说的牛顿；歌颂了提出太阳系进化理论的康德；歌颂了法国化学家拉瓦锡；歌颂了《物种起源》的作者达尔文；歌颂了发现镭和开始用 X 射线为人治病的居里夫人；歌颂了现代物理学家、相对论的创始人爱因斯坦。高士其之所以在作品中满腔热情地歌颂这些科学家，是因为他们无一不是推动了生产力进步的带头人，是使人类逐渐走上健康、富裕、文明生活道路的功臣，又是为科学与民主而斗争的先锋战士。正是在他们所从事的科学活动，无可置辩地证明了实践是检验真理的唯一标准。

3. 多种多样的艺术表现形式

高士其的科学小品在表现形式上是多种多样、生动活泼的。如《菌儿自传》采取传记体裁，用拟人化的笔法，让细菌写"自传"，别具风格，这在历来的科普著作中是很少见的。据高士其同志对我说，这部书是受了鲁迅《阿 Q 正传》的影响写成的。作者以第一人称的笔法，通过"我的名称""我的籍贯""我的家庭生活""无情的火""呼吸道的探险""肺港之疫""吃血的经验""乳峰的回顾""消化道的占领""肠腔的会议""清除污物""土壤革命""经济关系"等章节，展开自述体的描写，细致而生动地刻画出了细菌的生活、功能、对人类的作用，等等。

又如，《疯狗与贪牛的被控》一文，它采用法庭开庭审讯的形式。作品里审判官是微生物学家、近代微生物学的奠基人巴斯德，陪审官是著名细菌学家柯赫，原告为狂犬病患者和炭疽病患者，被告为疯狗和贪牛，此外还有病理检查官、细菌检察官和医科律师等人。以下一段文字写得极为精彩。

> 医科律师代原告起诉后，忽然庭上拍木一响，巴斯德高声问道："炭疽病究竟是什么病？怎么说牛毛牛皮和人发生了关系就会产生出它呢？请你讲个明白。"
>
> 陪审官柯赫就站起来说："这我是可以代为解答的。这炭疽病的病因是一种病菌，叫做'炭疽杆菌'，这是我在一八七七年得到了完全证据的。这杆菌侵入皮肤，就会生出恶疗；侵入食道，肠胃就会溃烂；侵入肺瓣，就会发生肺炎；有时也会侵入脑膜，发生脑膜炎了。这炭疽杆菌的目的是要攻入血管，白血球若抵抗不力，全身就得败血症而死了。这原是牛羊的疫病，人身若被沾污了，也往往一病不起了。"
>
> 然后细菌检察官报告了炭疽杆菌的形状，病理检查官说被告和原告身上都有这样的杆菌盘踞在血管里。于是代被告辩护的兽律师就站起来说："这可见被告无罪，罪在炭疽杆菌，被告本身也是受害者"。
>
> 医律师立刻就回驳说："不然，不然，病是由被告的贪污而起，被告如不贪吃污物，病菌不会自己找上门来，炭疽杆菌的发源，是在河滨低湿之地烂泥腐草里。这就有些像汉奸不贪污就不会做汉奸，不为敌人重利的引诱而卖其国。有那贪污的牛引路，病菌才会得势，于是连剃胡子的人，用了未消毒的毛刷也不免遇害了。被告又焉能逃免贪污害人之罪呢？"
>
> 庭上宣告辩论终止，贪牛被判无期徒刑，押入兽牢里去了。

作者就这样用饶有风趣的艺术形式，把炭疽病的成因、病状，以及炭疽杆菌的危害都讲得清清楚楚。

高士其的科学小品，虽然常用拟人化的写法，但在艺术形式上却不是千篇一律的，有时是细菌自白或冤魂自白，有时是彼此对话，有时是记者对细菌采访，不一而足。多样化的艺术形式使高士其的科学小品显得丰富多彩、生动活泼。

高士其同志很重视科普创作的语言艺术。他认为语言要通俗、生动；句子和词汇要避免冗长而又艰涩；论述要有条理富于逻辑性；比喻要贴切而又有趣味。高士其科普创作的语言，很富有艺术形象性，有的很幽默、明快，做到信手拈来，涉笔成趣。这在他早期的作品中间表现得尤为充分。高士其同志的语言艺术是值得我们很好地学习的。

高士其的科学小品，善于运用各种比喻，贴切而有趣味地对特定事物进行刻画。例如，他把人类的肚子形容为"细菌的大菜馆"，把人的鼻子、喉咙看做是"细菌的咖啡馆"；把人的皮肤毛管说成是"细菌的小食摊"；把细菌与人比做蚂蚁与大王。他在讲到病菌有许多"交通工具"时说，苍蝇是它们的"运输机"；蚊子是它们的"轰炸机"；跳蚤、虱子和臭虫都是它们的"坦克部队"；人的污手是它们的"登陆艇"；他把人体中的白血球看做是"人及高等动物防卫身体的战士"。在讲到一般昆虫及其他动物时，他把蝴蝶比做电影明星；把秋蝉清脆有韵节的发音比做音乐家的演奏；把螳螂比做挺着胸的武人；把虫鱼比做专读死书的文化人；把蚂蚁比做依靠两条腿吃饭的人力车工人；把蜜蜂比做忙着搬行李的码头工人；把学生比做"国家的蛋白质"，如此等等。这些形象、有趣的比喻，加强了作品的感染力，激发了读者的想象。

高士其能够在科学文艺创作中取得杰出成就，还由于他对文学艺术也曾作过深湛的钻研。他少年时代就曾涉猎中国古典文学。他在国外读书是又曾熟读了从希腊、罗马史诗直到莎士比亚和伏尔泰等人的名著。他的科学小品中涉及许多文艺著作，例如在《人生的七个时期》中引用了英国作家莎士比亚剧作中的内容；在《单细胞生物的性生活》中引用了我国著名古典小说《西游记》和《三国演义》中的材料作为比喻，等等。

如何把科学知识和丰富多彩的艺术形式有机地结合起来，这对科普作家来说，是一个很重要的问题。有些同志写起科普作品来，往往是枯燥地堆砌知识，写成一本流水账。虽然有时为了增加点"艺术性"也冠以一些"艺术"标题，或在内容里像加佐料似地加进一些"文艺形式"，但终究脱不了记流水账式的胎骨，好比一盘木屑，不管加入多少油盐酱醋也无济于事。这正说明了在科普作品里，科学知识和文艺的关系应该是有机的联系，就像在自然界里，苹果、梨、葡萄等都含有多少不同的糖、维生素和无机盐等；但倘若简单地把糖、维生素和无机盐等拌在一起，是绝然制造不出苹果、梨、葡萄来的，因为糖、维生素和无机盐等，在这些水果里是有机地结合在一起的。

高士其的科学小品的光彩照人之处，正在于把科学知识和文艺形式有机地结合了起来，正因为这样，才使人读后感到兴趣盎然，意味深长。

4. 尾语

高士其同志通过一系列科普作品，向广大人民特别是青少年传播了多方面的科学知识：细菌学的知识，人体卫生学的知识，医学、化学、动物、植物方面的知识。他使广大读者读过之后开阔了眼界，知道了世界上许多事物的奥秘。

如上所述，高士其同志是个长期病残的人，他是以极大的毅力进行创作的。高士其在讲到《病的面面观》时曾经说道：17世纪法国作家伏尔泰"一生为病魔所缠身，而他不断的努力、挣扎、奋斗，活到八十四岁，所遗留下的作品之多，恐怕除了歌德之外，没有人敢比了"。他说19世纪苏格兰作家史蒂芬孙，"是一位长期的肺痨病者，而他的《金银岛》及其他小说等，就是在病中作的，至今犹脍炙人口"。他赞扬他们是"患病不病的病人"。他自己就是以这些作家为榜样，努力不懈地拿起笔来参加战斗的。他本人也正是一个"患病不病的病人"。

高士其同志从开始创作科学小品之日起，便立下宏愿，要用浅显有趣的文字，将"神秘奥妙"的科学"化装起来"，不"裸体起来"，使它变成不是专家的奇货，而是大众读者的点心兼补品。他说，这些于读者有益的"补品"，"要装潢美雅，价钱便宜，而又携带轻便，大众才得吃，才肯吃，搞点吃，不然不是买不起，就是吃了要头痛胃痛呀！"他对科普创作的这些见解，是值得我们切实领会和记取的。

　　高士其同志曾经说过，他现在年过七旬，要写一篇短短的作品，大约需要 5 个上午的时间。高士其同志对待科普创作的认真严肃的工作态度，也是值得我们认真学习的。

　　远从 20 世纪 30 年代起，高士其同志就说过，科学需要一个人贡献出毕生的精力。他本身就是为了科学事业而贡献出毕生精力的人。他对从事科普创作的意志坚韧不拔，他说："虽然我的身体为各种疾病所缠绕，但在向社会主义现代化的伟大进军中，我也要跃马扬鞭，奋勇向前，尽我的末年。"他立志要"为青少年创作更多更好的作品，尽我的全部精力，为党的科普事业做出贡献"。他是这样说的，也是这样做的。高士其同志的科普创作，是我国科普文苑中的迎春花。今天，迎来了科学的春天！科普文苑将开放出朵朵绚烂的鲜花，是可以预期的。我们热烈祝贺《高士其科普创作选集》的出版，它将给科学阵地上的新兵以巨大的鼓舞和极好的借鉴。

（原载《知识就是力量》1978 年第 2 期）

三、为民主和科学而歌唱的诗人、科普作家——漫谈高士其的诗创作

　　诗歌在我国文学艺术中有着非常悠久的历史，自《诗经》、《楚辞》、汉赋、唐诗、宋词直到"五四"前后出现的白话诗……我国诗歌特别是民间的诗歌，可以说浩如烟海。在我国诗歌创作中不是没有科学的诗篇，如《诗经》中就有些吟咏我国农业生产科学萌芽的诗，《楚辞·天问》也曾通过诗歌对天体结构进行盘问，李白、杜甫、苏东坡、陆游，直到黄遵宪等人，也曾写过有关风物和物候的诗篇，尤其是五四运动前后更出现了郭沫若的《女神》以及直接为发展我国科学而歌唱的诗。但是，由于我国现代科学还不很发达，因此专门把科学入诗的毕竟较少。在这方面，科学家高士其应该说是我国科坛上屈指可数的为民主和科学而歌唱的歌手之一。

1. 高士其论诗

　　高士其开始从事诗歌创作时，就写了一系列的歌颂民主与科学的诗。他宣称自己是为了千百万中国青少年，为了新相知写诗。对于这些诗，他宣称："它是寂寞者的歌声，它是不平者的呼喊，它是忧愁者的音乐，它是大众的声音！它是文人的轻便武器，它是文人的手榴弹，它会炸开人类的心灵，它会惊醒大众的迷梦。"（见《诗呀诗》）

　　高士其认为，诗歌的内容和形式都是十分重要的，对于诗歌来说，斗争是它的血肉，艺术是它的外衣。因此优秀的诗应该不受传统形式的拘束，不被陈旧习惯所限制；只要它能诉出人间的痛苦，只要它能说出人类的不平，读来会娓娓动听，听了会引起共鸣，这就是诗（同上引）。

　　高士其认为诗贵自然。在《诗的存在》这首诗中，他用诗来解释诗之所以能够成为人民生活的流响，就在于它能够成为人民的心声。他这样写道：

自有你天然的姿色，
不需要涂粉擦脂。
自有你天然的文章，

不需要咬文嚼字。
西施进吴宫的时候，
并没有"美容室"。
屈原作《离骚》的时候，
并没有图书馆。
我们需要亿万战士，
我们这大时代将产生千万个高尔基。

在他看来，一首优秀的诗，总是从苦难的生活中挣扎出来的声音，只要他真心真意，只要他说诚实的话，都有诗的存在（同上引）。

这是他对诗歌的基本见解。他自己这样说，也是这样写的。

2. 为民主而呼号

科学家高士其很早就清醒地看到没有民主就不会有科学。早在20世纪30年代，他就同当时进步的文化团体，如生活书店、读书生活出版社、新知书店有联系。他是邹韬奋、李公朴、艾思奇等民主人士和共产主义者的好朋友。1937年，他勇敢地去苏州江苏法院看守所探望为争取民主自由而被关在监狱里的"七君子"李公朴等救国会的领袖们。从那时起，他积极参加了中国新民主运动。

不久，他就一步一拐地，拿着一根手杖，万里迢迢，徒步前往延安。到延安后，他写了《我回到老家去了》这首诗，表示了一位革命战士的欢乐心情——

…………
我回到老家去了，
我要开始新的战斗，
要建设新中国而战斗，
我的心呀开了花。

由于医治疾病，党又送高士其回到广州、上海就医。那时，他又用他的诗创作，来积极参加当时蒋管区的民主运动的斗争。他通过诗歌向那些因参加民主运动而受到反动派殴打、监禁的人们表示极大的同情。1946年2月15日在《给流血的朋友》一诗中他写道："我听见你们在重庆受了伤，象刺刀一样刺伤我的心肠"。在他看来，革命总是要流血的，在诗的结尾中他沉痛地写道：

流起血来了，
把不彻底的民主变成彻底的民主。
流起血来了，
把不自由的人民变成自由的人民。

在四周布满黑暗的时候，当民主自由被反动派扼杀的日子里，他一方面大声疾呼；另一方面怀着坚定的信心，相信光明一定会到来。他写道：

> 哪一天可以呼吸自由新鲜的空气，
> 哪一天可以做和平幸福的人民，
> 我望见光明在前面招手，
> 解放的时期不会等待太久。
>
> ——1946 年 12 月 10 日于上海《光明在前面招手》

在高士其看来，要实现民主，首先需要给人民以言论自由，要"揭破了言论自由的大门"，"说人民要说的话，写人民要写的文章"，做到"连哑巴都能抗议别人的无理"（见《学习知识》第四至第五期）。他把阻挡民主脚步前进的反动派，比做是"盘踞在我们的大肠里的细菌，妨碍人类身体的健康。"

他的思想感情，总是同斗争风暴中的革命群众心心相印。他清晰地听到了"一群青年群众，喊口号的声浪"，"争取民主的声浪"和"学生喊口号的声响"。他在诗中写道：这是"电子的激荡，是原子的爆炸"。他号召人们竖起民主的旗帜，打起反内战的战鼓；他说自己尽管被"害人类健康的魔鬼，囚禁在椅子上，但是哟，魔鬼们禁止不住我声浪的交响，我的电子也在激荡，我的原子也在爆炸！"（1946 年 1 月 30 日《我的原子也在爆炸》）

当王若飞、叶挺、秦邦宪等同志为民主运动而不幸牺牲了的时候，高士其怀着极为沉痛的心情来纪念他们。他以感人的诗笔写道：

> 这消息象黑云，
> 立刻遮满了全边区的天空，
> 廷山发出悲痛的呼号，
> 廷山送出震撼天地的噩耗，
> 全党的同志都在挥泪，
> 全中国的人民都在悲悼！
>
> ——见《悼四烈士》

他在《七月的腥风吹不熄人民的怒火》中沉痛地喊出："你们最后的牺牲都为了民主的胜利。"

> …………
> 今天我们勇敢地前进！
> 千万双愤怒的脚，

跨着你们的血印勇敢地前进。

最后，诗人大胆声言："无声的魔手吓不退民主的信念！"

尽管他身残体弱，手脚不灵活，口不能畅所欲言，但他却不断地为民主呐喊，呼唤着人类光明的到来，他清楚地看到，黑暗的势力总是"不时向光明进攻"。他用唯物辩证法思想，深刻地预见到，在黑暗的日子里正孕育着光明的到来。他坚信，尽管在逆流滚滚中，"黑暗里面就有光明，也有灿烂的星光和愉快的月亮，更有那微笑的烛光和那快乐的灯光，又有那富丽的霓虹灯"，而所有这些都在宣布着"光明战胜了黑暗"（《光明与黑暗》）。科学家高士其总是能够辩证地看问题，在最黑暗的黑夜里，他相信黎明总是要到来，他说"我看到的是死亡与发展"，"我闻到的是嗟叹和欢腾"（1946年1月14日《黎明》）。

当解放军渡过长江时，他写道："长江长，解放军渡江忙；长江险，雄狮百万到江边；长江静，过江建立桥头阵；长江平，解放大军到江阴；长江宽，解放大军到镇江；长江深，打下浦口到南京；长江阔，解放军解放全中国。"（1949年4月25日《长江十唱》）

全国解放了，高士其更怀着兴奋的心情写了"人民年，民主年，是老百姓当家的年头，是中国翻身的年头，大家欢天喜地，全国大放光明，连瞎子也睁开了眼睛"，"到处红旗飘扬，满街扭着秧歌舞，连哑巴也笑出了声音"，"卖力气的都得到安慰，流大汗的都受到了欢迎"，"连瘫子，也行动起来了！"（1949年4月28日《人民年，解放月，劳动月》）

3. 别有风格的科学诗

高士其的科学诗的题材是十分宽广的，他用诗歌这个艺术形式歌唱了微观世界，也歌唱了宏观世界。他写了最微小的电子，描写了"原子弹的母亲——铀"，歌唱《天的进行曲》《空气》《我们的土壤妈妈》《手的进化》《脚和交通工具》《太阳的工作》《土壤——制造植物的工厂》《走进原子能时代》《时间伯伯》《火的歌》《石林》《献给人造卫星》《森林之歌》《眼睛和他们的朋友》《歌唱原子反应堆》《火箭颂》……在这里，有物理、化学、天文、地理、生物、宇航事业、原子工业、分子物理、生理卫生学、细菌学、古生物学、热学、声学、光学、电磁学、物理化学、药物学等。像这样地把声、光、化、电以至于手、足都入诗，是以往少见的。高士其以一个身残体弱的人，竟能如此专心致志地写科学诗，数十年如一日，运用诗歌这个工具，来歌颂科学，这是十分难能可贵的。他把科学这个能够转变为生产力的形象，活生生地通过诗歌艺术表现了出来。例如：他的《我访问了原子弹的母亲——铀》，就是以诗歌语言，描述了铀在原子大家庭里是极为重要的一类，是一种贵重的稀有金属，蕴藏在沥青矿石里边。他形象地描写道：

我的爱人叫做中子，

我们不常见面，

我一旦碰到它，

我的原子核就起了突变。

我的原子核起了突变，

产生了三个新的中子，

它们又去撞击别的原子，

这样连续不止。

我的全部就爆炸，

发出大量的光和热，

这比化学的能力，

要大一百万倍。

接着高士其就写出"一颗原子弹的威力，等于两三千吨炸弹，它能使五平方公里以内的人的生命财产都遭殃。"他说明原子弹落在日本广岛那一次，死伤了几万人；落在日本长崎那一次，死伤的总数共有七八十万人。

《天的进行曲》，是高士其在1946年写的一首雄伟的长诗。作者以激情的笔触，歌唱了整个天体。他以诗情画意描写了雄浑壮丽的白昼和黑夜，歌唱了太阳，歌唱了月亮和星星，歌唱了所有的星云和恒星，歌唱了太阳系的行星、卫星和流星，以及地球上的生物与非生物，歌颂了天有无限量的过去和无穷尽的未来。诗人以辩证唯物主义的观点，细致而又充满诗意地刻画了天如何在变化，天空与天体怎样在互相转化，星云如何变成太阳，如何形成地球和月亮。世界上对于天体的形成有过种种神话传说，诗人歌颂了英勇的科学家哥白尼如何推翻了神学的宝座，竖起了自然科学的真理旗帜；歌颂了科学家开普勒怎样打破旧说，阐明众行星都是绕着太阳而旋转，指出众行星的运动和地球上一切物体的运动，都遵守着一样的运动法则；他歌颂了写《自然历史概论》和天的理论的康德，首先提出太阳进化的理论和著名的星云说；他热情地歌颂了望远镜的发明，和20世纪天文台的出现；歌颂爱因斯坦提出的相对论，如何向天文学的领域进攻。他最后提出"天也是矛盾和统一的整体"，并且提出天是可以变革的，"天不是死硬派的天"，"不是顽固分子的天"，"天是人民的天呀"。这样笔锋一转，这首原来是赞颂天体的自然科学诗，竟成为带有十分浓烈社会色彩的诗篇了。

高士其在《手的进化》中写了伟大的手，劳动者的手，是怎样从原始人的前爪，逐渐进化成为能够从拿石头、木棍到发明石刀、石斧，拿锄头种庄稼、运用机器、马达，制造各种劳动工具，以至驾驭大炮、机枪去消灭敌人的手。他在《脚和交通工具》中，写了人类脚的进化，从学步行，开始长征；驮着笨重的身体，走向四面八方，后来又发明了各种各样的"鞋"，学会了骑马，发明了电车、铁路，发明了"船"和各种交通工具，使路程大大缩短，使旅行者的时间节省，以至于有朝一日——希望：

　　人类征服了陆地、海洋和天空，
　　并且想到最近的星球去探险。

高士其在《太阳的工作》里，赞扬"太阳是宇宙的公民"，是"太阳系的领袖"：

　　众行星都围绕着它而旋转，
　　它们都在一定的轨道上奔走。

他细致描绘了太阳怎样地工作——

　　把水分蒸发，
　　收留在云层里，
　　变成疏密密的雨点，
　　降给饥渴的土地。

正是太阳——

　　它把温暖送给土地，
　　让冰雪早点融化，
　　让种子早点发芽。

　　他在《时间伯伯》一诗中，不仅非常形象地描写了时间是"飞行员"，一刻不停地在飞行，飞过宇宙的每一个角落，飞过辽阔的天空，飞过无边的海洋，从冰雪的冬天飞到炎热的夏天，从白昼飞到黄昏，又从黑夜奔向黎明。……在工厂里，工人遵照时间伯伯的指示，指挥机器火车前进；在农庄里，农民也遵照时间伯伯的指示耕耘、播种和收割；在学校和部队里，遵照时间伯伯的嘱咐，上课下班都静听他的口令；最后诗人引用"时间如流水，一去不复返"，"一寸光阴一寸金"，要人们争分夺秒地工作。他唱出：

　　我们要爱惜你，
　　象爱惜自己的生命。
　　我们要献出，我们宝贵的青春，
　　以最快的速度，坚定的步伐，
　　向社会主义——共产主义进军！

　　4. 歌唱人民和为人民造福的科学家
　　高士其的诗表现出，他是非常热爱人民和为人民造福的科学家。他在一首题为《长期的忍耐》的诗中,用水牛的形象来形容中国人民,说他们像水牛般地忍辱负重。他说他自己看惯了水牛的生活,看惯了中国人民怎样和大自然搏斗。他们总是积极地劳动,长期地忍耐,而反动派官员和富贵人家则是乘着胜利号飞机,过着花天酒地的生活。他的诗,为苦难的中国人民发出呐喊,指出我国不应该再停留在水牛的世纪!

高士其即使是在科学诗篇里,也常常把笔锋用来为苦难的劳动人民呐喊。例如在《电子》一诗的后头,他写道:

> 农民,在古老的国土上被看作
> 最微贱的小百姓。

但是,在科学家、诗人高士其的心目中,他们也像电子一样,也拥抱最庞大的群众!他写道:

> …………
> 最小的都得到最多的拥护,
> 最轻的升到最高的地位。
> 他为一向地位微贱的贫苦农民祝福!

高士其尽情地歌唱了为传播科学和为人民造福的科学家。他在《尼古斯·哥白尼》一诗中把哥白尼看做是伟大的天文学家——

> 他第一个科学地证明了
> 地球不是宇宙的中心,
> 围绕太阳而旋转,
> 地球不过是一颗行星。

他歌颂哥白尼敢于向封建的神权挑战,说他的名作《天体运动论》——

> 像一颗炸弹,
> 落到教堂的圆顶上。

高士其把哥白尼看做科学的巨人,是个敢于批判神权的巨人,因为他是属于人民的科学家。

同样,高士其也把居里夫人看做是伟大的女科学家,称赞她——

> 在艰难困苦中,

> 你从事科学研究工作，
> 由于你不屈不挠的努力，
> 终于在铀矿中发现了镭。

高士其特别赞扬居里夫人不把镭的发明拿来"专利"，颂扬她对记者的正义回答：

> 镭是自然界的一种物质，
> 它是属于全世界人民的。

他并赞扬居里夫人——

> 为人民服务的崇高理想，
> 永远是年青人的榜样！

高士其认为，居里夫人的事迹和放射性元素一样，永远放射着光芒！

高士其对于写过《五年计划的故事》和《十万个为什么》《不夜天》《黑白》《几点钟》等著名科学文艺著作的苏联科普作家伊林之死，怀着真诚的悼念。在他看来——

> 伊林是全世界最优秀的儿童科学作家，
> 他遗留给我们很多文艺性作品……

他赞扬伊林写得生动，写得活泼；用科学知识滋养着青少年一代，因此他认为伊林的去世是"全世界少年读者最大的损失！"

以上说明高士其不仅热心科学事业，他对于为人类造福，把科学技术带给人类、带给青少年的科学家，也从来都是怀着深厚的感情！他用自己的艺术彩笔，为他们唱赞歌，为他们塑造了生动的画像。

5. 结束语

高士其的诗，尤其是科学诗，是他的科普著作不可分割的组成部分。他是个争取民主的战士，又是个科学战线的歌手！他把科学同诗歌融会在一起，像乳水交融。这些诗歌都有一定的思想内容，又能给人们以美感享受。他的《天的进行曲》教导我们，要从封建迷信和资产阶级偏见的束缚下解脱，否则就难于认识大体的真相；《时间伯伯》教导人们爱惜时间！对资本主义来说，时间是金钱，而对于共产主义者说来，时间就是党的事业；《生命进行曲》，教育人们爱惜生命，永远保持旺盛的青春，要把自己有限的生命，投入无限的、无比壮丽的全人类解放的事业中去，为提高整个中华民族的科学与文化水平而斗争。

高士其为提倡民主与科学而写的诗篇，所以能够取得如此的成就，首先是因为他从青年时代起，就是个反对帝国主义、封建主义的民主战士，又是一个热爱科学和专心致志地研究过科学的人。他不论讲天体、太阳、月亮、星星、土壤、电子、火箭、细菌……都掌握了很丰富的材料，具有丰富的知识。其次，高士其虽然身残体弱，但他始终关怀现实生活和斗争。他经常参加各种集会，听取科学报告，他为写作某方面题材，总是亲自去参观访问。他是个时刻都在认真对待和观察生活的有心人。他深刻体会到"在科学里处处都有生活的踪影，也处处都有诗"。因此他能写出富有诗情画意的科学诗篇。这里还需要提到的是，高士其从少年时代起，不但认真钻研科学，也十分爱好文学，尤其是诗。他对于我国旧体诗词和新体诗，有很高的鉴赏力，对于外国的诗歌创作也曾多有涉猎。他从 20 世纪 30 年代以来所写的科学小品文，如在《菌儿自传》和《细菌与人》等长篇巨制的行文间，常常夹杂着写些诗篇。如《菌儿自传》中，就用诗来为菌儿自况："我心已在水中浮沉，空中飘零，听着欢腾一片生命的呼声、欢腾、赞美自然的歌声，忽然飞起了一阵尘埃，携着枪箭的人类骤然而来，生物都如惊弓之鸟四散了！我于是也落荒而走！"寥寥数语，把菌丛的生活写活了！又如在他的笔下，菌儿在人类消化道里竟然这样唱道："人类的肚肠，是我的天堂，那儿没有干焦冻饿的恐慌，那儿有吃不尽的食粮。"从这些短小的诗篇里，不难看出作者创造诗歌的才能。

高士其从 20 世纪 40～80 年代写的一系列诗篇，尤其是科学诗，越来越显出作者善于以艺术的语言，通过一系列形象的比喻，使诗歌写得生动感人。他把太阳和恒星比做"天国的人民"；把空气比做"永恒的流浪者"，永远过着漂泊的生活，高飞远走，到处为家，是气体的海洋、生命的仓库；他把土壤比做妈妈，比做地球工厂的女工，担负着改造物质、发展生命的任务；他把鼠疫比做传染病的头号战犯；把铀比做原子弹的母亲，等等。这说明高士其不但具有科学思想，也富有深邃的艺术想象力，这和他的一贯对文学的爱好与修养是分不开的。

高士其追求民主、歌颂科学的诗篇，在我国新诗创作中具有独特的风格和作用。它们不但给我们以科学知识，也给我们以艺术的美感享受。伟大的中国新文学的开拓者、旧中国科学运动的启蒙大师鲁迅，在其年青时代的名作《科学史教篇》中曾谈到，科学家不但要善于进行科学观察，还要具有丰富的思想感情，只有这样对待科学研究才能做出成绩。高士其的诗，正是具有这样的特色，特别是他的科学诗，将在我国科普宝库中占有一席，是值得从事科普创作的人们认真加以学习的。

（1981 年 12 月于北京）

附录：炽烈的热情顽强的毅力——高士其同志 50 年来科普作品目录简介

王晓丽

编者按：到今年，我国著名科普作家高士其同志从事科普工作整整 50 年了。中国科普创作协会和中国科普创作研究所将为高士其同志举行会议隆重庆祝。这里，特请中国科普创作研究所图书室的同志，把高老 50 年来的科普作品目录作一简单介绍，作为我们向这位奋斗了半个世纪的老一辈科普作家表示的衷心敬意！

在整理高士其同志50年来科普作品目录的过程中，我们深深为高士其同志倾注于科普事业的真挚的热情所感动。

高士其同志爱生活，爱祖国，爱人民，爱孩子，更爱蓬勃兴起的科普事业。因此，他从30年代起，就坚持写作，用通俗的语言、形象的笔法，陆续撰写了科普文章近1000篇。这些作品，"能给人以智慧和力量，点燃理想的灯和希望的火花"；这些作品培养了一代又一代读者的观察力和想力，激励人们向科学进军；这些作品是高士其同志奉献给祖国的一份宝贵财富。

高老过去的作品，主要发表在报刊上，到现在汇集成册的已有40余种。从新中国诞生到1955年以前，高老的主要单行本是介绍细菌方面的知识，例如《细菌与人》《菌儿自传》《活捉小魔王》《揭穿小人国的秘密》《细菌世界探险记》，等等。

高老是一位知识渊博的人，自1955年后，为了激励人们向科学进军，他写作的内容日趋广泛了。从那时起到1960年的六七年间，高老写下了大量的多学科的科普作品，主要篇目有：《原子的火焰》《发动机的自述》《地下资源的报告》《机器工业的汇报》《谈眼镜》《照像机的故事》《"天石"》《国庆节的烟火》《石林》《锡的贡献》《摩擦》《猪笼草和紫胶虫》《镜子的故事》《太阳系的小客人》《空气中的"居民"》《燃料的家庭》《热的旅行》《温度和温度计》《第三颗人造地球卫星》《犀鸟》《用之不尽取之不竭的太阳能》《土壤的建设者和改造者——肥料》《庄稼的朋友和敌人》《烹煮蔬菜二、三事》《征服宇宙的先锋》《水的改造》《漫游建筑工地》《食品的冷藏》《血的冷暖》《星际航行家离开地球以前》《电姑娘》，等等。以上说明高老的作品自1955年以后已涉及数、理、化、天、地、生、工、农、医等多种学科。

1955～1980年，高老的作品汇集成册的有：《太阳的工作》《青年们向科学进军》《自然科学通俗化问题》《时间伯伯》《五年计划的科学故事》《土壤世界》《杀菌的战术》《科学诗》《我们的土壤妈妈》《你们知道我是谁》《祖国的春天》《让科普鲜花盛开》以及《高士其科普创作选集》和《高士其科普小品集》，等等。

如果从1949年4月25日《解放日报》刊载的高老迎接解放军南下的一首诗歌算起，到1983年止，据不完全统计，高老在这34年间在全国报刊杂志上发表文章和诗作大约400篇，平均每年12篇，也就是说，大约每月都有高老的一篇文章问世。这对于一位全身瘫痪、口齿不清、手腕僵直、几乎无法握笔的老人来说，该需要有多么炽烈的热情和多么顽强的毅力啊！

这400多篇作品中，有诗歌，有散文，还有一些政论文章，但大多是科普论文和科学小品。这两类文章大约占作品总数的一半。

1950年，高老在《科学大众》上发表科普论文《自然科学的四大朋友》，同年又为《人民日报》写了题为"努力推广卫生医疗事业"的科普论文。

1951 年，高老除了写一般性科普作品以外，连续发表了 5 篇科普论文，是《建设爱国主义的人民科学》《自然科学通俗化问题》《科学普及工作和马列主义、毛泽东思想结合起来》《科学宣传和政治宣传要结合起来》和《进一步发展科学普及工作》。

1952 年 2 月，美帝在朝鲜进行细菌战，面对这一滔天罪行，高老以笔为武器，先后写下了《我们对细菌战应有的认识》《战胜细菌的人类一定也能粉碎细菌战》等文章。

1953 年元月，高老为《人民日报》撰写文章，希望《每个革命干部都要学习科学知识》；又为《中国少年报》写了《为什么要学习自然知识》，主张孩子们从小打好向科学进军的基础。1953 年年底，高老为第二次全国少年儿童工作会议写出了《为少年儿童科学读物的创作和发展而努力》的文章，发表在《北京日报》上。与此同时，高老十分关怀科教电影的发展，写出了《欢迎科学教育影片的制作》和《大家都来看科学教育影片》等文章。

1954～1959 年的六年间，高老共发表文章 136 篇，每年平均在 22 篇以上，这是高老创作上的第一个高峰期。在这 136 篇文章中，写给青少年的有 48 篇，占文章总数的 35%。

正像高老在《高士其科普创作选集》自序中写的那样："我的大多数科普作品，都是为小读者服务的。为孩子们写作，我感到光荣和自豪。"高老自己为孩子们写作，也鼓励大家都来为孩子们写作。在 1954 年"六一"儿童节的时候，他又为《人民日报》写了题为《谈谈儿童科学读物的创作问题》的文章。1956 年 3 月，在《文艺学习》杂志上，高老发表文章号召《加强少年儿童科学读物的创作力量》。

1960～1965 年间，高老共发表文章 40 篇。其中科普论文 10 篇，科学小品 6 篇，政论文 8 篇，还有两篇书刊评介，向青少年推荐《学科学》和《我们爱科学》杂志。

1973 年高老为《化石》第二期写了一首诗，题目是"生命进行曲"。这是自 1966～1972 年搁笔之后的第一篇作品。1974 年他又为天津的《革命接班人》第九期写了《杀菌的物理兵》，1976 年 6 月为《原始人的故事》作序。1976 年 10 月，高老写了回忆录《毛主席给我新的生命》，同年 12 月写了《"四人帮"反对周总理，阴谋扼杀科协工作的罪行必须清算》的文章，这两篇文章分别发表在中国科学院主办的两种刊物上。

1977 年，粉碎了"四人帮"，科学的春天重回祖国大地之后，高老的创作也出现了第二个高峰期。仅 1977～1980 年这 4 年间，据不完全统计，高老共发表文章 132 篇，平均每年 33 篇，年平均量比第一高峰期多十余篇。

这中间的 1977 年和 1978 年两年，高老发表作品 27 篇。其中 11 篇是写给青少年科学爱好者的。他热情地分别给天津、安徽、上海、福建、黑龙江等省市的青年科学爱好者写信，写广播稿件，鼓励他们学习文化科学知识，向科学技术现代化大进军。

特别在高老的积极倡导下，于 1978 年成立了中国科普创作协会和中国科普创作研究所。这以后，全国各地的科普期刊、科技报如雨后春笋，应运而生。高老在这一时期写了许多贺词和发刊词，祝贺这些报刊的创刊和复刊。除此以外，还对各地科协恢复工作和科普作协的筹备和成立写了多篇具有指导意义的文章。

1978 年 7 月 20 日，《文汇报》上发表了一篇题为"让科普鲜花盛开"的科普论文，这是高老在全国科普作协上海筹备会上的发言。后来，这篇文章以"让科普的鲜花开遍祖国大地"为题收录在中国科普创作协会筹委会编的《科普创作的春天》这本小集子里。

在这篇文章中，他写道："我经常在思索：什么叫科学普及？呵！用生命的火焰去点燃人们思想的灯，共同照耀人类探索自然，改造自然的伟大途径。"

第三十八章 郑公盾与科学文艺

本章要点：郑公盾生平；《萤火集》；《简明中外医史手册（序言）》；《鲁迅与自然科学（序）》；《科普述林·序》；郑公盾与科普出版；郑公盾的科学文艺小品。

一、郑公盾生平

郑公盾（原名郑能瑞），1919 年出生，福建长乐县人。早年在福州英华中学读书，毕业后在沙县洞天岩省福高任教。1938～1941 年，先后就读于厦门大学化学系、广西大学政治系、协和大学历史系，获得文学学士称号；1949 年在浙江大学人类学研究所研究生毕业，获得理学硕士称号。

郑公盾青少年时代就投身民族民主革命运动。1936 年，他在福州英华中学读书期间，加入了邹韬奋、沈钧儒等人发起的中国抗日救国会，同年由刘良模、曾焕乾同志介绍加入中国共产党。他在省福高任教时，担任历史、语文课老师，在讲授中国历史时采纳了范文澜、翦伯赞等人的新观点，内容丰富生动，深受同学们的欢迎。在 1939～1941 年，他在厦门大学和广西大学就读期间，曾参与由郭沫若和夏衍主办的《救亡日报》工作，担任该报《青年政治》副刊的主编。

《救亡日报》是抗日战争时期在广西桂林出版的进步报纸。它一直受到党中央的重视，1938 年周恩来在武汉亲自指示《救亡日报》的办报方针为：宣传"抗日、团结、进步"，但要办出独特的风格来，办出一份左、中、右三方面人都喜欢看的报纸。

由于公盾学习成绩优异、思想进步，1939 年秋，经广西大学政治系教授张铁生（共产党员，新中国成立后在中调部工作）介绍到《救亡日报》报社工作。公盾在任该报《青年政治》副刊的主编期间，既编亦写，针砭时弊，呼吁"抗日、团结、进步"，使副刊办得虎虎有生气。公盾以他的才华和政治热情全部投入，专刊共出了 13 期。1940 年年底，"皖南事变"发生后，公盾义愤填膺，冒着白色恐怖的危险在诗篇《谁能唱下去?》中写下了"当成千人民流着眼泪的时候，我仍然要唱下去，仍然有坚强不屈的信心"的诗句，展示了他坚定的革命信念。

"皖南事变"后，国民党大肆追捕革命青年，他回到福建，于 1941～1944 年协同福州地下党负责人李铁、曾焕乾工作。1945 年年初，受共产党员、著名记者羊枣之邀到美国新闻处东南分处工作。

公盾应羊枣之邀到美国新闻处东南分处工作以后，随同羊枣做了很多有益于我党的工作。当时，他们和重庆八路军办事处是有联系的，成批的《新华日报》《群众》以及我党的宣传品，通过美军飞机运抵永安城，然后他们带到自己宿舍，加以伪装分发到东南沿海各地，提供给我党的地下党员。他们曾经秘密散发了从重庆辗转寄来的 50 份刊有毛泽东的《论联合政府》的《新华日报》，以及朱德《论解放区战场》等中共"七大"文件，激起强烈的反响。

羊枣的如椽巨笔，为反对国际法西斯、争取抗日战争的胜利作出了贡献，但也被反动派仇视。1945 年夏，国民党反动派制造了骇人听闻的"永安大狱"事件，悍然逮捕了羊枣等 30 多名文化界人士。1946 年羊枣被虐死在杭州狱中，引起全国新闻界、文化界的极大愤慨。在羊枣被捕前后，公盾和地下党的其他同志一起，极力营救并发动罢工鼓动抗日。公盾因而受到国民党的监视，不得不转移至杭州。

公盾在抗战胜利后，主要在杭州从事文史研究并利用报刊宣传革命思想，同时就读浙江大学人类学研究生，发表了有关人类学的学位论文。

浙江解放后，公盾参加浙江省军管会文教部工作，先后任杭州第一高级中学和文德女子中学党支部书记兼副校长、浙江省文教厅研究室主任。

1951 年，公盾由中央组织部调到北京，先后任《学习》杂志社办公室主任、代社长，《红旗》杂志党委成员、文艺组组长。他为党的宣传工作作出了巨大的贡献。在此期间，他在《人民日报》《光明日报》《文汇报》《文艺报》，以及《学习》《红旗》《新建设》《哲学研究》《历史研究》等刊物上发表过大量有关文史哲、政经、科技方面的文章。

由于他一直从事革命文艺理论和文学遗产的继承和批判的研究，因此在"文化大革命"期间，被安排在中央文革小组的文艺组，任办公室主任。但是，具有革命觉悟的公盾，当他发现"四人帮"通过戚本禹要整理周总理的材料时，他毅然上书党中央汇报，可是落入叶群之手，反被冤屈打入秦城监狱。在长达 8 年之久的牢狱生活中，他受到残酷的迫害，被打掉了 12 颗牙齿。然而，他坚信真理，决定把牢底坐穿。他在十分艰苦的环境里，以写交代材料为名，认认真真地通读了《马列全集》到第 30 卷，并在马列著作的字里行间写下了读书笔记和诗篇。直到 1975 年 5 月 12 日，他才获释放，1979 年 12 月 10 日彻底平反，恢复了名誉和党籍。

公盾在出狱平反后，于 1978 年调到中国科协，负责恢复和重建科学普及出版社的工作。对于被"四人帮"砸烂的科普出版社要恢复和重建是多么的艰难：一没有健全的组织机构，二没有骨干人员。公盾找回了一些得力的业务骨干，又对出版社的组织机构进行科学的整编，使出版社工作有了些眉目。1979～1983 年，他被任命为科普出版社的总编辑，主管全社编辑业务工作。

在他担任总编辑期间，该社先后共出版了 777 种科普图书，其中包括基础科学、应用技术、科学史和科学家传记、科学文艺以及外语教学等各种门类。特别是与美国《时代—生活》丛书出版社合作、改编出版的《少年科学知识文库》10 卷本，包括《数学》《植物》《昆虫》《动物》《水下生物》《史前生物》《交通运输》《电子与能》《宇宙与气象》和《生活情趣》，各卷内容均补充了我国不少珍贵资料。此书出版后受到国家和科协的重视，教育部还发函各省市教育部门，向中小学推荐。第一版发行 7 万套，共 70 万册。尔后，还出版了许多畅销图书如《化学辅导员》《新编万年历》《BASIC 语言》《天文挂图》以及老一辈科普作家的作品选集等。他组织出版了两套《机械工人技术培训教材》（初级本和中级本），对提高技术工人的素质起到重要的作用，直接促进国民经济的发展，该教材陆续出版和再版，发行量从几万册到几百万册。同时，他还十分重视和支持新生事物的成长，比如出版《英语科普文选》，并配制录音磁带。

在出版大量科普图书的同时，公盾请示科协着手恢复《知识就是力量》杂志，并相继创办了《现代化》《中国科技史料》和《科学大观园》杂志，组织创办《发现》译刊。这些杂志在全国科普界都享有很高的声誉。

除此而外，科普出版社在 1979 年还在广州建立了分社。分社选题思路宽，出书快，很快创办了《科普画刊》和《武林》杂志，月发行量超出 200 万份，并远销中国港澳地区、亚太地区和欧美各国。

1981 年，科普出版社在深圳筹建了东方科技服务公司，成为该社扩大影响和加强国际合作的重要窗口。

公盾在办社的过程中，也十分重视对编辑人员的素质培养。他认为要做好编辑工作，首先要不断学习和补充新的科学知识；其次，不仅要熟悉出版业务，还必须经常做调查研究，要密切注视出版界的动态，要思想活跃，出好点子；再次，一定要具有较高的文字水平，不但会改稿，还要自己动手写稿。

综观公盾在科普出版社短短的 5 年时间，呕心沥血地为党工作，使科普出版社全方位地得到提升。同时，这也充分说明公盾是一位有远见、有胆略的出版家。

1983 年 7 月，公盾调任中国科普研究所特约研究员，被选为中国科普创作协会和中国科技史学会的常务理事、中国科普作协科学文艺委员会主席、中国作家协会会员，并担任中国出版工作者协会理事、《中国科学家》杂志顾问、中国创造协会顾问，以及北京大学、北京师范大学、山东大学、广西大学、北京师范学院、四川大学、江西大学、山西大学、杭州师范、福建师范大学等十几所院校的兼职教授。他曾多次出国，先后到法国、加拿大、日本等国访问参观并应邀主讲《马列主义与自然科学》。他与英国著名的《中国科技史》作者李约瑟博士也交往甚密，多次互赠出版书刊。他不仅是个优秀的共产党员、著名科普作家，还是个文艺理论家、编辑家和出版家。1990 年，在中国科普作协第三次代表大会上被评为新中国成立以来成绩突出的科普作家。

公盾一生治学勤奋，学识渊博，精通英语，著述甚多。出版了《水浒传论文集》《鲁迅与自然科学论丛》《萤火集》《茅以升——中国桥梁专家》《科技史话》《缅怀集》《简明中外医史手册》和《科普述林》等专著，其中《鲁迅与自然科学论丛》《科普述林》等书现已被中国现代文学馆收藏。直到他病重卧床期间，他仍在编纂本书和 50 万字的《马君武评传》。1991 年 4 月 16 日，郑公盾在北京逝世。

二、《萤火集》一本科普史话（高士其）

公盾同志的《萤火集》，由科学普及出版社出版。近来科普创作协会成立了评论部门，大力提倡多写科普评论，这部书于此时出版，值得我们重视。该书评介了十五六位中外科普作家、科学文艺家、科幻小说家的生平事迹及其作品，肯定了他们的功绩，是很有现实教育意义的。

要提高全民族科学文化水平，科学普及教育十分重要。《萤火集》的开篇就详尽地介绍了敬爱的周总理十分重视科学普及工作的事迹，他生前曾就科普问题作过多次指示，对科学与科普工作的相互关系和科普在我国的重要意义讲得很全面。周总理生前亲自为《知识就是力量》这个杂志封面题字。他告诫我们：一个人越有知识，就越发有力量，思想也越解放。书中还介绍了鲁迅先生生前很重视科学普及工作，亲自翻译了儒勒·凡尔纳的科幻小说，自己动手写了许多科学小品文；郭沫若同志生前也写了科学诗和科学小品文，为科普工作作出贡献；像杨潮（羊枣）、戴文赛、顾均正、茅以升等老一辈科学家，以及外国科学家如法布尔、法拉第、凡尔纳、伊林、居里夫人、爱因斯坦等都为科普工作花费了很大的精力。以上这些，《萤火集》里都作了介绍。从某一方面说来，它也是一本科普史话。

公盾同志是我国科普事业的积极倡导者和支持者。在"文革"期间，他受了不少折磨。"四人帮"粉碎后，他到科普出版社任总编辑工作。几年来，他一直从事科普编辑工作，一面从事科普创作和理论探索，他在中国科协、中国科普创作协会上的发言很中肯，有参考价值。他让科学文艺上了大学讲坛，也是很有意义的创举。我就曾亲自去听过他的讲课，支持他所从事的科普活动。

目前，我国科普工作有了很大进展。科普创作，尤其是科学文艺作品发表得很多，但是科普评论工作尚有不足之感。公盾同志曾多次对我讲到此事，而他自己身体力行地写了科普评论文章。《萤火集》的出现值得称许。他的文章通俗易懂、简明流畅，涉及科普很多领域，表现他博学多识，具有较高的文学素养。集中若干篇首诗（如《敬爱的周总理和科普工作》的开卷诗）浑厚朴实，而不露斧凿，这对我们开展科学诗活动是个好的尝试。他的许多评论作品写得很准确，使许多科学家好像站在我们面前。我相信，《萤火集》的出版，能使许多科普工作者和广大读者从中汲取营养，对我国科普事业的繁荣有好处。

给公盾同志
高士其

你宣传科普不遗余力，
开设科普讲座，
开展科普评论。

453

既是科普杰作，

也是文学好著作；

既是珍贵史料，

也是传记文学。

你学识渊博多才艺，

你不愧是建设四化，

振兴中华的功臣。

——读郑公盾著作《萤火集》《科普述林》《茅以升-中国科技桥梁专家》等书后作诗留念。

（1984 年 10 月 18 日于北京医院 103 号）

三、《简明中外医史手册（序言）》（高士其）

医学是研究人类生命过程以及同疾病作斗争的一门科学。它属于自然科学的范畴。古往今来，无论中国和外国，医术均浩如烟海，十分纷繁。它是研究人类生命活动、人类疾病发生、发展及其防治的记录。医学史书从某些方面来说有其重要的价值。

我国明代杰出的医学家和药物家李时珍，曾先后到河北、河南、江西、安徽、江苏等地调查民间病况和各种治疗方法。他踏遍青山寻草药，深入民间采秘方。在万里行程中，他访问过千万个老农、渔民、樵夫和猎人，他所编写的药物学名著《本草纲目》，贯穿了"人定胜天"的不断革新进步的思想，在明代万年历年间就传至日本、朝鲜，以后又被译成拉丁、法、日、英、德、俄等文字，远传海外，被各国医学家所推重，被称为"东方医学巨典"。我希望，今天有更多的同志，能像当年的李时珍那样，把前人所走过的道路和前人的经验，加以认真总结，留给后人。

公盾同志知识丰富，他不仅喜好文学、历史、自然科学，也很喜好医学。他用纪年的方法，把我国和外国的古代、近代、现代的医学发展历史加以研究整理，写了《医事纪年》，在《中国科技史料》杂志上连载了一年多，受到了广大读者的热烈欢迎。

划一根火柴，闪亮一下，就熄灭了；但若用一根火柴去点燃一堆柴，却可以闪耀比一根火柴大得多的光亮。

公盾同志虽然年事稍高，但仍手不辍笔，努力钻研，勇于探索。他所编辑整理的这部《简明中外医师手册》，对历史上的重要医学界人物、事件，重新作了客观的评价。这是我国出版界一部很有价值的书，因为这样的书并不多见。虽然这部书还不够完备，但创始总是很困难的。我很愿意为之推荐和介绍给广大读者，是为序。

（1984 年 2 月）

四、《鲁迅与自然科学（序）》（李何林）[*]

把鲁迅作为伟大的文学家而研究他的作品和文字思想的人很多，把鲁迅作为伟大的思想家而研究他的社会政治思想的人也不算少；把鲁迅作为伟大的革命家而研究他的革命业绩的人虽然不多，但在上述的研究中多阐述了他的作品和各种思想对中国革命的重大影响，这一方面的研究成绩也还是不小的。

唯独对"鲁迅与自然科学"这个题目进行全面研究，形成一组"论丛"，旁征博引，把鲁迅一生著译中凡是涉及自然科学的知识和思想，全部介绍给读者，形成既通俗易懂，又深入全面的一部"科普读物"，像公盾同志的约 30 万字《鲁迅与自然科学论丛》，还是极少见的！这部书，不是只懂文学和社会科学而缺少自然科学修养的人所能写得这样准确、全面生动的。

我们只一般了解或感觉鲁迅的杂文和小说中有不少自然科学知识和思想，这是鲁迅作品的特色之一，但了解得不具体不全面，现在公盾同志在《关于鲁迅科学小品文》《从鲁迅的一些杂文想到的》两部分里给我们以全面的说明和论证。在《其他》一部分里《从〈狂人日记〉看精神分裂症》，证明鲁迅运用了"精神分裂症"的医学知识塑造"狂人"的形象，解决了《狂人日记》讨论中"狂人"是"真狂"还是"假狂"的问题、是"狂人"还是"战士"的问题。《从〈鲁迅日记〉的"书账"看他购藏的自然科学书》中，告诉我们鲁迅共买了中外古今自然科学书 150 种，共 400 册以上，这在一个文学工作者来说，是少有的，也说明了鲁迅的全部创作（包括小说、诗、散文、散文诗和杂文）内为什么有这样多的自然科学知识和思想，也是其他鲁迅研究著作中所没有的。

总之，《鲁迅与自然研究论丛》是十一届三中全会以来鲁迅研究界很少有人涉及的范围内鲁迅研究著作中的一本难得的好书。

（1986 年 2 月 13 日于北京）

五、郑公盾著《鲁迅与自然科学》简介

由著名科普作家郑公盾先生撰写的《鲁迅与自然科学论丛》一书，值鲁迅先生逝世五十周年之际，最近由广东科技出版社出版，引起国内外学术界、知识界的瞩目。这是鲁迅研究界很少有人涉及的范围内研究鲁迅的一本难得的好书。

老一辈鲁迅研究专家，南开大学中文系主任、北京鲁迅博物馆馆长、鲁迅研究会顾问李何林先生对于该书的出版给予的高度评价。他在文中指出，把鲁迅作为伟大的文学家研究他的作品和文字思想的人很多，把鲁迅作为伟大的思想家而研究它的社会政治思

---

[*] 李何林同志，曾任南开大学中文系教授兼中文系主任、全国人民代表大会代表、北京鲁迅博物馆馆长。现任全国文联委员、中国作家协会顾问、鲁迅研究学会顾问、北京师范大学中文系现代文学专业博士研究生导师、鲁迅博物馆顾问。本书在摘引中略有文字方面的发动。

想的人也不算少，唯独对《鲁迅与自然科学》这个题目进行全面研究，形成一组论丛，旁征博引，把鲁迅一生著译中凡是涉及自然科学的知识和思想，全部介绍给读者，形成了既通俗易懂，又深入全面的一部科普读物，像郑公盾的约 30 万字《鲁迅与自然科学论丛》，还是极少见的！这部书，不是只懂文学和社会科学而缺少自然科学修养的人所能写得这样准确生动的。

他又说："我们只一般了解或感觉到鲁迅的杂文和小说中有不少自然科学知识和思想，这是鲁迅作品的特色之一，但了解得不具体不全面，现在公盾同志在《关于鲁迅科学小品文》《从鲁迅的一些杂文想到的》两部分里给我们以全面的说明和论证。……《从〈鲁迅日记〉的"书账"看他购藏的自然科学书》中，告诉我们鲁迅共买了中外古今自然科学书 150 种，共 400 册以上，这在一个文学工作者来说，是少有的，也说明鲁迅的全部创作内为什么有这样多的自然科学知识和思想，也是其他鲁迅研究著作中所没有的。"

公盾先生，祖籍福建长乐人，从小家里很穷，母亲 4 岁那年，就当了童养媳。1940年他在广西大学念书时，就参加了以郭沫若为社长、夏衍为总编辑的《救亡日报》工作，大学毕业以后曾在福建华南女子文理学院任教，后来又考进浙江大学人类研究所做研究生。

"四人帮"时期，公盾先生也被囚禁 8 年，在他"倘若劫后余生，重返人寰之际，他将作些什么？"他选择的是做自然科学和科学普及工作，曾任中国科协科普出版社总编辑、中国科协创作协会文艺委员会主任委员、中国科协科普创作研究所研究员，曾发表科学科普论文近百篇，著有《科普述林》《萤火集》《桥梁专家茅以升》等书，并先后到北京大学、北京师范大学、北京师范学院、广西大学、厦门大学、江西大学等校讲学。

公盾先生目前正在埋头撰写《中国科学文艺史》《外国科学文艺史》两部大部头的著作，他很希望有机会到美国来讲学，同美国的科学文艺专家交流会面。

(《美国中报》1987 年 7 月 17 日)

六、《科普述林·序》——茅以升

"科普"其定义并不明确，一方面可包括科学技术，另一方面也可包括社会科学。公盾同志的《科普述林》这本书，可说是两方面所作的尝试。

我希望通过这本书，读者可对科普工作的意义及作用有所认识，使"科普"这一名词逐渐为广大群众所理解，并为研究、探讨"科普学"起参考的作用，同时，亦可借以来补偿作者撰写 20 万余字的辛苦，仅此为序。

(1983 年 8 月 16 日)

七、我在科普出版社的五年

1978 年 5 月 23 日，我到被"四人帮"砸烂的科普出版社，担任恢复、重建工作。

我初来时，出版社一没有健全的组织机构，二没有骨干人员。在胡愈之同志的帮助下，我找回了祝修恒同志；从化工出版社，我又找到胡先庚同志。他们以及先来的徐克明同志就成了草创时期的得力助手。

1979 年 11 月 30 日，我被任命为出版社的总编辑，主管全社编辑工作。接着先后调来高岚、汪浩等同志，担任社领导工作。

在我担任总编辑期间，直到 1983 年离开科普出版社以前，据我不完整统计，科普出版社先后共版了 777 种图书。其中，基础科学 209 种，占 26.9%；应用技术 296 种，占 38.1%；科学史和科学家传记 60 种，占 7.8%；科学文艺（包括少儿读物）88 种，占 11.3%；外语教学 68 种，占 8.8%；此外还有综合类图书 56 种，占 7.2%。特别要提到的是科普出版社与美国《时代—生活》丛书出版社合作、改编出版的《少年科学知识文库》10 卷本，包括《数学》《植物》《昆虫》《动物》《水下生物》《史前生物》《交通运输》《电子与能》《宇宙与气象》和《生活情趣》，各卷内容均给我国补充了不少珍贵资料。出版后受到方毅同志的重视，认为这是我社最优秀的图书之一，中国科协副主席裴丽生和刘述周同志也都予以赞赏。教育部还发函各省市教育部门，向中小学推荐。第一版发行 7 万套，共 70 万册。尔后，科普出版社出版的其他有意义的和畅销的图书还有《化学辅导员》《新编万年历》《BASIC 语言》《天文挂图》《儿童科学文艺丛书》，以及老一辈科普作家的作品选集。后来组织的两套《机械工人技术培训教材》（初级本和中级本），至今还在陆续出版和再版，发行量从几万册到几百万册。我们也重视和支持新生事物的成长。比如科技英语读物和音像图书，在当时全国书市尚未出现这类图书，而科普出版社在 1980 年就开始出版《英语科普文选》，不久又配制录音磁带，并且由此而专门设立了声像部。

1978 年，我请示科协着手恢复《知识就是力量》杂志。1979 年，《知识就是力量》复刊。我们又马上筹办《现代化》，以后又相继创办《中国科技史料》和《科学大观园》，以及重新组创《发现》译刊。这些杂志至今在全国科普界都享有盛誉。

除此而外，1979 年我们在广州建立了分社。分社用人少，工作效率高，选题思路宽，出书快，几个人就办出了《科普画刊》和《武林》杂志。后者月发行量曾超出 200 万份，并远销中国港澳地区、亚太地区和欧美各国。

1981 年，我们在深圳筹建了东方科技服务公司，为对外扩大我社出版物的影响和加强国际合作，建立了窗口。

我一向主张编辑人员一定要具有较高的文字水平，不但会改稿，还要自己动手写稿。我自己也是这样做的。几年来，我边读、边记、边写，先后写出了 200 多万字的书稿。

我认为要做好总编辑工作，首先要不断学习和补充新的科学知识；其次，不仅要熟悉出版业务，还必须经常作调查研究，要密切注视出版界的动态，活跃思想，出好点子；再次，要认真抓重点书的审稿、改稿工作，为编辑人员做出表率；最后，重视编辑骨干的培养。

5 年间，我虽然做了一点工作，但还是非常不够的。在这里写出以上几点，作为建社三十周年的回忆与纪念。

八、郑公盾较突出的成绩和主要著作

（1）在《学习》杂志社编辑部时曾编辑过《政治常识读本》《经济常识读本》《政治常识读本参政资料》《经济常识读本参政资料》等书，每书销数百万册；后两本书公盾参与了写作。

（2）在科普出版社期间，创办《现代化》杂志；重新出版《知识就是力量》，该刊物出时只有两位编辑，公盾写了《敬爱的周总理与科普工作》代发刊词，由《人民日报》转载，对初期该刊发行量剧增很有影响。

（3）公盾建议创办《中国科技史料》。

（4）公盾建议创办《科学大观园》摘要刊登科普刊物上的优秀作品，因销售量多，赢利可以资助《中国科技史料》。

（5）出版和改编国外较出色的科普书籍 10 卷本《少年科学知识文章》，主要由公盾改编要目，改编付印后，得到社会各界的好评。教育部通知建议全国各中、小学尽可能购买该书，供学生学习用。

（6）公盾建议出版"四化"读本（工业现代化，农业现代化，科学技术现代化、国防工业现代化读本），为当时干部所急需的学习读物。

（7）出版了英语科普文选一类书籍，灌制录音磁带，博得群众的好评，较大地增加了科普出版社经济效益。

（8）公盾亲到广州，兴办科普出版社广州分社，并极力支持分社的成立与发展。事实证明，这个分社成立很及时也很必要。公盾热情协助分社创办《科普画刊》和《武林》杂志。《武林》破 300 万份发行量，在香港地区和国外也较为风行。

（9）做好外事工作，并取得一定成绩，编辑出版《少年科学知识文章》7 万册，翻译出版了《发现》杂志。

（10）开创了社普出版社重建后的新局面，科普出版社在出版界中的影响起了一定作用，这既是全社同仁的努力的结果，也包括了公盾的精力和活动。

公盾科普方面的主要著作：

（1）《鲁迅与自然科学论丛》，广东科技出版社 1981 年版。

（2）《萤火集——科普评论选》，科普出版社 1982 年 6 月出版。

（3）《茅以升——中国桥梁专家》，1985 年 10 中国展望出版社版。

（4）《科普述林》，陕西科技出版社 1985 年 3 月出版。

（5）《书籍知识讲稿·科学技术知识讲话》，内部出版物。

（6）《茅以升科普创作选集·序言》。

（7）《简明中外医史手册》山西科学教育出版社出版。

附录：公盾科学文艺小品文

1. 地球的陈迹

人类知识畸形的发展，使他们很早就认识极远的星，但是对于脚底下踏着的地球，却了解得很慢。人类为星座命名、测绘行星的轨道、预测日月蚀的时候，还不知道自己所住的地球，也是包藏着许多有趣味的东西。便是到了近代，关于地球的研究，较之天文学也瞠乎其后。尽管 1543 年哥白尼已经打开了近代天文学的序曲，但迟至 1795 年，才由英国爱尔兰地质学家赫顿（1726～1797 年）开始建立了地质学的基础。

人类考察地球其所以较为迟缓，这是因为巴比伦位于底格里斯—幼发拉底河水系平原，那里的天空常是澄清无云的，因此人民可以时常观察行星和星座，升于东而落于西，同时也由于天文和生产息息相关，所以天文的根基，便被巴比伦人很早就建立起来。但是他们没有发展什么地质学，因为美索不达米亚的石层，埋藏在平原深处，不在他们的视线之中。他们所看见的地球，似乎固定着的，并没有一些儿变化，所以他们认为大地自来就是他们所看见的样子。希伯来人的科学，是继承巴比伦，因之《旧约全书》里面，也没有什么地质学。

却是希腊人居住在潮湿多山的地方，常可看到岩石的变化。还有一层，他们多半是航海家，在旅程里面，见闻较广，所碰到的地面迹象也愈多，于是希腊人便开始研究，成为欧洲关于地质学的始祖。

他们看见许多"成岩层"，很像沙滩、"三角洲"和"海床"，于是相信古代的沙滩、三角洲和海床，凝结干涸之后，便是现在的石层。他们后来又断定这些石头里面有化石，是曾经在海里活着的动物。

从这些观察，他们论定许多区域那时虽然是干燥的陆地，但在古代必定曾经是海底。亚里士多德在公元前 330 年著《流星》那本书，就有了沧海变为桑田的这种观念。大约在公元前 7 年的时候，希腊地理学家斯特拉波（前 64～公元 21 年）在罗马所编写的多卷本完整的区域《地理学》其中也有同样的理想。罗马灭亡以后，希腊的文化传到了阿拉伯人手中。10 世纪时，阿拉伯科学家奥玛就有《海的退缩》一书问世。

但是中古时期的欧洲，约有 1 000 年科学成为神学的婢女，许多人都在《圣经》里面寻求知识，又因巴比伦和希伯来人没有地质学，所以实际上地质学的研究竟然停顿。这时的欧洲人只得从《创世纪》里来找地球的起源和历史。希腊人曾说地球的年龄有 100 万年，但中古时期的神学家，说它的年龄，应是 4 000～6 000 年。

后来又过了好多世纪，人类才回溯到古希腊对于地质学的观念。意大利的达·芬奇（1452～1519 年）为文艺复兴时期博学多才的人物，既是数学家、力学家、工程师，又是发明家、大画家。他在少年时候奉命到意大利北部开凿几条运河，挖掘过程中，发现了一层一层的岩石，他就极为留心，并且注意到螃蟹、蛤蜊、蜗牛与其他海中动物的化石。从这些观察的结果，希腊人所谓成层岩就是古代的海底这个观念，勃然在他的心中复活了。他发表了这种意见以后，有许多人附和其说。但是，直到十六七世纪，尚有许多有学问的人反对他。

那时关于化石的来源，有两种极普遍的解释，这两种解释便是到 18 世纪，还很有权威的。一种说法是《圣经》说："地球带来许多能行动的生物。"所以那时一般都设想化石也是生物，与地球同时形成，不过没有挟生命以俱来罢了。它们也可以说是一种供实验的模型。

另一种关于化石的学说，也是生物学里面的无稽之谈，说化石是天然生成的。根据这种学说，生物是从空气、泥土或水里突然钻出来的，正在这将要造成的紧要关头，如果有一个生物不幸陷到石缝里面，便不能充分发展了，不能完全发育的动物，便成了化石。

18 世纪的时候，有一个解释层石和其中化石的说法很是得势。这个解释说它们是因为"诺亚洪水"而形成的。在 18 世纪以前，已有此说。例如英国古生物学家伍德沃博士在 1695 年有一篇文章，就是关于地球与地面上各种物体自然历史的论文，文中特重视矿物，并论到江海和泉源，对于这洪水横流的情形与地面上所受的影响，也有详细叙述。此外还有许多根据"诺亚洪水"的理论，都在 18 世纪发展。后来又有人以为一次洪水不能造成这全数岩石，所以又有多次洪水学说的产生。

创立岩石起源论的水成学派的德国地学家沃尔纳（1750～1817 年）于 1775 年担任佛莱堡大学的矿物学教授，其人身矮鼻凹，禀性羞涩，然人极聪明，且善雄辩。所以佛莱堡大学，便因之而声闻遐迩，欧洲的著名科学家争先恐后地来听他讲学。

沃尔纳学说的信徒，后来就叫"水成学派"，系从 Neptune 一词脱胎而来，就是海神信徒的意思。因为沃尔纳说石层全是海洋沉淀物质所造成的。他相信最初的时候，地球是整个的被海洋包着，但是后来地球的一部分忽然凸出，所以有的地方便积起石层来了。这个学说留给我们"葱皮地球"的名称，因为它说地球各处的石层立刻同时沉淀，其形似葱皮。沃尔纳的学说也曾叫做"灾变学说"，因为他说每一次沉淀石层的洪水，都是突如其来，以致引起了极大的灾变。

但到 18 世纪的末叶，这个洪水的学说竟遭了厄运。近代的地质学奠基于 1795 年，那时赫顿所著《地球之学说》附《考证及图解》已经出版问世。他将地质变动的学说介绍给我们，说地球以往的历史，都可以从今日地球上所遇见的事物来说明，这是符合科学道理的。所以从前骤遇大变的观念，便被人淘汰了。又因为赫顿说许多岩石是"岩浆"凝固而成，并不是出于海洋的沉淀，所以这个学说的信徒，被人叫做"主火派"。曾有一段时间主张"岩石水成""岩石火成"的两派学者发生过剧烈的争辩，结果那主张水成一派的沃尔纳的信徒，归于失败。

赫顿是苏格兰人，在爱丁堡大学受教育，成为一个著名化学家，又因为发明了煤屑提取"硇砂"的方法，发了一笔大财。后来他在爱丁堡、巴黎、莱登大学等处学习医药，又因继承一大片田地而从事耕种，这个时候才引起他研究地质学的兴趣。在 1768 年，他的经济独立，乃建宅于爱丁堡久居。他的一位最为知己的朋友，就是那位鼎鼎大名的经济学家亚当·斯密斯。

赫顿的《地球学说》里面，已将现代地质学的大纲编订了出来。他说自然的力量，能使土地分解剥蚀，这冲积下来的物质，扫荡到海洋里面去，在那里层层地堆积起来，便渐渐地凝固而变成石块。地平偶然发生变动，使海底升高，这层岩石便又出现人间了。赫顿又注意到火山喷出来的岩浆，说地面上也有许多岩石，是火山岩浆凝固而成的。

赫顿的朋友卜莱弗尔教授在 1802 年印行《赫顿学说图解》一书，使这个学说更容易理解。这本书的主要证据，是由英国地质学家、测绘工程师斯密斯（1769～1839 年）所供给。斯密斯享有"石层工匠"的美名，因为他对于英国的石层，研究得极为精密，推断出它们的地质变化程序，并说明如何由化石的形式推测到石层的年龄。他所留的纪念品《用化石来辩别石层》共分四大部分。从那时起，地质学便一直发展到今天。

2. 地球来源

我们住着的地球，和地面上的一切物体——绿叶成荫的树、姹紫嫣红的花，还有各种的动物，连同我们自己的身体——全是从太阳那上面来的。曾经有一个时候，它们全是那个火球里面的白热气体，这个耀眼夺目、旋转不息的火球，就是我们所说的太阳。现在的科学家，都异口同声地说地球是从太阳里抛出来的物质。

第一个问题是关于地球的来源，人类早已加以推求了。《创世纪》的作者，在他作品开卷第一句里面，就提及这个问题。他说："当初的时候，上帝创造天地。"但是天文学渐渐地发达了，人类便知道地球在宇宙当中，和别的物体相比较，并不是了不得的东西，我们可以相信宇宙的年龄比地球要大得多。天文学家又告诉我们，地球是围绕太阳旋转的许多行星之一，显然，地球的来源问题，就是太阳系的来源问题了。

第一个用科学眼光来解释地球来源的，是德国大哲学家康德（1724～1804 年）在 1754 年所提倡的学说。康德设想太阳系最初原在一个大星云之中，与望远镜内所见到的许多恒星中间的云状气体物质相似。他向形而上学的自然观打开了第一个缺口。

康德相信太阳和相随的行星，都是从这种星云里产生出来的。他想星云最初是一团极大的冷气物质，经过相当的时间以后，因其各分子的互相吸引而紧缩，同时又因为一种原因而发生回旋运动。那里面有许多斑点，密度甚高，康德以为这就是星云里面物质凝固的几个中心，可以叫做核，将星云里的物质团集起来，而星云便分成好几个部分。同时因继续紧缩而发生高温度，使各部分呈白热状态。康德设想这个星云的中心部分最大，后来成为发光的太阳。至于团集其他中心而凝固的物质，则渐渐成为行星和相随的卫星。

康德的学说在当时未能引起世人的注意。在 1796 年，法国著名天文学家拉普拉斯（1749～1827 年）并没有留心康德的学说而另创新论。这个学说，看来有些不如康德，但是它却借"星云说"而引起了科学界的重视，居然流行了一个世纪有余。

拉普拉斯相信太阳系的原始，是一个高温旋转的星云。他以为紧缩作用使它变成了一个极大的火焰球，不过当紧缩作用继续进行的时候，在赤道周围的物质却不能紧缩，经过相当时间以后，这球便被极大的环状气体物质所围绕了。

但拉普拉斯认为，那环状的物质并不是很巩固的。它们渐渐地分裂，以后又因为吸引力的缘故而聚集成球。这球又经过上述的程序而成赤道环，又分裂而造成更小的球体。拉普拉斯说一直到所有的行星和它们的卫星完全造成以后，这个裂球的状态才开始停止了下来。第一个造成的球就是太阳。

科学的进步，使我们不得不把康德和拉普拉斯两个学说全行放弃，不过在今日看来，这两种学说中，还是康德的学说较胜一筹。现在敢断言，极大而旋转的星云，绝对不能有拉普拉斯所理想的变化。许多天文学家以为恒星从星云凝结而来，是可能的，但是他们相信星云破裂以后，结果必定是双星或三星，而不是康德所设想的一组行星围绕着一个太阳或一个恒星。这许多恒星的来源，依旧是一个费解的问题。赛普莱相信双星是由于旋转极速的单星所造成，以为这单星的旋转达到最高速度的时候，就分裂开来成了两颗星。

胡柏对于螺旋状星云的贡献，在论及观察宇宙的时候已经叙述过了。他的学说认为一个宇宙里面的星，是同在"旋涡星云"的"涡臂"破碎而凝结的时候产生的。因此许多科学家承认银河里面有其他恒星的时候，我们的太阳也已经有了——也许它们都是从一个"旋涡母云"来的——并且说太阳出世后几万亿年之中，并没有一个行星随着它，可是后来忽然遇到一个极大的灾变，于是使在它里面的物体迸裂而出。这个迸裂有多么大呢？我们可以说个比喻，那正在爆发着的火山如果和它比较，也不过像火柴燃着时的微火罢了。自从那个迸裂以后，宇宙间方才有地球与其他行星出现。

这个地球来源的学说，最初建议的人是提出关于太阳系起源的星子或微星假说的美国天文学家莫尔顿博士（1872～1952年）同美国地质学家、天文学家、提出太阳系起源的星子或微星假说的张柏林博士（1843～1928年），因此时常叫它张柏林——莫尔顿学说。根据他们的意见，太阳在诞生后几万亿年之中，常与宇宙中间其他恒星一样的运行着，忽然之间，有一件事发生了！那许多同在空间运动的恒星，偶然有一个大的靠近了太阳，这样一来，太阳就大受其影响了！这个大星的吸力，能使太阳表面的热气体发生潮汐，和月亮使地球的海洋涨起潮来一样，所不同的，就是太阳上的潮汐比地球的潮汐大不知几百万倍罢了。就因为这潮汐太大的缘故，太阳上的所有物质，不能复返，所以就有很大量的物质，从太阳中逸出，像往外泼的波浪一样。又因为那波浪的另一端有随着这个大星运行的趋势，所以它就开始围绕太阳旋转了，经过相当的时间以后，它便渐渐地冷却而凝固。

张柏林和莫尔顿相信这物质后来又破碎成小的结合体，并且很快地凝固成石块，好像流星一般。他们将这些叫做"星子"，因此他们的学说，便得着"星子说"这个名称。他们还以为星子间的相互吸力，能使小星子被牵引到大星子那里去，依照这种步骤，行星和卫星便从星子的渐渐结合与凝固而造成了。

这个学说，已被许多学者加以修正，其中最著名的英国地理物理学家、天文学家、提出大陆漂移学说的杰佛里斯（1891～1898年）和英国物理学家、天文学家、提出太阳起源的潮汐假说的秦斯（1877～1946年），这个学说现在都叫"潮汐学说"。它说当初走近太阳的那一个恒星，所发生的影响，是激成极大的波浪，而使太阳上面的物质逸出。这些物质当围绕着太阳旋转的时候，先结合成形状不规则的物体，后来又变成球形。所以最初的太阳系中心定是一个被一群小太阳围绕着的大太阳。但是这些小的太阳，因为体积不大，所以很容易冷却。结果它们便是今日的地球和其他的行星，以及相随的卫星。除此以外，还有许多从太阳逸出的小块物体，凝成小行星、流星、彗星与"黄道光"的尘埃和气体。

这个学说承认太阳系的中心是属于太阳。从观察上得来的结果，都与这个学说相合。所有的行星同它们卫星的总质量，还不到太阳现在质量的 0.015 倍，就是一证。

第二个应该解决的，就是关于地球年龄的问题。关于地球的年龄有种种说法。比如，基督教《圣经》所载，地球自从创造直至现在，只有 4 000 余年。这当然是错误的，因为 4 000 年以前，已经是文明的历史了，而地球的产生则比这个时间要早几十万倍，如凯尔文认为地球从火热的大团渐渐冷却下来估计要经过 2 000 万年。但自从地壳中发现镭后，才出现比较科学的推断。起初地质学家以为我们的地球至少有 5 亿年的历史。后来有人说这个数字太小，英国地质学家赫顿在《地球的学说》一书中估计地球年龄约有 20 亿年。近年以来，根据比较科学的推断，世界已发现的片麻岩根据镭的测定有 40 亿年，太阳系逸出岩石当在 40 亿年以上，因此科学家断定地球的年龄在 46 亿年左右。

3. 宏大的宇宙

宇宙是极其宏大的，中国古代诗人已发出"觉宇宙之无穷"的浩叹。古代著作《圣经》中《诗篇》的赞美诗歌，已有不少地方歌颂了宇宙的伟大。当他们在夜间鹄立广场昂首观天的时候，心中总是充满了敬畏，因为充满着星斗的苍穹，在远古时代的人们看来，浩浩无涯的宇宙实在太神奇太庄严了。那时人们对宇宙的观念，是比较简单的。如果说，在远古时代的人们以为奇怪的星象足以敬畏，那么我们经现代天文学知识的启示，更觉得浩瀚无垠，神奇万千。

远从《圣经·创世纪》所记载的，我们可以约略知道古代人类对于宇宙的想象。那时以为宇宙间唯地球独尊，地球是一个硕大无朋的大平原，浮载在海洋之上。天空是一幅幪幕，遮盖地球，宛如屋顶，下雨就是因为屋顶上天窗开启，而让水漏进来的缘故，星是无数的灯光。太阳和月亮不过是灯光中之大者，《创世纪》说这就是划分昼夜的灯光。

古代关于宇宙构造的观念，尽管还有许许多多传说，但总的看来都偏重地球，对于其他天体，则均漠视。约在纪元前第十世纪时，希腊著名盲诗人荷马以为地球是一个扁片式的大圆形，漂浮在海面上，而"河洋"环绕着地球，天空是一个实心的圆顶，覆盖在上面，太阳是日神所乘之事，每日在天空巡狩一遍。有人想象地球的北边，有座连绵不绝的大山，日神因隐入此山后，就是地球上日落的时际。日神行经此山，需时一夜，明晨复显，也就是地球上日出的时候，后来又有人相信日神乘槎而行，经过围绕地球的"河洋"，以达日出的地点。此后又有人以为地球为圆顶状的物体，支撑柱上，日神行经地球下面，再回到引程的起点。

古代的印度人，也有类似的传说，他们相信漂浮在大洋上面的，为一巨大之龟，龟负四象，人类所栖息的地球，就是俯伏在这四只巨象之上。

由于时代的迁移，荷马式的宇宙观念，逐渐开始转转变了，大约在纪元前640～前546年，希腊最早的天文学家米利都学派的泰勒斯（前624～前547年）说星光是自己发射出来的，而月亮仅能反射日光，他又坚信地球的形状如同圆球。有许多人继承他的学说，其中有著名天文学家阿那克西米尼（前585～前528年）、阿那克萨哥拉（前500～前428年）、德谟克利特（前460～前370年）、毕达哥拉斯（前580～前497年）、米顿（前460年～？）同欧多克萨斯（前460？～前355？）等米顿发明了一种测日月蚀的方法，欧多克萨斯以几何学解说行星的运动，至于最受人称誉的，是毕达哥拉斯，因为他首创地球围绕太阳旋转的学说。纪元前3世纪末，在亚历山大成立了一个设备完善的天文学校，有天文学家阿利斯塔克（前315？～前230年）提出太阳为宇宙中心的学说，计算太阳与月亮之间的距离和大小，另有希腊天文学家、地理学家埃拉托色尼（前276？～前196年？）估算出地球的直径。

虽然那时候的天文学已有进步，并且毕达哥拉斯等人创立地球围绕太阳旋转的学说，但仍有许多哲学家坚执己见，说地球虽为球形，却是宇宙间固定的重心。亚里士多德（前384～前322年）即是这种学说的倡导者，他相信地球的球状如同圆球，并加以阐明，但对于地球围绕太阳旋转的学说，则认为是无稽之谈。由于他是古希腊学术界的泰斗，因此他的学说延续数百年之久。

根据亚里士多德及其门生的说法，地球是被许多透明结晶的物质所包围，如同重重叠叠的地壳。他认为这种透明结晶的物质，共有八层：第一是月球，第二是水星，第三是金星，第四是太阳，第五是火星，第六是木星，第七是土星，至于其他恒星，则群栖于第八层。这八层壳，并非伫立不动，而是时刻围绕地球旋转。所以我们看见日、月、行星与其他恒星的时候，便觉得他们常常变换位置了。

但是，继续观察天空的结果，发现这种解释宇宙构造的学说，似乎太简单了，因为行星的运行，是不规则的，有时似乎停止，有时又像逆行。

公元前2世纪，希腊天文学家、数学家希帕克（前190～前125年）编制了第一个太阳与月亮的运行表和西方第一个星表，发现了岁差的现象，初次利用经纬度测定地球各点位置，创立了一种解释行星运行的学说，称为"本轮系"（system of epicycles）。200年后，另一位希腊天文学家托勒密（90？～168年）仍本西帕克的学说潜心研究，把它扩充，便成了托勒密学说。根据托勒密学说，各种行星并不是栖集体于地球四周之透明壳上，而是系于一个理想之点，环绕地球而行，行星居于另一小星球，围绕此点旋转。至于较繁杂的运动，可以加入第三个更小的球，甚至第四个、第五个小球，来作解释。

托勒密死后经过1 300多年，他的学说还很流行。那时行星运行的资料，渐渐多而且精，每次发现不规则的地方，还用本轮重叠来解释，到了纪元1543年的时候，这学说终于动摇。

　　这一年，出版了一本拉丁文的《天体运行论》，把托勒密体系的立场推翻了。在中世纪，讨论学理的书，全是用拉丁文写的。它阐述了宇宙的构造，并不是崭新的学说，不过证实了毕达哥拉斯的理论。地球围绕太阳旋转，虽然别人也曾说过，但都没有提出充分的论证，以致湮没不彰。现在这本书举的例证，异常坚强而有条理，雄辩地证明了太阳系的中心不是地球而是太阳。该书的作者是波兰天文学家哥白尼，他提出地动学说，向欧洲1 000多年的传统思想挑战，他临终出版的《天体运行论》，把自然科学从神学的压抑下解放了出来。他的学说被称为"哥白尼体系"，后人把他誉为"近代科学之父"。

　　哥白尼是波兰弗弗劳恩堡城的一位修道士，早年学医，但对于天文学最感兴趣。相传他将毕生精力做了三件大事：一是尽了牧师的责任，二是用所学医术为贫民治病，三是从事天文研究。用了20年的光阴，搜集证据和图形，攻破托勒密体系，说这种本轮的构造，简直是不需要的。他又说如采纳地球围绕太阳旋转的观念，则行星运动的不规则，是由于地球运动的缘故，这样一切天体现象都可以迎刃而解。但当时刑法极严，如有人怀疑或攻击以成文的学说，有被处死刑的危险。所以哥白尼的杰作，虽完成于1530年，都是复经12年的慎重考虑，才送到印刷所排版。这本书付印时，哥白尼已经中风，奄奄一息。他死前数小时，这本书才送到他手里。此书竟能引起人类思想上的波澜，这是出乎哥白尼所意料的。那时他有一个朋友，怕他触犯刑律，替他作了一个篇序，说哥白尼的言论，不必看得太重，他不过是一种进行逻辑演绎的练习罢了。这篇序，哥白尼本人未曾见过。《天体运行论》发表以后，并没有立刻发生影响，假如哥白尼不死，或许有迅速进展亦未可知。当时各大学全采用托勒密学说，而他这本书繁重深奥，极难领会，虽大学教授亦鲜有知者，社会一般的人，更不必谈了。但50年后经丹麦天文学家第谷·布拉埃（1546～1601年），德国天文学家、数学家开普勒同伽利略三大天文学家的提倡，哥白尼的学说就开始风行遐迩，在科学界得到了普及。

　　第谷在天文史上，可以算是最奇怪的人。他是丹麦贵族，而与村女结婚，自从事天文学研究以后，得到国王的宠信。性情异常暴烈，所以树敌甚多，又一次与人决斗，被剑削去了鼻尖，只好装上一个金属的假鼻子。后来国王替他在海芬岛建筑了一个观象台，他便整天在这里工作。走近观象台中，他总穿着朝觐的盛服，表明他在研究星象的时候，他是正在一个万王之王的朝廷中，他对行星运动进行了长期的观测，极赞成哥白尼解释行星运动的方法，但他不愿意承认地球本身也在旋转。结果他便创立一种学说，说是行星围绕太阳旋转，而太阳却是围绕地球旋转。此说虽然不合，但他对天文学家哥白尼学说贡献极多，他又观察天体的位置，其精确的程度，为自古所少见。

　　开普勒在当时的天文界中，算是一位佼佼人物。与那位骄傲而粗暴的第谷，性格完全相反，他是一个穷困衰弱的德国数学家。1599年时，应第谷的邀请，前往普拉克充当他的助手。他不像第谷能作细致的观察，唯善作精确的计算。1601年第谷死后，他遂开始分析第谷观察所得的资料。又经过了几年不间断的计算，他终于在1609年发表一本书，其中包括住著名的"开普勒定律"，证明太阳是在太阳系的中心，哥白尼的学说果然正确，但是行星绕日而行的轨道，并不是哥白尼所想象的那样正圆，而是一个椭圆形。

那时意大利的比萨大学有一位青年教授，他做了许多的实验，证明了新的科学事实，他将亚里士多德的学说完全推翻，因此其他的教授全是他的仇敌。原来这些教授已将亚里士多德的学说教得烂熟了，他们对于这位名叫伽利略的青年教授，简直不能了解，因为他绝不肯接受先哲的遗说。亚里士多德说物体的下坠重的比轻的快，伽利略于是爬上耸入云霄的比萨斜塔做实验，证明亚里士多德的判断的错误。

伽利略在巴达大学教书的时候，忽然听见一个惊奇的消息。原来有一位荷兰光学家名叫利波尔赛的，制成一种"幻境"。他的一个小儿子在他的店中游玩，无意中将一块凸透镜放在另一块的前面，忽然发现远处的教室的屋顶，在镜中好像移近了许多。利波尔赛抓住了这个奥妙，因将两块凸透镜放在一个管中，于是制成了所谓幻镜。自从这消息流传到巴达以后，伽利略决意自己也做一具，用来观察天空。

开普勒在1609年发表了他的著名定律，伽利略也在这年初试他的望远镜观察天空，不过制作简单，仅在一旧笛管的两端，各设一透镜而已。其时人类研究天文已久，但各人所能见的天体，同古埃及、巴比伦或希腊人所见者没有什么差异。自从有了望远镜以后，一切全变了，这小小的望远镜，竟渐渐揭示了天空的秘密，使人类对于宇宙之大的问题，从此有下手的方法了。奇特的发现，接踵而起，这简直使伽利略有些手忙脚乱。他的小望远镜，不但泄露月亮里面的山脉，而金星运转之位相，与月亮相似，亦同时实证了。此外还有一件最奇的事，就是回绕木星旋转的四个极小卫星，也被伽利略所发现，这是在1610年1月8日的事情。从那时起哥白尼学说奠定了基础，尽管巴达的教授们的全都在肆意嘲笑，也无济于事。从伽利略写给开普勒的信中，可以看到当时那些教授的所处的狼狈的境况：

开普勒先生：假如我们能聚首谈笑，其乐何如。在这里，巴达的一位哲学教授，我屡次极恳切地劝说他看一看望远镜中的月亮和行星，全被他拒绝了。你为什么不能到这里来呢？唉！这种高贵愚蠢的行为，多么可笑啊！

但是几年以后，这件事情已非笑谈。意大利哲学家、唯物主义者、哥白尼地动学说的热情宣传者乔丹诺·布鲁诺因坚持地球围绕太阳旋转的学说，受教会残酷迫害，长期流亡国外，1592年被诱捕，在意大利百花广场被处以火刑。年老的伽利略也被迫翻改前言，所以他的晚年，如同失去自由的犯人一般，晚年被罗马宗教裁判所长期监禁，双目失明，死于狱中。

为什么当时的人，特别是教会统治者，那么坚决反对地球围绕太阳旋转的学说？因为他将摧毁反动统治阶级的世界观和宝座。

试想伽利略等科学家，忽然叫人们相信人类栖息的地球，连同上面的海洋、山河、田野、房屋，以及其他的一切，并不是固定的扁平物体，而是一个绕轴自转的球体，沿着轨道，围绕太阳不停地转，自然让他们感到异常的惊奇了。它无疑将以往一切已成文的事实推翻，而使地球素日的尊严，为之扫地。他们都相信，地球是宇宙最主要的角色，偏偏伽利略不信，用科学的著作雄辩地说明：地球是在旋转之中，而且他是围绕太阳旋转的许多行星中之一个。它推翻了沿袭千百年来传统秩序和观念，这样怎么不被教会视为异端邪说呢？

从那一天起，一直到现在，天文学家对于"宇宙之大"问题的研究，便一天深似一天，结果人类所知道的宇宙愈来愈大，而地球的重要性却逐渐减小了。

伽利略的时代，人类所知道的行星，除地球外仅有五个——这五个在上古时代已经知道了。1781 年，抛弃音乐而从事天文研究的英国籍德国天文学家威廉·赫舍尔（1738～1822 年）发现天王星，发现太阳系整体在天空中的运动；50 年后又增添了一个海王星。1930 年，美国天文学家克莱特·威廉·汤博（1906～1997 年）根据行星运动的摄动理论计算，在罗威耳观象台，发现了第九颗行星，名叫冥王星。天文学家这种探索太阳系的事迹，已经够伟大的了。但还有一件更要紧的事，就是天文学家仍在从事于"恒星宇宙"范围的探测。

我们为明了起见，先做一个宇宙的模型，然后再叙说天文学所告诉我们的事迹。这步工作的出发点，当然是太阳和其他的行星所组成的太阳系。现在我们拿一个直径一尺的圆球，用来代表太阳，那么，如依照同样的比例尺，地球可以用一粒直径十分之一寸的菜籽来做代表。假如我们将这菜籽放在距离圆球 100 尺的地位，我们便得到一个太阳，地球及其间距离的模型了。太阳与地球的距离，今日人类所知道的是 9300 万里，所以这模型中的 100 尺，就代表此数。

现在我们再找八粒菜籽，用来代表其他的行星。从圆球向外边数去：第一粒是代表水星，与圆球间的距离，应当是 38 尺；第二粒，应当放在距离圆球 72 尺的地方，这是代表金星。至于第三粒就是距离圆球 100 尺的地球，其余的六粒菜籽，与地球间的距离，全都超过 1000 尺。第四粒代表火星，第五粒木星，第六粒土星，第七粒天王星，第八粒海王星。另外的一粒，便是代表后来发现的冥王星。我们安置菜籽的时候，如依照前面的比例尺，则最外的一粒，就是冥王星，应当距离太阳约一里。

一个圆球，九粒菜籽，如将它们中间相隔的距离，依照比例尺摆好，则宇宙太阳系的模型，就在我们的眼帘之中了。近代的天文学家告诉我们说，太阳和星并没有分别，太阳就是宇宙中的一颗星，换句话说，宇宙中的星，都是太阳。所以我们尽可能地找一个圆球，来代表一个离太阳系最近的星。那么这个圆球，应当在我们模型中的什么地方呢？5 里远？那太近了，10 里吗？仍然太近了，1000 里？似乎还近一点，实实在在，这个新的圆球应当放在距离代表太阳的圆球 5000 里远的样子。闭上眼睛，先想一想，这是什么意义呢？假如我们的太阳系模型，放在美国的东边，则那个球应当放在欧洲。如果我们将整个的地球表面来做这宇宙的模型，充其量也不过只有三个或四个星球的地位，一个在欧洲，一个在亚洲，一个在太平洋中，另外的一个，恐怕要放到南极去了。

近代天文学家估计"银河系"中有 400 亿颗星星。400 亿颗的星星！便是用整个的地球表面做模型，也只能安放其中的四个而已。从这点看来，也许我们可以领略到一点什么叫做宇宙的意思了。

第三十九章　秦牧与科学文艺

本章要点：秦牧生平；秦牧的科学文艺小品文。

一、秦牧生平

秦牧，广东澄海人，1919 年 8 月 19 日生于香港。童年和少年时代在新加坡侨居，13 岁回国后，先后在澄海、汕头、香港等地就学。抗日战争时期，他在香港华侨中学念高中三年级，遂中止学业，离开香港赴内地参加抗日宣传工作，辗转在广州、桂林、重庆等地，担任演员、战地工作队员、教师、编辑等。1938 年开始在广州报刊上发表作品。《秦牧杂文》，这是他的第一本集子。1941 年参加中华全国文艺界抗敌协会，1944 年加入中国民主同盟，1945 年加人中国民主同盟，担任过民盟中央机关刊物《再生》的编委。1946～1948 年，在香港从事写作。

新中国成立后，秦牧历任广东省文教厅科长、中华书局广州编辑主任、《羊城晚报》副总编辑、《作品》主编、暨南大学中文系主任、广东省文联副主席、中国作协广东分会副主席、中国文联第四届委员、中国作协第三、四届理事，是中共"十二大"代表。1963 年加入中国共产党。粉碎"四人帮"后，创作了大量作品，几年来，仅结集而成的散文集就有 10 多部。自选集《长河浪花集》是其散文的代表作。还出版了《艺海拾贝》的姐妹篇《语休采英》。1977 年 10 月，秦牧被借调到北京国家出版局，参加新版《鲁迅全集》注释审订工作，是定稿负责人之一。这一时期秦牧任中国作家协会理事、全国文联委员、广东省文联副主席和执行主席、作协广东分会副主席、《作品》杂志主编，兼任暨南大学中文系主任，并被选为中国当代文学研究会副会长、中国当代文学学会顾问。1992 年逝世，享年 73 岁。

秦牧馆藏作品：《秦牧全集》《火种集》《秦牧散文集》《彩蝶树》《秦牧儿童文学全集》《秦牧文集》《秦牧散文选》《花城》《秦牧科普作品选》《华族与龙》《艺海拾贝》《哲人的爱》《在国际飞机翼下》《翡翠路》《森林水滴》《秋林红果》《秦牧华侨题材作品选》《秦牧论散文创作》《访龙的家乡》《中华散文珍藏本·秦牧卷》《寻梦者的塑像》《盛宴前的疯子演说》《巨手》《晴窗晨笔》《愤怒的海》。

二、秦牧的科学文艺小品文

1. 让科学和文艺相结合——《秦牧科普作品选》前言

我虽然也算是一个从事著作的人，写过十几本书，但是，我做梦也没有想到：自己的书会在一个省的科学技术出版社出版。这样的事情，对于一个文学工作者来说，的确是破题儿第一遭。

这本书是应江苏科学技术出版社之约，从我几十年来的许多作品中选拔编辑而成的。不用说，这类作品的内容，多多少少，都和自然科学有一丁点儿关系。唯其如此，科技出版社才愿意出它。从一个文学工作者写的书能够被科技出版社接受出版这一点，又可以想见：科普著作包括科学文艺、科学小品一类的书籍，出版的势头，正在越来越高。它的浪花，甚至把我们这类边缘人物的衣衫都溅湿了。或者说它的浪潮，把我们这些文学工作者也给卷进去了。

我们生活在一个科学技术突飞猛进的世界上，当代的科学技术，正在以"加速度"前进。不管我们愿意与否，我们无时无地都不得不接触许多当代科学技术的成果。在中国内地的农村和城市，我们固然越来越多地接触到这些日新月异的东西，一到香港、澳门地区，我们看到的就更多了。电脑、口袋里的通话器、海底隧道、太空馆之类的东西，使人目不暇接。一到更远的海外，例如我所到过的美国和新加坡，接触这类的科技成果就更多了。尽管我并不是科学技术工作者而是文学工作者，现实生活却迫使我们这类人也不得不学点科学。这样，我有时就稍为涉猎旁门，试写一点儿科学小品。我们原本所知甚少，但如此一来，竟有些专写科普作品的朋友出版书籍的时候，也找我们写序了。全国科学大会开幕的时候，我们也居然去当起"文学记者"了。"硬着头皮""迫上梁山"，这些词语大概堪为我们这类人物写照。我自己除文学外，比较喜欢的学科是生物学，因此，我写的一些勉强可以称做"科学小品"的东西，也大抵以这方面的内容为题材。我们写的这类作品，大抵是"一块猪骨头熬了一大锅汤"（特别是科学故事和科学童话），即一点儿科学性的东西，加上许许多多的文学描写。比较起好些专门从事自然科学研究的朋友来，那个不同之处，大概就在于猪骨和汤的比例颇为悬殊（他们许多人的特点是锅里一大堆猪骨，却只放一点儿汤）。我想，科学文艺是有许多写法的。让我们互相借鉴、互相批评，大概不无好处。自然，这个集子里的不当之处，我是竭诚希望听到批评的。

我们的国家已向着"四个现代化"的目标前进。在这个过程中，除了其他的特点外，学科学、讲科学、用科学的空气必然会一天天浓起来，而科普作品的大量发行，也必然是"题中应有之义"。科学小品只是"小品"而已，并不是什么完整的科学体系，不是什么皇皇巨著，但是在激发千千万万读者（特别是少年人）的科学兴趣，鼓励群众跨进科学门槛方面，它潜移默化的作用，却是不可低估的。科普作品在世界兴起100多年以来，由于凡尔纳、法布尔、法拉第、伊林、阿西莫夫等先驱者的努力，它在世界范围的影响，正一天强似一天。以中国来说，由于有了一批老科普作家筚路蓝缕，英勇

469

开路，今天的影响也已经越来越发可观。好些城市举行科普作协会员大会的时候，往往济济一堂，热闹非凡，今天科普作者的队伍之大，已经远远把20世纪60年代的纪录抛在后头了，但是，话说回来，和历史纪录比，今天的盛况是空前的；和客观需要比，距离可仍然不小。这表现在：北京、江苏、辽宁等重点科普出版社，仍然未能得心应手地组织到大批的稿子。再说，科普作品个别虽然也有印数颇大的，但是，总的来说，一本书的印数仍然偏少。怎样在数量上、质量上取得新的突破，这就得看大伙的努力怎样了。有一点是我们可以肯定的：自然科学工作者应该有更多的人掌握文学手段；文学工作者也应该有更多的人学点自然科学。两支队伍"会师"，科学文艺的蓬勃气象，就必然更有可观了。今后我们每年的畅销书目中，科普作品要是都能雄踞一席，那就差强人意啦！像高尔基所说的"科学和文艺结合"，是我们大家都应该努力的方向。当然，在这项工作中，应该"挑大梁"的主要还是自然科学工作者，文学工作者如我辈者大概只能够敲敲边鼓而已。我们偶尔写点这方面的作品，就含有凑凑热闹、呐喊助威的意思。这点儿私衷，在这儿，我想，表白一下也好。

这本集子里的43篇作品，写作时间距离前后近30年。它的读者对象，本来并不一律。有些是给小朋友们看的，有些则完全以成年人为对象。现在，我把它们编在一道了。因为，对于成年人来说，读点童话之类，大概有时也不无兴趣吧。稿子分成五辑：第一辑是科学小品；第二辑是人物谈；第三辑是故事；第四辑是童话；第五辑是报告和漫谈。一根比较粗的文学的线，和一根比较细的科学的线，互相交织，把它们贯穿在一起了。在编排上，我不以时间，而以体裁、性质为序。这样，看起来比较有点系统性。

虽然本书的名字叫做"科普作品选"，但是，我请读者们不要忘记，它出自一个文学工作者之笔，它基本方面仍然是一部文学作品。

（《秦牧科普作品选》1986年3月由江苏科技出版社出版）

2. 姓氏的历史烙印

有个从事文化工作的朋友写了这么一副对联：

> 鱼游石孔秋江冷，
> 柏成林丛夏岳高。

表面上看，这是一幅描绘景色的对子，前句写的是秋天降临，江面寒气渐浓，鱼都潜到水底去了；后句写的是夏天的风物，岭上松柏成林，由于树木迅速长大，夏天的山岳好像也显得更高了。

这幅对联有一个特点，它是用中国人的姓氏组成的。姓氏可以这样组成吟咏风物的句子，可见它是相当丰富的了。

我们还尽可以把中国人的姓氏组成方向、米麦、杨柳、宫郭、戎狄、巫仆、文武、商贾、年成、安乐、祖孙、老少等词汇，从这些方面，我们同样可以想见中国姓氏的丰富。

宋代成书的《百家姓》，把姓氏编成可资诵读的一本薄薄的书，但那里面所搜集的几百个姓，实际上并未把国人的姓氏搜罗尽至。

姓氏丰富也是一个国家历史、文化悠久的表征之一。

透过国人五花八门、林林总总的姓氏，我们可以想见历史上许多方面的事情。

那些女字旁的古姓，像"姬""姚"等，使我们想起远古时代的女性中心社会留下来的痕迹。

从夏、殷、周、齐、鲁、晋、楚、韩、赵、魏、秦、宋等姓氏，令人想起了中国大地上许多古国的名称。

从骆、虎、蚁、鹿、羊、马、牛、熊、鸟、龙、鱼、鲍等和动物名称相同的姓氏，使我们想起太古图腾社会错综复杂的影响。

从金、翦、萨、慕容等姓氏，我们想到了中华民族血统交流和融合的痕迹。

从刁、折、薄、边这类姓氏的存在，我们可以隐约感到一些人的姓氏是在胁迫下接受过来的。我们虽然不可能——找出他们古老的源流，像地质学者到长江、黄河的源头去勘查一样，但是，新中国成立后，在土地改革中发现：好些地方的农民，由于辗转流离，在地主的城堡旁边开垦土地时，被强迫接受了某个姓氏的事情是不少的。由此类推，有一些姓氏，是贫苦者在受压迫受奴役的状态下产生的。尽管那个过程，已经为历史的云雾所笼罩，——拨开尘封揭露它本来面目，不是容易的事。至于封建王朝有"赐姓"的花样，那是大家都知道的。

面对着色彩缤纷、各种的姓氏，你可以想到：他们是在历史上通过复杂的途径，一步步产生出来的。有些姓氏，甚至和父母的血统，根本无关。

在中国，封建宗法社会的影响是这样的深远，把姓氏看得庄严得不得了的大有人在。拉宗族关系时大讲什么"一支笔写不出两个姓氏"，赌咒时讲："如果我办不成这件事，我就不姓什么什么"，其实，姓甚名谁统统不过是一个个符号而已，他并未真正印证世俗流行的那种"x性血脉"的观念。

这样子说，那种把姓氏看得十分纯洁庄严，以为它体现了"x性血脉"的人一定会跳了起来。其实，"x性血脉"的观念是经不住寻根究底的科学分析的。

照理说，某甲的儿女，父亲就是某甲，某乙的儿女，父亲就是某乙，这应该没有疑问，这样说是对的。但如果说姓赵、钱、孙、李的人就必定是赵、钱、孙、李的祖先多少千年来的"一脉相传"，客观上却不符合实际。赵、钱、孙、李在这儿只是举例，实际上所有的姓氏，所有的人，情形都是这样。

姓氏留下了历史的烙印，男性中心社会多少年来留下的烙印就很深。

一男一女结婚，生下的孩子，有一半是男方的血统，有一半是女方的血统（这正像生物试验，两种颜色的生物结合后所生的下一代，具有雌雄双方颜色特征的道理一样），这是清楚不过的。但是在男性中心社会里，孩子只姓父亲的姓，把母亲一方的作用在姓氏上给抹掉了。累代相传，男方的姓氏一直给保留下来，女方的姓氏不断给抹掉，这就在姓氏上给人们造成一个错觉，以为这个姓氏毫无疑义地体现了"x性血脉"。

其实，这不过是一种假象罢了。

A性（男方）和B性（女方）结婚，生下的孩子，A姓血统实际只有1/2。这个孩子长大了，再和C姓女子结婚，生下的孙子，A姓的血统又递降到1/4了。孙子长大了再和D姓女子结婚，生下的曾孙，A姓血统又再降到1/8了……

数学史上有一个故事，一个数学家和国王对弈，他要求，如果他赢了，请国王给他一点赏赐。赏赐的标准是一粒麦子的三十六次的倍数（按几何级数①、②、④、⑧、⑯……式的增加），国王以为这所值无几，爽快答应了。谁知按几何级数累进起来的值大得惊人，计算起来，国王即使尽倾所有也无法履行诺言。既然不断地增加一倍，几十次之后，一粒麦子可变成如山般的天文数字，不断地减一半，几十次之后，同样可以成为天文数字多少亿分之一，道理不是十分明显吗！从历史事实看来，每1 000年可以传三十几代，自有人类以来，已经传了多少千代了呢！

男子一方的血统有这样的状况，女子一方又何尝不然？所以，实际上，每一个人的血统都是异常复杂的，是许许多多姓氏的人混合的产物。数量很大的一批人所以有"万代一系""x性血统"这样的观念，不过是由于男性中心社会习惯把男性一方的血统当做血统，不把女性一方的血统当做血统，硬是把男方姓氏一代代地固定传袭下来，在人们中间造成错觉罢了。

世界上也有些地方，人们的名字既加上父姓，也加上母姓，例如西班牙语系的许多国家就是这样。但父姓是固定袭用下去的，母姓则代代变化，隔一代就抹掉一个，结果，情形也和上面所叙述的并没有两样。

如果某一姓氏的人们，只和自己同血统的宗亲兄妹结婚（世界上也有极少数落后民族这样做了），看来该不会"血统外流"了吧，但是那样做，结果又招致畸形病的发展，以致种族的衰亡。

揭开历史的面纱，面对客观的事实，每一个人的血统都是异常庞杂的，硬要冠个姓氏，以示单一纯粹，不过是男性中心社会的花样而已。它有意抹去女方血统的作用，使子子孙孙姓男方的姓，给人造成"一脉相传"的错觉。

名字固然只是一个符号，姓氏也只是一个符号。姓氏虽然不一定需要废弃（自然愿意的人也尽可以放弃），仍然可以作为一种传统习惯加以保留，但是宗法社会对于姓氏的那种错误观念，必须彻底戳穿。

也许这样面对事实，对于计划生育的推行，对于封建宗族观念的荡涤，是有一些好处的。

今后，用丰富的科学思想把自己武装起来的人们，将不会为什么"传宗接代"的问题而操心，将不会为了得到奖励和避免惩罚才去计划生育，将不会有什么"同姓一家亲"的宗法观念，将不会视儿女为私产而对集体的后一代漠不关心，因为每一个孩子尽管有他们自己的父母，然而就其血统来说，却是复杂的，是人类、民族共同的后代。

第四十章　秦似与科学文艺

本章要点：秦似生平；秦似的科学文艺小品文。

一、秦似生平

秦似（1917～1986 年），原名王缉和，作家、语言学家，广西博白人。1940 年在桂林任《野草》月刊主编，后任香港《文汇报》副刊编辑、《野草》丛刊主编。新中国成立后，历任广西省戏曲改革委员会主任，广西省文联副主席、广西省文化局副局长，中国语言学会理事。他是中国文联委员、广西语文学会会长，广西壮族自治区第四届、第五届政协副主席。著有杂文集《秦似杂文集》等 5 种、韵书《现代诗韵》、文学评论集《两间居诗词丛话》、语言文字学著作《汉语词族研究》、剧本及人物传记《沈括》《巴士特传》等 10 余种、翻译小说《人鼠之间》等 4 种。

人们都知道他叫秦似，其实他本姓王，是我国著名的语言学家王力的长子。

广西博白县岐山坡村是王力的家乡。王家是一个世代读书为业的书香家庭。1917 年 10 月 15 日，王力有了第一个儿子，起名王缉和，又名王扬。王缉和 6 岁就读本村小学，10 岁进博白县立高小，14 岁读博白县初中。由于从小博览诗书，童年时就显露出了文学天赋，进初中后，王缉和对文学更表现出浓厚的兴趣。1933 年，他刚读玉林高中，诗歌、散文、小说都写出来了。玉林有张《国民日报》，仅一个学期，他就在上面发表了 10 多篇作品。1934 年，他考上了广州知用中学高中，在这期间，他就已参加编辑香港《循环日报》的文艺性副刊"文艺周刊"，还在副刊上发表了许多诗歌。

抗日战争爆发后的 1937 年 9 月，王缉和考上了在梧州的广西大学化学系。一开始，他就积极参加抗日救亡运动，还担任了西大学生会进步刊物《呼声》的主编。第二年，广西大学理工学院迁址桂林。国难当头，热血沸腾的他已不能安心书斋读书，便投身轰轰烈烈的抗日救亡工作。1939 年春天，他到贵县中学教书兼做《贵县日报》副刊编辑；在《贵县日报》发表了许多宣传抗日救国、针砭时弊的文章，遭到当地反动分子的强烈抵制，最终被迫辞职。这期间，他还受生活、读书、新知 3 家进步书店的委托，在贵县设立秘密中转站，帮助把大批从上海撤出的进步书籍运往桂林、重庆等地。1939 年年末至 1940 年年初，他又在藤县开设"抗战书报供应社"，但不久就被反动当局查封了。

1940年2月，王缉和开始向在桂林的《救亡日报》投稿，从此署用"秦似"笔名。为何用"秦似"？了解的人都知道，"秦"，是他的母姓，而"似"是什么意思？据他说："似"字是由"以""人"两字构成。他要做真正的人，"以人"的姿态屹立世界。

他最先发表于《救亡日报》的是杂文《作家二例——谈佛列达渥地利与赛珍珠》，此文一开始就显露出过人的才华和锋芒。随后署名"秦似"的作品便一发不可收了。如此，频频在《救亡日报》上出现"仿鲁迅笔法，可以乱真"（夏衍语）的秦似杂文自然引起了《救亡日报》主编夏衍的注意。爱才的夏衍便写信要秦似"尽最快"去见他。

1940年3月，秦似应约到桂林拜见了文学大师夏衍。当时桂林是抗战大后方，全中国的进步文化人皆云集于此，据说有1 000多文艺家和文学家，单报纸就有10来种，各种文艺刊物竟有近200种，被人称为"文化城"。进了"文化城"，秦似如鱼得水，马上向夏衍建议"办一个活泼、专刊短文的杂文杂志"，立即得到夏衍等的赞同和支持。1940年8月20日，《野草》创刊号问世了，编委有夏衍、聂绀弩、宋云彬、孟超、秦似，秦似负责编辑部日常工作。郭沫若、茅盾、柳亚子等一大批现代文学泰斗都是《野草》的热心支持者和撰稿人。

《野草》在中国现代文学史上有着极高地位。《救亡日报》评价《野草》"创办之主旨，乃欲最大限度运用杂文的力量，促进民主运动，笔调注重活泼与趣味，诚抗战以来尚未多见的杂文刊物"。《野草》继承了鲁迅的战斗精神、促进了中国杂文的发展，是中国现代杂文史上的一座里程碑。《野草》宣传抗日救国、反分裂、反倒退，在抗战文艺刊物中影响巨大，毛泽东和周恩来都十分关注它。毛泽东嘱人把每期的《野草》都寄给他两份，周恩来对办好《野草》的编辑方针做过两次具体指示。

"文化城"的空气和氛围，很适合秦似的发展。他开足马力不停地工作。办《野草》那种繁忙是外人想象不出的，筹集资金、应付编务，还要应对当局的打压……可他竟然还能另主编了《野草丛书》，与孟昌庄寿慈等人创办和编辑《文学译报》；还能出版了杂文集《感觉的音响》《时恋集》，翻译了长篇小说《人鼠之间》和长诗《少女和死神》。在桂林，秦似简直成了文字机器。

《野草》在艰难的环境中挣扎了3年，终于在1943年6月被国民党当局查封了。秦似只得和夫人陈翰新一起到道慈中学教书，但一个学期还未结束就被校方辞退了。戏剧家田汉马上将秦似夫妇接到桂林施家园和他家住在一起。为解决秦似的生活问题，田汉还请"四维平剧团"聘秦似，给剧团的儿童班上文化课。1944年6月，日寇逼近桂林，湘桂大撤退开始了。秦似、秦牧、曾伟3对夫妇，在桂林好不容易挤上开往贵州的火车，可是只到了柳州就被阻住了。三家人只好租了一条小渔船，在柳江边漂泊挤住了一个多月。然而日寇飞机的空袭却提醒，柳江的渔船也不是久留之地。秦似于是在1944年冬天应邀到博白中学教书。

1945年2月26日~3月3日，秦似参加了中共广西省工委黄彰等领导的桂东南抗日武装起义，起义悲壮地失败，很多人牺牲了。不久，重庆等地的报刊出现了秦似夫妇遇害的报道。著名诗人柳亚子见报后很伤心，写了两首痛悼秦似夫妇的律诗，前言写道："迩冬书来言桂林燹后，秦似走归博白，与其夫人骈死乱军中，诗以哀之。"两首诗更是沉痛："天涯惊噩耗，怀旧涕潸然。烽火怜非命，干戈损盛年。""文章忧患始，伉俪死生缘。留取高名在，还凭野草传。"

不久，又盛传"秦似未死，现在广西某县狱中"，但被勒索 10 万元赎金的消息。于是，司马文森、聂绀弩等一批作家相继在报刊发表文章，呼吁社会各界救援秦似。但秦似既没牺牲，也没落入敌手。他在家乡人缘好，突围后被人用轿子抬到陆川，在一农户藏了几天，逃到合浦县潜伏下来了。国民党当局悬赏 6 万斤谷子买他的脑袋，到处张贴布告通缉也没能抓住他。此消息传至后方，聂绀弩立即在《观察》杂志上发表了《欣闻秦似未死》，人们才知道真实情况。"大好头颅不用伤，临危千古笑隋杨。刑天自要舞干戚，志士何曾畏虎狼。"这首名为《掩居》充满豪气的诗就是他在那段最危险的日子里写就的。

1946 年夏末，当通缉秦似的布告还在广西城乡到处张贴时，秦似已从湛江经广州辗转到达香港了。随着秦似的到来，这年 10 月，桂林的《野草》在香港复刊了。他仍和在桂林一样负责具体的编辑工作。

5 年前，《野草》在桂林创刊时，秦似亲笔写的代发刊词就说："……野草虽然孕育于残冬，但苗长和拓植必须在春天的。如果严冬再来的话，它自然还得消亡。'野火烧不尽，春风吹又生。'"这下，秦似果真让关心他的人们看到了一份顽强的《野草》。

秦似在香港和在桂林一样生龙活虎，但香港是一块殖民地，要在那儿生存并不容易，加上妻子和女儿不久也来到身边，生活负担变得更加沉重了。他除了编辑《野草》，还要翻译《华商报》的电讯稿，更要挤时间写文章。为增加一点收入，他还到中学去兼课。

1947 年 4 月，是秦似人生的一大转折点，他在香港加入了中国共产党。1949 年是中国发生翻天覆地变化的一年，那一年对于秦似个人也是难以忘怀的。就在那一年春天，他应香港《文汇报》之请，编辑《文汇报》副刊"彩色版"。这个文艺性副刊每周出 6 期，他在这个副刊上开辟了"半年小集"的专栏，发表了 100 多篇短小精悍的杂文，痛快淋漓地抨击了将中国拖入苦难深渊的蒋家王朝，尽情地欢呼人民战争的伟大胜利。那段时间，他还和文学巨匠茅盾共同主编《文艺周刊》。

1949 年 10 月广州解放，秦似立即赶往广州，参加《南方日报》的创建工作。1950年 1 月初，张云逸的司令部及广西的工作团进驻南宁，中共广西省委和省政府很快就建立了起来，秦似被任命为省委统战部办公室主任。当年初秋，他率领一个主要由民主人士组成的广西参观团前往华北、东北等地参观，一路上耳闻目睹的新气象、新事物使他激动不已，他以"北行杂记"的总题，一连写了 10 多篇报道式的散文，发表在香港的《大公报》上，向海外介绍了新中国的新面貌。

在统战部干了一年后，秦似被任命为广西文化局副局长。广西文联、作协成立的时候，他当选为副主席。在文化局，他分管戏剧工作，兼任广西桂剧团团长。他改编的几个剧本都是比较成功的，如桂剧《秋江》《西厢记》就受到普遍的欢迎，还代表过广西参加过中南和全国的会演，后来还获得过"建国三十年来优秀剧本奖"。再如26场的京剧《牛郎织女传》当时引起了一些争论，《广西日报》曾展开过关于此剧的讨论。1952年，桂剧在参加中南和全国会演时，得到了一致好评，1953年冬，秦似还率领广西剧团前往朝鲜进行慰问志愿军演出。

1956年下半年，秦似在《人民日报》和《新观察》发表了几篇杂文，对当时在中国抬头的浮夸风和教条主义提了一些批评意见，"反右"时竟给他带来了灾难性的后果：1958年年初，他被处以撤销党内外一切职务、工资降二级，下放到玉林县大路公社当农民的惩罚。1959年8月，他才被调回设在桂林的广西师院中文系任教，身份是无职称无级别的普通教员。在此后的20年里，他一直都没有职称，直到"文革"后的1979年，才得以晋升为教授。

1963年，已经接近知天命之年的秦似背起行李，前往北京大学，在他的父亲王力那里进修汉语音韵学。因为经常要与青年学生一起听课，他的事使不少朋友感到惊奇。当时的北大中文系主任杨晦，以前曾经是《野草》的投稿作者，他对秦似说："你难道忘记了自己的身份了？"秦似一笑了之，他自有自己的主张，他虽然多才多艺，但却一直没有系统地深入研究过语言文学的某一学科，决心要"补补课"。他选定了汉语音韵学这门"绝学"，因为他父亲是这一学科的泰斗，要深造比别人方便些。

一年多后，他回到广西师院，在大学里开设了音韵学课。1975年，他出版了影响巨大的《现代诗韵》一书，总共发行了近百万册。一位美国汉学家就《现代诗韵》写了专题文章在国外介绍，又把文章寄给王力，向他推介人才。这位美国汉学家并不知道，王力就是《现代诗韵》作者的父亲。

在十年浩劫中，秦似过了长达7年的备受折磨的苦难生活，九死一生。1973年春，他调到广西大学。那一年广西大学开设中文系，他在中文系一直工作到逝世，先后任过系的副主任、主任。1976年春，他参加了《辞源》的修订工作，兼任广西修订组的负责人，一干就是3年。"文革"后，秦似任广西政协副主席、全国文联委员、广西文联副主席、广西作协副主席。

1986年7月10日，秦似病逝。

二、秦似的科学文艺小品文——文学与科学的结合点

科学和文艺，看来是两码事，却是可以结合的。科学和文艺都应该为人类造福，在这个共同目标上二者完全可以结合，这个结合点，便是科普创作。

中国早就有了科普创作，有两个人都应算科普创作家。一个是北宋的沈括，他是个大科学家，英国研究科学史的李约瑟教授，把他称为中世纪世界上最杰出的科学家。沈括在天文、数学、地学、气象、物理、化学、动物学和植物学等许多方面都有所发明，确是了不起的伟大的科学家。但他写的高深论文不多，他许多发现都记载在文学笔记本的《梦溪笔谈》上，并非准备给专家看，而是准备给一般人看的。另一个是明代的徐

霞客，他第一个研究了岩溶地理，也并没有写成专门的论文，而是记载在他的《徐霞客游记》中。

我认为他们都是科普创作的前驱，虽然那时还没有科普创作这个名词，但他们已做了这个工作了，而且做得很出色。

科普创作是科普工作的一个部分，而且是相当重要的一个部分。从事科普创作的人要具备两个方面条件，一是有一定的科学知识水平，二是有文艺的素养。上面我们说到，科学家自己也可以搞科普创作，但我们还不能要求写科普创作的人都是科学家。

我青年时代读过一点自然科学，1948 年写过两本小册子：《巴士特传》和《居里夫人传》。这两个科学家的事迹都深深感动了我。人类知道细菌这东西，是在 19 世纪中期，发现细菌的是法国的巴士特，那时许多科学家对于食物的腐败、伤口的溃烂等现象，都无法解释，因而认为"物腐虫生"是一种自发现象，认为生物可以自然地发生。我写这小册子时，还有一位叫罗广庭教授在广州、香港大事宣扬"生物自然发生论"。巴士特用个很简单的办法打败了"自然发生论"。他把食物放在瓶子里煮沸，瓶子里也因此受到了蒸汽消毒，密封起来，留一个曲颈的瓶嘴让空气进去，由于细菌在弯曲的地方停了下来，里头的食物便不会腐败。现在，连小学生也懂得细菌了，但 100 年前连大学教授也不知道。这就叫科学发展推进了人类的文明史。

半个世纪以来，科学有了很大的发展，许多新的科学知识我都接触不到了，我也就再也没有什么科普的创作。所以我觉得要搞科普创作，首先要爱科学，注意科学领域一切新的发展。

比如说，我过去在中学学的生物学，讲的是门德尔的遗传学说，也就是基因说，后来却宣扬米丘林、李森科，把脑子弄乱了，自己没有能力去判别是非。近年来才觉得很奇怪，马克思主义是强调内因为主的，但自称马列主义的人在遗传学上却认为后天获得和环境影响起决定作用，把基因说说成唯心主义。

科普创作能够为"四化"服务，这是毫无疑义的。怎样服务，我以为有直接的，也有间接的，恐怕在目前更迫切需要的是"雪中送炭"的工作。由于十年浩劫带来的恶果，广大城乡人民的科学文化水平还是很低的。有些地方，迷信风水、求神拜佛的旧思想又像沉渣泛起一样，重新动起来。最近我在广州逛逛六榕寺，烧香的人就不少，有些衣冠楚楚的长头发青年，也在那里捧香下拜。像宣传无神论这样的启蒙工作，依然是我们这一代人一个不可推卸的责任。又比如，在我们广西，和全国一样，保护森林、加速植树造林，实在是一个有着极大现实意义的问题。日本人也替我们忧虑，用不着几十年，长江有可能变成第二条黄河。我国森林覆盖面积比例只占 12%，严重影响着水土保养和人民的健康。如果能通过我们科普创作使得 10 亿人民都来保护森林、发展林木，那便是为"四化"作了很有益的事情。

至于科幻小说，写得好，对于开发人们的智力也是很有好处的，当然也是为"四化"服务的。幻想不等于科学，但科学并不排斥幻想。我国的《封神演义》，宣扬道教和佛教的法力，这本是宋明以来的人们的思想，却当做武王灭商的事来写，当然是很荒唐的。但那里头也有很好的东西，就是类似科学幻想般的故事。由于在我国历史上有这一类创作的影响，连现实主义的小说《水浒》也写了一个可以日行八百里的"神行太保"戴宗。科学发展的事实常常证明着人们有过的种种幻想。捷克作家卡佩克在1920年就提出了"机器人"的设想，那时，机器人只不过是他头脑中幻想的产物，但20多年后，美国果真制造出第一个机器人。

我没有写过科幻作品，应该怎样写，我完全谈不上来。我只知道，在文学创作领域内，科幻作品不仅已成为其中一部分，而且有着非常广阔的天地和远大的前途。其原因，就像前面所说的，文学与科学在为人类谋利益这一共同目标上，是可以找到结合点的。

第四十一章　苏叔阳与科学文艺[*]

本章要点：苏叔阳的简介；浑然天成的中国文化名片——读苏叔阳《中国读本》有感。

一、文学家、剧作家、学者苏叔阳

苏叔阳（1938 年～）当代著名剧作家、作家、文学家、诗人，笔名舒扬、余平夫，河北省保定人。1960 年中国人民大学党史系毕业，任教于中国人民大学、河北北京师范学院、北京中医学院等。1978 年任北京电影制片厂编剧（国家一级编剧），1979 年后任中国作协理事、全国委员会委员；中国电影家协会副主席等。1991 年获国务院专家终身津贴待遇。他创作的话剧《丹心谱》，获庆祝中华人民共和国成立三十周年献礼演出创作一等奖（现文华大奖）。《左邻右舍》获全国话剧、戏曲、歌剧优秀剧本奖（现文华大奖）。近年来的代表作有电影《夕照街》、长篇小说《故土》。作品《理想的风筝》被选入中小学课本。他常写北京市民和知识分子的生活，描写细致，意蕴深厚，具有浓烈的北京风俗画色彩。是我国京味小说八大家之一，曾出访美、德、法、奥地利、西班牙、日本、马来西亚、菲律宾等国家，作学术交流和带电影团参加电影节。他的新书《中国读本》发行 1 200 多万册，被翻译成 10 多国语言出版；《西藏读本》被翻译成多国语言发行。他的作品形成了独有的苏叔阳读本散文体样式。其低调的做派，平易近人及谦逊的为人，在当代文坛屈指可数。多次受邀在北大、北交大等 EMBA 管理学院、孔子学院、鲁迅文学院及全国各类高等院校及大讲堂讲学，受到学界及听众的广泛赞誉。其作品曾获国家图书奖、中国图书奖、"五个一"工程奖、全国优秀短篇小说奖、全国优秀散文奖、人民文学奖、乌金奖、华表奖、金鸡奖（特别奖）等。2010 年 6 月获联合国艺术贡献特别奖，是中国作家目前唯一获此殊荣者。同年 11 月其所著《中国读本》获世界知识产权联盟颁发的中国图书唯一金奖。

---

* 本篇文字为整理者所编。

二、浑然天成的中国文化名片——读苏叔阳《中国读本》有感

以 15 万字再现中华五千年文明史，如何合理取舍、掌握详略，对作者是个巨大考验。在如此有限的篇幅之中，叙述从上古神话时代到现今的中国，涉及面之广，即便百科全书也无所适从。艰巨的工作在苏叔阳手中却如同电影画面般流畅，取舍艰辛，留下的却是一段精彩的历史。不同于其他国家读本多由名人演讲、经典文章等汇集而成的特点，《中国读本》始终围绕着一条中国历史发展和文化演进的主线，以简洁有力的表达，全面展示了中国的历史沿革、自然概貌、民族繁衍、文化形成、发明创造、科技典藏、风俗民情等基本知识，回顾了新中国在各个领域所取得的成就，并对汉字特点、中国思想等中华文明的重点篇章作了翔实生动的梳理。读罢掩卷，它似乎是一件向历史致敬的礼物，追忆往昔的归乡曲。

作为中国当代著名的剧作家、作家、文学家和诗人，苏叔阳从事文化及历史研究多年，作品曾多次获得"五个一"工程奖、人民文学奖等分量极重的荣誉。过硬的文史功底，使苏叔阳的表达既有历史的厚重，又兼具文学的温情。这一切，都被注入了《中国读本》中，"我想写出自己对历史的看法"，在苏叔阳看来，"作者个人要对阐发的观点负责，千篇一律的东西没有意思，历史读物也要写出个人色彩，能引发读者去思考问题"。在写作中，苏叔阳在历史概述上花费的工夫最多。每一句话的复述都要进行反复的推敲，每一个观点的提出都要经过重新思考。

中国人在表达和理解中多采用抽象思维，相比之下，外国读者，尤其是西方读者更倾向于具象思维。如中国山水画多淡雅写意，而西方油画则具体写实。如何处理两种文化在接受信息时的差异？如何让外国读者更好地把握《中国读本》所展示的中国百科？苏叔阳在写作中，注重了换位思考。读者不难发现，几乎在这本书每个章节的开头，作者都以同时期或同背景下的西方文明史作为切入点，为中国的历史变革和文明演进寻找世界背景，让外国读者在走进他笔下勾勒出的世界史的同时，走近中国。比如他写中国的疆域和风貌，写道"公元 7 世纪初，在拜占庭帝国，波斯人（今伊朗）占领大马士革和耶路撒冷城的时候，中国的隋炀帝下令开凿自杭州至北京的大运河"。在表述方式上，细心的作者也注意到不同文化下信息处理方式的转变，比如写唐代的文学成就，作者没有大量罗列极具汉语韵律感的唐诗，而是以"全世界的诗人们似乎都和浪漫的爱情有扯不断的联系"落笔，继而笔锋一转，"但唐代诗人崔护的故事似乎更具东方色彩"，引出了中国人耳熟能详的"人面桃花相映红"，以讲故事的方式完成一次自然而亲切的情感渗透。

正是基于在以上层面的细腻笔耕，苏叔阳笔下的《中国读本》让外国读者在"走进世界"的同时"走近中国"，不显突兀，浑然天成。

当下，中国正在更多层面上将触角伸向世界，也在更大范围内与各种文化、价值观博弈、融合。人们所关注的，不仅是她不断刷新的经济增长、不断深化的社会改革，还有这个文明古国的历史积淀和文化归属，关注她正向这个世界以何种姿态，传达何种声

音，建立中国对世界清晰而有用的价值观。

在这样的一条道路上，我们需要更多的《中国读本》，让世界听见中国前进的脚步声。在这条道路上，所有的出版人任重而道远。

"中国是一个怎样的国家；她走过怎样的道路；她悠久的文明都是些什么"，对每个渴望了解中国的外国读者而言，打开一本介绍中国的读物时，想必都怀有以上好奇和期待。《中国读本》（2001 年修订版）便是这样一本书，它用简短有力的诗体语言，配以丰富细腻的精彩插图，将以上三个问题仔细梳理、娓娓道来。

这部最初作为中国青少年了解祖国的普及读物，以 15 万字再现了中国五千年的悠久历史和博大文化。2004 年，我国提出文化"走出去"战略，《中国读本》被作为重点书目推出，作者苏叔阳根据外国读者的阅读习惯对该书进行了修改：以西方文明发展史为参照线，将中华文明在各个时期的发展与之对应，给外国读者勾勒出一条在世界格局中走近中国的发现之旅。内容的翔实生动和一系列结合中西审美特点的包装推广，使得《中国读本》成为中国图书"走出去"影响最大的图书之一，目前已被译为 15 种文字，全球发行超过 1200 万册。苏叔阳本人也于 2010 年 7 月荣获联合国颁发的"联合国艺术特别贡献奖"，成为首位获得该奖项的中国作家。

《中国读本》的海外热销，首先得益于外国人渴望了解中国的世界趋势。作为西方人眼中一度神秘的东方古国，经过 30 多年改革，中国与世界有了更多的磨合和博弈，来自各个角落的关注目光投向这里，渴望了解，期待对话。无论是中国的经济、政治特点，还是历史、文化根基……外国读者迫切希望能有一系列关于中国的读物，从各个层面解答他们的疑虑和好奇。然而，就我国目前的对外出版情况来看，真正满足他们阅读需要的读本仍显不足。

从主观上看，自我国 2004 年提出文化"走出去"战略开始，对外出版业仍处于摸索和积累阶段。如何把握外国读者的实际需求，不仅需要大量的前期调研，还需要后续的人才储备，建设一支熟知中国国情，同时善于在多种文化间充当"翻译"的人才队伍，这一队伍中，也包括能够举重若轻，以"大家小书"的笔法推介中国文化的"苏叔阳"们；从客观上看，中国文化本身相对庞杂，线索繁多，对外出版作为"走出去"战略传播项目的一部分，如何达到最佳的传播效果，灵活的传播方式和恰当的语态表达非常关键。正如成龙的好莱坞喜剧动作片，让外国人在愉快观影间记住了"飞檐走壁"的中国功夫；无数个深入世界各地的中餐馆，打响了中国菜肴的世界品牌。我国当下的对外出版，也需要摸索出一套高效传播模式，像影像一样潜移默化地表达，像中餐馆一样遍地开花。《中国读本》便体现了这样一种可贵的探索。剧作家出身的苏叔阳，善于拿捏戏剧表达中的冲突和情节，寥寥几笔引发无穷想象，使本书的行文风格宛若一个邻家老爷爷讲故事，从上古神话开始，以一种娓娓道来的亲切语气叙述着一个文明的兴衰荣辱。笔尖从容而温馨，以一种平和的心态，讲述着家国的春华秋实。此外，大量精致丰富的插图分布书中，从《山海经》中的神话故事到极具神秘感的古代壁画，伴着故事感极强的叙述，给读者全面展示了一幅中华文明图。

第四十二章　王梓坤与科学文艺

本章要点：喜读《科学发现纵横谈》札记；喜读《科海泛舟》；漫谈德、才、学与人才的培养；欢迎科学家写科学文艺读物。

一、喜读《科学发现纵横谈》札记

王梓坤，中国科学院院士、北京师范大学原校长、中国教师节首倡者。1929 年 4 月生，江西吉安县人。1952 年毕业于武汉大学数学系，1958 年毕业于莫斯科（Moscow）大学数学力学系，获副博士学位。

在《科学发现纵横谈》和《科海泛舟》两书中，王梓坤纵览古今，横观中外，通过对科学发展史上近百个有代表性的典型事例的精辟分析，得出结论："德、识、才、学"对人才的成长，起着非常重要的作用，这四者是对科学工作者素质的基本要求，它们相互联系，而又不可或缺。

王梓坤认为，在德、识、才、学中，德居其首。他说："做人的基本品德很重要，对名誉、钱财要有清醒的认识，用损人的办法达到利己的目的，既可恨，又可耻。"

对于青年人来说，德、识、才、学四者中，应以学为先；学习先进人物的道德品质，并在学习的基础上培养才能和提高见识。

王梓坤指出："有学问未必有才能；有些人虽然书读得多，但没有发明创造，写不出好作品。因此学问并不等于才能。进一步，即使学问好，才华高，也未必有远见卓识，因而不能作出应有的贡献。"他用生动贴切的比喻——才如战斗队，学如后勤部，识是指挥员；才如斧刃，学如斧背，识是执斧柄的手——论述了才、学、识三者的辩证关系。

他认为："兼备德识才学，对一个科技人员来说，至关重要。"有些人学问渊博，但少才、识，往往只能成为供人查阅的"活字典"。这种人既少创作，又缺见解，终生碌碌，虽也做了一些好事，但不能起到更大的作用。

忽视"识"的作用，是很大的缺陷，因为"识"往往处于战略性的重要地位。他举出"十年动乱"中的例子，当时有许多年轻人，才华出众，却上当受骗，轻则虚度年华，重则伤残致死，实是可叹可惜。这当然主要是"四人帮"的毒害，但从主观上讲，"缺见少识，轻信坏人，也是原因之一"。

482

王梓坤指出："有识，才能看准方向，选好道路，不走大的弯路和犯大的错误；有识，才能正确处理各种关系，在各种环境中，乘风破浪而不为风浪所淹没；有识，才能登高临远，思想开阔。"王梓坤认为，教师不仅要传授知识，而且要培养能力。因此，他很注重学习方法和研究方法，特别是著名学者的经验和体会，更能引起他的兴趣。1977 年，他把 20 世纪 60 年代关于学习方法的演讲内容，加上平日的笔记，归纳整理成一本书《科学发现纵横谈》，1977 年发表在《南开大学学报》上。次年，上海人民出版社出了单行本。这是一本别具一格的读物，数学界老前辈苏步青在该书"序"中对此书作了确切的评价："王梓坤同志纵览古今，横观中外，从自然科学发展的长河中，挑选出不少有意义的发现和事实，努力用辩证唯物主义和历史唯物主义的观点，加以分析总结，阐明有关科学发现的一些基本规律，并探求作为一个自然科学工作者，应该力求具备一些怎样的品质。这些内容，作者是在'四人帮'形而上学猖獗、唯心主义横行的情况下写成的，尤其难能可贵。"苏老还说："作者是一位数学家，能在研讨数学的同时，写成这样的作品，同样是难能可贵的。"

《科学发现纵横谈》，以清新独特的风格、简洁流畅的笔调、扎实丰富的内容吸引了广大读者。书中不少章节堪称优美动人的散文，情理交融，回味无穷，使人陶醉于美的享受之中，有些篇章被选入中学语文课本。

继《科学发现纵横谈》之后，王梓坤在《红旗》杂志、《人民日报》《光明日报》《中国青年》等报刊上发表科普文章数十篇，1985 年他又出版了另一本书《科海泛舟》。这本著作对读者也有很大影响。

二、喜读《科海泛舟》——漫谈德、才、学与人才的培养

王梓坤毕生从事教育事业，对如何培养青年成才问题特别关心，积自己长时间的体会和前人的经验，把治学（或成才）之道归纳成十个字：理想、勤奋、毅力、方法、机遇。

王梓坤把理想比做是人们心灵上的太阳。他认为一个人的精神面貌如何，首先要看他的理想如何。如果说人有灵魂，那么理想就是他的灵魂。

有什么办法能使理想长久地支持我们呢？王梓坤认为："不断激励自己奋发图强的一个好办法，是找一位你最尊敬、最仰慕的人作为竞赛对手，学习他，研究他，赶上他，最后超过他。有了这么一位对手，你就自然不会满足而是奋力追赶。"

王梓坤并不否认人的天赋各有不同，但他认为一个人的成就主要是靠辛勤劳动取得的，而不全是靠天才。除了崇高的理想外，他把勤奋列为成才的第一要素，他举出鲁迅、巴尔扎克、达尔文、牛顿、爱迪生和爱因斯坦勤奋学习和工作的故事，来说明"天才出于勤奋"这一真理。

王梓坤认为毅力是成才的另一要素。他指出："毅力表现为不怕困难，敢于在一个方向上长期坚持，即所谓'锲而不舍'，这样才能'金石可镂'。有些人碰到困难后，怕白费精力，便中途放弃而转移方向。这样转来转去，虽然他一天也没有休息，却什么

也搞不出来。由此可见，勤奋并不等于毅力。毅力来自对真理的热爱，来自对崇高理想的追求。一个人的理想越崇高，他的毅力也就越坚强。才气就是长期的坚持和积累，天才在于毅力。"

数十年来，王梓坤坚韧不拔、辛勤耕耘，他的经历正是以上两个方面的例证。

王梓坤十分重视方法在成长过程中的作用。他认为："做科学研究和做其他任何一件事情都一样，光苦干不行，还要巧干，要想出高明的方法，高明的方法是极富兴趣的。认识一位天才的研究方法对于科学的进步，并不比发现本身更少用处。"

王梓坤认为机遇也是成才的一个因素。因为人生活在客观世界中，有不少偶然机遇是难以预料的。人人都可碰上好机遇，问题在于会不会和能不能充分利用它。否定机遇并不是唯物主义。在《科海泛舟》一书中，王梓坤结合法拉第的经历，中肯地论述了主观努力和客观机遇的关系："平日不努力，有好的机遇也利用不上。机遇只照顾勤奋、勇敢而又有准备的人。投机取巧、不劳而获的侥幸心理是极有害的。另一方面，放弃一切好机遇，也不一定明智。主观努力加上好的机遇，正如优良的种子遇上肥沃的土壤，必能结出丰硕的果实。"

三、欢迎科学家写科学文艺著作

历史上有不少杰出的科学家，在从事科学攻关的同时，致力于科学文艺与科学普及的工作。著名的英国化学家戴维（1778～1829 年），在其一生中就作过许多次科普报告；英国伟大物理学家、化学家麦·法拉第就是在戴维的影响下进入科学研究机关并取得杰出成就的。法拉第 69 岁那年，特地为少年儿童举办了一个化学讲座，以讲解蜡烛在燃烧过程中的种种变化。他边讲解边做实验，详细地阐明了氢、氧、二氧化碳、水、空气等物质的特性和相互作用，一层层地揭示了蜡烛燃烧的奥秘，这成为科学史上的佳话。法拉第把这个讲话写成了《蜡烛的故事》一书，从 19 世纪以来，一直吸引着青少年读者。这说明科学家从事科学文艺著作是受到人们欢迎的。

著名数学家王梓坤所著科学文艺带通俗理论性读物《科学发现纵横谈》《科海泛舟》就是属于这一类的作品。❶ 王梓坤于 1952～1957 年、1958～1984 年都在天津南开大学数学系工作，历任讲师、教授。1984 年 6 月至今，任北京师范大学校长、教授，现为中国数学会理事、中国概率统计学会常务理事，中国科协第三届、第四届全国委员会委员。

他首先著有《随机过程论》（1965 年 12 月第一版），此书介绍随机过程论的基本理论，主要包括随机过程的一般理论、马尔科夫过程与平稳过程三部分，前九章备有习题与提示（或解答），各章末的附记中注明进一步的问题与参考文献，以便自学。读者对象为高等院校的数学专业高年级学生、教师和研究工作者。

其次，他著有《概率论及其应用》（1976 年 7 月第一版），此书总共八章，第三章

❶ 王梓坤任北京师范大学校长的时间为 1984 年 6 月至 1989 年 5 月。作者写此文时，他仍在任。

介绍概率论，第四章是随机过程的初导引，后四章则分别介绍概率论在数理统计、随机模拟、计算方法和可靠性问题的一些应用。读者对象为高等院校理工科学员、教师及科学工作者。该书的目的是比较严格地叙述概率论的基础知识，并介绍它的一些应用。作者认为，在我国随着科学与经济建设的发展，概率论获得了新的生命力，理论一旦与实际相结合，便立即呈现出"忽如一夜春风来，千树万树梨花开"的繁荣景象。

他的第三部科学著作是《生灭过程与马尔科夫链》（1980 年 1 月科学出版社第一版）。此书叙述生灭过程与马尔科夫的基本理论，并介绍近年来的一些研究进展。第一章，随机过程一般概念，是预备性的论述；第二至四章讲马尔科夫链；第五至六章介绍生灭过程，后三章基本上是我国概率论工作者，特别是本书作者的研究成果。本书对象是科学技术工作者及高等院校理工科师生。

他写的第四部书《布朗运动与位置》（1983 年 6 月科学出版社第一版）。此书通过较为简单的马尔科夫过程，即布朗运动，以及与它相应的古典位势，对一般理论作一前导，这将有助于进一步开展对一般理论的学习和研究。此书读者对象是科学技术工作者和高等院校工科的师生。

王梓坤同志作为北京师范大学校长，我愿他在繁忙的行政工作的同时，同时善于抽暇从事数学学术研究的工作，不要由于处理一般行政工作，而忘了科学研究和科普工作。读王梓坤校长的科普著作，我深感到他的学识渊博，我十分希望他继续写出对我国科学、科普更为有益的作品来。这是衷心的祝愿。

（1986 年 7 月 23 日下午）

第四十三章　试论刘后一的科学文艺著作

　　本章要点：刘后一生平及重要的科学文艺著作；陈景润与刘后一，一个也不能少！刘后一与科普事业；我与刘后一的交往。

一、刘后一生平及其重要的科学文艺著作

　　刘后一（1924～1997年），笔名湘江、祥夫、刘博夫，湖南省湘潭县人。高级编辑，民革成员。1962年毕业于中国科学院研究生院古脊椎动物学系。1942年任中小学教师和抗日战士，1950年后历任东北科学研究所、中国科学院东北分院干部、中国科学院编译局翻译、科学出版社编辑、《化石》杂志主编。中国科普创作协会第一届、第二届理事、《世界儿童》杂志顾问。

　　早在20世纪40年代初刘后一就开始从事科普创作，1939年开始发表作品。40多年来，翻译、创作科普书籍40多本，并多次获全国及省市优秀科普作品奖。其代表作有《猎火》《喂柴》《驱兽》《打虎》《故事的由来》《捕鱼》《杀象》《学艺》《埋尸》《缝衣》《钻木》《今日向何方》《张弓》《种粟》《驯狗》《养猪》《织布》《制陶》《画符》《易物》《斗械》等。

　　他1980年加入中国作家协会，著有《山顶洞人的故事》《算得快》等。1963年在中国少儿出版社出版的第一本科普读物《算得快》（累计印数1 000多万册），获全国科普作品奖。《"北京人"的故事》获全国儿童优秀文学作品奖，《半坡人的故事》获河北文艺作品一等奖，《人鼠大战》获全国优秀科普作品奖，《大象的故事》获上海优秀科普作品奖，《算术游戏》获黑龙江科普作品奖，《猎过猛犸的人》和《中华国宝》（四册）获教育部、文化部等八单位少年儿童读物一等奖，《珍稀动物大观》获全国保护环境一等奖。

　　他还致力于科普创作队伍的培养、提高工作，曾应邀去成都、重庆、长沙、西安、哈尔滨、阜新等地讲授科普创作课程。

二、陈景润与刘后一，一个也不能少！

　　爱因斯坦曾经对卓别林说："你的电影《摩登时代》，世界上的每一个人都能看懂。你一定会成为一个伟人。"卓别林的回答更妙："你的相对论世界上没有人能弄懂，但

是你已经成为一个伟人。"

陈景润，穷毕生之精力，证明了至今也没有几个人弄得懂的"1＋2"问题，因此成为"摘取自然科学皇冠上璀璨明珠"的国内外著名数学家、中国科学院院士。刘后一撰写的大量科普作品影响了一代又一代人，其中，发行量超过 1 000 万册（读者有多少就无法统计了）的《算得快》，小学生也能读懂并从中受益——社会知名度如此之高，但他在中国科学院内，却仍属于一不小心就会被疏忽的"小"人物。

同在中国科学院的屋檐下，同样对咱们国家的科学教育事业作出了重大贡献的两个人，在人们眼中的差距咋就这么大呢？

如果说陈景润是位于科研金字塔顶端、傲视群雄的顶尖高手，那么刘后一这样的人则是为夯实金字塔基础、培养千百万热爱自然科学的青少年而不懈努力的、不应该被忘却的奉献者。

不知道从什么时候起，咱们的科学评价陷入了这么一个怪圈，似乎什么东西懂的人越少，其学问价值就越高。可能正因为如此，"解决了几亿人吃饭问题"的袁隆平当不了中国科学院院士。可能会有人说，多打出几斤杂交水稻算什么，还不都是农民干的事？有在国际刊物上发表 SCI 论文牛吗？袁隆平先生的境遇似乎说明他所从事的研究还不够"高、精、尖"，从理论上讲，也许很多人都有可能在这方面做出成绩——可问题在于有谁几十年如一日去做了，又有谁已经做到了呢？

刘后一，原中国科学院古脊椎动物与古人类研究所编审，曾经担任《化石》杂志主编、《古脊椎动物与古人类》学报编辑。按照时下中国科学院的说法，属非主系列的支撑系统人员，能否享受创新正高的待遇要打个问号。而他利用业余时间创作了大量科普作品，在现在的很多人看来更是有点不务正业了，要顺利通过每年的岗位、职称考评，刘后一先生可能会比较悬！

到底该如何评价科学家的成果与贡献？其实是一个既简单而又复杂的问题。无论如何，陈景润与刘后一，都应该属于贡献卓著者，从推进国家的科研和教育事业角度看，一个也不能少！

三、刘后一与科普事业

刘后一一生与科普事业结下了不解之缘。

他是一位深受广大小读者爱戴的、著名的少儿科普作家，这和他无私地将自己的知识奉献给了孩子们不无关系。他希望孩子们热爱科学，乐于向孩子们传播知识。

我最钦佩的是刘后一先生的博闻强记和写作时善于旁征博引。曾有人这样评说他著的《人鼠大战》："从五六千万年前的始新世谈到 20 世纪 80 年代，从亚洲谈到欧洲、澳洲和美洲，从动物学谈到化学、物理学，从《诗经》、唐宋诗文谈到鲁迅杂文，从《史记》谈到《圣经》，真可谓海阔天空，无所不包了。但他决不信口开河，胡说八道，即使是谈《聊斋志异》中的科学问题，他的态度也是很严谨的。"如此深厚的功力，没有勤奋刻苦的精神是难以成就的。

他自幼酷爱读书，但他小时候家境贫寒，由于他的父母去世早，他连课本和练习本也买不起，全靠他的姐姐苦苦挣扎着送他上学。寒暑假一到，他就去当商店学徒、修路工、制伞小工、家庭教师等，过着半工半读的生活。好不容易读完初中，他听说湖南第一师范招生，而且那个学校不交学费、还有饭吃，他便去投考，居然"金榜题名"了。这是他生平第一件大喜事，也决定了他一生的道路。

他之所以获得渊博的知识和后来写出大量的科普作品，完全是和他的勤奋好学分不开的。他经常不回家，有时候回家吃完晚饭后又匆忙骑自行车回到单位，为的是将当时家里非常拥挤的两间9平方米的房子让给他的三个孩子写作业，而他自己只好不辞辛苦往返两小时回到他的办公室去搞科学研究和进行科普创作。20世纪70年代初期，他去干校劳动，在给家里的来信中，常常夹着他创作的科普作品，那是他要他的孩子帮他誊写的稿件。原来，因为干校条件很差，父亲搞科普创作，只能在休息时进行构思和在笔记本上作一些记录，根本没有条件用稿纸来写作。《"北京人"的故事》就是在那样艰苦的环境中完成创作的。

《"北京人"的故事》主要介绍了五六十万年前至18 000年前活动在北京周口店一带的猿人生活情形，着重介绍了他们对火的认识过程，以及取火、保持火种、利用火来同野兽等恶劣环境作斗争的经过。该书1977年7月由上海人民出版社出版之后，北京电台马上选其制成节目，对首都少年儿童连续广播。故事的感人情节在广播员的动情讲述下，一下子把少年儿童吸引住了。一封封的信飞向电台，飞向作者，表达了少年儿童对故事的喜爱，也表达了他们热爱科学的心情。1979年10月，河北人民出版社将《"北京人"的故事》分为两本：《"北京人"的故事》（讲的是五六十万年前后的事情）和《山顶洞人的故事》（讲的是18 000年前的事情）。该书曾获全国第二届少年儿童优秀文艺作品奖、河北文艺作品奖。

《半坡人的故事》艺术地展现了六七千年前生活在陕西半坡一带的原始人的生活情形，详细地介绍了他们围猎、种植、驯兽、织布、制陶、交易的具体过程，从中读者还可以知晓文字的起源和数字的来历。该书1979年10月由少年儿童出版社初版，编入《少年自然科学》丛书，1980年由河北人民出版社再版，将它编入《历史小故事》丛书。

刘后一先生这3本描写原始人生活的科幻故事出版后，在社会上引起了很大的反响。著名科普作家高士其写出了《推荐〈"北京人"的故事〉》的文章，发表在1977年《化石》杂志上；《人民日报》等报刊上也刊出了评论文章，如《一本少年儿童喜爱的读物——推荐科学小说〈"北京人"的故事〉》《科普园地的可喜尝试——读〈"北京人"的故事〉》《怎能忘人类童年的魅力——读〈半坡人的故事〉随想》《饶有趣味启人智慧——〈半坡人的故事〉读后》等。

曾几何时，社会上有过这样一种论点，认为人才有"潜""显"之分。"潜人才"对社会的奉献远大于从社会中获得的回报，而"显人才"却恰恰相反。一切客观公正的人都公认："潜人才"这一称谓于刘后一先生当之无愧。金无足赤，人无完人，他也并非"完人"。虽然他在科普创作天地中驰骋自如，但在现实的人际关系中却城府不深，缺乏圆滑的应变能力，这使得他与一些物质回报的东西失之交臂。

然而，在刘后一先生的心目中，身外之物远远不及他所钟情的科普创作重要，因此在种种不公正的待遇面前，他能够泰然处之，而不是患得患失。那就是"君子修道立德，不为窘困而改节"。他曾说："我们搞古生物的人应该胸襟宽广、达观，因为宇宙无穷大，个人一生实在太渺小了，何必百忧感其心，万事劳其神，而况思其智之所不及，忧其力之所不能也！"（大意如此）这段话表明了刘后一先生在名利面前的豁达大度。

刘后一先生一生中仅科普著作就有 40 余本，光那本著名的《算得快》便发行了 1 000 多万册，但他所得到的稿酬并不多。尽管如此，他经常拿出稿酬买书赠给渴求知识的青少年。他还曾资助 8 个"希望工程"的小学生背起书包走入学堂，并将《算得快》《珍稀动物大观》等书的重印稿酬全部捐赠给中国青少年基金会编辑出版的大型丛书《希望书库》。

由于他在科普创作中所取得的突出成就，党和国家给予了他很高的荣誉，他所获得的各种奖励证书有几十本之多，1996 年他还被国家科委和中国科协授予"全国先进科普工作者"称号。湖南教育出版社将刘后一先生写的《"北京人"的故事》等作品编入该社出版的《中国科普佳作精选》之中。

四、我与刘后一的交往

当我准备主编这套《宝葫芦丛书》时，刘后一先生的作品被列入首选，为此，我曾亲自登门拜访。不巧，刘先生因病住院，我向他夫人说明来意，并请她转告刘后一先生。不久，我接到了刘后一先生在医院写给我的来信，他表示非常高兴。于是，我从他家借来了他出版过的所有科普作品，一律拜读，进行精选。

遗憾的是，就是这项工作正在进行时，刘后一先生因病医治无效，与世长辞了。如今他的这部选集的出版，也是对他致力于少儿科普创作的最好的纪念。

我在与刘后一先生相识之前，就已经闻其名。记得他在中国少年儿童出版社出版的《算得快》一书于 1963 年 5 月出版，"文化大革命"前被印刷 5 次，发行 40 万册；"文化大革命"后，又被多次印刷，连同少数民族文字版本，累计印数共达 1 000 多万册，可见其影响之大。难怪书店营业员开玩笑地说："《算得快》改名'抢得快'了！"读者都在抢购这部少儿科普读物呢！

"文化大革命"以后，为了繁荣科普创作，北京市科协要成立科普创作协会，我有幸参加了科普创作协会的筹备组工作。协会成立后，在召开理事会时，我与刘后一先生相识了。刘先生敦实的个头、和善亲切的面孔、朴实无华的仪表、风趣幽默的言谈，给我留下了深刻的印象。之后，我调到科学普及出版社筹备恢复出版《知识就是力量》杂志，后又创办《科学大观园》杂志，当时刘先生担任《化石》杂志主编，在参加各种科普创作会议、座谈会及期刊会时，我俩常有接触，这使我对刘后一先生有了更深的了解。

刘后一先生一生勤奋好学，不但正业——科学研究搞得好，出版科学论著 20 余种、翻译科学专著 20 余部，而且被存有偏见之人视为不务正业的副业——科普创作，也做得出类拔萃，出版了 40 余本在全国颇有影响的科普读物。

刘后一先生是一位多才多艺的人，这从他创作的文章体裁丰富多彩，可以清楚地看出。科学小品、科学故事、科学童话、科学散文、科学相声、科学寓言、科学诗歌、科学童话剧、科学幻想小说、科学文艺人物传记……各种体裁，他都写得引人入胜；在写作题材上，也是很广泛的，他是研究生物的，居然写出脍炙人口的数学科普读物《算得快》，难能可贵！

文如其人。刘后一先生创作的少儿科普，同他这个人一样，朴实无华，却充满风趣和幽默；平易近人，自然获得人们的亲近和喜爱；老老实实，不图虚名只求治学严谨……

这正是刘后一先生在少儿科普创作上取得成功的根本所在！

第四十四章　试论叶永烈的科学文艺创作

本章要点：读《论科学文艺》；化学的利用——读《化学与农业》；要大力发展科普文艺——读叶永烈的《警惕的眼睛》《盗取天火》；科学家传记文学《高士其爷爷》；叶永烈的自传。

一、读《论科学文艺》

叶永烈同志在繁忙的创造之余，写作《论科学文艺》，把感性认识上升到理性认识，这是很有意义的。

《论科学文艺》就是一本较有系统地讲述科学文艺创作理论的书。作者采取史、论、写作体会三者结合的方法，论述了科学幻想小说、科学童话、科学小品、科学相声、科学诗等各种科学文艺形式的创造规律和特点。

作者认为：科学与文学互相渗透、互相结合，犹如水乳交融，在科学与文学"交界"之处产生了科学文艺。

科学文艺，是科学与文学相结合的产物。它从文学中吸取了文艺性，又从科学中吸取了科学性，把两者融为一体。在科学文艺中，科学是内容，文艺是形式。科学文艺，就是用文艺形式来描述写科学，寓科学内容于文艺形式之中。就某种意义是说，科学文艺是把科学作艺术的再创作。

作者还认为：作为一篇科学文艺作品，必须具备两个条件：第一，它是一篇文艺作品；第二，具有一定科学内容。

作者在这部书中，就科学文艺简史、科学幻想小说、科学童话等作了论述。

作者在《科学文艺的题材》一文中认为，在当前，还应该特别重视创作反映现代科学的科学文艺作品，如现代科学的八个重要领域——农业科学技术、能源科学技术、材料科学技术、电子计算机科学技术、激光科学技术、空间科学技术、高能物理、遗传工程，是科学文艺创作的崭新题材，需要组织力量攻坚，写出一批直接为实现"四化"服务的新作品。

作者认为，文艺的形式是多种多样的，相应的科学文艺作品的形式也该是多种多样的。而衡量和品评一篇科学文艺作品，应该以思想性、科学性、文艺性为标准。

作者强调科学文艺还应有趣味性和启发性。所谓努力挖掘科学中的趣味，就是采用一些生动、有趣、新奇、形象的科学事例，来说明科学道理。科学文艺作品必须富有启发性，使读者读了以后，举一反三，触类旁通。

科普创作绝非易事，既要有丰富的科学知识，又要具有精湛的文艺素修，同样需要付出艰苦的劳动。

二、化学的利用——读《化学与农业》

《化学与农业》是叶永烈同志20世纪60年代写的一部书，此书深受广大读者的欢迎，1983年第四次再版发行。《化学与农业》是介绍农用化学知识的普及性读物。他用通俗易懂而又形象的语言，生动地介绍了化学肥料、化学农药、植物生长刺激剂以及炸药、塑料、沼气的发展历史、制作方法、用途、特征和使用技术；同时讲解了人工降雨、人工消雹、化学诱变育种和农副产品综合利用的科学道理、具体做法及光辉前景。

在农业上，化学和其他科学技术一样，是实现农业现代化的一支强大的生力军。目前用化学工业的产品来支援农业，主要就是用化学肥料、化学农药与植物生长刺激剂之类来提高农作物的产量。

《化学与农业》向我们介绍，一颗庄稼，从发芽到成熟，需要阳光、空气、水和养料为基本条件，要想庄稼长得好、产量高，就得充分满足它对这些基本条件的需要。阳光和空气到处都有，所缺的是水和养料。为了供给庄稼充足的水分，就得开渠、挖井和修水库；为了供给庄稼充足的养料，就得造肥、积肥、施肥。庄稼需要养料的种类很多，大约有60多种，其中庄稼特别需要而土壤中往往缺少的是氮、磷、钾三种，被称为"三大要素"。

解决肥料问题，主要有两个途径：一个是依靠天然肥料，如人粪尿、绿肥、厩肥、堆肥、土杂肥、作物秸秆还田等；另一个是依靠化学工业来生产化学肥料。随着科学技术的进步，随着化学工业的发展，化学肥料的生产和使用将会越来越显得重要。

化学肥料是庄稼养料的仓库，它能够大量生产，能显著地提高土壤肥力，增加农作物的产量。据中国农业科学院统计，如果施用得当，庄稼产量能明显地增加。

此外，化学肥料还能提高农作物的质量，例如能够提高甘蔗和甜菜中的糖分、甘薯和马铃薯中的淀粉，谷物中的蛋白质的含量，能够增加棉花纤维的强度，增强作物对不良自然条件的抵抗力等。

庄稼长好了，如不防治病虫害，同样不能多打粮食。在田间大约有6 000种以上的害虫，它们会给农业生产带来了巨大的损失。于是，人们从"化学军火库"里拿来了"武器"——化学农药，向害虫、病菌开战，保卫庄稼、保卫丰硕的果实。

植物生长刺激剂是人们在农业生产上的另一个得力助手。它能够刺激庄稼，使它早熟、耐寒、耐旱、高产。有的植物生长刺激剂能消灭杂草，被人们称为"化学除草剂"。杂草也是农业生产的大敌之一，近年来，我国开始推广化学除草剂，大大减轻了除草劳动强度，提高了庄稼的产量。

化工厂能制造化肥、农药和植物生长刺激剂。在化工厂里，人们用化学方法，利用空气、水、煤、石油和矿石等，大量地生产化肥、农药和植物生长刺激剂。

书中还向读者介绍运用化学方法，使农副产品、野生植物得到化学加工。通过综合利用，可以把许多"废物"变成宝贝，如，把蓖麻、甘薯、稻草、麦秆、玉米芯等制成塑料、橡胶、肥皂、油脂……

作者告诉我们，化学工业对于农业，基本上可以说有两大好处：一是利用化学肥料等提高农作物产量，一是通过化学加工，使农副产品、野生植物得到综合利用。

书中还向我们介绍了我国利用化学药剂——干冰、碘化银等进行人工降雨。化工厂生产的各种塑料薄膜、农具，为温室育苗、种菜等提供了有利条件。总之，化学工业对农业生产有着重要的贡献。

《化学与农业》分别介绍有关化学肥料、化学农药等方面的知识，促进改变我国传统古老的农业生产方法，推广农业生产上的新技术，为实现我国农业现代化作出贡献。

三、要大力发展科普文艺——读叶永烈的《警惕的眼睛》《盗取天火》

打倒"四人帮"以后，叶永烈同志是辛勤的耕耘者，科学的春天重新回到大地，要大力发展科普文艺，这是时代的要求，是群众的呼声。科普文艺能给人们许多的知识，尤其是自然科学知识。在向"四化"进军的路途中，发展科普文艺已是普及科学知识不可缺少的重要工作。

叶永烈同志是一位科普作家，是科普文艺园地里辛勤耕耘的科普作家，他写作了100多种科普书，足见作者的勤奋。尤其是叶永烈同志擅长写科幻小说，为青少年、小朋友们写了许多有意思的书。

《警惕的眼睛》就是一部为小朋友而写的侦探小说。小灵通是一位能干的小记者。他眼明手快、消息灵通。他到滨海市公安局侦察处采访，写下了22个小故事。这些小故事，有趣味性。它能告诉人们什么是好，什么是坏。使人们从中受到教育。

《盗取天火》是叶永烈同志所写的一本科学散文集。有的是作者采访新科学的散记，有的是作者拍摄科教电影的手记，也有的是作者对科学家的访问记，作者用散文的形式娓娓而谈，告诉读者许多有趣的知识。

科普散文跟文学散文一样，有叙事散文、采访散文、拍摄散记，也有对科学家的访问记或回忆随笔，可以说是五彩缤纷。但是科普散文要围绕一个中心——普及科学知识。

科普文艺要注重知识性、趣味性、通俗性。科普文艺的首要任务就是介绍、传播科学文化知识。没有科学知识就称不上是科普文艺。其次，在科普文章中要注重趣味性、通俗性；要注意区分不同的读者对象等。

科普繁荣要有一个过程，没有勤奋的科普作家、评论家，繁荣科普文艺就是一句空话。愿更多的人拿起笔来，为我们的科普文艺多作贡献。

四、科学家传记文学《高士其爷爷》（选自叶永烈《论科文艺》）

高士其原名高仕锘，福建省福州市人，1905 年 11 月 1 日生。高士其自幼喜爱文学。1925 年，高士其毕业于清华留美预备学校，入美国威斯康星大学化学系。1926 年夏，转入芝加哥化学系。1927 年夏，入芝加哥大学医学研究院细菌学系。1928 年，在实验时不慎，受甲型脑炎病毒感染，留下严重后遗症，后来病情不断加重，以致全身瘫痪。

1930 年秋，高士其学成归国。在陶行知、李公朴、艾思奇的影响下，开始进行科学文艺创作。1937 年 8 月，高士其奔赴延安。1938 年年底，参加中国共产党。

高士其在 1935 年，写了第一篇科学小品《细菌的衣食住行》，发表在《读书生活》半月刊上。从这时起，至 1937 年 8 月离开上海止，可说是他科学小品创作上最旺盛的时期。他用有点僵硬、发抖的手，写下了近百篇科学小品。尽管此后他也写了不少科学小品和科学诗，但是，我以为他的作品最精华的部分，都是在这一时期写的。

1936 年 4 月，高士其的第二本科学小品集《我们的抗敌英雄》（与人合著），由读书生活出版社出版。

1936 年 6 月，高士其的第三本科学小品集《细菌大菜馆》，由通俗文化出版社出版。

1937 年年初，高士其的第四本科学小品集《抗战与防疫》（该书后又曾改名为《活捉小魔王》《微生物漫话》出版），由读书生活出版社出版。

自 1937 年起，高士其在《中小学》杂志上连载《菌儿自传》，每期发表一章，至1937 年 8 月写完最后一章。这些文章后来编成《菌儿自传》一书，于 1941 年 1 月由开明书店出版。

高士其应陶行知之约，写过一本《微生物大观》；应中山文化教育馆季刊之约，翻译了《细菌学发展史》；他还应《开明中学生手册》《大众科学》《申报》周刊、《新少年》半月刊、《读书》半月刊、《妇女手册》《力报》《言林》等报刊的约稿，写了许多科学小品文。

高士其作品的一个鲜明特色，就是富有战斗性。他是为了战斗而写作。

高士其在他的第二篇科学小品《我们的抗敌英雄》中，用极其饱满的政治热情，讴歌了白血球：

> 白血球，这就是我们所敬慕的抗敌英雄。这群小英雄们是不知道什么叫做无抵抗主义的，他们遇到敌人来侵，总是挺身站在最前线的……一碰到陌生的物体就要攻击，包围，并吞，不稍存畏缩退怯之念，真是可敬。

> 血白球尤恨细菌，细菌这凶狠的东西一旦侵入人体的内部组织，白血球不论远近就立刻动员前来围剿……

在这里，不用加任何注解，读者就可以领会作者写这篇文章的用意。

高士其的科学小品，语言生动、活泼、形象、清新。

例如，高士其在科学小品《听打花鼓的姑娘谈蚊子》一文中，巧妙地用凤阳花鼓调，写了蚊子的危害，写出了劳动人民在旧社会的痛苦，具有很强的艺术感染力：

> 说弄堂，话弄堂，弄堂本是好地方，
> 自从出了疟蚊子，十人倒有九人慌；
> 大户人家挂纱帐，小户人家点蚊香，
> 奴家没有蚊香点，身带疟疾跑四方。
> 说弄堂，话弄堂，弄堂年年遭灾殃，
> 沟壑不修污水涨，孑孓变成蚊娘娘；
> 多少人家给她咬，多少人家得病亡，
> 卫生不把疟蚊灭，到处寒热到处昏。
> 说弄堂，话弄堂，弄堂年年遭灾殃，
> 从前苍蝇争饭碗，如今蚊子动刀枪，
> 大街死去劳力汉，小弄哭着讨饭娘，
> 肚子还欠七分饱，哪有银钱买金霜？

五、叶永烈的传记

叶永烈，笔名萧勇、久远、叶杨、叶艇，汉族，浙江温州人，1940 年 8 月 30 日生，一级作家、教授、科普文艺作家、报告文学作家。1963 年毕业于北京大学化学系。上海作家协会专业作家，以儿童文学、科幻、科普文学及纪实文学为主要创作内容。曾任中国科学协会委员、中国科普创作协会常务理事、上海市科协常委、上海作家协会理事、世界科幻小说协会理事。

叶永烈 11 岁起发表诗作，19 岁写出第一本书，20 岁时成为《十万个为什么》主要作者，21 岁写出《小灵通漫游未来》。

叶永烈现已出版 180 多部著作，是国内少有勤奋高产的作家。1959 年，还在北大上学时，他写了一本科学小品集《碳的一家》，寄给上海少年儿童出版社。这家出版社并没计较作者的资历，出版了这本书。这也为叶永烈成为该社《十万个为什么》最早、最年轻的作家打下了良好的基础。因文笔活泼，叶永烈深受出版社的青睐。20 岁的叶永烈的一个个"为什么"，被比他只小几岁的读者广泛阅读、传诵。到新版，也即第五版《十万个为什么》问世，叶永烈共为该书写了 500 多篇科学小品。

1976 年春，在"文化大革命"尚未结束的年月里，时任上海电影制片厂编剧的叶永烈发表了十年动乱后期第一篇科幻小说《石油蛋白》，标志着中国科幻在大陆掀起第二次高潮。

在写了《十万个为什么》之后的第二年，他完成了另一部新著——《小灵通漫游未来》。《小灵通漫游未来》虽然直到 1978 年才由少年儿童出版社出版，但是一出版就印了 300 万册，也产生了广泛影响。"小灵通"是该书中的小记者形象。《小灵通漫游未来》完成于 1961 年秋，书中的小灵通漫游未来世界，报道未来科学技术。《小灵通漫游未来》是我国"文革"后出版的第一本科幻小说，出版后立即引起轰动，成了当时的畅销书。后来，以展望新的技术革命的灿烂前景为主线，1984 年叶永烈又创作了《小灵通再游未来》，于 1999 年又创作了《小灵通三游未来》。20 世纪 70 年代末 80 年代初，他的科幻小说占了中国的半壁江山。曾先后创作科幻小说、科学童话、科学小品、科学寓言、科学诗、科学相声、科普读物 700 多万字。

1979 年 3 月，文化部和中国科协联合举行隆重仪式，授予叶永烈"全国先进科普工作者"称号。

电影《红绿灯下》（任导演）获第三届电影"百花奖"最佳科教片奖，《小灵通漫游未来》获第二届全国少年儿童文艺作品一等奖，《借尾巴》获全国优秀读物奖．根据叶永烈长篇科幻童话改编的 6 集动画电影《哭鼻子大王》获 1996 年"华表奖"（政府奖）。他后来转向纪实文学创作。1998 年获香港"中华文学艺术家金龙奖"。

叶永烈的主要新著为 150 万字的"红色三部曲"——《红色的起点》《历史选择了毛泽东》《毛泽东与蒋介石》，展现了从中国共产党诞生到新中国诞生的红色历程；《反右派始末》全方位、多角度反映了 1957 年"反右派运动"的全过程。《邓小平改变中国》是关于中共十一届三中全会全景式纪实长篇。《受伤的美国》是关于美国"9·11"事件这一改变世界历史进程重大事件的详细记录。此外，还有《陈云之路》《中共中央一支笔——胡乔木》《钱学森》《用事实说话》《出没风波里》《历史在这里沉思》《美国自由行》《星条旗下的生活》《米字旗下的国度》《俄罗斯自由行》《欧洲自由行》《澳大利亚自由行》《真实的朝鲜》《今天的越南》《樱花下的日本》《神秘的印度》《梦里南洋知多少》《这就是韩国》《从金字塔到迪拜塔》《多娇海南》等著作。

《叶永烈自选集》6 卷，由作家出版社出版。《叶永烈文集》110 卷，由人民日报出版社、湖南人民出版社分批出版。叶永烈的科幻小说集《碧岛谍案》在 1980 年被译成法文在巴黎出版，多部作品在美国、日本出版。

第四十五章　郑文光与科学文艺

本章要点：《郑文光科学幻想小说选》；《鲨鱼侦察兵》。

郑文光，笔名郑然、郑东庭，广东中山人。1949 年毕业于中山大学天文系。1951 年后历任全国科普协会编辑、编审，中国作协《文艺报》、《新观察》记者，鞍山文联编辑，中国科学院北京天文台研究员。1943 年开始发表作品。1956 年加入中国作家协会。著有长篇小说《战神的后裔》、《大洋深处》、《飞向人马座》、《鲨鱼侦察兵》、《命运夜总会》，作品集《郑文光科幻小说全集》（四卷）等。《火星建设者》获世界青年联欢节大奖，《飞向人马座》获全国第二届少年儿童文艺创作一等奖，《猴王乌呼鲁》获北京作协少儿文艺一等奖，长篇小说《神翼》获中国作协 1980～1985 年文学作品一等奖、第二届宋庆龄基金会银奖。

一、读《郑文光科学幻想小说选》

郑文光同志是中国科学院北京天文台副研究员、中国科普创作协会常务理事、中国作家协会北京分会理事。近年来，郑文光同志创作了大量的科普文艺作品，并且受到了大家的欢迎。

在这部科学幻想小说选中（第一册）选入了“史前世界”“荒野奇珍”“仙鹤和人”“海姑娘”“太平洋人”“古庙奇人”“飞向人马座”。这些作品风格各异。

科幻小说的主要特征是用浪漫主义手法，透过科学幻想这面折光镜去反映人生。因此，优秀的科幻小说应该深刻地阐述一种生活的哲理，给人一种美的享受。郑文光同志就是用这种思想指导他的科幻小说创作的。

郑文光同志对科幻小说有着自己独到的见解，这还有待进一步分析和研究，但郑文光同志这种为科幻小说贡献力量的行为应该受到称赞的。

科学幻想小说绝不是虚构的故事，应该取材于现实生活，这才是创作科学幻想小说的源泉。希望科幻小说能大力地发展，以繁荣科普学文艺园地。

二、读郑文光同志的《鲨鱼侦察兵》

目前，科幻小说在我国科学文艺的园地里已经有了很大的发展。幻想并不限于太空、海洋、微观世界、神奇的大自然等领域的有趣故事，也有引人入胜的童话。幻想，是飞向科学宫殿的翅膀，将伴随我国的青少年踏进科学的明天。

《鲨鱼侦察兵》包括三篇有趣的科学幻想小说。《鲨鱼侦察兵》，写三个孩子在南海钓到了一条大鲨鱼，没想到生物物理学家杨教授竟在鲨鱼头上装了电子探测器，又将它放回海里作侦察兵去了。鲨鱼果然发现了某大国侵入我领海的潜水艇。杨教授他们放出装有定时炸弹的鲫鱼，使它紧紧吸附在敌艇上，自行炸毁。这篇科幻小说寓意鲨鱼和鲫鱼为现代化国防建设而作贡献。《仙鹤和人》写神经外科医生许立颖带女儿兰兰去动物园参观，听到仙鹤失去记忆的故事，受到启发，想到能不能用相反的办法，帮助失去记忆的病人恢复记忆。经过反复的实验，终于获得了成功。作者寓意用刺激大脑神经中枢的办法，使我们培养出世界上最聪明的人来。《太平洋人》写几个年轻的科学工作者和宇航员，大胆地用飞船将 3017 小行星带回地球，发现是新的天体。在小行星的内部岩洞里，还发现有两具保存得很好的人体，这个埋藏两百万年的古猿人也终于复活了，被命名"太平洋人"。作者寓意科学将揭开宇宙更加深奥的秘密。

这三篇科幻小说，故事情节生动，引人入胜，有趣味性和通俗性。

第四十六章　论仇春霖与科学文艺创作

本章要点：我国农业现代化需要的科普佳作——喜读《绿色的宝石》；仇春霖科学文艺小品文。

一、我国农业现代化需要的科普佳作——喜读《绿色的宝石》

在科普大花园里，仇春霖同志是一名相当勤奋的园丁。拿他近年来出的几部作品来说，中国儿童出版社出版的《叶绿红花》，总字数不过 5.5 万余字，发行量竟达 34.5 万余册，对植物界许多有趣的奇异现象，用科学道理作了解说，促使人们进一步探索植物界的秘密，使植物更好地为人类服务。因而很受读者欢迎，许多学校指定作为教学参考。又如《群芳新谱》，是我在科学普及出版社负责编辑部工作时出版的，部分文章在《知识就是力量》月刊上连载过。由于我早年读过清汪灏编的《广群芳谱》等书，所以当仇春霖同志写的花木小品再现在《知识就是力量》版面时，便引起了我注目倾心。这部书出版后不仅引起我国花卉爱好者和植物学界的关注，也引起有关国际人士的重视，因此它已成为科普出版社优秀保留书目之一。日本在评价时，称他为"植物文化史研究家"。

此处着重介绍的，是湖南科技出版社出版的仇春霖同志的另一部作品《绿色的宝石》。这部只有 7 万余字的科普作品，是运用讲故事的方式，介绍了许多新奇有趣的事实，并且用生物学道理作了解释，使人眼界大开，激起进一步探索生物界秘密的兴趣。

作者在《绿色的宝石》中，通过"种子与人类""种子的家谱""从开花到结子""种子的旅行""种子的生命""好种出好苗""植物界的骡子""种子世界的扩长"等章节，对植物的种子作了仔细分析和介绍。

书中清楚地说明，人类最需要的营养是蛋白质、糖、脂肪及其他维生素。我们日常生活中，如水稻、小麦、高粱、玉米等谷类作物的种子中含糖最多，是人们最好的主食。亚洲地区以食米为主，欧洲地区以食麦为主。不论是米、麦，都有丰富的营养价值。动物的营养归根到底，是来自植物，特别是种子。书中明确指出，种子的利用是人类最大发明之一，我国遥远的古代就学会种稻，种麦也有数千年的历史，这是我国人民从实践中学会的。玉米最先是观赏植物，后来才逐渐成为粮食作物。大豆的故乡在中国，我国大豆在 19 世纪万物博览会中才引起人们的注意，并逐渐得到了推广。可可的种子最先作为世界一些地区的钱币使用过,后来才成为人民的优良饮料。

《绿色的宝石》告诉我们,植物世界是一个庞大而丰富的世界,人们已发现的植物在全世界约有 40 余万种,其中低等植物有 10 来万种,高等植物有 30 多万种。在高等植物中,占绝对优势的是种子植物,它是植物世界中最高的一个门类,其繁殖能力十分惊人,"春种一粒粟,秋收万颗子",一颗苋菜类植物,每次能发 50 万粒种子。而每一粒种子,都是一个新生命的起点。世界的种子,不是上帝所创造的,而是生物进化的结果。大约在 60 亿年以前,地面上是一片荒凉,30 亿年前地球上开始出现细胞,后来又产生了藻类等原始生物。从世界上出现第一粒种子到现在,已经大约 3 亿年。在漫长的岁月中,种子植物不断进化发展,成为种类最多、进化程度最高的植物。

达尔文在《物种起源》中指出,生物进化主要三种因素,那就是:变异性、遗传性和自然选择。《绿色的宝石》启示人们,只要掌握了生物生长的规律,就可以有目的地进行选择、创造出适合人类需要的新品种,更为有效地改造植物,为人类谋取更大的福利。

作者认为,种子是会"旅行"的,屹立在山头的松树,大岩石中间突然长出的松树,都不是人们去播种的,而是种子随风飘移自行生长起来的。美洲西部有一种"滚草",能在草地上滚来滚去,在地面上繁殖后代。西伯利亚有一种"跳草",也会一步步地移动,"旅行着"挪家落户。有的种子还会借助水力到处繁殖,据人们统计,单是能漂洋过海的种子,就有 97 种之多。漂洋过海之后,它们就能取得"户籍",繁荣成长。人和许多动物,往往也成为许多植物种子的义务搬运工,甚至鸟兽肠胃,也成为许多种子的"输送机",一些候鸟也成为它们远程的"播种机"。

书中向读者介绍,我国古代的"丝绸之路",不仅远道从亚洲运送丝绸到欧洲,而且也无意中运送了各种种子到异国他乡。我国古代有些农作物就是通过这个道路运送到波斯和罗马帝国。向日葵是欧洲探险家带到欧洲种植的,开始时作为观赏植物,后来才作为油料作物来栽培。甘薯从美洲传到欧洲,后来又传到东南亚,我国人民从菲律宾运回甘薯种,首先在福建长乐一带开始种植,然后由徐光启在中国南北很多地区进行推广,在天津、北京分别试种成功。

可以说《绿色的宝石》中每一章节都引人入胜。当介绍到"种子的生命"时,可使人们深刻了解到:每一颗种子都具有一定的生命力,尽管一些种子比芝麻还小,但其生命力都很强大。兰科植物种子,50 万颗只有一克重,它们小得如灰尘一样,却能长成比自身大几万倍,甚至亿万倍的巨大植物。但每颗种子的寿命却是有限的,种子的生命一般可以保持几年,也有的只能活几十天或几个小时不等。有些豆科植物可以活上一二百年,莲子种子可以成活 150 年以上。促进种子使其萌发,重要的条件是水分。没有足够的水分,种子就不会萌芽,种子喝饱了水,生命力就会旺盛起来,种子种下地还要有适宜的温度,各种植物种子出芽时所需要的温度并不一样。水分、温度、氧是种子萌芽所需要的三个条件,缺一则不可。至于阳光,则看种子的不同需要而定,有的需要阳光,有的忌光线。

书中指出，人们有一个常见的错误，对种子和果实，混淆不清。葵花籽是向日葵的果实，不是种子。种子是由胚珠受精发育而成的，而果实是由子房膨大而形成的。现在人们还可以用某种植物花粉去刺激另一种植物雌蕊，或用化学药剂处理，得到无子果实。无子果实是人类认知和改造自然的成果。

"种子年年选，产量岁岁高"。有了优良的品种，即使不增加劳动力和肥料，也可获得较多的收成。农业先进地区总是每年要进行选种，只是保证不断增产的重要条件。土是根，肥是劲，水是命，种是本，庄稼长得好坏的内因是种子。没有好种，就不能获得丰收。书中介绍运用"现代的武器"来处理种子，来创造新的优良品种。例如，用超声波处理的玉米种子，能增产75%；用超声波处理豌豆种子，结出的豆荚可增加3倍多；用辐射育种，可以产生各种变异，可以改变它们的形状和遗传性。

在本书结束的后几节，还谈到了体细胞杂交、花粉单倍体育种和遗传工程等方面的问题。遗传工程是20世纪70年代出现的一项新科学技术。所谓遗传工程技术，就是用人工方法，改变基因的结构，从而设计和制造出生物的新品种，这样就使生命世界不断呈现新的面貌。遗传工程的诞生，使人们能够创造新的植物和新的动物，使人类生活变得更加美好。

《绿色的宝石》虽是以讲故事的形式，却系统地介绍了有关植物种子的知识。此书的特点是作者既阐明了有关种子的基础知识，又介绍了在农业方面应用的育种知识，既讲了现代育种的新技术成果，又谈到了遗传工程及其伟大成就的前景。这是作者在科普创作上的一次很成功的尝试！它展示了《绿色宝石》在黎明曙光——"遗传工程"的照耀下，生物的新世纪就要到来的灿烂前景！

二、仇春霖的科学文艺小品文

1. 凌波仙子

"凌波仙子"，不知是谁为水仙花起了这样一个雅致动听的名字。水仙于岁暮天寒、花事岑寂之际开花，高雅清逸，秀丽动人，冰肌玉质，芬芳脱俗，"皓如鸥轻，朗如鹄停，莹浸玉洁，秀合兰馨，清明兮如阆风之翦雪，皎净兮如瑶池之宿月"。你看，古人笔下的水仙花，俨然是一副仙子模样。

水仙是石蒜科多年生的草木花卉。它那肥大的鳞茎好像蒜头，青翠光洁的叶片好像蒜叶，亭亭兀立的花剪好像蒜薹，所以古人叫它"雅蒜"。它的花，像春兰一样淡雅，但较为妩媚；它的香像春兰一样幽澹，但较为浓烈；它凝姿约素，挺粹含娟，和兰蕙一样典雅清秀，所以，又有人叫它"丽兰"。《内观日疏》记载一则故事：有位姓姚的老妇人，在一个寒冷的冬夜里梦见观星落地，化作一丛水仙，香美非常，老人取而食之，醒来就生下一个美丽的女儿，聪慧过人，能工诗文，所以人们又称水仙为"姚女花"。观星即是女史星，所以水仙又名为"女史花"。

我国水仙，分布于福建、浙江、江苏、湖南、湖北、四川等省。据《南阳诗注》记载，水仙花"外白中黄，茎干虚通如葱，本生武当山谷间，土人谓之天葱"。武当山在今湖北省，洞庭湖北，是巴山的北脉，为古代禹贡荆州之域，春秋时隶属于楚。在古人咏水仙的诗词中，常常把水仙和湘、楚、荆州联系在一起。如刘邦直诗："钱塘昔闻水仙庙，荆州今见水仙花。"文衡山诗："九疑不见苍梧远，怜取湘女一片愁。"孙齐之诗："碧江香和楚云飞，销尽冰心粉色微。"词如高宾王的《金人捧露盘》："楚湘云，吟湘月，吊湘灵。有谁见、罗袜尘生，凌波步弱，背人羞整六铢轻，娉娉袅袅，晕娇黄、玉色轻明。"据此，人们推测，我国最初发现水仙花，必在禹贡荆州之域。在宋元明间，湘鄂两省一直是水仙盛地。

在古代水仙诗中，也常提到洛水和洛神："偶向残冬遇洛神，孤情只道立先春"；"江妃方欲凌波去，汉女初从解珮归"；"风流谁是陈思客，想象当年洛水人"。诗中的"洛神""江妃""洛水人"，都是指洛水之神宓妃。宓妃相传为伏羲氏之女，溺于洛水，遂为洛水之神。不过，这并不是说水仙出自洛水。宋人张耒在水仙诗中写道："中州未省见仙姿"，起码在宋代，洛水之滨尚无水仙。上述诗中提到洛神，是把水仙花比喻为神话中的水中仙子宓妃。宋人杨仲渊得到水仙花一二百株，养在古铜洗中，长得非常茂盛，喜之不尽，便模仿曹植《洛神赋》写了一篇《水仙花赋》，这对后来人们题咏水仙运用洛神的典故有很大影响。此外，宋人高似孙、元人任士林、明人姚绶、清人龚定盦，都作有水仙花赋，把水仙比做"超万劫以自蜕"的神女，或是"是幻非真""降于水涯"的仙子。

我国栽培水仙，大约有 1 000 多年的历史。《长物志》记载："水仙，六朝人呼为雅蒜。"《花史》记载："唐玄宗赐虢国夫人红水仙十二盆，盆皆金玉七宝所造。"关于红色水仙，《本草纲目》中也曾提到，但没有详细记载。

水仙的栽培在宋代盛极一时，许多名流学者，如辛弃疾、黄庭坚、杨万里、宋邦直、朱熹、张耒等人，都赋有水仙诗词。在宋以前，至今尚未发现有文学作品提到水仙。所以辛弃疾在《贺新郎》的水仙词中写道："灵均千古怀沙恨，想当初，匆匆忘把此花题品。"宋代诗人杨万里在咏千叶水仙花的序中谈道："世以水仙为金盏银台，盖单叶者，其中有一酒盏，深黄而金色。至千叶水仙，其中花片卷皱密叠，一片之中，下轻黄而上淡白，如染一截者，与酒杯之状殊不相似，安得以旧日俗名辱之？要之，单叶者当以旧名，而千叶者乃真水仙云。"我国的水仙，有单瓣与重瓣两种。单瓣白色，中承黄心，宛然如盏，所以叫金盏银台。重瓣的叫千叶水仙，皱卷成簇，玲珑可爱，又名玉玲珑。单瓣与重瓣乃一花二种，重瓣系由单瓣演化而来的。我国在宋代已有复瓣品种，所以，水仙的培育，一定经历了漫长的发展过程，应当上溯到更早的时期。

在我国古籍中还谈到两种水仙。《群芳谱》记载："拘楼国有水仙树，树腹中有水，谓之仙浆，饮者七日醉。"另据《植物名实图考》记载："滇海水仙花，生海滨，铺生，长叶如车前草而瘦，粗厚涩纹，层层攒密，夏抽茎开粉红花，微似报春花，团簇作球，映水可爱，疑即龙舌草之类，根甚茸细。"显然，这两种所谓水仙，并不是石蒜科的中国水仙。

水仙花在国外栽培历史也比较悠久，希腊神话中就记载了水仙的故事。传说古代有位美少年那喀索斯，骄矜自负，许多女郎钟情于他，都遭到了拒绝，有的女子因不得其爱悲痛而死。复仇女神决定给他以惩罚。一次，他走到水池边，看到自己在水中的影子，以为是位漂亮的女郎，一见钟情，相思成疾，憔悴而死。他死后化为美丽的水仙。法国诗人还采用这个神话题材，写了一首脍炙文坛的《水仙辞》。外国的喇叭水仙，在我国栽培比较广泛。喇叭水仙，又名漏斗水仙、长寿水仙，原产欧洲。四月抽出花茎，花单生，也有一茎数花的，但花形较小。花瓣为黄色或淡黄色，中央副冠为黄色或橙黄色，呈长筒状，突出在花瓣之外，边缘有皱折，别有风韵。中国水仙属短副冠类型，外国水仙属长副冠和中副冠类型，这是主要区别。俗称为洋水仙或美国水仙的风信子，与中国水仙并非同科植物。风信子属百合科，多年生鳞茎草本花卉，原产南欧、南非及小亚细亚等地，春季开花，花茎略高于叶，总状花序，密生多花，花呈钟状，有红、黄、白、蓝、紫各色，花香较浓，也是一种美丽的观赏植物。

我国水仙，近代的主要产地在漳州和崇明。崇明水仙鳞茎较圆，叶细长，花多单瓣。大凡花卉多以重瓣取胜，但是人们对于单瓣水仙，却有偏爱，以为可以入画。漳州水仙一向享有盛誉，闻名遐迩，不仅畅销于国内，而且早在清朝康熙年间就远涉重洋，大批出口。漳州水仙主要产在园山脚下，那里的山泉、土壤、气候特别适宜水仙的生长，所以漳州水仙鳞茎大，多箭多花，清香浓烈，为其他地区的水仙所不及。

水仙的栽培有个口诀，叫做："六月不在土，七月不在房，栽向东篱下，寒花朵朵香。"具体的方法《群芳谱》中有一段说明："五月初收根，用小便浸一宿，晒干，拌湿土，悬当火烟所及处。八月取出，瓣瓣分开，用猪粪拌土植之，植后不可缺水。"这是老法。现在通用的方法，以漳州水仙为例，每年霜降前后下种（将水仙头埋入土中），翌年端午前挖出，洗净晒干收藏起来，霜降再种下培植，如此反复三年，才能抽箭开花，上市出售。

作为室内观赏用的水仙，一般用水栽法。挖出的鳞茎，剥去干枯的鳞片，用刀在鳞茎上部纵横割一个十字纹，使鳞片松开，便于花芽抽出。然后放在水中浸一天，再洗去刀口上的黏液，放入浅水盆中，四周摆些石子，稳正鳞茎，不致倾倒，同时也更增风趣。盆内放水约一寸深，几天就开始生根，十几天便可抽箭，一月左右渐次开花。水仙性喜阳光，宜放在通风朝阳的地方，温度不宜过高，最好每天换一次清水，这样茎叶长得粗壮，叶短花高，花期耐久。如果光线太差，室温过高，就会发生叶片徒长、植株黄弱、花茎矮小、花期短暂的不良现象。

水仙花的栽培，又有"企头""蟹爪"的不同。所谓"企头"，就是将水仙置于水中，随其自然生长。所谓"蟹爪"，是经人工雕镂处理，叶片不再笔直生长，而像蟹爪那样横生舒展，卷曲优美，旖旎多姿。水仙经雕刻，还可模拟各种图案，制作成盆景，有的像孔雀迎春，有的像丹凤朝阳，有的犹如蟠龙，有的宛似飞蝶，千姿百态，生机盎然，古雅逸趣，美不胜收。

冬天又到了。严寒彻骨，岁华摇落。唯见凌波仙子，"怀琬琰以成洁，抱雪霜以为坚"，一身冰肌玉骨，盈盈微步，为人们送来了春天的信息。

第四十七章　黎先耀和他的科学文艺著作

　　本章要点：提倡科学小品文——读黎先耀的《鱼游春水》；读《中国现代科学小品选》；黎先耀和他的科学文艺著作；黎先耀科学文艺小品文。

一、提倡科学小品文——读黎先耀的《鱼游春水》

　　科学小品文，如果要寻本追源，大约很早就有了。我国古代庄周的"庖丁解牛"，《秋水篇》里用河伯（河流）与北海若（海洋）的对话，《管子》中记载的我国冶金技术，《列子》中关于地动学说的最早记载，韩愈的《马说》《龙说》，柳宗元的带有科学性的短文如《临江之麋》《种树郭橐驼传》《永州八记》《黔之驴》等，都是具有科学性的文字。近代陈望道先生在他所编的《太白》杂志上第一次用"科学小品文"这个词儿，到如今已有 60 年。我国著名作家鲁迅的《蜜蜂与蜜》《看图识字》《知识过剩》《进化与退化·小引》；郭沫若的《死的拖着活的》《鼠乎？象乎？》《芍药及其他》，以及高士其、顾均正、贾祖璋等人写的科学小品文，说明我国科学小品文有很优良的传统。

　　黎先耀同志写的《鱼游春水》中的约 50 篇短文，是我国古典优秀科学小品文的继承和发展。这些文章，很有艺术魅力，每篇虽只有 2000 字左右，甚至更短，但言之有物。我捧着书，读着读着，不禁想起大约在新中国成立以前的 1946 年夏天，我在杭州教书时，由我青少年时代一位喜爱写诗的朋友黑尼，介绍黎先耀同志来看我。他那时是上海暨南大学思想进步的学生，当时给我留下的印象是诚挚而带点憨厚，温文尔雅，有些书生气。新中国成立后，我在北京工作，在《北京日报》或什么其他刊物上，曾看到黎先耀写的带有诗情画意的《北京赋》等篇章。我常常想，这个黎先耀或许就是黑尼给我介绍的那位黎先耀吧！但由于当时我担任一个出版社的行政、编辑和出版业务，工作很忙，没有去找这位黎先耀。几经沧桑，数十年过去了！打倒"四人帮"后，在一次全国性的科普创作座谈会上我们终于重逢了，果然就是我当年见过的黎先耀，不过这次见面时他已经有些秃顶了，此后连续见到他写的科学小品文。我很高兴的是，他原本不是"科普里手"，竟然也能写出这样的好文章。1985 年 10 月的一个晚上，他带着人民文学出版社出版的《鱼游春水》到我家来，并说："望您能写篇评介文章，听听您对它的意见。"我接过书来，看到这位年轻时就认识的友人，竟出版了科学小品文集，我很随便地点了点头，但心中无数，因为在当时也不知道能否写成。

我认为《鱼游春水》大部分文章都写得很工整，传播了科学知识，并富有诗歌、哲理的韵味，又是名实相符的科学文艺作品。如《崂山茶》，从生长在我国云南省西双版纳南糯山的茶树王说起，谈到胶东半岛的新茶区，显示了人类改造大自然的独特功绩；《龙吟凤舞》中按照闻一多先生见解阐释龙凤，继而歌颂了现代人类不仅能够取长补短，培育出一些动植物的新品种，如小黑麦杂交籼熘、杂交鱼等，说明智慧勇敢的中国人民是降龙伏虎的能手；《象喜亦喜》中，作者分头叙述了亚洲象与非洲象的不同与特性，如亚洲象只有雌象有大象牙，非洲象则不论雌雄都有大象牙，非洲象比亚洲象个子高，脑袋小，耳朵大，亚洲象是四趾，非洲象只有三趾。在这里作者简要地描绘了象的进化史，5 000万年前非洲北部的很小的始祖象，3 000万年前躯体比较高大的乳齿象，1 000万年前在黄河一带闻名的剑齿象，书中都分别作了介绍，并指出人类之所以很早就同象建立感情，这同象本身有相当"智力"有关，作者运用《红楼梦》里的"象喜亦喜"这句话作为篇目，为的是向人们提倡爱护这种动物。

书中有些文章是介乎自然科学与社会科学之间边缘科学的小品文。《爱情婚姻源流考》从历史阐明了人类原始社会的婚姻关系，从乱婚时起，到血缘家族，逐渐排除近亲婚配，发展到母系氏族外群婚，到对偶婚姻，父系氏族和一夫一妻制家庭的出现；指出欧洲和中国的"处女生殖"神话，实际上是"知其母，不知其父"的母系氏族社会的产物。《云南的社会化石及其发掘者》也是属于这类文章，文中指出云南省是人类"社会化石"储藏最丰富的所在地，这些"化石"让"数千年往事，奔来眼底"，成为研究我国古代社会的参考资料。作者通过简短而艺术的笔触论证了《长江，也是中华民族的摇篮》，因为在这里发现了四五千年前的中国古代文化，如江苏的青莲岗文化、湖北屈家岭文化、浙江的良渚文化和四川大溪文化。作者对黄河流域史前文化跟长江流域史前文化作了比较鲜明的对比，指出黄河流域出土的生产工具，以狩猎工具为主；长江流域则以渔捞工具较为普遍，作为一个人类学的研究者，我认为这是具有真知灼见的。

黎先耀同志现任北京自然博物馆的领导工作，十分关心世界各国博物馆事业。《鱼游春水》中不少篇章生动地记录了欧洲科技馆、博物馆的情况。《知识的宝岛》中介绍了西德慕尼黑欧洲最大的各学科门类齐全的科技博物馆；展示了在伦敦附近达尔文青年时代乘坐猎犬号军舰所采集的标本；描写了《自然史》作者布丰在巴黎及其工作的地方的情况；瑞典斯德哥尔摩的桥梁及其附近幽美雄伟的景物。在斯德哥尔摩，作者浏览了世界上第一个露天博物馆和打捞上来的沉船瓦萨号博物馆，以及其他人类博物馆、历史博物馆和规模巨大的国家科学技术博物馆。斯德哥尔摩这个仅有100万人口的城市，就有52个各种部门的博物馆，包括文学艺术和科学技术，应有尽有。《火车摇篮曲》详尽地介绍了英国约克古城中的铁路博物馆，其中陈列有火车发明者斯蒂芬森的大理石雕像；《汽车故乡吟》写作者在大哲学家黑格尔故乡看到世界上最早出现的载人汽车的博物馆，其中陈列着各种牌号的汽车：有为陈毅外交部部长坐的汽车，有德国最后一个皇帝威廉坐过的汽车，有19世纪40年代为阿登纳总理设计的可在车上办公的轿车等。在

《海港与船》里，作者介绍了在汉堡参观过的建于 1939 年的历史博物馆，该馆展有 9 世纪从神圣罗马帝国查理大帝起的珍贵历史文物、13 世纪保卫城市的各种兵器等。《空中巴士行》介绍了舒适安全的"空中公共汽车"；在伦敦"高门公墓"，中国科协代表团到马克思墓前献花，作者用艺术彩笔，形容自己思潮如涌，默默宣誓："我们决心沿着您所开辟的通向人类美好未来的道路，义无反顾地奋勇前进！"1983 年将是马克思逝世一百周年，这是一次多么难得的访问啊！《英国皇家学会访问记》，作者谨记了该会的座右铭："不要迷信权威，人云亦云。"阐明一切要经过科学实验的科学精神！作者的这些有关博物馆和历史胜迹的科学游记，对于我国将要建立的科技中心和科学博物馆，是有着可供参考价值的。

《鱼游春水》不仅写事，而且也从侧面鲜明生动地对若干人物作了写照。作为书名的《鱼游春水》一文中所描写的那位对武昌鱼竟能在北京昆明池安家落户表现出激动与喜悦的老教授，写得栩栩如生，跃然纸上；《除害迎春》里写了为人民消灭害虫的老昆虫专家，竟有着那样坚忍不拔精神；《新陋室铭》里写的严谨治学的一位生物学专家在"四人帮"残酷迫害下，仍耗尽心血，利用水洼培殖草履虫，打倒"四人帮"后，他就在斗室中立刻动手大干了起来，并且培养青年人做到四会：会看、会想、会做、会写，把严谨的学习方法传给接班的人；《云南社会化石及其发掘者》中，写了一位专心致志抢救中国"社会化石"的独身者，他就是"中国的摩尔根"的典型人物；《同未来的法拉第在一起》中的外国光学家波特先生宣称，他对少年儿童所作的科学讲话，"不仅是为了传播科学知识，主要是启发年轻人的思想"。这些文章里塑造的新型科技界人物群像虽然着墨不多，而给人们的印象是相当深刻的。

《鱼游春水》的若干文章，还刻意描写和介绍了新的科学资料。《蚯蚓引》中，着重介绍了蚯蚓养殖能开辟蛋白饲料新来源；《祝蜣螂南行》，竟赞扬了屎壳郎，认为它是遣污驱臭的"清道夫"；《艺林改错》中告诉画家一定要认真观察自然和生物界，否则就容易画错。作者从中外画史上介绍了一系列有关艺林错画的史实，生动而有力地说明一切画家都需要有科学知识，要有"改错"的勇气，使所画的自然风物和生物，不但画得美，而且画得准确无误。

"世上无难事，只怕心不专"。法国杰出的科幻小说家儒勒·凡尔纳原来是学法律的，其所以后来能够写出许多优秀科幻小说，主要是因他后来在自然科学方面下过苦功夫，写过数百万字有关自然科学的读书笔记，这样才促使他后来能写出许多优秀科幻作品。原来在大学时代专攻社会科学的黎先耀同志，能成功地写出一系列自然科学小品文，这是由于他在这方面下过许多功夫，现在他对生物学的知识，并不比那些专攻生物学的人差。最近黎先耀主编的图文并茂的《生物史图说》，已由科学出版社出版，受到科学、教育界的欢迎，也是一个证明。加上他平时善于观察，富有探索的勤奋刻苦精神，以及他对中外古典历史文化学而不厌，这是他能够写好科学小品文的主要原因。黎先耀的科学小品文，善于把科学知识、诗和哲理的意境，紧密地结合在一起，将形象思维与逻辑思维交错为用，立足于科学，源泉于生活，将说理与抒情，情景与知识互相交融在一起，既有直接知识的血肉，又有间接知识的交融，使他的《祝螳螂南行》等科学小品文，写得很精致的同时，还充满了时代感。这些文章精练而又博采，思想广阔，语言精辟；同时又善于安排自己的材料，巧妙地综合叙事与抒情的本色，使文章写得深入浅出，夹叙夹议。作为一部书，这是作者良好的起步！"路漫漫而修远兮"，我愿作者再接再厉，精益求精，写出更多的科学小品文。

书中的封面图、题图、扉页图、插图、风格别致，形象生动，可以看出画家蒋建国同志独具匠心的艺术，给这部书增添了光彩。

中国很需要科学小品文，我们在科学文艺领域中也需要大力提倡创作为我国广大读者喜闻乐见的科学小品文。愿科学小品文之花，在科学文艺的文苑里，开出更多更鲜艳的花朵。

二、读《中国现代科学小品选》

近年来，全国报刊发表了不少内容新、风格也新的科学小品文，科学小品文的出现再一次复苏的新局面，在向"四化"进军中，起着不可估量的"轻骑兵"的配合作用。

黎先耀主编，杨秀兰、杨一波选编《中国现代科学小品选》值得推荐给青年读者读一读。它的主要目的，就是提倡科学小品的写作、出版和阅读，这是因为：当前我国人民急需迅速提高科学文化水平，破除迷信思想，批判唯心主义，更好地为社会主义精神文明和物质文明多作贡献。这种具有一定科学性、艺术性和思想性的"科学小品"是文学、哲学与科学的"合金"，具有综合的性能，是很好的宣传教育工具。

小品的特点，就是短、新、活。科学小品不但能尺幅千里，小中见大，还能快中求新，雅俗共赏。在生活和工作都很繁忙的今天，可以有较多的人能写，也可以有更多的人来读，既是一种大众化的精神产品，又能诱导人们学习科学文化知识。

这部科学小品选，其中不少是科学家写的，有些是文学家写的，还有哲学家写的。不同作者写出的科学小品，其中的科学性和文艺性，会出现万紫千红的差别。但是，不管什么样的科学小品，它的质量高低，首先表现在思想上。就是说，必须运用正确的世界观来指导写作，作品还要有一定的科学性、文艺性，否则就称不上科学小品了。

比如鲁迅的《夏三虫》（蚤、蚊、蝇），讲述了三虫的来历，发表了一些幽默的议论。《字是怎么来的？》主要阐明字是怎样来的，写得非常通俗精粹，有丰富的学术内涵。郭沫若的《杜鹃》文章充满诗情画意，有时像薄命的诗人，有时像忧国的志士；《驴、猪、鹿、马》作者认为指驴似猪出于无知，指鹿为马出于知识的误用，前者是无知，另外一种是主观主义，知识的误用，最后谈到法西斯细菌不绝灭，一切科学都会成为杀人的利器了。茅盾的《森林中的绅士》，写的是豪猪，它的肚子是不设防地带；《白杨礼赞》已成为众所共识的一篇名文。巴金写的《鸟的天堂》描绘的是珠江三角洲河中大榕树的各种栖鸟，可称是一篇关于自然保护方面的科学小品，但是它的文艺性很强，也是一篇优美的散文诗。茅以升写的《没有不能造的桥》，不仅把一桥下架南北，天堑变通途的现代桥梁要求描写得简练生动，对造桥的基本技术要求，也作了比较通俗的介绍，同时还通过对桥梁史的回顾，阐发了"桥是人造的，有人就有桥"的能动思想。艾思奇写的《孔子也莫名其妙的事》通过"小儿辩日"的寓言故事，不但生动有趣地介绍了日地运动和视觉关系的科学知识，并且还通俗地阐述了感性认识的局限性与合理性、认识的重要作用的哲学道理。就从这三篇文章来看，它们虽然都具有一定的科学性、艺术性和思想性，但是这三者的比重却有很大差别的。这也是这部现代科学小品选的特色之一。

科学小品的灵魂，顾名思义应当是科学，广义来说包括自然科学与社会科学。在这部小品选中，有的科学小品中的科学内容已经显得陈旧，但至今读起来仍令人津津有味，就是因为它们不是枯燥的科技图解，而是优美的科学生活的画卷。

科学小品既区别于一般小品文，又区别于其他的科学文章。科学小品是美学、科学和哲学的结合。作者要用形象思维和逻辑思维的交错作用，通过叙事，抒情和说理，使主观思想感情同客观自然规律相互交融，成为富有诗意的再创作。

作者还认为，作为一篇科学文艺作品，必须具备两个条件：第一，它是一篇文艺作品；第二，具有一定科学内容。

作者在这部书中，就科学文艺简史、科学幻想小说、科学童话等作了论述。

作者在《科学文艺的题材》一文中认为："在当前，还应该特别重视创作反映现代科学的科学文艺作品，如现代科学的八个重要领域——农业科学技术、能源科学技术、材料科学技术、电子计算机科学技术、激光科学技术、空间科学技术、高能物理、遗传工程，是科学文艺创作的崭新题材，需要组织力量攻坚，写出一批直接为实现"四化"服务的新作品。"

作者认为，文艺的形式是多种多样的，相应的科学文艺作品的形式也该是多种多样的。而衡量和品评一篇科学文艺作品，应该以思想性、科学性、文艺性为标准。

作者强调科学文艺还应有趣味性和启发性。所谓努力挖掘科学中的趣味，就是采用一些生动、有趣、新奇、形象的科学事例，来说明科学道理。科学文艺作品必须富有启发性，使读者读了以后，举一反三，触类旁通。

科普创作绝非易事，既要有丰富的科学知识，又要具有精湛的文艺素修，同样需要付出艰苦的劳动。

三、黎先耀科学文艺小品文示例

1. 到博物馆去

有人说，20世纪是博物馆的世纪。这句话是概括地反映了现代博物馆事业新兴的局面。科学文化的飞速发展，人们更加需要吸收广博的知识；同时，物质生活的不断提高，人们也迫切需要满足精神生活的丰富供应。这就是如今世上，博物馆如同超级市场一般兴旺发达的主要原因吧！

综合性的伦敦大英博物馆、法国的罗浮宫艺术博物馆、纽约的美国自然历史博物馆，还有慕尼黑的德意志科学技术博物馆等，这些古老而宏伟的博物馆，虬枝茂叶，老树新花，吸引了越来越多的观众。

华盛顿的宇航博物馆、巴黎的蓬皮杜文化中心、墨西哥人类学博物馆，还有我国陕西的秦俑博物馆等，这些新建的各具特色的博物馆，让人们进入历史和空间的新境界。

博物馆是人类文明的"金字塔"。从希腊、罗马到文艺复兴的艺术瑰宝；从丝绸之路、新大陆航行到月球探险的历史足迹；从火药、印刷术、蒸汽机到航天飞机的科学创造等，都收集保存在世界各地的博物馆里，供人们欣赏和浏览。

博物馆是大千世界的"百老汇"。地球板块在这里四分五裂，恐龙世家在这里耀武扬威，原始人类在这里茹毛饮血，自然和社会的历史角色，在各类博物馆里粉墨登场，做出惊心动魄的表演。

博物馆是一部立体的"百科全书"。这里，有石刀、洞窟壁画，有始祖鸟化石和木乃伊，有月球岩石和电子计算机等，用实物组成了包罗万象的知识宝库。孩子们，梦想骑到恐龙背上游戏吗？乐意乘坐斯蒂文森发明的火车旅行吗？观众们，想体验一下空间实验室里宇航员的生活吗？愿到印第安人部落做客吗？这里，对孩子是一个充满幻想的新天地，对成人也是一座补习知识的好课堂。

博物馆是一所公众的终身学校。一个人，由老师带来这里上课答题，直到自己也带孩子来这里参观度假，博物馆是老少兼收的开放大学。一个国家，自总理到普通公民，都能从这里增长自己的学识，博物馆是雅俗共赏的社会文化园地。

博物馆是人工的世界缩影，世界本身也就是天然的博物馆。从白宫到温莎堡，从故宫到人民大会堂，从"北京人"居住的洞穴到埃及法老长眠的金字塔，从奔驰汽车厂到休斯敦空间中心……都成了令人流连忘返的博物馆。

今天，博物馆已发展成为人类科学文化事业的重要组成部分，陈列展览也已普遍成为教育和娱乐的常用手段。它像是一篇融合过去、现在和未来的童话，能把回忆和幻想连接起来，考古与创新同样启发着人们的心灵。它也是调和科学、哲学和美学的佳肴，像滋味同营养无法分开一样，教育与娱乐在这里失去了界限。

博物馆真是一种奇妙的事物。人们为了增进知识，为了提高情操，为了游乐休息，都可以到那里去。现代博物馆已不是少数人供奉缪斯女神的圣殿，而是能满足人们不同文化需要的乐园。去吧，博物馆的大门向所有的人都敞开着。到那座宝山里去逛逛，是不会空手而回的。

2. 青果与红枣

每当我回忆起少年时候，在南方夜晚的油灯下，捧读着《太白》杂志，津津有味地阅读科学小品的情景；不知怎么，就会联想起向母亲要一枚铜板，到我家附近桥边一位老人摆的小摊上，在摇曳的电石灯下，买几粒翡翠般"青果"吃的影像。

也许因为至今仍在我记忆里留下难忘印象的那些科学小品，兼有诗味、哲学意味和知识趣味；就像兼有酸、甜、苦、涩滋味的橄榄那样，令人长久地回味吧！现在就让我举周建人的《白果树》、贾祖璋的《萤火虫》和顾均正的《马浪荡炒栗子》这几篇至今人们仍在选读的科学小品为例，来说明这些文章所包含的诗、哲、知三味。

这几篇关于昆虫、植物或物理知识的小品，作者一落墨，没有立刻描绘抽象的科学图解，而首先渲染出优美的生活画幅。《白果树》开篇就让读者听到了秋夜上海弄堂深处卖白果担子悠扬的叫卖声和锅里索朗朗清脆的炒白果的声音。《萤火虫》首先邀读者也坐在夏夜江南乡村的竹椅上乘凉，一起回忆儿时用芭蕉扇追扑流萤的光景。《马浪荡炒栗子》见面就打开画报，请读者欣赏漫画。画上假充内行的"马浪荡"❶，自以为用空锅炒栗子熟得快，而结果反被爆栗打痛脸孔的狼狈相，引得人们从自己的笑声中进行思考。这几位作者，一下就用自己热爱生活、追求知识的诗情画意，感染了读者。通过这些生活情趣，引起人们对科学的兴味。科学小品富有诗意，就像在甜食里放了一点盐，是很能起提味作用的。

这几篇科学小品，虽然分别讲的都是某一件具体而微的事物，却都包含着一点耐人寻味的哲学道理。《白果树》通过一个求知心切的农民，大年夜到白果树下等开花的故事；既解释了银杏的胚珠裸露，没有花萼、花冠的构造，也否定了无稽的传说，说明了道听途论的不可靠和实地观察的重要性。《萤火虫》则通过揭露一个假博士宣扬的"生化论"，拆穿了"腐草化萤"老把戏的翻新，再次证明了科学理论的指导意义。《马浪荡炒栗子》的作者，借着称赞第一个用沙子炒栗子，最先发明这种均匀加热的巧妙方法的无名英雄，嘲笑了那些自作聪明的人。

这几篇小品，在20世纪30年代，对大众起了普及科学知识的作用。它们向人们介绍了中国的"活化石"银杏的演化历史，和这种古老的裸子植物雌雄异株的特殊生态；解释了萤火虫发光的机制，以及这种生物冷光的性质；讲述了热的传导是由于分子运动的物理基础知识等。

难能可贵的，还有这些科学小品的诗意和哲理，不是从外面生硬地附加上去的，没有牵强和穿凿之感；而是从生动有趣的科学知识本身中自然地流露和引申出来的。我幼年嗜爱青果，起初并不是为了它能生津止渴、润肺利喉、解毒醒酒才去吃的；而是被它那种酸中带涩、苦尽甘来的清香和回味所引诱。我儿时喜欢科学小品，开始也不是为了欣赏诗意、领悟哲理和寻求知识才去阅读的，而是为他们那种寄美于情、寓理于物的文采和情致所吸引。

使诗、哲、知三昧相互调和，将形象思维与逻辑思维交错作用，把主观的感情、理智与客观的自然规律融合一体，也就是一般常说的把艺术、思想和科学三性紧密结合，这本是我国古已有之的知识性散文的特色和传统。不但课余读过的这些30年代的科学小品，如今我还记得；就是塾师教过的庄子的"庖丁解牛"，柳宗元的《种树郭橐驼传》，现在我还能大体背诵呢！

最近几年，我在报刊上尝试着写了一些科学小品。通过这段时间的写作实践，粗浅地体会到，要继承并且发扬我国这种文体的优良传统和民族风格，除了首先必须在科学上采取严肃的态度外，有以下几点值得注意：

---

❶ "马浪荡"，上海方言，指新中国成立前没有一技之长和固定职业的二流子。

（1）科学小品虽然必须立足于科学，但是毕竟是一种文艺作品，它的源泉主要还应该是生活。因此写作不能单纯从科学的概念出发，而需要有实际生活的依托。并且最好作者把自己也放到作品里面来，将抒情与说理，情景与知识交融在一起。这样才能使科学小品具有诗的意境，富有真情实感。

我在《鱼游春水》里，写粉碎"四人帮"以后一位精神焕发的老鱼类学家，没有从他坚持鲤鱼科分类研究工作落笔，而从我同他一起到菜市场漫步，他兴奋地看到在卖自己培育成功的活武昌鱼的场面开始，就显得有生活情趣。我写《寻鸟启事》，没有完全从北京城里鸟的种类和数量减少的数字着眼，而是着重描写了鸟与人的关系。往昔北京城里的居民，也能欣赏到"两个黄鹂鸣翠柳，一行白鹭上青天"的如画景色。过去老北京还能从候鸟的行踪，来观察节气的变更。现在，则连乌鸦和麻雀都难见到了。这样，就把自然环境的保护问题同人们的日常生活紧密地联系起来了。

写科学小品，作者要用直接生活体验的血肉，把间接知识的骨骼复原，才能使作品站立起来，具有动人的魅力。否则，容易写成介绍科学知识的一般短文。我想，法布尔之所以能成为昆虫世界的诗人，应该说很大程度上，得益于他对大自然热爱和直接深入的观察和体验。

（2）写科学小品要尽量联系现实，注意发挥这种文体灵敏活泼的长处。首先要紧密联系科学实验和生产方面新的趋向和成果，也可适当联系社会和思想方面的倾向，这样才能避免"述而不作"，而使作品在科学上和思想上具有新意。

中国是一个鸡类资源很丰富的国家。我写《鸡鸣不已》，主题虽然是介绍我国鸡类动物的知识和科研生产的成果，但选用了当时一张歌颂粉碎"四人帮"斗争胜利的国画：《公鸡啄蟋蟀》来破的题。绘画中关于鸡类的题材不少，正反映了我国人民对这类动物的熟悉和感情。文章接着讲到我国绚丽丰富的特产珍贵鸡类，以及科学家对家鸡起源研究的新见解，最后联系到当前我国现代化机械养鸡事业的兴起。我写的《祝蜣螂南行》（《人民日报》），则是及时抓住了当时我国长江流域的蜣螂，应澳大利亚之请，出国帮助清除牛粪这件国际科技交流的新闻写的；并且还针对我国人们的思想情况，联系生态循环的规律，介绍了关于自然保护的基础知识，阐述了自然界互相制约的辩证关系。

我觉得这样写，科学小品才能具有新鲜感和时代感，不至写成一般知识入门的文章。邓拓的《燕山夜话》里，就有一部分这种联系现实、针对时弊的科学小品。当然，作者要通过自然规律，来表达对社会和思想方面的见解，特别是对政治方面的见解，必须避免和防止那种把自然现象与社会现象简单等同起来，甚至作庸俗比附的做法。

（3）写科学小品需要精炼，精炼的前提则是博采。平常就要做有心人，结合自己的工作、学习和生活，脑勤、眼勤、手勤，广泛收集古今中外，文史科哲、琴棋书画等各种感兴趣的材料。书面的、口头的、实物的，包括自己的感想，都随时收记下来。这点颇像我在工厂里见过的人称"节约迷"的师傅，他走到哪里都拎着一个旧口袋，见到地上的铁钉啊，螺丝啊，零件废品啊，他认为可能有用的，就捡起来放进口袋里，以备不时之需。

如我写《生命的足迹》(《散文》)里开头所用的材料：关于东非坦桑尼亚火山灰上发现最早人类脚印的新材料，是我在巴黎街头买的一份外国报纸上看到摘译下来的；对各种野兽足迹辨认的知识，是我从野生动物调查人员那里收集来的；最后联系到人类在社会历史上留下的足迹，又引用了我年轻时写的诗集。又如我写《麋角解说》(《知识就是力量》)里所用的材料：乾隆写刻在四不像角上的那篇调查麋角脱落时间的手记，是我在整理博物馆收藏的各种鹿角时发现后拓下来的；民间鉴定麋角的简易方法，是我向动物园老饲养员那里请教来的；还有关于出土的古代麋角的材料，则是我在研究新石器时代人类活动的考古材料时，顺便收集到的；至于关于"四人帮"指鹿为马的笑话，那是我在科学院召开的一次会议上，听老科学家发言时，记录下来的。写科学小品，旁征博引，谈笑风生，所需材料相当广泛。平时随手收集积累，得来并不费功夫，如到用时再随时现找，很可能"踏破铁鞋无觅处"呢！

至于如何选定写作的主题，我的方法倒是有点像背个破锦囊出游，收集写诗材料的唐朝李贺了。他是"未始先立题然后为诗"，我写科学小品，一般也不是先有题目，再去收集材料；而是在收集材料的过程中，逐渐形成并确立写作的主题。当然，经常在主题确立之后，还要有目的地围绕主题，再补充收集材料，加以充实。再拿那篇《生命的足迹》为例：这个通过各种脚印，来说明任何生命的运动，总要在历史上留下痕迹的主题，是我一次偶然读到秦牧的《铁铸的脚迹》那篇散文时，得到启发，然后再将原已收集的有关材料，组织写成的。又如那篇《麋角解说》的主题，是我发现乾隆那篇麋角题刻后，想到要通过乾隆的这个故事，来阐述治学态度必须虚心认真的道理，又进一步收集关于现在的和古代的麋鹿材料，加以写成的。

材料贫乏，固然写不成科学小品；但材料虽然丰富，如果不善于取舍安排，也不一定能写好。紧紧围绕着主题，采取抒情、叙事和议论的不同笔法，把材料运用组织得当，既不觉堆砌，又不显斧凿痕迹，也是一件须下功夫的事。在广泛收集材料、提炼处理材料方面，我认为秦牧的那些知识性散文是比较成功的。他不仅是一位"科海拾贝"的能手，还像海边善做贝雕的人那样，能把拾来的形形色色的贝壳，经过精心挑选，巧妙搭配，做成既玲珑美观，又合实用的各种工艺品。

我写这些科学小品，由于是新的尝试，又是业余写作，经常是相当费劲的。有时可能主题酝酿得比较成熟，材料顺手，也有写得比较顺利的时候。就像深秋时节，坐在窗前，凝望着院子里的枣树，构思我的科学小品。一阵风来，就噼啪、噼啪吹落几粒孩子打剩的枣子来。拣来一尝，熟得红透的枣子，倒真又甜又脆。由此，我也曾联想到把科学小品喻作枣子，也许比譬为橄榄，更切合实际情况。

枣子虽然小，也比较便宜，并且老少咸宜，比起其他有名的瓜果来，它所含的营养，不论是糖、淀粉、蛋白质，还是维生素，都有过之而无不及；特别是维生素丙，还是首屈一指的哩！我国民间不是有"每日吃三枣，一辈不显老"的说法吗？如果经过加工，它还经久耐藏。种枣树还不占多少地方，房前屋后，田边地头，有立锥之地就行了。并且俗话说，"桃三杏四梨五年，枣树当年就还钱。"种枣树不但易活，而且所需时间也短。

你看，科学小品的风格，不是也颇与枣子的特点相似吗？它比其他体裁的科普作品来，不仅篇幅短小，无需大块版面；而且读者面宽，作者随手写来也省时易成。因为它内容广泛灵活，意味丰富隽永，有些精彩的科学小品，虽然科学上已时过境迁，由于文、情、意兼茂，还是能够传世。布丰生前曾说，知识是身外之物，文笔却是人的本身。确是如此，他写的那些"动物肖像"，已过了近两个世纪，现在不是还被我们选为学生的读物吗？当然科学小品的容量和深度，都有自己的局限性，它无须也不可能代替其他体裁的科普作品。正如红枣虽能治病，却不是"君、臣"之药，而只能起"使、佐"的作用，但是，它毕竟是一味不可缺少的药引子，古代本草经里还把它列为"上品"呢！科学小品，不是有人称它为普及科学知识的"媒人"吗？学习的触媒作用，当然也是不容忽视的。

近些年来，枣子常是市场上的缺货。有时供应一些，也是品种不全，质量欠佳。枣子原是我国丰富的特产，由于产地和品种不同，加工方法各异，各有特色和风味。我想，这种经济实惠的果品，既然群众需要，何不多生产一些呢？同样，科学小品也是我国历史悠久的文学体裁。近几年来，我国报刊上发表的科学小品，虽然数量有所增加，质量也在不断提高，但终究还远远适应不了提高全民族科学文化水平的需要。因此，我建议有一定科学基础的文学工作者，和有一定文学素养的科学工作者，以及其他热心科普创作的人们，何不都来随手写点不同风格的科学小品呢？这对增进人们的知识、启发人们的思想，以至陶冶人们的情操，都是大有裨益的啊！

（1985 年 3 月）

第四十八章　别具风格的莫克的科学文艺小品文

本章要点：莫克简介；彩色的路——莫克的创作生涯；为孩子荡起遨游科海的轻舟；善于捕捉生活的美；多彩的"轻骑兵"。

一、莫克简介

莫克先生一生出版了 14 本科普读物和儿童文学，发表了 300 万字的科学小品，在社会和文坛的影响自然是巨大和深远的。许多读者，特别是广大青少年学生，对莫克先生是耳熟能详的；在文学圈在里，莫克先生更是受人尊重的，因为他终生不渝地热爱写作，为人民的教育事业和科普事业贡献了毕生的精力。

莫克先生青年时代在广西省西江学院就读时，文学上就展现出了不凡才华，20 岁时就开始在报刊上发表文章，散文写得很漂亮，精通诗律。莫克先生 1956 年在《广西科学》发表了科普处女作之后，便从此走上了科普创作的道路。因为身为人民教师的莫克先生在教学实践中意识到，光凭课文中有限的内容，满足不了青少年的求知欲望，作为一名人民教师有责任向所有的孩子们普及科学知识，启发他们去探索科学的奥秘，鼓舞他们向科学进军的热情。他决心从事儿童文学、科普文学创作，为祖国的未来接班人荡起遨游科学海域的轻舟，在青少年与自然科学间架起金色的桥梁，为培养一代具有高尚的道德品质、丰富的科学文化知识的社会新人起积极作用。莫克先生更认识到"科技是第一生产力"这个真理，随着时代的发展尤其是经济结构的不断变化，人文社会科学知识比重不断增加，而科普文学不能不说是人文社会科学知识的一个不容轻视的部分。到了知识经济时代，文化不光是精神产品，而且作为生产力要素，科普文学无疑有着无可替代的功能。科普文学以教化、激励和导向功能在提高读者特别是青少年学生的素质上发挥着极为重要的作用。莫克先生一生为之孜孜追求，努力使自己的作品在知识经济发展中实现生产力而起点作用。他以奥斯特洛夫斯基的名言"人生最美好的就是你停止生存时，也还能以你所创造的一切为人民服务"作为自己科普创作的动力。

莫克先生学的是农业，教的是生物地理，写的是他最熟悉的专业。21 世纪将是生物学世纪，所以对他印象最深、最具魅力的自然是生命科学。在这个领域，有丰富理论和实践经验的莫克先生创作上游刃有余，他以敏锐的观察力和深刻的认识能力，能从人们司空见惯的动植物中选择出有趣的题材点缀成文。莫克先生曾说过："人们期待着育种家运用智慧和劳动，培育出更美的茶花品种，为山茶花家族增添新秀，并为金花茶之中华第一号国宝，进入寻常百姓家闯开一条新路，为祖国精神文明和物质文明多出贡献。"这番对山茶花的感慨，其实恰好是他进行科普文学创作的精辟写照。

莫克先生写科普作品，广泛涉猎哲学、文学、理化、史地、动植物等与科普较接近的书籍，汲取养料，因为现代科学是互相关联、互相渗透的。莫克先生深谙学生物，就必须懂得地理和气象学，知道气候对生物的影响；要使文章符合辩证法，就得学逻辑学和哲学，还要有文学素质，做到博、大、精、深，写起文章左右逢源，文思泉涌。

为了写作，莫克先生不放过一分一秒的时间，甚至在走路或骑自行车上下班的途中，也在构思文章的起头和结尾，或琢词凿句，力求精美准确，形象易懂。莫克先生曾在他的《春的随想》一文中说过："自然界的春天是可爱与可贵的，而人生中的春天更是价值连城，千金难求。"这就是一个抱负非凡的作家对时间的概念和珍惜。再有，为了投入创作，莫克先生除了参加各种学术会议、采风活动之外，他是极少涉足繁华热闹的场所，寻亲访友也罕见，没有创作之外的兴趣，心甘情愿地"忍受寂寞"。其实寂寞不单是一种回归生命原形本色的休养生息，更是文化创造的精神土壤。只有像莫克先生这样为科普文学鞠躬尽瘁的纯真品格的人才这样去追求寂寞。莫克先生说过："人的乐趣各有不同，每当我从书本获得知识，又把知识奉献给读者是时候，那就是我最大的乐趣了。"斯言壮哉，因为硕果累累的科学作品和儿童文学就是莫克先生人生乐趣的有力诠释。

是的，莫克先生几乎没有中止过创作，甚至在非常岁月，他被打成"广西黑笔杆"而关进牛棚，身心备受创伤时，他对自己的半生追求无怨无悔，他坚信黑暗尽头必有曙光，科学的春天总有一天会到来。可以说，在命运的磨难中，是科普创作鼓起他生命的风帆，特别是粉碎"四人帮"后不久的 1979 年，他应邀飞抵北京参加全国第一届科普代表大会之后，他加大了创作的劲。莫克先生的写作环境和勤奋精神超出常人想象：飘雨的窗户，他撑伞而书；闷热的屋子，他搬到户外路灯下著说；更没有一盏台灯，只能在那盏吊灯下伏案耕耘；74 岁患上帕金森氏综合征，手脚颤抖，行动不便，他采取口述方式或挣扎着写书……莫克先生就这样以每年出版一部书的神速展示他创作的辉煌。继"文革"前出版《吐香的草》《有趣的动物》《南方的动物》之后，1978 年起接连出版了《蔗田的卫兵》《有趣的植物》《累累佳果》《生命的奇迹》《广西风物志》《生物的妙用》《喜说海洋财富》《南国花果鸟》《中华国宝》《白云姑娘》等艺术性、思想性俱佳的科普读物和儿童文学。其中《中华国宝》荣获全国优秀科普读物一等奖、全国优秀儿童读物一等奖；《蔗田的卫兵》获 1980 年全国新长征儿童读物优秀奖；《有趣的动物》《南国花果鸟》被评为广西儿童读物优秀作品，等等。

莫克先生的作品获奖绝非偶然，这是他呕心沥血创作的必然和应得的殊荣。如他的科学小品代表作《累累佳果》，这部介绍我国著名水果的科学小品集，把知识、诗味与哲理巧妙糅合起来，全书文笔优美生动并有抒情色彩，阅后给人以知识，也给人以艺术享受。其实，莫克先生的大量作品中，内容丰富、充满知识乐趣、引人入胜而又浮想联翩的科普文学比比皆是，表现在作品里的东西，总使读者感到有一种清新、优美而又能打动心弦的魅力。作品视野宽广，构思新颖，即使都是写动植物，也是选择多方面的角度去写。语言朴实易懂，鲜明生动，富有生活气息，为读者喜闻乐见。再如在 1981 年被评为四川省优秀作品的散文《花的抒情》，莫克先生在"花的世界"里撷取了精美香甜的蜜汁，用扎实的文学功底来酿造，加上娴熟的天文地理知识，并且南国的花红树绿给了他许多的温情，使他的文章好比香醇的米酒，飘逸出他对百花温馨的眷恋之情，诉说着他永驻在内心的这个花草世界的奇妙玄机，滋润着读者的心田，引导着读者的遐想，令人爱不释手。

莫克先生的作品有四大特点：一是科学性和文学性相结合；二是知识与幻想相结合；三是趣味性与教育性相结合；四是科学知识精密地与"四化"建设相结合。

莫克先生曾任中国科普作家协会理事，广西科普作家协会副理事长，广西文联儿童文学研究会委员，获国家级荣誉 5 次，省市级荣誉表彰 26 次。1990 年中国科学作协评价他是"建国以来，特别是科普作协成立以来的成绩突出的科普作家"。获全国少数民族地区优秀科技工作者称号，获国家民委、劳动人事部和国家科委 1983 年颁发的"少数民族地区科技事业作出显著贡献"奖状。莫克先生的事迹和生平先后被收入《中国科普作家辞典》《广西科技英才》《广西当代作家川略》《广西当代科普作家》《中国文艺家传集》《世界文化名人》等有影响的辞典。

莫克先生人品高尚，淡泊名利，他像历来文人一样，受儒家思想影响，多有治国平天下的理想，却少有参加治国平天下的机会。莫克先生桃李满天下，成为有头有脸的人物很多，他的权贵挚友亲朋也不少，若他有意趋势附炎，攀龙附凤，相信他总会在官衔上、职称上如愿以偿，但莫克先生不屑一顾。甚至他著作等身，为辅导教学作出了无可估量的贡献，却被人无知地说成是"不务正业"。与高级职称也无缘的情况下，莫克先生也不理论，泰然处之，照样心安理得地处于一个普通中学生物教师的位置上，兢兢业业教学，勤勤恳恳写作。

这些年，在拜金主义种种浪潮冲击下，不少文人墨客纷纷搁笔，或下海淘金，或转行他就。但莫克先生依然故我，"执迷不悟"，坚持数十年如一日地辛勤劳作，耕耘那片属于他的科普园地。莫克先生文学功底深蕴，但他面对洪流所至亦难免泥沙俱下的写作形势，他漠视那些内容或苍白病态，或无病呻吟，或以新潮流标榜的平庸作品名利双收的状态，义无反顾地为读者奉献思想健康、格调高雅，科学性、知识性和文学性皆好的精神食粮，决不为了迎合某些读者层次和金钱物质而失去人格，出卖良心，牢牢地把握着"人类灵魂工程师"的准则。莫克先生自得其乐，把微薄的稿酬全部用来换成家中藏书。他从来不图虚名，正确对待自己，正确对待作品，一心精益求精，一如既往地创作出高质量的精神产品来。

二、彩色的路——科普作家莫克的创作生涯

近年来，正当出版事业面临困境，出现出书难、买书难的尴尬局面之际，莫克的科普作品《累累佳果》（1983 年）、《生命的奇迹》（1983 年）、《广西风物志——特产奇珍》（1984 年）、《喜谈海洋财富》（1986 年）、《生物的妙用》（1985 年）、《南国花果鸟》（1987 年）等书却连续出版，奉献在广大读者面前。最近，《中华国宝——珍稀动植物》一书又在江苏少儿出版社出版了。这说明莫克的作品已经达到成熟阶段了。

莫克是科普战线上一位优秀作家。20 世纪 50 年代中期，他便开始在百花园中辛勤耕耘，至今已创作发表了近千篇科普作品，还先后在北京、广西、黑龙江、四川、江苏等地出版了 12 本青少年科普读物。特别在近几年的全国报刊征文活动中，莫克的《花的抒情》《米醋的新贡献》《神奇的矿泉水》等科学小品，均获优秀奖。这些作品，对传播科普知识，启蒙青少年科学思维与创造，引导他们从小学科学、爱科学、用科学，树立向科学高峰攀登的志向起到了积极的作用。

三、为孩子荡起遨游科海的轻舟

莫克的青少年时代是在横县农村度过的。那儿一年四季鸟语花香，瓜果常熟。环境的陶冶，使他对大自然发生浓厚的兴趣。学生时代他就爱好文艺，并在报刊上发表文章。1950 年大学毕业后到中学任教。教学生活使他对天真烂漫的青少年一代产生了真挚的感情，课余常带学生到校园和校办农场搞种养活动。孩子们充满好奇心，对天上飞的、地上跑的、水里游的、土里长的，无不感兴趣，经常围着他提出许多问题：世上什么花最美？什么果最甜？什么树寿命最长？……为了满足孩子们得求知欲，他常给他们讲些妙趣横生的科学故事，带领他们进行细心观察、作记录。他以自己的行动为孩子们树立了热爱科学的榜样，也给孩子们送来了遨游科海的轻舟。

四、善于捕捉生活的美

莫克是学农业和研究生物的。他的写作范围，从生物、农业到现代科学的各个领域，从宏观世界到微观世界。他除了孜孜不倦地博览群书，从中吸取养料外，还深切体会到，跟文学创作一样，生活是科普创作的源泉，所以他十分重视从生活中摄取创作素材。他在教书时，总是尽量抽时间和学生接近。有一天，他在校园散步，忽然，一只小鸟落在他的脚边，接着一个学生跑来抢鸟，并说小鸟是他用弹弓射落的。莫克一看，是一只柳莺。这是益鸟呀！他于是教育学生，不要射杀益鸟……这件事启发了他：应该向孩子们宣传保护益鸟的道理，因此，他构思写作了童话《丰收的助手》，并荣获全国长征优秀科普读物奖。要给孩子们科学知识，自己必须不断探索掌握新的科学知识。为了丰富自己，莫克住房周围种了各种各样的花。他每天早晚浇水、除虫、整枝，精心培育、细心观察，研究那些美丽的花朵和奇妙的枝叶。一天，他看见一品红顶端的绿叶呈现紫色，第二天，紫色叶上又出现白色的花蕊，过了两天，花蕊舒展开花。通过仔细观

察，证实了德国诗人歌德的发现：有些花朵，最初是由叶子变来的。此后，他更潜心研究各种花卉的含苞、吐蕊，开放……细心地观察、记录，给莫克的创作以丰富的生活素材。篱笆上的牵牛花、野蔷薇开始舒展，花瓣送出阵阵清香，他在本子上记着："牵牛花、野蔷薇早上6点开放"。时针指到7点，芍药花露出了笑容，他又记上"芍药花7点开花"……他就这样长期细心观察，记录，研究各种花开花谢的自然规律，写出了童话《小白兔的花钟》。

莫克常说，植物世界的价值观，决定于我们是否认识它。认识了，它是个宝，不认识呢，它只不过是普通的草。因此，他常利用寒暑假到高原林区认识植物。1983年暑假，他到了海南岛。那里有种种奇树古木：有老爷爷一样须发苍苍的榕树，有小伙子一样满头浓发的荔枝，少女一样亭亭玉立的槟榔，母亲一样不住滴奶的橡胶……都是特有的热带植物。要考察这些植物，困难很大；路途险峻，荆棘丛生；带刺的黑蚂蚁、云雾般的蚊蚋、防不胜防的山蚂蟥，常常飞到他的身上钻入裤腿、衣袖，放毒、吸血，可他不怕路险虫多，翻山越岭，对每种植物作周密观察、记录，找出它们外形、结构、气候条件、经济价值等特征。慢慢地，他的脑子里有了一张植物家谱。一次，他发现地上有一种奇异的东西，似叶非叶，似花非花，色彩橙红、暗绿，艳丽醒目。他扒开败叶浮土，看见那种东西是从幼虫的头上长出来的。他很快便想到"冬虫夏草"——一种名贵中草药。它冬天是虫，夏天是草，即冬天吸收寄主的养料，夏天繁衍后代的一种寄生真菌。在莫克的眼里，这一切都是如此美好、神奇，他的创作激情，如同火山爆发时的滚滚岩浆汇成洪流。他从海南岛回来后，废寝忘餐，伏案挥毫，不到半年，《红树林的变迁》《海南鹿踪》《海滩寄情》《椰林深处》等一篇篇佳作脱颖而出，奉献给科学，奉献给孩子。

五、多彩的"轻骑兵"

莫克的科普作品，品种很多，可他写得最多的是科学小品。他认为：科学小品是科普文艺的轻骑兵，是科学作品中影响力最大、群众最喜爱的一个品种，它又是文学作品中的一个新秀，是科学和文学联姻的产儿。这个产儿短小精炼，丰富多彩，生动活泼，使人读了既轻松愉快，又能获得许多知识和文学上的享受。

莫克的科学小品代表作是《累累佳果》。它是介绍我国著名水果的科学小品集，把知识、诗味与哲理巧妙糅合起来，意新语美，文短情长，在青少年读者面前，展现了一个生气勃勃、瑰丽多姿的科学世界，吸引青少年去向往、去攀登。全书文笔生动通俗，如行云流水，富于抒情色彩，文中穿插了许多有关的诗词歌赋、历史典故、民间传说与中外风俗习惯，写得娓娓动人，给人以知识，也给人以艺术享受。如介绍《岭南木瓜》，由刘三姐的歌词引入，读来亲切感人。这种熔写景、抒情、叙事、说理于一炉，无拘无束的笔法，是莫克写科学小品成功之处。还有最近出版的《中华国宝》一书，莫克从自己熟悉的530中珍稀动植物中，选择其中堪称"国宝"的向孩子们作介绍，使孩子们对"国宝"的形态、习性、用途等有所初步了解，共同关心和爱护、发展这种神州宝物，使它们千秋万代为炎黄子孙造福。

　　读着这本书，好像进入了天然的动物园，让孩子们大开眼界；又好像进入了植物大观园；金茶花、鸽子树等，那珍稀的生物现象，那童话般的科学境界，在我们的眼前展现了大自然的千姿百态，令人心旷神怡。此书特别是教育了孩子们爱护大自然中的一草一木、热爱大自然的美好感情，既是一种科学素质的培养，也是心灵的陶冶。

　　科学小品，文短意深，既要求科学性，又要求文学性，既要选题新颖，又要文笔生动，富于文采，似乎有点难写。但莫克认为：只要选材得当、裁剪有方，层次分明，动静结合、多次修改，铁杵也能磨成绣花针。他的体会是从三个基本功上下工夫，一是学习，了解、积累科学知识：二是多读文学书籍，锤炼文学表现力，掌握文学丰富多彩的辞藻；三是笔不离手，天天写，把感情、精力投放到创作实际中去。

（载《科学大观》1989 年第四期）

第四十九章　陈日朋与科学文艺

本章要点：陈日朋《成语里面有科学（序）》。

远在文字出现以前便有了语言。随着人类生产、生活和交际上的需要，语言逐渐复杂起来，其中特别精炼的就是成语。许多成语长期以来在人民群众中间广泛流传、反复使用。由于人民生活非常丰富，因此民间成语更是浩如烟海。这其中有的是从古代寓言、神话传说、历史典故或文学作品中提炼出来的；有的是经过长期观察和对自然现象的科学总结。特定的成语虽只寥寥数字，却可表达出繁复的内容，它往往包含着深刻的思想意义，有着丰富的科学知识，精练扼要，幽微隽永，给人以警喻、规劝、勉励和教益。

成语是文学艺术语言，它里边有科学吗？有！这是因为有不少成语是人民群众在长期生产和生活斗争中创造出来的；这来自实践，来自斗争，凝结着人类长期观察到的自然现象、科学规律和生产、生活经验，它是哲理的提炼，科学的浓缩。大多数成语是以古代故事为铺垫，经过文学艺术的加工润饰，较准确地运用自然科学知识，阐述了深刻的思想内容。

生活在古代的人们当然未必那样自觉地认识到成语中的科学价值，但在今天我们用科学的眼光去分析研究这些成语时，蕴藏在其中的科学价值便显现出来。人们会禁不住地赞叹："噢，原来在这些精粹语言中，还有那么多的科学道理呀！"

陈日朋同志花费很大工夫，把成语中蕴含的科学道理，用生动浅显而形象的语言，像讲故事一样地阐发了出来，这个工作很有意义。成语往往是历史、文学、科学和哲学的统一体。它引经据典、探幽索隐、钩沉辑佚，不失为一座科学和历史、文学和哲学思想的宝库。我们从其中不但可以认识到特定成语的来龙去脉，还可以学习到地理的、矿物的、植物的、动物的、人体的、生理的、微生物的、天文学的、气象的、海洋的、物理的、化学的等各学科领域的知识。"条条道路通罗马"，学习自然科学的途径也很多。如果有了科学的基础知识，再通过成语的学习也能取得这方面的效益。比如说，由"囊萤照读"可以了解有关萤火虫可以发光的昆虫知识；"怒发冲冠"，看来虽然有些夸张，却给我们以生物知识，因为动物在愤怒的时候，通过交感神经系统，能使竖毛肌收缩，毛发竖直；由"望梅止渴"可了解到生理学内分泌和巴甫洛夫条件反射的知识；由

"沙里淘金",了解矿物知识;由"海市蜃楼"了解物理学知识;由"月晕而风"获得气象学知识。再如人们较为熟悉的"螳螂捕蝉",意思是劝说人们不要只顾及眼前利益,而忽视隐藏在自己身边另一方面的危险,作者在介绍这个成语的产生和由来以后,笔锋一转,把它和生物科学中的生态平衡、食物链联系起来,举出好几个生动事例来向读者介绍这方面的科学知识,指出不要人为地去破坏生态平衡,使自然界的食物链脱节中断,以避免给我们居住的这个环境带来意想不到的损害,从而使我们认识到切实搞好环境科学研究,保护生态平衡的重要性。

以上不过是略举一二,从这本小册子中,可以得到不少可贵的自然科学知识、历史知识,它将给广大青少年读者以良好的教益,使青少年既能了解成语的渊源、典故、用法,加深对成语的理解,从而在使用语言时要更加准确和生动,又能学习到许多门类的科学文化知识,从而扩大眼界,启发智慧,产生向科学进军的志趣。

毛泽东同志生前要我们学习人民语言,以丰富我们的语汇。我们许多成语是人民语言中的精华,是从历史文化之中凝结下来的硕果。陈日朋同志下工夫搜集,特别是从自然科学角度来对它进行阐释,这项工作是十分有意义的。我国不仅历史文化源远流长,科学文艺也是源远流长的。我国古代诗词歌赋中间有着相当丰富的包含着科学思想的作品。一部分文学史,诸如《诗经》《楚辞》《淮南子》《山海经》及历代史籍笔记等书,都蕴含着一定的科学思想、科学方法、科学事实的东西,陈日朋同志为我们在这方面开了路。我希望他能从成语以至其他方面再接再厉,百尺竿头更进一步。同时,我也希望有志于科学文艺的同志,也都能在这方面努一把力。

让我们把文学和科学有机地结合起来,既提高我们的文学修养,又促进和培养起我们学科学的兴趣吧!

(1985 年 3 月)

第九卷

当代的科学文艺（下）

第五十章　松鹰及其科学文艺作品

　　本章要点：一部别出心裁的科学家传记——《电子科学发明家》；松鹰：用文学家笔触写科学家故事——我写《电子英雄》的成书经过。

一、一部别出心裁的科学家传记——《电子科学发明家》

　　《电子科学发明家》是我最近几年以来看到的不可多得的优秀科普作品之一。我们正面临新的"技术革命"的挑战，在这个伟大的浪潮中；电子科学技术居于十分突出的地位。电子科学技术的历史总共不过二三百年，它的发展犹如一部壮丽的史诗，其间人才辈出，群星灿烂，新的发明创造层出不穷，随着现代科技的发展，电子科学技术日益广泛地应用于国民经济的各个领域，并深入人们日常生活中，在我国社会主义"四化"建设中，它起着越来越重要的作用。这种新的形势，要求更多的人懂得电子科技知识，了解电子科学技术的发展历史；各个学校里的学生，也很需要这方面的生动有趣的普及性读物。

　　《电子科学发明家》写了10位电子科学巨人的生平事迹和卓越贡献，其中有四位电子科学家（富兰克林、法·拉第、开尔文、麦克斯韦），6位电子发明家（莫尔斯、贝尔、爱迪生、马可尼、波波夫、德福雷斯特）。作者在广阔的历史背景上来观察和描写他们的科学活动，内容丰富，资料翔实，并且注意把科学性、知识性和趣味性较好地结合起来。书中每一项发明或发现的来龙去脉、前因后果都写得尽可能清楚。例如麦克斯韦创立电磁理论和开尔文铺设三条大西洋海底电缆的经过，写得很详细，从其他书中很难找到这样翔实的材料。富兰克林风筝实验、法拉第发现电磁感应现象、赫兹发现电磁波、马可尼飞越大西洋的电波实验等，在此书里也有生动的记叙。书中有关电子科学技术的基本知识，比如电报、电话、电磁波、无线电、电子管、集成电路等，都结合具体的发明经过作了介绍，语言生动，浅显易懂。这对于渴求电子科技知识的读者，或是对于对电子科技的发展历史陌生的人们，都有较大的参考价值。在一段时间里，在某些同志心目中存在重科学家、轻技术发明家的倾向，这实则是一种偏见。科学和技术历来就是相辅相成的，互相推动的。此书用事实表明了电子技术的发展，既离不开科学家的研究成果，也缺不了发明家的技术创造，科学家和发明家作出了同等重要的贡献。这一

525

点，对我们也是一个很好的启示：建设"四个现代化"，我们既需要科学家，也需要大批勇于实践和创造的发明家。

写法新颖，别开生面，是《电子科学发明家》的一个突出的特点。通常的传记大都是写一个人的，少数的人物合传也多是互相独立无干的。而该书却把同一个领域的10位杰出的科学家、发明家的传记串联起来，通过他们一代传一代，前呼后应地科学接力，把电子科技发展的历史清晰地展现出来。可以说，该书既是一本群英集萃的世界电子名人传，又是一部比较形象的电子科技发展史。它通过传记来叙述科学技术史，同时在历史发展的长河中来观察每一个巨人，可以更深刻地理解他们的思想渊源、工作意义及彼此间有机的联系。这在国内还是首创。这种史传结合，用别出心裁的传记来叙述科学技术史的写法，我认为是值得提倡的。读者可从书中清晰地看到，科学技术的发展本身就是一场接力赛，一代继承一代，一代高于一代地向前发展。这将会激励更多的青年参加这场接力，努力攀登科学技术高峰。

一本好书光有好的内容还不够，还必须有好的文采，才能吸引读者，为更多的人所喜爱。古人所谓"言之无文，行而不远"，就是这个道理。据了解，该书作者松鹰同志是哈尔滨军事工程学院电子工程系毕业生、工程师，又是一位较有科学和文学才华的青年作家，他还著有近代著名女作家萧红传记的长篇小说《落红萧萧》，另外还以科学文艺的笔调出版过两本科学家传记。正因为如此，《电子科学发明家》的文笔是较为出色的，有独特的风格。作者发挥了自己的优势，将科学素材同文学的描写熔铸一炉，读起来平易亲切，饶有兴味。书中的每一项发明，都是一篇引人入胜的故事；每一个人物，都像一名传奇英雄。例如莫尔斯本是一个画家，41岁改行研究电报，半路出家不怕嘲笑，最后竟第一个获得成功。又如法拉第研究电磁感应，用了整整10年，"锲而不舍，金石可镂"。开尔文铺设大西洋海底电缆，也是三起三落，10年努力，才大功告成，麦克斯韦创立了电磁理论，天才地预见了电磁波，但在生前并未得到承认，直到赫兹证明了电磁波的存在，人们才意识到他是牛顿以后世界上最伟大的理论物理学家。作者注意了用文学的形式来宣示科学里一些深奥的原理，叙述得浅显易懂。例如电磁理论是比较枯燥的，我见过一本国外的麦克斯韦传记，人物几乎被大量艰涩的专业术语所淹没，使人不能卒读。在松鹰著的这本书中，电磁理论一段却写得相当吸引人，全篇没有一个公式，而麦克斯韦创立这一理论的经过和麦克斯韦本人的鲜明个性却历历在目。这是很难得的，需要专业功底，也需要文学修养。

优秀的科普著作，不仅能给人以知识，而且能给人以思想。看了《电子科学发明家》，给我留下一个很深的印象，这就是书中结合发明的事迹，介绍了10位电子巨人的科学思想、科研方法和精神风貌，其中有成功的经验，也有失误的教训。例如著名的长途通信奠基人开尔文，孩提时就是一位早慧的神童。他10岁进大学，22岁成教授，不到30岁就名扬欧洲。他研究电磁理论比麦克斯韦还早，但是他两次走到真理的边缘，却又徘徊而去，令人惋惜地错过了也许是他一生中最重要的科学发现的机会。他失误的原因之一，就是不善于吸取别人的长处，包括他所敬重的前辈法拉第。麦克斯韦却这样做了，所以麦克斯韦成了集大成者，最后创立了电磁理论。像这样意味深长，富于启发性的内容，在书中还有不少，加上作者富有哲理的议论，常能使人掩卷而思，得到启迪。书中描写的人物虚怀若谷，麦克斯韦的献身精神、爱迪生的勤奋、波波夫的赤子之心，也都有教育意义。

由于以上这些特点，该书多次被国内若干科普文章或学术论文引用，并且被上海人民美术出版社《连环画报》《奥秘》等刊物改编成连环画。该书第一章《攫雷电于九天的人》、第九章《无线电装上心脏的人》曾分别全文为《新华文摘》选载；第五章《麦克斯韦和电磁理论》曾被《自然杂志》（刊于 1979 年 11 月）选为麦克斯韦去世一百周年专题纪念文章发表，并被科普文摘（1981 年第 1 期）转载；第八章《马可尼和波波夫》被《自然辩证法通讯》杂志（1981 年第 3 期）作为"人物评传"选载。

我想，此书若选为大专院校理工科学生的课外读物和中学物理参考书，是适宜的。各级领导干部和专业科技工作者，也值得一读。

（原刊于《博览群书》1985 第 3 期）

二、松鹰：用文学家笔触写科学家故事——我写《电子英雄》的成书经过

感谢评委们的厚爱，《电子英雄》有幸获得第一届"中国科普作协优秀科普作品奖"。最近，中国科普研究所陈晓红编辑约我写篇创作手记。想起《大众科技报》（2008 年 2 月 28 日）所载周孟璞前辈推荐这本书的短文，标题是"用文学家笔触写科学家故事"，当时读了颇感亲切，觉得它道出了我写这本书的要旨，而且画龙点睛。于是这里借用了这个标题。

在少年时代，科学家传记就吸引了我。在我的心目中，他们都是了不起的巨人，是一些探索真理的勇士。1960 年我被保送进哈尔滨军事工程学院，这是座很著名的高等军事学府，当时我只有 16 岁。在哈军工读二年级时，我曾经把牛顿和罗蒙诺索夫的故事端正地抄在笔记本扉页上，并配上自画的粗线条插图。为这事，后来"红专问题"大讨论时还引起过不小的争议。"堂堂无产阶级军事学院的学员，能崇拜资产阶级科学家吗？"在当时的政治氛围中，提这样的问题也不足为奇。不过我并没有服气。牛顿的刻苦勤奋和罗蒙诺索夫热爱祖国的品质，一直留存在我心间。

大约正是这个缘故，10 多年以后，当我国第二个科学春天降临时，我心中萌生了写科学家传记的念头。那是 1978 年秋天，我当时在成都电子研究所工作，负责创办和主编《电子报》。因为工作上的需要，收集了很多有关电子人物和发明的史料，加上我本人在哈军工学的专业就是电子技术，于是我决定写一本电子科学发明家传记。

在电子科技史上杰出的人物很多，根据贡献和影响的大小，我最初选了 10 位最有代表性的人物。为什么选 10 位呢？10 是一个整数，中国的传统讲究十全，如"十大明星""十佳运动员"等。一次我同该书最早的责任编辑似旭同志开玩笑说，当然选 12 个也可以，12 算一打，耶稣的门徒就是 12 个。

　　我选定的 10 个人是：电学先驱富兰克林、电学大师法拉第、电报发明家莫尔斯、长途电讯开创者开尔文、电磁理论创立人麦克斯韦、电话发明家贝尔、大发明家爱迪生、无线电发明家马可尼和波波夫、电子管发明家德福雷斯特。由于篇幅和资料所限，另一些比较著名的人物，如安培、亨利、赫兹等，没有单独列传，而是穿插在各篇传记中作了介绍。比尔·盖茨当年只有 20 岁出头，初出茅庐，互联网那时也还在摇篮中，所以电脑方面的人物包括冯·诺依曼当时也没有入选。

　　10 位电子巨人，是一个个写的，写的次序主要由资料和构思情况而定。第一篇是《莫尔斯与电报》，连载于 1978 年 12 月 31 日～1979 年 1 月 23 日的《解放军报》。此后陆续写出其他篇，其中《麦克斯韦和电磁理论》有幸被上海《自然杂志》1979 年第 11 期选作麦克斯韦逝世 100 周年专题纪念文章；《攫雷电于九天的人》（富兰克林）、《给无线电装上心脏的人》（德福雷斯特）两篇，分别载于《科学文艺》杂志，并先后被《新华文摘》全文选载；《马可尼和波波夫》在《自然辩证法通讯》杂志 1981 年第 3 期"人物评传"专栏先期刊出；《电话发明家贝尔》及《开尔文——不畏失败的一生》也载于《自然杂志》。1981 年，在中国青年出版社科技编室主任庄似旭的鼓励和支持下，将这 10 位人物的传记结集成书，初版的书名为《电子科学发明家》。著名科普学家周孟璞前辈特地为该书作序，一位浙江美院毕业班的青年画家插的图。我自小喜欢绘画，书中的十帧人物肖像和几幅小插图，出自我的拙手。

　　《电子科学发明家》出版后，得到专家的推崇和读者的好评，初版很快销售一空。后来重印四次，也已售罄。书中的部分章节曾多次被国内科普著述或学术论文引用，或被《新华文摘》全文选载，有的故事被上海人民美术出版社、《连环画报》《奥秘》等刊物改编成连环画。《中国青年报》《羊城晚报》《北京晚报》《博览群书》《读书》《中学生》等 16 家报刊刊登了评价和推荐文章。著名科普评论家公盾在《博览群书》上撰文说："这是我最近几年以来看到的不可多得的优秀科普作品之一。"著名科普作家、北京师范大学校长王梓坤教授在《读书》杂志上发表文章，称赞该书是"一本别开生面值得细读的科普好书"。我国电子专家、中科院学部委员孟昭英教授也在《现代通信》杂志上撰文，推荐道："我想如果在中学，甚至大学里讲授电子科学的课程时，穿插讲些此书中介绍的小故事，不是能对青年学生起很大的鼓舞和激励作用吗？"

　　笔者欣慰地看到，时过 20 多年，该书的生命力仍然未减，2005 年仍有国内大学将该书列为全校新生的"公共必读书目"。

　　在中国青年出版社社科图书编辑中心王钦仁主任的鼎力支持下，《电子科学发明家》2007 年 6 月得以修订再版，责任编辑为杜海燕女士。初版收入了 10 位电子科学发明家，随着时代的演进和电子科技，尤其是电脑和互联网的长足发展，这次修订增加了电视发明家贝尔德、计算机之父冯·诺依曼、摩尔定律发现者摩尔、软件奇才比尔·盖茨四位重要人物，书的容量增加了将近一倍，由原来的 16 万字增到 33 万字，精心设计了新的封面和装帧，并配了 150 多幅珍贵的肖像和史料图片。书后的附录《电子科学技术史和人物年表》也作了增补。书名改为《电子英雄》。

这样一来，修订版总共选了 14 位电子科学发明家作为传记主人公。书中用生动的笔触描写了富兰克林、法拉第、麦克斯韦、开尔文、莫尔斯、贝尔、爱迪生、德福雷斯特、马可尼和波波夫、贝尔德、冯·诺依曼、摩尔、比尔·盖茨这 14 位电子科学技术巨人是怎样成才的，没有他们发明的电报、电话、电视、电灯、计算机、互联网等，世界将不再精彩。同时，通过他们一代传一代的科学活动，把电子科学技术发展的历史清晰地展现出来。所以它既是一本丰富多彩的人物传记，又是一部形象的电子科学技术发展史。

"宝剑锋从磨砺出，梅花香自苦寒生。"从 1978 年撰写第一篇《莫尔斯与电报》，到 2007 年修订再版《电子英雄》，可以说是 30 年磨一剑！它是我的科学修炼和文学底蕴长期积累的成果。我很感谢各刊物和中国青年出版社编辑们所付出的心血，也感谢多年来科普专家和读者们给予的宝贵支持和鼓励。

第五十一章 引人入胜的科学探险小说

——简介赵浩先生的两部书

本章要点：赵浩《鹦鹉螺号的故事》；《格林征空记》。

> 鹦鹉螺号破冰坚，原子潜艇入海渊。
> 笔锋端运逞人斧，文采风流江水涓。
> 横渡北极创第一，中华健儿奋比肩。
> 勤劳岂敢落人后，学习宁甘独让先。
>
> 喜读格林征太空，上穷碧落登九重。
> 飞天恍见凌云慨，落地犹存瀚海胸。
> 摩顶放踵锻钢志，栉风沐雨炼铁筋。
> 殷勤献礼为四化，海外儿女情意浓。

《鹦鹉螺号的故事》《格林征空记》这两部科学探险小说，是美籍华裔作家赵浩先生的近作，由科普出版社出版后，深受全国各地广大读者的热烈欢迎。

一、关于《鹦鹉螺号的故事》

《鹦鹉螺号的故事》形象地刻画了世界上第一个利用原子能创建的核潜艇横渡北极的故事。大家知道，原子能力量无穷，如何利用它为人类造福，是极为重要的现代化事业。《鹦鹉螺号的故事》描写了美国科学军事家，如何把原子能应用到潜水艇上，使其向人类从没有穿越过的北冰洋海底去探险。北冰洋，尽管有人曾乘飞机掠过长空，鸟瞰它的景致，或者停留在北极附近的某个地方，作些考察；也曾有人写过一些北极风光和因纽特人的生活状况，但像"鹦鹉螺号"这样利用原子能为动力的巨型潜艇，从美国大西洋出发，潜入海底，完成横渡北极的宏伟事业却是史无前例的。

科学的发明和发现，需要坚忍不拔的精神。《鹦鹉螺号的故事》通过一系列人物活动和事件，表现出了一群用科学思想武装起来的人们怎样战胜了各种险恶的环境，说明科学研究和科学方法的重要意义。"鹦鹉螺号"核潜艇的胜利横渡北极，说明人类只要用科学武装自己的头脑，不但能在地球表面已经开发的地区做主人，也能够在冰雪封锁的北极圈及其海底做主人。

作品塑造了一个勇敢、机智、富有科学求实精神的科学军事家黎可维的人物形象。他原是一个犹太人，生长在波兰，跟随他做裁缝的父亲流浪到美国。由于家庭穷困，从小半工半读，读完高中就无法再升学，进入海军军官学校后不久，被保送到哥伦比亚大学的工程研究院深造。由于他努力钻研现代化科学，他写的有关建造核潜艇的建议书，虽然几经挫折，但终于被第二次世界大战的美国海军将领、潜艇战略家尼米兹将军赏识。"千里马常有，而伯乐不常有"。尼米兹将军不愧是美国海军中具有远见卓识的"伯乐"，他看出了黎可维是个才华出众、具有科学威力的"千里马"。在他的领导下，任命年轻有为的黎可维去建造鹦鹉螺号潜艇。1952年6月，这个潜艇举行龙骨安放典礼。潜艇之所以命名为"鹦鹉螺号"，是因为鹦鹉螺是一种生长在热带的软体动物，有一个美丽的大外壳。鹦鹉螺的名称在美国海军史上可以代表潜艇发展的历史，远在19世纪初，美国建造的第一艘潜艇就叫鹦鹉螺号，它在第二次世界大战中曾打沉了总共6万吨敌潜艇，但现在这艘潜艇用的不是柴油，而是原子能的热量，使其能长时期地潜游于海底。"鹦鹉螺号"的出现，正像一百多年前火轮船的出现一样，它开创了崭新的核动力航海世纪！

在作者笔下塑造的黎可维将军，是那样谦虚、博识，他抓紧时间刻苦学习，他敢于冒风险，但又不是盲动，而是个富有远见卓识的人。他曾经潜心在书本里，埋头在工作上，不论天文、地理、军事以及数学、物理等方面，都作过深入而广泛的涉猎。他对学习和工作是那样勤勉，而对于个人荣誉、地位却又是那样的淡漠。他从不因为受到波折而灰心丧气，而是再接再厉地去攻克科学堡垒。他个人的生活是那样俭朴，以至下令搬走沙发、地毯。工作就是他的享受。他是个军官，又是个卓越的工程师。在他的引领之下，在沙漠上建造出了潜艇。他率领一支核动力的科学"十字军"，按照科学的行程勇往直前。他之所以能够取得成功，正如作者所形容，是由于他的慎思、明辨、坚持、沉着、百折不挠、从不恐惧和踟蹰。

"鹦鹉螺号"潜艇从下海的那一天起，走过的道路不是一帆风顺的，而是极其复杂曲折的。它第一次航行时就遇到大冰层压顶，因而折返珍珠港，准备就绪又第二次出发。最后终于打破重重困难艰险，于1957年到达北极，它们在北极转了10个圈子，胜利完成人类前所未完的航程，给人类作出了杰出的贡献，探索了北极冰雪覆盖的辽阔大地和漆黑深渊海底的奥秘。

作品还塑造了安德森艇长这个英勇沉毅的人物。他是科学家、军事家黎可维亲手培养起来的学生、助手和接班人，他善于团结艇上的士兵群众，严格保守军事探险秘密。他在这里好像扮演了一出戏的导演，他善于运筹帷幄、出谋划策、当机立断、科学地观察问题，并虚心倾听艇内专家的意见，使"鹦鹉螺号"进退有方，终于到达北极，完成了探险的任务。

二、关于《格林征空记》

《格林征空记》是另一部优秀科学探险小说。生动地记述了宇航员征服太空完成宇航事业的故事。

远从 1947 年起，美国就开始了太空科学的研究工作，在佛罗里达州卡纳维拉尔角的一个荒凉海滩上，选择了一块方圆 14 000 余亩的土地，作为走上"天路历程"的基地。从那时起，原来的一个人烟绝迹的地方，竟成为亚热带各种奇花异卉盛开的花果园和世界著名游览胜地之一。基地上有成千上万的宇航科研技术人员、工程师、装配飞弹的人员，其中不少人是只有 20 岁上下的大专院校毕业生，总平均年龄仅 28 岁。他们朝气蓬勃地为宇航事业奉献出自己的力量。大家知道，太空是个无温度、无压力、无重量的地方，人们能遨游太空，赖有貌不惊人的太空舱，其中装有氧气供应和适应压力和调节设备。太空舱是两个扁平的漏斗状的舱位，它具有能够散发高热的功能，其中有一万个机件，这是千万个科学家心血的结晶。它被安置在"阿特拉斯"火箭上，射进太空。科学使人类增添了翅膀，使人类成为能遨游太空的巨人。

《格林征空记》生动地描写了第一批征服太空的"太空人"——格林等 7 名太空战士。他们都是经过了极其严格的考试之后被挑选出来的。他们中间的每个人都经历了极其严峻的刻苦锻炼的岁月。7 位"太空人"中年龄最大的一个，原陆战队的中校约翰·格林，是最有贡献的太空事业的开拓者。他是那么刚健勇敢，充满自信。他虽然曾经有多年飞行经验，技术优异，但为了进入太空，在他受训期间却像个"摩顶放踵的苦行僧"。"太空人"身体不宜太重，他就严格节食，把自己体重从 190 磅练成 165 磅；为了专心致志受训练，他长期远离家庭；由于气候和其他原因，他的宇航曾 10 次延期，但他毫不气馁，不烦不躁，耐心等待。1962 年 2 月 20 日，他终于飞上了太空，环宇遨游三周，一天内看到四次落日，在千百万人民的欢呼声中从高空回到地面，坠入大西洋海角。但他并不因自己的成功而自满，当他完成了英雄的太空遨游之后，人们热烈地向他祝贺时，他总是谦虚地回答说荣誉归于大家，自己不过是他们中间的一个代表而已！

作者再现了科学探险太空英雄人物的典型性格，他们不知恐惧为何物，胆大心细，实事求是，谦虚谨慎，并且置个人生死于度外，有着为科学而献身的精神。他们不但有健全的体魄，还有顽强的意志；具有高深的天文学知识，熟悉太阳系结构，懂得各种星座形象，对太空气象了如指掌，能熟练地运用空中摄影技术等。作者笔下刻意描写的格林、薛霸、葛力崇等人，就是这样一些太空界的新人物。

《格林征空记》这部科学探险小说，向人们显示了人类进入太空的世纪已经到来了！

赵浩先生多次回到自己可爱的祖国——中国。他写的这两部书是作为为实现祖国"四个现代化"而努力的献礼。1980 年 6 月 29 日他在北京少年宫把这两部优秀科学探险小说赠给北京青少年代表，并在每一本书上写着"一切为四化"五个字。他在讲话中殷切希望中国青少年努力学习科学技术，把科技学到手，更好地为祖国"四化"服务。科学技术是"四化"的关键。"勤劳岂敢落人后，学习宁甘独让先"。我们一定要急起直追，让我国科学技术迅速赶上去！我们相信赵浩先生的这两部科学探险小说将深受广大中国青少年的欢迎，并起到良好的促进人们学习科学技术的作用。

（1980 年 6 月）

第五十二章　王敬东与科学文艺

本章要点：王敬东《帮你学植物学》。

如果你正在学习植物学，而对这浩如烟海的植物世界不知从何下手；如果你对课本里的那些抽象的概念感到难以理解；如果你在学习中遇到了困难而不知道向谁请教；如果你想在植物学方面学得比其他同学都好；作为教师，如果你想在课堂上更富有吸引力，那么，你们不妨去读一下王敬东写的《帮你学植物学》这本书。

此书一开始，作者首先为我们描述了一个个大千世界的植物奇观，使我们知道了什么树是世界上最高的植物，什么树的树冠最大，什么植物的果实最大，什么植物的寿命最长，什么植物的果实最大，以及最大的花是什么花等，使我们在一开始就被多姿多彩的植物景观吸引住，并由此产生浓厚的兴趣，为以后的学习打下基础。

随后，作者用两编14章的篇幅详细地介绍了绿色开花植物和植物的类群。从植物体的基本结构、种子、根、叶、茎和果实，一直到绿色开花植物的分类；从藻类植物、菌类植物、地衣植物、苔藓植物、蕨类植物和种子植物，一直到植物的进化，分门别类，循序渐进地加以说明。作者为了增加读者的记忆和启发思维，在这其中穿插了许多小故事，有的是讲科学家们是如何努力取得成果的，有的是讲人们在生活中受到绿色植物的什么启发，有的则是讲人们在大自然与绿色植物中的奇遇。这些小故事无不使抽象的理论形象化，帮助了人们消化理解和吸收，很有益处。作者在详细讲述这些理论概念的时候，没有忘记与人们的感觉联系在一起，使人们的联想发挥作用，产生身临其境之感，以增加学习效果。作者从植物的分类、结构，讲到植物的作用与应用，用亲切自如的话语娓娓道来，疏而不漏，很容易接受。

在最后一编里，作者着重介绍了植物群落，从大自然的无情讲到生态平衡的重要性，从人们破坏自然的无知与后果，讲到开发恶劣环境的广阔前景，并由此总结出："认识规律才有自由。"

作为初中课程的补充读物，《帮你学植物学》在每一章的后面，作者都精心安排了一些观察、实验和思考题，以帮助学生巩固所学知识和培养学生应用知识于实践的能力。另外，全书配以精美的插图，更使所学的知识形象化。

534

第五十三章　沈左尧与科学文艺

本章要点：沈左尧与科普杂志；沈左尧科学文艺小品文示例。

一、沈左尧与科普工作

沈左尧先生，笔名沈行，号胜寒楼主，祖籍浙江吴兴，1921 年 3 月生于浙江海宁。中国科普研究所研究员，离休干部，湖州师范学院终身教授，中国民主同盟盟员，是我国著名的书法、绘画、篆刻和楹联艺术家，曾被中央电视台等 12 家海内外文化单位评选为杰出美术家、世界文化名人，被台湾学术界誉为"当代艺坛雄才"。

沈左尧先生自幼爱好诗文，1933 年在他 12 岁时就开始在上海《时事新报》公开发表作品，13 岁时对篆刻艺术发生兴趣，此后钻研一生。1937 年抗日战争爆发后，沈左尧先生随同济大学流亡昆明转学国立艺专，1942 年他考入中央大学艺术系，师从傅抱石、徐悲鸿，求学期间他像海绵一样吸取大师之长，"学如不及，犹恐失之"。在大师们的悉心指导下，沈左尧先生学艺精进，徐悲鸿称他的刻印"好古敏求，卓然不凡"。在校期间，沈左尧先生还组织了治印"阗社"和诗词"恒沙社"，切磋艺事，讨论印学，蔚为风气。1945 年沈左尧先生从中央大学毕业，开始了长达一生的专职创作。1946 年联合国举行《和平》宣传画比赛，国内唯一选中沈左尧先生的一幅画送展，该画受到联合国表彰，并获当时中国教育部金奖。20 世纪 40 年代陪都重庆街头流行的印花绸布有一些也出自沈左尧先生的设计。

1948 年新中国成立前夕，沈左尧先生受上海的中国交通大学之聘到唐山工学院建筑系任美术教员。1950 年 1 月沈左尧先生调入中央文化部科普局任美术编辑，1956 年任中国科协《知识就是力量》《科学大众》等杂志美编，此间他发表大量绘画、装帧、插图、摄影及科普文章，并翻译出版了俄国柴可夫斯基的歌剧《叶夫根·尼奥涅金》及美国高池基的《水彩风景画技法》等书籍。在科协期间，他的工作量之大是罕见的：他同时负责《知识就是力量》和《科学大众》两大杂志的封面设计、绘制和美编兼记者，还兼另外两个杂志的美编，此外尚需应付八方约稿。在这段时间，他的腿上长了个瘤子，越长越大后来竟达 2 斤！但一直等到离休之后，他才有空去摘除掉。尽管工作如此紧张和劳碌，但沈左尧先生却倍感充实，以一如既往的热情取得累累硕果，成为战斗在科普美术前线的尖兵。如 20 世纪 50 年代,《大众科学》《大众医学》《大众农业》三大杂志征求封面设计,沈左尧先生的三个设计均被采用并获一等奖,他还曾获中国科普作家协会授予的"成绩突出的科普美术家"荣誉称号。

在"文化大革命"期间,沈左尧先生受到很大的冲击,但他没有荒废时间,依然坚持艺术创作。从 1973 年起,沈左尧先生开始从事工艺美术设计、发明新型铁画工作,他研制成功的"铁画",设计的宫灯、屏风,深受外商欢迎,曾为国家创汇 300 多万美元,然而所有的作品上都没有标署过他的名字,对此他从不计较。1980 年,沈左尧先生调入中国科普(创作)研究所并担任中国科普作协美术委员会副主任委员的职务,在新的工作岗位上他依然激情迸射,勤奋工作,取得了优异成绩,1985 年他被评为"先进工作者"。

1987 年,沈左尧先生虽然从工作第一线退下来,但是他的艺术才能和硕果累累的作品,为我国科学、科普事业的和谐发展作出了很大的贡献。沈左尧先生在科普工作中所积淀的那些深邃而又辽远的文化瑰宝和他的伟岸人格将永远留在我们心中!

二、沈左尧科学文艺小品文示例

(一)科普美术的时代性

1. 要体现时代风貌

我国"四化"建设迅速发展,科学技术日新月异,科普美术也必须与之适应,才能反映时代风貌。

科普美术同科普文章一样,内容涉及理、工、农、医等许多方面,已深入生产和生活的各个领域,这是因为科普事业的发展必然伴随着科普美术的发展。

当前向广大农民和青少年普及科技知识是一项重要任务,科普美术由于具有直观形象、明显易懂的特点,必将日益发挥显著的作用。但是,在普及的同时,还应注意提高。这就是说科普美术对广大群众,特别是对农民的普及不能总是停留在最简陋的形式和起码的知识内容。现在农民生活水平提高以后,所需要的精神食粮也将不再是"粗粮",而要求"细粮"。他们从科学种田的实践中,已不满足原来的一套技术,而希望获得更多的知识和先进的技术。同时,其审美标准也会起变化,而要求更高级的美术形式。因此,科普美术就不仅需要注意量的增加,还得注意质的提高。

另外,当前世界上正在兴起新的技术革命,在科学技术方面,有些昨天尚属先进的东西,今天就可能成为陈旧落后的了。显然我们不仅需要引进国外先进科学技术,还得加快我国科学技术的前进步伐。然而,这些对我国绝大多数干部和生产战线上的同志来说都是个新的课题,因此在这方面急需做大量的科普工作。科普美术具有把文字信息转化为视觉信息、把复杂的现象浓缩于画面上的功能,自应配合其他宣传形式作出自己的贡献。要完成这方面的任务,需要美术家懂得多方面的科学知识和掌握精湛的美术技巧。

美术形式可以在科学性的前提下,有更多的创造性:可以利用新的科技成就所提供的绘画工具、材料及其他美术表现手段，以强烈、鲜明、新颖的造型和色彩，来体现时代的风貌。

2. 一个必然的趋势

科普美术的传播方式，主要是展览和出版。展览有固定的"展览会"和"画廊"等形式；出版则有科普美术单独印刷品、书刊中的美术作品以及配合文字的插图、幻灯片等形式。随着时代的前进，传播的方式将更多，但主要将是印刷品的普及。印刷品从黑白向彩色过渡，是个必然的趋势。

目前印刷品虽然很多，但限于纸张质量及印刷条件，除了极少量的高级的或对外书刊外，大多数是黑白图，即使是彩色图也效果欠佳。科普美术只有少量挂图、图谱、画册、宣传画及刊物封面、插页能印彩色，大多数作品只能在展览时与观众见面。当我国"四化"建设发展到一定阶段，书刊的质量提高时，可以想象插图会由黑白转向彩色。到精美的印刷品趋向普及时，展览形式就不仅是普及手段，而是美术原作欣赏，并且作为科普美术成绩的检阅与评比优秀的场所。那时广泛的普及任务将由印刷品来完成。从国外一些优秀的科普书刊来看，图版多于文字，彩色多于单色。显然，彩色图像比黑白图像的表现力强得多，何况有不少科学图象是非彩色就无法表达的。高级的印刷能体现细致复杂的画面，使画家的才能有更多的施展余地。精美的科普书刊本身也如同艺术品一样为人们所喜爱和收藏。

3. 摄影艺术的发展

不少国外的科普刊物中，摄影的比重比绘画大得多。现代科学技术的进步提供了许多新的摄影手段，比如从太空拍摄地球和其他行星；巨大的望远镜窥测遥远的星云；电子显微镜辨析病毒；甚至追索原子；高速摄影抓住子弹爆发的瞬间等，从宏观到微观，摄影的"神通"愈来愈广大。我国的科普书刊也必然要充分利用摄影手段，并从目前的大量黑白摄影转变到彩色摄影。这对科普美术将产生以下两个影响。

（1）摄影与绘画的分工。可以用摄影表现的科学题材，一般就没有必要去画了。科普美术应着重在摄影所不能完成的任务方面下工夫，例如尚在猜想的、未来的以及抽象、推理、剖析或综合的内容等。摄影可为美术创作提供素材和依据，科普书刊还可以有美术与摄影结合的插图。这就是说，科普美术的题材范围不是缩小了而是扩大了。因为，无论摄影如何发展，绘画及其他美术形式是永远不可能用摄影来替代的。

（2）出现"科普美术摄影"。科普摄影以传播科技知识为目的，不同于一般新闻摄影，其主要标志是有具体的科技内容，同样可以运用科普美术的"狭义"与"广义"的概念，如法国来我国展出的《性的自然史》的图片，就可以说是狭义科普摄影。摄影可分纯技术性和艺术性的。作为科学上的应用可以是纯技术性的；而作为科普图片，犹如科普美术不同于科学图解一样，应该具有艺术性。有不少科学摄影题材本身就是美的，摄影就是揭示这些大自然之美。太空的"玫瑰星云"其形状和色彩都像玫瑰花般艳丽动人；放大的原子图像是那样对称、整齐、奇妙，可供读者欣赏。近些年来兴起的激光演示和摄影形成"激光艺术"和全息摄影等，也是摄影艺术的新分支。即使是一般技术性的摄影，经过创作者的精心构思，诸如光线的配置，角度的选择，构图、色彩、陪衬等的巧妙运用，也未尝不能成为动人的形象。因而科普摄影家同样需要美术修养，这类摄影是否可称为"科普美术摄影"？随着科普摄影的发展和广泛应用，有可能成为单独的体系或成为科普美术的一个分支。

4. 科普美术要出新成果

科普美术在我国作为新兴的美术分支，已经奠定了相当的基础，拥有一支万人的队伍。科普美术除了传播基础科学知识及推广先进技术的一般任务外，应当产生科学性与艺术性更完美地结合的作品。我国的美术家当中有不少具有聪明才智和高超技艺的人，也有不少人对科普美术很感兴趣，只是缺乏学习科学、与科学家合作的机会，没有相应的创作条件。要使科普美术获得应有的发展，需要社会的重视和领导的支持。我国的体育事业就是在国家的大力倡导下才能够与世界各国较量，夺取金牌而为国争光。科普美术又何尝不能跻于世界的前列呢？当前很多发达国家都重视科普美术，出现了不少著名的科普美术作品与科普美术家。我国的科普美术与世界相比还存在一定的差距。作为一个10亿人口的大国，从科普美术上取得突破应该说是不难的。

我国的美术在世界上占有极高的地位，一个最重要的因素是中国特殊的民族风格。我国的科普美术也应当有中国特征和中国气派。当然，这里指的并非必须用中国画的传统技法，主要是指民族精神。中国艺术的特点是富有抒情的诗意、高雅的格调、含蓄的感情、深刻的哲理、东方的审美观念，它具有中华民族的崇高理想与强烈的民族意识。这一切完全可以体现在科普美术中。现代的审美观念应是从传统意识发展而来，对一些陈旧的东西有所扬弃，对世界先进的、有益的东西适当吸收，形成新的民族风格。

我国科普美术园圃中不乏佼佼者，应当采取措施在更大范围内选拔人才。要提供一定的工作和学习条件，有组织、有计划、有步骤地进行培训，鼓励和引导科普美术家专攻一门科学，由专到精，从而产生第一流的作品，以进入世界科普美术的先进行列。

第五十四章　读《奇异的海底公园——"海鸥"考察记》

本章要点：《奇异的海底公园——海鸥考察记》的内容简介。

"开阔知识视野，培养探索精神，"这是所有青少年们应该做到的。

浙江人民出版社出版的《奇异的海底公园——"海鸥"考察记》，正是以科学的态度去探索大海的一部优秀科学文艺作品。书中写少儿海生和海燕兄妹俩，随其父登上"海鸥"考察船，从大连港出发，自北向南，航行几万里，从而大大增长了关于大海的知识。他们遍访海滨农牧场、红树林、珊瑚礁、珍珠城等，看到了海上各种各样的奇异生物和各种不同鱼类的生活。他们看到大海有许许多多藻类，仅马尾藻，就有100多种，有的长20~80多米。自从1978年起，远从墨西哥沿岸移来的大批藻类幼苗已在我国渤海湾安家落户。它们个体大，生长快，产量多，三四个月便能收割一回，经济价值和营养价值都很高，含蛋白质9.2%，富有多重维生素和矿物质，可以从中提取碘、钾、甲烷和乙醇等用以制造塑料、纤维板，也是肥料和医药的重要化工原料。海洋中的藻类是鱼类栖息的安乐窝，这里住有海马、海龙、海鳗、对虾等。

作者徐鹏飞对于若干重要海洋生物不同的习性，分别作了介绍。就像候鸟的定期迁徙一样，海里也有可以作为观察物候的动物。书中生动地描写了渤海湾的对虾，当冬天到来，海温急剧下降时，成群结队，进行越冬洄游，到南方的黄海去；当春回大地北国的海温回升时，又洄游到原来的故乡，繁殖后代。

海上不仅有许多千奇百异的生物，同时某种生物往往也有不少品种同类。拿海马来说，就有斑海马、冠海马和刺海马等。海马的外貌奇特而有趣。你看，雄海马尾部腹面竟有个小小的育儿袋，雌海马把卵生在雄海马的育儿袋里，培育小海马的任务则交给了雄海马。雌海马每年产卵一二十次，每次产卵二三百尾，雄海马细心地担负育儿职责，直到把它们育成小海马，然后喷放到大海里生活。海马为人类作出了杰出的贡献。明李时珍的《本草纲目》上就曾指出，海马煅成粉末后，有健身、止痛、催生之用，经济价值很高。

书中写着我国胶州湾、青岛附近海滨有个海滨农场，现在已经建设成海产植物丰富的农场，由人工养殖海洋"庄稼"，以及紫菜、裙带菜、鹿角菜、石莼、鹧鸪菜、扁江蒿、年栖菜、鹅掌菜、海萝、甘紫菜、圆紫菜等，品种繁多。它们在福建、广西沿海也都盛产。紫菜汤很可口，营养价值十分丰富，含有较高的蛋白质、糖、磷和多种维生素，可以增进人体健康，降低人的血压，防治甲状腺大和脚气等疾病。此地还有海白菜，可以作为烹调鱼肉的配料。海洋里的农牧场，也像陆上的农牧场一样，可以培植各种各样的海上动植物，经济价值很高。

在我国苏北一带的大海里，还有号称"海江猪"的大海豚，天气变化时它就搬家，所以被作为探测物候的海上生物。南方还有文蛤养殖物，文蛤不但贝壳美丽，味道也很鲜美。此外还有蛏子、蛤蜊、竹蛏等，也都是很珍贵的海味。

海上还有草食性动物——鲍鱼。鲍鱼爱吃海带、石花菜等，它们个儿大，用鳃呼吸，没有脊骨，能用鳍行动，肉质肥厚，生长迅速。在浙江东南之滨，还有个辽阔富饶的海滨牧场，这里最主要是养蛏。蛏，价廉物美，柔嫩味鲜，可制成油，福建人叫做油虾。蛏田也像农田一样，春天播种蛏苗，亩产数千斤。

海里有许多贝类。生长在岩礁上的各种牡蛎，就是贝类之一。它们营养丰富，味丰而可口。海滨渔民养牡蛎经验很丰富。牡蛎有雌雄之分，幼虫首先在海里漂游，后定居在礁石上，潮水来时便给它们送来食品，如遇外界干扰或有敌侵犯时，立即把贝壳合拢，以保护自己。只有鳞鱼是牡蛎的敌人，这种鱼能够用坚硬的牙齿将牡蛎壳咬得粉碎。

鲎鱼是海滩上的"侦察兵"，是海洋里的一种古生物，它约在 4 亿年前就出现了。这是一种海上的"活化石"。它的样子像蝎子似的，有马蹄形头甲，常在浅水里爬行，雌雄在一起生活，福州、长乐一代人将它们的壳子制成瓢儿。海里还有各种各样的螃蟹，诸如梭子蟹、关公蟹、大眼蟹、青蟹等，它们用鳃呼吸，吃小鱼，善游泳，也能到陆地上来游玩。

海里的夜光虫能发亮光，照得海水闪闪发亮。海上鳄鱼是卵生动物，性凶猛，大鳄鱼竟能用尾巴把岸上的耕牛打下水。

在我国海南岛西沙群岛上，有许多珊瑚礁，构成了一座美丽的海底花园。没有翅膀的珊瑚虫，过去有人把它误认为植物，其实是动物。他是海上的"建筑师"。南海的珊瑚群居，从而组成了珊瑚岛。这里有热带鱼，状如气球，又叫气球鱼。此外还有双锯鱼、大海葵，以及身披甲壳的大龙虾。鲨鱼是海洋中的老虎，性凶猛，能吞食其他鱼类。在海底爬行的有海参，遇敌人时，能把内脏吐出，诱敌吃食，自己则乘机溜走，而后还能重新长出内脏来。海龟是海边的"游客"，挖坑生蛋，大龟重达数百斤，既能作佳肴，又能制成解毒药剂。

合浦珍珠城遗址中，城墙用贝壳砌成。这是海洋的珍珠宝库。现在这里有奇妙的"育珍珠工厂"，用科学的方法人工培育珍珠，并用机械将嵌在贝壳肉内的珍珠全部取出。珍珠不但是珍贵的装饰品，也是名贵的能清热解毒的良药。

《奇异的海底公园——"海鸥"考察记》，是一本优秀的少儿科普读物，给人们以很多海洋知识。最近以来，全世界都在纪念进化论学说创始人达尔文。众所周知，达尔文在青年时期就乘"猎犬"号（按：即"贝格尔"号）船，环游北美、南美，获得了无比丰富的关于生物科学的知识，这是达尔文取得伟大成就的重要原因之一。《奇异的海底公园——"海鸥"考察记》通过海生、海燕小兄妹的出海环游给了广大读者们以丰富的海洋生物知识。那海上的奇花异草、飞禽走兽，对于鼓励青少年勇于探索大自然，向海洋取宝，都将起着一定的启发和教育作用。这本书虽然只印了几千册，却比那些印数巨大的猎奇、惊险、侦探之类的儿童读物可贵得多。

啊！辽阔无际的大海洋，愿你卷起波澜，把浩瀚的大海的知识，由海洋工作者与专家们写成书卷，传授给广大的青少年读者。

第五十五章　耿守忠与科学文艺

本章要点：耿守忠的生平；能让孩子们长智慧的科学童话——评耿守忠创作的科学童话。

一、耿守忠简介

耿守忠：1939 年 3 月生，河北邯郸人。科学普及出版社编审。中国作家协会会员，原中国科普作家协会理事、科学文艺委员会学术秘书，原北京市科普创作协会常务理事、科学文艺委员会副主任，中国收藏家协会咨询专家委员会委员、邮票收藏鉴赏家，北京收藏家协会邮品专业委员会主任、鉴定委员会副主任，北京集邮协会学术委员会委员。

多年来，他利用业余时间，投入科学文艺创作及集邮研究、邮资票品鉴赏研究，兴趣和爱好广泛。和夫人杨治梅合作，著述颇丰，主要科学文艺类著作有童话集《割不得的尾巴》《智慧童话 366》《谋杀塑料王》《小喇叭的一家》《黑蝙蝠大战白蛾王》《聪明的托比（1～5 部）》等；科普读物类有科学故事《身边的奥秘》《小电工博士》等，百科收藏、工具书类有《中国集邮百科知识》、新版《中国集邮百科知识》、《中国邮品辨伪必备》、《耿守忠杨治梅说邮票的收藏与鉴赏》、《万事万物溯源辞典》、《现代家庭实用百科》等，累计出版著作 40 余部，约 900 万字。有多部专著在国内外获奖，《中国集邮百科知识》获 1989 年"法兰克福第二届国际集邮文献展览"镀银奖和"中华全国集邮展览"银奖，新版《中国集邮百科知识》和彩版《中国邮品辨伪必备》分别荣获"中国 1999 世界集邮展览"文献类大镀金奖和大银奖，《智慧童话 366》荣获全国教育出版社小学教育图书特等奖（其中《空气，空气，你在哪儿》以题为"空气在哪里"选入小学三年级语文教材），《小小童话丛书》中的多篇作品荣获第八届冰心儿童图书奖，《万事万物溯源辞典》荣获第六届全国图书金钥匙优胜奖，《割不得的尾巴》童话集入选当时《中国出版年鉴》。此外，他还策划、主编了大型科学文艺《宝葫芦丛书》等，参加主编《中国集邮大辞典》《收藏辞典》等大型工具书，均是主要撰稿人之一。

二、能让孩子们长智慧的科学童话——评耿守忠创作的科学童话

童话是少年儿童最喜欢阅读的文学读物之一；将科学与文学巧妙地、有机地结合在

542

一起，采用拟人化的手法创作的童话，称为科学童话。阅读科学童话，既能获得故事的主题思想教育，又能获得科学知识，增长智慧。因此，科学童话深受少年儿童的喜爱。

科学童话并非生搬硬套单纯传播科学知识，而是同文学童话一样，每个故事都要有一个主题思想和故事情节，在巧妙的构思中，引人入胜地把要读者掌握的科学知识融入其中，生动有趣，启迪智慧。它是把科学和文学有机地结合在一起的"两栖"类文艺，既不属于单纯的科学，也不属于单纯的文学，而是将两者融合在一起的科学文艺。进行科学文艺创作的作家，既要懂得科学，又要懂得文学，两者缺一不可。因此，进行科学文艺创作的作家，大多是学理工又热爱文学的人。耿守忠正是这其中的一位。

耿守忠大学本科学的是理科，大学毕业时，因平时喜欢文学，被分配到中国少年儿童出版社担任编辑工作。"文化大革命"之后，便开始了科学文艺的创作，主要创作科学童话，也写科学故事和科幻故事。他之所以主要创作科学童话，就是想借助童话这条艺术渠道，向少年儿童吸收力很强的心田里，淙淙注入一股股知识的清泉，开阔孩子们的视野，培养孩子们细心观察事物的习惯，激发孩子们探求科学奥秘的兴趣，从而启迪孩子们智慧，提高孩子们独立思考和解决问题的能力。为此，他在创作每一个科学童话时，以孩子们经常碰到的身边事物和自然现象为题材，或传授一点一滴的科学知识，或追溯一事一物的起源，或引导一步一程的品德塑造……熔思想性、知识性、科学性、艺术性和趣味性于一炉，精心描绘了一幅幅情趣横生、奇妙无穷的生活画面，创造了能够任孩子们的思想自由驰骋的艺术天地，努力使孩子们在潜移默化的过程中，逐步成长为一个品德健全和知识丰富的人。这是他创造的科学童话主要特点之一。

他创作科学童话另一个主要特点是贴近生活，与时俱进，在所创作科学童话中，既传授基础知识，也传授现代高科技知识，力求深入浅出，生动形象，朗朗上口，不仅适合孩子们自己阅读，而且也适合家长们给孩子讲述。从这个意义上说，他创作的科学童话，既是奉献给少年儿童们的一份珍贵礼物，也是向家长们提供的一种开发孩子智力的实用教材。因此，他创作的科学童话不仅受到少年儿童读者的喜爱，也受到孩子们家长的赞誉。有一位家长曾亲自对他说："你写的童话真好。我儿子上初一，一天，听见他一个人在屋里'格格格'地乐。我忙进屋，问他乐什么？他举起你写的《智慧童话366》，笑着说：'这童话写得真有意思！'"

多年来，耿守忠勤奋创作，著述颇丰，在科学文艺领域主要创作成果有：

《割不得的尾巴》（科学童话集），1979 年版

《身边的奥秘》（科学故事），1981 年版

《小喇叭的一家》（中篇科学童话），1982 年版

《幼学科学知识百滴》（科学童话集），1983 年版

《小电工博士》（中篇科学童话），1984 年版

《黑蝙蝠智斗白蛾王》（科学童话集），1988 年版

《智慧童话366》（科学童话集），1991 年版

《谋杀塑料王》（科学童话集），1996 年版

《聪明的托比》（智慧童话 1~5 集），2004 年版

　　这一部部科学文艺作品，让我们仿佛看到耿守忠在科学文艺创作道路上勇往直前，在前进中留下的坚实的脚印。

第五十六章　刘兴诗与科学文艺[*]

　　本章要点：刘兴诗简介；博学多才的学者兼科幻作家；刘兴诗的科幻小说创作观；"科研间接研究的继续式"科幻小说代表作：《美洲来的哥伦布》；"科研直接研究的继续式"科幻小说代表作：《柳江人之谜》。

一、刘兴诗简介

　　刘兴诗，1931 年 5 月 8 日出生于武汉。重庆南开中学、北京大学毕业，先后在北京大学、华中师范学院、成都理工大学（成都地质学院）任教。地质学教授、史前考古学和果树古生态环境学研究员。

　　他于 1944 年发表第一篇作品，20 世纪 50 年代开始科普创作，20 世纪 60 年代开始儿童文学和科幻创作。1961 年发表第一篇科幻作品《地下水电站》，迄今在国内外出版 101 本书，获奖 102 次。其中科幻小说 27 本，科幻作品获奖 21 次。《美洲来的哥伦布》为中国科幻小说重科学流派代表作。中国第一部科幻动画片《我的朋友小海豚》，获得意大利第十二届吉福尼国际儿童电影节最佳荣誉奖、共和国总统银质奖章。

　　刘兴诗主张科幻创作"幻想从现实起飞"，这种"贴近现实式"的科幻小说代表作有：《中国足球幻想曲》《三六九狂想曲》等。

　　刘兴诗提出"科学幻想是科学研究的直接继续"，这种"科学研究的直接继续"式的科幻小说代表作有《美洲来的哥伦布》《柳江人之谜》等。

　　刘兴诗还主张科幻作品必须具有充分的科学性、文学性、民族性、联系现实生活。

　　刘兴诗的科幻作品中，大多和本身从事的地学、考古学内容有关，代表作还有《辛伯达太空浪游记》《悲歌》《雾中山传奇》《北方的云》《美梦公司的礼物》《喂，大海》等。

二、博学多才的学者兼科幻作家

　　刘兴诗少小聪慧，他的写作生涯是从 13 岁便开始的。1944 年，抗日战争的烽火还

---

　　*　本章的内容主要摘自董仁威《怪人怪事——重科学流派科幻代表作家刘兴诗评传》，本书整理者对原文有所改动。

没有平息。他刚从小学迈进中学的大门，就发表了第一篇作品。这是一篇豆腐干似的短小散文，许多年后日内瓦东方艺术学院的一位专家看了，竟给予很高的评价，认为有朱自清先生《背影》一样的风格，真是慧眼识英才。

1952年，他发表了一篇文章，探讨中学生为什么学不好地理，被权威的《地理知识》加了编者按，极度重视，发动讨论大肆宣扬。

1957年，刘兴诗在北京大学期间，巩固了更加深沉的知识基础，在报纸上发表了第一篇历史考证的文章，也可算是科普知识作品。有趣的是，报社记者居然以为他是一位饱学的"老先生"，十分兴奋地要求他继续考证下去。

刘兴诗是1962年发表第一篇科幻小说的，他经历了中国科幻小说发展的全过程，后来作为中国和亚洲最早加入世界科幻协会的五个作家之一，他算是一个"老兵"了。

说一句实在话，刘兴诗对科幻小说没有太多热情，他加入这个队伍，纯属一个误会。那时候，很少有人写科幻，全国扳着手指数，也不过十来个人，有关出版部门到处"抓壮丁"。上海少年儿童出版社的刘东远、钟子芒、洪迅涛几位编辑瞧见刘兴诗，就手指着刘兴诗说："看样子你能够写科幻小说，就写吧。"刘兴诗就这样稀里糊涂被"抓"进了科幻队伍，当了一个"言不由衷"的"雇佣兵"，一"混"就是40年。

刘兴诗最烦的是，无论走到哪里，人家都手指着他说："搞科幻小说的来了。"甚至他访问台湾，也是到处贴出海报，拉起横幅，大书"欢迎大陆科幻名家刘兴诗先生"，弄得他啼笑皆非，不知所云。

有一次刘兴诗在北京参加一个科幻小说的国际会议，一位记者访问他时问："你的作品风格和别人不一样，请问，是怎么形成的？"

刘兴诗不假思索告诉他："这太简单了。"

这位记者一听就来了劲，立刻拿起笔就准备要记。刘兴诗说："你别记了，只有一句话，你一听就明白。"

这位记者不知刘兴诗要说出什么秘诀，两眼直盯住他，等他赶快说出来。他不慌不忙告诉这位记者："第一，我不喜欢科幻；第二，基本不看科幻；非要逼着我写科幻，当然就和别人不一样了。"这位记者才哑然笑了，大失所望。

刘兴诗把科学研究分为直接研究和间接研究两种。他应用在现场的直接研究的成果写成了科幻小说《柳江人之谜》，用根据资料的间接研究成果，写成了科幻小说《美洲来的哥伦布》。刘兴诗是从书本上和实际工作中"研究"出一篇篇科幻小说来的，所以刘兴诗提出了"科幻小说是科学研究的直接继续"的主张，还提倡所有的自然和人文背景都必须考证清楚，为一些科幻同行所不取。由于专业基础和兴趣所在，刘兴诗写的科幻作品大多和地球环境、历史考古等方面有关联。20世纪60年代初期发表的《地下水电站》《北方的云》，写的《死城的传说》和20世纪70年代末的《海眼》，20世纪80年代的《喂，大海》《雪尘》《辛伯达太空浪游记》《雾中山传奇》《失踪的航线》等，都是这样的题材。但是也应该指出，他的作品有的太现实化了，显得过于"平"，缺乏离奇瑰丽的幻想色彩，简直不像真正的科幻小说，这是他的一个不容忽视的缺点。

　　刘兴诗不仅是一个科幻作家，还是一个儿童文学作家，一个科普作家。刘兴诗还是一个多产作家。刘兴诗从 1944 年正式发表第一篇作品起，截至 2005 年 5 月，迄今已整整写了 61 年，他已有 101 部著作出版，主编 30 余套丛书或选集，涉及国内外 125 个出版社、114 个刊物、78 家报纸，以及 56 个电影制片厂、电台等单位，发表各类作品（科幻小说，科学童话，散文，知识小品，古典诗词，科学诗，剧本，评论，论文等）共 1 800 余篇，作品被列入 390 多个选集。国内除宁夏、西藏、澳门外，其他地区，均有作品发表。

　　刘兴诗主要是科普作家，据初步统计，刘兴诗已出版的百部作品中有 79 部是科普作品，其次是儿童文学作家。就刘兴诗的科普作品数量排序而言，刘兴诗是科幻小说第一，科学童话第二，低幼知识读物第三。当然他还有一般的科学普及作品。

　　刘兴诗的科普作品中最好的是科幻小说。他的《美洲来的哥伦布》被评论家饶忠华誉为"中国科幻小说重科学流派代表作"。《中国科幻发展历程中的各阶段特点分析》一文评价："虽然刘兴诗的作品也以青少年为主要读者群，但他试图跳出科普圈子，在更高的层面上思考人类学与社会学的问题。其代表作《美洲来的哥伦布》讲的是一位苏格兰青年为了证明四千年前印第安人曾凭独木舟从美洲驶到欧洲，独自一人在无任何现代化设备可以借凭的条件下，架独木舟横渡大西洋的故事。曾经有评论家这样说：'它讲的虽然不是任何一种具体的科学技术，却是层次更高的科学方法论问题——'判决性实验'的问题。而且，它还是一篇科学主题和社会主题结合得很好的作品。它讽刺了白人至上主义，因而在当时的殖民地香港引起轰动。'"刘兴诗的科幻小说《辛伯达太空浪游记》列入上海少年儿童出版社"少年文库"。以上两书均被我国台湾地区有关方面列为推荐书。

　　在科普创作上，刘兴诗主张科普是将科学知识清楚明确地交付给读者，不能故弄玄虚，使读者越读越糊涂，成为一种玄学。他不赞成将各种无聊的传闻冒充科普，坚决反对披着"科学"外衣，宣扬迷信和伪科学的现代迷信倾向。

　　他的一大套《中国历史》《中国地理》和即将出版的《世界历史》《世界地理》，是他结合自身专业，发挥自己的历史观和地理观、呕心沥血的作品，包含不少自身独到的观点。在《读书生活网》上一个网民的话很有代表性，他说："最近狂补中国历史，原因无它，皆为蒙学之小女。半月前曾偶得希望出版社本年新出一套《讲给孩子的中国历史》，作者刘兴诗，十六开本，共四册，价百元。关于作者尚未确定是否是少儿科幻小说作家、地理学家，七十岁的四川老人刘兴诗老师，但凭借《讲给孩子的中国历史》的语言之生动、取材之丰富、叙述之严谨，大概可以判断该书作者非等闲之辈，不但深得小女喜爱，亦对我这等重读国史者亦有心得与启发，可谓换个思路读历史故事。"

　　刘兴诗是一个学识渊博的学者，在地质、地理、考古、人类学，以及其他一些杂七杂八的学术领域，都有深刻见解和独特建树。他经常在各种场合发出些稀世怪论，让同道赞叹或者指责，令友邦学者惊诧，他全然不放在心里。如 2002 年 11 月 10 日他在各种平台和电子媒体上说，"China"一词不仅源于丝绸，古时候西方各国认定的"China"

所在正是古蜀国，即今天的成都地区。如 2002 年 12 月 5 日他在四川省各大报纸上说，三星堆的青铜太阳轮不是"喜日""盼日"，而结合 3000 多年前的古气候，认为是"恐日""排日"，和后羿射日的心态差不多。三星堆的老祖宗蚕丛之所以脖子粗、眼睛鼓、身材消瘦，是因为饮水缺碘而"得了甲亢"，并且从《华阳国志》记载的当时当地的食盐来源作出论证。他还认为三星堆有"灵魂出窍"和表现"大力气"的抽象意识形态的雕塑等。

在学术讲坛上，刘兴诗除了本专业，还经常开设科幻小说、儿童文学讲座，甚至在同一所大学为地理、历史、中文等系师生同时开设一系列专题讲座，也在我国台湾地区一些大学的中文系研究生班和作家团体大谈文学。

关于刘兴诗和科幻小说，还有一个不得不提的方面。那就是他一直以扶植新生力量为己任，不太计较自身得失。吴岩、星河、韩松、杨鹏几人尚未出道时，他就多方推荐，为此不惜和一位老友红脸争论，俯首低头竭力为新人开道让路。

三、刘兴诗的科幻小说创作观

刘兴诗的科幻小说创作观是逐步发展起来的。他在中国科幻小说创作的第一次高潮中开始写科幻小说，但并不知道科幻小说该怎么写，只是主观地从一个科学工作者的角度出发，认为科幻小说应该特别强调科学性。这与那时一批"正统"的科幻作家和传统的科幻创作理论十分不协调。于是，在 20 世纪 80 年代那场席卷全国的"清理精神污染"的运动中，他被"极左派"们当成科幻作家中正确路线的代表，成为唯一一个奉命批判其他科幻同行的"科幻作家"代表，参加一个著名的"围剿"科幻作家、重点批判叶永烈的会。会议上有很多评论家、科普作协的官员、新闻媒体人员，除了刘兴诗外，没有其他科幻作家。

对于那次会，刘兴诗记忆犹新。那个会上说叶永烈发表的科幻小说很多、很滥，应该批评，弦外之音，就是讲叶永烈是为了稿费而写作的。刘兴诗说，叶永烈不应该批判，应该表扬，是大家学习的榜样。他说，据他所知，叶永烈出了书之后，向来不要稿费，一分也不要；叶永烈当时在上海科教电影制片厂，也不打算要工资。他到过叶永烈家，叶永烈当时住在上海殡仪馆的正对面。叶永烈住的房子跟重庆朝天门、临江门的那种窝棚房子差不多，他的厨房就是几根竹子撑起来的，挂块塑料布就当做门。上海夏天天气很热，叶永烈就搭一个梯子，爬上没有窗户的小阁楼，吊一个灯泡，光着膀子在那里写东西。叶永烈在那样的条件下拼命工作，不要稿费，明明知道内幕的人，却把叶永烈说成是一个唯利是图的人，恰恰相反嘛！所以叶永烈有功无过！那天，那些评论家有的脸气红了，有的脸气白了，他们拍桌子，刘兴诗也拍桌子，吵得非常厉害。

刘兴诗开始研究科幻文学创作理论了。他科幻小说创作的基本观点是："幻想从现实起飞"；"科学幻想是科学研究的直接继续"；主张科幻小说应具备科学与社会双主题，从切实可靠的科学基础上萌发幻想，与其他文学作品相同，注意反映现实生活，抒发人民大众心声；唯一不同仅是以浪漫夸张手法，折射显示生活而已；应尽量避免闭门造车，胡思乱想，脱离现实生活和人民大众的纯娱乐性创作倾向。

刘兴诗认为，中国科幻文学不管是和世界科幻的最高水平相比，还是和中国的主流文学相比，中国科幻还有一定的差距。他提出：优秀的中国科幻作品应该具备四个要素：科学性、文学性、民族性和联系现实。现在的中国科幻在这四个方面的问题都是很明显的。

刘兴诗在一次答记者问中，充分阐释了他的这一系列科幻小说创作观。

刘兴诗说："首先来探讨一下科学性不足的问题。我们不能要求每一篇小说科学性都很足，不能要求每一个作者都是科学家，但是如果普遍都不足，这就是一个问题了。如果一个作家写的东西科学性不足，可以把他归入另外一个流派；如果普遍不足，就是危机了。少数人科学性不足可以理解，但不应该成为主流。一百篇小说至少应该有十篇、二十篇是讲究科学性的吧。"

他说："就是现在的一些年轻人产生某些误会，认为只有美国式和日本式的科幻才是正统的科幻，就不太注意科学性的问题了。可是没有注意到，即便是美国的科幻，像阿西莫夫那样的小说家，也是很注意科学性的。"

他说："现在写科幻的很多都是大学生或者刚毕业不久的人，科学的底子并不是很好，根基不够，科幻写作还缺乏真正的科学家的参与。尽管有潘家铮这样的工程院院士来参与，但是他联系他自己专业的东西也不是很多。我理解他是这么一种情况，他实际上是在繁忙的专业之外，寄托自己的闲情逸致，正如古人诗中所说，'老夫聊发少年狂'，并没有真正把自己的科学积累拿出来。我觉得对于科学家来说，应该把科幻作为自己研究的一部分。有两句话，代表了我对科幻的看法，一句是'幻想从现实起飞'，另外一句话，很多人都不同意，就是'科学幻想是科学研究的直接继续'。我为什么这么讲呢？我并不要求每个人都这样，不可能这么要求；我也不要求自己的所有作品都这样，但是我的作品中有一些的确是这样。我们研究科学问题，有时候非常敏感地发现它可能是这么一种情况，但是我们掌握的材料还不够，还不能写出一篇非常严谨的学术论文，那么我们可以写成科幻小说。"

他又说："另外一个问题是文学性不足，尽管我们现在写得也还不错，但是真正和主流作家相比，还是差那么一点。作为文学作品，至少应该塑造一个感人的艺术形象。我们这么多作品，包括郑文光的作品，哪一篇作品有非常鲜明的人物形象，很能打动人的？没有吧，至少没有太突出的吧。"

他说："文学性不够也有很多原因。有一种观点认为文学性就是故事，就是编得离奇，我看不一定是这样。故事离奇，幻想曲折，固然是文学上浪漫主义的一种表现，但是很重要的是，文学应该写人。写人，要写他的思想境界。我们的作品恰好缺乏这些东西。为什么呢？因为我们的作者本身就缺乏这些东西，又怎么能写出这样的东西来呢？还有，中国科幻小说进入了一个怪圈。现在不是写科幻，而是玩科幻，一些年轻人就在玩科幻，正统的科学家就不愿意跟你混在一起写这个东西了，或者偶然玩一玩，像有的科学家那样。似乎作为一个票友，也就是玩一下而已，并不像对具体的科研项目那样看重，不是作为事业来看待的。"

刘兴诗说："第三个问题，是民族性不足。这个问题过去我们也谈过，这一点我觉得要防止一个弊端，塑造民族性并不是要完全排斥外国的东西，但是你中国人写的至少要像个中国作品的样子，必须要具备本民族的文化特征，才能立足于世界文学之林。应该说，中国的科幻小说在这个方面还处于摸索的阶段。中国现在对国外特别是美国的科幻介绍得比较多，这个问题我觉得应该一分为二地认识。一方面，为我们打开一个窗口，这是非常有益的事情，另一方面，过多地宣传这个，形成一种固定的模式，就不太好。文章没有固定的章法，要说哪家写的就是正统的科幻，没有这回事儿！谁是正统，谁不是正统，我看从中国的角度来讲的话，要写出咱们中国自己的民族性，这才是真正的正统。原来认为科幻小说只有两个流派，凡尔纳流派和威尔斯流派，重科学流派和重文学流派。我现在认为有三个流派，除了这两个流派以外，还有一个娱乐流派，纯粹是娱乐性质。这个东西，我觉得是受了美国很大的影响。我为什么要分出一个娱乐流派呢？重科学流派，就不需要讲了；我就从重文学流派或者威尔斯流派来讲，以他的代表作《隐身人》为例，如果哪一个人要用这本小说去学隐身法，那就是活见鬼。可是，它说明一个非常深刻的问题：一个人如果企图脱离社会、独自生活，必然自取灭亡。你看看这里面它就有东西的，是不是？而不像有的小说和国外的科幻电影，看起来非常热闹，可是你仔细一看，里面没有什么东西。这些东西，是属于看了就扔的。外国的东西我们要借鉴一点，肯定是有益的；可是对于阅历不深的学生，他们把这种东西当成学习的楷模，这就是一个标准问题了，弄不好就把中国科幻小说引入歧途。"

他说："海外题材的问题不是不能写，我也写海外的。有朋友对我说，写中国题材如果涉及讽刺、批评的问题，是不是太敏感了一点，写海外就没有这个思想负担，这个都可以理解。总之，海外题材不能写太多，不能成为主流。"

刘兴诗说："第四个问题，是现实性的问题。科幻小说实际上是通过一种折射或者反射的方式来反映现实生活，任何文学作品不可能离开现实生活。现在我们很多作品是脱离现实，闭门造车，'少年不知愁滋味'，自作多情，在象牙之塔中自己编造一些东西，越离奇越好，这个是有问题的。幻想必须从现实起飞。中国科幻现在看起来非常繁荣，但是给人的印象，还是一种校园文学，基本上没有脱离校园文学的框框。为什么这么讲呢？因为从作者到主要的读者群，基本上都是学生，或者刚刚毕业不久，视野还不够宽阔。这让我想起辛稼轩的词：'少年不识愁滋味，爱上层楼。爱上层楼，为赋新词强说愁。'为幻想而幻想，看起来是非常热闹，可是仔细一咀嚼，里面可以让人深思的东西不是太多。在武汉大学的时候，他们问我为什么中国科幻小说始终是这么一个状态，局限在自己的圈子里，我说要害在于，你不关心社会大众，社会大众怎么关心你呢？这样呢，我就试了试，写了几篇小说，也没写太多。我写了一篇关于中国足球的小说，叫做《中国足球幻想曲》，看起来我们中国足球不靠科幻小说是没法走向世界了。我另外还写了一篇关于房改问题的小说，房改怎么不可以写科幻呢？当然可以。在《北京晨报》，我发了十来篇非常短的，几百字到一千字的关于现实题材的小幻想故事。"

他说："如果文学性和科学性不足，这是我们的水平问题；可是民族性和现实性不足的话，这就是方向问题了，绝对是一个方向问题。所以我觉得现在中国科幻小说有一点误入歧途。谁造成这种局面的呢？把外国的介绍了很多，当然是好事情，但另外一方面也有些误人子弟呀！很多出版社实行编辑责任制，过多地考虑利润和商业性，很少有人将科幻当做事业来看待，这让我感到非常忧虑。"

刘兴诗又说："这里还要纠正一个偏向，现在认为一谈科学就一定要轰轰烈烈的高精尖，一定要谈航天什么的，那不见得。你说种土豆这个问题有没有科学？我看是有的嘛。袁隆平搞水稻的，在学术界地位也那么高嘛，种水稻的老农民，看起来好像不算什么，但里面也大有科学。对科学可能有个误解，说到底，还应该注意基础科学，没有基础科学，那些高精尖的东西也出来不了。真正的科幻小说应该有两个主题。以我的《美洲来的哥伦布》为例，一个主题是科学，因为我真正相信有那么一回事，在哥伦布发现美洲之前，美洲人已经悄悄地到了欧洲，这是个科学问题。这篇小说的产生就是基于一个科学问题。另外还有一个社会主题，反对种族主义。威尔斯的《隐身人》，也是有社会主题的。如果一个作家的作品中既没有科学主题也没有社会主题，只是看起来热闹，热闹完了什么也没有了，这样的作品怎样也不能被称为传世之作，对不对？最多也就变成唐老鸭、米老鼠那样的东西了，而且还赶不上唐老鸭、米老鼠。所以我觉得，科幻小说界真是有很多误区啊。"

四、"科研间接研究的继续式"科幻小说代表作：《美洲来的哥伦布》

被称中国科幻小说重科学流派代表作：《美洲来的哥伦布》，也是实践刘兴诗"幻想从现实起飞""科幻小说是科学研究的直接继续"理论的代表作之一。刘兴诗把"科学研究的直接继续"分为"直接研究的继续"和"间接研究的继续"两大类。《美洲来的哥伦布》是"间接研究的继续"的代表作。

刘兴诗说："什么是间接研究呢？《美洲来的哥伦布》就是间接研究。因为这个我不能直接做实验，是通过文献研究的。我让一个来访问我的英国历史学研究生帮我回国考察，我自己并没有到现场去。不管是直接研究还是间接研究，由此引发的科幻小说都是科学研究的副产品，所以我提出，'科幻小说是科学研究的继续'。并不要求每个人都这么做，只是说我们需要这种类型，我们当代缺乏的正是这类作品，缺乏非常深厚的科学根基。当时我写的时候，一块岩石是什么颜色，还有一些小的道具、小的细节，都要写得非常真实，整个背景都是真实的，然后突出一个幻想。这个幻想也不是空穴来风，也是通过研究得出的科学假想，是科学假想的文学表现。你读我写的《美洲来的哥伦布》，看起来还真像一篇小说。所以，我们现在的作品科学性不足有很多原因，一个原因就是太过于学习美国的东西，再一个是我们缺乏真正的科学家写的作品。"

1963 年，刘兴诗读英国科学家莱伊尔的《地质学原理》时，其中一句话引起了他的注意，书中说，在英格兰西北部兰开郡马丁湖底的泥炭层中挖出 8 只独木舟，"它们的式样和大小，和现在在美洲使用的没有什么不同"。这不由使刘兴诗心中一震，因为他对考古学有一些了解，深知两个距离遥远、素无来往的民族，其文化特征是不可能完全雷同的。从他所从事的第四纪地质研究的角度，可以推断埋藏独木舟的泥炭生成于四五千年前，其时正值墨西哥古印第安文化的渔猎时期，一些出海捕鱼的印第安独木舟很容易被横越北大西洋的墨西哥湾海流冲带入海。哥伦布发现新大陆的500年前，同一海流曾将热带美洲的树木冲带到荒凉的挪威海岸，引起诺曼海盗的遐想，扬帆西航发现了冰岛、格陵兰和纽芬兰，为什么不可以将同样性质的古印第安独木舟带到英格兰？其多数或已在途中葬身鱼腹，个别漂到彼岸则是完全可能的。

值得注意的是，发现独木舟的地点不在英格兰西海岸，而是内陆湖区，竟有8只之多，至少应有8~16人操作。倘若上述推断属实，这必定不是最初到达的古印第安独木舟，而是一批仿制独木舟。由于这是一个偶然事件，不是有意识的探险活动，不可能有成群独木舟同时到达。从常理推想，一只独木舟不能装载多人，亦无妇女随船捕鱼的可能性。唯一的可能是一只侥幸脱险的独木舟抵岸后，其乘员深入内陆湖区，或与土人通婚，发展成为一个小部落，按照美洲故乡的方式，制作了一批新独木舟安然生活在新的领地。如果这一切推想属实，可以得出两个十分重要的结论：一是墨西哥湾流曾将古印第安独木舟漂送到英格兰；二是诺曼人和哥伦布发现新大陆前，被狂妄无知的欧洲种族主义者所蔑视的印第安人，早就发现了他们的欧洲，还在他们的"高贵的"血统中，滴进几滴有色血液。无论是对考古科学的新思考，还是对种族主义的无情批判，这无疑都是很有意义的题材，刘兴诗决定以科幻小说的形式把它写出来。

遗憾的是，当时他还不能立即着手写这篇作品，因为从科研的角度出发，他必须首先排除一种可能性，即古代欧洲有没有和美洲相同的独木舟？假如真有文物特征的巧合，上述推想便完全不能成立了。为了解决这个疑难，刘兴诗不得不中止这个写作计划。后来在一些考古学者的帮助下，他终于在1979年弄清楚了事实，古代欧洲绝无和美洲印第安人完全雷同的独木舟。屈指算来，时间过去了整整16年，这篇科幻小说终于可以开始提笔写了。但他却还不能够马上就写，因为这还涉及三个场景，墨西哥、英格兰和苏格兰，必须把所有的背景资料研究透彻方可动笔。为此，他参阅了大量资料和图片，终于把握住各个特点，才可以如实描写。墨西哥一段，刘兴诗使用了一个古遗址实际场景，其中涉及的文物，无一件是他杜撰的。英格兰湖区一段，他按照实景照片和文字资料，联系多变的阴霾天气加以描述。

《美洲来的哥伦布》写的是一次模拟航行，如果让现代模拟者乘坐独木舟到达同一地点，未免显得人工斧凿痕迹太重。刘兴诗参照了海流图，让主人公漂到附近的苏格兰海岸，因此又出现了苏格兰海岸的场景。从照片可见那是一道峭壁海岸，可是它是什么颜色呢？最后刘兴诗查出是石灰岩峭壁，颜色便可定为灰色了。有了这些准备工作，小说很快一气呵成。但他心中却还有些不踏实，又刻写为油印稿，广泛寄送给一些朋友，请大家挑毛病提意见。上海少年儿童出版社姜英认为漂洋过海一段写得太容易，这是他没有注意把握的一个环节，立刻改写一遍；最后北京金涛认为他"好像真喝过几两海水"才罢手。后来这篇作品被科幻评论家饶忠华评为"中国科幻小说重科学流派的代表作"，根据便是刘兴诗写以"虚拟"为特征的小说时，对细节的描述所持有的那种科学工作者的严肃态度。如此认真研究细节，会使那些仅凭脑子玄想便造出一大堆作品的"科幻作家"汗颜的。

最有趣的是，《美洲来的哥伦布》这篇作品发表后，1986 年，一个英国伦敦大学的考古学研究生 Alice Childs 访问刘兴诗，刘兴诗请她回去落实一下这个问题。她回国后研究了一番，给刘兴诗寄来一张地图，查明了莱伊尔所说的马丁湖，今天名叫 Marton Mere，距离海滨城市 Blackpool 只有两公里左右，当年是被一个名叫 Thomas Greenwood 的人排干，发现那 8 只独木舟的。刘兴诗的推想如实，故事是真的！刘兴诗把一段被忘却的历史关发掘出来写成科幻小说，后来有人撰文批评刘兴诗的《美洲来的哥伦布》，武断地说："只看一眼标题，就认定这篇小说与科学'无缘'。"这样的"批评家"，真让人笑掉大牙！

五、"科研直接研究的继续式"科幻小说代表作：《柳江人之谜》

《柳江人之谜》是刘兴诗"科研直接研究的继续式"科幻小说的代表作。

1956 年，著名的地质学家裴文中先生率队在广西柳州白莲洞考察，发现了一批很有意义的旧石器时代和新石器时代早期文化地层，这引起了裴文中、贾兰坡先生的注意。自 1981 年起，裴文中先生委托周国兴主持白莲洞的研究工作，由周国兴负责化石鉴定，童恩正负责文物鉴定，刘兴诗负责洞穴地层研究。1982 年，这里进一步发现了两枚智人牙齿化石，引起海内外关注，并在白莲洞召开了两次国际古人类和史前文化会议，刘兴诗也因此受聘为新建的白莲洞洞穴博物馆研究员，他的研究成果并在会上获奖。

他们在研究白莲洞遗址的同时，将注意力投到附近同时代的柳江人头骨的发现地。根据他们的研究，柳江人头骨所在洞穴没有任何原始居住遗址的痕迹。该地距白莲洞仅数公里，其间一片开阔地带，无任何地形障碍。由此他们推想柳江人很可能来源于附近的白莲洞，不知什么原因遗尸此处，后被水流冲入洞中（含化石地层上下的水流痕迹宛然）。可是由于缺乏更多的证据，不能写成学术论文。写论文不成，他和周国兴、童恩正等研究人员都是科普作家，便推刘兴诗将此写成一篇科幻小说，以故事形式表达他们共同的见解，以期引起公众注意。于是，刘兴诗完全实境地摆出科学材料和他们的观点，杜撰了一个故事，叙述两个来自白莲洞的原始人（他们认定柳江人头骨和肢骨，分属一个中年男性和一个女性），先后因故客死在外。为了探讨其死因，刘兴诗写了三个结尾供读者选择，也欢迎读者提出新的见解，作为他们进一步研究的参考。

科幻小说《柳江人之谜》写成后，却迟迟不能发表，因为刘兴诗为了强调科学性，表示言之有据，别出心裁按学术论文形式，在文末附了一大串参考文献目录，怎么能在文学刊物发表呢？

第五十七章　王晓达与科学文艺

　　本章要点：王晓达简介；从工程师到科幻作家；王晓达的科幻小说创作观；《波》中的文学和科学；《冰下的梦》取得的成就。

一、从工程师到科幻作家

　　王晓达，本名王孝达，后改名王晓达，1939 年 8 月 8 日生于江苏苏州一个知识分子家庭。出生时正值抗日战争期间，时局混乱、经济萧条，但父亲在火柴厂当生产技术股长，母亲在中学教书，生活还算稳定。父母对第一个儿子十分珍爱，特别是女师毕业身为教师的母亲，对儿子的教育十分用心，不满 5 岁就把他送上了教会小学读书，1950年考上东吴大学附中，从小就受到了良好的教育。当时东吴大学附中执教的有范烟桥、程小青等苏州文化名人。1953 年，刚过完 13 岁生日的王孝达考上了江苏省苏州高级中学（今江苏省苏州中学）。这所北宋范仲淹创建府学而立校的江苏名校，以"名相办学、名流长校、名师执教、名人辈出"著称，从范仲淹、俞樾、王国维、钱穆、叶圣陶、胡绳、吕叔湘、钱伟长、李政道，到如今 30 多名两院院士……都是苏州中学的骄傲。苏州中学浓郁的学风、严谨的教学和丰富多彩的课余活动，对王孝达今后的人生有着很大的影响。当初考取苏州中学，报到时，因身材矮小被门卫挡住，还开玩笑地对他说："小朋友，今天开学人多事多，礼拜日再来白相。"把他当成来看热闹的小朋友而要拒之门外。气吼吼的王孝达拿出了录取通知书，才被放行。为此，报到时他坚决要求住校，以表示自己是能独立生活的"大人"。其实，刚过 13 岁的王孝达当时身高仅1.47 米，怎么看也是个小朋友。因为身材矮小，班上排座位只能和小女生同桌，连体育课也要与女生为伍。为此，高中头两年他一直耿耿于怀，直到高三突然长高至 1.73米，才不再为身高烦恼。但是"小朋友""小同学"的印象，一直留在同学、老师心中。"小同学"王孝达由于基础较好，学习不费劲，做完功课就去图书馆看"闲书"，最爱看的是《西游记》《镜花缘》《水浒传》和外国神话、童话。图书馆的老师很喜欢这个爱读书的"小同学"，居然破了外借一次一本的规矩，允许他一次外借三本书，还推荐介绍他看了很多"非童话"的科幻小说、文学小说和苏联的惊险小说。王孝达后来回忆说，高中时期图书馆这位老师实是我的文学和科幻的启蒙老师，她没有给我系统

554

地讲什么文学艺术和科学幻想，而是循循善诱地把一本本好书送到我手中——《钢铁是怎样炼成的》《青年近卫军》《包利法夫人》《格兰特船长的儿女》《加林的双曲线体》……让我自己去领悟体味文学艺术和科学幻想的魅力。苏州中学，还有江南姑苏给他播下了文学和科幻的种子。

但是，高中时的王孝达并没有想成为什么作家，而是看了苏联小说《茹尔滨一家》后，一心想"科学报国"当个造船工程师，向往着穿着海魂衫在蓝色、浩瀚的海洋上乘风破浪。高中毕业时他报考的是天津大学和上海造船学院（上海交通大学）焊接专业。因为《茹尔滨一家》就都是船厂的焊工。到了天津大学以后他才知道，焊接专业三个班一百几十人，除了近 10 名是中专焊接专业报考的同学外，第一志愿报焊接专业的竟是凤毛麟角，寥寥无几，很多人认为"焊接"就是焊洋铁壶或水管。他还为此暗自得意，依然一心想造大轮船，高中到大学最爱穿的还是海魂衫。

王孝达的"科学报国"、当造船工程师的理想，还与他的科技世家有关。他的父亲王尚忠，是化工工程师，家中父亲书桌上摆满了一排排试管、烧杯和化学药品，父亲还多次带他到当时机械化、自动化较高的火柴厂去参观配方调制和生产包装生产车间，使他对工业生产科学技术产生了兴趣。祖父王怀琛，曾是官派德国留学生，后系原国民政府兵工署技正、兵工署重庆大渡口钢铁厂厂长，新中国成立后任重庆 101 厂厂长，为建设成渝铁路、宝成铁路的钢轨轧制立过功，后任上海钢铁公司总工程师，是我国钢铁冶金业的元老。他对孙子的学习特别关心，高中、大学寒暑假都要孙子去上海向他汇报，并聆听训话。王孝达"科学报国"的思想，不少来自这位严肃的总工程师祖父。曾祖父王同愈，是清代翰林院编修，曾参与清朝修铁路、建炮台等"洋务运动"，当过两湖大学堂监督、江西提学使和江苏总学会副会长，苏州园林中多处留有他的诗文、书画，当是一个名人，但他 1944 年诵着陆游《示儿》诗去世时，王孝达还没上小学，不能直接受到什么教益。但是，从曾祖父"诗书门第"的科技世家，影响他形成"科学报国"的"造船梦"，一点也不牵强附会。

但是，王孝达的"造船梦"并不好圆，1961 年大学毕业时，满怀理想又志愿到"祖国最需要的、最艰苦的地方"的他，被分配到了四川成都一家鼓风机厂（后改名汽车配件厂），全厂七八百人仅有他这一名本科大学生。当时正值"困难时期"，这唯一的大学生并没有"物以稀为贵"，厂里对这"分"来的外地大学生的食、宿都觉得是"负担"，凑合着在工人宿舍门口挤放了一张床，按月发放 21.5 斤"定量"粮票，就算生活安排了。工作嘛，先下车间当焊工劳动再说。这焊工当了近两年，厂里竟然忘了他是"分"来的本科生，一直在车间当个没有"任务"的"实习生"，还是焊工老师傅帮他反映，才想起还有他这个大学生。对于刚满 21 岁的王孝达，没想到走向社会、走向生活的第一步是如此尴尬，满怀热情地"到最需要的地方"去，结果到了个似乎并不需要的地方。为此，他接二连三上书市、省乃至中央，要求"到真正需要的地方去"，还要求回天津大学重新分配……年轻的他，认为这是他个人的"用非所学"，并不明白这是当时很普遍的"社会问题"。可能是他几十上百封信中某几封信起了作用，1964 年一纸调令把他调到了生产推土机、铲运装载机的成都红旗机器厂（现工程机械厂）当铆焊车间的技术员。这下是"学以致用"了，造不了船造推土机、铲运机这陆地行舟也可以，王孝达高兴地自己拉着板车装着书籍、行李去报到。不料"需要"他的工厂接待他，也和汽配厂差不多。在住三个人的宿舍门口挤放一张床，连门都不能大开，工作也是先当焊工劳动一阵再说，又是当了近两年焊工没人想起……这时他才明白"学以致用"不是个简单的个人问题，有用没用要你自己去"表现"，才会有人"用"你。于是他不再申诉、上书，而是实实在在地从学习焊工技术开始发挥自己的作用，一面当焊工，一面帮车间编工艺、改工装……一步步从车间技术员到厂技术科工艺组、设计组……工程师之路似乎上了轨道。

无奈"天有不测风云"，"文化大革命"开始，技术科成了"黑窝"——科技人员十有七八都是"成分"高、家庭出身不好的，造反派"血统论"的大字报从楼道贴到办公室，从科长到技术员都敢怒不敢言，出身知识分子属"麻五类"的王孝达忍无可忍，针锋相对地写了几十张大字报对着干，身不由己地成了"造反派"的对立面。真是鬼使神差，社会上是"造反派"反"血统论"，而反"血统论"的王孝达恰成了对立面"保守派"，而且还与省、市"保守派"挂上了钩，当上了当时四川"产业军"的宣传部长。"文革"本是黑白混淆、是非颠倒，混混沌沌的王孝达经历了被造反派"全国通缉"、衣不蔽体被赶出城、上京告状、中央接见、办"个人学习班"……最后直到"四人帮"垮台以后，才明白一点社会和政治如此深沉复杂。

王孝达在最初从事科幻小说创作时，还没有想这么多，他开始写科幻小说，是很偶然的。

20年前，席卷全国的政治风暴停息才几年，王孝达这个从"五七干校"回厂不久的技术员正以空前的热情迎接科学的春天。大乱甫定，国家开始恢复经济建设，从史无前例的大动乱中"大开眼界、大长见识"的王孝达，一心回到设计桌上继续自己的工程师之路，参加了新型装载机的设计、试制工作，因此获得了全国科学大会三等奖。

正当王孝达暗自得意时，突然一纸调令把他从设计科调往工厂技校任班主任。调令缘何而发，至今不得而知，但对一心当工程师的王孝达无疑是当头棒喝，他气得一天没有吃饭、三天没有说话，但在那个自己无力掌握自己命运的年代里，"胳膊扭不过大腿"，无奈中他不得不"走马上任"，去技校当班主任。

这纸调令正是工程师王孝达向科幻作家王晓达转变的转折点，现在看来，这并非坏事。"祸兮福所倚，福兮祸所伏"，事物的辩证法就是如此。"工程师易得，科幻作家难求"。面对那些认为"读书无用"的学生，王孝达这个书生气十足的班主任十分无奈。此时他想起了在苏州中学时读过的科幻小说，想出了用描绘"科学技术变化无穷、科学技术威力无穷"的科幻小说来"劝学"的招式。由于当时他找不到多少科幻小说来当"劝学篇"，就想自己动笔写。于是，在技校的第一个暑假，王孝达在工厂筒子楼宿舍里挥汗猛写，竟写成一篇科幻小说《波》。他的这篇科幻小说"处女作"《波》，首先以手抄本的形式流传。读者是他的学生和朋友。由于彼时科幻小说很少，"物以稀为贵"

而颇受欢迎，约4万字的《波》他抄了3本，还"供不应求"，居然有人等他抄写几页看几页，他觉得此"招"有效而暗自有点得意。有朋友读后"怂恿"他去投稿，王孝达在邮局门前转了很久才把稿子投入邮筒。以后几天，一日几次地在收发室窥探，心想如若退稿赶紧拿走，免得人家笑话。不料几周后，《四川文学》的编辑竟到技校来找他，说准备发表，让他小作修改，用稿笺纸正式抄写送编辑部，因为他寄去的稿子是抄在白纸上的。当时王孝达真有点发晕，激动得话都说不连贯，引得那位女编辑不时掩嘴发笑。王孝达用了3天下班后的时间，就把4万多字的稿子工工整整抄好，恭恭敬敬地送到编辑部。1979年4月，《四川文学》全文发表。从此"一发不可收拾"，工程师王孝达成了科幻作家王晓达，以后竟然写了20多年科幻小说而乐此不疲。

与其他几位"少年老成"的科幻作家不同，王晓达40岁才出"处女作"，当称"晚成"。但是，处女作《波》恰"一炮打响"，《四川文学》是1979年4月号刊发的，据说当月北京、上海、江苏、广东就有人传说"四川又出了一篇科幻小说"而争相传阅。说是"又"，是指前两年四川童恩正的科幻小说《珊瑚岛上的死光》在《人民文学》发表而引起轰动之后，文学杂志和报刊未再发表过科幻。当年年底，《波》在北京、四川、哈尔滨等地报刊连载，上海、广东、贵州、浙江等地改编成连环画；四川、上海还以评书、故事形式演出；第二年"八一电影制片厂"编辑专程到成都商量改编电影……一篇"处女作"竟然有如此反响，说明并不就是王晓达自己所说的"山中无老虎，猴子称大王"。虽然当时除了《小灵通漫游未来》和《珊瑚岛上的死光》之外，科幻小说确是凤毛麟角，但《波》本身的科幻魅力是引起广泛关注和兴趣之所在。回顾王晓达从工程师到科幻作家转变的历程，确有"有心栽花花不发，无心插柳柳成荫"之意。从中学、大学到"文革"后30多年的文化、科学积淀，姑苏文化、科技世家、"科学报国"造船梦、"文革"的"见识"……意想不到地在科幻小说上喷发了，"厚积薄发"而脱颖而出。

后来王晓达在大学任教期间，依然认为自己主业是材科、热加工和金属工艺学的教学工作，以教学科研成绩从讲师、副教授到晋升教授。即使这段时期他还写了200多万字的科幻、科普作品，他依然认为"科幻"只是自己的爱好，是副业。但他也不得不承认，他的教学科研虽然也可称成绩卓著，但影响作用远不及"科幻"，专门向他求教材料、金工学问的并不多；而看了他科幻小说不远千里写信、打电话向他咨询科幻小说中的"科技发展"和索求参考资料的却连年不断，甚至有大学生要改学专业专攻他写的"信息波防御系统"。王晓达确实比王孝达更有名、更有影响力。多一个王工程师、王教授当然是好事，但我们更希望有能引发"科技变化无穷、科技威力无穷"兴趣的科幻作家王晓达。

当初，王晓达写科幻小说《波》，是无奈班主任的"劝学怪招"，颇有"功利"目的，并不像很多的"文学爱好者"是一展自己的文学才华。但是，《波》发表不久后引起的热烈反响，使王晓达对科幻的态度有了大大的提升。《波》发表的当月，就有报刊要求转载，出版社也来联系出书，接着外地报刊的约稿信也接踵而来，要求改编连环画、电影剧本的组稿约请也接连不断，"八一电影制片厂"更派编辑专程来谈改编电影剧本之事……

《波》发表后，王晓达得到中国科幻界泰斗郑文光的提携。王晓达是在1979年成都会议上认识郑公的，当时郑公在主席台上，王晓达是列席代表。当郑公知道在《四川文学》发表科幻小说《波》的作者到会，专门约王晓达面谈，并对他说，"我看了你的《波》，很喜欢。你的路子对，你还要写，以后把稿子给我，我来推荐。"对一个初出茅庐的年轻作者予以极大的关怀和鼓励。接着又把王晓达介绍给《人民文学》、上海少年儿童出版社、天津新蕾出版社和肖建亨、叶永烈、童恩正等人。嗣后，在接受香港《开卷》杂志主编杜渐采访时，又专门介绍四川新人王晓达，并在以后数篇科幻专稿中评介王晓达的作品。王晓达的《太空幽灵岛》《冰下的梦》《方寸乾坤》《记忆犹新》等作品都是在郑公直接指导关怀下问世的。当中国作家协会"文革"后第一次恢复发展会员时，是郑公直接在北京为王晓达填表介绍他入会的。王晓达去北京，郑公多次约他去和平里家中叙谈并留宿彻夜长谈。王晓达一直尊郑文光为恩师。

面对读者和社会的热烈反响，以及参加多次文学和科学文艺的会议时，前辈作家不断对他的肯定和鼓励，使他加深了对科幻和文学的认识，并形成自己独特的科幻小说创作观。王晓达认为，科幻小说是宣扬"科学技术发展变化无穷、威力无穷，以及幻想的科技发展变化对人和社会的影响作用"。在这种科幻创作观的指导下，他的创作更上了一层楼，在《波》发表几个月后他开始了"海陆空三部曲"的第二部《冰下的梦》的创作，嗣后是《太空幽灵岛》……

《冰下的梦》是王晓达科幻小说"陆海空"三部曲中的第二部，1980年由海洋出版社出版。第三部《太空幽灵岛》1981年由黑龙江科技社出版。王晓达以《波》"一鸣惊人"踏上科幻之路，接着在两年内推出《冰下的梦》和《太空幽灵岛》，以"陆海空三部曲"奠定了他在科幻界的"新秀"地位。嗣后，他在三四年内陆续发表了《莫名其妙》《复活节》《无中生有》《记忆犹新》《艺术电脑》《捕风捉影》《方寸乾坤》《无线电光》《黑色猛玛车》《电人埃里曼》等10多篇科幻小说，成为当时科幻界的"风云人物"。也就是在这段时期，王晓达被海内外科幻评论界评为与叶永烈、童恩正、萧建亨并称为中国科幻"四大天王"。

后来，由于20世纪80年代中期那场"清理精神污染运动"和科普界的内讧，科幻进入"冬季"，王晓达的科幻创作也开始"冬眠"。直至20世纪90年代，伴随"科学春天"再次降临，科幻开始复苏，王晓达又以《诱惑——广告世界》《神秘的五号楼》《猩猩岛奇遇》等科幻作品"重出江湖"。其实，他的科幻创作"冬眠"，笔也没闲着，那段时期除了写论文、编教材写了200多万字外，还写了近百篇科学小品和科普文章，给晚报写的科学小品屡屡获奖，被晚报的老总戏称为"获奖专业户"。王晓达科幻没写，科学文艺没丢，所以春风再度，他又从容挥笔上阵。据"内部消息"，他正着手一部"大片式"的科幻新作，我们翘首以待，期望再次的惊喜。

二、王晓达的科幻小说创作观

王晓达的科幻小说创作观在他的《科幻小说与科学技术》有详尽述说，全文录后：

一，科技进步是科幻小说发生发展的源泉

回顾世界和我国科幻发展历史，我们发现科幻的发生发展，和其他的文学艺术和各种文化现象一样，并不是理论概念先行，而是历史发展社会进步的产物，科幻小说的发生发展与科学技术的发展休戚相关，科幻小说是社会发展科技进步的文学反映。

现代西方科幻界公认的第一部科幻小说是英国著名诗人雪莱的夫人玛丽·雪莱在 1818 年发表的《弗兰肯斯坦》，这篇当时称为"恐怖故事"的科幻小说，讲的是科学家弗兰肯斯坦用人体器官肢体组合拼装了一个强壮丑陋的怪人，怪人被激活后所经历的惊险离奇的故事。《弗兰肯斯坦》被多次改编为电影和电视剧，已成为英美科幻小说和科幻电影的传世经典之作。最近我国中央电视台播出的《科学怪人》就是前几年较新版本的《弗兰肯斯坦》。第一篇科幻小说产生于英国并非偶然，当时英国正是技术革命、工业革命的中心，18 世纪末瓦特蒸汽机开创了社会化大生产的工业时代，科学技术的威力开始被认识，敏感的诗人、作家开始关注科技的发展和对人与社会的影响作用，并在自己的作品中有所反映，科幻小说也就应运而生。嗣后，法国的儒勒·凡尔纳（1828～1905），英国的威尔斯（1866～1946），史蒂文森（1850～1894），柯南道尔（1859～1930）等人的科幻小说不断问世，形成了 1818 年～1920 年的世界科幻小说兴发期。后来被称为科幻小说的"软""硬"两大流派，也在这兴发期逐渐形成。

法国科幻大家儒勒·凡尔纳被称为科幻之父，其代表作有《地心游记》《海底两万里》《格兰特船长的儿女》《八十天漫游地球》，等等。他在 1863 年发表的第一篇作品《气球上的五星期》开创了他的"不平凡的旅行"系列小说，也开创了"硬派科幻"（科技派科幻）的范例。科幻小说这一种另类的小说开始引起了人们的注意。凡尔纳的科幻小说以旅行探险为线索，描述科学技术发展变化和人的乐观进取。其科学幻想多为有关自然科学技术发明的幻想，所以称为"硬"科幻。而英国科幻大师威尔斯的科幻作品又别具风格，他更着重科技发展变化对人和社会的影响作用，所以他的科幻作品被称为"软"科幻（社会派科幻）。其代表作有《时间机器》《隐身人》《星际战争》《大战火星人》等。在西方，有人称威尔斯的科幻小说才是真正的科幻小说。在科幻兴发期的重要科幻作品还有史蒂文森的《化身博士》，柯南道尔的《失去的世界》《有毒地带》，美国作家爱伦·坡的《爱伦·坡科幻小说选》，赖斯·布鲁斯的《人猿泰山》，捷克作家恰佩克的《洛桑的万能机器人公司》等。

19 世纪末 20 世纪初，随着以电力应用为标志的第二次技术革命的深入发展，无线电技术、内燃机、汽车、飞机、放射性和电子的发现，狭义相对论的发表（1905），世界进入了科技和经济飞速发展的新时代，科幻小说也迎来了 20 世纪 30 年代~60 年代的鼎盛发展时期。

19 世纪 30 年代，随着科技发展的中心从欧洲转向美国，科幻小说也在美国蓬勃发展并开始形成鼎盛发展的黄金时代。美国电气工程师雨果·根斯巴克和约翰·坎贝尔是这段时期为科幻小说蓬勃发展作出重要贡献的杰出人物。雨果·根斯巴克当时是一份纯科技杂志《科学与发明》的主编，杂志中有时也刊载科幻小说，他发现刊载的科幻小说很受欢迎，在 1932 年出了一期"科幻小说专号"，结果大受欢迎。调查表明，98.52% 的读者表示支持。根斯巴克受到鼓舞，不久索性将杂志改名《惊奇故事》专门发表科幻小说和探讨科幻创作。可以说，根斯巴克创建了世界第一家科幻刊物。在他的编辑部办公室墙上贴有标语："本刊欢迎有科学根据的小说，不欢迎那些没有科学根据的小说"及"科幻小说就是要把科学变成神话"。

坎贝尔是一位作家兼编辑，1937~1971 年任《惊人故事》（《惊人科幻小说》）主编。在他的倡导组织下，刊物培养和团结了一批科幻作家，其中包括阿西莫夫、海因莱因等 20 世纪的科幻大师。坎贝尔不同于根斯巴克，根斯巴克强调科学根据，而坎贝尔强调科幻小说的文学性，并经常组织作者讨论题材和科幻构思，因此刊物发表的很多作品都有"惊人"的新意和很强的可读性，也培养了一大批科幻作家，成为科幻小说黄金时代的领军人物。

美国科幻作家爱德华·史密斯是科幻小说黄金时代前期的重要代表人物，其代表作为《太空云雀》系列丛书，开创了人类飞出太阳系的太空题材科幻作品，嗣后又推出《银河巡逻》和"摄影师"系列丛书，以宏大壮阔的宇宙作背景展开故事和刻画人物。作品深受读者喜爱，影响很大，所以有人就称这科幻小说黄金时代前期为"太空剧"时期。

这一时期另一位重要作家就是坎贝尔，他不仅主编科幻杂志也创作了不少有影响的"太空剧"科幻作品，如"军团"系列——《时间军团》《空间军团》，"CT"系列——《CT 船》《CT 的冲击》及"类人者"系列等，形成科幻"太空剧"时期的重要标志性作品群集。坎贝尔的作品不同于史密斯作品强调科学原理，更具幻想，致力科技对人性影响的探索，所以有人称坎贝尔的科幻小说是魔幻式科幻作品。

20 世纪 50 年代，以原子能、集成电路、电子计算机和空间技术为标志的第三次技术革命开始兴起，科幻小说也进入了黄金时代的成熟期。根斯巴克和坎贝尔两个刊物集结和培养的科幻作家也进入了创作的丰收期，而随着世界科技发展和社会进步，除美国、英国、法国外，苏联、波兰、日本等国也涌现出不少优秀科幻作家和科幻作品。在题材内容的选择上范围更为宽广，科学幻想更为大胆和表达形式上都更为成熟，所以被称为成熟期。在中国，科幻小说也开始发展并形成了中国科幻小说为期 10 年的第一次高潮。

在科幻小说黄金时代成熟期的优秀代表人物有美国的阿西莫夫、海因莱因、布雷德伯里，英国的克拉克、温德姆、阿尔迪斯，苏联的别里亚耶夫、斯特鲁格特斯基兄弟、叶菲列莫夫、德聂彼得洛夫，日本的柴野拓美、星新一等。

艾萨克·阿西莫夫（1920～1992），这位俄裔美国作家是名闻全球的科学家和科幻大师，一生著述近500本，其中有100多部科幻小说。这位美国哥伦比亚大学的化学博士，波士顿大学的副教授，先是业余写作科幻小说，1958年开始专职写作，以他渊博的科学知识和丰富的想象力很快就成为引人注目的科学作家。其科幻小说的代表作为"机器人"系列和"基地"系列等，其他科学和科普著作有《生物化学简史》《化学简史》《碳的世界》《月亮》《海洋知识》《空间知识》《圣经入门》《莎士比亚入门》等。阿西莫夫笔下的机器人，改变了原来科幻小说中机器人老套的奴隶工具或人类敌人的怪物面目，开始成为人类的亲友，他在科幻小说中制订的"机器人三定律"一直被奉为机器人科幻的经典。

海因莱因（1907～1988），是美国科幻界公认的领袖，有美国科幻之父的尊称，其代表作有："未来史"系列、《生命线》、《傀儡主人》、《星船伞兵》、《时间足够你爱》等。这位密苏里大学和海军学校毕业的海军军官，27岁因病复员后不久就投身科幻创作，曾四次获世界科幻协会颁发的科幻大奖——雨果奖。他在1961年出版的《异乡异客》，据说被20世纪60年代美国嬉皮士奉为"圣经"，人手一册。

布雷德伯里的《火星纪事》，用诗一般美丽而伤感的语言描述了与人类文明擦肩而过的一段"逝去的文明"。他的科幻作品文笔优雅富有韵律，并带有淡淡的乡愁伤感，很受读者欢迎。除科幻小说外，布雷德伯里还著有许多诗歌、戏剧、电影剧本和评论等作品。他的科幻代表作还有《红雾中的妖女》《文身的男人》《华氏451度》《万圣节的前夜》等。

英国科幻作家阿瑟·克拉克，不仅是科幻大师还是著名的科学家，他对国际通信卫星的发展有重大的贡献。克拉克的科幻作品大多以宇航和太空为题材，但与前期的"太空剧"科幻相比，科学原理和技术细节更为真实可信，是硬派科幻小说的典范。其代表作有：《童年的终结》《城市和星星》《2001年太空探险》《与拉玛相会》《天堂的喷泉》《2010年太空探险》《2061年太空探险》等。

英国科幻大师阿尔迪斯是英国科幻作家协会会长，还是有影响的诗歌编辑家和公认的主流文学作家，其代表作有《太空·时间和纳撒内尔》《永不停息》《温室》《地球的漫长午后》《解放了的弗兰肯斯坦》等。

《陶威尔教授的头颅》是原苏联最著名科幻作家别里亚耶夫（1884～1942）的处女作，也是使他享誉世界科幻界的代表作。这位学过法学和音乐，当过演员、教师和图书管理员的年轻人，一场重病后开始走上了科幻创作之路，从1925年发表第一篇科幻小说后，共创作发表了17部长篇和几十篇短篇科幻小说，成为苏联科幻小说发展的奠基人。别里亚耶夫著名的科幻作品有：《沉船岛》《两栖人》《康采星》《跃入虚空》等。

斯特鲁格特斯基兄弟是原苏联科幻作家中的两位重量级人物,在世界科幻文坛也声誉极高。他们在 1957 年开始创作科幻小说,处女作长篇科幻《紫云之图》出版后即引起科幻界关注,接着出版《向阿玛尔切亚去的路》《六根火柴》两部短篇科幻集,确立了科幻作家的地位。这两位兄弟作家的科幻作品通过科学幻想对科技和社会进行反思批判,文笔犀利讽刺辛辣,有人称之为"果戈里式"的科幻作家。他们的代表作有《遥远的天虹》《行星收容所》《路边野餐》《从地狱来的家伙》等。

被称为院士作家的叶菲列莫夫是苏联科学院院士,极负盛名的古生物学家,也是原苏联最有影响的科幻作家。叶菲列莫夫科学基础扎实雄厚,科学史知识渊博,对地质、历史和哲学也颇有研究,所以他的科幻作品内涵丰富又可读性强,成为原苏联科幻界中的重量级实力派代表人物。其主要作品有;《仙女座星云》《星船》《巴乌哲德游记》《奇妙的生命之水》《虹流海湾》,等等。

苏联的科幻作家中,虽然属于科幻黄金时代之前也有必要向大家介绍的有两位,一位是苏联著名的科学家、宇航科技的奠基者康斯坦丁·齐奥尔科夫斯基(1857~1935 年),这位被称为苏联宇航之父的火箭飞船专家发表出版的关于探索星云征服太空的科幻小说也令人大开眼界、大为惊叹。他的科幻代表作有《在月球上》《宇宙的召唤》《地球之外》等,西方的空间科学学者也诚服地称他为"预言人类太空殖民的先知"。

还有一位是写过《彼得大帝》《苦难的历程》和《保卫察里津》的苏联著名作家亚历山大·托尔斯泰(也称小托尔斯泰,以区别于写《战争与和平》的列夫·托尔斯泰)。亚历山大·托尔斯泰的科幻作品不很多,但发表出版的都可称为科幻小说的经典之作,如《阿爱里塔》和《加林工程师的双曲线体》,多次再版并被改编为话剧和电影。

被称为日本科幻奇才的日本著名科幻作家星新一(1926~1997 年),以他一千多篇超短篇科幻小说而享誉全球。这位微生物学研究生毕业的科幻作家,还在 1957 年与柴野拓美起创办了日本最早的科幻杂志《宇宙尘》,他还创作出版了不少推理小说、幽默讽刺小说和散文、随笔。科幻代表作有《恶魔天国》《人造美人》《声网》《梦魇的标靶》,等等。

介绍了这么多世界各国的科幻作家和科幻作品,我们可以看到,科幻作家和科幻作品基本上都在科技发达经济繁荣的地区和国家萌生发展,科技落后的地区可以有童话神话,但没有科幻。科幻是科技发展的产物,是科技的文学化。文学是社会经济的产物,科幻是科技时代的必然产物,是科技社会的必然文化现象。

从我国科幻发展史来看,也印证了科技发展与科幻唇齿相依的"皮毛"关系。中国有"皮之不存,毛将焉附"的成语,科幻小说就是科技发展这"皮"上的"毛"。我国三次"科学的春天"形成了中国三次科幻小说的高潮。

20 世纪 50 年代,在"向科学进军"的热潮中迎来了"科学的春天",中国的科幻小说风起云涌、应运而生。郑文光的《从地球到火星》是新中国的第一篇科幻小说，不久，迟叔昌的《割掉鼻子的大象》，于止的《失踪的哥哥》，赵世洲的《会说话的信》，鲁克的《到月亮上去》，徐青山的《史前世界旅行记》等科幻作品纷纷在《中学生》《少年文艺》《中国少年报》《儿童时代》等报刊发表，少儿出版社也开始编辑出版科幻读物，我国的科幻小说开始掀起第一次高潮。1960～1966年"文革"前，又有王国忠（《海洋渔场》）、肖建亨（《布克的奇遇》）、童恩正（《古峡迷雾》）、嵇鸿（《神秘的小坦克》）、刘兴诗（《地下水电站》）等一批科幻作家以他们的科幻作品为科幻高潮推波助澜。我国科幻小说的第一次高潮显示了中国科幻作家的科学热情和旺盛的创造力，为中国科幻小说发展打下了良好的基础，但也表现出浓厚的儿童文学和科普色彩。"文革"开始，科学进入"冬天"，科幻也被冻结。

粉碎"四人帮"结束"文革"，大地春回，全国科学大会的召开又迎来了科学的春天，科幻小说开始复苏，开始了我国科幻小说的第二次高潮。叶永烈1976年在《少年科学》上发表的科幻小说《石油蛋白》，可以说是中国科幻小说第二次高潮的信号，不久后他接连发表了《世界最高峰上的奇迹》《小灵通漫游未来》等科幻作品，其中《小灵通漫游未来》第一次印刷发行量就高达150万册。嗣后，叶永烈连续不断推出数十篇科幻小说，最具影响的有被称为"中国科学福尔摩斯探案"系列的"侦破科幻小说"《腐蚀》《自食其果》《冷若冰霜》等，成为中国科幻第二次高潮的领军人物。

童恩正教授是中国科幻第二次高潮中又一位重要人物，1978年他在《人民文学》发表科幻小说《珊瑚岛上的死光》，不仅使很多人对科幻作家童恩正刮目相看，也开始对科幻小说刮目相看，因为《人民文学》作为权威的文学刊物是破天荒的第一次刊登科幻小说。而不久后《珊瑚岛上的死光》荣获全国优秀短篇小说奖，并被改编拍摄成我国第一部科幻电影，童恩正为中国科幻小说争得几个第一，众望所归地成为这时期中国科幻的领军旗手。童恩正的科幻小说代表作还有《雪山魔笛》《遥远的爱》《石笋行》《在时间的铅幕后面》《古泪今痕》等。童恩正的科幻小说理念很明确：科幻小说属于文艺，它要起的作用，主要是文艺的作用；它所遵循的创作规律，主要是文艺的规律。因此，有人称童恩正是中国科幻"文学派"的代表人物。

中国科幻的拓荒先行者郑文光在1979年推出了中国第一部长篇科幻《飞向人马座》，嗣后在三年多的时间内接连发表20多篇短篇科幻小说和出版了5部中长篇科幻作品。这位北京天文台的研究员以其科幻作品的实力成为中国最优秀最重要的科幻巨星。郑文光是我国以科幻作家身份加入中国作家协会的第一人，也是最早把他的中国科幻小说"冲出亚洲，走向世界"的先行者，美国刊物《ASIA2000》称郑文光为"驰骋于科学与文学两大领域的少数亚洲科学家之一"，日本电视台曾在1981年9月播映长达半小时的专题节目《中国的科学家兼文学家郑文光》。郑文光的科幻代表作有《古庙奇人》《神翼》《大洋深处》《命运夜总会》《战神的后裔》《鲨鱼侦察兵》《太平洋人》《地球的镜像》《天梯》等。2004 年 6 月，中国科幻一代宗师终于放下了 60 年没停止过的笔与世长辞。

肖建亨是我国第一代的著名科幻作家，也开始了科幻创作的"第二春"，不断推出科幻佳作《密林虎踪》《万能服务公司》《梦》等作品，并在《人民文学》发表力作《沙洛姆教授的迷误》和《乔二患病记》，为中国科幻第二次高潮增添了亮丽的浪花。

刘兴诗的科幻理念是"科研的继续和延伸"，这段时期他陆续推出《陨落的生命微尘》《海眼》《美洲来的哥伦布》《南海沉船》《死城的传说》《新诺亚方舟》等科幻作品，并有《我的朋友小海豚》被改编为我国第一部科幻动画片，为中国科幻增添了一抹亮色。

在这段时期还涌现了一批新的科幻作家，重要的有：金涛（《月光岛》《魔鞋》《除夕之夜》《台风行动》《人与兽》等），王晓达（《波》《太空幽灵岛》《冰下的梦》《莫名其妙》《复活节》《凌晨大爆炸》《电人历险记》等），宋宜昌（《打开巴斯克门》《竞争机器》《复兴的祭坛》《祸盒打开之后》等），尤异（《神秘的信号》《未来畅想曲》《大青山魔影》《古峡的幽灵》《机场奇遇》等），魏雅华（《温柔之乡的梦》《值得庆幸的错误》《钟楼丢了》《文坛上的火山》《女娲之石》等），王川（《震惊世界的喜玛拉雅—横断龙》《飞碟来客》《冰海古陆》《偷龙换凤案》等），在 20 世纪 80 年代初只有十八九岁的高中生吴岩，也在此时开始发表《冰山奇遇》《引力的深渊》《飞向虚无》等科幻作品，如今这位北师大的心理学副教授、多次赴美的访问学者，已成为中国科幻第三次高潮的主将，并在北京、天津等地高等学校主讲科幻小说课程。

在这段时期，我国科技和经济飞速发展，科幻小说也空前繁荣，全国有近百家报刊发表科幻小说，出版社也竞相编发科幻书刊，科幻作品的题材和形式也越来越丰富多彩，除了小说外，电影、动画片、连环画、漫画、戏剧、歌舞，甚至相声都有科幻，一批纯文学作家也开始写科幻。同时，大批国外科幻小说和电影、动画片也开始被翻译引进。中国的科幻在发展中开始逐渐成熟，除了大量面对少年儿童的科幻作品外，以青年和成人为对象的科幻作品也越来越多，作品从注重科学技术发展变化开始转向关注科技对人和社会的影响，有了更多的社会和哲学思考，也更注意科幻作品的文学性。

有人认为中国科幻摆脱了"少儿化、科普化"是成熟的标志，其实不如说是从"少儿化、科普化"走向包括"成人化、社会化"的科幻才是成熟，真正的科幻没必要排斥少儿和科普，少年儿童永远是科幻最广大最忠诚的读者。科幻小说作为文学小说，虽然不以传播具体科技知识为己任，但宣传弘扬科学精神、科学思想，亦属科普，即使是具体的科技知识也没必要故意回避，能附带传播亦是好事，《红楼梦》中也有不少当时的知识内容，何况科幻小说本是科技时代的产物，小说中有具体的科技知识应是必要的时代特色，何必排斥呢？科学幻想要让读者"信以为真"也必须借助具体的科技来演化，所以科幻小说不必对"科普"敬而远之。相反，假如你的"科幻"云遮雾罩令人摸不到头脑，觉得与科技无关，恐怕也不能称科幻小说了。

20 世纪 80 年代中期，一场政治风雨又把科幻小说打入了冷宫，好在改革开放的社会进步不会逆转，20 世纪 80 年代末 90 年代初"科学技术是第一生产力"思想和"科教兴国"战略的制定，又迎来了新的"科学春天"，中国科幻小说进入了新的繁荣发展时期。一批知识面广、思想更加开放活跃的年轻科幻作家，成为这一时期的主力军，从作品题材内容到表达形式都更有时代特色和新意。20 世纪 80 年代那批专家、学者型的科幻作家的作品，大多是为少年儿童写的，而这批年轻科幻作家更多的是引导同龄人探索思考，在观念思维上汲取国外营养，更加"国际化""现代化"，读者对象也从少年儿童转向文化知识素质较高的"高中生、大学生"群体和成人。其代表人物有吴岩、星河、韩松、柳文扬、杨平、绿杨、张劲松、王晋康等人。50 多岁的王晋康已不年轻，这位高级工程师 1993 年才开始从事科幻创作，但出手不凡，连获 4 次中国科幻银河奖特等奖，应称中国科幻繁荣发展时期的重量级科幻作家。

如今，科幻在中国应称已被承认，并进入了繁荣发展时期，这是时代历史发展的必然，但我们还必须看到，科幻是时代的产物，科幻的发展依附于科技发展和社会进步。如今知识经济时代，我国的科学技术近十几年飞速发展 IT、BT 产业正迎头赶上世界先进行列，一箭多星、神舟五载人飞船，袁隆平的水稻……都令人骄傲。但是也应看到，我国还称不上科技强国，特别是思想观念和管理体制的科学化，也就是科学思想、科学精神和科学方法方面还有差距，国民科学文化素质还不高。这些，正是科幻小说的用武之地，恰也是科幻小说发展的难点和阻力。因为素质不高、认识有差距，对科幻小说也就会有种种"不科学"的看法和要求，甚至根本无视科幻、不买你的账，更谈不上关心支持，科幻要发展就有难处了。当然，科幻作家练好内功，写出有影响的好作品来，货真价实总有人识宝的，但科幻不是收藏品，不仅是"识宝"的科幻迷和高中生、大学生，还包括亿万农民、打工者、市民都接受喜欢关心科幻，有亿万读者喜欢，科幻才会真正的繁荣大发展。这就不仅是几个科幻作家主观努力所能解决的了。

二，科幻小说的科学幻想是关于科学技术的幻想

二十年前，我国报刊上曾有一场科幻小说"姓科姓文"的争论，在当时的社会政治环境中，最后竟然形成了一些人对科幻小说的讨伐围攻，甚至升级成为"精神污染"，而科幻小说究竟姓科还是姓文依然没闹明白。其实，科幻小说既然名为小说，当然归属文学家系的小说类别，应有小说的共性和基本特征，又有"科幻"的个性，犹如历史小说、推理小说、言情小说、武侠小说，等等。科幻小说是小说，姓文，应是没什么可以多争论的。问题实质在于对科幻小说的"科学幻想"

认识理解不同而形成分歧。

有人认为，科学幻想是"符合科学"的幻想。其科学与否的标准，是以当今科学技术来衡量，或以"今后可否实现"来衡量。不符合就是不科学的幻想，进而可以称这些"不科学的幻想"是反科学、伪科学。

有人认为，科幻小说的科学幻想是关于科学技术的幻想，是以科技为内容的幻想，是幻想而不是科学推想、科学假说或科学理想，幻想尽可天马行空奇思怪想，符合当今科技认识也好，不符合或突破当今科技认识也好，有关科技的幻想再奇再怪也比升官发财、称王称霸的幻想要好。毕竟是幻想，就像梦想是奇奇怪怪、非逻辑的一样，幻想不必苛求，特别是关于科技发展的未来的幻想，按照当今科技认识去限制就难以幻想了。

但是，广大的读者和科幻迷对科幻小说的认识，并不是从概念理论来认识的，他们更多的是从兴趣和愉悦来看科幻小说的，更多的是关心小说中的科学幻想是否新奇有趣，故事是否曲折离奇，人物形象是否生动有个性。至于科幻小说中的科学幻想是否"科学"，如太空出现的外星人，深海出现的怪兽，是否符合生物学原理，大部分读者是不会去较真深究的。有人认为威尔斯的科幻名著《隐身人》中的"隐身"科学幻想不科学，因为隐身透光就不再能感觉光影变化，隐身人就成了瞎子，当然也就没有了以后的故事。说法颇有科学道理，但幻想没有了，人物和故事也没有了，真令人扫兴。幸而绝大部分人都不是这样苛求科幻小说的，所以还能有这么多经典科幻小说能流传下来。

科幻作者创作科幻小说，首先明确是要写小说，而对于科学幻想都有自己的科幻理念，有强调"科学"的，有强调"幻想"的；有着重科学技术发展变化的，有着重观念、心理的，形成不同风格类型的科幻小说。但是，要求自己作品中的科学幻想完全符合当今科技规律的科幻作者，实在不多。符合科技发展的"幻想"，不该称幻想而应称科学假设、科学推想或科学想象。也许，这类正儿八经不幻不奇的"幻想"，例如造飞船、研究克隆或开发机器宠物，也可写成好看的小说，也有读者喜欢看，也可以称作科幻小说，但不能这样要求所有的科幻小说。幻想毕竟是幻想，科学幻想只是关于科学技术发展变化，以及对人和社会影响作用的幻想，不是科学的假说和推想，很像非逻辑的梦想，称科学幻想是关于科学技术的"白日梦"倒很接近。人人都做过梦，做过好梦、噩梦、稀奇古怪的梦，有人在梦中作出了好诗，甚至有人在梦中有发明和发现，但还没有人能想做什么梦就做什么梦，因为梦的科学研究告诉我们，梦是一种半抑制的大脑神经活动和非逻辑的心理反映，有其生理、心理和主客观因素的规律，不可能强求做个好梦或科学的梦。科学幻想当然不同于梦，是作者有意而为之，是关于科学技术发展变化及其对人和社会影响作用的幻想，因为是关于科技的幻想，其幻想的基础起点应符合当今科技认识，而在此基础上起飞的幻想则尽可天马行空奇思怪想，不必拘泥于已知的认识和规律。真正的科学发现和技术进步，虽然多以遵循已知规律原理逐步前进，但重大的转折很多是对已知规律原理的突破和否定，相对论、量子力学就不是顺着经典物理学发展而形成的。科学不是绝对真理终极认识，科学认识是辩证发展的，真正的科学研究都会有十次百次甚至上千次的失败和错误，要求关于科学的幻想符合科学百发百中，这要求本身就不科学。

总而言之，科学幻想是关于"科技"的幻想，不是符合当今科学的"推想"。科幻小说是一种特殊的文学小说，是以幻想的科学技术发展变化及其对人和社会影响作用为内容的小说。当今信息时代科技世界知识经济社会，科技发展进步日新月异，科幻小说倡导大胆幻想、勇于创新，宣传科学技术变化无穷威力无穷，正是时代精神的反映，科幻小说就是当今时代的先导文学，必将大有发展大放光彩。愿我们都来关心科幻小说喜欢科幻小说，都来创作科幻小说吧！

三、《波》中的文学和科学

科幻小说《波》是王晓达的处女作，发表于《四川文学》1979年4月号，在此之前，年已40的他没发表过任何文学作品。《波》也是王晓达的成名作，可称"不鸣则已，一鸣惊人"。发表后竟然造成了"全国影响"，一时好评如潮，多家报刊转载，被改编为连环画、评书、故事、广播剧、电影剧本，第二年获"四川优秀短篇小说奖"……这是继童恩正1978年在《人民文学》发表《珊瑚岛上的死光》，并获"全国优秀短篇小说奖"之后，科幻小说又一重大突破。若称《珊瑚岛上的死光》把科幻小说从传统的少儿文学和科普的领域引领到文学"正堂"，《波》的出现正进一步显示了科幻小说这一"文学另类"完全可以"登堂入室"，以及读者、社会和文学对科幻小说的承认和欢迎。说明一直被看做"小儿科"的科幻小说，不仅少年儿童喜欢，青年、成人和文学爱好者也喜欢。

在1979年6月海洋出版社出版并发行20万册的科学幻想作品集《科幻海洋》第一卷中，《波》名列首篇，主编饶忠华、林耀琛在序言中对《波》有如下评语：

王晓达的短篇科学幻想小说《波》，是一篇幻想构思惊人的作品。主人翁——一位军事科学记者在某地看到入侵敌机的失常行为，了解到这正是他所要采访的科研项目——由信息波造成的虚幻目标，使驾驶员受尽愚弄而自投罗网。但故事并没有到此结束，在记者访问波防御系统的设计者王教授的时候，不意却陷入险境，遭到派遣敌特的暗算，在教授同他一起跟敌特的巧妙周旋中，记者看到实验室中的种种奇特的现象，如在听觉、视觉上都如同真实的虚幻景物，以及同时出现十几个模样完全相同的教授等等，直到最后智擒敌特。作者通过一个个情节高潮，极力渲染了波的奇妙效应，情节紧张而紧凑，小说描写是成功的。但这篇作品的三要特色，还在于科学幻想不落常套而出奇制胜，这是它高人一筹的地方。这也是优秀作品的可贵之处。如果科学幻想构思一般化，是大家都能想象得到的东西，甚至只是现实中较为先进的科学技术的应用推广，尽管在文学小论构思上颇有造诣，仍不能说是优秀的科幻小说。当然，作为科学幻想小说，它的文学小说构思也应当是好的。《波》的成功，就在于它的科学幻想构思与文学小说构思都比较新颖，并且相互有机地结合在一起。故事每深入一层，悬念也增加一层，科学的内容也更深入一层，直到最后才揭示了信息波的巧妙，情节设计得环环相接，扣人心弦。当读者拍案叫绝的时候，一半是赞叹故事的离奇，一半是赞叹幻想的高超。《波》可以说是近半年作品中两种构思结合得较为成功的一篇。

科幻小说作为小说，其文学性，主要通过故事、人物和语言来体现。《波》的故事是围绕"波"展开的，而对于属于科幻的"波"，读者并不像对"宝藏""珍贵文物""军事情报""密码""遗产"等那样容易理解和感兴趣。作者并没有急于直白地去解释那神奇的"波"，而是通过一系列环环相扣紧张曲折的事件设置悬念展开故事，随着情节发展，再一步一步从不同角度揭示"波"的神奇效应，有层次地引起读者的好奇和兴趣，最后故事结束，读者心中的疑团也解开了。作者巧妙地把容易令人一头雾水的"波"这科幻构思糅合到故事情节之中，读者对"波"的疑问也是故事发展的悬念，好奇和兴趣不断被引发并加深，因而"引人入胜"。从另一个角度来看，《波》中的科幻构思已是小说故事中不可缺少、不可替换的有机组成。不像有的"科幻小说"中，科幻构思只是"道具""背景"和"调料"，匕首代替激光枪；月球公园改成颐和园；磁悬浮车换成摩托……故事依然没什么变化。而"波"在《波》中已不可或缺、不可替代，抽掉"波"，故事就没有了。小说的故事讲究情节、细节，《波》中的情节跌宕起伏、曲折离奇却没有更多的节外生枝，细节也都紧扣"波"，因而故事紧凑、紧张而使读者"欲罢不能"。这也是《波》的高妙和成功之处。

文学小说不能"见事不见人"，刻画塑造立体、生动有"个性"的人，是小说文学性的重要标志，科幻小说的文学性亦然。虽然很多科幻小说，由于在人物塑造上的简单化、模式化、符号化等欠缺，只能算做"科幻故事"，而《波》无疑在这方面也有了突破。作者并没有对主人公军事科技记者张长弓进行很多的外形描述，但在小说中，他的言行举止是"有血有肉"、富有个性的。作为军人，他恪守"警报就是命令"，毫不犹豫地主动请战；发现敌特危害教授，奋不顾身进行搏斗。作为年轻人，做事易激动，还有点冒失；见到姑娘会尴尬脸红……一个血气方刚的年轻职业军人跃然纸上。而王教授的沉稳刚直，玲妹的机敏、活泼和温情，洪青的阴险狡猾……作者以不多的笔墨却也都刻画得生动、形象，因而给读者留下了富有个性的形象。

《波》的语言较为朴实，没有很多的华丽辞藻，但对人物、场景的描绘很注意个性化和意境，特别是关于技术性很强的科幻构思"波"的描述，既生动、形象又通俗有趣，使人如身临其境。全篇语言自然流畅娓娓道来，毫无故作深沉的"刻意"，像是朋友相聚讲故事，使人感到"清爽"、亲切。

　　《波》的文学性，若以文学小说而论，其故事结构、人物塑造和语言文字而言，可称中上。而作为科幻小说而言，当称优秀。并非科幻小说的文学性应"降格以求"，因为科幻小说的特色——"科幻构思"的文学表达实是件难事，能把两者结合好确实难能可贵。《波》把科幻构思和文学表达精妙结合，情节波澜起伏、引人入胜，特别是冲破了"少儿化、科普化"的禁锢，是当时不可多得的真正意义上的"科幻小说"。

　　《波》的科幻构思是读者和评论家极为赞赏的，作者从科幻小说"俗套"——外星人、机器人、星球大战、怪兽等窠臼中跳出来，别出蹊径在"高技术"领域展开幻想。作者令人信服地把他的"信息波"娓娓道来，使你真以为那神奇的"信息波"变化无穷、威力无穷，可以看、可以听、可以闻，甚至可以摸，而这一切实际上只是你的"感觉"而已，事实上并不真正存在。这种"感觉"确实奇妙、有趣，而且很有"科学依据"，怎么会不令人兴奋和好奇？作者通过"波"给读者展现了一个神奇的"科幻世界"，描述了幻想中的科技发展变化无穷、威力无穷；描绘了幻想中的科技发展对社会、对人的影响作用。读者既从曲折离奇的小说故事中得到了愉悦，又从中领略了科技发展幻变的魅力。由于《波》令人信服的科幻魅力，甚至有一位沈阳的大学生读者因此立志专攻"信息波"。

　　《波》完稿于1978年，1979年正式发表，距今已25年，但今日重读，其科幻构思"信息波"依然不失新奇，依然令人神往。而其"科学性"似乎更令人信服，其"虚幻性"因全息照相、网络、多媒体合成而日见"真实"。20多年来，一直有人问作者，你的"波"能实现吗？几十年来，很多人也以"科学幻想"能否实现来衡量科幻小说的"科学性"。有人评介科幻之父凡尔纳时，就以凡尔纳当年科幻小说中的"奔月""潜艇"如今实现而大加赞赏，当"科学幻想"成为"科学预言"时，就印证了"科幻"的"科学性"，这种"科幻"就十分"伟大"。若以"能否实现"作为"科学性"的衡量标准，实际上就是要求"科学的科幻"必须是"科学预言"，以此标准来衡量《波》，能说"波"科学吗？至少25年前不能说，今天不能说，可能几十年后也不能说。那么"波"不科学，甚至反科学、伪科学？乖乖！按这标准来衡量要求科幻显然要把自己绕进去，要走进死胡同。看来这条标准也不科学。凡尔纳诸多"幻想"，有的实现了，科学！伟大！更多的没有实现，或者根本不可能实现（如用大炮轰人奔月等），也伟大！科学！因为凡尔纳的科幻小说要告诉我们的是："知识就是力量"，告诉我们科学技术可以让人上天、下海，科技变化无穷、威力无穷。他的"科幻"并不就是上天、下海的技术模式，而是宣传科学精神、科学思想、科学方法，让人们"爱科学、学科学、用科学"，让人敢于幻想、敢于突破、敢于创新，这才是这位科幻之父真正伟大之所在。若要按凡尔纳科幻小说中的"理论"和"技术"去做，潜艇可能永远沉在海底，而登月将粉身碎骨……

　　所以，我们来衡量《波》的科学性时，切莫以"可能实现"或"已在实现"来衡量褒贬。《波》中涉及了无线电、信息技术、认知科学、生物学、物理学等诸多科技，这是作者"科幻"的基础和出发点，说明"波"是关于这些科技的综合性"科幻"，通过作者的形象思维和幻想（不是推想、预言），形成"波"这一科幻构思，可以给人启示，但并不是真正的技术模式，能否实现作者是难以回答的，能实现最好，不能实现也无妨。不能要求科幻小说变成设计说明书。

《波》给人的科学启示，还是落脚到"科技变化无穷、科技威力无穷。"小范围讲是"无线电、信息技术发展变化无穷、威力无穷。"其科学意义还是重在科学精神、科学思想上的。

四、《冰下的梦》取得的成就

在王晓达的科幻作品中，《波》虽然"一鸣惊人"，堪称优秀之作，但影响最大的当是《冰下的梦》。且不说《冰下的梦》被多次转载、多次再版、重印，多次入选优秀科幻作品集……今日"网络"还可作证，键入"王晓达"，搜出的上百条"信息"，大部分都与《冰下的梦》有关联。

《冰下的梦》写的是南极冰下神秘世界的故事，主人公依然是《波》中的军科社记者张长弓。但故事情节结构、人物塑造和语言文字都比《波》更胜一筹，其科幻构思也更为丰富宽广。无论从文学性还是"科幻性"来说，都"更上一层楼"。王晓达的"科幻观"认为，科幻小说是宣扬"科学技术发展变化无穷、威力无穷，以及幻想的科技发展变化对人和社会的影响作用"。王晓达曾说过，写《波》的初衷是无奈的班主任对不想读书的学生进行"劝学"，而《冰下的梦》不仅展示了"科技发展变化无穷、威力无穷"，还更多关注了"对人和社会的影响作用"，显然扩延了《波》的"劝学"作用而具有更大的社会、现实意义。有一位刚升入中学的学生，把读了《冰下的梦》写的"读后感"送给王晓达看，令他大吃一惊。原以为中、小学生读科幻，大部分都只是对"发展、变化和威力"感兴趣，如"变形金刚""阿童木飞天""太空怪兽"等，而对于"对人和社会的影响作用"似乎难以理解。不料这位初一学生竟然写道："我很喜欢王晓达的科幻小说，科学幻想新奇，故事逻辑性强，而且告诉了我很多知识和道理。这次暑假读了《冰下的梦》，使我想得很多，原来以为科学技术是用来造福人类和社会的，没想别有用心的人可以用科学技术来做那么多坏事。我不能太天真了……"这位学生是因为开学要交假期读书感想的作文而写的，给他看是向他"致意"，没有要发表或其他的意思。但王晓达读后，对科幻小说影响作用的认识又加深了一层。同时，这也是《冰下的梦》影响力的一个典型反响。

《冰下的梦》在故事结构上，运用的文学技巧比《波》更为成熟。《波》采用了"抽丝剥茧"层次递进，一步步设置悬念展开情节，虽然起伏曲折而"引人入胜"，但故事线索比较单纯，作为短篇小说是完全可以的。用音乐欣赏来比拟，《波》是一首优美的科幻咏叹调，而《冰下的梦》更像华丽的交响乐。篇幅较长的《冰下的梦》，作者除了继承《波》的成功经验"抽丝剥茧"逐步展开外，还巧妙地运用倒叙、插叙和故事套故事来设置悬念、营造氛围，把故事情节在跳跃的时空和更为宽阔的场景中展开，使读者开卷阅读就欲罢不能。据说，很多读者都是熬更守夜手不释卷，耽误了"好梦"

而读完《冰下的梦》的。

一开头，主人公张长弓在鼓浪屿疗养院望海兴叹，自己在南极冰岸九死一生被救，而在诉说一个多月离奇的历险经历时，却无人相信，反而被视为"精神不正常"而被遣送回国疗养……把读者的兴趣提起来了：张长弓怎么会躺在南极的冰岸？金质维纳斯雕像是怎么回事？究竟是什么不能令人相信的离奇经历？究竟他正常不正常？把一连串的疑问推出来后，再"从头说起"。在"引子"的悬念、疑问中，并没有特别的"科幻"味道。但随着张长弓支援北非联合共和国遇险，换上钛合金头盖骨……故事一步步推进，"科幻"不动声色地开始揉入情节，也为后面的"主体故事"埋下了伏笔。在南极千米冰层下现代化王国"RD 中心"展开的故事，是《冰下的梦》的主体故事，也是全篇的社会意义主题所在。作者并没有正面宣讲任何观点和主张，而是通过"RD 中心"中的人物——信奉尼采"超人哲学""希特勒主义"的雷诺长官，技术精深又情迷心窍的斯坦利总工程师，美丽的"复仇女神"维纳斯，术有专攻而唯唯诺诺、丧失"个性"的"Boys"，当然还有"双重思想"的张长弓……以及他们的错综复杂关系和活动，来展开故事表达主题。故事中的"洗脑""当面告密""统治世界、号令天下"以及"Boys"的卑劣，无疑是现实社会的折射。作者的喜恶褒贬让生动的人物、曲折的故事来表达，让读者自己去领悟。科幻小说关注"科技对人和社会的影响作用"，无疑是其文学性表现的深化，《冰下的梦》在这方面有了可喜的建树。

《冰下的梦》的语言文字，比《波》更具文学色彩，更有感染力。且看这一段：

> 蓝色的海洋一望无际，"风帆号"在海面耘出一道泛着白色泡沫的航迹。在有的人看来，可能单调乏味、平淡无奇，可是你仔细看看那波涛浪花，难道不比陆地上的奇花异葩更加绚丽多彩、千姿百态？你能找出象浪花那样用流畅奔放的线条勾划、用神奇变幻的色彩装饰的花朵吗？你看那充满着生气活力、永不倦怠的波涛，那么气势磅礴、顽强勇敢、宽广开阔！假如你有什么愁闷烦恼，那么我要说："到海上去吧！"在大海宽厚的胸脯上，你仔细去看看浪花波涛，那么一切愁闷烦恼都会消失而换得心旷神怡。

辞藻并不华丽，但富含感情而极具感染力。也许作者自幼的"大海情结"在《冰下的梦》中得以释解，真的船造不成，就在"科幻"中恣情缔造那"冰船"特混舰队。语言文字含情就生动，就有感染力。王晓达对大海情有独钟，所以《冰下的梦》写得很美。

《冰下的梦》的科幻构思，确实新奇而丰富多彩：北非联合共和国的能源系统——水和液氢、太阳黑子爆发引发能源系统事故、钛合金头盖骨、"冰船"特混舰队、冰下"RD 中心""脑信息攫取仪""Boys"……作者绘声绘色描述得像真的一样令人信服，但这一切都是"纯属幻想"。为什么读者会对这些"纯属幻想"信以为真，而且愿意"手不释卷"地读下去呢？作者的文笔描绘、故事情节发展的吸引是一方面，而小说中丰富的科技知识以通俗、科普的介绍，为读者引导进入"科幻"创造了必要的概念和科学基础，是

《冰下的梦》成功的重要一面。作者的这种手法，在《波》中已见成效，令人莫名其妙的"波"在作者娓娓道来的"科普"中逐渐被认识和承认了，读者在往下看时不再有"科技"或"科幻"的"硬核"阻塞。在《冰下的梦》中，"科幻构思"并不突兀而来强迫读者先得"认可"，而是从神奇的现象和已有的科技逐步引入，读者读着读着就认识、承认了，心悦诚服又兴高采烈地随着主人公去经历那跌宕起伏、曲折离奇的惊险历程，不会为"科幻"的莫名其妙而分心，乃至掩卷而去。而这些引导性的科技知识本身的普及，也是科幻小说的一个良性副作用。当然，过分强调这副作用，必然会影响科幻小说的基本功能，不能倡导。但与"科幻构思"密切有关的科技知识，已是科幻的必要有机组成，不必回避，关键是如何处理好，不能成为"知识硬块"而讨人嫌。

　　《冰下的梦》是一部成功的科幻作品，当称优秀之作。但一口气读完后还觉得"意犹未尽"，似乎作者和读者急于读完一样，也急于写完，有一些仓促的感觉。仔细想想，《冰下的梦》后半部，即在"RD中心"展开的故事，显得叙述多于描述，很多精彩、惊险的情节似乎没有充分展开，因此有"欲知详情"而"不得其解"的些微遗憾。若这是作者的"故意"，也不应强求，毕竟给你上了一桌好菜不能再挑三拣四的。而若确是作者主客观原因而"紧凑、压缩"或精简了，倒期望能充实补充。因为《冰下的梦》若能拍成电影或电视剧，会是一部精彩的中国科幻大片，到时这"后半部"一定要充分展开以飨读者。

附　录

附录一　外国科学文艺

一、法布尔及其《昆虫记》

著名科普作家法布尔（J. H. Fabre，1823～1915），生于法国尉盏镇圣黎昂乡。他的幼年，大部分是在农村度过的，他的父母是贫苦农民。正如高尔基受到外祖母的深厚影响一样，法布尔童年时代最受影响的"老师"，是他的老祖母。每天晚上，祖母边摇着纺车，边讲故事给他听。什么南瓜变成四轮车呀，驾驶蜥蜴的妖女呀……这给法布尔的童年开拓了一个崭新的世界，使他对自然界产生了探索其奥秘的浓厚兴趣。

法布尔少年时代就喜欢各种昆虫，爱捕捉蝴蝶，并能辨认出各种蝴蝶及其特性，分辨出草丛中的蟋蟀和其他昆虫的鸣叫声。自然界的事事物物，都能唤起他的好奇心，使他为之倾心致志。

法布尔 7 岁进圣黎昂小学读书。12 岁全家迁往洛德城。他因付不起学费，只好挤时间到教堂做小工以弥补入学费用。后来他考上了亚威农师范学校的公费生。当时，学校不很重视自然科学，法布尔却很专心研究这方面的学问。他利用每个假期到乡下去或到山洞边徘徊。由于专心研究昆虫，他在学校的成绩不免受到影响，甚至因此有人说他"没出息"。这样的闲话并没有使他气馁，相反地，却促使他加倍努力，19 岁时他以优等生毕业于师范学校。

接着，法布尔在一个公立中学附设的小学当教员，不久又到一家中学教书。不论在小学或中学里，他总是和青少年们相处得很好，既是他们的老师，又是他们的朋友。他教的是博物学和数学。由于他很了解青少年和儿童的心理，不但在课堂上教得好，而且在课余同学生谈笑之间，对学生进行有益的教育。在法布尔的帮助下，学生进步特别快，成绩很好，给学校树立了威望。他特别热心关怀农民家庭出身的学生，教他们土壤学和怎样培植各种植物学学问；他还考虑到有的学生回乡后要经营皮革、酿酒、制皂等，就热情地教他们盐渍法、蒸馏法、肥皂制造和金属学。法布尔不知疲倦地工作，坚忍不拔地学习科学，不断提高自己的科学文化水平，并以此孜孜不倦地教育学生。法布尔劝导初学自然科学的人说："绝不可自暴自弃"，要"自强不息地努力下去"，"开步走吧！只要走，自然会发生力量。"他热情地鼓励人们要把"精神集中到一个焦点"，认为这样做，"其力量就好比炸药，立刻可以把障碍物爆炸得干干净净"，"就可以恍然知道天下无难事了"。

法布尔的一生极其勤奋，始终努力学习、研究和写作。他的著作既是科学作品，又富有文艺的感染力，从而得到广大读者特别是初学自然科学的青少年读者的喜爱。法布尔专心致志于科学研究，不慕荣利，不求闻达。到了晚年，他的名气很大；有一次，法国国王去访问他，他却很冷淡，后来他对别人说："我同他有什么相干呢，他干吗来找我呀?!"同法布尔交往的朋友中，很少是达官显贵，而绝大多数是城市贫民和乡下农民、退伍军人、木匠等。

法布尔一生写了不少科普作品，如《科学故事》《化学奇谈》等。1871年退休以后，他唯一的兴趣是研究昆虫。他开始写他最著名的著作《昆虫记》（10卷本）。在这部百万余字的科普巨著中，他极详尽地阐述了各种昆虫习性和本能。他通过直接观察，细致地描述了各种昆虫的生活。他用大部分的精力，全神贯注于膜翅类、甲虫类和直翅类的昆虫。

《昆虫记》第一卷于1878年年末写成。这部科普著作问世后，轰动一时，不但为一般科学家所称赞，也为心理学家、社会学家、文艺家所称道，更为广大青少年所喜爱。

此后30年时间，法布尔几乎都花费在《昆虫记》的写作上面，约每隔三年出版一卷。他为此费尽了晚年的心血，把自己一生所从事和积累的关于昆虫学研究的学问和心得都编在其中。在法布尔的影响下，他全家大小都参加了研究昆虫的活动。

法布尔在他写的《昆虫记》里极其细致地描写了各种昆虫的生活。法布尔生动地刻画出了小毛虫如何忙碌；黄蜂怎样勇猛地捕捉毒蜘蛛；蜜蜂的"社会"有着何等严密的分工；"高贵的工作者"——蚂蚁怎样从蚜虫身上得到了食粮，它们怎样本能地过着有组织的生活，勇敢的雄蚂蚁是怎样出兵营、列长队去捕获俘虏……可以说，他老年时代的伴侣主要就是这些亲爱的小动物们。

法布尔还替被人们讥讽为"不务正业的歌唱家"——蝉说话。他仔细地写出蝉怎样建造15~16英寸的隧道，简直像矿工或铁路工程师一样，能在隧道的墙上涂上水泥，还会做体操，腾起在空中，翻转身体。他生动地描绘了蝉翼后的空腔里有一种像钹一般的乐器，怎样在自己的胸部安置响板，以增加声音的强度。他差不多用了15年的时间来观察蝉的生活，看到它们怎样把嘴伸到树皮里，动也不动地狂饮；他观察到蝉有五只眼睛，因此有非常灵敏的视觉，只要有谁跑来想抓它，就立刻停止歌唱，逃之夭夭。他还发现这个昆虫中的大"歌唱家"，原来却是个聋子，它唱得如此美妙，自己却一点儿也听不见。

法布尔细致地描写了"狩猎"昆虫——蜘蛛，热情地赞扬蜘蛛怎样为人类俘虏害虫，捕捉苍蝇和蚊子，等等。"只要捉到一只苍蝇，就有午饭了"，法布尔描写蜘蛛为了埋伏和休息做了巢穴，写了蜘蛛怎样使野蜂发抖……

法布尔生动地刻画了有毒的昆虫，它们怎样用比针还细的螫刺，来保卫自己；如黄蝎子被激怒的时候，怎样把毒液通过螫刺来射击。

法布尔细致地描写了外表虔诚、高举着祈祷般手臂的螳螂；其实，它是一种最凶猛的昆虫！它怎样使用双锯口的捕捉器，"凶猛如饿虎，残忍如妖魔"……它们专门吃活的动物，甚至母螳螂还会把公螳螂吃掉呢！

法布尔仔细观察和描写了尾部发亮的萤火虫，说它虽然外表很"纯洁"，却是个肉食者。它通常俘虏的是蜗牛，它用自己身上尖利细小的兵器——一把钩子，在蜗牛外膜上反复轻敲，将毒质从钩槽传入蜗牛身上，使其失去知觉，于是蜗牛就变成为它的食物。法布尔通过仔细观察，发现雄萤发光比雌荧光，而发亮是发生于萤的呼吸器官，发光是由于氧化作用的结果，并且从生到死都放着光亮。可是这些光明的小动物，却没有什么"家族观念"，随地产卵，随便散播。

法布尔细心地描绘了他同孩子们怎样去征服黄蜂的巢穴。他以热情的笔调赞美了黄蜂壮丽的建筑物——南瓜似的圆形巢穴。在他看来，黄蜂的动作常常是符合物理学和几何学的定理的，它们本能地像科学家一般地工作。

法布尔研究了蟋蟀怎样在四月末就开始唱歌，而它的乐器仅仅是一只弓，弓上有一只钩子及一种振动膜。他用诗歌般的语言赞颂："我的蟋蟀，我因为和你们在一起，使我感到生命的蓬勃，这是我们躯体中的活力；这就是我为什么不看天上的星辰，而将我的注意力集中于你们的夜歌了。"在《昆虫记》里，语言是如此优美动人，法布尔因此被誉为"昆虫诗人"或"昆虫荷马"。

法布尔观察过品种不同的蝗虫。他用比较的方法描绘出了法国的蝗虫同意大利的蝗虫的区别。他谴责了非洲和东方国家成灾的蝗虫，但为一些专门吃草的蝗虫"恢复名誉"。他甚至赞扬这些蝗虫可以作为鸡雏和鸟类的主要食品，从而使它们的翅膀下面多生脂肪，肉味佳美。他发现蝗虫竟然也有音乐的"才能"，能发出轻微的乐音……

法布尔不知疲倦地研究和写作，而且越写越精彩。拿他的《昆虫记》第一卷和末卷相比，人们不难看到，他在后期，不论在科学性和文艺手法上，都比前期有很大的进步，表现的形式也更加多样化和更加完善。他不但描写出了昆虫的生活，甚至还生动地刻画出了昆虫的"个性"。在这里，昆虫学不再是一门枯燥无味的科学，而成为引人入胜的学问。

法布尔的《昆虫记》有什么价值呢？首先，他对世界各种各样的昆虫作了深刻入微的研究，并作了细致的记载，对昆虫的生活性格、长处短处、作用、变化、居住的地方、怎样捕获它们，等等，都提出了精辟的见解和良好的办法。虽然其中尚有不完全或欠缺之处，但他毕竟是昆虫科学的开拓者。

其次，法布尔从昆虫身上看到了科学。他看到蜜蜂做的蜂房简直能让工程师都感到自己逊色，说它们是最优秀的"几何学者"，"以最经济的空间与材料建筑其六角房"。他预言"人类的理智……将追随着昆虫的科学"。现代仿生学的出现，完全证明了他的远见和卓识。

再者，正由于法布尔熟悉各种昆虫的习惯、爱好、性格和长处，所以他能用分析批判的观点来看待各种昆虫。人们都把蝉当做害虫，把蝉说得一无是处，他却为蝉说了一些"好话"，说它是"工程师"。

第四，法布尔的《昆虫记》对于如何治虫也发表了不少精辟的见解，使大家知道，某些害虫是庄稼的大敌。全世界有 6 000 多种害虫，我国也有 2 000 多种害虫和病虫害，它们可以使庄稼颗粒无收或减产。现在科学发明了许多治虫的农药，法布尔早已发现了消灭害虫于幼虫阶段和以虫治虫等办法，这对我们今天仍然是有用的。

我国伟大作家、思想家鲁迅对法布尔的《昆虫记》很赞赏，他认为法布尔是在科学上"肯下死功夫"的人，匡正了昆虫学中的若干流传谬误。鲁迅 1925 年 3 月在给友人的信中说，希望写科学普及读物的人，要学习像法布尔的"讲昆虫故事似的有趣，并且插许多图画"。鲁迅晚年想把《昆虫记》译成中文，但由于生病和早逝，这个计划未能实现，这是很遗憾的事情。

法布尔的《昆虫记》，从它的第一卷出版到现在，已经有 100 年了，但是今天读来，仍使人感到津津有味。他的文章深入浅出，隽永风趣，简洁洗练，引人入胜，堪称科普作品的典范。在我国实现四个现代化的过程中，多么需要这样优秀的科普作品啊。我们一定要更加努力地去从事科学普及工作，像法布尔那样写出有助于广大读者学习科学知识的好作品，为全民族科学文化水平的提高贡献力量。

（原载上海《自然》杂志 1979 年第 7 期）

二、科学家传记中的珍品——读《法布尔传》

古往今来有不少为科学家写的传记作品，写得好的却较少。勒古洛斯（G. V. Legros）的《法布尔传》是科学家传记中写得比较优秀的一部书。这部作品的创作和出版虽然距今已有八九十年了，但对于今人来说，仍然有着极好的借鉴价值。

传记概括地刻画出了科学文艺作家、昆虫学家法布尔（1823～1915 年）的生活及其重要业绩。全书主要有"直观自然""小学教师时代""侨居科西嘉时代""任职亚威农时代""大教育家""退隐""昆虫诗"和"晚年时代"等 20 章，对法布尔的一生作了比较详尽、概括的描写。作者用自己的艺术彩笔，勾勒出了法布尔清贫而勤奋的科学家光辉形象。

作者很细致地描写了法布尔的童年，写出他怎样受到法国农村生活的教养，因而从小就热爱各种动植物，热爱大自然界，特别是热爱观察和研究昆虫。他在少年时代就曾因家庭生活困难而在公园和其他场所卖汽水，同工人、农民生活在一起，从事过修铁路的童工等劳动。他后来考取了师范学校的公费生，一直读到毕了业。

传记出色地描写了法布尔在科学研究中的刻苦钻研精神。法布尔在青年时代就极其勤奋地全心全意地致力于科学事业，他宁愿挨着饥饿去购买一部《关节动物研究》的书。他的一生几乎都很窘迫，但他在科研道路上的"攻关"精神却是十分顽强的。他坚韧不拔，不论处在什么环境中都坚持科学研究。他从少年时代就喜好对大自然作仔细认真的观察，在自己的小博物馆里搜集了各种各样的标本；当他住在科西嘉岛时，便着手研究当地的贝类学；后来又孜孜不倦地学习数学，尤其是几何学。法布尔说他青年时代学几何学，对他后来写的科学文艺作品很有帮助；几何学使他逻辑清楚，思路清晰，去掉文字中模棱两可的东西。

法布尔从来不务虚名。当时，在法国，要想当大学教授，必须经过考试，他完全有能力去参加这项考试，但为了专心从事博物学的研究，他对官衔、学位却淡然处之。他为了专心致志研究学问，回避一切繁文缛礼。但法布尔不是孤立地进行研究的，他同当代法国植物学家阿度耳·德拉古耳等人，结成了十分亲密的友谊，经常同他们一起去搜集各种动植物标本，废寝忘食地从事科学研究，乐此不疲。在 1861 年 4 月 14 日他给德拉古耳的信中写道："研究植物固然很有趣……可是近来我尤其潜心于虫类的研究，这个研究真是有趣，犹如入无人之境。"他经常带着放大镜、罗网、麻醉药等东西（准备捕获和保存稀有的虫类用的），攀登法国的许多崇山峻岭，搜集各种昆虫标本；有时他只带上一个行囊，赶着驴子，载着粮草、大衣、羊毡、压榨机去搜集植物标本，甚至于晚上在山上过夜，过着野宿生活。他花了 20 年左右，才把胡蜂的生活习性弄清楚。由于认真观察，他发现蜗牛是肉食者，说："蜗牛其实是永远的几何学派，它的壳上绕的是高妙的螺线。"如此等等。这些在后来他写的《昆虫记》中告诉了读者。由于他从不脱离科学实践，以致他的手指特别灵活，眼睛特别敏锐，文笔也特别流畅，趣味横生。同时，由于他专心致志地研究动植物生活，博得了许多人的称赞。当时著名的法国细菌学家巴士德（1822～1895 年）曾经向他请教了关于病蚕的问题。尽管法布尔始终以怀疑的眼光看待达尔文的进化论，但在达尔文的著作中，还是称赞法布尔是个"无与伦比的观察家"。

《法布尔传》深刻地描写了法布尔不仅对昆虫学很精通，同时对植物学、数学、物理、解剖学也很精通。书中生动地表现了法布尔怎样下定决心，把高深的科学研究化为简易的说明，来引导群众学科学、爱科学、用科学。作者写出了法布尔经常向人们特别是青少年学生作通俗的科学演讲。他善于分析事实，说话清晰有力，深入浅出，娓娓动听，富有思想和艺术的感染力。

此书生动地刻画了法布尔一生不慕荣利、专心科学研究的生活。他经常忙得连给兄弟写信的工夫都没有。他力求远避同上层社会的大人物来往，从不愿意钻营奔走，叫他进宫见国王，他觉得这会影响他的科研工作。传记极为精彩地写出了法布尔奉诏进宫这一故事细节；当他见法王时，"仍旧穿着不时适的衣冠，毫不介意，也不管别人会发生什么影响。他毫不客气地，以考察虫类的老练眼光，环视了周围的人，然后觑着那……两眼常半开半闭的脑筋简单的国王，答上三言两语，也就觉得麻烦之至。……（他看到）殿中侍卫，穿着短裤子银边鞋，在那里来来往往，好比金鱼长着咖啡牛奶色的翅膀鞘，步步不苟的，走着一般……"请看，这哪里是"朝觐皇帝"，简直是在考察昆虫呢！

传记作者介绍了法布尔在科研工作方面一些颇有教益的名言。例如，法布尔勉励一切从事科学研究工作的人："要坚韧不拔地干，才能战胜困难！"他认为从事科学研究的人，"要绝不能自暴自弃"。他说："开步走吧，只要走，自然会发生力量！"法布尔教导人们要善用时间，不可荒废，等等。这些对于从事科学研究工作的人说来，都是很重要的。

传记还以大量的篇幅，介绍了法布尔历年的研究、发明和著作，尤其详细地介绍了他的代表作《昆虫记》一书的主要内容。全书文字简洁生动，通俗易懂，具有极大的普及科学知识的作用。

大家知道，一般科学家传记，大多是在他死后由后人写成的。但勒古洛斯的《法布尔传》，却是在法布尔生前就已动笔的，并请法布尔亲自过目了的。作者同法布尔本人过从甚密，同他一起散步，一起休息，一起欢乐。作者在法布尔生前就十分注意搜集对他写传记有用的各种材料，如法布尔的日常谈话和来往书信、法布尔宅第的规模、家庭什物、实验所、膳厅、有意义的标本，等等。同时他还认真地读了法布尔的全部著作，这使他所写的《法布尔传》不但真实可靠，而且栩栩如生地刻画了法布尔的形象，以至于法布尔读后，也怀着感激的心情为之赞叹不已。法布尔在为这部书写的序文中说得好："传记必须做到把要写的人的一生叙述得有趣味才好。"在他看来，勒古洛斯的《法布尔传》，在这方面做得很出色。法布尔说："这部传记的作者，能把我历年对环境所观察的情形重现于纸上，又能把我所遵循的方法……和我的思想以及我所有的研究，所有的发明，提纲挈领，分明的加以解释，而且叙述地井井有条，令人'叹为观止'。"法布尔生前曾经把这部传记初稿看做是一部杰作。《法布尔传》不仅详尽地记录了这位科学家一生的生活风貌，同时以生动的艺术描写再现了这位富有自己个性特点的人。他把法布尔写活了，令人读后如见其人，如闻其声。就拿传记作者描绘法布尔的肖像来说吧，作者写道："……他那个时候已经戴上了广边的黑毡帽，他的头发……长垂两肩，脸上没有胡须，有一些麻斑，额隆颐峭，眼光炯炯……微笑起来，温和中带些讽刺。衣裳质朴，冬天加上斗篷以后的样子，还是大同小异。一直到晚年还是这个样子。"在看传记作者在全书结尾写法布尔葬礼的场面："……除了青草香掩蔽着的灵柩……我们还看到几个蓝翅膀的小蝴蝶立在灵柩的上面……蟋蟀听到这消息，赶忙从草中爬来；螳螂听到这一消息，也都从树木、沙地中追随到这里。法布尔，这个在科学上有功绩的伟人虽然已离开了我们，但他的不朽名著却留给了我们后人。他一生中最喜爱的是昆虫，而现在这些他所喜爱的昆虫也都留恋着他。"传记通过艺术想象的描写，烘托出了这位昆虫学家葬礼的隆重气氛。像这样的细节形象的描写在书中还很多，这里就不一一列举了。

读了《法布尔传》后使人感到，一本好的科学家传记，不仅可以使读者知道这个科学家的生平和他的成就，能引起人们研究科学的兴趣，同时还能从他那种坚韧不拔、刻苦钻研的精神中得到鼓舞和教益，从他的研究方法上得到启示。传记作者从搜集第一手材料来写，这对于研究特定科学家的生平和工作方法是很有借鉴价值的。

这部传记也有不足之处，如作者把法布尔对达尔文《进化论》的攻击，以赞同的态度加以介绍但瑕不掩瑜，我们不能求全责备，从全书看，它仍不失是一部很好的传记典范作品。

（1979 年 2 月 5 日，

原载《读书》杂志 1979 年第 4 期）

三、孩子们需要科学故事——读法布尔《科学故事》

在全党工作中心转移到社会主义现代化建设上来的新长征中，科学技术是关键。在青少年中传递现代化的科学知识，是当前的迫切任务。广大的青少年和孩子们特别爱听故事，因为故事有人物，有情节，有波澜，有高潮，说来娓娓动听。通过科学故事这个艺术手段向青少年们传授科学知识，使他们从小就爱科学、学科学、用科学，这是非常好的方法。法国享有盛名的博物学家、昆虫学家、杰出的科学文艺家法布尔留下来的科学故事，是一份极可宝贵的遗产，是科学文艺中的瑰宝，值得我们学习。

大家知道，《法布尔科学故事》是法布尔的四大名著之一，也是一部优秀的科学普及文艺作品，全书内容大致包括：动、植物学、矿物学、天文学、地理学和一些有关工业技术方面的知识。

书中的主人公保罗大叔，实际上就是"知识老人"，他身边还有几个具有强烈求知欲的孩子们，他们倾听着保罗大叔即书籍作者法布尔讲的科学故事，以代替安伯乐妈妈所讲的神话和别的方面的故事，使他们开始热爱自然科学。

作为世界上有数的昆虫学家法布尔，一开始就生动地描述了"高贵的工作者"——蚂蚁如何从蚜虫身上得到粮食，如何过着有组织的生活，合理分工，辛勤地工作；作者还对蝴蝶作了细致描写，详细地讲解了蝴蝶的四个发展阶段；他还生动地描写了蜘蛛是一种善于"狩猎"的昆虫，并详细地叙述了蜘蛛结网是一项相当勤勉的劳动，吐出的丝细得很，他说："要表明一种东西是很细很细的，没有比用蜘蛛丝来比喻更好的了！"

作者以很大的热情赞扬了勤勉的蜜蜂"社会"的严密组织，如蜂王的选定、继承都有一定规律，众多群蜂有着极其严格的分工；不同种类的蜂，各司自己的职能。法布尔从蜂房的建造，说明它们是"最精细的几何学家"，从空间、原材料及实用等方面来说都是极完美的，它们有着"计划经济"。这些见解对于现代科学领域中所提倡的仿生学，有一定的参考价值和作用。

作者在"贝壳"一章里，详细讲述了四种软体动物，他提醒说可不要轻视了它们，在它们身上也有可资学习的东西。例如，他在讲述蜗牛时，就科学地阐明了蜗牛触角的顶端起了眼、鼻等器官的功用。

书中还讲述了若干有关动植物的寿命问题。通过老梨树阐述了"年轮"以及千百年的古树，转而讲到动物的寿命；作者还阐明了树木和花儿是怎样成长、怎样开花和结果，小麦怎样授粉，以及植物中的雌雄同株、异株的现象；同时并指出帮助授粉的昆虫是"花的援军"。所有这些，都写得有声有色，使孩子们读了之后，回味无穷。

书中郑重指出有些动植物是有毒的，必须防止中毒。如果人们误食了颠茄果就会致命，因此要善于识别有毒性的植物和严防毒蛇、蝎子伤人。但是，随着科学的发展，一些有毒的动植物中的"毒"往往能转化成为有用的东西，如蛇毒、蝎毒等都已在医药上被应用了。

《法布尔科学故事》还涉及地质矿产等方面的问题。法布尔从铜锅讲到铜矿、铜匠及各种金属知识，它们的比重、熔点、锈蚀等，阐明了马口铁、金子和铁的发明和发现，并追溯到"石器时代的斧"，让读者们看到不同的社会是怎样通过各种工具的制造，从而不断地促使社会生产力发展起来的。

《法布尔科学故事》还生动描写了自然界的各种现象，令人看到大自然美丽的风光和大自然产生出来的威力。特别是关于电，他通过一系列科学实验讲明通过摩擦可以生电以及感应电等。他并从导体、绝缘体，讲到避雷针原理——尖端放电，以及触电和休克急救问题，并提到像美国著名科学家福兰克林等毕生为科学而斗争的科学家们，和他们对人类作出的伟大贡献。

作者还从蒸汽锅炉，讲到蒸汽机原理和活塞运动，讲到蒸汽机发明之后，"蒸汽机陛下"（马克思语）怎样统一了社会，并使之迅速地进步起来，由火车头取代了肩挑，由轮船代替了海上的木筏船，由机器代替了笨重的体力劳动。

作者还通过火车上的观察，讲述了伟大的科学家爱因斯坦创造的相对论运动的科学原理。

地理知识，也是本书介绍的重要组成部分。他指出地球是球体，珠穆朗玛峰的高度同地球相比，小得很。他生动地阐明了大气中的空气为什么是动植物第一需要的东西，一个人每小时需要 60 公升空气；阐明了空气的比重；太阳和地球的距离和比例，地球怎样自转、公转，为什么一年要分为四季、闰年、月、日；他从地球的内力作用，讲到地震的成因；1775 年葡萄牙首都里斯本的大地震，怎样在 6 分钟内死了 6 万人；有的村镇怎样被深渊突然吞没了，他告诫人们要严防地震。他还讲到地心、矿井、自流井、温泉、地球的半径、地壳的厚度、坎坷不平的海底，广袤的海洋平均深度以及南极的深度，海的颜色，海浪下面怎样孕育着平静，海浪为什么有着不可驯服的"天性"，海水怎样登陆为害，海水每升中含有多少盐质物，盐场的情景，以及海中的大鱼吃小鱼，小鱼吃虾米的斗争，等等。

法布尔离开世界已经 60 几年了！但是他留下的这部著名科普文艺作品——《法布尔科学故事》，现在读起来还令人感到津津有味。他的文章把自然科学融会贯通，内容新颖而深入浅出，文字洗练，犹如在蔚蓝的天空下，在清新的旷野上散步，令人心旷神怡，因而孩子们对它特别喜爱。

法布尔说过："无知是一桩可怜的事情！"我们今天要实现社会主义现代化，迫切需要消灭无知状态，普及科学知识，因为，"知识就是力量"。只是具有现代化的科学知识，才能在"四个现代化"中发挥出自己的巨大力量，为现代化的伟大事业作出贡献。正如法布尔所说："科学可以扩大我们知识的领域，减少人类的痛苦。"法布尔的著作正是这样循循善诱地引导着青少年热爱科学，学习各方面的基础科学知识。

法布尔本人是个著名的昆虫学家，他在后半生的三四十年中都从事昆虫学的研究。他再三强调研究昆虫学对于人类的重要意义和作用，这是他的科学预见。今天仿生学这门科学的出现，证明了他的远见和卓识。我们不仅要研究昆虫学，还要从昆虫身上发现有助于发展科学的东西，这就是现代科学中愈来愈受到人们重视的仿生学。鲁迅先生生前也曾十分赞扬法布尔从事科学研究的伟大精神，称颂他善于写出为青少年所喜爱阅读的科学故事。法布尔留下来的这一科学文艺遗产，是值得我们认真学习的。

（1979 年 4 月 10 日，

原载《榕树文学丛刊》1979 年第 2 期，同冯其利合写）

四、"有一分热，发一分光"——关于法拉第和他的科学名著《蜡烛的故事》

"有一分热发分光"，"蜡烛故事"永流芳。

戴维识得千里马，新晋头衔订书郎。

绛云映霞造福地，紫气留轩电磁场。

科史千古传勤奋，英名万代颂自强。

被恩格斯称为是"最大电学家"的麦克尔·法拉第（1791～1867 年），是 19 世纪英国伟大的化学家兼物理学家。他出生在一个贫穷的铁匠家庭里，少年时代生活十分艰苦，做过报童，12 岁充当图书装订工。法拉第勤奋自学的精神是很感人的。也在用手工装订书册时，对于物理、化学等自然科学方面的书籍特别喜爱，专心致志地研读。在一次装订百科全书时，他看到关于电学的篇章，就开始认真钻研，并着手从事有关的科学实验。他节衣缩食，把微薄的薪金全花在实验用品上。后来在英国著名化学家戴维（1778～1829 年）的帮助下，获得了专门学习科学的机会。他 24 岁时便担任皇家协会的助理研究员，40 岁发现电磁感应现象，接着又发现电磁感应定律和电解定律，并把这些理论应用到实际当中去，作出了杰出的贡献。

尽管法拉第后来很出名了，但他没有架子，十分关心青少年对自然科学的学习。1860 年，法拉第 69 岁了，他在英国报纸上登出广告，将在圣诞节专门为少年儿童们做一个关于化学的"学术报告"，讲题叫做《蜡烛的故事》。人们奇怪这位大名鼎鼎的科学家怎么同小朋友们讲起话来？但是法拉第是那么严肃认真地讲了，而且连续讲了 6 次。

他在第一讲中讲解了蜡烛的结构、火焰的来源、火焰的形状与构成，以及蜡烛是怎样随着周围的气流而引起各种变化和呈现不同的亮度。第二讲则讲解了蜡烛的燃烧是由于外围的空气和内部可燃性的气体彼此影响，相互反应，从而发出了光和热，同时还解释了水的生成。第三讲则讲解了蜡烛在燃烧的过程中变成了什么？一是碳，它成为轻烟飘散了，另一是可冷凝的产品——水。他通过蜡烛的实验，还透彻地解释了氢，说明氢是可以燃烧的元素，氢怎样比大气轻，可以带别的东西一起飞升，并证明氢的燃烧能产生水。第四讲解释蜡烛中的氢，氢在空气中燃烧变成水，而水的另一部分是氧，它有着强烈助燃的力量。第五讲中讲解了空气中氧的体积约占 20%，其余是氮气（法拉第时代还不知道空气中原来还含有氩、氮等其他气体），阐明了蜡烛燃烧时的其他产品，如二氧化碳和它的特性，特别阐述了在空气中占的比例要比氧大得多且不能助燃的氮气。第六讲阐明了碳的性质，蜡烛生成的碳酸气，碳和水怎样化合成为二氧化碳和这种气体的性质。他还引申到把食物比做人体内的燃料，并以糖为例，因为糖是一种碳、氢、氧的化合物，通过呼吸作用随着空气进入肺部的氧和食物里的糖化合，产生了热。从某种意义上说，这个过程同蜡烛燃烧有着共同的特点。

法拉第的六次科普讲座，事先作了认真的准备。为了引起青少年们对科学的兴趣，他用浅显而生动的艺术语言，来讲解蜡烛在燃烧过程中的化学变化。他说道："……这是别人送给我的，上面装饰着各种图案，一点起来就会使人觉得，好像头上出了个红艳艳得太阳，脚下生出了一盆香喷喷的鲜花。……"他形象地形容蜡烛的火焰燃烧起来的颜色像"黄澄澄的金子、白花花的银子"。他讲到水时说道："水，无论在哪儿，汪洋大海的也好，蜡烛燃烧生成的也好，到处都一样。"

他对各种气体也作了非常形象的描述。例如，他讲到氮气时写道："……它既不像氢那样本身可以着火，也不跟氧相同能帮助蜡烛燃烧，随你怎么去试，它老先生总是那副老样子，自己不肯着火，也不愿帮人家燃烧，而把烧着的东西弄灭了。……"他边讲解边实验，像剥笋一样，层层剥开了氢、氧、氮、水、空气、二氧化碳之间的相互关系。

法拉第的这些讲稿后来被出版成书——《蜡烛的故事》。这本青少年喜爱的读物，称得上是一部优秀的科学文艺作品。它把化学中的若干重大问题作了深入浅出的解释，生动、活泼、具体、确切，既讲科学道理又做科学实验，以层层剖析的手法，通过具体的实践加以证明。

《蜡烛的故事》从19世纪一直流传至今。它故事生动，内容新颖，既有科学道理，又有趣味性、文学艺术形象性。法拉第不遗余力地向孩子们传授科学，这种可贵的精神，是值得人们赞美的。

法拉第在《蜡烛的故事》一书中最后写道："希望你们年轻的一代，也能像蜡烛为人照明那样，有一分热，发一分光，忠诚而踏实地为人类伟大的事业贡献自己的力量。""有一分热，发一分光"，这一富有诗情哲理的话，激励着千千万万为攀登科学高峰而献身的人们！

（原载1979年5月6日上海《文汇报》）

五、伊林和他的科学文艺作品

卓越作家称伊林，
科苑文坛一雄鹰。
倾听十万为什么，
喜看妙笔善传真。
原子世界漫游旅，
人啊怎样变巨人？！

书成万国竞传颂，

科学文艺泣鬼神。

卓越的作家 M. 伊林（1895～1953 年），是列宁、斯大林时代才华出众的苏联科学文艺作家。他从小就受到家庭良好的科学和文学教育，少年时代看了不少科学和文学书籍，由于父亲在一家肥皂厂当化学工程师，他也学做起各种有趣的化学实验来。他在大学学习时期，最初学数理，后来转学化学工程系，并于毕业后当了化学工程师。早在大学期间，他就开始学习运用科学文艺这个"武器"，从事科普创作活动。

1927 年，他在一个化学工厂当工程师时，写了《桌子上的太阳》，形象地阐述烛和灯的历史；两年后，他又写了《十万个为什么》《五年计划的故事》等作品，得到了著名作家高尔基和罗曼·罗兰的热烈赞赏，并受到了广大青少年和成年读者的欢迎。此后，他又写了《人和山》《不夜天》《几点钟》《人和自然》《自动工厂》《原子世界旅行记》《人怎样变成巨人》等作品。他的每一部作品问世，都轰动一时，并先后被译成多种外国文字，很快在全球流传。他毕生致力于科学文艺的创作活动，在科学和现代化事业中作出了自己应有的贡献。

科学文艺就是用科学武装起来的文学，伊林的作品就是科学文艺的范品。这里仅就伊林的几部代表作简要介绍于下。

《十万个为什么》，是伊林的早期代表作之一。这是一本小百科全书，作者用独特的形式介绍了日常生活中的趣味化学，给读者回答了一系列平凡而又很不易答复的饶有兴趣的问题。譬如：人为什么要用水来洗澡？我们为什么要喝水？有没有不透明的水和透明的铁？人类什么时候才知道用火？人们什么时候开始用火柴？为什么啤酒会起泡沫？奶为什么会发酸？古时候的人们都吃些什么？人类什么时候开始喝茶和喝咖啡？等等。不难看出，这些问题都是青少年、儿童想要了解的。伊林通过生活上的小事情，讲出了科学的大道理，从水龙头、炉子、餐桌、炉灶、碗柜、衣橱等平凡的生活用品来讲述科学道理。他善于对这些生活细节问题作出科学的解释，使人读了以后，觉得津津有味，从而引导青少年去阅读物理、化学、生物等科学著作。

让我们再看看《自动工厂》这本书。伊林在这部作品中，细致地描写了人类怎样幻想出现自动化的砍木机、自动化锯板机、自动的斧头……历史事实说明；人类是逐渐通过工具的创造，才一步步解放自己的。当人类学会使用石块来敲碎核桃与骨头的时候，才解放了自己的牙齿；当人类会用狗嗅出野兽的气味时，就解放了自己的鼻子；当人们骑在马背上移动时，就解放了自己的双腿；当人类开始用磨坊的风车叶子时，就解放了自己的双手……人类的工具不断进步，人类的历史也不断进步。古埃及、古罗马的车床是极其简单的；中世纪的车床是用脚来踏动的。到了英国发明蒸汽机后，当时出现的外观很平常的新车床，使原来要 100 多人干的工作，只要几个人就干得了。机器使人手解放了，按照马克思的说法，当时历史已经开始了"'蒸汽陛下'的统治时代"。百年后，人类又发现了另一个有力的"忠实仆人"——电。人们用电动机驾驶着新机器，速度越来越快了，甚至能够自动点火，自动开门、关门，自动烧烘馒头，它们成为"自动的伙夫"。机器把人类的双手、两眼甚至头脑从机器所能代替的工作中解放了出来。科学就是生产力，这个被马克思所阐明的伟大原理越来越在实践中得到了证明。伊林结束这本书籍时写道：总有一天，"在那时候在地球上做奴隶的只有机器"，"让我们努力地工作使它早些变成现实吧！"

伊林生活着的时代，原子能已经开始起重要作用了。他的《原子世界旅行记》，写的就是关于原子的故事。这部书通过"到原子里面去旅行""原子世界图""征服原子核""展望未来"等科学小品，解答了人怎样着手发现原子能问题，怎样走入新时代——原子时代。伊林的这部科学文艺作品，是有关原子物理学的优秀科普读物。大家知道，由于近代物理学的发展，在人们的面前，展开了复杂的原子微观世界。许多科技工作者都在探索原子。伊林从最早臆测关于原子构造的理论和争论说起，讲到产生原子世界图，讲到门捷列夫的化学元素周期表以及电和放射性现象，并讲到人类研究和征服1‰厘米大的微粒的十分奇妙的过程。作者对轰击原子核作了有声有色的描写，对原子世界"居民"作了细致的描写，说明了原子的作用，说明和平利用原子能使人类生活得更加美满幸福，能成为人类同自然作斗争的有力武器。这种能源为征服自然、改造地球面貌，开辟了无比广阔的美好前景。作者引用列宁的话，指出"原子是无穷尽的"。伊林就是这样把很难懂的原子科学问题剖析得娓娓动听，引人入胜。

《人怎样变成巨人》是伊林为纪念俄国伟大作家高尔基而写的。这是一部长篇巨著。在写这部书的前后，伊林曾受到了高尔基的指导和鼓励。这部书共分三部。第一部科学地描述了史前的类人猿，怎样在同大自然的斗争中进化成人，逐渐学会了走路、飞跑、游泳，学会了互相交际的工具——语言，学会了说话；他们从制造石头器具到使用火，从采集植物到栽种植物，从狩猎到驯服野兽，并逐渐学会运用各种工具制造出原始的独木舟，制造出陶器，学会种庄稼，并用自己的双手编成最初的布；他们经历了原始社会，进入阶级社会的初期，开始有文字，并制造了青铜器、铁器这些新的器具……人开始有了支配大自然的能力。

第二部详尽地描述了古代社会状况。作者带领读者步入古巴比伦的图书馆里，让我们看到古代科学家、旅行家和发明家所起过的历史作用，看到古代劳动人民在人类社会发展史上的伟大作用，自由和奴役、真理和偏见，创造和破坏、往往是交织着互相矛盾着前进的。作者殷切地希望："总有一天，再没有这种混乱现象，消灭剥削和奴隶，人类可以用他的全部力量去驯服大自然！"

第三部描写了中世纪的东方，阿拉伯、印度、中国等国家科学文化和商业手工业的发展。其中谈到中国的指南针怎样通过阿拉伯人传到欧洲，并对欧洲的文明起了一定的影响；13世纪的威尼斯商人马可·波罗怎样周游世界，来到中国，回去时还写了一部轰动一时的《游记》；西班牙的哥伦布怎样发现了新大陆；中国和东方的印刷术怎样传到欧洲等。书中还介绍了以宗教神权为代表的封建势力对科学家的压迫和摧残，当时许多杰出的科学家如哥白尼、伽利略、布鲁诺等人为了坚持真理，都顽强不屈地战斗着，他们不怕杀头，不怕牺牲，把真理在人间传播，向人们揭示了宇宙的秘密。伊林以非常热情的笔触，歌颂了这些为真理而献身的科学家们。

伊林还写过《童话谜》和科学童话《两个聪明人》，歌颂人类怎样去探测天体的许多秘密，同时又发现了极其微小的粒子——原子。

伊林逝世前几年，一直从事创作一本《世界的图画》的书。作者想通过这部书描写整个宇宙的状况，并向青年读者阐明从古代到现代各种意识形态的发展。可惜，作者只留下了这部书的草稿，便与世长辞了！

伊林在科学文艺方面的成就是多方面的。他不但写了许多优秀的科普著作，还写了科学童话、科教电影剧本、特写和科学幻想作品，此外并写了许多有关科学文艺方面的论文等。所有这些作品无不蕴含着他的科学思想、艺术匠心和对人类未来生活的美好的憧憬。

（1979 年 6 月于南京）

六、向伊林科学文化遗产学习些什么？

中国青年出版社在新中国成立后，出版了苏联著名科学文艺家伊林的一系列作品，诸如《十万个为什么》《第一个五年计划的故事》等书。那么，伊林的科学文艺遗产有哪些值得我们学习和借鉴之处呢？笔者以为，至少有以下几个方面。

第一，伊林把创作任务同列宁、斯大林领导下的社会主义生产建设紧密地配合起来。他用科学文艺这个武器来描述科学技术改革中的大事，描写人民群众最迫切需要了解的科技问题，这就决定了他的作品的主题思想的重要现实意义。例如，当国际反动派妄图扼杀新兴苏维埃政权的时候，伊林的《第一个五年计划故事》的出现，向全世界宣告了苏联宏伟的第一个五年计划的成就；在列宁、斯大林领导下迫切需要发动广大劳动人民向科学进军时，伊林的《人和山》《征服大自然》《行星的改造》《人和自然》《人怎样变成巨人》等书，积极宣传了列宁、斯大林时期党和政府所领导的规模巨大的现代化建设工作，他的著作成了当代向大自然进军的号角！当科技领域出现了利用原子能和自动化的新技术时，伊林又写了《原子世界旅行记》《自动工厂》等书，阐明原子能的发现及其重要意义，并大力促进自动化的发展。这说明伊林的科学文艺创作，是紧密配合现实和生产斗争的需要而写的。

第二，伊林很重视作品中的科学性，他通过生动的艺术形式，准确地把科学知识传授给广大人民，尤其是青少年，起了传播科学技术领域中各种重要知识的作用。他的科学文艺作品，雄辩地说明知识越多越能解放思想，越给人征服大自然的勇气和力量。他不仅善于通过艺术的手法来传授某一门科技知识，同时也善于通过综合性的主题，给读者传授新的科学技术知识。在他的著作中，常把各种知识融会贯通起来，并在读者面前展现出一幅幅生动的画面。读者从他的作品里不仅寻到了知识的甘泉，也望见了知识的海洋；不仅见到了知识的树木，也见到了知识的森林。伊林这种始终面向读者并以传授科普知识为己任的优良传统，值得我们很好地学习和继承。

第三，伊林善于通过艺术形象来描述科学技术问题。在伊林的笔下，往往能把一些复杂的道理，写得通俗易懂；把一些平凡的事物，写得趣味横生；把一些难于描写的科技问题，写得有声有色，娓娓动听。伊林的科学文艺说明，科普作品的通俗化并不是简单化，趣味性也决不等于庸俗性。伊林之所以能够把科技问题写得那样有声有色，是因为他能够很好地掌握内容情节，使自己笔下所写的东西紧紧地抓住读者。他善于通过巧妙的构思，使平凡的事物显得很不平凡，并把神秘费解的东西，写得令人豁然开朗。伊林说得好："讲科学的书应该是鲜明而生动的书——应该跟他所叙述的科学一样有趣……而引起读者的兴趣！引导他到科学跟前，指给他看：'看，科学是多么有趣，值得你去学习啊。'"他并指出："一个人在从他时常看到的事物里看出新的东西来，总是觉得有趣的。要使距离远的东西和距离远的思想变近，是不会不引起读者注意，不会不感到趣味的。"伊林特别赞扬那些能够用"小事情的大道理"，把日常生活中常见的影子、烟、火花、气泡、太阳的反射光、微尘……写得有声有色的作品。伊林认为人们对于生活中的种种司空见惯的事物，未必了解其所以然，甚至知道得很少。"不识庐山真面目，只缘身在此山中"，伊林精心刻意地把这许多"庐山真面目"科学地阐明了出来，并加以诗意般的描写，从而能够在向读者传授新科学知识的同时，还能引导他们去进行思考。伊林在这方面表现的艺术匠心和高超的技巧，也是值得我们很好地学习的。

第四，要学习伊林善于表达人类改造自然和"人定胜天"的信念。伊林在《人和山》《人和自然》《征服大自然》等作品中，都贯穿着这方面的主题思想。

大家知道，文学作品必须注意人物描写，塑造出典型环境中的典型人物形象。伊林的科学文艺，不但写了电子、原子、天文、地理、火车、机器、森林、田野等，也塑造了许多生动的人物形象。他用生动的事例阐明了人是大自然的主人，人是怎样在不间断的生产斗争和科学实验中从普通的人逐渐地变为巨人。在他的一系列著作，包括最重要的著作——《人怎样变成巨人》中，歌颂的就是这样的巨人；他的《童话谜》《两个聪明人》等作品，歌颂的也是这样的巨人；他的科学文艺电影脚本《巨人的童话》《小姑娘和巨人》里，还把"巨人"引上了银幕。

"难道世界上有巨人吗？"作者通过一位小姑娘的口问道。

银幕上出现了巨人：他既是科学家，又是工人，又是农民，又是潜水手，又是海员，又是飞行员……"万众一心"，这便是巨人。这是作者给广大观众的回答。

伊林在给中国读者的信中说，他的作品中所描写的英雄们，永远是劳动的人。他通过自己的作品让劳动人民相信自己的力量，相信在人类历史发展的行程中，劳动工农大众，具有移山倒海般的力量；他们将成为社会主义建设者，将在科学这个最伟大的生产力的推动下，使自己从平凡的人物变成历史上的巨人。这种信念是不可动摇的，这也是历史的真实！

伊林这种满腔热忱地歌颂劳动工农大众的创造力的思想感情，也是值得科学文艺工作者来学习的。

第五，我们要从伊林的科学文艺作品中，学习他那生机勃勃的、富有艺术形象性的语言。伊林不仅善于通过日常生活语言，而且还善于用独特而新颖的艺术语言来表达科学技术问题。他强调："没有枯燥无味的科学，只有……枯燥无味的叙述。科学本身是引人入胜的。因此科学工作者才把自己的一生贡献给它"；"要把这种醉心科学的热情传给读者"。伊林认为一个科学家也应该学会用生动形象的语言说话，也应该同时是个作家。

伊林认真地研究了语言，并掌握高度的语言技巧。他的作品写得明白晓畅，简单朴素，不装腔作势，不故弄玄虚，更没有那种学院式的、文牍式的气味。伊林强烈讥讽那些像"标准火车挂钩"似的千篇一律的词句，晦涩难懂的句子和语汇贫乏的文字。他认为这样的"作品"是粗糙的，是同科学文艺不相干的。

第六，伊林的科学文艺创作，全无故作高深之处，他的全部作品几乎都是专门为青少年和儿童而写的。例如，他的《五年计划的故事》是为苏联共青团中央儿童书籍出版社写的；他的《人和山》《东西的故事》《原子世界旅行记》《自然工厂》《征服大自然》《人怎样变成巨人》等，是为高年级儿童写的；他的《魔眼镜》《童话谜》《你周围事物的故事》等，是为低年级儿童写的；他的《亚历山大·波尔费列维奇·波罗金》（1833～1887 年）、《小学生的书包》，是为一般中、小学生写的。他的《机器的故事》，是为学龄前儿童写的。伊林的写作对象虽然是青少年和儿童，但他的作品在受到广大青少年和儿童欢迎的同时，也无不博得了成千上百万成年人的喜爱。

曾有人把伊林的著作看做是"教科书的同盟者"，这是很恰当的，因为伊林的书确是中、小学生极其有益的课外补充读物。它们同一般学校用的教科书相得益彰，使青少年读了之后，都向往到未曾涉猎过的科学领域去"远足旅游"，对特定科学更加感兴趣。伊林的这种全心全意为青少年和儿童服务的精神，也是值得我们学习的。

第七，伊林的作品非常富有科学幻想性。他的优秀的科学文艺作品，不仅表现了现代科学技术的成就，引导人们进入科学世界的大门，同时还展现了未来科学世界的远景。在他看来，通过科学文艺作品去打开科学幻想的大门，是合情合理的，也是很有必要的；因为科学需要幻想；没有幻想就难以进步。伊林作品中的这种科学幻想精神，无疑也是值得学习的。

第八，我们要学习伊林非常专心致志地学科学、学技术的精神。大家知道，伊林不仅专攻化学，还兼通数学、物理和电学，当过工程师。他受过严格的科学训练，具有丰富的实践经验；同时又是个有一定水平的科学家，善于对问题加以概括、分析和综合；他有很强的逻辑思维能力，同时也善于形象思维。他在开始创作以前，总是对自己所要写的东西作很充分的准备。我们从他的创作实践中间可以看到，他的每一部著作所以能够写得很扎实，有一定思想内容，是同他竭尽全力去作调查研究和亲自参加科学实践等分不开的。如他为了写《桌子上的太阳》《黑白》《东西的故事》，曾翻阅了许多历史文献，并在博物馆里研究了各种实物；为了写《原子世界旅行记》，他曾对原子学说、原子结构和有关原子研究的最新科学成就，作了极其认真仔细的探索；为了写《人和自然》，他不但花费很多时间去研究气象学和水文学，同时，还亲自去天气预报研究所所进行观测研究；为了写《人怎样变成巨人》，他翻阅了国家图书馆的各种文献，甚至对我国周口店北京人的发现、人类科学发展史的各种重要问题、许多伟大科学家的生平事迹，以及科学与民主等有关问题，都作了广泛的探讨；为了写《机器的故事》《自动工厂》等，他曾经亲自到很多工厂作过现场调查，到机床制造工厂和研究所的自动机器实验室认真观察，亲自同自动机床的操作工，特别是一些老工人进行了交谈。正是由于这些原因，他的作品几乎是篇篇锦绣，受到广大读者的热烈欢迎。

第九，伊林善于吸取科学文艺遗产中的有用的东西，并向同时代科学文艺家的优秀作品学习，这种虚怀若谷的精神是难能可贵的。在伊林看来，科学文艺特别需要技巧，但技巧绝不是一朝一夕就能掌握的，它必须从别人那边承袭过来，他形象地把学习写作技巧叫做"千年学校"。

大家知道，伊林曾经从英国著名物理学家、电学家、科学文艺家法拉第的科学文艺名著《蜡烛的故事》中，吸收了可资借鉴的创作经验。他认为法拉第的这本书是通俗读物的范品。他说"该书的特点是富于感情、毫无拘束、真诚、朴素——总起来说：那就是艺术性"；他说法拉第"是个用他独特的对待东西的态度来讲故事的人，而且并不掩饰这种态度。因此，讲故事的声调是很自然的，无拘无束"。同时，他还对同时代的科学文艺家费尔斯曼给予很高的评价，说他既是科学家，又是诗人。伊林善于把遥远的东西变近，帮助读者去洞察各种现象的本质，启发读者用崭新的眼光比较明白地去看清它们。正是由于他能够批判地吸收前人遗产和同时代优秀科普作家中有用的东西，因此他的科学文艺的创作，越来越显得炉火纯青，博得广大读者的赞扬。

伊林的作品在中国曾产生了相当重大的影响。早在20世纪30年代，在鲁迅和陶行知的倡导下，董纯才等人从英译本转译了伊林的作品，先后出版了《十万个为什么》《黑白》《几点钟》《不夜天》《五年计划的故事》《人和山》等书，由开明书店出版。

我国著名科普作家高士其，在回忆他怎样走上科普创作道路时，曾这样写道："伊林的作品，很早就感动了我，远在抗战以前，当我在上海读书生活出版社的楼上，开始写科学小品的时候，我就读了伊林的《五年计划的故事》，当时我为这本书鼓舞，我要以他为榜样。"（1959年第12期《文艺报》）

新中国成立后，中国青年出版社陆续出版了伊林著作，当时伊林还活在世上，他高兴地为中国读者写了一篇《从莫斯科到中国》的"代序"。他说到自己虽然不认识这些象形字，也不懂这些译文的语文，却爱翻阅这些书。他高兴地看到，在中国，在"我的所有同胞都极敬爱的那个伟大的国家里，人们阅读着我为苏联儿童们所写的书"。他再一次阐明了"无论些什么东西，所描写的英雄们，永远是劳动的人"。他坚信着劳动人民是大自然的主人。

伊林于1953年11月逝世，终年58岁。他的一生担负着科学文艺创作的重担，为科学文艺开辟出了一条宽广的创作道路。

为了纪念伊林、系统地向中国青少年介绍伊林的作品，中国青年出版社曾经组织董纯才、祝贺、符其珣、王汶等同志，从俄文原版中重译、出版了《伊林选集》，这部选集共分八册，包括《十万个为什么》《不夜天》《黑白》《几点钟》《你周围的事物》《五年计划的故事》《人和山》《征服大自然》《行星的改造》《人和自然》《自动工厂》《原子世界旅行记》《人怎样变成巨人》《建设共产主义的人民》等书。但在十年动乱时期，林彪、"四人帮"却疯狂地把它们砍杀掉了！今天我国在把工作重点转移到为实现"四个现代化"的伟大斗争中，十分需要像伊林那样的科学文艺作品。我们要向伊林的科学文艺遗产学习，要像他那样写出为人民、为"四个现代化"所迫切需要的科学文艺作品来，使广大青少年和工农兵读者们能够从中学到各种科学技术知识。科学文艺，是传播新科学技术的不可缺少的重要工具，是整个文学艺术领域中不可缺少的重要组成部分。伊林生前坚信着科学文艺有着不可估量的远大前程。他说："现在就已经很显然……科学文艺作品的任务多么重，它的前途有多么远大"，"它会把最有趣的科学材料越来越多地引到文学里，使科学越来越多地引到文学里，使科学越来越变成人民所容易接受的……它会充实作家的知识，也帮助科学工作者学会把复杂的事情讲得连儿童都能明白。"伊林对科学文艺的这些科学预见，今天已为更多的科学工作者和科普工作者所证实。高尔基生前对伊林作了崇高的评价，认为他有着非凡的智慧、想象力和不屈不挠的精神，是值得人们惊叹的作家。伊林确是一位令人惊叹和永远值得学习的作家！我们一定要很好的学习和继承伊林优秀的科学文艺遗产，这对于发展我国科学文艺事业是大有教益的。

（1979 年 1 月 22 日夜于友谊宾馆）

七、高尔基和伊林

苏联伟大作家高尔基（1868～1936 年）十分关心科学和文学艺术领域中关系极为密切的科学文艺的成长。他对杰出的苏联科学文艺作家 M. 伊林（1895～1953 年）及其作品的亲切关怀和重视，就是一个很好的例子。大家知道，伊林对自然科学，尤其是数、理、化、天文和化学工程等方面曾作过深刻的研究，对文学艺术和历史也有着很高的素养。他在大学读书时期便写过一些科学文艺小品，大家毕业后又写了《桌上的太阳》《十万个为什么》等科学文艺读物。但引起高尔基密切注意的，是他的名著《五年计划的故事》。高尔基读到这本书以后，倍加赞扬。1931 年，当高尔基同伊林见面时，他亲切地称赞这是一部很好的书，高尔基说："《五年计划的故事》的成就，使我非常高兴——这个成就有很大的意义！"

伊林名作《人和山》的英译本在美国出版时，高尔基特地为它写了序。在序文中高尔基讲到，《五年计划的故事》一书"在欧洲风行，并且已经译出了日文和中文，如果我没有弄错，在纽约也不只印了一版，而是大量印行了好几版了。这个故事得到这样杰出的成就，是由于伊林的简单明白地讲述复杂现象和奥妙事物的罕有才能"。可见高尔基对伊林的科学文艺创作，曾给予多么崇高的评价！

后来，伊林又一次见到了高尔基。高尔基问他："你现在还准备写什么呢？"

"我想写一部反映人怎样改造自然和改造自己的书。"伊林恳切地回答道。他向高

591

尔基提出："你看值得写吗？"

"你的想法是对的，我很赞同。"高尔基回答道，"这样的书读者很需要，应当帮助青少年读者建立起正确的世界观，向他们说明我们所进行的工作意义和性质。"

高尔基对伊林的创作计划表示赞许，这给伊林极大的鼓舞。从这以后，伊林就专心致志地去搜集资料，努力从事这部书的写作。他在写这部书时，又曾多次同高尔基通信，向他请教。在高尔基的指点下，伊林终于精心创作了《人类怎样征服自然》这部不朽的科学文艺名著。

高尔基十分赞赏伊林的这些作品。他认为作家、科学家描写科学的胜利，将鼓舞人们对自己、对自己的全部创造力，而伊林的作品就是能够使广大读者对世界的创造者和改造者——劳动人民的力量感到惊异的。

高尔基说得好："介绍科学和技术的新成就的书籍，应该不仅是指出人类思想和经验的最后的结果，而且还需要把读者引入研究工作的过程，说明在工作中逐步克服困难和探索正确方法的过程。"伊林完全同意高尔基的这个看法。他认为这正是一般科学文艺需要做到的。他把高尔基的这一教导，当做自己从事科学文艺创作实践的指南。他就是这样孜孜不倦地在自己的作品中引导读者克服各种困难，并进一步引导他们去探索科学的宝库。

高尔基教导从事科学文艺的工作者，要在自己的作品里让人们看到"科学的气氛"，就是说，科学文艺要做到能够创造出各色各样有关科学题材的东西。伊林也正是遵循着高尔基的教导，终其毕生的力量来宣传科学所具有的巨大威力，并在自己的作品中焕发出"科学的气氛"的。用伊林的话来说，就是宣传了能改造世界、征服宇宙的"魔术般的科学"。

高尔基说："在我们的文学里，在文艺作品和通俗科学作品之间，不应该有显著的差异"，他特别强调要有"形象化的科学文艺思维"。伊林正是这样遵循高尔基的教导，在他的作品中不遗余力地通过"形象化的科学文艺思维"来创作，极力给人以形象感、艺术性和趣味性，从而在广大劳动人民，特别是青少年中间产生了极其广泛的影响和作用。

高尔基去世前两年，伊林再次同他晤面时，他告诉高尔基，说自己想创作《人怎样变成巨人》这部科学文艺长篇巨作。伊林又一次请教高尔基到底应当怎样写这部作品，他恳切地对高尔基说："要是你来写的话，亲爱的高尔基，你要怎么写才好呀？请告诉我吧！"

"你知道，要是我来写的话，我将怎样开始写这本书吗？"高尔基和蔼地回答，"请想象一下那无边无涯的空间。星星、雾气……在那弥漫的雾气里的某处，太阳燃烧了起来。从太阳分离出许多行星。在一颗小小的行星上面，物质苏醒了，开始创造自己。出现了人……"高尔基热烈鼓舞伊林集中精力去完成这部计划中要写的科学文艺长篇巨著，他肯定这样的作品具有非常重要的教育意义。

为了不辜负高尔基对他的殷切而深厚的希望，伊林夜以继日勤勉地在生活实践中、在各种图书资料的阅读中，极力搜集各方面有关人类如何征服大自然的材料。他终于把这部长篇巨著——《人怎样变成巨人》写成了！在这部作品中，作者详尽地叙述了人类是怎样在历史上出现，怎样发现了火，学会用旧石器、新石器、铁器和近代机器，怎样创造出古代、近代和现代的物质和精神上的文明财富，他详尽地描写了中世纪以来的科学家们怎样以大无畏的精神同反动统治阶级进行殊死的斗争，而结果科学总是战胜了愚盲。但是，很可惜，在他这部长篇巨著写成和问世的时候，伟大作家高尔基已经与世长辞，不能亲眼看到伊林写的这部杰作了！为了悼念伟大作家高尔基对他的关怀和帮助，伊林用这部极富有价值的书来纪念伟大的高尔基。

高尔基生前曾经鼓励伊林等人来写十月革命后苏联最困难时期，科学家、科技工作者们怎样在极其艰苦的条件下，为苏维埃政权和劳动人民群众所做了一系列有益的工作。高尔基认为这样的主题，可以写成"惊人的作品"。伊林在逝世以前努力搜集这方面的材料，想遵照高尔基的教导把它写成一本科学文艺作品，特别是写在列宁领导下苏联科学家们怎样为电气化而斗争的科学文艺作品。可惜伊林没有完成这个创作计划，就与世长辞了！

我国老一辈的文学艺术作家、评论家，应当时刻关怀、引导并鼓舞年轻一代作家去从事科学文艺创作。这是新的历史时期，特别是在党和政府把全国工作中心转移到为实现"四个现代化"而斗争的时刻，赋予我们的光荣任务。高尔基同伊林的关系给我们做出了光辉的典范！

（1979 年 1 月 10 日，
原载《外国文学研究》1979 年第 2 期）

八、罗曼·罗兰和伊林

20 世纪初，陆续发表《米开朗琪罗传》《贝多芬传》《托尔斯泰传》及长篇小说《约翰·克利斯朵夫》的法国近代最著名的作家之一罗曼·罗兰（1866～1944 年），在十月革命后，思想上受到极大的鼓舞，他同高尔基建立了深厚的友谊。他在热情宣传高尔基创作活动的同时，也十分关心苏联科学文艺的发展和成长。当著名科学文艺作家 M. 伊林的名著《五年计划的故事》问世时，罗曼·罗兰给伊林的信中写道：

> 我非常满意地通过别人转达给您，说我看了你的作品时候的喜悦心情。你的作品对儿童（年长的和年幼的儿童）说来，没有比这更诱人的故事了。假使我在作小孩子的时候看了这本书，它将代替我看儒勒·凡尔纳的作品。

罗曼·罗兰在这里把伊林的创作比做法国著名科学小说家凡尔纳的作品，寥寥数语可以看出罗曼·罗兰对伊林的作品是多么重视，并给以多么崇高的评价了。这对当时还是个初出茅庐的青年作家伊林是极大的鼓励。

当伊林的《人和山》这部科学文艺新作品问世时，罗曼·罗兰给伊林的信中又写道：

> 你的新作品《人和山》——比以前的作品更使我喜欢。

伊林曾经把科学文艺比做米丘林精心培育出来的果树，因为它们结出的果实会使广大读者无论在文艺和科学方面都吸取到丰富的营养。这也是罗曼·罗兰喜爱伊林作品的原因。在罗曼·罗兰看来，伊林的作品也像高尔基一样，其可贵之处在于他们都是"从俄罗斯的黑土中生长出来的，是从崭新的人生生活中吸取了自己的丰富的创作的生命力"。

正如罗曼·罗兰所说："一个伟大的生涯发端于伟大的梦想。"作为科学文艺家的伊林之所以从事科学文艺创作活动，正是由于他有着伟大的梦想，他时刻梦想着自己的祖国能茁壮成长，他兢兢业业地为科学文艺贡献自己的一生，目的也正在这里。

伊林说得好，科学文艺作者不仅要有感情，还要有幻想，他说："没有它们，而光是顾到读者的理性，能创作出有趣的科学读物吗？"伊林作品中如《原子旅行记》《自动工厂》《人和自然》《行星的改造》等，都是充满着幻想的作品。在这里作者幻想着有朝一日人类能充分地利用原子能，使机器全部自动化，人类能够控制天气，能够充分改造自然……对所有这些科学的幻想，罗曼·罗兰也是非常支持的。他认为这种幻想的可贵，在于他们"成为斗争的力量的支援，并且这种梦想时时刻刻都参加到行动里面。"罗曼·罗兰在游历苏联之后在《给苏联人民的信》中写道："人间的生活永不停止，谁停止谁就落后。我们必须前进，必须一直前进！"著名科学文艺家伊林正是遵循罗曼·罗兰的嘱咐，在他的短促的一生中挥动自己的锐笔，不断地创造科学文艺作品，才攀上科学文艺高峰的。

九、向科学文艺巨匠伊林及其作品学习——纪念伊林逝世三十周年

> 科学文艺立殊功，万千群众博览中。
> 盖世伊林怀大智，科普书籍出新风。
> 妙笔生花建殊功，大千世界一览中。
> 益思启智开眼界，于今学子沐春风。

伟大的苏联科学文艺巨匠伊林，与世长辞到如今不觉已经三十周年了！伊林是苏联20世纪二三十年代列宁、斯大林时代成长起来的科学文艺家。20世纪30年代初期以来，伊林的代表作就有如《伟大计划的故事》（或译为《五年计划的故事》）、《山和人》《东西的故事》❶《十万个为什么》《桌子上的太阳》《黑白》《几点钟》《汽车怎样

---

❶ 《东西的故事》，是伊林写的各种东西的故事的总名，其中包括《十万个为什么》《桌子上的太阳》《黑白》《几点钟》《汽车怎样学会跑路》《人造眼睛》等书。

学会跑路》《人造眼睛》《原子世界旅行记》《自动工厂》《行星的改造》❶《人和自然》《征服大自然（沙漠的改造）》❷《行星的改造、地球和人、理性的时代》❸、《人民建设者》（或译为《第五个五年计划故事》）、《人怎样变成巨人》（第一、二、三部）、《机器的故事》《你周围事物的故事》等。它们首先由新中国成立前的开明书店，后由中国青年出版社陆续译成中文出版，成为全国科普译作中最风行的读物之一。据不完全统计，全世界用 40 余种语言翻译伊林的各种著作达 200 余种，印数达五六亿册以上。正如伟大苏联作家高尔基所说，在伊林的作品里，表现了"亿万人民的意志、智慧、才能和本领如何形成为统一的意志，统一的力量，并以这种力量进行有计划的工作"，❹ 说他"有着简明扼要地描述复杂现象和奥妙事物的罕见才能"。法国著名作家罗曼·罗兰认为伊林的作品"对儿童说来，没有比这更诱人的故事了"，说"假使他在做小孩的时候看了伊林的书，将代替他看儒勒·凡尔纳的作品"。

伊林对如何成功地写好科学文艺曾作有一些总结，在《科学与文学》中作了扼要的阐述，很值得我们注意。例如，在伊林看来，"科学和文艺是同时起跑的"❺，即使是在希腊史前时代盲诗人荷马（约公元前 9 ~ 前 8 世纪）的史诗《伊利亚特》和《奥德赛》中，不仅可以看到史前希腊的历史风貌，同时还可以绘出气象图，测出能驱散罗马船只的大风暴；在罗马诗人卢克莱茨（公元前约 99 ~ 前 55）的作品中间，还可以看到他用诗颂赞原子学说。在伊林看来，科学文艺不是简单地把科学加上文艺，而是结合成为浑然一体的独特品种。对世界充满诗意的描写，是科学文艺的一个特点。这些作品，不仅可以使读者发现在科学文艺作品之中对"科学知识的一般叙述"，而且还可以看到"真正诗意地描写科学的整个转化"。❻ 科学是内容，艺术是表现内容的形式，既然叫做科学文艺，则二者即不可以偏废。没有科学内容，怎么能称作科学文艺呢？既然是以文学艺术的形式出现，就必须像文艺作品。伊林在自己的论著中再三列举自己同时代科学文艺作品中一系列事例来证明"科学文艺"这个概念是不容割裂的，否则就要犯片面性的错误。伊林鼓励人们去读一读聂木卓夫的《看不见道路》这部优秀的科学文艺作品（按：该书中国青年出版社 1954 年有中译本），看该书描写苏联的新的人民英雄人物如何驾驭越过云端和森林的无线电波的道路；设计师怎样建造了新的无线电台，并把我们带到他的国家、他的时代去。伊林认为该书通篇都是生动的谈话，语言是纯朴的、合

❶ "行星的改造"，原书分为《人和自然》《征服大自然》《行星的改造》等书。
❷ 《征服大自然》一书于 1951 年增订时作者加了《沙漠的改造》一文。
❸ 原著包括《行星的改造》和《结语》，最早用《地球和人》及《理性的时代》为题分别发表在莫斯科的英文版《新时代》周刊第 22 ~ 23 期上。
❹ 高尔基："《山和人》美国版序言"，见伊林著：《科学与文艺》，余士雄、余俊雄译本，科普出版社 1983 年版，第 247 页。
❺ 伊林著：《科学与文学》，余士雄、余俊雄译，第 1 页。下文中夹注引文页码，均见该书。
❻ 同上书，第 7 页。

乎人物性格的，而且富于情感，情节写得真实纯朴。❶

伊林呼吁：要为千百万儿童写作科学文艺读物。（第16页）因为这样的读物毕竟太少了。"科学家有科学，作家有技巧，必须把科学和技巧结合起来，这样才能做到合乎要求"（第16页）。他认为要繁荣科学文艺有三条路可走：第一条，科学家和作家合作；第二条，科学家自己成为作家；第三条，作家成为科学家（第16页）。而这三条道路都是合理的、可能的，这对于当前我国的情况也是有借鉴意义的。

伊林认为要写好科学文艺作品，必须克服公式化、概念化，不要板着面孔说教。这样就必须透彻了解特定的要写的事物，要对它的细微末节都了解得一清二楚，要配合生动的语言来描述，反对枯燥无味。伊林告诫科学文艺作者避免千篇一律，遣词用字力求避免艰涩、干瘪，他要我们看饶有兴趣的成功的作品，如奥霍特尼可夫的《凝结了的声音》（按：商务印书馆1953年有中译本）、克利敏契耶夫《光电自动器及其应用》（按：中国青年出版社1954年有中译本），它们别出心裁、富有创造性，值得人们去学习；否则，语言无味的说教，终归是要把读者吓跑的！

在伊林看来，优秀的科学文艺作品，能激发读者想象力，启迪人们去思考问题，促使人们形成唯物主义的宇宙观。每一部成功的科学读物，不是重复过去的东西，而要对认识世界作出新的贡献（第24页）。为此，"艺术地宣传科学，是一项巨大而重要的任务。无论是作家和科学家都值得为此而工作"（第25页）。伊林认为正如列宁所说"……没有人的感情，就从来没有，也不能有人对于真理的追求"。❷ 科学不只是靠逻辑来创造的，也需要人的感情，甚至需要幻想。没有科学幻想，就很难促进科学的发展。伊林强调科学文艺家为了在自己所写的作品之中不致出错误，必须深刻了解科学道理，同时还要有文艺家深刻的眼光，要善于把人和自然统一起来看，要认识到科学从来也没有像现在这样成为全体人民的财富，所以科学文艺家必须竭尽一切力量去学习科学，把它读好、读懂、读通，使科学成为自己生活中不可分割和必不可少的一部分，"要是说艺术是为生活服务的，那么它也不能与科学绝缘"（第30页）。

伊林预言："未来的文学是用科学全副武装起来的文学。"（第30页）伊林说："没有科学，自然界是无法改造的，共产主义是建不成的。"（第30页）由此可见，科学文艺作品必须十分重视科学思想内容。没有科学，就将丧失作品的思想性，也就谈不上是科学文艺了。

伊林认为，为了促使科学文艺迅速成长，它还需要舆论界、需要批评家和教育家，需要它们以爱护的精神来促进科学文艺的成长。因为正确的批评绝不是像野马乱踏嫩苗，也决不会像旧式衙门老爷们对老百姓打几十大板，正确批评的目的总是在于帮助科学文艺能够循着正确的方向健康地成长，栽之培之，使其在文苑里被培育成日益芬芳鲜艳的花朵，使其在传播科学中成为不可缺少的文艺品种之一。

---

❶ 伊林著：《科学与文学》，余士雄、余俊雄译，第15页。下文中夹注引文页码，均见该书。
❷ 见《列宁全集》中文版，人民出版社1958年版，第255页。

　　伊林认为科学文艺历史上有它的先驱和导师们，那就是达·芬奇（1452～1519 年）和罗蒙诺索夫（1711～1765 年）等人。他们既是自然科学的奠基者，又是诗人。在达·芬奇那里可以看到艺术和技术的和谐统一，知识和创造性劳动的巧妙结合，达·芬奇的解剖图中就连骨骼也是活的，对达·芬奇来说，"艺术也象科学一样，是研究世界的手段"（第 35 页），至于研究科学，那是更加重要的事情，因为"深入地研究科学问题，并对它感到兴趣的人，才不会是别人著作的复述者，而是真正的创作者"（第 30 页）。因此，优秀的科学文艺作品，应该是有着新的观点、新的题材，加上新的资料和新的立论的科学文艺作品，这样的作品就连专家也会感兴趣。伊林热烈赞扬了波尔霍维金诺夫的科学文艺创作《斯托列托夫》，因为这部作品就是这样的科学文艺创作。伊林认为"科学文艺给科学家开辟了新的研究途径"（第 39 页），"科学家解剖世界，研究他所从事工作的部门，而艺术家则往往把世界看作一个整体。当艺术家观察大自然的时候，他立即成为植物学家，又成为动物学家和气象学家。科学文艺也跟其他一切文学体裁一样，把人和自然统一起来看，这样就有可能进行更好的概括和比较，而这一点往往是仅注意到自己那一知识领域的科学专门家所无能为力的"（第 39 页）。

　　正是在伊林的影响之下，在苏联，特别是列宁、斯大林时代，就产生了若干杰出的科学文艺家，他们写出了相当有分量的、受到广大人民群众，尤其是青少年读者所喜爱的科学文艺作品。伊林生前曾以深刻的艺术笔触，热烈赞扬了当时苏联政府把斯大林文学奖金颁发给尼米哈伊洛夫、奥·皮萨热夫斯基等科学文艺作家，而不是发给写长篇小说、诗歌、戏剧之类的作家和作品，说明了当时苏联领导人对科学文艺十分重视。

　　伊林恰如其分地批评了当时在苏联科学文艺作品中所出现的这样或那样的缺点。如有些作品华而不实，有的在文艺上过于花哨，有的在科学家传记中写爱国科学家的形象很丰富，而有关其专门科学业务方面则写得比较粗糙、单调和乏味，有的在遣词用字方面流于刻板，在比喻上流于一般化、公式化等。批评是创作的净友，这也是科学文艺所十分需要的。科学文艺家决不应该盲目自大、自以为是、拒绝别人的评论，甚至视批评如敌寇，偶听一点非议，便勃然恼怒、怀恨在心，这样，只能阻挡科学文艺向前迈进。科学文艺不论在科学或文学艺术中都是个新开垦的处女地，科学文艺家就必须具有宽阔的胸怀，虚心听取来自科学家、文学家、工人、农民、学生等各方面的意见。读者的声音是很可贵的，必须洗耳恭听。

　　伊林提出一系列俄国古典优秀知名作家及作品，诸如赫尔岑、列夫·托尔斯泰、车尔尼雪夫斯基、杜勃罗留波夫、皮萨列夫等人，以及谢琴诺夫的《生理学概要》、季米里亚捷夫的《植物的生活》、多库恰耶夫的《我们草原的过去和现在》等作品。因为这些作家们都曾在科学文艺的领域中作过深入的探索，并取得了一定的成绩，他们是俄国和苏联科学文艺的先驱者，也是启蒙运动的先驱者，必须批判地继承他们的文学艺术传统，来丰富当前的科学文艺的写作艺术技巧。这一点是完全值得我国科学文艺工作者加以借鉴的，我国古典文学《诗经》和屈原的《天问》《橘颂》等作品中，就有科学文艺的东西。400 年前我国文坛出现的徐霞客的《徐霞客游记》、宋应星的《天工开物》、徐光启的《农政全书》，可以说都是很地道的科学文艺，这些传统我们都是要批判地继承的。

伊林对如何写好科学文艺还提出了一系列难能可贵的创作经验谈和创见。如他认为科学文艺中的科学性要求简朴，但切不可掉以轻心加以简单化、庸俗化；不能把科学的语言都写成一般化的平板的语言，而应该是从题材和内容上来说都是很清新的独创的，读者在读完作品之后，所得到不应该是平平淡淡的故事。这样，科学文艺作家就必须认真学习自然科学。"没有科学，要完成这样的任务，简直是不可思议的"（第59页），但这也绝不是说"把科学缝补到艺术上去的作法"就行了，那样是不可能创作出优秀的科学文艺作品来的，充其量也只能是不伦不类的东西。伊林再三强调科学本身是生动有趣的，枯燥的叙述会把科学写成枯燥乏味，使人望而生畏，得不到半点好处。

文艺作品的主要任务之一是塑造先进的英雄的人物，在伊林看来，这对于科学文艺作品说来也不例外。伊林鼓励科学文艺工作者，应当善于运用自己的艺术彩笔，去描写符合社会主义建设时代所需要的科学家、发明家，用崭新的科学文艺的新文学品种，去鸟瞰全世界，看到和听到地下、海底和云外的东西。科学开辟的世界越来越宽，越来越奇妙的新世界——社会主义的新世界，就在你的身边，就在你的周遭开始诞生了。

"科学家的试验和作家的技巧"，这是伊林对19世纪英国著名化学家和电学家迈克尔·法拉第为青少年所作的《蜡烛的故事》学术报告的赞颂，也是科学家应当为青少年和广大工人农民作科普工作或深入浅出的学术报告的一种勉励。伊林认为要为广大文化水平低的农民、工人和孩子们写出优秀的科学文艺作品来，这是一切科学家、文学艺术家不可推诿的职责。

应当看到培养科学家是从儿童的时代开始的，因为"对科学的爱好不是天生的，而是多年来逐渐养成的。儿童时代读了一本有趣味的书往往决定一个人未来的整个一生"，"每一个科学家都应该懂得，为儿童写一部好书，这就等于为科学队伍征集了新兵"（第13页）。而这样做，则需用科学文艺的艺术形式来从事创作。法拉第其所以能够成功地掌握艺术技巧，同自己的小读者"一起惊异、欢笑、讨论、提问题和共同做出结论"，是因为他能够"大胆使用抒情的笔调，大胆回忆所见所闻"，在他的《蜡烛的故事》里，常常可以找到一些足以把科学趣味传达给孩子们的东西。

能紧紧地抓住、吸引读者，伊林认为这是科学文艺作品创作必须达到的任务。科学文艺日积月累地把科学上最有趣的材料引入文学，使其普及到人民中间去；科学文艺可以丰富作家的知识，帮助科学工作者学会将复杂的事物，讲得连孩子也能听得懂；科学文艺可以使读者深刻了解自然界各种现象的密切联系，在读者面前展现这个发展着的、不断变化的世界的宏伟图景；科学文艺将培养出共产主义的建设者，说明劳动人民如何改造世界（第74页）。科学文艺的任务，就是要赋予科学技术以诗意，使科学变成有生命的、引人入胜的东西（第89页）。

科学文艺到底有什么典范的作品？无疑的，伊林的作品，就是科学文艺的典范。他在短暂的一生中留下了那么多的科学文艺佳作。他写得十分简朴、鲜明、形象、生动而且有趣，他的书可以说是知识丰富的百科全书的总汇。从伊林的作品可以看出科学文艺作品题材是异常繁多的；从文学艺术的角度看，伊林的科学文艺使我们鸟瞰世界，给我们打开通往这个世界的门户，也让全世界的人们看到科学文艺具有无比雄伟的艺术力量。

伊林的作品都是用科学武装起来的文学，因而具有普及性的伟大力量。他早期作品《十万个为什么》，用通俗易懂、生动形象的语言回答了人为什么要用水洗澡、我们为什么要喝水、人类什么时候才知道用火等十万个与生活密切相关，而又能引导青少年去阅读物理、化学、生物等科学著作的科学文艺珍品。伊林的每一部作品的出世，都使文坛为之轰动。他充满科学精神和文学魅力的佳作，不胫而走，传播到全世界各个角落。

伊林于1953年因积劳成疾而离开了人世。他的去世，不仅是苏联科学文化界的丧失，也是全世界科坛文坛的巨大损失。

我们今天纪念伊林同志逝世三十周年，一定要学习伊林一生为科学文艺写作的崇高精神。"文革"期间，伊林的书籍也遭到禁锢，在打倒"四人帮"后，我国科学文艺事业欣欣向荣，在科学文艺战线上已形成一支创作队伍，同时也出现了大量科学小品文、科学散文、科学诗以及十分繁荣的科幻小说等作品，它们都如雨后春笋般地茁壮成长起来。当然，我们并不讳言，在我国科学文艺大军在向"四化"迈进中，不是没有这样那样的问题，但是这些小问题，小争议会促使我们更好地掌握和做好科学文艺工作。伊林同志是社会主义科学文艺的先驱者、开拓者，伊林及其代表作品就是我们的榜样！

十、科学的艺术家

（一）爱因斯坦的科普工作

> 独立思考慎判断，莫因专业妄自安。
> 贵在科学想象力，壮志不畏高峰攀。
> ——爱因斯坦

爱因斯坦不但在相对论、宇宙论、分子运动论、光量子论、固体比热论等很高深的理论问题上，攀登了科学的峻岭和高峰，写出了极其重要的能够提高科学水平的著作，同时他在科普读物的创作中，也作了出色的贡献。比如，他所写的《物理学的基本概念及其最近变化》《狭义和广义相对论浅说》以及他为该书英译本第十五版所写的浅显说明文字，另有《相对论发展简述》等著作，从某种意义上看来，可以说，它们都是伟大科学家从事科普著作的典范作品。

科学家 B. 霍夫曼说得好："爱因斯坦既是科学家，更是科学的艺术家。"爱因斯坦之所以被誉为"科学的艺术家"，其原因之一就是指爱因斯坦的科普讲话中，善于把高深的科学问题，说得非常动听，深入浅出，而不是板起面孔说教，更没有用科学来吓唬人。如有人问爱因斯坦："什么叫相对论呀，你能三言两语同我说一说吗？"他立刻回答道:"如果你在一个漂亮姑娘身旁坐一个小时,你只觉得坐了片刻,反之,你如果坐在热火炉上,片刻就像一个小时。这就是相对论的意义。"

爱因斯坦不但自己做了许多科普工作,同时,他也极力鼓励其他科学工作者去从事这方面工作。他强烈反对在科普幌子下进行的伪科学的"科普"。法国共产党人、著名物理学家郎之万(1872~1946年)曾经热烈赞扬爱因斯坦在数学上的才能,说他"勇敢地深入数学符号的密林,但同时,始终不脱离坚实的物理学见地!"郎之万曾经讲到法国天文学家、科普作家佛郎马里翁所写的一本小有名气的伪科学"幻想作品"。这本"科学幻想小说"中,以大于光速的速度在空间旅行的想象实验,其中主人公在旅行中遭到了一系列不寻常的奇遇,看到时间开始"逆转流动",看到滑铁卢战场上发出的光线,竟如倒卷的影片:炮弹飞入了炮口,死人复活了起来,等等。爱因斯坦对于这样的"科学幻想"极其恼火,认为这决不是什么科学实验,而是滑稽剧,是无稽之谈,是最地道的江湖把戏,是完全"抛弃了现实土地的而进入概念游戏的世界",是"把只在运算方法中(按:重点号是原来有的)的东西与现实中可能的东西混淆起来了"。

科学家是人类中出现的花朵。当然,比喻总是蹩脚的,但科学家绝不能成为遗世而孤立或傲居于人民头上的人。他们开出的芬芳的科学之花,就必须能够受到广大知识界,如青少年读者的欣赏。因此,科学家、科技工作者在从事科学工作的同时,应当在力所能及的范围内热情地来做科普工作。通过科普著作,把科学交给人民,传授给人民,特别是教导广大青少年学科学、用科学,为他们写出优秀的科普读物。伟大的科学家爱因斯坦在其致力于科学事业的光辉一生中,在这方面,是可以成为一切科学和科技工作者的表率和榜样的。

(原刊 1979 年 3 月 30 日《福建科技报》)

(二)爱因斯坦与科学普及

爱因斯坦一生中做了许多科学普及工作,留下不少科普作品。

爱因斯坦从童年时代起,就非常喜爱科技型的玩具。四五岁时,他父亲给他一个袖珍指南针,他就想:"为什么指南针总是指向南方呢?""这大概是空间一种什么力量在起作用吧!"后来,他舅舅送给他一架好玩的蒸汽机模型,他爱不释手:"瞧!蒸汽机发出多么大的力量来代替人手工作呀!"他下决心要做个科学家,去探索物理学的秘密。他在少年时代玩的蒸汽机,促使他后来专心钻研热学和热能与机械能互相转化问题。

爱因斯坦 12 岁进慕尼黑中学,一个名叫麦克斯·塔耳玫的慕尼黑医科大学生同他很要好,经常把当时流行的科普读物,诸如《自然科学通俗读本》《几何学小书》等送给他。爱因斯坦孜孜不倦、废寝忘餐地读了这些书籍。从那时起,他便成为科普书籍的爱好者。

爱因斯坦在慕尼黑读书时,专心研究当时科普作家阿隆·伯恩斯坦所写的多卷本的自然科学故事。书中讲的太阳、月亮、星星、陨星、地球、地震和风暴,引起了他对大自然和科学的无比兴趣。

爱因斯坦很早就掌握了数学、物理学这些学科的基础理论,又善于独立思考问题,所以在 16 岁的时候，就逐渐形成了狭义相对论的思想。

爱因斯坦成为世界知名大科学家之后，也像过去一样，始终关怀科学普及工作和科普读物写作。他满腔热情地帮助来自四面八方的青年科学爱好者，向他们通俗地解释相对论原理和其他科学问题。他一生中做过许多科学专题报告，其中有不少是通俗化的科普专题报告。如他在瑞士达夫斯高山疗养所休养期间，就自动报名给因病离开高等学校的青年们义务讲课。他用通俗浅显的语言，讲解什么是狭义相对论，什么是广义相对论。1922 年，他途经上海前往日本，行色匆匆，在百忙中还挤出时间，应上海青年和我国科学界的邀请，到上海青年会作了一次通俗性的讲话。一直到晚年，像这类通俗性的科普讲演，他一直没有停止过。

伟大的科学家爱因斯坦是科技工作者的表率和榜样。为了加快实现"四个现代化"，为了极大地提高整个中华民族的科学文化水平，我们不仅十分需要爱因斯坦这样的科学家，也十分需要爱因斯坦这样的科学普及工作者。

（1979 年 4 月 28 日）

十一、爱因斯坦与音乐

最近以来，全世界劳动人民和文化科学界都在纪念伟大的科学家、物理学家、相对论的缔造者阿尔贝特·爱因斯坦，但是很少人知道这位伟大的科学家不仅在物理学和相对论学说方面享有崇高的世界声望，他还是个具有一定的音乐造诣、拉得一手好小提琴的音乐家呢。

爱因斯坦的母亲保莉妮·科赫是个酷爱音乐的妇女。爱因斯坦 6 岁时，就在他母亲指导下开始学拉小提琴，起初他拉的是一个玩具般的小提琴，在他 7 岁生日的时候，他母亲送给他一个真正的小提琴。由于小爱因斯坦十分勤奋地学习，所以他越拉越有进步。他经常向来到他家的友人表演，到十三四岁时，还曾登台进行小提琴的伴奏。他对音乐有特殊的嗜好，在某一时期里，他简直很难说清楚，到底他是酷爱自然科学，还是更加酷爱音乐。

爱因斯坦上小学时，在学校用功读书，放学后除勤奋地温习功课外，也很用心地学拉小提琴。在慕尼黑中学时代，他往往一面学习物理学原理，做解析几何习题，一面交替着拉拉小提琴，来自动调节生活的劳逸。他时常在完成课内作业之后，就拉上几段自己十分喜爱的贝多芬乐曲和莫扎特的奏鸣曲，他觉得这些音乐的音响，给人的感受之深，寓意之远，是同美的形式交织在一起的。他往往陶醉于音乐的音响中时，引起了科学的灵感，以至于不时要进一步探索科学问题的奥秘。

爱因斯坦酷爱音乐，尤其更爱古典音乐。他热爱意大利的古典音乐，也热爱德国浪漫主义的音乐……他经常和一些著名的钢琴家一起演奏奏鸣曲和协奏曲，并同杰出的职业音乐家一道演出三重奏和四重奏。

爱因斯坦把小提琴当做自己一种最宝贵的财富。他走到哪里就要把它带到哪里，甚至于当人们邀请他去讲授相对论的课程时，也要把小提琴挟在腋下。他在一所学校任教时，有一次为了参加音乐演奏会，不得不请物理学家弗里茨·克赖斯勒代课。

爱因斯坦致志于科学事业之后，并没有将音乐的嗜好完全撇下。他几乎每天都要挤出工作的余暇，或者在他的百忙中间，用音乐来调剂自己的生活，排遣工作中的疲劳，略微松弛一下十分紧张的科研工作。特别是在希特勒实行法西斯专政之时，他因受到毁谤，无家可归，生活无着，心情十分悲愤，甚至感到忧伤寂寞，这时音乐成为他的不可缺少的伴侣。"与君歌一曲，请君为我倾耳听"，从某一方面来说，音乐是爱因斯坦一生中不可或缺的，甚至可以说，爱因斯坦倘若不懂得音乐，便不会那样有节奏地从事研究，也不会那样不知疲倦地探索科学理论。爱因斯坦时常把音乐当做新的工作开始前的娱乐和激励，有时还向他的友人嘲弄自己道："我想，我的音乐素养可能比我研究的科学还高明呢！"

有些理论家认为文学艺术是属于形象思维，而科学则属于逻辑思维，似乎两者水火不相容，这种看法未必恰当。鲁迅在《科学史教篇》中就曾指出：科学家也需要激情。爱因斯坦的一生的科学实践同音乐爱好，就是相互为用、相得益彰的。这说明尽管科学家与艺术家的思维会有不同的侧重面，但形象思维同逻辑思维往往是伟大的科学家或艺术家身上所共有的。

如同把科学奉献给人民，为人民造福一样，作为音乐爱好的爱因斯坦，也同样把音乐用来为人民服务。1934 年，当希特勒当了总理后，即把爱因斯坦赶出德国，抄了他在柏林的家，没收了他的财产，焚毁了他的著作，并且制造了种种谣言，欲置爱因斯坦于死地而后已，与此同时，还把许多科学家、科技工作者赶出国境。这时，爱因斯坦特地在美国纽约举行了一次小提琴演奏会，把得到的 6 500 美元全部奉献出来，救济从德国逃亡出来的科学家；过了 6 年之后，他为流浪在普林斯顿的儿童们筹募救济基金，又开了一次小提琴演奏会，把全部的卖票所得捐赠给孤苦无告的孩子们。这些事实说明爱因斯坦不但处处想着要使科学造福于人类，而不至于使它成为人类的祸害，同时，他也用实际行动去鼓舞文学艺术家发挥自己之所长，为人民谋福利。

由此可见，纪念阿尔贝特·爱因斯坦不仅是科学界的事情，文学艺术界也不应等闲视之。

（1979 年 3 月 6 日夜于上海）

十二、关于乔治·威尔斯及其科学幻想

如果说儒勒·凡尔纳开启了科幻小说的大门，那么英国人威尔斯则长驱直入、开疆拓土，指明了后世科幻作家可以继续探索的所有道路。20 世纪科幻小说中几大主流话题，如"时间旅行""外星人""反乌托邦"等，都是威尔斯所开创的。

矮脚鸡图书公司（Bantam）经典版《时间机器》（1894 年），第一次提出了"时间旅行"的概念，这要求在科学上论证"第四维"——时间的存在。威尔斯更在小说中描写了地球毁灭前夕的"802701 年，莫洛克人的时代"。威尔斯在这部开创性的小说开头，在经典版《时间机器》的封面进行了大篇幅的科学哲理讨论，为的是帮助读者克

服不可能的心理。这种"如果某种科学技术得以实现，那么未来将……"的开篇方式本身，也成了科幻小说的一种经典范例。

1898 年的《世界大战》（*The War of the Worlds*）对外星人（小说中是丑陋的"火星人"）的外貌特征进行了直接描写，这也成了后来 20 世纪美国科幻小说"黄金时代"的一大特征。威尔斯在作品中首次意识到了外星人和地球人之间可能的文明冲突：星际之间的战争。这是一个何其广阔的"空间"，从此在科幻小说史上，人类和外星人之间一直烽火不断。

1901 年的《最早登上月球的人》（又译为《月球上最早的人类》），大胆幻想人类靠一种"可以隔断万有引力的物质"登上了月球。威尔斯的月球不是荒凉寂寞的，而更像是另一个地球。月球人的社会接近蚂蚁的制度，拥有最高智慧的"月球大王"四肢萎缩，脑袋却膨胀巨大——这种形象虽然有所改变，但"大脑袋"成了科幻小说中历来外星人的"标准形象"。

《当睡者醒来时》首次发表于 1899 年，威尔斯在修改后于 1910 年再版。异星球上的主人公在冬眠了 200 年后醒来，发现未来世界的大都市比过去的时代更为糟糕。他在小说前言中写道："这篇故事所描述的大都市正是资本主义胜利的恶梦。"造成人类社会的未来变得更加邪恶、堕落的制度原因替代了技术因素，"人祸"成了科幻小说的主题。威尔斯开创了科幻小说中重要的一支："反乌托邦"小说。后来俄罗斯（苏联）作家叶夫根尼·扎米亚京的《我们》、英国奥尔德斯·赫胥黎的《美丽新世界》和乔治·奥威尔的《一九八四》都继承了这一传统。

威尔斯本人也是一位著名的社会活动家。正如《睡者》一书前言中所写，他批判资本主义制度，始终持有"资本主义必将导致灾难"的政见。100 多部作品，使他成为 20 世纪上半叶西方重要的社会思想家之一，对社会制度、道德和宗教改革都产生过重要影响。

从这种意义上说，威尔斯的科幻小说也是一种"哲理小说"，他的作品总是通过幻想中的社会，来影射当时的社会和政治。作品整体上充满了对人类社会未来命运的关照，这切中了科幻小说的核心精神："科学到底给人类带来了什么？""人类要追求的是怎样的未来？"这种严肃的思想主题使得科幻小说真正成为一种可以"登堂入室"的文学形式，而非止于追求冒险猎奇的低俗读物——尽管在形式上难以区别。

因此，也有评论家将 1895 年（《时间机器》的出版）认定为"科幻小说诞生元年"。没有争论的是，这位跨世纪的作家是对 20 世纪科幻小说影响最大的人物。

在小说技巧上，威尔斯也成功地在"通俗小说"和"哲学思辨"之间建立了联系。引人入胜的情节激起了普通大众强烈的阅读欲望，但又无损于威尔斯在小说整体上闪烁的智慧之光。

附录二　关于科学幻想小说论文

一、科学幻想小说的历史介绍——祝《科幻海洋》创刊

科幻小说，在国际科学文艺的文苑中，已经成为独特的一枝花。在我国，也开始出现了各种体裁的科幻作品，放出了自己的光彩，并为广大人民，尤其是青少年所喜好。这是令人高兴的事情。尽管科幻作品在我国科学文化界流传开以后，出现了这样那样的不同看法，甚至被看做是科学污染的来源，但是，我们还是十分需要科幻作品，因为它符合"四化"的需要，符合我国人民学科学、爱科学、用科学的需要。

（一）科幻小说的作用

科幻小说可以通过各种主题、故事，来探讨许多问题，既可讲未来，也可以讲现在或古老年代。时间、地点不受限制，甚至可以不限于地球上。

科幻作品既可以描写人，也可以描写动物、植物、矿物、金属等，甚至可以描写星球，可以对各种各类事物展开幻想。

科幻作品从某方面说，离不开科学概念、科学内容、科学观点，因此，我们看了优秀的科幻作品，不仅能启发我们去思考问题，同时也可以使人们学习到科学方法。

科幻作品中未必非得负担普及科学的具体任务不可，因为科幻作品并不等于一般科普读物，虽然可以这样那样地给人以科学知识，但并不等于用科幻作品来传授特定科学部门的知识。

有人把现代科幻小说，看做是科学的推理小说，这种说法有一定道理。推理，对科幻作品来说很重要。优秀的科幻作品都在教导人们怎样进行科学推理。

自古以来，就有着遨游太空、宇宙旅行的想法，特别是在火箭发明以后，人们越来越想要星际旅行，这个幻想，也是推理的结果。爱因斯坦的相对论、原子的发现、原子能的发现，都是出自推理的。推理是个好方法，推理是科幻不可缺少的。因此，科幻总是这样那样让人们合理地幻想过去、现在与将来可能有的事情，通过推理和形象艺术的描写，来激励人们的喜爱和兴趣。对于科幻作品来说，既需要严肃的内容，也需要丰富的材料，以及严密的科学逻辑推理。

科幻虽然未必都是读者直接产生的幻想，要使读者感到它们是合情合理的，在这里，对于科幻作者说来，就必须掌握充分的、应有的科学知识。科幻绝不是耍魔术把

戏，不能以猎奇取胜，而是要能经得起时间的考验。因此，优秀的科幻作品，不一定都是现实生活的东西，但它要从现实生活出发，刻画出可以取代现实生活中的东西。科幻作品也有写过去或现在的事情，但不管写过去、写现在、写未来，总要使人感到新颖，读了作品之后，使人觉得是既符合科学逻辑，也符合生活逻辑，而且像清晨起来呼吸着清新的空气一样，吸几口气，就浑身舒服，因而乐于吸收。也正因为这样，优秀的科幻作品好处甚多，从而富有自己的生命力。它们将排除各种干扰和非议，像一股不可抗拒的洪流，永远向前迈进。这样的科学幻想小说，是谁也扼杀不了的！

（二）科学需要幻想

科学需要幻想，从某一方面看来，我们甚至于可以说，幻想就是科学之母！

平庸的人，生活上得过且过的人，当然没有什么可幻想；而那些敢于大胆假说和推理的人，敢于百折不挠地把科学幻想变成为现实的人，才能在科学上取得成就。

科学家既异想天开，又实事求是，这是科学工作者特有的风格。郭沫若同志在弥留之际的遗言，激励我们去幻想，也激励我们认真学科学，用科学。

幻想，这是作家、科学家应有的品质。法国作家法郎士说得好："好奇心，造就科学家和诗人！"巴尔扎克也说过："真正的科学家应当是个幻想家，谁不是幻想家，谁就只能把自己称为实践家。"

伟大的科学家爱因斯坦说："想象力比知识更重要，因为知识是有限的，而想象力概括着世界上的一切，推动着进步，并且是知识进步的源泉。严格地说，想象力是科学研究中的实在因素。"这是千真万确的！宏观世界中的天体、太阳、月亮、星星已经够使人想入非非了，微观世界中微生物、分子、原子、原子核……又吸引了多少人想去揭示它们的奥秘啊！不论哪一门科学里面，都蕴含着许多神奇的事情，科学幻想是无穷无尽的。人类的幻想未必比科学上神奇的事件少，却多半是落后于科学的演化，我们要提倡科学幻想，让幻想赶上或超过科学发展的速度，不是一点，要争取大大地超过。在这里也有对科学幻想的思想解放问题，动辄把科幻看做科学"污染"来源的人，未必就是最有科学思想的人。

（三）科学幻想培育和造就了科学家

一部科学史是科学技术家的无穷幻想和不断劳动创造的历史。

文艺复兴时期的伟大自然科学先驱者和艺术家达·芬奇，早在他年轻时期就幻想和设计了飞机图案，由于当时还没有现代发动机，所以没有能够实现，但他笔记中所作的鸟式飞机图案，至今还是很可贵地流传了下来；天文学家哥白尼正是由于科学幻想，认真地研究了天体，尽管在教会压迫之下，他仍写成《天体运行论》，阐明了地球运动的规则；也是由于对天体的种种幻想，伽利略精心创造了第一个天体望远镜，观察天空，从而证实了哥白尼所提倡的地动学说；正是由于天体的幻想，开普勒在贫病交加的环境中，能发现行星运动的定律和在光学上取得光辉的成就；正是由于幻想把动植物的来龙去脉能弄清楚，法国著名博物学家拉马克成为生物进化论的先驱；发明照相术的法国化学家路易·达给耳，幻想要捕获太阳光线，终于在1829年同尼蔼普斯共同完成照相的方法；订书店小学徒出身的化学家法拉第，正是由于幻想自己要从事电学，便把自己的全部积蓄拿来购买实验器材，专心致志做实验，后来在著名科学家戴维的关心和培育下终于在电磁学和化学等方面，都取得了极其杰出的成就；爱迪生自幼就幻想发明创造，甚至自己去充当母鸡，坐在鸡蛋上要孵小鸡，正是由于他怀着种种幻想，才成为有100多种发明创造的发明家。像这样的事实，不胜枚举，雄辩地说明了科学幻想对于造就科学家也是极其重要的。

（四）世界科幻小说的历史简介

科幻作品不是偶然发生的，而有着它悠久的历史根源。我国古代著名文艺遗产中的《诗经》《楚辞》《淮南子》《山海经》等作品中记载的"女娲补天""大禹治水""精卫填海""共工头触不周山""夸父追日""嫦娥奔月"等，既是充满着幻想，又是包含着一定原始科学技术思想的东西；我国古典名著如《封神榜演义》《西游记》等书，也都闪耀着科学幻想的光芒。

古希腊诗人荷马（公元前9～前8世纪）写的叙事长诗《伊利亚特》《奥德赛》，其中既有不少幻想，也包含有关于科学技术内容的东西，尤其是《奥德赛》，充满着人战胜大自然的美好幻想，它所描写的若干奇迹，后来都变成了事实。

公元1世纪，希腊作家卢西恩的代表作《真实的历史》中，写到月球旅行，并在那儿看到聪明的非人类生物，可以看到在当时卢西恩已经认识到：月球是另一个星球，它环绕着地球转，月球和地球的距离和直径已被测出，他尽量利用这些知识从事科幻创作，并认为利用龙卷风猛烈的旋转，可以把飞船送上月球。

意大利著名作家但丁的《神曲》，幻游九层地狱，梦飞天国，驰骋着幻想情节的故事；德国伟大天文家约翰尼斯·开普勒，第一个用数学原理解释行星的运行轨道，在他的科幻著作《睡梦》中，梦游月球和行星，把月球写得异常优美。英国的弗兰西斯·哥德文于1638年写了《月中人》，预言了牛顿发现的万有引力，肯定月球的引力小于地球。英国著名科学家、哲学家弗朗西斯·培根的《新阿特兰蒂斯岛的幻游》，写了他在这个岛上看到的各种科学奇迹。英国著名作家乔纳森·斯威夫特于1726年写了《格列佛游记》，其中写着主人公格列佛漫游世界，飘游"小人国"成为国王，飘游"大人国"成为人们的玩具，飘游到飞岛，在那儿见到喜欢研究学问却不具备良好感官的人，其中通过幻想的细节描写，批判了资本主义制度到处是腐败黑暗的丑恶现实，指出火星有两个小卫星（到了1877年阿萨夫·霍尔第一次通过望远镜证实了这一事实）。

英国著名作家莫理斯（1834～1896年）的《约翰·保尔的梦想》和《乌托邦》，描写了以小生产为基础的带有科学幻想色调的理想中的社会。英国著名作家柯南·道尔（1859～1930年）在描写了错综复杂的《福尔摩斯探案集》的同时，不但写了《玛拉柯深渊》这样海底居民的科幻作品，还写了像《失落的世界》这样的科幻小说，故事叙述了亚马孙地区某处高原，由于亿万年来处于与周围地区隔绝的状态，因而使史前几个时期的生物得以在那儿生存了下来，真动人，栩栩如生。

直到19世纪，由于欧洲工业革命和科学发展，科幻作品才成为科学文化的一个重要组成部分。第一部著名科幻小说代表作，是《弗兰肯斯坦因》（*Frankenstein*）。这是英国著名诗人雪莱夫人玛丽·雪莱（1792～1822年）于1818年创作问世的。这部作品曾于20世纪30年代在美国被搬上银幕，改名为《科学怪人》。这是第一部描写用电的科幻作品。主人公弗兰肯斯坦因是一位医学科学家，致力于"造人"的研究，经过辛勤艰苦的探索，终于用尸体的器官拼凑成一个"人"。他所创造的这个人，心地善良，但相貌极其丑陋，以致到处被人歧视，在人类社会几无存身之地，环境逼得他改变了原来的善良性格，把一切怨恨都集中在创造者弗兰肯斯坦因身上。他杀害了弗兰肯斯坦因的妻子、弟弟和好友，从而使弗兰肯斯坦因悲愤万分，决意亲手除去他费尽千辛万苦创造出来的人，却不幸遇难身死。这个怪物见此情景，也自焚而死。《弗兰肯斯坦因》这部首创的科幻小说，因描写生动，情节动人，曾经赢得了广大读者的喜好。"Frankenstein"一词，在英文中成为双关语："自食其果"的比喻。此后，许多科学幻想小说描写的"人造人"和"机器人"，往往还牢记着雪莱夫人提出的教训，即使造出的任何一种"人"，都应为人类所控制，并且成为为人类谋福利的工具，而不要成为人类的祸害，否则就有可能自毁其身。尽管在这以前也出现过若干近似科幻小说的作品，但她这部小说却被推为真正科幻小说创作的先河。

在美国，著名作家爱伦·坡（1809～1849年）是美国最早学习写科幻小说的。他的名著有《怪诞故事集》《黑猫》等。他是美国作家中的创新者，也是侦探小说的创始人，他的若干作品近似科幻小说，尤其是《一个汉人佩林不平凡的探险》中，描写了一个人乘坐气球到月亮上旅行的故事。奥布莱恩也写过若干科幻小说，他于1858年写了力作《钻石镜片》，通过这个镜片可以看到微观世界——生活在一滴水点中的一位美丽姑娘，她终因那滴水被蒸发而死去。接着就出现了雷·卡明斯的《金色原子中的姑娘》之类近乎荒诞的科幻作品。

19世纪最杰出的法国著名科幻小说家儒勒·凡尔纳，在大学时读法律，后来因结识法国著名作家大仲马和阿拉贡，受到他们的深刻影响，他开始时学习写诗、写剧本，但都没有较大成就。他的第一部科幻小说《气球上的五星期》（1862年）曾被15家出版社退稿，原想一火焚之，他的妻子将稿子抢出，第十六家出版社接受了这部作品，出版后成为最畅销的书。此后他创作如同泉涌，陆续写了《地心游记》《从地球到月球》《环绕月球》《哈特拉船长历险记》《格兰特船长的儿女》《一个十五岁的船长》《海底两万里》《神秘岛》《八十天环游地球》《一个中国人在中国的苦难遭遇》《蓓根的五亿法郎》《机器岛》《世界的主人》等科幻小说，其中若干作品已译成中文，在我国出版流传。他是个未来事物的伟大幻想家，他曾幻想人类能够创造电视、飞机、潜水艇、霓虹灯、导弹、坦克、火箭等，后来果真大部分都实现了。他的科幻小说不但富有科学幻想内容，故事情节也很曲折动人，人物富有自己的性格，因此曾博得了大作家托尔斯泰等人的赞赏，全世界科学界、文艺界的同声颂扬，尤其受到青少年的喜好，被誉为"科学幻想之父"。在凡尔纳的影响下，连美国著名作家马克·吐温（1835～1910年）也写起像《亚瑟王宫中的美国佬》等科幻小说来。

英国著名作家乔治·威尔斯（1866～1946年），出生于贫苦家庭，当过邮递员、店员、教师，大学时代学生物，曾经是著名科学家赫胥黎的学生，是《世界史纲》《生命的科学》等历史和科普著作的作者，又是世界闻名的科幻小说家。他连续创作了《时间旅行机》《大战火星》《摩若博士岛》《隐身人》《星际战争》《首先登上月球的人们》《神盒》等，都是脍炙人口的优秀科幻作品。作者以非凡的想象力、高超的艺术手法，对资本主义社会作无情批判的同时，对方兴未艾的千余种崭新科学技术作了尽情的讴歌，赞颂人类改造大自然、改造客观世界的巨大力量。他是个学识渊博的历史家、文学家、科学家、评论家、新闻记者。他的科幻作品也不少，是儒勒·凡尔纳以后最杰出科幻小说家之一，也是极富有科学远见的作家。他的若干科幻作品，都被拍成电影在全世界广泛传播。他的科幻小说《首先登上月球的人们》中，利用超高速发射星际飞船到空间去的幻想更是难能可贵的。

第二次世界大战结束前后，美国科幻小说最为繁荣，其中最杰出的科幻作家之一就是阿西莫夫（1920～1992年）。他是美籍俄人，原是个蜡烛店经理的儿子，1923年随父母移居美国，哥伦比亚大学化学系毕业生，从少年时代起就热衷于科幻小说。他的第一部科幻作品是《天空中的小卵石》，后来又写了《我，机器人》《神仙们自己》等作品。阿西莫夫到目前为止，已出版的科普（包括科幻作品）书籍达200多种。他是个百科全书式的杰出作家，不仅对自然科学很精通，在文学方面从荷马到莎士比亚，以至当代作品，无不涉猎，文笔深入浅出，风趣横生。他的著作还有《如埃尘般的群星》《基础与帝国》《刚窟》《无穷的终结》《赤裸裸的太阳》《漫话科学》《奔流》《太阳的王国》《代数王国》《生命与能》《漫话遗传学》《人体》《生物学简史》《快速简易数学》《化学简史》《希腊人》《时间、空间与其它》《阿西莫夫论物理学》《阿西莫夫论数》《科学技术家传记》《小传百科全书》等。我国科学出版社翻译出版了他的"自然科学基础知识"丛书：《宇宙、地球和大气》《从元素到基本粒子》《生命的起源》、《人体和思维》，在我国颇为风行。他深受广大读者欢迎的作品《我，机器人》（按：科普出版社已翻译出版），1950年初版，故事发生时间是1996～2064年，故事发生地点是美国和外层空间，作品里的主人公苏珊加尔文博士从公元2008年就成为美国机器人公司"机器人"的心理学家。她坚信"机器人"将远胜于现有的人类，但他们不能伤害人类，必须服从人类命令，同时必须捍卫本身的生存；古代神学家认为上帝发挥许多作用，如今则由"机器人"承担了起来。全书不仅介绍了关于"机器人"的知识，同时还塑造出了新型的科学家形象。

美籍俄人乔治·盖莫夫，也是科学幻想小说的著名作家，写过数十本科幻小说和科普读物。他的科幻名作《汤普金斯先生的奇遇》，写的是神游相对论世界，获得了原子核物理、量子力学、宇宙学等广泛科学知识；他的另一部名著《物理世界奇遇记》，已由吴伯泽同志译成中文，在我国广泛流传。此外，埃德温·巴尔摩和菲利普·怀利（1902～1971年）所写的《当星球相撞的时候》《星球相撞以后》，是两部长篇科幻小说，描写地球末日时，人类如何准备出发到一个新行星去，在一个新世界里进行生存的斗争。美国科幻小说评论家杜鲁门·弗雷德里克·基佛尔曾著文称誉这两部科幻长篇巨制"情节扣人心弦，富于想象"。又如克里福德·笛·席迈斯（1904～1988 年）接待天外来客的长篇科幻小说《驿站》，罗伯特·爱·海因莱因（1907～1988 年）于 1966 年发表的《厉害的月亮主妇》，写的是在 2075 年发生的遭受压迫和剥削的月球居民跟地球同盟国进行斗争，并赢得了自由。这篇科幻长篇小说塑造了计算机人物迈克、独臂万能机器人曼纽尔，全书情节紧凑，故事惊险而曲折，能扣人心弦。作者还写过《爆炸发生》《地球上的绿色丘陵》《傀儡主人》和《伽利略火箭飞船》等，都是很受读者喜爱的作品。

苏联科学幻想小说在世界科幻文坛上也占有一席位置。苏联著名地质学家和地理学家弗·阿·奥勃鲁契夫，曾经写过不少科幻小说。他的长篇科幻小说《普鲁托尼亚》和《山萨尼科夫发现地》，在国内拥有广大读者，后者和齐奥科夫斯基的《在月亮上》，20 世纪 50 年代都曾由中国青年出版社出版中文版，在我国传播。齐奥科夫斯基的科幻小说《在地球之外》，用特写形式，描绘出了人类未来征服宇宙的情景：坐着"2071 年号"大型多级火箭绕地球飞行，然后改坐几个人的小型月球火箭飞向月球轨道，宇宙空间还建立了"居民站"。他到月球去的幻想，科学的发展已经将之变成现实。苏联科幻作品的奠基人别里亚耶夫（1884～1942 年），一生写了 50 部科幻小说。他所写的著名科幻代表作之一《水陆两栖人》，塑造了用鲨鱼腮移植到一个印度小孩身上，因此他成为既能在陆地上生活，又能在海上居住的两栖少年；接着他又写了《陶威尔教授的头颅》《阿利埃尔》《跳入真空世界》和《康爱齐星》，特别是《陶威尔教授的头颅》（按：该书已由科普出版社出版）中竟然大胆地幻想了人可以对换脑袋；他的《跳入真空世界》，宣扬了太空旅行。苏联科学家齐奥科夫斯基在序言中写道："我以为，在我所知道的有点星际航行题材的小说中，不论创作的还是翻译的，别里亚耶夫这篇小说是最富有内容的科学性最强的。"别里亚耶夫善于掌握科学题材，提出富有趣味的问题，引人入胜地安排情节，结合生活实际进行大胆的幻想，因此他的科幻作品赢得了广大读者的喜好。他在长篇科幻小说《康爱齐星》（1940 年）中，描写了一位苏联生物学家同他的女友从帕米尔高原乘火箭飞到地球卫星"康爱齐星"上的故事，这也就是地球外的"航行站"。苏联在十月革命后不久，20 世纪 20 年代曾经出现了一系列天外居民来访地球的科幻作品，如沃尔科夫的《外来人》、克连契的《来自宇宙深处》、齐梅尔曼的《其他世界的生命》。博勃里舍夫—普希金的《飞来的客人》等，这些科幻作品，描写了由宇宙飞到地球的客人。20 世纪 50 年代苏联出现了科学幻想诗《飞往月球》，描写了被改造了的月球，其中有科学城和火箭升降场；马尔腾诺夫科幻小说《在星空里旅行》，描写了到火星旅行的事迹；伊·叶弗烈莫夫长篇科幻小说《仙女座星云》，描写了在遥远的未来年代中不同恒星系的行星之间已经建立了交通联系。

中国在五四运动前后也开始有科幻作品。鲁迅翻译的儒勒·凡尔纳的科幻小说《月界旅行》《地底旅行》，半译半改编，倾注了自己的心血，这两本书中的章回、回目和插诗，都是鲁迅自己加的。郭沫若《女神》中的《凤凰涅槃》，也是富有科学幻想意味的。顾均正的《和平的梦》（又名《在北极底下》）是 20 世纪 40 年代出版的科幻小说，他是我国科幻小说开拓者之一，不久前不幸去世。新中国成立后，出现了一批科学幻想小说作家，他们的代表作已收集在海洋出版社 1980 年出版的《科学神话》（第一集）中，这里不另赘述了。

（五）科学幻想是生活的必需

在欧美科幻作品中出现了一系列特有的词汇，如用 SF 代表科学幻想作品，"更替世界"（Alternate world），"黑洞"（Black Hole），"改变地址"（COA-change of Address）等，其中最值得人们注意的词汇之一是：英文缩写字是——FIAWOL（Fandom is a way of live），译成中文就是：科学幻想是生活的必需。

是的，科学幻想是每个人生活中间所不可缺少的、必需的东西。因为科幻可以引起读者的兴趣，启迪他们的科学思考与幻想，引起人们去从事科学研究、发明创造；科幻作品能启迪和开导他们对科学和文艺发生兴趣，特别是使青少年更好地把自己的注意力转向科学，从小培养他们致力于科学的思维和活动。许多著名科学家谈起，他们是由于科幻小说使他们致力于科学工作的，意大利无线电发明家马可尼这样说，苏联乘坐第一颗卫星上天的宇航员也这样说。因此，当一个国家越来越需要科学技术来武装自己时，科幻作品不论在宣传科学和文学的事业中，也越来越应占有自己应有的不可缺少的位置。诚然，在科幻作品里也可能这样那样地把科学道理弄错了，但这并不能作为禁止科幻作品的借口。科学允许假说，科学假说的过程中允许有错误，为什么就不能允许科幻作品中有不够正确甚至有可能是错误的幻想呢？当然那种有意弄虚作假，故意以猎奇故事来欺骗诱惑青少年是不应该的，但是科幻作品主要是引起读者对科学幻想的兴趣，启发他们去进行幻想和思考，这一目的如果达到了，他们就会从学习中逐渐纠正错误，寻求科学真理，这种情况在许多成名科学家中间常有这样的体会。也正因为这样，推广科幻作品已在西方一些国家中间，成为一种教育青少年和成年人的手段。其实，我认为，不仅自然科学需要幻想，就是社会科学如经济、历史、哲学等方面，也需要利用科幻的方法，引导青少年在学习过程中，让他们勤于思考，勤于探索。

人类的文化主要有两个方面，即人文科学——社会科学与文学艺术、自然科学与技术。在很大程度上它们之间并不是矛盾而不可两立的，但有时互相不能取代。高尔基生前指出，我们现在生活和工作是在"前期历史最后一幕的终了和人类历史第一幕的开始"中。这样的评价很正确，我们的时代将是科学技术大发明大发现的时代。现在的情况是，我们的思想往往赶不上科学发明、发现、理论、假设和技术创造的惊人发展的速度。因此，我们迫切需要优秀的科幻作品，需要繁荣科幻创作！它将引导我们更好地探索和追求科学真理。科学幻想往往是未来科学成就的来源，从某方面说，科学幻想总是要这样那样地有助于为未来发生的事件作准备。全世界人类早就有"飞天"或航空旅游的幻想，早就有登月的幻想，如今不是已经变成现实了吗？可见科学幻想是必不可少的。因此不管科幻作品受到什么辱骂和斥责，即使某些自鸣高明的科学家不屑一顾，但这且随他们的便吧！而科幻作品仍然要像一股奔流一样，百川归海，不可遏止，有着蓬勃的生命力。

（六）为《科幻海洋》的诞生祝贺

作为一个在海边长大的人，我时常向往浩瀚无际的汪洋大海，那日出、日落、潮汐、澎湃的惊涛骇浪、海空天际翱翔的海鹰、海上暴风雨来时掠过长空的海燕，都使我们产生各种各样的幻想。

海洋出版社已出版的《科学神话》《魔鬼三角与 UFO》等畅销书，为广大读者所欢迎！海洋出版社又将出版《科幻海洋》，刊登国内科幻创作，选登国外科幻名著，评介和纵横谈论国内外科幻著作，介绍国内外有关科幻小说情况和理论，这对于我国大、中学生和广大知识青年、干部，以及广大工农兵群众说来，是十分重要的，并将起着良好的影响和作用。新生的嫩芽，需要广大读者、作者培育灌溉（不是泼冷水）和大力支持的。我以虔敬和喜悦的心情，期待这份丛刊的诞生，并祝福她茁壮成长！

啊，海，浩瀚的海，你那蔚蓝色的新鲜的永恒奔放的海洋，愿你把"科幻海洋"的浪花，倾注在广大人民的心海里吧！我们多么需要你，我们举着双手欢迎你的诞生！

（1980 年"一二·九"运动四十五周年之夜）

二、科幻小说简史——科学幻想小说的起源

关于第一部科幻小说的出现一直是众说纷纭。个人认为，第一部科幻小说可能在文字被发明之前就已出现了。当某个穴居人 Ab 用弯树枝制作圈套时，或许就注意到许多人一下子放松的力量能使这木条弹回来；从而，他想象出这样一个神话：在天的那一边，有些力大无比的 Ab 们如何设法利用一根弄弯了的长木条猛掷出一根长矛，杀死了巨大的猛犸。在这个神话中，他预见到了弓的发明。

确定第一部科幻小说的出现，似乎可以以科学幻想被人类利用为准绳。

这样说来，科幻小说的历史就与第一部有记载的小说的历史一般长久了。第一篇科幻作品即叙事诗 *Gilgamesh*。我们所看到的最完整的版本距今已将近 3 000 年，但它最初的版本可能还要早 1 000 多年。也许是因为它不同于当时大多数其他文字作品，而被看做是一部幻想作品了。

Gilgamesh 是一个传奇中的 Ur 国国王。诗中描述了他英勇的行为和在一块奇异的土地上寻找永生的秘密的故事。诗中幻想超人的英雄，到别的世界去旅行，幻想通过药物而获得永生。诗中还描述了对知识和理解力的长久寻求。如果把诗中的神和怪物改成别的生灵，就能使其成为极受欢迎的科幻小说；不过，Gilgamesh 对那些生灵的态度必须加以修改。

另外，*Odyssey* 也可能是第一部幻想作品，因为荷马所描述的奇迹与以后为人们所知并相信的事实是一致的。但是 *Gilgamesh* 在情节和感情上比荷马的叙事诗更为接近我们理解的现代幻想小说。

诚然，第一篇著名的关于外星球的神话是 *The True History of Luciem of Samosata*。卢西恩的英雄登上了月球，并在那儿发现了聪明的、非人类的生物。希腊数学家的著作，

如 *Aristarchus of Samos* 确立了真正的天文学的开端。卢西恩认识到这样一个事实：月球是另外一个星球，它环绕着地球运转。当时月球的距离和直径已被比较精确地测出，卢西恩尽可能地运用了这些科学知识。他并不知道地球到月球间没有空气，因此他认为利用龙卷风卷起的猛烈的旋流可以将船送上月球。在卢西恩以后将近 1 500 年中都没有一部较好的科幻小说问世。

就我们所知，罗马作家们几乎没人写过类似于科幻小说的作品。虽然他们有着传奇的历史，但他们的世界观却更趋于实体，极少幻想。罗马帝国衰亡之后，文学逐渐发展到中世纪的罗曼史，充满了大量惊险的，根本谈不上合理性的故事。这些故事大都是寓言性的，很少有什么思想内容。写于这一惊险故事盛行年代末期的 *Orlando Furioso* 中，虽然有一段关于某个人飞上月球的描写，但它很难被称之为科幻小说。

可以称得上科幻小说的作品是从约翰尼斯·凯波勒的 *Somnium* 开始的。凯波勒是一位伟大的最早的天文学家，他第一次用数学原理来解释行星的运行轨道；同时，他又是一个星占学家和神秘主义者。如书名所云，这个故事是在睡梦中发生的。一个灵魂把凯波勒带上了月球和行星，书中对月球的描绘十分优美，但这篇作品在很大程度上受到了凯波勒哲学思想的影响。这个故事在今天看来是非常乏味的。

比肖普·弗朗西斯·戈德温发表了第一篇用英文写作的飞往太空的故事。他写的 *The Man in the Moone*（1638 年）中，乌几划着木筏穿过太空登上了月球。他预言了牛顿所发现的万有引力定律，并肯定月球的引力远小于地球。

1650 年，另一部 *Voyage to the Moon* 问世了。它的作者是 Cyrano de Bergeral。他似乎是真实生活中的优秀的武士、诗人和智者，即埃德蒙·罗斯坦德的戏剧中的英雄，以一个极其巨大的鼻子而结束。他的故事极其生动，书中对月球上的居住者的描述也十分引人入胜。他发明了很多东西，其中包括月球上的居住者们使用的会说话的机器。在书的一开头，他想了很多方法去旅行，首先是用火箭，其次是装了热气的气球，还有降落伞，然而，实际上采用的方法是用牛骨摩擦他的身体。按照当时流行的说法，这样就能使人升上天空。

乔纳森·斯威夫特的《拉普它之行》（《格列佛游记》中的故事，1726 年）是对英国皇家学会的科学家们的非常辛辣的讽刺。格列佛被带到天空中的而一个飞岛上，他在那儿看到了很喜欢研究学问却不具备良好感官的人。这个故事之所以引起人们的兴趣，是因为斯威夫特正确地指出了火星有两个极小的卫星，直至 1877 年阿萨夫·霍尔才第一次通过他的望远镜看到了它们。当然，斯威夫特的预言只是一个侥幸的猜测，但它却引起了后来一系列的推测。

直至 19 世纪，科幻故事才成为文学作品中的一个重要组成部分。这是不足为奇的，因为虽然科学已经发展了许多世纪，到这时开始影响到普通人的生活。在这个世纪中，人类发明了铁路、电报和电话，最终又发明了机动车。

玛丽·沃尔斯顿克拉夫特·谢莉的《弗兰肯斯丹》（*Frankenstein*，1817 年）是第一部其中使用到电的小说。弗兰肯斯丹博士是一位科学家，他试图用一些尸体的残肢再创造一个人，并用电来赋予它生命。他虽然成功了，但他的"怪物"却由于受到人们的歧视、偏见而变得野蛮凶狠，最终背叛了他。

布赖恩·奥尔蒂斯在他的科幻小说史 *The Billion Year Spree* 中指出，*Frankenstein* 是第一部真正的科幻小说。他的论点有一定的价值，但笔者并不能完全同意。尽管在最初对那个"怪物"有同情心的待遇中就暗示了后来的发展结果，但这部小说几乎就是一个古老的希伯来传说《机器人》的翻版——通过神秘地利用上帝的名字以泥土做成的人，他后来又反抗他的制造者。电只不过是那些取自魔法的符咒的代替物而已。不过，这仍不失为一本极为吸引人的书，比后来用它改编的电影要好得多。

埃德加·爱伦·坡是第一个写作可称之为科幻小说的美国作家。作为一个作家，他是一位伟大的创新者。他是侦探小说的创始人，对其他文学形式也有过极大的影响。他的许多作品都有科幻小说的风格，其中最为近似的是 *The Unparalleled Adventure of One Hans Pfaall*（1835 年），这是描述一个人乘坐气球到月球上去旅行的故事。不过，显然爱伦·坡认为运用这样的交通工具是不可能成功的，因此，他也就根本没有叙述 Hans Pfaall 企图到月球上去寻找什么。

菲茨·詹姆斯·奥布赖恩也发表过不少科幻小说，最为著名的是《钻石镜片》（1858 年）。小说描写一个人用一块钻石磨成一片奇异的镜片，通过这片镜片他能够看到一个极微小的世界。他看到一个美丽的姑娘生活在一滴水中的一个极小的世界里，最后由于那滴水被蒸发而死去了。这个结局用科学的观点来看无疑是很荒谬的，但这个故事却带来了一大批追随者，其中就有雷·卡明斯的著名的 *The Girl in the Golden Atom*（《金色原子中的姑娘》，1919 年）。

现在，我们来看儒勒·凡尔纳。他是一位多产作家，他写作的有趣旅行和奇异的发明故事之多是任何一个作家都无法与之相比的。他的许多作品在今天仍被认为是第一流的。

儒勒·凡尔纳在学校攻读法律，但后来却改行写剧本，成就平平。其后，于 1850 年，他发表了一本小说，描写一个气球升上了天空，其中有个狂人妄图控制它。这部小说出版后，立即获得了极大的成功。从那以后，他创作了大量充满了惊险的事件，甚至有些是根本不可能发生的极危险的、死里逃生的情节的故事，也有一部分是描述到地球上一些奇异地区的旅行。

1864 年，他发表了《地心游记》，这本书是根据当时所盛行的一种理论而创作的。这种理论认为地球是空心的，在我们这个世界下面还有一个世界。在他的主人公们深入到地球深处的路上，他们发现了许多远古时代生活的遗迹。这部小说对于解释人类进化的理论是一次极好的机会。凡尔纳在通俗地解释科学和力学方面是一位优秀的探索者，写作这部书使得他得以充分利用他所探索到的大量知识。

继《地心游记》之后，他又出版了一本更为离奇的小说《从地球到月球》（1865 年）。这个故事说的是一些人被装在一个极大的炮弹里面，被一门巨大的大炮射击后又深深地戳进了地底下。凡尔纳对发射学显然很有研究；不过，书中那些与发射学无关的情节也描写得极精彩。然而，他却忽略了这样一个事实：炮弹里面的人在极可怕的加速作用下会十分惊恐。他只是简单地让他们泡在水中以减轻震动。书中关于月球上景色的描绘和在月球上旅行的情节的描写实堪称佳作。

1870 年，他又出版了续集《环绕月球》。他的主人公们环绕月球，看到了远处的活火山。在返回地球的途中落入海中，被类似今天的宇航员们所搭救。

他的最为著名的小说应推《海底两万里》（1870 年）。一个人被神秘的尼摩船长俘虏后，被带到一艘神奇的潜水艇上，进行了一次海底旅行，甚至到了南极。书中对潜艇的描述真是奇妙之极。这本书似乎使凡尔纳成了一名预言家。由于当时一些科学家们已经在研制这种船，因此这类预言对他们是有所启发的。这是一部有创建性的小说，也许是他的精华之作。他那将仅仅是粗略的概念转为奇妙的描述的技巧真令人赞叹不已！然而这书中却并没有真正的预言，就连那架潜望镜，也已在 Turtle 号上就出现了。Turtle 号是美国革命中发明并使用的原始的潜艇，并也有一个螺旋桨推进器。

凡尔纳在描写机器和使人心悬的故事情节方面是一位巨匠；但他的文风还欠典雅，同时他刻画人物性格的手法也还不很老练。在 Hector Servadac（1877 年）中，他描写一些人被吸入彗星，并被带到太空中去。其中之一就是 Jew，即后来纳粹分子在他们的宣传中常常用来讽刺谩骂的 Jews 们的模特儿。尽管如此，他对于科幻小说所作出的贡献仍然是极其巨大的。

1865 年，也就是凡尔纳将他的主人公们从枪口射向月球时，埃利斯·艾洛德出版了《太白星之行》。他使用火箭推进器载着轮船穿过太空。艾洛德懂得其基本原理，并把它描述得极为精彩，虽然他又认为排出的气体能够收回并重新使用。就我所知，这是火箭第一次真正被用于太空。

爱德华·埃弗雷特·黑尔的《砖月》是第一部其中使用人造卫星的小说。它从 1869 年 10 月起，分四次连载在《大西洋月刊》上。他的砖建筑物连同一些人在一次偶然的机会中被射向太空，当他们继续环绕地球时，人们不断地给他们发射食物以使他们得以生存，结局是十分美满的。

大约在这时，在低劣的小说作品中出现了一种被称为"发明故事"的科幻小说形式，这是从爱德华·弗·埃利斯的《平原上的蒸汽人》（1868 年）开始的。它出版后极受欢迎，而且经久不衰，以致哈里·恩顿在读者的要求下又创作了一连串类似的故事。第一部是《弗兰克·里德和草原上的蒸汽人》（1876 年）。恩顿后来又改用"无名"的笔名续写了《路易丝·普·塞娜伦索》。1898 年，他抛弃了弗兰克·里德，又在《弗兰克·里德，Jr 和他的蒸汽怪物》中开始讲述一个发明者的儿子的英勇行为。以后，这些故事定期发表，直至写到上百个离奇的发明出现为止。很久以后，汤姆·斯威夫特又开始用相似的手法写作了《胜利者阿普尔顿》（1910 年）。

马克·吐温的《一个康涅狄格的美国人在阿瑟国王的宫廷中》（1889 年）是一个倒退回古代并企图改变历史的故事。直至今天，它仍然不失为一部优秀的小说。

但是，赫伯特·乔治·韦尔斯（1866～1946 年）在使科幻小说成为为大众所喜爱的文学方面，作出了比他之前的任何一位作家都更为重大的贡献。从 1895 年他的《时间机器》出版起，他就一直统治着这一领域。甚至连那些对科幻小说持轻蔑态度的人，也有绝大多数怀着欣喜的心情阅读过韦尔斯的一些故事。

赫伯特·乔治·韦尔斯是个商人的儿子。他在托马斯·赫克斯利的指导下学习生物学并为科学赢得了真正的荣誉。他起初当教师，但不久就转为一名职业作家。他是英国费边社的创始人之一，并终生保持着坚定的社会主义信仰。他写了许多"平铺直叙"的小说，常常充满了悲苦和说教；他是 *Outline of History* 的作者，又是 *The Science of Life* 的合著者之一。然而，他的影响最大的作品仍然是科幻小说。

《时间机器》说的是有个人发明了一部机器，这部机器能把他带向未来。他先来到 800 000 年之后，他在那里看到人们分为软弱而可爱的唯美主义者和掠夺他们的残忍而又丑陋的地下工人。然后，他又来到 3 000 万年之后，直至看到了太阳消失而地球毁灭。这是一个充满悲苦的故事，同时又是一部辉煌的杰作，具有强烈的感情色彩和丰富的想象力。

随后，韦尔斯又发表了 *The Island of Dr. Moreall*（1896 年），描写一个科学家企图继承圣坛。1897 年，他又出版了《隐身人》，这个故事至今仍被电影和电视故事所采用。1898 年，《星球大战》问世了，这本书更加巩固了他在这一领域的统治地位。书中描写火星人企图控制地球，但由于他们对细菌毫无抵抗力而告失败。这部书描写得极其生动，以致使读者认为这一切当真都会发生。

当奥森·韦尔斯于 1938 年将此书改编，并在新泽西州的电台中播出时，成千上万人确信这一事件正在发生，并且拥挤上公路企图逃避火星人的袭击。

以后，韦尔斯又写了很多小说，如《月球上的第一个人》（1901 年）。但这些小说都越写越悲苦。他将未来描绘得十分暗淡：不是写人类无力掌握技术就是谁一有某种邪恶的念头就会招致灭顶之灾。韦尔斯的 *Men Like Gods*（1923 年），是一个描写乌托邦社会的小说。那里的人们都有正确的生活目的并且逐步发展到一个近乎完美的社会：完全使用机器而不是机器的奴隶。然而，那些被卷入美好世界的现代地球上的人却无法适应。显然，韦尔斯认为，乌托邦对于当代的人类仅仅是幻想而已。

韦尔斯还写作了大量的短篇小说，其中许多写作技巧比他的长篇要好得多，而且也很少悲苦的情节。但是，无论在他的任何一部长篇中，他都以其卓越的写作技巧和丰富的想象力、理解力而始终统治着这一领域。

杰克·伦敦的 *The Iron Heel*（1907 年）是一部比韦尔斯的任何一部作品都更为悲苦的小说，而且充满了更加强烈的社会主义倾向。这是个描写独裁专政的故事，在某种程度上，是对后来出现在真实生活中的纳粹分子的预示。但他的作品中几乎没有一点人情味，而韦尔斯却不是这样。

J. D. 贝雷斯福特的 *Hampdenshine Wonder*（1911 年）是一部描述抑制人类相互同情和理解的作品。它是最早描写人类转变成为幻想中的超人的小说之一。多年来，它一直被那些有幸阅读过的人们看做最优秀的科幻小说之一。

（1980 年 12 月 5 日）

三、让科学幻想更高地展翅飞翔吧

幻想进入科学文化领域，是由来已久的事情。

列宁说过："在最基本的一般观念……中，都有一定成分的幻想"，"否认幻想也在最精确的科学中起作用，那是荒谬的。……"❶

在地球上自从有了能够使用和创造劳动工具的人类以来，就伴随着各种各样的幻想。从我国《山海经》《诗经》《书经》《淮南子》《楚辞》《庄子》《国语》《周书》等古籍记载的盘古创世、女娲补天、后羿射日、夸父逐日、刑天争神、嫦娥奔月、鲧禹治水等神话中，就表现了中国人民征服大自然的幻想、理想和愿望。直到明清时代出现的吴承恩的《西游记》里的孙悟空一个筋斗十万八千里、大闹天宫和海底"龙宫"，许仲琳的《封神榜演义》里的金光圣母和砍不掉头颅的申公豹；李汝珍的《镜花缘》里的君子国和海外奇谈等，都在不同程度上表现了作者的幻想。诚然，它们同现代科学幻想有质的区别，但其中也或多或少地存在某些科学幻想的因素。中国科技史家李约瑟先生在他的名著《中国科技史》中，也曾经肯定过这些因素。

同现实相联系的幻想，是有生命力的。幻想同科学发明创造分不开，这是为人类历史文化的发展所证明了的。宋罗泌的《路史》上记载我国古代有"遂明国"（或作燧明国），"不识四时昼夜，有火树名遂木，屈盘万顷……有鸟类鹗，啄树则灿然火出……因用小枝钻火，号燧人。……"你看，在这个幻想中的"燧明国"有了火的发现，人类世界起了多么重大的变化呀！火带来了光和热，它给人类以温暖和熟食，增进了人类的体质变化，能思维的脑力也增强了；火的发明之在上古时代，犹如电的发明、电子的发现之在近代一样，是值得大书特书的事情。

又如在《淮南子·精神篇》里也曾说："苍颉作书而天雨粟、鬼夜哭。"《淮南子》注释者高诱解释说："苍颉始视鸟迹之文造书契……"这些带有幻想性的记载阐明了文字发明非常重要，它预言有文字以后将有一部分人专门从事文笔生涯，为人类书写出有益于科学文化的东西。"天知其将饿，故为雨粟；鬼恐为书文所劾，故夜哭也"，这说明在人类幻想中，文字发明了多么重要的作用！

又如，据郭沫若考证，把黄帝作为中国人的始祖最初见于《山海经》。为什么我国人把黄帝作为始祖，而自己愿意作黄帝的子孙呢？因为在人们的幻想中，黄帝不仅是个生育亿万子孙的神人，传说他又是个中国古代宫室、舟车、衣服、冠冕、律吕、歌舞、牛耕、甲子、算数、调历、音乐……的创造者。用今天的话来说，黄帝是个对科学技术的发明发现作出极大贡献的神人。

科学与文学是同时起步的。神话，据马克思的解释，是人类历史的童年的艺术反映，因此很宝贵。神话幻想中的上古杰出人物总是同各种古代原始的科学技术发明分不开的。打开一部中国上古史，哪一个带幻想性的杰出人物能与科学技术发明创造分得开

---

❶ 列宁：《哲学笔记》，人民出版社 1956 年版。

呢？传说中舜作箫；鲧，据《山海经》记载，也像希腊神话中的普罗米修斯窃火来人间一样，为了治理世上大洪水的灾难，他窃取了天帝的"息壤"（土壤）来抑制水，因而被天帝派祝融（传说中的火神）砍了头，但他肚里怀孕，死后剖肚生禹，继续治水，他又是人间城郭的创始者。他们都是古代人类幻想中对人类作出巨大贡献的神人。我们不想在这里去考证这些传说中的事迹是否真实，他们在历史上是否有其人其事，不想去考证神农是否"尝百草"，是否一天遇数百毒，但可以肯定古人幻想中的杰出人物，是同原始的科学发明创造分不开的。

19 世纪欧美的工业革命，进一步要求科学大发展，现代科幻小说也开始出现了。英国著名诗人雪莱的夫人玛丽·雪莱（Mary Shelly，1722～1822 年）于 1813 年发表的《弗兰肯斯坦因》，被誉为是一部真正科幻小说的开始。接着有 F. 韦伯的《关于二十二世纪的对话》，理查德·路科的《月球的骗局》，埃德加·波欧的《科幻小说全集》等出现，更不用说法国的儒勒·凡尔纳和英国的乔治·威尔斯等人的科幻小说创作了。

美国科幻评论家莱斯特·德尔·雷伊在他的近作《科学幻想世界》一书中，以清新和幽默的笔调，描写了美国大半个世纪以来科幻作品经历的兴衰和变迁。他把美国科幻小说创作分为五个时期：一是神奇时代（1926～1937 年）。当时出版的有《惊愕》《宇宙云雀》《早期幻想爱好者》《跨越星系》等期刊。第二个时期是黄金时代（1938～1949 年）。当时出版有《坎贝尔》和《大吃一惊》，是富有代表性的科幻刊物。海因莱因、阿西莫夫和斯特金等著名科幻小说家就是其中的台柱。他们打开了科幻作品的新局面，写了若干优秀的既有科学性又有艺术性的科幻小说。就在当时，召开了世界性的第一次科幻小说大会。第三个时期是接受时代（1950～1961 年），提出了"爱好幻想是一种生活方式"，"爱好幻想完全成了一种嗜好"的口号。这时，科幻刊物少了些，而科幻书籍则相应地增加了起来。第四个时期是对抗时代（1962～1973 年）。在新的浪潮中出现了若干追求幻异惊险题材而缺少科学根据的东西。帕尔曼主编的《世外》，就是具有这种倾向的"科幻"刊物。他写的名为"科幻"，其实充斥着神奇古怪的作品，曾受到一些真诚的科幻作家的激烈反对。第五个时期（1974 年以来），科学幻想小说在书籍、影片和电视中都占有很大的比重，出现了银河热和星球大战之类的科幻作品。在上述时期里，不论在英、法、德、苏、日等国，科幻读物也同样随着自然科学的发展而日益增长，如英国创办了《科幻权威》《科学幻想冒险》等刊物，至于科幻小说书籍为数则更多。笔者在加拿大多伦多大学见到的单是欧美出版的科幻小说藏书，就不下万种。

科幻作品题材极其宽广。从宏观世界到微观世界，从宇宙之大到原子之微，都可以成为创作对象。它可以描写过去，也可以描写现在与未来。写过去，可以写几千年几万年，甚至几亿年以前的事情；写未来，可以写今后十年、数十年、数百年以至数千年，甚至万年以后的事情；可以借特定人物的幻想故事，衬托出现代或未来科学技术方面的成就、理想与愿望。例如，柯南·道尔的科幻名作《失落的世界》，就是写亿万年前伦敦及亚马孙地区某处高原的事情；而埃德温·巴尔摩和菲力普·帕利的著名科幻长篇小说《当星球相撞以后》，写的就是 21 世纪的事情：地球末日到来了，人们如何准备迁到一个新的行星上去。至于像美国著名科幻作家爱·海因莱因的科幻长篇名著《厉害的月亮主妇》的故事，则发生在 21 世纪月球上的监禁地；拉瑞·尼温（1938 年~　）在《环形世界》这部科幻小说中，写的是一个离开地球二万光年之远的，比地球大 300 万倍的人造卫星生活着的人们的故事，是发生在大约 1 000 年以后的事情。正是由于科幻小说所写的内容可以不受时空的限制，因此它们可以在茫茫无际的寰宇展翅飞翔。

当然，这绝不是说科幻作品可以不受任何制约。既然称作科幻作品，它们总是要受一定科学规律的制约。我们认为：优秀的科幻作品之所以有价值，值得人们去阅读，必须具有科幻的特性，要符合科学推理。众所周知，科学的假设中就包含有一定的想象成分，包含有科学幻想的东西。著名的科学家伽俐略说得好："追求科学要有特殊的勇敢。"我们应当允许科幻作品具有"夸父逐日"那种特殊勇敢的精神！没有幻想，不闪耀着科学幻想的东西，还说什么科幻呢？如果在所谓"科幻小说"之中，写的都是科学上已经实现了的东西，那就失去了科幻的意义。是的，有些在特定科学原理指引下的幻想，看来像是想入非非。有时，在某些科学家看来，这个"非非"，是并不应该受到过分责难的，有时，这个"非非"甚至当时是对科学的"污染"，但经过数年、数十年或数百年之后也许将会看到它们倒是大有可贵之处，甚至要成为现实的东西。

就拿月球来说吧，自古以来，多少人想到月球去呵！我国数千年来，在文献古籍中就存在一系列有关"月宫"的种种传说和到"月宫"去的幻想。《淮南子·览冥训》中嫦娥窃西王母不死之药以奔月；郑綮的《开天传信记》中记载唐明皇游月宫，"诸仙娱……以上清之乐，嘹亮清越，殆非人间所闻也"等。这都是神话幻想。而自欧洲文艺复兴以来，由于人类对宏观世界，特别是对天体星球作了逐步深入的探索，人们越来越希望能够登月作实际考察。19 世纪法国科学幻想小说家儒勒·凡尔纳写的科学幻想小说《月界旅行》，就属于这类作品。它已经不是一般神话幻想，而是属于科学幻想的作品了。因为这部小说的幻想到月球去，是以当时的科学研究为基础的。这个幻想，终于在 1969 年 7 月由美国阿波罗 11 号宇宙飞船成功载人登月而成为事实。这也说明，科学幻想是人类所必需的。

人类科学文化的发展是没有止境的；科学幻想也是无穷无尽的。有幻想才能打破因袭传统和偏见的束缚，才能促进科学发明发展；而科学发明发展了，也将促使人们产生更为崇高的幻想和理想，这样人类科学文化也就越来越进步了！儒勒·凡尔纳不是在自己的作品里有过宇航登月、海底潜艇、无线电广播、气球横渡、直升机、原子分裂、雷达、火箭等方面的幻想吗？令人叹为观止的是，这些幻想竟基本言中了！这说明幻想如何对现实生活和科学起促进作用。科幻作品中间如果只有"科"而无"幻"，那么所谓"科幻"将黯然失色；同样，只有"幻"而无"科"，就称不上是"科学幻想"。

写好科学幻想作品，首先要求作家懂得数学、物理、化学、天文、地理、生物、机械学、医学、海洋学、民族学、人类学等多方面知识，当然，一个科幻作家不可能成为百科全书式人物，但至少要对某一门科学进行比较深入的探索，进而触类旁通。同时，科幻作品既要写人物，也就需要了解社会，就要很好地去接触生活，从生活出发，否则就容易在象牙之塔上胡思乱想，流于荒诞不经。而一个人有了深湛的科学修养，就会相信科学越来越为人类造福。所以某些名为科幻作品中所反映的人类毁灭、机器人杀人，这实质上是悲观没落情调和法西斯强盗杀人越货的一种反映。

当然，科幻作品还不能忘记它又是以文学形式来表现的作品，所以它必须通过文学作品的特点以艺术的形象思维来反映科学幻想的东西。如果作品不精于构思，不通过生动的艺术形象来描写，不是通过刻意的、巧妙的匠心安排，不能在自己的作品中塑造出活生生的富有典型性恪的人物，不能描写出作品中的典型人物性格和产生这个典型人物性格的环境，而只不过是干瘪的科学加幻想的说教，那么，这样的科幻作品将是没有人愿看的。

优秀的科幻作品总是要求具有深湛、宏伟的科学幻想的灵魂，而通过优美的、生动的艺术形象和人物形象以及细节的描写，把它烘托出来。越是能够抓住人们的心灵，越是能惊心动魄地感染人，就越会使其中的科学幻想成为千万人上下求索的科学理想，使人们去发奋地研究它，通过多种途径促其实现。这样的科学幻想就会有着一定的威力和生命力，也会使科学幻想成为科学现实，以至于成为推动人类生产力向前发展的重要的不可缺少的组成部分。

科幻作品是科学文艺领域中不可缺少的东西。鲁迅在 20 世纪初就曾经指出：我们"不仅要有牛顿，也必须有莎士比亚"，"不仅有波义耳，也希望有画家拉菲尔"；"既要有康德，也必须有音乐家贝多芬"，"既要有生物家达尔文，也必须要有著作家卡莱尔"。❶ 这是至理名言。鲁迅的时代我国自然科学方兴未艾，尤其是科幻文艺才崭露头角，而当时鲁迅就着手翻译著名科幻作家凡尔纳的《月界旅行》和《地底旅行》了！现在，对于正在进行"四化"新长征的中国说来，科学的世纪来到了，科学普及的时代已经来到了！我们有理由、有必要大力提倡科学文艺，提倡科幻创作。这是熔科学与文艺于一炉的新创作。

科幻作品既姓"科"又姓"文"，而科学的幻想是它的主导思想。因此科幻小说家必须首先学好科学，用科学思想武装自己的头脑；但它也姓"文"，它又要求科幻作家善于运用文学艺术创作技巧，用艺术加工的文学语言，创造出优秀的科幻作品以飨读者。

毫无实际内容的幻想，以及空想、妄想、怪想，都是没有什么科学依据的。我们需要的是名实相符的科学幻想！科学普及出版社创办《科幻世界—科学幻想作品选刊》，选载中外科幻小说名作，其目的就在于鼓舞青少年和全国人民向往科学，学习科学，献身科学，传播多方面科学思想和知识，激励人们去进行科学幻想，鼓舞人们去攀登科学文化高峰；因而它有着重要意义。《科幻世界》创刊号，只是个尝试，其内容不论在科学幻想和文学创作方面，还都不能令人完全满意，希望读者、作者多加帮助。我们希望《科幻世界》编辑部的全体同志，能够兢兢业业地审慎选择确有价值的科幻代表作，不

---

❶　见鲁迅《科学史教篇》的白话译文。

以名选文，不选以科幻为名实际上却是宣扬恐怖、神秘、凶残的东西，密切关注既有科学幻想性，又有很高艺术造诣的作品，特别是选拔科幻战线上的新生力量，栽之培之，使之成材壮大，并善于通过这个刊物来团结浩浩荡荡的科幻作者队伍，来推动和繁荣我国科幻小说创作；同时也不忽略把国外优秀科幻作品"拿来"，使它们更好地为普及我国的科学和文艺特别是科幻文艺发挥作用，以推动"四化"新的长征更快地发展。

啊！幻想，科学的幻想！你是发展科学和人类文化所不可缺少的一种动力，你能使人们变得聪明起来，变得更有思考能力！愿你在已经出现新曙光的再生了的新中国，更高地展翅飞翔吧！

四、祝《科幻译林》创刊

科学幻想作品，在全世界范围内越来越受到广大读者的爱好，仅在美国这个科技发达的国家里，10年来科幻作品约增长4倍。

科技工作者穷竭毕生精力，艰苦地进行科学探索的同时，还要不断地开拓自己的科学幻想的境界。两者相得益彰，才能促使科学创造如同泉涌。有人认为提倡写科幻作品，出版科幻小说，对我国"四化"没有什么直接作用，书店很不欢迎。这是庸人的浅见。科技读物（包括科幻作品）应主要看它的实际效果，不能光凭市场价值。钞票是不能衡量科学上的真正作用的。科幻作品并非与我国"四化"无关。它所以在"幻想"前头冠以"科学"，说明还是从实际出发，非纯主观臆想。特别是优秀的科幻作品，有坚实的现实生活基础。从形式上看，科幻走在实际之前，实质上，它们是现实的高度概括和对未来的向往。好的科幻作品，依靠科学方法对客观现实进行具体深入的分析，越植根于现实，认识越接近真理的科幻作品，越有生命力。

当然，既称之为"科学幻想"，它又不能受现实的束缚。超于现实的科学幻想，可以启发今天的科技工作，成为科学技术的先导，甚至能预测人类社会的发展。我们只要稍微涉猎科技发展史，便不难发现，几乎任何一种发明创造，总是幻想在先，随着科幻题材不断延伸，人们因受到启迪，而会去探索越来越多的边缘。这方面，科幻作品作出了不可磨灭的贡献，儒勒·凡尔纳、H. G. 威尔斯、阿瑟·克拉克、阿西莫夫等著名科幻作家的许多优秀科幻作品，都起过这样的作用。

科技工作者当然最讲实际。但最求实的优秀科学家，往往也富于想象和幻想，否则，他怎么能超越前人而独树一帜呢？

"四化"是生产力的伟大革命，也是科学技术的革命。那种以"市场价值论"和"与四化无关论"来否定科幻作品的种种论调，是根本站不住脚的。

我们编辑出版的《科幻译林》将为广大读者介绍浩如烟海的世界科幻作品中的佼佼者，介绍举世公认的科幻大师的名著，介绍科幻领域中各种风格的流派。毋庸讳言，资本主义国家的科幻作品中不乏迎合低级趣味之作，而且在科学思想和艺术成就上也良莠不齐，甚至也有反科学之作。我们将仔细甄选并邀约著名翻译和科学家帮助，选登有益于人民和有助于"四化"的优秀科幻作品。

"他山之石，可以攻玉"。《科幻译林》中选择的作品，将供广大读者，尤其是科幻爱好者和科幻作者欣赏和借鉴。我愿《科幻译林》无论选材和翻译工作，能做到严谨而别树风尚，使引进的国外科幻名著，有助于人们开拓视野，获得教益，更好地进行科学幻想，使科幻小说能为实际生活服务，为迅速发展"四化"的宏伟事业服务。

（1982 年 3 月于科普出版社）

五、科幻小议（外三篇）

（一）把科幻小说的翅膀展得更开些

打倒了"四人帮"以后，我国科学幻想小说创作十分繁荣，并取得了很大成绩。但关于科学幻想作品的争论也很多。这是好事。在我国科技水平还比较落后的状况下，科幻作品中出现了这样和那样的缺点和错误，这是毫不奇怪的。我国科幻作品中的问题往往表现在两个方面：一是由于见闻闭塞，把国外已经实现了的科学技术，竟当做科学幻想性的东西；二是把完全没有科学依据的东西，也作为科学幻想故事来进行艺术描写，其中后一方面的问题似乎更突出一些。科学幻想的起点应当是当前的科学实际现状，脱离这个起点或落后于这个起点，都是容易出毛病的。大家知道，近年来讲科学幻想的人，常常喜欢引用列宁在俄共（布）第十一次代表大会上《关于俄共（布）中央政治报告的结论》中讲的一段话：

> （幻想）这种才能是极其可贵的。有人认为，只有诗人才需要幻想，这是没有理由的。这是愚蠢的偏见！甚至在数学上也是需要幻想的，甚至没有它就不可能发明微积分。幻想是极其可贵的品质。

的确，特别是对科学家和作家来说，幻想的才能确实是十分可贵的。我们不仅要能够幻想，还要善于幻想，从而使幻想出来的东西既不是尽人皆知的普通常识，也不是缥缈无际的"痴人说梦"。

这里值得引起注意的是：我们在体会列宁这句话的时候，还应当看到列宁在这里是针对当时俄共主持国家计委工作的拉林而说的。列宁不是肯定拉林富于幻想，而是讥讽和批判拉林的幻想过了头。列宁在上述引文之后说道："可是拉林同志的（幻想）过多了一点"，接着列宁在后面又说道："问题在于拉林的幻想飞出了十万八千里，结果把问题弄糊涂了。"

当然，列宁在这里是针对国家计划问题而讲的。这里引用了列宁有关幻想的前言后语，无非为了引起我们认真思考。对于科学幻想作家来说，只要想象合理，飞翔得远一点也是可以的。

但是，不论是展望未来或回顾过去，其目的都是为了现在。因此，我们要设想科学未来发展的前景，就必须首先了解科学技术发展的现状。未来是现在的发展。著名科幻作品大师儒勒·凡尔纳等人，为了研究一个科学前景问题，往往阅读许多文献资料，并作大量的摘录。据说，凡尔纳留下的笔记摘录材料就有 25 000 本之多。他为了写《月界旅行》，就曾经研究过 500 多册图书和资料，同时还访问过许多对月球作过研究的天文学家。这种写作精神是值得学习的。当然，我们不能限制科幻作家在自己笔下作的多种遐想，但这些遐想要有一定的科学依据，要具有科学逻辑性和艺术说服力，只有这样的科幻作品，才能启发和激励人们去实现它。

这样说，绝不是说科幻小说的幻想都必须成为现实。科学幻想中的科学的客观可能性，不等于科学的客观真实性。科学允许假说，要发现某方面的科学真理，往往要有许多假说。伟大的科学家爱因斯坦在肯定科学幻想的时候，曾经指出这是一种特殊的自由。他说这种特殊的自由完全不同于作家作小说的自由，倒有点儿像一个人去猜一个设计得很巧妙的字谜的那种自由。他固然可以猜想无论什么作谜底，但是只有一个字才真正完全揭晓这个字谜。爱因斯坦这里讲的是科学研究中的推测和假说。既然科学都允许假说，那么科幻作品就更应允许作种种幻想了。科学幻想只是对过去和未来的探测，而不是作科学结论。人类对客观世界的认识还处在幼年的阶段，要允许对假说或幻想有错误。人类对客观世界的认识是无限延续的，个人的片面性或谬误总是难免的。恩格斯说得好：科学对于"人们就像处在蜂群之中那样处在种种假说之中"。科学如此，何况是科幻文艺创作呢？

再说，即使某些科幻作品中存在一些错误的东西，也要对具体作品进行具体分析，而不能采取一棍子打死的办法。我们必须注意到：评论一篇科幻作品的内容是不是错了，就应该指出它错在哪里，是某些科学知识性方面错了呢，还是科学思想方法或其他方面错了？在科学性上基本错了的作品中，也要查看其中是否还存在某些合理的东西。科幻文艺作品在我国文坛还是新生事物，需要大家来大力扶持，因此我们对它进行评论的时候，应当采取特别审慎的态度。

（原刊 1980 年 12 月 4 日《中国青年报》）

（二）倒脏水不要连孩子也倒掉

1983 年以来，报纸上对某些错误的科幻作品作了批评，这种同志式的批评是必要的，也是无懈可击的，党历来教导我们：批评与自我批评是思想进步的动力，因而无可责难。但是应当看到另一种情况，就是科幻小说或科幻小品，自从 1983 年以来，逐渐地少了，少到几乎没有的程度。

科幻小说是不是应当从中国大地上消失才好呢？不，我们还需要科幻小说。没有幻想就不会有科学，就不会有科学的进步和发展！列宁说过，就连数学也需要幻想，何况其他科学。科学需要幻想，幻想是科学之母。平庸和幻想是不相容的，只有科学才能与幻想结下不解之缘。

我们反对胡思乱想、毫无根据的幻想，以及妄图利用科幻小说来脱离党的四项基本原则，攻击党和社会主义，但是我们决不能因噎废食，批评那些有欠缺，甚至有错误的科幻作品，而否定和反对科幻作品。绝不能因为要倒掉科幻小说中的"脏水"，而连盆子里可爱的"新生婴儿"也都倒掉了！这种行为是不足取的，也是应当严格加以分清的。

在欧美现在有一句谚语很受人们的欢迎，那就是"科学幻想是生活所必需的"英文的缩写是"FIAWOL"，全文就是"Freedom is a way of live"。在当前要实现"四个现代化"，科学技术是关键，而科幻作品却又是科学技术中的一朵蓓蕾，怎能一棍子把她摧残致死呢？

（原刊 1984 年 11 月 9 日《北京科技报》）

（三）正确区别错误和"污染"

科幻小说领域中产生了有错误的作品，这是不足为奇的，问题在于是什么样性质的错误。我完全赞同方毅同志所说的，在科学领域中没有什么"污染"问题。不错，一些科幻作品，在科学性上发生过这样那样大大小小的错误，但科学上的错误就是科学上成就的先导，它谈不上是什么精神"污染"，它不同于思想战线上的精神"污染"。

科学允许假设，科学需要幻想，假设和想象也都建立在一定的科学基础之上。人不会凭空想象，也不能凭空想象。唯物主义的哲学告诉我们：物质是第一性的。人的大脑只有在物质的条件反射下，才能够产生各种各样的思维活动，几千年前，人类不就是想"飞天"吗？这是他们看到了天上的飞行动物所联想起的，绝不是"梦中所得，凭空而想"。当然，科学和幻想是有一定的距离的，但是不能否认科学是建立在幻想的基础上，用科学的知识，经过客观规律的检验，并付出辛勤的劳动才获得的。但这一切都离不开科学的幻想，幻想和科学有着不解之缘。既然是幻想，它必定给人们带有一定的"神秘"的、"向往的"色彩，而且更多的是展现当前人类所追求的东西，所以科学幻想的最后答案只有幻想能否实现，或是错误、正确之分，根本谈不上"污染"问题。

当然，极少数别有用心的人是另当别论的，但它不是主流，丝毫贬低不了科幻作品在整个科学发展中的巨大作用。

（原刊 1984 年 12 月 21 日《北京科技报》）

六、科幻小说也要力争为我国"四化"服务

科幻小说也要力争为我国"四化"服务，这不仅是必要的，也是能做得到的。

大家知道文艺复兴曾是欧洲工业革命的前奏，在它的巨大影响下，哥白尼创立了日心说、地动学说；伽利略发现落体定律；开普勒发现行星运动；麦哲伦完成环绕地球的航行；哈维发现血液循环说；科斯制造蒸汽机械；牛顿发现万有引力；富兰克林发明避雷针；瓦特发明蒸汽机；哈特里佛士发明纺织机；库纽发明蒸汽车、伏达发明电和电池；道尔顿提出原子说；斯蒂文生发明火车；法拉第发现电流感应；辛普孙发现麻醉药；达尔文发现的生物进化论；伦琴发现 X 射线；等等。这些事实如在这前后许多科学幻想家带来为数众多的科学发明与发现一样，它雄辩地说明了：科学幻想同现代化绝不是什么南辕北辙的事情，恰恰相反，只要幻想的确有科学上的依据，它同科学的发明与发现将是水乳交融，是互为助益的。再拿我国自古以来就有的飞天幻想来说吧，在哥伦

623

布发现美洲之前 300 年，13 世纪的英国科学家罗吉·培根就预言人类能作空中旅行，他幻想出航空机是一个中空大球体，用薄钢或其他金属片制造，中间充满稀薄气体（他叫以太空气）；意大利的达·芬奇在 15 世纪就写了"利用机械飞行"的最初论文；17 世纪尉尔琴兹的《数学的神秘》中也有关于"飞行术"幻想的记载；17 世纪意大利人拉拿有制造飞船的幻想和纪实；巴西僧侣古斯曼曾经要求葡萄牙国王给他以"飞行术"的专利权；18 世纪英国的克利，曾制造出飞机的模型；19 世纪享孙制造出世界上最初的单叶机；后来飞机的飞天终于成为事实。对于嘲讽科学幻想的人来说，人类的宇航事业的发展，是对他们最好的回答，被讥为"傻想"的人们，竟创造出如此辉煌的业绩。我国古代庄子也曾幻想在寰宇"逍遥游"，如今竟真的在数千年后实现了。这些事实说明世界是由于善于幻想的"傻子"们所创造的，说明科学幻想是实现我国"四化"所不可缺少的。

幻想有各种异样，但我们所迫切需要的是真正名实相符的科学幻想，幻想不离开科学的制约，这是我们所迫切需要的。拿我国老一代科学家、桥梁专家茅以升写的《明天的火车和铁路》一文为例，他所描写的"坐在明天的车厢里"，指出"明天的火车的主要优点在于运行的特别安全，特别快和异常准确，准确的和钟表一样"；它既具有新式的火车头，新式的红绿灯，新式的轨道，而且未来的电力机车速度将在蒸汽机车 3 倍以上，预言将来机车信号将完全自动化，100 千米行驶有一个人管理就够了，速度每小时在 200 公里左右，早晨从北京出发，中午就可以抵达上海。这样的幻想，是我们所特别需要的。它将鼓舞把"四化"推向前进，并促其早日由科学幻想变成事实。

优秀的科幻小说家，如儒勒·凡尔纳、H. G. 威尔斯，以及现代美国的阿西莫夫、英国阿瑟·克拉克等人，他们的科幻小说之所以使人钦折，正是因为这些科幻作品中闪耀着人类科学生活中幻想的远景，甚至让人见到未来社会有着科学思想的人物的高尚生活和情趣。很显然，它们并不是信笔写来，缥缈无际，既不可望，更谈不上可即。

我国"四化"是一场极其宏伟的前所未有的事业，它既需要脚踏实地的科技工作者添砖加瓦，也需要严肃的科幻作家循循善诱。中国"四化"需要的是将在十年或数十年内有希望得以实现的科学幻想。让我们科幻作家拿起自己的武器，为刻画出"四化"的明天，而奉献出自己的应有的力量吧！

七、不要让鬼神进入科幻作品的领域

自然科学家应当是无神论者，尤其在今天，大家都在学习辩证唯物主义与历史唯物主义的时候，以神灵冒充科学的各种论调应当被摈弃和批判。但是最近以来神鬼之说侵入报刊出现了一些读书说鬼的奇谈怪论，以至于越谈越玄，出现了"白天见鬼"说。比如一些报刊记载某儿童到故宫参观珍妃井时，竟见到穿着清朝服装的慈禧太后命令太监把一个青年女子推下井，而这个孩子则从未听过珍妃故事；某医师在一个病人病逝之际，亲见其鬼魂到他办公室致谢，等等。我们并不全盘否定文学作品中有关鬼神的描写。伟大作家莎士比亚在《哈姆雷特》等名作中，就曾经通过鬼神"显灵"的描写，深刻揭露了作者所处时代的宫廷黑暗和残暴，至今仍然能够震撼人心。但是称作"科学幻想小说"或其他属于科幻的作品，它既然以"科学"冠首写成作品问世，就不应该以鬼神幽灵作为"幻想"的主要题材内容，否则那还谈得上什么科学呢？

大家知道，科学和神灵，如果从欧洲中世纪算起，已经斗争了数百年。恩格斯说得好，"自然科学把它的殉道者送上了火刑场和宗教裁判所的牢狱"（见《马克思恩格斯全集》第 20 卷 362 页）。科学家为科学发展付出了多少血的代价啊！文艺复兴时期杰出的西班牙学者、职业医生塞尔维特（1511～1553 年）在研究血液循环方面作了重要的发现，但是教会"烧死了他，而且还活活地把他烤了两个钟头，而宗教裁判所只是把乔尔丹诺·布鲁诺（1548～1600 年）简单地烧死便心满意足"（同上书，同页）。自然科学在中世纪的欧洲成为神学的婢女，在中国很长的历史时期中成为封建迷信的俘虏，这是古代中国科学原很发达，后来竟停滞不能发展的重要原因之一。我们今天要搞"四化"，要使科学发达，决不能重蹈覆辙，这对于科学幻想作品来说，也没有什么两样。

应当指出，自从某些神灵学邪说侵入科学领域之后，已经"污染"了科幻作品，这是不容忽视的。看吧！"白天见鬼"之类的邪说，已经开始偷偷地在名为科幻的作品中出现。有的科幻小说竟然大写"借尸还魂"，这是同自然科学水火不相容的。这虽然号称"科幻"，有什么科学气味呢？没有！一点也没有！实际上是坠入了非科学的神秘主义的泥坑。这样的"科幻"小说，实质上是在科学的外衣下，偷运着神学的东西。是的，在历史上，有过科学家支持神魂。但是，难道某些科学家支持便是要相信它们是科学吗？瑞士动物学家和地质学家鲁道夫·阿加西斯曾到处宣扬过神创造世界的思想；俄国以对自然科学很有研究的面貌出现的阿克萨柯夫（1832～1903 年），曾堕落成为神秘主义者和降神术的术士，并且到处表演；俄国杰出化学家，现代有机化学基础学的创始人布特列罗夫（1828～1886 年）、英国著名物理学家威廉·克鲁克斯（1832～1919 年）、都曾经在科坛显过身手，但他们后来都成为降神术的拥护者，甚至还亲自"提供"降神现象的"现实材料"，让人目睹眼见！由此可见，即使某些科学家相信各种神鬼异说，真诚的科学工作者应当与其划清界限，不能以非科学当科学，而加以肯定，并且用文学艺术形式，在自己的"科学幻想小说"中绘声绘色地加以传播。与达尔文齐名的英国生物学家，创化论和生物地理学的创始人之一、曾和达尔文同时提出自然选择的理论的拉塞尔·华莱士（1823～1913 年），后来不但作为降神术的坚决拥护者，甚至伪造神灵的照片。科学史上的这些事例，我们应当引为戒。正如科学家、生物学家、达尔文的朋友赫胥黎所指出，他们充其量只是用"神媒"的嘴，"说一大堆废话而已"。我愿中国科幻作家不要成为神灵世界的俘虏，冷静而清醒地去对待社会上某些糊涂的科学家或科学工作者在神灵学上所宣扬的东西，用科学的思想，努力去写出名实相符的有科学性的科幻作品。

（原刊《科学周报增刊·科幻小说》1981 年 9 月 10 日）

八、李约瑟谈科幻小说

李约瑟博士，是中国人民的好朋友，英国皇家学会会员，世界知名的科技史家，七卷本《中国科学技术史》的作者。他是我国科学界的知名人物，最近，他第七次来中国访问，是应日本邀请途经中国，特地在京、沪停留数日，会见旧友新朋。9月17日晚，由中国科技出版社和《中国科技史料》编辑部，在北京的一家四川风味的饭店宴请了李约瑟博士和他的助手鲁桂珍女士。在抗日战争期间，李约瑟博士来过中国，并在重庆住过。他很赏识四川风味的中国菜。虽然他今年已是81岁高龄，头发须眉全白了，但仍然神采奕奕、双目有神、谈笑风生。席间，他兴致勃勃地同我们谈起有关科幻小说创作问题。他问我国科幻作品的创作和出版情况："中国有自己写的科幻小说吗？"

我们告诉他："有！"特别是在打倒"四人帮"后，不但出版了成百种科学幻想小说集，报刊上发表了成千篇科学幻想作品，并具体地讲到海洋出版社专门出版了刊登科学幻想作品的《科幻海洋丛刊》、四川人民出版社出版了《科学文艺》、江苏科技出版社出版了《科学文艺译丛》、天津新蕾出版社出版了科学文艺刊物《智慧树》等，其中都刊载有各式各样的科学幻想作品和译作，哈尔滨《科学周报》增刊的《科学幻想小说》这个小报，每期发行量将近20万份……李约瑟博士听了后，喜形于色，连连点头，并说道："好呀！这是件好事！"他又说："人们很需要科学幻想作品。"

"说'科学需要幻想，幻想是科学之母'，这种说法对吗？"

"这是正确的。"李约瑟博士肯定地回答，接着他又问："在中国，对科学幻想小说创作有什么问题吗？"

我们告诉他："有姓科与姓文之争，就是说，到底科学幻想作品属于科学范畴呢，还是属于文学范畴？"

李约瑟博士非常肯定地回答："既然称做科学幻想小说，就要既重视科学幻想，也重视文学创作，两者都不可以缺少。"他停了一下，呷一口茅台，继续说道："在欧美有不少称做科学幻想作品的，但科学性很差，其中有的写得离奇古怪，专门猎奇取巧，宣扬怪异、神灵的，那不是可取的科学幻想作品。只有具有科学性，又具有文学艺术性的科幻作品，才有它们的生命力呀！"

李约瑟博士问到中国都有哪些著名科学幻想小说家，当我们将叶永烈等一些科学幻想小说家的名字告诉他时，他拿出一张纸记录了下来。

我们告诉李约瑟博士中国青年出版社、广东科技出版社出版了法国著名科学幻想家儒勒·凡尔纳的科学幻想代表作，江苏科技出版社出版了英国著名科学幻想作家 H. G. 威尔斯的科学幻想代表作选集，他盛赞翻译这些作品很有价值，可供借鉴。他又深情地说："我很高兴地听到我的友人 H. G. 威尔斯的科学幻想作品被译成中国文字在中国传播。"他眯着眼睛，停顿了一下，似乎是沉浸在往昔岁月的回忆里，接着又继续说道："当我还年轻时同威尔斯先生很要好，他是位多么富有才华的人啊！"他吃了一些特制的四川豆腐，又接着对我们说："威尔斯的科学幻想小说，不论是科学幻想的想象力和

626

文学想象的创造力，都非常出色。"

李约瑟博士很赏识中国的各种酒，他能讲出中国各种酒的名字并说出他们的特点。他在问我们："中国豆腐的制作是不是汉淮南王时开始？"这问题之后，又说到科学幻想小说。他说："德国著名天文学家约翰尼斯·开普勒写的 *Somium*（按：1963 年出版）是一部著名的科学幻想作品呢！这部作品中间写的梦游月球和行星，写得多么富有科学想象力，文字又多么美丽呀！"他肯定那是一部科学幻想杰作。

我们对李约瑟博士谈到中国科学普及出版社即将出版一种丛刊，叫《科学幻想译林》，专门刊登国外特别是欧美的科学幻想名著，把它们译成中文，供中国广大读者阅读。他听了非常高兴。我们问："你能否介绍些值得翻译的科学幻想名著由我们来找人翻译呢？"

李约瑟博士不假思索，立即向我们介绍了下列科学幻想名著：［美］乌苏拉·勒·古因著的《黑暗中的左边》《被放逐了的》《幻想之城》等作品；［英］阿瑟·克拉克著的《天国之泉》《2007 年》等作品；［波］斯文丹尼斯文劳·莱姆的《太阳系》《星球的运转》等作品。他说以上所举的都是既富有科学幻想又富有艺术价值的作品。李约瑟博士生怕我们听不清楚，他拿过一张纸片，把他讲过的作者及书名一一写了出来后，递给我们。他说英国"阿瑟·克拉克的作品，尤其是《2007 年》，写得非常好，说他是位在科学幻想和文学创作方面都作出杰出成就的作家呢！他写的宇宙的场面非常宏伟，有大气魄，写得极其出色"。当笔者告诉他这部科学幻想作品已由我国广东省科技出版社译出，译文也很流畅，他显得格外高兴，他告诉我们，这位英国著名科学幻想作家现在住在斯里兰卡。

临别时，李约瑟博士特地为《中国科技史料》题字留念，并亲自签署了英文和中文名字，并用中国字写了中文别号"十宿道人"四字，又写另一别号"丹耀"两字。

九、科学家们，请支持科幻小说

打倒"四人帮"以来，随着科学文艺的不断成长，科幻小说也逐渐多了起来。海洋出版社出版的《科学神话》等科幻小说，深受读者欢迎。海洋出版社即将出版定期刊物《科幻海洋》、科普出版社即将出版《科幻世界》丛刊、哈尔滨科普创作协会和《科学周报》即将增刊《科幻小说》，标志着科幻读物的不断兴旺发达，这是令人高兴的事情。

但是，令人遗憾的是，有些科学家扬言：科幻小说是科学"污染"的来源。我们不否认，在科幻小说中出现过这样或那样科学性不足的幻想，但不能因噎废食，就此否认所有科学幻想都不足取，都要排斥于一般科普读物之外，而把它们统统视为"污染品"吗？

不！不能这样！一部科学史说明，不少优秀的科学家都支持科幻小说，甚至他们认为自己之所以在科学技术上有所成就，同阅读科学幻想小说受到启发教育是分不开的。世界上倘没有幻想，还有什么科学呢？所以列宁认为连数学也有幻想的存在。陈景润倘若没有去解答"哥德巴赫猜想"这个科学幻想的宏愿，他能一举成名天下知吗？谷超豪倘若没有对一般空间微分几何学、双曲型和混合型偏微分方程理论、规范场理论等方面数学问题产生种种科学幻想，他能发表 80 多篇学术论文吗？谈家桢如果不是对生物遗传问题有种种科学幻想，他能提出具有独创性的色斑嵌镶显性变异，特别是在染色体内部结构演变方面的研究具有独创性贡献而享有国际声誉吗？张香桐如果不是敢于提出感觉相互作用的带科学幻想的学说，从而受到国际科学界的承认，他能获得 1980 年世界茨列休尔德奖金吗？蔡祖泉倘若不是对高真空、电光源技术有过种种的科学幻想，他能成为"小太阳"（长弧氙灯）创始人之一，能先后研制成功氢弧灯、氖灯、氙灯、碘钨灯等几十种新型光源吗？茅以升当年倘没有"射水法""沉箱法""浮定法"等科学幻想，后来转变为实际中的指导，他能有本事征服水深、浪大、沙多、号称"钱塘江无底"的种种困难而建成钱塘江大桥吗？就是钱学森倘若对工程控制论没有科学幻想为前导，他能写出获得科学院一等奖的《工程控制论》吗？

我想，这大约就是为什么意大利无线电发明者马可尼和苏联宇航员加加林要感谢法国科学幻想作家儒勒·凡尔纳的缘故吧。因为凡尔纳的作品，引起了他们浮想联翩，引起了他们从事科学发明创造的愿望，使他们到天际做宇航之旅而获得成功。

这也是为什么美国科学文化界要提出"幻想是生活所必需的"。因为幻想，特别是科学幻想是科学创造的一股动力。"刑天舞干戚，猛志固常在"，我以为这不能光从古代神话角度来理解，这是古人在幻想中发出的对"猛志"的颂扬声，以至我国从陶渊明到鲁迅，都十分赞赏这个"猛志"。

科学家在发明实践过程中，允许多次假设和求证；错了再假设再求证。对于一些科学幻想小说科学根据不足，或者有意以猎奇、惊险、怪异、恐怖来骗取读者的，当然要严肃批判。特别是科学家，有责任多加指正和评判；但是对科幻小说采取一笔抹煞的态度是不符合科学的。

我衷心祝贺《科学周报》增刊《科幻小说》，希望它在白山黑水间成长壮大。让我们再次呼吁：科学家们，为了科学技术的发展，请你们支持科幻小说吧！

十、优秀的科学幻想小说遗产永放光彩——为儒勒·凡尔纳科幻小说恢复名誉

科幻小说尔为师，千奇百异绰约姿。
旅行月界飞天去，遨游海底九地舒。
机器岛中闻仙乐，气球顶上窥洲间。
写尽明天人间相，留却心葩百卷书。

"文化大革命"前夕，康生，在法国著名科学幻想小说家儒勒·凡尔纳（Jules，Verne，1829～1905 年）早期作品《气球上的五星期》中，偶然"发现"有对非洲黑人生活的某些自然主义描叙，于是便肆意夸大，棍棒齐飞，大嚷大叫说该书作者是在"恶

毒攻击非洲黑人"，把他的著作通统贬为"大毒草"，勒令中国青年出版社将当时已翻译出版的凡尔纳的科学幻想小说全部停印。这是对优秀科学文艺遗产的严重摧残。

（一）作品宣传了科学和民主

儒勒·凡尔纳生活的时代，是法国面临革命暴风雨的时代。他目睹路易·波拿巴发动政变，做了皇帝，把法国的科学和民主一扫而光；他目睹史无前例的全世界第一次无产阶级革命取得胜利，人类历史上出现了第一个无产阶级政权——巴黎公社；目睹刽子手们对巴黎公社的残酷镇压，屠杀法国革命人民，使法国历史上出现了空前黑暗的时期。所有这些，对于凡尔纳的一生和创作活动都有着极其深刻的影响。

儒勒·凡尔纳诞生在法国布勒塔尼省特市一位律师的家庭里。他从小酷爱科学和文学，酷爱航海旅游生活，大学时专攻法律，涉猎过天文、地理、生物及航海等各门学问。他在巴黎读书时，曾同著名小说家大仲马、阿拉贡相识，特别是在大仲马的影响下，首先学习写剧本，后来写航海家哥伦布等人的传记，走上了科学文艺的创作道路。他的名著《气球上的五星期》（1862 年）、《地心游记》（1864 年）、《从地球到月球》（1865 年）、《环绕月球》（1865 年）、《哈特拉斯船长历险记》（1864 年）、《格兰特船长的儿女》（1867 年）、《一个十五岁的船长》（1869 年）、《海底两万里》、《神秘岛》（1874 年）、《八十天环游地球》（1874 年）、《一个中国人在中国的苦难遭遇》（1879 年）、《蓓根的五亿法郎》（1879 年）、《机器岛》（1895 年）、《世界的主人》（1904 年）等书，不但具有浓厚的艺术魅力，同时也具有一定的思想性和高度的科学性。

凡尔纳的处女作《气球上的五星期》，一开始便受到科学文艺界的重视。此后，他接连写了将近 100 部长篇和中短篇科学幻想小说。他的作品表现了他对科学的高深造诣、卓越的想象力和敏捷的创作才能。他不仅十分熟悉自然科学的各门学科，而且对于当时的社会政治、经济、风俗习惯等都作过很深刻的观察和研究。他善于把自己丰富的科学知识溶化在他的高度想象力和动人心魄的艺术形象之中。他的作品，不但充满着科学幻想，同时也极其生动地描绘了一群具有崇高科学理想的勇士们的探险精神。

凡尔纳对不间断地通过科学发明创造以提高人类社会生产力和改造世界，有着坚强的信念。在他看来，人类只要能够运用科学的头脑，就能够征服大自然，成为它的主人；同时，在凡尔纳笔下，追求民主的精神也是相当强烈的。他热爱富有科学远见和民主理想和科学技术界的人物，热爱善良而纯朴的劳动人民，而极其厌恶欺榨奴役人民的封建资产阶级恶棍和骗子；他对被压迫民族，特别是非洲黑人不但没有诬蔑歪曲，而且抱着相当深厚的同情。他在自己的科学幻想小说中，猛烈地抨击了民族歧视与民族压迫的反动政策。

（二）作品有很高的艺术性

凡尔纳的科学幻想小说中，故事情节十分紧凑。就拿《八十天环游地球》来说吧。书中写道：1872 年福克先生在俱乐部和朋友们打赌，要在 80 天内环游地球一周。在当时的情况下，这的确是很难办到的事，因为旅客要把时间掌握得非常准确，也就是说，一下火车就要上轮船，一下轮船就要上火车，稍有半点延误，就会使整个旅行计划脱节，致使前功尽弃。但是福克先生从伦敦出发，经过欧、非、亚、美四大洲，竟以坚定的意志克服了无数自然界和人为的障碍，实现了他的环球旅行计划。作品波澜起伏，自始至终紧扣着读者的心弦，常常是刚刚克服了一个困难，补回了损失的时间，读者满以为可以松一口气了，又有新的困难接踵而来，甚至节外生枝。随着故事的展开，读者忽而高兴，忽而着急，甚至感到已经没有什么希望了，可当最后福克先生踏进俱乐部大厅的时候，却没有超过规定的时间。

又如，在《格兰特船长的儿女》中，那一连串的情节几乎都是传奇式的，然而仔细推敲起来却又觉得它们无不写得合情合理。例如，格兰特的小儿子在寻父的路上经历了许多惊险的场面之后，突然被一只大鹰鹫掠入高空，飞翔远遁。当读者正为这个小主人公即将死去而悲痛时，猎人一枪，把这只鸟打了下来。读者都认为这少年必将丧命，但出人意外地却毫无损伤地平安脱险落地，因为被枪打落的大鹰鹫翅膀像降落伞似地保护了他。作者通过这些细节的描写，不但显出了富有想象力的艺术手腕，也表现了高度的科学思维能力。

《地心游记》，这是难以描写的题目。大家知道，地底下除了石头之外，还有什么并不明确，这似乎没什么可写。但凡尔纳在这里施展了异常丰富的想象力，为读者描绘了一幅又一幅惊心动魄的壮丽场面：地下出现了一个海，史前的巨大海兽作凶猛的搏斗；海上出现了狂风暴雨，耀眼的雷电在轰鸣；路上遇到一批已变成化石的史前人；在生长着第三纪植物的丛林里，一个巨大无比的古猿人放牧着一群古代乳齿象，等等。

正是由于凡尔纳作品有着极为丰富的想象力，它们时而带领我们乘气球上天，时而带领我们从火山口进入地心，时而环游全球，时而潜入水底……许多容易写得简单无味的主题，在他的笔下，总是添上了各种生动有趣的情节，显得有声有色。

凡尔纳作品中的语言相当优美。它们既是艺术的语言，又是科学的语言。如他在《海底两万里》这本书中谈到珍珠时写道："先生，珍珠是什么呢？"作者通过书中的一个人物回答道："对诗人来说，珍珠是大海的眼泪；对东方人来说，它是一滴固体化的露水；对妇女们来说，它是她们带在手指上、脖子上或耳朵上的，长圆形、透明色、螺钿质的饰物；对化学家来说，它是带了些胶质的磷酸盐和碳酸钙的混合物；最后，对生物学家来说，它不过是某种双壳类动物产生螺钿质的器官的病态分泌物。"寥寥数语，既有绚丽的文学色彩，又有丰富的科学知识，把珍珠写得入木三分，惟妙惟肖。像这样的例子，在他的书中不胜枚举。

（三）传播科学知识和激励科学幻想

凡尔纳有着极为渊博的知识，尤其是在地理、地质、航海、生物学、历史、法律这几个方面。他把这些知识都巧妙地穿插在自己所构思的故事和人物刻画之中，使作品既有现实主义的深刻描写，又有浪漫主义的幻想色彩，故事情节又是那么曲折生动，饶有趣味，使读者在不知不觉之中学到了科学知识。

在《地心游记》中，作者介绍了关于地质学方面的丰富知识。其中写到阿克赛和黎登布洛克教授失散后，他们曾用声音来测定彼此之间的距离，这是很有科学道理的。

他的一系列作品，生动地描绘了非洲、澳洲、新西兰、南美洲和太平洋群岛各地的风土人情，使人们大开眼界，大大地丰富了有关天文、地理、生物、历史、民俗等方面的自然科学知识和社会历史知识。

有人把凡尔纳称做"奇异幻想的巨匠"，说他是个"能想象出半个世纪以至于一个世纪之后才能出现的最惊人科学成就的预言家"，"他是依靠丰富的幻想来发展那个时代科学家们的成就和发明的人"，这些评语是很确切的。他在作品中所幻想到的电视、直升机、潜水艇、霓虹灯、导弹、坦克等，今天都已成为事实。由此可见，凡尔纳的"幻想"，不是凭空的捏造，不是无稽之谈的瞎想，而是建立在严格的科学基础之上的。因而这些幻想常常具有高度的预见性和强大的生命力。这是凡尔纳的作品极可宝贵之处，也是我们写作科学幻想小说必须注意的一点。

非洲，在西方人的心目中，曾经被视为"神秘大陆"，当时有不少旅行家、探险家想打破"非洲之谜"，但是，由于自然的障碍和人为的困难，都无法深入非洲内地。在凡尔纳的时代，乘坐气球横贯非洲大陆更属幻想。然而凡尔纳却以生动的文笔描绘了一个乘气球横贯非洲大陆的探险故事，写得情节谲奇，色彩绚丽，使读者有亲历之感。事实上，利用气球进行科学研究即使在今天也具有很重要的意义。1978 年 8 月 11 日，有三个美国人乘气球从美国缅因州出发，横越大西洋，经过 6 个昼夜，飞行 5 000 千米，终于在法国巴黎郊区徐徐降落，第一次实现了人类乘气球飞越大西洋的愿望。由此可见，凡尔纳的幻想是有科学基础的。所不同的是，凡尔纳在书中只能用最好的波纹绸浸以树胶来做气球，这样的气球在热带的日晒雨淋下，最后不免漏气，使飞行家险遭不测。而这次横越大西洋的气球却是用尼龙绸和人造氯丁橡胶合制而成，具有抗油、抗热、抗水的性能，无漏气之虞。这样的人工合成材料，在凡尔纳的时代当然是想不到的。另外，气球上装有射频信标，地面上的空间飞行中心通过人造卫星可以随时观察到气球的行动，决不会听任它"凭虚御风，而不知其所止"，这也是凡尔纳的幻想所不及的。这说明人类科学技术的飞速进步，早已超出了当年科学幻想小说的描写。而优秀的科学幻想小说，则能为人类的社会生活指引方向，促进科学技术的不断发展。

在《机器岛》一书中所描写的海水淡化装置、街上照明的人造月亮、电话购货等，这在科学技术比较先进的国家中也都早已实现了，有很多方面甚至超过了。还有，书中谈到机器岛和大陆上取得联系要用海底电缆，在离开电缆的地方就无法联系；若在现在则大可利用无线电通讯，甚至国际通信卫星。这些情况表明，现代科学技术正在超越前人想象的水平，向着新的高峰挺进。然而尽管如此，凡尔纳的作品今天读来也依然不失其艺术的光辉，并继续在许多领域里鼓舞着人们进行新的探索。

又如，关于污染和环境保护的问题，这是在 20 世纪 50 年代才提出来，20 世纪 60 年代才开始受到世界各国的重视的。而儒勒·凡尔纳却在 19 世纪以前，在《蓓根的五亿法郎》一书中，就意识到了污染对人体健康的危害。他在该书描写的"法兰西城"中，不仅每所房子周围都有一块空地种植花草树木，而且还有防止空气污染的设备：烟不从屋顶排出，而是由许多地下管道通到一种特设的炉灶中去。烟经过炉子就消除了它所含的煤气，成为无色状态，在35公尺的高空散布到空中。另外凡尔纳还通过"法兰西城"对居民在卫生方面提出了许多积极的要求，如积极锻炼身体、多喝开水、要吃新鲜的煮熟了的肉和蔬菜、晚上睡眠要保持7~8小时等，热情地宣传了卫生方面的科学知识。这在今天也是有现实意义的。

据说，凡尔纳在写《气球上的五星期》之前，曾经亲自坐过氢气球做试验，并邀请物理学家、天文学家约翰逊和数学家贝尔特，为他所写的《从地球到月球》一书中的炮弹车厢的路线和曲线的准确性作过核算。这些都说明凡尔纳写作态度的严谨，他的科学文艺作品受到普遍欢迎，艺术价值经久而不衰，并不是偶然的。

（四）作品塑造了典型人物形象

文学作品要塑造典型的人物形象。凡尔纳的科学幻想小说中，不但描写了当时的社会，也描画出了当时社会中的各式各样的人，尤其是很出色地刻画了当时科技界的一些具有科学与民主精神的典型人物形象。

在他的《气球上的五星期》一书中，塑造了勇敢、冷静、沉着的探险家费尔久逊博士。他在危险关头能够急中生智，当气球漏气后，在前有大河、后有追兵的情况下，及时地以热空气代替氢气，重新使气球升起，飞渡大河而脱险。这个情节不仅有一定的科学根据，也很成功地刻画了这位科学家的人物性格。

《地心游记》中，刻画了为科学考察事业奋不顾身的探险家黎登布洛克教授的英雄形象。他虽然多次遇险，但从不动摇退缩，他同侄子阿克赛和向导汉恩斯由冰岛的一个死火山口下降，历尽千辛万苦，经过三个月的地心"旅游"，最后由于岩流冲击又从地中海里斯多伦波利岛上的一个火山口回到了地面。

《格兰特船长的儿女》中，描写出了为寻找在海上失踪的格兰特船长而组成的一个小队探险队员们。他们在环绕地球一周的旅途中，历尽了艰险：攀登了山路崎岖的高达11 000英尺的安达斯山，并在那里遇到了地震；此后又受到狼群的包围和洪水的侵袭；特别是经过澳洲内地时他们曾受到匪徒的抢劫；在新西兰内地更遭到当地土人的追击；等等。探险队队员们克服了种种艰难险阻，充分表现出他们的机智、勇敢、沉着的大无畏精神。

在《八十天环游地球》中，把旅行家福克先生和路路通主仆二人写得惟妙惟肖，简直是呼之欲出。作者在一开始便描写了福克先生的性格特点：严肃、冷静、不动声色，行动精密准确。如他每天起床、吃饭、刮胡子等都很守时，一分钟不差；甚至写福克先生从家到俱乐部右脚移动575次，左脚移动576次，生动地表现出他的行动的精确性。在作者笔下，福克先生从来不慌不忙，意志坚强，不达目的誓不罢休。这种性格是他能准时完成环游旅行的必要条件。但是，他又决然不是一个刻板呆滞和不近人情的人；相反的，他有着丰富的感情和侠义心肠，他在印度见义勇为，救出了要被婆罗门烧死殉葬的寡妇艾娥答，在美洲他两次冒着生命的危险营救了他的仆人路路通。这些高尚的思想行为，赢得了读者的强烈同情，使读者更盼望他的旅行最后成功。至于路路通，他是那么善良、活泼，而又头脑简单，他几次闯祸，耽误了福克先生的旅行时间，可他仍不失为福克先生的得力助手。他有时也能急中生智，例如在印度救艾娥答时，大家都无计可施，他却趁浓烟爬上火葬坛，假装成死而复活的老土王，骗过了迷信的婆罗门。作者通过一系列生动精彩的描写和有力的艺术塑造，把路路通写活了，从而使人情不自禁地喜爱这个善良的小伙子！

凡尔纳通过自己的作品，满腔热情地塑造了全心全意地为人民服务的科学家。如《蓓根的五亿法郎》中的杰出的医生沙拉赛恩、青年工程师马尔赛等人物，就是这样的典型人物形象。在他看来，一个科学工作者，只要把科学用来为人类造福，就值得人们来尊敬。他称赞沙拉赛恩医生把全部财富和精力用来建设一座理想城市，想让居民们过上劳动、幸福、和平生活的全部努力；相反的，他强烈谴责披着教授外衣却用尽心机生产大规模毁灭性武器，来屠杀和平居民的苏尔策之流。至于青年工程师马尔赛，他从小就热爱学习，成绩优秀，长大后出类拔萃，才能非凡，在他的身上有着极其可贵的富于自我牺牲的精神。他只身深入虎穴，以出色的工作能力逐步获得苏尔策教授的重用，终于探悉其全部秘密，粉碎了苏尔策的阴谋。这一段的描写极其生动地刻画出了马尔赛的勇敢和机智的性格特点。

凡尔纳通过自己所塑造正面人物和反面人物的鲜明对比，有力地宣扬了科学和民主，使人们在热爱科学的同时，也热爱那些为了人类进步事业而不惜牺牲自己生命的高尚的科学家。

（五）作品的局限性和作品的进步意义

大家知道，儒勒·凡尔纳生活的时代，科学技术水平还是较低的，许多需要人类解决的问题在那时也还没有解决，这就不能不给凡尔纳的作品带来一定程度的局限性。凡尔纳曾经感慨地说道："无论我如何杜撰，如何臆造……比起真实的东西来还是逊色的，因为科学成就超过想象力的时代已经来到了。"

凡尔纳作品的局限性突出地表现在作者曾简单地认为只要有了科学，就会征服自然，就会为人类创造出巨大的财富，人们就会从被奴役的地位和贫困的生活中间得到解放；与此相联系的是，凡尔纳作品中所宣传的民主，也只能限于资产阶级民主的范畴。但是这究竟是时代所造成的局限性，对此我们不能过多地苛求于凡尔纳。同时我们也要看到，凡尔纳的这些观点，也并不是一成不变的。他后来从法国和欧洲资本主义社会的现实生活中间，逐渐察觉到了科学本身也有着一个为谁服务的问题。不难看到，他前期与后期所写的科学幻想小说，有着相当明显的质的差别。在他后期写的《蓓根的五亿法郎》等作品中，出色地阐明了科学只有掌握在人民手里，才会成为物质财富；相反，如果落在邪恶者的手里，就将给人民带来巨大的灾难。这说明凡尔纳在自己的生活和创作实践中，不但在艺术上，就是在政治观点上也逐渐走向进步。

凡尔纳通过书中主人公、正面英雄人物沙拉赛恩医生之口说道："我们需要坚强有力的人，需要积极肯干的科学家，这不仅为了建设，同时还为了自卫。"又说："千万不要认为我们采取谨慎的措施是多余的，凡是防御敌人的工作，我们都不应该忽略"，"敌人决不会甘心失败，就此罢休。"这些话，就是在今天看来也是富有意义的。

（六）为凡尔纳的科学幻想小说恢复名誉

凡尔纳的一些科学幻想小说，早在 20 世纪初就曾由梁启超等译成中文。作为民主主义革命思想时代的鲁迅，在从事文艺创作前夕，也曾十分关注凡尔纳的科学幻想小说。远在 1902 年（光绪二十八年），鲁迅为中国教育普及社从日文转译了凡尔纳的《月界旅行》；在 1906 年（光绪三十二年），他又为上海普及书局从日文转译了凡尔纳的《地底旅行》，并把它们改编成为章回小说在读者特别是青少年中间广为传播。鲁迅说他翻译凡尔纳作品的目的，就是要通过文艺的形式，来普及科学知识，使人们"在不知不觉之中，获得一斑知识，破遗传之迷信，改良思想，辅助文明"（见《月界旅行》辩言）。新中国成立以后，凡尔纳的《气球上的五星期》《地心游记》《格兰特船长的儿女》《海底两万里》《神秘岛》《八十天环游地球》《蓓根的五亿法郎》《机器岛》等名作，由中国青年出版社陆续译成中文出版，在中国读者中更加广泛流传，并博得了人们的赞赏。所有这些作品在推进科学文艺创作和宣传科学与民主方面，都起了一定的影响和作用。

今天，我们在强加给老干部的所谓"走资派""叛徒""特务"等不实之词一概推倒的同时，也要把强加在儒勒·凡尔纳的科学幻想小说头上的一切不实之词，全部彻底推倒，给凡尔纳的作品恢复名誉。凡尔纳不愧是科学文艺的先驱！他的绝大部分科学文艺作品，特别是他的科学幻想小说对于广大读者，尤其是青少年是有教益的！它是学习科学和学习文艺的良好读物。我们热切地希望翻译家和出版界继续译出他的尚未翻译的作品，并修订再版已出版的作品。凡尔纳的优秀作品是不可能被扼杀的！它们将永远在科学文艺的领域中焕发青春，放射出不可磨灭的光彩！

（原载《知识就是力量》1978 年复刊号）

（七）凡尔纳的一些科学幻想小说简介

1. 《气球上的五星期》

这是儒勒·凡尔纳的第一部科学幻想小说，是他的成名之作。

19 世纪的上半个世纪，很多地理家、旅行家和探险家想要打破"非洲之谜"。但是，由于自然的障碍和人为的困难，都无法深入非洲内地。费尔久逊博士一心要继续前人的事业，为非洲的探测工作作出贡献。他想出了个大胆的计划，乘气球横越非洲。他和朋友凯乃第和仆人乔，从非洲东岸桑给巴尔出发，经过五星期惊险和艰苦的生活，终于横贯非洲大陆到达非洲西岸，胜利完成了这次探险任务。

乘气球横贯非洲大陆，在凡尔纳的时代纯属幻想。但在凡尔纳的笔下，这次空中旅行却写得有声有色，使人如身临其境，仿佛和主人公一起乘坐在气球里，忽而赏心悦目地飞过辽阔的热带草原，忽而惊心动魄地穿过大雷雨的云层，忽而提心吊胆地擦过火山上空的气流，忽而心旷神怡地来到荒漠中的一片绿洲。气球还不时下到地面来进行考察和补充水，从而书中以大量的篇幅写了非洲的地理面貌和当时的风土人情，使人读后增添了不少知识。

利用气球进行科学研究，即使在今天也具有很重要的意义。1978 年 8 月 11 日，有三个美国人乘气球从美国缅因州出发，横越大西洋，经过六昼夜，飞行 5 000 千米，终于在 8 月 17 日，在法国巴黎郊区一片绿油油的麦地里徐徐降落，第一次实现了人类乘气球飞越大西洋的愿望。这个人类飞行史上的创举，对今后利用气球进行高空研究工作有重要的意义。由此可见，儒勒·凡尔纳的幻想是有科学根据的，它在今天已成为现实。

书中还以大量的篇幅描写了非洲的自然景色：奔跑着各种热带动物的大草原，非洲居民种着烟草、玉米和大麦的田园，只有疏疏落落的盐性植物和带刺的灌木的荒野，酷热而没有一丝风的一望无际的撒哈拉大沙漠，等等。这些描写使故事增添了浓郁的地方色彩。

2. 《地心游记》

19 世纪的某一天，黎登布洛克教授偶然在一本古老的书籍里发现了一张羊皮纸，从羊皮纸上的字里，他得到了启示：前人阿恩·萨克奴姗曾到地心旅行。意志坚强的黎登布洛克教授决定也作同样的旅行。他带了侄儿阿克赛粮食、仪器和武器，由汉堡出发，到了冰岛又请一位向导汉恩斯随行。他们三人按照前人的指引，由冰岛的一个死火山口下降，经过三个月的旅行，历尽千辛万苦，最后由于岩流的冲击，又从地中海里斯多伦波利岛上的一个火山口回到了地面。

小说所描写的黎登布洛克教授是一个为科学事业奋不顾身的科学家，他虽然中途多次遇险，但从不退缩动摇，表现了无比坚强的意志。他对侄儿阿克赛说："一个人致力于科学该多好啊！"他说："最重要的我们农民也要受教育。"这都是至理名言。他愤怒谴责一些科学界骗子，特别那些搞古人类学的，"利用人的化石来大赚其钱"。这些话，至今仍是有现实意义的。

这部科幻小说全书共 45 章。20 世纪初曾由鲁迅从日文本改编成为章回小说，书名为《地底旅行》。

3. 《蓓根的五亿法郎》

这是凡尔纳最优秀的科学幻想小说之一。

19 世纪末，当凡尔纳看到法国社会日益加深的阶级压迫和民族侵略与掠夺的各种丑恶现象后，开始意识到科学存在为哪个阶级服务的问题。凡尔纳通过下面的故事情节写了《蓓根的五亿法郎》这本书。

印度贵妇人蓓根的一笔 5 亿法郎的遗产，30 年后终于找到了继承人：一个是法国杰出的医生沙拉赛恩；另一个是德国品质恶劣的化学教授苏尔策。这两人平均分得了这笔遗产。沙拉赛恩医生用得到的遗产建设了一座理想的城市，城市一天比一天繁荣，居民们过着劳动、幸福、和平的生活；而苏尔策教授却建立了一座军火工厂，生产大规模的毁灭性武器，其目的在于屠杀人类和破坏和平居民的幸福生活。青年工程师马尔塞为了人类的理想，深入虎穴，探悉了军火工厂的秘密，粉碎了苏尔策的阴谋。最后苏尔策教授终于被他自己发明的冷气弹炸死在自己的密室里。从此，这座兵工厂为人民所有，转向生产为人类幸福需要的各种机械了。

凡尔纳在这部科学幻想小说中，尖锐地提出了科学应当为什么人服务的问题。当时他能提出这样的观点，是很进步的。他笔下的沙拉赛恩医生是一个空想社会主义者类型的人物。他建立了一座乌托邦式的城市，以科学为人民谋幸福。而凡尔纳笔下的苏尔策教授则简直就是希特勒的化身。苏尔策教授从日耳曼种族优越论出发，以科学为手段，企图征服和毁灭其他民族。他并且在自己的城市斯达尔施塔特建立了法西斯式的统治，和希特勒法西斯毫无二致。凡尔纳在这里科学地预见了日耳曼种族优越论会导致德国法西斯的出现。

这一部科学幻想小说，揭露了资本主义社会的丑恶，阐明了两个科学家走的两条不同的道路：进步的科学家要为人类造福；反动的科学家则全力支持反动统治阶级，把科学变成残害人类的手段。作者以热情的笔触刻画出一个崇高的科学家——沙拉赛恩医生的形象，他是那样大公无私，同情广大人民的疾苦，同情被压迫人民。作者又塑造了一个迫使人类走向死亡和毁灭的化身——德国种族主义者苏尔策教授。作者通过自己塑造的正反面人物的鲜明对比，使人们热爱为了人类进步事业而不惜牺牲自己生命的高尚的科学家——沙拉赛恩医生；使人们无比憎恨妄图以科学来迫使人类走向灭亡的家伙——苏尔策。这部科学文艺作品出色地阐明了科学只有掌握在人民手里，才会成为物质财富，才会成为生产力；相反，如果落在像苏尔策那样的反动派的手中，就将给人类带来巨大的灾难。

凡尔纳通过自己的科学幻想，创造了自己的理想的城市——科学的城市，表现了自己对科学成就和生活的热爱。污染和环境保护的问题在20世纪50年代才提出来，20世纪60年代才开始受到各工业国的重视。而儒勒·凡尔纳却在19世纪以前就意识到了污染对人体健康的危害。在他描写的"法兰西城"中，不仅每所房子周围都有一块空地，种植花草树木，而且还有防止空气污染的设备：烟不从屋顶排出，而是由许多地下管道通到一种特设的炉灶去。这种炉灶是由市政当局出资修建的，设在房屋的后面，每200个居民合用一座。烟经过炉子就消除了它所含的煤气，成为无色状态，在35公尺的高空散布到空中。可以说凡尔纳的这个科学幻想在今天还有其现实意义。另外，凡尔纳通过"法兰西城"对居民在卫生方面提出了若干积极的要求，如积极锻炼身体、多喝开水、要吃新鲜的烹煮熟了的肉和蔬菜、晚上睡眠7~8小时等，热情地宣传了卫生方面的科学知识。

4.《机器岛》

美国资本家异想天开地用钢铁造了一座长7千米、宽5千米的流动岛，作为他们的休养地。这座岛的两侧装有强大的推进机器，可以在大洋中漫游。岛的中央有一座电气化科学化的城市，住在这城市里的除了一些服务性人员外，都是些百万富翁。他们在这里过着游手好闲的生活，追求着极度豪华的享受。然而，好景不长，资本家内部不断尖锐化的矛盾却成了这座机器岛毁灭的根源。有一天，这岛上最有势力的两个资本家集团由于争权夺势，最后决裂了，他们各自占有一架机器，各自向相反的方向开。这座人造岛在强大的拉力下终于被扯成了碎块，沉到了海底深处。

这部小说对资本主义世界的金元崇拜作了尖刻讽刺。在机器岛上人品和才能是次要的，拥有财富才是最主要的。最有钱的人才能够得到人们的尊敬和畏惧。所以这本书不但是科学幻想小说，还是一本社会讽刺小说。

像"机器岛"这样规模的人造岛，恐怕世界上直到现在也没有人去造。但据前些日子报载，日本造船业因为生意清淡，为巴西建造了一座海上工厂，这座海上工厂能在海上随意开动，有海水淡化装置，有职工宿舍，规模也很不小了，当然还是比不上"机器岛"。

对机器岛上生活的描写，撇开豪华舒适这一方面不谈，从科学幻想这一角度来看，有很多现在已经实现了。如海水淡化装置、街上照明的人造月亮、电话购货（国外早已实行）等。有很多方面还超过了，例如，机器岛和大路上联系还要用海底电缆，在离开电缆的地方就无法联系，因此在机器岛破裂后，这些百万富翁便狼狈不堪，无法向外界求救；而若在现在则大可以利用无线电通讯，甚至国际通信卫星。当然机器岛上的百万富翁们也没有看过卫星转播的电视节目，住所里也没有空气调节器，街上没有自动售货机。而近年来，甚至连能做简单家务事的机器人都已经发明出来了。这是在儒勒·凡尔纳时代还无法想象的。

作者描写机器岛上的报纸，是一种印上字迹的巧克力薄饼，看过以后可以当早点吃掉。这种想法很新奇，最近《北京晚报》（1981年7月8日）上刊载它已经实现。

在塑造人物方面，本书写得较多的是四个音乐演奏家。其中大提琴手邵恩脾气固执、急躁，中提琴手潘希纳是个乐天派，总喜欢用音乐术语说些双关语，各有个性。

书中还以大量篇幅，描写了太平洋中一些群岛的风土人情和地理知识。

5.《格兰特船长的儿女》

这是凡尔纳写的著名的"三部曲"中的第一部（按：其他两部是《海底两万里》和《神秘岛》）。这部小说描写了英国贵族院苏格兰元老格里那凡爵士和他的伙伴们，在试航他的新游船"邓肯号"时，偶然由捕获的鲨鱼腹中发现了一只密封的酒瓶。打开看时，里面有三个分别用英文、法文和德文写成的文件。但由于海水的侵蚀，它们都只剩下了一些不成句子的模糊不清的字迹。在经过仔细研究后，才知道原来这是一位苏格兰航海家格兰特船长和他的两名水手两年前在海上遇难时写的请求救援的信件，但由于英国政府一向歧视苏格兰人，竟拒绝派遣船只去寻找和救援他们，格里那凡爵士激于义愤和同情，毅然组织了一支旅行队，携同格兰特船长的一对儿女，一同登上"邓肯号"游船，开始了救援格兰特船长的惊险旅行。

但是，格兰特船长所乘的"不列颠尼亚号"船究竟在什么地方失事，是很不容易弄清楚的。格里那凡等人只能根据文件上残存的字母来反复推敲，终于决定沿着南纬37°线寻找。他们先是横贯南美洲，经过智利、阿根廷等地，横渡大西洋、印度洋、阿姆斯特丹群岛等地，以后又横贯澳大利亚、新西兰，终于在太平洋的一个荒岛——达抱岛上找到了格兰特船长和两名水手。

在这环绕地球一周的探险旅途中，他们历尽了艰险：攀登了高达11 000英尺的安达斯山崎岖山路，这里空气稀薄，呼吸困难，又遇到了地震，山顶被齐腰斩断，人们随着大山头以每小时 50 里的速度颠簸下滑；后来又受到狼群的包围和洪水的侵袭；他们经过澳洲内地时受到匪徒的抢劫；在新西兰内地遭到当地土人的追击。这些艰险的经历充分表现出探险家的机智、勇敢、沉着的大无畏精神。

书中还通过探险队成员之一的巴黎地理学会秘书巴加内尔，向读者生动地介绍了 15 世纪以来各国探险家、航海家如哥伦布、麦哲伦等人发现新大陆和寻找到亚洲的新航路等动人的故事；生动地描绘了南美洲、澳大利亚、新西兰等地的风光及当地居民的风俗习惯，大大地丰富了读者的自然科学知识和社会历史知识。作者热烈地赞扬了反抗侵略和争取自由的人民的斗争精神，控诉了殖民制度的罪恶。

6. 《从地球到月球》

这是凡尔纳 1865 年发表的一部科幻小说。书中写美国南北战争结束后，大炮发明家俱乐部主席巴比康，同法国冒险家米歇尔·阿当和尼却尔船长三人，在美国佛罗里达州，乘一颗特制的哥伦比亚空心炮弹，在 18××年 12 月 1 日，射向月球。他们都是想到月球进行观察的。据英国剑桥天文台观测，他们可能到达了月球，也可能在一个固定的轨道上，永远绕行月球。全书共 28 章。1902 年鲁迅从日文转译，并加以改编成为章回小说，书名为《月界旅行》。

十一、再论海克尔的《宇宙之谜》

自然哲学家、古生物学家海克尔写的《宇宙之谜》在 1980 年修订本发行之后，风行一时。该书第一版发行之后，销售 22 万册，英、美、法、意各国都有译本。列宁盛赞此书的威力，发行面之广大。当时有些人气急败坏，把海克尔的玻璃窗打得粉碎，攻击海克尔不信上帝，辱骂他甘愿与猿猴结成兄弟，并认为这是攻击人类的尊严，简直是人类的可耻叛徒。当时反对的说法很多，有十多种书籍专门采取攻击的态度。海克尔专门研究自然、哲学凡 50 年，他对于这方面的工作已经相当熟悉，十分了解这是自然创造史的必然的归宿，是人类学进化史的最大成就、最有价值的进步。他在许多地方作了十分重要的演说，认为这是一元论哲学的最重要的发展。

在达尔文看来，进化论的内容有着极为积极的意义。人类的发明、发现一再表明它对自然科学的作用越来越大，它对于人类全部知识，全部世界观及精神修养来说，起到推动人类进步的作用。

达尔文的名字，很多人都听到了。达尔文的《物种原始》出版已经是 50 多年的事情了。达尔文学说出现之后，是人类精神的最高胜利。1871 年达尔文复著《物种原始及类择》。

人类的自然创造史的主要之点在于自然界中发展创造的精神，应让人类发挥创造精神，应当培养创造能力。所谓物竞的结果就在于能够阐明创造的能力是生存竞争的结果，在于弘扬了创造的力量。

由此可见，进化论的科学根据即归纳所主张的创造史。总而言之，自然创造史是

19 世纪的伟大发现，实际上它对于整个自然界有普遍意义。法国人拉马克（1744～1879 年）、德国人歌德（1749～1832 年）和达尔文，是 19 世纪生物界的三大明星。

　　海克尔认为 19 世纪的科学知识虽有极大的进步，但在社会文明生活方面看还是差得远的。司法事务，法官的主张是秉承当权者的鼻息，特别是读法律的学生，根本不读人类的本性，又不懂得人类进化论的历史，不懂得甚为重要的生物学、人类学，以致错误百出。文明国家的最大谬误，就在于与把文化作仇敌的教会相合。政党的首领，以匡扶教会首脑政治，仰承罗马教皇的旨意，只是迷信与盲从，以致政治、法律仍然受到教会的支配。就以学校来说，根本还不能够同 19 世纪的进步的自然科学同步。

后　　记

　　敬爱的父亲于 1991 年离世，离开我们已经 23 年了。这些年来，我一直想着还能为他老人家做点什么。但因为工作忙，始终抽不出时间，直到 2009 年，父亲曾住的房子的屋顶快要塌了，我和家里人合计着将房子重新翻建一下。在清理杂物的时候，我偶然地看到了父亲存放书稿的箱子和堆放在旁边的麻袋。由于房间长期无人居住，加上房顶漏雨，所以，当我打开父亲的箱子和麻袋时，从里面冒出一股股令人作呕的霉味儿，还飞出无数只跳蚤。我顿时感到浑身奇痒无比，当时的我真是望稿生怯。

　　书箱和麻袋中的稿子被放在一个个信封里，每个信封上都有父亲亲笔写的稿件名称。看着这一摞摞稿子，父亲下班后，一吃过饭就拖着有病的身体坐在灯下看书或修改书稿的身影浮现在眼前……我油然而生一定要把父亲的稿子编辑成书的想法。我觉得，这样做既有益于社会，也可以完成父亲出版这些文字的夙愿。我按照父亲在信封上写的稿件名称，先后整理出《中外科学文艺史》《一代宗师——马君武》《科学、文学、哲学》《欧美儿童文学译作》《马克思恩格斯论科普》等五本书。

　　从开始整理父亲的遗稿《中外科学文艺史》（现改名为《中国科学文艺史话》）至今，已将近五年时间了，这中间的艰辛与繁难可想而知。为了加快节奏，我请我的学生帮我打稿子。但父亲的字有的写得比较潦草，很难辨认，且所有的校对工作都是我一个人在做，工作之繁重可想而知。在校对"山海经与科学文艺"等稿子时，我被稿件中的生僻字给难住了，甚至连查《辞海》《辞源》《康熙字典》都找不到有些字，工作量之大使我当时十分焦虑。每天对着电脑，校对长达 12 个小时，我的视力从原来的 1.5 下降到现在的 0.5，电脑和打印机各用坏了两部。

　　由于稿件凌乱，父亲对某个人物与科学文艺的评论存有目录，但就是找不到正文，我只好从他的日记中查找他写这篇文章的大概时间和出处，然后再上国家图书馆、北大图书馆和其他图书馆查找资料，常常午饭都顾不上吃，有时还挨雨淋。每次去图书馆查阅资料都是直到闭馆，管理员催促无数次才离开。但每每听到管理员知道我是为去世多年的父亲整理遗稿而夸赞我真是个孝顺的女儿时，每当查到一篇父亲目录上的原稿时，我心里都有说不出的喜悦。

　　我从当编辑的父亲的书中学到了很多东西。他学识渊博，涉猎广泛，治学严谨，观点新颖。他的每一篇文章都是深入浅出，才华横溢，让人读来津津有味，他的每一篇文章都伴有大量的读书笔记和心得，每一篇文章都加有大量的注释。他的学识曾受到英国剑桥大学李约瑟博士的称赞。我深深地被他广博的知识所折服，被他从"平反"到去世这十几年间一边忍受着各种疾病的折磨，与疾病作斗争，一边在担任科普出版社总编辑的百忙之中抽时间写了这么多高质量、高水平的科普评论文章而感动和骄傲。

今天我们终于盼到《中国科学文艺史话》这本书的出版，我想父亲在九泉之下也会感到欣慰的。

在此，我衷心地感谢责任编辑罗慧博士为此书的出版付出的艰辛劳动，感谢全体家人对出版这本书的支持与帮助，感谢董森、张润青、冯其利、任永茂、匡嘉奇、高舒军、李洋、莫小蓉、刘翀、李田亲等同志为此书的出版所作出的无私奉献。

郑　维

2014 年 7 月 14 日